红豆生南国

上册

吕瑜洁 著

云南出版集团
云南人民出版社

图书在版编目（CIP）数据

红豆生南国：全二册 / 吕瑜洁著. -- 昆明：云南人民出版社，2023.3
ISBN 978-7-222-21156-8

Ⅰ. ①红… Ⅱ. ①吕… Ⅲ. ①长篇小说－中国－当代 Ⅳ. ①I247.5

中国版本图书馆CIP数据核字(2022)第172128号

出 品 人：赵石定
项目策划：陈长明
责任编辑：刘松山
责任校对：李　红
装帧设计：汇蓝文化
责任印制：窦雪松

红豆生南国：全二册
HONGDOU SHENG NANGUO

吕瑜洁　著

出版	云南出版集团　云南人民出版社
发行	云南人民出版社
社址	昆明市环城西路609号
邮编	650034
网址	www.ynpph.com.cn
E-mail	ynrms@sina.com
开本	720mm×1010mm　1/16
印张	50.75
字数	100千
版次	2023年3月第1版第1次印刷
印刷	北京金特印刷有限责任公司
书号	ISBN 978-7-222-21156-8
定价	148.00元（全二册）

如需购买图书、反馈意见，请与我社联系
总编室：0871-64109126　发行部：0871-64108507　审校部：0871-64164626　印制部：0871-64191534

版权所有　侵权必究　印装差错　负责调换

云南人民出版社微信公众号

序

把世间百态的真实面目看得清清楚楚，不论其表现形态呈现何种样貌，究其根本，都围绕着这根轴在转动。

司马迁以为世间众生都在逐利，故曰："天下熙熙皆为利来，天下攘攘皆为利往。"追逐的不外乎山珍海味、声色犬马、驱役万民、睥睨天下，说穿了就是钱和权。追逐一生，不择手段，获得越多，却离目标越远，皓首穷逐，到头来竟都是为他人作嫁衣裳。

对于唐人而言，前车之鉴历历在目。隋朝用38年的时间横征暴敛，灭亡时竟然攒下够天下使用五六十年的库存，尽为唐朝所有。若非折腾到民不聊生，何至于社稷倾覆呢？隋朝两代君主都未醒悟利为何物。后人指责他，自己却未必明白，尤其在名利场中，更加难以看透。

当然也有为数不多的清醒者想明白了，王维就是其中之一。

人要活得好，就要清楚人生的目的，钱和权都只是实现人生目标的工具，切不可当作目的而将自己抛入利益的磨盘中。这一点王维非常清楚，所以，他在官场中保持自我，身上依然有真性情。

正好遇上唐玄宗拨乱反正、励精图治的时代，正气昂扬，他得以身正多才而步步升迁，并因为持孝至诚而感动上下，屡屡获得拔擢，官至给事中，居权要之地；再加上他的诗写得文采飞扬，境界悠远，华章闪现人生哲理的智慧，令星光灿烂的盛唐诗坛无不叹服，允为祭酒。朝廷权贵洒扫以待，争相礼敬。

王维对于权势非但不热衷，内心还保持着距离，更加投入的是弹琴作画的艺术天地，以禅意写诗作画，独步当世，无人出其右者。他喜爱的住所在关中蓝田辋川之滨，原为宋之问的别墅。

宋之问文采华丽，获得武则天的宠爱。他以文干禄，多作赞颂之辞，故而平步青云，蒸蒸日上。为人轻浮，文必多谀，汲汲于权势，定然蝇营狗苟，故宋之问趋附武则天面首张易之，为人所不齿；后转事告密，投靠太平公主，却又同政敌安乐公主携手，最终被贬黜赐死。王维住在宋之问卖身投靠换来的别墅里,时时刻刻都能引起前车之鉴,惕厉自警。

他的生活十分恬淡,衣不文采,食仅蔬果,退朝之后,焚香独坐,入寂静之境,体悟天人之际,宛若禅僧。然而,王维对于亲情十分真切,妻亡不再娶,竟至三十余年孤居一室,动情之深,他人难以体会。

王维内心的真情汹涌澎湃,却表现得波澜不兴,把情感和理智调适到如此程度,必得自洞察幽玄的智慧。魏晋兴起的玄学,精髓在于求真,王维承继其后。至真至纯,物我两忘,方能感悟天地人生的脉动,以及生命的价值和意义。没有对生命的挚爱,无法踏入纯粹的世界。人类的理性始终建立在真情之上,而纯化,而升华。

面对喧嚣的尘世,不能让内心理性而冷静,又不甘沉沦,只能自己排遣。李白毅然:"仰天大笑出门去,我辈岂是蓬蒿人。"支撑着他的是一股酒劲、才气和任性,而不是一览众山小的社会实力,最终在江南青山绿水中举杯邀明月,随风而去,完成自我的真情人格。人伤他可怜,他觉已成仙。

王维则是另一种态度:让自己宁静。这种宁静不是逃遁,而是洞明世事后的独处,身在朝中,心归南山,保持精神上的距离,却不逃避尘世俗务,"江流天地外,山色有无中"。因为智慧如炬,洞悉幽明,所以他能够"行到水穷处,坐看云起时"。孟子说"穷则独善其身",难就难在那个"独"字,需要何等的自觉与自信才能静得下来,在阴晴不定的世间,做一个清醒明白的人。

做李白需要真情如火生成的强大气场,做王维则需要超然物外而豁然开朗的理智,选择何者,乃个人修为所致。于我而言,皆高山仰止,然心向往之。

读《红豆生南国》,颇有感触,聊述一二,以为助兴。

韩昇

二〇二一年十月二十八日 于一掬书房

韩昇:复旦大学历史系教授,博士生导师,中央电视台《百家讲坛》主讲人。日本关西大学东西学术研究所外国研究员,中国社会科学院佛教研究中心特邀研究员,厦门大学宗教学研究所兼职教授。中国魏晋南北朝史学会常务理事兼副会长,中国唐史学会理事,中国日本史学会常务理事,福建省历史学会理事,日本唐代史学会会员,国务院政府特殊津贴获得者。出版《隋文帝传》《海东集——古代东亚史实考论》《东亚世界形成史论》《正仓院》《史家说史:苍茫隋唐路》《遣唐使和学问僧》等专著,发表中国古代史、东亚世界史、佛教史和历史·遗传学研究的论文150多篇。

千年之后，他依然是一个传奇（自序）

1

一个春风和煦的日子，和出版社聊长篇小说《红豆生南国》。

我问："一共一百万字，能否分上、下册出版？"

出版社说："目前小说市场不景气，你确定要出版吗？"

我说："是的，我确定。"

于我而言，《红豆生南国》不仅是一部小说，更是这些年来陪伴我成长的良师益友。

2

动笔写《红豆生南国》，纯属偶然。

那是 2017 年 9 月，一个平常的日子。我像往常一样，开车上班路上，听蒋勋老师说唐诗宋词。

那天，听他讲解王维。他说，王维的一生，是从繁华到幻灭。

那一刻，我握着方向盘的手忽然顿了顿。何谓繁华？何谓幻灭？这几个字入了我的耳，也入了我的心，久久挥之不去。

当天晚上，我敲击键盘，写下了三千字的随笔《繁华幻灭，咫尺天涯》。

世间许多事情，便是如此奇妙。

因为写《繁华幻灭，咫尺天涯》，就去翻阅了《旧唐书·王维传》，看到了那句触动我心弦的话——"妻亡不再娶，三十年孤居一室，屏绝尘累"。

那个瞬间，我怔住了！

不知为何，这句话就像一颗石子，投进我的心里，荡起层层涟漪。

那是一种心动的感觉。

于是，我连忙查阅《新唐书·王维传》《唐才子传·王维》等，都有"丧妻不娶，孤居三十年"等类似的句子。

一往情深深几许？深山夕照深秋雨。究竟是怎样的女子，能让王维情深如此？王维用一个人的一生，解释了什么是真正的深情。

掩卷沉思，直觉告诉我，王维的爱情，一定不同寻常。王维的一生，一定有太多不足为外人道的故事……

可惜，遍查史料，都无法找到关于王维妻子的只言片语，只查到王维有个内弟，名叫崔兴宗，和王维有多首诗歌往来。字里行间，透露着他们不一般的亲情。

于是，我有了写一个以王维为主人公的历史爱情小说的念头。

因为喜欢王维的"红豆生南国，春来发几枝"，就将题目取为《红豆生南国》。

3

如果一开始就让我写一个一百万字的小说，我想，我一定没有勇气，也一定没有信心。

我能说，一开始，我只是打算写三万字而已吗？

真的只是三万字，一篇三千字，用十篇文章写完王维的一生。我觉得，够长了。

谁知，当我写到三万字时，才刚刚写到王维认识崔璎珞。

"月上柳梢头，人约黄昏后"，正是欲说还休的时候。

于是，觉得可以写十万字了。

不料，当写到十万字时，才写到王维因"黄狮子舞事件"被贬谪济州。他一生的跌宕起伏，才刚开始……

于是，觉得可以写四十万字了。

当写到四十万字时，才写到王维痛失崔璎珞，带着蚀骨的伤痛，回到阔别八年的长安。他的下半场人生，才刚开始……

于是，就不再给自己设限，不清楚自己到底会写多少字。只知道，关于这个男子的一生，有太多文字可以讲述。

4

在写《红豆生南国》之前，我出版了两本亲子书信散文——《我的心里住着一个孩子》《我的心里住着一个世界》。

在书的自序中，我写了这样一段话："这不是一本教孩子如何成功的书，而是一本教孩子如何成长的书。不是每个孩子都能达到世俗意义上的成功，但每个孩子都可以成长。"

何谓成长？何谓成功？我一直在思索。

2017年10月,我开始写《红豆生南国》。随着情节的展开,我一步步走进了王维、张九龄、李白、杜甫、孟浩然等人物的内心世界,对成长和成功有了更多领悟。

2018年4月,我从政府机关辞职。可以说,在那些创业的低谷期,是《红豆生南国》陪我一路向前,让我经历过风风雨雨后,依然可以笑看彩虹。

我常常觉得,我和《红豆生南国》,或者说我和王维,不仅是作者和被写作者的关系,更是跨越千年的知己。

在王维身上,我能找到我想要的力量。

王维为何两度辞官?

王维丧妻后为何终身不娶?

张九龄是王维的伯乐,当张九龄贬离长安时,王维想到了离开,后来为何又选择留下?安史之乱爆发后,王维不幸落入叛军之手,他一开始宁死不屈,后来为何选择屈从?

如果读懂了王维,就能找到答案。

5

常常有读者问我:王维生活在一千多年前,今天,我们可以向王维学什么?

我们今天所处的时代,比王维所处的时代过去了一千二百多年,虽然时代早已发生了天翻地覆的变化,但身而为人,我们所要追求的某些品质,却是亘古不变的。

比如,王维的自律,王维的创新,王维的放下,在跨越千年时光后,依然值得我们学习。

先说王维的自律。

这些年来,我们渐渐明白了自律和自由的关系——你有多自律,就有多自由。

什么是自律?自律就是主动脱离舒适区,一是去做不喜欢但应该做的事情,二是不去做喜欢但不应该做的事情。拥有真正的自律后,才能达到"从心所欲而不逾矩"的境界。

在自律方面,王维堪称典范。

《旧唐书·王维传》有云:"在京师日饭十数名僧,以玄谈为乐。斋中无所有,唯茶铛、药臼、经案、绳床而已。退朝之后,焚香独坐,以禅诵为事。"

王维的自律,体现在他的信仰、生活、工作等各个方面。

王维母亲笃信佛法,受母亲影响,王维自小信奉佛法。他的爱妻去世后,他拜在长安大荐福寺道光禅师门下,成为居士。

"在京师日饭十数名僧,以玄谈为乐",说明他经常邀请高德大僧到家中切磋学问；

"斋中无所有，唯茶铛、药臼、经案、绳床而已"，说明他的物质生活极其简单朴素；

"退朝之后，焚香独坐，以禅诵为事"，说明他虽身居官场，却不为官声所累，潜心修行。

人最终的高度，取决于对自我要求的高度。唯其自律，才能达到常人难以企及的高度。

6

再说王维的创新。

在唐代，会写诗的人很多，会画画的人很多，会书法的人很多，会弹奏乐器、精通音律的人也很多。

但是，能同时精通诗歌、绘画、书法、音律，且在各个领域或开先河、或达到巅峰的人，不说和王维同时代的人，便是纵观古今，恐怕也很少见。

我能想到的，是王维和苏轼。

苏轼比王维晚出生三百三十六年，他自视甚高，很少夸赞别人，却对王维推崇备至。

在《东坡题跋·书摩诘〈蓝关烟雨图〉》中，他这样写道："味摩诘之诗，诗中有画；观摩诘之画，画中有诗。"

王维的创新，体现在他的诗、书、画、音乐各个方面，其中尤以诗、画最甚。

关于诗歌。

王维继承了陶渊明的田园诗和谢灵运的山水诗，开创了别具一格的山水田园诗派，和孟浩然并称"王孟"。同时，他将禅意融入山水田园诗中，被世人誉为"诗佛"。

我脑海中一直有这样一个画面：秋风乍起，层林尽染，王维漫步红枫遍野的山间，不知不觉走到了溪水尽头。他抬头远眺，天上云卷云舒，时有雁阵飞过。他嘴角渐渐上扬，朗声吟道："行到水穷处，坐看云起时。"

此时，夕阳西下，他宽袍缓带的从容背影，一点一点消融在了苍茫无边的天地之间。

或许，诗中的禅意，正在于此。

关于绘画。

唐代的主流画派是青绿山水画，代表人物是李思训、李昭道父子。王维另辟蹊径，开创水墨山水画，被明末董其昌推为南宗山水画之祖，有"江流天地外，山色有无中"之意境。

他写了两部对后世影响深远的绘画理论著作,一是《山水论》,二是《山水诀》。

《山水论》有云:"凡画山水,意在笔先。丈山尺树,寸马分人。远人无目,远树无枝。远山无石,隐隐如眉。远水无波,高与云齐。"

《山水诀》有云:"夫画道之中,水墨最为上。肇自然之性,成造化之功。或咫尺之图,写千里之景。东西南北,宛尔目前。春夏秋冬,生于笔下。"

王维善于运用皴法和凹凸晕染法,用笔干湿浓淡,各有其妙,别有一种萧疏淡远的禅意,传世名作有《雪溪图》《江山雪霁图》《辋川图》等。

北宋文人极其推崇王维的水墨山水画,宣和年间编撰的《宣和画谱》中,收录王维的绘画作品多达一百二十六幅。

7

最后说说王维的放下。

王维的一生,有大起大落,也有大喜大悲,但从《全唐诗》中收录的他写的400多首诗来看,却看不出悲喜,颇有陶渊明"纵浪大化中,不喜亦不惧"之感。

人闲桂花落,夜静春山空。月出惊山鸟,时鸣春涧中。

独坐幽篁里,弹琴复长啸。深林人不知,明月来相照。

空山新雨后,天气晚来秋。明月松间照,清泉石上流。

……

他的诗,不见一个"我",却处处是我;他的心,流连万物,却又"空无一物"。

台湾作家林清玄说:"最好看的电影,结局总是悲哀的,但那悲哀不是流泪或者号啕,只是无奈,加上一些些茫然。"

正如"年少不懂李宗盛,听懂已不再是少年"一样,年轻时,我们读不懂王维,读懂王维,需要经历一些人、一些事。

王维的一生,有过刻骨铭心的爱,也有过锥心刺骨的痛;有过"相逢意气为君饮"的豪迈,也有过"不向空门何处销"的悲痛……

他的爱和痛一样深刻,他的得到和失去一样惨烈。历经磨难的他,渐渐明白:人生,其实就是一个不断失去的过程。既然如此,何不放下?

于是,他在蓝田辋川觅得一片净土,山林之间,有山有湖,有溪有谷。不上朝的日子,他便脱了官服,徜徉在山林间,与清风浅斟,与明月低唱……

于他而言,世间种种红尘往事,都已如过眼云烟。他以诗的无我,消融了生命的悲哀;以佛的空境,消解了命运的无常。

佛,不是生来就两手空空、了无烦恼,而是历尽红尘,看遍繁华后,于"深林人不知,明月来相照"之时的淡淡一笑，不悲不喜，不哀不乐。

他终成"诗佛"，诗中有山水，无处不田园。

电影《卧虎藏龙》中，导演李安借李慕白之口说："把手握紧，里面什么也没有；把手松开，你拥有的是一切。"

王维，又何尝不是呢？

8

写《红豆生南国》的过程，于我而言，是一次学习和修行。

因为王维、崔璎珞、玉真公主，我仿佛穿越到了大唐，跟着他们一起经历大唐由盛而衰的整个过程。这个过程，让一个个不眠之夜有了岁月的痕迹和成长的喜悦。

2003年夏天，大学毕业前夕，我写了一篇散文，题目是《脚比路长》。

十八年过去了，我依然记得那个结尾："脚比路长，一步一步走下去，就是我们光芒万丈的人生。"

写《红豆生南国》，正是这样的埋头走路。

不问前程，不怕远方，只在乎当下的每一步。

如若走得笃定、踏实，即便慢一点，累一点，也满心欢喜。

且，无欲无求，无怨无悔。

目录

红豆生南国 上

第一章　出身世家　求取功名 /1

第二章　元宵佳节　惊鸿一瞥 /6

第三章　璎珞是她　他是王维 /12

第四章　阳春古曲　芳心萌动 /17

第五章　幸会岐王　吐露心事 /23

第六章　鸿雁传书　两情相悦 /29

第七章　平地风波　初见公主 /37

第八章　春闱夺魁　金秋提亲 /42

第九章　赠君香囊　为卿抚琴 /49

第十章　回首半生　茶香氤氲 /57

第十一章　缝制春袍　巧绣鸳鸯 /64

第十二章　红豆传情　吟诗明志 /73

第十三章　有缘无分　确定婚期 /81

第十四章　不测风云　贬离长安 /87

第十五章　政治无情　千里探亲 /94

第十六章　冷暖自知　久别重逢 /102

第十七章　良辰美景　策马天涯 /109

第十八章　济州路遥　贺礼情重 /116

第十九章　十里红妆　百年好合 /123

第二十章　百岁羹暖　红豆镯美 /128

第二十一章　汴州赏菊　青城饮酒 /134

第二十二章　公主深意　李白失意 /140

第二十三章　缝制冬袍　饮酒猜谜 /148

第二十四章　好友重逢　痛失爱子 /155

第二十五章　参悟生死　意外重逢 /162

第二十六章　棋逢对手　雪中芭蕉 /168

第二十七章　小别重逢　南下越州 /175

第二十八章　千古爱情　父子碑亭 /180

第二十九章　泛舟溪上　饮酒吹笛 /186

第三十章　书圣风采　青瓷风光 /192

第三十一章　弱水三千　只取一瓢 /200

第三十二章　愚公不愚　璎珞有喜 /208

第三十三章　为卿煮茶　穿线乞巧 /216

第三十四章　情有独钟　夫妻印章 /222

第三十五章　璎珞临盆　险象环生 /230

第三十六章　喜得爱女　千里琵琶 /238

第三十七章　药膳养生　妙笔画像 /246

第三十八章　镶玉琵琶　冰释前嫌 /255

第三十九章　枣浆暖身　琵琶惊心 /261

第四十章　圣心波澜　不为所动 /269

第四十一章　为妻煮茶　哄女嬉戏 /274

第四十二章　誓死护堤　送别知己 /280

第四十三章　无心之语　心底波澜 /285

第四十四章　岐王薨逝　公主开解 /293

第四十五章　小人告密　平地风波 /301

第四十六章　辞官归隐　进宫求情 /308

第四十七章　天道人心　无欲则刚 /315

第四十八章　房琯赴任　张说失意 /321

第四十九章　秋日书法　春日对弈 /328

第五十章　房家妻妹　杜家神童 /334

第五十一章　生子有望　护妻心切 /340

第五十二章　水中竹亭　琴瑟和鸣 /346

第五十三章　远离庙堂　身内身外 /353

第五十四章　意外有喜　半夜惊梦 /360

第五十五章　挥别夕阳　阴阳两隔 /367

第五十六章　求生不得　求死不能 /375

红豆生南国　下

第五十七章　重返长安　道观长谈 /387

第五十八章　公主求情　重返朝廷 /393

第五十九章　兄妹初见　知己重逢 /401

第六十章　长安联诗　洛阳探病 /406

第六十一章　惹恼圣上　落第返乡 /412

第六十二章　二度辞官　首次入京 /417

第六十三章　义子凯旋　兄妹重逢 /425

第六十四章　一叶障目　一云蔽日 /431

第六十五章　旁敲侧击　高手过招 /437

第六十六章　真言刺心　美酒醉人 /444

第六十七章　身有不堪　心有嫌隙 /450

第六十八章　心如死灰　权倾朝野 /457

第六十九章　皇家秘密　惠妃心事 /462

第七十章　为姊书丹　为妻醉酒 /470

第七十一章　见字如人　有口难言 /475

第七十二章　志在必得　胸怀天下 /483

第七十三章　前朝明争　后宫暗斗 /490

第七十四章　东巡洛阳　隐居终南 /496

第七十五章　无意续弦　急于拜相 /501

第七十六章　忧心国事　谋划家事 /508

第七十七章　太子忧心　宰相发力 /514

第七十八章　寿王大婚　朝堂纷争 /521

第七十九章　久别重逢　以心换心 /529

第八十章　仙芝告白　莲儿受惊 /536

第八十一章　信笺传情　抚琴论道 /542

第八十二章　废立相争　天子家事 /548

第八十三章　情窦初开　义无反顾 /555

第八十四章　九龄贬官　林甫得势 /561

第八十五章　太子废杀　惠妃病逝 /568

第八十六章　远赴凉州　辞别公主 /576

第八十七章　塞外风光　将军苦衷 /581

第八十八章　受人之托　忠人之事 /587

第八十九章　终成眷属　空有余恨 /594

第九十章　力士力荐　玉真玉成 /602

第九十一章　巧夺儿媳　痛失爱妻 /608

第九十二章　倾诉衷肠　冷若冰霜 /616

第九十三章　如获至宝　改元天宝 /622

第九十四章　隔墙有耳　告老还乡 /632

第九十五章　西出阳关　南遇神会 /641

第九十六章　赶尽杀绝　物是人非 /648

第九十七章　禄山起兵　仙芝出征 /653

第九十八章　洛阳失守　退守潼关 /660

第九十九章　惊闻噩耗　痛不欲生 /667

第一百章　潼关失守　仓皇西逃 /673

第一百零一章　马嵬兵变　香消玉殒 /679

第一百零二章　分道扬镳　携手同行 /685

第一百零三章　兵临城下　城头抚琴 /691

第一百零四章　空城空心　长安沦陷 /698

第一百零五章　身陷囹圄　惨遭杀戮 /704

第一百零六章　愤然摔琴　痛心吟诗 /710

第一百零七章　被迫投降　慷慨从军 /717

第一百零八章　父子反目　兄妹重逢 /724

第一百零九章　益州感怀　长安收复 /731

第一百一十章　劫后重生　全力以赴 /737

第一百一十一章　动之以情　晓之以理 /744

第一百一十二章　含泪拥吻　忍辱偷生 /754

第一百一十三章　上表谢恩　睹物思人 /759

第一百一十四章　行至末路　坐看云起 /767

第一百一十五章　施庄为寺　献粮煮粥 /774

第一百一十六章　琴曲思君　花开送卿 /780

尾声 /786

答读者问（代后记）/787

第一章 出身世家 求取功名

公元715年，大唐开元三年，初春。

在通往京城长安的驿道上，梨花比往年开得早，开得多，成片成片，浓荫满地。

自李隆基712年铲除姑姑太平公主势力，继承皇位，713年改年号为开元以来，大唐王朝正一步步走向繁荣。正如这一路的梨花，如火如荼，日上日妍。

忽然，一阵尘土轻扬，一个十五岁的翩翩少年踏马而来。

少年姓王，名维，701年出生于河东蒲州（今山西永济）。

王维可以说是含着金钥匙出生的，因为他出生在从汉代起就世代为官的天下五大望族之一——太原王氏。

太原王氏祖先中，最早闻名于世的是东汉初年的王霸。王莽篡位后，王霸弃官归隐，朝廷屡次征召，均不为所动。之后，曹魏时期的司空王咏、两晋时期的名臣王述、王坦之等，也都出自太原王氏。

自王维懂事以来，父亲王处廉就告诉他，他身上承载着王家先祖们的荣光。远的不说，五代之内的，就有隋朝时期担任镇东将军的王琼，初唐时期担任赵州司马的王儒贤和扬州司马的王知节。

王处廉还特别提到了王维的祖父王胄。王胄是初唐著名音乐家，曾任朝廷的协律郎，掌管调正各种音乐律吕，尤其擅长琵琶和古琴，被时人称为"国手第一"。

王处廉本人也知识渊博，年纪轻轻就考取功名，官至汾州司马。王维母亲崔氏，出自博陵崔氏，知书达理，温柔贤淑。

王维是家中长子，说到他的名字，还有一番由来。

王处廉和崔氏婚后不久，崔氏就有了身孕。快临盆时，崔氏梦见古印度著名居士维摩诘，醒后连忙告诉王处廉。王处廉说，维摩诘是古印度毗舍离的一个富翁，家有万贯，奴婢成群。但是，他虔诚修行，即便有妻有子过着世俗生活，也能自得解脱、修炼成佛。王维出生后，王处廉夫妇就为长子取名为"维"，字"摩诘"。

后来，王维陆陆续续有了5个弟弟妹妹。一家人不为衣食而忧，不为束脩而愁，过着其乐融融的日子。

王处廉亲自教孩子们诗文，从文字、声韵、训诂教起，由小学进入经学，再由经学步入史学。

王维天资聪颖，六岁就能过目成诵、出口成章，成了远近闻名的神童。而且，王维还继承了祖父王胄的音乐天赋，随便拿起一件乐器，就能拨弄出美妙的旋律来。王处廉大为惊喜，特地请来父亲的得意弟子，教王维各种乐器。

如果说王维的音乐天赋来自祖父，那么，他对画画的喜欢则受母亲影响。

崔氏喜欢画画，照顾儿女之余，经常拿起画笔，一画就是大半天。崔氏作画时，年幼的王维就在一旁铺纸磨墨。崔氏告诉王维，画树要有四枝，画石要有三面，画山要有阴阳向背。崔氏还说，天地之间有大美，关键要有一双发现美的慧眼。拿起画笔时，画的不是风景，而是心境……

然而，这样现世安稳、岁月静好的日子，却在709年一去不返！那一年，王处廉不幸病逝，年仅九岁的王维永远失去了父亲！

任凭崔氏哭断肝肠，任凭王维和弟妹号啕大哭，都再也唤不醒王处廉了。

王维明白，对年幼的弟妹们来说，长兄如父。从父亲去世的那一天起，他就提前结束了原本无忧无虑的童年，用他单薄的肩膀挑起父亲留下的重任。他要孝顺好母亲，照顾好弟妹，让父亲在天之灵安息。

让王维揪心的是，父亲去世后，母亲的心似乎也随之而去了，常常看着父亲生前穿过的衣物默默垂泪。直到三年后，父亲丧期已满，母亲开始捧起佛经，才渐渐走出了那失去亲人的巨大哀痛。

有一天，母亲告诉王维他名字的由来，并让他诵读大乘佛教经典《维摩诘经》。母亲告诉他，《维摩诘经》认为，人在世俗生活中也能修炼成佛。

"摩诘，一切自有天意。或许，咱家和佛自有一段缘分吧。"

母亲的话像涓涓细流般浇灌着王维的心田。从此，母亲诵读佛经的声音，伴随王维和弟妹长大，并在他们心里播下了佛学的种子。

时光荏苒，当715年春天来临时，王维已经长成了十五岁的翩翩少年。他继承了父亲和母亲的所有优点，熟谙诸子百家，精通音律，擅弹琵琶，书画俱佳，是不可多得的多才多艺之人。

然而，他并不以才自傲，仿佛他所擅长的都是不值一提的小事。受母亲的影响，他也淡泊名利，并未将功名利禄放在心上。

不过，随着年岁渐长，他并没有忘记他身上的使命，那就是父亲生前对他的殷殷期盼——他的身上，承载着王家先祖们的荣光。

而在当时的大唐，最能让读书人光宗耀祖、光耀门楣的，无疑就是到长安参加科举考试。长安，是每一个读书人实现梦想的地方。

于是，当715年春天来临时，王维终于郑重地告诉母亲，他要前往长安，参加来年的科举考试。

崔氏放下手中的佛珠，目光久久停留在王维脸上，沉默良久后，含泪点头道："摩诘，你果然长大了。"

一个春雨蒙蒙的日子，王维别过母亲和弟妹，跨出了家门。小他一岁的二弟王缙一直送他到城外。

分别之际，王维拍了拍王缙的肩膀："夏卿，母亲身子骨弱，弟妹们还不懂事，家里的事就都交给你了。"

"大哥放心吧，家里有我呢。倒是大哥你，出门在外，比不得家里，凡事都要小心些。"王缙比王维略矮半头，一脸崇拜地看着王维道。

"好！"王维用力点了点头。在略带寒意的潇潇春雨中，跃然上马，向那个繁华富庶的长安城出发了。此时的他并不知道，他即将要去的长安，将对他意味着什么。

一路星夜兼程，不出几日，王维就到了骊山脚下。自幼饱读史书的他，自然知道骊山绝非等闲之地。

上古时期，女娲在这里炼石补天；西周末年，周幽王在此烽火戏诸侯；统一天下的秦始皇，将他的陵寝建在骊山脚下，并安排兵马俑军阵相伴千年。如今，每到秋冬时节，大唐天子就带着嫔妃来骊山沐浴温泉……

这样想着想着，王维不由感慨万千，随口吟了一首咏史诗《过秦皇墓》。他仿佛有一双与生俱来的善于看透世事的慧眼，有一种和年龄不相符的成熟和淡定。

在别人眼里不可一世的秦始皇，在他看来，一样逃不出佛家的一个"空"字。不是吗？即使秦始皇将陵墓建造得再豪华，想要让秦朝统治千秋万代，却终究是一场空，终究躲不过二世亡国的命运。

过了骊山，长安就近在眼前了。尽管王维对长安的富庶繁华早有耳闻，但当他终于站在长安城南的明德门下时，依然被深深震撼了！

这座始建于隋朝的长安城，如同一块镶嵌在八百里秦川上的宝玉，散发着让世人不敢直视的耀眼光芒！

这是一座举世无双的雄城，这里有全世界最强大的军队、最美丽的丝绸、最富庶的粮仓、最可口的美食、最动人的诗歌，各个国家的使臣、客商、僧侣、工匠，正像潮水一般源源不断涌向这里……

当王维随着熙熙攘攘的人流穿过明德门时，展现在他眼前的，是一条前所未见的一眼、看不到尽头的大街，气势恢宏，气象万千！

他曾听父亲说起过，长安城中最繁华的大街，叫朱雀大街。而他眼前的这条大街，正是朱雀大街。

熙熙攘攘的人群中，有鲜衣怒马的纨绔子弟，有佩剑出游的文人士子，有帷帽遮面的豪门贵女，有当街叫卖的贩夫走卒，也有站在酒肆门口卖力揽客的胡姬美女，当然，也不乏金发碧眼或卷发翘须的不知来自何国的使臣或商人……道路中间，不时有牛车、马车疾驰而过，将整条大街挤得水泄不通。

"长安，我来了！"置身这座雄城，王维只觉得身上的担子更重了。为了母亲和弟妹，他要在长安潜心备考，放手一搏，争取早日金榜题名，告慰父亲在天之灵。

可是，王维没有想到的是，虽然他才华横溢，但因为科举考试和官场存在千丝万缕的联系，他要走的这条路，远比他想的艰难得多。

此时，是李隆基执政的第四个年头，自他伯父李显执政时期韦后干政导致的"卖官鬻爵"之风依然盛行。

李显是李治和武则天的儿子，和李治一样，也是一个懦弱的皇帝。而他的妻子韦后和女儿安乐公主，则和武则天一样，都是权力欲极强的女人。

她们为了扩大自己的权势，随心所欲地给自己人封官许愿。只要花上足够的银子，就可以买到一官半职，这种官职被称为"墨敕斜封官"。一时间，长安城内，弄权纳贿、卖官鬻爵之风猖獗。

因此，716年春天，王维第一次参加科举失利，既出乎意料，又在所难免。王维终于明白，现实远比他想象的更为复杂。

他不是不知道，要想榜上有名，就要像其他士子那样去干谒王公贵族，拜访社会贤达，结交名人雅士，但最终，他自嘲地摇了摇头。非不能也，实不愿也。

从716年初夏到717年秋天，他在长安备考之余，一边游历名山大川，一边思考人生该何去何从，并结识了一些志同道合的朋友。这其中，同样科举失利的河南人祖自虚和他最是投缘。

祖自虚在家中排行第六，王维称他为"祖六"。

717年九月初九，王维和祖自虚结伴攀登长安附近的终南山。

古人有云："关中河山百二，以终南为最胜。"终南山位于秦岭山脉中段，东起盛产美玉的蓝田县，西至秦岭主峰太白山，绵延二百余里，雄峙在长安城南，素有"天下第一福地"之称。

两人漫步山间，边走边聊。

"摩诘兄，终南山本来只是一座山，因为幽州范阳人卢藏用曾在此隐居，以此获得贤名,被唐中宗看中,请入朝中为官,就有了'终南捷径'一说。"

"是的,卢藏用四年前去世了,年仅四十九岁。他以文辞才学著称,年纪轻轻就考中进士,不过迟迟未被授予官职。郁郁不得志的他,就和哥哥卢征明隐居终南山。"

"不知卢藏用隐居终南山时,是否想到后来竟有那样一番际遇?可见世上之事,原也难说!"祖自虚叹了口气,目光中隐隐闪烁着向往之情。

"祖六,自古以来,选择隐居之人,大抵有三种,一是官场不得意者,二是看破世事者,三是不愿与世人同流合污者。若说想借隐居之举引起朝廷关注,当非隐者本意罢。至于朝廷,偶尔任用一二隐士,以示他们求贤若渴之心也未可知。虽然卢藏用被人戏称为'随驾隐士',但或许他也有难言之隐,只是我们不知道罢了。"王维拍了拍祖自虚的肩膀,淡然一笑。

两人边走边聊,不知不觉就爬到了山顶。放眼远眺,目光所及之处,是连绵不绝的山峰。山的尽头,有他们的家人吗?

"祖六,我离家两年多了,依然一事无成,无颜回家呐。"

"摩诘兄,我又何尝不是如此呢?都说'学成文武艺,货与帝王家',可惜我们至今还不得要领。"祖自虚身体本就单薄,方才一边爬山一边说话,不由有些上气不接下气,忍不住咳嗽了起来。

王维忙替他轻轻捶背:"祖六,今日是重阳节,你我都远游在外,上不能孝敬父母,下不能照顾弟妹,可愧可叹。"

王维转身看向蒲州的方向,不由想起了以前在家和弟妹们过重阳节时的情景,情不自禁开口吟道:"独在异乡为异客,每逢佳节倍思亲。遥知兄弟登高处,遍插茱萸少一人。"

"好诗!好诗!"王维话音刚落,祖自虚就一迭声拍掌叫好道:"好一句'独在异乡为异客,每逢佳节倍思亲',把你我想家却无颜回家的心情表达得入木三分!摩诘兄,我有种预感,这首诗定会成为千古名篇,流芳百世!"

"哪里哪里,今日是九月初九,这首诗不妨就叫《九月九日忆山东兄弟》吧。"

"好,'落地为兄弟,何必骨肉亲',咱们虽不是亲兄弟,却胜似亲兄弟。从今往后,咱们有难同当,有福共享。"祖自虚似乎也被王维感染了,忍住咳嗽,意气风发道。

山风吹来,两个年轻人的手紧紧握在了一起,彼此的眼睛似乎都有些湿润了。

此时此刻,王维还不知道,在他人生最失意的时候,那个他生命中最重要的人,即将走进他的人生。

第二章 元宵佳节 惊鸿一瞥

秋去冬来，一转眼，就到了718年元宵节。这一年，是开元六年，风调雨顺，国泰民安。然而，王维却高兴不起来。

自去年重阳节从终南山回来后，祖自虚一直咳嗽不止。白天还可，一到夜间就咳得厉害，甚至无法入睡。祖自虚本就身子单薄，如此一来，更是日渐憔悴。去年冬天，王维劝他回家调养，等身子好了再来长安备考。眼下已是元宵节，还迟迟不见祖自虚来，王维心里很是牵挂。

按大唐风俗，元宵节是一年之中最为喜庆的节日，从正月十四一直热闹到正月十六，且开放宵禁。

此时此刻，听着街头此起彼伏的爆竹声和喧哗声，王维叹了口气，与其在客栈内发闷，还不如去街上走走。对于孤独的人来说，有时候，喧嚣也是一种安慰。

步出客栈，放眼望去，长安街头张灯结彩、灯火通明。家家户户门前都挂着各色花灯，有些气派的人家门口还有高大挺拔的灯树。各处路口和坊门都设着彩烛辉煌的灯棚和灯楼，将长安城映照得如同白昼。

随着熙熙攘攘的观灯人潮，王维漫无目地随意走着，不知不觉来到了东市。东市愈发人声鼎沸，随处可见一个个灯棚连着一座座戏台，台上灯明如昼，台下人头攒动，正在上演最受长安人喜欢的歌舞百戏。

置身这歌舞喧天、灯烛匝地的繁华胜景，王维愈发思念远方的亲人和好友，不由在心里叹了口气。

忽然，前方传来一阵响亮的敲锣声，只听一位中年男子扯着嗓子喊道："来来来，上元节灯谜大会开始咯！某已备下美酒和厚礼，敬请各路高手见招出招，一比高下！"说着，又是一阵清脆的敲锣声。

猜灯谜？王维不由想起小时候，每逢元宵佳节，父亲就会带他们兄妹上街看花灯、猜灯谜。父亲告诉他们，猜灯谜看似复杂，其实简单，不过就是拆字法、离合法、增补法、减损法、半面法等十多种。在父亲的点拨下，王维从小就熟谙此道。

这样想着，王维不由来了兴致，快步走到擂台边一看究竟。只见五彩花灯上早已贴好了琳琅满目的谜条，猜中者可撕下谜条，取走擂主准备的厚礼。

他看了看离他最近的一个谜条，上面写着"王夫人谢客"（打陈子昂诗一句）。王维低头略一思索，"王夫人"是指"后"，"谢客"是指"不见来者"，谜底不就是陈子昂写的"后不见来者"吗？

正当他准备出手撕谜条时，说时迟，那时快，谜条却被旁边一个小个子少年抢先一步撕走了，只听那少年声音清脆道："谜底是'后不见来者'。"

王维不禁回头看了少年一眼，只见他大约十三四岁年纪，眉清目秀，顾盼神飞，心中先是一愣，继而笑了笑，继续看第二个谜条——"明月当空人尽仰"（打一字）。

王维当即想到了减损法，"明月当空"的"明"字因"月当空"而成了"日"字，"人尽仰"的"仰"字因"人尽"而成了"卯"字，将"日"与"卯"重新组合，谜底不就是"昂"吗？

正当王维想脱口而出"昂"字时，谜条却又被那个少年撕走了。只见那少年高举谜条一脸兴奋道："谜底是'昂'！"

擂主连连拍手赞道："自古英雄出少年，这位小郎君果然了得！"

王维不禁再次看了看这个清俊少年，只见这个少年身边还有一个身材略高的少年，正竖起大拇指对他啧啧赞叹。

王维心想，难得遇到能和自己旗鼓相当的猜谜高手，不妨和他交个朋友？

正当王维想走过去攀谈几句时，忽然，擂台上的一个花灯意外掉落！眼看就要砸到猜谜少年旁边一个怀抱婴儿的妇人身上，千钧一发之际，猜谜少年迅速伸出自己的手臂，将花灯挡在了距婴儿一尺之外。

刹那间，花灯火星四溅，将少年手臂上的衣服烧焦了一大块，瞬间散发出一股绫罗烧焦的味道！这花灯若是砸在婴儿脸上，后果将不堪设想！

婴儿受了惊吓，哇哇大哭，所幸毫发无伤。妇人抱着婴儿连连向少年道谢，一迭声叫他"恩公"。

少年用手捂住衣服烧焦之处，连说"没事没事"。然后，看了身边的高个少年一眼，两人悄然离去。

这一切都被王维看在眼里，少年的聪明伶俐和行侠仗义，都在王维心里留下了深刻的印象。王维有种很想认识少年的冲动，便连忙追了上去。可惜街上人潮汹涌，一不留神，就不见了那两个少年的踪影。

不知为何，一丝惆怅从王维心底冉冉升起。茫茫人海，相逢只是偶然，重逢更是偶然中的偶然，一旦错过，不知何时才能重逢？这样想着，他看花灯、猜灯谜的兴致顿时减了大半，离开擂台，在街上漫无目的地走着。

不知走了多远，看到街角有一家醉和春酒楼，店家尚未打烊。王维心想，长夜无聊，还是喝杯小酒暖暖身子吧。

酒楼老板姓孔名福，五短身材，敦厚豪爽，人称福大。

看到王维，福大忙迎了过来，热情招呼道："这位客官，想要来点什么？"

"店家，能否来壶汾州干酿，配点小菜？"王维说的汾州干酿，产自山西汾州杏花村，杏花村有一个马跑神泉，用来酿酒极好。王维父亲爱喝汾州干酿，受父亲影响，王维也对汾州干酿情有独钟。

"好嘞！"福大手脚利落地上齐了酒菜，说："客官请慢用，有事尽管吩咐。"

王维笑着点了点头，举起酒壶，自斟自酌。汾州干酿入口绵柔，回味悠长，王维不知不觉喝了好几杯。

忽然，从门口走进来两个少年。王维定睛一看，其中那个瘦小一点的，不正是刚才那个猜中灯谜、仗义救人的少年吗？原以为擦肩而过了，不料居然在此重逢！

两个少年挑了一张靠墙的桌子坐下，福大过去问他们想吃什么，其中个子稍高的少年说："两碗热汤面，配点小菜就好。"

"好咯！"福大应声去了，两个少年开始聊天。

只听那个子稍高的少年说："今晚可被你害惨了，待会回客栈，怎么向阿爷交代？"

那个猜谜少年则俏皮地说："哎呀，只要你不说，阿爷怎会知道？"

"你看你，衣服都烧焦了一大块，还怎么瞒得过阿爷？对了，你胳臂上还疼不？"

"不疼，冬日衣衫厚，胳臂没事。待会回到客栈，我把衣服换了，不就成了？"

"唉，真是拿你没办法。万一真有点什么事，阿爷一定拿我是问。"

"好了好了，别担心了，面来了，快吃吧。"

福大将两碗热气腾腾的汤面端到他们面前，他们道了声谢，开始津津有味地吃起来。

听了两人对话，王维心中明白了几分。两个少年应该是兄弟，今晚看花灯，应是瞒着家人偷偷溜出来的。

眼见他们吃得差不多了，王维心中略一犹豫，还是起身走了过去，看着猜谜少年笑道："这位少年年纪轻轻，却能在危急关头仗义救人，可敬可佩。"

听到王维说话声，猜谜少年下意识抬头，却又迅速低头，似乎在躲闪王维好奇的目光。

另一个少年倒是落落大方地起身抱拳道："这位兄长好，他是我弟弟，生性胆小，不善言辞，失礼之处，还请多多包涵。"

"哪里哪里，看你们年纪，应该不到十五岁吧？"

"兄长好眼力，小弟今年刚满十四，不知兄长贵庚？"

"我虚长贤弟四岁，河东蒲州人氏。不知贤弟来自哪里？"

"小弟来自河北定州，名叫崔兴宗，我弟弟叫崔友宗……"

崔兴宗很是健谈，正想滔滔不绝说下去，却被低头吃面的崔友宗扯了扯衣袖，示意他坐下吃面。

王维不由有些尴尬，笑了笑说："面要凉了，快趁热吃吧。我住在春明门外云来客栈，他日若有闲暇，欢迎两位贤弟来客栈小坐。"

"好啊，小弟改日一定登门拜访。"

崔家两兄弟草草吃完了面，崔兴宗起身对王维抱拳说："这位兄长，我们先告辞了，后会有期。"说着，和崔友宗一起走了出去。

看着两个少年远去的背影，王维心中颇觉疑惑。特别是那个名叫崔友宗的少年，猜灯谜时明明那样敏捷灵活，但方才却如此"生性胆小，不善言辞"，似乎转眼之间，就像换了个人似的。

正疑惑间，王维忽然发现，刚才崔友宗坐的凳子旁有一方丝帕。他走上前去，弯腰拾起，展开一看，只见丝帕上绣了一行清丽婉约的小字，正是他的《九月九日忆山东兄弟》中的名句——独在异乡为异客，每逢佳节倍思亲。落款处是"璎珞"二字。

这一惊，非同小可！

"璎珞？"王维喃喃自语，"这个名字的主人，定是一位美好的女子吧？她既然喜欢我的诗，也算是我的知音了，难得，难得。"

但王维转念一想，又觉得此事有几分蹊跷。这方丝帕出现在崔友宗坐过的凳子旁，想必是他刚才走得匆忙，不慎掉落在地的。明明是一个女子的丝帕，怎会出现在崔友宗的身上？莫非，璎珞是崔友宗的心上人？

王维赶紧跑出酒楼，想找到崔友宗物归原主，可惜崔友宗早已不见踪影。王维想将丝帕交给店家，又怕崔友宗不会来店取走，到头来反而糟蹋了丝帕。

思来想去，王维决定亲自保管这方丝帕。他将丝帕小心翼翼地揣入怀中，往云来客栈走去。"或许有一天，他们会来客栈找我，那时就可以物归原主了。"

元宵佳节已过，按理祖自虚该来长安备考了，但却迟迟没有消息。

王维心中隐隐感到不安，甚至有种不祥的预感。果然，正月二十那天，噩耗传来：年仅十七岁的祖自虚病逝了！这是王维自父亲去世以来再一次遭遇死亡之痛！

死亡之神再次向王维露出狰狞的面容，向他宣告："人如蝼蚁，命如草芥，生老病死，聚散离愁，你能奈何！能奈我何！"

王维痛苦地闭上了眼睛。9年前，父亲去世，正当壮年。如今，祖六去世，还是少年。

他的眼前不禁浮现祖六那清瘦的面庞和温和的眼神。十七岁，恰如一轮刚跳出地平线的朝阳，正要发光发热时，却被死神之手狠狠地拽到了暗无天日的地狱里，淹没在无边无际的黑暗中，仿佛从未来过人间……

"孤独地来，孤独地走，难道这就是每一个人逃脱不掉的宿命吗？既然生命随时可以被死神剥夺，生命的意义又在哪里？"王维心痛如绞，既为祖六的早逝心痛，又为父亲的离去心痛，更为生命的无常心痛。

"花时金谷饮，月夜竹林眠"，和祖六一起在长安挑灯夜读的日子，一幕一幕浮上心头。他强忍泪水，提起笔来，一口气写下了悼念祖六的长诗《哭祖六自虚》。

全诗共64句，从祖六年幼写起，写其瘦弱多病，写其贤能多才，写其交谊之深，写其痛失知音之悲……

原以为可以一辈子有难同当，有福共享，到头来，却是"琴声纵不没，终亦继悲弦"！悲哉！悲哉！

当王维沉浸在痛失知音的悲痛中时，崔家姐弟则沉浸在初到长安的兴奋中。

原来，王维在元宵灯会上偶遇的那对少年，并非兄弟，而是一母所生的双胞胎姐弟。姐姐叫崔璎珞，弟弟叫崔兴宗，今年刚满十四岁。

和王维母亲崔氏一样，崔璎珞和崔兴宗的祖上，也是赫赫有名的博陵崔氏。

崔家是河北定州的世家，不仅有良田千亩，且以诗书传家，日子过得富足闲逸。可是，美中不足的是，崔家大郎子嗣不旺，迟迟没有一儿半女。直到三十岁上下，才得了一对龙凤胎。

崔大郎喜出望外，视若珍宝，为女儿取名"璎珞"，将其视为"掌上明珠"，为儿子取名"兴宗"，希望他"兴旺发达、传宗接代"。

崔大郎夫妇从无半点重男轻女之心，为一双儿女聘请先生，悉心培养。

让崔大郎惊讶的是，和兴宗相比，璎珞似乎更有天赋。先生教过的锦绣文章，璎珞不仅过目成诵，还能出口成章，是名副其实的冰雪聪明的才女。

对于这双聪明伶俐的儿女，崔大郎夫妇看在眼里，喜在心头，日子过得美滋滋、喜洋洋。

718年元宵节前夕，崔大郎和夫人商议："兴宗年纪不小了，也该开始准备科举考试了。我想带兴宗去一趟长安，拜访一些当年的故交，将来也可以有个照应。"

"大郎说的是，是该让兴宗去见见世面了。"崔夫人是典型的贤妻良母，对夫君向来言听计从。

"太好了！阿爷，我们几时起程？"兴宗早就听说了长安的富庶和繁华，听父亲说要带他去长安，高兴地一蹦三尺高。

"长安的元宵花灯最是热闹，我们元宵节前出发，还能赶得上看花灯。"

"看花灯？阿爷，我也想去。"正在一旁画画的璎珞，一开始听父亲在说科举考试，并未放在心上，当听到父亲说起长安花灯时，顿时来了兴致，忙搁下画笔，跑到父亲身边撒娇道。

"璎珞，长安离定州很远，这一路上要走好几天，女孩子家，太辛苦了。"

"阿爷，我不怕。您和兴宗做得，我怎么就做不得呢？"

"那不一样，你出门不方便。"

璎珞一时语塞，不过，灵机一动，计上心来："阿爷，我穿上兴宗的衣衫，打扮成男子模样，不就成了？"

"璎珞，你这脑袋瓜里，到底藏了多少鬼点子？这回还打起我的主意了？"兴宗虽是弟弟，但和璎珞从小没大没小，彼此直呼其名惯了。

"璎珞，你真想跟我们去长安？"崔大郎向来最疼女儿，喝了口茶，问璎珞道。

"阿爷，您从小教我们读书识字，常说要'读万卷书，行万里路'，我当然想去咯。"璎珞一脸笃定道。

"大郎，既然女儿这么想去，您就带她一同前去吧。"崔夫人也心软了。

"阿爷，璎珞穿上我的衣服，保管没人知道她是女孩儿了。如果有人问起，我就说她是我弟弟，哈哈。"兴宗也在一旁撺掇。

搁不住家人这番软磨硬缠，崔大郎也终于心软了，叹了口气道："璎珞，看你如此想去，阿爷也不忍拒绝。不过，阿爷可要告诉你，虽说你打扮成了男儿模样，但出门在外，自然不比家里，要处处小心为好。"

"多谢阿爷，璎珞一定谨记阿爷教诲。"听到父亲终于松口，璎珞如释重负，长长地舒了口气，朝母亲和兴宗吐了吐舌头，调皮地笑了。

此时此刻，崔大郎一定不知道，口口声声说"谨记教诲"的璎珞，到了长安后，心思却比兴宗还活络。就连元宵节去看个花灯都不安分，好端端地竟把袖子也烧焦了。唉，谁让他一直那么宠璎珞呢？

第三章 璎珞是她 他是王维

那晚的小意外,也着实把兴宗吓了一跳。

两人回到客栈时,父亲去故交家中赴宴,尚未回来。兴宗忙让璎珞回房换身衣服,并向店小二要了一些冰块,替璎珞冰敷。

璎珞卷起袖口,只见胳臂上已是通红一片,且还有点红肿。兴宗拿起冰块轻轻地敷了上去,璎珞不禁"哎哟"了一声。

"璎珞,方才出门前,阿爷千叮咛万嘱咐,让我们处处小心。阿弥陀佛,要不是你衣服穿得厚,你这胳臂早就烫伤了,我是越想越后怕。"

"没事没事,不要担心。用冰块多敷几次,保管就好了。"

"唉,谁让你有一个好弟弟呢!"

"刚才你还当了一回我哥呢,和人家说我是你弟弟,名叫崔友宗,煞有介事嘛!"

"还不是为你打圆场,你还好意思说?对了,刚才那位兄长,端的风度翩翩,人家和你说话,你怎么不理人家啊?"

璎珞不由想起了刚才在酒楼偶遇的男子。不知为何,面对这个陌生男子的注视,她心里似乎有一种被看穿的忐忑。

"兴宗,我们在猜灯谜时,他好像也在我们旁边,一直朝我们这边看。刚才在酒楼,他又主动来找我们聊天,莫非他和阿爷相熟?"

"不会。如果他和阿爷相熟,一定会向我们问起阿爷的情况,但他只字未提啊。我看他气度不凡、谈吐不俗,倒是有种一见如故之感。对了,他说他住在云来客栈,离这里不远,改天我要去拜访他!"

"哦……"兴宗越说越有兴致,璎珞则若有所思地应了一声。

其实,刚才在灯谜擂台,她好几次看到他在看她,并向她投来赞许的眼光。她当时想,可能是她数次猜中灯谜,引起了他的注意吧。

后来在酒楼,机缘巧合,他们再次相逢。他主动和她攀谈,她抬起头时,正好对上了他的目光。那一瞬间,不知为何,她忽然有种心跳加速的感觉。

她只觉得，在他面前，她仿佛成了一个透明人，似乎什么都逃不过他明亮澄澈的眸子，包括她的女扮男装。

因此，她迅速地低下了头，紧张得再也不敢抬头说话，怕再次对上他的目光。

他的眼眸，是那样一清如水，却又如此摄人心魄。"眸色清明的人，必定至真至纯……"璎珞默默想着，浑然忘了胳膊上的疼。

"好了，今天敷得差不多了，明早再敷吧。时候不早了，我困得慌，睡觉去咯。"兴宗打着哈欠，收起冰袋起身。璎珞这才回过神来，为自己方才的胡思乱想感到一阵害羞。

"好，千万不要告诉阿爷哦。"

"放心，我不会让阿爷知道的，因为我也不想被你牵连。" 从小到大，兴宗总是不放过一切可以调侃璎珞的机会。

"砰砰砰！"第二天一早，兴宗睡得正香时，传来了一阵急促的敲门声。

"我的姑奶奶，这么早就要我给你敷冰块？容我再睡一会儿行不？"兴宗迷迷糊糊来开门，见是璎珞，就想倒头继续大睡。

"兴宗，我的丝帕不见了，你看到过吗？"璎珞来到兴宗床边，急匆匆地问。

"没有啊。你不是一直带在身上吗？"

"是啊，昨天去看花灯时，明明还在我衣袖里。可是，今天早上，我翻遍了所有衣服和柜子，都没找到，真是奇怪。"

"丝帕又不是绣花针，如果真的找不到了，那只有一种可能——弄丢了。"

"哎呀，那块丝帕可是我花了好几天才绣好的。"璎珞急得快哭了。

"我猜，十有八九，是你昨晚伸手挡花灯时弄丢了。旧的不去，新的不来，你再绣一块不就好了？姑奶奶，容我再睡一会儿。"说完，拉过被子，继续蒙头大睡。

璎珞拿兴宗没有办法，心中一阵失落，闷闷不乐地回到房间，在床沿上坐了下来。

"独在异乡为异客，每逢佳节倍思亲。"去年冬天，她第一次听到这首诗时，就喜欢上了。她听说写这首诗的人叫王维，却不知道王维多大年纪。

凭她的直觉，她觉得王维应该是一位饱经沧桑的中年游子。否则，怎写得出如此情真意切的思亲之诗？

当璎珞为丢失了丝帕闷闷不乐时，王维依然沉浸在失去好友的悲痛中。

这日，綦毋潜急匆匆地来到云来客栈。綦毋潜是江西南康人，出生于692年，比王维年长九岁。十五岁开始游学长安，在长安渐有诗名，却一直未能金榜题名。去年和王维、祖六一见如故，很是投缘。

"摩诘，我刚听说祖六病逝了，这是真的吗？"

"綦毋兄，是真的。"王维招呼綦毋潜坐下，从书桌上取过墨汁未干的《哭祖六自虚》，递与綦毋潜。

綦毋潜心情沉重地读完了《哭祖六自虚》，长叹一声："人生之痛，莫过于白发人送黑发人。可怜祖六的双亲，如何经受得住这般打击？"綦毋潜捶胸叹气，忽然想到了什么似的，提议道，"我前几天碰到卢象、崔颢，他们也很关心祖六，还问起祖六的近况。唉，明日我让他们都来你这里，一起写诗悼念祖六，可好？"

"好。"

崔颢是汴州（今河南开封）人氏，比王维小三岁。卢象是四川汶水人氏，比王维小一岁。在长安备考的日子里，大家都结下了真挚的友谊。

第二天，大家纷纷来到云来客栈。

"摩诘兄，今天我还带了一位新朋友。来，兴宗，快快进来。"崔颢话音刚落，就有一位面容清秀的少年走了进来。王维抬头一看，这不正是那晚在元宵灯会上偶遇的崔兴宗吗？

崔兴宗一跨进屋子，第一眼就看到了王维，不禁惊喜万分，快步走到王维面前，激动地说："兄长，原来你就是摩诘兄？"

"是啊，兴宗，想不到我们又见面啦！"看到崔兴宗，王维也很高兴，那块在酒楼捡到的丝帕，终于可以物归原主了。

崔颢走上前来："摩诘兄，原来你和兴宗早就认识啊！兴宗和我同宗，老家在河北定州。他刚到长安，也准备参加科举考试。今后还请摩诘兄多多关照、多多提点。"

"提点不敢当，我和兴宗有过一面之缘，看来，有缘自会相逢。"王维笑着请大家落座。

"摩诘兄，那晚在酒楼相遇，你谈吐不凡，卓尔不群。可惜我有眼不识泰山，不知道你就是大名鼎鼎的大诗人王摩诘！"崔兴宗显然十分激动，一脸兴奋道，"我和姊姊都很喜欢你的诗，特别是《九月九日忆山东兄弟》，姊姊还将它绣在了丝帕上呢……"

兴宗越说越高兴，不知不觉说多了。

"姊姊？丝帕？"王维心里顿时"咯噔"一下，脑海里迅速闪过丝帕上的那个名字——璎珞。

他立即打断崔兴宗，急切问道："兴宗，恕我冒昧直言，你姊姊芳名可是璎珞？"

"是啊！摩诘兄，你怎么知道我姊姊的名字？"兴宗愣了一愣，一脸疑惑道。

这下轮到王维激动万分了。他强压住心中的惊喜，故作镇定道："兴宗，如果我没有猜错的话，那晚和你一起猜谜的少年，应该就是你姊姊吧？"

崔兴宗心里暗暗吃惊,看来,摩诘兄不仅知道他姊姊的名字,还知道他姊姊女扮男装的事。既然如此,也不必再向他隐瞒什么了。

于是,崔兴宗只好实话实说道:"摩诘兄,那晚你在酒楼遇见的少年,确实是我的龙凤胎姊姊,名叫崔璎珞。这次我来长安备考,她陪我一同前来。出门在外,为了方便,特地打扮成男儿模样。只是,只是,不知兄长是如何知道我姊姊名字的呢?"崔兴宗挠了挠头,百思不得其解道。

崔兴宗这番话仿佛一颗定心丸,让王维有了一种从未有过的憧憬和期盼。他笑而不答,请崔兴宗坐下喝茶:"不着急,以后你自然就明白了。"

王维和崔兴宗之间的这番对话,让周围人都听得丈二和尚摸不着头脑。崔颢热情地将崔兴宗介绍给在座诸位朋友:"来来来,兴宗,我给你一一介绍下。这位是綦毋兄,这位是纬卿兄,今后还有劳各位兄长多多关照呐。"大家彼此问好,自然是一番寒暄。

虽然周遭人声鼎沸,但王维却顾自陷入了沉思。

元宵那晚的一连串偶遇,特别是那块绣着"璎珞"二字的丝帕,就像一颗石子,在他心里激起了层层涟漪。

连日来,他总是情不自禁地掏出丝帕,细细端详。能写出如此清丽婉约小楷的女子,该是怎样一位佳人?他心里突然闪过一个大胆的猜测——那个猜谜时才思敏捷、救人时古道热肠、在酒楼吃面时却低头不语的神秘少年,莫非就是"璎珞"本人?他的不语,是否就是因为害怕被人识破他的女扮男装?

因此,当王维从崔兴宗口里得到肯定的回答时,还有什么比这更让他欣喜若狂的呢?!

璎珞的聪明伶俐、顾盼神飞,再次逼真地浮现在了王维眼前。

这是王维平生第一次对异性有了一种异样的朦胧的感觉。这种感觉,说不清,道不明,就是很想见到她。

"关关雎鸠,在河之洲。窈窕淑女,君子好逑。"王维走到窗前,心中默念《诗经》中的《关雎》。在身后此起彼伏的寒暄声中,他嘴角渐渐上扬,划出了一个温暖的弧度。

这晚,崔兴宗一回到客栈,就一脸神秘地问璎珞:"你猜我今天遇见谁了?"

璎珞正粉颈低垂,端坐窗前,手中绣着一方丝帕。自那天不小心丢了丝帕后,她很是叹了几天气。

"今早出门时,你说崔大哥要带你去拜见一位诗人。瞧你开心的样子,定是遇见什么大诗人了吧?"璎珞放下手中的针线,揉了揉隐隐发酸的脖子,漫不经心道。

"对,是一位大诗人,而且是一位你崇拜的大诗人!"

"哦？我崇拜的大诗人？"这下璎珞顿时来了兴致。

"对，巧的是，这位大诗人还和你说过话呢！"兴宗故意卖起了关子。

"哎呀，到底是谁呀？快告诉我。"璎珞起身摇晃着崔兴宗的胳膊道。

"莫急莫急。你还记得元宵那晚在酒楼遇见的兄长吧？你道他是谁？原来，他就是写《九月九日忆山东兄弟》的大诗人王维！我今天遇见他啦！"

"啊？他是王维？王维是他？！"谜底公布得太突然，璎珞不由愣住了。

读"独在异乡为异客"时，她想当然地以为，诗人定是饱经沧桑的中年男子，怎么竟是那个温润如玉的翩翩少年？

"千真万确，万确千真，他就是大诗人王维！他住在云来客栈，崔大哥带我去拜访的大诗人就是他。他还将悼念友人之作给我们看，功力实在了得，反正我已经佩服得五体投地了！"崔兴宗眉飞色舞，滔滔不绝，眼里是藏不住的兴奋之情。

"原来，他就是王维……"崔兴宗在说什么，璎珞似乎已经不在意了。此刻占据在她心里的，是那晚王维看她时的眼神。虽然只是惊鸿一瞥，但不知为何，她却觉得，他那眸色清明的眼睛仿佛会说话，仿佛能看透她的所有心思……

"看到他那样的眼神，我为何会心跳得紧？这种感觉，似乎从未有过……"璎珞只觉得耳后有些发烫，幸亏兴宗顾自说话，并没有留意到她。她不由垂眸一笑，继续怔怔地想着。

当正月结束时，崔大郎拜访完了长安的故交旧友，嘱咐兴宗留在长安，自己则带着璎珞返回了定州。

父亲和璎珞走后，崔兴宗马上搬来了云来客栈，一则方便就近向王维讨教，二则也有个伴。

当听说璎珞已离开长安时，王维心头一紧，顿时有种怅然若失的感觉。崔兴宗倒是浑然不觉，一味和王维聊着如何崇拜他的诗，想跟他学写诗之类的，王维笑着答应了。

崔兴宗果然是个勤奋的学生，三天两头拿诗稿请王维修改润色，王维对他自与他人不同。连崔颢也忍不住开玩笑道："摩诘兄，你待兴宗，竟比我这个同宗兄长待他还亲呢！"

王维偶尔也会问起崔兴宗家中一些情况，崔兴宗生性大大咧咧，并未察觉王维对璎珞的好感，只是一味说些家父家母的事。

王维几次想把璎珞的丝帕交给兴宗，请他转交璎珞，但又觉得丝帕是闺中女儿极其私密的贴身之物，如果这样还给她，是否也是另一种冒犯？思之再三，决定一直替她保管着，也算是一种纪念罢。

一晃半年多过去了，一场持续了十多日的秋雨后，长安的秋意蓦然浓厚了起来。

秋风乍起时，崔兴宗收到了父亲写来的家书。父亲说，母亲很想他，让他有空时回家一趟，宽慰母亲思儿之情。

"摩诘兄，家父母十分好客，这次回家小住，我想请你一同前往，不知摩诘兄可否愿意赏光？"

王维本想拒绝，但转念一想，这不正是一个见到璎珞的好机会吗？

于是，他立即爽快答应："贤弟盛情相邀，为兄岂有不去之理？只是叨扰令尊令堂了。"

"摩诘兄，你若能去，家父家母高兴都来不及呢！"

这晚，王维收拾行李时，特地找出了那方珍藏了半年多的丝帕，放进了随身的行囊。第二天，在微凉的秋风中，两人向河北定州出发了。

第四章 阳春古曲 芳心萌动

一层秋雨一阵凉，一瓣落花一脉香。王维和崔兴宗一路快马加鞭，不出几日，就到了定州地界。

当骏马"吁"的一声停在崔府门口时，王维抬头望去，只见崔府背后有一片茂盛的竹林。秋风吹过，竹海卷起层层波浪，仿佛整座崔府都躺在竹海的波浪中。

"摩诘兄，寒舍到咯，欢迎兄长大驾光临！"崔兴宗翻身下马，一个箭步跑到王维面前，向王维做了一个"请"的手势。王维点头一笑，随崔兴宗一道步入崔府大门。

看到崔兴宗带着客人回来了，老管家崔伯喜笑颜开，忙要进去禀告崔大郎，崔兴宗连连摆手，让崔伯不必着急，他要给阿爷阿娘一个惊喜。

王维跟随崔兴宗绕过门口的屏风，只见迎面是个庭院，庭中铺着十字青石甬道，甬道边随意摆放着几块太湖石，并种了几杆修竹、几株芭蕉，甚是清幽雅致。

庭院两边是回字形的抄手游廊，廊下有一只虎皮鹦鹉。看到崔兴宗向它走来，立即扑棱着翅膀，雄赳赳气昂昂地叫了起来："兴宗来了！"

这只虎皮鹦鹉是崔兴宗一手调教出来的，崔兴宗忙上前摸了摸它鲜亮的羽毛，指着王维道:"阿虎,这是我大哥,还不快说'请进'。"

虎皮鹦鹉立即声音嘹亮地说了声"请进",王维绷不住也笑了。

"阿爷,阿娘,孩儿回来了。"两人穿过游廊,直奔堂屋。听到崔兴宗的喊声,崔父崔母连忙迎了出来,自是喜不自禁。

"阿爷,阿娘,这就是我在信里时常提起的摩诘兄。孩儿出门在外,多亏摩诘兄处处照顾提携。"崔兴宗迫不及待地向父母介绍王维。

"晚生王维,拜见崔大人、崔夫人,冒昧前来贵府,多有打扰了。"王维退后一步,向崔父崔母恭恭敬敬行了一礼。

"老夫常听兴宗提起王君的人品才学,久仰王君大名。今日王君光临寒舍,寒舍蓬荜生辉,老夫荣幸之至!"

"阿爷,摩诘兄下笔千言,倚马可待,这半年来,孩儿跟随摩诘兄左右,对摩诘兄佩服得五体投地呐。"崔兴宗一脸崇拜道。

"是啊,老夫虽然不才,却也品读过王君的《过秦皇墓》《九月九日忆山东兄弟》等诗作,尤其是'独在异乡为异客,每逢佳节倍思亲'一句,真乃千古佳句。"崔父连连点头赞道,"今日一见,王君果然一表人才,老夫有个不情之请,不知能否请王君赠诗一首?"说着就向王维抱了抱拳。

王维忙还礼道:"崔大人过誉了。恭敬不如从命,承蒙崔大人不弃,王某就斗胆献丑了。"

但凡赠诗,总要用某事或某物表达美好的祝愿。王维抬头环顾四周,只见堂屋正中立着一架云母屏风,上面有山泉流淌的花纹,很是别致。

"有了!"王维心头一亮,当即有了主意,略一思忖,就朗声吟来:"君家云母障,时向野庭开。自有山泉入,非因采画来。"

"好诗,好诗!古有曹植七步成诗,今有王君杯茶成诵,老夫佩服得紧!"王维话音刚落,崔父就击掌赞叹道。

"好一句'自有山泉入,非因采画来',一语道尽云母屏风返璞归真之妙。"崔父话音刚落,门外就传来一阵环佩声响,接着便是这句清脆悦耳的点评声。

王维下意识地转过身去,迎面向他走来的,不正是那个元宵街头偶遇的猜谜少年吗?!

只见她明眸皓齿,肌肤胜雪,唇不点而红,眉不画而翠,身上穿了一件鹅黄短襦和蓝色高腰绫裙,发上簪了一根晶莹剔透的白玉簪子,在阳光下熠熠生辉。和半年多以前那个女扮男装的假小子相比,一身女装的她,更有一种说不出的俏丽明媚、楚楚动人,王维不由看得怔住了……

崔父伸手招呼女子道："璎珞，今日家中有贵客光临，你还不快来见过？"

和上次酒楼偶遇时低头不语不同，今日的璎珞倒是落落大方地行了礼。

"小女子崔璎珞，见过王君。"璎珞款款走到王维面前，欠身行了一礼。

不知怎的，素来处事淡定、波澜不惊的王维，此刻竟是心情激荡，一颗心"扑通扑通"跳得飞快。他忙定了定神，强按住心头的翻腾，拱手还了一礼，点头笑道："王某久闻大娘芳名。"

"璎珞，你怎知贵客是王君？"崔父并未告诉璎珞贵客姓甚名谁，一时有些迷糊了。

崔兴宗狡黠地笑了笑，说："阿爷，璎珞和摩诘兄有过一面之缘。"

"哦？此话从何讲起？"崔父愈发听迷糊了。

王维怕崔兴宗玩笑开过头，忙抱拳解释道："说来也是无巧不成书。今年上元佳节，王某在长安看花灯时，曾偶遇兴宗和大娘。大娘猜灯谜时才思敏捷，王某佩服得紧！"说话间，王维不由转头看了璎珞一眼，眼中是满满的赞许。

"哈哈，原来如此，看来王君和咱崔家有缘。今后还要请王君多多提携犬子，老夫不胜感激。"崔父捋着领下三缕长须，一脸欣慰道。

"璎珞，刚才你也听到摩诘兄吟的新诗了吗？"崔兴宗似乎对诗格外有兴趣。

"嗯，我和小蝶从竹林回来，恰好听见王君吟诗，真是难得的好诗。"璎珞柔声说道，并抬起眸子迅速看了王维一眼，又迅速移开了目光，安静地坐在了母亲身后，听父亲和王维、兴宗闲话家常。

其实，当兴宗告诉她酒楼偶遇的少年就是写"独在异乡为异客"的王维时，她对王维的崇拜之情，已经不知不觉发生了微妙的变化。如今，王维就在她的眼前。她不由心生好奇，是怎样的人生经历，让眼前这位温润如玉之人写出如此沧桑的思亲之作？

当璎珞看着王维默默出神时，王维其实也在有意无意地看她。眼前的璎珞，不正是《诗经》里形容的"靥笑春桃兮，云堆翠髻；唇绽樱颗兮，榴齿含香；纤腰之楚楚兮，回风舞雪；珠翠之辉辉兮，满额鹅黄"的佳人吗？

王维心中不由一惊，十四岁的璎珞，让十八岁的他第一次明白了什么是"一见钟情"！

应崔父崔母盛情邀请，王维在崔府住了下来。

这日，崔父、王维、崔兴宗照例在书房闲聊。崔父说："听说王君精通音律，尤其擅弹琵琶，技艺甚是精湛。小女学习琵琶已有数年，想请王君当面指点，不知可否？"

王维心里一直惦记着璎珞，虽然他住在崔府，但毕竟男女有别，自第一日见面后，还不曾见到璎珞。崔父此言正中下怀，王维忙起身抱拳道："崔大人谬赞了，晚生也只是粗通乐理而已。大娘若愿赏光弹奏一曲，晚生定当洗耳恭听。"

　　"好，兴宗，你这便去请璎珞前来。"

　　少顷，璎珞手抱琵琶，款款走了进来。她向王维欠了欠身，一双眸子清丽婉转、明媚动人，长长的睫毛微微跳动，嘴角似有一抹浅浅的笑意，落在王维眼里，俨然是"俏丽若三春之桃、清素若九秋之菊"。

　　"璎珞，你不妨将那首《阳春古曲》当着王君的面弹上一弹，还请王君不吝赐教。"崔父先是看着璎珞，继而看了一眼王维，呵呵笑道。

　　"王君出身音乐世家，弹得一手好琵琶，小女子献丑了。"璎珞的声音并不响亮，但落在王维耳里，却像一阵狂风骤雨，在他心里顿时掀起万丈狂澜。他忙低头抿了口茶，定了定神，朝璎珞点头笑道："大娘过谦了，请。"

　　璎珞从容落座，低头轻挑慢捻，娴熟地弹奏了起来。一曲终了，崔兴宗半是玩笑半是认真道："哎哟，璎珞，半年不见，技艺大有长进嘛！"

　　璎珞没好气地看了一眼崔兴宗，转身看着王维，似乎在期待他的评价。

　　看到璎珞朝自己投射过来的目光，王维从琴声中收回思绪，思忖片刻，起身缓缓道来："《阳春古曲》是琵琶名曲，大娘于揉、捻、挑、拨等技巧上已有几分功力。不过，若能对曲子的意境再多一些领悟，指尖会更为悠远。王某拙见，谨供大娘参详。"

　　听了王维这一语中的的点评，璎珞对王维的仰慕之情不觉又深了一层。她知道王维精通音律，但想不到他精通到如此地步。

　　"王君审音辨律，果然了得，已达炉火纯青之境！可否请王君赏光为小女示范一曲？"崔父手捻胡须，点头笑道。

　　"崔大人过誉了，晚生也只是略通皮毛而已，技艺不精，实不敢当。"

　　"摩诘兄，你就不要自谦了，我也想一饱耳福呢。"崔兴宗最不缺的便是起哄的本事。

　　"示范不敢当，就当是琴友互相切磋吧。"王维见推辞不过，只好点头答应。璎珞莞尔一笑，双手奉上琵琶，王维心中一动，双手接过琵琶。这一奉一接间，两人心跳都不由加快了。

　　王维撩起袍角，从容落座，低头调好音弦，开始聚气凝神地弹奏起来。在座诸人无不屏声敛气，连管家和婢女们也围过来欣赏王维的演奏。

　　随着弹奏渐入佳境，王维越来越挥洒自如。从他指间流出的乐曲，忽而舒缓悠扬，若清泉流淌，鸟语莺鸣；忽而高亢迅疾，如风雨骤至，大江奔腾……

众人无不听得如痴如醉，这世间，竟然还有如此美妙的音乐！特别是璎珞，一直微闭双目，凝神细听，渐渐理解了他方才说的"若能对曲子的意境再多一些领悟，指尖会更为悠远"之意。

一曲终了，崔父率先击掌赞叹道："此曲只应天上有！王君真乃奇才，竟能将琵琶弹奏得如此出神入化、精妙绝伦！老夫今日有幸聆听此曲，实乃三生有幸！"

王维自然自谦了一番，起身将琵琶还给璎珞。就在归还琵琶的一瞬间，两人再次不约而同地看了对方一眼。

这一眼，虽如电光石火般转瞬即逝，但却蕴含着千言万语。其中的含义，只有他们彼此能懂。

这晚，月明星稀。王维和崔兴宗闲坐庭前，品茗赏月。

忽然，从璎珞的闺房中，隐隐传来了《阳春古曲》的曼妙琴音。借着秋风，琵琶声袅袅婷婷地飘散过来，如山涧小溪，如泉水叮咚，如秋日暖阳，仿佛能抚平听者的所有忧思。

方才还和崔兴宗谈笑风生的王维，忽然"嘘"了一声，如老僧入定般，屏气凝神，侧耳细听了起来。听完几个节点后，不由为璎珞的悟性叫好。

他日间指出的瑕疵，她都一一改正，不仅技艺愈加成熟，而且感情也愈加饱满。不知怎的，他不由想到了伯牙和钟子期。

伯牙善于弹奏，钟子期善于欣赏。钟子期病故后，伯牙悲痛万分，认为天下再也不会有人像钟子期一样能听懂他弹奏的心境。于是，他自毁琴弦，终生不再抚琴。

"其实，伯牙是幸运的，至少他曾经高山流水遇知音。而这世上绝大多数人，终其一生也未必能够遇见。那么，他听懂了璎珞的琴声吗？"王维出神地想着，他在她琴声里似乎听到了她对世间一切美好事物的欣赏和向往。比如，对美好爱情的憧憬。

月亮的清辉洒落庭院，也洒落在王维脸上。他的目光不由自主看向了璎珞的闺房，看着那从窗棂间透出的点点微光，他的嘴角微微上扬，似乎已沉醉在璎珞的琴声中……

这一切，都被一旁的崔兴宗看在眼里。一向大大咧咧的崔兴宗，这才似乎明白了几分。

这一晚，王维失眠了。

这十八年来，从未有哪个女子，像璎珞这般让他如此魂牵梦萦、辗转难眠……如今，他的心里，除了她，还是她！

他闭上眼睛，眼前不断浮现自相识以来她的一个个眼神：在长安街头猜灯谜时顾盼神飞的眼神、在酒楼偶遇时低头不语的眼神、在崔府重逢时俏丽动人的眼神、弹奏《阳春古曲》时略带娇羞的眼神、传递琵琶时欲说还休的眼神……

他隐隐觉得，他对她的感情，并非一厢情愿……

月色如银，夜凉如水。初秋的夜晚，原本最宜入眠，但此刻的王维，却睡意全无。他翻身下床，小心翼翼地找出了那方绣有"璎珞"二字的丝帕。看着丝帕上这一行行清丽的小楷，不禁展纸磨墨，提笔写道："不写情词不写诗，一方素帕寄心知。横也丝来竖也丝，这般心事有谁知？"

他多么想将这方丝帕和这首情诗一起交给璎珞，但又怕此举唐突了璎珞。天快亮时，他将信笺默默折好，和丝帕一起放进了锦盒，收入行囊。

闲散时光容易过。不知不觉间，王维已在崔府小住了十多日。明年春闱在即，王维和崔兴宗决定返回长安备考。

这日一早，王维来到堂屋，向崔父和崔母告辞。

崔父、崔母自是一番挽留，王维也自是一番感激。正在此时，璎珞带着小蝶款款来到了堂屋。

原本一直应答自如的王维，在看到璎珞的那一瞬间，不禁怔了怔，想说什么，却不知说什么才好。

他忙低头深吸了口气，定了定神，再抬头时，脸上已是他惯常的让人如沐春风的笑容。

王维瞬息万变的表情，被一旁的崔兴宗悉数看在眼里，故意低头咳了一声，走到璎珞身边笑道："璎珞，下次摩诘兄再来时，还要听你弹奏《阳春古曲》。你可不许偷懒，必日日勤练才好。"

王维嘴角微微上扬，看着璎珞道："大娘慧心巧思，敏而好学，假以时日，必定大有长进。"

璎珞抿嘴一笑，抬头时恰好对上了王维意味深长的眼神，只觉得心里一跳，忙垂下双眸道："王君不仅写得一手好诗，画得一手好画，还如此精通音律，璎珞心中敬佩，愿将来还有机会向王君当面讨教。"

"大娘客气了，能和大娘切磋音律，亦是王某之幸。"

"阿爷，阿娘，时候不早了，我和摩诘兄要赶路了，你们多多保重。"崔兴宗从管家崔伯手中牵过两匹高头大马，和王维跃然上马，向长安方向扬鞭而去。

看着两匹骏马越跑越远，璎珞的心仿佛缺了一角，有种莫名的空荡荡的惆怅。她推说身上乏了，郁郁寡欢地回房安歇了。

第五章 幸会岐王 吐露心事

回到长安后的王维，何尝不是如此？他的一颗心，似乎已经留在了崔府。

连日来，他食不知味，夜不能寐。夜深人静之时，耳畔响起的，总是那晚在崔府庭院听到的璎珞的琵琶声……

这晚，他再次辗转难眠，只好披衣起床，借着烛光，翻开了案上的《汉书·艺文志》。

忽然，司马相如的《凤求凰》映入了他的眼帘，他不禁轻声读了起来："有美一人兮，见之不忘。一日不见兮，思之如狂……"

读罢《凤求凰》，王维掩卷长叹。原来，他此刻的满腹心事，八百多年前的司马相如也曾有过。

他闭上眼睛，眼前似乎都是璎珞的眼神。从璎珞看他时的不胜娇羞里，从璎珞对他的欲说还休里，他觉得，璎珞对他是有情的。可是，他少年丧父，上有寡母，下有弟妹，自十五岁到长安求取功名以来，至今一事无成，这样的他，有何资格迎娶博陵崔氏的大家闺秀崔璎珞呢？

在当时的长安，无论科考还是入仕，都须有权贵推荐才有几分把握。"君子有所为，有所不为。为了母亲，为了弟妹，更为了璎珞，我是否应该有所改变，像其他士子一样去做一些努力呢？"在一豆青灯发出的幽光中，王维终于下定决心，为了璎珞，他该去拜谒长安的权贵了。

放眼长安的权贵，当数李隆基的几个兄弟最有影响力。比如，宁王、岐王和薛王。

宁王是李旦的长子，是李隆基的大哥，名叫李宪，出生于679年，比李隆基大六岁。710年，李隆基联合姑姑太平公主发动"唐隆政变"，诛杀韦后集团，将父亲李旦推上皇位。李旦执政后，立李宪为太子。

李宪思之再三，觉得自己各方面都不如李隆基，且李隆基已手掌兵权。如若不让出太子之位，恐有性命之忧。于是，他主动将太子之位让给了李隆基。李隆基假意谦让一番后，欣然成为太子。

李宪主动让出太子之位，一时被传为佳话。他不仅在历史上书写了另一个版本的"玄武门之变"，而且也让出了一个浩浩荡荡的开元盛世。

公元712年，李隆基登基。他很感谢主动让位给自己的李宪，封李宪为宁王，让他一辈子享受钟鸣鼎食、烈火烹油的荣华富贵。

宁王善音律、能诗歌，尤其擅长击羯鼓和吹笛。让位后的他乐得逍遥自在，尽情享受富贵闲逸的人生，日日和歌姬美妾笙歌燕舞、寻欢作乐。

岐王是李隆基的四弟，名叫李范，出生于公元689年，比李隆基小四岁。和大哥宁王一样，他也精通音律、擅长书法，喜欢结交文人雅士。

不过，和宁王喜欢热闹不同，岐王性情淡泊，喜欢和文人雅士吟诗作赋、对弈品茗。

薛王是李隆基的五弟，名叫李业，和宁王、岐王都感情甚笃。

经过一番深思熟虑，王维决定去拜访岐王。

公元718年深秋，秋风瑟瑟，落叶满街。王维来到坐落于长安安兴坊东南角的岐王府。

岐王府和宁王府南北相连，只隔着一道墙。门楼高大，门前蹲着一对玉石雕成的雄狮，张着大口，仿佛在显示主人的威严。

王维向门人递上名刺，名刺上写着他的出身以及祖辈、父辈的官职名讳，上前拱手道："河东蒲城王某特来求见王爷，烦劳通禀。"

岐王看到侍从呈上的王维的名刺后，顿时想起那首闻名遐迩的《九月九日忆山东兄弟》，便传令有请。王维随侍从步入岐王府厅堂，只见偌大的厅堂都铺着一色大红提花地衣，四角都有一抱粗的柱子，一看便是王侯府邸才有的富贵气象。

岐王端坐在主位上，大约三十多岁，衣袍锦丽，气宇轩昂。见王维进来，笑着请王维落座，和颜悦色道："听说王君的祖父曾在朝中任协律郎？"

"禀告王爷，晚生祖父是太原王氏王胄，生前曾任协律郎。"

"哦，如此说来，王君出生音乐世家，定当精通音律，可否现场弹奏一曲？"

"晚生只是粗通乐理罢了，如若王爷不弃，愿意班门弄斧，献丑一曲。"王维俯身抱拳道。

早有琴童送来上好琵琶，王维接过琵琶，点了点头，从容落座。不知为何，眼前却浮现出了在崔府弹奏《阳春古曲》时的情景。

这样想着，便将指间拨动琴弦，情不自禁地弹奏起了《阳春古曲》，仿佛眼前听他弹奏的不是岐王，而是他心心念念的璎珞。

一曲终了，岐王蓦然无语，良久才颔首微笑道："王君果然家学渊源，非常人可以企及。本王虽然不才，却喜欢和文人雅士为友，欢迎王君常来府上坐坐。"

两人又闲聊了一番书法、绘画和诗歌，许多观点都不谋而合。王维渐渐发现，岐王和那些目中无人、飞扬跋扈的王公贵族截然不同，他的身上，有一种惺惺相惜的知音之感。

眼看时辰不早，王维起身告辞。岐王特地传令下去，今后王维无论何时前来，都不必通报，直接请入即可。

几天后，岐王便派人来请王维。王维不知何事，速速前往。

刚跨进岐王府，岐王就笑容满面道："摩诘，今日宁王大宴宾客，你随我一同前往。"

王维早已听说宁王府中日日笙歌燕舞，想来这样的宴会，无非是推杯换盏、阿谀奉承。他本想不去，但又不忍拂了岐王的好意，就拱手抱拳道："多谢王爷厚爱，维愿随王爷左右。"

到达宁王府时，薛王也刚刚走下马车，兄弟一起携手迈入宁王府。

"四弟，五弟，来来来，快陪大哥好好喝上几杯。"只见宁王端坐主位，正被一群婀娜多姿的教坊歌姬团团围住，宁王左拥右抱，甚是惬意。

"大哥，我今日带了一位贤才同来，他不仅精通诗、书、画，音律更是了得。"岐王一边和宁王说话，一边示意王维走到宁王面前。

"哦？竟有如此全才？"宁王一边喝着歌姬双手奉上的美酒，一边漫不经心道。

王维上前一步，俯身行了一礼："晚生王维，在此拜见王爷。"

"大哥，那首脍炙人口的《九月九日忆山东兄弟》，正是出自摩诘之手。"岐王看了一眼王维，目光中满是欣赏。

"原来如此。"宁王这才抬头打量了王维一眼，只见眼前的少年鬓发如裁、眉目疏朗，不以为然道，"本王记得你诗中有一句'遥知兄弟登高处，遍插茱萸少一人'，看来你也是兄弟情深嘛。来，四弟，五弟，咱们兄弟也干了这一杯！"宁王说着就仰起脖子，一口气喝下了满满一盏美酒。

在座宾客见状，也忙着觥筹交错，推杯换盏，喝得不亦乐乎。在一片衣香鬓影、歌舞升平中，宁王不屑地看了王维一眼，语带讥讽道："既然四弟夸你擅弹琵琶，何不现在就弹上一曲？"

宁王话里话外的轻蔑之意，让王维心中很不是滋味，他起身抱拳道："禀告王爷，某才疏学浅，技艺不精，不敢在王爷面前班门弄斧。"

见王维如此回答，岐王忙递过来一个眼色，示意他不要扫了宁王的兴致。

王维似乎并未领会，岐王忙起身解围道："摩诘，今日机会难得，你不必担心，只管大胆弹奏一曲。大哥如有兴致，还可给你指点一二，对吧，大哥？"

宁王似乎已有七分醉意，斜眼看着王维道："你只管挑拿手的弹来，本王听着琴音，或许还可以多喝几杯。"

早有乐师送来一把上好的琵琶，王维见推辞不过，只好接过琵琶，抱了一拳道："恭敬不如从命，某献丑了。"

　　王维拨动琴弦，随意弹起了琵琶古曲《浔阳夜月》。琴声在王维指尖悠悠流淌，如有山间清风从耳畔吹过，还隐隐伴有鸟鸣声、水波声、桨橹声……原本喧嚣的宴席，顿时安静了下来。满座宾客仿佛都已沉浸在那个用琵琶声营造出来的浔阳夜月里，一时寂静无声。

　　回风、却月、临水、登山、啸嚷、晚眺、归舟……一曲终了，满座宾客意犹未尽，片刻之后方如梦初醒。就连原本已醉眼迷离的宁王，竟也放下酒杯，击掌叫好。满座宾客立即纷纷响应，交相称赞王维炉火纯青的琵琶演奏技艺。

　　王维默默放下琵琶，淡然一笑。岐王朝他点了点头，甚是满意。

　　从此，宁王也常邀请王维出入宁王府，王维一跃成为宁王、岐王、薛王的座上宾，在长安的贵族圈中声名鹊起。

　　然而，王维却始终觉得，这份喧嚣和热闹，不是他想要的。他几次想对岐王诉说自己科举不第的苦闷，却一直找不到合适的机会。

　　这天，他又一次跟随岐王参加宁王府的宴会，在觥筹交错、起坐喧哗中，他深深感到，王公贵族的骄奢淫逸、声色犬马，和早逝的祖六以及正在长安辛苦备考的綦毋潜、卢象、崔颢、崔兴宗，当然还有他自己，形成了多么鲜明的对比！

　　宴罢归来，王维久久无法释怀。他望月兴叹，提笔写下了七言古诗《洛阳女儿行》。从"洛阳女儿对门居，才可颜容十五余"写起，以洛阳豪门贵妇为主人公，先写贵妇出身如何娇贵、衣食住行如何奢侈、丈夫如何骄奢放荡、和她一样的贵妇们如何空虚无聊，最后，他笔锋一转，借助出身寒微的西施，道出了他的感慨——谁怜越女颜如玉，贫贱江头自浣纱。

　　写完这首诗，王维长长地出了口气。无论他身处怎样骄奢淫逸的世界，他都不会忘记自己的本心。他内心深处一直有一个声音在回响——金榜题名，迎娶璎珞。

　　几天后，岐王又邀请王维到府上喝茶。

　　王维一进岐王府，岐王就一脸喜色道："摩诘，你的《洛阳女儿行》被李龟年谱曲弹奏，如今风靡长安城。那句'谁怜越女颜如玉，贫贱江头自浣纱'尤其好，今日请你前来，是想当面讨教。"

　　王维立即听懂了岐王话中之意，忙拱手抱拳道："王爷折煞晚生了，让王爷见笑了。"

　　"摩诘，本王虽然不才，但言为心声的道理，还是明白的。本王以为，你写洛阳女儿是假，写越州西施是真，借西施抒发有才之人怀才不遇，不知对否？"

岐王言辞恳切，脸上并无半点讥讽嘲笑之意，句句说到了王维心里。

王维心头一热，终于放下了在王爷面前的矜持，鼓起勇气道："禀告王爷，实不相瞒，三年前，维来到长安，欲以科举入仕，以颐养寡母，抚育弟妹。但维不才，三年来，始终在科场门外徘徊，至今不得要领，还望王爷指点迷津。"

"原来如此。"听了王维这番话，岐王当下明白了几分。他走到王维身边，拍了拍他的肩膀："摩诘，蛟龙得云雨，终非池中物，你只需安心备考。其余事情，本王自会安排。"

在岐王温暖坚定的目光里，王维看到了岐王对他的欣赏、鼓励和期许。于是，他用同样真挚、诚恳、感激的目光，回应了岐王。

天色将晚，岐王留王维在府里用膳，王维婉言谢绝了。因为，他已和崔兴宗约好，今晚要去醉和春酒楼喝上一杯。

醉和春酒楼在东市最热闹处，王维走出岐王府，穿过胜业坊，一路南行。向岐王吐露心事后的他，心情格外舒畅，连脚步也变得轻快起来。他嘴角微扬，放眼远眺，只见天际已被夕阳余晖染红，恰似璎珞低头时不胜娇羞的模样……

"璎珞，定州一别，已有数月，不知你过得可好？"他不由放慢了脚步，默默思念远方的佳人，并暗暗下定决心："璎珞，明年春天，我定为你捎去佳音。"

这几个月来，支持他拜谒权贵、结交名流的最大动力，就是璎珞。当他几次想退缩时，是璎珞让他坚持了下来。他所有的努力，其实只为不负佳人。

想到这里，王维不禁加快了脚步，急着和崔兴宗分享今天的喜悦。

王维一跨进醉和春酒楼，福大便迎了上来，热情招呼道："王客官，那边客官已点好酒菜，恭候你多时了。"

顺着福大手指的方向，王维看到崔兴宗已在临街靠窗的案几旁等他。见到王维，崔兴宗故意叹了口气，装出一副失望的模样："摩诘兄，我正想着，说不定岐王会留你用膳，我就可以独享这一桌美酒佳肴了，不想你却来了。"

"君子一言，驷马难追。既然答应了贤弟，愚兄我怎可爽约？"王维哈哈一笑，从容落座。

就在落座的一瞬间，他忽然发现，这张案几不就是元宵那晚兴宗、璎珞坐过的案几吗？兴宗为何要选这张案几？是有意安排？还是纯属巧合？

他不自觉地伸出修长的手指，轻轻划过桌面，一时间，竟有些神思恍惚。那晚偶遇时的情景、璎珞慌乱中抬头时的惊讶和随之而来的沉默，一幕一幕，犹在眼前。

"摩诘兄，这张案几，你可觉得眼熟？"王维的出神自然逃不过崔兴宗的眼睛，他一边为王维布置碗筷，一边一脸坏笑道。

王维这才回过神来，自嘲地笑了笑，举起案上的酒壶，替两人各斟了一杯，答非所问道："愚兄来晚了，先自罚一杯。来，愚兄先干为敬。"

"摩诘兄，刚才你是否在想一个人？"崔兴宗也仰头喝完，看着王维，眼中闪动着戏谑的明亮光芒，拿过酒壶，往王维的酒杯里又斟了一杯。

王维心中一阵激荡，既然今日已经向岐王坦白了科举不第的心事，不如也向兴宗坦白他对璎珞的爱慕之情？于是，他自嘲地笑了笑，举起酒杯，朗声道："兴宗，实不相瞒，刚才，我确实在想一个人。这个人，就是你的姊姊。"

"哈哈，我早就看出来了。小弟虽然不才，但察言观色的本事还是有的。在我家小住的那几日，你对璎珞怎样，我可是看得清清楚楚、明明白白。来，这杯酒，咱们干了！"

王维和崔兴宗又接连喝了好几杯酒，今晚的西凉葡萄酒似乎比往日更觉甘甜。几杯落肚后，王维的思绪仿佛飘出很远、很远："兴宗，说来不怕你笑话，其实，当我从你口中得知，元宵那晚的少年不是你弟弟，而是你双胞胎姊姊时，我就对你姊姊有了莫名的好感。她猜灯谜时的冰雪聪明，救孩童时的古道热肠，都让我印象深刻，难以忘怀。"

崔兴宗又为王维添了一杯酒，王维顺势又喝了一杯，目光看向崔兴宗身后的窗棂，继续说了下去："你姊姊身上，有一种超凡脱俗的美。举手投足之间，恰似一泓清泉，让人见之忘俗。"

"是啊，璎珞天资聪颖，悟性极高，琴、棋、书、画无一不精。但她自视甚高，即使是世交望族上门提亲，她也不为所动，家父家母也奈何不了她。不过，她对你倒是景仰之至。她喜欢你的诗，特地将你的'每逢佳节倍思亲'绣在丝帕上。那天，你指点她弹奏琵琶时，她看你的眼神，也似乎与平日不同呢。"崔兴宗越说越兴奋，一口气说了下去。

王维听得入神，当听到崔兴宗说璎珞看他的眼神与平日不同时，心里更是比吃了蜜还要甜，嘴角不自觉地浮起了一抹深深的笑意。

"兴宗，你方才提到的丝帕，你姊姊是否不小心遗失了？"

"是啊，好像就是那次元宵观灯时弄丢的，璎珞为此闷闷不乐了好几天。对了，摩诘兄，你怎会知道？"

王维笑而不答，喝了一杯酒后，才缓缓道来："我不仅知道你姊姊丢了丝帕，还知道丝帕如今在哪？"

"摩诘兄，莫非，丝帕被你捡到了？"

"正是。"

"哎哟，你还没向璎珞提亲呢，'信物'却是有了？这叫什么缘分啊！"崔兴宗恍然大悟，拍手笑道。

"那晚，你们匆匆离开后，我在这张案几旁发现了一方丝帕，看丝帕上的字迹和署名，当出自女子之手。那时，我还以为，璎珞是你弟弟的心上人呢。"王维慢悠悠地说着，仿佛回到了那个美好的夜晚，"我追到门口时，你们早已不见人影。我想着，你可能会来客栈找我，就将丝帕带走了。后来，我想物归原主时，你却告诉我那个少年就是璎珞本人。丝帕是闺中女儿贴身之物，若被男子捡到，似乎有些不妥。于是，我就这样保管至今。"

"摩诘兄，此乃天意也！你和璎珞今生注定有缘。来，这杯酒我敬你，期待有朝一日，你能成为我的姊夫，哈哈！"说着，崔兴宗举起酒杯，一干而尽。

"兴宗，我对你姊姊一见倾心，只可惜我虚度光阴，一事无成，自觉配不上你姊姊。每每想起此事，心头总是惆怅。"王维放下酒杯，笑容渐渐褪去，发出一声长长的叹息。

"摩诘兄，家父家母都不是嫌贫爱富之人，且都十分欣赏你的人品和才学。你尽管大胆来提亲吧，我举双手赞成！"

"兴宗，令尊令堂对我的厚爱，我铭记在心，感激不尽。但男儿当有所作为，有所担当。我已下定决心，如果明年春闱能如愿以偿，我就请官媒来提亲。这杯酒我敬你，谢谢你玉成此事！"

"摩诘兄，明年春闱，你定能蟾宫折桂、金榜题名！从现在起，我就掰着指头，盼着你和璎珞早日结为夫妻！"

"咚"的一声，王维和崔兴宗的酒杯重重碰在一起，发出了一记清脆的响声。他们喝下的，不仅是杯中的美酒，更是对未来的憧憬。

金榜题名，洞房花烛，这些曾经遥不可及的人生大事，王维决定一件一件去实现。

第六章　鸿雁传书　两情相悦

718年冬天悄然而至，王维和崔兴宗打点行囊，准备各自回家过年。

这日，崔兴宗来向王维辞行。朝夕相处了一年，分别之际，自然有些不舍。王维几步走到墙角一个四足刻了兽首的三彩柜里,取出一个小巧的锦盒,递到崔兴宗手中。

"兴宗,这个锦盒,请你亲手交给你姊姊。"王维深深地看了锦盒一眼,收起平日的随意,一脸郑重道。

崔兴宗先是一愣,转而拍了拍脑袋,哈哈笑道:"没问题,除了千里送锦盒,还需要小弟帮你捎什么话不?"

王维似乎想说什么,却又欲言又止,思忖片刻道:"不必了,她看到这个,自然就会明白。"

"好,我一定亲手交给璎珞,你可放一百二十个心。不过,我可有个条件。"

"哦?请讲。"王维收起目光,点了点头,看他葫芦里卖的是什么药。

"待你和我姊姊成亲时,你俩要敬我这个媒人几杯酒。"崔兴宗故意一本正经道。

"哈哈,原来是这个。"王维会心一笑,故意逗他道,"我若娶了你姊姊,你就是我内弟了,自然是你敬我和你姊姊,哪有姊姊、姊夫敬你之理?所以么,非不愿也,实不能也!"

崔兴宗原本想调侃王维,不料反被王维调侃了一把,只好耸了耸肩,两手一摊,一脸无奈道:"唉,都怪我手脚慢,比璎珞晚出来小半个时辰,此生只能一直当弟弟咯。"

说笑间,王维送崔兴宗步出云来客栈,店家牵过骏马,将缰绳递到崔兴宗手里。崔兴宗翻身上马,挥手告别王维,向定州方向策马而去。

崔兴宗快马加鞭,不几日就回到了家中。家人团聚,自是欢喜。崔父、崔母一番嘘寒问暖,关切之情溢于言表。

正说笑间,璎珞也迎了出来。"兴宗,阿爷阿娘一直念叨着你,总算把你盼回来了!"璎珞一如既往地浅笑盈盈。不过,和秋天时相比,眼前的她明显消瘦了许多。

"璎珞,你看你,虽说穿着棉衣,看上去还这么单薄。阿爷阿娘,你们得把璎珞养胖些才好。否则,将来嫁到夫家,夫家会心疼的。"在璎珞面前,兴宗一如既往地贫嘴。

"阿娘,兴宗欺负我!"璎珞没想到兴宗竟会开如此玩笑,脸顿时"腾"的红了半边,忙跑到母亲身边"告状"。

"兴宗,你看你,待过了年,你和璎珞都十五岁了,却还总是这样没大没小的,连正经一声'姊姊'都不曾叫过。"崔母揽过璎珞,嗔怪兴宗道。

"好,好,小弟向姊姊问安,小弟绝不敢欺负姊姊。"崔兴宗吐了吐舌头,朝璎珞眨了眨眼睛,一脸坏笑。

一家人嬉笑着用过了晚膳,掌灯时分,各自回到房中。

回到房中的璎珞，心头却是懒懒的。方才看到兴宗时，她多么希望兴宗能和上次一样，将王维带回家中。

　　"我真是傻气，人家也要回家过年，怎会冒冒失失来我家呢？"璎珞懒懒地在月牙凳上坐了下来，自嘲地笑了笑，一抬头，看到了镜中清瘦的脸颊。她叹了口气，拿起檀木梳子，对着镜子有一下没一下地梳起了如瀑秀发。

　　"璎珞，睡了不？"门外传来兴宗的敲门声。

　　"这么晚了，兴宗还有何事？"璎珞心头疑惑，起身开门。

　　"璎珞，你看看，这是什么？"一进门，兴宗就举起王维请他转交的锦盒，脸上分明写着"邀功"二字。

　　"我怎知这是什么？"璎珞知道兴宗素来喜欢和她玩闹，一脸没好气道。

　　见璎珞无动于衷，兴宗连忙追到璎珞面前，再次晃了晃锦盒，一脸夸张道："璎珞，这个锦盒，可是摩诘兄千叮咛、万嘱咐，让我定要亲自交给你本人的哦。"

　　听到"摩诘"二字，璎珞心里不禁狂跳了起来。这是王维送给她的？里面放了什么？刹那间，璎珞心头翻江倒海，思绪万千，竟不知说什么才好。

　　"璎珞，你还愣着干吗？还不快打开看看？"兴宗将锦盒一把塞到璎珞手中。

　　这个锦盒仿佛一颗闪闪发光的明珠，瞬间照亮了璎珞的世界。她一扫之前的心事重重，抿了抿嘴角，鼓起勇气道："兴宗，王君他，可曾还有什么话请你转告？"

　　"这个嘛，他只说，你看到这个，自然就会明白。"兴宗挠了挠后脑勺，指了指锦盒，催促她道，"那你还不快看？"兴宗是个急性子，早已迫不及待想看看锦盒里到底藏了什么好东西。

　　"夜深了，你也累了，快回房歇着罢。"璎珞并不想当着兴宗的面打开锦盒，温婉地下起了"逐客令"。

　　"唉，锦盒送到了，就要赶我走了。罢罢罢，你若是也有什么锦盒要送给摩诘兄，尽管交给我，谁叫我天生热心肠呢。"

　　"兴宗，你在长安住了大半年，我看你学问没什么长进，嘴巴倒是越来越贫了！我这就告诉阿爷阿娘去。"

　　收到这个锦盒，璎珞心里自是欣喜若狂。但她明白，身为闺中女儿，她不能私自收下陌生男子的任何礼物。于是，在兴宗面前，她只好佯怒地说这些言不由衷的话。

　　兴宗明白璎珞的心思，忙佯装求饶道："姑奶奶，拜托你不看僧面看佛面，好歹看在摩诘兄的份上，饶了我这一回吧。"说罢，扮了一个鬼脸，一溜烟跑了出去。

　　兴宗离开后，璎珞掩上房门，久久凝视着手中的锦盒，脑海里不由浮现了他秋天离开她家时那意味深长的眼神。她耳后发热，压住心头"怦怦"的心跳，小心翼翼地打开锦盒。映入眼帘的，是那方久违了的丝帕和一封信笺。

"这不正是我在长安丢失的那方丝帕吗？"失而复得的一瞬间，璎珞又惊又喜，"可是，这方丝帕怎会在他手上？"

她放下丝帕，一脸疑惑地展开信笺，信笺开头是一首诗，她柔声念了下去："不写情词不写诗，一方素帕寄心知。横也丝来竖也丝，这般心事有谁知？"

接着，王维在信中讲述了他从元宵街头猜灯谜时注意到她以及之后发生的所有故事。字里行间，无不是他热切的述说和滚烫的思念，仿佛信笺上还留着他手上的余温，正透过信笺源源不断地传递到她的手心……

原来，这几个月来，她为他茶饭不思，她为他辗转难眠，她为他失魂落魄，并非是她一厢情愿。那个远在长安的他，也正如她思念他一般，想着她，念着她，盼着她！人世间，还有什么比男女两情相悦更美好的事呢？

唯其美好，所以珍贵；唯其珍贵，所以落泪。

璎珞将丝帕和信笺紧紧贴在胸口，心情久久不能平静。她缓缓走到窗前，望着天上那抹清冷的月光，悠然神往："阿娘曾说，每个人在出生那一刻，月老就已在他们脚上绑好了红丝线，这一世的姻缘就这样注定了。我和他明明隔着千山万水，可是，我掉落的丝帕却偏偏被他捡到了。莫非，这就是千里姻缘一线牵？"

想到这里，璎珞不禁一阵脸红心跳，垂下眼眸，幸福地笑了。

当璎珞在定州睹物思人时，王维也从长安回到了蒲州。

715年春天，那个十五岁的翩翩少年在一路缤纷的梨花中来到长安。如今，一晃三年过去了，在纷纷扬扬的雪花中，十八岁的少年回到了母亲和弟妹身边。

"阿娘，孩儿回来了！"一跨进庭院，王维就高声呼唤母亲。

王夫人之前已收到王维家书，知道他要回家过年，但听到王维这声呼唤时，依然激动得不知如何是好。她放下手中的佛珠，起身从堂屋迎了出来。

"阿娘，孩儿回来了！"王维三步并作两步，"扑通"一声，在母亲面前跪了下来。

王夫人连忙一把拉住王维，喜极而泣道："摩诘，三年不见，你长高了，长大了。"

看着母亲两鬓隐约可见的白发，王维不由一阵心疼，哽咽道："阿娘，孩儿不孝，三年不曾回家，让阿娘牵挂了。"

听到王维的说话声，王缙也带着弟妹们跑了过来，将王维团团围住。

"大哥，你可终于回来了，快给我们讲讲京城的故事吧。"弟妹们叽叽喳喳，一脸期待道。

于是，王维坐在母亲和弟妹身边，从初到长安时的所见所闻讲起，讲了他在长安结识的一群好友，其中自然少不了崔兴宗。他几次想讲随兴宗去定州之事，但话到嘴边，还是咽了回去，最后轻描淡写地提到了拜访岐王、宁王等事。弟妹们无不听得津津有味、羡慕不已。

"大哥，等过了年，我也想跟你去长安，一则见见世面，二则也可以为科举考试做些准备。"王缙比王维小一岁，踌躇满志、意气风发道。

"摩诘，你在长安历练了三年，确实不一样了。"听完王维的叙述，王夫人欣慰地点了点头，看向王缙道，"夏卿，你也长大了，是该随大哥一起去见见世面了。出门在外，凡事要多听大哥的话，切不可鲁莽行事。"

虽然兄弟俩只差一岁，但从小到大，王维都要比王缙更稳重内敛，因此，王夫人特地叮嘱王缙。

"阿娘放心，有大哥在，我一定会妥当行事的。"王缙向母亲郑重表态。

"阿娘，这些年我不在家，家里家外主要都靠夏卿，我这个大哥实在有愧。夏卿，等过了年，咱们一起去长安，考取功名，光耀门楣。"

看着这些孝顺懂事的孩子们，王夫人欣慰地笑了。

这夜，夜深人静之时，王维久久无法入眠，脑海里又是千里之外的璎珞。

其实，这次回家，除了看望母亲和弟妹，他还有一件心事，那就是他的婚姻大事。

他多么想告诉母亲，他已经有了心上人，想让母亲派人向定州崔府提亲。但，多少次话到嘴边，他还是咽了回去。因为，他深深明白，自父亲去世后，他们主要靠舅舅的帮助过活。即使舅舅从未说过什么，但他知道，唯有考取功名，才能重振父亲在世时的那份尊严和荣光。

如果此刻向母亲提出要三媒六聘迎娶璎珞，不是成心让母亲为难吗？因此，他将这份心事深深压在了心底。

"璎珞，不知你是否已经看了我写给你的信？你是否会像我想你这般想我？请你一定要等我，等我铺就十里红妆迎娶你的那一天。"冬日的月光分外清冷，但王维心头却有一种从未有过的火热。

不过，王维只猜到了璎珞收到信笺和丝帕后的喜悦，却并未猜到她的隐忧。

同样的夜晚，她从枕下掏出锦盒，凝视着信笺和丝帕，心里渐渐转喜为忧："他既然钟情于我，为何不光明正大上门提亲？如果他不来，我又该如何告诉阿爷阿娘？万一有一天，阿爷阿娘要将我许配给其他男子，我又该如何是好？"

天若有情天亦老，月若无恨月长圆。爱情就是这样，给了你甜蜜和喜悦的同时，也会给你莫名的忧思和烦恼。王维和璎珞，都已尝到了这种复杂的滋味。

719年元宵节过后，王维决定返回长安，一则春闱在即；二则想着璎珞或许会让兴宗转告什么，迫不及待想见到兴宗。

这日早起，王维和王缙来到母亲房间，向母亲辞别。看着面容清瘦的母亲，王维情不自禁地跪在母亲跟前，磕了一个响头："孩儿不孝，不能承欢膝下，请阿娘多多保重。"王缙也忙跪下，向母亲磕了一个响头。

"摩诘，夏卿，快快起来，阿娘知道你们都是懂事孝顺的孩子，你们放心去吧。"

临行时，王维挥笔写下了一首《别弟妹》，诗中提到了"两妹日成长，双鬟将及人""小弟更孩幼，归来不相识"，最后表达了他的依依不舍之情——别此最为难，泪尽有馀忆。

弟妹们一直送他们到城门外，才依依不舍地挥手告别。

初到长安的王缙，和四年前的王维一样，对一切都充满了好奇。走入云来客栈，小二忙迎了上来，热情招呼道："王君新年大吉，别来无恙！你和崔君倒像约好了似的，他前脚刚到，你后脚就到咯！"

"哈哈，兴宗也到了？"

听到王维的笑声，崔兴宗三步并作两步跑了出来。看到王维身边的王缙，忙抱拳道："摩诘兄，这位可是常听你说起的夏卿兄？"

王缙也忙抱拳回礼道："我也常听大哥说起你，虽是初次谋面，却也像老友重逢了。幸会，幸会！"

"夏卿，兴宗，你俩年纪相仿，今后就像自家兄弟一样，不必拘礼。"王维笑着转身叮嘱小二道："劳烦收拾一间干净的屋子出来，我二弟也要在此久住。"

小二拍了一下脑袋，不好意思道："哎呀，真是不巧，这几日客栈人多，暂时没有空余的屋子了。待过几天有了，小的马上收拾出来。"

"夏卿兄，你若不嫌弃，不妨和我同居一室？"崔兴宗热情相邀。

"兴宗客气了，我怎会嫌弃？只是怕要打扰你了。"

王维想了一想，说："暂时也没有其他法子，那就委屈你们几日了。"

"摩诘兄，你刚才还说让我们不必拘礼，这会子却和我客气起来了，哈哈。"

大家说笑着走进屋子，安顿了下来。

崔兴宗知道王维心里惦记着璎珞，趁王缙在收拾行囊时，连忙来找王维。

"摩诘兄，你交代的事情，我已经圆满完成了，特来向你禀报。"一走进王维房间，崔兴宗就一脸笑嘻嘻道。

王维和崔兴宗相视一笑，问道："你姊姊她，一切都好吧？"

"好是好，只是不知为何，整个人消瘦了不止一圈。"崔兴宗故意叹了口气。

王维闻言，眼中不由流露出深深的疼惜之意，璎珞她，是为他消得人憔悴吗？

崔兴宗本想调侃王维，不料却引起了他的思念和伤感，忙换了口气道："《礼记》

有云：'来而不往非礼也。'摩诘兄，璎珞也托我给你带了一样东西，你可想看看？"

"真的？还不快拿来我看。"王维心中一阵狂喜，眼前顿时一亮，一眼就看到了兴宗手中的一个绣花锦囊。

"我得去陪夏卿兄了，你慢慢看吧。"崔兴宗故意将"慢慢"两字拖得老长，识趣地溜了出去。

此时的王维，早已不在意兴宗在说什么，一颗心似乎都粘在了手中的锦囊上。他走到窗前，打开锦囊，只见里面是一方淡赭色的熟绢，上面有一幅画。画面上，大江静流，水天相接，圆月高升，月华如晕。波光之中，一叶扁舟静静地停在江中，一位头戴方巾的士子面向圆月负手而立。颀长的背影里，似乎透着他对远方佳人的深深思念……

画的旁边，是一行清丽的小楷——此时相望不相闻，愿逐月华流照君。

王维屏气凝神，久久凝视着眼前这幅画和这行字，眼角不由湿润了。

"璎珞，你的画中人是我吗？你引用张若虚《春江花月夜》中的名句，是不是想告诉我：今生今世，无论我在哪里，你都愿意一路相随。璎珞，谢谢你的情深义重，我将铭记在心，永远，永远！"

此时此刻，远在定州的璎珞应该感到欣慰。因为，她心心念念的牵挂之人，已经读懂了她的全部心思。

得到璎珞回应的王维，心情愈发舒畅。人世间，还有什么比一见钟情、两情相悦更令人神往的呢？

到长安后的第二天，王维就去拜访岐王。门人见到王维，就过来请安问好，并将他引到了厅堂，再由婢女将其引到了岐王书房。

岐王正站在雕花案几前泼墨挥毫，满案是一张张墨迹淋漓的宣纸，王维安静地站在一旁欣赏。

岐王写完最后一笔，退后一步，看了一眼，才放下笔来，抬头笑道："摩诘，你来了！"

王维这才上前几步，向岐王俯身抱拳道："王爷好兴致，维不敢打扰。"

"摩诘，本王知道你写得一手好字，于草书和隶书上更是颇有功力。本王今日临了一张好帖，你来帮本王看看。"

王维欣然走到案前，只见案上平铺着一张平常尺寸的白麻细纸，纸面略黄，上面是几行飘逸的今草，气韵流转连贯，字迹劲秀洒脱。

王维只看了一眼就脱口而出道："这是'草圣'张伯英的帖子吗？真乃稀世好帖！"

"摩诘好眼力！确实是张伯英的真迹！"岐王点头称许。

岐王和王维口中的"草圣"张伯英，就是东汉书法家张芝。他擅长草书，不仅书艺炉火纯青，且对当时"字字区别、笔画分离"的章草进行大胆革新，开创了"上下牵连、富于变化"的今草，被人誉为"草圣"，和钟繇、王羲之、王献之等草书大家并称"书中四贤"。

"张伯英开创了草书第一高峰，精熟神妙，兼善章今，可惜他罕有真迹传世。家父在世时，独爱草圣的书帖。受家父影响，我对草书更偏爱几分，一直想一睹'草圣'真迹却不可得，不想今日竟如愿看见了。"看到真迹后的王维，剑眉舒展，逸兴横飞，眼中闪烁着明亮的光芒。

"这正是张伯英的《八月帖》真迹，你不妨细细看看。"

王维俯身看了良久，半晌才直起身子，点头赞道："这纸张，这气韵，即便放在张伯英的真迹里，也堪称上品。"

"摩诘，你以草隶见长，临草书帖更是一绝。他日你若有闲暇，不妨多临一些《八月帖》出来，本王自有用处。"

"多谢王爷厚爱，'草圣'真迹可遇不可求，能临摹如此好帖，自是平生最为快意之事。不过，要临出好帖，却也要几分机缘，或许需要一些时日。"

"无妨，你得闲时来本王府上慢慢临摹便是。"

王维欣然应诺，停顿片刻，有些不好意思道："王爷，维此番重返长安，还带上了家中二弟，也是为今年春闱而来。如若王爷不弃，维想带二弟一同登门拜访，不知可否？"

"摩诘，听你口气，还以为你遇到了何等棘手之事，原来只是这般寻常小事，这有何妨？本王虽未见过令弟，但太原王氏的名声，本王还是略有耳闻。今后，但凡你想引荐给本王的士子，只管放心带来，本王都会以礼相待。"

有了岐王这番热情相邀，王维心中如释重负。今年的春闱，他定要好好准备，方不辜负岐王对他的一片厚望。

只是，他不知道，即将到来的春闱将要掀起一阵波澜。

第七章 平地风波 初见公主

备考的日子倏忽即逝。不知不觉,已是阳春三月。似乎只是一夜之间,长安城里人人都换上了轻盈鲜亮的春衫。曲江池畔,各色鲜花争奇斗艳,将大片大片的草地染成一袭华丽的织锦。

这日,一切都平淡如常,王维正和王缙、崔兴宗温习功课,岐王忽然派人来请王维。

"前些日子刚临完张伯英的《八月帖》,莫不是岐王又得了好帖?"王维一路走,一路想,不知不觉就到了岐王府。早有仆从等候在外,忙忙地将他引到了书房。

岐王看了一眼王维,眉间似乎有些忧色:"摩诘,今年春闱,以你的家学渊源、禀赋才学,夺魁按理是瓮中捉鳖之事,不过……"听话听音,王维心中一突,顿时明白了几分。

"本王听说,当朝礼部员外郎张九龄向玉真公主推荐了他的弟弟张九皋。玉真公主向来受皇上器重,她举荐的人,皇上都会放在心上,所以……"岐王眉头微蹙,絮絮说了下去。

岐王口中的玉真公主,是李隆基一母所生的同胞妹妹,比李隆基小七岁,比岐王小三岁。

她出生才一年,生母窦德妃就被祖母武则天秘密赐死。她的童年,是在残酷的宫廷斗争中度过的。她从小就耳闻目睹了祖母武则天、姑姑太平公主、伯母韦后、堂姊安乐公主等人制造的血腥的宫廷斗争和权力厮杀。

711 年,二十岁的她,选择在王屋山出家为道。

712 年,李隆基登基后,心疼玉真公主,劝她返回皇宫。但玉真公主早已看透世事,以为亡母超度祈福之名,执意留在道观,了此余生。

李隆基深深感动于玉真公主的虔诚和孝道,对她愈发疼惜眷顾,极土木之盛,殚良工之精,不仅为她在长安敕建规模最大的道观——玉真观,还为她在骊山、终南山等地敕建幽静雅致的山居、别馆,只求让她过得舒适自在。她的道观奢华气派,曾有大臣上书太过奢靡,但李隆基不以为然、一笑了之。

正因玉真公主深受李隆基疼爱，因此，每年春闱前，求玉真公主举荐之人便如过江之鲫，络绎不绝。如果能被玉真公主举荐，那么，夺魁也就十拿九稳、势在必得了。

岐王说得含蓄委婉，但王维心中早已了然。虽然心里难过，却依然对着岐王深深鞠了一躬，言辞恳切道："王爷处处提携照顾晚生，无论春闱夺魁与否，维都感激不尽。"

看着眼前卓尔不凡的王维，岐王眼里是满满的欣赏和可惜。他叹了口气，在屋中来回踱了几步，忽然停下脚步，眼前一亮道："有了！要想春闱夺魁，也不是绝无可能。本王倒有一计，不知你是否愿意试上一试？"

"愿听王爷安排。"

"你这便回去自度一曲哀怨悲切的琵琶曲，再挑选几首清越入耳、广为流传的诗作。三日之后，你来这里，本王自有安排。"岐王言辞笃定，似乎已有成竹在胸。

"好，维谨记在心，这便回去准备。"王维向岐王深深行了一礼后，转身离去。

三日后，王维如期而至。只见他面容沉静俊朗，神情悠远淡定，只是头上的幞头半新不旧，身上的淡青色圆领袍也有些洗得发白。岐王笑着摇了摇头："今日是玉真公主华诞，本王带你去玉真观。见到公主后，你按本王眼色行事即可。"

"好，维记下了。"

"来人。"岐王话音刚落，就有两个婢女走了过来，一个手捧一件簇新的青色圆领袍，一个怀抱一把精致的五弦琵琶，双双送到王维面前。

"摩诘，这身衣衫是比照你的身量做的，你试试，可否合身？"

王维一怔，万没料到岐王如此心细如发，心头不由一阵感动，俯身抱拳道："多谢王爷。"

片刻工夫后，王维换好衣衫，从屏风后走了出来。本就俊眉朗目的他，换上这身锦绣华服后，愈发温润如玉，神采飞扬，自有一种常人没有的高华气度。

岐王不禁脱口赞道："本王自以为也算有一副好皮囊，但和你一比，便不敢心存此念了。"

"王爷说笑了，折煞晚生了。"

岐王哈哈笑着，和王维一同步出门外，坐上马车，向玉真观疾驰而去。

岐王选择在这天带王维去拜访玉真公主，是经过深思熟虑的。时近春闱，太多士子想拜见公主，公主不胜其烦，一律闭门谢客。岐王以替公主庆生为名，带王维登门道贺，可谓用心良苦。

听道童传报岐王来访，玉真公主忙笑意盈盈地迎了出来："四哥，今日怎么有空来玉真观？"

"今日是你的好日子,四哥怎能不来?"

"什么好日子不好日子的,平白添了一岁而已。不过,四哥能拨冗前来,持盈很是欢喜,快快请坐。"

"好。"

"持盈,四哥今日还带了一位才俊前来,他精通音律,能诗善画,想必可为今日盛宴助兴。"岐王落座后,喝了口茶,款款道来。

"哦?不知四哥说的才俊,是何方人士?"

"他出身山西太原王家,祖父曾在朝中担任协律郎。他家学渊源,禀赋过人,尤其弹得一手好琵琶,妹妹不妨听他弹奏一曲?"岐王絮絮说了下去。

"四哥本就精通音律,能被四哥如此赞赏之人,必定非同凡响,持盈愿洗耳恭听。"

岐王点了点头,向道观外击掌三声,一直等候在外的王维立即会意,怀抱琵琶,稳步走了进来。

虽然王维早听说玉真观是天下最为奢华的道观,但当他步入玉真观后,依然被扑面而来的富贵气象震了一下。只见道观内墙贴郁金,地设青锦,席铺却尘之褥,堂垂紫绡之帘,更有一股清幽入骨的异香从帘内隐隐散发了出来……

在距离玉真公主几丈之遥处,王维向玉真公主恭恭敬敬行了一礼:"晚生拜见公主殿下。"

玉真公主虽阅人无数,但当她看到眼前这个温润如玉、神采飞扬的青年才俊时,不由多看了几眼。虽是初次见面,但不知怎的,却有种似曾相识的感觉。

"不知如何称呼?"玉真公主看着王维,声音清澈柔和,全然没有王维想象中的皇家公主那般咄咄逼人的气势。

王维心头略定,不由抬头看了一眼玉真公主。只见她身穿绯色泥金芙蓉罗衫,挽着绛色晕花披帛,衣袂飘飘间,自有一份与生俱来的高贵和优雅。

"在下姓王名维,字摩诘,河东蒲州人氏。"

"不知王君今日要弹哪首曲子?"玉真公主点了点头,微微坐直了身子。看到玉真公主嘴角眉梢流露的笑意,岐王心中有了几分把握。

"禀告公主,晚生近日谱了一首新曲,名为《郁轮袍》。公主若是不弃,在下斗胆献丑了。"

"《郁轮袍》?听这曲名,倒是有几分意思,不妨弹来听听?"

王维抱了抱拳,从容落座。随着"铮"的一声,琵琶声便从他指尖一泻千里,洋洋洒洒流了出来。琵琶声时而清越高亢,时而呜咽徘徊,时而如泣如诉……一时间,满座寂然,众人无不屏住呼吸,仿佛全部心思都悬于琴弦,随着琴弦的高低起伏而或悲或喜……

当琵琶声戛然而止时，道观内依然余音绕梁、经久不衰，众人无不如痴如醉，就连欣赏名曲无数的玉真公主，也久久沉浸在琵琶声中，意犹未尽……

良久之后，她才抬起眼眸，缓缓点头叹道："此曲只应天上有。"

王维放下琵琶，起身抱拳道："多谢公主厚爱，晚生班门弄斧了。"

岐王心中甚喜，顺着玉真公主说了下去："持盈，摩诘不仅精通音律，而且能书善画，尤擅隶草，持盈不妨一看？"说着，示意侍从向公主递上一个卷轴。

玉真公主接过卷轴，徐徐展开，原来是"草圣"张伯英的《八月帖》。从纸张来看，她知道这绝非张伯英真迹，但笔力之飘逸遒劲，几乎可以以假乱真，不禁脱口而出道："端的好字！"

"本王年前得了草圣的《八月帖》，闲暇时临摹了几张，但都不甚满意。此乃摩诘所临，甚合我意！"岐王对王维的赞赏之情溢于言表。

"王爷过誉了，此乃雕虫小技，不足挂齿。"王维忙俯身抱拳道。

"哦？这还是雕虫小技？如此说来，王君确实天赋禀异，让人刮目相看。"玉真公主尚未从琵琶声中回过神来，又被王维这手漂亮的草书惊艳，不由在心里倒吸了口凉气。眼前之人，果然非同一般！

公主脸上的惊喜之色，都被岐王看在眼里，便继续说了下去："持盈，摩诘擅长的，还远不止这些。四哥以为，大唐诗坛上，必有摩诘一席之地。"

"哦？"玉真公主再次被岐王的话震惊了，按捺不住心头的惊喜，看着王维道："不知王君写过哪些诗作？"

王维早有准备，从袖袍中取出诗稿，双手呈给公主。公主忙坐直身子，仔细读了下去。

首先映入眼帘的是《过秦皇墓》，接着是《九月九日忆山东兄弟》《洛阳女儿行》……公主脸上的惊喜之情愈来愈浓，读完诗稿后，抬头展颜笑道："今日真是奇了。这些诗我之前便读过，一直以为是古人之作，原来却出自今人之手，这不是应了那句'远在天边，近在眼前'吗？"

岐王见时机已然成熟，便示意王维退下，趁四下无人时，轻声问公主道："持盈，摩诘的才学，方才你已亲眼所见。依你看来，今年春闱解元，他有几分把握？"

玉真公主顿时心中了然，原来四哥今日是举荐人才来了！她合上诗稿，点头笑道："王君如此奇才，何必忧心解元？"

岐王思忖片刻，决定索性将话挑明，便又问了一句："持盈，听说今年春闱解元已内定张九皋，不知确有此事？"

玉真公主脸上先是掠过一丝讶色，随即摇头笑道："确有此事。不过，今日之后，另当别论。"

岐王心头大定，哈哈笑道："千里马常有，而伯乐不常有，持盈果然好眼力！"

"若说伯乐，认真论起来，四哥才是伯乐！"兄妹俩对视了一眼，彼此会心一笑。

说话间，便到了晌午时分。玉真公主有个习惯，每年生辰必吃冷淘。

"四哥，玉真观里膳食粗陋，比不得王府，还请四哥莫要见笑。"

"上回在你这里吃的槐叶冷淘，色泽鲜碧，爽心适口，甚合我意。本王府上的厨子，却是再也做不出来。"

"这个容易，四哥若是喜欢，今日便让厨子多做几份出来。"

冷淘是深受唐人喜欢的凉面，原是宫廷食品，后流传民间。槐叶冷淘是采青槐嫩叶捣汁和入面粉，做成细面条，煮熟后放入冰水中浸漂，然后捞起，以熟油浇拌，放入井中或冰窖中冷藏。食用时，加佐料调味即可。

说话间，已有道童鱼贯而入，将粉果、焦糖、槐叶冷淘等精美的吃食放在各人面前的案几上。玉真公主似乎想起了什么，和岐王低语道："四哥，王君虽说是春闱士子，但来者便是客，不妨唤他进来一道用膳吧。"

岐王心里一怔，在他印象中，妹妹素来清高，从未主动邀请陌生人同席，今日对王维竟是破例了。

当王维再次步入道观时，阅人无数的玉真公主，竟有一种心跳加快的感觉。这样的感觉，这辈子还不曾有过！

"四哥，我前不久得了上好的西凉葡萄酒，要不要尝尝？"玉真公主定了定神，抬头问岐王道。

"好啊，今日寿星为大，妹妹喝什么，我便喝什么。摩诘，要不你也尝尝？"

"好，恭敬不如从命。"王维忙抱拳道。

少顷，各人面前的案几上都多了一个酒盏，道童一一斟酒。王维拿起略有些斑斓的深碧色宽口六棱玉石杯，在嫣红色的葡萄酒的衬托下，似有一种奇异的波光从几乎透明的杯壁中渗透出来。传说中的葡萄美酒夜光杯，大概就是如此罢？

当王维低头品尝美酒时，不远处的玉真公主，有意无意地多看了他几眼，并在心里暗暗赞叹："这世上，精通音律者有之，擅长书法者有之，能诗善赋者有之，妙手丹青者有之，但很少有人能同时精通音律、书法、诗赋、绘画！眼前这个比自己小九岁的男子，当真是奇才。"

这样想着、想着，忽然一丝惆怅浮上心头。自出家为道以来，她从未遗憾岁月匆匆、青春易逝，但此时此刻，却忽然觉得，如果她能再年轻十岁，该有多好……

正当她顾自出神时，只见岐王向她举杯道："持盈，春闱之事，就有劳你了。"

玉真公主怔了怔，点头含笑道："四哥，莫说是你亲口相托，单凭王君的文采风流，我也会放在心上。"说着，目光在王维脸上略停了一停，又不着痕迹地移开了。

王维举起酒杯，将美酒一干而尽，起身向公主深深行了一礼道："承蒙公主厚爱，晚生定全力以赴，不负公主厚望。"

这晚，回到云来客栈后，王维站在窗前，思绪万千。今日，在岐王的引荐下，他见到了玉真公主，并得到了公主的赏识，他以为自己会欣喜若狂。但，在短暂的兴奋过后，心中却有些孤独。

他并不羡慕王公贵族们的生活，恰恰相反，他隐隐感到，王公贵族们钟鸣鼎食、烈火烹油的繁华背后，似乎有不为人知的落寞。宁王如是，岐王如是，玉真公主不也如是吗？他真正向往的，是和心上人琴瑟和鸣，朝夕相守，过自由自在的日子。

想到这里，他抬头望天，只见一轮明月高悬天边，如水的月光倾洒在庭中的一草一木、一砖一瓦上。这样的月光，这样的夜晚，不正是璎珞送他的那句诗吗？

"此时相望不相闻，愿逐月华流照君！"

王维暗暗下定决心，为了早日迎娶璎珞，他必须春闱夺魁。

第八章　春闱夺魁　金秋提亲

转眼之间，719年的春闱就到来了。

科举考试主要分为常科、制科两类。常科每年举行，制科则由皇帝下诏临时举行。

常科的考生有两个来源，一是生徒，二是乡贡。由京师国子监、弘文馆、崇文馆和各地方州县学馆出身、通过学校的选拔考试合格后举荐到尚书省受试者，叫生徒；不由学馆而先经州县考试、及第后再送尚书省应试者，叫乡贡。

常科的科目有明经、进士、俊士、明法、明字、明算等五十多种。其中，明经、进士是唐代常科的主要科目。进士重诗赋和策论，明经重帖经和墨义。相比明经，进士及第要困难得多，故坊间有"三十老明经，五十少进士"的说法。唐朝宰相大多是进士出身，王维的目标就是进士及第。

经过数月准备，王缙、崔兴宗的书法、帖经、墨义都已不错，但诗赋尚未精熟，暂不参加京兆府试，王维独自前往。

719年的京兆府试，诗题是《清如玉壶冰》，出自南朝诗人鲍照所写的五言古诗《代白头吟》中的前两句诗——直如朱丝绳，清如玉壶冰，表达了诗人向往正直、高洁的品格。

考生应试作诗，一律要在诗题前加"赋得"二字，即《赋得清如玉壶冰》。

王维铺纸磨墨，思忖片刻，便提笔写道："玉壶何用好，偏许素冰居。未共销丹日，还同照绮疏。抱明中不隐，含净外疑虚。气似庭霜积，光言砌月余。晓凌飞鹊镜，宵映聚萤书。若向夫君比，清心尚不如。"

王维用平淡清远的笔墨，写出了玉壶冰一般的坚贞和月一般的高洁。尤其是最后一句"若向夫君比，清心尚不如"，将玉壶冰尊称为君子，表面上说自愧不如，其实表达了他对玉壶冰的欣赏和认同，堪称点睛之笔。

考官们看了王维的诗作，大为赞赏，加上玉真公主的鼎力举荐，因此，此次京兆府试的解元，毫无悬念地花落王维。

消息传来，王维心中欢畅。通过了府试，就可以参加721年春天尚书省举行的礼部试。如果进士及第，他就可以名正言顺地迎娶璎珞了。

王缙和崔兴宗似乎比王维还要激动。"摩诘兄，我这几天经常听到喜鹊在枝头叫唤，心里想着必定有喜事临门，今日果然应验了！"

"是啊，大哥，咱们速速回家禀告母亲，让母亲也高兴高兴！"

"夏卿，兴宗，明年京兆府试，你俩也莫妄自菲薄，定要去尝试一番才好。"

"摩诘兄，你把你用过的笔赠我和夏卿兄，好让我们也沾沾你的才气！"崔兴宗嘻嘻笑道。

说笑间，綦毋潜、卢象、崔颢等人也来到云来客栈，纷纷向王维道喜。王维自然是一番谦逊之辞，因为他明白，明年春闱之后，方可真正尘埃落定。

十多天后，当王维、王缙回到蒲州老家时，王维心里想着两件事。一是向母亲报喜，二是求母亲向崔府提亲。

看着眼前意气风发、气宇轩昂的王维，王夫人一脸欣慰道："摩诘，皇天不负有心人，这些年来，你的不容易，阿娘都知道。夏卿，你也要学大哥这股子拼劲。你们如果都成才了，阿娘就可以向你们阿爷交代了。"

"阿娘，您含辛茹苦抚育我们成人，我和弟妹们一定谨记在心，不让阿娘失望。"王维深知母亲的不易，一脸动容道。

"大哥，二哥，快给我们说说京城的事吧。"弟妹们团团围在王维、王缙身边，想听大哥、二哥说说京城的所见所闻。

于是，王维就从何为科举取士说起，讲到岐王、玉真公主的知遇之恩，讲到綦毋潜、崔兴宗等至交好友，最后，将话题落在了璎珞身上。

"阿娘，兴宗有一双胞胎姊姊，名叫璎珞。儿曾随兴宗前往崔府做客，有幸见到了璎珞，温柔贤淑，蕙质兰心，深得儿心。"虽然王维极力保持平静，但在场的每一个人都听出了他话里话外的激动。和那个在弟妹面前一向沉着稳重的大哥，似乎判若两人。

"摩诘，你快到'弱冠之年'，是该谈婚论嫁了。倒是阿娘糊涂，一时竟没有想到。你说的崔家，可是博陵崔家？"王夫人先是有些意外，继而便一阵欢喜，这不是双喜临门吗？

"是的，若阿娘为儿择妇，儿的心里，只有璎珞一人。"虽然当着弟妹的面，但王维已顾不了那么多，一口气说出了这句在心里藏了那么久的话。弟妹们在一旁挤眉弄眼，无不替大哥开心。

"摩诘，阿娘相信你的眼力。你喜欢的女子，阿娘自然也是欢喜的。即便我们王家有些般配不上，阿娘也会好好替你谋划。"

王维本来还有些担心母亲不愿出面提亲，因为怕被外人议论王家高攀了崔家，想不到母亲竟一口答应了。看着母亲夹杂着银丝的鬓发，王维情不自禁地跪了下去："多谢阿娘成全。"

"傻孩子，阿娘一定为你风风光光地迎娶崔家大娘。"

"太好咯，大哥要提亲咯，我们有阿嫂咯！"弟妹们无不欢呼雀跃，沉浸在了久违的喜悦中。

这一年，王维十九岁，璎珞十五岁，正是最好的年华。

唐代婚俗极其繁复，从提亲到成亲，需经过纳彩、问名、纳吉、纳征、请期、亲迎六礼。

明白王维的心思后，王夫人请来官媒，将王维姓名、排行、生辰八字等一一写在大红庚帖上，预备好各色聘礼，和王维一起前往崔府提亲。

崔府那边，崔兴宗早已向父母透露王维对璎珞的心意，崔父崔母对王维本就欢喜，听说他对璎珞的这番深情后，自然愈发欢喜。崔父乐呵呵地对夫人说："咱们女儿能有如此好姻缘，还有什么不放心的呢？"

这日，天高云淡，晴空万里，当王家的马车缓缓停在崔府大门口时，王维一时竟有些恍惚。

去年秋天来崔府时，他第一次见到了身着女儿装的璎珞，想不到时隔一年，此次前来，竟是提亲了！

这世间，有白首如新，也有倾盖如故。他和璎珞，从相识到如今，其实也不过短短的一年多时间，但在他心里，却似乎已经认识她很久、很久了……

接到门人传报后，崔父崔母忙喜盈盈地迎了出来，和王维母亲彼此见过，互相问候了一番。王维母亲出自博陵崔氏，和崔大郎祖上有些渊源。大家一见如故，很是投缘。

"王夫人，这是犬子兴宗，这是小女璎珞。"王夫人走进堂舍后，崔大郎便向王夫人介绍道。

"兴宗见过夫人，夫人一路车马劳顿，辛苦了。"兴宗恭恭敬敬地向王夫人行了一礼。

"璎珞见过夫人，夫人请用茶。"王夫人落座后，璎珞双手奉茶，恭恭敬敬地端到了她的面前。

王夫人笑呵呵地看着璎珞，从她手中接过茶盏，连连赞叹道："崔老爷和崔夫人有如此佳儿佳女，当真好福气。"

璎珞垂眸一笑，向王夫人福了一福，便乖巧地站在了一旁。

"王夫人过奖了！令郎才华横溢、天赋过人，老夫夫妇好生欢喜！"崔大郎朗声笑道，言语中是发自内心的欢喜。

当双方长辈忙着寒暄时，王维眼里却只有璎珞一人。

一年不见，璎珞出落得愈发清丽脱俗。只见她身着嫩芽绿宽袖短襦，下配石榴红六幅长裙。如瀑的秀发上，特地簪了去年那根玲珑剔透的玉簪，将她本就粉嫩的脸庞衬托得愈发明眸善睐、巧笑嫣然，王维不觉看得痴了。

"摩诘兄，如此大好秋色，咱们到附近走走如何？璎珞，你要不要一起？"王维的神情都被兴宗看在眼里，他灵机一动，计上心头。

王维当然明白兴宗的意思，但也不好立即应承。他看了看璎珞，璎珞也是抿嘴一笑，低头不语。

倒是崔大郎心领神会，捋着长须道："咱们在屋里说话，你们不妨去外面散散，否则也拘得慌。"

三人闻言，都如释重负，脚步轻盈地走出崔府，往屋后的竹林走去。

对于这片竹林，王维印象深刻。他对璎珞，既是"一见钟情"，也是"一听倾心"。他去年在崔府小住时，曾在这里听到璎珞银铃般的笑声。当笑声飘入他耳中时，他似乎听到了爱的种子在他心里生根发芽的声音。

三人沿着蜿蜒曲折的林间小路，不紧不慢地走着。群山青翠如洗，碧空澄澈透亮，阳光透过竹叶和竹叶之间的缝隙，洒在地上，形成一个个斑斑驳驳的光影，随着微风轻轻摇摆。

忽然，兴宗捂住肚子，眉头紧皱道："哎哟，我肚子有些不舒坦，大概早起贪嘴吃多了。摩诘兄，你陪璎珞走走，我去去就来。"

说完，不等王维和璎珞反应过来，就一溜烟往山下跑去。

看着兴宗转瞬间消失了踪影，王维哑然失笑，摇了摇头："兴宗还是如此淘气，这么大了还贪嘴……"

话说到一半，王维忽然明白过来，兴宗这不是故意给他和璎珞创造独处的机会吗？

自去年秋天和璎珞分别以来，他曾无数次憧憬，何时才能和璎珞重逢？重逢之时，如何才能向她倾诉衷肠？他的心里，着实有好多好多话想对她说……

没想到，此时此刻，璎珞如此真实地站在他几步之遥处，他心中不由一阵激荡。

一阵山风从竹林间穿过，沙沙作响。王维上前一步，低头凝视着垂眸摆弄长裙飘带的璎珞，半响才低声道："璎珞，你瘦了。"

璎珞只觉得脸颊发烫，明明有山风吹过，但额头上却隐隐沁出了汗珠，心头似乎有种小鹿乱撞的感觉。不知过了多久，她终于鼓起勇气，抬起眼眸，在看到他的那个瞬间，刚好对上了他正低头凝视她的眼神。他的眼神里透着笑意，明亮清澈得就如他背后的天空，带着让她迷恋的温润和深情。

好半响后，她听到自己在对他说："王君，你也瘦了。"

"还叫我王君吗？也是，好多人说'摩诘'二字佶屈聱牙，很是有些拗口，我正想着该取一个怎样的名号才好？"王维故意一本正经地点了点头，眉头微皱，一脸沉思状。

璎珞先是愣了愣，待明白他话里话外的意思后，忍不住"扑哧"一声笑了出来，方才的紧张和不安似乎去了大半。她低下头，想藏住嘴角那分笑意，突然又觉得这样很傻，索性抬头向他微笑起来。

王维也正低头看着她，眼里是深不见底的柔情。相对无言中，似有一股暖流在彼此之间缓缓流淌。

璎珞耳根一热，忙扭过头去，正好看到身边有一杆翠竹，便伸手握住了翠竹上的竹节，转过头来时，却见他依然低头凝视着自己，笑容愈发和煦，眼神愈发深邃，仿佛一直可以看到她的内心深处。

她只觉得心底深处在微微颤动，一颗心跳得愈发厉害，脸颊上更是一阵阵发烫，终于咬了咬牙，轻启朱唇道："摩诘……"

璎珞话音刚落，王维就眼前一亮，声音中更是带着掩饰不住的热切和急切："璎珞，你可愿意嫁给我？"他的声音并不大，但却似乎有一种振聋发聩的力道，从他的胸膛里传将出来，一声一声，直达璎珞心底。

好半晌后，璎珞才压住心头的激荡，抬头看着王维道："摩诘，其实，我一直想问你，咱们只见过两次，你为何……"话到嘴边，终究还是不好意思再问下去。

王维自然听懂了她的意思，却故意低头思忖了片刻，半响才抬起头来，满脸都是真诚："傻璎珞，我也不知为何，容我回去仔细思量一番，可好？"

看着王维眼底藏着的略带促狭的笑意，璎珞绷不住又笑了。又有一阵山风吹来，吹动了他的头发和衣角，璎珞忽然很想伸出手去，帮他把头发拢好，把衣角抚平。她被自己这个念头吓了一跳，连忙低头摆弄自己身上的飘带。

璎珞脸上的任何细微变化，都被王维看在眼里，心中不由一阵激荡，他多么想再上前一步，将他朝思暮想的璎珞拥入怀中。但，他还是忍住了，他不能唐突了她。

他嘴角紧抿，手不知不觉握成了拳头，背到了身后。当又一阵山风吹来时，他听到他在轻轻唤她："璎珞，你可愿意？"

璎珞抬起头来，看着王维黑色眼眸中那个小小的自己，只觉得心底早已一片柔软，轻轻点了点头。

王维的眼睛越来越亮，笑容越来越深，只觉得眼前的蓝天白云、青山绿水，有种从未有过的美好，美好得让人为之深深沉醉！

"璎珞。"

"嗯？"

"无事，只是，想叫你一声。"

璎珞低头微笑，只觉得此时此刻，语言已经成了多余。他们什么都不必说，都已明了彼此的心意，就连风掠过竹叶时发出的沙沙声，也仿佛在应和他们此时的心境……

不知过了多久，王维抬头看了看渐渐西沉的落日，低声笑道："璎珞，日头快下山了，你身子柔弱，万一被山风吹着了倒是不好，咱们回去吧，以免阿爷阿娘担心。"

"嗯，好。不过，我可不是弱女子哦，你难道忘了，你第一次见到我时，我比兴宗还利落呢！"

看着眼前一脸傲娇的璎珞，王维忍不住"哈"的一声笑了出来，边走边说："我怎会忘呢？那天，你虽是一身少年打扮，但你的眼神却让我过目不忘。我很诧异，一个少年，怎会有这样一双会说话的眼睛？后来，我捡到了你掉落的丝帕，上面竟还有我的诗。再后来，我从兴宗口中得知，你竟是女扮男装。那一刻，我方信世间真有'缘分天定'这回事。"

随着王维的讲述，璎珞的思绪也飞回到了一年多以前。

是啊，若非缘分天定，他在河东蒲州，她在河北定州，怎会相逢在长安街头？若非缘分天定，他们即便相逢在长安街头，也只是匆匆而过的过客，怎会有后面一连串的故事？若非缘分天定，他们怎会跨越千山万水地相逢、相识、相爱呢？

璎珞正神思千里时，王维继续说了下去："再后来，我随兴宗来你家，终于见到了一身女儿装的你。虽说只是第二次见面，但在我心里，却仿佛已经认识你很久很久了……"

说着，王维转身看着璎珞，久久凝视着她的眼睛："璎珞，你信吗？当你款款向我走来时，我便知道，这辈子，我的妻子，就是你了！"

璎珞怔怔地看着王维，一时恍如梦中，不知今夕何夕。他说的每一句话，每一个字，她都能感同身受。因为，那也正是她的感觉，从她第一眼看见他时就有的感觉。

当兴宗告诉她，那个写《九月九日忆山东兄弟》的王维，正是他们在元宵节酒楼偶遇的那个兄长时，她不就有了一种莫名的惊喜和期待吗？

后来，当兴宗带他来家中做客，当她听到他在堂舍随口吟诗，当他悉心教她弹琴，当他托兴宗转交她丝帕和信笺……他就这样一步一步走进了她的心里，牢牢占据了她的心。

她渐渐明白，她过去的十五年人生，只是为了等他出现的那一刻！他们仿佛可以一辈子这么并肩走下去，走到天涯海角，走到天荒地老……

忽然，从山下传来一阵脚步声，由远及近，越来越响，原来是崔兴宗回来了。只见他气喘吁吁跑到他们面前，唉声叹气道："今后再也不敢贪吃了，闹了这半日肚子，辜负了这大好秋色。"

"兴宗，我怎么记得，谁前几天也刚刚说过，今后再也不敢贪吃了？"璎珞嘴角上扬，打趣他道。

"哦，是吗？我怎么不记得了？"崔兴宗耸了耸肩，两手一摊，一副无辜的模样。

"兴宗，谢谢你，来日定敬你一杯酒。"王维走到兴宗身边，拍了拍他的肩膀，兴宗则朝王维眨了眨眼睛，两人会心一笑。

当他们三人在外漫步时，官媒已帮两家长辈核好生辰八字，交换聘礼婚书，王维和璎珞的婚事就这样订下来了。两家长辈约定，待王维年满二十周岁行过冠礼后，便择吉日完婚。

相见时难别亦难，几天后，王维和母亲就要告辞回家了。临走时，趁旁人不注意，王维在璎珞耳畔低声道："璎珞，我要你应我一件事。"

"嗯？何事？"

"好好歇着，把自己养胖点，等我来娶你。"

璎珞原以为是什么要紧事，听完这句话，不由"扑哧"一声笑了出来，脱口而出道："若是沉得教你抱不动呢？"话一出口，就发现此话不妥，但已经来不及收回了，顿觉耳后一片滚烫，忙低下头去摆弄着手中的丝帕。

看着眼前不胜娇羞的璎珞，王维呵呵笑道："傻璎珞，我会盼着那一天。"说完，再次深深地看了璎珞一眼，转身向外走去。

看着王维远去的背影，璎珞方才的笑意渐渐凝在了脸上，在心底长长叹了口气。

和王维一样，她也多么渴望时间能过得快一点、再快一点……

第九章　赠君香囊　为卿抚琴

当720年春天悄然而至时，远在长安的王维照例给璎珞写信。

"璎珞：一日不见，如隔三秋，古人诚不我欺也！虽然才半年不见，但于我而言，却仿佛又过了很多年！昨日是寒食，綦毋兄、夏卿、兴宗邀我同游曲江。虽然曲江边绿草如茵，游人如织，但我却无半点流连之意。璎珞，待咱们成亲了，我陪你去曲江边放纸鸢、荡秋千、插柳枝，可好……"

王维絮絮写着，仿佛要把心里的话都一股脑儿告诉她。写罢搁笔，意犹未尽，又提笔写了一首《寒食城东即事》，他这样开头道：清溪一道穿桃李，演漾绿蒲涵白芷。溪上人家凡几家，落花半落东流水……

诗成后，王维自觉满意，便将这首七律和信笺一并寄给了璎珞。

当璎珞收到这封散发着淡淡墨香的信和诗时，读懂了王维的所有心事。

于是，她也展纸磨墨，提笔写道："摩诘，你对曲江无半点流连之意，我又何尝不是呢？定州的春天，于我而言，也是花柳失色，春日无光……"

璎珞文思泉涌，娓娓道来，将她对王维的牵挂和思念一一揉进了信里。写罢搁笔，璎珞思忖着，过了清明，就是端午了。按唐人风俗，端午节人人都要佩戴香囊，求吉祈福，驱恶避邪。

"何不给他做一个香囊，让他日日带在身边，保佑平安呢？"想到这里，璎珞不由心头一亮，忙唤来小蝶，让她准备各色丝线，她要亲手缝制香囊。

她记得，他曾说最喜梅花凌霜绽放。于是，香囊上就有了一朵栩栩如生、呼之欲出的梅花，仿佛有暗香浮动在璎珞指间。

"大娘的女红当真越来越鲜活了，便是真的梅花，也没有这朵梅花好看。阿郎见了，定然喜欢得不得了。"小蝶在一旁不由看得呆了。

"小蝶，你去厨房找一些上好的冰片、朱砂、薰草、艾叶，细细碾成粉末，香囊便成了。"

小蝶忙应声而去，璎珞放下针线，看到檐下不断有成双成对的燕子飞过，不由想起了前人写的一首五绝："欲织双鸳鸯，终日才成匹。寄君作香囊，长得系肘腋。"

"摩诘，愿你见到香囊，便如见到我一样。"爱意洋溢在璎珞的眼角眉梢，这是沐浴在爱情中的女子特有的光芒。

当王维收到璎珞寄来的粉色桃花笺和她亲手做的香囊时，果然如小蝶所说，喜不自禁，爱不释手。

他迫不及待地展信细读，读了一遍又一遍，仿佛璎珞就藏在那一行行清丽的小楷里，读她千遍也不厌。

放下信笺，捧起绣着梅花的香囊，送到鼻尖轻嗅。一缕清爽宜人的香味扑面而来，沁入心脾。这其中，有药香，有花香，有草香，更有璎珞手上的芳香，让他为之深深沉醉。原来，爱一个人，是会爱上她身上的味道的。

王维将香囊藏入袖中，走到窗前，抱起琵琶。"璎珞，你赠我香囊，我为你弹一曲《阳春古曲》可好？"说着，悠然落座，少顷，悠扬的琵琶声袅袅飘出窗外，飘向远方……

"璎珞，无论你在哪里，此曲只为你一人而奏。"一曲弹罢，王维抬头看向远方，目光悠远，嘴角上扬，笑容里是对迎娶璎珞的无限向往。

京兆府试每年举行一次，尚书省礼部试则三年举行一次。720年春天，綦毋潜、王缙、崔兴宗参加了京兆府试，而王维则需等到721年春天才能参加礼部试。

如果说王缙和崔兴宗的榜上无名是在王维预料之中，那么，綦毋潜的再次落榜，则出乎王维意料。綦毋潜自707年就来长安参加科举考试，平日都能写得一手好诗，但不知怎的，每次考试都是乘兴而去、败兴而归。今年春闱前夜，王维请綦毋潜、王缙、崔兴宗喝酒，为他们加油鼓劲。

酒过三巡，綦毋潜半是玩笑半是认真道："摩诘，如果愚兄这次还是考不中，愚兄也就死心了，准备回虔州（今江西赣州）老家去咯。"

因此，当王维得知綦毋潜再次落第时，心里很是难过。几天后，綦毋潜黯然返乡，王维、王缙、崔兴宗都去送他。依依惜别之际，王维握了握綦毋潜的手，将一首他昨晚写好的诗递到了綦毋潜手里，言辞恳切道："綦毋兄，小弟想对你说的话，都在这首诗里。无论遇到多少困难，你一定要相信自己，也要相信我们这些朋友们。"

綦毋潜红了眼眶，挥手告别，策马扬鞭而去。当他的骏马跑出很远很远后，他才勒住缰绳，从袖袍中掏出王维写给他的诗，一字一句念了下去："圣代无隐者，英灵尽来归……"

当念到最后一句"吾谋适不用，勿谓知音稀"时，綦毋潜遥望长安，在心中默默感叹："摩诘，我在长安漂泊了十多年，最大的幸事，是认识了你！"

对王维和璎珞来说，720年似乎格外漫长。当曲江的春水渐渐解冻，江畔的春草渐渐发芽时，721年春天终于来临了。

礼部试是科举考试的最后一关，对读书人来说，能否在朝中取得一官半职，成败在此一举。因此，礼部试的竞争无疑是激烈的。

不过，当王维走进考场时，却并无半点慌乱之色。他本就才气过人，再加上多年来的潜心备考，此刻需要做的，无非是将心中所有倾囊而出而已。

他从容作答，不到一个时辰，就递交了考卷。主考官只看了一眼卷面上那飘逸遒劲的行草，便被深深吸引住了，一气看了下去……

考场外，乾坤朗朗，云淡风轻，王维抬头长长地舒了口气，对着定州方向露出了一个会心的笑："璎珞，今年秋天，我就可以来娶你了！"

放榜的日子很快到来。王维毫无悬念金榜题名，高中状元。王维做的第一件事，就是给母亲和璎珞各修书一封，报告喜讯；第二件事，就是立即前往岐王府，向岐王报喜道谢。

"本王第一次见到你时，便知道你必有一番好前程。如今金榜题名，意料之中，可喜可贺。"岐王朗声笑道。

"王爷，知遇之恩，永世难忘，请受我一拜。"说着，退后一步，俯下身子，向岐王恭恭敬敬行了一个大礼。

"快快请起。"岐王忙上前扶起王维道，"你我之间，何必拘礼？不过，你应该感谢一个人。"

王维脑海中迅速闪过一个人，但不好胡乱猜测，只好抱拳道："维实愚钝，还请王爷明示。"

"这两年来，玉真公主对你的眷顾，比本王有过之而无不及。"岐王捧起茶盏，抿了口茶，"持盈她自小有股傲气，出家后更是深居简出，不过，对于你的前程，却是十分上心。前年京兆府试自不必说，就连这次礼部试，她也是……"

岐王说到一半，似乎想到了什么似的，顿了一顿，看着王维笑道："不过，锥处囊中，其末立见。本王也好，公主也罢，你能有今日，到底还是靠你自己，本王没有看错人。"

"王爷折煞我了。千里马常有，而伯乐不常有，没有王爷和公主，岂能有我今日？"王维说着，再次向岐王深深行了一礼。

接下去的日子，对王维来说，可谓"春风得意马蹄疾，一日看尽长安花"。

放榜第三天，按照惯例，新科进士们头戴金花乌纱帽，身穿锦绣大红袍，骑着高头大马，沿着长安城最繁华的朱雀大街，气宇轩昂地前往大慈恩寺题名。

前面是鸣锣开道的仪仗队，后面是锣鼓喧天的鼓乐队。一时间，长安街头巷尾，人头攒动，纷纷前来围观这些天之骄子们。

王维是新科状元，骑马走在前排正中间。他本就面如冠玉、目如朗星，如今在红袍红花的衬托下，愈发仪表堂堂、风度翩翩，引来路人们的啧啧赞叹声和喝彩声。

新科进士们来到晋昌坊的大慈恩寺，在大雁塔上纷纷写下自己的名讳，这就是天下士子无不向往的"雁塔题名"。然后，到杏园参加探花宴，也叫鹿鸣宴。宴会上，大家觥筹交错，推杯换盏，彼此称兄道弟，互相道贺。

"十年寒窗无人问，一朝成名天下知。"身为新科状元的王维，俨然成为一颗冉冉升起的明星，引来了长安城诸多世家大族、高门大户的关注。官媒争先恐后上门打探消息，纷纷要给王维说媒，但都被王维一一拒绝了，理由是他已经定亲了。官媒们无不乘兴而来，败兴而归，脸上好不懊恼。

王维拒绝世家大族、高门大户亲事的事，辗转传到了岐王耳中。这日，王维在岐王府上品茶赏画时，岐王问起了此事："摩诘，听说你已经定亲了？"

"是的，不瞒王爷，我已于前年秋天定亲，打算今年秋天完婚。"

"本王虽未见过和你定亲的女子，不过，能让你心动的女子，想来一定是天姿国色。"

"禀告王爷，她只是世间寻常女子。不过，在我心里，却唯她一人而已。"提到璎珞时，王维嘴角不自觉地微微上扬，眼中闪烁着平日没有的异样明亮的光芒。

岐王若有所思地点了点头，意味深长地看了王维一眼："摩诘，你倒是和别人不一样。"

王维先是怔了怔，随即明白了岐王话里话外的意思。对新科状元来说，不仅可以在朝中获得一官半职，光宗耀祖，还能成为王侯将相、世家大族的乘龙快婿。在外人看来，包括岐王在内，都会认为，无论他有何打算，都不必急着定亲。以他堂堂新科状元的身份，不知有多少好姻缘等着他？他何必自断其路？

王维思忖片刻，目光依然澄澈，笑容依然平和，向岐王俯身抱拳道："启禀王爷，我只是觉得，人生不满百年，若执手之人并非自己真心爱慕之人，此生又有何趣？"

岐王抿了口茶，似乎在细细回味王维的话，半晌后才缓缓点头道："摩诘所言极是，本王到底没有看错人。"

半个月后，和新科状元有关的庆贺活动渐渐停歇了下来，王维准备回蒲州看望母亲，并好好筹划亲事，忽然，岐王派人来请王维。

王维急忙赶到岐王府，只见岐王似乎面露难色道："本王听说你要回蒲州了，不过……"岐王微不可见地皱了皱眉，"玉真公主明日要在骊山别馆举行诗会，邀请本王前往，并特地让本王带你一同前往。"

王维心里"咯噔"一下，上次听岐王提及玉真公主对他有援手之恩时，他就隐隐感到岐王似乎话里有话，但也没有多想。今日看岐王的神色，愈发有几分蹊跷。但无论如何，他不能让岐王为难，便一如既往地谦恭有礼道："承蒙王爷和公主抬爱，我愿随王爷前往。"

玉真公主的骊山别馆，和李隆基每年秋冬必去的华清宫遥遥相望。玉真公主喜欢骊山的清幽，每年都会去那小住一些时日，并在那里举办诗会。受邀参加诗会者，无不是学问高深的道教人士和能诗善赋的文人雅士。时间久了，天下名士无不以参加玉真公主的骊山诗会为荣。

岐王和王维一路快马加鞭，出了长安城后，折向东北方向，直奔六十多里外的骊山别馆疾驰而去。大约两个时辰后，就到了骊山脚下。

自周秦、两汉以来，骊山一直是皇家园林聚集之地，放眼望去，离宫别墅、玉宇琼楼，遍布骊山上下。

王维不由想起，六年前，他从蒲州前往长安时，曾在这里写下了《过秦皇墓》。当时，他是不谙世事的青涩少年；如今，他即将迎娶他的璎珞。人生若此，夫复何求？

"璎珞，我要许你凤冠霞帔，一世无忧；此生清风明月，长伴天涯。"王维人在骊山，心却早已飞向千里之外的璎珞。

两人沿着骊山蜿蜒而上，不多时，就到了骊山别馆。只见眼前灰色筒瓦，清水粉墙。别馆外有八字影壁，左边有一个"福"字，右边有一个"寿"字。

王维随岐王步入别馆。首先映入眼帘的，是一泓清澈见底的池水，几尾红鲤在碧绿的水草间穿梭嬉戏，平添了几分灵动之美。

转过池塘，前方出现一面筑在水上的白墙，墙头砌成高低起伏的波浪状。正中有一扇月洞红漆大门，大门虚掩，不时有说笑声、古琴声袅袅传了出来……

早有道童进去通报，不一会儿，玉真公主满面含笑地迎了出来。只见她头戴莲花冠，手持玉拂尘，身着紫色散花六幅高腰绫裙。通身上下虽无什么华贵首饰，却依然散发着一种尊贵的气度。

岐王在心里暗暗点头，道教始祖老子骑牛出关时紫气东来，故道教崇尚紫色，名道高真无不以服紫为荣。玉真公主今日这身打扮，足见她对此次诗会之重视。

在座众人看到岐王，无不起身行礼。

"四哥，你们一路辛苦了，快快请坐。"玉真公主浅笑盈盈，目光在王维脸上停了一停，眼中似乎闪过一丝惊喜，忙又不着痕迹地移开了。

"辛苦什么！四哥倒是希望妹妹得空时多办几场诗会，也好让四哥附庸风雅，多些进益。"岐王哈哈笑道。

王维也忙上前一步，向玉真公主行了一个大礼："晚生特来拜见公主殿下。"

玉真公主点了点头，颔首微笑道："两年不见，欣闻王君金榜题名，今日该为王君庆贺一番才好。"

就在刚才看到王维的那个瞬间，玉真公主不由想起了她第一次看到他时的情景。那时，她就觉得他是一个天生的发光体，即使身处茫茫人海，也会熠熠生辉。如今，两年过去了，他身上这份气度似乎愈发明亮。

王维低头抱拳道："承蒙公主指点，晚生才有所长进。公主知遇之恩，晚生感激不尽。"

玉真公主心里一愣，他怎么还如此谦恭？莫非四哥还没向他提起？她定了定神，压下纷纷扰扰的思绪，环视在座诸人道："今日是诗会，不是朝堂，诸位不必拘礼，王君请入座。"

在座众人早已听说王维是今年新科状元，无不向他投去欣赏钦佩的目光，赞叹他如此年轻就有如此才学、如此气度。

一番寒暄后，玉真公主抿了口茶，缓缓道来："今日请诸位前来，自然是想请诸位写诗。不过，今日要写的是应制诗，不知诸位意下如何？"

原来，不久前，李隆基曾来华清宫小住，顺便来骊山别馆看望玉真公主。一时兴起，在此题写了《幸玉真公主山庄因题石壁十韵之作》。

所谓应制诗，是指奉命作诗，答和圣上。应制诗要和原作韵律一致，诗题统一为《奉和圣制幸玉真公主山庄因题石壁十韵之作应制》。

对在座宾客来说，能受邀题写应制诗，自然是莫大的荣幸。因此，听了玉真公主这番话后，大家纷纷拱手抱拳道："承蒙公主厚爱，今日能有幸题写应制诗，真乃皇恩浩荡，三生有幸。"

玉真公主浅浅一笑，似乎并未将众人的话放在心上。她将目光从众人身上徐徐扫过，最终落在了王维身上，嘴角含笑道："王君，你是新科状元，今日诗会开篇之作，自然要留给你了。"

王维心里一突,不知公主为何要如此抬举他?要知道,诗会第一首诗,往往都是请座中最德高望重之人开篇。王维想要推辞,又不敢拂了公主的好意,只好起身抱拳道:"骊山别馆乃人间仙境,晚生笔拙,恐力不能逮。承蒙公主不弃,晚生斗胆献丑,权当抛砖引玉,还请公主与诸位前辈雅正。"

"好,请。"玉真公主嘴角掠过一抹若有若无的笑容,点了点头。

早有道童准备好笔墨纸砚,王维几步走到案前,卷起袖袍,轻蘸墨汁,思忖片刻后,就开始用他那手漂亮的行草,洋洋洒洒写了起来:"碧落风烟外,瑶台道路赊。如何连帝苑,别自有仙家……"

当王维写完最后一句"还瞻九霄上,来往五云车"时,在座诸人无不击掌叫好,纷纷赞叹道:"王君不愧是状元郎,出口成章,下笔千言,已达炉火纯青之境,我等自愧不如也。"

道童将王维诗作恭恭敬敬地送呈玉真公主,公主细细看了下去,点头赞道:"应制诗最是难写,这首应制诗雍容平和、清新自然,读之让人忘俗。尤其是'御羹和石髓,香饭进胡麻'一句,甚合我意。"

"妹妹所言极是,本王也很喜欢摩诘的诗。诗中既有陶渊明的田园风光,又有谢灵运的山水之美,兼而有之,意境高远。"岐王也点头赞道。

"王爷和公主过奖了,晚生不才,权当抛砖引玉罢了,还请王爷和公主多多指点。"因为应制诗多有限制,无法率性发挥,因此,王维对这首诗并不十分满意,他这番话也并非矫情之辞。

"王君不必过谦,此诗已是应制诗中的上品。我以茶代酒,敬王君一杯。"玉真公主举起茶盏,看向王维,眼角眉梢,除了欣赏和赞许外,似乎还多了一些什么。

"不敢不敢,晚生先喝为敬。"王维端起案几上的茶盏,高举过额,轻啜一口。在氤氲茶香中,王维心中隐隐有些不安。公主今日看她的眼神,似乎有些不大一样。

来不及王维细想,在座宾客纷纷奉命题诗,并争相请王维品评,大有以得到王维指点为荣之意。

不知不觉,日沉月出,晚宴开始了。道童们一一送上美酒佳肴,大家觥筹交错,推杯换盏,相谈甚欢。

酒过三巡,玉真公主忽然对岐王说:"四哥,咱们兄妹虽都在长安,却也很久没有见面了。若不嫌弃别馆简陋,不妨在此多住几日,咱们也好叙叙家常。"玉真公主一边说话,一边往王维那边有意无意看了一眼。这一切,都被岐王看在了眼里。

"骊山别馆清幽静雅,乃修身养性之最佳去处,为兄欢喜还来不及,岂有嫌弃之理？既然妹妹不怕为兄叨扰，为兄就安心住下了。"岐王顺着公主的意思说了下去，并转身对王维说，"摩诘，你横竖也无事，不妨和本王一起小住几日吧。"

王维顿觉不妥，正想推辞时，却看到岐王递来眼色，心里再次"咯噔"一下，一时间，推辞的话也不好说出口了。

当晚宴结束，众人纷纷散去时，玉真公主起身送岐王步出厅堂："四哥，持盈已让人收拾出几间清雅的居室，请四哥将就安歇。王君的住处，我也安排妥当。"

"好，骊山别馆素来以清雅闻名，怎可用'将就'二字？"岐王呵呵笑道。

"多谢公主厚爱。只是，叨扰了公主清修，晚生心中甚是不安。"自玉真公主提出让他多住几日，王维心中就有满腹疑问，却又无从问起。

"这里没有外人，王君不必如此见外。"说到"见外"二字时，玉真公主故意顿了顿，转身看向岐王说，"四哥，时辰不早了，你们先歇着吧。若是还有什么考虑不周之处，尽管吩咐下人便是。"

说完，她意味深长地看了一眼王维，似乎想说什么，却又欲言又止，停顿片刻后，转身缓步而去。长廊下的宫灯投射在她身上，将她的背影拉得很长、很长……

玉真公主走远后，王维在心中思忖片刻，终于忍不住问岐王道："王爷，家母思儿心切，我想明日回家，不知可否？"

岐王看了一眼王维，默然无语，良久才叹了口气，缓缓开口道："摩诘，你有辞行之心，恐怕公主却无准假之意。"

"王爷的意思，我不明白。"

"真不明白？还是假不明白？"

"维实愚钝，真不明白，还请王爷明示。"

"今日时辰不早了，你先去安歇吧，过几日自然明白了。"

从玉真公主和岐王的欲说还休里，王维渐渐感到，公主此番邀他参加诗会，并不只是吟诗作赋这么简单。公主在众人面前对他的一再肯定，也并不只是欣赏他的才华……

他有一种不祥的预感，一件棘手的事，正在前方等着他。

第十章　回首半生　茶香氤氲

这一晚，辗转难眠的，不只是王维。

夜已三更，月凉如水，骊山已是死一样的沉寂。冰冷的月光照在床头，玉真公主的思绪，飘出很远，很远……

她想起了十年前出家的那一天。

那一天，她放弃公主之尊，在王屋山出家为道。她并非看破红尘，而是有太多不足为外人道的悲凉。

她最想念的，是自己的生母、父亲李旦最心爱的女子——窦德妃。

窦德妃出身尊贵，祖父是大理卿、莘国公窦诞，父亲是润州刺史窦孝谌。

683年，二十二岁的李旦娶窦氏为妻，对姿容曼妙、温柔贤淑的她情有独钟。684年，李旦登基后，立即册封窦氏为德妃。685年，窦德妃为李旦生下一个皇子，取名李隆基。689年，又添了一个皇女，被封为西城县主。690年，武则天自立为帝，李旦被废帝位，降为皇嗣。692年，窦德妃又为李旦生了一个女儿，被封为崇昌县主（就是后来的玉真公主），这是李旦的第九个女儿。

此时，无论是李唐王朝，还是李旦和窦德妃的爱情，都处于风雨飘摇之中。

先是李唐王朝。从683年唐高宗李治去世到690年武则天称帝之前，短短七年时间里，武则天两度废除唐中宗李显和唐睿宗李旦，还赐死废太子李贤。

在武则天的铁腕手段下，李唐王室人人自危，最终眼睁睁看着武则天改唐为周、自立为帝。从此，朝政上下，俨然已被武则天一手把控。

再是李旦和窦德妃的爱情。690年，武则天废掉李旦帝位。为了监视他的一举一动，武则天让李旦收她的心腹婢女韦团儿为妃。但李旦心里只爱窦德妃，并知道武则天的真实意图，因此坚决不从。

武则天对李旦拒绝韦团儿一事始终耿耿于怀，三年后，惨剧发生了。

693年正月初一，武则天指使韦团儿诬告李旦正妻刘氏和窦德妃二人以厌胜巫蛊诅咒武则天。

次日，武则天立即召见刘氏和窦德妃入宫。从此，两人再也没有出宫。她们像泡沫一样在人间蒸发了，消失得无影无踪。李旦知道后，悲愤欲绝，却也不敢当面去质问武则天。因为他知道，去问武则天的下场只有一个，那就是和他大哥、二哥以及心爱的女子一样，从此在人间消失。

那一年，玉真公主不满一岁，尚在襁褓中嗷嗷待哺。失去了母亲的她，在后宫的生存处境无异于如履薄冰、如临深渊。

武则天的血腥统治持续了十五年。直到705年2月，太子李显、宰相张柬之等人在洛阳紫微城发动"神龙政变"，武则天才被迫退位，还政于李家。

但是，唐中宗李显遗传了父亲李治的懦弱，任凭飞扬跋扈的韦皇后和安乐公主卖官鬻爵、大肆干政，一时间，李唐王朝再次乌烟瘴气、无法无天。

710年，韦皇后和安乐公主联手下药毒死李显，试图步武则天之后尘，李唐政权再度岌岌可危。紧急关头，李隆基联合姑姑太平公主发动"唐隆政变"，诛杀韦后集团，及时制止了一场政变。

之后，李旦第二次登基。李旦复位后的第一件事，就是在皇宫里掘地三尺，试图找到刘氏和窦氏的尸骨。但是，一切都是徒劳。他仰天长叹，或许，她们当时就被武则天残忍地毁尸灭迹了。

悲痛难抑的李旦，追封正妻刘氏为肃明皇后，追封窦德妃为昭成皇后，以此告慰她们的在天之灵。

玉真公主以为，父亲当了皇帝后，宫廷斗争终于可以结束了，但事实并非如此。

太平公主自恃功高，野心勃勃，与太子李隆基明争暗斗，和武则天一样，试图问鼎最高统治权力。李旦本就无心恋战，且年纪大了，越发感到高处不胜寒……

生于帝王家，幸？抑或不幸？对玉真公主而言，答案显然是后者。

在她近二十年的人生经历里，充满了太多的血腥斗争。她目睹了权力这把利剑发出的凛凛寒光。寒光背后，是一个个执政者的阴谋诡计、冷酷无情……

经过了那么多的跌宕起伏后，玉真公主渐渐看透了世间种种。人生不过百年，百年之后，不过一抔黄土。权力、算计、阴谋、厮杀……这一切的一切，到底是为了什么？

早在706年，西城县主就选择了出家为道，称号"上清玄都大洞三景法师"。711年5月，二十岁的玉真公主，也在人生最美好的年华，向父亲请求出家，并将她的出家地选择在距离长安千里之遥的王屋山。

对于两个女儿的出家请求，李旦似乎并不感到惊讶。他不仅没有挽留，还亲自为她们写了一道圣旨："元元皇帝，朕之始祖，无为所庇，不亦远乎。第八女西城公主，第九女昌隆公主,性安虚白,神融皎昧,并令入道,奉为天皇天后。宜于京城右造观,仍以来年正月令二公主入道。"

在唐睿宗看来,李唐王室本就奉老子为始祖元元皇帝,道教是李唐王室的国教,因此,入道如同认祖归宗。两位公主虽则"出家",实则和"在家"并无太大区别。而且,入道后可以远离宫廷斗争,为列祖列宗祈冥福、尽孝心,不也是好事吗?

于是,711年5月,玉真公主入道,法号无上真。从此,世间少了一位公主,道家多了一位真人。

712年8月,玉真公主出家后的第二年,李旦传位给太子李隆基,是为唐玄宗。

713年,李隆基得知太平公主意欲谋反,就先下手为强,发兵擒获太平公主,太平公主自尽于家中。这一年,李隆基改年号为"开元",是为开元元年。一个注定会彪炳史册、流芳百世的开元盛世,就此拉开了序幕。

李隆基也是虔诚的道教徒。他执政后,尊崇圣祖,肃恭道教,大力推行崇道政策,并多次直言:"自以老子其祖也。"他不仅册封老子及其父母,还多次下令天下诸州县修建供奉老子的玄元皇帝庙。

714年,李隆基特地来王屋山灵都观看望玉真公主,并告诉她,如今宫中已经太平,欢迎她回到宫中,共享天伦之乐。

那时,玉真公主已出家三年。如果说当初出家时还有些许无奈,但经过三年的清修,她似乎已经喜欢上了这种超然物外的生活。

她站在王屋山的仙人台,迎着清洌的山风,淡然一笑:"皇兄,持盈已对红尘了无牵挂,就让我继续留在这里,为我们早逝的母亲祈福吧。"

李隆基明白妹妹这份潜心向道的决心后,深为感动。"持盈,既然你不肯回宫,皇兄也不好勉强你。不过,可否随皇兄回到长安?也好一解皇兄思念之情。"

当玉真公主答应回到长安后,李隆基立即下旨在长安辅兴坊窦诞旧宅修建规模壮大的玉真观,将玉真公主接回长安清修,方便就近照顾她。

玉真公主盛情难却,终于回到长安,在玉真观住了下来。李隆基待她自然比其他兄弟姊妹更为厚密,兄妹感情甚笃。她也没有辜负皇兄的这份厚爱,一直为皇兄推荐有用之才,为皇兄分忧解难。

她原以为这辈子会一直这样平静地过去了,直到719年春天,在她二十八岁生日那天,遇见了那个比她小九岁的王维。

"丰姿都美、妙年洁白"的王维,就像一颗石子,轻轻投进了她的心湖,让原本平静无波的湖面荡起了层层涟漪。

当王维如痴如醉、如泣如诉地为她弹奏《郁轮袍》时,王维拨动的,何止是琵琶,更是她的心弦！

那一瞬间，她忽然觉得，她过去的二十多年人生，是有遗憾的。

和世间所有女子一样，她也曾渴望有人爱她、懂她。但这二十多年来，却没有人能真正走入她的内心。

她以为自己早已心如止水，波澜不惊，但王维却让她怦然心动，第一次有了韶华将逝、美人迟暮的哀伤和憧憬。

但她并未表露什么，而是将这份哀伤和憧憬默默放在心里。她在等待一个合适的时机，这个时机，就是王维蟾宫折桂、金榜题名之时。

她明白，对读书人来说，"学成文武艺，货于帝王家"，是他们的人生追求，是帝王对他们的认可，他们需要这份认可。王维也定不例外。

因此，当王维终于金榜题名、大魁天下时她觉得，是时候结束十年道观生涯了。她想回到红尘中，和王维携手共度余生。

然而，她却忘了最重要的一点，王维愿意吗？

她以为，王维会和天下人一样，在荣华富贵、功名利禄面前，谁不会动心？谁又会拒绝？但命运却给她开了一个玩笑，王维，偏偏和世人不一样。

不知不觉中，王维已在骊山别馆住了三日。

三日来，玉真公主邀岐王、王维一同赏画、吟诗、弹琴、下棋……王维几次想向公主辞行，但看到公主如此盛情款待，又着实开不了口。走也不是，留也不是。每一日，都如坐针毡，度日如年。

这日午后，岐王满面含笑地来找王维："摩诘，本王很久没有喝你煮的茶了，今日可有雅兴？"

唐人喜欢煮茶、品茶，王维更是煮得一手好茶。他起身抱拳道："王爷若是喜欢，我定当效劳。"

"本王看到园中有处亭子，极是清幽，咱们去那煮茶，倒是妙哉。"

"好。"王维口中应着，心里却隐隐觉得，岐王今日相邀不会只是喝茶那么简单。

两人沿着园中小径不疾不徐地走着。春风拂面而来，王维不禁想起了那天和璎珞漫步竹林时吹过的风，也是这般轻柔，这般美好。

走了不多时，便看到庭园深处有一座六角上扬的竹亭，清幽雅致，确是煮茶的好去处。

早有道童在亭中备好坐榻、案几，案几上整整齐齐放着青瓷茶盏、白瓷茶碾、纯银茶盒、青瓷瓜棱洗口执壶、长柄茶釜等茶具，案几边有一个壶门高圈足的银风炉，里面已有炭火。

两人面对面跪坐榻上，王维挺直背脊，娴熟地打开风炉壶门，将泉水倒入茶釜，向岐王含笑道："王爷，好茶离不开好水，今日这骊山泉水，端的好水。"

"是啊，琴棋书画诗酒茶，乃人生七大乐事。本王听说无锡惠山寺、苏州虎丘寺的泉水也很不错，改日去惠山、虎丘煮一壶好茶如何？"岐王点头笑道。

"王爷好兴致，我愿随时奉陪。"王维笑道。

片刻后，茶釜里的水渐渐冒出了细细的气泡。王维拿起案几上的鎏金三足托盒，用银勺取出一些细盐，均匀地撒了进去。

水沸后，王维用竹勺舀出一勺水，倒入一旁的白瓷碗里。然后，将早已碾成碎末的茶粉投入茶釜，用竹夹轻轻搅拌。

片刻后，茶釜中渐渐涌上来一层绿色的泡沫，当釜中泡沫越来越多，远远看去犹似池中浮萍时，王维将方才白瓷碗中的水重新倒入，压了压泡沫，待水再次沸腾时，才点头笑道："王爷，茶成矣。"

岐王看在眼里，不由在心里低叹："摩诘啊摩诘，你如此一表人才，怎能不让持盈心动……"

王维将茶釜从铜风炉上轻轻移开，缓缓倒入岐王面前的青瓷茶盏："王爷，有些日子没煮茶了，恐怕有些手生了，王爷若是不弃，请将就着喝上几口。"

岐王点了点头，端起面前的青瓷茶盏，只见茶汤细沫浮碧，茶香扑面而来。不知是因为口渴，还是有意掩饰方才的走神，岐王一口气喝完一盏，点头赞道："春茶汤高，秋茶香好。喝了你煮的茶，方知何谓好茶。"

王维举起茶釜，又为岐王满上一盏："王爷过奖了，今日分茶时，火候还是差了些。王爷若是喜欢，我下回再煮给王爷喝。"

岐王又轻啜一口，放下茶盏，扬眉笑道："摩诘，今日本王有一喜事相告，可谓双喜临门。"

听到"喜事"二字，王维握住茶盏的手不由颤了一下。他定了定神，抬头看着岐王道："王爷笑话了，我何喜之有？"

"久旱逢甘雨，他乡遇故知，洞房花烛夜，金榜题名时，此乃人生四喜也。如今你已金榜题名，若再成为驸马，岂不是双喜临门？可喜可贺！"

岐王这番话犹如一声闷雷，在王维心头轰然炸开。连日来，他虽已隐隐猜到公主的心思，但当这件事从岐王口中说出时，依然难以接受，忙起身向岐王深深拜了下去："王爷，我不敢。"

岐王摆手笑道："哎，有什么好不敢的？持盈亲口告诉我，只要你愿意，她愿马上向皇上禀告，和你永结秦晋之好。"

"王爷，万万不可。"明明春光明媚，王维却觉得背脊一阵一阵发凉，仿佛有一块冰冷的硬铁在他心里直往下坠。

"有何不可？"

"王爷明鉴，我早已定亲。此次回乡，正是想择日完婚。"

这回，倒是轮到岐王怔住了。

其实，自玉真公主向他透露心意以来，他心里一直不太踏实。他担心王维很可能因为定亲而拂了公主的心意。不过，他万万没有料到，王维会拒绝得如此果断、如此彻底。

岐王也是重情重义之人，沉默半晌，叹了口气："摩诘，只要尚未完婚，一切都还有转圜的余地。"

王维立即起身，撩起袍角，在岐王面前重重跪了下来，目光中是一片笃定："王爷，汉末庐江府小吏焦仲卿之妻刘兰芝，尚且知道'蒲苇韧如丝，磐石无转移'，况我堂堂男儿、七尺须眉，岂能背信弃义？恳请王爷成全。"

岐王忙扶起王维，神色愈发凝重，在亭中来回踱步，语重心长道："摩诘，你可知道在众多兄弟姊妹中，皇上最看重、最眷顾的人是谁？是持盈。你若娶了持盈，何愁没有大好前程？"

王维深知岐王是真心为他好，字字句句发自肺腑，但是，在他心里，孰轻孰重，从来都不曾犹豫过。他的心早已给了璎珞，再也给不了别人。即使这个人贵为公主，也强求不得。

他看了看远处连绵起伏的群山，再次鼓起勇气，言辞恳切道："王爷，您和公主都待我恩重如山。今生今世，我愿执鞭随镫，永效犬马之劳。但婚姻大事，请恕我实在不能从命。"王维声音不大，但却说得无比坚定，似乎有一种不容置疑的决绝。

"摩诘，你不必如此急于决定，再仔细斟酌斟酌。给自己一点时间，给本王一点时间，也给公主一点时间。"岐王缓缓踱了过来，拍了拍王维的肩膀，长长叹了口气。

茶釜中的茶汤依然散发着阵阵清香，可是，眼下却是谁也没有心情品茶了。王维心中一片冰凉，如果连"定亲"都不能成为拒绝公主的理由，还有什么可以阻止公主要他的心呢？

正在岐王和王维各怀心事时，玉真公主来了。她方才在静室打坐，听说岐王和王维在亭中煮茶，便顺着庭中的清幽茶香，一路寻了过来。

"怪道满园都有一股子茶香，原来是你们躲在这里喝茶，果然好兴致。"玉真公主笑意盈盈地步入亭子，打趣他俩道。

岐王忙收起脸上的忧思，起身笑道："持盈，你来得正好。摩诘方才煮了一壶好茶，你也来一起尝尝。"

玉真公主顺势在岐王身边的榻上跪坐下来，抬眸看了王维一眼。

"晚生拜见公主。"王维忙压下心中的翻腾，肃然行了一礼。

"王君不必多礼。听说你煮得一手好茶，今日倒是有福了。"玉真公主看了一眼王维手中的茶盏，碧清的茶盏将他的眸色染得愈发深邃，不由会心一笑。

"公主过誉了，方才煮的茶已有些凉了，我这便为公主再煮一壶。"

"如此甚好。"

王维起身，在银风炉前的座席上跪坐下来，挽起袖口，调好风门，将壶中的清水注入茶釜，开始全神贯注地煮茶。时间似乎凝固了，天地之间，只剩下煮茶这一件事。

亭内，是从银风炉上的茶釜里传来的水沸声；亭外，是从枝头传来的鸟鸣声、从墙根传来的虫啾声、从池塘传来的蜻蜓掠过水面时的振翅声……

玉真公主静静地坐在那里，遥遥地看着他。他的一招一式，一举一动，无不优雅舒展，犹如一幅水墨山水画，浓淡相宜，百看不厌。

"从今往后，或许，每一个风和日丽的午后，都能这样看着他为我煮茶……"玉真公主不禁心旌荡漾、悠然神往。

不知何时，王维已将青瓷茶盏送到了玉真公主面前。公主先是愣了一愣，低头一看，只见琥珀色的茶汤在青瓷茶盏里轻轻荡漾，泛着一层明晃晃的亮光。

她端起茶盏，轻啜一口，果然茶香浓郁、咸淡相宜，一时间，竟不知该如何形容才好。所谓茶如其人，这茶汤不就像煮它的男子那样，谦谦君子，温润如玉……

正当她沉浸在茶香中时，对面忽然传来王维清朗温润的声音："启禀公主，晚生斗胆，有一事相求。"

王维话音刚落，岐王就心头一跳，王维莫不是要当面拒绝公主了？

玉真公主倒是笑意依然，放下茶盏，抬眸看向王维："哦？不知王君何事相求？不妨讲来听听。"

"启禀公主，吏部选试不日将至，晚生不才，想明日返回长安，以作应对，还请公主玉成。"王维仿佛什么事都不曾发生一般，徐徐说了下去。

这番话是他方才煮茶时反复思量的。三十六计，走为上计。眼下情况复杂，只能先找一个合情合理的理由离开这里。其他事情，再从长计议。

玉真公主脸上掠过一丝讶异之色，心内五味杂陈。王维如此谦恭有礼，分明是刻意和她保持距离。莫非四哥尚未将话挑明？或者王维没有听懂？还是因为……

但，不管怎样，既然王维不提驸马之事，她也只好按下满腹疑问，面上并不流露什么，颔首微笑道："王君客气了。我和四哥自小一起长大，四哥待你如家人，我自然也早已待你……"

　　说到这里,她自知失言,连忙打住,脸上却已飞起红霞一片,只好顾左右而言他道:"吏部选试么,倒也不难,合格者便能授予官职,王君不必忧心。"

　　"承蒙公主和王爷错爱,晚生定全力以赴,以不辜负公主和王爷厚爱才是。"说到"错爱"和"厚爱"时,王维有意放慢了语速。他想借此委婉地告诉公主,他明白她一直以来对他的好。但是,这份好于他而言,并非男女之爱,而是他对公主提携之恩的感激和敬重,仅此而已。

　　王维话已至此,玉真公主也不好再多说挽留的话。岐王方才着实为王维捏了一把冷汗,听完王维这番托词,才松了口气,看了看王维,又看了看公主,有意缓和下氛围,呵呵笑道:"摩诘,吏部选试么,无非就是身、言、书、判四关。凭你的文采风流,自然不在话下。不过,既然你执意要回长安,我们也不强留。持盈,明日四哥和摩诘一道回长安,你多保重。"

　　次日一早,王维和岐王辞别玉真公主,双双上马,向山下疾驰而去。看着王维远去的背影,玉真公主久久怔在原地,只觉得心头一片空荡荡的,无所依靠,无枝可栖……

　　"山有木兮木有枝,心悦君兮君不知?摩诘,你难道还不明白我的心意吗?"她无法判断王维对她的心思,她只知道,她对王维,是越陷越深了。

第十一章　缝制春袍　巧绣鸳鸯

　　王维倒也没有说谎。回到长安后,没过多久,就参加了吏部选试。

　　唐朝中央政府实行三省六部制。"三省"指中书省、门下省、尚书省,"六部"指尚书省下属的吏部、户部、礼部、兵部、刑部、工部。每部各辖四司,共为二十四司。

　　科举考试由礼部主持,通过者还须参加吏部组织的选试,方能被授予官职。吏部选试有四关,即身、言、书、判四个方面。

　　"身"指外貌长相,体貌丰伟者为佳;"言"指语言能力,言辞辩证者为佳;"书"指书法水平,楷法遒美者为佳;"判"指判决书,文理优长者为佳。

身、言、书、判四者都合格的考生,吏部拟定官职,上报尚书省,尚书省转门下省审核,审核通过者,方可授予官职。王维身、言、书、判俱佳,以优等顺利通过。

玉真公主虽身在骊山,心却关注着王维的选试结果。当然,她关心的并非王维是否通过,而是思忖着该给他安排一个怎样的职位?

她思前想后,心头忽然一亮,以他的才学品行,太常寺下属的太乐署,最是适合他的去处!

在三省六部制以外,唐朝还设有太常寺、大理寺、光禄寺、太仆寺、鸿胪寺五寺。其中,太常寺是掌管礼乐的最高行政机关,设太常卿一人,正三品。太常寺下设太乐署、鼓吹署、太医署、太卜署、禀牺署、汾祠署等。其中,太乐署掌管朝廷各种仪式乐典和乐人名册,设正职太乐令,从七品下,副职太乐丞,从八品下。

玉真公主推荐王维担任太乐丞。太乐丞虽然品级不高,但这是一个掌乐之官,不仅负责创作整理宫廷礼乐,还要为宫廷宴乐培养乐工伶人,且经常有机会见到皇上,是皇上身边的近臣。

玉真公主深知,皇兄和王维都是喜欢音律、精通音律之人。让王维多在皇兄面前露露脸,对王维来说,不正是最好的平步青云之路吗?

几天后,王维收到了吏部的任命文书——官授太乐丞,从八品下。

他不用猜都知道,如果没有玉真公主的鼎力推荐,太乐丞这个多少人梦寐以求的清贵美差,怎会落到他的头上?

这一刻,他喜忧参半,或者说,三分喜,七分忧。

喜的是,他祖父生前曾担任协律郎,他如今担任太乐丞,也算是家学渊源、后继有人。他可以充分施展他的才华,报效朝廷,有一番作为。

忧的是,他欠玉真公主的恩情,如今又多了一分,且是如此沉重的一分。沉得他既无力承受,也无力偿还。王维望月长叹,似乎有点透不过气来。

通过吏部选试的士子们,纷纷呼朋唤友、踏春赏景。一时间,长安城的大街小巷上,车水马龙,人声鼎沸。从曲江池到乐游原,绿杨深处,杏花影里,处处花逐车动,香随人飞,一派太平盛世景象。

一个月后,当长安城中榴花似火、繁花如锦时,官授太乐丞的王维,身穿双十花绫淡青色圆领长袍,身姿挺拔地踏进了巍峨的大明宫宣政殿,成为朝官行列中的一员。

在"学而优则仕"的时代,对一个读书人来说,从捧起圣贤书的那一刻开始,就注定要"学成文武艺,货于帝王家"。这是一条既不能回头,也没有退路,更没有尽头的漫漫长路。

太多人倾其一生，都只能在庙堂外徘徊，可望而不可即，郁郁不得志。而王维呢？年仅二十二岁就状元及第、诗名远扬，一举成了闪闪发光的政坛新星。他人生的起点，或许是很多人一辈子奋斗的终点。

当他从文武百官身旁走过时，不必抬头，就能感受到大家纷纷投来的或欣赏、或羡慕、或嫉妒的目光。

然而，对王维而言，心情却轻松不起来。他清楚，状元也好，官职也罢，这一切的背后，都和玉真公主有关。玉真公主就像一只无形的手，无处不在，无所不能，强有力地牵制并影响他的人生。他想逃，可天下虽大，却都是李家天下，他又能逃往哪里？

想到这揪心的现实，他不禁剑眉紧锁，深深地叹了口气。

和王维的沉重形成鲜明对比的是，此时的崔府正沉浸在一片喜庆中。

这些日子以来，璎珞接连收到了王维从长安寄来的两封信。第一封信中，王维告诉她，他已状元及第，请她放心；第二封信中，王维告诉她，他已官授太乐丞，一切安好。王维还在信中告诉她，母亲已请官媒挑选良辰吉日。只等吉日一定，他就用百子香车来定州娶她。

一想到即将成为他的新娘，璎珞脸上不禁泛起阵阵红晕，连梦中也忍不住甜甜地笑了起来。

崔父崔母更是高兴得合不拢嘴，崔父捋着长须，点头赞叹道："摩诘年纪轻轻就高中状元，实至名归，人中翘楚，咱家璎珞好福气呐！"

这日，日上树梢，春光明媚，缕缕阳光从刚刚抽出的新叶间透了进来，落在璎珞闺房外的庭院里，宛如洒了一地碎金，在微醺的春光中闪烁不定。

璎珞坐在窗前的月牙凳上，手中拿着一个三寸大小的菱花形海兽葡萄纹铜镜。镜面微微凸起，映照出了她粉面含羞的如花容颜。

小蝶站在璎珞身后，娴熟地为她梳好了双环望仙髻，看着镜中的璎珞一脸兴奋道："老爷说大娘好福气，要我说，是阿郎好福气！便是天上的仙女，也没有大娘这般好看！"

"眼看天气一日日热了，我想给他做几件春袍，你说他会喜欢怎样的颜色？怎样的纹路？"璎珞似乎对小蝶的夸赞恍若未闻，对着镜子侧头沉思。

"要我说，只要是大娘亲手做的，不管是啥颜色纹路，阿郎定都欢喜得不得了！"一听璎珞说要为王维缝制春袍，小蝶顿时起了兴头，忙问璎珞需要她准备什么才好。

"他如今在朝中任职，穿戴自与从前不同。我想着，他肤色白净，眸色清明，用清爽的露草色缎面做成春袍，穿在他身上，想来定是极好的。"

第十一章 缝制春袍 巧绣鸳鸯

"好，我这便去找福嫂拿露草色缎面。"璎珞话音刚落，小蝶就朝璎珞眨了眨眼睛，一溜小跑冲了出去。

这日午后，在小蝶帮忙下，璎珞开始裁剪布料，为王维缝制春袍。她并未量过王维的身高尺寸，只是估摸着他的大致身形，开始动手剪裁起来。

这晚，直到夜深人静时，任凭小蝶催促了多次，璎珞依然不肯睡下。她粉颈低垂，就着跳跃的烛光，一针一线地在领口、袖口处绣花。她知道王维不喜花哨，特地选了简洁的云纹图案，再在袖口配上福字纹织锦镶边，看去不觉花哨，只觉清雅。她将她对王维所有的思念和牵挂，都细细缝进了这件春袍。想着王维穿上春袍后的模样，她眼里满是笑意。

半个多月后，当王维在长安道政坊买下一处清幽雅致的宅子，将屋子收拾妥当时，收到了璎珞亲手缝制的春袍。

王维轻轻抚摩这件饱含璎珞深情的春袍，只觉得胸口是难言的酸涩，一颗心不可抑制地颤动起来。

如此雅致的春袍，如此精致的花纹，不知耗费了璎珞多少眼力？多少神思？她这样心心念念只为他，他却因某种不可抗拒的外力而迟迟无法定下婚期。

和璎珞的情比金坚相比，他是否就是一个临阵退缩的懦夫？如果璎珞知道了他的懦弱，不知将会怎样看他？

他的心渐渐沉了下去，沉重得快要透不过气来。他放下春袍，踱出屋外。院子里，石榴花开得正艳，如火如荼，云蒸霞蔚。

王维久久凝视着眼前那一朵朵灿烂的榴花，真想摘下其中最美的那一朵，亲手簪在璎珞如瀑的秀发上。这样想着，王维不觉伸出手去，仿佛璎珞真的就在眼前，正对他回眸一笑……

一阵春风吹过，榴花簌簌晃动起来，将王维重新拉回了冰冷的现实。权倾天下的公主欲招他为驸马，他该怎么做，才能既拒绝公主、又不伤皇家颜面？

思之再三，他别无他法，只能硬着头皮去求岐王帮忙。

岐王正在府中临帖，见王维到来，便招呼他道："摩诘，前日翻检藏书，看到了这张拓片。你来得正好，快来帮本王看看，今日临帖可有长进？"

"王爷折煞我了。"王维忙快步上前，细细看了起来。原来，岐王今日临的帖子，是初唐书法家欧阳询的绝世之作《九成宫醴泉铭》。

欧阳询出生于557年，去世于641年，与同时代的虞世南、褚遂良、薛稷并称为"初唐四大家"。他擅长楷书，劲道秀美，颇具神韵。

王维看了岐王的临帖，已经颇得欧阳询原帖精髓，可见功力不浅。

"王爷的书艺向来精湛，今日之作，更是精妙。"王维由衷赞叹道。

"朝中诸事，都还顺心吧？"

"多谢王爷关心，朝中诸事，一切都好。只是，我今日另有一事相求。"

岐王笑容微凝，似乎已经猜到了王维接下去要说的话。他放下笔墨，缓步走到王维面前，沉声问道："可是你的婚姻大事？"

"不瞒王爷，正是此事。自骊山回来后，我反复思量了很久。王爷是真心为我着想，但我却要辜负王爷了。我已和崔氏结为夫妻，'结发为夫妻，恩爱两不移'，请恕我只能辜负公主的厚爱了。"说着，就向岐王肃然拜了下去。

"这……"上次在骊山别馆，岐王劝王维不要急于回答，既是给自己一点时间，也是给公主一点时间。岐王以为，时间是最好的砝码，即使是态度再坚决的人，在大好前程和荣华富贵面前，选择的天平一定会倾向公主。

不料，半个多月过去了，王维的选择依然如此不留余地，这无疑给他出了一个天大的难题。

他默然不语，书房里安静得落针可闻。好半晌后，岐王叹了口气，看着王维道："想当初，本王费尽周折引荐你认识公主，到如今，却又要费尽周折帮你拒绝公主。摩诘，你和公主之间，究竟是一种怎样的缘分？本王也不知该如何是好了。"

王维抬起头来，目光恳切地看着岐王，一脸动容道："王爷，如果我为了自己的前程而背弃了心中所爱，那么，这一生，我都无法原谅自己。您和公主对我的恩情，我定会铭记在心，恳请王爷和公主玉成。"说着，又向岐王深深拜了下去。

岐王忙拉住王维，摇了摇头："摩诘呐，你果然是重情重义之人。持盈确实没有看错人，只不过，让你一往情深的，另有其人罢了。"

当王维恳请岐王出面向玉真公主转告王维的决定时，玉真公主已从骊山别馆返回长安，在玉真观清修。说是清修，其实，她的心哪里静得下来？

她以为，王维走马上任后，会主动来玉真观找她。她刚好趁此机会将驸马一事当面挑明，再择日禀告皇兄，一切就都顺理成章、水到渠成了。

可是，一天过去了，两天过去了，王维却迟迟不见踪影。

这日，倒是岐王来到了玉真观。一番寒暄后，岐王字斟句酌地将王维已于719年秋天定亲、准备择日完婚之事删繁就简地告诉了玉真公主。

"持盈，四哥之所以迟迟没有告诉你这些，是希望摩诘能退掉那门亲事，成为李家的驸马。可是，摩诘昨日来找我，恳请我转告你，他今生今世都会感念你的恩情，但在婚姻大事上，却只能辜负你了。"

岐王这番话，无疑就像一盆冰水，兜头倒在她的身上，浇灭了她所有的期待，让她透彻心扉地冷；又像当头一记棍棒，狠狠打在她的心上，粉碎了她所有的憧憬，让她撕心裂肺地疼。她再也支撑不住，身后一个踉跄，跌坐在了冰凉的便榻上。

"四哥，不要说了。"她痛苦地闭上眼睛，哑声说道。

"持盈，你对他的一片心意，四哥看在眼里，疼在心里。该说的话，四哥都替你说了。只是，他的心思，原和世人不一样。"

玉真公主只觉得头痛欲裂，耳边似有无数蜜蜂嗡嗡作响，岐王说了些什么，她早已分辨不清，只觉得自己的心渐渐痛得失了知觉。

爱而不得，或许是世间最大的痛。这种痛，就像眼睁睁看着自己最心爱的东西被烈火烧成灰烬，化为硝烟，消散在空中，自己却什么都抓不住，什么都留不下。这种痛，如此残忍，如此灼心，又如此无奈。

难道真的就此罢休了吗？不，她决不接受这个事实。她不相信，世间竟有男子会放着功名利禄不要，放着荣华富贵不要，放着大好前程不要，却偏偏要选择一条平淡无奇甚至充满荆棘的羊肠小道去走？

她决定和自己打一个赌，赌注是时间。

在一片死一样的沉寂后，她压下了心头所有的悲愤和灰败的心情，缓缓开口道："四哥，他就像一块璞玉，需要遇见一个识玉之人，打磨他，雕琢他，让他脱胎换骨、熠熠生辉。否则，终其一生，他都将籍籍无名、碌碌无为，最后终老乡野而已。我相信，假以时日，他会明白的。"

"持盈……"

"四哥，我愿意再给他一些时间，希望他能明白，我才是那个识玉之人。"玉真公主的声音并不响亮，但这一字一句从她口中说出来，却是那样掷地有声，不容置疑。

她已下定决心，如果王维继续孤注一掷，那么，她就让皇兄下旨赐婚！苍天在上，圣旨难违，到时候，他纵有万般不愿，又能奈何！

不过，她心里同样明白，像王维这样洒脱不羁的才子，如果强行赐婚，即使得到了他的人，却未必能得到他的心。而她一心渴望的，是他的心！她多么希望，她的满腔热情，能换来他的一片真心。

但，事到如今，她已经顾不得那许多了。她只知道，王维必须属于她，只有她才能给他想要的未来。

王维的苦闷，玉真公主的愤懑，对远在千里之外的璎珞来说，都无从知晓。

她只知道，她即将成为天下最幸福的妻子。因为，娶她的那个人，是天下最好的夫君。

初夏的阳光似乎也知道了璎珞的喜事，格外温柔地透过窗户，洒落在璎珞的闺房中。

璎珞端坐窗前，一脸专注地绣着一对鸳鸯。绣一会，端详一会，眼前不时浮现王维教她弹奏《阳春古曲》时那深情款款的模样。

"大娘，你打早起就坐在这里绣花，绣了一上午了，也该歇歇了，仔细脖子疼。"小蝶捧了一盏茉莉花茶进来，放在璎珞身旁的案几上，替璎珞轻轻捶起背来。

"小蝶，你来看看，这对鸳鸯颜色可还鲜活？"璎珞榴齿含笑，喜上眉梢道。

"大娘绣的鸳鸯当真好看，活脱脱的，放到水里，说不定就能戏水了呢！"

小蝶虽说夸张了些，却也并不为过。璎珞绣的这对鸳鸯，眼睛用了棕色丝线，嘴巴用了红色丝线，胸腹部用了粉色丝线，背部用了浅褐色丝线，颈部羽冠则用绿色、黄色、白色等多色丝线交织在一起，端的色彩明媚，鲜活灵动。

"你说，摩诘可会喜欢？"璎珞端起茶盏，轻啜一口，垂眸笑道。

"那还用说么，阿郎一定喜欢得不得了！能娶到大娘这样才貌品格的佳人，阿郎连做梦都要笑呢。"

"小蝶，你今日可是抹了蜜了？"璎珞耳后一热，粉面薄嗔道。

"小蝶不敢，小蝶只愿长长久久跟着大娘，伺候大娘，还请大娘莫要嫌弃小蝶才好。"小蝶故意夸张地向璎珞欠身福了一福。

璎珞笑着拉过小蝶："小蝶，你我情同姊妹，我出阁时，自然会带上你。"说到"出阁"二字时，璎珞似乎有些不好意思，声音微微低了下去。

小蝶掩嘴偷笑，双手合十道："阿弥陀佛，多谢大娘，这是小蝶前世修来的福分呢。大娘慢慢为阿郎绣鸳鸯，我寻福嫂去了，她说有事吩咐我呢。"

"好，你去吧。"

小蝶应声走出屋外，随手将门轻轻掩上。屋内又恢复了宁静，轻风徐徐吹来，吹拂着璎珞如瀑的秀发，恰似那日她和王维在竹林山上两两相望时的风，痒痒的，柔柔的……

"得成比目何辞死，愿作鸳鸯不羡仙。摩诘，今生今世，愿咱们能像这对鸳鸯一样，双宿双飞，白头偕老。"璎珞揉了揉肩膀，继续低头绣了起来。

正当璎珞沉浸在对未来的憧憬中时，忽然，一阵急促的脚步声由远及近，"吱呀"一声推门而入，不是别人，正是兴宗。

"璎珞，快来看看，我给你带什么啦？"他兴冲冲地走到璎珞面前，手中举着一个锦囊，一脸神秘道。

"阿弥陀佛，你可终于从岭南回来了，阿爷阿娘可是一直念叨着你呢！"

"璎珞，不出门不知道天地有多大。不说岭南风光和北地风光有多不同，光是这个稀罕物儿，你就一定不曾见过。"兴宗一脸得意道。

"哦？让我瞧瞧。"

"把手摊开。"

璎珞乖乖摊开白皙的纤手，兴宗小心翼翼地解开锦囊，将一捧明艳鲜亮的小豆子倒在她的手心："好看吧？没见过吧？这是岭南才有的豆子，当地人叫它红豆，或是美人豆、相思豆。他们喜欢把红豆做成珠串，戴在手上，挂在腰间，据说可以保佑平安呢。"

"哦？相思豆？"璎珞眼前一亮，用指尖轻轻捏起其中一颗最红最亮的红豆，凝神看了起来。

"兴宗，这颗小小的红豆，为何又叫相思豆？这名字有什么来历吗？"

"问得好！"兴宗顺势坐在靠墙的便榻上，喝了口茶，摇头晃脑地说了起来："听当地人说，东汉年间，岭南有一男子被强征戍边，他的妻子就日日到村口古树下等候，盼望丈夫早日归来。可是，几年过去了，当年的同伴们都已陆续归来，唯独她丈夫却迟迟未归。女子终日站在古树下，朝朝暮望，以泪洗面，哭断柔肠，最终竟泣血而亡。奇怪的是，第二年春天，古树上竟然结出了一种荚果，其籽红色透亮、晶莹鲜艳。当地人说，这一定是那位可怜的女子思念丈夫的血泪凝成的，必有灵性，因此便有了'相思豆'的别名。"

兴宗讲得头头是道，璎珞听得如痴如醉，不由被这位女子坚贞不渝的痴情深深感动了。

她小心翼翼地将红豆放入兴宗的锦囊，叹了口气道："小小一颗相思豆，诉说着人间多少伤心事呐。"

"我倒觉得，相思豆未必代表伤心事。"兴宗眼尖，早已看到窗前绣架上的一对戏水鸳鸯，一脸促狭地笑道，"相思豆也可以像你绣的这对鸳鸯一样，成为爱情的象征，你说是也不是？"

璎珞顿时一阵脸红，没好气地瞪了他一眼："就你会耍嘴皮子，总没正经的时候。对了，你见过阿爷阿娘了吗？还不快去拜见阿爷阿娘？"

"哎哟，礼物收下了，就要赶我走了？"兴宗故意叹了口气，起身朝门外走去，快到门口时，转身卖起了关子，"璎珞，你就不想问问，摩诘兄有没有什么消息？"

看着他脸上那一股子得意劲，璎珞轻轻"哼"了一声："我才不问你呢。"

"唉，可怜我一路车马劳顿，浑身乏力，却是讨了个没趣，那我这便回屋歇着了。"兴宗拉开房门，意欲离去。

"哎，等等。"璎珞心中一急，脱口而出道，"你这般不好好说话，看我不告诉阿爷阿娘去？"

"我的好姊姊，我几时不好好说话了？既然你不想听，我总不能赶着要说吧？"看着璎珞脸上那迫不及待却羞于启齿的模样，兴宗心里不由偷着乐。

"那你还不好好道来。"璎珞脖子一扬，大有豁出去的意思。

"听说摩诘兄已通过吏选，官拜太乐丞，并在长安道政坊买下了宅子……后面的故事么，自然是要八抬大轿迎娶崔府大娘，咱家璎珞就要成为诰命夫人咯。"兴宗像说书人般滔滔不绝道。

这些事情，其实王维早已写信告诉她，她也都已知晓。不过，当听到"诰命夫人"四字时，璎珞不由一阵脸红，但心里却像喝了蜜一般甜。

兴宗在家小住几日后，又要赶赴长安。一则向姊夫道喜，二则好好准备明年的春试。临走时，璎珞唤他到屋里，悄悄递给他一个精巧的木匣。

"兴宗，替我将这个交给他，他见到这个，自然明白。"璎珞刚一开口，就红了脸颊。

"哦哟，我刚替摩诘兄送完信，这会儿又要替你送礼了？你说你们这是私相授受呢，还是礼尚往来呢？你们成亲之日，是不是应该好好拿大海碗好好敬我几碗酒呢？"

"兴宗，你真是越大越没个正经了。"璎珞粉靥薄嗔，没好气地瞪了他一眼，"我们自然可以拿大海碗敬你，你也须用大海碗敬我们。若是这样，只怕摩诘还没醉，你就已经撑不住了。"

"璎珞，你这还没过门呢，就已经和摩诘兄'我们'长'我们'短了。唉，果然是有了夫君，便忘了小弟呐。"

璎珞自知失言，但话已出口，便来不及收回了，只好清了清嗓子，顾左右而言他道："你此番去长安，定要用功读书，但愿明年能如愿以偿，好教阿爷阿娘也高兴高兴。"

"姊姊，我是想用功读书，只是摩诘兄看到这个木匣，定要题诗一首。题诗也就罢了，定又要我替他将诗带给你。如此往复，我还能用功读书吗？"兴宗故意耷拉着脑袋，长吁短叹道。

不等璎珞回过神来，他又马上双手合十道："阿弥陀佛，我只盼着你们早日成亲，我就不用担这份苦差了！"说着，哈哈一笑，扬长而去。

此时此刻，沉浸在甜蜜爱情中的璎珞，并不知道在距离她千里之外的长安，有个人却在痛苦地喝着闷酒。

第十二章　红豆传情　吟诗明志

"如果酒真的是穿肠毒药，就让它穿肠破肚罢，总比这肝肠寸断来得痛快。"

酒入愁肠愁更愁，可若不是这烈酒入喉，又怎能咽下那无边的苦涩？王维独自坐在醉和春酒肆的栏杆边，仰头喝下了一杯又一杯苦酒。

三年前元宵节偶遇璎珞时的前尘往事，一幕一幕浮上心头，胸口是一阵一阵揪心的痛。

"如果酒能让我忘记这一切痛苦，我愿长醉不愿醒。"

让他如此痛苦的，不是别的，正是玉真公主让岐王转告他的那番话。

这日午后，岐王请他到府中，将玉真公主那番话原原本本告诉了他。

"摩诘，公主这番话，语重心长，自有深意，还望你细细思量，好自为之。本王也只能帮你到这了。"岐王拍了拍王维的肩膀，长长地叹了口气。

王维明白，岐王已经尽他所能，剩下的，只能由他自己去面对。

走出岐王府时，天色渐渐暗了下来，路上行人匆匆，街头灯火摇曳，无不趁坊门关闭之前回家。一片白墙黑瓦之上，无数道青色炊烟袅袅升起，在苍茫暮色中飘向远方……

他伫立街头，举目四望，对他来说，家在哪里？何处是家？偌大长安城，似乎只有他是无家可归之人，孤独地在街头徘徊。

"你就像一块璞玉，需要遇见一个识玉之人，否则，终其一生，你都将籍籍无名，碌碌无为，终老乡野而已。"

"我愿意再给你一点时间，希望你能想明白。"

"我才是那个懂你、知你的识玉之人。假以时日，你自然会明白的。"

……

玉真公主借岐王之口转告给他的话，久久回荡在他耳畔，字字戳心，句句痛骨。

在一片灯火阑珊中，他漫无目的地走着，走着，不知不觉中，走进了当年偶遇璎珞的醉和春酒肆。

望着酒肆屋檐下那排随风飘摇的灯笼，通透如他，怎能不明白，公主貌似委婉的措辞下，其实暗流汹涌、不怒自威。

"她希望我能想明白，但如果我不愿明白呢？如果我放着她给的'阳关大道'不走，是否就是死路一条？莫非，莫非她会让圣上强行赐婚？"

想到这里，他不禁心中一沉，似有一股强大的冷风侵入背脊，不寒而栗。不远处，仿佛有一个巨浪正铺天盖地向他席卷而来，他眼睁睁地看着巨浪越来越近，越来越近，却无处遁逃！

"璎珞，我不是贪生怕死、贪图富贵之人，我不怕丢了官职，削职为民，我也不怕圣上强行赐婚，大不了还有一死！但是，你呢？我死不足惜，但若连累你也卷入其中，如果伤及你一丝一毫，我便是死千万次也难辞其咎、罪莫大焉！"

王维心如刀绞，倚在墙边，痛苦地闭上了眼睛，一行清泪顺着脸颊缓缓滑落。在明月的清辉中，他一字一句吟起了璎珞写给他的那句诗——此时相望不相闻，愿逐月华流照君。

"璎珞，你我之间，隔着水阔山遥，唯愿这轮明月，能替我捎去千里相思，不知你能否听到？"

不知喝了多少酒，王维带着四分醉意和六分失意，脚步蹒跚地一步一步走回道政坊的家中。

快到家门口时，忽然，一个身影蹿了出来。

"摩诘兄，总算把你等回来了！我左等你不来，右等你不来，又不知去哪里找你……"原来，崔兴宗一回到长安，就来找王维，已在门口等候多时。

"兴宗，你来了？"王维抬头看了他一眼，声音中有难掩的哀伤，身子显然有些站立不稳。

"摩诘兄，你喝酒了吗？来，我扶你进屋吧。"崔兴宗一怔，这是他认识王维以来，第一次看到他喝得这么醉。

"兴宗……"看到兴宗，王维顿时想到了璎珞，刹那间有很多话涌上心头，但又不知该从何说起。他动了动唇，终究欲言又止。

崔兴宗扶王维进屋落座，给他倒了一盏热茶，从袖中取出一个精致的木匣，递到王维面前。

"摩诘兄，这可是璎珞千叮咛、万嘱咐，让我务必亲手交给你的哦。你该如何谢我才好？"崔兴宗向来大大咧咧，并未察觉王维的伤悲。

听说"璎珞"二字，王维顿时眼前一亮，就像一个独自在无边黑暗中跋涉了许久之后忽然看到一丝亮光一样，"霍"地起身，双手接过木匣，细细抚摸着木匣上的每一道花纹，似乎那里藏着璎珞手上的余温。

"摩诘兄，你别光看木匣呀，还不快打开看看？"崔兴宗似乎比王维还急，迫不及待地想知道璎珞究竟在里面放了什么。

王维心中酸胀，双手竟不由自主地微微颤动起来，小心翼翼地推开了木匣。首先映入眼帘的，是一方洁白如玉的丝帕。丝帕上是一对惟妙惟肖的戏水鸳鸯。鸳鸯旁边，是璎珞清丽的小楷："得成比目何辞死，愿作鸳鸯不羡仙。"

"得成比目何辞死，愿作鸳鸯不羡仙。"王维喃喃低语，心中的酸楚再也控制不住，转身踱到窗前，闭上眼睛，强行忍住意欲夺眶而出的热泪。

崔兴宗这才看出了王维的异样，压低声音道："摩诘兄，木匣里还有红豆呢。这红豆是我从岭南带给璎珞的，她很是喜欢，所以……"

"红豆？"王维睁开眼睛，拿起丝帕，果然看到两颗晶莹剔透的红豆，正静静地躺在木匣里，散发着晶莹温润的光芒。

"红豆，不就是相思豆吗？"王维深吸了口气，拿起红豆，捧在掌心。那埋藏在心底的刻骨相思，在捧起红豆的那个瞬间，愈发情难自已。

"璎珞，如果有一天，我负了你，你会恨我吗？"王维将红豆紧紧握在掌心，痛苦地闭上了眼睛。

崔兴宗一头雾水，不知该如何安慰王维才好。一时之间，屋子里寂然无声，彼此无言。

沉默良久后，王维才平缓了情绪，转身看着崔兴宗，哑声道："兴宗，能否帮我准备笔墨？"

"好。"

王维缓步来到案前，挽起袖口，提起毛笔，无须多想，便洋洋洒洒写了下去："红豆生南国，春来发几枝。劝君多采撷，此物最相思。"落款处，是"璎珞卿卿如晤"。

"红豆生南国，春来发几枝。愿君多采撷，此物最相思。"崔兴宗凑到案前，一气读了下去，不禁拍手赞叹道，"璎珞千里送红豆，摩诘兄千里写相思，当真言浅情深，语近情遥，字字珠玑，妙哉妙哉！"

情到深处人孤独，崔兴宗的赞许并未减轻王维心中的伤悲。他放下笔墨，退后一步，长长地叹了口气："兴宗，我一介书生，身无长物，或许也只有这首诗，才能配得上你姊姊待我的一片真情。"

崔兴宗看王维今晚言谈举止完全不同于往日，心中很是疑惑，但又不好多问，只好收起平日的随意，不再戏谑什么了。

这晚，崔兴宗回房安歇后，王维却仍无睡意。在皎洁的月光下，他久久凝视着丝帕上那对栩栩如生的鸳鸯和手心两颗晶莹剔透的红豆，心中暗暗许下誓言："璎珞，无论造化如何弄人，今生今世，我的这颗心，定不负你！"

世事无常，人生无奈。他或许无法主宰自己的命运，但却可以主宰自己的心。无论他能否和璎珞共度余生，他的心，早已给了璎珞，再也给不了别人。

在王维最苦闷的时候，他担任的太乐丞一职，无意中帮了他。

经过唐太宗时期的贞观之治和唐高宗时期的永徽之治，大唐政治稳定，经济繁荣，在李隆基的带领下，一步步走向开元盛世。

李隆基酷爱音乐，精通音律，尤其擅长作曲和表演。他深知音乐在统治人心、教化民风等方面的好处，他登基不久，就对宫廷音乐机构进行了大刀阔斧的改革。

他在专司礼乐的太常寺之外，增设教坊、梨园等两大新的机构，形成了太常寺、教坊、梨园三足鼎立的局面。

王维所在的太乐署，隶属于太常寺，负责宫廷礼乐的教习、演出等事宜。在宫廷礼乐中，最重要的就是雅乐。从周代开始，雅乐就是礼乐制度的重要组成部分，和法律、礼仪共同构成贵族统治的内外支柱。凡帝王朝贺、祭祀天地等大典时，都要用到雅乐。

和太乐署相反，教坊则负责宫廷俗乐的教习、演出等事宜。

礼乐和俗乐各有分工。凡祭祀朝会，就用太乐署的礼乐；凡日常宫廷宴享，就用教坊的俗乐。

梨园则是李隆基的御用皇家歌舞团。李隆基亲自挑选了三百多名最出色的乐师和歌伎，在梨园排练。因此，后世的梨园行，都尊李隆基为祖师爷。

李隆基的音乐修养极高，对音乐的鉴赏也有很高的水准。他要求太乐署创作编排的宫廷礼乐，要体现盛唐气象，雍容华贵，大气磅礴。身为太乐丞的王维，肩上的担子自然不轻。

王维深知，好的音乐创作，须兼容并蓄、博采众长。大唐是多民族高度融合的时代，要想创新宫廷礼乐，不仅可以吸收俗乐的精华，也可以吸收各民族音乐的特色，而这就需要他对俗乐和各民族音乐都有非常全面、深入的了解。

当时的长安城流行多种民族音乐，如中原的清商乐、甘肃的西凉乐、吐蕃的高昌乐、库车的龟兹乐以及天竺、高句丽等地的音乐，各族音乐源源不断传入长安，如百花盛开，让人"耳"不暇"听"。

为了创作出让李隆基满意的宫廷礼乐，王维一头扎进了音乐的世界，如痴如醉地钻研各种音乐，试图找到更多创作灵感。

因此，他以"朝中诸事繁忙，无暇顾及其他"为由，有意无意地逃避玉真公主的最后"通牒"。

他知道,那张"通牒"始终存在,逃避不是解决问题的办法。但是,在尚未找到更好的办法之前,逃避或许是最好的、也是唯一的办法。

上有所好,下必甚焉,在李隆基的影响下,李唐王室都十分热衷音乐。宁王善吹横笛,岐王善打羯鼓,薛王等其他王爷也都对乐器信手拈来。

精通音律的王维,自然备受王公贵族青睐,常常受邀参加王府宴会。

721年端午节,宁王举行盛宴,邀请岐王、薛王等王公贵族、文人雅士赴宴。王维也在受邀之列。

宁王喜欢美女,在府中养了上百个能歌善舞的绝色家妓,日日陪他笙歌燕舞、饮酒作乐,日子过得好不潇洒。

一年多以前,宁王出游时,路过东市的一家烧饼铺子,意外发现站在烧饼铺子门口沿街叫卖的小娘子亭亭玉立、婀娜多姿,遣人一打听,原来是烧饼大郎的妻子,人称"烧饼西施"。

或许烧饼西施身上有种天然之美,宁王一见之下,竟是念念不忘,并为之日思夜想起来。几天后,他派人给烧饼大郎送去一份厚礼,命他即日就将娘子送入宁王府中。

烧饼大郎和娘子虽然日子过得清苦,但夫妻俩青梅竹马,感情很是深厚。面对宁王如此蛮横无理的要求,烧饼大郎当即退回厚礼,抵死不从。

宁王见他放着好好的敬酒不喝,顿时恼羞成怒,不由分说派人上门抢人。烧饼大郎哪里肯依,死命护住娘子,坚决不肯让人强抢了去。可怜烧饼大郎寡不敌众,被宁王手下摁倒在地,一番死命地拳打脚踢。

烧饼西施哭着跑向郎君,却被宁王手下强行塞进马车,绝尘而去!

可怜烧饼大郎从地上挣扎着爬了起来,奔了出去,却哪里还追赶得上?看着绝尘而去的马车,烧饼大郎跪倒在地,抱头痛哭。如此光天化日之下强抢民女,夺人爱妻,朗朗乾坤,天理何在!

只要能救回娘子,即使赴汤蹈火,甚至豁出性命,他也在所不惜!但是,即使舍出了性命,又有何用?或许,他的反抗不但救不回娘子,反而会害娘子在宁王府里受尽羞辱、生不如死……

看着没有娘子的空荡荡的烧饼铺,烧饼大郎痛苦地捶胸顿足。第二天,他关掉了烧饼铺子,消失在长安街头。

不知道过了多久,烧饼铺子又开业了。只是,原本健朗挺拔的烧饼大郎,已消瘦憔悴得不成人形。似乎一阵风吹过,就会让他步履踉跄,站立不稳。

不过，他烙的烧饼还是那样好吃，他烙的烧饼的模样更是引人注目。日夜思念娘子的他，将每个烧饼都烙成了心的模样。一个个心形烧饼，从烧饼铺子走向长安街头，走入千家万户。

知道内情的人，看到这些心形烧饼，总会忍不住长叹一声。叹强权欺人，叹造化弄人，叹命运无常，叹有情人不能长相厮守……

抢到烧饼西施的宁王如获至宝、心满意足，他视烧饼西施为掌上明珠，对其"美人长""美人短"的，宠爱备至。然而，不管宁王如何待她，她都不为所动，常常以泪洗面，对月长叹……

在端午节的盛宴上，宁王特地让烧饼西施坐在他身边，讨她欢心。

宴会上，笙箫齐鸣，管弦齐奏，觥筹交错，歌舞升平。但是，从步入宴席那刻开始，烧饼西施始终眉蹙春山，眼瞽秋水，即使偶尔露出笑容，也是强颜欢笑。似乎眼前所有欢声笑语，都和她无关，都不曾在她心里留下丝毫痕迹。

满座宾客中，和烧饼西施一样落寞的，还有王维。他一直低头喝酒，默然不语。

"爱妾，一年来，本王对你宠爱有加，让你享尽了世间的荣华富贵，你还有什么不开心的？莫非还在想念你那卖烧饼的男人？"酒过三巡，宁王微带醉意，用手掰过她低垂的下巴，直问到她脸上去。

烧饼西施依然不拿正眼看他，沉默不语。很多时候，女人的不否认，就是承认。宁王脸上顿时有些挂不住了，无名火"蹭蹭"往上蹿，当即大喝一声，命人将烧饼大郎火速带来府中。

烧饼西施顿时睁大了眼睛，眼中是掩藏不住的惊恐和害怕。她不知道，宁王将会对烧饼大郎下何毒手？

不多时，烧饼大郎便被带入府中。只见他身穿一件洗得发白的袍衫，身形消瘦，但却站姿挺拔，自有几分傲骨，眉宇之间，不见丝毫惧色，自有几分傲气。

就在进屋的一瞬间，他猛然看到了坐在宁王身边的女子，不正是他一年来朝思暮想的娘子吗？

几乎就在同一瞬间，烧饼西施也抬起头来，一眼看到了前夫。刹那间，多少个日日夜夜的忧思牵挂，顿时化为滚滚热泪，不可控制地夺眶而出。

四目相对，却无法倾诉；咫尺之遥，却无法牵手！对于刻骨相爱的人来说，还有什么比这更痛苦的吗？忽然，让在场所有人都目瞪口呆的事发生了。

只见烧饼西施挣脱宁王的手臂，"霍"地起身，快步走下台阶，向烧饼大郎狂奔而去，在距离前夫一步之遥处，泪眼婆娑道："阿郎，既然咱们生不能在一块，那就一块赴死吧。"烧饼大郎再也顾不了其他，一把握住娘子的手，用力地点了点头。

这一切让宁王震惊万分。他万万没有料到，平时那么柔弱的烧饼西施，此刻竟有如此的胆量和气魄！一时之间，他不知自己该发火，还是该冷静？该一起拿下他们？还是把他们分开？整个宴会厅里，连空气都似乎僵住了，大家屏住呼吸，鸦雀无声，周围是死一般的沉寂。

　　不知过了多久，还是宁王打破了沉默。让众人再次目瞪口呆的是，宁王并没有下令拿下烧饼夫妇，而是冷冷地环视了一圈在座宾客，面无表情道："今日之事，不知在座诸位有何感想？本王倒想听上一听。"

　　听宁王如此一说，宾客们开始窃窃私语、低声交谈起来。一直留神观察烧饼西施的王维，心中早已感慨万千。

　　当她坐在宁王身边时，虽强颜欢笑，但那笑容里，却是化不开的失意；当她站在烧饼大郎面前时，虽泪眼婆娑，但那眼泪里，却是掩不住的惊喜。

　　她心里念着谁？想着谁？不都明明白白写在脸上了吗？无法掩饰，也无意掩饰。

　　"她的心事，不正是我的心事吗？可叹她虽身为女子，却能忠于自己的本心，在爱人面前真情流露。可叹我虽堂堂七尺男儿，却瞻前顾后、缩手缩脚……"想到这里，王维只觉得胸口酸胀，按捺不住心中的激荡，起身向宁王拱手抱拳道："启禀王爷，今日之事，在下虽然不才，倒是拟了一首诗，不知能否请宁王和在座诸位不吝赐教？"

　　"唔，吟来听听。"宁王微微一怔，不知王维为何敢冒这个头。

　　王维离开座席，踱了几步，徐徐吟来："莫以今时宠，而忘昔日恩。看花满眼泪，不共楚王言。"

　　好一句大胆的"看花满眼泪，不共楚王言"，满座再次鸦雀无声，无不替王维捏了一把冷汗。王维却不紧不慢地说了下去："启禀王爷，方才这位女子的所作所为，让在下想起了春秋时期的息夫人，有情有义，忠贞不渝，令人可敬可叹。因此，在下斗胆为息夫人写了一首诗。"

　　王维说的息夫人，是春秋时期陈庄公之女，姓妫，天生丽质，美名远扬。嫁给息国国君后，人称息妫。息妫和息侯相敬如宾，情比金坚。不料，楚文王觊觎息夫人的美貌，一心想要得到她。于是，派兵灭掉息国，将息侯贬为守卫城门的士兵，并扬言除非息夫人跟他走，否则便要了息侯的性命。息夫人本想投井自杀，但为了保全息侯，只好委曲求全，被迫嫁给了楚文王。三年过去了，她虽然为楚文王生了两个儿子，却从未和楚文王说过一句话。楚文王不解，问她这是何故？她终于开口说了一句话："我一个女子，却伺候两个丈夫，这般苟且偷生，还有什么可说的？"

　　听王维吟完这首题为《息夫人》的诗，宁王脸上阴晴不定，似乎若有所思。良久之后，他端起案上的酒盏，一口气仰头喝完，喃喃自语道："莫以今时宠，而忘昔日恩。看花满眼泪，不共楚王言……"

他的目光从烧饼大郎夫妇身上缓缓扫过，久久停留在烧饼西施身上，眼中的情绪复杂难言。沉默半晌后，大叹一声，嘴角掠过一抹深深的自嘲："罢，罢，你俩都走吧！"

宁王话音刚落，满座宾客无不惊愕地看向了他。尤其是烧饼大郎夫妇，简直不敢相信自己的耳朵，一脸愕然地看着宁王。片刻之后，才双双回过神来，向宁王欠身拜了一拜："多谢王爷成全。"便匆匆起身离去。

看着烧饼大郎夫妇远去的背影，宁王深深地叹了口气。看来，不是你的，一番兜兜转转后，终究不是你的！曾经的太子之位如此，如今的烧饼西施，何尝不是如此？

想到这里，宁王心灰意冷地摆了摆手，淡然道："今日已是尽欢，大家就此散了吧。"

满座宾客起身散去，路过王维身边时，无不向他投来钦佩称许的目光。如果不是他写了这样一首诗，宁王会放烧饼大郎夫妇走吗？他用一首诗成就了一段佳话，功德无量！

不过，只有岐王心里明白，王维这首诗，其实不是写息夫人，也不是写烧饼西施，而是写他自己！

面对玉真公主恩威并重的爱，王维不正想说"看花满眼泪，不共楚王言"吗？只是，他敢像息夫人和烧饼西施那样，对玉真公主说出这番话吗？

正如岐王所料，从宁王府回来后，王维久久难以平静。

在烧饼大郎不卑不亢的眼神里，在烧饼西施一往情深的眼泪里，他看到了自己的胆怯和懦弱。他不敢说出心中所爱，不敢据理力争地拒绝公主，只是像鸵鸟一样逃避现实……

"王维啊王维，可笑你口口声声说什么'愿君多采撷，此物最相思'，说什么情深义重、至死不渝，到头来，却不如一个娇弱的小女子。女子虽弱，却敢在宁王面前坦言真心，而你七尺男儿，却谨小慎微，唯唯诺诺，枉费了璎珞的一往情深！"

这是王维二十二年的人生里，第一次如此鄙视自己、痛恨自己。从没有哪一刻，觉得自己像现在这般如此丑陋、如此不堪！

他伫立庭院，仰望明月，月光的清辉恰似璎珞似水的明眸，含情脉脉地凝视着他。

刹那间，他脑子里蹦出了一个念头："与其逃避公主，害怕被强行赐婚，不如拿出勇气，当面恳请公主成全！宁王尚且愿意放走爱妾，何况向来慈悲为怀的公主？"

有了这个大胆的念头后，他心中忽然释然了。

"璎珞，如果这注定是一场战争，那么，我绝不是一个人在孤军奋战。你一直在我心里！我要为你、为我们的幸福而战！"他的话掷地有声，像是说给自己，又像是说给璎珞。

是的，无论前方的道路多险多难，他都将不惜付出一切代价。他要倾其所有，实现他对璎珞的承诺——许你凤冠霞帔，一世无忧；此生清风明月，长伴天涯。

第十三章　有缘无分　确定婚期

正当王维想向玉真公主开口时，他的《相思》和《息夫人》已先他一步传到了玉真公主耳中。

这日，玉真公主心中烦闷，便请了李龟年、李彭年、李鹤年三位享誉长安的乐师来玉真观中弹琴解闷。

李龟年等三兄弟个个精通音律，其中又属大哥李龟年技艺最为精湛。李龟年不仅能歌善曲，还擅吹筚篥，擅奏羯鼓，对各地音乐都精熟于心、了如指掌，人称"歌圣"。

有一次，岐王一时兴起，让各地乐工在帘帷后演奏各地音乐，让李龟年一一辨别。李龟年不用看奏乐者服饰，就轻而易举分辨出了哪是秦地音乐，哪是楚地音乐。岐王到帘后一看，果然丝毫不差。

岐王知道皇兄酷爱音乐，便将李龟年推荐给了李隆基。李隆基一见之下，甚为赏识，便将李龟年收入梨园，成为皇家乐师。

唐代流行选诗入乐，李龟年擅长创作，于诗坛新作十分留意，常将优美的诗作谱曲后演奏传唱，脍炙人口。

"不知长公主今日想听哪首曲子？"李龟年怀抱琵琶，笑着问道。

窗外阳光很好，但玉真公主却靠在榻上，眉头微蹙，神思恍惚，良久才淡然道："不知近来有何新曲？你拣旋律舒缓悠扬的便是。"

李龟年点了点头，略一思忖，便低头弹了起来。伴随着清越的琵琶声，他的歌声尤为悠扬："红豆生南国，春来发几枝。愿君多采撷，此物最相思……"李龟年微闭双目，边弹边唱，情到深处时，眼角隐隐泛着泪光。

"红豆生南国，春来发几枝。愿君多采撷，此物最相思……"这厢，李龟年忘情而唱；那厢，玉真公主曼声而吟。一字一句，无不戳到了她的心里。她对王维，不正是这样的相思吗？

一曲终了，玉真公主却依然沉浸在缠绵悱恻的歌声中。心似乎正被一点一点掏空，取而代之的，是挥之不去、无穷无尽的爱和哀愁。

见玉真公主默然不语，李龟年思忖片刻，字斟句酌道："如若长公主不弃，某新近还谱了一曲，或能入得了长公主之耳。"

玉真公主缓缓回过神来，压下心中的翻腾，抬头看了他一眼，微微点头道："好。"

李龟年微调琴弦，在比方才更忧伤的音乐中，如泣如诉地唱了起来："莫以今时宠，而忘昔日恩。看花满眼泪，不共楚王言……"

玉真公主不听则已，一听之下，顿觉心惊。

方才那首《相思》，虽然让人肝肠寸断，但那是因思念而引发的哀伤，爱意多于愁苦；但这首呢？显然是一种无声的控诉和反抗。控诉造化弄人，反抗相爱却不能相守。控诉和反抗背后，是义无反顾的毅然和决然……

这样想着，想着，玉真公主不由心中一沉，一个不祥的预感掠过心头，沉声问道："李乐师，方才两首新作，词曲俱佳，只是过于伤悲了些，听着教人愈发心思沉重了。不知歌词出自何人之手？"

李龟年放下琵琶，起身抱拳道："不瞒长公主，方才两首歌词，都出自太乐丞王摩诘大人之手。"

"啊？果然如此！"只听"啪"的一声脆响，玉真公主手中的青瓷茶盏应声而落，在地砖上摔得粉碎，瓷片四溅，茶汤洒了一地。

他为谁相思？为谁落泪？若非对息夫人的痛苦感同身受，怎能写出如此痛彻心扉的诗句？

刹那间，她只觉她这些年来一点一点搭建起来的大厦，轰然坍塌。

她终于明白了，这一个多月来，王维为何一直躲着她。他什么都没说，什么都没做，却又什么都说了，什么都做了，且比说了、做了更让她痛断肝肠。

在《相思》里，他表达了对未婚妻刻骨铭心、矢志不渝的爱情；在《息夫人》里，他表达了不慕眼前恩宠、只念故人旧爱的决心。

"春心莫共花争发，一寸相思一寸灰。"

"咫尺天涯不相望，白发红颜枉断肠。"

她的心，似乎正在一点一点破碎。这心碎的声音，只有她才能听到。人生在世，本就有三千烦恼丝。如今，为了他，又新添了重重的一笔。

从推荐他府试夺魁、状元及第、再官授太乐丞……这一路走来，她一直自信她是世上最知他、懂他的识玉之人。她一直深信，她和他是有一世情缘的。

但，《相思》和《息夫人》却仿佛一把匕首，残忍地捅破了所有美好的憧憬。

原来，这只是她一厢情愿的一个梦。这个梦如此短暂，短暂到尚未入眠，就已醒来，尚未开始，便已结束。

原来，在他的世界里，从来没有她的立足之地。那个让他刻骨铭心、矢志不渝的人，从来都不是她！

她拼尽全力用真心换来的，到头来，竟是他的"看花满眼泪，不共楚王言"！

这世上，有的花是"红花绿叶两相欢"，有的花却是"花开不见叶，叶出不见花"，在三生河畔花开花落，一世无缘。

她和王维，是否就是这样的"花开不见叶，叶出不见花"？他俩之间，是否从一开始便已注定有缘无分？是否即便请皇兄强行赐婚，也只能得到他的人，却终究得不到他的心？

虽然她深深地爱着他，但如果爱情需要乞讨，需要强求，那么，她宁愿不要！因为，这是她身为大唐公主最后的尊严。

如果命中注定没有尘缘，那么，就放开双手，不如归去罢，就让那花归花，叶归叶，尘归尘，土归土，再也不受任何红尘纷扰。

几天后，在淅淅沥沥的细雨中，王维撑着一柄油纸伞，缓缓迈入玉真观。

当一袭青衫、清风朗月的他，再次站在她面前时，她恍惚觉得，他俩都回到了两年前的那个春天。

那一天，他妙年洁白，风姿都美；那一天，她喜逢华诞，春风得意。

那一天，他为她弹奏《郁轮袍》，如泣如诉；那一天，她接过他呈上的《洛阳女儿行》，细细品鉴。

那一天，他是意气风发、志存高远的翩翩君子；那一天，她已认定，这一生，他必定蟾宫折桂，前程似锦。

如今，两年过去了，似乎一切都变了，又似乎什么都没变。

变的是她，不变的是他。

他对她的知遇之恩，一直心存感激，不曾变过；而她，多么想让他爱上她，让这份感激之情转化为男女之爱……

如果她愿意放手，那么，恩情还在。如果她不愿意放手，那么，他可能从此紧闭心门，再也不会对她展露笑颜……

得之，我幸；不得，我命。

藤杖一条，提得起才放得下；禅门两扇，看不破便打不开。

握紧拳头，手里什么都没有；松开十指，反而拥有了全世界。

此时此刻，也许是此生最后一次表白的机会。她不是不想说，只是，他一次又一次拒人于千里之外，她的心早已凉透了，除了将这份感情强压在心底，又能如何？

沉默半晌后，她黯然神伤，幽幽地叹了口气："摩诘，能否再为我弹奏一曲《郁轮袍》？"

自认识王维以来，她一直以"王君"相称，这是她第一次叫他"摩诘"，或许，也是最后一次叫他"摩诘"。因为，今日或许是他们最后一次相见。

从走进玉真观见到她的那一刻起，王维就感觉到了她的异样。今日的她，全然没有了往日的神采飞扬，眼角眉梢，只剩无尽的落寞和惆怅。

王维心中一沉，面上却不露出什么，只是向她深深行了一礼："微臣遵命。"然后，取过琵琶，从容落座，就像两年前那样，从容不迫地弹奏起了《郁轮袍》。

和两年前不同的是，这一次，他只为她一人而奏。

在他时而清越、时而激昂的琵琶声中，她心潮起伏，久久难以平静。

"摩诘，你可知道，这一声'能否再为我弹奏一曲《郁轮袍》'，已用尽我所有力气，再也没有勇气对你说出在我心底盘桓了两年的话。"

"曾经，我以为我们很近，如今，我却无法看清近在咫尺的你。世上最遥远的距离，或许莫过于此。"

不知不觉中，一曲终了。王维放下琵琶，起身抱了一拳，良久之后，抬起头来，目光中有种复杂难辨的情绪："公主对微臣的提携之恩、援手之德，微臣感念在心，没齿难忘。只是，微臣已有婚约在身，还请公主成全。"

一丝苦笑浮上公主疲惫的容颜，她牵了牵嘴角，想说什么，却终究只是摆了摆手道："我累了，你走吧。"

王维话已至此，她还能怎样？在爱的世界里，爱对方更多的那个人，注定是受伤的那一个。

王维心中大惊，他万万没有料到，公主竟会如此轻易放手。原本以为自己会如释重负、欣喜若狂，但看着近在咫尺的她一脸的落寞和失意，心头又涌起一丝不忍。

"既然将爱给了璎珞，便注定只能辜负其他人了。"王维定了定神，面向公主深深地拜了下去，"多谢公主玉成。微臣在此别过了，请公主多多保重。"

说完，他缓缓转身，撑起油纸伞，消失在漫天细雨中。

望着王维远去的背影，玉真公主终于情难自已，眼泪如决堤洪水般，不可阻挡地汹涌而下，哭倒在榻旁。

她虽亲手放走了王维，但她知道，今生今世，她的心里，或许永远放不下他。在某个落雨的清晨，或者薄暮的黄昏，有意无意间，她都会想起那个曾经为她弹奏琵琶曲的翩翩公子……

即使末了形同陌路，相遇也是恩泽一场。

求得玉真公主谅解后，王维终于了却了心中大事。一个多月来的压抑沉重，终于可以放下了。他立即写信给母亲，请母亲挑选良辰吉日，准备迎娶璎珞。

王夫人自是欢喜，马上请官媒择日。官媒说，这年的九月初九是个大好日子，且又是重阳佳节，寓意小夫妻相亲相爱，白头偕老。

王夫人征求了崔父崔母的意见，崔父崔母也十分满意。于是，王维和璎珞的大婚之日，就定在了这年的重阳节。

这天，王夫人在堂前点了一炷香，向早逝的夫君说起了家中的喜事。

"处廉，今年咱家喜事连连。头一件，摩诘高中状元，第二件，摩诘当上了太乐丞，这第三件呀，再过几个月，摩诘就要迎娶新妇子了。我快要当阿家了，如果你还在，就可以当阿翁了。"王夫人絮絮说着，眼中满是喜悦的泪水。

对王夫人来说，王维成家立业，是对他父亲在天之灵的最好告慰。

确定婚期后的王维，兴奋得坐立不安。他只盼着，时光能过得快一点，好让他早日迎娶他的璎珞。

"思君如满月，夜夜减清辉"，璎珞的心情，自然也和王维一样。她觉得，她是世上最幸福的女子。

不过，在王夫人和崔父崔母最终敲定大婚之日之前，当她让兴宗将红豆和丝帕带给王维时，她的心中，其实是有几分不安的。

她知道王维心里有她，但时移世易，他如今已贵为新科状元，只要他愿意，长安城中多少豪门贵族想要将女儿嫁给他？他还会像两年前来提亲时那样，一心一意只要她吗？

古往今来，男子背信弃义、喜新厌旧的事，实在太多、太多。糟糠之妻尚会下堂，更何况他俩只是定亲，并未真正过门呢？

她想起了王维状元及第后写给她的那封信。信中，他告诉她，待通过吏部选试后，就立即挑选吉日成亲。可是，他官拜太乐丞后已经过去了这么久，却还迟迟没有定下婚期。莫非，莫非他有什么难言的苦衷？想到这些，她不由愁肠百结、百转千回。

爱情就是这样，越是深爱一个人，就越害怕失去他。所有的患得患失，都是因为，爱得太深。

这日，她独坐闺房，揽镜自照。小小镜台，牵动闺中女儿的情思。早起时，对着它梳理青丝、轻描远黛；闲来时，对着它伤春悲秋、排遣幽怀。

当镜台在眼前展开时，照见的或许不只是闺中女儿的美好容颜，更有斑斑驳驳的女儿心事……

正当璎珞胡思乱想时，兴宗给她捎来了王维的信。

"摩诘来信了？"璎珞心中的愁云顿时一扫而光，忙从兴宗手中接过信笺，紧紧按在胸口，仿佛信笺上有王维手心的余温。

看到璎珞和王维彼此思念的模样，向来大大咧咧的兴宗不由深深地叹了口气："一日不见，如隔三秋，古人诚不我欺也！"

璎珞对兴宗的话恍若不觉，顾自展开信笺，看到王维那一手飘逸酣畅的行书时，鼻子不由有些发酸。顾不得兴宗在侧，就曼声吟了起来："红豆生南国，春来发几枝？愿君多采撷，此物最相思。"落款处，还有一行小字——璎珞卿卿如晤。

见字如面，这一刻，连日来的不安、忐忑、惆怅、落寞，通通烟消云散。璎珞只觉得胸口又酸又胀，眼中的热泪快要涌将上来，忙低下头去，急急走到窗前。

"璎珞，你知道吗？摩诘兄写这首诗时，是噙着热泪写完的。说实话，认识摩诘兄这么久了，我还是头一次看到他如此动情！"

"他是噙着眼泪写这首诗的？"璎珞不由一阵心疼，心疼过后，是深深的自责。王维如此待她，她却还要胡思乱想？

她不知道王维为了能和她在一起，独自承受着多大的压力？她只知道，她的王维，值得她用一生一世去爱。不，一生一世还不够，而是生生世世。

她记得，母亲曾不解地问她："璎珞，这么多世家子弟上门提亲，你为何总是不肯点头？难道就没有你看得上的吗？"

她不知该如何向母亲解释。她只知道，她要嫁的那个人，那个要和她携手度过余生的人，不是看家世，不是看门第，而是看那个人本身。

那该是一个怎样的人呢？她说不清，也道不明。直到十四岁那年元宵节在长安街头偶遇王维时，她心中莫名地颤动了一下。她想要找的那个人，不正是他这样的人吗？

那一瞬间，莫名地，她竟有种似曾相识的幻觉。

于千万人之中，遇见你所要遇见的，于千万年之中，等待你所要等待的。没有早一步，也没有晚一步，就这样遇见了。

因此，当王维随兴宗来她家，当她款款走到王维面前说"小女子崔璎珞见过王君"时，其实，她心里真正想说的，却是"原来，你也在这里"。

或许，是前生未了的缘，让初识的彼此，看一眼，便已万年。从此，有了这一生一世、生生世世的牵念。

此时此刻，已完全沉浸在幸福中的她，却不知道在他迎娶她之前，还有一次不测风云，正等待着他。

第十四章　不测风云　贬离长安

人逢喜事精神爽。721年夏天，对王维来说，或许是一生中最意气风发的时候。大婚在即的他，同时迎来了和他才华相匹配的荣耀。

王维的直接上司是太乐令刘贶，字惠卿，徐州彭城人，也是位多才多艺之人。刘贶父亲名叫刘知几，字子玄，在武则天执政时期担任史官，负责撰写起居注，编修国史，敢于秉笔直书，是位中正耿直、德高望重的史官。

在刘知几培养下，刘贶博闻强识，精通音律、天文、医术、占卜等，和王维甚是投缘。

"女为悦己者容，士为知己者死"，王维感念刘贶对他的赏识和信任，愈发勤勉工作。

他反复研究清商乐、西凉乐、高昌乐、龟兹乐、康国乐、安国乐、天竺乐、高丽乐等异域音乐，吸收其精华部分，对传统宫廷雅乐进行创新，并指导乐工编排出了一曲曲气势恢宏的作品。

正是凭借高超的音乐才华，王维在朝中声名鹊起，其作品被教坊、梨园的宫廷乐师们争相演奏。比如，他为九部乐之一的扶南曲创作了五首歌词，清丽脱俗，脍炙人口，一时风靡长安。

当乐师们唱出"朝日照绮窗，佳人坐临镜。散黛恨犹轻，插钗嫌未正"时，无不对王维佩服得五体投地。他要有多么细腻的心思，才能写出如此缠绵的女儿情思？

只有王维自己知道，他写这些诗时，心里想着谁，念着谁？特别是当他写"散黛恨犹轻，插钗嫌未正"时，他一心渴望的，不正是迎娶璎珞后，日日为她窗前画眉、花下插钗吗？

王维的一手好画、一手好字、一手好诗和一手好琵琶，让他成了长安城中光芒四射的明星。他惊人的天赋和造诣，让王公贵族、文武百官一次又一次叹为观止。

有一次，在岐王府举行的宴会上，酒过三巡，有人拿出一幅奏乐图，送到王维面前："王大人精通音律，想请大人帮忙看看此画，不知画中人物正在弹奏何曲？还请大人不吝赐教。"

在座诸人无不窃窃私语，这不是故意为难王维么？自古以来，还从未听说有人能根据画面猜出画中人演奏何曲的！这不是胡闹吗！

不过，王维并未推辞，而是双手接过画卷，细细看了一会后，点头微笑道："图中所画人物，当在演奏《霓裳羽衣曲》第三叠第一拍。"

《霓裳羽衣曲》原本来自西域，由地方节度使进献，李隆基很是喜欢，让太乐署对其进行改编完善。有一个多月时间，王维日日夜夜沉浸在此曲中，对其反复琢磨、精心打磨。因此，《霓裳羽衣曲》的每一个节拍，他都熟稔于心。

"哦？摩诘竟能看画辨音？"岐王很是好奇，当场召来乐工，命他们按画卷所示弹奏《霓裳羽衣曲》。

当乐工们弹奏到第三叠第一拍时，岐王果断喊停，只见乐工们的神情举止果然和图中所绘人物一般无二！

"摩诘，你何以判断此为《霓裳羽衣曲》？"岐王不由一脸惊讶道。

"启禀王爷，我只是根据画中人物拿乐器的姿态和脸部神情，胡乱猜测罢了。"王维起身谦谨一笑，在座诸人无不拍手称奇。

从此，王维"看画辨音"的故事，在长安坊间广为流传，成为一桩美谈。

偶有闲暇时，王维邀上三五好友，在长安酒肆喝酒品茗，快意人生。

这日黄昏，夕阳挂在街头的树梢，暑气尚未完全褪去，河畔的金柳仿佛娇羞的新娘，在波光里投下婀娜身姿，在王维心头轻轻荡漾。

醉和春酒楼中，王维、王缙、崔兴宗、李龟年偷得浮生半日闲，一边喝酒，一边谈诗论画，心情甚是舒畅。

"摩诘兄写的《相思》和《息夫人》，配上龟年兄谱的曲子，堪称绝品，如今这长安城里，已是无人不知、无人不晓，小弟着实佩服得紧！"兴宗虽然口气有些夸张，倒也和事实八九不离十。

"我的诗倒也平常，倒是龟年兄谱的曲子，让诗增色不少，着实妙哉！"王维举起酒杯，和李龟年的酒杯碰了一碰，一饮而尽。

"摩诘此言差矣，岂不闻'皮之不存毛将焉附'？没有你的诗，何来我的曲？"李龟年也一仰头，喝下杯中酒，哈哈笑道。

"大哥、龟年兄，你俩再这样说下去，大有互相吹捧之嫌了！"王缙起身为大家斟满美酒，兴致勃勃地提议道，"大哥，如此美景，岂可无诗？请大哥作诗一首，再请龟年兄谱上新曲，我等便可先睹为快了。兴宗，你说是也不是？"崔兴宗自然连忙拍手附和。

王维点了点头，笑着看向窗外。不远处，有两个精神抖擞、生龙活虎的少年郎，骑着两匹膘肥毛亮的高头大马,向酒肆狂奔而来。到了酒肆门口,他们将马往柳树上一拴,就跨进酒肆,招呼店家上酒上菜。顷刻间,边大碗喝酒,大口吃肉,好不快活!

"有了!"王维心头一亮,转身看着大家,扬声吟道:"新丰美酒斗十千,咸阳游侠多少年。相逢意气为君饮,系马高楼垂柳边。"

"好一句'相逢意气为君饮,系马高楼垂柳边',如此佳句,你是怎么想出来的?摩诘兄,真有你的!"崔兴宗两眼放光,一脸兴奋道,"为了这一句,咱们必须喝一杯!"

"好诗,好酒,好兄弟!"王缙、李龟年也纷纷赞叹。

刹那间,四个酒杯"咚"的一声碰在了一起,酒花四溅,洒落在彼此的杯中。你中有我,我中有你,早已不分彼此。

年少时结下的友谊,之所以让人怀念,或许就在于彼此曾经毫无保留地分享过。

只是,愿意"相逢意气为君饮"的王维,万万没有料到,有些人已经对他嫉妒得快要发狂了。

有时,才华也会伤人,且不自知。王维自然无意伤人,也不愿伤人,但他的存在,本身就已经伤到了别人。

在别人眼里,他凭什么可以不费吹灰之力,就能锦心绣口、出口成章,把别人一辈子都搞不定的琴、棋、书、画、诗通通拿下?

他与生俱来的光芒,无时无刻不将别人反衬得黯淡无光。

木秀于林,风必摧之。王维不知道,他因才华而闻名,也将同样因才华而跌倒。

清风徐徐,吹皱一池曲江水。在距离721年中秋节两个月之际,太乐署接到了一个重要任务——精心编排狮子舞,为皇上中秋节赏月助兴。

皇上每年中秋都要看狮子舞,什么样的狮子舞没有见过?这个任务极富挑战,刘贶思之再三,决定让王维负责。王维二话不说,接下此事,一心想着如何让皇上看到耳目一新的狮子舞。

这日晚上,他又在琢磨狮子舞,忽然看到璎珞赠他的两颗红豆,心头顿时一亮。红豆来自岭南,岭南的狮子舞很是有名,何不借鉴岭南狮子舞的动作,设计一套别有新意的宫廷狮子舞?

次日一早,王维便赶往太乐署,从众多伶人中,精心挑选了五个身手敏捷的伶人。他让一个伶人当逗狮人,手举大红绣球,另外四个伶人分成两组,分别扮演两头狮子,一人舞头,一人舞尾。

鼓乐声中,只见两个黄狮子欢快地跳跃腾挪,忽上忽下,忽前忽后,忽高忽低,忽急忽缓,一会儿张口,一会儿抖毛,一会儿登高,一会儿滚地……憨态可掬,精彩纷呈!

为了确保演出时万无一失，王维指导伶人们日夜排练，忙得连家都顾不得回。

这日，王维又在太乐署指导伶人反复练习。忽然，岐王踱着方步缓缓走了进来。

"摩诘，多日不见你来府上，可是忙得紧了？本王今日途经此地，便来看你一看。"岐王呵呵笑道。

"王爷亲自前来，王维有失远迎，罪过罪过！"王维忙快步迎了上来，躬身抱拳道，"多谢王爷牵挂，等忙过这一阵子，王维便去府上叨扰王爷。"

"你我之间，何必拘礼？听说你正在为皇上排练'五方狮子舞'，你如此尽心，一定好看得紧，本王拭目以待。"

当王维听到"拭目以待"四字时，心头不由大惊。方才他只顾着和岐王说话，竟忘了叫停正在排练狮子舞的伶人！也就是说，他们当着岐王的面，完整地跳完了"五方狮子舞"！这可如何是好？

在唐代，因为"黄""皇"谐音，因此，黄狮子舞意味着至尊无上，是专门给皇上看的，只有皇上在场或得到皇上准奏时才可以表演，否则就是僭越，是欺君犯上之罪。情节严重的，可定为死罪。

王维顿时背脊发凉，吓出一身冷汗。岐王也明白过来，心里"咯噔"一下，脸色不由发白。

王维赶紧看了看四周，所幸没有外人，连忙送走岐王，并叫来正在排练的伶人，一脸肃然道："岐王不知我们在排练'五方狮子舞'，你们就当岐王不曾来过，记住了吗？"

伶人们也早已吓得魂飞魄散、惊魂未定，连忙点头如捣蒜，对王维的嘱咐牢记于心。

然而，在太乐署排练场的一个角落里，却有一双阴暗的眼睛，目睹了这一切。他眼中露出了一丝诡异的寒光，点头冷笑道："嘿嘿，机会终于来了！"

这个躲在角落里的人，是鼓吹署的鼓吹丞张洇。

鼓吹署和太乐署都隶属于太常寺，都归太常卿领导。他和王维的官职一样，也是从八品下。

鼓吹丞专门负责宫廷鼓吹事宜，鼓吹分鼓吹、羽葆、铙吹、大横吹、小横吹等五部，五部鼓吹各有不同的演奏曲目，所用乐器主要有筚篥、排箫、鼓等。

唐代规定，除皇帝、皇后、太子以外，一至四品官员也可享受鼓吹。张洇担任鼓吹丞已有三年多，常有机会到四品以上官员家中演奏。于是，他利用职务之便，积极巴结朝中大臣，一心盼着早日升迁。

不料，自今年春天王维入仕以来，太常寺上上下下都将目光聚焦到了王维身上，尤其是太常卿和太乐令，更是对王维赞不绝口，大有后来者居上之势。

"我已经在这里熬了三年多了，凭什么被这个才来三个月的小子抢去风头、踩在脚下？"每当上司和同僚夸赞王维时，张泹心中就愤愤不平。

嫉妒，从来都是一种可怕的病，它会让人蒙蔽双眼，迷了心窍，最后走向毁灭。

张泹就是如此，他从未反思自己的平庸无能，而是将未能升迁的原因一股脑儿怪在王维身上。

他在心里暗暗发誓："只有除掉王维，才有升迁机会。有他，没我，有我，没他！不惜付出任何代价，都要除之而后快！"

于是，他暗中跟踪王维的一言一行、一举一动，试图从他的言谈举止中挑出刺来。

但，足足跟踪了一个多月，依然一无所获。王维不是埋头创作，就是吟诗作画，琴棋自娱，在他身上寻不出半点不是来。

今日，听说王维又在太乐署排练"五方狮子舞"，张泹抱着"不见黄河心不死"的决心，继续跟踪王维。

本以为又是一无所获的一天，正准备撤离时，岐王竟然来了！

他正不解岐王为何会来时，突然眼前一亮，好家伙，王维只顾着和岐王说话，竟然忘了叫停"五方狮子舞"，任凭伶人们跳完了一整场！

未经皇上许可，让岐王看到只有皇上才可以看的"五方狮子舞"，这不就是"欺君犯上"的僭越之罪吗？！

这一刻，张泹终于得意地笑了。他的笑容里，透着一股阴森森的寒气，纵然在这夏日正午的阳光下，也让人不寒而栗。

"王维，你的好日子就要到头了！"他眯缝起那双阴森的三角眼，似乎已经看到了王维惨淡的下场。

果然，张泹的告密成功了。

次日早朝，辰时一刻，随着悠扬的雅乐之声奏起，数百名五品以上文武官员，无不在大明宫宣政殿里避席肃立、抱手长揖。

李隆基神色漠然地坐在龙椅上，辨不清脸上的情绪。宣政殿里，气氛异常的沉重。

高力士宣读圣旨的声音，久久回荡在宣政殿上空：因私自组织表演"五方狮子舞"，太乐丞王维免去太乐丞一职，贬谪山东济州，任司仓参军（正九品下）；太乐令刘贶驭下不当，受严重处分；因私自观看"五方狮子舞"，岐王被贬为华州刺史，限期离京。

随着一声"退朝"，不多时，赫黄色的龙袍就消失在了殿外，一切都结束了。

这不啻为一道晴空霹雳，把王维整个人都击懵了！一夜之间，他从一名京官，沦为一个距长安两千里地以外的司仓参军。

根本没有解释的机会，或者说，即使有解释的机会，又能说什么？难道他能说，他任太乐丞四个多月来，扪心自问，不说鞠躬尽瘁、死而后已，也是尽心竭力，忠于朝廷，忠于职守，可为什么转瞬之间，就落下了如此罪名？

当数百名文武官员如潮水般退走后，他依然一动不动地跪在原地，垂首无言，心中空茫，整个人仿佛成了一尊冰凉的雕塑。

在一片死寂中，耳畔响起了《金刚经》中的一句话："一切有为法，如梦幻泡影，如露亦如电……"

他不知道自己是如何回家的，他只知道，他到家后，就昏昏沉沉地睡去了。一觉醒来，已是黄昏。

屋外正下着淅淅沥沥的秋雨，不依不饶地滴落在庭中的芭蕉上，发出"吧嗒吧嗒"的声音，似乎要滴碎屋中人本就愁云惨雾的心。

王维怔怔地看着屋顶，渐渐明白，早朝上发生的一切，已是不争的事实。他的胸口仿佛被生生塞进一团烈火，疼痛焦灼，难以名状。

"璎珞，我曾答应你，要许你凤冠霞帔，一世无忧，此生清风明月，长伴天涯，可如今……唉，我该如何去见你？"

想到远方的璎珞，愁绪又添了一层，层层叠叠堆在心头，终究化为一声无力的叹息。

沉默良久后，他披衣下床，踱到窗前，提起案几上的毛笔，在白麻纸上蘸墨挥毫，一气写了下去：雨打芭蕉叶带愁，心同新月向人羞……

写完最后一句"曾经护花惜春季，一片痴情付水流"时，他闭上双眼，摇了摇头，什么都不愿想了。

突然，传来一阵"咚咚咚"的敲门声。门只是虚掩，见无人应门，来人便推门而入，原来是李龟年。见屋里有些昏暗，李龟年随手点亮了案上的蜡烛。

"摩诘，我想着你可能还没用过晚膳，便给你带了一些吃的，你好歹凑合着吃一些。"李龟年将食盒放在案几上，一脸关切道。

"龟年兄，你来了。"原本站在窗前发怔的王维，转过身来，看了李龟年一眼，哑声道。

李龟年走到王维身边，叹了口气道："摩诘，我今日转了一圈，倒是听说了朝中的一些事情。你知道吗？刘昢父亲刘知几大人也被贬离京城了！"

李龟年是梨园红人，常年出入王公贵族府中，消息甚是灵通。

"啊？刘大人也被贬了？"这一惊非同小可，王维简直无法相信自己的耳朵。

"是的，千真万确。我听说，他修撰《则天实录》《睿宗实录》时，秉笔直书，不知忌讳，皇上让他用些曲笔，他却坚持己意，坚决不从。因为他在朝中声誉颇高，皇上也不好拿他怎样。今日早朝，他儿子刘贶受罚后，他去找皇上申辩，据理力争。皇上顿时大怒，当场将他贬为安州别驾，限期离京。"

"啊？刘大人年事已高，怎经得起如此折腾？"消息来得太突然，王维心中翻腾，一时理不出一个头绪来。

李龟年也叹了口气，继续说了下去："如此想来，究竟是刘大人受儿子牵连而贬谪，还是刘贶受父亲牵连而受罚，倒是很难说得清了。"

王维心中五味杂陈，脸上是异样的沉重。

李龟年拿起竹剪，剪了剪烛芯，压低声音道："还有一事更为蹊跷。你想，岐王是皇上的四弟，皇上待其向来友善，岐王是何等风光，何等尊贵！可如今，仅凭小人一句谗言，皇上就将他贬为华州刺史，你说又是为何？"

听李龟年提到岐王，王维心中愈发隐隐作痛。岐王待他恩重如山，如今却以一个莫须有的罪名而被贬离长安。而这个罪名，因他而起，和他有关。

"岐王他……我对不住他。"王维慢慢低下身去，捶胸顿足，长长地叹了口气。

"摩诘，我倒是觉得，岐王被贬，和你无关。"李龟年扶起王维，让他靠在榻上，"我思前想后，恐怕，这本来就是皇上的意思。你想，若非圣心如此，仅凭小人几句谗言，怎能动得了岐王一丝一毫？小人之言，或许只是刚好被皇上顺水推舟、借题发挥罢了。"

王维心中大惊，忙伸手止住李龟年，低声道："龟年兄，天家事务，绝非臣子可以置喙。待会出了这个屋子，千万莫再提起此事，切记，切记。"

李龟年点了点头，小声道："我并非不知轻重之人，其实，我来找你说这番话，只是想告诉你，此次平地起风波，你不必过于自责。当不当官，在不在长安，都没什么要紧。留得青山在，不怕没柴烧，切莫让这些事情，乱了你的心境。"在京城漂泊闯荡多年，李龟年看多了宦海沉浮，比旁人更为镇静淡定。

"龟年兄，谢谢你。"王维上前一步，紧紧握住李龟年的手，郑重地点了点头。李龟年说得对，此事颇有蹊跷之处。如此说来，离开长安，未尝不是一件好事。

第十五章　政治无情　千里探亲

送走李龟年后，王维陷入了沉思。如果李龟年所说属实，那么，他被贬之事，并非表面上看起来那么简单。

那些他曾经并不在意的事，一一浮上心头。

曾经，皇上当着文武百官的面，说"要做一张大床，铺一床大被，好和兄弟几人共卧一榻，同眠一被，齐享天伦之乐"，还说"下朝后，不依君臣之礼，和诸王爷宴饮取乐，兄友弟恭"。皇上和王爷之间的手足之情，一时成为天下美谈。

可是，古往今来，哪个皇帝会对兄弟不心存芥蒂？不心生防备？李隆基不是神，自然也不例外。

虽然宁王主动让位，虽然岐王、薛王无心政治，但是，毕竟他们都是王爷，他们身上都流淌着李唐王室的血脉。

历朝历代，执政者都必须把诸王的势力控制在执政者可以掌控的范围内。皇家的权力斗争，从来都是残酷的。

他想起了，去年10月，李隆基曾颁布一道不许诸王与大臣私下交游的禁令。禁令颁发不到两个月，李隆基妹妹霍国公主的夫君、驸马都尉裴虚己，就因和岐王过从甚密而被流放到岭南新州。

如果李龟年分析的都是事实，那么，这次岐王被贬，表面上是因为"五方狮子舞"事件，其实，这只不过是一根导火线，或者说，只是一块遮羞布而已。

真实的原因是，李隆基早就想削弱岐王的势力，打发碍眼的刘知几，只是苦于找不到一个合适的理由。而"五方狮子舞"事件，恰好提供了这样一个契机。

于是，一切都水到渠成、顺理成章。原本貌似意外的事，其实都在预料之中。

想到这里，王维心头的迷雾似乎渐渐散开了，但他对岐王的愧疚和自责，愈发深了一层。

如果岐王不来太乐署看他，如果岐王来看他时，他没有排练"五方狮子舞"，那么，就可以避免这次告密事件，皇上也就抓不到什么把柄了……

但，一切都为时已晚。

原本一心想有所作为、大展宏图的王维，第一次看到了政治的残酷、人心的险恶、官场的无情……

他的心里就像被压上了一块巨石，沉得喘不过气来。良久之后，他从枕下掏出璎珞送她的红豆，深深地叹了口气："璎珞，自古以来，雷霆雨露，皆是君恩。只是这份君恩，恐怕我已无福消受。我只想和你一起远离纷扰，过自由自在的日子，不知你是否愿意？"

王维被贬的消息，不出几日，就传到了玉真公主耳中。

此时的她，正在骊山别馆清修。

在这个远离红尘纷扰之地，她苦苦思索着一个问题，何谓刹那？何谓永恒？

有时候，一个瞬间，就是永恒；有时候，数十光阴，也无非是弹指刹那。

对她来说，那个夏雨淅沥的午后，是刹那，更是永恒。

当那个一袭青衫、清风朗月的翩翩君子刹那离去时，那个背影，注定会在她漫长的余生里，成为一个挥之不去的永恒。

她离开了玉真观，因为那里有太多他的痕迹。她想一个人走得远远的，远到可以不去想他，不去念他，再也没有他的影子为止。

可是，即使在这远离长安的骊山别馆，只要一看到琵琶，她仍会情不自禁地想起那曲《郁轮袍》。

明明告诉自己，不要弹它，不要想它，但不知怎的，当指尖触碰到琴弦时，随之缓缓流淌出来的，一定又是那曲《郁轮袍》，牵她情思，绊她心念……

越是想躲开，却越是躲不掉。心尖上就像有根无形的刺，时时提醒她，曾经，她如此深深地爱过一个人……

这日午后，她照例在骊山别馆打坐清修，闭目沉思。长安大昭成观威仪使元丹丘忽然到访，并带来了一个令人震惊的消息。

"启禀长公主，大事不好，岐王被贬为华州刺史，圣上令其限期离京。"

"啊？四哥向来谨小慎微、谦和礼让，不知何故惹恼了皇兄？"

"贫道听说，岐王私自观看太乐署编排的'五方狮子舞'，故而冒犯了圣上。"

"太乐署？'五方狮子舞'？"一听到"太乐署"三个字，玉真公主的心就"咯噔"了一下，瞬间就想到了王维。

或许，当她心里想着某个人时，和这个人有关的一切，都会牵动她的心思。

"丹丘，既然此事因太乐署而起，不知圣上对太乐署又作何处置？"她眉头微蹙，隐隐有种不祥的预感。

"太乐署自然难辞其咎。贫道听说，太乐令刘贶已受到严重处分，太乐丞王维已被贬为济州司仓参军，限期离京。"

元丹丘的话，仿佛一声闷雷，在玉真公主耳畔炸开。元丹丘絮絮说着，玉真公主心中却是百转千回、五味杂陈。

沉默半晌后，她压下心头各种纷纷扰扰的思绪，定了定神，淡然道："四哥为人，我自然是清楚的，其中或许有些误会。至于太乐丞王维，若论音律，朝中上下，恐怕无出其右者。此番被贬，着实让人意外……"

"唉，自古道：'木秀于林，风必摧之。'王大人此次被贬，依贫道看来，或许和他才华太过不无干系。"

见多了政治斗争的玉真公主，心头自然雪亮。她知道，无论岐王被贬，还是王维被贬，事情都不是表面上看起来那样简单。

她默然不语，半晌才挥了挥手道："我知道了，你远道而来，先去歇着吧。"

"好，贫道退下了。"

屋里安静得连山风吹过屋顶的声音都清晰可闻，但这份安静里，却有一种山雨欲来风满楼的味道，她忽然有点不安、有点害怕。

她走出屋子，伫立庭院，看着远方一点一点坠落的夕阳，怔怔发呆。

春夏秋冬，倏忽而逝。刚才还在怀念那个夏雨淅沥的午后，转眼之间，便已身陷寒意瘆人的深秋。

片片红叶在风中盘旋，凄凉地飘落一地。她心中一片凄惶，仿佛又回到了那个让她担惊受怕的童年。南朝宋顺帝刘准的故事，不由浮上了心头。

477年，年仅十岁的南朝宋顺帝刘准继位。不过，那时真正掌控政权的，是后来的齐太祖萧道成，刘准只不过是一个傀儡皇帝。

他可以不当这个傀儡皇帝吗？不能。

萧道成"挟天子以令诸侯"，大肆铲除皇室血脉。479年，终于逼刘准禅位。几天后，刘准被杀于丹阳宫，年仅十二岁。

目睹无数兄弟姐妹惨死的刘准，临死之际，痛哭哀号，留下了一句令人心碎的遗言："愿生生世世，不再生于帝王家。"

自古以来，天下苍生无不羡慕帝王家，但只有生于帝王家的人才知道，这究竟是一种怎样的滋味？

生于帝王家，或许可以得到常人得不到的荣华富贵，却也注定要失去常人所拥有的天伦之乐。对于帝王家来说，天伦之乐，如此遥远，如此奢侈，甚至遥远、奢侈得让人觉得那么荒唐、那么可笑。对于帝王家来说，他们真正关心的，只有明争暗斗，只有弱肉强食，只有成王败寇！

刘准说出"愿生生世世，不再生于帝王家"后，这样的悲剧并未结束，而是一直都在重演。

有唐以来，唐太宗李世民为了夺得帝位，不惜发动"玄武门之变"，亲手取了哥哥李建成和弟弟李元吉的性命；武则天为了改唐为周，不惜亲手除掉儿子李弘、李贤；皇兄李隆基不也是通过发动"唐隆政变"，诛杀韦后集团，除掉太平公主势力，才一步步走到今天吗？

一条由鲜血和杀戮铺成的帝王之路，她看得还少吗？

让她心痛的是，就连一向不问政治、远离权力漩涡的四哥岐王，竟也无法幸免！

皇兄口口声声说什么兄友弟恭、手足情深，然而，一旦沾染上"权力"二字，所有的亲情都可以烟消云散、化为乌有……

更让她心痛的是，只因和岐王交往过密，王维也被席卷其中，成了政治斗争的牺牲品。如此无辜，如此无奈，如此无情……

她一心认定他会有一番大好前程，谁知才刚起步，就遭此不测。不知他的将来，路在何方？

这一刻，就连爱他至深的她也感到爱莫能助、无能为力了，就像这秋风中的片片枫叶，无力再在枝头灿烂，只能带着爱和哀愁，随风逝去。

暮霭沉沉中，一轮圆月缓缓上升。她恍然想起，中秋佳节快到了。只可惜，明月渐圆，人间不圆。

她的心像被掏空了一般，空荡荡的。绕树三匝，何枝可依？迎着凛冽的山风，朝着长安的方向，她举起双手，合掌默念："一花一世界，一叶一追寻。一曲一场叹，一生为一人。摩诘，珍重。"

这日，是721年七月初九，距离中秋节仅一个多月，距离重阳节刚好两个月。

对璎珞来说，这年的重阳节将是她生命中最重要的日子。这一天，她将青丝绾正，十里红妆，成为她所爱之人的新娘。

这日午后，秋高气爽，云淡风轻，偶有大雁从空中飞过，鸣叫着飞向南方。璎珞从梦中醒来，嘴角带着甜蜜的笑。因为，她方才梦见了他。

梦中，她在小轩窗下对镜梳妆，他站在她身后，含笑凝视着镜中的她。两人在镜中相视一眼、会心一笑……

梦醒了，璎珞似乎还沉浸在梦中。这世上，能将你放在心尖上疼的人，除了父母，还能有谁？而王维，却在茫茫人海中出现了。他是这世上除了父母以外愿意将你放在心尖上疼的人！

想到两个月后就要成为他的新娘，璎珞脸上不禁飞起一片红晕。喜色溢于眼角，羞色流于眉梢。眼波流转之间，尽是浓情，都是蜜意。

她揽衣推枕，走到窗前的月牙凳上，揽镜自照。看着镜中如瀑的秀发，想起了阿娘几天前对她说的那番私房话。

阿娘说，女儿家从小留起这一头秀发，就是为了遇到将来的夫君。新婚之夜，男人和女人同床共枕，彼此的发丝会纠缠在一起，便成了"结发夫妻"。

"青丝绾正，厮守一生。"看着镜中粉嫩的容颜，璎珞仿佛看到王维正策马扬鞭，向她飞驰而来。

此刻，是有人向她飞驰而来。只不过，不是王维，而是兴宗。

"璎珞，摩诘兄出事了，他让我连夜赶回来告诉你……"

伴随着一阵急促的脚步声，兴宗顾不得敲门便推门而入，上气不接下气道。

他一脸风尘，满身疲惫，显然是星夜兼程、快马加鞭赶回来的。

"兴宗，你说什么？摩诘怎么了！"璎珞心中一沉，"霍"地起身，紧张得连声音都发哑了。

"摩诘兄他，他出事了。"看璎珞如此紧张，方才心急火燎的兴宗，反而有些支支吾吾，不知从何说起才好。

听闻"出事"二字，璎珞只觉得脑袋"嗡"的一声轰响，心急如焚道："究竟出了何事？你倒是快说呀！莫不是他病了？病得很厉害？"

"身子倒是没事。"看到璎珞原来是在担心王维的身子，兴宗倒是松了口气。

听说王维身体无恙，璎珞那颗悬着的心稍稍落了地，瞪了他一眼道："兴宗，都什么时候了，还要卖关子，快说嘛。"

"璎珞，是这样的。"兴宗倒了盏茶，润了润喉，开始删繁就简、如此这般地将整件事的来龙去脉说了一遍。

"璎珞，摩诘兄近日就要离京，赶赴济州。他让我特地回来告诉你，不必为他担心，他自会照顾好自己。倒是你，切莫忧思劳神。"

璎珞怔怔地听兴宗讲完，不由想到王维对兴宗交代这些话时的言语神情，眼角顿时有些酸涩难忍。

在他情绪最低落的时候，他心里想的不是自己的前程，而是怕她替他忧心。这份心思细密，怎不让她心疼？

"兴宗，摩诘受此打击，心里一定不好受。我这便给他写封信，你帮我带给他可好？"璎珞急急走到案几边，开始铺纸研墨。

璎珞的淡定倒是让兴宗颇感意外。一路上，他一直以为，璎珞听到这个消息时一定会很失落。

原本就要凤冠霞帔、风风光光成为京官夫人，不料平地起风波，不仅成不了京官夫人，还要远嫁济州。如此巨大的落差，世间哪个女子会不失落呢？没想到，璎珞看重的却不是这些。看来，是他小看璎珞了。

"璎珞，有你这几句话，摩诘兄的愁绪定然可以消去大半了。你慢慢写，等你写完，我就替你送去。"

兴宗离开后，屋子里又恢复了安静。璎珞取过一张桃花笺，提笔给远方的王维写信。

她明白，此刻的他，最需要的是她的鼓励、她的安慰和她的信任。

"摩诘，见字如面，甚是挂念。长安之事，我已知晓，请勿多虑，亦不必萦怀。老子有云：'祸兮福所倚，福兮祸所伏。'祸福本就相依相生，世事难料，咱们只求问心无愧便好……"

璎珞用女子特有的温柔，和风细雨般宽慰王维。信末，她更是满怀深情地写道："摩诘，我愿去锦绣，解簪环，布裙荆钗，与你风雨相依，共偕百年……"

璎珞那手清秀的小楷，深深浅浅写满了粉色的桃花笺，远远望去，就像一树盛开的桃花，朵朵都是她对王维的牵念。

她将信笺细细折好，却又忍不住打开再看了一遍。信中所言，似乎只能表达她对王维思念的万分之一。

或许，凡是刻在生命里的东西，落在纸上，终觉肤浅。

忽然，一个大胆的念头在她脑海中一闪而过——她要去长安，在他最失意的时候，陪伴在他身边。

这个念头实在过于大胆，大胆到连她自己也吓了一跳！

"这是一个女儿家能做的事吗？阿爷阿娘会答应吗？不，一定不会答应。"

但，一念既起，再难放下。璎珞虽是小女子，但她认准了的事，便会全力去做。她反复思索后，去意已定。只是，她需要一个合适的时机禀告父母。

当璎珞在揣测父母心思时，兴宗已将王维被贬一事删繁就简地禀告了父母。

崔父崔母并非嫌贫爱富、贪慕虚荣之人。听说王维被贬后，他们先是震惊，继而替他惋惜，眼中绝无半分冷嘲热讽之意。

"眼看快要办喜事了，突然发生这样的事，不知璎珞心情如何？你倒是快去看看。"崔父怕璎珞过于伤心，让崔母去劝劝璎珞。崔母一脸忧心地点了点头，起身往璎珞房间走去。

崔母推门而入时，璎珞正垂眸看着手中的信笺。崔母知道她心里难过，就拉着她的手在床沿坐下，安慰她道："璎珞，摩诘遭此不测，实在意外，不过，他年纪还轻，将来的日子还长着呢，总有一天会重返京城的，你莫忧心。"

见母亲如此体谅王维，璎珞心头一喜，方才的顾虑顿时去了大半。

她挨在母亲身边，像儿时那样依偎在母亲肩头："阿娘，摩诘才华横溢，素有鸿鹄之志，非常人可以企及。此番无端被贬，心里一定很不好受。所以，我想，我想……"

话到嘴边，璎珞却实在没有勇气说出口。

"璎珞，你想什么？阿娘这里，难道还有什么话不可说的？"

"阿娘，女儿斗胆，想女扮男装，和兴宗结伴去长安，见摩诘一面。"

"啊？"崔母从未料到璎珞竟会有如此荒唐大胆的念头，忙一把捂住璎珞的嘴，"哎呀，快别说了，如果被你阿爷听到了，可怎生是好？"

"阿娘，女儿只是想见上摩诘一面，和他当面说几句话就好。"

"女儿，让你别说了，你倒是越说越离谱了。你一个尚未过门的女儿家，怎能跑到长安私会未婚夫呢？你想对摩诘说什么，尽可让兴宗转告，或是修书一封。唯独这个念头，断断不可！"

"可是，阿娘，那不一样……"

"璎珞，再过一个月，你就可以名正言顺、风风光光地嫁入王家。在此之前，你哪儿都不能去。万一出了什么岔子，咱们崔家的颜面还要不要？名声还要不要？"

"阿娘，女儿女扮男装，一定不会让旁人发现的。您就让我去这一回嘛，我一定快去快回，好不好？"璎珞心有不甘，依然不依不饶地试图说服母亲。

"璎珞，听人劝，吃饱饭。阿娘是真心为你好，你就听阿娘一句劝吧。你阿爷还在担心你呢，我去和你阿爷说一声。你也莫再胡思乱想了，好好歇着，把心放到肚子里。等摩诘来娶你了，阿娘就放心了。"

崔夫人话已至此，璎珞也不好再说什么了。她郁郁寡欢地送走了母亲，和衣躺在床上，看着从窗外不时飞过的雁阵，翻江倒海，心乱如麻。

这晚，夜深人静，璎珞辗转难眠。一想到王维此刻或许正在孤独地喝着苦酒，她的心就像针扎般地疼。

"去锦绣，解簪环，布裙荆钗，风雨相依，共偕百年。"既然这一生将和他风雨相依、共偕百年，那么，此刻为他冒点险，吃点苦，又算得了什么呢？

刹那间，璎珞如醍醐灌顶，下定决心，不管阿爷阿娘是否同意，她都要前往长安。不过，她必须得到兴宗的帮助。

次日一早，天色还将明未明，兴宗的房门上就响起了轻轻的敲门声。"咚咚咚"，在四周一片寂静中，显得格外清脆。

还在蒙头大睡的兴宗，打着哈欠，揉着睡眼，晃晃悠悠来开门。

"兴宗，快起来。"房门一开，璎珞就一阵风般闪进屋子，压低声音催促道。

"姑奶奶，这天还没亮呢，你不在自己屋里好好睡觉，跑我屋里干嘛？你不睡，我还要睡呢。"说着，倒在床上，继续呼呼大睡。

"哎呀，来不及了，等阿爷阿娘起来了，我们就走不了了。"璎珞急忙去拉兴宗。

"走不了？你要去哪里？"

"我要去长安！"

璎珞这一声干脆利落的回答，无疑就像一声响雷，顿时把兴宗惊醒了。他一个鲤鱼打挺翻身而起，睡意顿时全消。

"你要去长安？"兴宗简直不敢相信自己的耳朵，怀疑自己听错了，又追问了一遍。

"对，我要去长安，现在，马上。"

"姑奶奶，你不是疯了吧？一个女儿家，怎么可以孤身一人跑去长安？"

"不是孤身一人，我要你陪我一起去。"璎珞神色坚定，口气中有一种不容置疑的决然。

"这可万万不行，我决不答应。"兴宗像拨浪鼓般连连摇头，一口拒绝了。

"哎呀，阿爷阿娘不明白，难道你也不明白吗？如今摩诘有事，此刻最需要我，哦，不，是我们。我们应该去长安见他，必须去，马上去，这就去。"情急之中，璎珞不小心说错了话，急忙看了兴宗一眼，幸好兴宗倒并未在意。

"不行，阿爷阿娘断然不会答应的。"兴宗依然连连摇头。

"正因为阿爷阿娘不答应，所以才要瞒着他们赶紧出发呀。"

"哎哎哎，打住打住，你素来胆大包天，我可是胆小如鼠。万一被阿爷阿娘知道了，还不要了我的小命？"

"兴宗——"见兴宗油盐不进，一个劲拒绝，璎珞愈发着急了，言语间泫然欲泣，"你到底是帮？还是不帮？如果你一定不肯帮我，我一个人走便是。"说完，便做出一副扭头要走的架势。

"哎呀，璎珞，你怎么就这么倔呢！"兴宗急忙起身拉住璎珞，搓着双手，在屋里来回踱步。

半晌之后，他看了看璎珞，又看了看璎珞那封托他带给王维的信，终于叹了口气道："唉，谁叫你是我姊姊呢，走吧。"

璎珞心中一阵暗喜，计划终于成功了大半！

"对了，你还得借我一身衣衫，就像那年元宵节看花灯那样，我得女扮男装，才好出门呢。"璎珞趁热打铁，向兴宗撒娇道。

"唉，姑奶奶，你可真够折腾的。"兴宗摇了摇头，叹了口气，乖乖从箱底找出一件天青色圆领澜袍和一个襆头，递给璎珞，"你可真是吃定我了。"

璎珞笑着接过，跑回自己房间，片刻后就束发整冠完毕，精神抖擞地出现在兴宗面前。

"哎哟喂，璎珞，你这一身打扮，可把我比下去了！"眼前一身男装的璎珞，俊眉修目，顾盼神飞，举手投足间，自有一种清丽和优雅。

"兴宗，都什么时候了，你还尽是贫嘴。"璎珞无心逗留，催促兴宗道，"事不宜迟，咱们这就动身吧。"

于是，两人蹑手蹑脚地穿过堂屋和抄手游廊，溜出了家门。璎珞写给阿爷阿娘的信，早已悄悄摆在了堂屋的高案上。

兴宗牵出他骑惯了的骏马，让璎珞坐在前面，自己则在身后护着她："璎珞，这一路上少不得要颠簸，你可坐稳了哦。"

"嗯，好！"

随着"驾"的一声，骏马向长安方向飞奔而去。璎珞的一颗心，也仿佛跟随这匹脱缰之马向长安飞去。

她真想在下一刻，不，下一秒，就能出现在王维面前！

第十六章　冷暖自知　久别重逢

秋风萧索，长安东边的灞桥驿亭，尤其凄冷。

灞河是关中的交通要道，最早在灞河上建桥的，是春秋时期的秦穆公。

当时，秦穆公称霸西戎，将滋水改为灞水，并在灞河上建起了第一座石墩桥。从此，这里成为连接东西的交通要塞。

唐朝时，在灞桥上设立驿站。凡送亲朋好友东去者，都会送到灞桥，并折下桥头柳枝相赠。

"柳"者，"留"也。送君千里，终有一别。既然留不住人，那就留下对方的心罢。

久而久之，灞桥折柳，便成了唐人送别的习俗。

眼下已是初秋，灞桥的柳树只剩下光秃秃的柳枝，在风中摇摆。即使想折柳赠人，也已无柳可折。

一阵秋风吹过，落叶在风中打卷，飘落在两位身材颀长的男子身上。他们神色凝重，默然不语。

还是王维先打破了沉默，故作轻松道："那回跟随王爷去九成宫看《醴泉铭》真迹，意犹未尽，不知何时还能随王爷前往欣赏临摹？"

岐王看了一眼王维，摇了摇头，并不言语。那些曾经临过的帖、说过的话，如今想来，遥远得恍若隔世，让人不由悲从中来。但他明白，眼下不是可以伤春悲秋的时候，有些事，不如不提。

于是，他拍了拍王维的肩膀，淡然笑道："摩诘，人生何处不相逢，有缘自会相见，你多保重。"

才短短几天，岐王似乎苍老了许多。此刻，他虽面带微笑，但那笑容背后却是怎么都藏不住的悲凉。王维心中隐隐作痛："王爷，无论我身处何方，都不会忘记王爷的谆谆教诲。"

"本王所言，哪里称得上什么教诲？"岐王叹了口气，抬头看向远方，缓缓说道，"人生在世，不如意事常八九，可与人言无二三。世间之事，岂能尽如人意，但求无愧我心。若能内省不疚，俯仰无愧，喜而不狂，忧而不伤，便已足矣。"

"内省不疚，俯仰无愧，喜而不狂，忧而不伤……"王维细细回味着岐王的这番话，心头也有千言万语想和岐王说，但最后说出口的，却只是情深义重的四个字："王爷，珍重"。

岐王意味深长地点了点头，再次看了王维一眼，嘴角有一抹淡淡的笑意。片刻之后，他转过身子，登上马车，向华州方向疾驰而去。

驿道上尘土飞扬，马蹄声渐行渐远，只剩下凛冽的秋风不依不饶地裹挟着尘土，吹打着路边的枯柳，似乎要将这世间的一切美好通通摧毁才肯罢休。

王维怔怔地站在原地，看着岐王远去的方向。这么多年来，他不知在此送别过多少友人。唯独这一次，最是黯然神伤。为岐王，为刘知几，为刘贶，也为自己。

不知在风地里站了多久，又一阵秋风吹来，他猛地打了一个寒战，翻身上马，满怀愁绪地返回长安城中。

经过长安街头的醉和春酒楼时，王维恍然想起，就在一个多月前，他还和李龟年等人在此饮酒写诗，好不痛快！可如今……

店家福大远远看见王维骑马而来，连忙放下活计，向王维跑了过来。王维忙勒住马缰，翻身下马。

福大近前一步，乐呵呵地搓着手道："王大人有阵子没来小店喝酒了，今日福大运气好，竟能撞见大人，想请大人进屋喝杯热酒，暖暖身子呗。"

福大一脸真诚的笑容，仿佛秋日里的暖阳，照亮了王维连日来苦闷阴霾的心情。

自被贬官以来，除了王缙、李龟年、崔兴宗等三五亲友不离不弃外，其余朝中同僚，即使原先和气热络，如今也是避之不及。

短短几日，他已体会到了什么是世态炎凉，什么是人情冷暖。知人知面不知心，怎一个"冷"字了得！

他以为，偌大长安城已无他立锥之地、容身之处，但此刻，在这长安街头的酒肆门口，他依然被店家以礼相待、盛情相邀！这份温暖不由让王维心头一热，胸口便有些酸胀起来。他一把握住福大的手，点头道："好，咱们这就喝一杯。"

一样的酒肆，一样的案几，一样的美酒，一样的小菜，不一样的，是喝酒人的心情。

那个意气风发、击箸高唱"相逢意气为君饮，系马高楼垂柳边"的王维，仿佛已经留在昨日。此刻坐在这里的王维，心中低叹的，却是"曾经护花惜春季，一片痴情付水流"……

福大自然明白王维心里不好受，但面上却并不言语，只是乐呵呵地为他斟酒，陪他喝酒。王维心中了然，感激地看了一眼福大，也不多说什么，只是一杯接一杯地仰头喝下福大斟的美酒。他们彼此都明白，与其被人误解和议论，不如好好品尝这一杯杯用岁月酿成的酒。苦也罢，甜也罢，如鱼饮水，冷暖自知。

酒过三巡，王维正欲起身离去时，身后忽然响起了一阵清越悠扬的琵琶声。

"独在异乡为异客，每逢佳节倍思亲。遥知兄弟登高处，遍插茱萸少一人。"

"红豆生南国，春来发几枝。愿君多采撷，此物最相思。"

"莫以今时宠，而忘昔日恩。看花满眼泪，不共楚王言。"

……

在抑扬顿挫、如泣如诉的琵琶声中，一个女子深情地唱起了王维曾经写下的一首首诗作，歌声婉转清亮，纷纷吸引住了众人的目光。

王维不觉听得怔了，想不到在这人来人往的长安酒肆里，还有人愿意冒天下之大不韪，唱他创作的歌……

一曲终了，王维缓缓转过身去，只觉得眼前的女子有几分面熟，仿佛在哪里见过？

正疑惑间，另有一淳朴憨厚的男子携了这位女子，向他快步走来。

"恩公，请受小民夫妇一拜。"

未等王维反应过来，这对夫妇已"扑通"一声双双跪下，"咚咚咚"地向他连磕了三个响头。

"你们这是作甚？快快请起。"王维连忙伸手扶起这位男子，定睛一看，原来，这不正是那日在宁王府中有过一面之缘的烧饼大郎吗？

他身边的女子，自然就是那日坐在宁王身边默默垂泪的烧饼西施了！

"恩公，如果不是您行侠仗义，替小民夫妇鸣冤伸屈，小民夫妇这辈子都不可能团聚了。小民夫妇来世愿做牛做马，报答恩公。"说着，烧饼大郎拉过娘子的手，又要向王维磕头。

王维连忙拉住烧饼大郎，一脸动容道："大郎言重了，你们不必谢我，倒是我，应该谢谢你们。"

听王维如此一说，烧饼大郎顿时一脸愕然，只听王维继续说了下去："其实，真正帮你们的，从来都不是旁人，而是你们自己。正是你们情比金坚、至死不渝的感情，感动了老天，才有了你们的苦尽甘来、花好月圆。"

王维话音刚落，酒肆里就响起雷鸣般的掌声，一浪接着一浪，经久不息。听说王维在醉和春酒楼，喜欢他的长安百姓便纷纷赶了过来，将本就不大的酒楼挤得水泄不通。

大家纷纷为王维刚才那番话鼓掌，既祝福烧饼夫妇有情人终成眷属，更祝福王维好人一生平安。

好半晌后，掌声才渐渐平息了下来，烧饼大郎从娘子手中拿过一个蓝色碎花包袱，毕恭毕敬地递到王维手中，双手抱拳道："恩公，小民夫妇没什么本事，只会做些烧饼。您若不嫌弃，就请收下这包烧饼。您去济州的路上，总有前不着村、后不着店的时候，可以带在身边垫垫饥。"

从烧饼大郎手中接过这包热乎乎、沉甸甸的烧饼时，王维心里一暖，渐渐明白了一个道理。

他终于明白，大丈夫生于天地之间，真正安身立命的，并非那些在世人眼中高不可攀的功名利禄，而是藏在世人心中的一杆秤。

在众人依依不舍的目光中，王维对着众人深深地拜了下去。再抬头时，眼中已经泛着泪光，言辞恳切道："诸位厚谊，王维谨记在心。今生今世，定不忘怀。"然后，怀抱这包承载着长安百姓厚谊的烧饼，辞别众人，策马而去。

此时此刻，他压根不知道，璎珞和兴宗正快马加鞭地赶来长安。

忽然，从身后传来了兴宗的声音，渐渐由远及近："摩诘兄——"

"兴宗不是回定州了？"王维一脸疑惑地转过身去，秋阳正艳，刺得他有点睁不开眼，不由微微眯起眼睛。只见兴宗正骑着一匹白马朝他飞驰而来，马上似乎还有一个娇小的身影……

在距离王维一步之遥处，兴宗"吁"的一声勒住马缰，身手敏捷地跳下马来，一脸兴奋道："摩诘兄，你看，我把谁给你带来了？"

王维也已翻身下马，当他看清马背上所坐何人时，手中那包烧饼顿时"啪"的一声掉落在地，惊喜万分道："璎珞！怎么是你？"幸福来得太过突然，他像被击蒙了一般，立在原地，激动得不知如何是好。

"璎珞，真的是你吗？"下一秒，他一个箭步冲上前去，忘情地紧紧握住了璎珞的手！仿佛她是一朵天边的云，从天而降，倏忽而至，稍一放手，就会转瞬即逝。

"是的，摩诘，是我！"王维的手指温暖有力，被他握住的地方，仿佛有种酥酥麻麻的感觉一波一波传来，璎珞只觉得大脑有片刻空白，不由耳后一热，想从王维手中抽出手来，不料却被王维握得更紧了。她只好低下头去，抿嘴一笑，眸中是藏不住的羞涩和喜悦。

王维再也顾不得这是在长安街头，顾不得时有路人经过，定定地一动不动地看着璎珞。她虽一身男装，束起长发，却依然难掩她与生俱来的柔美。

都说相爱中的男女一日不见如隔三秋，他俩一晃已有两年不曾谋面。这中间，仿佛已经过了三生三世。

"璎珞，当我念着你时，你就来了。"王维久久凝视着璎珞，不敢闭上眼睛。他怕一闭眼，发现这又是一个他重复了千百遍的梦。今日发生的一切，太像一个梦，一个难以置信的梦。

"摩诘，看了你写给我的'红豆生南国'，我怎能不来呢？其实，我早该来的。"璎珞柔声说着，多少情深义重，尽在眼底，多少温柔缱绻，尽在眉梢。

原来，这一切都是真的。原来，他并不是在做梦，她真的就在他眼前。

见两人如此忘情地凝视，崔兴宗忍不住抬头望天，自言自语道："哎哟，我怎么听到有只小蜜蜂在天上飞，边飞边说：嗡嗡嗡，嗡嗡嗡，甜死人，不偿命……"

"兴宗……"璎珞当即反应过来，不禁瞪了兴宗一眼，不好意思地笑了。

王维也摸了摸额头，和璎珞相视一笑。

"摩诘兄，这一路上，璎珞一个劲催我快些再快些，我只好紧赶慢赶，连饭食都不曾好好吃上一顿，现在可是又累又饿呢。"

"哎呀，瞧我只顾着说话，忘了给你们准备吃的了，咱们这就回家。"王维摸了摸马背，抬头看着璎珞道，"璎珞，前面还有一段路，你坐好了，我来替你牵马。兴宗，你骑我的马。"

"好。"璎珞坐直身子，甜甜地点了点头。

"好，坐稳了。"王维转身走到前面，手握缰绳，往道政坊走去。

他不用回头，就知道此刻的璎珞，一定正粉面含羞地看着他。璎珞又何尝不是如此呢？她看着王维颀长挺拔的背影，猜想他的嘴角定是微微上扬，他的笑容定是春风满面……

"璎珞，兴宗，这一路上车马劳顿，难为你们了。"走进家门，王维忙招呼璎珞、兴宗坐下休息。

"我还好，倒是璎珞，从小到大都没骑过这么远的马，这次倒是真的难为她了。"兴宗嘿嘿笑道。

"璎珞，难为你了。"王维转身看着璎珞，眼里除了心疼，更有敬佩。

"哪有兴宗说的那般夸张？"璎珞莞尔一笑，柔声说道。她那本就清瘦的脸庞，显然又小了一圈。

"唉，摩诘兄，路上的辛苦倒不值什么，我担心的是回去后如何向阿爷阿娘交代，我估摸着，总有一番棍棒等着我呢。"兴宗故意重重地叹了口气，一副愁眉苦脸的样子。

"莫非你俩是瞒着阿爷阿娘来长安的？"王维心中一惊，急急问道。

"是啊，拜你家璎珞所赐，自己瞒着阿爷阿娘来长安不说，还非得把我带上。我是来也不是，留也不是，里外不是人呐！"兴宗继续耷拉着脸，大吐苦水。

"如此说来，阿爷阿娘并不知情？"王维剑眉微皱道。

"是啊，如果让阿爷阿娘知道了，我们还来得了吗？璎珞决心已下，执意要来，就算是八匹大马都拉她不住，我们只好先斩后奏了。"

"兴宗，既来之，则安之。你莫担心，回去后我自有一番道理。"璎珞看兴宗越说越夸张，便伸手打断了她，浅笑盈盈道。

听了兴宗这番话，王维心中百感交集。他的璎珞，外表像青瓷一样温婉，仿佛需要被人小心翼翼呵护着才好。其实，她的内心像青铜一样坚韧，越是困难，越是坚韧，且向困难发出掷地有声的金石之音。

"璎珞，兴宗，你俩此番来长安，皆因我而起。若受责罚，也应责罚我才是。阿爷阿娘都是上了年纪之人，禁不起这样的担惊受怕。长安诸事，我已处理妥当。明日一早，我就陪你们回定州，当面向阿爷阿娘负荆请罪。"王维给璎珞、兴宗都倒了一盏热茶，将他的打算絮絮说了出来。

王维自小事母至孝，如今待璎珞父母亦如自己父母一般。兴宗方才说得夸张，只是想打趣璎珞，不料却引得王维如此自责，反而有些不好意思起来，忙抓耳挠腮道："哪里需要什么负荆请罪？摩诘兄，有你陪我们回定州，阿爷阿娘高兴还来不及。那一顿棍棒么，自然就可以免咯。"

王维看了一眼兴宗，又看了一眼璎珞。璎珞也刚好抬起头来，正好对上了他的眼神。彼此会心一笑，只觉有一股暖流在心中荡漾开来。

这日晚膳，王维为璎珞、兴宗接风洗尘，王维和兴宗把酒言欢，璎珞在一旁为他俩斟酒倒茶。

酒过三巡，兴宗伸着懒腰、打着哈欠道："摩诘兄，我有点乏了，且困得慌，想先回屋歇着了，你和璎珞慢慢聊呗。"说着，拍了拍王维的肩，冲他调皮地眨了眨眼，就一溜烟回房去了。

一时间，屋里只剩下王维和璎珞。橘红的烛光透过一层薄薄的纱罩，在屋里投下或浓或淡的光影，将璎珞的脸颊衬托得愈发粉面含羞、明媚动人。

王维不由看怔了，情不自禁地捧起璎珞的纤手，轻轻放在自己掌心，看着璎珞的眼眸，一脸动容道："傻璎珞，你不该来的。"

璎珞心里一动，知道他定是心疼她的千里奔波，便故意岔开话题，故作轻松道："可惜眼下不是元宵节，我还想着要和你再比试猜谜呢！"

王维先是一愣，继而"哈"的一声笑了出来，抚着璎珞的手背笑道："这有何难，你若喜欢，我便是日日陪你猜谜也使得。"

听到"日日"两字，璎珞不由想到了成亲之后的日子，头更低了下去，脸上的红晕也似乎更深了。

看到璎珞娇羞的模样，王维自知失言，忙转移话题道："璎珞，你也一定累了。我已让人在净房备好浴桶，放好热水，澡豆布巾一应都是新的。你早点沐浴安歇，可好？"

璎珞心头一暖，抬头看着王维。原来，她的王维不只才华横溢，还如此细心体贴，将一切都考虑得如此周全、安排得如此妥当。不知这世上，还有什么是他不擅长的呢？

见璎珞眉眼含笑地看着他，王维忍不住摸了摸她的秀发，拉她起身道："快去吧，这里我自会收拾。"

"嗯，好。"想到用他准备的澡豆布巾沐浴，璎珞脸颊隐隐有些发烫，垂眸一笑，不好意思多想，身姿轻盈地走了出去。

看着璎珞翩然离去的背影，王维眼角渐渐有些湿润。原来，他深爱的璎珞不只是柔美，不只是深情，更有一份为爱不顾一切的勇敢和果决。

这份勇敢和果决，让他想到了"愿得一心人，白头不相离"的西汉女子卓文君，想到了"宁为玉碎，不为瓦全"的西晋女子绿珠，想到了侠肝义胆、慧眼识人的隋末女子红拂……

他的璎珞，不正和卓文君、绿珠、红拂等古往今来的传奇女子一样，让人深爱的同时，更让人深深敬佩！

世间女子何其多，但他宁负天下所有红颜，只为和她琴瑟和鸣、厮守一生！

她也用同样炽热的爱回应了他。世间男子何其多，但她却独独为了他，甘冒天下之大不韪，千里迢迢来到长安，只为看他一眼！

或许，太多人终其一生，都无法遇见这样的爱情。而他们却在对的时间遇到了对的彼此。这是怎样的缘分，又是怎样的幸运！

他们是彼此的"弱水三千，我只取一瓢饮"，是彼此的"曾经沧海难为水，除却巫山不是云"，也是彼此的"死生契阔，与子相悦。执子之手，与子偕老"……

第十七章　良辰美景　策马天涯

夜深了，院子里一片宁静。只有秋虫的低鸣声此起彼伏，一声接着一声。

王维撩起袍角，散腿坐在台阶上。眼前，是树梢上那一轮即将圆满的明月，身后，隐隐传来璎珞在净房内沐浴时溅起的阵阵水花声……

他只觉得一颗心跳得愈发厉害，所有该有的不该有的思绪纷纷涌上心头，就像那深秋的菊花，在秋日暖阳的照耀下争相绽放……

不知何时，水花声忽然停了。王维"霍"地起身，鼓起勇气，轻叩房门。

门"吱呀"一声开了。只见璎珞换了一身女儿装，乌黑的秀发随意绾在脑后，如出水芙蓉般亭亭玉立地站在他的面前。

从看到璎珞第一眼起，王维就被璎珞的美深深吸引。此刻，当这份摄人心魄的美近在咫尺时，王维更是胸口一涨，看她的目光不觉有些痴了。

"璎珞，你知道自己有多美吗？"王维温润的声音回荡在弥漫着花香的夜色中。

璎珞只觉得耳朵根有些发烫，不知该如何回答，只好垂眸一笑，笑意中，几分羞涩，几分甜蜜。

王维上前一步，牵起璎珞的手，低头看着璎珞："璎珞，你不知道。"

他的手指稳定而有力，他的手掌温暖而干爽，被他手指握住的地方，那种酥酥麻麻的感觉再度袭来。璎珞只觉得心跳骤然加快，整个身子都被某种甜蜜的情绪涨得满满的，抿嘴轻笑道："你不带我去看看你的书房吗？"

王维这才回过神来，眉宇间有几分赧然，嘴角微微上扬："来，璎珞，我这就带你去看样东西。"

为了方便，王维将书房和卧室放在一起。走进书房，檀香袅袅，墨香氤氲。

璎珞一眼就看到了窗前那张宽阔的梨花木高案，案上整整齐齐地摆放着各种名人法帖和笔墨纸砚，笔架上挂着王维日常用的各色毛笔。

案旁立着一架五尺多高的单幅插屏，屏风上是一幅画。画面上，大江静流，月华如晕。一叶扁舟静静地停在江中，一位头戴方巾的士子面向圆月负手而立。颀长的背影里，似乎透着他对远方佳人的深深思念。画的落款处，是一行清丽的小楷——此时相望不相闻，愿逐月华流照君。

璎珞不由眼前一亮，走上前去，细细看了几眼，回眸笑道："你怎么知道我喜欢黑檀的素净？"

"璎珞，也只有这黑檀，才配得上你的画。"王维牵着璎珞的手，绕过屏风，在便榻旁坐下后，手里变戏法般掏出了一方丝帕和两颗红豆，轻轻放在璎珞掌心。

璎珞自然认得这个丝帕，更记得她在丝帕上一针一线绣鸳鸯时的心情。她只想将所有思念都绣进鸳鸯，通过鸳鸯告诉王维："得成比目何辞死，愿作鸳鸯不羡仙。"

"璎珞，你送我的丝帕和红豆，每晚都在枕畔陪我。想你的时候，看着它们，仿佛就看到了你。"

"摩诘，你真傻。"

"我本来还算机敏，可不知为何，遇见你后，就变傻了。"

璎珞自然听懂了王维的意思，却故意娇嗔道："你是在拐着弯儿地笑话我吗？"

"我哪敢。我是说，因为你，我才会变得这般傻气。"

一股电光石火般的暖流，荡漾在彼此心头，就连鼻息间的呼吸，也有了甜蜜的味道。

或许，世间最美的情话，是隔着一层似有若无的纱。你认真，我曲解；你玩笑，我当真；你装傻，我半嗔。相爱中的彼此，就在这样的欲迎还拒、欲近还疏、欲说还休里，一点点靠近，一步步沉醉……

夜色愈发深了，一轮圆月已上中天，月光从半开的窗棂里透了进来，将榻前映照得一片银白。

王维情不自禁地伸出手去，轻轻覆上了璎珞发烫的脸颊，试图用他掌心的温度去感受她的温度。

"璎珞，我真想和你这样坐着，一直坐到天荒地老……"王维看着璎珞，眼神温柔欲醉。黑色的眸子中似有漫天繁星，在那繁星深处，有一个小小的璎珞。

璎珞也定定地看着他，只觉得他黑亮澄澈的眸子里，有一种深不见底的柔情，可以将她彻底融化。她心底早已化作一潭春水，所有的波光潋滟，独独为他一人。

时光似乎凝固在了这一刻。天地之间，安静得只剩下彼此的心跳声和呼吸声。

忽然，遥遥传来一阵更夫敲锣的声音："二更人定，天干物燥，小心火烛……"

这由远及近的敲锣声，声声敲在王维心头，将他的思绪从浪漫的柔情拉回到了冰凉的现实。

他缓缓收回覆在璎珞脸上的手，看着璎珞秋水般清澈的眼眸，沉声道："璎珞，如今我是一个被贬之人，让你跟我一起吃苦，我心中着实不忍。"

璎珞先是一怔，继而摇了摇头，目光温柔而又坚定："摩诘，我虽是一介女子，却也明白人生在世，孰轻孰重？我看重的，从来都不是这些身外之物，而只是和心上人朝朝暮暮。"

璎珞的话就像一阵和煦的春风，渐渐吹散了王维积压在心底的阴霾。

他伸出手去，缓缓托起璎珞的脸，轻轻撩起散落在她鬓间的一缕秀发，慢慢顺到了她的耳后，声音中是难掩的深情："璎珞，此生有你，夫复何求？"

"摩诘，不管前方等着你的是什么，都让我们一起去面对。我愿和你风雨同舟、生死相随。"

夜更深了。

爱到深处是无言，情到浓时是眷恋。时间似乎停滞在他深深凝视她的目光中，烛光轻轻摇曳，为他们的眼眸笼上了一层梦幻般的面纱。

他慢慢俯下身子，那个小小的璎珞，渐渐变大。繁星闪烁，竹影婆娑，一切都美好得如同梦境。

璎珞任由自己闭上眼睛，任由王维清爽温暖的气息将她环绕……

从别后，忆相逢，几回魂梦与君同。

可是，王维只在她眉间落下深情一吻，就轻轻放开了她。

耳畔响起了他带着几分眷恋、几分克制、几分沙哑的声音："璎珞，夜深了，你也累了，你在我房中好好安歇，我明早再来看你。"

璎珞似乎有些愕然，随即低下头去，带着几分柔情，几分矜持，低语道："那，我送你。"

"好，那我走了，你好生歇着吧。"

王维缓缓起身，璎珞尾随其后，一步一步朝门口走去。在平日看来如此短暂的距离，此刻却显得如此漫长，漫长得让王维在心底反复纠缠：走？还是留？

有那么一刹那，他真想转过身去，紧紧地拥璎珞入怀，不辜负这良辰美景，不辜负这青春韶华，不辜负她千里迢迢奔向他的深情……

璎珞何尝不是如此？看着王维离去的背影，她在心底默默叹息："摩诘，你能听懂我言不由衷的'送你'背后真实的声音吗？摩诘，别走。"

但，他怕唐突了她，所以强迫自己走；她怕他看轻她，所以不能把他留。

在这浓情蜜意的时刻，王维以惊人的自制力，轻轻打开了那扇沉重的门。

他步出门外，停顿片刻，微笑着转身，看着璎珞说："你好好歇着。"

如果说王维辜负了这良辰美景，如果说他不解风情，那也只有一个原因，那就是——他爱她太深。

因为深爱，所以尊重。唯小心翼翼，方不亵渎了这份深情。

他要信守自己的承诺，他要给她一个青丝绾正、十里红妆的婚礼，他要让她成为天底下最幸福的新娘。名正，言顺。

一夜无眠，东方既白。王维早早起床，亲自为璎珞准备早膳。

待璎珞梳洗完毕，神清气爽地走进上房西屋时，只见王维正挽起袖口，在铁梨木的曲足食案上摆放热腾腾的玉尖面、小米粥、烤饼、羊肉汤……

"璎珞，昨晚可还睡得好？不知你爱吃什么，我便多备了几样。若是都不合你口味，我再给你做其他的。"抬头看见璎珞，王维笑着走了过来，扶住她的双肩，含笑看着她。

璎珞今天挽了双髻，簪了一根晶莹剔透的玉步摇，容色鲜妍，俏丽动人。

"等日后成亲了，这洗手作羹汤的事，不是该由我来做吗？"璎珞心中一动，脸上飞起红晕一片，低头垂眸笑道："我哪里吃得了这许多？你可是一早就起来准备了？"

"我看你昨晚吃得不多，今日咱们又要赶路，正该多吃一些才好。来，先趁热喝一碗小米粥吧。"王维扶璎珞在食案边坐下，亲手替她盛了一碗热气腾腾的小米粥。

璎珞忙伸手去接，不经意间，就被王维的手掌裹在了手心，那种酥酥麻麻的感觉再度涌上心头，璎珞只觉得两颊愈发烫了起来。

"哇，摩诘兄，我还从未见过这么丰盛的早膳呢！"伴随着一阵踢踢踏踏的脚步声，兴宗咋咋呼呼地走了进来，一脸坏笑地打趣道。

"兴宗，这几天着实辛苦你。愚兄不才，也只能做点好吃的聊表心意罢了。"王维顺手给兴宗也盛了一碗热粥，半开玩笑半认真道。

"摩诘兄，我和你在一起这么久了，难得你今日才露这一手。哈哈，看来我是沾某人的光咯。"兴宗看了一眼故意低头喝粥的璎珞，继续打趣他俩道。

"赶紧趁热吃吧，免得待会儿路上又嚷嚷着饿了。"璎珞抬头，从食案上拿过一个烤饼，没好气地递给兴宗。

兴宗朝王维吐了吐舌头，接过肉香扑鼻的烤饼，大口吃了起来。璎珞用眼角余光往王维那边看了看，看到他也正看着她笑，只觉得他的目光中似乎有千言万语，无须开口，她都已懂得。

正在此时，李龟年匆匆来访。

"摩诘，你听说了吗？刘知几大人他……"李龟年人还未跨进堂屋，声音便先传了进来。

王维示意璎珞留在里屋，和兴宗快步走向堂屋。

"刘大人他怎么了？"看到李龟年的愁容满面，王维心头不由一紧。

"刘大人他，他在安州病逝了……"李龟年长叹一声，再也说不出话来。

刘知几因替长子刘贶申辩，被李隆基贬为安州都督府别驾。不仅官降一品，且逐出京师。贬官的苦闷，途中的艰辛，使刘知几一到安州就一病不起，不几日就溘然长逝。

"刘大人一生忠于朝廷，清正廉洁，不料却落得这样的下场，让天下士子怎不心寒？"李龟年在屋内来回踱步，重重叹了口气。

刘知几病逝的消息，无疑就像一把锋利的刀，在王维心底那个原本渐渐愈合的伤口上再次狠狠捅了一刀。伴随伤口一起撕开的，还有他在长安六年的回忆。

六年前，他意气风发、踌躇满志地来到长安，立志要在这里干出一番事业，重振家门，光宗耀祖；

六年来，他潜心学问，谨记儒家"修身、齐家、治国、平天下"的道理。

和大多数士子相比，他算是幸运的。一路走来，他遇到了岐王、玉真公主、刘贶等赏识他、帮助他的贵人和伯乐，年纪轻轻就科举致仕，在朝中崭露头角，前途无量。

他一直觉得，他正在遵从"修身、齐家、治国、平天下"的道理，一步一步展开他的人生。

但，这次"黄狮子舞"事件，却让他对人生有了新的思考。

曾经，他无论如何都想不通，太乐署和鼓吹署井水不犯河水，他和张洇之间也并无个人恩怨过节，可是，张洇为何就是要针对他、诬陷他，不达目的誓不罢休？

如今，他渐渐明白了，问题的根源，就在于一个"争"字。

因为，他的存在，对张洇来说，就构成了一个"争"的威胁。即使他不想和张洇争，张洇也不会无视他的存在，必定除之而后快。

他想到了老子的《道德经》，想到了那句"以其不争，故天下莫能与之争"。

他虽无意以才自矜，也无意恃才傲物，却无意中锋芒毕露。而这样的锋芒，在讳莫如深的官场，从来都是最大的忌讳。就像对于皇上来说，岐王交友广泛、德高望重，就是最大的忌讳。

其实，芸芸众生，上达天子，下至庶民，无时无刻不和他人主动或被动构成"争"的关系。

只有当你内心真正放下"争"的念头，才能在无情无义的"争"中全身而退。

只有当你内心不再和别人"争"时，才能成为自己的主人，在自己的世界里驰骋纵横，随心所欲而不逾矩，达到"天下莫能与之争"的境界。

他还想到了母亲曾对他说的一句话："世间之事，不必执着。一念放下，万般自在。"

母亲的话就像一颗种子，播进了他的心里。经历这次事件后，他似乎明白了什么是"一念放下，万般自在"。

对于这次"黄狮子舞"事件，其实不必执着。因为，即使没有这次，也会有下一次。无论是岐王被贬，还是他被小人诬陷，注定是迟早会发生的事。

想明白这些后，王维就像一个深夜迷途之人，忽然发现了一束光。在世人看来各有主张的儒、释、道三家，在他眼里，却自有一种和谐的相容。这种和谐的相容，让他不悲不喜、不忧不惧。

"摩诘，你何时动身去济州？"想到王维也即将离京，李龟年的愁绪又添了一层。

"龟年兄，这段时日以来，我想明白了一些人、一些事。那日在醉和春，我们把酒言欢，我随口吟了几首《少年行》，其中那句'孰知不向边庭苦，纵死犹闻侠骨香'，正是我此刻的心情。"

"我记得。"崔兴宗不假思索，随口吟来："出身仕汉羽林郎，初随骠骑战渔阳。孰知不向边庭苦，纵死犹闻侠骨香。"

李龟年向崔兴宗点了点头，看着王维道："摩诘，那日别后，我已将你的几首《少年行》都翻上新曲，能否借你琵琶一用？我借此曲为君送行。"

不待王维吩咐，崔兴宗早已取来琵琶，递与李龟年。

李龟年接过琵琶，略调了调弦，便轻拢慢捻，边弹边唱："出身仕汉羽林郎，初随骠骑战渔阳。孰知不向边庭苦，纵死犹闻侠骨香……"

当听到"纵死犹闻侠骨香"一句时，在座诸人无不动容，包括一直留在里屋的璎珞。

文如其人，言为心声。一个男子要有怎样的抱负、怎样的胸襟，方能写出这样豪情万丈的诗句？

谁说贬官就是人生低谷？谁说离别必须愁容满面？大丈夫志在四方，只要心系天下，便处处是福地，日日是好日。

"龟年兄，我今日便将动身。本想派人去知会你，既然你来了，就在此别过吧，不必到灞桥平添离愁。"王维上前握住李龟年的手，言辞恳切道。

李龟年怔了怔，虽然知道王维迟早要走，但真到了分别这一刻，依然十分不舍，拍了拍王维的手背，极力压下心头的悲凉："摩诘，你的诗一直在我心里，我会一直唱下去，直到你归来那一天。"

秋风鞍马里，纷纷落叶中。

将李龟年送到门外，目送他离去后，王维转身看了看门口的一对石狮子，看着这个原本打算作为婚房的宅子，摇了摇头。他决定将这个宅子留给王缙，至于他自己，回不回长安，似乎已经不重要了。

"璎珞，兴宗，事不宜迟，咱们这就动身吧。"

"好嘞。"崔兴宗应了一声，牵过两匹枣色大马，将其中一匹的缰绳递到王维手中。

"璎珞，我扶你上马。"王维给璎珞披上一件米色缎面披风，伸手揽过璎珞。待璎珞在马鞍上坐稳后，他也跃然上马，稳稳地坐在璎珞身后。崔兴宗则骑另一匹骏马紧随其后。

路过朱雀大街时，车水马龙，繁华依旧。

长安人最是自豪于这座雄城，仿佛长安以外的地方，都是荒郊野外、穷乡僻壤。因此，京官大多不愿去外地当官，哪怕擢升也并不十分乐意，更别提平贬谪了。

但王维却不。

他拥着璎珞缓缓骑过朱雀街头时，身子微微前倾，在璎珞耳畔低声道："璎珞，你知道吗？那天去大慈恩寺雁塔题名，路过这里时，也是这般人声鼎沸，但我心里却空荡荡的，你知道所为何来？"

璎珞自然知道为何，却故意摇头轻笑道："不知道。"脑海中却迅速浮现他当时头戴金花乌纱帽、身穿锦绣大红袍的风光。

"没有你在身边，哪怕在繁华喧嚣的长安城，我也是孤独的。"王维在璎珞头顶深深叹了口气，搂住璎珞的手臂不由紧了一紧。

璎珞心中一阵欢喜，顺势跌入他宽阔温暖的怀中。尽管秋风已带着一丝凉意，但对于此刻的璎珞来说，满身满心里都是王维那温暖清朗的气息。

她闭上眼睛，展颜笑道："我不信，你的马鞍上不曾坐过旁人吗？"

璎珞话音刚落，王维就紧紧箍住了她，在她耳畔一字一句道："今生今世，我的马鞍，只为你一人而留。"

王维的声音并不大，但从耳畔传来，却异常振聋发聩，璎珞心中一阵激荡。

说起来，她和身后这个男子，其实并没有见过几次面，每次也并没有说过太多话，但此刻依偎在他怀中,却仿佛已经认识一生一世。

"璎珞,在想什么呢?"

"摩诘,这世上,有白首如新,也有倾盖如故。见过你一次后,我便再也忘不了你。"璎珞吐气如兰,在王维怀中柔声说着。

一缕阳光斜照过来,将她脸上的笑意衬托得愈发动人。清风徐徐吹来,将她的头发从鬓角吹过,拂在她的脸上,随着她的笑容轻轻荡漾,王维不由看得痴了。

"摩诘兄,我担心,照这样下去,等日头落山了,咱们还出不了长安城。"正当两人情意绵绵之际,崔兴宗不知从哪里冒了出来,打趣他们道。

璎珞自知失态,忙坐直身子,羞涩一笑。王维看了兴宗一眼,从容不迫道:"莫急,待会出了长安城,自然可以跑快些。"

崔兴宗挠了挠头:"我倒是不急,可我的马儿却急了。你们慢慢来,我去前头等你们。"说着,"驾"的一声,顾自跑前头去了。

看着崔兴宗策马远去的背影,璎珞心驰神往道:"摩诘,我也想这样骑着马,去看天下的山山水水。"

"好,待日后成了亲,你想去哪里,我便带你去!"王维夹紧马腹,搂紧璎珞,"璎珞,你坐稳了,咱们也要跑起来了,别让兴宗等久了。"

随着"驾"的一声,身下的骏马便四蹄生风,发出"嗒嗒嗒"的强劲蹄声,风驰电掣般离长安远去。

那一排排急速倒退的槐树,那一座座连绵起伏的青山,那一队队结伴而飞的大雁,似乎都在见证着这对小儿女的幸福。

是的,人世间,还有什么能比和心上人比翼双飞、策马天涯更幸福的事呢?

第十八章　济州路遥　贺礼情重

当王维和璎珞沉浸在久别重逢的幸福中时,崔父崔母却寝食难安、度日如年。

那天,璎珞留下一封家书,就不辞而别,和兴宗去了长安。当崔父崔母看到这封家书时,连连摇头叹气。

崔母忧心忡忡道："璎珞这孩子，怎么就这么倔呢？万一路上有个闪失，该如何是好？"

崔父背着手，在屋里踱来踱去，好半晌后，才重重地叹了口气："璎珞自小就重感情，此番去看摩诘，可见她对摩诘用情极深，我只怕……"

"怕什么？"

"常言道：'水满则溢，月盈则亏。'世间万事，皆应张弛有度，适可而止，否则，过犹不及。我担心璎珞和摩诘感情太深，恐怕并非好事……"

不待崔父再说下去，崔母就忙忙打断了他："呸呸呸，哪有这样说话的？璎珞和摩诘，定会顺顺利利、平平安安。"

正在这时，家仆阿泉上气不接下气地从院子里狂奔而来，边跑边说："阿郎，夫人，回来了，回来了，还有王郎君也来了！"

"阿爷，阿娘，我们回来啦！"阿泉话音未落，游廊上就传来了璎珞、兴宗的声音。崔父崔母忙迎了出去，璎珞一路飞奔着扑入母亲怀中。

"璎珞，你可回来了！"崔母本想好好训斥璎珞几句，但一见到女儿，心不由就化了，搂着璎珞看了又看，瞧了又瞧，连声说道，"回来就好，回来就好！"

"阿爷，阿娘，小婿特来向二老请罪。此事皆因小婿而起，理应怪罪于我，我愿受任何责罚，只求阿爷阿娘原谅璎珞和兴宗。"王维从璎珞身后走了上来，对着崔父崔母恭恭敬敬拜了下去。

"摩诘，快快请起，此事怎能怪你？只怪璎珞太任性、不懂事，将来你可要多担待她些呐。"崔父向来欣赏王维，见王维态度谦和、言辞诚恳，一笑了之。

见二老并未真的生气，王维心头松了口气，和璎珞相视一笑。

"阿娘，难道你只惦记璎珞，不惦记我呀？"崔兴宗故意蹭到母亲身边，佯装吃醋道。

"我正要问你呢！璎珞从未出过远门，你怎可自作主张将她带走？"

"阿娘，你也太偏心了吧？罢罢罢，我还是乖乖面壁思过去吧。"崔兴宗吐了吐舌头，偷偷看了一眼笑容可掬的阿爷阿娘，一场小小的风波，就这样过去了。

第二天，王维又要匆匆赶路了。

虽然距离成亲之日只有一个多月，但离绪总是磨人心肠。临别之际，璎珞心中满是不舍。

王维揽过璎珞，在她耳畔低语道："璎珞，从此刻开始，每一分，每一秒，我都会想着你，念着你，直到娶你那一天。"

"那，娶了我之后呢？也会每一分、每一秒都想着我、念着我吗？"璎珞微微扬起下巴，一脸俏皮道。

"唔，应该不会了。"王维故意想了一想，一脸坏笑道。

璎珞心知王维是故意逗她，不由在他怀里轻捶粉拳娇嗔道："你也和兴宗一样，学会耍嘴皮子了。"

王维哈哈一笑，宠溺地捏了捏她的脸颊，下一秒便拥她入怀道："傻璎珞，娶了你之后，咱们时时刻刻都在一起，还需要想吗？"

刹那间，他身上那温暖清爽的气息再度包围了她，她不由伸出手去，紧紧环住了他的腰，伏在他胸前，安心地闭上了眼睛。

"璎珞，如果明日就是重阳节，该有多好……"王维轻抚璎珞的长发，她发上那淡淡的花香，让他闻了又闻，实在不愿松手。

听到外面越来越响的马嘶声，璎珞心知大家已经等着了，便从王维怀里抬起头来，看着王维的双眸，柔情缱绻道："摩诘，从此刻开始，每一分，每一秒，我都会等着你。"

"好，等着我。"王维低头在璎珞额上落下深情一吻，饶是不愿走，也只能松手了。璎珞怔怔地看着他远去的背影，直至他完全消失在马蹄掀起的尘土飞扬中。

王维本想直接赶赴济州，但听说母亲正在洛阳敬爱寺跟随大照禅师学佛，便取道南下，来敬爱寺拜见母亲。

敬爱寺在洛阳建春门外，是唐中宗李显为父皇李治、母后武则天建造的。眼下担任主持的，是北禅宗神秀嫡传高足、北禅宗七祖大照禅师。

自王维父亲去世后，王维母亲就拜在大照禅师门下，潜心修佛。因此，每年总有一段时日住在洛阳敬爱寺，听大照禅师讲经。

见到风尘仆仆赶来的王维，王夫人自是喜不自禁。她已从王维来信中得知他被贬官一事，也明白其中的委屈，不由拍着王维的手，安慰他道："摩诘，和顺一门有百福，平安二字值千金。阿娘没有什么奢望，只要你和璎珞平平安安、顺顺心心就好。"

"孩儿不孝，总是让阿娘忧心。孩儿牢记阿娘教诲，请阿娘放心。"

母子二人正在闲话家常时，一位书生打扮的年轻人走了过来。他看了王维几眼，试探着问："请问郎君可是山西王摩诘？"

王维也觉得此人甚是面熟，但一时想不起对方名字，连忙抱了抱拳："在下正是王维，不知兄台是？"

"哈哈，虽然十多年不见了，但我一听你的声音，就觉得是你。怎么，你不认识我了吗？"来人哈哈大笑，看着他道。

王维思忖片刻，忽然，一个名字跳了出来。"你是——祖三？"

"正是，正是！到底是从小玩大的兄弟！"

原来，此人名叫祖咏，洛阳人氏，在家中排行老三，比王维大两岁。他外祖父家在河东蒲州，和王维家仅一墙之隔。祖咏年幼时常跟随母亲到外祖父家小住，和王维一起玩耍，很是投缘。后来长大了，去得少了，已有十多年不曾见面。今日，他来敬爱寺祈福，不料竟遇见了儿时玩伴。

"摩诘，一别多年，你都好吧？咱们去附近的酒楼坐坐，好好聊聊！"

"好。"

祖咏找了一家干净雅致的酒肆，两人把酒畅谈。王维将他从六年前进京赶考到如今去济州任职的经历，删繁就简讲了一个大概。祖咏则讲了他这些年来多次赴京赶考却榜上无名的懊恼。

"三春过后，百花凋零，唯独菊花在寒风中悄然绽放，不也一样很美吗？世间每一朵花，花期不同，绽放时间不同，我们尽人事，听天命，静待花开便是。"

"摩诘，听你如此一说，我心里好受多了。无论成不成功，我总要再发奋几年才是。"

"嗯，静候佳音！"看着祖三孜孜以求的殷切目光，仿佛当年那个自己，再想到自己无端被贬，王维心中颇为感慨，随口吟了一首诗，"微官易得罪，谪去济川阴……纵有归来日，各愁年鬓侵。"诗名是《初出济州别城中故人》。

或许，人生是一场孤独的修行，谁都代替不了谁。每个人总要在得到和失去后，才会真正明白一些什么……

次日，王维告别母亲，继续东行，抵达郑州地界。

这晚，在秋风瑟瑟的寒馆孤灯中，他独自烫了一壶酒，自斟自酌。酒香氤氲中，他任由自己思念璎珞，并想象着他和璎珞在济州成亲后的生活，嘴角渐渐上扬，在笑意中沉沉睡去。

次日一早，他提笔写下了《宿郑州》。他用简淡的笔触，勾勒出了一幅恬淡、宁静的乡村秋景图。

秋雨连绵中，村头有一位老农荷锄而归，一个牧童在细雨蒙蒙中放牧，短笛声声，怡然自得。村边有户人家，被一片丰收的田野环绕。蟋蟀欢鸣，织机声响，麻雀喧噪，谷物正熟……

对王维来说，爱人在哪里，家就在哪里。只要和璎珞在一起，终老乡野也是一种幸福。

晓行夜宿，几日后，王维抵达济州（今山东济宁）。

济州下辖卢县、平阴、阳谷、东阿、长清五个县，州治在卢县。卢县地处黄河南岸，外城城墙和黄河大堤紧紧相连。每到汛期黄河泛滥时，这里往往水灾不断。

虽然王维早有心理准备，但当他真的走在卢县街头，看到车马稀疏的情景时，仍不免倒吸了一口寒气。和长安的繁华相比，这里如此荒凉，如此萧条，任他再是潇洒，难免还是有些失落。

"璎珞自小锦衣玉食，如今却要随我一起吃苦，我心何安？"想到璎珞也要来到如此荒凉、萧条之地，王维原本就有些失落的心，愈发沉重了些。

到济州后的第二天，王维去济州府衙报到。

济州府刺史姓郑，四十开外，粗犷身材，留着络腮胡子。他带王维见过府衙同僚，寒暄客套了几局，算是互相认识了。

王维担任司仓参军，主要负责仓廪、庖厨等事务。济州地方不大，人口不多，司仓参军一职，倒也清闲得紧。

从京城的太乐丞到济州的司仓参军，其中的落差可想而知。但王维既来之、则安之，正如他在《宿郑州》中写的那样——此去欲何言，穷边徇微禄。

让王维感到欣慰的是，他有一个名叫赵化的下属，二十出头，济州本地人氏，不仅对府衙事务熟稔于心，且尽心尽职，很是得力。

当一切都安顿好后，王维展纸磨墨，给故交好友写信。第一个想到的，就是岐王。

"摩诘，人生在世，岂能尽如人意，但求无愧我心。若能内省不疚，俯仰无愧，喜而不狂，忧而不伤，便已足矣。"岐王在灞桥分别时对他说的这番话，久久回荡在他耳畔。

往事历历，犹在昨日。王维提笔写信，向岐王报告平安，请岐王勿念。信末，他写道："承蒙王爷厚爱，我将于九月初九迎娶崔氏璎珞，特在济州恭祝王爷贵体安康、诸事顺意。王维敬上。"

写罢搁笔，他脑海中闪过一个念头。他即将成亲的消息，要不要告诉玉真公主？

他摇了摇头，起身走到窗前，看着无边月色，不由想起了那个小雨淅沥的午后，她黯然神伤地对他说："摩诘，能否再为我弹奏一曲《郁轮袍》？"

那一刻，他心中是有些不忍的。贵为大唐公主，她为何甘愿如此放低姿态？唯一的解释只可能是，她对他是真心的。否则，她完全可以像宁王那样，动用强权，强行赐婚。

"既然无法给她什么，就不要再去打搅她了。有时候，做得越多，越是伤害，只愿公主一生平安。"他明白，这辈子欠她的这份情，注定无法偿还。那么，不如在千里之外默默祝福她，于岁月深渊，望明月远远。

当王维在济州对玉真公主心怀歉疚时，玉真公主刚从骊山别馆回到长安，参加李隆基在兴庆宫花萼相辉楼举办的盛宴。

自古以来,宫廷建筑大多称宫、殿、阁,如秦朝的阿房宫、汉代的未央宫、隋朝的大兴殿、唐朝的大明宫等。称楼者,当从720年新建成的花萼相辉楼开始。

花萼相辉楼由双层廊庑环绕,构思新奇,巍峨壮丽,被誉为"天下第一名楼",位居江西滕王阁、湖北黄鹤楼、湖南岳阳楼、山西鹳雀楼等其他四楼之首。

721年八月初五,是李隆基三十七岁生日。李隆基在花萼相辉楼举行盛大的歌舞表演,与满朝文武大臣共享太平盛世,玉真公主也在受邀之列。

三十七岁的李隆基,正是英姿勃发的年纪。文武百官和各国使臣浩浩荡荡地齐聚花萼相辉楼前,高喊"天佑吾皇,祝吾皇千秋万岁,万寿无疆",那庄严洪亮的声音久久回荡在上空,蔚为壮观。

接着,就是太乐署精心安排的歌舞表演。从清商乐、西凉乐、龟兹乐、高昌乐到宫廷舞、拓枝舞、胡旋舞、绿腰舞、浑脱舞……各种歌舞表演轮番登场,热闹喜庆,让人眼花缭乱、目不暇接。

面对群臣的顶礼膜拜和外国使节的俯首称臣,李隆基志得意满地笑了。

然而,眼前的歌舞升平对玉真公主而言,却仿佛置身事外。

因为,浩浩荡荡的文武百官中,再也没有王维的身影;精彩纷呈的歌舞表演中,再也没有王维编排的音乐。

她的心好像缺了一角似的,再也无法填满,空落落的,无处可依……

人们看到的,是她脸上的强颜欢笑,看不到的,是她内心的空茫无措。可叹,灼灼繁华依旧在,回首不见故人来。没有王维的长安,已不再值得她留恋半分。

宴罢席散,她独自回到玉真观,坐在空荡荡的堂屋里,怔怔地望着王维弹奏《郁轮袍》时坐过的月牙凳。恍惚间,只觉得那个翩翩君子向她徐徐走来,淡淡一笑,低头弹奏起了《郁轮袍》……

此时此刻,王维到济州了吗?在那个远离长安的济州,他过得好吗?

她叹了口气,摇了摇头。他怎会过得好呢?他有满腹才华,却已无用武之地。这样的处境,怎么可能好呢?想到这里,她不由一阵揪心。

她知道,王维和岐王感情最是厚密,他到济州后,定会和岐王联系,何不向岐王打听他的近况?

于是,她铺纸提笔,委婉地写道:"四哥,一别数月,近来可好?持盈甚为挂念……"

华州离长安并不太远,十多天后,玉真公主就收到了岐王的回信。

岐王是个聪明人,自然明白玉真公主对王维的心思。当他得知玉真公主愿意成全王维时,心中很是感慨。看来,玉真公主是真心对王维好。只有真心对一个人好,才会宁愿自己伤心，也不愿意让所爱之人伤心。

因此，他在信中坦然相告，王维已到济州任职，并将于九月初九完婚。

接到这封信时，已是八月二十四，离王维成亲仅剩半个月。

半个月后，王维便要迎娶他的心上人了！

玉真公主拿着信笺，无力地跌坐在窗前的月牙凳上，心中一片空茫。

"岁月无情催人老，芳华刹那褪春晖。"

岁月无情，每个人都会匆匆老去。那些最美好的年华，也无非是流光中的刹那，转瞬间就消失了踪影。虽然最终失去了他，或者说从未拥有过他，但毕竟也曾拥有那些美好的刹那。

比如，他在玉真观为她弹奏琵琶曲的刹那，比如，他在骊山别馆为她写应制诗的刹那，比如，他在竹亭中为她烹茶、煮茶的刹那……

她相信，在每一个刹那，他都是真诚的。他真诚地将自己呈现在她面前，无意隐瞒，也无意掩饰。这样真诚面对自己和他人的人，让她怎么忍心去怪他？怎么忍心去恨他？

她不怪他，也不恨他，她默默接受他的任何决定，包括他拒绝她的决定，包括他迎娶心上人的决定。

天知道她有多么羡慕那个被他放在心尖上疼的女子啊！羡慕得让人嫉妒，嫉妒得让人发狂！如果能用公主之尊换取他的疼惜和爱恋，她一定会毫不犹豫舍弃公主之尊。然而，他却不肯给她这个选择的机会。

虽然此生没有夫妻之缘，但她依然希望，他能记得她，哪怕只是偶尔想起她，也是好的。

忽然，一个念头从她心头一闪而过。她要送他一份贺礼，一份独一无二的贺礼。

金银珠宝、绫罗绸缎、古董珍玩，这些都不值什么，只有她亲力亲为之物，方可代表她的心意。是了，她要亲自抄写老子的《道德经》给他。

"道可道，非常道。名可名，非常名。无，名天地之始，有，名万物之母……"

遥想当年，老子辞去在朝廷管理藏书的官职，倒骑青牛，西出函谷关。把守函谷关的长官求他写点什么。他捻须微笑，下笔千言，一口气写下了五千余字的《道德经》，然后"莫知其所终"。

玉真公主走入书房，就着跳跃的烛光，沐手焚香，开始抄写《道德经》……

时光缓缓流逝，鳝鱼黄的澄泥砚里，半砚墨水渐渐见了底。她气沉丹田、全神贯注地抄写着每一个字、每一句话……

仿佛眼下最要紧的事，便是抄写《道德经》。

当她写到"持而盈之，不如其已……功遂身退，天之道也"时，不禁放下狼毫小笔，怔怔地凝视着"持盈"二字。

十年前，她在王屋山出家时，道长赐她法号"持盈"。从此，她就和"持盈"二字结下了一世的缘分。

道长告诉她，芸芸众生，终其一生想要达到的境界，不过是"与万物一体，与天地共心"罢了。

如果在此后的漫长岁月里，王维读到《道德经》中"持盈"二字时，会偶然想起她，想起有个名叫"持盈"的女子曾经深爱过他，那么，也便足矣。

当月上中天时，她终于写完了最后一个字。放下毛笔，闭上双眼，心中一声长叹。在这万籁俱寂的夜里，这声叹息，显得格外清晰，格外绵长。

第十九章　十里红妆　百年好合

"良田千亩，十里红妆。"

婚期将近，王维向郑刺史告了一个月的假，快马加鞭地返回蒲州。到家时，距离大婚之日只剩十天。

王夫人已为王维和璎珞布置好了新房，王缙给弟妹们各自分派了任务，有拟名单的，有写喜帖的，有布喜帐的，有雇花轿的，有设筵席的，有请戏班的，有约锣鼓吹打的……一时间，王家上上下下，忙得不亦乐乎。

崔府这边也没闲着。

崔父崔母视璎珞为掌上明珠，自然是费尽心思为她置办丰厚的嫁妆。除了金银细软、衣裙鞋履、首饰女红等在大婚当天随花轿发送外，其余大至棉被妆台、小至线板纺锤等各色嫁妆，都早早派遣精壮能干的挑夫，提前送至蒲州。

倒是璎珞，似乎成了家里最闲的人。

"璎珞，你在阿娘身边的日子，一日少似一日了。这些天，阿娘让厨下给你做些好吃的，把你养胖些，风风光光嫁入王家。"崔夫人让厨下天天变着花样给璎珞做各种美食，唯恐璎珞变瘦了。

"阿娘这句话，怎么和他说的一模一样？莫不是他拜托阿娘了？"璎珞情不自禁想到了王维，不由脸上一红，低头抿嘴一笑。这些日子，他一路奔波，从长安到定州，从定州到济州，再从济州到蒲州，几乎没有停歇过，不知他如今一切可好？

"我的女儿，在想什么呢？"看璎珞无缘无故发怔傻笑，崔夫人打趣她道。

璎珞忙回过神来，摸了摸有些发烫的脸颊，娇憨地靠在崔夫人肩头撒娇道："阿娘，他也曾让我多吃些，把自己养胖些，方才阿娘那句话，倒是让我以为……"

"璎珞，摩诘待你如何，阿娘都看在眼里，他是个值得托付终身之人。"崔夫人笑呵呵地拍了拍璎珞的肩，眼里是欣慰的笑。

"阿娘，十月胎恩重，三生报答轻。再过几日，女儿就不能在阿爷阿娘跟前侍奉了，请阿爷阿娘多多保重。"

"傻丫头，你嫁到王家后，不要老惦记着阿爷阿娘，要一心一意孝顺阿家，照顾弟妹，让摩诘安心……"

"阿娘，女儿记住了。"想到婚后和王维朝夕相处的日子，璎珞把脸埋在母亲怀里，甜甜地笑了。

除了听王维的话，乖乖把自己养胖外，璎珞还想给王维一个惊喜——成亲后便是深秋，何不为他缝制一件暖和的夹袍？

"小蝶，前些日子，阿娘让我挑被面时，我曾看到一幅深碧色竹叶纹的锦缎，很是喜欢，只是用来当被面，到底素淡了些，你可还记得？"

"自然记得，那时还听你说，如果用来做一条六幅长裙，倒也不错呢。"

"对，那个锦缎用来做长裙和夹袍，都是极妥的。你去拿一些来，我想做一件夹袍。"

"大娘是要为阿郎做新衣吗？好嘞，我这就去找。"小蝶掩嘴一笑，一溜小跑就下楼去了。

当这幅深碧色竹叶纹锦缎送到璎珞手中时，她点了点头，满意地笑了。这次离开长安时，她替他收拾行囊，特地留意过他的衣衫，大多是天青色、深碧色等清雅的颜色。

"谦谦君子，温润如玉。"她眼前仿佛出现了他穿上这件夹袍时的样子。从今往后，她对他的爱，将化为一针一线，缝进他的衣衫，穿在他的身上……

"九月初九，佩茱萸，食蓬饵，饮菊花酒，令人长寿。"转眼之间，便是九月初九，王维终于可以迎娶璎珞了。

这日一早，崔府的女眷们纷纷赶来崔府，嘻嘻哈哈地站了一屋子。崔夫人笑得合不拢嘴，招呼一圈后，便带着一位妇人走进璎珞闺房，为璎珞开脸。

唐代风俗，女子出嫁前都要开脸，为女子开脸之人，需是父母、公婆、丈夫、子女俱全的全福之人。

开脸时，要绞去面部汗毛，剪齐额发和鬓角。开脸后，面部更加光洁，发型也随之改变。

走进璎珞闺房时，璎珞刚洗漱完毕，脸若盈光，光彩照人，如出水芙蓉般娇嫩欲滴。妇人不由连连赞叹道："早听说崔家大娘美若天仙，今日亲眼看见，竟是比天仙还要美上十倍，崔夫人当真好福气！"

崔夫人喜在心头，拉璎珞在妆台前坐下道："璎珞，待会开了脸，你便要出嫁了，阿娘为你高兴。"

"崔夫人，老身这双手虽不敢自夸，但有句话还是敢说的，凡是由老身这双手开脸的女子，婚后都是早生贵子、子孙满堂。"妇人站在璎珞身侧，手持长线念念有词道："左弹一线生贵子，右弹一线产娇男，一边三线弹得稳，小姐胎胎产麒麟。眉毛扯得弯月样，状元榜眼探花郎。我们今日恭喜你，恭喜你呀做新娘……"

"好，好，多谢吉言！托您的福！"崔夫人喜不自禁。

开脸完毕，小蝶捧过沉甸甸的新娘婚服，伺候璎珞更衣。唐朝推崇"红男绿女"，新郎穿绯红色婚服，新娘则穿青绿色钗钿礼服。

璎珞伸出纤纤玉手，穿上层层叠叠的青绿色花钿大袖襦裙，再套上宽大的孔雀绿广袖上衣，搭配同色腰带、蔽膝和鞋袜，亭亭玉立，古雅大方。

另有一位擅长盘发的妇人走了进来，为璎珞梳起高高的发髻，两边插上金珠连缀八瓣宝相花的宝钗，再簪上一支赤金镶玉流苏的步摇，后面衬了一朵绯色堆纱宫花。

璎珞只觉得头顶似有千斤重担，忍不住往镜子里看了一眼，连自己也不由暗暗赞叹了一声，眼前这个肌肤胜雪、明眸皓齿的容颜，真的是自己吗？不知他看见了，会是怎样的神情？

想到这里，她不由低下头去，娇憨一笑。不料一低头，头上的金翠花钿和珠玉首饰便一阵晃动。她今日才算明白了，为何阿娘说新娘走路要端庄稳重，不端庄稳重，怎能扛得住这满头珠环钗钿呢？

当屋内众人都为璎珞的服饰和妆容啧啧赞叹不已时，忽然，楼下堂屋不知谁喊了一句"新女婿来啦"，紧接着，便是一阵哄笑声和说话声。

原来，王维已带着王缙等伴郎和迎亲队伍到了崔府门口，崔府门口顿时响起一阵高喊："新妇子，催出来。新妇子，催出来。"此起彼伏，响成一片。

唐代婚俗，新郎到新娘家后，新娘故意迟迟不出。此时，男方众人就要齐声催促新娘出来，俗称"催妆"。唐代流行"以诗催妆"，催妆诗大多由新郎本人当场吟诵，也可由伴郎代作。

只见王维剑眉一挑,朗朗吟来:"传闻烛下调红粉,明镜台前别作春。不须满面浑妆却,留着双眉待画人。"

璎珞在闺中侧耳倾听,听到"留着双眉待画人"时,不禁莞尔一笑。这个"画人"不就是他吗?他是想效仿西汉张敞,替她日日窗前画眉吗?

紧接着,只听兴宗在楼下嚷嚷道:"摩诘兄,别人作一首催妆诗就可以过关,但你嘛,少说得来两首。"

璎珞不由暗笑,兴宗啊兴宗,你怎么还叫"摩诘兄",不是应该改口叫"姊夫"了吗?

果然,只听王维哈哈笑道:"兴宗,还不改口叫姊夫?自罚一杯。"

兴宗不好意思地摸了摸头,当即响亮地叫了声"姊夫",周围顿时哄堂大笑。

在一片哄笑声中,那个温润的声音再次朗朗传来:"青阶承明堂,金锁镂文章。好言开玉匙,启户放檀郎。"

"新女婿不愧是状元郎,锦心绣口,出口成章,新妇子可以下楼咯。"众人无不拍手赞道。

小蝶忙拿起轻粉,给璎珞再细细地补了一遍妆。在小蝶和众妇人的簇拥下,璎珞笑意盈盈地款款步下楼来。

走到堂屋,透过纱窗,璎珞终于看到了那个久违了的熟悉身影。只见他身穿宽大飘逸的绛色长袍,腰间系着黑色腰带,脚下是绛色短靴,端的是身姿挺拔,神采飞扬。

当璎珞在红盖头下打量王维时,王维也正看着璎珞。

"皎皎兮似轻云之蔽月,飘飘兮若回风之流雪",他曾无数次想象过璎珞新婚那天的模样,此刻近在咫尺,却依然有种恍若梦中的幻觉。

正当他看得发怔时,一对用五彩丝线绑住嘴的大雁在他怀中扑棱了一下。他顿时回过神来,笑着蹲下身子,将大雁轻轻放到了璎珞脚边。

似乎是电光火石的一瞬,又似乎是定格在时空的永恒,两人心底不由一阵激荡。

众人簇拥着王维和璎珞来到了崔父崔母面前。王维和璎珞双双向二老行了跪拜大礼,崔父喜笑颜开,崔母又依依不舍地叮嘱了几句。

良辰已到,在伴郎、伴娘的簇拥下,王维扶璎珞坐进朱红描金的大花轿,放下轿帘,跃然上马,绕着花轿转了三圈。然后,正式拜别崔父崔母,带着璎珞出发了。

此时的王维,意气风发,顾盼遗光彩,长啸气若兰。

此时的璎珞,浅笑盈盈,笑颜如花绽,玉音婉转流。

在一路敲锣打鼓声中,王维和璎珞到了河东蒲州。

第十九章 十里红妆 百年好合

王家早已为新娘准备好两张簇新的席子，不断倒换，让璎珞踩在席子上步入王家大门。

一路车马劳顿，又加上头顶压着沉甸甸的金翠花钿，加上周围此起彼伏的喧哗声，璎珞心里忽然感到茫然无措。

正在这时，一双温暖修长的手，穿过宽大的袖袍，将她的手稳稳地裹在了手心，耳畔传来那个再熟悉不过的温润声音："璎珞，辛苦你了，再坚持一会儿就好。"

堂前红烛高照，摇曳着，跳动着，发出明晃晃的光芒。王维和璎珞一拜天地，二拜高堂，及至夫妻对拜时，她粉颈低垂，笑靥如花，他玉树临风，眉目含笑。

这一刻，绾青丝，挽情思，任风雨飘摇，人生不惧。这一刻，浮生一梦醉眼看，你自妖娆我自伴。

夫妻对拜后，璎珞被簇拥着送入青庐，端坐在铺满了彩果喜钱的床上。小蝶用团扇遮住璎珞的脸，等着王维作"却扇诗"。

站在璎珞一丈之遥处的王维，一眼就看到了团扇上的一对鸳鸯，活灵活现，栩栩如生，仿佛要从团扇上扑棱着翅膀飞将出来，心中不由一声赞叹。

"快来看新妇子哦！"一群垂髫小孩活蹦乱跳地涌进青庐，围在璎珞身旁，拍手欢呼道。

"莫急，莫急，咱们先听新郎吟诗哦！"小蝶忙哄住孩子们，护好璎珞。

王维会心一笑，向前走近一步，"姊夫先是蟾宫折桂，又是洞房花烛，可谓双喜临门！但愿咱也能沾沾姊夫的才气和喜气。能否把扇子拿下，就看姊夫的本事咯！"崔兴宗在一旁起哄道。

屋内的哄笑声一阵高过一阵，小蝶这才放下团扇。

璎珞微微抬头，用一泓清泉般的眼眸迅速看了王维一眼，旋即又娇羞地低下了头。眼前的她，双眉修长如画，双眸闪烁如星，皓肤如玉，笑靥如花，怎一个美字了得！

王维不由看得痴了，不待他回过神来，早已有人端上了净手的银盆和铜镜。

"请新郎新娘喝合卺酒，吃同牢肉，祝新郎新娘百年好合，早生贵子！"

一口合卺酒，三口同牢饭，同牢合卺礼毕后，王维和璎珞并肩坐在百子帐里，有人用一根五彩丝线系在他们的脚趾上。传说中，月老就是这样为有情人系上一根红丝线，让有情人终成眷属。

王维神色从容，璎珞脸带飞霞，没有人发现，在他们宽大的袖袍下，两只手早已紧紧握在了一起。

不知不觉，夜已三更，青庐里还是一片哄闹声，有说新娘天姿国色的，有说新郎气度不凡的……王维看璎珞有些乏了，就看了王缙一眼。

王缙会意，清了清嗓子道："诸位，夜已深了，我斗胆献丑，代新郎作一首'下帘诗'。吟完这首诗，我们就放下帐帘，让新郎新娘共度良宵，可好？"

众人心领神会，纷纷笑道："好。"

王缙胸有成竹地念了一首："宫人玉女自纤纤，新娘恒娥众里潜。微心欲拟观容貌，暂请旁人与下帘。"

众人笑着起身，如潮水般陆续散去。青庐外面的纱帐，从里到外一层一层散落了下来。原本喧嚣的洞房，渐渐恢复了宁静。

月光透过窗棂洒了青庐一地。这样的花香，这样的月夜，才是真正属于王维和璎珞的。

屋外，鸟鸣虫啾，昆虫振翅，习习凉风徐徐吹过。

屋内，温柔交融，抵死缠绵，一对璧人已然沉醉。

第二十章　百岁羹暖　红豆镯美

一夜温柔缱绻，一世心甘情愿。他的沉醉，她的娇羞，渐渐融入东方的蔼蔼晨光。

璎珞不知自己是何时睡去的，晨光微曦中，她微睁星眸，一眼便看到了枕边那张清雅俊朗的脸。一时间，竟有种恍如隔世的幻觉。

说起来，从718年元宵节第一次相逢，到如今721年重阳节，和他见面的次数，通共不过五六次，可不知为何，却觉得已经和他认识了很久、很久，久到仿佛上辈子、上上辈子就已经相熟……

璎珞正这样痴想时，忽然，只觉腰间一紧，便被他拥入了烫人的怀中。他似乎并未用多大力气，却将她箍得牢牢的，让她在他怀中动弹不得。额头上，耳垂边，无不是他温热的气息……

"傻璎珞，你就这样一直看着我吗？"

她在他怀中点了点头，发出了一声满足的呢喃。

"璎珞，昨晚，我看着你，竟不舍得睡去……"耳畔传来他的低笑声。他并未睁眼，将下巴抵在她光洁的额头上，深深地吸了口气，贪婪地闻着她身上淡淡的茉莉花香。

璎珞从他怀里抬起头来，指尖轻轻抚摸他俊朗的脸颊，柔声道："摩诘，我也是。"

"璎珞，你知道我看着你时，在想什么吗？"

"嗯？"

"我在想，老天待咱们到底不薄。经过了这么多事，咱们终于在一起了。璎珞，谢谢你。"他温润修长的手指，一寸一寸滑过她如凝脂般光洁的肌肤，情不自禁地将她搂得更紧了些。

"摩诘，从今往后，再不许说'谢谢'二字。此生能成为你的妻子，我心满意足。"

她以为王维说的"这么多事"，是他无端被贬一事。其实，她不知道，更大的事是王维顶住了来自玉真公主的压力。

王维俯下身子，一脸坏笑道："为夫烦扰了娘子一夜，这会子伺候娘子沐浴更衣可好？"

璎珞"扑哧"一声笑了出来，在被窝里笑道："你几时起来的？怎么也不叫我一声？"

王维隔着被子抱住她，一脸宠溺道："这会子不是来叫你了吗？早膳都是你素常喜欢吃的，若是不喜欢，我让厨下再做几样出来。"

"对了，阿娘用过早膳了吗？"听见窗外已是一片叽叽喳喳的鸟鸣声，隐隐约约还夹杂着人来人往的说话声，璎珞猛然想起，新妇子是要洗手作羹汤的，不禁有些着急起来。

"莫急，莫急。阿娘还在佛堂诵经，请娘子先沐浴更衣，再陪阿娘一起用膳，为时不晚。"

璎珞起身下床，手脚似乎有些发软。小蝶忙扶住璎珞，俏皮地看着璎珞。在小蝶的帮忙下，璎珞好不容易才把一件件衣服穿戴妥当，又对着镜子细细梳妆了一番，才穿上一双平头丝履，向屋外走去。

一缕阳光迎面照了过来，让她一时有些睁不开眼。好在立刻有一只手伸了过来，紧紧握住了她的手。两人会心一笑，携手向堂屋走去。

王缙和崔兴宗早已在堂屋等候，看到王维和璎珞，连忙迎了过来。

"姊夫，说好要敬我这个大媒人三杯酒的，我可是眼巴巴等了一晚呢。"崔兴宗一如既往地贫嘴，还好他有点长进，总算没有再叫"摩诘兄"。

"大哥好，阿嫂好。"王缙说话做事一向稳重周到，"大哥，我正和兴宗商量，明年春闱，我们再去试试。"

"好，你们到长安后，就住在我道政坊的宅子里，里面东西都是齐全的。"王维颔首笑道。他当初买下道政坊的宅子时，以为会成为他和璎珞的婚房，不料……

"摩诘，璎珞，你们来了？"说话间，王夫人手捻佛珠，笑着走了进来。

她潜心礼佛，每日清晨必在佛堂诵读《摩诃般若波罗蜜》心经，几十年如一日，从未间断。

"是，我们来给阿娘请安了。"王维、璎珞、王缙、崔兴宗齐刷刷站了起来，向王夫人行礼请安。

"孩子们，免礼，免礼。"王夫人慈眉善目，一脸祥和。

璎珞将一碗热气腾腾的桂圆红枣茶，恭恭敬敬端到王夫人面前，笑意盈盈道："阿家，儿媳手拙，不知这茶可还喝得？请阿家喝口热茶暖暖身子。"

"好，好，自然喝得。"王夫人笑着从璎珞手中接过热茶，喝了一口后，拉过璎珞的手，点头笑道："好孩子，摩诘是实诚人，可能不懂女儿家的心思。今后，他若是哪里做得不对，你心里有什么不自在的，尽管和阿家说，阿家必定不依。"

"阿家，摩诘待我很好。"璎珞看了王维一眼，低头抿嘴一笑。其实，她想说的是，王维待她不是很好，而是太好了，好得恨不得万事都替她做了，包括替她沐浴更衣。

"摩诘，璎珞身子单薄，你要好好照顾她。尤其到了济州，其他事情都不打紧，头一件事，便是照顾好自个。璎珞，阿家盼着早日抱小郎君呢。"

"多谢阿家教诲，儿媳谨记在心。"璎珞说完，看了王维一眼，王维也正看向他，嘴角有一抹促狭的笑。

谈笑间，早膳已经准备好了。王维和璎珞忙扶起王夫人，向铁梨木曲足大食案走去。只见食案上已摆好了热气腾腾的紫米粥、细汤饼、百岁羹、玉面尖等满满一桌子吃食。紫米粥盛在素净的白瓷碗里，细汤饼盛在碧色的青瓷碗里，很是养眼。食案中间还用带盖的大银盘装了一份五颜六色的米锦。米锦用豆泥或枣泥做馅，是唐人重阳节时必吃的点心，因为有七种颜色，又称"花糕"。除此之外，还有一份用牛羊猪熊鹿五种肉丝生腌成脍的五生盘，端的让人眼花缭乱。

璎珞不由愣住了，方才他轻描淡写说"让厨下准备了一些吃食"，原来却是这般丰盛！他定是一早起来开始张罗这顿早膳了。

"璎珞，这些可是你爱吃的？若是都不爱吃，让厨下重新做也使得。"看着璎珞清瘦的模样，王夫人一脸疼惜道。

"阿家，儿媳不挑食，这些都是儿媳素日爱吃的，看着就很养眼。"璎珞扶王夫人落座，垂手立于王夫人身后。

"璎珞，你坐摩诘身边去吧，咱家可没那么多规矩。"王夫人转身拍了拍璎珞的手，呵呵笑道。

见母亲如此说，王维忙过来牵了璎珞的手，拉她在自己身边坐下，低声问她："你昨日正经没吃什么东西，先来一碗百岁羹如何？"

百岁羹放在食案中间，乳白色的高汤映着碧绿的荠菜，让人食指大动。璎珞站起身来，盛了一碗百岁羹，端到王夫人面前道："阿家，百岁羹要趁热吃才好，请您先喝。"

"好，今日喝百岁羹最是应景，阿娘祝你们小两口早生贵子、百年好合。"王夫人接过璎珞递来的百岁羹，笑得合不拢嘴。

璎珞再入座时，王维早已替她盛好了百岁羹。璎珞顿时有些不好意思起来，哪有人当着阿娘和弟妹们的面，给娘子盛汤的道理？可看他那神情自若的样子，仿佛这是再平常不过的事。

小两口的一举一动，王夫人都看在眼里，心中很是欣慰："璎珞，你方才说百岁羹要趁热吃，你也快吃吧，凉了只怕不鲜了。"

璎珞忙应了一声，低头喝了一口，只觉得这百岁羹端的美味，是她从小到大喝过的百岁羹里最鲜香好喝的。她想起了，他曾对她说"养胖些，等我来接你"，如今，他已经把她接进了门，莫非接下去就是要将她"养胖些"？如果一直这样吃饱了睡，睡醒了吃，而且还是吃他准备好的，"养胖些"倒也指日可待了。

用过早膳，王老夫人回房安歇，王缙和崔兴宗也顾自去忙了。王维看旁边无人，就忍不住摸了摸璎珞的脸颊，趁她不注意时，手指一勾，便从她的发髻里散了两绺长发下来，笑问道："娘子，今日想在家歇着？还是坐车出去转转？"

璎珞正想回答"出去转转"时，王维却一脸笃定道："昨日累了一日，我看今日还是在家歇着为好。明日若是天气好，我再陪你去外面走走。"

璎珞没好气地瞪了他一眼，这个男人，真是恨不得什么事都替她做了，包括替她做决定。正当她腹诽不已时，只听王维凑到她耳畔低笑道："等你养足了体力，你想去哪里，我都会陪你。"

"养足体力？"自昨晚开始，王维对她说的每一句话，都似乎话中有话。被他这样一说，她倒真的有点乏了，整个人就像踩在云端，使不上力气，莫非因为昨晚……

璎珞正胡思乱想间，王维已伸手托住了她的腰，低笑道："来，咱们回房，我给你看一样东西。"

"什么？"听王维说要给她看一样东西，璎珞顿时来了兴致。

"暂不透露。"

"嗯，那，我也有样东西要给你。"

"什么？"

"不告诉你。"璎珞下巴微扬，一脸"以其人之道还治其人之身"的俏皮和得意。

王维不由想起了那个元宵节上女扮男装的璎珞，手上微一用力，就将璎珞牢牢箍在了怀里，一脸坏笑道："反了吗？"

　　璎珞想板起脸孔瞪他一眼，但看到他那透着宠溺的坏笑时，还是绷不住"扑哧"一声笑了，两人说笑着携手往房中走去。

　　"璎珞，你先闭上眼睛。"进屋后，王维拉她在窗前的月牙凳上坐下。

　　"嗯。"璎珞乖乖闭上了眼睛。

　　只过了一息功夫，璎珞觉得手腕上一阵微凉。睁眼一看，只见王维已挽起她宽大的衣袖，将一只黄澄澄的赤金掐丝镯子戴在了她纤细的手腕上。

　　她的手腕本就白皙细腻，被这只镯子一衬，愈发皓若霜雪、皎若新月，让人我见犹怜。

　　"好精致的镯子！"璎珞虽然见过许多镯子，但这样精致的镯子却还是第一次。

　　她拿在手中细细端详，只见镯子接头处做成了镂空飞鸟衔珠状，花枝环绕，飞鸟灵动。更难得的是，这珠子不是别的，正是她送给他的那颗晶莹剔透的红豆！

　　"喜欢吗？"王维将她的手拉到唇边，轻轻吻了一口。

　　"摩诘，谢谢你。"想到他定是在这镯子上费了不少心思，璎珞心头不由一热。

　　"傻璎珞，是谁说今后不许再说'谢谢'二字，这会子又是谁犯规了？你说该如何罚你！"王维剑眉一挑，一脸坏笑道。

　　璎珞掩嘴轻笑："怎么罚我？"

　　王维笑而不语，故作沉思状，半晌才淡淡地瞥了她一眼，眼中是藏不住的笑意："不急，今晚再和你细细算账。"

　　璎珞心知又被他调侃了一回，刚想伸出粉拳轻捶他几下，却被他轻轻松松握到了手心，低下头来笑道："说到精致，我倒是想起上回你送给我的那对鸳鸯，绣得着实好看！我再没有见过比你绣得更鲜活的针线了！"

　　他的手并没有握得太紧，但璎珞却怎么也抽不出来，王维笑得越发愉悦，在她耳畔轻声道："今晚你也要有这样的精神才好。"

　　璎珞耳后顿时"腾"的烧了起来，没好气地瞪了他一眼："你欺负人，我这就告诉阿家去。"

　　王维笑着放开璎珞，揉了揉她的头发，眼中是满满的宠溺："傻璎珞，刺绣到底过于劳神，今后不可多绣，仔细伤了眼睛。"

　　王维的声音似乎有种魔力，璎珞心底一片柔软，靠在他宽阔的肩头柔声吟道："摩诘，我会一直戴着这个镯子。看到它，就像看到了你。"

　　"这颗红豆，戴在你手，藏在我心。"王维揽过璎珞，深情款款道，"还有一颗红豆，下回再给你做一个，刚好凑成一对。"

"摩诘，你什么都替我做了，我还能做什么呀？"璎珞小声嘟囔道，忽然想到了什么似的，抬头笑道，"对了，家里中馈之事，我若做得不好，你可不许笑话我！"

王维笑着揉了揉她的头发，一脸宠溺道："我怎会笑话你？"

"那，明日早膳，我来安排可好？"她认真地看着他，目光中一脸俏皮。

王维心思急转，恍然大悟，原来，璎珞误会他了。

他捏了捏她的脸颊，哈哈笑道："傻璎珞，今日我去安排早膳，并非担心你安排得不好，而是一则我横竖无事，二则嘛，你辛苦了一夜，想让你好好睡一觉。你放心，待咱们去了济州，中馈之事自然要交给你打理了。"

这个男人，怎么什么话到了他这里，都变得如此合情合理了？可是，又似乎哪里感觉不对劲？

正胡思乱想间，只听他宽慰她道："璎珞，家里中馈之事，你知道一些也就罢了，不必刻意去学去做，我不许你太过辛苦。"

璎珞伏在王维怀里笑道："你放心，我性子疏懒，一定不会苦了自己。再说了，为你洗手作羹汤，哪里辛苦了？明明是幸福才对。"

王维低头看着怀中的璎珞，搂住她的手臂不觉紧了一紧。不过，他似乎想起了什么，原本微笑的眼神渐渐有些黯淡下来，叹了口气道："璎珞，济州的日子，恐怕会比你想象中辛苦得多……"

不待王维说完，璎珞就伸手按住了他的唇，柔声道："《诗经》中最美的句子，莫若'死生契阔，与子相说。执子之手，与子偕老'。人生不过百年，若所偕之人非所爱之人，即使锦衣玉食，又有何趣？若是相爱之人，即使粗茶淡饭，又有何惧？"

看着怀中温柔婉约的璎珞，一股不可抑制的柔情在心里翻腾。虽然他第一次看到璎珞时就知道璎珞不同于寻常女子，但当她说出这番情真意切的话时，心底依然有种不可名状的感动。

是啊，"死生契阔，与子相说。执子之手，与子偕老"，不就是赠你一世深情、共你一世风霜吗？

他情不自禁地低头吻上了璎珞光洁的额头："璎珞啊璎珞，老天待我何其厚也！我何德何能，此生竟能遇见你！"

璎珞将头埋在王维胸口，吐气如兰道："摩诘，那天在竹山上，我也曾问你，咱们只见过两次，你为何就认定了我？"

王维久久凝视着璎珞，黑亮的眸子里有一种深不可测的柔情："傻璎珞，容我用一生的时间来回答你，不，一生还不够，今生，来生，生生世世，我都认定了你。"

"摩诘,老天会不会觉得我们太贪心了?"璎珞闭上眼睛,在王维怀中甜甜地笑了。其实,她心里想说的是:"摩诘,我愿生生世世,听你慢慢回答。"

这一刻,屋内安静得只剩下彼此的心跳声,就连窗外的秋风也不忍打扰这对璧人。

这一切,美好得就像一个梦。不,比梦还要美好一万倍!

第二十一章　汴州赏菊　青城饮酒

又是一夜温柔缱绻。

次日清晨,璎珞从一室花香中悠然醒来,下意识地往枕边摸了摸,却已不见王维身影。

莫非他又去厨下忙碌了?璎珞急忙披衣下床,双脚刚踩在地上,就听见门"吱呀"一声推开了,王维满面春风地走了进来。

"你怎不叫醒我?"

"天色还早,再安心睡会儿。今日我让厨下准备了你爱吃的焦糖、粉果,待会可要多吃些才好。"王维一边说着,一边挨着璎珞坐了下来。

焦糖和粉果?她好像只是无意间说起过她爱吃焦糖和粉果,没想到他就记住了。

"摩诘,你说我除了睡觉,还能做什么呢?"

"你吗?"王维故意皱起眉头,认真地想了一想,煞有介事道:"天将降大任于是人也!你如今可是重任在身。"

"哦?什么重任?"璎珞一时有些迷糊。

"昨日你不是已经答应阿娘了吗?"王维哈哈一笑,顺势将她连被子带人一起揽进怀里,笑而不答,眼里满是促狭。

"答应阿娘?"璎珞心思急转,是了,昨日阿娘曾说盼着早日能抱小郎君,她说记住了,那不就是答应阿娘会早日为王家生个小郎君吗?

昨夜种种温柔缠绵,一股脑儿涌上心头。看来,为了早日完成阿娘交代的任务,他真是够拼的!唉,这个男人,怎么该记住的,不该记住的,都通通记住了!

他似乎又听到了她的腹诽,将她搂得更紧了些。璎珞不禁一阵脸红心跳,往他怀里蹭了蹭，一阵不可抑制的笑声从他胸腔中滚滚传来……

不知何时，他的头便低了下来，先是落在她的额头上，接着便稳稳地落在了她的双唇上。她的唇齿间，再次涌入了他那温暖清爽的气息。她也情不自禁地伸出手去，勾住他的脖子，在他唇上轻轻咬了一口。他轻"嘶"了一声，接着就用更有力的臂膀，紧紧箍住了她，深深地吻了回去……

不知过了多久，他才依依不舍地放开璎珞，半是玩笑半是认真道："娘子，等咱们到了济州，头一件事，便是把阿娘交代的正经事办了，可好？"

璎珞没好气地瞪了他一眼，他不是天天在办阿娘交代的正经事吗？一时间，不知该点头？还是该摇头？她只知道，她的心里早已化成一潭春水，波光潋滟。

"不知阿娘诵经如何了？咱们还是下楼吧。"半晌后，璎珞从他怀中抬起头来，看了看窗外的天色，看向王维道。

"唔，我好像闻到焦糖和粉果的香味了，为夫这就伺候娘子更衣。"王维随手取过璎珞的外裳，轻轻披在璎珞肩头，"眼下已是深秋，寒气一日重似一日，你身子弱，倒要多穿些，小心着凉了。"

璎珞乖乖地点了点头，用手拢了拢外裳，笑盈盈地往妆台走去。

待她在月牙凳上坐下，王维拿起妆台上的檀木梳子，替她一下一下梳起了长发。看着镜中一脸专注的他，她想起了成亲那天他吟的那首"催妆诗"——不须满面浑妆却，留着双眉待画人。

她回眸笑道："摩诘，你也会像汉代张敞那样，日日为娘子画眉吗？"

不料，王维却剑眉一挑，摇了摇头："不会。"

璎珞自然知道他一定话中有话，看着他笑而不语。

"我家娘子眉蹙春山，眼颦秋水，不画就已很美，何必画蛇添足？"王维在她身后揽她入怀，在她耳畔笑道。

璎珞娇嗔道："你尽会哄我，我哪有这般好？"

"我哪有哄你，璎珞，你不知道自己到底有多美！"说着，俯下身子，在镜中和她相视而笑。

看着王维眼中的宠溺，她想了一想，侧头问道："你说，张敞为何喜欢给娘子画眉？"

"这个嘛，要从张敞小时候说起。"王维放下梳子，侃侃而谈，"张敞小时候很顽皮，有一次投石子玩，不小心误伤了邻家小姑娘，使得姑娘眉角留下了一道疤痕。邻家姑娘长成妙龄少女后，张敞上门提亲说：'我伤了你的眉毛，就让我为你画一辈子眉吧。'"

第二十一章　汴州赏菊　青城饮酒

璎珞不由听得痴了，半晌才点头叹道："如此说来，那颗伤了姑娘眉毛的小石子，倒是月老替他们牵的红线呢。"

"是啊，我这辈子最幸运的是，捡到了你不小心丢失的丝帕。"

璎珞怔怔地看着镜中的他，是啊，如果她不去长安，如果去了长安后不去看花灯，如果看了花灯后不丢失丝帕，她还会认识他吗？

"来，璎珞，我也学一回张敞，替你画眉。"王维将璎珞身子扶正，用黛石在她眉峰稍稍补了补，笑道："娘子可还喜欢？"

璎珞的眉毛本来就很美，经黛石加深颜色后，愈发明珠生辉，自有一种清丽脱俗的美。而那个身边的他，则玉树临风，自有一种高华儒雅的气度。

"今日倒是比昨日精神多了，待会用完早膳，我陪你出去散散？"

"好啊，我想去看看你小时候嬉戏的地方。"

"好。"王维携了璎珞的手，步出屋外。

秋阳和煦，秋风不冽，阳光斜斜洒进庭院，将在风中打转的落叶镀上了一层金光，仿佛一群蝴蝶舞姿翩跹。

"璎珞，眼下菊花开得最盛，想不想去汴州赏菊？"王维牵着璎珞的手，缓步往村口走去。

"好呀，人人都说兰花是花中君子，其实菊花亦然。三春过后，百花凋零，唯独菊花凌霜盛开，自有一种甘于寂寞、西风不落的傲骨。"璎珞眼前一亮，侧头展颜笑道。

王维不由停下脚步，点头笑道："咱家璎珞越发长进了！你这番对菊花的评价，倒是让我想到了一个人。"

"你是说一生爱菊的陶渊明先生吗？'采菊东篱下，悠然见南山'的境界，让人心向往之。"

王维笑着摇了摇头，看四周无人，便伸手抚上璎珞的脸颊："璎珞，你不正是一朵甘于寂寞、西风不落的菊花吗？"

璎珞自小就长得美，常被人夸如花似玉，但被赞美说像菊花，倒还是第一次。她绷不住心中的欢喜，抬头笑道："你几时这么会哄人了？"

王维双手捧住璎珞的脸颊，看着璎珞亮如星辰的眼睛："如果这是哄你，我愿哄你一辈子。"

璎珞被王维看得有些不好意思起来，垂眸笑道："我哪有那么好？其实，我胸无大志，生平所愿，不过是看花开花落，赏云卷云舒，过自由自在的生活。"

王维明白璎珞说这番话是不想给他的仕途前程增添任何压力，他在她眉心落下一吻，拥她入怀道："璎珞，你想过的生活，也正是我想要的。我们有长长的一生，可以一起欣赏世间各种美好。任天上云卷云舒，只给一个倒影，不起一丝涟漪，可好？"

"好呀，那咱们何时去汴州看菊花？"璎珞下巴微扬，一脸憧憬道。

"咱们这便回禀母亲，择日启程。"王维和璎珞相视而笑，他们仿佛已置身菊花丛中，菊影重重，含苞待放，目光所及之处，是一颦一笑千百媚，一丛浅淡一丛深。

这日，王维和璎珞拜别母亲，对弟妹们嘱咐了一番后，向汴州出发了。

汴州位于黄河以南，居天下之中。

隋炀帝开凿大运河，绵延两千多公里，分永济渠、通济渠、邗沟、江南河等四段。其中，通济渠就在汴州城内，贯通黄河和淮河。来自江南的粮食、货物源源不断地运到汴州，再从汴州运往洛阳、长安。因此，唐朝开元年间，汴州已是一座繁荣富庶的名城。

一入汴州城，随处可闻叫卖茱萸和菊花酒的声音。汴州城内赏菊的最佳去处是百花苑，在客栈稍事休息后，王维携璎珞直奔百花苑而去。

百花苑内，就连空气中都弥漫着菊花特有的淡雅清香，随处可见花朵硕大、色泽纯正、高矮适中的菊花。

璎珞穿了鹅黄色窄袖罗衫和浅绿色齐胸襦裙，轻快地穿梭在菊花丛中。秋阳洒落在她身上，愈发人淡如菊，心素如简，举手投足间，自有一种超凡脱俗的清丽婉约。

此情此景，王维不觉看得怔了。曾经，他一度以为，今生再无可能和璎珞共度余生。而此时此刻，竟能和璎珞携手共赏菊花……

"摩诘，你看，这重瓣紫色菊花，当真好看。"顺着璎珞手指的方向，王维看到花圃中有一株开得正艳的紫色菊花，有意思的是，顶上不是一朵，而是双花对峙，傲立群芳。

"若是将这朵重瓣紫菊插在白瓷瓶里，定是好看。"

"重瓣紫菊是菊中珍品，最是难养。养花如养人，需花了心思在上面，才能养得这般好。"王维近前一步，在璎珞耳畔笑道，"你若是重瓣紫菊，我便是养花人。"

璎珞没好气地嗔了他一眼，真有他的，连看个花都能被他编出一段情话来。

王维携了璎珞的手，一边赏花，一边将各色品种一一说给她听。

"娘子，我忽然想喝菊花酒了，今晚你陪我喝一杯可好？"王维笑微微地看向璎珞，眉头微不可见地挑了挑，眼里有几分调皮。

璎珞知道王维酒量了得，侧头笑道："每年菊花盛开时，阿娘就会酿菊花酒给阿爷喝。摩诘，我也酿菊花酒给你喝。"

"只怕尚未喝上娘子酿的菊花酒，为夫已经先醉了。"

他俩的笑声久久回荡在百花苑中。和爱人共赏菊花、共饮佳酿的时光，一生中能有几回？人世间最幸福的事，莫过于此。

当王维和璎珞流连忘返于汴州城的菊花时，在距离汴州千里之外的蜀中青城山，玉真公主正独自喝着一杯五味杂陈的菊花酒。

青城山位于益州（今四川成都），以水秀林幽、山雄石怪为奇，有"青城天下幽"之美誉。

没有王维的长安，没有亲情的李唐王室，让玉真公主意兴阑珊、心灰意冷。她抄写完《道德经》后，就怅然离开长安，来到了距离长安千里之外的青城山。

她想在这里放下一切，回到不曾认识王维时的从前……

盛在夜光杯中的菊花酒，散发着琥珀色的光芒，轻轻一摇，犹浸菊香。虽然酒是温热的，但喝在口中，却渐渐发凉，一如那些红尘往事。

同样是菊花，却也命运迥异。

有的菊花，开在爱人的心尖上，被爱人珍藏一生一世。

有的菊花，却在寒风中孤独地开，孤独地落。唯一的欣赏者，只有菊花自己。最终，无非被酿成了一杯苦酒，留下似有若无的一缕残香罢了。

她手中的这杯菊花酒，就是用那些孤芳自赏的菊花酿成的。否则，怎会如此发苦？如此酸涩？

她一口一口地喝着，和酒一起入喉的，还有那些悲凉的回忆。这样也好，就让它们一起咽入喉中，尘封在记忆深处罢。

其实，她并非孤芳自赏，自有人对她爱慕有加。

那个人，是和王维同龄的陇西成纪（今甘肃天水）人李白。

李白的血液里，流淌着不同于汉人的文化基因。

701年，李白出生在碎叶城（今吉尔吉斯斯坦境内）。碎叶城是唐朝在西部地区设防最远的一座边陲城市，与龟兹、疏勒、于田并称为"安西四镇"，是丝绸之路上的重要城镇之一。

李白五岁那年，突厥人入侵碎叶，李家举家东迁，辗转来到绵州昌隆县（今四川省江油市）青莲乡定居。

715年，当王维从山西前往长安参加科举考试时，李白开始炼丹舞剑、求仙问道。

他隐居在昌隆县附近的戴天山，戴天山上有一位道行高深的道士，李白几次前去拜访，都无缘相见。怅然而归的李白，写下了《访戴天山道士不遇》。

"犬吠水声中，桃花带露浓。树深时见鹿，溪午不闻钟。野竹分青霭，飞泉挂碧峰。无人知所去，愁倚两三松。"

第二十一章 泸州赏菊 青城饮酒

后来，李白离开戴天山，先后出游江油、剑阁、梓州等地，在天地之间纵横驰骋。

719年，李白听说当时的天下名道、人称白云先生的司马承祯道长正在嵩山清修，立即前往嵩山拜访。

司马承祯出生于647年，字子微，法号道隐，是晋宣帝司马懿之弟司马馗的后人。他家学渊博，琴棋书画无所不精，尤其擅长篆书和隶书，他独创的"金剪刀书"更是一绝。

然而，出生世家的他却厌倦仕途。667年，二十一岁的他拜在当时著名的道士潘师正门下，隐居嵩山，潜心修道。

潘师正是南朝著名医药家、炼丹家、文学家陶弘景的第四代弟子。潘师正十分赏识司马承祯，在潘师正的悉心培养下，司马承祯成为道教茅山宗上清派第十二代宗师。

只可惜，当李白慕名赶到嵩山时，司马承祯已离开嵩山，前往天台山玉霄峰清修。不过，李白也没有白走一趟，他有幸认识了司马承祯的弟子胡紫阳。

胡紫阳有一弟子，名叫元丹丘，和李白年纪相仿。李白潇洒不羁，自视甚高，却和元丹丘一见如故，成为无话不谈的道友。

720年春天，李隆基任命元丹丘为长安大昭成观威仪使。元丹丘离开嵩山，前往长安。分别之际，李白写《颍阳别元丹丘之淮阳》赠元丹丘。

两人互道珍重，相约日后再见。

721年深秋，元丹丘从长安赶到青城山，约李白相见。

"太白，你才华横溢，鲜有人及。当今圣上从善如流，引天下英才而用之。你是锥处囊中、其末立见呐。"

"哪里哪里，丹丘谬赞了。我一生所好，唯饮酒、舞剑、炼丹、修道而已。所谓快意人生，大抵不过如此。"

"太白此言差矣。常言道：'乱世隐于山林，盛世出将入相。'眼下正是太平盛世，你如此埋没乡间，岂不可惜？你若有心入仕，我或可助你一臂之力。"

"哦？此话怎讲？"

"当今圣上的同胞妹妹玉真公主，法号持盈。说起来，我和公主倒有一面之缘。"

"玉真公主？"李白怔了怔，随即摇了摇头，"天生我材必有用，至于这个'用处'，是在庙堂之上，还是山野之间，并没什么要紧。来来来，如此清风明月，还是喝酒要紧。"李白说着又拿起酒杯，一干而尽。

唉，李白嗜酒如命，美酒当前，就什么都不管不顾了。元丹丘摇了摇头，一仰脖，也喝下了杯中美酒。

其实，元丹丘和玉真公主并非只有一面之缘。

奉李隆基诏命，玉真公主拜司马承祯为师，并为司马承祯修建金塔。

玉真公主在王屋山修道时，元丹丘曾跟着师祖司马承祯、师傅胡紫阳去王屋山拜见公主，坐而论道。

元丹丘的聪慧机敏，给玉真公主留下了很好的印象。由于胡紫阳身体欠佳，玉真公主有事求教司马承祯时，往往派人传话给元丹丘，由他负责向司马承祯禀报。

渐渐地，和司马承祯有关的一应大小事务，都由元丹丘负责照顾、打理。

久而久之，元丹丘和玉真公主便熟络了起来。玉真公主回到长安玉真观后，并未忘记元丹丘。720年初春，李隆基任命元丹丘为长安大昭成观威仪使，其实就是玉真公主推荐的。

见识了长安的繁华后，元丹丘越来越觉得，以李白的无双才华，不来长安实在太可惜了。

721年中秋节前夕，元丹丘曾从长安赶往骊山拜访玉真公主，向她禀告岐王被贬的消息。

本想趁那次机会，顺便将李白的诗作送呈公主，不过，看公主那天蛾眉深锁、心绪不宁，他觉得时机不妥，便只字未提。

本想等重阳节后再去玉真观拜访公主，不料，公主却突然来青城山了。于是，他忙追到了青城山。

这次，他便打定主意，不管李白是否愿意，都要将李白引荐给玉真公主。

第二十二章　公主深意　李白失意

当元丹丘谋划着要将李白引荐给玉真公主时，玉真公主心里牵挂的，却是王维收到她的《道德经》后，会是怎样的心情？

在汴州逗留数日后，王维和璎珞前往济州。不几日，就到了济州州治所在地卢县。

赵化早已替王维打扫好庭院，收拾好屋子。里里外外，焕然一新。

"王大人，王夫人，你们一路车马劳顿，辛苦了！"王维和璎珞的马车刚徐徐停稳，赵化就笑容可掬地迎了上来。

"仙舟,有劳了,衙门里一切都好吧?"

"王大人,衙门里一切都好。"赵化一边帮王维搬运行李,一边挑要紧的向王维汇报了最近一个多月的衙门事务。末了,他搓了搓道,"王大人,您若有事,尽管盼咐小的去办,若是无事,小的就不打扰大人和夫人休息了。"

当王维和璎珞正准备收拾行囊时,郑刺史甩着臂膀,大摇大摆地走了进来。

"王参军,你可回来了!"郑刺史一开口说话,几十米外都能听到,璎珞早早回避。

"郑大人亲自到访,在下未能远迎,失礼了。"

"哎,咱俩之间,何必拘礼!"

郑大人一边哈哈笑着,一边故作神秘地从袖袍中取出一封信和两样东西,递给王维道:"王参军,这是岐王派人送来的。我本想派人给你送到蒲州,但岐王特地让信使交代说,如果你已回蒲州,不必急于给你。带你回济州后,交与你便是。"

听说岐王派人送来东西,王维又惊又喜,忙双手接过,向郑刺史抱拳道:"多谢郑大人费心,在下在此谢过。"

两人又寒暄客套了几句,郑刺史就告辞了。王维返回堂舍,展信细读。

"摩诘,九为阳数,日月并应,俗嘉其名,宜于长久。九月初九是大吉之日,祝你和崔氏贤伉俪百年好合……"

"为庆贺贤弟新婚之喜,特送上两份薄礼。一是本王收藏的欧阳询绝世名帖《九成宫醴泉铭》,本王知你喜欢,送你临摹。二是玉真公主亲笔手抄的《道德经》,望你好好珍藏……"

《九成宫醴泉铭》和《道德经》?他忙放下信笺,打开礼物,看着岐王在《九成宫醴泉铭》扉页上的收藏印章和公主那温润秀雅的笔迹,一时百感交集。

璎珞端了一盏热茶给王维,她知道岐王和玉真公主对他有知遇之恩,也隐约知道岐王和他此次被贬有关,柔声道:"岐王和公主都是重情重义之人,待你恩重如山。这份恩情,咱们要记在心里,将来定要涌泉相报才好。"

王维从璎珞手中接过茶盏,拉她一起坐下,叹了口气道:"是啊,如果没有岐王和公主,或许我今日还不得其门而入。只可惜,我还是辜负了他们……"

停顿片刻,王维手抚《道德经》,若有所思道:"公主出家多年,慈悲为怀,她送我《道德经》,或许是想让我领悟《道德经》的深意吧。"

"道可道,非常道。名可名,非常名。老子下笔千言,我等凡夫俗子,则要回味一生。"璎珞点头道。

王维翻开《道德经》,不偏不倚,刚好翻到第九章,不由读了下去:"持而盈之,不如其已；揣而锐之，不可长保……"

璎珞听到这段话时，心里突然"咯噔"了一下。

和金银珠宝相比，岐王和玉真公主赏赐的礼物太不寻常。岐王收藏的书帖倒还罢了，玉真公主手抄的《道德经》，初看起来平常，细思之下，其实甚为蹊跷。

公主手抄《道德经》相赠，难道真如王维所说，只是希望他领悟《道德经》吗？背后可有其他深意？公主法号"持盈"，是否出自《道德经》中这句"持而盈之，不如其已"？方才王维看到《道德经》中"持盈"二字时，似乎怔了怔，莫非他想起了什么？

璎珞一路想了下去，一时之间，竟有些不知所措。

"璎珞，在想什么呢？"不知何时，王维已放下《道德经》，拍了拍璎珞的手背。

璎珞抬头，刚好对上他那澄澈坦荡的眸子，忙收回思绪："我在想，今日晚膳，我该做点什么才好？"

"今日你刚到济州，好生歇着，我做给你吃。"王维起身笑道。

"那可不成。咱们不是说好了吗？到济州后，家里中馈之事，都交与我来打理，你可不许说话不算话。"

王维哈哈一笑，弯起食指在璎珞额上轻轻弹了一指："娘子果然好记性，看来为夫今后有口福咯。"

"不过，如若不合你意，可不许笑话我哦。"璎珞嫣然一笑，往厨房走去。

"好，娘子放心，为夫不挑食，好养得紧。"

"好呀，那你等我。"璎珞迅速消失在了门帘背后。

看着璎珞翩然离去的背影，王维长长舒了口气。方才，看到璎珞双眉微蹙、低头不语，他知道，她心中定是有了疑虑。

其实，自和璎珞成亲以来，他不是没想过，要将他和玉真公主之间的事情明明白白告诉她。然而，一则玉真公主贵为圣上胞妹，焉能被皇室以外的人随便议论？二则说到底，他和公主之间其实并没有发生什么。因此，几次话到嘴边，还是按下不说了。

不过，他万万没有想到，玉真公主会亲手抄写《道德经》给他。这样情深义重的厚礼，任何人看了，都会知道他在玉真公主心中的分量一定非同寻常，更何况冰雪聪明的璎珞？

他不想让璎珞对他和玉真公主有所误会，但又不知从何说起。有些事情，或许本来没有什么，说得多了，反倒就有什么了。因此，还是什么都不说吧。

他再次看了一眼手边的《道德经》。他怎不明白，公主的深意，其实尽在"持盈"

二字。

她希望他记得她，他自然会记得她，但这份"记得"，是一清如水的君子坦荡荡，除此之外，再无他物。

当天色渐渐暗下来时，厨房里开始飘来一阵阵诱人的香味。

王维起身步入厨房，只见璎珞正挽起袖子，在食案边布置碗筷。王维忙快步走了过去，轻轻按住璎珞的手，一脸怜惜道："我来。"

璎珞笑道："你猜我今晚煮了什么？"

王维直起身子，深吸了口气，点头笑道："闻着这香味，倒是有点南烛叶的味道。"

璎珞原以为他猜不出，正好可以小傲娇一番，没想到他一猜就中，不由有些泄气。这个男人，要不要时时处处都如此"运筹帷幄、决胜千里"嘛！

王维似乎听到了璎珞的腹诽，捏了一下她的鼻子，一脸坏笑道："你不知道你夫君的鼻子有多灵吗？不用说南烛叶，便是你身上的……"

不待王维再说下去，璎珞脸上便飞起一片红晕，一边捂住他嘴，一边扬声道："小蝶，晚膳可以得了吗？"

"来咯！"小蝶应声而入，将青精饭和各色佳肴一一摆放在了食案上。

在白瓷碗的衬托下，青精饭碧绿照人，似乎每一粒都透着晶莹的光泽。

王维端起白瓷碗，闻了闻香味，细嚼慢咽地尝了一口，剑眉一挑，转头对璎珞笑道："果然很香！我很多年没有吃过青精饭了，璎珞，难为你还会做这个。"

"这有何难？你若喜欢，我日日煮给你吃。"璎珞笑吟吟地看着他，带着一点小小的得意，"适才你说这是用南烛叶汁煮的，其实并不全对。"

"哦？莫非还有其他妙方？"王维饶有兴致地看着她。

"我将生米在南烛叶汁中浸泡了小半个时辰，待生米完全吸收了叶汁，再用小火去煮。这样煮熟的饭，色泽更佳，香味更浓。"璎珞慧心巧思，娓娓道来。

"想不到咱家璎珞还深谙饮食之道。看来，今后家中中馈之事，为夫可以放心了。"

"嗯，你总是小看我。"璎珞回头，一脸傲娇地看了他一眼。

王维心中一愣，仿佛被什么触动了一下。是的，她说得对，他总是小看她。

当他尚未科举及第时，他以为她会看不上他；当他无端被贬官时，他以为她会无法接受这个事实；当他贬谪济州时，他以为她会吃不了济州的苦……

可是，他似乎全然想错了。他的璎珞，从来不是这样的女子。

他不由放下竹箸，将她垂在耳鬓的一缕秀发慢慢顺到耳后，声音中带着几分歉意、几分宠溺："是的，我总是小看你，而你，却总是给我惊喜！璎珞，我会用长长的一生去读懂你。"

璎珞心中不由心驰神摇，是的，他们有长长的一生，可以一起看花开花落，赏云卷云舒，过无忧无虑、自由自在的生活……

"阿郎，娘子，如意卷来咯。"小蝶端着一叠黄灿灿、香喷喷的如意卷，快步走了进来。

如意卷是大唐盛行的美食，用肉末、葱末、姜末、花椒末、黄酒、芝麻油等搅拌成馅，卷进鸡蛋皮里，俗称"鸡蛋卷"。又因为鸡蛋卷每个侧面都有清晰的云纹，恰似玉如意，故又称如意卷。

王维用竹箸夹起如意卷，两面看了看，点头赞道："璎珞，这如意卷做得端的精巧，你是几时学会的？"

"这是我第一次做如意卷，不知可合你口味？你快趁热尝尝。"

王维蘸了些许花椒盐，送进嘴里细细品尝。

"嗯，外酥内松，好吃得紧。"

璎珞一脸喜色："摩诘，想不想尝尝我做的高汤百岁羹？"

他俩新婚第一天，王维让厨下做了百岁羹。此番听璎珞提起高汤百岁羹，便低头想了想："娘子说的高汤，莫非是鸡汤？"

璎珞点头笑道："到底是什么都瞒不过你。我想着鸡汤本就鲜美，若搭配新鲜荠菜，味道自然是好的。"

说话间，小蝶已为他俩各盛了一碗热气腾腾的百岁羹，又去厨下忙其他事了。

王维端起百岁羹，故意慢条斯理地尝了一口，夸张地叹了口气："娘子手艺，果然了得，只是……"

璎珞心中一怔，忙问："可是不合你的口味？"

看到璎珞一脸紧张，王维朗声笑了起来，顺势将她揽入怀中："傻璎珞，我是想说，你若每日如此费心安排膳食，只是太辛苦了些。"

璎珞不由舒了口气，没好气地嗔了他一眼，顺势靠在王维肩头，悠然道来："其实，中馈之事，我原本不懂。阿娘让我向福嫂学了一些，不想越学越有趣儿。那时，我便觉得，成亲后若能为你做一桌子美食，看着你慢慢吃完，便是最开心不过的事了。"

王维闻着璎珞发上的淡淡花香，搂住她的双臂明显更紧了些，低声笑道："好，那我就听娘子的，将这一桌子美食都慢慢吃完了。再说了，吃饱了才有力气……"说到这里，王维故意停了下来，看着璎珞笑而不语。

璎珞顿时明白了他话里话外的意思，不由脸上一热，娇嗔道："再不吃，这百岁羹都要凉了……"

"百岁羹固然美味，不过，还是看你更有味道。"王维嘴角的笑意似乎更深了。

屋内红烛燃烧，烛光跳跃，靠墙的螺钿莲花纹大床、床上的大红罗帐、床前的曲足案、三彩柜……似乎都被笼罩在了那一抹令人沉醉的红晕中。

王维不由在心里低叹，因为有了璎珞，济州的一切，都和他孤身一人时大不一样了。

当王维和璎珞在济州开始了他们的新生活时，玉真公主则在青城山上清宫遇见了李白。

蜀中的冬天并不算冷，不过，721年的这个冬天，却一连下了好几场雪。

这日清晨，听说元丹丘要来，李白早早起床。睡眼迷糊中，只见窗外一片白光。他忙揭起窗屉，往外一看，天地之间，已是白茫茫一片。在积雪的映照下，青松更绿，红梅更艳，恰似一个粉装素裹的琉璃世界。

正当李白想饮酒赋诗时，元丹丘来了。他脱下斗篷，掸去雪珠，啧啧称奇道："想不到青城山也有如此大雪。"

"丹丘生，你来得正好！如此好雪，怎可没有好酒？"李白一边招呼元丹丘落座，一边忙去取酒。

"太白，且慢，且慢。如此雪天，咱们去青城山上喝酒、赏雪，岂不更妙？"

"雪中爬青城山？此话从何说起？"李白哈哈笑着，为元丹丘和自己各满了一杯酒。

"太白，你还记得我前几日和你提起的玉真公主吗？她如今正好在青城山清修，这可是千载难逢的机会呐。"元丹丘端起酒杯，一干而尽。

李白端起酒杯，"嗞溜"一声，一杯美酒就倒入了喉中。他将空酒杯递到元丹丘面前，说："丹丘，我这样求仙访道，走遍天下名山大川，过闲云野鹤的生活，不是挺好吗？"

元丹丘按下李白意欲端起酒壶的手，摇了摇头，言辞恳切道："太白此言差矣。即使你不想入仕，也应去会会玉真公主。她懂音律，擅书法，文学造诣更是了得。你见了她，便会明白。"

听元丹丘如此评价玉真公主，李白倒是来了兴致："哦？那我倒是想去会会她了。"

"择日不如撞日，咱们今日便去拜见公主如何？"元丹丘心中暗喜，看来，这一招还是挺管用的。

雪中的青城山，自有一种特别的美。

经过一夜飞雪，原本青翠的群山，瞬间成了一幅雪、雾、山、水融合的水墨山水画。山顶更是云雾缭绕，恍若仙境。

玉真公主在上清宫内打坐。她想和这个素白的世界一样，让自己的心境归于至真、至善、至纯、至美的境界。

忽然，道童来报说，元丹丘冒雪前来拜访。他不是在长安吗？跑来青城山作甚？玉真公主眉头微蹙，迟疑片刻："知道了，让他进来吧。"

待公主从静室来到堂屋时，元丹丘和李白早已恭候在此。

"贫道特来向公主请安。"元丹丘上前施礼道。

"多谢挂念。"玉真公主点头微笑。

"公主，贫道今日冒昧前来，还特地带了一位道友。"说着，示意李白过来拜见。

李白正悄悄打量公主，虽然公主只穿了家常的道袍，身上并无半点奢华，但通身上下自有一种皇家的气派。听元丹丘如此一说，他忙上前一步，对公主抱拳道："在下李白，特来拜见公主。"

李白平时侃侃而谈，今日却有些拘谨，元丹丘忙替他介绍说："启禀公主，贫道和太白因学道而结缘，太白为人豪迈，文采斐然，尤其擅写歌行体和七绝，今日特来请公主指点。"

玉真公主和司马承祯、胡紫阳都相熟，也曾听他们提起过李白，今日见到本人，看其天庭饱满，目光炯炯，果然有一种侠士风骨。

"哦？不知李君祖上哪里？"玉真公主抬头看了李白一眼，淡然笑道。

李白躬身抱拳道："启禀公主，在下祖籍陇西成纪，家父经商，年幼时随家父辗转来到蜀中。"

唐代商人地位不高，在士、农、工、商中排在最末。唐代规定，商人子女不得参加科举考试。听李白如此一说，玉真公主心中顿时明白了几分。

"可否冒昧问一句，李君今年贵庚？"

"说来惭愧，李某已虚度光阴二十一载。"

"二十一载？莫非李君也是则天顺圣皇后长安元年生人？"公主此言一出，就知自己失言，但已来不及收回，幸好李白和元丹丘并未留意。只听李白朗声道："公主说的正是。"

则天顺圣皇后长安元年是公元701年。这一年，也是王维出生的年份。玉真公主不禁想起了第一次见到王维时的情景，那时的王维，和眼前的李白，都是一样的意气风发，一样的才气纵横。

见玉真公主默然不语，元丹丘忙用眼神示意李白，让他将带来的习作送呈公主。李白从袖袍中取出一个诗卷，上前一步，恭恭敬敬道："李某不才，请公主不吝赐教。"

听到"赐教"二字，公主不禁在心底长叹一声。唉，又是"赐教"，真是天大的讽刺……

她定了定神，深吸了口气，才接过李白双手奉上的诗作，闲闲地翻了起来。

当翻到《峨眉山月歌》时，只读了第一句，就被吸引住了。

"峨眉山月半轮秋，影入平羌江水流。夜发清溪向三峡，思君不见下渝州。"

在这首诗里，她仿佛看到了峨眉山上那轮高悬的秋月，看到了平羌江水中那流动着的月光，看到了一位翩翩君子正从山月和江水间缓缓走来……

她放下诗作，抬头看向窗外，幽幽地想："长夜漫漫，明月寂寥，或许，这就是思君不见的滋味吧？"

见玉真公主黯然出神，元丹丘以为她看不上李白的诗作，心中不由有些着急，忙灵机一动，上前建言道："启禀公主，太白不仅擅长写景，还擅长写人，如若公主不弃，不妨让他当场为公主赋诗一首？"

玉真公主这才回过神来，点了点头："好，不妨吟来听听。"

来见玉真公主之前，虽然元丹丘对公主一通赞美，但李白依然有些不屑，任她多么有才，大抵不过如此罢了。但见到玉真公主后，她从骨子里散发出来的高贵、从眼眸里透露出来的优雅，都让李白为之怦然心动。因此，当听说可以为公主即兴赋诗时，李白心中甚喜，欣然从命："李某斗胆，还请公主多多包涵。"

"请。"

李白看了看窗外的青城山，大雪覆盖，云雾缭绕。置身上清宫，恰如天上仙境。座上的玉真公主，仿佛神妃仙子一般……

有了！刹那间，李白就在心里吟成了一首《玉真仙人词》，只听他朗声吟来："玉真之仙人，时往太华峰……几时入少室，王母应相逢。"

李白先说玉真公主前往华山，又乘龙上天，双手弄电，行于云而无踪迹，最后得道成仙，修成正果，去嵩山的时候，连王母娘娘也亲自迎接。

李白心中甚是得意，一脸期待地看着玉真公主。玉真公主自然听懂了李白对她的赞美，可是，不知为何，面对眼前豪阔奔放、热情直接的李白，她心里思念的却是含蓄内敛、优雅从容的王维。

王维和李白，是两个多么截然不同的人。

如果王维也愿意这样热情洋溢、毫无保留地赞美她，该有多好！

可是，如果王维真的这样，或许就不是她喜欢的王维了。

她欣赏的，不正是王维身上那份含蓄内敛、优雅从容吗？不正是那份轻轻拿起、轻轻放下的高贵吗？

李白本以为玉真公主会对他的诗赞不绝口，不料她却半晌都不说话。他和元丹丘都不知道，当公主看着他的作品时，心里想到的，却是另一个才子。

此时此刻，空气似乎僵住了，气氛有些尴尬。

良久，公主才将目光从诗稿中收回，嘴角掠过一抹疏远的微笑："李君的诗，豪迈奔放，潇洒不羁，将来必能自成一体。"

李白也是聪明人，公主这番话，貌似在表扬他，其实只是不带个人喜好的评价，无非是给他一个台阶下罢了。他退后一步，躬身作揖道："多谢公主谬赞，李某还需努力。"

元丹丘也看出了公主客气背后的疏远，心中一沉，施礼道："多谢公主，贫道和太白已打扰公主多时，这便告辞，请公主保重贵体，无量寿福。"

玉真公主并不挽留，派人送走了他们。

当李白走出上清宫时，表面上不说什么，但心里到底有几分乘兴而来、败兴而归的失落。

他不知道公主欣赏怎样的人，不过，可以肯定的是，他不是公主欣赏的人。

第二十三章　缝制冬袍　饮酒猜谜

当玉真公主对着李白思念王维时，王维和璎珞已在济州把日子过成了一首诗。

心中常有诗意流动，生活才会像一首诗。王维和璎珞的日常，就像一首诗。

白日里，王维去济州府衙处理公务，璎珞将家里收拾得井井有条。夫唱妇随，琴瑟和鸣。

深秋过去，便是寒冬。这日，璎珞翻检衣箱，找出了她成亲前为王维缝制的深碧色竹叶纹锦缎夹袍。算起来，他们成亲已有两个多月了，两个多月不见阿爷阿娘，不知阿爷阿娘身体可好？

正胡思乱想间，听到小蝶在外院清脆地喊了声："阿郎回来了。"话音刚落，就见王维掀起门帘，大踏步走了进来。

璎珞忙放下夹袍，悄悄揉了揉眼睛，笑着迎了上去："今日下衙怎么比平日早些？"

王维看了一眼眼角微红的璎珞，揽过璎珞道："这天气一日冷似一日了，下衙时间便提前了些。待过几天下了大雪，还可放上几日'雪假'也未可知。"

璎珞听了，不由"扑哧"一声笑道："看来衙门也是看天吃饭。"

王维笑着拉璎珞坐到榻上，一脸关切道："方才可是想念阿爷阿娘了？"

璎珞点了点头，叹了口气，靠在他肩头道："方才给你找冬衣，不知怎的，便想起了阿爷阿娘。我和兴宗都未能承欢膝下，不知他们一切可好？"

王维一下一下地抚摸她的后背，安慰她道："来年春天，我便陪你回一趟定州。阿爷生性豁达，这样的冬日，或许正让阿娘温了一壶好酒，在家中小酌。"

"是了，阿爷好酒量，最喜在冬日喝点小酒。"听了王维的话，璎珞心头宽慰了不少，转身看着他道，"对了，我给你做了一件夹袍，你要不要试试？"

说着，便起身走到衣箱边，取出那件深碧色竹叶纹锦缎夹袍。王维双手接过，点头赞道："璎珞，你还有多少本事，是我不曾知道的？"

璎珞抿嘴一笑，展开夹袍："你试试，不知可还穿得？"

王维依言伸出手臂，换上夹袍，除了袖口偏长些许，其他地方无不妥帖。

璎珞正低头帮王维整理衣衫，王维握住了璎珞的手，将她拥入怀中，满足地叹了口气。

"我还没量好尺寸呢！待会帮你改改。"璎珞嗔笑道。

"在烛光下缝制衣衫，着实太费眼睛。"王维捧起璎珞的脸，看着她的眼睛道，"璎珞，你不知道，你的眼睛有多美！你的眼里，有山川，有日月，有天地……"

璎珞知道他大概总有几分夸张，不由伸手抚上他的两鬓，慧黠一笑："我倒觉得，你的眼睛更好看。"

"哦？娘子何出此言？"看到璎珞脸上藏不住的得意，王维知道她必定话中有话。

"因为——你的眼里有我。"璎珞说完，便踮起脚尖，伸手勾住他的脖子，在他唇上轻啄了一口。

看着怀中冰雪聪明的小娇妻，王维心中早已激荡，将她紧紧搂在怀里，深深地吻了回去……

"娘子，你要的葫芦头，我都准备好了，现在下锅如何？"不知过了多久，帘外传来小蝶的声音。

璎珞这才挣脱王维的怀抱，朝帘外扬声道："好的，知道了。"转头对王维说，"你前几日说想吃葫芦头，我便让小蝶去集市买了食材，今日做给你吃。可好？"

王维素来爱吃葫芦头，顿时眼前一亮，贴在璎珞耳边说："自然是再好不过了！不过，我自忖还算会做葫芦头，你歇着，我做给你吃。"说着，携了璎珞的手，掀帘走了出去。

葫芦头是唐人秋冬时节爱吃的风味小吃，因形状像葫芦，因此就叫葫芦头。

"说起来,这葫芦头还是'药王'想出的名菜呢。"王维挽起袖袍,开始利落地清洗食材。

"是写《千金要方》的'药王'孙思邈吗?"璎珞侧头问道。

"正是,他认为秋冬时节宜吃大肠和猪肚,并想出了葫芦头的做法。不料,一传十,十传百,竟成了天下名菜,比他的药方还流传得广。可知天下事,竟是难说得很。"

王维一边熟稔地将猪肚、大肠放入煮沸的骨头原汤,一边娓娓道来。不仅小蝶听呆了,就连璎珞也在心中暗暗佩服:"一个小小的葫芦头,他都能讲出这样一番道理来。真不知天下之事,还有什么是他不知道的?"

不消多少工夫,香味扑鼻的葫芦头就新鲜出锅了!璎珞只吃了一口,便好吃得连连点头,这般鲜香滑嫩、肥而不腻的葫芦头,她当真还是第一次吃到!

就着鲜美的葫芦头,璎珞一连吃了两碗玉米粥和一个小蒸饼。待放下竹箸时,才发觉自己当真吃撑了。

璎珞方才津津有味吃葫芦头时,王维一直含笑看着她,特地多留了几个给她。看她揉着肚子,就揽过她的腰,捏了捏她的鼻子,哈哈笑道:"你若喜欢,我得空了便做给你吃。"

"若照这样吃下去,我迟早也要变成一个葫芦头了。"璎珞用手在空中比画了一个葫芦头的形状,"扑哧"一声笑了出来。

"变成葫芦头好啊,为夫就想把你养胖些,胖一点才好完成阿娘……"看到王维嘴角的坏笑,璎珞立刻明白过来,不待他再说下去,就笑着跳了起来,"不和你闹了,我去把夹袍衣袖改好了才是正经。"

王维见拦不住她,只好笑着摸了摸她的头发:"好,我陪你。"

到得里屋,璎珞就着烛光一针一线缝了起来。袖口上,渐渐有了一圈精致的云纹。

王维站在旁边看了好一会儿,觉得烛光有些暗了,便拿过竹剪修剪烛芯,烛光顿时亮了许多。王维满意地点了点头,叮嘱璎珞道:"夹袍合身便好,不绣云纹也使得,仔细伤了眼睛。"

璎珞并未抬头:"哪有那么娇贵,再绣一圈就好了,你去忙你的吧。"

"好,我在旁边临帖,等你一起。"

"好。"

王维走到案前,翻开岐王赠送的《九成宫醴泉铭》,提笔临帖。

《九成宫醴泉铭》是欧阳询晚年得意之作,写于632年。欧阳询笔法刚劲婉润,兼有隶意,被誉为"天下第一铭"。

如今，距离欧阳询写《九成宫醴泉铭》已过去了八十九年，欧阳询早已不在人间。在时间的长河中，任谁都只是过客罢了。倒是人和人之间的那份情谊，可以超越时空的阻隔而存在！

就像此刻，看着书帖，王维不由想起了岐王。虽然隔着千山万水，但依然牵挂彼此。只是不知道，和岐王再去九成宫看《九成宫醴泉铭》的心愿，是否还能实现？

约莫过了一炷香的工夫，璎珞才绣好了夹袍袖口上的云纹。她揉了揉眼睛，仔细端详了一会儿，满意地点了点头。

这件夹袍若是穿在别人身上，或许也是有限，但穿在王维身上，仅是袖口那若隐若现的云纹，就有一种说不出的高华气韵。

看璎珞在烛光下端详夹袍，王维放下笔管，绕过案几，走到璎珞身后，从她手中拿过夹袍，由衷赞叹道："娘子做的夹袍，千金不换！"

璎珞从王维手中取过夹袍，仔细折叠整齐，絮絮说了下去："等天气好了，我再去集市挑几块称意的料子，给你做几件合身的袍子出来，明年春天便可以穿了。"

"璎珞，针线上的活计，交给小蝶做也使得，我不想你累着了。"

"不，方才给你缝夹袍时，我心里很是欢喜，你知道为什么吗？"

"哦？为什么？"

"因为，这是身为妻子才有的特权。"璎珞轻抬下巴，一脸傲娇。

王维哈哈一笑，揽过璎珞，在她耳畔低笑道："娘子，夜深了，你要不要行使你的特权？"

王维话音刚落，璎珞就知道自己方才说错话了，想要逃开，哪里还来得及？只觉腰上一紧，便被他打横抱起，大步向梨花木大床走去……

世间最好的爱情，就是我是你的娘子，你是我的夫君，一切都刚刚好，没有早一步，也没有晚一步，就这样在一起了。

那幸福的味道，像花儿一样绽放在璎珞脸上，盛开在王维心头！

一个多月后，济州的冬天悄然而至。

这日傍晚，王维下衙回家。一路上，朔风凛冽，大雪纷飞。王维头戴斗笠，身披斗篷，只想早点回到家中，陪璎珞一起用膳。

"摩诘，外面天冷，快用这个暖暖手。"王维一推门而入，璎珞就迎了上来，一边替他卸下被大雪濡湿了的斗篷，一边将一个暖烘烘的汤婆子塞到了他的怀里。

屋外冰天雪地，屋内春意盎然。这满屋的春意，是璎珞带给他的。

王维接过汤婆子时，特意摸了摸璎珞的手，眉头微皱道："璎珞，你的手怎么这般凉？"

璎珞笑着拉王维坐到榻上，蹲下身子，替他脱去半湿的六合靴，换上早已用炉火熏热的棉鞋："方才我和小蝶跑到院子里玩雪，本想堆个雪人来着，不料雪越下越大，只好躲回屋了。"

王维哈哈大笑，捏了捏她冻得发红的脸颊，一脸宠溺道："到底还是孩子气。"

"小时候每逢下雪，兴宗就会拉我去院子里堆雪人、滚雪球……我堆过这么大的雪人呢！"璎珞一脸兴奋地比画着，"待会儿雪停了，你也陪我堆这么大的雪人可好？"

"哈哈，娘子但有驱使，为夫定当效劳。对了，方才这一路上，我寻思着要画一幅雪景图，如今画名也有了，不如就叫《璎珞戏雪图》吧。"

"唔，老天若是知道世间有王摩诘者如此爱雪，倒也不枉它如此卖力地下了一场。"璎珞先是一本正经，最后绷不住"扑哧"一声笑了出来，银铃般的笑声回荡在屋中。

两人正说笑间，小蝶已布置好食案，来请他们用膳。王维忽然想起了什么，拍掌提议道："璎珞，如此雪天，咱们也该小酌一杯才好。我刚好得了一坛上好黄酒，冷天喝最是适宜。"

璎珞虽不胜酒力，但经常看着父亲和兴宗喝酒，偶尔也会陪他们喝上一小杯，点头笑道："好啊，我陪你。不过，阿爷常说，黄酒酒性偏热，要热喝下去，才发散得快。如果喝了冷酒，郁结在五脏六腑里，反倒要人去暖它。咱们把酒烫上一烫，慢慢喝可好？"

"好，我这便去取酒来。"

不多时，王维便双手捧来一坛沉甸甸的黄酒，稳稳放在食案上。璎珞让小蝶切了一碟细细的生姜丝，倒入锡壶，递与王维。

王维接过锡壶，打开酒坛，舀了满满一壶，放到红泥小火炉上，并往火炉里添了一些木炭，让火烧得更旺些。

不多时，醇厚浓郁的酒香，伴着清爽怡人的姜香，渐渐从壶中飘散出来，弥漫在屋子的每一个角落。

璎珞吸了口气，嫣然一笑："摩诘，莫非闻着酒香，也能醉人？"

"唔，这就叫酒不醉人人自醉。"

璎珞托着香腮，想了一想："与君共此时，一杯何以酬？"

王维剑眉一挑，颔首笑道："佳人如有约，何惧三尺寒？"

璎珞眼波流转，继续对答如流："但凭君一语，万里咫尺间。"

"与卿共此时，千樽亦无觞。"王维摸了摸璎珞白里透红的脸颊，哈哈笑道，"看来想要难倒你，也并非易事。"

"不是说'近朱者赤，近墨者黑'吗？在你身边久了，就算是个榆木疙瘩，也会胡诌几句了。"璎珞掩嘴轻笑,看了看酒壶上冒出的腾腾热气,"酒好了,我为你斟一杯。"

说着,起身取过酒壶,将琥珀色的美酒缓缓倒入王维面前的杯中。

"娘子为我斟酒,倒真是应了你方才那句'与君共此时,一杯何以酬'。"王维从璎珞手中接过酒杯,低头闻了闻酒香,一脸陶醉。

"今夜只可小醉,不可贪杯哦。"璎珞娇嗔道。

食案边,卧羊铜烛台上的烛光,正氤氲成一团朦胧的光晕。在杯中轻轻荡漾的美酒,散发着一种黄澄澄的光芒。

"原先读《后汉书》,总觉得梁鸿和孟光的'举案齐眉',是史家用笔夸张了些。如今想来,大约是真的。"璎珞轻啜一口,抬眸笑道。

王维喝了一大口,看着璎珞侃侃而谈:"梁鸿是贤德之人,很多高门大族看中他的品格,想把女儿嫁给他,但都被他婉言谢绝了。因为他知道,他想娶的女子,是和他志同道合之人,如果找不到,宁可孤身一人,直到遇见孟光。他知道,能够成为他妻子的,就是她了。就像我第一眼看见你时,就已认定你了!"

王维的声音和酒香一样温柔绵长,一起沁入璎珞心脾。璎珞看着王维,眸中都是爱意。

这一刻,看淡浮华世,洗去胭脂香,唯酒香浮动,只岁月绵长。

"璎珞,上回你来长安时,说要和我再比试猜谜。咱们一边喝酒一边猜谜可否?"

璎珞心中一动,她和他的第一次见面,不正和猜谜有关吗?不由点头笑道:"好!"

王维给璎珞夹了一些小菜,沉吟片刻,朗声吟来:"远看山有色,近听水无声。春去花还在,人来鸟不惊。璎珞,你猜是甚?"

璎珞并不着急,一句一句细细思量了起来。

远处的山本该是模糊的,他却说山色很清晰;近处的流水,应当听到流水声,他却说流水无声;在春天盛开的花,会随着春天的逝去而凋谢,他却说依然盛开;停在枝头的小鸟,看到人来当会受惊飞走,他却说鸟儿不受惊吓……

这桩桩件件,无一不违反自然,可见不是真实的生活,那么,是什么呢?

有了!这不正是生活中最常见的画吗?只有在画中,这些有违常理的事,才可以一一实现。

"我知道了,谜底是画。"璎珞脱口而出道。

"哈哈,娘子猜谜的本事,果然是有增无减。"王维在璎珞额头轻叩一指,"为夫甘愿自罚一杯。"说着,便乐呵呵地喝下了一杯。

璎珞拿起酒壶,继续为王维斟酒。王维握了握璎珞的手指,已不像方才进屋时那般冰凉，满意地点了点头："依卿所言，这首谜语诗的题目，不妨就叫《画》吧。"

璎珞放下酒壶，若有所思道："摩诘，我倒觉得，这首诗与其说是一个谜语，不如说是一个禅宗偈语。"

"哦？娘子有何高见？为夫愿闻其详。"听璎珞说到禅宗偈语，王维倒是有些好奇，不知璎珞会如何分解。

璎珞放下竹箸，娓娓道来："远看山有色。有色便是好山，因何生色？其实皆因一个'远'字。唯其遥远，才让人深感风光无限。如若走得近了，反而看不到这些风光。此其一。"

王维点头微笑："娘子说的是。"

璎珞接着说了下去："近听水无声。流水本是'动境'，而'无声'却是'静境'。世间许多妙处，皆因'无声'而起。天地之间，'无声'是一种大美，此时'无声'胜'有声'。"

"是的，王羲之说的'山阴道上行，如在镜中游'，便是无声之境。庄子说的'天籁'，亦是常人听不见的天地之声，是有声和无声融合在一起的境界。"

璎珞点了点头，继续说了下去："春去花还在，人来鸟不惊，这两句更是充满禅意。百花在最美的春日尽情开放，美到极致后，便纷纷凋零。即使是开得最美最艳的花，也终有凋零的那一刻。怎样的花儿才能永远不谢？只有画中没有生命的花，但因为没有生命，也就不成其为花了。"

是啊，春尽之时，花儿尽谢。如若不谢，便不是真花。王维一边凝神倾听，一边在心中低叹："璎珞啊璎珞，你该有一颗多么明白剔透的心，才能悟出这番道理来？"

"经历宠辱得失，方能不忧不惧。鸟儿不惊，不是因为它不再害怕，而是因为它已看淡一切。天地之间，人已去，花空留，鸟未惊，人又来……没有永恒的得到，也没有永恒的失去，因此，何忧之有？何惧之有？"说完这些，璎珞长长地舒了口气，抬头看着王维。

王维的目光久久停留在璎珞的长睫上，眼神柔和深邃，微笑里带着璎珞熟悉不过的温润光芒。

良久，王维在璎珞头顶满足地叹了口气，柔声道："知我者谓我心忧，不知我者谓我何求。璎珞，这世上，知我懂我者，莫过于你。"

烛光跳跃，在这个大雪纷飞的冬夜里，他们用对彼此的爱酿造了一杯独一无二的酒。这杯酒的名字是——懂得。

晚来天欲雪，你会为谁温一壶酒？把酒祝东风，你将和谁且共从容？

对王维和璎珞来说，答案早已烙印在彼此心中。

第二十四章　好友重逢　痛失爱子

积雪消融，万木逢春。722年春天来了。

这一年，是开元十年。李隆基已经励精图治了十年，大唐帝国正迎来属于它的巅峰时代——开元盛世。

开元盛世的繁荣昌盛，超越了以往任何一个时代。

李隆基是有宏图大志的。他想效仿曾祖唐太宗，做一个英明伟大的帝王。因此，他自712年即位以来，就开始施展他的政治抱负和治国才能。

他革故鼎新，举贤任能，先后任命张说、源乾曜、姚崇、宋璟等一批有识之士为大唐宰相。朝廷上下，政治清明，人尽其才，才尽其用。

李隆基还大力推行社会改革，兴利除弊。唐代根据户口实行租庸调法，但时间久了，农民户口逃移，田籍紊乱。从721年春天开始，李隆基命监察御史宇文融牵头，在全国范围内开展大规模的检田括户运动。对于检括出来的土地，按均田制分给无地的农民。对于账外人口，登记注册，就地入籍。

到了722年春天，检田括户成效初显，农民不再因过重的赋税举家外逃。四海之内，无论山川还是丘壑，都农耕繁忙，粮食丰收。天下户口猛增至840余万，大唐财政收入迅速增加。

随着农业的发展，大唐的商业、手工业、文化、科技也随之繁荣发达起来。国外使者、海外商人纷纷慕名而来。波斯、大食、拂林等国即使路途遥远，也都派使节前来拜访，以示友好。

李隆基治下的大唐，国泰民安，政通人和，享誉天下。

当王维和璎珞在济州过着宁静快乐的生活时，王缙、崔兴宗、李龟年等长安的亲朋好友，一直惦记着他们。

没有王维的长安诗坛，就像众星失去了明月，黯然失色。

王维那首"红豆生南国，春来发几枝"创造出的诗坛辉煌，在他走后，久久无法被人企及，更莫提超越了。

长安的街头巷尾，人们依然传唱王维的诗歌，欣赏王维的字画，津津乐道那个用一首诗帮助烧饼大郎夫妇团圆的佳话……

因此，当天地之间冰雪消融时，他们再也按捺不住对王维的牵挂，趁着春光旖旎，不远千里，从长安直奔济州而来。

这日晌午时分，济州府里来了三位器宇轩昂的年轻人，说是求见王参军。

衙役连忙来找王维，王维一阵疑惑："在这人生地不熟的济州，怎会有三位年轻人来找我？"

当他走到衙门大堂，一眼看到王缙、崔兴宗、李龟年时，一贯沉稳淡定的脸上顿时惊喜万分，忙快步迎了过去。

"大哥，请恕我们不请自来。因想给你一个惊喜，故未提前告知。"王缙连忙上前解释道。都说长兄如父，在王缙心中，王维是他最敬重的人。

"姊夫，你和璎珞在这里过着神仙日子，是否把我们都忘了？"崔兴宗依然没大没小地耍嘴皮子。

"摩诘，长安一别，近来可好？"李龟年也上前几步，一脸喜色道。

"夏卿、兴宗、龟年兄，多谢你们不远千里来看我。"王维的目光从众人脸上一一扫过，感慨万千道，"初唐王勃的'海内存知己，天涯若比邻'，堪称千古名句。济州和长安虽隔着千山万水，但咱们的友情江山难阻，不也是'天涯若比邻'么！来，咱们这就家去，好好喝上几杯，顺便尝尝拙荆的手艺。"

"哦哟，璎珞曾经可是'十指不沾阳春水'，如今却能'为君洗手作羹汤'了。看来还是姊夫有本事！"崔兴宗嘿嘿笑道。

"兴宗，既然叫我姊夫，也该叫璎珞一声阿姊了。"王维拍了一下崔兴宗的脑袋，哈哈笑道。

大家有说有笑，一起向王维家中走去。

王维怕璎珞和小蝶忙不过来，特地让赵化两口子一起来帮忙。她们在厨房里杀鸡宰鹅，忙前忙后。不一会儿，一盘盘美味佳肴就摆了满满一食案。

王维捧出数坛黄酒，用锡壶烫热了，宴请好友。大家推杯换盏，把酒言欢，从"草圣"张芝的书法聊到青绿山水画大家李思训的绘画，从陶渊明的田园诗聊到谢灵运的山水诗，从琵琶、胡笳、箜篌聊到横笛、羯鼓、竖琴，似乎可以一口气聊上三天三夜……

璎珞不由看得怔了。当年那个在长安文坛闪闪发光的王维，终于又回来了！

她记得，王维曾对她说过，他离开长安时，让他留恋的，不是朝中的一官半职，也不是世人眼中繁华无双的长安城，而是他在长安的三五知己。来到济州后，让他怅然若失的，不是清闲得过分的职务，也不是清冷萧索的县城，而是没有可以促膝长谈的志同道合之人。

今天，因为王缙、兴宗、李龟年的到来，王维终于又可以像在长安那样，棋逢对手，将遇良才，酒逢知己千杯少了！

当王维和好友们在济州把酒言欢时，玉真公主和司马承祯道长在青城山研读《坐忘论》。

和济州相比，青城山的春天似乎来得更早些。

这日，玉真公主已换下丝绵夹袍，穿了一件月白素绸袄，外罩一件水田青缎镶边半臂，腰间系着秋香色丝绦，下配一条有淡墨色云纹的白绫裙。全身上下，不觉奢华，只觉清雅。

她的案头摊放着司马承祯用毕生心血写就的《坐忘论》。这部著作堪称道家经典，被道教中人奉为可以反复诵读的宝典。

"持盈，天地间最宝贵的是生命，生命最宝贵的是道。养生在于修道，修道在于静心，而静心最好的方法，就是以自然为本，清净无为，离境坐忘。"

司马承祯已经七下六岁高龄，却依然面色红润，声如洪钟，手抚麈尾念珠，一派仙风道骨。

"师傅教导的是。您的坐忘论，让弟子想到了庄子的养心术，都能让心灵宁静安详、破除烦恼、回归真我。"玉真公主若有所思道。

"坐忘之法，分为信敬、断缘、收心、简事、真观、泰定、得道等七步。每一步，都省不得、错不得、懒不得。"司马承祯手捻银须，缓缓道来。

"师傅，弟子以为，这七步中，断缘和收心，看似最易，实则最难。若能断缘，便能收心，若能收心，便能简事、真观、泰定。如是，离得道也就不远了。"玉真公主似乎想起了什么，在心底叹了口气。

"佛家讲慈悲，道家讲断缘。佛家'有情'，所谓'佛度有缘人'。道家'无情'，所谓'天地不仁，以万物为刍狗，圣人不仁，以百姓为刍狗'。天地将万物纳入'大道'，一视同仁，不偏不倚；圣人效仿天地，也将百姓纳入'大道'，一视同仁，不夹杂七情六欲。所以，修行的第一步，是信敬，第二步，是断缘。"

"师傅，说到断缘，弟子倒是想到了李冶的几句诗。"玉真公主抬头看向窗外，柔声吟了下去，"至近至远东西，至深至浅清溪。至高至明日月，至亲至疏夫妻。夫妻之间，尚且可能至疏，遑论其他？因此，正如师傅所言，唯有断缘，才是真正的修行，才能抵达'道'的境界。"

"持盈，你自小聪慧，近来更是精进神速，为师甚是欣慰。为师已在青城山住了不少时日，想去王屋山看看。"

"王屋山？"听师傅说到王屋山，她蓦然想起，那是她十一年前出家的地方。对了，那个让她难以"断缘"的人，老家不正在王屋山附近吗？

"为师走遍天下名山，最钟爱者，当推嵩山和王屋山。上清派第一代宗师魏华存也钟情王屋山，将其作为仙逝之地，羽化于此。"司马承祯并未察觉玉真公主脸上的细微变化，絮絮说了下去。

前一秒还在提醒自己"断缘"的玉真公主，此时却在迅速思考一件事——要不要随师傅一起前往王屋山？

自从出家为道，她早已习惯了以天下为家的日子。从长安到骊山，从终南山到青城山……她走过很多地方，但不知怎的，却没有哪个地方让她有"家"的感觉。不过，当听到"王屋山"三字时，她却隐隐有了某种牵挂。

或许，当一个人心里念着一个人时，即使无法和他在一起，但若能和他牵扯上一丝半缕的关系，也是好的。

比如，弹奏他弹过的曲子，吟诵他写的诗歌，品味他写的字画，住在离他不远的地方……

如果能在王屋山清修，那么，她呼吸的每一缕空气，沐浴的每一缕阳光，饮用的每一口泉水，都曾同样被他呼吸过、沐浴过、饮用过……

她和王维之间，无形之中，就有了千丝万缕的联系。

于是，她一脸笃定道："师傅，弟子愿陪您前往王屋山，跟随师傅左右，研习坐忘之法，清净无为，离境修道。"

司马承祯怔了怔，看了一眼玉真公主："持盈，王屋山在青城山千里之外，山路崎岖，很是辛苦，你可以吗？"

"师傅方才教导弟子坐忘之法，每一步都省不得、错不得、懒不得，又有什么是不可以的呢？"玉真公主微微一笑。

司马承祯欣慰地点了点头，是的，和山路崎岖相比，修行之路更为艰巨。

凡夫俗子，谁不曾被红尘困扰过？修行是一个人的独孤旅行，前路漫漫，只能一个人走、一个人悟，任谁也帮不了谁。

出家有出家的不舍，红尘有红尘的不幸。

被贬往华州的岐王，本以为可以安度余生，却不料天有不测风云。

和宁王不同，岐王是个专情之人，他身边的妻妾并不多，最得他心的，是爱妾萧氏。

他和萧氏育有一子，名叫李瑾，从小天赋极高，悟性极好，深得岐王器重。

岐王因"黄狮子舞"事件被贬华州后，自然明白其中的用意和隐情。因此，他什么都没说，带上妻妾儿女，举家迁往华州。

这一年，岐王才三十三岁。本是意气风发的年纪，却因生于帝王家，只好收敛光芒，过起了修身养性、淡泊明志的生活。

不过，对岐王来说，这样远离权力斗争的生活，倒是他愿意并喜欢的。但，人有旦夕祸福，命运却和岐王开了一个残忍的玩笑。

722年春天，十二岁的李瑾忽然得了一种怪病。先是全身皮肤发红，再是奇痒难耐，而且还不能挠痒，一挠就会皮肤破裂，流血化脓。岐王和萧氏心急如焚，忙请华州当地医师前来诊视。

医师看了半晌，向岐王躬身抱拳道："王爷请放心，郡王并无大碍。眼下正是春天，百花盛开，怕是花粉过敏也是有的。"说着，为李瑾开了一些清凉止痒的方子，让人每日熬了给李瑾擦拭。

谁知，擦拭了一段日子后，李瑾不仅没有好转，反而愈发严重，身上多处皮肤溃烂化脓。更糟糕的是，李瑾还全身发烫，高烧不退，甚至一度昏迷不醒。

岐王和萧氏何曾见过这样的怪病，吓得六神无主，赶紧派人连夜去长安向李隆基求助。

听说侄儿得了这种怪病，李隆基倒也很是上心，立即派尚药局的章奉御前往看诊。

章奉御仔细诊视了李瑾的病症后，眉头紧皱，跪倒在岐王面前："王爷，请恕微臣直言。微臣方才为郡王把脉，发现郡王肺肝二经已极度虚弱。如果郡王在发病之初就能对症下药，如今绝不至此，眼下恐怕……"

"你说什么？恐怕什么？瑾儿到底怎么了？"因连日不曾合眼，岐王双眼布满血丝，听到章奉御如此一说，他一个不妨，险些站立不稳，一旁的萧氏忙上前扶住他。他一把抓住章奉御的胳臂，仿佛溺水之人抓住救命稻草般，两眼直直地盯在章奉御脸上，痛楚地逼问道。

"王爷，微臣定全力救治郡王。只是，事到如今，郡王的病，只能三分尽人事，七分听天命了，但愿郡王吉人自有天相。"章奉御艰涩地说了下去。

岐王怔怔地站在原地，事情怎么会这样？萧氏原本扶着岐王，听章奉御说完，也差点要瘫软在地。

章奉御为李瑾开了一个药方，有牛黄、白花蛇舌草、半枝莲、龙葵、石上柏等十多种清热解毒、消肿止痛的中草药。岐王一把抢过药方，双手不由自主地颤抖着，声嘶力竭道："来人，赶紧去配药！"

接下去的日子里，章奉御天天守候在岐王府，亲自看着人抓药、熬药。萧氏急火攻心，自己也病倒了。岐王衣不解带，守护在李瑾床边，寸步不离。

"瑾儿，你一定不会有事，你一定不能有事，你要快快好起来……"岐王紧紧握住李瑾发烫的小手，在心中一遍又一遍祈祷：如果上苍能保佑瑾儿平安无事，他愿意被贬千遍万遍，即使贬为平民，也在所不惜……

然而，死神终究不肯放过李瑾。章奉御纵然华佗再世也无力回天，十多天后，眼睁睁地看着李瑾咽下了最后一口气。

十二岁的李瑾就这样痛苦地走了。任凭萧氏痛不欲生，任凭岐王涕泪纵横，也唤不回他年幼的生命了。

这世上，再没有比白发人送黑发人更让人悲痛欲绝的事了。岐王和萧氏五脏俱焚、肝肠寸断。这是他俩唯一的儿子，也是最心爱的儿子。

一夜之间，原本一头黑发的岐王，熬白了双鬓，憔悴了容颜……

当王维听说这一噩耗时，距离李瑾去世已有一个多月。

这天，王维正在府衙里查看账册，突然收到一封来自长安的加急信。拆开一看，原来是李龟年寄来的。

王维忙展信细读，才读了第一行，就仿佛五雷轰顶般，整个身子僵在了原地。

"摩诘，近日惊闻岐王痛失爱子李瑾，年仅十二岁……人生之大不幸，莫过于白发人送黑发人……李瑾已入殓出殡，我刚从华州吊唁回京，思之再三，决定写信告你……"

王维拿着信笺的手剧烈颤抖着，当他忍痛读完时，早已泪流满面。

人生有四痛，一痛幼年丧母，二痛壮年丧父，三痛中年丧妻，四痛晚年丧子。经历过幼年丧父之痛的王维，明白这四痛对生者的打击有多大。李瑾是岐王最心爱的儿子，老天对岐王为何如此残忍？！

他当即决定立即前往华州，在岐王最痛苦的时候，陪伴在他身边。即使无法减轻他的痛苦，但至少可以陪他一起痛。很多时候，感同身受的默默陪伴，胜过苍白无力的千言万语。

于是，他立即以老家有事为由，向郑刺史告了一个月的长假，匆匆赶回家中。

"璎珞——"

璎珞正在里屋整理衣衫，听见王维的声音，忙迎了出来。

"摩诘，看你这一头大汗，发生什么事了？"王维的声音里有一种平时没有的恐惧，璎珞忙用丝帕替他轻轻擦拭额上的汗珠。

王维一把握住璎珞的手腕，哑声道："璎珞，岐王爱子暴病而亡，我先将你送回定州，然后就去华州看望岐王。"

这个突如其来的噩耗让璎珞也瞬间懵住了。她深知岐王对王维有非同一般的知遇之恩，王维心里一定很不好受。

"好的，我这就去收拾一下，你等我。"璎珞转身掀起门帘，一阵风似的消失在了帘后。此时的她，有一种不同于平时的镇定。

王维怔怔地站在原地，忽然有种害怕。他害怕有一天，他也会像岐王突然失去爱子那样，突然失去璎珞……

想到这里，他忙快步追了上去，从背后紧紧拥住了她，闭上眼睛，深深叹了口气，哑声道："璎珞，人生苦短，我会一直陪着你，你也要一直陪着我。"

或许，在死亡面前，每个人都是脆弱的。而且，爱得越深，就越脆弱。

璎珞愣了愣，放下手中的包裹，转身看着王维，一时间，只觉得胸口酸涩难言。

她轻轻抚上王维的两鬓，柔声道："摩诘,我答应过你，愿布裙荆钗，和你风雨相依，共偕百年，老天爷一定会保佑咱们的。"

璎珞身上的淡淡花香，让他的心渐渐安定了下来，但却依然忍不住想，如果有一天，她先他而去，他将如何自处？没有她的人间，还有什么值得他留恋？剩下的，或许只是"卷帘人去也，天地化为零"的空茫和思念！

他用力摇了摇头，不愿多想，也不敢多想，只是将怀中的璎珞搂得更紧了！

他要用自己的体温去感受她的体温，用自己的心跳去感受她的心跳，仿佛要用这身体的亲密接触，告诉自己，也告诉璎珞，这一刻，他们完全属于彼此，不会被天地之间的任何力量分开。就连死亡，也不可以！

被王维紧紧搂在怀中的璎珞，自然察觉到了王维的异样情绪。她双手捧住他的脸，安慰他道："生老病死，自有天意。虽然岐王和爱子这一世的缘分尽了、散了，但如果他们有缘，来世定会相逢，再续父子缘分。"

"璎珞，虽说生老病死自有天意，但我着实不愿我们中的任何一个离开。我想这样一直守着你，你是我的，我是你的。生生世世，我们都是夫妻……"王维将头埋在璎珞发间，仿佛只有闻着那熟悉的发香，才能确定此刻是真实的。

"好，生生世世，都是夫妻。"璎珞一下一下地拍着王维的后背，用她温柔笃定的声音给他安慰和力量。好半晌后，她抬起头来，"事不宜迟，咱们收拾一下，赶紧动身罢。"

第二十五章　参悟生死　意外重逢

一路上，虽然春光明媚，但骑在马背上的王维，想到岐王正沉浸在巨大的丧子之痛中就轻松不起来，心情始终是沉沉的。

璎珞担心王维，不时掀开车厢的帘子，怔怔地看着马背上那个挺拔的背影，心里隐隐有些不安。

倒是小蝶，想着终于可以陪璎珞回定州小住一段时日，脸上是按捺不住的兴奋，一会儿说"要去竹园山上挖笋吃"，一会儿说"那个笋真是鲜美，福嫂的厨艺更是了得"……

三人晓行夜宿，几天后到了定州。见到爱女贤婿，崔父崔母自是欣喜万分，一家人闲话家常，夜深才眠。

第二日早间，晨鼓还未响起，窗外还是黑沉沉的一片，案上的蜡烛已经烧尽，淌了一桌烛油。璎珞还在酣睡，王维轻手轻脚地起床，穿戴整齐后，俯身吻璎珞的眉心。璎珞"嗯"了一声，伸手搂住了他的脖子。

王维在她耳畔柔声道："时辰还早，你再安心睡会儿。等岐王那边好些了，我便回来接你。这些日子，你好好陪陪阿爷阿娘。"

璎珞睁开双眸，依依不舍地看着王维："一路上，记得照顾好自己，莫太忧心了。"

王维点了点头，替她掖好被子，拢好散落在被外的青丝："好，你放心。"说罢，起身向门外走去。

看着他消失在晨光中的背影，璎珞的睡意瞬间消失殆尽。她怔怔地看着窗外，连日来那种隐隐的不安，再次袭上心头，挥之不去。

她明白，王维是重情重义之人，但在险恶的政治斗争中，最容易受伤的也正是这份有情有义。他因和岐王私交过密而被贬，如今去华州看望岐王，会不会又被别有用心之人大做文章？可是，如果他不去华州看望岐王，他就不是王维了。

王维快马加鞭，不出几日，就抵达华州岐王府。新来的门人不认识王维，让他等候片刻，他先进去通报。王维伫立门外，百感交集。

不久前的元宵节，王维曾写信给岐王，说想来看看他，但岐王婉言谢绝了，回信说："你不必惦记本王，安心在济州便好。"

王维明白，岐王是替他着想，不想让他被贴上岐王"身边人"的标签，从而影响了他的仕途前程。但这次，不管岐王要不要他来，他都一定要来了！

正这样出神地想着，却见门人跑了出来，门人身后不远处，正是岐王本人。

这是自去年秋天灞桥分别以来，他和岐王的第一次重逢。王维激动难抑，快步上前，向岐王深深拜了下去，岐王忙一把拉住他，声音中已然有些哽咽："摩诘，你来了！"

"是的，王爷，我来了！"

华州的春天仍有些许寒意，但当岐王和王维的手紧紧握在一起时，却感受到了彼此的暖意。

看着两鬓多了许多白发的岐王，王维心痛难言。他明白，苍老的不只是岐王的容颜，更是岐王的心境。

曾经的岐王，剑眉朗目，神采飞扬，他的双眸里透着大唐盛世的繁华和力量。可如今呢？他目光黯淡，面容憔悴，就连说话的声音也不似原先那般洪亮有力。言辞间，是心神俱疲，黯然神伤。

岐王引王维步入堂屋，命人奉上好茶。王维抱拳谢过，轻啜一口，茶自然是好茶，可此刻喝在嘴里，却全然辨不出什么滋味。

岐王也低头喝了一口，看着王维，目光中是无尽的悲凉。

廊檐下的燕巢里，不时传来几声小燕子的呢喃声。母燕扑棱着翅膀，飞向远方觅食。王维看着岐王，他的目光随着母燕飘出很远、很远……

或许，此时此刻，他又想起了逝去的瑾儿吧？

屋内寂静无声，落针可闻，王维在心里思忖了很久，才缓缓开口，字斟句酌道："王爷，我从小跟随母亲诵读佛经，十岁那年，母亲问了我三个问题：我是谁？我从哪里来？我到哪里去？这三个问题，恐怕终其一生，也无法真正参透。"

岐王怔了怔，放下手中的茶盏，走到窗边，望着窗外廊檐下的一对燕子，喃喃自语："摩诘，自瑾儿离世以来，我一直在想，生我之前谁是我？死我之后我是谁？何谓生？何谓死？我是谁？谁是我？那个来世间走一遭的生命，真的存在过吗？"

岐王平静地说着，不悲，不怨，不忧，不惧，但这表面的平静背后，其实隐藏着更大的悲痛和更深的幻灭。

"一千多年前，在古老的天竺国，悉达多太子为摆脱生老病死轮回之苦，抛弃荣华富贵，只身缁衣芒鞋走天下，只为苦求生死奥义，却终不可得。六年后，他衣衫褴褛，精疲力竭，在一棵菩提树下静坐冥思了七天七夜，终于在一个天将拂晓、启明星升的时刻，大彻大悟，明白了色即是空，空即是色，世间一切具象，都只是幻象罢了。"王维也走到窗边，和岐王并肩而立，絮絮说了下去。

"摩诘，瑾儿是在我怀中去世的，我眼睁睁地看着他受尽病痛折磨却无能为力。那样一个鲜活的生命，转眼之间却再无知觉，听不到我的呼喊，看不见我的悲痛！我曾经以为，拥有的可以永恒，不料却是如此无常！"岐王仰起头来，痛苦地闭上了眼睛，热泪汹涌而出，悄然滑落。

王维从怀中掏出一块干净的葛巾，递到岐王手中，继续安慰他道："佛说，人生有八苦：生、老、病、死、爱别离、怨长久、求不得、放不下。人生在世，不得不经历生的疼痛、老的哀伤、病的愁苦、死的悲恸……或许，人生八苦，就是我们生而为人必须付出的代价吧。"

岐王缓缓转身，定定地看着王维，喃喃低语："这是生而为人必须付出的代价？"

王维心中酸涩，怕引起岐王伤感，忙深吸了口气，定了定神道："请王爷为了郡王，节哀顺变，保重身体。我横竖无事，想留下来多叨扰王爷几日，不知可好？"

岐王久久看着王维，理智告诉他，王维不宜久留，但此时此刻，理智却败给了真情。

好半晌后，岐王深深地叹了口气："摩诘，有你在身边，陪我说说话，我心里好受多了。"

当王维在华州宽慰岐王时，璎珞在定州陪伴双亲。

因为璎珞的到来，崔府又恢复了璎珞出嫁前的热闹。这日，璎珞主动请缨，为阿爷阿娘做了满满一食案佳肴。

"阿爷，阿娘，你们快尝尝女儿的厨艺，可还吃得？"

"女儿做的菜，凭它是咸是淡，都是好的，今日阿爷可要好好喝上几杯。"看着满桌佳肴，崔父早已笑得合不拢嘴。

"阿爷，待摩诘回来了，让他好好陪你喝上几杯。"说到王维，璎珞心头不由牵挂，他到华州了吗？和岐王见面了吗？不知此刻心情如何？

"好女儿，难为你做了这一桌子菜，当真越发能干了！只是你比先前瘦了些，济州可还住得惯？"崔夫人拉璎珞坐下，抚摸着她的双手，似乎感觉到了她手上薄薄的茧子，不无心疼道。

"阿爷，阿娘，济州气候宜人，民风淳朴，街坊邻居都很友善，我和摩诘都住得惯。"

"住得惯也好，住不惯也罢，咱们又帮不上女儿女婿，唉。"崔父喝了口酒，叹了口气道，"以摩诘之才，在济州府里任司仓参军，着实委屈了他。"

"阿爷，摩诘性情豁达，安身立命于天地之间，并不觉得委屈，请阿爷阿娘不必为他忧心。倒是兴宗，春闱在即，不知他此番准备得如何了？摩诘常去信勉励他，但愿今年能天遂人愿、心想事成。"

"唉，兴宗这个孩子，尚未'入世'，却似乎有了'出世'之意。"听璎珞提起兴宗，崔父又叹了口气，仰头喝了杯中酒，"他说平生最佩服之人，便是姊夫，想过姊夫这般闲云野鹤的日子。待摩诘得空了，倒是要多教导教导他才好。"

一家人絮絮地闲话家常，不知不觉已是三更。璎珞回房休息，正揽镜自照时，崔夫人推开房门，走了进来。

"阿娘，这么晚了，还不睡吗？"璎珞忙起身迎了过去，扶着母亲的手，在床沿坐下。

"璎珞呀，有句话，不知阿娘当问不当问？"崔夫人抚摸着璎珞的一头秀发，满目慈爱。

"阿娘，女儿给您捶捶腿，有啥事，您尽管问呗。"璎珞笑意盈盈地蹲下身子，在崔夫人腿上轻轻敲打起来。

"都说女儿是阿娘的小棉袄，你不知道，你这一回来，阿娘心里有多高兴呐。只是，你和摩诘成亲半年多了，你的肚子……"

"哎呀，阿娘……"璎珞顿时明白了母亲的意思，有些不好意思起来。

"你这孩子，这有啥不好意思的？嫁为人妇后，怀胎生子，是再平常不过的事了，莫非摩诘不想要孩子？"

"阿娘，您想到哪里去啦？摩诘可喜欢孩子了，看到街坊邻居家的孩子，便会逗他们玩耍。他还说，他喜欢女娃娃，要亲自教她琴棋书画……"

一聊起王维，璎珞脸上就焕发出一种甜蜜的光芒，那是沐浴在爱中的女人才特有的光芒。

看到女儿和女婿感情如此厚密，崔夫人心中的疑虑顿时烟消云散，乐呵呵道："摩诘虽如此说，但他是家中长子，自然该给他生个小郎君才好。这女子怀孕呢，一半是缘分，一半也和身子有关。你身子向来单薄，趁这几日在阿娘身边，阿娘给你好好调理调理，定然把你养得白白胖胖才好。"

"阿娘……"璎珞娇嗔道，一片红云飞上双颊，心里是美滋滋的甜蜜。如果将来有了孩子，眉眼会更像他，还是更像自己呢？她忽然很想为他生个孩子……

不久后，远在青城山的玉真公主也得知了岐王痛失爱子的噩耗。

她当然明白，李瑾的去世，对岐王意味着什么！

在众多王爷中，唯独岐王子嗣最为单薄，膝下一脉单传，只有李瑾一个爱子。如今，岐王连这唯一的血脉都断了。人世间，还有比这更残酷的事吗？

闻此噩耗，司马承祯也低眉敛目，深深叹了口气："死生有命，富贵在天，事势所至，非人力可以挽回。"

玉真公主按下心中的悲痛，向司马承祯提议道："师傅，弟子想先去华州看望四哥，再陪您去王屋山，可好？"

司马承祯点头同意。次日，在一众小道士的陪同下，师徒二人踏上了去华州的路。

这日，王维陪岐王在窗下对弈。

窗外，凤尾森森，龙吟细细。屋内，檀香幽幽，余音袅袅。岐王一脸平静地看着棋盘，试图将全部注意力都集中在这方寸之间。

旁人或许无法从岐王脸上看出端倪，但王维明白，岐王是在努力克制心底的悲痛，让自己慢慢走出来。

对弈正酣之际，忽然门人来报：玉真公主和司马承祯道长到访。

岐王和王维都颇感意外，忙放下手中棋子，整理衣冠，起身迎了出去。

他们绕过屏风，穿过游廊，一眼看到司马承祯和玉真公主正在仆从带路下，缓缓向他们走来。

岐王忙快步走到司马承祯面前，躬身行了一礼："不知道长大驾光临，本王有失远迎，失礼，失礼。"

"王爷言重了，贫道消受不起。"

"四哥，好久不见了，持盈甚是挂念……"玉真公主从司马承祯身后迎了上来，正开口说第一句话，就一眼看到了岐王身后的王维！

刹那间，她怔在原地，脑中一片空白。

一年来，她曾无数次想过，今生今世，她还会和王维重逢吗？如果重逢，将会在何时？何地？怎样的场合？

她想过无数情景，独独没有想过会是在这样的场合。一时间，竟不知说什么才好。

她只觉得，眼前这个长身而立的俊朗男子，似乎比当年更气宇轩昂、卓尔不凡……

还是王维首先打破了这一局面。

他从岐王身后上前一步，对着司马承祯和玉真公主恭恭敬敬行了一礼："在下王维，拜见道长和公主。"

司马承祯虽未见过王维，但早听说过王维其人其事，看了一眼王维，捻须微笑道："贫道读过王参军的诗，那首《九月九日忆山东兄弟》，着实不错。"

"多谢道长厚爱，在下拜读过道长的《坐忘论》《天隐子序》《服气精义论》等大作，苦于无缘向道长当面请教。今日得遇道长，实乃三生有幸。"王维久仰司马承祯盛名，此番偶遇，也是意外之喜。

玉真公主脸上神情的瞬息变化，旁人或许并未留意，却逃不过岐王的眼睛。她和王维之间的那些往事，岐王最是清楚不过了。

他看在眼里，却也不好多说什么，做了一个"请"的手势，盛情相邀道："道长，持盈，你们一路车马劳顿，快到府上好好歇歇。"

"贫道行走四海，不觉辛苦。来，王爷请。"司马承祯点头笑道。

玉真公主忙近前一步，扶起司马承祯的左手，一旁的王维也忙扶起司马承祯的右手，向堂屋走去。

清风徐徐吹来，裙袂翩翩，青衫飘飘。

玉真公主用眼角余光悄悄看了一眼王维，只见他神色从容，嘴角含笑，目不斜视地看着前方。他们踩着同样的步调，行走在同样的春风里。

这一刻，玉真公主恍惚觉得，司马承祯如果是一位能替她和他千里系红线的月老，该有多好。

只可惜，司马承祯手里只有麈尾，没有红线。他只能当她的师傅，当不了她的月老。

"能和摩诘这般并肩而行，也是好的。那么，就让这段路长一点、再长一点吧。"

此时此刻，对玉真公主来说，重要的，是重逢本身，其他的，已不再重要。

其实，王维心里也并非没有波澜。

自721年春天婉拒玉真公主后，这是他和公主的第一次重逢。

但他听到门人通报"玉真公主到访"的一刹那，他的心里既有愧疚，也有期待。

愧疚的是，他辜负了她的一往情深；期待的是，收到她亲手抄写的《道德经》后，他一直想找一个机会，当面谢谢她。

当他走到门口，看到玉真公主因看到他而略显失态时，他明白，她还是没有放下。那一瞬间，他心中的愧疚又添了一层。

但，愧疚也好，期待也罢，终究不是爱情，也无法变成爱情。

如果他做点什么就可以让她忘了他，他一定愿意去做。只是，有时候，做得越多，反而越是伤害。

那么，最好的办法，或许就是自绝于公主的生活之外，在心里默默为她祈福，愿她能在山水之间，得道悟道，心得自在……

第二十六章　棋逢对手　雪中芭蕉

走进岐王府，司马承祯一眼就看到了窗前案几上的木画紫檀棋盘。

只见棋盘上面的十九条白线，都用象牙镶嵌而成，盘面上的十七颗星呈花朵形状。棋盘侧面雕刻着花鸟、走兽、骆驼等图案，精美绝伦。

司马承祯拂着胸前泛着银光的胡须，点头笑道："此局胜负未定，王爷和参军不妨继续，贫道虽然不才，倒也喜欢观棋。"

岐王拱手笑道："道长和妹妹远道而来，岂有只顾对弈不陪贵客之理？我们改日再切磋无妨。"

"王爷此言差矣。晋人'观棋烂柯'，可见观棋之乐，不在对弈之乐之下也。"

司马承祯说的"观棋烂柯"，说的是晋朝年间，有一个叫王质的人，到信安郡的石室山打柴。看到一童一叟在溪边大石上对弈，就把砍柴用的斧子放在溪边地上，驻足观看。不知看了多久，童子提醒他说："你该回家了。"王质忙起身去拿斧子，却发现斧柄已经腐朽，磨得锋利的斧头也已锈得凸凹不平。回到家中，村落也已大变样，无人再认得他。原来，王质打柴误入仙境，仙界一日，人间百年。

"既然道长如此说了，我和摩诘继续一决胜负。"

王维向司马承祯和玉真公主告了座，和岐王继续对弈。

玉真公主坐在岐王这边，司马承祯坐在王维这边。一时间，屋内悄然无声。岐王、王维、司马承祯皆屏气敛神，全神贯注于棋盘上，唯独玉真公主游离在棋盘之外。

她和王维近在咫尺，只要抬头，就能清晰地看到他那俊朗的侧颜。

她以为时间会让人遗忘一切，她以为自己可以坦然面对，但当她真的和他近在咫尺时，他那与生俱来的光芒，立即将她用理智铸造出来的铠甲通通融化。

他的呼吸、他的皱眉、他的沉思……他的每一个细微表情，都落在她的眼里，印在她的心上。他是一个天生的发光体，是她的"王"。

一颗棋子坠地，发出"啪"的一声脆响，原来，是王维手中的棋子不小心落到了地上。

第二十六章 棋逢对手 雪中芭蕉

"摩诘，莫非你今日有意让着本王？方才失误了几手，如今更是连棋子也拿不稳了？"岐王抬头，看了一眼王维，目光中有几分不解。

"王爷说笑了，王爷棋艺精湛，我便是使出浑身解数，也望尘莫及。"王维拾起棋子，目光落在棋盘上，犹豫半晌，才落下了手中的白子。

王维刚落下棋子，岐王便摇了摇头："你不该冲这一手，本王若在此处促上一子，你岂不是输了？"

王维故意怔了怔，仔细看了看棋盘，才叹了口气道："王爷棋力深厚，我执白先行，依然过不了中盘，甘拜下风。"

"棋局如战局，王爷步步为营，以静制动，王参军似乎有些心神不宁，顾此失彼。"司马承祯手抚银须，点头笑道。

"道长有所不知，摩诘棋艺不在本王之下。今日失手，必有缘故。"岐王意味深长地看了王维一眼。

"贫道曾拜读翰林院棋待诏王积薪的《十诀》，看罢方才的棋局，颇有一些感触，不知王爷、参军可愿听贫道唠叨一二？"

"道长请讲，愿闻其详。"岐王向司马承祯点了点头，示意他讲下去。

"所谓'十诀'，一曰不得贪胜；二曰入界宜缓；三曰攻彼顾我；四曰弃子争先；五曰舍小就大；六曰逢危须弃；七曰慎勿轻速；八曰动须相应；九曰彼强自保；十曰势孤取和。贫道以为，王翰林的'十诀'，与其说是对弈法则，不如说是处事准则。心中若有'十诀'，则于己于人都能安然。"

王维凝神倾听，待司马承祯说完，起身向他抱拳道："道长所言极是，心定方可神聚，神聚方能事成。心神不宁，是兵家大忌，亦是手谈大忌。"

一直观棋不语的玉真公主，抬头笑道："胜败乃兵家常事，手谈亦是如此。既是消遣，自然有输有赢，大家何必萦怀？"

"持盈，你的棋艺不俗，和摩诘对弈一局如何？"岐王提议道。

王维正想说"王维甘拜下风"时，玉真公主先他一步开口道："不必了，我早已输给摩诘一回了，不是吗？"说着，貌似随意地看了王维一眼。

王维心头一怔，抱拳笑道："公主说笑了，王维技艺不精，还需勉励学习，才能和公主切磋一二。"

王维和玉真公主之间的对话，岐王心知肚明，司马承祯却听得一头雾水。

这晚，岐王设宴，为司马承祯、玉真公主接风洗尘。

"对酒当歌，人生几何？何以解忧，唯有杜康。"岐王举起酒杯，随口吟了几句曹操的《短歌行》，"曹孟德一代枭雄，但谈到生死大限时，也难免英雄气短。

想我辈凡夫俗子，面对生死，自然愈发茫然。这杯酒，我敬在座诸位。"

"好！世间好物黄醅酒，莫厌狂歌酒百杯，贫道也喝了！"司马承祯也举起酒杯，一饮而尽。

"悲欢聚散一杯酒，南北东西万里程。在下也敬大家一杯。"酒在杯中轻轻荡漾，王维从容不迫地喝下了杯中酒。

在玉真公主眼里，王维永远与众不同，就连喝酒的动作，也是如此优雅。

"持盈，一年不见，你似乎愈发清减了。"见玉真公主坐在那里出神，岐王端起酒杯，单独敬玉真公主。

"多谢四哥挂念。"玉真公主举起酒杯，缓缓吟道："春江潮水连海平，海上明月共潮生。初唐诗人中，我独爱张若虚这首《春江花月夜》。今夜如此好酒，如此皓月，我虽不胜酒力，却也不能扫了诸位雅兴。"说着，也轻啜了一口。

谁说生于帝王家，就一定享尽人间富贵荣华？岐王也好，玉真公主也罢，他们不都有太多不足为外人道的伤心事吗？

这一刻，王维心里，是对岐王和玉真公主的深深懂得。

自瑾儿去世以来，岐王几乎已经忘了"快乐"是怎样的感觉了。

但今晚和玉真公主、司马承祯、王维在一起，那种"酒逢知己千杯少"的快乐，似乎又回来了。

酒过三巡，大家谈兴正浓，纷纷聊起了古往今来的风云人物。

"东汉末年，群雄割据，逐鹿中原。本王以为，众多豪杰中，汝南袁氏是当之无愧的佼佼者。"岐王感叹道。

"自袁绍曾祖父起，袁氏四代有五人位居三公，有'四世三公'之美誉。"司马承祯点头称许道。

"在下以为，汝南袁氏能成就'四世三公'之佳话，袁安功不可没。"王维颔首微笑道。

"哦？如何功不可没？"岐王问道。

"袁安历任楚郡太守、河南尹、太仆、司空、司徒等高位，不畏权贵，犯颜直谏。汉和帝时，窦太后临朝，窦宪兄弟专权，操纵朝政，民怨沸腾。袁安多次弹劾窦家的专横，为窦太后所忌恨。但袁安名重朝廷，窦太后也奈何不了他。"王维侃侃而谈，言语之间，是对袁安的深深敬佩。

"袁安不计个人安危，对上尽忠朝廷，对下体恤百姓，实乃东汉社稷名臣，可歌可叹。贫道记得，袁安早年好像还有一个卧雪佳话。"司马承祯抚须道来。

"是的，袁安的卧雪佳话，晚生略知一二。某年冬天，洛阳一连下了十多天大雪，积雪厚达一丈多。洛阳令到各地巡视灾情，见家家户户都扫雪开路，出门谋食。唯独袁安家大雪封门，无路可通。洛阳令以为袁安已经冻死，命人凿冰除雪，破门而入，却见袁安僵卧在床，奄奄一息。洛阳令问他为何不出门乞食，袁安回答：'大雪天，人人又饿又冻，我不想和邻人争食。'洛阳令嘉许他的品德，举他为孝廉，从此仕途顺达。"

"原来如此。东晋陶渊明曾写过《咏贫士七首》，中有'袁安困积雪，貌然不可干'一句。当时不甚明了，如今听摩诘如此分解，方才明白。"玉真公主看了王维一眼，浅笑盈盈道。

王维对玉真公主抱拳道："多谢公主谬赞，在下班门弄斧了。"

"听摩诘聊袁安卧雪佳话，贫道倒想到了一件雅事。"

"哦？什么雅事？"岐王好奇道。

"贫道早就听说摩诘擅长丹青，尤其善画山水，请摩诘当场泼墨挥毫，画一幅《袁安卧雪图》如何？"

"道长过誉了，晚生只是自娱而已，登不了大雅之堂。"

"道长提议甚好，摩诘，你就不必过谦了。"岐王点头笑道，立即吩咐书童备好笔墨纸砚，供王维调遣。

王维不好再推辞什么，起身抱拳道："承蒙王爷和道长错爱，王维恭敬不如从命，这便献丑了。"

听说王维要画画，玉真公主不由眼前一亮。她听过王维的奏乐，读过王维的诗作，看过王维的书法，唯独还没见识过王维的绘画。

唐人画山水，讲究从全局着眼，从大处落笔。王维站在案几旁思忖片刻，拿起画笔，开始勾勒、点染、皴浑。他似乎胸有成竹，心中自有丘壑。

大家都全神贯注地看着他运笔，揣摩他为何要如此构思、如此下笔、如此布局……

大约过了一炷香功夫，王维放下笔墨，退后一步，端详片刻后，才舒了口气，抬头笑道："久未练笔，笔法到底生疏了些，还请王爷、道长、公主多多指点。"

司马承祯眯起眼睛，点头叹道："摩诘此画，若论画技，自然是山水画中的上品。不过，贫道却有一处不甚明白。"

他指了指画面右下角的一株翠绿芭蕉："芭蕉性喜温热，无法耐寒，关中乃极寒之地，恐怕不宜种植芭蕉。即便能种植芭蕉，岂能凌冬不凋之理？"

听司马承祯如此一说，岐王也细细端详了半响，也有几分疑惑道："摩诘，你在大雪中画一株茂盛翠绿的芭蕉，确实有些违背常理。"

但玉真公主却摇了摇头，不以为然道："历来画画，可以不问四时，譬如桃杏蓉莲，同画一景，也是有的。摩诘此画，茫茫一片白雪，一株芭蕉翠绿欲滴，初看有些违背常理，但若细细想去，自有一番深意。"

听玉真公主说完这番话，王维心中一动，看来，现场三人中，只有玉真公主看出了他的深意。

他正想解释几句，却见玉真公主继续说了下去："依我看来，摩诘画雪中芭蕉，是取芭蕉'身冷性热'之意，以象征袁安的'身冷心热'。试想，袁安卧雪，身体已经极其僵冷，心里却依然想着他人，这不正是'身冷心热'吗？以雪蕉比喻袁安，实在妙极！"

玉真公主话音刚落，岐王不由拍手赞道："一株芭蕉如何能在关中雪地里依然苍翠挺拔？答案在摩诘心中，也在持盈心中。持盈看懂了此画，可谓懂画之人。"

"哈哈，摩诘画得妙，持盈说得妙。倒是贫道，孤陋寡闻，贻笑大方了。可愧，可愧。"

"道长，如此说来，本王也是粗人一个。来，案上尚有美酒，咱们两个粗人敬他们两个雅人一杯。"岐王哈哈一笑，看了一眼王维，又看了一眼玉真公主，不由暗暗叹息，如此两个心意相通之人，为何偏偏走不到一起？

王维连连抱拳，随岐王、道长一起入席。玉真公主故意落在最后，再次深深看了一眼《袁安卧雪图》，思绪万千："他有一颗追求自由的赤子之心，希望突破造物主的樊笼，用他的笔让大雪消融，让芭蕉常绿。对于这样一颗赤子之心，不能占有，只有懂得……"

这日清晨，岐王步入堂屋，见王维正在窗前高案上画画。他悄然走到王维身后，驻足观看。只见王维正在画一山中大石，颇有野趣，见之忘俗。

待王维放下画笔后，岐王才点头笑道："摩诘，你的画愈发精进了。"

王维忙转过身子，躬身抱拳道："不知王爷在此，王维失礼了。"

"今日此画，有何深意？"

"心中若有桃花源，处处便是桃花源。王维不才，无缘觅得桃花源，便只好根据陶渊明先生诗作，画一桃花源中的奇石。如若王爷不弃，王维想将此画赠与王爷，也好留个念想。"

当岐王听王维说到"留个念想"时，心中不由一沉，天下没有不散的筵席，他迟早要离开这里。不知这一别后，下回见面，又是何日？

"摩诘，谢谢你。此画甚好，可以让人作山中想，悠然有趣。"岐王按下心中不舍，拿起此画，点头笑道，"摩诘，看到这幅怪石，本王倒是想起了李思训将军的一件趣事。"

李思训出生于651年，去世于716年，陇西成纪（今甘肃天水）人，是唐高祖李渊堂弟长平王李叔良之孙。以战功闻名于时，因曾担任右武卫大将军，世称"大李将军"。

李思训师承隋代画家展子虔的青绿山水画派，善画山水、楼阁、佛道、花木、鸟兽，尤以金碧山水著称。其子李昭道，也擅长青绿山水画。时人称其父子为大李将军和小李将军。

"大李将军是青绿山水画集大成者，王维久仰盛名，可惜无缘一见。不知王爷说的趣事是指……？"

"相传，李思训曾画了一条鱼，还没画水藻时，恰好有客人来访，他就去招呼客人。待客人走后，他回画室一看，案上的画不见了。他忙叫童子去找，原来是被风吹入庭中的池塘了。童子从池塘里捞起来一看，纸上一片空白，哪里有什么鱼？李思训百思不得其解，在池边来回踱步。忽然看见池中有一条鱼，和他方才画的一模一样。他这才恍然大悟，原来，他画的鱼太过逼真，就从纸上跑到水里去了！"岐王一口气说了下去，朗声笑了起来，"摩诘，本王有些担心，不知你这块奇石，会不会飞回桃花源？"

两人正说笑间，玉真公主走了进来。

"四哥，什么事聊得这么开心？也说与妹妹听听。"玉真公主微不可见地迅速看了王维一眼，转身对岐王说。

"持盈，你来看看，这是摩诘方才画的画。"

"哦？"玉真公主双手拿过画稿，端详良久，若有所思道，"这块石头有些意思，让人看了倒是心生归隐之意。"

玉真公主话音刚落，岐王就点头笑道："持盈，你果然是懂摩诘之人。这块奇石，正是摩诘心中的桃花源。"

见岐王处处有意拉拢他和公主，王维忙抱拳道："公主慧心巧思，王维班门弄斧了。"

玉真公主笑了笑："四哥，道长明日想启程去王屋山清修，我陪道长一同前往，故今日特来向你辞行。"

"你们要去王屋山？华州距离王屋山尚有千里，道长年事已高，可是妥当？"岐王眉头微皱，忧心忡忡道。

"四哥放心，有我在，道长不会有事的。"

"王爷，王维已在府上叨扰多日，拙荆尚在定州家中，我也该回定州了。如若公主和道长不弃，王维此去定州，可以陪公主和道长走上一程，一路上也好有个照应。"

当玉真公主说出"王屋山"三字时，王维不由想到，世上之事也太巧了些。他从小就在王屋山脚下长大，那些愚公洞、愚公井、愚公壑等地，他都曾去过……

"对，持盈，有摩诘陪你和道长同行，本王就放心了。"岐王看了一眼王维，颔首微笑道。

听王维说"拙荆"时，玉真公主心头不是滋味，当他说愿意陪她走上一程时，又是一阵欢喜，点头笑道："四哥，王屋山的桃花闻名天下，待明年桃花盛开时，你来王屋山赏花可好？"

"好啊，明年桃花盛开时，本王便去王屋山看你。摩诘，你陪本王一起前往可好？"岐王兴致勃勃道。自瑾儿去世以来，他已经很久没有这样的兴致了。

"好，王维荣幸之至。"

次日清晨，岐王亲自送了他们一程，挥手作别。

从华州出发，每到一处，都有当地官府派人迎接，在驿站款待安歇。这日，他们行至河南济源，安顿了下来。

明日，玉真公主和司马承祯要向北走，王维则向东走，彼此就要分别了。用过晚膳，王维来到司马承祯下榻处辞行。

司马承祯正在蒲团上打坐，听王维进来，并未睁眼，示意他在自己身边坐下。

王维会意，盘膝而坐，将双手平放在双膝之上。

"久静则定，久动则疲。打坐时，心无杂念，定于鼻尖，如此方能开智增慧、养身延寿、涵养心性、增强意力……"司马承祯缓缓道来。

王维微闭双目，调整气息，气沉丹田，渐入佳境。

良久之后，司马承祯睁开眼睛，吐出一口浊气，王维扶他起身落座。

"摩诘，何谓修行？"

王维没有想到司马道长会问他这个问题，沉吟片刻后，回答道："晚生愚钝，窃以为，修行是当下的'我'和过去的'我'不断对话的过程。从繁华到幻灭，是修行，从幻灭到繁华，也是修行；从富贵到清平，是修行；从清平到富贵，也是修行。"

司马承祯默然不语，良久之后才颔首微笑道："摩诘，你果然有慧根。修行没有定式，只要不断接近生命的本源，便是修行。"

"道长谬赞了。不瞒道长，晚生对修行的领悟，和玉真公主也有一些关系。"

"哦？此话怎讲？"

"公主出生帝王家，本可以享受世人羡慕的荣华富贵，但她却都舍弃了。或许，对她来说，所谓繁华，只不过是另一种虚妄。摆脱这些虚妄后，方能回归本真、找回自我。因此，我敬重公主，是她让我对修行有了更多领悟。"

当王维对司马承祯说这些时，玉真公主恰好前来看望师傅。她倚在门边，听完了这番话后，心里惊讶有之、喜悦有之、失落有之……

惊讶的是，王维竟在司马道长面前主动提起她；喜悦的是，他对司马道长直言对她的敬重之情；失落的是，他对她到底只是敬重而已。他难道不知道，她心里想要的，不是要他敬重她……

次日清晨，当王维和他们挥手作别时，玉真公主心中有深深的不舍。

要忘掉眼前这个气度高华的男人，太难了。她觉得自己就像一艘困在浅滩的小船，不知该何去何从……

第二十七章　小别重逢　南下越州

和司马道长、玉真公主分别后，思妻心切的王维，快马加鞭，昼夜兼程，往定州方向疾驰而去。

比王维早一步赶回定州的，是崔兴宗。他和王缙在长安参加春闱。王缙连中"草泽""文辞清丽"两门特设科考，他却再次考场失利，名落孙山，垂头丧气地回了定州。

"阿爷，阿娘，小婿回来了。"王维翻身下马，快步走入崔府。

听到王维的声音，崔兴宗第一个迎了出来，像抓住救命稻草一般："姊夫，你总算回来了。你若再不来，我可要闷死了。"

"哦？你可从来没有觉得闷的时候。"王维拍了拍他的肩膀，呵呵笑道。

"唉，我又名落孙山了。"崔兴宗垮下脸来，叹了口气。

"这有什么？我不也落榜了很多次？是金子定能发光，姊夫看好你！"

听到王维和崔兴宗的说话声，崔父、崔母、璎珞纷纷迎了出来。

"摩诘，你可回来了！这千里奔波，路上还好吧？"崔父崔母异口同声道。

"小婿见过阿爷阿娘。岐王留我多住了几日，让阿爷阿娘担心了。"

"既然岐王留你，是该多住几日，陪他说说话、散散心才好。"崔父点头道。

"摩诘，喝杯热茶吧。"璎珞端了一盏热茶，走到王维面前。

"多谢娘子。"爱人之间，一日不见，如隔三秋，王维从一进屋便留心璎珞，从璎珞手中接过热茶时，仔细端详了她几眼，点头笑道，"唔，总算养胖一点了。"

璎珞下意识地摸了一下脸颊，下巴微扬道："真的吗？"

"姊夫，你不知道阿娘有多偏心，天天给璎珞做好吃的，恨不得把璎珞养得白白胖胖才好，我可从来都没有这般待遇。"崔兴宗故意嚷嚷道。

"女儿家就是需要宠的，等你将来当了阿爷，自然就明白了。"王维调侃完了崔兴宗，喝了一口璎珞煮的茶，只觉得甜到了心里，看着璎珞道："当然是真的，比珍珠还真。"

小两口的浓情蜜意，都被崔夫人看在了眼里，乐呵呵道："璎珞，这会儿离晚膳还早，摩诘赶路辛苦，你陪摩诘回房歇息，待会儿小蝶去叫你们便是。"

"姊夫，璎珞可是天天掰着手指头，盼你早日来接她呢！"

"你呐，在姊夫面前还是这样没大没小！你得向姊夫好好学学为人处世的道理。"崔父看了一眼崔兴宗，叹了口气。

"好，阿爷，阿娘，我这就回屋温书去了。"崔兴宗吐了吐舌头，一溜烟跑回自己屋里。

王维携了璎珞的手回到房中。帘子刚一落下，王维便迫不及待地将璎珞带入怀里，用自己的身体紧贴着她的身体，仿佛恨不得合二为一才好。

下一秒，他那温热滚烫的唇便牢牢覆盖在了她的唇上，仿佛只有当彼此的唇紧紧交缠在一起时，他对她这些日子以来的渴望才终于有了安放之处。

不知过了多久，他才贴在她耳畔低笑，声音中带着一种深沉的温柔："这些日子，可曾想我了？"

"不想。"璎珞闭着眼睛，将头埋在王维胸前，仿佛还未从方才的缠绵缱绻中回过神来，任由他身上熟悉的温暖清朗的气息将她彻底融化。

"如果不想，方才又是谁不肯松手？"王维笑着捏了捏璎珞的鼻子，打趣她道。

璎珞想到自己方才忘情的模样，顿时脸上发烫，一边挣脱王维的怀抱，一边娇嗔道："不理你了！"

王维忙搂住璎珞纤细的腰肢，在她额头上哈哈笑道："好，好，是为夫不肯松手还不行吗？璎珞，这次去看岐王，你猜我遇见谁了？"

"谁呀？"

"道教茅山宗上清派第十二代宗师司马承祯道长。巧的是，玉真公主是司马道长的弟子，这次也遇见了，因此多耽搁了几日，让你担心了。"

"玉真公主？"璎珞心里不由"咯噔"一下，脑海中闪过那卷玉真公主手抄的《道德经》，怎么会这么巧呢？但转念一想，玉真公主定是去宽慰岐王的，在岐王府里遇见，不是再正常不过的事吗？

于是，她抬眸笑道："确实有些担心，茶饭不思，寝食难安，天天想着你几时才能回来？"

"哦？茶饭不思？寝食难安？不过，我怎么觉得，娘子的脸倒是圆润了不少。"王维一脸宠溺地看着璎珞，伸手抚上了她粉嫩的脸颊。不待璎珞反应过来，王维就低下头去，在她耳畔低语道："璎珞，我想你。"

"我也想你。"在王维再度袭来的热吻中，璎珞渐渐有些气息不稳，只觉腰间一紧，已被他拦腰抱起，向床榻走去。

那绣满金丝菊花的床帐开始轻轻荡漾，在屋里洒下了浓得化不开的春色。

不知过了多久，一切才恢复了平静。王维轻抚璎珞的后背，一脸坏笑道："娘子果然胖了些，方才为夫险些抱不动了。"

璎珞伏在他怀中，没好气地瞪了他一眼："你不知道，这阵子，阿娘让福嫂天天给我炖高汤，我担心这样下去，总有一天，会沉得让你抱不动了。阿娘却说，这样才容易——"说到一半，璎珞却停住了。

"唔，容易什么？"

"容易怀上孩子。"璎珞未语脸先红，说出"孩子"二字时，声音不由低了下去。

"哈哈，傻璎珞，即便你身怀六甲，为夫也定然抱得动你。"王维搂着璎珞的手愈发紧了紧，低笑道，"璎珞，回济州后，我也日日熬汤给你喝，一定把你养得白白胖胖……"王维双眸发亮，低头看着璎珞。

"你喜欢孩子吗？"璎珞抬头，黑亮的眼眸就像天上最亮的星星。

"当然喜欢。小时候，我和弟妹们最盼望的事，就是阿爷不去府衙时，在家中教我们读书认字。只可惜，阿爷走得太早。如果我当了阿爷，我也要亲自教他们读书认字……"

这日，崔夫人将璎珞叫到厨下，小声对她说："璎珞，阿娘让福嫂给你们泡一罐药酒，最是补气血、温肾阳、祛寒湿。你和摩诘每日喝上一口，不出几个月，就能怀上大胖小子咯。"

"夫人可是成天盼着早日抱小郎君呢！"一旁的福嫂也笑道。

"阿娘，福嫂，你们已经把我养胖一圈了，若再喝这药酒，会不会太补了？"璎珞有些不好意思。

"不会，不会。福嫂，你这就去趟药铺，将药材配齐了，每一样都须挑上好的。"崔夫人乐呵呵地盼咐道。

福嫂忙答应着去了，不一会儿，就买回了熟地黄、当归、党参、茯苓、甘草、肉桂等各色药材，一一过秤后，浸在了上好白酒里。

"璎珞，这药酒要浸泡半年才好。你们带回济州，从立冬后开始喝。"

"阿娘，女儿记住了。"

用过午膳，崔父崔母回房安歇，王维提议到外面走走，璎珞、崔兴宗欣然同意。

王维穿着璎珞缝制的松绿色圆领袍，清雅潇洒，璎珞穿了和王维同色的八幅长裙，外搭黄绿色短襦。三人漫步在和煦的春光里，目光所及之处，处处都是美景。

三五成群的斑鸠在屋上欢快地鸣叫，杏花在房前屋后一簇簇绽放。在斑鸠的叫声和杏花的芬芳中，村民们纷纷走出家门，在田野上辛勤劳作。

"姊夫，去年春天，我们在长安酒肆喝酒，你随口吟的《少年行》，我还一直记得呢。"崔兴宗比画了一个饮酒的手势，"新丰美酒斗十千，咸阳游侠多少年。相逢意气为君饮，系马高楼垂柳边。"

"摩诘，你的'相逢意气为君饮'，和曹孟德的'但为君故，沉吟至今'，颇有异曲同工之妙呢。"璎珞点头赞道。

"璎珞，兴宗，今日所见，让我忍不住想作诗了。"王维停下脚步，看着村边的杏花娓娓道来："屋上春鸠鸣，村边杏花白。持斧伐远扬，荷锄觇泉脉。归燕识故巢，旧人看新历。临觞忽不御，惆怅远行客。"

"是啊，归燕回巢，故居依然，但东风已暗换年华，岁月在不知不觉中更替变化。和天地相比，万物终究是渺小的。"璎珞抬头，和王维相视一笑。

"是的，诗贵在言情，但情不能直达，需寄于景物，情景交融才好。初唐诗人张若虚的《春江花月夜》，表面写江、花、月，其实是在写他对宇宙自然的思考和感悟。他的'江畔何人初见月？江月何年初照人'，引发了后人多少深思。"

"姊夫，说到'江畔何人初见月？江月何年初照人'，我倒是想起了初唐诗人陈子昂的'前不见古人，后不见来者。念天地之悠悠，独怆然而涕下'，短短四句，悲而不伤，最是难写。"

"是的，《登幽州台歌》是陈子昂悼古伤今的生命悲歌，字里行间，无不透露了他的孤独和骄傲、落寞和抱负！"

"摩诘，兴宗，你俩这样聊下去，都要变成'诗痴'了。"璎珞打趣他俩道。

王维看了一眼璎珞，继续说了下去："兴宗，科举取士的重点是诗赋，你若能在诗赋上再下一番工夫，来年春闱，会多几分胜算。"

"姊夫说的是，我准备把王勃、杨炯、卢照邻、骆宾王、陈子昂、沈佺期、宋之问、杜审言、张若虚等初唐诗人的大作，都好好品读一番。当然，还有姊夫的。"崔兴宗一脸认真道。

"好，有志者，事竟成。"王维拍了拍崔兴宗肩膀，眼神中是信任和期许。

第二十七章 小别重逢 南下越州

三人正说话间，崔府管事急匆匆地追了上来，手里拿着一封信，气喘吁吁道："阿郎，这是一封来自济州的信。老爷说，信中或许有急事相告，让我赶紧给你送来。"

"有劳了。"王维接过信笺，只读了几行，便眼前一亮道，"璎珞、兴宗，想不想去越州一游？"

原来，这封信是綦毋潜寄来的。他以为王维在济州，就将信寄到了济州，赵化替王维收下后，恐信中有急事相告，又将信转寄到了定州。

"姊夫，越州是人文荟萃之地，我一直想去呢！"崔兴宗迫不及待道。

"越州是西施故乡，我也想去看看。"璎珞浅笑盈盈道。

"璎珞、兴宗，来信者是綦毋潜兄。他前年返乡后，寄情山水，游走四方，倒是十分自在。天下山水若有十停，他已走了六停。眼下春暖花开，桃红柳绿，他邀请我们同游越州。"

"我记得綦毋潜兄，也记得你送他返乡时写的那首诗。"崔兴宗随口吟道，"圣代无隐者，英灵尽来归。遂令东山客，不得顾采薇……"

"送别诗素来难写，得意之人送别失意之人，则是难上加难。这首送别诗倒是拿捏得极好。"璎珞侧头笑道。

"两年前，我劝綦毋潜兄'圣代无隐者，英灵尽来归'，可是，如今明明是太平盛世，我却有了归隐之心。"王维自嘲地笑了笑。

"摩诘，陶渊明先生说'问君何能尔？心远地自偏'。归隐与否，并不在于身居何处，而是一种心境。如果我们超然物外，即使身居闹市，也是归隐。否则，即使隐居深山，也一样会被凡尘俗事牵绊吧？"璎珞看着王维，娓娓道来。

王维看了一眼璎珞，她是他的解语花，他心中所想，无须多言，她都明白。

"摩诘，既然咱们都对越州心向往之，这就回去禀告阿爷阿娘，尽快启程，可好？"

"好！"王维和崔兴宗不约而同地笑了起来，三人往家中走去。

这日，风和日丽，三个年轻人往越州出发了。

对于三个生于北方、长于北方的年轻人来说，江南的春天，无疑是新奇和迷人的。

当然，让他们"身未至，心已远"的，除了江南的春天，更有江南的文化、江南的才情……

江南，涌现出了太多美好的女子。

这里有沉鱼落雁、闭月羞花的西施；有对爱情坚忠不渝、生死相随的虞姬；有闻名三国的姐妹花大乔、小乔；有可叹"咏絮才"的谢道韫……

从春秋战国一路走来，经历三国孙吴、东晋、南朝宋、齐、梁、陈，直至隋唐，江南这片六朝繁华之地，涌现了太多才子佳人，沉淀了太多悲欢离合。

越州位于江南道，王维虽未去过越州，但他对越州所知甚多，和璎珞、兴宗聊了一路。

"越州有条河，名叫若耶溪，发源于会稽山，是当年西施浣纱、采莲的地方。咱们此去越州，可以泛舟溪上，悼古怀今。"王维嘴角微微上扬，眼中有种温润的光芒。

"'若耶'，'若耶'，端的有吴侬软语的绵柔之美。'若耶溪'，定是一条很美的溪。"璎珞嫣然笑道。

"驾一叶扁舟，行于若耶溪上，真乃人间美事！"崔兴宗也是一脸期待。

三人紧赶慢赶，几日后，顺利抵达越州。

第二十八章　千古爱情　父子碑亭

綦毋潜和王维相约在越州城中的咸亨客栈会面。当王维等人来到咸亨客栈时，綦毋潜已早到一日。

看到有客人登门，身穿一袭家常圆领袍的店家忙迎了出来："各位客官请进。"

看着"咸亨客栈"这块招牌，崔兴宗连连点头道："'咸亨'二字，莫不是出自《易经》的'含弘广大，品物咸亨'？店家定是饱读诗书之人。"

"客官说笑了。说来惭愧，这'咸亨'二字，是小的祖父取的。托各位客官的福，小店这些年来倒也顺风顺水。"

"东晋以降，北方士族多迁往江南，越州更是耕读传家之风盛行。今日一见，果然名不虚传。"王维也点头笑道。

听到王维的声音，綦毋潜忙从楼上走了下来。

"摩诘，你们终于来了！"

"綦毋兄，让你久等了！"

一番问候寒暄后，王维携了璎珞的手，向綦毋潜介绍说："綦毋兄，这是拙荆崔氏，这是内弟兴宗。"

璎珞垂眸一笑，敛衽行礼道："小女子崔氏见过綦毋兄。"

兴宗也忙行了一礼："兴宗见过綦毋兄。"

綦毋潜忙还了一礼，用力拍了拍王维的肩膀："摩诘，还是你有本事，早早成家立业。不过，愚兄独来独往，倒也快活自在。"

说话间，店家已收拾出一张宽敞干净的桌子，四人按年龄长幼坐下。

"綦毋兄，拙荆喜欢越女西施，当年曾在若耶溪浣纱、采莲，咱们明日便去泛舟若耶溪上，意下如何？"王维抬头问綦毋潜道。

綦毋潜点头笑道："唔，这个便宜。说到西施，倒是不得不提范蠡。我平生最仰慕者，唯范蠡范大夫也！"

"綦毋兄，我也很喜欢范蠡。古往今来，凡是成就千古伟业的帝王，身边都离不开贤相良将。范蠡之于勾践，好比姜子牙之于周文王、管仲之于齐桓公、张仪之于秦始皇、张良之于汉高祖……"崔兴宗一脸兴奋道。

"二位所言，于我心有戚戚焉。范蠡最难能可贵之处，在于功成名就之时，懂得功成身退。他离开越国，化名'鸱夷子皮'，用计然所授七计经商，成为巨富后又三散家财，可谓'忠以为国，智以保身，商以致富，成名天下'。"说到范蠡，王维也是一脸仰慕之情。

"据说范蠡离开越国时还带走了西施，他们一起隐姓埋名，过着闲云野鹤的生活，是真的吗？"璎珞好奇地问道。

"《越绝书》倒是有载：'吴亡后，西施复归范蠡，同泛五湖而去。'但这毕竟是很久以前的事了，事实究竟如何，谁都无从知晓了。"綦毋潜沉思道。

"太史公著《史记》，向来用笔严谨，只字未提西施和范蠡在一起的结局。因此，我以为，这只是世人美好的愿望罢了。西施的命运，大抵是沉江而亡罢。"王维剑眉深锁，叹了口气。

"其实，范蠡和西施最后是否在一起并不重要，重要的是，他们心中有过彼此。"璎珞若有所思道，"西施远赴吴国之前，范蠡曾悉心培养了她三年。这三年中，一定有许多属于他们的美好回忆。这些回忆，足以温暖他们的一生，也足以让千年后的我们依然为之感动。"

"是啊，弟妹所言极是。不管范蠡、西施结局如何，他们曾经一起泛舟若耶溪，定然是真的！今日大家都乏了，早些回房安歇，咱们明日就去若耶溪！"綦毋潜提议道。

"好！"大家一致赞同。

夜深了，柔和的月光洒在客栈内秋香色的帐子上，一片宁静。

不知是因为客栈的床榻让她有点陌生，还是因为范蠡和西施的故事令人唏嘘，从未失眠的璎珞，今夜竟辗转反侧，难以入眠。

她怔怔地看着窗外的星空，思绪飘出很远。忽然，一只臂膀伸了过来，将她带入了那个熟悉的怀抱，"睡不着吗？在想什么呢？"

"你说，范蠡是何时爱上西施的呢？是在苎萝村第一次看见她的时候？还是将她带回越州、悉心培养她的时候？还是将她亲手送给夫差的时候？还是她忍辱负重、帮助越国打败吴国的时候？"璎珞吐气如兰，幽幽地说了下去。

"傻璎珞，原来你在想这些。"王维并未睁开眼睛，只是将她搂得更紧了些，"我不知道范蠡是何时爱上西施的，我只知道，我是在长安街头对你动心的。"

"哎呀，我在和你说正经的呢。"璎珞转过身子，凑近王维道，"我总觉得，西施和范蠡在越国朝夕相处的三年，是他们一生中最甜蜜却也最痛苦的三年。他们虽然近在咫尺，却无法倾诉衷肠，更不能执子之手、与子偕老。因为他们从一开始就明白，他的使命是辅佐勾践打败吴国，她的使命是被送往吴国……"璎珞叹了口气，一脸怅然。

"是的，这世上，有太多身不由己，太多情非得已。勾践十年生聚，十年教训，只为灭吴雪耻。在这国仇大恨面前，范蠡也好，西施也罢，都只是勾践的一颗棋子而已，他们从来都没有选择的权力。"王维轻轻拍着璎珞的后背，像是在哄璎珞入眠。

"是的，我明白，大爱是国，小爱是家。为了大爱，只能牺牲小爱。可是，我不明白的是，当范蠡和西施帮助勾践成功灭掉吴国后，他俩为何还是无法在一起呢？"

"自古以来，君臣之间，大抵难逃'狡兔走，走狗烹；飞鸟尽，良弓藏；敌国灭，谋臣亡'的结局，西施也不例外。当初是'美人计'，后来却成了'红颜祸水'，终究难逃一死。范蠡是一个明白人，他看懂了，所以毫不留恋地走了。文种看不明白，留了下来，结果被勾践赐死。"

"你说，范蠡是否会后悔，他当初不该将西施从苎萝村带回越国，那样的话，西施至少可以像寻常女子那样，结婚生子，安然终老。"璎珞将头埋在王维胸前，听着从王维胸口传来的稳定有力的心跳声，渐渐安定了下来。

"璎珞，人活一世，终有一死。皮囊不过百年，但真爱可以永恒。如果他们知道，在他们身后一千多年，还有一个痴情女子，千里迢迢来到越州，悼念他们的爱情，为他们叹息落泪，他们一定会感动的。"王维半是玩笑半是认真道。

"摩诘，我没有西施那样伟大，我只想做你的小妻子……"璎珞终于有了困意，在他怀里找到那个熟悉的位置，舒舒服服地窝了进去。

"傻璎珞，放心吧，你夫君也没有范蠡那样伟大。"王维在她头顶低声笑道，"快睡吧，否则明儿又要嚷嚷着头疼了，嗯？"

"嗯，好。"璎珞傻傻地想着，和范蠡、西施相比，她和摩诘，显然要幸福得多。

次日一早,春光明媚。众人收拾妥当,正欲出门时,客栈小二来报,说有人在堂舍询问綦毋潜住处,想要会上一面。

綦毋潜一头雾水,他在越州并没有相熟之人啊?正犹豫时,来人已经上楼。定睛一看,原来是宣州绩溪县令皇甫岳。

綦毋潜前几年曾游历宣州,和皇甫岳一见如故,成了忘年之交。

綦毋潜忙迎上前行了一礼:"皇甫大人,您怎么会在越州?"

"哈哈,綦毋弟,老夫本就越州人氏,去年秋天告老还乡。今日一早,老夫来此喝酒。店家说昨日有几位才子远道而来,老夫问店家可否引荐下,不料竟是贤弟,可见咱们到底有缘!"

"原来如此,能在越州遇见皇甫大人,真是三生有幸!"綦毋潜伸手指向王维道,"皇甫大人,这是我好友王摩诘。"

"哦,原来你就是长安大名鼎鼎的王参军!久仰!久仰!"听到王维大名,皇甫岳先是一愣,继而肃然起敬道,"老夫在外漂泊半生,每每读到'独在异乡为异客,每逢佳节倍思亲'时,总是感同身受,真乃千古好诗!"

"皇甫大人过誉了,今日巧遇皇甫大人,也是王维之幸!"王维忙笑着拱手还礼,璎珞和兴宗也忙欠身行礼。

皇甫岳示意王维等人坐下,和颜悦色道:"綦毋弟,王参军,不知你们此番前来,打算在越州赏玩几日?"

"越州乃江南灵秀之地,我们打算住上十来日。"綦毋潜说。

"如此甚好。如若各位不弃,老夫想邀请诸位到寒舍小住,不知诸位意下如何?"皇甫岳捋着长须,盛情相邀道。

"多谢皇甫大人盛情相邀,只是我们此行人多,恐怕叨扰了府上,倒是过意不去。"王维抱拳道。

"哪有什么叨扰不叨扰的?诸位若肯赏光,老夫高兴还来不及呢。"皇甫岳哈哈笑道。

"摩诘,既然皇甫大人盛情相邀,我们就恭敬不如从命吧。"綦毋潜提议。

王维看了一眼璎珞和崔兴宗,见他们也点了点头,就向皇甫岳抱拳道:"多谢皇甫大人,如有叨扰,还请多多包涵才好。"

"好,你们简单收拾一下,咱们这便家去!"一会儿后,一行人向皇甫岳府上浩浩荡荡而去。

大约过了半个时辰,就到了皇甫岳家。一下马车,王维就看到大门匾额上题有"云溪山庄"四字,遒劲有力,潇洒飘逸。王维点头赞道:"'云溪山庄',字妙意佳!"

皇甫岳走到王维身边，呵呵笑道："寒舍临若耶溪而筑，若耶溪因常有五色祥云倒映其中，故又名五云溪，因此老夫就为寒舍取名为'云溪山庄'。这个匾额是老夫写的，笔法粗陋，让王参军见笑了。"

"皇甫大人过谦了，'云溪山庄'四字，颇得'二王'神韵。"王维笑道。

谈笑间，早有婢子奉上好茶，大家分主宾落座，谈笑晏晏。

"诸位若不嫌弃，请在寒舍多住几日，也好让老夫略尽地主之谊。"

"多谢皇甫大人盛情，越州乃风水宝地，千百年来，风调雨顺，实属难得。"綦毋潜笑道。

"是啊，叶落归根，老夫虽在外漂泊多年，但心里始终惦记着故土。越州风调雨顺，离不开大禹的功劳。大禹不仅治好了滔天洪水，身后还长眠于此，可见大禹对越州感情深厚。"

"东晋以来，琅琊王氏、陈郡谢氏等一批北方世家大族纷纷来到越州，越州文风之盛，叹为观止。"王维抿了口茶，言语中是对越州的仰慕。

皇甫岳兴致勃勃地说了下去："是的，越州自古多文人雅士。东晋永和九年（公元353年）三月初三，王羲之、谢安、孙绰等文人雅士，在兰亭曲水流觞，吟诗作赋，遂成千古美谈！"

"是的，王羲之的《兰亭集序》，不仅文辞优美，书法更是翩若惊鸿，宛若蛟龙，是当之无愧的'天下第一行书'。"聊到王羲之的传世名帖，王维兴致愈发高涨。

"既然说到了兰亭，趁今日风和日丽，咱们不妨去兰亭感受一下当年名士们的雅兴？"綦毋潜提议道。

"好啊，咱们也效仿名士，来一个'曲水流觞'！"崔兴宗附和道。

"好，老夫这就陪诸位前往。"皇甫岳虽年过五旬，但精神依然矍铄。他吩咐下人备好马车，向兰亭迤逦而去。

到了兰亭，微风习习，竹浪闻莺。穿过一条翠竹掩映的石子小路，是一个清澈见底的池塘。三五只白鹅正在池中悠闲地游来游去。池边是一座碑亭，碑亭内有一石碑，上面刻有"鹅池"二字。

王维驻足细看，只见"鹅"字苍劲秀拔，"池"字浑圆豪迈，显然不是出自一人之手。

皇甫岳捻着胡须缓缓道来："王参军，这'鹅池'二字，一瘦一肥，分别出自王羲之、王献之父子二人之手，因此，这块碑也叫父子碑。"

"原来如此，我方才倒也猜到了这一层。"王维点头笑道。

"这里头还有一个故事。一日，王羲之写完'鹅'，正想写'池'时，忽闻圣旨到，忙搁笔迎旨。调皮的王献之趁父亲离开之际，提笔补上了'池'字。一碑二字，父子合璧，千古佳话。"

"早就听说书圣爱鹅，且到了痴迷的状态。这个'鹅'字，不就是一个展翅欲飞的大白鹅吗？生机勃勃，呼之欲出。"綦毋潜指着"鹅"字连连赞叹。

"是啊，天下爱鹅者，不止书圣一人，但能如此爱鹅、养鹅、书鹅，且从鹅中悟出书法奥妙者，非书圣莫属也。"王维久久凝视着"鹅池"二字，在心中默默临摹。

过了父子碑，大家沿着石子甬道继续前行。不多时，便来到一条弯弯曲曲的小溪旁。但见小溪潺潺，如同一条玉带蜿蜒而过。水面最窄处，大约只能容一张荷叶勉强通过。

皇甫岳指着小溪笑道："王参军，这就是当年王羲之等文人雅士们'曲水流觞'之处。"

王维顿时肃然起敬，距离王羲之的曲水流觞，已经过去了三百多年，这条小溪不知经历了多少朝代更替？见证了多少世事变迁？溪水依旧是那条溪水，但王羲之和谢安们早已不知身在何方……

王维正神思千里时，皇甫岳娓娓道来："大家坐在小溪两侧，在上游放置托有酒杯的荷叶。荷叶顺流而下，停在谁的面前，谁就当场吟诗。吟得出来，饮酒一杯，吟不出来，罚酒三杯。"

綦毋潜哈哈笑道："唯大英雄能本色，是真名士自风流。东晋果然出名士，连喝酒都能喝得如此潇洒！"

崔兴宗连连点头道："也只有这样弯曲狭窄的溪水，可以玩这'曲水流觞'的游戏，妙哉！"

皇甫岳走到溪边一块大石旁，请大家随意落座。

此时，阵阵春风吹来，顺着溪水淙淙流淌的方向，王维仿佛见证过当年修禊盛况似的，情不自禁地吟起了《兰亭集序》："永和九年，岁在癸丑，暮春之初，会于会稽山阴之兰亭，修禊事也……"

听王维忘情吟诵《兰亭集序》，众人不禁鼓起掌来。这个掌声，既送给那些已经消逝在历史深处的东晋名士，也送给生逢开元盛世的他们。

听到掌声，王维收回思绪，抱拳微笑道："一时忘情，让诸位见笑了。"

"书圣此文，既写当日聚会之盛况，又发生死无常之感慨，百读不厌，常读常新。"綦毋潜附和道。

"《庄子》有云：'人生天地之间，若白驹之过隙，忽然而已。'今日我们相聚在此，不知下次重逢，又当何时？老夫已吩咐家人备下美酒，为大家接风洗尘。"皇甫岳也被年轻人的热情感染了，感慨万千道。

"好，今朝有酒今朝醉，明日愁来明日愁，今日定要一醉方休才好。"綦毋潜最爱美酒，哈哈笑道。

说笑间，已是夕阳西下，日暮黄昏。偶有倦鸟从眼前掠过，往竹林深处飞去。大家相视一笑，意犹未尽地离开了兰亭。

第二十九章　泛舟溪上　饮酒吹笛

回到云溪山庄，离晚膳还有一段时间。皇甫岳毕竟上了年纪，有些乏了，先回房安歇，请大家自便。

綦毋潜看到云溪山庄门口泊着几条乌篷船，有艄公在船上休息，灵机一动："咱们不如坐船去，在夕阳下泛舟若耶溪，岂不美哉？"

大家欣然同意，步出门外。只见乌篷船船身狭窄，只能容纳两人。王维和璎珞同乘一船，綦毋潜和崔兴宗同乘一船。四人登舟解缆，艄公划动船桨，向溪水中间划去。

斜阳照在水面上，若耶溪波光潋滟，仿佛有无数珍珠在水面上跳跃。淡金色的波光和镶在天际的一抹绛红相映成趣，煞是好看。

桨声欸乃中，两艘乌篷船并肩而行，船尾留下两串美丽的波纹。岸边，一位老翁正在垂钓，悠然自得。

王维闲坐船头，看着眼前的一切，不禁思绪万千。这是大唐开元十年，距离大唐开国已有一百多年。经历了贞观之治、永徽之治、武后夺周、归政李唐等一系列事件后，如今正逢开元盛世，边陲安定，四夷宾服，万邦来朝，岁月静好。

和王维的气定神闲不同，璎珞仿佛回到了小时候的嬉戏时光。当她看到三五成群的游鱼在水草和细石间追逐嬉戏时，忙拉了拉王维的衣袖，一脸欣喜道："摩诘，你看，这些鱼儿游得多欢啊！"

璎珞的喜悦感染了王维，他也探出身去，顺着璎珞手指的方向，认真看了几眼。趁璎珞不留神，王维将手探入溪中，撩了一些溪水，迅速弹在璎珞脸上。待璎珞也想伸手去撩溪水弹王维时，哪里还来得及，双手早已被他紧紧箍在怀里，哈哈笑道："娘子坐稳了，小心翻船。"

璎珞哭笑不得地瞪了王维一眼，只好在他胸前轻捶了几下。王维握住璎珞的手指，低头凝视着她，眼里是满满的宠溺。这份宠溺，就像这三月的春风，让她暖到了心里。

"这位客官，那块石头就是传说中西施浣纱的地方，被称为浣纱石。"艄公指了指不远处一块平整的大石，对王维说。

王维和璎珞应声看向那块石头，只见有几个女子在溪边洗衣。谈笑声阵阵传来，越发显得此地幽静安宁。

"摩诘，此情此景，让我想到了一句诗'谁怜越女颜如玉，贫贱江头自浣纱'。我觉得，西施去吴国后，一定会经常想起在越州'自浣纱'的日子，那是她最安宁的时光。"

"是的，写《洛阳女儿行》时，我正感慨有才之士得不到权贵赏识。经历了这么多事后，我渐渐觉得，'自浣纱'本身就是一种生命完成的形式，至于别人是否认可，又有什么要紧呢？"

"你们小两口在说什么悄悄话呢？"綦毋潜和崔兴宗在另一艘乌篷船上，看王维和璎珞低头窃窃私语，不由打趣他们道。

"綦毋兄，方才看到那块浣纱石，我和拙荆不由感慨了几句，见笑了。"王维笑道。

"我也一时手痒，得了一首五言古诗《春泛若耶溪》，吟与你们听听。"綦毋潜哈哈笑道。

"好，题目中一个'泛'字，可谓画龙点睛，意境皆出，我们洗耳恭听。"王维抱拳道。

綦毋潜清了清嗓子，朗声吟道："幽意无断绝，此去随所偶。晚风吹行舟，花路入溪口。际夜转西壑，隔山望南斗。潭烟飞溶溶，林月低向后。生事且弥漫，愿为持竿叟。"

"綦毋兄，你的'生事且弥漫，愿为持竿叟'，倒是和前朝诗人王籍《入若耶溪》中'此地动归念，长年悲倦游'心意相通，写出了对闲适人生的向往之心。"王维若有所思道。

"摩诘，愿他日你我一起持竿，在这桃花源般的若耶溪当一个'持竿叟'，过自由自在的日子。"綦毋潜游目驰骋，似乎已在憧憬这样的日子。

"如果你们成了'持竿叟'，记得也要算上我一个。"崔兴宗哈哈笑道。

看着眼前三个男人如此盛年却在谈论晚年生活，璎珞不由"扑哧"笑道："古人说'望梅止渴'，你们倒是'望竿归隐'了。如果有一天，你们三位老叟在此持竿垂钓，倒也是一个绝妙画面。"

王维意味深长地看了璎珞一眼："如果我是持竿老头，你就是浣纱老媪，对不？"

在王维深情的目光里，璎珞仿佛看到了几十年后他们一起变老的模样……

这样的爱情，这样的人生，夫复何求？

王维和璎珞之间的情意绵绵，被綦毋潜和崔兴宗悉数看在眼里。

崔兴宗故意叹了口气："姊夫，璎珞，你们要不要老是这样看来看去的？看得我和綦毋兄……唉，不说了，说多了，都是泪。"

在一片哄笑声中，艄公心领神会，故意放慢划桨速度，悄悄落在了后面。

不多时，王维和璎珞的乌篷船便和綦毋潜他们的乌篷船，分开了一段距离。王维和璎珞并肩而坐，陶醉在无边的春风中。

"摩诘，不知下辈子，下下辈子，我们还能在一起吗？"璎珞靠在王维肩头，柔声问道。

王维揽过璎珞的肩，低头看她："我记得，你上辈子已经问过我了。"

"啊？"璎珞先是怔了怔，待明白王维的意思后，娇嗔道："莫非你上辈子走过奈何桥时，没有喝孟婆那碗用忘川水煮的汤？"

"是的。"王维半是玩笑半是认真地说，"因为舍不得忘了你，所以瞒过孟婆，悄悄倒掉了她递来的那碗汤。"

"摩诘……"璎珞看着王维，满心欢喜，却一时说不出话来。

或许，情到深处，反而不知该说什么才好。那么，就什么都不说了吧。就这样微闭双眸，斜倚在他的肩头，任凭自己跌进他柔情似水的温柔里……

他和她眼角眉梢的爱意、举手投足的在意、目光流转的情意，似乎都融化在了这清澈见底的若耶溪中，就连鱼儿都感受到了这份甜蜜。当它们从船边游过时，竟也轻轻巧巧地一溜而走，不激起一丝浪花，怕惊扰了这对璧人。

乌篷船缓缓前行，经过一座石桥。

"摩诘，这座石桥可能在这里矗立了几百年，你说，它会不会感到孤独？"

"如果桥有灵性，那么，它或许在等一个心仪的女子从它上面走过。"

"你说，它前世会不会是一个人，曾经深爱过一个女子。这辈子，它成了桥，却依然忘不了那个女子，只好痴痴地守在这里，心甘情愿地被风吹、被日晒、被雨淋，只为等那个女子出现？"

"璎珞，世间万物皆是有情之身，皆有前世、今世和来生。璎珞，如果我来生无法做人，我愿化成这样一座石桥，等你从桥上走过，可好？"

不待王维说完，璎珞就忙捂住了他的唇，佯怒道："说好要生生世世做夫妻的，不许你又变了主意。"

"哈哈……"

落日渐渐隐没在溪水深处,岸边传来綦毋潜和崔兴宗的叫唤声。

"皇甫大人已备下美酒,你们赶紧回来吧。"

"好,来咯!"王维扬声应道,和璎珞相视一笑,示意舟公向岸边靠去。

泛舟归来,走进堂舍,一股浓香扑鼻而来。

"来来来,大家不必拘礼,就当是在自己家里才好。"皇甫岳热情招呼大家道,"孔夫子说:'食不厌精,脍不厌细。'老夫告老还乡后,别无他求,就是喜欢捣鼓美食。"

"多谢皇甫大人热情款待,如此美食,我们定要乐不思家了。"王维、綦毋潜等纷纷抱拳入席。

"越州盛产黄酒,今晚老夫准备了几坛陈年美酒,大家定要开怀畅饮,一醉方休才好。"说着,早有婢女捧着酒壶,为大家斟酒。

"越州黄酒味甘色清,气香力醇,堪称酒中上品。"綦毋潜说。

"南朝梁元帝萧绎说:'银瓯一枚,贮山阴甜酒。'说的就是越州黄酒。綦毋兄上回带了一坛越州黄酒给我,确实芳香醇厚,回味无穷。"王维笑道。

"老夫曾请人刻有一枚闲章,上书'酒子书妻车奴肴妾'八字。在老夫看来,酒是子,书是妻,车是奴,肴是妾,缺一不可。"皇甫岳捋须大笑,端起酒杯道,"这坛美酒,老夫已藏了二十年,请诸位品鉴。"

琥珀色的美酒在杯中轻轻荡漾,透明澄澈。酒香从杯底缓缓溢出,芳香满室。

二十年的时光,让杯中美酒有了岁月的味道。它和饮者的相遇,是一种多么奇妙的缘分,可以把盏言欢,可以浅斟慢酌……

皇甫岳、綦毋潜、王维、崔兴宗纷纷举杯,能坐在一起开怀畅饮的朋友,一生中能有几人?

酒过三巡,皇甫岳拿出一个精致的漆盒,递给王维:"王参军,这是老夫收藏的竹笛,你精通音律,能否帮老夫品鉴品鉴?"

王维双手接过,打开深红雕花的盒盖,只见里面是一支乌沉沉泛着紫红色光泽的六孔横笛。王维拿在手中,细细端详道:"皇甫大人,这是用江南上好紫竹打磨成的竹笛,材质极佳,做工精细,实属上品。"

皇甫岳呵呵笑道:"横笛传入大唐,当是张骞出使西域之后。老夫虽是粗人,却也喜欢笛声那份悠远。如若王参军不弃,老夫愿将此笛赠送参军。此笛得遇参军,实乃此笛之幸。若是一直留在老夫身边,倒是暴殄天物了。"

"皇甫大人厚谊,王维心领了,但如此厚礼,王维消受不起。"王维忙双手奉还,婉言谢绝。

"王参军,好马配好鞍,横笛再好,也要遇到懂它之人才好。你若再是推辞,倒是看不上老夫这管横笛了。"

"摩诘，你素来擅长丝竹管弦，今日不妨用此笛吹奏一曲，也让我等一饱耳福。"看皇甫岳诚心相送，綦毋潜忙也力劝王维。

"皇甫大人，綦毋兄，王维并非看不上此笛，只是……"王维低头看着竹笛，欲言又止。他自然擅长丝竹管弦，但他并非喜欢卖弄之人，尤其是自"黄狮子舞事件"后，他已很久不碰这些了。

璎珞明白他的心思，忙转了话题道："摩诘，我曾听你吹过一曲《鹧鸪飞》，很是清丽婉约，想来皇甫大人和綦毋兄也会喜欢。不如趁着这上好月色吹上一曲，大家也好多喝几杯？"

是啊，吹笛给友人听，并非卖弄，而是彼此欣赏、彼此愉悦。想到这里，他起身抱拳道："拙荆方才说的《鹧鸪飞》，我很喜欢，只是多日不曾练习，技艺生疏了大半，只好请诸位凑合着听罢了。"

见王维终于肯吹奏一曲，众人忙鼓掌欢迎。王维起身离席，踱到窗前，举起横笛，略试了试音后，就对着窗外悠悠然吹了起来。

月光透过窗棂，洒落在他身上，将他本就英挺的侧脸勾勒得愈加分明。他娴熟地控制着气息和音色的变化，那些颇有难度的轻音、打音、叠音、滑音，在他的掌控下，分外流畅自如……

在座诸人无不屏气凝神，就连在一旁伺候的婢女们也都一动不动，沉醉在这悠扬婉转的笛声中。随着笛声的高低起伏，大家仿佛看到一群鹧鸪正从田边展翅高飞，越飞越高，越飞越远，渐渐消失在天际……

在王维悠远的笛声里，璎珞胸口却有些酸涩。这样一位音乐天才，如果继续留在太乐署，一定可以比如今的司仓参军更能发挥他的才华。

一曲吹罢，大家都意犹未尽。好半晌后，皇甫岳才回过神来，击掌赞叹："王参军，听了你的笛音，方知何为天籁？可知余音绕梁，并非溢美之词。老夫有个不情之请，待你们贤伉俪喜得贵子时，记得告诉老夫一声，老夫替你们酿一坛美酒。"

"多谢皇甫大人厚谊，不知这生子酿酒，可是越州风俗？"王维抱拳问道。

"是的，确实是越州风俗。如果生了郎君，就酿一坛'状元红'，如果生了女儿，就酿一坛'女儿红'，而且，最好能储存十八年以上！"綦毋潜对越州风俗有所了解，抢先说道。

"原来如此。越州人杰地灵，耕读传家，十八年的'女儿红'和'状元红'，喝的岂止是美酒，更是父母的养育之恩。"王维举起酒杯，敬皇甫岳道，"多谢皇甫大人吉言，我先干为敬。"

第二十九章 泛舟溪上 饮酒吹笛

"祝你们伉俪早得贵子,老夫可是盼着早日替你们多酿几坛美酒呢。"

云溪山庄临水而筑,自比城中更为清幽。众人的欢笑声久久回荡在云溪山庄,让这原本安静的夜晚变得格外不同。

不知不觉,夜已阑珊。璎珞不胜酒力,先离席回房安歇。待王维宴罢席散,回房安歇时,特地放慢了脚步,轻轻推门而入,怕惊扰了已在梦中的璎珞。

窗前点着一对蜡烛,散发着橘红的光芒。那精致的镂空窗棂,也因这温柔的烛光,有了笑靥如花的味道。他知道,这是璎珞特意为他留的。

那摇曳的烛火,那跳跃的微光,天生就带着一种温暖,让他不由想起了南朝陈叔达写的"思君如夜烛,煎泪几千行",柔情百转,缠绵悱恻。

端详着睡梦中仍有笑意的璎珞,王维俯下身去,情不自禁地偷了一个香。

璎珞呢喃道:"你回来了?"

"嗯,方才梦见什么了?笑得那么甜。"王维脱下外袍,钻进已被璎珞焐热的被窝,在她耳畔问道。

"不告诉你。"璎珞翻了个身,把头枕在王维臂弯上,"小时候,我每回做梦,就跑去告诉阿娘。阿娘说,如果是噩梦,就说出来。如果是美梦,就要放在心里,这样才会如愿以偿。"

"好,为夫祝娘子美梦成真。"王维轻抚璎珞,"对了,你说,皇甫大人几时可以帮咱们酿'女儿红'和'状元红'?"

"皇甫大人几时酿酒?我怎么知道?"璎珞漫不经心地嘟囔道,待明白王维话里话外的意思后,才发现自己心跳不由加快了些。

"璎珞,我喜欢女儿,但愿我们的第一个孩子是女儿,长得和她阿娘一样美,我会像疼她阿娘那样疼她……"王维低头嗅着璎珞发上的淡淡花香,一脸憧憬道。

明亮的月光洒在床前,见璎珞并无睡意,王维便搂着她低声道:"璎珞,方才半睡半醒间,我想到了一个名字,用在咱们女儿身上,倒是极好的。"

"哦?什么名字?"璎珞心生好奇,支起下巴,看着王维,黑亮的眸子在月光中愈发楚楚动人。

"'江南可采莲,莲叶何田田',此次来越州,随处可见莲叶。咱们的女儿,不如就叫田田,可好?"

"江南可采莲,莲叶何田田……"璎珞也轻声吟了两遍,"今日泛舟若耶溪时,便是一番莲叶田田的美景,莲叶下面,一群鱼儿嬉戏玩耍。咱们女儿大名叫'田田',小名可否叫莲儿?"

"莲儿?好,咱们的女儿定然像她阿娘那样,亭亭玉立,香远益清。"王维吸了口气，仿佛璎珞身上就有莲花的清香，"对了，还要像她阿娘这样，有一双好看的眼睛。"说完，就对着璎珞的眉眼深情地吻了下去。

璎珞将脸埋在他的胸前，一边感受着从他胸膛里传来的心跳声，一边在心中暗暗发愿，这辈子，她要为他生很多很多孩子。

第三十章　书圣风采　青瓷风光

当王维和璎珞沉醉在越州的旖旎风光中时，玉真公主和司马承祯正在前往王屋山的路上。

听说玉真公主陪司马道长前往王屋山，李隆基当即坐不住了。

对于一个七十五岁高龄的老人来说，如此车马劳顿、千里奔波，万一有个闪失，那可如何是好？他一面暗暗责怪持盈太不懂事，这样的大事也不事先禀告一声，一面传令下去，马上派出得力人选，护送司马承祯和玉真公主平安抵达王屋山。

十多天后，常年驻守西域的高舍鸡将军奉命赶来护驾。

说到高舍鸡，要从唐高宗时说起。

公元 668 年，大唐王朝征服了大唐帝国东北的少数民族政权高句丽，一大批奴隶跟随唐军来到大唐。

众多奴隶中，有一个名叫高舍鸡的孩子，年仅两岁。

高舍鸡遗传了高句丽人骁勇善战的基因，从小力大无比。成年后投身行伍，在河西从军，十八般武艺样样精通。

他从无名小卒做起，勇猛杀敌，屡立战功，堪称大唐名将，威名远扬。

716 年，五十一岁的高舍鸡老来得子，将其取名为高仙芝。

高仙芝小小年纪就有异于常人的骁勇刚毅，比起父亲当年有过之而无不及。高舍鸡看在眼里，喜在心头，自叹终于后继有人了！

721 年秋天，高仙芝被父亲带到行伍中，成了军营中年龄最小的士兵，跟着父亲历练。

一个多月前，因高舍鸡老成持重、办事妥当，李隆基下旨将高舍鸡调回京师，守卫皇城。

对武人来说，服从就是天职。他二话不说，即刻从西域赶回京师。就在他即将抵达长安时，中书令张说向李隆基推荐了他，让他护送公主和道长。

接到护驾圣旨后，高舍鸡连家都不回，直接带上精兵锐卒和高仙芝，一路快马加鞭，追赶司马承祯和玉真公主，终于在济源附近追上了他们。

身穿盔甲的高舍鸡翻身下马，一个箭步走到玉真公主和司马承祯面前，单膝跪地，声如洪钟道："末将高舍鸡，奉圣上旨意，特来护送公主和道长前往王屋山。"

高舍鸡虽已五十开外，但多年的行伍生涯练就了他健硕的体魄和洪亮的嗓音，颇有宝刀不老的大将风范。

玉真公主愣了愣，虽然对皇兄贬谪岐王和王维一事有些寒心，但皇兄待她如何，她心里是清楚的。

"高将军，请免礼，这一路上有劳高将军了。"

司马承祯双手合十道："皇恩浩荡，贫道受之有愧。"

"护送公主和道长，是末将职责所在，末将荣幸之至，愿效犬马之劳。"

正当高舍鸡跪地说话时，有个小小的脑袋从人群中探了出来，正巧被司马承祯看到了，不由问道："高将军，不知这位稚童是？"

高舍鸡回头看了一眼，有些不好意思道："禀告道长，这是末将犬子，名叫仙芝。仙芝，还不快过来拜见道长和公主？"

高仙芝虽是七龄小儿，但在父亲的耳提面命下，比同龄人更为沉稳笃定。

他一溜小跑跑了过来，用一双炯炯有神的眼睛看着道长和公主，响亮地说："仙芝拜见道长，仙芝拜见公主。"

"孩子前庭饱满，剑眉星目，面相贵不可言，将来必将成就一番功业。"司马承祯看着仙芝，点头赞道。

"多谢道长，但愿犬子能托道长吉言，将来为大唐效劳。"高舍鸡摸了摸高仙芝的脑袋，呵呵笑道。

看着眼前的高仙芝，玉真公主忽然有种似曾相识的感觉。黑亮的头发，清亮的眼眸，自信的眼神，灿烂的笑容，神采飞扬的他，似乎很像一个人？

对，像王维！

七岁时的王维，是否就是这般模样？

七岁时的王维，是否曾在王屋山脚下嬉戏玩耍？

七岁时的王维，是否知道多年后会在长安弹奏一曲《郁轮袍》？

"道长，公主，时辰不早了，咱们赶在天黑之前，赶到下一个驿站安歇可好？"

高舍鸡洪亮的声音打断了玉真公主的思绪。她不由怔了怔，叹了口气，一低头，看到高仙芝正扬起下巴，好奇地看着自己。

于是，她蹲下身去，握住他的小手，一脸慈爱道："仙芝，你如此年幼，就已经跟随阿爷走南闯北了，不简单！"

高仙芝想不到堂堂公主竟然会蹲下来和他说话，嗫嚅着说了一声"谢谢公主"，看着公主，心中有些不解。

这一路上，阿爷不知反复叮嘱过多少回，玉真公主是当今圣上的妹妹，何等尊贵，何等威严，一定要小心行事。可是，此时此刻，看着眼前这位大唐公主，却丝毫没有阿爷说的那种威严，不仅不威严，还慈眉善目，让他忍不住想去亲近她，就像亲近阿娘一样。

当高舍鸡一路护送玉真公主和司马承祯前往王屋山时，王维、璎珞等人继续徜徉在如诗如画的越州山水中。

大家在皇甫岳家中开怀畅饮，不知不觉都喝多了，第二天早起时，脑袋还有些发沉。

"今日诸位想去哪里？老夫陪你们前往。"

"皇甫大人，今日就不劳烦您了，我们去越州城里随意走走就好。"綦毋潜拍了拍还有些昏昏沉沉的脑袋，呵呵笑道。

"也行，你们年轻人脚头轻快，老夫就不拖你们后腿咯。"

四人用过早膳，雇了一艘宽敞的乌篷船，往越州城里缓缓驶去。

当船经过一个小村落时，船家伸手一指，用一口越州官话侃侃而谈："各位客官，这个村子叫禹陵村，已有两千多年历史了。村子里的人都姓姒，都是禹王的后代，世世代代在这里为禹王守陵。我也是这个村子的人。"

"原来老丈也是禹王后代，久仰久仰，能否请老丈说说禹王的故事？"綦毋潜兴致勃勃道。

"说来话长。禹王病亡后，葬于会稽山。禹王儿子启继位后，春秋都会进行大规模的祭禹活动。然而，到了启的儿子太康时，因为遭到后羿、寒浞的篡位，祭禹活动便断绝了四十多年。禹王死后一百多年，禹王七世孙姒无余被封为越王，受命守陵。从此，姒无余和他的家人就在禹庙旁住了下来，生儿育女，繁衍后代，渐渐成了一个村子。"说起禹陵村，船家一脸自豪。

王维侧耳倾听，点头笑道："这位老丈，禹王长眠于会稽山，庇佑着越州这块福地，你们都是有福之人。"

乌篷船就像一条灵活的刀鱼，在若耶溪上轻巧地前进。船尾溅起的朵朵水花，恰似盛开的夏莲，在阳光下闪闪发光。

当船经过稽山桥时，船家说："各位客官，从这里开始，就是越州城了。"

进入越州城后，随处可见小桥流水人家，时有三五妇人在河埠头捣衣淘米、闲话家常。河岸上，粉墙黛瓦，炊烟袅袅，一派怡然自得的水乡风光。

"各位客官，想去哪里逛逛？"

"老丈，您只管挑一些越州城里有意思的地方，带我们去转转便好。"綦毋潜说。

"好咯！"

越州城并不大，一路向北，驶入一条比较狭窄的小河。

"各位客官，别看这条河小，名气却大得很。当年，越王勾践出师攻打吴国前，就是在这里投醪誓师的。从此，这条河改名为投醪河。"

"原来这就是大名鼎鼎的投醪河啊。投醪誓师的典故，我听说过。"崔兴宗喜欢兵法，尤其喜欢春秋战国时期群雄争霸的历史。

"春秋战国时期，吴越之间，此消彼长。抛开是非道义不谈，勾践卧薪尝胆的精神还是可叹可嘉的。投醪出征，也是一段佳话。"綦毋潜感慨道。

"两位客官所言极是。勾践不是寻常人，他做的事也不是寻常事。相传他曾为夫差尝粪便，落下了口臭的毛病。回到越国后，范蠡大夫特地去蕺山找一种叫蕺草的野草，为勾践治口臭。对了，书法家王羲之也曾住在蕺山脚下，留下了很多佳话。所以，蕺山也叫王家山。"说起越州的旧闻轶事，船家如数家珍。

一直默默聆听船家说话的王维，对勾践并无多大兴趣，及至听他说起王羲之，顿时有了兴致，含笑问道："老丈，此处离蕺山可远？我想去看看书圣当年生活过的地方。"

"不远不远。越州弹丸之地，去哪都很方便。客官若有兴趣，我这就带你们前往。"船家一篙下去，小船"嗖"的一声，向前划出很远。

乌篷船沿着投醪河一路北上，大约一炷香工夫，就到了蕺山脚下。

大家弃舟上岸，沿着青石板铺就的小巷，没走几步，就看到一座石桥跨在河上，上书"题扇桥"三字。

"题扇桥？莫非书圣曾在此题扇？"王维驻足，回头问船家道。

船家呵呵笑道："客官所言正是。相传有一个老婆婆在桥上卖扇，但没人愿意买。恰好书圣从桥上经过，就拿过老婆婆的扇子，题了几个字。老婆婆还在纳闷时，扇子就被路人一抢而空了。从此，这座桥就被称为'题扇桥'。"

船家说完，又伸手指了指桥旁的一条小巷："尝到甜头的老婆婆，从此就常拿扇子去找书圣题字，书圣只好从自家边门溜到一条小弄里躲着。喏，就是这条巷子，叫作'躲婆弄'。"

"题扇桥，躲婆弄，原来还有这样的趣事。"綦毋潜、崔兴宗也听得津津有味。

王维手抚桥栏，看着桥下悠悠流过的河水，感慨道："太宗皇帝对书圣的评价是'心慕手追，此人而已，其余区区之类，何足论哉'。历代帝王夸人，大抵是说给世人听的，但太宗皇帝对书圣的赞美，我以为是发自内心的。因为，书圣确实是一个活出真性情的人。"

"是啊！正因为太宗皇帝太爱书圣的书法，他百年之后，就带走了《兰亭集序》。从此，人间再无《兰亭集序》。唉，帝王家的爱，到底霸道了些。"綦毋潜叹了口气，一脸遗憾。

言者无意，听者有心。一句"帝王家的爱，到底霸道了些"，就像一颗石子，在王维心里激起一阵涟漪。

"难道帝王家的爱，都是霸道的吗？至少，玉真公主是个例外。"王维忽然想到，济源一别后，不知她是否已陪司马道长顺利到达王屋山？

"客官们博古通今，老朽真是佩服得紧！前面就是书圣故居，请随我来。"船家在前面热情招呼道。

王维刚才只顾着说话，这才发现璎珞不在身边，忙转身去看。只见她正站在不远处的柳树下，专注地编织着手中的柳条。她身上穿了一袭淡绿色的衣衫，在河畔绿柳的掩映下，愈发恍若仙子，明媚动人。

璎珞也似乎感受到了来自王维的目光，便抬头看了过来，朝他挥了挥手中的柳枝，嫣然一笑。那笑容，仿佛世上最灿烂的阳光。

或许，这世上，最伟大的是爱情，最自私的也莫过于爱情。当你将爱给了这个人，便再也给不了另外的人。对王维来说，这辈子遇见了璎珞，就注定只能辜负玉真公主了。

王维笑着携了璎珞的手，并肩走了一段路，就看见前方有一座寺庙，上有"戒珠寺"三字。

"老丈，这明明是座寺庙，怎会是书圣故居？"崔兴宗一脸不解道。

"兴宗，王献之舍宅为寺并非首创，他父亲早就这样做了。"綦毋潜哈哈笑道，"关于戒珠寺的由来，可否请老丈也给我们讲讲？"

船家一口答应，当即侃侃而谈："书圣有两大嗜好，一是白鹅，二是珍珠。有一天，他手搓明珠，站在池边观赏白鹅戏水时，有僧友登门拜访，他就随手将明珠放在桌上。其间，又有别人来访，他请僧友等他一等。回来后，却发现桌上的明珠不见了。书圣怀疑是僧友拿了，虽没有说什么，但脸色已很难看。僧友看出了书圣的心思，却也有口难辩，几日后竟然郁闷而死。书圣正想去吊唁时，仆人告诉他家中有只大白鹅不吃不喝，活活饿死了。书圣忙让人剖开白鹅肚肠，竟发现了那颗丢失的明珠。原来，那天是大白鹅误把明珠当饲料吞进了肚子！书圣很是后悔，为了区区一颗明珠，害僧友含冤而死。从那以后，他不再碰明珠，还将整座家宅捐给佛门，写了'戒珠寺'三个字，挂在门上，向僧友忏悔。"

听罢船家介绍，众人都颇为感慨，王维若有所思道："书圣题写'戒珠'二字时，除了悼念僧友，忏悔罪过外，或许还有《法华经》中'精进持净戒，犹如获明珠'之意。"

"精进持净戒，犹如获明珠。"璎珞在心中默默吟诵了两遍，抬头看向王维道，"戒律洁白，恰如明珠。书圣题'戒珠'二字，一语双关，耐人寻味。"

从戒珠寺出来，已是响午时分，大家都有些饿了。

"老丈，这附近可有好吃的食肆，我们去用个午膳。"綦毋潜对吃食一向讲究，美其名曰"食不厌精，脍不厌细"。

船家伸手一指道："前面转角处便有一家食肆，他家的越州菜，做得很是地道，你们慢慢享用，我在船上等你们。"

果然，走了没几步，转过一个弯，就看到一家食肆，门面并不算大，店内摆设也很平常，但却坐了满满一屋子食客，热闹非常。

一个眉清目秀的小伙计满面笑容地迎了上来，躬身问道："客官们可是用膳？楼上还有雅间，请随我来。"

王维笑着点了点头，跟随小伙计上了二楼。小伙计转了两个弯，带他们带到一间临窗的雅间："客官们来得正是时候，这个雅间是小店位置最好的，刚好空着，看沿河风景最好不过了。"

见小伙计如此伶牙俐齿，綦毋潜拍手笑道："你们店里有哪些拿得出手的美食？每样都给我们来一些罢。"

"好嘞。"

"且慢，你们店里可有五云浆？"綦毋潜追问道。

"有。"

"綦毋兄，今早起来还说头沉，此刻又想喝酒了？"崔兴宗哈哈笑道。

"黄酒后劲大，自然容易头沉。这五云浆倒是无妨，喝几口并不碍事，你俩也喝上几杯。"

王维想了一想，笑道："好，我陪你们喝上几杯。"

綦毋潜转身吩咐小伙计道："先热三壶上来，不够了再添便是。"

"好嘞。"小伙计大声应了一句，利索地跑下楼去。

和一楼堂屋里多是高足大案、食客随意落座不同，二楼的这个雅间里，长案低几，座席上还设着茵褥。四人对面而坐，王维和璎珞同侧，綦毋潜和崔兴宗同侧。王维伸手用力一推，窗户的下面半扇顿时被推开了两尺多宽，沿河风光尽收眼底。

"在这里用膳，光是看看风景，也可以消磨上一日半日了。"璎珞浅笑盈盈道。

"娘子所言甚是。"王维笑着为璎珞倒了一杯酪浆，酪浆酸甜爽口，消食解腻，璎珞很是喜欢。

"兴宗，我怎么感觉，我俩坐在这里有些碍事呢？"綦毋潜故意打趣王维和璎珞。

"綦毋兄，他们说他们的，咱们吃咱们的，不碍事，哈哈。"崔兴宗满脸不在乎。

正谈笑间，小伙计就将五云浆和菜肴一一送了进来。

先是一份醉鸡。用酒糟浸过的白切鸡，酒香浓郁，鸡肉滑嫩，花椒香麻，不禁让人食指大动。

再是一份白切鹅。鹅肉被切成长条状，整整齐齐码成一盘。旁边配了一碟酱油。最简单的搭配，却是最鲜美的口感。

再是一份生鱼片。新鲜的河鱼被切成薄如蝉翼的鱼片，旁边放了蒜、姜、醋、豆豉等调料。刀工精细，鱼片新鲜。

再是一份醋渍芹菜。新鲜的芹菜用沸水焯了焯，愈发显得青翠欲滴。其他调料一概全无，只用醋来调味，很是生津开胃。

"各位客官请慢用，还有一些菜肴，稍等片刻，小的马上送来。"小伙计将酒菜摆放整齐后，又一溜烟忙去了。

看小伙子如此能说会道，綦毋潜笑道："如今越人善于经商，应该也有范蠡大夫的功劳。"

"对，一方水土养一方人。"王维为璎珞夹了一块生鱼片，端起酒杯，三人一干而尽。

醉鸡、白切鹅、生鱼片、醋渍芹菜，很对胃口，不知不觉一扫而空。小伙计又送进了五香牛肉、干菜肉、百岁羹等，也让大家食指大动。

估摸着大家酒喝得差不多了，小伙计又适时送进来一盆热气腾腾的胡麻饭。

"各位客官，饭里加了芝麻，入口更香。"

"好，今日要多吃几碗才好。"綦毋潜摸了摸肚子，点头笑道。

崔兴宗盛了一碗胡麻饭，一连扒了几口后，想起了什么似的，抬头问王维道："姊夫，我记得你曾写过一首诗，题目是《奉和圣制幸玉真公主山庄因题石壁十韵之作应制》，其中有一句'御羹和石髓，香饭进胡麻'，说的可是这种胡麻饭？"

王维也正细嚼慢咽，听崔兴宗问起，点头笑道："是的，不仅煮饭时可以放些芝麻，煮茶时放一些，也是好的。"

崔兴宗方才提到的诗名，别人倒不在意，璎珞心里却是"咯噔"了一下。

自从看到玉真公主送王维的《道德经》后，璎珞心里就有些不解，且一直挥之不去。玉真公主如此高看王维，真的只是赏识他的才华吗？王维为她写这首应制诗时，应是在她的山庄，当时又是怎样一番景况？

"璎珞，这胡麻饭配上醋芹，端的爽口，你要不要也来一碗？"

璎珞怔了怔，一抬头，刚好对上王维明朗的目光。有这样明朗目光的人，心中定也光明坦荡，不由涌起一阵愧意，自己方才竟又胡思乱想了……

她柔声道："好。"

王维拿过她的碗，替她盛了一碗，笑道："你若爱吃，回到济州后，我做给你吃。"

綦毋潜放下竹箸，夸张地叹了口气："兴宗，将来咱们若有了妻室，千万不能见到你姊夫，咱们比不过他。"

"哈哈，綦毋兄，待你有了嫂子，或许比小弟有过之而无不及。"

用完午膳，大家沿河一路走去，没走几步，看到街边有一家烧制青瓷的店铺。

开元年间，越州产越窑青瓷，定州产定窑白瓷，分别代表了南、北两大瓷窑系统，大家颇感兴趣，抬脚走了进去。

店家是一位五十多岁的老丈，衣着朴素，面色红润，正用葛巾擦拭着一件件温润如玉的青瓷物件。王维等人的到来，似乎并未引起他的注意。

"这位老丈，越窑青瓷名扬天下，我们冒昧打扰了。"王维拱手施礼道。

店家这才抬头看了他们一眼："听诸位口音，不是越州人氏？"

"是的，老丈好耳力，这些青瓷都出自老丈之手吗？"王维问道。

"哈哈，老朽一无所长，平生所好，也就是摆弄这些青瓷而已。"

放眼望去，青瓷物件款式众多，有茶具，有酒器，有餐盘，有饰品，不一而足。每件青瓷都散发着或深或浅的绿色光泽，恰如湖水被阳光折射后散发的光芒。当青瓷温润如玉的光泽遇到氤氲的茶香时，自有一种不可名状的美。

"摩诘，你更喜欢越窑青瓷？还是定窑白瓷？"綦毋潜看了一眼来自定州的璎珞，故意笑问王维。

王维正细细端详店里的青瓷物件，听到綦毋潜的问话，方才收回目光，颔首微笑道："越窑青瓷和定窑白瓷，各有各的妙处。定窑白瓷洁白如雪，越窑青瓷碧绿如玉，故有'白瓷类银似雪，青瓷类冰似玉'之说。若是喝茶，以青瓷茶盏为先，若是喝汤，以定窑白瓷为先。"

店家点头微笑道："青瓷釉色，以青绿色和湖绿色为上品。你们看，这个青瓷茶盏，胎质细腻，釉色几乎呈半透明色。"

"是的，我曾在长安看到一个秘色八棱净水瓶，釉色碧绿柔和，堪称越窑青瓷之上品。"綦毋潜附和道。

璎珞细细端详着店家介绍的青瓷茶盏，心中默默感叹："到底是怎样的工艺，可以点土成瓷，让泥土有了冰清玉洁的光泽？"

或许，青瓷的生命，就是一系列遇见。水遇见了土，土遇见了木，木遇见了火，再融入制瓷人满腔的期待、足够的耐心和对生命的敬畏，才有了这样一件以土为骨、以水为血、以火为浴的青瓷，以玉石般的光泽和金属般的声音呈现在世人面前，这不正像是一个人一生的磨砺吗？

"璎珞，在想什么呢？"王维踱步到她身后，低声问道。

"这对青瓷茶盏，我很喜欢。"璎珞收回思绪，指了指手中的一对茶盏。

"这位小娘子好眼力，这对茶盏又叫夫妻杯。相传，范蠡和西施泛舟溪上时，他们喝茶用的茶盏，就是这般模样。"店家絮絮说道。

"茶盏已然很美，这背后的故事更是引人遐思。我和拙荆都很喜欢，烦请老丈帮忙包好。"王维看了一眼璎珞，会心一笑。

璎珞垂眸一笑，这对青瓷茶盏承载着的，不仅是范蠡对西施的爱，更是王维对她的爱。任凭时光流转千年，唯青瓷不变，唯爱情永恒。

从此以后，某个温暖的午后，抑或雨后的黄昏，他为她煮茶，浅斟慢酌，浅吟低唱。

即使韶华老去，也因有了这一抹青色，心却依然柔软。

第三十一章　弱水三千　只取一瓢

在越州城里游玩了一日，日落时分，王维等人回到云溪山庄。

皇甫岳笑着招呼他们道："昨晚咱们只顾喝酒，今晚老夫让厨下准备了一些越州特色菜肴，请诸位尝尝。"

说话间，晚膳已准备妥当，皇甫岳笑声朗朗，请大家入席。

"越州盛产河鲜，这是越州有名的三鲜烩，菜品寻常，难得的是一个'鲜'字。"

皇甫岳指着一大碗热气腾腾、鲜香扑鼻的三鲜烩，大家纷纷品尝，有鱼片、河虾、肉丸、香菇、木耳、豆腐干、鸡蛋丝、菜梗、肚片等十多种菜，端的鲜美无比。

"早就听说'山珍不如海味，海味不如河鲜'，今日吃了这三鲜烩，果然名不虚传。"綦毋潜点头赞道。

"大家喜欢就好，多吃些。"

大家边吃边聊，皇甫岳向王维举杯道："王参军，上回老夫说喜欢你的《九月九日忆山东兄弟》，今日老夫还想起你的一首五绝，用典极精妙，老夫佩服得紧。"

王维笑问："皇甫大人过奖了，不知大人指的是哪首拙作？"

"是王参军去年春天在宁王府写的《息夫人》。老夫有位故交，当时也在宁王府，说起参军，也佩服得五体投地。"说着，皇甫岳放下酒杯，朗声吟道，"莫以今时宠，难忘旧日恩。看花满眼泪，不共楚王言。"

"短短二十个字，写尽了息夫人的悲凉，摩诘好生了得！"綦毋潜也一脸赞许道。

"诸位谬赞了，写诗用典，只是雕虫小技罢了，不足挂齿。"王维自谦道。

言者无意，听者有心，当大家谈笑甚欢时，璎珞心头又涌起莫名的不安。

"去年春天，摩诘状元及第，在朝中任职，正是春风得意、意气风发之时，为何会写这样一首哀伤的诗呢？'看花满眼泪，不共楚王言'，每一个字，每一句话，无不透露着沉重的忧伤。都说言为心声，莫非那时的摩诘，心里另有苦衷？"

璎珞的低头不语，逃不过王维的眼睛，他笑着对皇甫岳解释道："皇甫大人，说起这首诗，其实有一番缘故。宁王身边有一美妾，曾是长安城中一个烧饼大郎的娘子。夫妻二人十分相爱，妻子却被宁王……总之，这位烧饼娘子，和春秋时期的息夫人颇有相似之处。这首诗是即兴之作，只是应景文章罢了，不值一提。"

"哪里哪里，王参军饱读诗书，出口成章，这哪里只是应景文章，实乃妙笔生花之作！"

璎珞抬头看了王维一眼，这真是他说的应景文章？还是另有其因？她怎么觉得，事情没有他说的那么简单。不过，不管怎样，她的摩诘，从来都是有情有义之人。这样想着，心中的不安稍稍减淡了一些。

王维回头看了一眼璎珞，笑道："璎珞，此次我们来越州，承蒙皇甫大人热情款待，我们一起敬大人一杯酒。"

"好。"

璎珞起身陪王维一起举杯敬酒，酒罢，璎珞嫣然笑道："摩诘，我们在大人府上叨扰多日，你能否为大人写点什么，也是略表心意。"

"娘子所言极是。"王维放下酒杯，对皇甫岳抱拳道，"云溪山庄着实清幽，我选了五处景观,想写成五首绝句,还请大人笑纳。"

"太好了!老夫今日能得参军诗文和墨宝,真是三生有幸!"皇甫岳忙唤书童准备笔墨纸砚。

王维走到案前,在白麻纸上从容写下了《皇甫岳云溪杂题五首》这一题目。

"摩诘,你本就才思汹涌,如今更加了得,一口气要写五首啊。"看到这个题目,綦毋潜不禁拍掌叫好。

众人一起走到王维身边,只见他洋洋洒洒写了下去:

其一:人闲桂花落,夜静春山空。月出惊山鸟,时鸣春涧中。
其二:日日采莲去,洲长多暮归。弄篙莫溅水,畏湿红莲衣。
其三:乍向红莲没,复出清蒲扬。独立何褵褷,衔鱼古查上。
其四:朝耕上平田,暮耕上平田。借问问津者,宁知沮溺贤?
其五:春池深且广,会待轻舟回。靡靡绿萍合,垂杨扫复开。

"古有曹子建七步成诗,今有王参军一饭五诗!参军之才情,前无古人,后无来者!"看到王维一气呵成写完五首,皇甫岳佩服得五体投地。

"姊夫,五首诗仿佛五幅山水写意画,需配五个好诗题才好。"崔兴宗说。

"越州是鱼米之乡,多水泽丘陵,诗题不妨就用越州的五个地名,分别是'鸟鸣涧'、'莲花坞'、'鸬鹚堰'、'上平田'、'萍池',如何?"王维若有所思道。

"大道至简,大音希声,好题目向来都是朴素无华的。"綦毋潜点头称好,"唯有内心宁静澄澈的人,方可发现生活中瞬间即逝的美。比如,桂花无声飘落、山鸟振翅飞走、

浮萍分分合合,都很美。"

"谢谢綦毋兄的点评,让拙作增色不少!"王维笑着将诗稿卷好,双手送给皇甫岳,"皇甫大人,感激之情无以言表,拙作只是略表心意罢了,还望大人不弃才好。"

"好,老夫收下了,云溪山庄因参军之诗文而蓬荜生辉!"

大家又说笑了很久,直到月上中天才宴罢席散,大家各自回房安歇。

白日里马不停蹄逛了一日,晚上又是喝酒又是写诗,此刻回到房里,王维倒是有些乏了,和衣靠在床头。

璎珞用热水烫了葛巾,用热葛巾帮王维捂了捂脸,又为王维倒了一杯热茶。

王维连喝了几口,放下茶盏,就将璎珞拉到怀里笑道:"我家璎珞越来越会照顾人了。"

璎珞伸手摸了摸王维额头，不似方才那般烫了，侧头笑道："从来都是你照顾我，我也该学着照顾你不是？"

"唔，你也累了一天了，我帮你把发上的簪子取下可好？"

"对了，今后在人前，你对我不要那样好，否则倒叫人笑话了去。"想起日间在酒楼用膳时綦毋潜打趣王维的那番话，璎珞娇嗔道。

"傻璎珞，旁人笑话不笑话，有什么打紧？张敞不是说了吗？'闺房之乐，有甚于此者'，你说是也不是？"

王维笑着拉她到妆台前的月牙凳上坐下，将她头上的发饰一一取下。

看着镜中的王维，日间那些挥之不去的疑虑再次袭上心头。他是否也这样和玉真公主独处？这个念头一出，连她自己也吓了一跳，不知怎的，"玉真公主"四个字，成了她不敢去想的一个心结，仿佛一座大山，压得她快要喘不过气来。

名扬天下的才子成婚，皇家为了笼络人心，赏赐贵重贺礼也在情理之中，更何况岐王、玉真公主本就赏识王维，对他有知遇之恩。但是，玉真公主偏偏亲手抄写《道德经》送他，这份情深义重，岂是金银珠宝能比的？

王维去华州探视岐王，在岐王府里偶遇玉真公主，并为此多耽搁了几日。王维回到定州后，和她提及玉真公主时，似乎叹息了一声，眼里分明有些惋惜。

如今，玉真公主不远千里，陪司马道长到王屋山静修。王屋山在王维老家附近，这是纯属巧合？还是有意为之？

……

她摇了摇头，实在不愿多想。但是，一次又一次巧合，让她忍不住不想。

她多么希望，王维能主动和她说说他和玉真公主之间的事。可不知为何，其他事情，璎珞只要问起，他都会知无不言、言无不尽，但唯独说到玉真公主时，他却常常顾左右而言他，有意无意岔开了话题。

今日午膳时，崔兴宗提到王维在骊山别馆写的应制诗，晚膳时，皇甫大人提到王维在宁王府写的《息夫人》。她饶是再淡定，也有些坐不住了。

理智告诉她，要相信王维。王维对她的一片深情，天地可鉴，日月可表，她身在其中，焉能不知？

但直觉告诉她，王维和玉真公主之间，一定有一些不为人知的故事……

她不是不相信王维，可如果怀疑的种子不及时碾碎，时间久了，就会疯狂生长，从此扎根心里，再也无法斩除。

于是，她决定鼓起勇气，问个明白。

"摩诘，上回听你说起，司马道长要去王屋山清修，眼下应该到了吧？"璎珞努力装出若无其事的样子,但嗓子却明显有些发紧。

"嗯,应该到了。"王维看了一眼镜中的璎珞,继续为她梳头。

"从蜀中到王屋山,山遥水阔,车马劳顿,纵是男子也颇为不易,何况养尊处优的公主?倒是难为公主了。"璎珞的声音里,已明显有些异样。

王维自然听出了璎珞言语间的异样情绪,心中不由一沉,再想到今日午膳、晚膳时璎珞数度出现的恍惚神情,心中渐渐明白,有些事,终究需要面对。

于是,他放下檀木梳子,久久凝视着镜中的她,好半响后,低声问了一句:"璎珞,你信我吗?"

听王维如此发问,璎珞明白,她所有的心思,都逃不过他的眼睛。

一句"你信我吗",让她有种无地自容的感觉。夫妻之间,有什么话不应该光明正大地说吗?而她方才那样旁敲侧击、欲言又止,显然就是不信他的表现。

她心中一阵烦乱,有些抗拒他近在咫尺的黝黑眸子,点了点头,又摇了摇头道:"摩诘,我……"

王维从后面搂住璎珞,闭了闭眼睛,哑声道:"璎珞,你在担心什么?"

璎珞心中激荡,只觉得嗓子干涩,一时竟是说不出话来。她在担心什么?她担心他和玉真公主有许多过去,她担心因为她的存在而影响了他的大好前程,她更担心他有一天会为了公主而离她远去……

良久之后,她深深地吸了口气,决定如实相告:"摩诘,我并不是不信你,但你和公主之间,着实有许多让人难解之处。"

王维睁开眼睛,看着璎珞摇了摇头,深深叹了口气:"璎珞,我和公主之间,绝不是你想的那样。"

屋内是死一般的沉寂,安静得能听见彼此的呼吸声。王维转过身去,踱到窗前,看着空中高悬的明月,缓缓开口道:"璎珞,我说一个故事给你听,可好?"

璎珞愣了愣,涩声道:"好。"

"一日,佛祖在菩提树下问一人:'在世俗眼中,你有钱、有势、有一个疼爱自己的妻子,你为什么还不快乐呢?'此人答曰:'正因如此,我才不知道该如何取舍。'佛祖笑答:'我给你讲一个故事吧。某日,一人即将因口渴而死,佛祖怜悯,置一湖于此人面前,但此人滴水未进。佛祖好生奇怪,问之原因。答曰:'湖水甚多,而我的肚子又这么小,既然不能一口气将它喝完,那还不如一口都不喝。'佛祖说完这个故事后,语重心长地对那个不开心的人说:'请记住,弱水三千,只需取一瓢饮。'"

在这安静的夜里,王维的声音似乎有一种穿透人心的力量。璎珞恍惚间觉得,他似乎就是故事中的佛祖，而她，就是故事中那个不快乐的人。

她终于明白，贵为大唐公主，儿女情长之事，岂容他人置喙？王维身为臣子，自然不能明说什么。所以，他只能用心良苦地借这个故事告诉她，纵然世间女子千千万，纵然有人爱他要他，但他心里只有她。为了她，他不惜辜负任何人，甚至包括公主。

刹那间，和王维相识以来的点点滴滴，一幕一幕涌上心头。璎珞顿觉心中酸胀，连日来堆积在心头的苦闷终于喷薄而出，化为两行热泪，大颗大颗地顺着脸颊悄然滑落……

王维快步走了过去，她也起身迎了过来，两人紧紧相拥。她环住了他的腰，将整张脸都埋在他的胸前，那大颗大颗的眼泪似乎再也停不下来，很快便将他胸前的青衫打湿了一片。

王维轻抚璎珞的后背，柔声道："傻璎珞，你想哭就哭出来吧，在我面前不用忍着。我只想让你知道，弱水三千，我只取一瓢饮。"

不知哭了多久，璎珞才渐渐平复了心情，抬起眼眸，看着眼前这张今生最熟悉的面孔，哽咽着点了点头："摩诘，我信你。"

王维握住璎珞的手，放在脸颊上慢慢摩挲，眼里的温柔几乎能满溢出来："如果你我之间还有什么话不能推心置腹地说，那这日子还怎么过？如果你信我，那么，无论发生什么事，你都要信我到底。请相信，今生今世，生生世世，我都不会负你。"

晚风徐徐吹过，将天空中原本郁积的云层散开了许多，月光的清辉从云层里穿透出来，洒落一地。

璎珞久久伏在王维怀中，她心中的那些疑虑和忧心，早已融化在王维坚不可摧的爱情宣言里。剩下的，只有义无反顾的温暖和笃定。

次日清晨，王维醒来时，璎珞依然睡得香甜。他久久凝视着她，想起昨晚种种，不禁疼惜地拢了拢她散落在枕边的秀发，低头在她眉心落下轻轻一吻。

然后，他轻手轻脚步出屋外，享受这夏日清晨的凉爽。

綦毋潜也习惯早起，已在院中踱步，看见王维，便走了过来。

"摩诘，前几日兰亭怀古，我倒是想到了谢安。《晋书·谢安传》有云：'安虽受朝寄，然东山之志始末不渝，每形于言色。'自古以来，选择隐居的名人雅士很多，但谢安的隐居东山，却很不一样。"

"綦毋兄所言甚是，谢安归隐东山，不是郁郁不得志后的消极避世，而是一种淡泊名利下的进退自如，是休整之后的更好出发，因此才有出山之后的'淝水大捷'和'东山再起'。"

"摩诘，我觉得谢安身上有一种品格，他对权势禄位无所眷恋，但在社稷苍生需要他的时候，又能挺身而出。"

"是的，这也是一种精神，既可以独善其身，又可以兼济天下，无论外在环境如何，内心始终富足丰盈。"

两人越说越是兴奋，不由相视一笑，笑声朗朗。崔兴宗刚好走了过来，忙问道："两位兄台，不知一早为何事而乐？"

当得知他们在聊谢安隐居东山的佳话后，灵机一动，提议道："东山就在越州，咱们不妨去东山一游？也可沾点谢安身上的风骨！"

綦毋潜和王维略一思忖，觉得此事可行，便前来向皇甫岳辞行。皇甫岳自然盛情挽留，不过，当听说他们准备前往东山时，点头赞许道："东山是个好地方，多少文人雅士都以去东山瞻仰谢安当年风采为荣。既然你们要去东山，老夫再给你们推荐一个好去处，从东山再往东便是剡县，剡县有一座大佛禅寺，寺里有一尊高大的石弥勒佛，有'越国敦煌'之誉，南朝刘勰赞誉它为'不世之宝，无等之业'！"

"哦？能被誉为'越国敦煌'，必定有其传奇之处。皇甫大人，不知这座石弥勒佛开凿于何时？哪位高僧主持？"王维虔心礼佛，听说"越国敦煌"四字，不由肃然起敬。

"说起这尊石弥勒佛，倒是倾尽了几代高僧的心血。相传，南齐永明四年，僧护见剡县仙髻岩的崖壁上有佛光出现，决定在此崖壁上雕刻弥勒佛像，但未能如愿。临终前，他发誓来生再造此佛。后来，僧淑续凿，但也没有成功。直到天监六年，僧佑主持续凿工程，终于大功告成，距今已有两百多年了。"

听了大佛禅寺这段渊源，王维若有所思道："艰难困苦，玉汝于成。僧护、僧淑、僧佑等三代僧人历时三十年，方凿成石弥勒佛，建成大佛禅寺，可敬可叹！我们此去剡县，定要去大佛禅寺虔心礼佛才好。"

收拾好行囊后，王维一行辞别皇甫岳，沿着剡溪一路向东。两个多时辰后，到达东山地界，弃舟上岸。

山中有谢安经常游宴的蔷薇洞，还有他隐居时建造的白云、明月二堂。当王维面对谢安及其后代谢灵运、谢朓所吟赏过的山川，虽然隔着几百年的岁月，但精神却似乎遥遥相接。

"綦毋兄，我时常觉得，一个人最难把握的，就是出世、入世之间的平衡。谢安隐居东山吟咏啸歌时，心怀天下；身处朝堂心忧天下时，常念东山，令人感佩。"

当晚，王维在客栈写了一篇《东山记》，全文如下："东山巍然峙立于众峰间，拱揖蔽亏，如鸾鹤飞舞，林谷深蔚，望不可见。逮至山下，于千峰掩抱间得微径，循石路而上，今为国庆禅院，乃太傅故宅。绝顶有谢公调马路，白云、明月二堂遗址。至此，山川始轩豁呈露，万峰林立，下视烟海渺然，天水相接，尽万里云景也。"

从东山往剡县，依然一路水路。行至剡县后，船家系好缆绳，指着岸边的村庄说："各位客官，这是剡县的班竹村。不要小看这个村子，南来北往的客官，大多会在此地投宿歇脚，就连当今大名鼎鼎的司马承祯道长，也曾来过这里呢！"

"司马道长也来过这里？"王维颇感意外。

"是啊，你看，那座单孔石桥原来叫'落马桥'，说的是'文官下轿、武将下马'。不过，自从司马道长来了后，就改名为'司马悔桥'了。"

顺着船家手指的方向，众人看到清澈的小溪上，有座拱桥如长虹般卧于溪水之上，桥身刻有三个醒目的大字——落马桥。桥边古木参天，浓荫蔽日，桥上野藤缠绕，青苔遍生，桥下流水淙淙，清澈见底。

"这位老丈，不知'司马悔桥'有何渊源？"王维向船家抱拳道。

"听说司马道长曾经隐居天台山，当今圣上多次请他出山，他推辞不过，只好从天台山前往长安。经过'落马桥'时，不知怎的，他又后悔了，便掉头返回天台山去咯。"船家绘声绘色地说着，仿佛他曾亲眼看到这一幕似的。

"原来如此，我们过去看看。"王维点了点头，携了璎珞的手，向"司马悔桥"走去。

"摩诘，你说，人活一世，如何才能不悔？"璎珞忽然问道。

"司马道长一生远离庙堂，超然物外，却也有后悔的时候，可知'后悔'二字，世人大抵难免。"王维停下脚步，若有所思道，"午夜梦回，扪心自问，若能上对得起天地良心，下对得起子孙后代，凡事不问祸福，只求问心无愧，那么，即便有所遗憾，也可少些后悔，你说是吗？"

"凡事不问祸福，只求问心无愧。"璎珞在心里默默重复了一遍，不由想起昨晚他那番肺腑之言，不禁百感交集，仿佛心里原本有千言万语，但遇上这一句，便都一切尽在不言中了。

"是啊，人活一世，最难最易，便是无悔。我们不求事事周全，但求问心无愧。"璎珞轻轻吐了口气，一阵山风吹来，一缕头发从她鬓角悄然滑落，拂在她粉嫩的脸颊上，随着她的笑颜轻轻跳动……

王维随手替她将头发顺到耳后，点头笑道："娘子说得很是。"

忽然，身后传来綦毋潜的声音："摩诘，听说天姥山上有一龙潭，那山涧之水穿过巨石汹涌而出，恰似万马奔腾，壮观得紧，我们上去看看如何？"

"好！"大家兴致勃勃地朝山上走去。

第三十二章　愚公不愚　璎珞有喜

当璎珞的疑虑终于被王维的真诚化解时，玉真公主在高舍鸡的护送下，陪同司马承祯顺利抵达王屋山。

初夏的王屋山，是一年之中最好的季节。漫山遍野是深浅不一的绿，绿得沉，绿得酣，层层叠叠，无边无际，只觉树木葱茏，暑意全无。

"道长，难怪您对王屋山情有独钟，原来您是想来这里避暑呀。"玉真公主走下马车，深吸了口气，顿感神清气爽。

"是啊，王屋山触目生凉，照人如濯。来到这里，便有一种远离尘世之感。"司马承祯手抚长须，颔首微笑。

"公主、道长，末将已遣人收拾妥当，请公主和道长入室休息。"高舍鸡前来禀报。

"高将军辛苦了。持盈，如此清凉世界，为师想在山上走走，你意下如何？"司马承祯回头问玉真公主。

"师傅，我也正有此意。连日来车马劳顿，我也想随意走走，舒展舒展筋骨。"

"道长爷爷，公主殿下，我听到草丛里有蟋蟀的叫声，我去捉蟋蟀玩咯。"高仙芝兴奋地跳下马车，一溜烟钻进了草丛里。

连日来的朝夕相处，早已让高仙芝和司马承祯、玉真公主十分相熟，成了大家的开心果，为原本单调乏味的旅途增加了不少童趣。

"仙芝，山上路滑，跑慢点，小心摔着了。"看着高仙芝蹦蹦跳跳远去的背影，玉真公主不忘殷切叮咛，关切之情溢于言表。

"持盈，你出家这么多年，有没有想过回归尘世？有一个属于自己的孩子？"司马承祯看着玉真公主，意味深长道。

玉真公主原本想说今生已无缘当母亲，但不知怎的，一个念头蓦然浮上心头，便转身对一旁的高舍鸡说，"高将军，仙芝是个好孩子，我很喜欢他。如果高将军愿意，我愿收仙芝为义子。"

"啊？！"公主愿意收仙芝为义子？高舍鸡几乎不敢相信自己的耳朵，以为一定是听错了，待确定是真的后，"扑通"一声跪地抱拳道，"公主若愿收犬子为义子，末将三生有幸，感激不尽！末将无以为报，请受末将一拜！"说着，就向玉真公主"咚咚咚"地连磕了三个响头。

玉真公主的这一决定，也让司马承祯颇感意外，暗暗吃了一惊。

"持盈，想不到为师一句无心之语，却促成了这样一桩美事。你和仙芝定是前世有未了的尘缘，今生才会结下这难得的缘分。"

"前世有未了的尘缘，今世才会结缘？我和摩诘前世有未了的尘缘吗？若是有缘，为何今生偏偏错过？若是无缘，为何今生偏又相逢？"

"持盈，为师帮你们挑选一个黄道吉日，可好？"

玉真公主收回思绪，垂眸笑道："持盈愿听师傅安排。"

"多谢公主，多谢道长，末将笨嘴笨舌，实在、实在太激动了。"高舍鸡出身行伍，本就口拙，如今遇到这样天大的喜事，更是激动得不知说什么才好，只好反复搓着他那握惯了刀枪、结满了厚茧的大手。

"高将军，你先去道观罢，我陪道长到处走走。"玉真公主笑着点了点头，扶住司马道长，朝已被人仔细清扫过的山间石阶走去。

高舍鸡领命而去，一边走一边想，公主为何会认仙芝为义子？

"是因为公主喜欢仙芝吗？还是另有其因？不过，无论如何，这都是一件天大的好事，只要能成为公主义子，仙芝定然会有一个好前程……"

这日，习惯早起的玉真公主，带高仙芝去王屋山上随意走走。

"仙芝，你学过列子的《愚公移山》吗？"

"义母，孩儿学过，开篇是'太行、王屋二山，方七百里，高万仞，本在冀州之南，河阳之北……'"

高仙芝一口气背了下去，背完后，抬头看着玉真公主："义母，您让孩儿背《愚公移山》，是希望孩儿像愚公那样，做任何事情都要锲而不舍吗？"

玉真公主收回原本眺望远方的目光，低头摸了摸高仙芝的后脑勺："仙芝，何谓愚？何谓智？愚公智吗？智在哪里？智叟愚吗？愚在何处？"

高仙芝认真地想了想，说："愚公不愚，智叟不智。"

玉真公主点了点头，继续说了下去："是的，智叟貌似聪明，其实是聪明反被聪明误。你看，愚公叩石垦壤时，智叟却在一旁冷嘲热讽。这样的智，不要也罢。可惜世人大多一边嘲笑着智叟的行径，一边却不知不觉犯着和智叟一样的错。这其中，包括你，也包括我。"

"义母，为何我们明知智叟不对，却还是会犯智叟的错呢？"

玉真公主叹了口气，目光看向远方："我们总是明白许多道理，却依然过不好这一生。"

阳光透过密密层层的枝叶，在地上投下斑驳的光影，恰如玉真公主此时的心境。

快乐的时光转瞬即逝，在越州逗留十多日后，王维等人要返程了。

"人生无根蒂，飘如陌上尘。落地为兄弟，何必骨肉亲。"大家不约而同地吟诵陶渊明的诗，挥手告别。

綦毋潜前往南康，崔兴宗前往长安，王维和璎珞前往济州。

离开济州时，还是早春，回到济州时，已是初夏。小蝶已提前几天从定州回到济州，将宅子收拾妥当，迎接王维和璎珞归来。

次日，王维回到府衙，先去郑刺史处坐了一会儿。彼此寒暄了几句，并无多话。

看到王维从郑刺史屋里出来，赵化忙迎了上来，一脸急切道："王参军，最近黄河支流伊水和淮河支流汝水泛滥，沿岸多处州县受灾严重。济州虽不像河南那边损失惨重，但今年收成定会受到影响，这让百姓如何是好？"

王维心中一沉，如此汛情，方才郑刺史竟只字不提，仿佛什么事都不曾发生。

"仙舟，我们明日便去济州各处田庄看看灾情。"

"好，小的这就去安排。"赵化二话不说，领命而去。想到靠天吃饭的济州百姓，王维深深叹了口气。

唐时实行"租庸调制"的赋税制度，简而言之，"有田则有租，有家则有调，有身则有庸"。

所谓"租"，是指每丁每年交纳粟二石；所谓"调"，是指每户每年交纳绢二丈、棉三两或布二丈五尺、麻三斤；所谓"庸"，是指每丁服徭役二十天，闰年加二日，是为正役，若不想服役，则每丁可按每天交纳绢三尺或布三尺七寸五分的标准，交足二十天的数额以代役。

遇到水旱等自然灾害，农作物损失十分之四以上的，可以免租，损失十分之六以上的，可以免调，损失十分之七以上的，赋役可以全免。

王维走到书案边，开始翻阅手头的案卷。每个案卷上，赵化都已细心注明郑刺史的指令和处理结果。王维细细看了一遍，除了个别案卷尚在办理之中，其他均已处理妥当。

傍晚时分，又下起了倾盆大雨。想起深受水灾之苦的沿岸百姓，王维不禁眉头紧锁。

一回到家中，王维就和璎珞说："璎珞，明日我要和赵化出城一趟，去济州各地田庄看看，你帮我找几件粗些的衣裳和芒鞋吧。"

"明日一早便去吗？"

"嗯，时间紧迫，需多走几个地方才好。"

"好。"

璎珞打开衣箱，翻检了半日。她给王维缝制的大都是日常穿的绫袍，好不容易找到几件本色麻裳，因为许久不曾穿过，摸起来很是扎手。

月色皎洁，她抱着麻裳走到院中，将几件麻裳都细细捣了一遍，直至摸上去不再那么扎手，才满意地点了点头。

次日一早，天刚蒙蒙亮，王维就穿好麻裳，准备出门。临出门前，又返身吻了吻还在熟睡的璎珞。

"什么时辰了？我给你做早膳。"璎珞迷迷糊糊嘟囔道。

"还早呢，你再睡会儿。在家里若觉得闷了，就和小蝶出去散散。"王维说完，就掩上房门，悄然离去。

接下去的日子，王维日日早出晚归，马不停蹄地踏看各处田庄。回到家中时，还会带回厚厚一叠案卷，在烛光下查阅各处田庄的历年收成和赋税情况。

当王维挑灯夜读时，璎珞也未闲着，在一旁为他缝制麻裳、绫袍和鞋袜。王维喜欢穿棉布，璎珞就用最柔软的白纻布为他缝制袜子，还在袜口绣上一道卷草纹或云纹。

在王维看来，这世上，除了璎珞，再没有人能绣出让他喜欢的花纹了。

这日，王维和赵化要去阳谷县。

赵化笑道："王大人，小的老家就在阳谷县。家父一直想请大人到寒舍做客，不知大人肯否赏光？"

王维来济州后，对官场中的应酬一概能推则推。在赵化看来，要请王维到家中用膳，似乎比登天还难。

没想到，这回王维却一口答应："今日机缘巧合，焉有不去之理？只是请你转告令尊，家常便饭就好。"

"太好了！咱们这就出发。"赵化喜出望外，陪王维往阳谷县方向疾驰而去，约莫半个时辰就到了。

步入赵家院落，只见院中东边是花圃，西边是药圃，篱笆上斜靠着一把锄头，院中散发着青草特有的清香。

听见声音，赵父忙从屋里迎了出来，对着王维连连抱拳道："这位就是犬子常常念叨的王大人吧？久仰大名，久仰大名。"

"老丈客气了。王维来济州已有半年，所幸有仙舟相助。王维早该登门拜访才是，今日才来,实在失礼。"

"犬子能跟随大人左右,是犬子的福气,也是我们赵家的福气。对了,今日大人来得真巧,老朽有几位朋友也正想见大人呢。"

王维跨入屋内,屋内已有四人,纷纷起身抱拳道:"久仰王参军大名,幸会,幸会!"

赵父向王维一一介绍道:"这位姓崔,武后朝时曾在朝为官,当过录事,如今告老还乡,人称崔录事。这位姓成,曾在相王府里任文学侍从官,因看不惯张易之兄弟恃宠弄权,又总替相王受制于人抱不平,就弃官归隐了,人称'成文学'。这两位都是我小弟,这位姓郑,这位姓霍,采药看病,济世救人,很是豪爽仗义。"

大家彼此问候寒暄了一番,开始入席喝酒。大家一见如故,天南地北聊了起来。

宴席快结束时,王维举起酒杯敬大家道:"多谢老丈设宴,王维以诗相酬,略表谢意。"

说着,起身吟诵道:"虽与人境接,闭门成隐居……"

吟完这首《济州过赵叟家宴》后,想到还有公务在身,王维向大家抱拳道:"诸位前辈,今日王维还有俗务在身,不能陪前辈酣饮达旦,深以为憾。下次王维再来阳谷时,定一醉方休。"

王维的才华横溢、谦逊有礼和进退有度,无不令在座诸人暗暗赞叹。

汛期终于过去,所幸处置及时,济州各处田庄损失不大,王维这才松了口气。

这日,王维下衙回家,刚推门而入,璎珞转身对小蝶道:"你去将那用井水浸过的酪浆取来,给阿郎消消暑。"

"看来为夫有口福了。"王维撩起袍角,在高凳上坐下,顿时松泛了不少。

"摩诘,用这个青瓷茶盏盛放酪浆,当真养眼。"

王维笑着接过,只见酪浆不是寻常的乳白色,而是泛着一层淡淡的红色。他喝了一口,点头笑道:"这酪浆酸甜可口,喝着倒有山楂的味道?"

"好喝吗?"璎珞一脸得意,又给王维盛了一杯,"我看你近日有些懒懒的,便想着山楂最是健脾开胃、消食化滞,便试着将山楂用水煮了,和酪浆拌在一起,味道还不错吧?"

"何止不错,简直是人间美味!便是再热的天,这样一盏下去,也暑意全无了。"王维伸手揽过璎珞的纤腰,点头笑道。

"既然你喜欢山楂,明日我用山楂和红枣给你做一些枣糕,你带些到府衙里,让同僚们也尝尝。"

"这个……"王维故意面露难色,"似乎不妥。"

"有何不妥?"璎珞怔了怔,不解道。

王维笑而不答，不紧不慢地喝了一口酪浆，凑到璎珞耳畔说："早膳吃什么并不打紧，我更想你陪我多睡一会儿……"

说笑间，小蝶端了两份荷叶冷淘过来，一脸兴奋道："阿郎，这是夫人想出的法子，将新鲜荷叶榨汁，汁水揉入面团，方才揭锅时，屋内荷香四溢呢！"

王维素来喜吃冷淘，尤其是这样的暑天。不过，这样新颖的荷叶冷淘，倒还是第一次吃。

他看了看略带浅绿色的冷淘，点头叹道："璎珞，这世间的花花草草，怎么到了你的手中，竟都可以成为美味佳肴？"

"这冷淘看着还有几分养眼，不知口味如何？"

王维并不急于吃面，而是舀了一勺汤汁，果然比一般的冷淘清香爽口。

"莲是花中君子，改天我给你煮荷叶花茶如何？夏日喝了，最是消暑。"

"好，只要是娘子做的，为夫都喜欢得紧。"

六月的济州，已然已是盛夏。

明晃晃的太阳毫无遮挡地照在济州的田野阡陌间，就像一个巨大的抽水机，卖力地将泥土中残余的水分"滋滋"地往空中吸走。

村头的一株株槐树，似乎已经被太阳烤得焦头烂额，倒是树上的鸣蝉，不知疲倦地一声一声叫着，带着一股高歌猛进、声嘶力竭的劲头。

不知怎的，入夏起来，璎珞身上一直有些懒懒的，做什么都提不起精神。就像此刻，刚食不知味地用了午膳，就浑身疲倦，沉沉睡去……

不知睡了多久，待她睡眼惺忪地睁开双眸时，发现那个熟悉的身影正坐在床边，手里拿着一卷书，静静地守着她……

这一个多月来，他忙于公务，似乎很久没有这样悠闲地陪她了。

她抿嘴一笑，悄悄伸出手去，想趁其不备夺过他手中的书，谁知她刚伸出手去，他就转过身来，看着她笑道："娘子，你可终于醒了。"

璎珞好不扫兴，微扬下巴，嘟囔道："我还以为你在一心一意看书呢，原来却是这般三心二意。"

王维不禁哑然失笑，明明自己发出了这么大动静，却还以为他听不见？

他剑眉一挑，放下书卷，俯下身来："你不知道你夫君可以一心多用吗？你就这么小看我？"说着，还出其不意地在她额头上轻轻弹了一指。

璎珞不仅未能得逞，反而挨了一指，不由没好气地瞪了他一眼，佯怒道："君子动口不动手，咱们好好说话不行吗？"

"君子动口不动手？哦，对，娘子所言极是，那我便依卿所言，做个君子？"

王维故意重复了一遍璎珞的话，一脸坏笑地向她靠了过来……

璎珞顿时明白自己说错了话，刚想辩解一番，哪里还来得及？说时迟，那时快，王维已低头吻了下来。那熟悉不过的清洌悠远的气息扑面而来，似乎可以侵入她的每一寸肌肤。她呢喃了一声，顺势搂住他的脖子，陶醉在他那深情绵长的拥吻中……

不知过了多久，王维才轻轻放开璎珞，理了理她略微汗湿的鬓发，柔声问道："这会儿身子舒服些了吗？"

璎珞眨了眨清亮的眸子："我何曾说身上不舒服了？"

"今日我回来得早，小蝶说你近来身上不大好，饮食也是懒懒的，有时午后会睡上两个时辰……不过，我看娘子方才倒还有些力气，我便放心多了。"

璎珞听王维这样絮絮说着，正想告诉他不必为自己忧心时，却听到他最后那句促狭的调侃，不由伸手向他腰上捏去……

王维退开一步，顺势一个反手，就轻轻松松握住了她的双手，哈哈笑道："君子动口不动手，我家娘子却总喜欢这般动手动脚……"

两人正笑闹间，璎珞忽然觉得胃里似乎有什么东西正往上涌，忙直起身子，捂住胸口，才勉强压下了这股莫名的反胃。

"璎珞，怎么了？哪里不舒服吗？"王维忙扶住璎珞，看着她略显苍白的脸颊和额头上冒出的冷汗，心里顿时着急了起来。

璎珞刚想开口说话，不料胃里愈加翻江倒海，终于忍不住伏在榻旁呕吐起来。

"小蝶，快拿铜盆、热水来。"王维一边朝门外高喊，一边轻拍璎珞后背，让她吐得舒坦一些。

小蝶忙端了铜盆奔到榻前，和王维一起扶住璎珞。璎珞今日本就没吃什么，吐了一阵后，便吐不出什么了。小蝶忙用热水拧了葛巾，替璎珞仔细净了面，王维则用青瓷茶盏盛了温水，就在手里让璎珞漱了口，扶她在榻上重新躺下。

"阿郎，夫人不是第一次呕吐了，这几天几乎每天都有一两次，该不是吃坏什么东西了吧？"小蝶端着脸盆，又是着急，又是担心，不知该如何是好。

"小蝶，你这就去赵化家一趟，他认识一位姓方的郎中，把脉极好，烦请他来为娘子把上一脉。"

小蝶领命而去，王维坐在榻旁，替璎珞轻挥罗扇。微风从半开的门窗间吹了进来，吹散了屋内的闷热。经过刚才那番呕吐，璎珞胸口倒是舒坦了不少，加上王维身上有股淡淡的薄荷清香，璎珞不自觉地吸了吸鼻子，有种让人愉快的安心。

王维似乎想起了什么，问璎珞道："璎珞，你近来除了嗜睡、呕吐，是否还喜欢酸甜的吃食？"

第三十二章 愚公不愚 璎珞有喜

"好像是。"璎珞想了想，好像的确如此。

这半个多月来，她常让小蝶做山楂酪浆、山楂泥糕、山楂茶点……几乎到了"无山楂不欢"的地步。说是做给王维吃，其实王维早出晚归，吃不了多少，大多倒是入了她的口。王维还曾劝她不要为他累着，不必日日花心思琢磨吃食，其实是她自己喜欢吃。

"嗜睡、呕吐、喜吃酸食，对了，以往很准时的月信，如今也已推迟好多天了，莫非这是怀孕了？"璎珞心头大喜，可是，这也未免太意外了吧？

正胡思乱想间，赵化陪方郎中走了进来。王维忙起身让步，请方郎中为璎珞把脉。

小蝶忙将一个小方枕搁在璎珞腕下，方郎中挪过璎珞的手腕，凝神敛目，细细观察良久后，颔首微笑道："恭喜参军，夫人这是喜脉，脉象平稳，参军和夫人尽可放心。不过，这几日，夫人在行动、吃食上还是小心为好。"

"太好了，太好了！"一贯沉稳从容的王维，此刻高兴得像孩子一般，连连向方郎中道谢。他终于要当阿爷了！

在一片恭喜声中，方郎中告辞而去，王维让小蝶随方郎中去药铺配些安神补气的食材，屋子里再次只剩他俩。

璎珞低头摸了摸自己的小腹，不由想起皇甫大人说要给他们酿"女儿红"和"状元红"，这才一个多月，小家伙说来就来了，可见是个急性子。摩诘的性子倒是不急，看来，小家伙是随她咯？

正这样浮想联翩时，王维将她轻轻揽在怀里，故意如释重负地叹了口气："娘子，古人说'天道酬勤'，古人诚不我欺也！咱们的孩子，果然没有辜负阿爷的勤奋。"

璎珞没好气地瞪了他一眼，但心里却不得不承认，这个阿爷确实够勤奋。

正想和王维斗嘴，无奈一股翻江倒海的酸胀味再次袭来，璎珞又想呕吐，却是一阵干呕，什么都吐不出来。

王维小心翼翼扶她躺下，怕她不舒服，又特地坐在她身边，让她躺在自己怀里，柔声道："璎珞，这是咱们的第一个孩子，你可能会辛苦些。不过，不要担心，我定会好好照顾你。等你将来怀第二个、第三个孩子了，咱们就有经验了，你说是也不是？"

是的，这是他们的第一个孩子，将来还会有第二个、第三个……想到将来一群孩子活蹦乱跳承欢膝下时，璎珞顿时眉心舒展、一脸憧憬道："摩诘，我想给你生个小郎君，因为你是家中长子，阿家一定盼着抱长孙呢。"

"傻璎珞，男孩女孩都不打紧，我倒更希望是女儿，长的要像你一样才好。咱们不是连名字都想好了吗？论起来，这孩子和江南还真是有缘。"

璎珞垂眸一笑，心中暗忖，从月信推迟的时间看，这个孩子应是他们在越州期间怀上的。如此一来，那句"江南可采莲，莲叶何田田"，倒真像是为孩子量身定制的一般。

想到这里，她一脸娇羞地往王维怀里钻了钻，呢喃道："摩诘，不管是儿是女，我都欢喜。因为，这是咱们的孩子。"

第三十三章　为卿煮茶　穿线乞巧

一个多月后，璎珞呕吐的症状渐渐消失，但于饮食上却一直懒懒的。对油腻荤腥、甜腻吃食一概无感，能勉强吃得下的，只是一些清爽的蔬菜。

这日傍晚时分，王维下衙回家。一到家，就先仔细看了看璎珞气色："今日感觉如何？""你放心，我没事。"

王维笑着撩起袍角，在食案前坐下。但目光一扫，原本舒展的剑眉便慢慢皱了起来。虽然食案上有羊肉羹、烤鲤鱼等六七个菜，但璎珞面前却依然只是一盘醋芹。

"璎珞，你日日只吃醋芹，如果怀中是个男孩，倒也无妨；若是女孩，这样在醋罐子里泡大，她将来的夫君可如何是好？"王维故意夸张地叹了口气，一脸愁眉苦脸状。

又来了！

璎珞知道他又在拿自己说笑，指着羊肉羹说："快莫贫嘴了，羊肉羹要趁热喝，凉了就不香了。"

王维并不理会羊肉羹，而是摸了摸璎珞日渐纤细的手腕，这回倒是认真地叹了口气："璎珞，你有孕在身，胎儿一天天长大，你却一天天消瘦下去，怎么成？"

"阿娘说有孕之人不喜吃油腻荤腥，原也常见，或许过些日子就好了。"璎珞拍了拍王维手背，努了努嘴，示意他趁热喝了羊肉羹。她自己则就着醋芹，勉强咽下了几口饭。

王维替璎珞夹了一片鱼肉，哄她道："哪怕没胃口，还是要多吃些。不然，吃的东西都长到那小家伙身上了，你怎么吃得消？小蝶，你若能做出让娘子喜欢的菜，重重有赏。"

小蝶眉头紧皱，冥思苦想了半天，弱弱道："阿郎，我明日便去赵娘子家一趟。她是当阿娘的人了，想来一定比我有办法。"

话音刚落，王维和璎珞不禁哑然失笑，小蝶还真是一个实诚的姑娘。

三人说笑间，王维已经一碗米饭落了肚，璎珞却只扒拉了几口米饭，依然食不知味。

王维叹了口气，放下竹箸，摸着璎珞微微隆起的小腹，郑重其事道："孩子，如果你如此折磨阿娘，等你出来了，阿爷可是不依。"

听王维如此教训孩子，璎珞忍不住"扑哧"一声笑了出来："哪有阿爷这样说话的？小心被孩子听到了，在里头委屈地哭呢。"

王维呵呵一笑，揽过璎珞的肩，让她舒舒服服靠在自己肩头，轻抚她的小腹："璎珞，在我心里，娘子比孩子更重要。因为……"

王维故意顿了顿，低头看了一眼璎珞，在他耳畔柔声道："娘子只能由我一人来疼，而孩子么，将来自会遇到疼他们的人。"

璎珞心头一片柔软。有了他这句话，那些怀孕以来遭受的辛苦，都不值什么了。

"摩诘，如果是男孩，要像你一样懂得心疼娘子才好；如果是女孩，要能遇到像你一样心疼娘子的夫君才好。"

"娘子说什么都好，若是肯再多吃些东西，就更好了。"

唉，这个男人，真是不放过一切机会劝她多吃一些。璎珞默默叹了口气，忽然，她好像有些想喝茶了，可能很久没有喝他煮的茶了吧。

"我想喝你煮的茶。"

"这个容易，只是你如今有孕在身，不宜在夜间饮茶，否则又要嚷嚷着睡不着了。明日休沐，我煮给你喝。"

次日用过午膳，正是一天中暑气最强的时候。

"璎珞，你先去歇息，我煮好了叫你，可好？"

"不，我想看你煮茶。"璎珞不知看过多少回他煮茶的样子，他那番行云流水的动作，让她百看不厌。

"傻璎珞，煮茶有什么好看的？"王维嘴上这样说着，手上却顺势拿过一个青缎隐囊，搁在璎珞身后，让她半躺在榻上，自己则动手准备茶炉、茶釜、茶碾、茶盒、执壶，开始煮茶。

他一边打开风炉壶门，将茶釜放了上去，一边回头问道："娘子今日想喝什么茶？"

"唔，上回你煮的那个，我觉得甚好。"

"娘子果然嘴刁,那是剑南蒙山石花,论品当为天下第一。你若喜欢,咱们便煮这个。"

天气炎热,随着茶釜里的水冒出细细的气泡,他额角也开始出汗。待到水三沸时,他将碾成碎末的剑南蒙山石花,均匀洒入茶釜中……

璎珞不禁看得痴了,这世上,恐怕再没有第二个人,能像他这般清雅绝伦地煮茶了……

"茶已煮好,请娘子品鉴。"王维将带着花沫的茶水慢慢分入那两个从越州带回的青瓷茶盏中,将其中一个放在璎珞面前的案几上,叮嘱她小心烫着了。

璎珞捧起茶盏,闻了一闻,那似有若无的淡远茶香,仿佛有种神奇的魔力,让她为之神清气爽。她低头轻啜一口,那带着清香的微咸、微苦的味道从舌尖缓缓流过,瞬间唤醒了原本懒怠的味蕾。

"娘子,如何?"看璎珞喝了一口,王维笑问。

璎珞抬眸笑道:"你煮的茶,愈发好喝了。"

王维捏了捏她的鼻子,哈哈笑道:"这世上,也只有你,无论我说什么,做什么,都觉得好。"

"那是,你看人的本事更是一等一的好,要不然怎会娶到这样好的娘子?"

王维一口茶刚好含在嗓子里,顿时笑得咳了起来,搂过璎珞道:"娘子自卖自夸的本事当真不错!"

"本来就很好,难道不是?"璎珞下巴微扬,一脸小小的傲娇。

"好,好,娘子不仅钟灵毓秀,蕙质兰心,还会主持中馈,相夫教子,当真是镇宅之宝!"

璎珞不由被他逗乐了,伏在他怀里笑了起来。

好半晌后,璎珞才忍笑说道:"摩诘,今日的茶比以往的好喝,莫不是孩儿像你,也喜欢喝茶?"

王维点了点头,嘴角上扬,心满意足道:"看来孺子可教也!"

璎珞说的倒是实话。她和王维成亲前,喝的都是加了盐、姜、枣一起煮的茶,有时还会加酥油和胡椒。和王维成亲后,初次喝他煮的口味清淡的茶,很是有些不习惯,如今有了身孕,却是越喝越喜欢,一连喝了好几盏,微微出了些汗,才被王维哄着回房睡了一觉,整个人竟是舒畅了不少。这日晚膳,竟比往日多吃了一碗饭。

夜间安寝时,王维趴在璎珞腹部,对腹中胎儿语重心长道:"小家伙,如果你爱喝阿爷煮的茶,阿爷日日煮给你喝。只一条,你可不能再惹阿娘不舒坦,否则阿爷不依。"

璎珞哑然失笑，心中却是一片温暖。忽然，她心里掠过一个念头："摩诘，我想请你画一幅画。"

"哦？什么画？"王维直起身子，饶有兴致道。

"那次在越州若耶溪畔，你说等将来咱们老了，你当'持竿叟'，我当'浣纱媪'，这个画面一定很美。"

"唔，娘子想让我把这个场景画下来？"看着笼罩在月光清辉中的璎珞，王维眼中满是宠溺。

"是呀，男耕女织，夫唱妇随，这样的日子，我很欢喜。"璎珞点点头，依偎在王维怀中。

"好，不用说画'持竿叟'和'浣纱媪'，只要娘子喜欢，便是当'持竿叟'也容易。等过几天你身子舒坦了，我带你去溪边垂钓，炖鱼汤给你喝，可好？"

璎珞轻揉微隆的腹部，忍笑道："孩子，你阿爷三句不离吃食，就怕阿娘委屈了你呢。"

王维哈哈一笑，伸手刮了下璎珞秀挺的鼻梁："你若能乖乖多吃些，我便不唠叨了。"

"遵命。"璎珞努了努嘴，心中是满满的甜蜜。

次日一早，王维去府衙前，特地叮嘱璎珞："你好生歇着，今晚我早些回来，给你画《越州翁媪图》。"

璎珞笑着点了点头，看他走远后，到底闲不住，到书房为他准备画画时惯常要用的各色画笔。

果然，今日他下衙比往日早了些。可能惦记着画画，晚膳也只简单用了一点，就向书房走去。待看到璎珞为他准备好的笔墨纸砚时，不由心中一暖，退后一步，向璎珞夸张地行了一礼："小生这厢有礼了，多谢娘子铺纸研磨，红袖添香。"

璎珞掩嘴轻笑："你打算画山水？还是画人物？"

"唔，容为夫想想。"王维剑眉一挑，走到书案前，看着璎珞裁好的白麻纸，若有所思道，"唐人大多喜画花鸟，我却独爱山水。山水之中，自有深意。此生我若能像南朝宗炳那样，走遍天下山水，入以丹青，描以绢帛，老时在家中画上满壁山水，也就不枉此生了。"

"是的，走过千山万水后，若能将心中的山水画诸笔端，也便留住了足迹，留住了岁月，还有，留住了那个陪你一起走遍山水之人。"

璎珞和王维四目相对，会心一笑。王维挽起袖袍，拿起羊毫提笔，轻蘸墨汁，用中锋淡墨在白麻纸上慢慢勾勒起来……

在王维的勾勒下，白麻纸上渐渐出现了连绵起伏的群山，峰峦耸峙，云林繁密，沿群山蜿蜒而过的，便是那波光潋滟的若耶溪……

"看你画画，寥寥几笔就能传神，可有什么章法吗？"璎珞驻足观看，不由赞叹道。

王维并不马上回答，待勾勒完当下一笔，才抬头道："当然有。凡画山水，须按四时。春景则水如蓝染，山色渐清。夏景则古木蔽天，绿水无波。秋景则天如水色，雁鸿秋水。冬景则借地为雪，水浅沙平。"

璎珞一边凝神倾听，一边看了看案上的画卷，不解道："唐人大都喜欢青绿山水，你为何对水墨山水情有独钟？"

王维淡然一笑，指着白麻纸上浓淡不一的墨色道："璎珞，你看，墨分五色，墨、水比例不同，便能呈现焦、浓、重、淡、清等五种不同墨色，用五种墨色便可绘尽天下山水，可谓肇自然之性，成造化之功。"

"嗯，青绿山水用色鲜艳，水墨山水用色淡远。以你的性子，对水墨山水情有独钟，倒也在情理之中。"璎珞低头看了一眼他尚未完工的画稿，抬眸笑道，"摩诘，在你笔下，我可是那墨色一点？"

王维笑着点了点头："即使是一点，也是最美的一点。"

璎珞心中欢喜，浅笑盈盈道："上回你写的《鸟鸣涧》极好，尤其是'人闲桂花落，夜静春山空'两句。诗中有画，画中有诗，这句诗和这幅画放在一起，倒是极好。"

"为夫自认还算持重，但若是被你这样夸下去，恐怕也要飘飘然起来，这可如何是好？"说着，看了一眼璎珞的小腹，扶住她的腰身道，"你站了好一会儿了，快去歇着吧。"

璎珞双脚本就有些浮肿，站了许久，倒真有些乏了。她看了看砚台里的墨汁还有不少，便点头笑道："画画是精细活儿，我就不扰你了，等着明日欣赏你的大作。"

次日清晨，璎珞在窗外的鸟鸣声中醒来。

她慵懒地转了个身，发现身侧早已空空如也，王维已去府衙。她揉了揉眼睛，披衣起身，踱到窗前。窗外，青草被清晨露珠洗得透亮，散发着淡淡清香，三五小鸟在枝头的绿荫下啾啾欢鸣……

听见璎珞起床的声音，小蝶忙推门走了进来，一脸兴奋地举起手中一个开了小孔的木匣子说："夫人，我一早就在檐下捉喜子，捉了好几只了，你看够不够？"

"捉喜子？难不成今日是七月初七？"唐人七夕风俗，女子要捉蜘蛛（喜子），并以蜘蛛织网疏密为巧拙之征。璎珞忙看了一眼木匣，只见里面已有三只蜘蛛趴在那里一动不动，正在吐丝织网。

"是呀，今天晚上，我们还要向织女乞巧呢。夫人的手已经够巧了，不求也罢，我可要好好求上一求。"

"瞧我，每日里昏天黑地地混睡，差点把这么重要的日子都给忘了。晚上乞巧用的新鲜瓜果、巧果面点，可曾准备好了？"

"夫人现在是有身孕的人了，嗜睡再正常不过。乞巧用的东西，我都已准备妥当，夫人放心吧。今日夫人想梳一个什么发髻？"

"都好，你看着办就行。"

小蝶侧头想了一想："如今流行翠螺髻，很是好看，要不给夫人试上一试？"

"好。"

小蝶净了手，扶璎珞在妆台前坐下，将璎珞头发梳了几遍，将顶上一束头发用丝带束起，盘成螺壳形状，再将下面头发一层一层盘起，最后，在髻后垂一根彩色丝带……

璎珞朝镜中看了几眼，点了点头，眼角眉梢，都是笑意。

"夫人有了身孕后，愈发肌肤胜雪，眉目如画，难怪福嫂常说女子成亲了会更美。"小蝶一边帮璎珞簪上钗钿，一边赞叹道。

按唐人风俗，当家主母的陪嫁婢女，大多会被夫君纳为小妾，但王维早在婚前就和璎珞说好，今生今世绝不纳妾。当璎珞把王维的意思告诉小蝶后，小蝶很是欢喜，说愿意服侍阿郎和夫人一辈子，其他事一概不求。

如今，她有孕在身，按理需要小妾服侍王维，但王维坚决不许。璎珞心里自然是甜蜜的，又对王维似乎有点小小的愧歉。

这日晚膳后，天还未黑，小蝶就将案几抬到庭院当中，在案几上放了美酒、香炉、瓜果点心等，乞求天上的织女前来品鉴，让乞巧者的双手变得更为灵巧。

待那轮银梳般的新月渐渐从树梢爬到空中时，小蝶忙取了一个铜镜放在案几上，并双手奉上早已准备好的金针彩线，递给璎珞："夫人，明月当空，可以在月下穿针乞巧咯。"

璎珞含笑接过七孔金针，就着铜镜反射的月光，熟稔地往七个针孔里一一穿上了彩线。小蝶却是穿了几次都不成，王维笑道："小蝶，娘子手巧得很，你向她求不也一样？"

小蝶顿时松了口气，看着璎珞一脸崇拜道："是呢，除了天上的织女，就数夫人手艺最巧了。"

"小蝶，穿针引线时，最忌心浮气躁。你且静下心来，再试上一试？"

小蝶点了点头，又凑到铜镜旁试了一次，这次居然穿过去了。三人在月下说说笑笑，开始赏月。

璎珞抬头望天，只见那布满星斗的天穹上，仿佛真的有一条泛着乳白色星光的银河划过，硬生生地将牛郎和织女分隔两岸，天各一方……

"摩诘，今日是牛郎织女鹊桥相会的日子，他们一定有很多话想对彼此说吧？"

"哈哈，傻璎珞，其实，关于牛郎和织女的最早记载，只是两颗星宿。"夜风习习中，王维揽过璎珞的肩，娓娓道来，"南朝有个名叫宗懔的人，写了一本《荆楚岁时记》，对牛郎织女的故事有另外的说法。"

"《荆楚岁时记》？"璎珞暗暗发窘，在他面前，她不曾听说过的书岂止这一本？不知他的脑袋里，还藏着多少她不知道的书？

"他怎么说呢？"璎珞好奇地问。

"他说，天帝发怒的原因，并非织女违反天条嫁给牛郎，而是因为织女婚后不再好好织布了。"王维耸了耸肩，哈哈笑道。

"啊？这样也可以？"璎珞一时有些愕然。

"其实，神话故事本就是世人想出来的，世人可以这样想，也可以那样想。只不过，真实的生活总有些平淡，所以，世人大多喜欢浪漫曲折的故事。所谓的神仙眷侣，也无非是寄托了世人的美好愿望而已。"

王维又和璎珞聊了和七夕有关的其他典故，在王维醇厚的声音中，璎珞只觉得眼皮越来越沉，渐渐便有些睁不开眼，索性靠在王维肩头，沉沉睡去。王维爱怜地看了看璎珞，小心翼翼地将她打横抱起，向卧室走去。

第三十四章　情有独钟　夫妻印章

722年的大唐，政通人和，国泰民安，是名副其实的繁华盛世。

这一年，李隆基三十八岁。和他开创大唐盛世的雄心壮志一样，他的爱情也注定波澜壮阔。

他的结发妻子姓王，名有容，陕西渭南人，其先祖为梁朝冀州刺史王神念，父亲是王仁皎。

当李隆基还是临淄王的时候，聘娶王有容为妃。在李隆基夺取天下的过程中，她的父兄都立下了汗马功劳，特别是哥哥王守一。李隆基特地将自己的妹妹薛国公主许配给王守一，两家亲上加亲。

712年8月，李隆基册立王氏为皇后，执掌六宫。

但是，王有容却有一个心病，她嫁给李隆基这么多年了，却一直没有儿女。偏偏李隆基又是风度翩翩的多情之人，他身边从来不缺绝色女子。

早在708年，李隆基担任潞州别驾时，就遇到了比他小八岁的赵氏。赵氏歌伎出生，在潞州（今山西长治）卖艺为生，能歌善舞，声色俱佳。李隆基精通音律，尤其喜欢能歌善舞的女子，当即将赵氏纳为侍妾。不久，赵氏为李隆基生下儿子李瑛，李隆基对她愈发宠爱。

虽然赵氏出身卑微，但在李隆基心中很有分量。

有两件事可见一斑。一是715年正月，李隆基册立皇太子时，没有立长子李琮（刘华妃所生），也没有立王皇后的养子李亨，而是莫名其妙地立了次子李瑛。母以子贵，赵氏在后宫中的地位自然不可小觑。二是李隆基将后宫中的贵妃、淑妃、德妃、贤妃等四妃改为惠妃、丽妃、华妃等三妃，仅次于皇后，而那个丽妃的位子就给了赵氏。一时间，赵丽妃在宫中的风头之盛，无人可比。

不过，帝王的口味总是瞬息万变，帝王的心也总是见异思迁。

714年秋天，当武则天的侄孙女武落衡出现在李隆基面前时，一切都发生了改变。

武落衡出生于699年，比李隆基小十四岁。她父亲是恒安王武攸止（武则天的侄子）。因父亲早逝，她自小在宫中长大，深得武则天喜爱。

714年秋天，当三十岁的李隆基看到美艳绝伦、千娇百媚的武落衡款款向他走来时，那个瞬间，他不由惊呼，这是上天赐给他的最好礼物！

从此，李隆基的目光再也无法从她身上移开。这位李家三郎的心，就像他祖父李治那样，瞬间被一个姓武的女子占据得满满，再也没有其他女子的容身之处。

巧的是，李治和李隆基的皇后都姓王。当王家女子遇到武家女子，李家天子的选择，竟都给了后者。

武落衡是武则天的后人，按出身，武、李两家不共戴天。尤其对于李隆基来说，他的亲生母亲窦氏，正是丧身于武则天的毒手之下。

然而，一旦遇见了武落衡，李隆基却似乎什么都可以忘记，什么都可以放下了。

他可以忘记武则天的杀母之仇，忘记和他同甘共苦的王皇后，忘记为他生了皇子的赵丽妃，从此只将武落衡捧在手心，宠冠六宫，丝毫不亚于当年李治对武媚娘的那份专宠。

王皇后眼睁睁看着丈夫宠幸一个比一个漂亮的女子，心底一片凄凉。

她试图用往事唤起丈夫的垂怜，哭着哀求李隆基："皇上，您难道忘了臣妾父亲当年脱下身上的衣服，拿去换来一斗面，给您做汤饼过生日的事了吗？"

可是，这样的哀求，即使能在某个瞬间激起李隆基的恻隐之心，但在拥有倾国倾城貌的武落衡面前，终究无力回天。

武落衡完美地继承了姑祖母武则天的美貌和心计，牢牢俘获了李隆基的心，真正做到了"集三千宠爱于一身"。

从716年到720年，短短四年间，身为婕妤的武落衡连续为李隆基生了四个孩子，只可惜，前面三个孩子都无一幸免地夭折了。

先是716年，武落衡诞下第一个皇子，李隆基亲自为皇子取名为李一，"一"含有"天"的意思，李隆基有意让他当太子，可惜不久就夭折了，被追封为夏悼王；

717年，武落衡诞下次子李敏，却同样还在襁褓中就夭折了，被追封为怀哀王；

718年，武落衡诞下小公主，似乎被施了魔咒般，还是一样夭折了，追封为上仙公主。

在这一连串的打击下，李隆基和武落衡终于明白过来，这绝非天意，而是人为。

于是，当李隆基和武落衡的第四个孩子李瑁720年出生时，李隆基决定将他送出宫外，交给大哥宁王抚养。从此，李瑁就由宁王妃元氏亲自抚养，并对外宣称是元氏所生。

这一次，李瑁终于保住了，在宁王府中平平安安长大。

此时的武落衡，集少女的清纯和少妇的美艳于一身，令李隆基如痴如狂、欲罢不能。

武落衡的人生，堪称完美。

这日是八月初五，李隆基生日。已执政大唐十年的李隆基，决定在花萼相辉楼好好庆祝一番。

初秋的长安最是宜人。李隆基携王皇后和武落衡，气宇轩昂地登上花萼相辉楼三楼，长安城尽收眼底。

当时，除了大慈恩寺的大雁塔，花萼相辉楼是长安的最高点。

李隆基大宴群臣，佳肴名膳，歌舞百戏，花团锦簇，美不胜收。当大型宫廷法曲《霓裳羽衣曲》闪亮登场时，盛宴达到了高潮。

说起这个曲子，还有一番来历。

720年秋天，武落衡诞下李瑁不久，身子虚弱，无法侍寝，李隆基独居一室，梦见自己到了仙界。一群身穿霓裳羽衣的仙子翩翩起舞、美轮美奂……

他一觉醒来，对梦中情景意犹未尽，想把梦中的乐曲记录下来。他日思夜想，就连上朝的时候怀里也揣着一支玉笛，一边听文武百官读奏本，一边在座上悄悄按孔笛，但却迟迟无法谱全这个曲子。

直到721年春天，河西节度使杨敬述进献天竺佛曲《婆罗门曲》，李隆基一听之下，竟和梦中仙乐颇为相似，大为惊喜。

他当即将梦中仙乐和天竺佛曲结合起来，谱成了《霓裳羽衣曲》。

不过，此曲虽然大气磅礴，但许多乐章的起承转合处，不尽如人意，命太乐署精心完善此曲。

当时在太乐署担任太乐丞的，正是王维。十多天后，当王维带着完善后的曲谱来到他面前时，他正在洛阳三乡驿的离宫。

在山峦起伏、烟云缭绕中，一群舞伎随着完善后的《霓裳羽衣曲》翩翩起舞。刹那间，梦中的仙乐全都重现了。此情此景，和梦中何其相似！

从此，《霓裳羽衣曲》成为宫廷经典大曲，深受李隆基青睐。

忽然，一阵嘹亮清越的筚篥声划破夜空，直抵人心。这正是用筚篥演奏的《霓裳羽衣曲》前奏。

筚篥来自龟兹，经丝绸之路传至长安。因其音色多变，被李隆基指定作为《霓裳羽衣曲》的领奏器乐。

此刻吹响筚篥的乐师，正是颇受李隆基赏识的梨园弟子李龟年。

李隆基握住武落衡的手，微闭双目，细细聆听起来。

高亢清亮的筚篥声戛然而止，磬、筝、箫、笛、笙、箜篌等金石丝竹之声尾随而至，时而独奏，时而轮奏。三百多个丽人迤逦而入，她们头戴步摇冠，身着孔雀羽衣，宛如仙女下凡般，在花萼相辉楼翩翩起舞。

繁音急节，乐音铿锵，随着节奏的加快，舞姿更为跳珠撼玉，宫廷舞的柔媚典雅与西域舞的俏丽明朗交织在一起，似有无数花瓣飘散空中，从风飘舞，左右交横，让人目不暇接。

最后，在袅袅余音中，丽人们以优雅的飞天造型结束了全舞，全场爆发出雷鸣般的掌声。

李隆基点头击掌道："传朕口谕，太常寺、梨园、教坊皆按品有赏。"底下顿时响起一片谢恩之声。

李隆基似乎意犹未尽，看了一眼高力士："力士，宣乐师李龟年上来说话。"

不多时，高力士便引着李龟年来到了李隆基面前。

"弟子龟年，拜见陛下。"

"龟年，多日不见，你的筚篥吹得越发清越了，不愧是梨园弟子。"

"陛下过誉了,龟年生恐吹不好筚篥,坏了陛下的《霓裳羽衣曲》,那就万死也难辞其咎了。"

李隆基笑着摆了摆手:"你不必妄自菲薄,你倒说说看,《霓裳羽衣曲》哪些地方还可以再斟酌斟酌?"

"这……"李龟年心思急转,圣上如此发问,他如果回复说没有需要斟酌之处,显得他在敷衍圣上,如果说有,那岂不是班门弄斧?

"陛下,龟年倒是想到一个人,他比龟年更懂《霓裳羽衣曲》。"李龟年思忖再三,字斟句酌道。

"哦?说来听听。"

"陛下,龟年以为,王摩诘对《霓裳羽衣曲》熟稔于心,定比龟年更懂其中精妙之处。"

王维?李隆基当然知道,这朝野上下,王维对《霓裳羽衣曲》的熟稔程度,恐怕仅次于他。不,或许还超过他。

他对王维的印象,始于721年春天。那天,吏部选试结束不久,原本在骊山别馆清修的玉真公主,忙忙地来找他,特地向他推荐了王维。

他虽未见过王维,却对王维有了几分好奇。他究竟是一个怎样的人,值得一向眼光甚高的玉真公主,愿意亲自来走这一趟?

他不禁多看了妹妹几眼,这么多年来,他第一次发现,妹妹眼角眉梢竟也有了对某人动心后才会有的羞涩和喜悦。

原来,出家十年的妹妹,终于芳心萌动了。为了妹妹这份动心,他让吏部给王维安排了一个清贵的职位——太乐丞。

他不能确定这是否是王维想要的安排,但他可以确定,王维十分胜任太乐丞。

因为,他上任没多久就出色完成了他交代的重任——完善编排《霓裳羽衣曲》。

当他听了完善后的《霓裳羽衣曲》,当面不说什么,但心里却不得不承认,王维确实是个音乐天才。

他通过刚柔、强弱、急缓、动静等变化,将原来的三十段改为三十六段,段和段之间的起承转合更显自然。增加了多种乐器,集深沉浑厚、清丽优雅、俏丽明朗等多种风格于一体,使歌、舞、曲完美融合在了一起,更显大唐的雍容华贵和大气磅礴。

王维的音乐天赋就这样一点一点显现了出来。后来,他还听说了王维在岐王府宴会上看画辨音的美谈。朝野上下,无不对王维的音乐才华交相赞叹。

然而,这个才气过人的人,偏偏傲气也太过了些。此后发生的两件事,让他对王维颇为不满。

一是王维和岐王过从甚密。王维尚未入朝为官时，就常在岐王府里走动，常说岐王待他有知遇之恩。岐王识才爱才，且有文韬武略。即便他再韬光养晦，身上也自有一种光芒。王维和岐王过从甚密，这意味着什么？

二是王维拒绝了玉真公主。从玉真公主向他开口推荐王维任太乐丞起，他就明白，妹妹已经对王维动了心，希望王维能成为他的近臣，让他多提携眷顾。妹妹有了意中人，愿意重回红尘，他很是替她高兴。不料，一个多月后，妹妹竟离开长安，去了骊山别馆。妹妹离开不久，王维便向太常卿告假，说是重阳节要回老家迎娶民女崔氏为妻。这其中的原委，不就显而易见了吗？

他真是替妹妹不值。小小王维，为了区区民女，竟然敢拂了堂堂公主的意！王维眼里还有他这位大唐天子吗？

因此，纵然王维再有才气，因为他这份傲气和狂妄，便绝不再是一个"妥当人"！

似乎一切都是命中注定，中秋节前，竟鬼使神差地发生了"黄狮子舞事件"。那么，就顺水推舟吧。不是他不爱才，而是王维太自以为是了些！这样的人，是该挫挫他的傲气了……

见李隆基迟迟没有作声，李龟年心知定是说了不该说的话，心里一阵惶恐，只好低头不语。

良久后，李隆基才轻轻叹了口气，漫不经心道："龟年，今日你也乏了，朕也不多留你了，改日再宣你入宫罢。"

听到圣上发话，李龟年如释重负，赶紧躬身退下。看来，"黄狮子舞事件"在圣上心里留下的阴影，还远远没有过去。

当李龟年希望好友能早日重返长安时，王维心里却只有一件事，那就是，希望璎珞和腹中的孩子平平安安。

当济州城内的菊花次第绽放，窗前篱下片片金黄时，璎珞的害喜终于过去了。王维的担忧顿时一扫而光，剑眉朗目间又恢复了昔日的舒展清朗。

璎珞曾答应王维，等菊花盛开时，她要为他酿一坛上好的菊花酒。眼下正是酿菊花酒的最佳时节。

这日，璎珞决定着手酿酒。菊花酒并不复杂，只需采下菊花，与糯米、酒曲搅拌在一起，在酒坛中封上一年便可饮用。但璎珞想着如果添加一些其他配料，口感是否会更好些？

说来也巧，这天，她替王维整理书房时，刚好看到了南朝才子宗懔写的《荆楚岁时记》，便随手看了起来。

当璎珞翻到重阳节时，刚好有对菊花酒的描述："用甘菊花煎汁，用曲、米酿酒或加地黄、当归、枸杞诸药，其效更佳。"

璎珞心中欢喜，忙让小蝶去药铺采购了上好的地黄、当归、枸杞等配料，清洗干净，和菊花、糯米、酒曲搅拌充分，封进坛子……

"夫人，阿郎每回出门前，都嘱咐你不要累着。你忙了一日，待会阿郎回来了，又该心疼了。"小蝶扶璎珞坐在榻上，替她轻轻捶起腰来。

"没事，我哪有那样娇贵了？不过，待会他回来了，咱们还是不说为妙。"璎珞一手扶腰，一手摸了摸日益隆起的腹部，莞尔一笑。

自她怀孕以来，原本一向处变不惊的王维，却再也淡定不起来。一会儿忧心她吃不下东西，一会儿忧心她肚子不够大，一会儿忧心她小腿有些浮肿，常叮嘱她多吃少动，安心养胎。

"夫人，不怪阿郎唠叨，你也实在太操心了些。别的不说，就为了酿这菊花酒，你在书房一待就是半天。阿郎说了，看书最是劳神呢。"小蝶说的倒是实话，自打成亲以来，但凡和王维有关的事，她从来都是亲力亲为，尤其是吃穿用度，从来不肯少操半分心。

璎珞笑而不答，想了一想，才对小蝶说："这世上，如果有一个人值得你为他操心，便是世间莫大的幸福。"

说话间，王维步履匆匆地回来了。一进屋，就先看了看璎珞气色，一迭声问："午膳吃了什么？午后可曾休息？"小蝶忙识趣地退下，去厨下准备晚膳。

璎珞笑着拉王维在身边坐下，含笑道："今日我用《荆楚岁时记》里的方子，让小蝶酿了一坛菊花酒，想来定是好喝的。"

"哈哈，宗懔如果知道他的书被佳人活学活用，心中定是欣慰。对了，明日是重阳节，我在家好好陪你。你想吃什么？我做给你吃。"

"我想吃枸杞菊花糕。"璎珞看着王维，一脸俏皮道。

王维笑着揽过璎珞："好，这有何难？我明日便弄给你吃，便是不会弄，也可像娘子那样，去查古籍不是？"

璎珞刚想点头称好，但转念一想，重阳节本应登高望远，如果在家歇着，岂不辜负了这大好秋色？于是，她在王维怀里蹭了蹭，撒娇道："明日我想去爬山，看层林尽染，红枫遍野，可好？"

璎珞以为王维会像平日一样"连哄带骗"地婉言拒绝，不料，这一回，他倒是点头同意了："你若想去，我陪你去便是，只是不能累着。"

璎珞有些奇怪地抬眼看他，王维刚好也低下头来，明亮的眸子里都是笑意，一字一句道："明儿是什么日子？你说什么，便是什么。"

是了，明日不仅是重阳节，更是他们成亲的日子。不知不觉中，他们成亲一年了！

璎珞心头一阵甜蜜，靠在王维肩头笑道："说起来，咱们和重阳节真是有缘。旁的不说，你的《九月九日忆山东兄弟》，也算是咱们的良媒不是？"

王维轻抚璎珞的手臂，点头笑道："是的，《易经》把九定为阳数，九月初九，两九相重，故曰'重阳'，有天长地久之意。和你在一起后，无论身在何方，我都不再有'独在异乡为异客'的孤独了。"

璎珞心中一暖，在王维怀里点了点头，呢喃道："我也是。"

"对了，我有样东西要给你。"王维似乎想起了什么，起身向书房走去。

璎珞心中一阵好奇，他最近似乎格外忙碌，每日用罢晚膳，总让她先去安歇，他则一头扎进书房，常常忙到三更才肯罢休。每回问他在忙什么，他总是笑而不语，说过几日自然会告诉她……

正百思不得其解时，王维走到她面前，从青色袖袍中取出一个精致的小木匣，递到璎珞手中。

璎珞看了王维一眼，低头打开木匣，原来是两枚用上好玉石雕刻的印章。

璎珞拿起其中一枚，只见上面用朱文刻了"执子之手"四字，再拿起另一枚，则用白文刻了"与子偕老"四字，用的都是王维擅长的隶书，浑厚庄重，古朴雅致。

"执子之手，与子偕老。"璎珞情不自禁地轻声念了两遍，只觉得简简单单八个字里，竟是无限深情、无限缠绵。

王维双手扶住璎珞的肩膀，柔声道："璎珞，你曾说《诗经》三百篇中，最爱这句'执子之手，与子偕老'。只是为夫很久不曾刻过印章，难免有些手生，不知你可喜欢？"

璎珞看着王维，明亮的双眸里仿佛盛满了秋日的飒朗阳光，嫣然笑道："摩诘，我很喜欢。"

"这是一对夫妻印章，你存一枚，我存一枚，将来看到这两个印章，自然便知是你我了。"

"好，我选'与子偕老'。"璎珞拿起刻着"与子偕老"的印章，想着将来给王维写信时可以盖上这枚印章，不禁会心一笑。

"好，那我便存'执子之手'。"说着，王维将璎珞从榻上轻轻扶起，携了她的手，踱到窗边，并肩眺望远方。

此时，秋阳不骄不烈，秋风裹挟着淡雅的菊花香味，从支起的窗棂间徐徐吹了进来。

璎珞的长发拂到王维脸上，痒痒的，柔柔的，王维心中一阵温暖。

再过几个月,他们的孩子就要来到人间。今后,他们还会有第二个、第三个孩子……很多年后,当他和璎珞儿孙满堂时,想起722年的这个重阳节,是否会有白驹过隙、弹指刹那的感慨?

再长的岁月,一旦成了回忆,便都成了一瞬。与其将来后悔蹉跎岁月,不如过好当下的每一天。

这样想着,日间收到李龟年来信时从心头掠过的失意和惆怅,似乎也就烟消云散了。身逢盛世,顺势而为,不强求,不妄念,这样的人生,不正是他和璎珞共同憧憬的"执子之手,与子偕老"吗?

想明白了这些,其他那些所谓"重要"的事,都可以一笑而过、轻轻放下了。

第三十五章 璎珞临盆 险象环生

722年冬天,岁暮天寒,似乎格外漫长。因璎珞有孕在身,不便远行,王维便陪璎珞在济州过年。

在他们对新生命的憧憬和期待中,723年春天悄然而至。春风吹过丘陵山冈,原本枯黄的大地,仿佛一夜之间便花红柳绿起来。远望时浮花浪蕊,漫步时马蹄生香,端的是太平盛世里的无限春光。

或许因为璎珞腹中正孕育着新生命,在王维眼里,这个春天处处孕育着生机。旁的不说,光是那漫山遍野急着破土而出的小草,就藏着无穷无尽的生命力。

不过,随着璎珞临盆的日子渐渐临近,王维除了期待和喜悦,更有一种不可名状的忐忑和不安。

这是璎珞第一次分娩,不知能否顺顺利利、平平安安生下胎儿?

当王维请方郎中来看过璎珞后,他的这份忐忑,瞬间就变成了担忧。

方郎中为璎珞把了脉,再看了璎珞舌苔,问了她近期饮食、睡眠等诸多细节后,不觉皱了皱眉,但并未多说什么,只是低头开了一个方子,让王维按方子抓药,每日煎了给璎珞服用。

王维心中一沉,明白方郎中是不愿当着璎珞的面说,便借送客之名,和方郎中一起步出院外。

待四周无人时,方郎中向王维低声道:"王大人,夫人身子消瘦,唇舌淡白,少气乏力,不耐劳累。据某判断,似有气血两虚、子逆难产之兆。不过,此事大人心里明白即可,不必告诉夫人,以免夫人忧心劳神。"

气血两虚、子逆难产?这一惊非同小可。对古代产妇来说,生孩子好比去鬼门关走一趟。王维再也顾不了太多,一把握住方郎中的手,声音急切道:"拙荆先前胎位还好好的,不知如今因何所致?不知先生可有良策?又有几分把握?一切有劳先生了。"

"王大人不必多礼,这是为人医者应尽的本分。据某看来,夫人体质虚弱,气血不足,故无力转位。某方才开的方子,最是补气养血,可以帮助产妇转胎。请夫人先吃上三日,三日后,某再来为夫人诊脉。"

王维连声道谢,目送方郎中走远后,才深深叹了口气。

自打璎珞怀孕以来,他最担心的就是璎珞的身子。眼见快要临盆了,胎儿竟在璎珞腹中打转,这可如何是好!

王维只觉得双腿像灌了铅一般,沉得迈不开步,良久才压下心中纷乱的情绪,朝屋内走去。

走进屋内时,他脸上已恢复一贯的沉稳笃定,一边吩咐小蝶去药房抓药,一边握住璎珞的手,嘴角含笑道:"璎珞,生孩子是个体力活,方郎中说你身子弱,特地开了一个补气养血的方子,好叫你有足够的力气生孩子,而且,还可以生得快些!"

璎珞忍不住"扑哧"一声笑了出来:"难不成生到一半,没力气了便不生了?"

不知为何,璎珞这句无心的玩笑话,落在王维耳中,却有一种异样的刺痛感。刺痛之后,便是一种无力感,仿佛一松手就会失去璎珞似的。这样想着,握住璎珞的手便不自觉地紧了紧。

"摩诘,怎么了?"见王维忽然默然不语,璎珞心里一怔,不解道。

王维"哦"了一声,虽然嘴角依然含笑,但眉头却有些微蹙:"没什么,只是方才想起,该给你准备一些上好的参片,让你分娩时含在嘴里,一直有力气才好!"

璎珞笑着抚上王维的额头,试图抚平他眉间的"川"字,柔声说:"好,你也莫忧心了,都听你的,还不成吗?"

王维抬起手来,将自己温热的手掌轻轻覆盖在她微凉的手指上,看着她柔情似水的双眸,点了点头:"璎珞,辛苦你了。"

"你看你,又说傻话了,生儿育女,不是最平常不过的事吗?摩诘,为你生儿育女,我很欢喜。"璎珞靠在他肩头柔声道。

他轻轻抚摸璎珞硕大的腹部，在心中默默发愿："璎珞，你放心，无论发生什么事，我们一起面对，我一定护你周全。"

距离璎珞临盆还有十多日时，奉崔父崔母之命，福嫂也特地从定州赶来，和小蝶一起照顾璎珞。

王维请方郎中每隔三日来为璎珞把一次脉，方郎中说，胎位虽然有所好转，但并不稳定，要看分娩时的造化了。

王维心里担心，但面上却从不流露一分，找了济州城内最好的稳婆，随时待命。

或许因为身子过于笨重，加上胎儿似乎不停在动，越是临近分娩，璎珞越觉得胸闷气短，尤其到了夜间，更是辗转反侧，无法入眠。

每当此时，王维就默默将她揽进怀里，让她枕在他的臂弯，像哄孩子一样，轻轻抚摸她的后背，好让她容易入睡一些。

即使璎珞睡着了，王维也不敢熟睡。她略一翻身，他便会一骨碌坐起来，恨不得立刻去找稳婆。

璎珞不由打趣他道："摩诘，如果孩儿再不出来，我倒是没什么，只怕你要为我瘦一圈了。"

但孩子偏偏不着急，眼见着比临盆的日子过了三日，璎珞的肚子却依然没有动静。福嫂到底是过来人，天天扶着璎珞在院中散步，好让胎儿早日入盆。

这晚，距离临盆的日子已经过了六日，看着透过窗棂洒落一地的月光，璎珞依然毫无睡意，只好在心里默默数羊，来来回回不知数了多少遍，却依然很是清醒。

忽然，一阵微弱的坠痛感从腹部隐隐传来，但瞬间又消失了。璎珞心头一惊，莫非孩子要出来了？但又怕自己感觉错了，便一动不动地躺在床上，静静感受身体的变化。

当腹部的坠痛感再次准确无误地向她袭来时，璎珞心里竟有一种如释重负的喜悦——他们心心念念盼了这么久的孩子，终于要来了！

她忙推了推身边的王维："摩诘，我大概是要生了。"

在这万籁俱寂的夜晚，她的声音分外清晰。

璎珞话音刚落，王维就"腾"的一下坐了起来，先握住璎珞的手急急问道："疼吗？"不待璎珞回答，便条件反射一般，跳起来冲出门外，连喊几声"快去叫稳婆"。

小蝶应声而去，福嫂跑了进来，王维忙冲回床边扶住璎珞："璎珞？是不是很疼？"

那来自腹部的坠痛感，先是若有若无，有一阵没一阵，随即越来越清晰，越来越频繁，并从腹部迅速蔓延开来。

为了不让王维担心，她忍住疼痛，摇了摇头，用手指了指门外："摩诘，抱我去产阁。"

"好，咱们这便过去。"璎珞只觉得身子一轻，就被他稳稳地抱了起来，往早就准备好的产阁走去。

她紧紧搂住王维的脖子，将头靠在王维胸口。王维有力的心跳声似乎是她最好的止痛剂，在坠痛感暂停的间隙，她深吸了口气，靠在王维耳畔说："摩诘，我会尽力的。"

王维抱着璎珞的手似乎颤了一下，但脚下却越走越快，低头看了璎珞一眼："璎珞，我会一直守着你！"

刚将璎珞放在产阁的便榻上，稳婆也赶到了。王维俯下身子，在璎珞耳畔说："璎珞，你莫怕，一切都有我在。"

璎珞咬紧嘴唇，点了点头。屋内似乎到处都是急促的脚步声，不时响起稳婆招呼人拿热水、拿葛巾、拿剪刀的声音，有人端着热水进进出出……

一阵人影晃动后，一张帘子悄然落了下来。那个今生最亲密的人，便被挡在了帘外。

有些痛，注定只能一个人承受，即便是生命中最亲密的人，也无法替你分担。

此时此刻，躺在产阁内的璎珞，正在经受这样的痛苦。

和寻常的疼痛相比，分娩的痛是一种撕心裂肺的痛。随着时间的推移，来自腹部的坠痛感越来越频繁、越来越持久，渐渐让人无法呼吸，无法思考，大颗大颗汗珠从额上滚落下来……

当坠痛感排山倒海袭来时，仿佛一把利刃在腹内来回搅动，又像骨头被一根一根折断，璎珞痛得想叫出声来，但一想到被稳婆挡在帘外的王维，到底还是将痛苦的呻吟压在了嗓子眼里。

她拼命咬住嘴唇，不知过了多久，只觉得满嘴都是血腥味，混杂着额上不断淌下的汗水，又咸又腥。在疼痛和疼痛的间隙，她在心底乞求："孩子，你快出来吧，阿娘快要撑不住了……"

正当璎珞感觉筋疲力尽时，稳婆往她嘴里送了两片人参，一边替她按揉肚子，一边安慰她："夫人，这是阿郎准备的上好参片，让你含在嘴里。阿郎说，你疼的时候千万不要强忍着，要喊出来。阿郎还说，让你不要害怕，他一直在屋外候着。夫人真当好福气，你家阿郎是我见过的最疼妻子的男人……"

稳婆"阿郎长、阿郎短"地絮絮说了下去，璎珞不由在心里叹了口气，这个男人，不仅心细如发，还料事如神。他不是早就说分娩是一件体力活吗？她当时不以为然，可如今，不是被他说中了吗？他准备的参片果然派上用场了……

不容璎珞多想，那撕心裂肺的坠痛感再次铺天盖地席卷而来。璎珞汗水淋漓，脸色苍白，痛得呻吟了起来。虽然声音不高，但那压抑的痛苦，却让周围的人都悄悄捏了一把冷汗。

福嫂忙不迭地替璎珞拭去额头上不断涌出的汗珠，稳婆则不时看看宫口，沉声安慰道："夫人，不要怕，你再加把劲！"

在这样水深火热的痛苦煎熬中，璎珞别无选择，只能按稳婆说的去做，除了用力加把劲，还是用力加把劲……

时间漫长得可以用秒来计算，每一秒，都是煎熬。

不知过了多久，耳边突然传来稳婆有些紧张却又强作镇定的声音："娘子，胎儿似乎有些横着，你忍着点，我帮你顺顺。"

胎儿横着？不待璎珞反应过来，稳婆的手就一下一下重重按了下来。刹那间，方才那一把利刃似乎变成了无数利刃，一起在她身体深处来回搅动，并似乎将没完没了地一直持续下去……

她痛得她真想弃了这具身体，就像战场上的逃兵一样，丢盔弃甲，落荒而逃！渐渐的，她似乎只能无声地喘息，眼前一阵阵发黑，胸口喘不过气来，全身禁不住颤抖起来……

忽然，一根银针不知在何处狠狠扎了下来，让她痛得一个激灵，似乎将她从混沌的边缘又拉了回来！

她突然想到了今生那张最亲密的脸！

她要见他，她怕再一犹豫，便没有机会再见到他了！

于是，不知从哪里迸发出来的力气，她突然睁开双眸，对着屋外大声呼唤："摩诘……"

话音刚落，产阁的门被"呼啦"一声推开，王维再也顾不得"男人不能入产阁"的禁忌，掀起帘子，冲到璎珞床边，紧紧握住璎珞的手，大声回应道："璎珞，我在这里！我早该进来陪你的，我就在这里！"

这笃定有力的声音让璎珞为之一振。她费力睁开眼睛，看着眼前这张写满了疼惜的脸，视线便渐渐有些模糊起来。虽然分开没有多久，但不知为何，她方才分明觉得，她似乎快要离他而去了……

这样想着，便忍不住鼻子一酸，眼泪顺着脸颊落在王维掌心："摩诘，我怕我要撑不住了……"

不待璎珞说下去，王维便俯下身子，将璎珞紧紧搂在怀里，在她耳畔一字一句道："璎珞，我不许你说傻话。等孩儿出来了，我定要替你问问他，如此折磨阿娘，所为何来？"

一股强大的爱意涌上心头，是啊，等孩儿出来了，他一定是全天下最好的阿爷，而她，也一定是全天下最幸福的阿娘。因为，这个阿爷总是时时处处替这个阿娘说话。

正这样悲喜交加时，屋内忽然响起稳婆惊喜的声音："夫人，胎儿转好了，终于转好了！阿郎，你赶紧起来吧。夫人，咱们再加把劲就成！"

王维环住璎珞的手微微颤了一下，在起身离开之前，辗转吻上了璎珞的眉心："璎珞，咱们一起再加把劲！我会一直陪着你，而你，也一定要陪着我！"

一时之间，她辨不出他声音里的情绪，只觉得他的双唇有些冰凉，只知道自己必须努力憋住这口气，按稳婆说的那样，加把劲，再加把劲……就像她当初答应他的那样，她必须尽力，必须坚持，必须让他们的孩子顺顺利利来到人间！

仿佛是两三个呼吸之间，仿佛咬牙用了三四次力气后，一声婴儿的啼哭恰如一声春雷响彻大地，伴随这声春雷的，是稳婆如释重负的欢呼声："出来了，出来了！恭喜阿郎，恭喜夫人，是个好标致的女娃娃！"

璎珞心头一松，突然觉得全身像散了架似的，再没有一丝多余的力气。来不及惊喜和感叹，便觉得眼前的一切都在天旋地转，自己似乎正坠入一个深不可测的深渊，她依稀听到的最后一句话是："璎珞，谢谢你陪我到底！"

似乎一口气把这一辈子的觉都一起睡了，当璎珞重新睁开眼睛时，竟有一种恍如隔世之感。

或许是睡得太久了些，睁开眼的一刹那，眼睛竟有些被刺痛的感觉，不由微微眯了起来。明媚的阳光透过窗棂洒落屋中，似乎将整个春天都带到了她的身边。

窗外，如火如荼的石榴花已然盛开，云蒸霞蔚，甚是好看。

璎珞长长地舒了口气，收回视线，看到了和衣躺在身边的王维。他显然睡得很沉，鼻息稳定均匀。璎珞怔怔地看着他，竟然有种久别重逢之感。

他显然消瘦了一圈，眼睛下面平添了一道淡淡的青痕。不过，他的额头依然饱满，鼻梁依然挺直，嘴角依然微微翘起，似乎永远都带着暖人心脾的微笑。

她一时看得怔了，眼前浮现那个在长安酒肆第一次偶遇他时的情景。

那一年，他十八岁，她十四岁。如今，他二十三岁，她十九岁。虽然只有短短五年时光，但她却觉得已经和他在一起很久、很久，因为他俩一起经历了很多、很多……

这样想着、想着，便情不自禁地伸出手去，轻轻抚上了他的脸。他顿时一个激灵，"腾"地起身，脱口而出道："璎珞，我在这里！"

"摩诘，我没事了。"璎珞柔声道。

王维目不转睛地看着她，片刻后才长长舒了口气，揉了揉她的头发："璎珞，你可真会睡呐……"

"我睡了多久？"璎珞一脸发懵。

王维俯下身来，吻了吻她的脸颊，理了理她略微汗湿的鬓发，含笑道："你已经睡了一天一夜。没事，你只管好好睡着，我会一直守着你。"

"一天一夜？这一天一夜里，他就一直这样衣不解带地守着我吗？"璎珞恍然想起，就在刚刚经历的那场生死考验中，在她觉得自己快要撑不下去时，正是眼前这个男子，给了她生的意念和希望，所以才会在千钧一发之际脱口喊出他的名字。

这样想着、想着，眼泪便再也控制不住地涌了出来，王维将她紧紧搂进怀里，在她耳畔低笑道："咱家璎珞，果然是一个君子。"

她吸了吸鼻子："什么君子？"

"君子一言，驷马难追。你答应过我的，你都做到了。你知道吗？连稳婆也夸你心志够坚！"王维轻轻拭去璎珞眼角的泪痕，眼神里是浓得化不开的疼惜和深情。

是的，她答应过他，要为他尽力，要为他坚持，要陪他一起慢慢变老，成为他的"浣纱媪"……

在他深情的目光里，那些刚刚经历过的痛，似乎都已消失得无影无踪。为了他，所有疼痛都是值得的，甚至就连那些疼痛本身，何尝不是另一种幸福？

对了，孩子在哪里？璎珞恍然想起，她在昏睡前听到稳婆说"是个好标致的女娃娃"，"摩诘，孩子好吗？"璎珞支起身子，想起身去看孩子。

不料，就在她支起身子的一刹那，小腹深处立传来一阵撕心裂肺的痛，她不禁捂着小腹，"哎哟"了一声。

王维忙扶她重新躺下："璎珞，稳婆说你分娩时伤了身子，眼下不能随意动弹。你放心，孩子很好，这会儿睡得正香呢。你身上疼不疼？想不想吃点东西？"

听说女儿安好，璎珞一颗心终于落了地，这才觉得嗓子有些发干，乖乖地点了点头"我想喝水。"

王维忙倒了一杯热腾腾的红糖水，先自己喝了一口，确定不烫嘴了，才小心翼翼地扶起璎珞，让璎珞就在他手里慢慢喝了几口。

璎珞这才觉得嗓子舒缓了些，但似乎浑身酸乏，又乖乖躺了下来。

王维掖好璎珞的被子，走到门外，吩咐了福嫂几句后，又回到床边，在璎珞身侧躺下，一手撑住额头，一手替璎珞轻揉腹部，絮絮说道："璎珞，这次真是难为你了。稳婆说，一则头胎本就不易，二则胎位有些不顺，三则你的骨盆较常人小些，所以才会生得如此艰难。稳婆还说，你伤口撕裂得有些厉害，须在床上好好静养一段时日才好……璎珞，咱们有莲儿就够了，我不想你再遭这样的罪。"

第三十五章 璎珞临盆 险象环生

说到最后一句时，王维顿了顿，言语间似有一种难以言说的复杂情绪。

"摩诘，你是不是早就知道我胎位不好，所以一直为我担心？"璎珞不由想起她怀孕时他说的那些话，柔声问道。

王维先是怔了怔，随即低头凝视着璎珞："璎珞，这是你第一次怀孕，本就十分辛苦。你安安心心养好身子，就比什么都强，我何必说出来让你平添烦恼？"

想到自她怀孕以来他的种种担忧，想到这一个多月来他独自默默承受的压力，尤其是当她命悬一线时，为了让她不害怕、不放弃，他还要故作轻松地安慰她。转眼之间，他自己却消瘦憔悴了一圈。那份煎熬，她怎会不知？

璎珞不由一阵心疼，伸手轻抚王维的脸。王维微微一笑，用掌心覆住了她的手指，将她的手指缓缓移到唇边，轻轻吻了一吻。

璎珞低头一笑，伸手环住他的腰，在他怀里柔声道："怀胎十月，一朝分娩，本就是世间女子都会经历的平常事，哪怕生得艰难些，最后不都好好的吗？摩诘，我没事，将来，我还要为你生第二个、第三个孩子……"他的身上，永远都有一缕清淡悠远的气息，她深深地吸了口气，只觉得此时此刻，岁月静好，红尘无忧。

王维将她揽得更紧了些，耳边响起了稳婆和他说的那番话。

昨天，安顿好璎珞后，稳婆来找他，似乎有些难以启齿道："阿郎，夫人此次分娩，情形着实凶险，幸亏夫人心志坚定，福大命大，总算母女平安。不过，夫人胎位不正，强行挪位后，到底伤了元气，夫人将来恐怕、恐怕很难再怀上孩子了，哪怕怀上了，也禁不起这样的折腾……"

听稳婆说完这番话时，王维心底竟是一片平静。只要母女平安，旁的事情，又有什么打紧？莫说如今他们已经有了莲儿，就算此生没有子嗣又如何呢？即便璎珞还能怀孕，他也不愿让璎珞再去冒这个险了……

正当两人相拥无言时，门外传来一阵叩门声。王维忙起身开门，只见福嫂抱着孩子走了进来，笑呵呵道："恭喜夫人身上大安了，阿郎让我把莲儿抱来给夫人看看。莲儿当真乖极了，吃饱了便睡，睡醒了便吃，晚上也不闹腾，过不了几日，定然养得白白胖胖。夫人你瞧，莲儿的相貌真是标致，像是画出来的一样，叫人越看越是欢喜……"福嫂一口气说了下去，欢喜之情溢于言表。

璎珞心头顿时母爱泛滥，一时忘了腹部的疼痛，强撑着支起身子，想从福嫂手中抱过莲儿。王维忙走到璎珞身边，从福嫂手中接过莲儿，送到璎珞面前。

璎珞轻轻拨开莲儿的襁褓，只见她睡得正香，虽然闭着眼睛，却可以看出眼线极长。只是瘦小了些，略微发红的脸蛋似乎比拳头大不了多少，看着便让人心疼。

王维看着莲儿，呵呵笑道："莲儿这般惹人怜爱，我这个做阿爷的，倒是不好意思问她为何如此为难阿娘咯。"

璎珞哑然失笑，没好气地看了他一眼："莲儿脑门开阔，倒是像你，但愿也能像你这般好性子才好。"

说笑间，小蝶也捧着一摞食盒走了进来，熟稔地帮璎珞净了手面，梳好头发。福嫂将热气腾腾的小米粥、鸡蛋羹、枣泥糕、鲫鱼汤一一摆放在璎珞床前的案几上，笑道："夫人，这些都是阿郎交代的，最适宜产妇吃了。"

正当福嫂端起小米粥想喂璎珞时，王维忙从福嫂手中接过碗来："福嫂，我来吧。"福嫂、小蝶相视一笑，抱着莲儿退出屋外。

"小米粥是用文火熬的，最是养人。"王维轻轻吹了口气，送到璎珞唇边，璎珞乖乖喝了一口，果然米香浓郁。看来，布衣暖，菜根香，最简单的滋味，才是最好的滋味。

王维哄她每样都尝了一些，待她吃下小半碗小米粥、小半碗鲫鱼汤、几口鸡蛋羹后，满意地点了点头："璎珞，如今你和莲儿一样，只需吃饱了睡，睡醒了吃。旁的事情，交给我就好。"

"唔，你不怕把我养成一个葫芦头吗？"璎珞抿嘴一笑，用手在空中比画了一个葫芦头。

王维放下鸡蛋羹，摸了摸璎珞瘦削白皙的手腕，笑道："固所愿也，不敢奢望尔。"停顿片刻，忽然想到了什么似的，一脸认真道，"你方才提到葫芦头，倒是提醒了我。葫芦头是孙真人想出的方子，吃了益气补身。食药本就同源，我这便去翻翻孙真人的《千金要方》，让福嫂给你做一些养生的膳食出来。把你身子调养好，才是头等大事。"

"阿弥陀佛。"璎珞在心里替福嫂叹了口气。看来，接下去的日子，福嫂任重而道远。

第三十六章　喜得爱女　千里琵琶

王维喜得爱女的消息，辗转传到了玉真公主耳中。

此时，她刚从王屋山回到长安。她此番回来，和妹妹霍国公主有关。

霍国公主出生于702年，比玉真公主小十岁。719年，由李隆基做主，嫁给了河东裴氏子弟裴虚己。婚后，夫妻俩举案齐眉、感情甚笃。

裴虚己本就家世显赫，娶了霍国公主后，更是官拜驸马都尉、光禄少卿。

可惜裴虚己虽然身处官场，但却不懂政治。他经常出入岐王府中，有一次喝多了，还和岐王聊起了谶纬之学，严重违背了李隆基规定的"王公贵戚不得与外人结交"的规矩。

李隆基为之大怒，他认为，历朝历代，诸王谋反，有时不是诸王本人有异心，而是受身边人的挑唆蛊惑。

720年10月，李隆基以"居心叵测，图谋不轨"之罪，将裴虚己流放岭南新州。

可怜新婚不到一年的霍国公主，就这样和裴虚己劳燕分飞、天各一方。

不过，李隆基对岐王倒是亲密如故，还有意无意地对大臣们说："我们兄弟之间本来没有隔阂，只怪有些阿谀小人趋炎附势，但朕决不会为此责怪自己的兄弟。"

紧接着，721年初秋发生了"黄狮子舞"事件。这次，不仅刘知几、刘贶、王维等人被贬，岐王也受到牵连，贬谪华州。

已流放岭南一年的裴虚己，听到这个消息后越发灰了心。他知道，要想重返京城，已是遥遥无期。

霍国公主一直惦记着裴虚己，她多次恳求皇兄看在手足之情的份上，让裴虚己重返长安，但被皇兄凛然拒绝了。

722年春天，岐王痛失爱子李瑾，裴虚己得知后，便赶赴华州吊唁，安慰岐王。此事又被李隆基知道了，他不动声色地召霍国公主入宫，命令她必须与裴虚己离婚。

这对霍国公主来说无疑是晴天霹雳。原本一心一意要等裴虚己回来的她，如今却连这个资格都没有了。最终，她被迫同意离婚。

远在岭南的裴虚己，得知公主和他离婚的消息后，愈加心如死灰。723年春天，身心俱疲的他，在岭南身染重疾，不治而亡。

噩耗传来，霍国公主悲痛欲死。她既痛恨自己的懦弱，又怨怼皇兄的无情，是他活活将裴虚己逼上了绝路。但李隆基只是淡淡地说了一句："你还年轻，随时都可以改嫁，皇兄自会替你安排。"

她的心，一点一点凉透了。看透世态炎凉的她，决定仿效玉真公主，出家为道，从此青灯残卷，了此余生。

得知霍国公主的悲惨遭遇后，玉真公主也是一声叹息。在外人看来，身为公主，一生都有享不尽的荣华富贵。其实，只有她们自己知道，从她们出生那一天起，就注定只是皇家的一颗棋子。对于一颗棋子来说，命运从来都不掌握在自己手中，也没有人会真正关心一颗棋子的喜怒哀乐。

于是，玉真公主辞别司马承祯，星夜兼程赶回了长安。

即使无力改变妹妹的命运，但至少让她知道，还是有人疼惜她的。

姊妹重逢，想到各自的人生遭遇，不禁唏嘘落泪。

"妹妹，司马道长说，生命是一场修行，修行的第一步，是信敬，第二步，是断缘。妹妹，你确定已经断缘了吗？"玉真公主叹了口气，嘴角浮现一丝苦笑。

"断缘？"霍国公主眼神空茫地看着远方，"姊姊，如果我已对红尘了无牵挂，但心里却忘不了他，算是断缘吗？"

霍国公主这句话，让玉真公主的心也深深刺痛了。霍国公主的这个问题，她无法回答。因为，她何尝不也是如此？

她无言以对，替霍国公主轻轻拭去眼角泪痕："妹妹，如果你还会为他流泪，那么，你和他的缘分还没有断。人死不能复生，从今天起，你为他好好祈福吧，这是生者唯一能为死者做的了。"

听说玉真公主回到了长安，曾经出入玉真观的文人雅士们又陆续登门拜访。

这日，李龟年登门拜访，玉真公主不由想起了721年听他弹奏《相思》和《息夫人》，在他的歌声里听懂了王维百转千回的心事……

不知不觉，竟然已经过去两年了。两年时光，既白驹过隙，又漫长久远。

"龟年，眼下春回大地，万物复苏，你且挑几首清新活泼的曲子，我和妹妹听上一听。"连日来，霍国公主一直沉默不语。为了宽慰妹妹，玉真公主向李龟年提议道。

李龟年低头想了一想，颔首微笑道："真是巧了，龟年最近刚谱了王参军的一首诗，名为《春中田园作》，不妨请两位公主听上一听？"

说着，他拨动手中琴弦，婉转悠扬地唱了起来："屋上春鸠鸣，村边杏花白。持斧伐远扬，荷锄觇泉脉。归燕识故巢，旧人看新历。临觞忽不御，惆怅远行客。"

当李龟年说这是王维写的诗时，玉真公主的心便提了起来。去年济源一别，不知不觉又过去了一年。

"诗中有画，画中有诗，这份意境，非常人可及……"听李龟年唱罢，玉真公主不由点头叹道。

"公主所言极是。王参军的诗，最适合谱曲演唱。对了，龟年听说，他刚喜得爱女，龟年正想谱首新曲给他道贺。"

李龟年去年秋天故意向李隆基提到王维，不料却被李隆基按下不提，李龟年一直替王维可惜。此番玉真公主归来，他知道玉真公主对王维有提携之恩，便在玉真公主面前有意提到了王维。如果她能帮王维到李隆基面前美言几句，或许王维的回京之路还有转机……

果然，玉真公主似乎愣了一愣，稍稍直起身子："不知王参军何时喜得爱女？"

"好像是今年4月的事了，听说他为爱女取了一个好听的名字——王田田。"

王田田？今年4月出生？那崔氏应该是去年夏天怀上的孩子？如此说来，当是他们在岐王府偶遇之后不久的事……玉真公主不由幽幽想了下去。

接下去，李龟年又陆陆续续弹奏了其他一些曲子，但玉真公主似乎恍若未闻，心里只想着一件事，既然他喜得爱女，她也要送他一份贺礼……

正当玉真公主不知该送王维什么礼物时，有一个人主动送了她一份礼物，他就是安禄山。

安禄山703年出生于东北营州（今辽宁朝阳）。父亲是粟特人，姓康，母亲是突厥人，阿史德氏，是突厥族的一个巫师，以占卜为业。

阿史德氏婚后多年未能生育，便去轧荦山祈祷（突厥人尊轧荦山为战斗之神）。不久后，阿史德氏怀孕了，生下了一个男婴。为了感谢轧荦山，就给儿子取名为康轧荦山。

康轧荦山出生不久，父亲就病逝了。

710年，阿史德氏带着他改嫁给突厥将军安波注的哥哥安延偃。从此，康轧荦山改名为安禄山。安波注有个儿子，名叫安思顺，出生于695年，比安禄山大八岁。虽然没有血缘关系，但感情很是厚密。

713年，安延偃所在的突厥部落逐渐衰落，只好带领妻子阿史德氏、继子安禄山、侄子安思顺、安文贞以及同姓亲族安孝节等，离开营州，前往山西，投奔安孝节的弟弟、当时担任大唐河东道岚州别驾的安贞节。

不久，安思顺应募从军，来到唐朝和吐蕃长期对峙的陇右边防前线。

对于大唐来说，吐蕃一直是一个危险的存在。从唐高祖时起，大唐和吐蕃一直保持着长期作战状态。

为了防范吐蕃来袭，实现对西域的控制，大唐在河西、陇右、关中、西域等地都设立了边防。

714年7月，安思顺从军不久，吐蕃以十万之众公然侵犯大唐临洮、渭州、兰州等地，大肆抢掠大唐的牧监马匹等。

形势危急之时，李隆基任命初唐名将薛仁贵长子、当时已六十六岁高龄的老将薛讷担任陇右防御使，带兵出征。

薛讷宝刀不老，率领杜宾客、郭知运、王晙、王海宾、安思顺等一干骁勇善战者，奋力反击，大获全胜。

可惜的是，被委以重任担任先锋的王海宾，与敌方激战于渭州西界武阶驿时，因后方援救不力，最终寡不敌众，战死沙场。

战争结束后，薛讷十分自责，特向李隆基禀告此事。李隆基感念王海宾的忠心耿耿，追赠王海宾为左金吾卫大将军，并将他年仅九岁的儿子王训接入宫中，收为义子，赐名王忠嗣，在宫中抚养长大。

720年，薛讷病逝。721年10月，距离吐蕃大捷七年后，李隆基感念那次大捷带给大唐的边防安定，就诏命封赏薛讷、杜宾客、郭知运、安思顺等抗击吐蕃的有功将领，让他们继续守卫边防，保大唐太平。

作为当年战争的有功者，安思顺从右监门卫将军、临洮军使，被提拔为洮州（今甘肃临潭）刺史，兼莫门军军使。

消息传来，安家无不欢欣鼓舞，安禄山更是对安思顺崇拜得不得了。不过，安禄山并不愿意从军，他喜欢的是做生意。

开元年间，随着西域道路的畅通，各民族日益融合，边境贸易日益发达。安禄山从小就喜欢在互市厮混，他极富语言天赋，无师自通，精通突厥、鲜卑、粟特、匈奴、羯、氐、羌等六七种少数民族语言。加上他天生能说会道，就在互市当起了牙郎，专门替买卖双方翻译，促成买卖，赚取佣金。

除了喜欢做生意，安禄山还喜欢跳舞，尤其擅长胡旋舞。

别看他人长得五大三粗，但跳起舞来十分灵活。只要胡旋舞曲响起，他就仿佛换了个人似的，转圈时更是让人眼花缭乱。

723年春天，安禄山来洮州（今甘肃临潭）看望安思顺。听说安禄山擅长跳胡旋舞，安思顺就取过一把琵琶，递给安禄山道："这把琵琶是前年粟特人康待宾起兵叛唐时，我跟随朔方大总管王晙、陇右节度使郭知运讨伐敌军时，在敌方军营中缴获的。郭大人精通音律，曾搜集一批西域曲谱进献圣上。那个闻名遐迩的《凉州曲》，就是他进献的。很多诗人喜欢《凉州曲》，纷纷填写新词。其中，蓟门才子王之涣写的'春风不度玉门关'最好。"安思顺顿了顿，继续说了下去，"郭大人前年在军中病逝时，特地将这把琵琶交给我，让我送给擅弹琵琶之人。你帮我看看，这把琵琶音色如何？"

安禄山顿时对这把琵琶肃然起敬，忙双手接过琵琶，细细端详起来。这些年来，他在互市看过不少好琵琶，但都不及眼前这把琵琶精美。

这把琵琶通身用紫檀木雕刻而成，两面镶嵌着螺钿、玳瑁和宝像华文，更难得的是，琵琶顶部还镶有一块鹅卵石大小的极品羊脂玉，晶莹剔透，熠熠生辉。

安禄山轻轻拨动了一下拨子，便发出清越悠扬的声音，且余音绕梁。安禄山不由喷喷赞叹道："阿兄，禄山长这么大，还是第一次看见这样上乘的琵琶！"

安思顺点了点头："郭大人特地交代，要将此琵琶送给精通琵琶之人。我是一个粗人，琵琶留在我手上，也是白白暴殄了天物。你在互市见多识广，若是遇到精通琵琶之人，便是送他也使得。"

安禄山心头暗喜，这把琵琶如果拿到互市上去卖，一定可以卖个好价钱。这样想着，便向安思顺抱拳谢过，忙忙地收下了琵琶。

从洮州回到山西后，安禄山琢磨着，听说长安的达官贵人出手最是阔绰，要想把这把西域琵琶卖出天价，还需去一趟长安才好。主意既定后，他便向举世无双的长安城出发了。

这日，是723年七月初一，是长安的赶集日。晋昌坊大慈恩寺外面的整条大街上，来自五湖四海的各路商贾云集于此，所售之物除了日常所需的货品，更有平时难得一见的奇珍异宝。长安城内的男女老少，无不呼朋唤友，蜂拥而至。

为了让霍国公主散散心，这天，玉真公主也拉她一起来大慈恩寺走走看看。

大慈恩寺建于公元648年。当时，太子李治为了追念母亲长孙皇后的恩德，特地在曲江碧水之北、大明宫墙之南修建了慈恩寺。

大慈恩寺建成后，玄奘法师在这里主持寺务，领管佛经译场，创立了汉传佛教八大宗派之一的唯识宗。此后，大慈恩寺香火之旺，地位之高，让其他寺庙望尘莫及。

玉真公主和霍国公主乘坐的翟车在人声鼎沸的街头缓步前进，路边不时有人表演杂耍、剑器舞等，围观者人山人海。听着此起彼伏的叫卖声，看着琳琅满目的各色玩意，玉真公主低头思忖："送他什么好呢？"

忽然，一阵喝彩声、叫好声从街角传了过来，声音一浪高过一浪，玉真公主示意车夫停下，携了霍国公主的手，一起往人群走去。声音响处，已是里三层外三层围满了人，她们只好从人缝里挤了进去。

只见在街边空地的一块小圆毯上，一个面方体阔、健壮敦实的胡人汉子正如风舞飞蓬般迅速旋转，随着鼓点节奏越来越快，他转得越来越急，手中的彩带渐渐化成了一条彩圈，在摇摆腾跃中身姿百变，但双脚始终没有离开小圆毯一步。

玉真公主不由点头叹道："女子跳胡旋舞见得多了，男子能跳得这般好的，倒是头一回见。"

霍国公主似乎也看怔了，眼前这个男子明明人高马大，但却始终在小圆毯中原地打转，若非亲眼所见，倒还真有些匪夷所思。

姐妹俩正思忖间，胡旋曲戛然而止，只见胡人汉子停下舞步，向围观群众弯腰按胸行了一礼，满脸堆笑道："某姓安，名禄山，小名轧荦山。这是某第一次来长安，

第三十六章 喜得爱女 千里琵琶

243

一时兴起,给大家跳舞助兴,多谢大家捧场。"

人群中再次爆发出啧啧赞叹声:"难怪跳得这般好,原来是胡人!""胡旋舞来自西域,今日见到地道的胡旋舞了!""今日大开眼界了,再来一个!"

玉真公主和霍国公主看了会热闹,正欲离开时,忽然听到安禄山眉飞色舞道:"某这次来长安,特地带了西域的奇珍古玩,大家请看,这是一把来自西域的镶玉琵琶……"

"来自西域的镶玉琵琶?"玉真公主不由脚下一顿,转身看向安禄山手中的琵琶。正想走过去看个明白时,忽然从人群中走出一人,大约四十多岁年纪,眉目疏朗,神色安然,对安禄山颔首微笑道:"这位壮士不仅会跳胡旋舞,手中还有如此好物,裴某倒想看上一看。"

玉真公主并不认得说话之人,倒是霍国公主脱口而出道:"这位可是裴焕之大人?"

那人转身看了一眼霍国公主,立即肃然行了一礼:"在下正是裴耀卿,见过两位公主,不知公主在此,耀卿照顾不周,还请两位公主多多包涵。"

原来此人是长安县令裴耀卿。和霍国公主亡夫裴虚己一样,裴耀卿也出身于河东裴氏,父亲裴守真,早年担任过宁州刺史。裴耀卿比裴虚己年长十多岁,裴虚己迎娶霍国公主时,作为同族之人,裴耀卿也曾到场祝贺,故和霍国公主有过一面之缘。

论起辈分来,裴耀卿是两位公主的父辈之人。早在701年,二十岁的裴耀卿就被相王李旦看中,担任相王府典签,是李旦的智囊团成员之一,深受李旦信任。

710年,李旦即位为唐睿宗后,裴耀卿被授为国子监主簿,后历任考功司员外郎、右司郎中、兵部郎中等职。

712年,李隆基即位后,也很赏识裴耀卿的才能,擢升他为长安县令,正五品。

长安县原来实行配户和市法,以官府名义按户征购财物,长安百姓深受其苦。裴耀卿到任后,体恤民情,实行改革,改征豪富之家,并预先支付钱款,杜绝奸邪欺瞒的弊病。此举一出,大快人心,长安百姓纷纷称颂裴大人。

今日,他微服私访,和长安百姓一起赶集。看到百姓安居乐业、其乐融融,心情好不舒畅,便停下脚步欣赏起了安禄山的胡旋舞,不料却遇见了两位公主。

安禄山虽不知道眼前这两位女子是大唐公主,也不知道眼前这位男子是长安县令,但善于察言观色的他,迅速打量了几眼后,便在心里断定,这位气度不凡的男子,定是朝廷官员,而能让他如此肃然起敬的两位女子,门第一定更高……

正当裴耀卿向两位公主行礼时,安禄山笑嘻嘻地走了过来,向裴耀卿双手奉上西域琵琶,连连抱拳道:"三位贵人好眼力!安某在互市担任牙郎多年,也是第一次看见如此精美的琵琶，端的是难得一见的宝物，相传是西域乐师模仿当年昭君出塞时那把琵琶精心打磨而成……"

说着，他指着琵琶上端镶嵌的一块美玉道："贵人们请看，这是产自昆仑山的和田羊脂玉，是玉中极品。当年昭君出塞时抱的琵琶，也是这般镶嵌美玉……"

"哦？这把琵琶还有这样一番渊源？"玉真公主顿时颇有兴致。

裴耀卿看玉真公主喜欢这把琵琶，就恭恭敬敬递到玉真公主手中："请公主过目。"

听裴耀卿口中吐出"公主"二字，安禄山不由吓了一跳，原来眼前这位女子竟是大唐公主？他忙"扑通"一声跪在玉真公主面前，连磕三个响头道："安某有眼不识泰山，公主若是喜欢这把琵琶，安某愿意当场奉送。"

玉真公主并不理会安禄山说的话，而是手抚琵琶，遥遥想着，当年昭君孤身一人出塞时，在大雁哀鸣声中弹奏琵琶，是否在哀叹去国怀乡之情？如果将这把琵琶送给王维，让他在心情落寞时弹奏一曲《郁轮袍》，是否也能疏解他贬谪济州的失意和落寞？

这样想着，她便在琵琶上轻轻拨弄了几下，果然音色高亢清越，非平常琵琶可以比拟。

听着这琵琶声，霍国公主也不觉长长叹了口气："昭君当年去国怀乡，远赴塞外，其中又有多少情非得已？从古到今，女子的命运何曾真正自由过？"

玉真公主转身看着安禄山，语气平静却又隐隐透着期待："不知这位壮士能否用此琵琶弹奏一曲《郁轮袍》？"

"《郁轮袍》？"听到这个曲名，安禄山那双乌黑的小眼睛滴溜溜地转了几圈，挠了挠头，憨笑道："安某是粗人，只会跳胡旋舞，不会弹奏此曲，让公主见笑了。"

玉真公主不由一阵怅然，是啊，除了王维，又有几人会弹奏《郁轮袍》？不料，却听裴耀卿朗声说道："启禀公主，微臣倒是听人弹过《郁轮袍》，悲切哀怨，令人动容，是不可多得的好曲。公主若是喜欢，微臣请京城乐师弹奏给公主听。"

"哦？"她看了裴耀卿一眼，问道，"不知裴大人曾听何人弹奏《郁轮袍》？"

裴耀卿叹了口气道："是原先太乐署的王摩诘大人，他弹奏的《郁轮袍》，堪称天下一绝。"

听裴耀卿提到王维，原本眉头微蹙的玉真公主，心里不由一喜。她原以为，只有她一人惦记着王维，却不料长安县令裴耀卿也对他仰慕有加。看来，王维虽人不在长安，但长安却记住了他。

玉真公主点了点头，凝视着琵琶上的美玉，暗自思忖："琵琶上的美玉，不正暗合了我名号中的'玉'字？如此说来，这把琵琶倒是为我而来了。"

见玉真公主的目光一直不曾从琵琶上移开，安禄山心思急转，一脸讨好道："安某初来长安，便能有缘结识贵人们，真是三生有幸。贵人们若不嫌弃，安某下次再带一些西域的新奇玩意来长安，供贵人们赏玩。"

裴耀卿看了一眼玉真公主，公主点了点头，裴耀卿会意，转身对安禄山道："安壮士客气了，你若在长安有事，来长安县衙寻裴某便是。"

玉真公主已打定主意，明日便遣人将这把镶玉琵琶送到济州，给王维一个惊喜。

第三十七章　药膳养生　妙笔画像

莲儿出生时，还是草长莺飞的四月天。转眼之间，便是蝉鸣声声的初夏。

璎珞坐在窗前，慢慢梳着刚洗过的长发，看着床榻上睡得正香的莲儿，又看了看窗外被夕阳染得通红的庭院，满足地叹了口气。

少顷，门外响起一阵熟悉的脚步声。王维穿着一袭碧色圆领青衫，满面春风地走了进来。

看见璎珞散着湿发，他原本舒展的剑眉皱了一皱："璎珞，这才出了月子，便这般湿着头发，仔细以后头疼。"

璎珞一面帮他解下腰带，一面笑道："不是才出了月子，是已经整整两个月了哦。"

王维笑着握住璎珞的双手，将她顺势揽入怀中："稳婆不是说了吗，你需调理两个月才好。身子是自己的，小心一点，总不会错。"

璎珞不由吐了吐舌头。别人"坐月子"，只躺一个月，但他不放心，让她足足躺了两个月，还美其名曰"双满月"。如今，好不容易熬出了两个月，但他依然不放心，每次出门前，都对福嫂和小蝶千叮咛、万嘱咐，要她们提醒她注意这个、注意那个……

王维转头看了一眼熟睡的莲儿，莲儿似乎梦见了什么，小嘴吧唧吧唧了两下，他忙俯身轻轻拍了拍莲儿，莲儿又安心熟睡了。"莲儿不哭不闹，从小懂得心疼阿娘，果然是咱们的乖女儿。"

王维转身又搂住璎珞，拉她到妆台前坐下，拿起妆台上的檀木梳子，替她仔细梳理尚未干透的长发。

"对了，兴宗今日来信了，说过几日来看莲儿。说起来，咱们也快有一年没见到他了。"

"太好了，不知兴宗今年春闱如何？"

"他说想隐居终南山了，待见了面，我自会开导他。"

"唉，兴宗还是这样小孩子气。其实，未能考取功名也没什么打紧。他年纪也不小了，也该谈婚论嫁了。听福嫂说，阿爷好像为他定了卢家九娘，不知他如何想的？"璎珞眉头微蹙，微微有些怅然。

王维看出了璎珞的怅然，安慰她道："你且放宽心，等你身子调理好了，咱们带莲儿去定州和蒲州，让长辈们都看看莲儿。"

"好。"

两人正闲话间，福嫂来请吃晚膳。

王维携了璎珞在食案前坐下。福嫂端来一个六瓣海棠青瓷碗，里面是热气腾腾、香气四溢的酉羹汤饼，王维起身为璎珞盛了一碗。

"好香呀。"浓香扑鼻的鸡汤搭配着雪白的汤饼、碧绿的葱花和金黄的蛋花，光是看着就已分外诱人。

"夫人，这是用上好母鸡炖的高汤，阿郎特地交代要炖两个时辰以上。你可要多吃些，最是滋补身子了。"福嫂乐呵呵道。

璎珞看了一眼王维，笑着舀起一勺汤汁，尝了一口，点头赞道："摩诘，这高汤果然鲜美，你脑子里有多少滋补的方子？"

"哈哈，难道只有你会查古籍，为夫不会吗？快趁热多喝几碗，也不枉福嫂炖了这一日。"王维揉了揉璎珞的头发，凑近璎珞耳畔低笑道，"这个方子最易催乳，好让咱们莲儿更胖一些。"

璎珞耳后一热，没好气地瞪了他一眼，心里却是满满的欢喜。在他精心调理下，原本瘦削的她，不仅自己丰满了一圈，连乳汁也多了不少，莲儿也一天天胖了起来。

看着璎珞有滋有味地喝汤，王维心中却依然有些后怕。这次难产让璎珞的身子着实亏得厉害，对他来说，璎珞能否再次怀孕，倒在其次，最要紧的，是如何把璎珞的身子调理好。

于是，很多个夜晚，璎珞和莲儿已经熟睡，他却挑灯夜读，细细查阅《黄帝内经》《神农本草经》《金匮要略》《千金要方》等古籍。他明白，养生之道，贵在自然。食药本是同源，若是吃对了膳食，比吃药都强。他根据书中所写，搭配出了几十种适合产妇调理的膳食。

如今，两个月过去了，不但莲儿养得白白胖胖，璎珞的气色体力也已恢复了十之八九。王维原本悬着的心，终于可以落地了。

"待会还有一道羊羹，用的是冯翊羊的脊肉，最是补血益气，你再吃一些。"王维一脸宠溺道。

璎珞"扑哧"一笑，放下手中的汤饼，叹了口气道："摩诘，我只怕再这样吃下去，原先的衣衫都要穿不下了，这可如何是好？"

或许因为刚喝了热汤饼，璎珞鼻翼上微微有些汗珠，越发显得肤如凝脂、娇美动人。

见四周无人，王维情不自禁地伸出手去，抚上她的脸颊，只觉得娇嫩得似乎要滴出水来，心中不由一阵激荡："果然比原先圆润了些，但离体丰还差些火候，还需努力才是。"

"还需努力？只怕再努力下去，你就抱不动我了……"璎珞今日身上穿的是一条八幅藕色长裙，今早上身时，便觉腰身明显紧了一些。

王维剑眉一挑，趁她一个不留意，就弯腰将她打横抱了起来，在手中掂了掂后笑道："娘子还是太轻了些。"

璎珞冷不防吓了一跳，娇嗔道："你放心，照这样下去，过不了几日，我定会沉得叫你抱不起来。"

不料王维笑得更是开心："如此甚好，为夫翘首以待。"

两人正笑闹间，听到外间传来赵化的声音，这才放下璎珞，笑呵呵地向外间走去。

"王大人，我方才去了济州城内几家上好的颜料铺，大致配了这些。你看看，可还齐全？"王维从赵化手中接过一个红色漆盒，只见里面放着十多个两寸高的白瓷双耳罐。王维一一打开，里面有绿花粉、赭石膏、金泥、云母粉等各色颜料。他拿起其中一瓶金泥，用手指沾了一点，对着光线端详片刻，点头笑道："嗯，这些颜料都淘得极为精细，可见店家是个内行人，有劳了。"

"王大人满意，小的就放心了。大人和夫人还在用膳，小的就不多打扰了。"赵化抹了抹额上的汗珠，转身离去。

王维和赵化在外间的对话都被璎珞听在耳里，不由一头雾水。他不是素来喜欢水墨山水吗？为何要让赵化巴巴地配齐了这些颜料？

正这样想着时，王维掀帘而入，笑着看向璎珞，明亮的眼睛里闪动着兴奋的光芒："璎珞，过几天休沐了，我要为你画一幅画。"

这日，当璎珞穿戴完毕，款款走进书房时，正在书案上挽袖磨墨的王维，不禁有些怔住了。

只见眼前的璎珞，唇红齿白，肌肤胜雪，雪白的长颈下，是若隐若现的玉色纱衫，和她身上的如意暗纹杏色披帛、银色满天星八幅长裙很是相衬。通身素净淡雅，却又有说不出的流光溢彩……

一瞬间，王维仿佛回到了718年秋天。那是他第一次在崔府看到身着女儿装的璎珞，那时的璎珞，不也正是这般明媚动人吗？

哦，不，如今的璎珞比那时更明媚、更动人。因为，如今的她除了与生俱来的清丽脱俗，更平添了初为人母后的母性光辉……

"摩诘，怎么了，这身衣衫可有什么不妥？"被王维这样看着，璎珞倒有些不好意思起来，不禁低头看了看身上的穿戴。

"妥，甚妥。"王维放下狼毫小笔，绕过书案，几步走到璎珞面前，拉她坐到了书房靠窗的便榻上："娘子休养了两个多月，如今越发出落了。今日，你且乖乖坐着，容我慢慢画来……"

说到"慢慢"二字时，王维故意拖长了声音。

"哦？莫非比闺中女子绣花还要慢吗？"璎珞自是听出了话中的戏谑之意，抿嘴笑道。

"那是自然，人比花娇，何况娘子明眸善睐，顾盼之间，便有说不出的神韵。"说着，起身踱出几步，在距离璎珞一丈之遥处站定，点头笑道："为夫定当勉力，将娘子的美诉诸笔端，留于纸上。"

璎珞听罢，忍不住"扑哧"一声笑了出来："如此说来，东晋顾恺之画《洛神赋图》，岂不是要慢慢画上一辈子？"

"唔，或许真要用一辈子的时光，方能画好娘子……"王维握住璎珞的手，半是玩笑半是认真道。

他的目光里带着璎珞再熟悉不过的温暖笑意。他总能在不经意间，在她心里投下一颗石子，泛起阵阵涟漪……

璎珞甜蜜地闭上眼睛，慵懒地靠在王维肩头，呢喃道："摩诘……"

"嗯。"王维的手一下一下地抚摸着璎珞的手臂，轻柔得就像在哄孩子。忽然，趁她一个不留意，就手指轻轻一勾，让她的发髻散了两绺下来。

璎珞哭笑不得地瞪了他一眼，明明已经当阿爷了，还这般淘气！想低头忍住笑意，却又觉得自己有些傻气，便索性抬起头来，迎着他的目光，绽开一个比阳光还要明媚的笑颜……

"璎珞，别动！"王维快步走到书案前，铺开熟绢，提笔看向璎珞道："璎珞，我喜欢你这样微笑的样子。"

璎珞顿时有种无语望天的感觉。他的意思，莫非是要她一直这样笑着，直到他画完为止？她忽然有点同情那些入画的大唐仕女了。不知画师们是否也像王维这般，让她们保持住某个美丽的瞬间，容他们慢慢画来？

阳光透过窗棂，洒落在书案上，也洒落在王维身上，形成一个个斑斑驳驳的光影。在这些光影的跳跃间，王维蘸墨落笔，勾勒晕染……

对素来喜欢水墨山水画的王维来说，如此正式地为人画像，还是平生第一次。

其实，这是他早就想送给璎珞的一份礼物。

去年七夕，他为璎珞画《越州翁媪图》时，就想为璎珞画一幅人物画。不过，那时的璎珞，害喜得厉害，他不舍得让她久坐。

璎珞生下莲儿后，他就想着要送璎珞一份礼物。这份礼物，不一定多么贵重，却一定要独一无二。

思忖多日后，他决定亲手为她画一幅画，将她初为人母后那种散发着母性光辉的美，永远定格在画像中。任时光荏苒，沧海桑田，他的璎珞，永远不变。

为了画出璎珞的神韵，这半年多来，他研习临摹了很多人物画，这其中，他最欣赏的是东晋画家顾恺之。

顾恺之比王羲之小二十多岁，博学多才，尤其精通绘画。他的传世名作有《女史箴图》《洛神赋图》《列女仁智图》《斫琴图》等，王维无不反复研习，用心揣摩。

如今，看着眼前眸如盈盈秋水、眉如淡淡春山的璎珞，王维不禁想到了顾恺之那句经验之谈："传神写照，正在阿堵（眼睛）中。"

是的，凡画人物，贵在传神，而一个人的精气神，全在她的眼睛里。

璎珞的双眸正久久凝视着书案后的王维。虽然身上有些酸乏，但心中却很好奇，不知在他的笔下，自己会是怎般模样？

时间一分一秒过去，王维屏气敛神，时而笔走龙蛇，时而精雕细刻……直到福嫂来禀报了两次午膳已备好后，王维才终于放下狼毫小笔，退后一步，长长地舒了口气，抬头对璎珞说："娘子辛苦了，为夫也只能如此了。"

璎珞顿时松了口气，才发觉全身都有些麻了。她捶了捶手臂，起身向书案走去，打趣他道："若是把我画丑了，我可不依。"

"好，为夫愿听凭娘子发落。"

璎珞虽知王维功力，但当她亲眼见到这幅三尺来宽的画像时，依然情不自禁地惊叹了一声。这世上，再不可能有人比他画得更好了！画中的她，不仅形似，更是神似，堪称形神兼备！

她的身形衣褶，都被他用简笔线条细细勾勒，散发着一种不可言说的飘逸动人。她方才被他用手指轻轻勾出的两绺长发，恰到好处地垂在耳畔，自有一种说不出的娇媚动人。更妙的是，她的双眸，恰似波光潋滟，顾盼之间，便有了"巧笑倩兮，美目盼兮"的生动气韵。

"摩诘，你怎能画得这般好？"璎珞明白，纵使他天赋过人，但要画出这般水准，定是下了不为人知的苦功，不由握住他的手，柔声道，"我很欢喜。"

王维含笑看着她，眼中闪动着戏谑的光芒："方才娘子说不依，这会儿却不知娘子要如何谢我？"

看着王维脸上那促狭的坏笑，璎珞耳根"腾"的一热，刚想娇嗔，却听书房外响起了那再熟悉不过的声音："姊夫，璎珞，我来咯！"

来人正是崔兴宗。虽已有一年不见，但那份亲切自在，却并未因分离而改变丝毫。

"姊夫，璎珞，我来了，你们也不到外间陪我坐坐，尽躲在书房中说劳什子的悄悄话吗？"他连蹦带跳地跨进书房，朝王维和璎珞挤了挤眼睛，嘿嘿笑道。

"兴宗，听说阿爷阿娘已经为你定下卢家九娘，你也该要有个当家男子的模样了。"璎珞绕过书案，笑着走到崔兴宗面前。

"呃，这个吗，我这样年年春闱不第，只怕要耽误了人家。我琢磨着，总要像姊夫这样，博个功名，才好娶新妇子不是？"

听他如此一说，璎珞不禁想起了王维府试及第后来崔家提亲时的情景。那天，在小山坡上，王维一往情深地问她："璎珞，待你青丝绾正，我铺就十里红妆，娶你可愿？"

不知他是否也找到了值得他追寻一生的女子？或许，并不是每个人都能像她和王维这样有这份幸运。

王维放下手中的画像，招呼崔兴宗道："兴宗，我刚给你姊姊画了幅画，你若喜欢，姊夫也为你画一幅，将来可以给你新妇子瞧瞧。"

崔兴宗眼尖，一眼便看到了书案上的画像，忙快步奔到书案旁，只看了一眼，便拍掌大赞道："姊夫，这画像也太逼真了吧！"

说着，抬头看了看璎珞，又细细看了看画像："姊夫，我担心画里的璎珞一不小心就要从画里走出来了，到时有两个璎珞，你可如此是好？"

王维笑着拍了拍他肩膀，"你这耍嘴皮子的功夫，倒是越来越厉害了。"

崔兴宗挠了挠脑袋："姊夫，我这辈子还没画过像，今儿画像是大年初一吃饺子——头一回，可要将我画得好看些。"

王维笑而不语，让他走到窗前，手中执一横笛，侧脸看向远方。

"兴宗，你这样站着就好。"王维含笑点头道。见璎珞还在一旁，便朝她努了努嘴，"璎珞，你坐了这半日，快去歇歇吧。"

璎珞嫣然一笑，翩然离去。王维特意看了几眼她的裙裾，似乎若有所思。然后，提起画笔，添了颜色，开始在纸上勾勒铺陈……

约莫过了一炷香的功夫，王维直起身子，放下毛笔，舒了口气："姊夫笔拙，大约只能如此罢。"

崔兴宗如遇大赦般扭了扭脖子，晃了晃脑袋，按捺不住心头的好奇，几步跑到书案旁，佩服之情溢于言表："姊夫，难怪阿爷时常叹气，说我若有你千分之一才学，他便可以放心了。"

王维收起笔墨，将书案上砚台、镇纸诸物一一摆放整齐，拍了拍兴宗的肩膀，语重心长道："丈人自然是希望你能学有所成、光耀门楣，如若家中无事，不妨安心在济州住下，潜心备考，莫要灰心才是。"

崔兴宗点了点头，似乎想到了什么："姊夫，听说朝廷在洛阳新建了一个丽正书院，云集天下博学多才之士。若是姊夫能到丽正书院担任修书学士，方不辜负姊夫的一身才华！"

王维笑着摇了摇头，絮絮说了下去："是的，我也听说中书令张说大人亲自担任修书使，总领丽正书院，太常博士贺知章等才学之士担任修书学士，著书立说。他日若有机会向各位前辈讨教一二，倒不失为人生幸事。"

"是说，听说贺学士是越州人士，皇甫大人和他相熟……"

两人你一言我一语，越说越有兴致，不知不觉便已日薄西山，待福嫂来请用晚膳时，两人才恍然惊觉有些饿了。

晚膳时，崔兴宗继续天南地北地神侃，引得王维和璎珞时而大笑，平添了许多热闹。

几日后便是夏至，可以休沐三日。这日下衙后，王维脚步格外轻松，一进屋便从福嫂手里抱过肉嘟嘟的莲儿，逗得莲儿"咯咯咯"笑得直流口水，王维胸前的衣襟顿时湿了一片。王维又将莲儿举高了几回，莲儿蹬着双腿，笑得更欢。

晚膳时，一家人照例闲话家常，忽然，崔兴宗提议道："姊夫，听说济州郊外有个崇梵寺，很是有名。明日你休沐了，咱们去崇梵寺看看如何？"

王维笑而不语，转头看着璎珞，剑眉一挑道："娘子，可是你想去散散？"

璎珞已在家中休养了好几个月，感觉整个人都快发霉了。每次提议出去走走，都被王维像哄小孩一样轻轻打发了。

今日她和崔兴宗说好，让崔兴宗提议，或许会被采纳。不料刚一开口，就被他轻而易举识破了。

方才还在心中偷着乐的璎珞，听到王维发问，故意低下头去慢慢喝了一口汤，才缓缓抬起头来，牵了牵嘴角，憨笑道："这个嘛……"

看着璎珞欲言又止的模样，倒是轮到崔兴宗偷着乐了。从小到大，他看到的璎珞从来都是伶牙俐齿、能说会道，想不到在王维面前，竟也会一时词穷？

"姊夫，璎珞，你俩倒是有趣得紧。"崔兴宗顾自夹了一块生鱼片，大快朵颐起来。

璎珞没好气地瞪了崔兴宗一眼，转头对上王维的目光时，眨了眨眼睛，七分俏皮、三分撒娇道："摩诘，明日便依兴宗所言，可好？"

王维笑着摇了摇头，拿起璎珞的青瓷碗，盛了半碗百岁羹："快趁热多吃些，明日事明日再议不迟。"

璎珞只好乖乖地"哦"了一声，低头喝汤时，无可奈何地叹了口气。

次日清晨，当璎珞睁开双眸时，王维正躺在身旁看着她。

"要不要喝水？"王维手指抚上璎珞脸颊。

"嗯。"璎珞枕在王维臂弯里，点了点头。

王维起身倒了一盏温水，喂璎珞喝了几口。王维放下杯盏，从床头拿起她的绿绫织花裹弦和白色绢布小衣，低笑道："我来帮你穿。"

璎珞不由想起昨夜种种，捂着被子笑道："不敢有劳夫君。"

王维笑着将璎珞连被子带人一起搂入怀中，在她耳畔笑道："和娘子一针一线之恩相比，我为娘子做这点小事，何足挂齿？"

璎珞抿嘴一笑，低头看了看王维的袖袍，原来，他今日穿了她刚为他缝制好的竹青色袍子，袍子的下摆和袖口处，都用暗银色丝线绣了一圈舒卷的云纹。

"璎珞……"

"嗯？"

"这世上，再没有第二个人，能绣出这般雅致的花纹了。"

他这是将她那天赞美画像的说辞重新还给了她吗？来不及细想，王维的头便低了下来，牢牢吻住了她的唇。一股淡淡的茶香悠悠地沁入她的心脾，在这美好的夏日清晨，让人有一种说不清道不明的舒心……

良久之后，他才慢慢放开璎珞，低声问："今日果然想去崇梵寺吗？"

"嗯。"璎珞微闭双目，绵软地应了一声。

"好，今日便依卿所言，不过……"

"不过什么？"璎珞这才睁开双眸，一脸好奇地看着王维。

"待会上山时，我背你可好？"王维捏了捏她的脸颊，嘴角带着一抹坏笑。

璎珞心知他在调侃她，趁他不留意时，便伸手往他腰上拧去，王维笑着退开一步，璎珞再去够时，不知怎的，却被他一个反手，两个手腕就被他轻轻松松握到了手中。

他的手并没有十分用力，但璎珞却怎么也抽不出手来。

看着眼前娇喘微微的璎珞，王维哈哈笑道："娘子力道果然大得很了，为夫放心了，咱们这便去崇梵寺。"

两人正笑闹间，门外传来福嫂哄莲儿的声响，璎珞推了推王维："别闹了，你看莲儿都已醒了，咱们也该起来洗漱了。"

"好。"王维不情不愿地放开璎珞，在她额上轻轻一吻，"好，我去看看莲儿。"

他走到门口时，忽然转过身来："娘子，我看你那条六幅雪白绫裙不错，今日出门，不妨穿它。"

"六幅雪白绫裙？他今日穿竹青袍子，我用雪白绫裙配他，倒也不错。"璎珞会心一笑，点了点头，想到终于可以出去散散了，心中不由一阵雀跃。原来，昨晚他嘴上说不行，其实早已安排好了一切，只是想给她一份惊喜。

这样想着，便利索地跳下床去，去箱子里取六幅雪白绫裙。当她抖开这条雪白绫裙时，不由怔住了。不知何时，这条绫裙上竟多了数枝水墨荷花，清雅随意地散落在裙裾两侧，栩栩如生，呼之欲出，似乎连荷香都隐约可闻……

王维今日穿的是竹青色袍子，璎珞便特地找了一件浅碧色纱衫来配，再在双髻上插了一枝羊脂玉簪子。本就皮肤白皙的她，在这身衣裙的衬托下，愈发清丽可人、容色鲜妍。

当璎珞掀帘步入外间时，小蝶一眼便看到了她绫裙上的荷花，忙跑了过来，拍手赞叹道："娘子今日这身打扮，真是好看得紧！这裙上的荷花活脱脱的，比真的还真呢！"

正在逗弄莲儿的王维，闻声转过身来，看到眼前如出水芙蓉般清雅的璎珞，满意地点了点头。

"你几时画的？"璎珞从王维手中抱过粉雕玉琢的莲儿，轻声笑道。

"你若喜欢，我给你一条一条画过去都使得。"王维的笑容中透着几分调皮。

"阿郎真是好手艺，我看池子里的那些荷花，都没有阿郎画得好看！"福嫂笑呵呵地迎了过来，一边从璎珞手中接过莲儿，一边对璎珞绫裙上的荷花赞不绝口。

"姊夫，你收我为徒吧，这画画的本事，我真该好好学几招才是。"崔兴宗也是一脸羡慕。

"正是，等将来卢九娘过了门，你也可以在九娘的绫裙上画上几笔。"璎珞打趣他道。

"唉，罢了罢了。若是画得不好，反倒平白惹九娘生气，又是何苦来哉？"崔兴宗吐了吐舌头，一脸自嘲道。

"兴宗，昨日你说想去崇梵寺，今日风和日丽，咱们这便出发吧。"王维看了看屋外，气定神闲道。

"崇梵寺？"崔兴宗先是一怔，忙转头去看璎珞，见璎珞也冲他点了点头，便高兴得一蹦三尺高，"我就说嘛，姊夫最会疼人了！"

第三十八章　镶玉琵琶　冰释前嫌

崇梵寺在济州府下辖的东阿县覆釜村，王维昨日便已吩咐赵化备好马车。一路上，他和崔兴宗骑马而行，小蝶陪璎珞坐在马车内，一行人向崇梵寺迤逦而去。

因久未下雨，空气中颇有了盛夏的暑意。车厢内犹如蒸笼一般，很快便额上冒汗，连平素不怕热的璎珞，也觉得身上有些腻腻的。

一个多时辰后，当马车来到崇梵寺山脚时，山风徐徐吹来，顿时清凉了许多。不多时，便到了寺庙门口。小蝶忙打起帘子，璎珞从车上下来时，王维已等在车旁，伸手接住了她。

步入寺内，崔兴宗连连感叹道："此地令人暑意顿消，正是避暑的好去处。"

"明年此时，不妨带九娘一道同来。"璎珞冲他眨了眨眼睛，故意调侃他道。

正说笑间，迎面走来一个十五六岁的小沙弥，双手合十道："请问可是王檀越？"

王维含笑点头还礼，小沙弥忙笑道："法师正在讲经，请王檀越先到禅房歇息，法师随后就来。"

"我们也想当面聆听法师教诲，不知可否方便？"

"自然方便，请随我来。"

"好，有劳了。"

璎珞和兴宗都听得一头雾水，不约而同地看向了王维。王维微微一笑道："今日机缘巧合，扬州大明寺主持鉴真法师在此讲经，刚好被咱们赶上了，甚是有缘。"

鉴真法师？就是那位被誉为"江淮之间，独为化主"的鉴真法师吗？璎珞和兴宗顿时又惊又喜。但璎珞转念一想，似乎哪里不对。

从方才小沙弥那番话来看，他们今日来崇梵寺，鉴真法师是早已知晓的。原来，王维今日带他们来崇梵寺，并非听了兴宗的提议，而是早就和鉴真法师有约。只不过，为了给他们一个惊喜，他才一直只字不提。他可真是沉得住气！

想到这里，璎珞没好气地看了王维一眼："原来——如此。"

王维呵呵一笑，气定神闲道："世间之事，冥冥之中都有缘法。鉴真法师来崇梵寺讲经，咱们想来崇梵寺一游，两件事刚好同时发生，这便是缘法。"

大约走了一箭地，来到了一处极宽敞的院子。拾级而上，只见偌大的厅堂里早已挤满了信众，正津津有味地听法师讲经，想来便是鉴真法师了。

鉴真法师三十出头，中等个头，脸孔方正，相貌倒也平常，只是他的声音似有一种穿透人心的力量。及至法师讲完，众人还意犹未尽，依依不舍地离去。

当人潮全部散去后，王维方引璎珞、兴宗迎上前去，向鉴真法师恭恭敬敬行了一礼："弟子王维携拙荆、内弟见过法师，亲耳聆听法师纶音，乃弟子三生之幸。"

"阿弥陀佛，王檀越有礼了。一别经年，贫僧此次倒是带了一幅画作，想向王檀越当面讨教。"鉴真法师颔首微笑。

"法师过谦了，能观瞻法师大作，乃弟子莫大福缘，弟子心向往之。"

"如若王檀越不弃，请诸位到禅房小坐。"

鉴真俗姓淳于，广陵江阳（今江苏扬州）人。他出生于688年，家境清贫。701年在扬州大明寺出家，先后受菩萨戒、具足戒，在长安、洛阳等地潜心研究律学，成为精通佛教律宗学说的高僧。713年，他回到扬州，任扬州大明寺主持，在江淮地区弘法。

鉴真法师广览群书，除佛经之外，在建筑、绘画、医学等方面都具有高超造诣。721年，他在长安大慈恩寺讲经时，和时任太乐丞的王维相识。两人从佛法到绘画，从书法到音律，相谈甚欢，遂将彼此引为知音。

此番鉴真法师前来崇梵寺讲经，得知王维就在离崇梵寺不远的卢县，便辗转托人相告，相约在崇梵寺一晤。刚巧那日晚膳时，兴宗也提议到崇梵寺一游。王维顺水推舟，将两事并作了一事。

在鉴真法师的引领下，大家来到一处粉壁黑瓦的精舍。大家分主宾落座后，便有小沙弥过来煮茶。

茶香氤氲中，鉴真法师取出一幅水墨山水画，递给王维道："王檀越，你先前曾说，'凡画山水，意在笔先'，贫僧深以为然。"

王维双手接过画作，端详一番后，抱拳笑道："法师过谦了。法师持戒安禅，志求寂静，画作自有常人难以企及之境，弟子佩服之至。"

鉴真法师看着王维，良久之后，意味深长道："王檀越，贫僧第一次见你时，便觉得你面相清贵，日后与佛门只怕有些缘分。"

王维心中一怔，随即含笑点头道："不瞒法师，家母长年礼佛，已师事大照禅师十多年。弟子和佛门的缘分，或许和家母有关吧。"

"天雨虽宽，不润无根之草；佛法无边，不度无缘之人。阿弥陀佛。"鉴真法师向王维点了点头，声音格外醇厚。

"今日不仅聆听了法师纶音，还品了法师的好茶，弟子感激不尽。如若法师不弃，弟子想吟诗一首，聊表敬意，还请法师不吝赐教。"

"好久不曾听王檀越吟诗了，贫僧洗耳恭听。"

王维起身踱了几步，徐徐吟道："崇梵僧，崇梵僧，秋归覆釜春不还。落花啼鸟纷纷乱，涧户山窗寂寂闲。峡里谁知有人事，郡中遥望空云山。"

"唔，王檀越诗中的禅意，越发精进了。"鉴真法师点头赞道。

在璎珞听来，今日鉴真法师说的每一句话，似乎都大有深意。法师说"日后与佛门只怕有些缘分"，似乎不只是王维说的那么简单。难道"缘分"是指王维将来会皈依佛门？璎珞忙定了定神，不敢再想下去。

日落西山时分，他们辞别鉴真法师，走出崇梵寺。

扶璎珞上车坐定后，王维和兴宗跃然上马。看着王维催马前去的飒爽英姿，璎珞不由回头看了一眼已然关上的寺门。

她想起了他刻的两方印章——执子之手、与子偕老。其实，她不必在意鉴真法师说了什么，她早已下定决心，今生今世，无论天涯海角，无论水阔山遥，她都和他不离不弃、相依相伴。

这样一路想着，璎珞的心便渐渐笃定了。不到一个时辰，他们便到家了，只见赵化正在家门口来回踱步，似乎已经等了很久。

看到王维，赵化忙迎了上来，牵住王维的马，一脸惊喜道："王大人，有贵客给您送礼物来咯！"

"哦？哪位贵客？"王维撩起袍角，翻身下马。

"方才有人来到府衙，说是长安贵客交代他送来贺礼，恭贺大人喜得爱女。不过，他不肯透露贵客的名字，只说大人看了便知。小的已将贺礼送到府上，请大人过目。"

"好，有劳了。"王维点了点头，返身走到马车旁，扶璎珞下马。璎珞已听到了赵化方才那番话，莞尔笑道："这位长安贵客必是有心之人，你快去看看才是。"

"好，这就便去。"

一进堂屋，便看见案几上放着一个四尺来长的檀木匣子，匣子周身都刻着精美的莲花。

王维手抚木匣，点头叹道："看了这个匣子，我倒是觉得，那个买椟还珠之人，未必没有眼光。"

璎珞也上前细细端详檀木匣子，大约是因为年代有些久了，盒盖上的花纹被人反复摩挲，散发出一种圆润的光芒："是呢，匣子已是如此精美，何况匣中之物？定是难得一见的好物。"

王维慢慢打开匣子，只见里面竟是一把用紫檀制成的五弦琵琶，琵琶顶端竟然还镶嵌了一块细腻明净的羊脂玉！

"西域镶玉琵琶？"王维脱口而出，惊喜之情溢于言表，"璎珞，你知道吗？在琵琶上镶玉的工艺，定是来自西域。用紫檀制成的琵琶，高音清脆明亮，中音柔和滋润，低音淳厚悠远。若是在安静的旷野弹奏，乐声能传到二三里地之外，实在是不可多得的绝品！"

璎珞也被王维的惊喜感染了，不由连连点头，正想让他用这把绝世琵琶弹奏一曲时，一眼看到了放在宝蓝色金丝绒垫子上的一封信笺。

"摩诘，如此贵重贺礼，不知何人所赠？还不快看看信笺？"

王维这才想起不知何人所赠，忙拿起信笺读了起来，只见里面只有寥寥八个字：琵琶声声，贺女田田。落款处是一行清丽小楷：欣闻喜得爱女，于玉真观遥贺。

果然是玉真公主？王维将信笺递与璎珞，目光坦然道："璎珞，这是玉真公主赠送的贺礼。"

璎珞似乎并不觉得惊讶，看着公主娟秀的字迹，柔声道："摩诘，你赶紧写一封回信，谢谢公主才是。"

"璎珞，你若是不喜欢……"

不等王维说下去，璎珞便摆手打断了他："不，摩诘，我很喜欢。我还想着，如若公主不弃，咱们让莲儿认公主为义母，你说可好？"

听了璎珞这番话，王维似乎有些意外，看着她的双眸："璎珞，你真的不介意了吗？"

璎珞莞尔一笑，将头轻轻靠在王维肩头，喃喃低语："摩诘，如果听了你那番话后，我还介意这些，我就不是你的璎珞了。"

王维眼角有些湿润，不由将璎珞搂得更紧了些，在她耳畔笑道："谢谢你。"

"摩诘，对于公主，我心里只有理解和尊重，再没有其他不该有的情绪了。"

王维伸手抚上她的脸颊，点头笑道："有朝一日，咱们带莲儿去长安，当面感谢公主对莲儿的这份厚爱，你说可好？"

"好。"璎珞点了点头，"公主这份心意，咱们定要珍惜。"

"你闭上眼睛,我弹一首曲子与你听。"

王维抱起琵琶,略微调试了一下琴弦,便自如地弹了起来。他弹奏的,是他俩的定情曲《阳春古曲》。

璎珞已经许久不曾听王维弹奏琵琶,在这样的夏日黄昏,只觉得琵琶声声,如茗香淡淡,细水涓涓,眼底不知不觉便浮起了一层氤氲的雾气。

所谓岁月静好,是否就是这般模样?他们彼此懂得,彼此珍惜,没有猜疑,没有嫌隙,有的,只是生死不渝的信任和托付。

秋去冬来,转眼便到了724年春天。这是王维到济州的第四个年头了。

对王维来说,春耕时节最是忙碌。他带着赵化日日奔波于济州各地田间地头,视察百姓春耕情况。

这日,春雨淅淅沥沥,王维身穿蓑衣,头戴箬笠,又在田间走了一日,傍晚时分才赶回府衙。

一进府衙,就有三五同僚招呼他道:"王参军,待会下了衙,横竖无事,咱们不妨去酒肆小酌一杯?"

王维脱下蓑衣,摘下箬笠,抱拳笑道:"多谢各位盛情,今日走了一日,倒是有些乏了,想早些回家歇着,你们多喝几杯啊。"

"哦,那就不叨扰王参军了,咱们回头再约。"同僚们互相看了一眼,三五成群地往衙门外走去。

看着一行人渐行渐远,赵化拎着王维的蓑衣和箬笠,有些支支吾吾道:"王大人,小的想着,你若得空了,不妨和同僚们一起喝喝酒。不然,几次拂了他们的意,少不得让他们说……"赵化挠了挠头,欲言又止。

"说我不近人情、胆小惧内吗?"王维轻轻掸了掸袍角上沾的泥水,看了一眼赵化,含笑道,"这些不值什么,你也赶紧收拾一下,早些家去吧。"

"好,小的明白了。"看着王维重新穿好蓑衣、戴好箬笠,大步流星地走进雨幕里,赵化不禁叹了口气。王大人哪里是不近人情、胆小惧内,他只是不愿迎合那些无谓的不相干的人。人情冷暖,他心中自有分寸。

天色渐渐暗了下来,看王维还没回家,璎珞不由有些担心,时不时到檐下远眺那条从府衙回家的路。每逢雨天,乡间道路最是泥泞难行,他在雨地里走了一日,衣衫和芒鞋又该湿透了吧?

正这样翘首以待时,大门"吱呀"一声推开了。见璎珞在檐下等着,王维快步走了过来,眉头微皱道:"这样雨天,怎么又在外面等我?若是得了风寒,可不是闹着玩的。"

"你呀，总是担心我的身子，却从不知道爱惜自己。"

"你夫君身子骨向来好得很。"王维笑着携了璎珞的手，跨入屋内。一进家门，便看到莲儿正在福嫂怀中发出"咯咯咯"的笑声。

王维快步走到福嫂面前，抱过莲儿，在她粉嘟嘟的小脸蛋上结结实实亲了一口："阿爷回来咯，莲儿几时会叫阿爷呀？"说着，就抱着莲儿在屋内打转，逗得莲儿愈发开心，"咯咯咯"笑个不停。

正在笑闹间，璎珞已让小蝶打了一盆热水过来，自己则端了一碗姜茶，递到王维手中："这样的雨天，穿了一日湿衣衫，便是铁打的身子也要捂出病来。快趁热喝了这碗姜茶，去去寒气吧。"

"娘子，遵命。"王维端起姜茶，一口气喝了下去，满足地叹了口气。

璎珞又用热水绞了葛巾，递给王维："去年我坐月子那会儿，你哪天不是和我说上三遍五遍：'身子是自己的，要知冷知热才好。'如今我也不怕你烦，天天和你说上几遍可好？"

王维取过热葛巾，净了手面，哈哈笑道："好一个以其人之道还治其人之身嘛！对了，这些日子连着下雨，你在家中可是闷得紧？"

"你又小瞧我了，我可不曾闷着。"

"哦？那娘子在家中忙些什么？"

"待会你就知道了。"璎珞朝王维眨了眨眼睛，"今儿晚膳，你可要多吃些才好。"

王维不由笑了起来，揉了揉她的头发："好，娘子做什么，我便吃什么。"

两人正说笑间，福嫂和小蝶已经将一道道佳肴摆上了食案，除了平日常吃的高汤百岁羹、加料五生盘、如意卷、葫芦头等，最引人注目的是一道鲤鱼两吃。

"好香！"王维携了璎珞的手，快步走到食案旁，只见在一个晶莹透亮的青瓷盘里，一边是切得薄如蝉翼、晶莹雪白的生鱼片，一边是烤得芳香四溢、外焦内松的烤鱼。两种吃法同时出现在一个盘里，不由让人眼前一亮。

王维忙举起竹箸，每样夹了一点，细嚼慢咽后，点头赞道："生鱼片鲜嫩，烤鱼香脆，娘子这般慧心巧思，果然美味极了！"

"我原本想用整条鱼熬汤，夫人突然想到了这个两吃的法子，又是好看，又是好吃。"福嫂也是一迭声地赞叹。

"其实也没什么，我只是想着这条鲤鱼有一尺多长，若是整条鱼熬汤，倒是可惜了。不如用腹背的鱼肉做成生鱼片，剩余部分浸上调料，做成烤鱼，更香脆入味。"璎珞巧笑嫣然，夹了几块生鱼片，蘸了调料，放入王维碗中。

王维下箸如飞，边吃边道："娘子继续勉力，假以时日，为夫为娘子编撰一本《崔氏私房食谱》，让娘子的美食广为人知，如何？"

"你若是能为每道菜赋诗一首，岂不更妙？"

"俗话说：吃人嘴软，拿人手短。为夫吃了娘子的，穿了娘子的，还敢不从吗？"王维故意调侃璎珞道。

屋外，一轮明月高悬空中，屋内，美味佳肴香气扑鼻。王维不由感叹，家有娇妻爱女，此生夫复何求？

第三十九章　枣浆暖身　琵琶惊心

724年春天，在距离济州千里之外的长安，帝王家的生活充满了各种无奈。

霍国公主自装虚己贬谪病逝后，早已心如死灰。尽管李隆基多次劝霍国公主改嫁，但她都不为所动。自玉真公主回到长安后，便搬来玉真观和姊姊同住，过起了清净无为的生活。

至于玉真公主，去年夏天将那把西域镶玉琵琶送给王维后，不久就收到了他的回信。信封上，是王维那手古朴典雅的隶书——玉真公主亲启。

当她读到"如若公主不弃，我和拙荆想让莲儿认公主为义母，将来承欢膝下，报答公主厚爱于万一"时，心中五味杂陈。

他说"我和拙荆"，是不是提醒她，他已经有妻室了？他说"将来承欢膝下"，是不是感受到了她的孤独，所以让莲儿尽义女之孝？

"不管怎样，他愿让莲儿认我为义母，总好过拒我于千里之外吧。"对着一炷袅袅升起的檀香，玉真公主默默想着，"老天待我终究不薄，让我有了义子仙芝、义女莲儿，我当知足才是。"

不仅霍国公主和玉真公主心事重重，就连贵为天子的李隆基，也有几多无奈。他的无奈，来自王皇后和武落衡。

王皇后一直没有生育，虽然有个养子李亨，却并未被立为太子。

与此相反，武落衡的肚子极其争气，从716年至721年，接连为李隆基生了三子二女，除了前三个孩子早夭外，李瑁和咸宜公主都平平安安长大了。

李隆基愈发宠爱武落衡，724 年春天册封她为惠妃，地位仅次于皇后。

王皇后害怕照这样下去，自己的皇后之位恐怕就要保不住了。她对武惠妃心怀怨恨，却又无可奈何，唯一的出路就是要早日生下皇子。

724 年 7 月，王皇后情急之下，让哥哥王守一请来法师，在宫中设坛祭拜。法师在雷电击过的树木上刻好李隆基名讳，让王皇后随身佩戴。王皇后深信，只要将这个霹雳木时时刻刻带在身上，便可以让李隆基回心转意，让她怀上皇子。这样，皇后之位就能保住了。

这类"符厌"事件向来是宫中大忌，事情很快就败露了。李隆基盛怒之下，当即废王皇后为庶人，关押在后宫别院内，王守一则被赐死。

废黜王皇后时，李隆基心里其实也有一丝不忍。

王皇后毕竟是他的结发妻子，从他当临淄王时同甘共苦，陪他一路腥风血雨、披荆斩棘，最终登上帝位……

但是，即使对王皇后心怀愧疚，当看到天生尤物般的武惠妃时，这份愧疚便转瞬即逝。李隆基心中的天平，最终还是倾向了武惠妃。

对于帝王来说，此生注定要辜负很多女子，那么，也就不在乎多辜负一个了。

724 年秋天，晴空万里，秋高气爽。王维家的庭院里，桂花日渐飘香。

半个月前，郑刺史被调走了，据说接任刺史来自长安，姓裴。

这日晚膳时，当王维告诉璎珞这个消息时，璎珞也对这位姓裴的新刺史充满了好奇。

"为官一任，造福一方，愿裴刺史的到来，是济州之福，亦是百姓之福。"想起过去三年郑刺史的碌碌无为，济州同僚的得过且过，王维不觉叹了口气。

"穷则独善其身，达则兼济天下。无论旁人如何行事，只要咱们尽力而为、问心无愧便好。"

"话虽如此，但既然在济州任司仓参军，总要为济州百姓做些事才好，否则便成了禄蠹，心中有愧，所幸明日就能见到新刺史了。"王维喝了口酒，言语中隐隐有些期待。

次日一早，王维身穿淡青色圆领澜袍，匆匆赶往府衙。裴刺史今日到任。

大约辰时刚过，一位身材挺拔的中年男子健步走入府衙大堂，和同僚一起在府衙大堂雁翅而立的王维，不禁多看了裴刺史几眼，只觉得有些眼熟。细思片刻后，恍然想起，这不正是曾在岐王府上见过的长安县令裴耀卿吗？

裴耀卿的目光从在场诸人身上一一扫过，看到王维时，颔首微笑道："王参军，多年不见，一切可好？"

裴耀卿声音浑厚，目光如炬，王维心头一暖，颇有他乡遇故知之感，忙恭恭敬敬地抱拳道："托济州的福，一切都好，今后还请大人多多教诲。"

"王参军过谦了。"

同僚人都是聪明人，听裴耀卿和王维如此说话，便知他们原本就是相熟之人，再加上他们都来自长安，不由悄悄议论了起来。

有说王维时来运转，从此要飞黄腾达了；也有说裴耀卿能否自保都难说，怎会提携王维？也有说裴耀卿深受朝廷信任，此番是来历练，定会更上层楼……

裴耀卿出生于681年，年长王维二十岁。他曾在岐王府听过王维弹奏琵琶，也曾读过王维的诗作，对王维赏识有加。如今碰巧在济州共事，虽是王维上司，但下衙后却常邀王维饮酒喝茶、吟诗弈棋。

王维对裴耀卿担任长安县令时的高风亮节多有耳闻，很是仰慕裴耀卿为人。因此，裴耀卿每每问起政务，王维便知无不言，言无不尽，将他在济州三年的所见所闻悉数告诉裴耀卿。

裴耀卿认真听取并采纳了王维的许多意见和建议。在裴耀卿心里，王维不只是司仓参军，而是他的得力谋士和干将。

不出一个月，裴耀卿就在济州府衙推行奖惩机制，鼓励能者上、庸者下，赏罚分明，奖勤罚懒。济州府衙自此人人勤勉政务，不敢偷懒推诿，衙门风气焕然一新。

不知不觉已是十一月底，这日，王维正在细细查阅一年来公廨、庖厨、仓库、市肆等各项收入和开支，为来年做预算，赵化一溜小跑来找王维："王大人，裴大人说有急事相商，请你这便过去。"

"好。"王维撩起袍角，三步并作两步赶了过去。

裴耀卿正在房中来回踱步，见王维进来，忙招呼他坐下说话。

"裴大人，不知您有何吩咐？"

"摩诘，你先看看这个。"裴耀卿从书案上取过一封邸报，递给王维。

王维接过一看，这是朝廷发来的邸报，大意是圣上明年秋天封禅泰山，要求沿途各州县做好接驾准备。

"摩诘，封禅泰山，可是百年一遇的大事。你主管济州府物资仓储，须尽快盘点，哪些物品够用？哪些物品有缺？缺口多大？需筹备多少？如何筹备？桩桩件件，容不得有一丝闪失。"

"好，济州府衙的历年账册，我手头都有。我一定全力以赴，协助大人完成这一重任。"王维郑重地点了点头。

"摩诘，有你在，我放心多了。"听了王维这番话，裴耀卿眉间的"川"字舒展了不少。

"若大人没其他事,我就先去忙了。"王维正待告辞时,裴耀卿似乎想起了什么,"当年在长安时,我曾听你弹过一曲《郁轮袍》,至今记忆犹新,不知何时还能再听你弹奏一曲?"

听裴耀卿说得如此客气,王维倒有些不好意思起来,含笑抱拳道:"裴大人谬赞了。琵琶之流,只是雕虫小技,不值一提。如若大人不弃,拙荆尚能做得几个小菜,请大人到寒舍小酌几杯,不知大人意下如何?"

"哈哈,早听说你家有贤妻,那我就厚颜叨扰了。"

"择日不如撞日,明日正好休沐,欢迎大人光临寒舍。"

"好,一言为定。"

这日回到家中,王维带回了厚厚一叠账本,并告诉璎珞明日裴刺史来家中做客之事。

"这两个多月来,看裴大人行事谈吐,如沐春风,一见如故。看来人和人之间,是有缘法的。"

"是的,要不然怎会有'白首如新、倾盖如故'之说呢?"

"裴大人自幼聪敏,八岁考中童子举。我在岐王府初识裴大人时,他已是长安县令,执政宽严相济,颇受百姓爱戴。更为难得的是,他虽少年得志,且一路平步青云,但身上不仅没有丝毫飞扬跋扈之气,反而敦厚温良、谦逊有礼,一看便是大家风范。"王维很少佩服人,今日却是一口气将裴耀卿夸了一通。

"裴大人八岁举神童,你九岁知属辞,看来你和裴大人是才子惜才子、英雄惜英雄嘛。""哈哈,多谢娘子抬举。对了,圣上明年秋天要封禅泰山,济州是沿途必经之地,需做好接驾准备。这几日我得把济州府衙历年账册好好看一遍,向裴大人禀报。"

看着王维精神抖擞的模样,璎珞抿嘴一笑,故意模仿王维惯常说话的口气,打趣他道:"女为悦己者容,士为知己者死,古人诚不我欺也!"

"如此说来,娘子的花容月貌,也有为夫的一份功劳不是?"王维不由伸手揉了揉璎珞的秀发,朗声笑了起来。

这晚用过晚膳,王维就钻进书房翻阅账册,不知不觉便看了一个多时辰。

夜凉如水,璎珞特地让福嫂炖了枣浆,让王维暖暖身子。

推开书房,只见他正端坐案前,就着橘黄的烛光,低头翻阅账册。他白皙修长的手指,在账册间一页一页翻过,发出"沙沙"的轻响……

自认识他以来,他似乎永远如此波澜不惊、云淡风轻,似乎没有什么人、什么事会搅动他的心绪，扰乱他的心境……

哦，不对，也有例外的时候。她怀莲儿那阵子，他就好像换了个人似的，总是小心翼翼中透着几分紧张地看着她，仿佛她化身为一尊名贵瓷器，一不小心就会掉落在地，唯有加倍呵护方能安心。这样想着，璎珞不由"扑哧"一声笑了出来。

"璎珞，你怎么来了？"听到璎珞的笑声，王维从厚厚一叠账册中抬起头来，起身走了过来。

璎珞将手中的枣浆递到王维手里，柔声道："我看你今晚吃得不多，这会子只怕有些饿了，喝碗枣浆，暖暖身子也是好的。"

王维轻啜一口，点头笑道："这枣浆，当真和娘子一样甜。"

璎珞心知王维又在打趣她，正想拧他一把时，却被他反手握在了手心，随他一起走到书案边。

他放下枣浆，指着账册道："璎珞，古往今来，帝王们都将封禅视为毕生最高荣耀，借封禅向天下宣扬文治武功、国泰民安。不过，他们却不知道，为了封禅，百姓要付出多大代价。"

王维翻开账册，继续说了下去："就如咱们济州，因为地处黄河下游，每年汛期总要闹上一阵，百姓损失自是不小。这几年，济州府想方设法减轻赋税，好让百姓休养生息。但若明年圣上要到泰山封禅，济州府便少不得要增加赋税，如此一来，封禅倒像是与民争利了。"

璎珞点了点头，若有所思道："泰山封禅，虽受历代帝王追捧，但真正实现这一愿望的竟是寥寥无几。从古至今，好像只有秦始皇、汉武帝、汉光武帝和我朝的高宗皇帝。太宗皇帝文治武功彪炳史册，却未到泰山封禅，莫非就是如你所说，不愿增添百姓负担？"

王维揽过璎珞："太宗皇帝何曾不想登临泰山、封禅天下？只是天不遂人愿，几次都未能成行，加上名相魏征一直劝阻，因此未能如愿。"王维看了一眼璎珞，"你先去歇息，我再看上一会儿。"

"不打紧，我陪你一起。"璎珞笑着拿起日间缝了一半的棉布袜子，在书案对面的便榻上坐了下来，"我把这双袜子缝好，你明日便可穿了。"

"好，你等我一等。不过，鞋袜舒适就好，莫费神绣那些花样了。"

璎珞垂眸一笑，娴熟地绣了起来。只见她先在袜口绣一圈小云纹，再在袜边绣一圈稍大的云纹……

谁让他那么喜欢云纹呢？她要在他的袖口、袜边绣上深浅不一、千姿百态的各式云纹。

夜深了，屋里安静得只剩下王维翻阅账册时发出的"沙沙"声和璎珞绣花时的鼻息声。

不知过了多久，王维合上账册，揉了揉太阳穴，走到璎珞身边："娘子，我好了。"

璎珞笑着放下手中的袜子："我也好了。"

王维握住璎珞的手，只觉手指微凉，不由叹了口气："傻璎珞，你早就好了，一直等我作甚？"

"我等你帮我捂手捂脚呢。"璎珞展颜笑道。每到冬日，她的脚冷得像冰块，连自己都不敢去摸，他却二话不说，把她的脚放在怀里捂热……

"你手脚怕冷，也喝碗枣浆暖暖身子。"王维放开璎珞，从小火炉上拿过枣浆。

"枣浆甜腻，我怕喝多了体丰。"璎珞摇头道。

"你这模样，也怕体丰？"王维手上唯一用力，搂过璎珞的纤腰，"我倒想看看咱家璎珞体丰的模样。"

璎珞拿过王维手中的枣浆，径直递到王维唇边，让他一气喝了下去，这才满意地笑道："熬夜辛苦，明日我让福嫂炖一锅高汤，给你补补身子可好？"

香甜的枣浆顺喉而下，王维只觉得整个胸膛都热了起来，看着烛光笼罩下的璎珞，愈发楚楚动人。

"娘子这么快就想给莲儿添个弟弟或妹妹了吗？"王维在她耳畔低笑道。

嗯？这是什么逻辑？不待璎珞明白过来，脚下忽然一轻，已被他打横抱起。璎珞不由环住他的脖子，即使隔着夹袍，也能感受到他那一下又一下急切的心跳声。

原来，他并不总是波澜不惊、云淡风轻。她闭上眼睛，甜甜地笑了。

次日一早，王维醒来时，璎珞已不在身边，一股高汤的浓香隐隐从厨房飘来。

想起昨晚种种，王维随手抓过璎珞惯用的圆枕，深深地吸了吸璎珞留在圆枕上的芳香。

正陶醉间，只见璎珞掀帘走了进来，看到他已经醒了，就挨在他身边坐下："摩诘，今日裴大人前来，我熬了高汤，准备了平素常吃的几个菜式，不知裴大人喜欢什么口味？"

王维笑着揽过璎珞，一脸宠溺地看着她："咱家璎珞出得厅堂，入得厨房，当真是镇宅之宝。"

璎珞笑着拍开了他的手，若有所思道："裴大人离开长安有些日子了，如今只怕想念长安菜了，今日我做一桌子长安菜，你看可好？"

"好是好，只怕娘子手艺太好，倒是让裴大人愈发想念长安了。"

"不打紧，如若裴大人喜欢，今后请他常来家里用膳便是，你也可以多一位把酒言欢的知己。"

一个多时辰后，当裴耀卿来到王维家中时，从摆设到膳食，无不让他差点以为回到了长安。

堂屋正对门处有一个六曲檀木屏风，上面是一幅天高云淡的水墨山水画，无疑出自王维之手。

绕过屏风，一眼看到屋角立着一个容长的花瓶，插着三五支高低不一的芦苇，将山间的秋意不落痕迹地带入了屋内。

花瓶旁的黑檀木食案上，错落有致地摆满了杯碟碗盏，金黄微焦的烤鹿肉、洒着金黄桂花的糯米藕片、围成灯笼装的虾仁、红黄相间的姜丝肉片、青翠欲滴的高汤百岁羹，无一不是色香味俱佳！

裴耀卿一边落座，一边点头赞叹道："想不到摩诘家有如此贤妻，看来我早该来了！"

"大人过奖了，大人若是喜欢，今后常来才好。"说着，王维拿起烫好的酒壶，为裴耀卿斟酒道，"这坛越州黄酒已经有些年头了，冷天喝上几杯，最是温补。"

裴耀卿看了看透着琥珀色光芒的黄酒，点头道："色如琥珀，香似兰麝，越州黄酒果然名不虚传。"

两人正说笑间，璎珞捧着一个六寸莲叶青瓷盘款款走了过来。

"裴大人，这是拙荆崔氏。"王维看了一眼璎珞，笑着向裴耀卿介绍道。

璎珞笑盈盈地放下盘子，向裴耀卿欠身行了一礼："裴大人，这是奴家做的生鱼片，不知是否合大人口味？请大人品尝。"

裴耀卿顿时眼前一亮："弟妹果然好手艺，生鱼片晶莹透亮、薄如蝉翼，这刀工好生了得！"

长安人食必求鲜，几乎无鱼不欢。裴耀卿在长安时，也常吃生鱼片，来到济州后却不曾吃过了。他伸出竹箸，夹起一片细细品尝，赞道："果然鲜美。"

说话间，福嫂也抱着一个双耳瓦罐走了过来。裴耀卿闻了一闻，点头道："这高汤定是用上好的母鸡小火慢炖，才会有如此扑鼻浓香。"

"秋冬时节，鸡汤最是滋补，请大人趁热喝上一碗。"璎珞浅笑盈盈道。

酒过三巡，喝到高兴处，裴耀卿提议道："如此美酒怎可无丝竹管弦？摩诘可否赏光弹奏一曲，我也好多喝几杯。"

"大人若是喜欢，我就厚颜献丑了。"不待王维示意，璎珞便起身去取琵琶。

书房内的琴架上，并排放着两把琵琶。一把是王维一直用惯了的琵琶，一把是玉真公主赠送的镶玉琵琶。

璎珞听王维用这把镶玉琵琶弹奏过《阳春古曲》，音色之清越高远，端的妙不可言。但不知怎的，王维却轻易不肯碰这把琵琶。有时被璎珞缠得紧了，也只是取过自己那把用惯了的琵琶，随意消遣几曲而已。

聪慧如璎珞，哪里不明白王维是不想惹她误会。其实，她哪里还有什么误会？这样想着，便毫不犹豫地捧起这把镶玉琵琶，向外屋走去。

当璎珞将镶玉琵琶递到王维手中时，裴耀卿脸上显然愣了一愣，一脸疑惑道："这把琵琶是否来自西域？不知摩诘何处所得？"

王维心中一怔，决定将玉真公主赠予一事如实相告。裴耀卿恍然大悟，但随即又有更多疑虑涌上心头。

他方才第一眼看到这把琵琶时，便认出了这就是胡人壮士送给玉真公主的那把琵琶，但又不好妄加猜测，索性直言相问，不料王维倒也爽直，坦诚确系公主所赠。

玉真公主何许人也？她不仅是当今圣上的同胞妹妹，更是修行颇深的道教中人。无论在李唐皇室，还是佛道两界，身份都极尊贵，岂肯轻易赠人礼物？但她却将这稀世罕见的西域琵琶赠予王维？

正当裴耀卿百思不得其解时，"铮"的一声，王维的手指划过琵琶，满座顿时寂然，连福嫂和小蝶也围了过来，屏气敛神地听了起来。

裴耀卿的思绪却再次飞出很远。

如若公主如此赏识王维，王维三年前为何会被莫名其妙贬官？为何三年过去了，王维还一直困在济州，无法重返长安？

再进一步想，公主如此赏识王维，为何不招王维为驸马？公主如果开口，圣上定当允旨，为何要选择这样默默牵挂？

王维清越激昂的琵琶声，让裴耀卿渐渐收回思绪。看着抚琴长弹的王维和一旁清雅柔美的崔氏，心中的疑团似乎有了答案。

眼前这对贤伉俪，分明是世间难得的神仙眷侣。他们之间的跌宕曲折，岂是外人可以知晓？有情人终成眷属，这不是比在长安更强上百倍？

一曲终了，裴耀卿百感交集道："摩诘堪比伯牙，裴某佩服之至。"

王维放下琵琶，双手举杯，言辞恳切道："自裴大人来济州后，我常有他乡遇故知之感。三生有幸，感念在心。"

"摩诘，当年你在长安时，便已名扬天下，想来在济州不会盘桓太久。裴某能在济州遇见你，亦是裴某之幸。来，咱们喝了这杯酒，一切尽在不言中。"

酒逢知己千杯少，裴耀卿和王维一路聊了下去。

"裴大人，这些天我已看过济州府近三年的账册。这几年，济州虽无大灾，但小灾却是不断,民生多艰,税赋一直有所减免。明年圣上封禅泰山,若是加重税赋,百姓恐怕不堪重负,还需想出一个既能顺利接驾、又替百姓分忧的两全法子才是。"

"是的,圣上仁爱天下,体恤百姓,泰山封禅亦是为天下苍生祈福。咱们既要做好接驾,亦不可增加百姓负担,总要两全其美才好。"

"大人若有闲暇,我陪大人到济州各处田庄市坊走走看看可好?"

"好。"

两人侃侃而谈,不知不觉已是日落西山。裴耀卿起身笑道:"今日吃了弟妹的好菜,偏了你的好茶,听了你的好曲,真乃乘兴而来,尽兴而归。"

第四十章　圣心波澜　不为所动

王维一直送裴耀卿到门口,看他远去了,才返身回屋。看见案几上的镶玉琵琶,想起今日璎珞所为,不由心中一暖,快步向内室走去。

内室墙角烧着一盆炉火,璎珞靠在床头打盹,鬓发散了几缕下来,覆在她的长睫上,随着鼻息轻轻荡漾。一旁的莲儿睡得正香,小嘴偶尔发出"吧唧吧唧"的声音,莫非梦见了什么好吃的?

王维出神地看了许久,才轻手轻脚地走到床边,将他的披风轻轻盖在璎珞身上。璎珞顿时一个激灵,睁开双眸,只见王维正笑微微地看着她。

"你忙了一天,怎么不好好躺下来睡一觉?这样坐着小心着凉了。"王维笑着挨璎珞坐下,将她揽进怀里,好让她靠得更舒服些。

璎珞揉了揉眼睛:"方才哄莲儿午睡,想着你和裴大人或许有事,不想却是睡着了。"

"裴大人刚走了,你好好歇着,晚上想吃什么?我做给你吃。"

"唔,我想吃……"璎珞想起她生完莲儿那阵子,他日日变着法子给她做各种适宜产妇的膳食,心头不由涌起暖意,"我想吃你做的西羹汤饼。"

"这个容易,今日刚好还有高汤,我这便去做。"王维刚要起身,不料璎珞却拉住他柔声道:"不急,我还不饿呢,咱们坐着说说话。"

王维将她揽在胸口，点头笑道："自从有了莲儿，咱们好像很久没有这般闲适了。"说着，扯过一旁的棉被，盖在璎珞身上，将她连被子带人搂在怀中，像哄莲儿一样，一下一下轻抚她的后背。

璎珞心满意足地叹了口气，将脸埋在王维胸口，絮絮聊着家常。聊着聊着，困意渐渐袭来，眼皮越来越沉，不知不觉睡了过去。

王维扶璎珞躺下，只见她的枕边放着一本《晋书》。在众多史书中，王维偏爱《晋书》，受他影响，璎珞也很喜欢，闲来无事时，便会找来看上一看。

他随手一翻，便翻到了《晋书》第四十九卷《阮籍传》。王维早已熟稔于心，几乎可以倒背如流。不知为何，每读一次，内心便有一种触动。想阮籍虽胸怀济世之志，却因生于那样一个"名士少有全者"的乱世，便只能韬光养晦，了此余生……

或许，正是这样一种魏晋风骨，才让他和璎珞对《晋书》如此着迷。

屋内一片安静，王维轻轻合上《晋书》，看了看酣然入睡的璎珞和莲儿，靠在床头，闭上眼睛，内心一片安宁。

人生不过百年，和宇宙洪荒相比，百年不过是白驹过隙、弹指刹那。

何处是来路？何处是归途？盛世也好，乱世也罢，对于这些生死大问，谁又能说得清、道得明？

人生本就孤独，若能有幸遇见知你懂你之人，与你携手同行、相伴一生，那么，便可少些孤独，多些欣然。

就如此刻，什么都不做，只是这样静静地坐着，内心便已富足得仿佛拥有了一切。唯愿这样的时光，可以走得慢些，再慢些……

在日复一日的忙碌中，725年春天悄然而至。

经过一个漫长沉闷的寒冬，济州人对于这个春天似乎格外期待。因为，这一年秋天，大唐天子就要来泰山封禅了！虽然不能一睹天子尊容，但想到天子会浩浩荡荡路过济州，就别提有多激动了！

和济州百姓一样，济州府里也格外忙碌。

这日，裴耀卿正召集僚属商议天子接驾事宜。只听裴耀卿声如洪钟道："摩诘，就按你说的办，一是在正税外临时加税，不过只向济州富商大贾征税，不增加百姓负担；二是沿途设置三梁十驿，各驿由专人采办接驾所需用品，均需报备。若有克扣银两、虚报物资的，一律严惩不贷。"

"多谢大人允准。济州民生多艰，我思前想后，觉得如此行事，或许可以两全其美。"王维起身抱拳道。

"摩诘所言甚是，大家按我方才说的去办，各自分头行事即可。"

与会僚属面面相觑，无不惊讶于王维竟能想出如此雷霆手段，且被裴大人如此力挺。不管内心是否愿意，面上无不点头称是，领命而去。

他们一定不会知道，为了想出这个万全之策，王维不知做了多少功课，花了多少心血。

当济州忙于准备接驾时，朝廷上下也都为封禅大典忙碌着。

这日退朝后，李隆基留下中书令张说、礼部侍郎贺知章说话。

张说出生于667年，比李隆基年长十八岁，处事稳重，不仅担任中书令，还兼任集贤殿书院知院事，深得李隆基信任，风头一时无二。

贺知章出生于659年，越州人氏，早在武后证圣元年（695年）就高中状元，被武后授予国子四门博士，后迁太常博士。722年，在张说推荐下，贺知章入丽正书院，参与撰修《六典》《文纂》等书，如今是礼部侍郎、集贤院学士。

"张卿、贺卿，不必多礼。"李隆基满面春风道，"泰山封禅一事，准备得如何了？"

张说站直身子，满面笑容道："陛下治世有功，今秋封禅泰山，乃天下苍生之幸。封禅诸事进展顺利，礼部正在草拟封禅大典各项仪程，对以往不合时宜的仪程稍作修改。"

"哦，说到仪程，朕倒想起一事。"李隆基微微坐直身子，正色道，"帝王封禅时，都要向上天呈上亲笔手书的玉牒，为何历代帝王的玉牒都秘密书写，从不示人？"

"这……"张说一时不防，倒说不出个所以然来，贺知章忙上前一步，抱拳回禀道："启禀陛下，帝王封禅时所求各异，或祷年算，或思神仙，大抵是希望自己长生不老，因此不便公之于众。"

"原来如此。"李隆基恍然大悟，哈哈笑道，"朕此行只为苍生祈福，更无秘情。朕之玉牒，可公告于天下。"

张说和贺知章顿时如释重负，伏地叩拜道："陛下心怀天下，为苍生祈福，百姓幸何如之！"

封禅筹备事宜如李隆基希望的那样，紧锣密鼓、有条不紊地进行。这期间发生了三件事，让他的心情起了一些波澜。

第一件事，是王皇后的去世。724年7月，王皇后因"符厌事件"被李隆基废为庶人，别院安置。同年十月，王皇后郁郁而终，死因不明。

当李隆基得知王皇后的死讯时，心里还是有些难过。人心毕竟都是肉长的，一日夫妻百日恩，更何况是曾经患难与共的结发妻子？想起王皇后生前的一幕幕往事，李隆基心中愧疚，诏令以一品夫人之礼葬于无相寺。

第二件事，是武惠妃的封后受阻。然而，面对千娇百媚的武惠妃时，李隆基心中的难过和歉疚，却又消失得无影无踪。王皇后尸骨未寒，李隆基便想着，既然皇后之位空缺已久，何不册封武惠妃为皇后？

但武惠妃毕竟是武则天的后人，对武则天心有余悸的大唐臣子们自然不肯答应。武氏前车之鉴犹在，岂可再立武氏后人为后？群臣纷纷谏言劝阻，说武惠妃一旦当上皇后会如何如何，当今太子又会如何如何……

眼看着反对声一浪高过一浪，李隆基不好一意孤行，只能打消了立武惠妃为皇后的念头，但是，他坚持武惠妃享有与皇后同等的服秩、品级和待遇。也就是说，武惠妃除了没有"皇后"这个名分，其他该有的都有了。

第三件事，是来自突厥的隐忧。725年，大唐和突厥的关系，虽然不像唐太宗、唐高宗时期那样剑拔弩张，却也并不完全太平。李隆基担心他到泰山封禅时，突厥会乘虚而入，便找张说商量对策。张说也担心突厥会趁机入侵，建议加强边防军备，便找兵部郎中裴光庭商议此事。不料，一向沉默寡言的裴光庭却提出了异议。

裴光庭出生于678年，比张说小十一岁，和裴虚己、裴耀卿一样，都出自河东裴氏。

裴光庭认为，若加强边防军备，有违封禅本意，会使封禅之举名不副实，建议派鸿胪卿远赴西域，邀请突厥等诸夷狄参加封禅之行。李隆基大为赞赏，采纳了裴光庭的建议，宽心了不少。

当长安的臣子们忙着做好天子封禅的各项准备时，王维也正忙着配合裴耀卿做好接驾的各项准备。

向世家大族、富商巨贾额外征税和设置三梁十驿的做法，虽然得到了济州百姓的一致拥护，却得罪了一群势力最强的人——济州当地的世家大族、富商巨贾。

因为是济州刺史发令的，他们明面上不好说什么，但私下里却都愤愤不平：济州府凭什么在正税之外额外加税？凭什么不征老百姓的税，只征他们的税？这不是明摆着劫富济贫吗？还不是王维为了沽名钓誉想出的馊主意？

对于这些暗流汹涌的议论，王维心里自然清楚不过，但他顶住压力，不为所动，按原计划有条不紊地推进，事无巨细，无不亲力亲为。

这一切，裴耀卿都看在眼里，听在耳里，不禁愈发欣赏王维、佩服王维。

在这样日复一日的繁忙中，秋天悄然而至。金黄色的菊花次第盛开，将小小的庭院烘托得秋意盎然。一阵秋风吹过，树叶纷纷扬扬飘落，发出"沙沙"的轻响。

在一棵枝繁叶茂的枫树下，福嫂抱着两岁半的莲儿去抓刚刚泛红的枫叶。莲儿用胖嘟嘟的小手够了好几回，终于抓住了半片叶子，连忙献宝似的回头去唤璎珞："阿娘，阿娘！"

璎珞忙放下手中的针线，走到福嫂身边，亲了亲莲儿被风吹得有些发凉的脸蛋，拍手夸莲儿道："莲儿长高了，长大了，越发能干咯！"

听到阿娘的夸奖，莲儿越发兴致勃勃，要福嫂抱她继续抓枫叶，银铃般的笑声洒满整个庭院，随风飘出很远……

在莲儿的欢笑声中，璎珞的目光不由看向济州府衙的方向。

自打今年春天定下接驾方案以来，王维就忙得像陀螺似的，早出晚归不说，为了到各驿站督查采办事宜，常常夜不归宿。即便回到家里，也是日日伏案到深夜。她莫说帮忙，就是看都看不明白，唯一能做的，也就是照顾好家里，不给他添乱。

如果只是忙，倒还是其次，让她心疼的是，他还被那么多人怨、那么多人恼！这一切，他不仅在外人面前只字不提，即便回到家里，为了不让她忧心，也从不说上半句。有时被她问得急了，也总是顾左右而言他，一笑了之。

她真希望他能在她面前发发牢骚，出出怨气，总比这样闷在心里一个人扛着来得强。唉，真是拿他没有法子！

暮色渐浓，时有大雁从头顶飞过，在苍茫的天空写下一个略显凌乱的"人"字。璎珞叹了口气，正待回屋时，忽然看到那个熟悉的身影正向家中走来。璎珞心中一喜，忙快步跑下台阶，迎出门去。

"摩诘，你回来了！"

看见璎珞迎出门外，王维忙脱下身上的披风拢在璎珞肩头："这天一日冷似一日了，你这样在风地里站着，连披风都不穿，仔细着凉。"

璎珞拢了拢这件带着王维体温的披风，抬头笑道："哪有这么娇贵了，我天天在家待着，不会冻着。倒是你，日日风里来，雨里去，该多穿些才好。"

"娘子做的夹袍着实厚实，穿着很是暖和。"王维伸手揽过璎珞，一起步入庭院。

璎珞低头看了一眼他身上显然松了不少的夹袍，不禁胸口酸涩，言语中是藏不住的心疼："今日福嫂做了好些你爱吃的，你该多吃点……"

晚膳很是丰盛，有王维爱吃的西羹汤饼、如意卷、葫芦头、玉面尖……璎珞一直笑微微地看着他吃，仿佛他多吃一口，她的喜悦便会增长一分。王维笑着每样都吃了几口，还比平日多吃了一碗饭，才放下竹箸叹了口气："吃了家中的膳食，才知道衙门厨子手艺有多骇人。不过，这倒也是节约衙门粮食的好法子。"

璎珞笑着起身收拾食案："你尽会耍嘴皮子，只怕这会子衙门厨子要打喷嚏了。"

两人笑着闲话了几句，王维带着歉意道："璎珞，我还有些账册要看，你和莲儿早些安歇，不用等我。"

"嗯，你去忙吧，莫挂心我和莲儿。"

王维点了点头，步入书房，不知不觉看了一个多时辰。夜愈发深了，四周一片安静。

王维放下账册，揉了揉额角，正准备起身到内室安歇时，却见书房门帘一掀，璎珞拎着食盒走了进来。

"璎珞，这么晚了，你怎么还不歇着？"王维忙快步迎了过去。

"上回你说帮我编撰《崔氏私房食谱》，我便想着，总要多做一些美食出来，才算不辱使命。我今晚按孙真人的方子做了这个莲子浆，据说能清心润肺，适宜秋冬时节饮用，你替我尝尝可好？"璎珞一边说着，一边从食盒中取出一碗热热的莲子浆。

王维忙从璎珞手中接过，低头喝了一口，只觉温润中带着一丝清甜，从喉咙到腹部都很舒坦，不由一口气喝完了一大碗莲子浆，璎珞这才松了口气。

王维看璎珞松了口气，不由一阵苦笑，久久凝视着她的双眸，一脸心疼道："傻璎珞，莲子浆很好喝，只是以后不许这样陪我熬夜。"

"摩诘，看你日日操劳，我却帮不上你什么，我能做的也只有这些了。"璎珞伸手抚上他的两鬓，柔声道。

王维怔怔地看着她，半晌才叹了口气："傻璎珞，只要你和莲儿安好，我便心安了。旁的事情又有什么打紧？你莫放在心上。"

璎珞乖乖点了点头，轻轻伏在他的胸口，伸手环住了他的腰。周身是她最熟悉的气息，耳边是她最熟悉的心跳。是啊，只要他们一家人安好，其他事情又有什么打紧？

原来，一直以来，是她小看了他。

第四十一章　为妻煮茶　哄女嬉戏

当漫山遍野的枫叶日渐转红时，距离泰山封禅的日子便不远了。

725 年 11 月，李隆基一行从东都洛阳出发，前往泰山。只见一百二十列卤簿和白鹭车、鸾旗车、辟恶车等十二架副车前引后随，左右护卫着李隆基的銮驾庄严前行。銮驾之后，跟随着文武百官、四夷酋长、戎狄夷蛮羌胡等朝献之国、诸方朝集使等数千人。仪仗队伍前的马队，以一千匹马为一个方阵，按毛色不同交错排列。一时间，中原大地上，万马奔腾，蔚为壮观。

看着这浩浩荡荡的车队，李隆基不禁志得意满。十三年前，他刚即位时，全国只有24万匹骏马，如今已增至43万匹，几乎翻了一番！国力之强盛，经济之繁荣，由此可见一斑。

从洛阳到泰山，沿途要经过十几个州，李隆基目光所及之处，都是一片安居乐业、繁荣昌盛之景象，心情更是大悦。

路过济州时，李隆基接见了裴耀卿。裴耀卿趁机上书一封，大意是圣上泰山封禅，乃为天下苍生祈福，是天下黎民之幸，不可过多增加百姓负担。其中有这样一句话："人或重扰，则不足以告成。"

李隆基点头叹道："裴卿爱民之心让朕感动，待回到长安，朕会将此信放在案头。"

裴耀卿伏地叩首道："陛下心怀天下，仁厚爱民，为人臣子者，定当鞠躬尽瘁，死而后已。此次济州设置三梁十驿的法子，出自司仓参军王摩诘，微臣不敢贪功，特向陛下禀告。"

"哦，王维？"李隆基微微一怔，继而点头微笑道，"裴卿素来宽厚待人，从善如流，尤其善用属下所长，果然是为官一任，造福一方，甚好。"

张说听裴耀卿特地提及王维，也满心想替王维美言几句，不料李隆基似乎压根儿不想提及王维，便也不好多说什么了。

12月16日，李隆基自泰山南麓登上岱顶，以五色土圆封《玉牒文》，举行了隆重的封禅仪式。

和历代帝王不同的是，李隆基首次将他向上天祈祷的《玉牒文》宣告于天下。他在《玉牒文》中许下三个心愿，一是谢成于天，二是子孙百禄，三是苍生受福。

封禅结束后，李隆基下诏大赦天下，封泰山神为"天齐王"，还亲自用行书撰写了洋洋千言的《纪泰山铭》，摩刻岱顶大观峰。

这一刻，李隆基一定是踌躇满志的，为他的江山，为他的功业，也为他的李唐天下！

完成接驾重任后，王维心里有一种久违了的轻松。

庭中两株蜡梅凌雪盛开，散发着蜡梅的清香。屋内炭盆烧得正旺，铜熏炉里隐隐飘来苏合香，让人暖意融融、神清气爽。

王维下衙后回到家中，看着眼前的一切，心里是满满的惬意。这一年来，因为忙于接驾，他似乎错过了生活中的很多美好。比如，很久没有陪璎珞在庭院欣赏这些花花草草了。

正胡思乱想间，璎珞从内室走了出来。

"摩诘,好看吗?"只见璎珞手中捧着一个白色堆花双龙柄瓷瓶,瓶中插了一枝两尺多长的梅枝,数十朵蜡梅点缀其间,暗香浮动,煞是好看。

璎珞将瓷瓶递到王维面前,一脸得意地看着他,脸上似乎写着三个字——快夸我!

屋外大雪纷飞,屋内温暖如春,更重要的是,还有如此活色生香的小娇妻!

王维心中激荡,忙从璎珞手中接过瓷瓶,在屋内环视一周,才将瓷瓶放在了六曲墨书屏风前的案几上,笑问璎珞道:"用这六曲墨书屏风配白瓷蜡梅,娘子觉得可好?"

璎珞细细端详了几眼,点头赞道:"夫君眼光向来就好,再无比这里更妥当的了。"

"璎珞,这一年来,我对不住你和莲儿。"看四下无人,王维握住璎珞的手,在掌心轻轻摩挲。

"哦?那怎样才算对得住?"璎珞嫣然一笑,或许因为方才修剪蜡梅,璎珞鬓角的两绺头发散了下来,在耳边一晃一晃。

王维笑着伸出手去,将两绺头发顺到她的耳后,看着她晶亮的眸子:"这个吗?但听娘子差遣。"

"对了,兴宗来信说,九娘刚生了一个小郎君,阿爷阿娘高兴极了。等天气暖和些,咱们带莲儿回定州和蒲州,看看阿爷、阿娘和阿家,给兴宗和九娘道喜,可好?"

"好啊!时间过得真快,想不到兴宗也当阿爷了!说来也是,莲儿已经快三岁了,是该带她去看看长辈们了。我年后便着手安排,定不辜负娘子所托。"王维故意向璎珞抱了抱拳,大有"君子一言,驷马难追"之意。

璎珞撑不住"扑哧"一声笑了,伸手摸了摸他明显消瘦了一圈的脸颊,原本明媚的眸子暗了下来,柔声道:"你忙了这一年,如今总该好好歇歇了。"

王维按住璎珞的手,点头笑道:"璎珞,我有好些日子没有煮茶给你喝了。"

是啊,这一年来,为了接驾,事情一件接着一件,真是好久没有喝到他亲手煮的好茶了。想起他煮茶时云淡风轻的样子,璎珞不禁悠然神往道:"被你这样一说,我当真有点想喝茶了。"

眼前的璎珞,明眸皓齿,波光潋滟,王维情不自禁在她唇上轻啄了一口:"你喜欢剑南蒙山石花,我今日便煮这个可好?"

"好。"璎珞伏在他温暖的怀里,心里偷着乐。她知道,对他来说,煮茶给她喝,或许是让他觉得"对得住"她的最好方式。

随着长柄羊脂玉锅轴的来回研磨,小小的剑南蒙山石花茶饼很快便在鎏金茶碾子里变成了茶末。将茶末倒入小屉柜般的银茶罗,层层晒过,又细又匀的茶粉就纷纷扬扬地洒在了光可鉴人的银盘上。

这一套磨茶的功夫，璎珞不知看过多少遍。但每看一次，依然会被他身上那份云淡风轻、波澜不惊的气度深深吸引。

明明只是平平常常的煮茶，但到了他手里，却潇洒得如同一首诗。那茶汤沸腾、长勺击水的声响，优雅得仿佛一曲琵琶，让人陶然忘忧。

不知过了多久，耳畔传来王维温润清朗的声音："好了。"

璎珞这才回过神来，将视线从王维身上移到银风炉上的茶釜中，只见茶釜内的汤花已育得细密丰盈，忍不住脱口赞道："这汤花真是好看，倒叫人舍不得喝了呢！"

王维移开茶釜，分了两盏，将其中一盏移到璎珞面前，故意纳闷道："孔夫子云：'唯女子与小人为难养也，近之则不逊，远之则怨。'我怎么觉得，咱家璎珞好养得紧，无论我说什么，做什么，她都说好。"

璎珞并不理他，正想伸手去拿杯盏时，他忽然按住她的手，笑道："仔细烫了手。"

听王维提到"烫手"二字，璎珞心里一阵发窘，不由想起了婚后第一次喝茶的情景。

那一次，他将刚分好茶的茶盏放到她面前，她一时忘情，竟忘了茶盏是烫手的，伸手便去拿，结果自然是被好生烫着了！王维心疼得不行，又是帮她吹气，又是用冷葛巾帮她敷手，忙了好一会儿才放心……

"遵命。"璎珞抬眸一笑，正想拿起茶盏啜饮一口时，忽然记起了什么，抿嘴笑道，"你等等，我去去就来。"

看着她兴冲冲起身离去的背影，王维笑着摇了摇头，不知他的娘子又要给他带来什么惊喜？

正思忖间，璎珞已捧了一个食盒过来。

"来而不往非礼也。偏了你的好茶，自然也要请你尝尝我做的点心哦。"璎珞笑微微地打开食盒，取出四个晶莹透亮的荷叶青瓷碟，和一旁的蜡梅白瓷瓶相映成趣。

"哈哈，看到娘子如此养眼的点心，忽然觉得饿了。"王维伸手拈起其中一个金黄色的果子，细嚼慢咽道，"这是桂花做的馅？"

"嗯，今年秋天，院子里秋桂盛开时，我让小蝶采了一瓷盆，用糖搅拌后封在罐子里。用来做点心的馅，又香又甜。"璎珞下巴微扬，嘴角是藏不住的小小得意。

"寒冬腊月，吃桂花果倒是正当时。"王维吃完一个，意犹未尽道。

"吃完了甜的，再尝尝这个如何？"璎珞拿起另一个方方正正的淡黄色糕点，送到王维唇边。

"唔，这个有些清苦，莫非是菊花糕？"王维喝了口茶，待口中没有残留的甜味后，方细细品了一口。

"正是，菊花微苦，可以润喉清肺。摩诘，你说我这样取菊花入馅，若是被陶渊明先生知道了，会不会有焚琴煮鹤之嫌？"

王维笑着替璎珞满上一盏茶："若是被陶渊明先生知道了，他一定会说：'如此雅致的点心，给我也来一碟。'"

璎珞"扑哧"一声笑了出来，指了指另外几个果碟："要不要再尝尝其他几样？"

王维摸着肚子道："为夫已经吃不下了。"

"才吃了两口而已，莫非不好吃吗？"

"哈哈，娘子岂不闻秀色可餐？看着娘子，即便什么都不吃便已饱腹了，更何况还吃了娘子这么多美食。"

"你尽会耍嘴皮子，小心莲儿有样学样。"璎珞掩嘴轻笑，朝内室方向努了努嘴。

王维正想伸手去摸璎珞，突然传来莲儿清脆的童音："阿爷，我也要吃糕糕！"

璎珞偏过头来，双手合十道："阿弥陀佛，一物降一物，莲儿就交给你咯！"

这晚，一家人用过晚膳，屋内灯火通明，欢声笑语不断。

"莲儿，阿爷教你折青蛙，比谁的青蛙跳得远，好不好？"王维将莲儿抱到膝上，拿过一叠剪窗花的纸，哄莲儿道。

"我要折会跳得很远很远的青蛙！"莲儿穿着大红夹袄，小脸蛋儿被炉火熏得红扑扑的，在空中比画了一个大青蛙的形状，咯咯笑着。

璎珞摸了摸莲儿的脑袋，笑道："你和阿爷比试比试，让阿娘瞧瞧，谁的小青蛙蹦得更高？跳得更远？"

王维拿过一张红纸，不多时，便折好了一只精神抖擞的青蛙。他把青蛙放到案几上，手中微微用力，按住青蛙尾部，刚一放开，青蛙便一蹦三尺高，"倏"的一声跳到了案几那头。莲儿不由看得呆住了，半晌才回过神来，拍着小手道："青蛙会跳咯！青蛙会跳咯！"

王维哈哈一笑，摸了摸莲儿的小脸蛋，再拿过一张红纸教莲儿。莲儿胖嘟嘟的小手折了半天，最后折出的与其说是青蛙，倒不如说更像老虎，大腹便便地趴在那里，怎么都动弹不了。

莲儿一脸委屈地嘟囔道："我的青蛙为啥不肯跳？"

看着莲儿一脸沮丧的模样，璎珞早已笑得直嚷肚子疼，王维忍笑逗莲儿道："因为青蛙听阿爷的话呀！莲儿想让青蛙听话吗？那就要乖乖吃饭、乖乖睡觉，青蛙就听你的话咯！"

烛光照在父女俩相似的长睫毛上，染上了一层光晕。睫毛下的眸子，都是那样黑白分明、澄澈透亮。璎珞静静地看着他俩，心中一片柔软……

或许是日间睡得太久,也或许是青蛙太好玩了,莲儿越玩越兴奋,丝毫没有睡意。王维看了一眼困意连连的璎珞,哄莲儿道:"莲儿,青蛙已经跳了一晚上,快累得跳不动了,咱们让它好好睡一觉,明天再陪咱们玩,好不好?"

"青蛙也要睡觉吗?"莲儿看着手中的青蛙,很是依依不舍。

"当然咯。要不,莲儿带青蛙一起睡觉?"

"太好了!"

福嫂忙识趣地哄走了莲儿,王维和璎珞相视一笑,携了她的手,向内室走去:"咱们也早些安歇吧。"

"你哄孩子果然有一套。"璎珞揉了揉有些发沉的眼眸,慵懒地躲在温暖的被窝里。

王维脱去夹袍,挨着璎珞躺下,低头看着璎珞笑道:"只是哄孩子有一套吗?"

璎珞转念一动,心知又说错话了,刚想分说几句,却觉得腰间一紧,已被他紧紧拥入怀里,在她耳畔低唤:"璎珞……"

他的声音微哑,心跳响亮急促,身体的变化更是半分都藏不住。璎珞不禁睡意全无,伏在他的胸口暗笑:"还以为他这一年快要修炼成仙了,原来到底还是……"

王维温暖的手指解开了璎珞的小衣,带着烫人的温度,渐渐加入了力道,哑声道:"璎珞,咱们已经好久没有……"

一语未了,门帘却被"呼"的一声掀起,原来是莲儿撒腿跑了进来。

两人忙迅速分开,莲儿先是呆了一下,随后便扑到璎珞怀中,嚷嚷道:"阿娘不抱阿爷,阿娘抱我!"

福嫂在屋外不无尴尬地喊道:"莲儿快些出来,小青蛙在被窝里等你呢。"莲儿却不为所动,紧紧搂住璎珞不放。眼下对她来说,阿娘的怀抱显然比青蛙更有吸引力。

璎珞哭笑不得,摸了摸莲儿的脑袋:"莲儿不陪青蛙好好睡觉,怎么跑来寻阿娘了呀?"

莲儿紧紧搂住璎珞的脖子,早已将青蛙抛到九霄云外,抬头看着璎珞,似懂非懂地问:"阿娘,我还能钻回你的肚肚里吗?"

"莲儿已经长大了,阿娘肚肚里已经装不下你了。"

"那,会不会有另外的娃娃,会装在阿娘肚肚里?"莲儿睁大眼睛,一脸认真。

璎珞忍不住"扑哧"笑出了声,转头看着王维,眼神里分明写着"我搞不定你宝贝女儿了,还是你来搞定吧"。

王维哈哈一笑,伸手将璎珞和莲儿都揽在了怀里,捏了捏莲儿写满问号的小脸蛋:

"如果阿娘肚子里再装一个小娃娃,你希望是女娃娃?还是男娃娃?"

莲儿顿时来了兴致,但马上又皱起了眉头,认真地想了半天,才响亮地说:"我不要弟弟,也不要妹妹,我要——阿兄!"

这回倒是轮到王维吃了一惊,想不到莲儿小脑袋里竟还有这样的主意,只好耸了耸肩,一脸无奈道:"这个嘛,容阿爷想想。"

璎珞早已把脸埋在莲儿身上,笑得说不出话来。刚才还被夸哄女儿有一套的他,这会竟被女儿噎得答不上话来了。

莲儿见阿爷答不上来,便转头捧住了璎珞的脸,撒娇道:"阿娘,阿娘,你给莲儿一个阿兄嘛,好不好嘛?"

璎珞抬头擦了擦眼角笑出的泪水,一脸无辜地看着莲儿:"这个吗,阿娘真是没有法子,不知你阿爷有没有想出法子了?"说着,转身看了一眼王维,掩嘴笑道。

王维故意叹了口气,眉头紧锁,一脸为难道:"莲儿,这事的确有些难,我和你阿娘好好商量商量,明日告诉你,好不好?"

趁莲儿不注意,王维在璎珞腰上轻轻拧了一把,璎珞不妨,愈加笑出声来。

莲儿看了看阿爷,又看了看阿娘,不明白为何阿爷一脸为难,阿娘却一直在笑?唉,大人的世界,小孩真心不懂,只好歪着脑袋想了半响,无可奈何道:"好吧。"

一直候在屋外的福嫂,只好掀帘走了进来:"莲儿乖,青蛙一直在等你呢,咱们快到被窝里去数青蛙!"莲儿这才不情不愿地被福嫂抱走了。

屋内终于恢复了安静,王维看了一眼璎珞,手上微一用力,便又将她带入怀中。璎珞耳根"腾"的烧了起来,心里不由一声低叹,不知今夜他要和她如何好好"商量"莲儿要的那个阿兄?

第四十二章 誓死护堤 送别知己

转眼间,就到了726年春天。

刚过三月,济州街头的杨柳便染上了丝丝新绿。梅桃杏李像约好了似的,次第盛开。在一片花香中,济州百姓纷纷脱下棉袍,换上春装。

第四十二章 誓死护堤 送别知己

正当王维想带璎珞、莲儿回老家探亲时，济州却发大水了！

自进入四月以来，济州的天空就像漏了一个大窟窿，天天滂沱大雨，且毫无停止的迹象。

加上此时黄河也已进入汛期，滔滔黄河水裹挟着泥沙顺流而下，很快就形成了淤积。随着黄河水位不断攀升，黄河沿岸的堤坝只好不断加高，有些地段的黄河水平面甚至高过了堤坝外的地面！

济州位于黄河下游，又是大雨，又是汛期，济州城北的黄河大堤也日益告急！一旦决堤，后果不堪设想！

济州水患危在旦夕，裴耀卿连日来不眠不休，日日带领济州僚属到黄河大堤视察水情，王维也在其中。

滔滔河水，浊浪翻腾，犹如一匹桀骜不驯的野马，要拼命挣脱人为的羁绊和束缚，咆哮着，嘶吼着！大堤就像一条若有若无的线，仿佛随时都会被河水淹没！

暴雨倾盆如注，水位急速上升，黄河河堤内侧已出现小面积滑坡，如不及时抢修，就会出现大面积塌方！河堤就会从这里撕开缺口，济州城将瞬间被黄河淹没！

千钧一发之际，裴耀卿大声喊道："马上派人火速赶往长安，向朝廷请求支援；组织全体官员和全城民众抢修大堤。抗洪护堤，保卫家园，只许成功，不许失败！堤在我在，堤亡我亡！誓死保住大堤，保住济州城！"

在场官员和民众无不被裴耀卿的决心感动，纷纷摩拳擦掌，投入十万火急的抢修重任中。王维再次挑起重担，负责整个抗洪救灾物资的供应和调配。

为了方便济州官员在现场护堤抗洪，王维组织人手在大堤上支起了十几个大帐篷，让济州官员吃住都在坝上。

济州民众看到济州官员如此身先士卒、亲民爱民，也纷纷投入了这场艰苦卓绝的抗洪护堤斗争。全城壮年男丁纷纷冲在最危险的地方，妇孺老幼则负责送汤送饭，运送物资。

这样苦苦奋战了三天三夜，虽然出现了几次小的险情，但由于抢修及时，总算没有出现大的问题。

正当抗洪护堤如火如荼进行时，忽然有人来报，朝廷有圣旨到，请裴耀卿立即回府衙接旨。

"莫非朝廷已经知道济州险情了？"裴耀卿赶紧叮嘱王维全权处理护堤事宜，匆匆赶回府衙。

一个时辰后，裴耀卿又回到了堤坝上，继续指挥抢修堤坝。

掌灯时分，帐篷里四下无人，裴耀卿特地叫来王维，压低声音道："摩诘，今日朝廷来旨，并非济州险情，而是……"

"裴大人……"看着裴耀卿布满血丝的眼睛，王维辨不出他脸上的情绪，"大人日夜为济州操劳，大人已经尽力了，若是朝廷……无论怎样，济州人民都会感念大人的。"

"摩诘，今日朝廷来旨，是让我即日出任宣州刺史。"裴耀卿心知王维误会了，直言相告道。

"宣州刺史？"已在堤坝上熬了几夜的王维，听到这一消息时，先是心中一怔，继而心头大喜，忙向裴耀卿抱拳道，"宣州是个好地方，大人在济州的所作所为，朝廷都看在眼里。此番擢升实至名归，我打心眼里为大人高兴！"

裴耀卿上前一步，紧紧握住王维的手，摇了摇头："摩诘，眼下这局面，我怎能离开？你先替我保密，以免人心动摇。我会继续留在济州，直到济州脱离险情，我才会走。"连日的操劳让裴耀卿声音发哑，但他说话时的刚毅果断，依然深深震撼着王维。

王维心中激荡，眼角酸胀，好半晌才强压住心中的翻腾，向裴耀卿重重地点了点头："裴大人，在下替济州百姓谢谢您！"

外面的雨似乎下得更急了，有人来报，不远处出现一大片塌方，情况万分危急！

王维一个箭步冲到帐篷外，向远方火把亮处遥遥看了一眼，转身对裴耀卿喊道："裴大人，这里太危险了，请您赶快撤离，我马上带人去抢修！"

"不，我不走！堤在我在，堤亡我亡！"说着便翻身上马，冲入雨中。王维知道，此时说什么都是多余的了，也赶紧提缰挥鞭，向塌方方向策马而去。

塌方处已是一片混乱。在火把发出的微弱亮光中，王维看到塌方约有几丈长，且还在不断扩大。现场民众正往水里投放装满砂土的麻袋。可是，麻袋刚一扔入水中，就被肆虐的洪水不费吹灰之力地卷走了，怎么办？！

正当大家一筹莫展时，堤坝上突然响起了裴耀卿笃定洪亮的声音："父老乡亲们，再苦再累，咱们都要挺住！咱们要用血肉之躯保住大堤，保住济州！请记住，堤在我在，堤亡我亡！我和济州共存亡！"

"保住大堤，保住济州！堤在我在，堤亡我亡！我和济州共存亡！"裴耀卿的破釜沉舟、视死如归迅速感染了在场每一个人，大家群情振奋，情绪高涨，也跟着齐声高呼起来。

这震耳欲聋的呼喊声划破夜空，响彻大堤，仿佛在向老天爷示威，在向黄河水示威，显示济州百姓人定胜天的决心和力量！

事不宜迟，王维赶紧兵分几路，派各官员各率领几百民众，轮流去附近搬运用铁丝网捆好的大石垛。每个石垛约一吨多重，大家统一喊口号，先将石垛推入水中，再将砂土袋抛到石垛上。这样一层石垛，一层砂土袋，依次填入黄河水中！

不知扔了多少石垛和砂土袋，奇迹终于出现了！石垛和砂土袋终于不再像先前那样瞬间就被洪水席卷而走，而是稳稳地镇在原地，守住了塌方处！

在场所有人都爆发出雷鸣般的叫好声，大家的干劲更足了，继续不断往水中扔石垛和砂土袋！

这样整整奋战了一个晚上，待东方出现鱼肚白时，塌方终于被控制住了！闹腾了大半夜的洪水，终于不再怒吼咆哮，而是乖乖地在大堤内流淌……

更令人惊喜的是，天边终于出现了半个多月未见的曙光！雨，终于停了。天，终于晴了！

几天几夜不曾合眼的王维，看着化险为夷、转危为安的大堤，终于如释重负地吐了口气！连日来紧绷的神经总算可以松弛一下，这才感到全身疲惫不堪，再也没有力气多走一步路、多说一句话，心中只有一个念头，那就是回家好好睡一觉。

几天后，附近各州纷纷传来消息，黄河沿岸均有大小不等的决堤之处，冲毁沿岸良田无数，百姓伤亡惨重。济州受损最小，且无百姓伤亡。

当裴耀卿听到这个消息时，终于长长地舒了口气，可以放心地离开济州了。

这日，他召集济州府所有僚属，郑重宣读圣旨，和大家依依作别。

僚属们这才知道，圣旨早在几天前就已下达，但裴大人为了抗洪护堤却秘而不宣，自始至终坚持在抗洪救灾最前线，大家无不唏嘘落泪。

很快的，济州百姓也都听说了裴大人要离开济州的消息。这日，济州府衙外来了许多百姓，说是要来送送裴大人。

裴耀卿赶紧快步走了出去，果然看见府衙外已是里三层外三层，围得水泄不通。

一见到裴耀卿，人群中就走出一位五十多岁的老丈，颤颤巍巍走到裴耀卿面前："裴大人，这次济州发大水，如果没有您，小老儿全家早就没命了。您是小老儿全家的救命恩人，是济州百姓的再生父母。您的大恩大德，小老儿无以为报，请受小老儿一拜。"说罢，就"扑通"一声拜了下去。

老丈一跪下，他身后的所有百姓也都齐刷刷地跪下了。

"使不得，使不得，大家快快请起。"裴耀卿忙双手搀起老丈，动情地说，"这位老丈言重了！在济州一年多来，承蒙父老乡亲厚爱，裴某做了些许分内之事，尽了些许应尽之责。裴某虽即将离开济州，但定不会忘记济州父老乡亲，不会忘记济州山山水水。老乡们多多保重，咱们后会有期！"

这一幕幕感人的场景，被一旁的王维看在眼里，记在心里。这是他自721年踏入仕途以来，第一次真正明白了什么是爱民如子？什么是鱼水情深……

这晚下衙后，王维脚步沉重，心里有一种深深的不舍。

璎珞也已听说裴大人要到宣州赴任的消息，看到王维怅然若失的样子，她明白，对于王维来说，裴大人不仅是赏识他的上司，更是知他懂他的知音。裴大人走了，他心里一定不舍得。

吃过晚膳，王维躲进书房临帖。璎珞不去打扰他，一个多时辰后，才送了一盏枣浆进去，但也只是安静地站在一旁，看他泼墨挥毫，笔走龙蛇。

良久，王维才放下笔墨，摇了摇头："今日下笔到底急躁了些。"

"你心里有事，自然无法静心了。"璎珞把枣浆递到王维手中，柔声道。

王维从璎珞手中接过枣浆，绕过案几，携了璎珞的手，踱步到琴架前，手抚琵琶道："璎珞，你还记得裴大人第一次来咱们家时的情景吗？一眨眼，一年半过去了。"

"自然记得。这一年多来，裴大人在济州爱民如子，颇多佳话，你何不为他写篇文章，将他的高风亮节一一记录下来，也好让济州百姓世世代代记住裴大人。"

听了璎珞这番话，王维顿时心头一亮，点头赞道："知我者，娘子也！"

王维回到书案边，思忖片刻，洋洋洒洒写了下去。他文思泉涌，下笔千言，一口气写完了裴耀卿自来济州后的嘉言懿行，特别写了裴耀卿在济州做的两件大事——接驾皇上泰山封禅、守护大堤抗洪救灾，字里行间，无不真情流露。

璎珞从未见王维为一个人写过如此长文，不由点头叹道："士为知己者死，裴大人有你这样的知音，当足以慰怀。"

王维放下毛笔，揽过璎珞，一起抬头遥望空中一轮明月，心情久久无法平静。

从此，济州父老乡亲对裴耀卿的口碑，变成了一座实实在在的丰碑，这就是王维写的《裴仆射济州遗爱碑》。

几天后，裴耀卿启程去宣州任职。济州官员和百姓纷纷前来相送。

到了济州城外，裴耀卿转身向大家挥手告别："送君千里，终有一别。你们的厚谊，裴某心领了。裴某在此谢过大家，大家快请回吧。"

突然，王维从送行的人群中站了出来，向裴耀卿长揖一礼："裴大人，如若大人不弃，我想为大人弹奏一曲，为大人送行。"

"摩诘？"裴耀卿愣了一愣，他知道王维向来低调，从来不肯轻易弹奏琵琶，不由手抚长须，眼角隐隐有些酸胀，"摩诘，裴某刚来济州时，便说想听你弹奏一曲琵琶，不知今日一别，何时才能再听你弹奏天籁之音？"

济州百姓也早已听说王参军弹得一手好琵琶，只是无缘一听，此刻听说王参军要当众为裴大人弹奏一曲，无不又惊又喜，忙踮起脚尖，伸长脖子，迫不及待地想一睹参军风采。

只见王维怀抱琵琶，向大家躬身行了一礼，在城门口的一处石凳上从容落座，低头拢了拢琴弦。他今日弹的，正是裴耀卿最喜欢的《郁轮袍》。

当《郁轮袍》悲切深沉的声音响起时，原本喧嚣的城门瞬间安静了下来。济州百姓显然从未听过如此清越绝伦的琵琶声，时不时发出一阵阵"啧啧"的赞叹声。

当大家沉浸在王维的琵琶声中时，裴耀卿心中却是五味杂陈、感慨万千。

他眼中的王维，不仅禀赋过人、才华横溢，且肝胆相照、真心待人。

五年前，他因"黄狮子舞事件"被贬谪济州。此次接驾，他有幸面见圣上时，特地向圣上提起王维，期待能让王维重返长安。然而，圣上对王维似乎连问都懒得问一句，看来圣上对他的不待见，比他想的要深得多。

这样的栋梁之材，为何得不到朝廷的赏识？裴耀卿摇了摇头，在心底长叹了一声。

一曲终了，大家意犹未尽，一时没有回过神来。直到王维起身抱拳，人群中才爆发出雷鸣般的叫好声，久久回荡在空中。

裴耀卿心中激荡，拍了拍王维的肩膀，语重心长道："摩诘，珍重！"

"大人，一路保重。"王维抬头看着裴耀卿，动了动嘴唇，似乎有许多话想和裴耀卿说，但最终说出口的，却只剩下这一句祝福。

裴耀卿点了点头，向大家挥了挥手，翻身上马，向宣州方向扬尘而去。

第四十三章　无心之语　心底波澜

待726年端午节来临时，济州百姓已纷纷换上了轻便的夏装，济州街头又恢复了往常的热闹。

如果不刻意提起，大家几乎快要忘记一个多月前那场凶险无比的洪水了。

端午节这天，王维刚起床，莲儿便兴高采烈地光着脚丫跑来找他，一边跑，一边献宝似的欢呼道："阿爷你看，莲儿的五彩线好不好看？"

王维忙上前抱起莲儿，在空中转了几圈，哈哈笑道："好看！"

听到父女俩的笑闹声，璎珞掀帘走了进来，用葛巾抹了抹莲儿汗津津的额头："莲儿，今天记得乖乖戴着五彩线，莫要弄丢了。五彩线，五彩线，保佑莲儿常平安。"

唐人端午风俗，要在手臂上系一条由白、青、黑、赤、黄等五色丝线扎成的五彩线，又称长命缕。按阴阳五行学说，这五种颜色分别代表金、木、水、火、土，可以驱除瘟病、保佑平安。

璎珞手臂上也系了一条飘逸别致的长命缕，王维低头细看了一眼，点头赞道："娘子端的手巧，连长命缕都扎得这般好看。"

"不好看，怎么哄你和莲儿戴上呢？"璎珞扑哧一笑，像变戏法似的从袖袍中取出另一根别致的长命缕，稳稳地系在了王维手臂上。

王维在璎珞额头轻弹一指道："娘子几时哄我了？为夫倒盼着娘子多哄我几回。"

两人说笑间，福嫂在外间问道："阿郎，夫人，你们喜欢吃角粽、菱粽？还是筒粽、锥粽、秤砣粽？"

璎珞抱着莲儿掀帘而出，笑道："福嫂手巧，不妨每样都裹几个，看着也讨人欢喜。"

王维尾随其后，问璎珞道："娘子，《五时图》和《五花图》可曾得了？若是没有，我这便去书房画上两幅。"

王维说的《五时图》，是蛇、蝎、蜥蜴、蜈蚣、蟾蜍等五种毒物，《五花图》的亮点是石榴花，因为五月正是榴花吐艳之时。唐人端午风俗，需在床帐上挂《五时图》和《五花图》，用以避邪止恶。

璎珞回头笑道："对了，说起这个，我倒想起，前儿赵化娘子还说，你去年帮他家画的《五花图》，他们喜欢得不得了，过了端午节还舍不得取下，一直到天凉了换床帐才罢。"

"娘子若是喜欢，为夫每日画上一幅，挂在床上也使得。"

璎珞掩嘴笑道："一早又没个正经了。"

"好，那便说正经的。今日济州城内定然热闹，你带莲儿去街上耍耍，喜欢什么，只管尽兴买些，为夫么，这便去书房画画。"

"太好咯，阿娘带我去耍咯！"听阿爷说可以去街上玩，莲儿最是开心，马上拉着璎珞的裙角，一个劲要往屋外走。

"福嫂，小蝶，今日难得天气晴好，你们也在屋里拘得久了，不如一起去街上耍耍。"璎珞弯腰抱起莲儿，笑意盈盈道。

"夫人，羊肉已按你的法子腌好了，回头便可以烤千层肉饼。裹粽子的馅料也都准备好了，回来就可以上手。"听说要出门耍，福嫂和小蝶也很是欢喜，连忙收拾妥当。

王维将她们送到门外，目送她们远去后，转身钻进书房画画。《五时图》倒是有限，那幅《五花图》，他可要好好画，谁叫璎珞那么喜欢石榴花呢？

端午节的济州街头，车水马龙，熙熙攘攘。街旁柳枝婀娜，似乎也在欢欣起舞。

璎珞穿了鹅黄底团花短襦，配着碧色穿花鸾鸟纹六幅长裙，漫步在济州街头，俨然是一道曼妙风景。

经过去年冬天的封禅接驾、今年春天的黄河水灾以及送别裴耀卿时的弹奏琵琶，王维在济州城内早已声名远扬。璎珞一路走来，路人的问候声、赞美声络绎不绝。"夫人果然好人才""夫人端的好容貌""参军大人好福气"……

璎珞笑脸相迎，一一欠身回礼。

路过一家布庄时，璎珞停下脚步，想替王维和莲儿选两块轻薄的面料，做两身夏日衣衫。

正当璎珞精挑细选时，当年为璎珞接生的稳婆也恰好路过这家布庄，笑呵呵地迎了上来，向璎珞问好道："夫人好，不知夫人还记得老身吗？"

"原来是何家阿嫂，奴家再是眼拙也定然记得，奴家给阿嫂问安了。"璎珞未语笑先闻，眉眼弯弯、笑意盈盈道。

何稳婆高兴得合不拢嘴，转眼看到福嫂怀中的莲儿，当真是柳眉杏眼、粉雕玉琢，更是高兴地啧啧赞道："这是莲儿吧？刚出生时就是美人坯子，如今出落得越发好看了！"

"正是呢，托阿嫂的福，莲儿倒是好养得紧。"

"王参军仪表堂堂，夫人天姿国色，能投胎到你们这样人家的孩子，都是有福之人。夫人真该多生几个才好，唉，可惜了。"何稳婆摸着莲儿粉嘟嘟的小手，越看越是欢喜，不由自言自语道。

"可惜了？"言者无心，听者有意，当璎珞听到何稳婆说出这三个字时，心中不禁"咯噔"一下，一脸疑惑地看了何稳婆一眼。

何稳婆话一出口，就自知失言，顿时涨红了脸，搓着手支支吾吾道："老身说'可惜了'，是说可惜头胎不是小郎君。哎呀，老身笨嘴笨舌的，真该打嘴，还请夫人莫往心里去。老身家里还有些事，夫人慢慢挑，老身先走一步了。"说着，便转身急急离去。

璎珞原本并没有将何稳婆的话往心里去，但看到何稳婆落荒而逃的背影，加上她方才解释"可惜了"三个字时眼光中的闪烁不定，突然意识到她定是话中有话，她说的"可惜了"绝不是"可惜头胎不是小郎君"的意思。

那么，是什么可惜了？可惜什么了呢？

这三个字就像一道魔咒，在璎珞心里震开了一条裂缝。刹那间，各种念头乱纷纷涌上心头，让她几乎难以呼吸。小贩叫卖声、车马往来声、人群喧哗声，这些周遭的声音似乎都离她很远，她忽然想到一个念头——何嫂是不是可惜我不会再生孩子了？

王维是家中长子，自打生下莲儿以来，她便一直想着要再为他添个小郎君，延续王家血脉。可是，三年过去了，她的肚子却迟迟没有动静。

她也曾不好意思地问过王维："当初很容易就怀上了莲儿，如今怎么……"

每每此时，王维总是笑着拥她入怀，打趣她道："娘子莫非是嫌为夫不够努力？只怕娘子日后要嫌为夫让你太过辛苦了。"噎得她哭笑不得，无言以对。

有几次，她也问过王维："生莲儿那次，何嫂说我胎位不正，凶险异常，后来虽然有惊无险，但到底伤了元气，会不会……"

每每此时，王维都会笑着打断她，安慰她道："你又在胡思乱想了，我不是和你说了吗，虽然分娩时有些困难，但你到底年轻，加上产后又好好调理了大半年，早就恢复元气了。"

她心中涌起的那些疑惑和不安，就这样融化在他举重若轻的笑谈中。

一直以来，她都信他。他说她没事，就自然是没事的。他们还年轻，假以时日，总能如愿怀上孩子的。

可是，方才何嫂那句无意中透露的"可惜了"，却将她所有的疑惑和不安一股脑儿掀了起来。她心里的希望瞬间被击得粉碎。是的，何嫂说的"可惜了"，还能可惜什么？不就是明明白白告诉她——可惜你不能再生孩子了！

璎珞正这样胡思乱想时，还是小蝶眼尖，看到璎珞脸色发白，神情恍惚，忙扶住她的手臂问道："夫人，你可是哪里不舒服？"

她这才猛地回过神来，怔怔地看了小蝶一眼，摇了摇头，指了指家的方向，说："咱们回去吧。"

莲儿不明所以，一个劲嚷嚷着"阿娘，我要吃糕糕"，福嫂只好哄莲儿回家去拿银子来买，小蝶则小心翼翼地扶着璎珞。

从市坊回家的路，原本不过几百步便到，但今日却仿佛分外遥远。

璎珞只觉得脚下似有千斤重担，提不起，放不下，似乎要用尽全身力气才能往前走一小步。好不容易挨到了家门口，推门而入，只见王维正在庭院中剪栀子花。

"阿爷抱抱！我要香香！"一看到王维，莲儿便挥舞着小手，急着挣脱福嫂的怀抱，迫不及待地向王维扑去。

王维忙放下手中的竹剪，蹲下身子，稳稳接住迎面扑来的莲儿，笑道："大街上好不好玩？阿娘给莲儿买了什么好吃的？好玩的？"

第四十三章 无心之语 心底波澜

莲儿一边伸出手去够树上的栀子花,一边嘟囔着小嘴道:"不好玩,阿娘不给莲儿买糕糕。"

"哦?是不是莲儿不乖呀?"王维刮了刮莲儿的小鼻子,转身去看璎珞。只见璎珞正怔怔地倚在桂花树边,神情恍惚,目光不知看向何处。王维心中一紧,方才出门时还好好的,怎么……

"璎珞——"王维快步走了过来,轻轻唤了一声。

"嗯?"听到王维的声音,璎珞强打起精神,强颜欢笑道。

"阿娘,我要吃糕糕。"莲儿依旧对方才街头的枣糕念念不忘。

璎珞蹲下身子,哄莲儿道:"这会儿福嫂在裹粽子,小蝶在烤千层肉饼,你若吃了糕糕,待会就吃不下粽子和千层肉饼咯。"

王维也故意自言自语道:"阿爷有点想吃汤饼了,谁能帮阿爷去告诉福嫂呢?"

"我能!"莲儿拍了拍小胸脯,撒开小腿,向厨房跑去。璎珞怔怔地看着莲儿欢快的背影,叹了口气,默然不语。

看莲儿走远了,王维捧起方才剪下的一丛栀子花,低头嗅了嗅花香,选了大小适中的一朵,含笑道:"喜欢吗?来,我替你簪上。"

璎珞抬头,对上眼前这双永远澄澈温暖的眸子,心底不由五味杂陈,仿佛一个在外受了委屈的孩子,只想躲在他怀里痛哭一场……

这样想着,便觉眼眶一热,正想低头掩饰过去,但一行热泪早已不争气地涌了上来。

王维什么都没说,只是将她拥入怀中,轻轻抚摸她的后背,在她耳畔柔声道:"有什么事,咱们到屋里去说吧。若是被莲儿看到了,还以为阿爷在欺负阿娘,把阿娘惹哭了呢,你说是也不是?"

王维不说话还好,听他这样一说,璎珞心里愈发难过,不由悲从中来,泪水竟像断了线似的夺眶而出,怎么也止不住……她索性环住了他的腰,将整张脸都埋在他的胸口,哽咽着哭了起来。

王维似乎猜到了几分,微微收紧了臂弯,一下一下轻抚她的背脊:"傻璎珞,你想哭就哭吧。哭完了,心里就好受了。"

不知哭了多久,璎珞才觉得心中的酸楚似乎减轻了些,这才想起这是家中庭院,若是被人瞧见了,岂不笑话?顿时有些不好意思起来,在他怀中低语道:"咱们进屋吧。"

王维退后一步,轻轻抬起璎珞下巴,用他修长温暖的手指拭去她眼角的泪痕,低头笑道:"现在可以让我替你把花簪上了吧?"

璎珞乖乖地点了点头，王维细细端详了一番，才将栀子花簪在她右边的发髻上，含笑点头道："也只有这素雅高洁的栀子花，才配得上我家娘子。"

他醇厚的声音就像一把熨斗，将璎珞心头的难过熨平了大半，任由王维携了她的手，往内室走去。

到了内室，王维握住她的双肩，低头看着她，柔声问道："娘子，发生了什么事？现在可以告诉我了吗？"

"没什么。"璎珞摇了摇头，心知逃不过，却还是故意装傻充愣。

王维屈指在她额上轻轻一弹，打趣她道："是吗？那方才是谁在我怀里哭鼻子？是谁哭得比莲儿还要更伤心些？"

璎珞胸口微涩，思忖良久，才终于鼓起勇气，声音显然有些发颤："摩诘，我是不是不会再生孩子了？"

王维心中了然，果然，该来的，终于来了。该面对的，终归需要面对。他摸了摸璎珞的鬓发，柔声问道："莫不是今日出门时，有人在你面前说什么了？"

她多么希望他能像以前那样，笑她"胡思乱想""尽是胡说"，不料等来的却是这样一句话。看来，他早就知道有人会对她这样说，他早就知道确实有这么一回事了！

她原来还心存侥幸，此刻却只觉得整颗心都坠入了深不见底的万丈深渊。一时间，她什么都不想说了。

王维起身倒了一盏花茶，喂她喝了一口，问她道："璎珞，你看这个青瓷茶盏，咱们已经用了四年了，你还记得它的名字吗？"

看着王维手中的青瓷茶盏，触上那温润的感觉，璎珞心里疼得愈发厉害。她怎会不记得呢？它的名字是夫妻杯，一杯子，一辈子……

可是，如果她无法再为他生育孩子，她总不能让他因她而绝后，她总要为他早做打算。身为妻子，她该为他纳妾，让其他女子替他延续血脉。从此以后，陪伴在他身边的，不再只是她一人了。

这样想着、想着，心里愈发悲痛难忍，眼泪再次不听使唤地夺眶而出，顺着脸颊肆意滑落……

王维叹了口气，什么都不说，只是将她紧紧搂入怀中，抚摸着她散发着栀子花香的秀发，像哄莲儿一样哄她道："璎珞，旁人的话不值什么，莫要放在心上。"

"可是，如果是何嫂说的呢？"璎珞强忍眼泪，抬起头来，哽咽道。

原来，如此！

原来，璎珞今日遇见何嫂了！按理何嫂不是搬弄是非之人，自己也曾再三嘱咐过，今日怎会这样?

王维定了定神,双手扶住璎珞双肩,看着她的眼睛,一字一句道:"璎珞,我不知道何嫂和你说了什么,我只知道,当初你生下莲儿后,何嫂告诉我,你分娩时胎位不正,加上骨盆又较常人窄,她便用推拿和施针的法子帮你挪了位,当时确实伤了一些元气。但是,你后来好好调理了几个月,方郎中也来瞧过了,说你恢复得大好了。而且,何嫂只说你可能会比旁人难怀上孩子,但也绝非没有可能。璎珞,咱们都还年轻,你何必往心里去?"

王维的声音自有一种让人安心的力量,可是,何嫂方才明明说"可惜了"。璎珞不由有些茫然,抬头看着他:"何嫂真是这样和你说的吗?"

"何嫂的话你都信得,我的话,怎么反而不信了呢?再说了,即便何嫂说的是真的,就算咱们日后子嗣艰难,那又如何?莫说咱们已经有莲儿了,便是没有莲儿,又有什么打紧?咱们好好过日子,不是比什么都强?"

一句"咱们好好过日子,不是比什么都强",仿佛一记当头棒喝,让璎珞原本乱纷纷的心情渐渐安定了下来。

方才还觉得天塌地陷、如坠深渊,如今却觉得是自己有些小题大做、杞人忧天了。

她脸上顿时一红,不由将脸埋在王维胸前,不知该说什么才好。

"看你方才哭成那样,莫不是担心我会贪心不足去纳妾?"王维拥璎珞入怀,在她耳畔低笑道。

璎珞心里一阵发窘,小声嘟囔道:"如果我当真不能再为你生孩子了,即便你不想纳妾,为了王家血脉,也是没有法子的法子。"

"不,璎珞。"王维摇了摇头,抬起她的下巴,看着她的双眸,声音中有一种不容置疑的笃定,"璎珞,这世上,我只要你一个。旁的事我不敢说,但有一件事我可以答应你。我此生不管有几个子女,定然都是璎珞你生的。若违此誓,就让我……"

不待王维再说下去,璎珞便紧紧捂住了他的唇,急急道:"好好的,发什么誓?我信你还不成吗?"

"璎珞,你若是信我,就要信我到底,再不许胡思乱想了,嗯?"

看着眼前这双情深似海的眸子,她一时竟有些羞愧不已。那年在若耶溪畔,为了玉真公主一事,他也曾对她说过这句话,她当时也答应了他。可如今,只听了何嫂一句无心之语,她却再次疑了他。她这样出尔反尔、意志不坚,还配是他的璎珞吗?

见璎珞眼眶中似有眼泪在打转,王维揽过璎珞,揉了揉她的眉心,在她耳畔柔声道:"好,咱们不说这些了,嗯?"

璎珞闭上眼睛,乖乖地点了点头。刚想说话,帘外却响起了小蝶的声音:"阿郎,夫人，晚膳已经得了，你们这会儿来用膳吗？"

王维笑着看了一眼璎珞，向帘外扬声道："来了。"

晚膳果然丰盛，案几上满满当当摆放着形状各异的粽子、热气腾腾的汤饼、金黄香脆的千层肉饼、清香扑鼻的百岁羹，不禁让人想大快朵颐。

王维携了璎珞，抱着莲儿，撩起袍角，在食案边坐下。

璎珞拿起一个千层肉饼，递到王维手中，侧头笑道："饼要趁热吃，待会凉了就不香了。"

王维接过肉饼，细嚼慢咽地尝了一口，连连赞道："唔，这千层肉饼比古楼子好吃，味道果然鲜美！"

不待璎珞说话，福嫂便倒豆子般一气说了下去："阿郎，这千层肉饼是按夫人说的法子做的。夫人说，羊肉要在豉椒、桂皮、豆酱里腌渍半天才能入味，面皮要擀得薄些，外面再撒些芝麻，这样烤出的千层肉饼，外香内嫩，味道再鲜美不过了。"

"我只是动动嘴皮子罢了，还不是因为福嫂的手巧。来，福嫂、小蝶，你们也快趁热吃吧。"

"阿爷，我还要吃！"本来一心惦记着吃枣糕的莲儿，吃了千层肉饼后，也咂巴着小嘴连说"好吃"，一口气吃下了小半个。

"阿娘说得好，福嫂做得好，莲儿吃得好。"王维又掰给莲儿半个，呵呵笑道。

"莲儿要多吃些，才会快快长大，阿爷才能教你写字画画。"看大家都吃得香，璎珞心头好生欢喜。

莲儿扑闪着一双大眼睛，奶声奶气道："阿爷，我想学琵琶！"

"哈哈，等莲儿长大了，只要莲儿想学，阿爷都会慢慢教你。"

"莲儿，你要好好学，才不辜负了阿爷一身才学。"璎珞给莲儿盛了一小碗汤饼，用勺子舀了喂她。

王维笑着看了一眼璎珞，起身盛了一碗百岁羹，递到璎珞手中："这是你爱喝的，快趁热喝吧。"

"好。"璎珞嫣然一笑，低头喝了一口。看着被烛光映照得熠熠生辉的父女俩的脸庞，心中一片柔软。

入夜后，济州城内一片安静。一轮明月高悬空中，月光从半开的窗棂透了进来，把床前映得如霜一片银白。

看璎珞已然熟睡，王维轻轻抽出枕在她颈下的手臂，披衣步出门外。

庭院里一片宁静，此起彼伏的蛙鸣声显得格外嘹亮。王维撩起袍角，在檐下的台阶上坐了下来。

月光透过栀子花树，静静地洒了他一身。他抬头看着一树栀子花，想起日间璎珞和他说的那些话，不由陷入了沉思。

自打莲儿出生以来，他便不想让璎珞为子嗣的事烦心。每次璎珞和他聊到这个话题，他都插科打诨地混过去了。不料，今日她还是知道了。

身为家中长子，他不是没有想过子嗣的事。只是，他知道，一切都是命中注定。父母和子女之间，也是一种缘分。是你的，迟早会来，不是你的，强求不得。

而且，璎珞生莲儿时的命悬一线，即便此刻想来，依然心有余悸。说真的，即便璎珞还能怀孕，他也不愿璎珞再冒这个风险了。

他早已想好，如果他和璎珞今生注定没有儿子，向王缙过继一个便是。无论如何，他都不会纳妾，不会让璎珞受一丝丝委屈。

蛙鸣声渐渐停了，夜色愈发沉静。虽然已是初夏，但依然有些凉意。王维拢了拢衣裳，从容起身，向内室走去。

第四十四章　岐王薨逝　公主开解

接替裴耀卿的新刺史，姓赵名仁，原本是襄州（今湖北襄阳）刺史。

唐代开元年间，全国有三百二十八个州、一千五百五十一个县。按地位轻重、辖境大小、户口多寡、经济水平高低，全国州县分为上、中、下三等：三万户以上为上州，二万户以上为中州，二万户以下为下州；五千户以上为上县，二千户以上为中县，一千户以上为中下县，其余为下县。

同样是州刺史，上、中、下州刺史的官职品级并不相同。上州刺史官职从三品，中州刺史官职正四品上，下州刺史官职正四品下。

赵仁原先任职的襄州是唐代十大望州之一，其他九个望州则是宣州、宁州、元州、青州、贝州、商州、润州、越州、常州。

唐代官吏的任期也不尽相同。五品以上官员任期三年，六品以下官员任期四年。裴耀卿因政绩突出，在济州尚未待满三年，就被调任宣州，从正四品上擢升为从三品。

赵仁却正好相反，他在襄州巧立名目，征收苛捐杂税，搜刮民脂民膏，当地百姓苦不堪言，怨声载道。因此，他在襄州三年任满后，风评得了下下等，被调往济州，从三品降为正四品上。

赵仁自然是一百个不乐意，来到济州后，索性破罐子破摔，无心府衙事务，喝酒作乐度日。

道不同不相为谋，王维愈发怀念裴耀卿，对赵仁则是避而远之。

端午节过后没几天，王维像往常一样在府衙公干，却得知了一个惊天噩耗——半个月前，也就是农历四月十九日，岐王在华州薨逝了！

王维手拿李龟年从长安寄来的加急信，整个人像梦魇般僵在原地，心更像掏空了似的，痛得失去了知觉！

年仅三十八岁的岐王，风华正茂的岐王，怎么就突然病逝了呢？这让人如何接受？如何相信？可是，李龟年信中所言，分明白纸黑字，就在眼前！

王维心痛难忍，无力地蹲了下去，身子不受控制地微微颤抖起来。

他不由想到了四年前的春天。

那个春天，岐王痛失爱子，他前去华州吊唁宽慰。四年来，隔着千山万水，一直无缘再见。他原本想着，趁这次带璎珞、莲儿回乡省亲之际，再去华州看看岐王。不料，今日却收到了这样的噩耗！

岐王一生礼贤下士，虽出生皇家，却从不盛气凌人，如此品格端方之人，老天为何如此待他？！

他究竟身患何病？究竟因何致命？为何连御医都无能为力？一连串疑问排山倒海般向他袭来，这一刻，他心如乱麻！他必须尽快去华州，不，是马上，此刻！

他再也顾不得许多，"霍"地起身，冲入赵仁屋内，强压住心中哀痛："赵大人，在下家中有些急事，想告假一个月，请大人成全。"

赵仁抬头懒懒地看了王维一眼，慢条斯理道："王参军日理万机，济州府衙恐怕一日都离不了你。你这告假一个月，也未免太久了些。"

赵仁这番冷嘲热讽的话，显然是冲着王维来的。王维心中忧愤，但面上却竭力忍住，上前抱拳道："赵大人，若非家中确有急事，在下定不会如此不知轻重。在下处理妥当后，定会尽快返回济州，不耽误府衙事宜。"

赵仁原本想再嘲讽他几句，但看他如此不卑不亢、波澜不惊，忽然觉得好生无趣，便不耐烦地挥了挥手："知道了。"

王维并不在意赵仁的脸色，对他来说，眼下最重要的事，就是尽快赶赴华州。

当王维将这一噩耗告诉璎珞时，璎珞什么都没说，只是紧紧环住他的腰，一下一下抚摸他的后背。她明白，此时此刻，任何安慰的话都是那么苍白无力。待他恩重如山的岐王走了，他的心痛，旁人怎能体会？良久之后，她松开手，去内室替他收拾行囊。

待一切准备妥当后，她走到伫立窗前的王维身边，握住他略显冰凉的手，柔声道："摩诘，人死不能复生，你待岐王的心意，相信岐王在天之灵都会知道。这一路上，你莫太过悲伤，保重身子要紧。"

王维转身凝视着璎珞善解人意的双眸，良久后才叹了口气，轻轻拍了拍她的手背："璎珞，对不住，这次不能陪你和莲儿回老家了。我不在家时，你也要照顾好自己，照顾好莲儿，等我回来。"

次日一早，天刚蒙蒙亮，王维就轻车简从，策马扬鞭，一路往华州方向疾驰而去。

呼呼的风声从耳畔呼啸而过，他和岐王在一起时的那些往事，一幕一幕从眼前掠过……

他想起了719年夏天，他随岐王前往九成宫避暑。九成宫中有欧阳询书写的《九成宫醴泉铭》，他爱不释手，日日临摹，并写了《敕借岐王九成宫避暑应教》答谢岐王。

他记得，岐王最喜他诗中最后一句——仙家未必能胜此，何事吹笙向碧空，赞他用典甚妙。

他想起了720年春天，他随岐王同游杨氏别业，欣赏一路美景后，他写了《从岐王过杨氏别业应教》。他将岐王比作西汉淮南王刘安，将杨氏别业主人比作西汉大儒杨雄，用淮南王载酒光顾杨雄家宅比喻岐王带领文人雅士游览杨氏别业，诙谐幽默。

他记得，岐王最喜"兴阑啼鸟换，坐久落花多"一句，说他写出了"酒逢知己千杯少"的忘我之境。

他还想起了720年夏天，岐王夜宴卫家山池，他也在受邀之列，写《从岐王夜宴卫家山池应教》助兴。

他记得，岐王指着他诗中最后一句"还将歌舞出，归路莫愁长"说，既然"归路愁长"，那就不如不归吧，在此欢饮达旦又有何妨！

……

一个那么鲜活的生命，怎么说走就走了呢？！王维依然无法接受这个事实。

当他到达华州时，却听说岐王棺椁已从华州运往长安，并被李隆基追加封赐为惠文太子，陪葬于唐睿宗所在的桥陵。李隆基还下旨，因岐王膝下无子，特将薛王李业之子李珍继给岐王，并让张说为岐王写《惠文太子挽歌二首》。

这两首挽歌，王维反反复复读了几遍，每次读到最后一句"指言君爱弟，挥泪满山川"时，心里都像被什么东西堵住似的，难受得喘不过气来。

好一个"指言君爱弟，挥泪满山川"！

李隆基如果真爱岐王这个弟弟，五年前为何不由分说将他从长安贬到华州？如果真爱这个弟弟，为何迟迟不让他回到长安？如果真爱这个弟弟，为何在他痛失爱子后，还不愿文武百官前去吊唁？

难道，这就是帝王家的手足之情吗？难道，这就是帝王爱弟弟的方式吗？难道，帝王家的亲情就是如此虚伪吗？

这样想着、想着，王维痛苦地摇了摇头，只觉得胸中一股郁气无处宣泄，无法倾诉，忽然，一个名字浮上心头——玉真公主！

如果帝王家还有一丝真情的话，或许也就只有玉真公主了。

岐王痛失爱子时，玉真公主不也不远千里，从青城山赶来看他吗？言语之间，是对岐王的关切，没有虚伪，只有心疼。

王维决定前往长安。无论如何，他要送岐王最后一程。

王维一路快马加鞭，但还是晚了一步。当他赶到长安时，岐王已入土为安。

这日黄昏，从长安通往桥陵的驿道上，扬起一阵尘土，王维风尘仆仆来到了桥陵。

此时，夕阳摇摇欲坠，将天空染成一片明晃晃的橘红色，仿佛在向世人宣告：这是黑暗来临之前的最后一丝光明。

山风带着丝丝凉意，将王维身上的汗意吹去了大半。王维跃然下马，深吸了口气，觉得背上微微有些发冷。

这一路走来，他想过千万遍站在岐王墓前的情景。此时此刻，岐王墓近在咫尺，他每靠近一步，心里的疼痛便加深一分。

当他终于挨到岐王墓前时，再也支撑不住，撩起袍角，"扑通"一声重重地跪了下去。

"王爷，我来—迟—了！"王维只开口说了这一句后，便如鲠在喉，再也说不出话来，任凭热泪在脸上肆意流淌……

四年前，他们还在华州谈佛论道、饮酒对弈，此刻，却已是生离死别、阴阳两隔！

不知过了多久，他才抬头看到矗立在墓侧的一块华表。

王维双手撑地，起身走到华表前，华表上刻着岐王的一生。

岐王三十八年的短暂人生，就这样随风逝去，只留下这只言片语，在风中凋零，无力地告诉后人，在这里长眠的，是一位流淌着李家血液的皇家后人。

天色已完全暗了下来，王维却浑然不觉，不忍离去。似乎只有留在这里，才可以离岐王更近一些，他心中的哀痛才可以减轻些许。

就这样守了一天一夜后，王维从行囊里取出一把酒壶和两个酒杯，斟满酒后，一杯放在墓前，一杯握在手中，举手加额道："王爷，您对我恩重如山，我不仅无以为报，还常累及王爷。唯愿来生来世，我结草衔环，报答王爷恩情于万一。往后余生，每年四月十九日，我定来此陪您好好喝一杯。"

说着，端起酒杯，一饮而尽。随着酒水一起流入喉中的，还有那早已辨不清滋味的苦涩的泪水……王维伏地叩首良久，才依依不舍地在明月清风中绝尘而去。

他要去长安拜见玉真公主。或许，只有她知道，岐王究竟遭遇了什么？

自721年离开长安后，这还是他第一次重返长安。

他知道，他欠玉真公主一件事——一个当面的真诚的感谢。

这些年来，玉真公主一次一次对他好，他却一次一次欠了她。如果说感情就是债，那么，他已负债累累。

先是721年秋天，他新婚不久，玉真公主为他亲手抄写《道德经》，不远千里寄给他；

再是722年春天，他们偶遇在岐王府。他画《袁安卧雪图》，她在一旁欣赏，寥寥数语，道出了雪中芭蕉的深意；

最后是723年春天，他喜得爱女不久，玉真公主特地派人送来稀世珍品——镶玉琵琶，名义上是送给莲儿，其实是送给他……

欠下一次情，或许可以偿还，但如果欠下一次又一次呢？恐怕想偿还时，已经心有余而力不足了。

就像一滴树脂落在一只蜜蜂身上，蜜蜂如果赶紧逃离，或许还有生存的机会。但如果匍匐在原地不动，当第二滴、第三滴树脂接二连三滴落时，蜜蜂将再无可能飞走。

掩埋在地下千年万年后，终将化成一颗世人眼中晶莹剔透的琥珀。其实，只有蜜蜂知道，世人眼中的美丽，对它来说，却是永远的禁锢……

因此，王维必须当面向玉真公主道谢，不管她是否接受，他都要还清他欠她的那些债。

这日，晌午时分，玉真公主和霍国公主正在玉真观中诵读《道德经》。岐王去世后，李唐皇室被一种莫名的压抑和沉闷笼罩着。

忽然，小道童轻手轻脚地走进两位公主打坐的静室内。

"你是说，有位来自济州的王参军求见？"当玉真公主听说有位王参军在玉真观外求见时，捧在手中的《道德经》倏忽滑落，一颗心不由怦怦直跳，脸上的惊喜之情更是半分都掩盖不住。

原本也在凝神诵读《道德经》的霍国公主，听到姊姊这句话，看到姊姊溢于言表的惊喜神色，再想到三年前姊姊将心爱的镶玉琵琶赠予王维……这前前后后所有事情全部串在一起，她还有什么不明白的呢？原来，如此！

霍国公主放下《道德经》，冲玉真公主眨了眨眼睛，故意念起了《道德经》第十二章中的一段话："五色令人目盲，五音令人耳聋，五味令人口爽……"

玉真公主自然明白霍国公主是在打趣她方才的失态，顿时耳后一热，没好气地看了她一眼："妹妹日日研读《道德经》，果然精进不少。"

"姊姊折煞我也。王参军是名满天下的才子，妹妹也早有耳闻，今日正好可以会上一会。"霍国公主挨到玉真公主身边，掩嘴笑道。

"会面自然可以，只是不可无礼，切莫让人笑话了去。"玉真公主强压住心头的翻腾，低头抿了口茶，起身向堂屋走去。

想想真是可笑，已入道修行25年的她，听到"王维"二字时，心中依然起了波澜，乱了方寸。

当她们来到堂屋时，只见那个修长挺拔的身影，在小道童的引领下，朝她们健步走来。那样的身影，不是王维又是哪个？

"微臣拜见公主殿下。"在距离玉真公主数丈之遥处，王维停住脚步，肃然行了一礼。

他身上的青色襕袍并不鲜亮，但往那里一站，却仿佛连他身上的阳光都比旁人要明亮一些，不对，不是亮一些，而是亮太多了！

四年时光，将他打磨得愈发气度不凡。他只需静静地站在那里，便会让周围的一切黯然失色。他眸子里的光华流转，眉宇间的神采飞扬，更是让人不敢直视。

道观内安静得落针可闻，直到听到霍国公主有意无意的一声咳嗽后，玉真公主方回过神来，缓缓开口道："王参军客气了，大家本已相熟，何必如此见外？"停顿片刻，才伸手指了指霍国公主道："这是霍国公主，也久仰王参军诗名。"

"霍国公主？"王维自然是知道霍国公主的，更知道霍国公主的夫君裴虚己。裴虚己和岐王常有往来，已于720年秋天流放岭南，最后客死他乡……

王维心中一阵翻腾，再次躬身行礼道："微臣拜见两位公主，方才多有失礼之处，还请两位公主海涵。"

玉真公主请王维落座，道童奉上好茶。一时间，三人都默然无语，屋内只有茶盏碰到案几时发出的清脆声。

其实，王维心中有很多话想说，但看到霍国公主在侧，倒是不便开口，寻思着该从何说起才好。

玉真公主心里则是疑团丛生，王维为何会突然来访？是因为岐王去世之事？还是意欲重返长安？还是另有其因？

第四十四章　岐王薨逝　公主开解

霍国公主则不动声色地看了看王维，又看了看玉真公主，心知他们彼此都有心事，便主动打破沉寂："王参军性娴音律，妙能琵琶，今日一见，果然风度卓然，名不虚传。"

王维放下茶盏，起身抱拳道："公主谬赞了。为人臣子者，应以政事为要，其余皆雕虫小技，不足挂齿，倒是让公主见笑了。"

"王参军本就天赋过人，今日何必过谦？我倒是听说，裴耀卿大人也对你赏识有加。他离开济州时，你还特地为他弹奏琵琶，不知今日能否请王参军也弹奏一曲？"

听霍国公主提到琵琶，玉真公主不禁心头一动，不知王维手抚镶玉琵琶时，是否会有那么一瞬，脑海中会想到她？

"公主谬赞了。可惜此番出门匆忙，并未将素日弹奏的琵琶带在身边。日后若有机会，定为公主弹奏，公主莫嫌微臣技艺粗陋，微臣便是幸甚。"

听王维这样从容道来，玉真公主不由百感交集。四年过去了，他的言谈举止、音容笑貌，依然还是一如从前，永远不卑不亢，永远谦逊知礼，却又永远那么遥不可及，那么拒人于千里之外。

她在心里叹了口气，看了一眼霍国公主："妹妹，王参军不远千里而来，定有要事在身，不可强人所难。"

听到"要事在身"，霍国公主心中一怔，是啊，王维突然来访，定是有要事来找姊姊，自己在场，反而让他们不便说话了。于是，灵机一动，扶额长叹道："姊姊，妹妹昨夜偶感风寒，此刻有些头疼，想去休息片刻，失陪了。"

"好，妹妹身体要紧，快去吧。"

"微臣恭送公主，祝公主金安。"

霍国公主离开后，屋内又恢复了方才的沉寂。初夏的午后，四周都安静得出奇，空气中弥漫着淡淡的皂角和草药的清香。时有微风吹过，将帘外的风铃吹得"叮叮咚咚"清脆作响，久久回荡在游廊上……

一时间，玉真公主竟恍若梦中，那个让自己一直拿不起、放不下的王维，此刻竟坐在自己一丈之遥处。

如果此刻只是一场梦，唯愿这场梦可以做得久一点、再久一点，甚至从此不再醒来。

正这样神思恍惚间，只见王维起身长揖一礼："微臣此番冒昧前来，实在有些唐突。实不相瞒，今日拜见公主，是有一事相问。若有冒犯之处，还请公主宽恕。"

看到王维一脸的郑重其事，又听他说了这样一番让人捉摸不透的话，玉真公主强压住心头的期待，抬手示意他落座，柔声道："摩诘，你离开长安，一晃也有五年了，你在济州过得好吗？"

王维看四下无人，决定将郁结心中已久的疑问和盘托出。他定了定神，嘴角虽然有淡淡的笑意，眼里却满满的全是苍凉："十多日前，微臣惊闻岐王薨逝之噩耗，如遭雷击，悔不当初。早知如此，微臣该多去看看岐王，胜过如今阴阳两隔、再无相见之日。今生若未得遇您和岐王，微臣焉有今日？您和岐王对微臣的知遇之恩，微臣结草衔环，也难报答于万一。这些日子，微臣常静夜独坐，想着岐王春秋正盛，怎会英年早逝？不知公主能否指点一二？"说完，便撩起袍角，深深地拜了下去。

　　原来是这件事？看着眼前一脸肃然的王维，玉真公主的心情仿佛坐了一遍过山车。

　　她以为他会来求她在圣上面前美言几句，让他得以重返长安。但从头到尾，他只字未提自己的事，心心念念的，是岐王待他的恩重如山和他对岐王死因的满腹疑问。

　　"唉，摩诘呐摩诘，叫我怎么说你好呢？说你是聪明人，你却在这件事上犯糊涂；说你是糊涂人，却不忘将我和四哥相提并论，用一个'知遇之恩'在你我之间生生划出一道鸿沟，你不过来，我便也过不去……"

　　玉真公主怔怔地想着，沉默良久后，才缓缓开口道："摩诘，这里没有外人，礼数不必如此周全，你坐着说话便是。"

　　王维依言落座，玉真公主才字斟句酌道："死生有命，富贵在天。四哥英年早逝，想来也是命数使然，你不必过于悲伤，更不必懊悔自责。四哥一生心性淡泊，他若在天有灵，自然明白你的心意，你应节哀顺变才是。"

　　"恕微臣斗胆，在公主面前冒昧再说一句，如果岐王英年早逝是命数使然，那么，岐王四年前痛失爱子，也是命数使然吗？如此说来，老天待岐王，到底也太过不公了些！"说到激动处，王维不觉抿紧嘴唇，握紧拳头，额头上冒出一层细密的汗珠。

　　玉真公主摇了摇头，在心底叹了口气。

　　"摩诘啊摩诘，五年前你贬谪济州，便是与皇兄与诸王之间钩心斗角的政治斗争有关。这么多年过去了，难道你还看不明白吗？为何还要继续一意孤行，非惹祸上身不可？摩诘啊摩诘，你到底太过痴气了些。"

　　屋内再次陷入沉默，玉真公主起身离开座椅，踱到窗前。

　　明晃晃的阳光从高高的窗棂里直透进来，在她身边投下一道光柱，无数细小的尘埃在光束里不断起舞。

　　良久之后，玉真公主才转身看向王维，面容肃然，意味深长道："摩诘，自古以来，君君、臣臣、父父、子子之间的悲欢离合，你看得还少吗？"

　　王维心中一凛，剑眉紧锁，起身垂首道："微臣愚钝，愿听公主教诲。"

　　"世人只知帝王家的荣耀，何曾知道即便身为九五之尊，也有多少不为人知的危机和无奈？远的不说，单说四年前那个权楚璧谋反案。当时，皇兄在东都洛阳，权楚璧、李齐损之流在长安举兵谋反，率领左屯营兵百余人闯入宫城，拥立权楚璧的侄儿为光帝，还诈称光帝是襄王李重茂的儿子，当真荒唐至极！幸亏皇兄素有准备，立即动用雷霆手段，将权楚璧之流一举镇压。摩诘，四哥有四哥的命数，皇兄有皇兄的无奈，你何必纠结于此？"

玉真公主絮絮说完，目光淡然转向窗外。一阵微风吹来，她手中的麈尾在风中轻轻摇摆，一如她此刻的心境……

王维自然听懂了玉真公主话中的深意。玉真公主是想告诉他，李隆基也好，岐王也罢，既然生于帝王家，便注定今生和权力结缘，谁也躲不开，谁也逃不走。在这场游戏中，没有对错，只有输赢……

或许，除了玉真公主，再没有第二个人会和他说这番甘冒天下之大不韪的剖心之语和肺腑之言了。他心中忽然莫名地有些疼痛，她待他越是情深义重，他欠她便越是积重难返……

于是，他郑重地向玉真公主长揖一礼，涩声道："这些年来，公主不仅对微臣提携爱护，还对微臣小女关怀备至。今生今世，微臣都会感念于怀，铭记在心。待莲儿再大一些，微臣定带她来拜见公主。"

"是呢，说起来，我还是莲儿义母，可惜至今却还未见过她，想必莲儿定是个粉雕玉琢的小美人吧。"

当玉真公主提到莲儿时，王维的目光中不经意间平添了几许父亲特有的温暖："多谢公主对小女的厚爱，微臣替小女谢过了。"

看到这样如沐春风的和煦笑容，玉真公主心中一热，双眸不自觉地垂了下去。

第四十五章　小人告密　平地风波

"姊姊真是好福气，既有仙芝这样聪明伶俐的义子，又有莲儿这样粉雕玉琢的义女，儿女双全，可喜可贺！"正在此时，霍国公主款款走了进来，拍掌笑道。

"妹妹，身子可好些了？"玉真公主招了招手，示意霍国公主来她身边坐下，王维也忙起身行了君臣之礼。

"好多了,听姊姊和王参军在闲话家常,便也进来凑凑热闹。"霍国公主笑盈盈地挨着玉真公主坐下,冲玉真公主一笑,又看了一眼王维,忽然想起什么似的,转身对玉真公主说,"姊姊的义子义女,便和我的义子义女一样。今日王参军远道而来,我当姨母的,也该准备一份见面礼才好。我有一对保存了多年的合璧,系当年出嫁时皇兄所赐。我想送与姊姊的义子义女,保佑这对小儿女平安长大。"

听了霍国公主这番话,王维才知道,玉真公主不仅认莲儿为义女,还认了一位义子,可见她是多么渴望成为一个母亲。然而,她却一直没有离开道观,个中原因,他怎能不知?只是,这辈子,他永远给不了她想要的。

至于霍国公主和裴虚己的事,他也早有耳闻。这些年来,据说她一直跟随玉真公主在道观修行,过着半俗半道的生活,可见她也是情深义重之人。

这样想着,王维便肃然起身,恭恭敬敬地向两位公主行了一礼:"多谢两位公主厚爱,只是公主礼物过于贵重,微臣受之有愧。"

"王参军不必多礼,你且替莲儿收下罢。"霍国公主从袖袍中取出两个绣着云纹的精致锦囊,一个递给王维,一个递给玉真公主,"姊姊,今日仙芝不在,你且替仙芝收下吧。"

"这……"玉真公主显然也不曾料到霍国公主还会来这样一出,不免有些意外。

妹妹如此高调地送一对合璧给她和王维,若是被不知情的人看见了,只怕还以为霍国公主希望她和王维……

想到这里,玉真公主不由心跳加快,耳后发烫,但转念一想,便又自嘲地摇了摇头。这对合璧是妹妹送给仙芝和莲儿的,只不过由她和王维代为收下罢了,原是她自己想多了。于是,她伸出手去,将锦囊收入袖中。

"多谢公主,微臣恭敬不如从命,替小女谢过公主。"王维也上前一步,从霍国公主手中接过锦囊,并行了叩谢礼。

霍国公主饶有兴致地问了王维有关音律、绘画、书法、诗歌等方面的话题,王维笑着一一解答。

眼看天色渐渐暗了下来,王维看了看窗外,起身抱拳道:"今日微臣厚颜叨扰两位公主已久,天色已晚,微臣这便告辞了,请两位公主多多保重。"

王维就这样走了?他自然都是要走的,不然呢?玉真公主在心里叹了口气,牵了牵嘴角,强颜欢笑道:"王参军是要回济州吗?王参军在济州,济州百姓自然是有福的。"

"多谢公主勉励,微臣定不忘职责所在,竭尽所能,尽力而为,以不辜负两位公主厚望。"夕阳的余晖斜射进来，在王维含笑的面孔上笼上一层淡淡的光晕。王维身上那份淡定从容，仿佛是从骨子里透出来的。

玉真公主动了动嘴唇，想说什么，但话到嘴边却又咽了下去。那些想说的、该说的话，五年前不是都已说了吗？如今又何必自讨没趣？幸好还有莲儿这个义女，相信不久的将来，他们还会重逢。

于是，她抬头看着王维，淡然笑道："王参军公务繁忙，也多保重。"

王维转身离去，夕阳将他的影子拉得很长。玉真公主慢慢站了起来，怔怔地看着他从容远去的背影，直到完全消失在道观尽头，才依依不舍地收回目光，无声地叹了口气。

他永远都是那么遥不可及，就像天上那轮即将升起的明月。

"姊姊，想不到你也是这样的痴人。"看着玉真公主久久凝视的目光，霍国公主斟了一盏热茶，送到玉真公主手中，试图用茶的温热抚平她心头的惆怅。

玉真公主接过茶盏，轻啜一口，怔怔道来："妹妹，你我原是一样的人，怨不得旁人。"

是啊，姊姊心里只有王维，即使王维已娶妻生子，依然念念不忘。她呢？不也念念不忘已去世三年的裴虚己，不管皇兄如何相劝，她都不肯改嫁。

她们姊妹，不都是一样的痴人吗？

这晚，明月当空，夜色已深，玉真观内各处灯火一一熄灭。这凉风习习的夏夜，原是最宜入梦，但玉真公主却注定无眠。

她遥望天上一轮明月，想起日间王维说的那些话，心中不禁一阵后怕。他今日说出的那些话，但凡有一句被皇兄知道了，不仅他的前程再无指望，甚至还有性命之忧。

那个"黄狮子舞事件"的前因后果，她也是在王维贬谪济州后很长一段时日里，才渐渐想明白的。

其实，"黄狮子舞事件"只是"果"，所有的"因"，早在720年10月李隆基颁布那道禁止诸王与大臣交游的命令时便已埋下了。

李隆基为何要颁布这道禁令？旁人不明白，她却是明白的。

李隆基出生于685年，他六岁那年，武则天以周代唐，执掌天下。他九岁那年，生母窦德妃惨遭武则天毒手，连尸骨都无处可寻。可以说，在李隆基成长过程中，无时无刻不处于各种政治斗争的漩涡，尤其是从705年"神龙政变"到710年"唐隆政变"到713年"先天政变"，短短八年半间，大唐皇室更换了4位皇帝，政治斗争何其凶险，步步为营，一步踏错，全盘皆输。

712年8月,唐睿宗传位太子李隆基,自己退为太上皇。重振李唐王朝江山社稷的重担,完全落在了李隆基身上。

李隆基用雷霆手段终结了"后武则天时代"动荡不安的政局,巩固了岌岌可危的李唐皇权,选贤任能,励精图治,从大处讲,是维护大唐的长治久安,从小处讲,何尝不是为了坐稳江山?

李隆基试图在维护皇权的前提下,与兄弟们建立一种和谐稳定的关系,不重蹈兄弟相残的悲剧。然而,在看似温情脉脉的表象背后,潜伏着李隆基和诸王之间的矛盾,暗藏着李隆基深深的不安。

为了巩固来之不易的皇权,李隆基不得不千方百计对诸王严加防范,严禁诸王与群臣交结,干预朝政,威胁皇权。

719年春天,岐王带王维来玉真观找她,请她将王维推荐给考官,成为当年府试解元。岐王为何不直接向考官推荐王维?显然,他知道李隆基对诸王有所防范,有意回避诸王与群臣交结的嫌疑。

或许因为诸王光芒太盛,720年10月,李隆基再次颁布一道禁止诸王与大臣交游的禁令。禁令颁发不久,驸马都尉裴虚己、万年县尉刘庭琦、太祝张谔等因和岐王过从甚密而相继遭到贬逐。

李隆基为何如此警惕与诸王饮酒赋诗的文士?因为,他深知文士的可怕。他能一路披荆斩棘、力挽狂澜,最后登上帝位,执掌天下,就离不开他手下那批文武双全、足智多谋的文士。可以说,没有那批文士,就没有他最后的成功。

文士既然可以帮助他夺得天下,也一样可以帮助诸王夺得天下。就这样,裴虚己、刘庭琦、张谔等文士都成了李隆基杀一儆百的牺牲品。

而王维呢?似乎比裴虚己、刘庭琦、张谔等有过之而无不及。王维精通音律,才气纵横,一时名动长安,宁王、岐王、薛王都与之交好,待他亦师亦友。

岐王通过玉真公主向考官推荐王维,最终还是被李隆基知道了。在李隆基看来,岐王是在变相地干预政治,犯了他的大忌。

王维当上太乐丞后,按理应成为李隆基身边的近臣,但王维却依然和岐王往来频繁,和李隆基之间倒是有种莫名的疏离。

于是,721年秋天,"黄狮子舞事件"成为一根导火索,将王维贬谪济州。岐王、薛王也先后离开长安,偏居华州、同州。

如果王维继续执迷不悟,他怎么可能还有机会回到长安?她又能为他做些什么呢?

夜凉如水,一阵山风吹来,玉真公主不禁打了一个寒战,闭上眼睛,叹了口气。

不知为何，在皇兄面前向来还能说上几句话的她，此刻竟也涌上了深深的无力感……

726 年的天气，对济州百姓来说，简直是"水深火热"。

先是春天那场滔天洪水，若是没有裴耀卿带领大家誓死护堤，济州城或许早已被淹没在无情的滔滔黄河水底……

不料，刚从洪水中劫后余生，济州百姓却又迎来了百年一遇的干旱。自 6 月入夏以来，济州城便一日热过一日。更要命的，竟是两个多月没有下过一场像样的雨了！对于靠天吃饭的济州百姓来说，自然焦急万分。

不过，对赵仁来说，比旱情更让他上心的，却是另一件事。那就是，他无意中得知，王维告假一个月，不是因为家事，而是因为岐王薨逝了！这件事，让他兴奋得就像捡到了一个翻身的机会！

赵仁于衙门事务上心思有限，但在揣摩人心上却是极尽能事。这些年来，他冷眼旁观皇上和诸王之间的微妙关系，眼见着裴虚己、刘庭琦、张谔等和诸王亲近的文士臣子相继被贬，岐王、薛王也被相继"请"出长安，他便知道，皇上对诸王只是面上和睦，心里到底是不放心的。

来到济州后，他立即打听了王维的来历。很显然，王维从太乐丞贬谪济州司仓参军，一定和岐王交往过密有关。谁知，五年过去了，王维依然不知好歹，不知轻重，竟然屁颠屁颠跑去吊唁岐王了！

一秒钟前还在为自己官降一级懊恼不已，得知这个巧宗后，赵仁顿时激动得一刻都坐不住了！岐王去世，皇上必定在暗中观察哪些臣子和岐王交好，因此，他只需添油加醋地将这件事通过京官之口送达天听，不就既可以向圣上表忠心，又可以除去王维这个目中无人的眼中钉了？

赵仁说干就干，趁王维还未返回济州，就将一封加急信送到了长安县令王腾手中。王腾继裴耀卿之后担任长安县令，所到之处，听到的无不是长安百姓对裴耀卿的一片称颂扬声，心里很不是滋味。时间久了，竟生出几许恨意来。

赵仁知道王腾的心思，便在信中特地强调，王维和裴耀卿感情厚密，关系非同寻常。王腾看罢来信，不禁拍案叫好。只要王维有事，裴耀卿就会多多少少受到牵连，王维不就是对付裴耀卿的一颗棋子吗？

于是，王维不远千里奔赴华州吊唁岐王的消息，终于辗转传到了李隆基耳里。

这一切，王维毫不知情。他只知道，伴君如伴虎，与其重返长安如履薄冰，不如永远留在济州，和家人平安度日，过好此生。

然而，当他星夜兼程赶回济州时，他立即感到，一切都不一样了。

那些往日的同僚，看到他时要么窃窃私语，要么避而远之，脸上无不是戒备之色。

王维心中存疑，面上却不好说什么，直至走进赵仁的屋子，听到赵仁皮笑肉不笑的言语，才明白发生了什么。

"哎哟，王参军可总算回来了。原来参军处理的不是家事，而是国事嘛。这一路上，参军可真辛苦了！"

王维心中一沉，莫非赵仁知道他此行的真相了？不过，他依然神色从容道："大人说笑了。下官个人事小，济州旱情事大。刚才入城时，下官看街头百姓忧心忡忡，今年恐怕颗粒无收，下官心中甚是不安。明日下官便带人出城，到各地田庄了解旱情为要。"

"哦？王参军不仅忧国，还很忧民呐。这份心怀天下、忧国忧民之心，赵某当真自愧不如！"赵仁伸了个懒腰，懒懒地斜看了王维一眼。这话里话外的嘲讽之意，任谁都听得出来。

王维不想当面冲撞了他，便起身抱拳道："大人说笑了。为人臣子者，原该为国效力，为民分忧，这是下官的本分，亦是职责所在。如若大人没有其他吩咐，下官这就告退。"

"且慢，站住！"王维正想离开之际，赵仁却一个鲤鱼打挺，从座椅上"霍"地站了起来，阴阳怪气道，"王参军，少安毋躁，这旱情不旱情的，本就是老天爷赏饭吃，看老天爷心情便是，你着急忙慌的又有何用？"

王维心中一沉，感觉赵仁话中有话，还未想好如何回话，只见赵仁故意叹了口气道："王参军，实不相瞒，你这次告假一个月，不是赵某不想帮你，而是动静实在太大，恐怕当今圣上都有所耳闻了。你这参军一职么，恐怕……"

赵仁故意卖起了关子，平日里那双似乎永远睡不醒的眼睛，此刻倒有种异样的精光，一眨不眨地盯着王维，似乎想从他脸上捕捉蛛丝马迹。

原来如此！一瞬间，王维什么都明白了！

如果他去拜见岐王，会被圣上认为他有异心，那么，他无话可说，也无可自辩。

即便人言可畏，三人成虎，但他依然相信，清者自清，浊者自浊，公道自在人心，还有什么可说的？

沉默片刻后，他缓缓点了点头，淡淡一笑，双手抱拳道："多谢大人良苦用心，下官明白了。下官但听大人发落，绝无半句怨言，告辞。"

看着王维平静无波的神色，赵仁觉得自己就像一记拳头打进了棉花堆里，空落落的无处着力。王维那番话，更是一如既往的温和随顺，挑不出一丝错来。

不待赵仁再说什么，王维便转过身子，挺直背脊，大踏步向屋外走去。

屋内分明酷暑难耐，但不知为何，赵仁却觉得一股寒意从脚底升起，背上一阵发凉。这家伙到底在想什么？怎么没有丝毫惊慌之色？莫非他已早有准备？

和王维的毫不知情不同，璎珞倒是比他早一步听说了这个刺心的消息。

几天前，赵化悄悄上门，眉头紧皱，期期艾艾，一副欲言又止的模样。

"仙舟，发生什么事了？"璎珞心里一紧，忙让福嫂带莲儿到院子里玩耍，轻声问道。

"夫人，不知王参军何时归来？"赵化搓着双手，脸上的忧色怎么也藏不住。

"他说一个月内回来，算算日子也就这几日了。莫非济州旱情严重，府衙里有什么为难之事？"璎珞眉头微蹙道。

"夫人，小的跟随参军多年，一心认定参军是天底下最良善的官员。可是，近日衙门同僚却说参军……"平日口齿伶俐的赵化，此刻却一反常态，支支吾吾，半日说不出话来。

"说参军什么？仙舟，你但说无妨，我心里有数。"璎珞心里掠过一丝不祥的预感，急急追问道。

"夫人，小的只是将听到的话转告夫人，请夫人转告参军，好叫参军有所准备。小的如果说错了，还请夫人莫要怪罪才好。"赵化咬了咬牙，跺了跺脚，一口气说了下去，"衙门同僚如今都在议论，说参军素有异心，此番私自去吊唁岐王，便是心存不轨，如今已被圣上知晓，不日就要被革去参军一职，恐怕还有性命之忧……"

"素有异心？心存不轨？性命之忧？"赵化这番话无异于晴天霹雳，重重砸在璎珞心头。璎珞心中不妨，一个趔趄，身子险些站不住，一把抓住赵化衣袖问道，"仙舟，你方才所言，可句句属实？"

"夫人，这些都是同僚在传的话，究竟如何，到底作不得数。小的相信，参军大人吉人自有天相，但愿只是以讹传讹，虚惊一场，保佑大人化险为夷。"看着璎珞明显发白的脸色，赵化不由为自己的莽撞感到愧疚，赶紧找话语来安慰。

璎珞只觉得耳边仿佛有千万只蜜蜂在嗡嗡作响，心里乱成一团，怎么也理不出一个头绪来。

"夫人莫过于忧心，待参军回来后，或许自有主意，夫人保重身子要紧。"赵化叹了口气，眉头紧紧皱在了一起。

"我知道了，谢谢你。若没有其他事，你先回去吧。"此时此刻，璎珞只想一个人静一静。

赵化应了一声，抱拳离去。璎珞怔在原地，脚底似有千斤重担，一步一步来到了书房。

只有在书房里，看着他日日伏案的书案，她纷乱的心才可以稍稍安定一些。

案几上，那些笔墨纸砚仿佛在静静等待主人归来，璎珞心里隐隐作痛。王维自来济州任职，不说接驾封禅和抗洪护堤这两件大事，他是如何身先士卒、日夜操劳？便是济州府衙那些日常事务，他何尝不是勤勤恳恳、任劳任怨？这么多年过去了，他便是没有功劳也有苦劳，可为何到头来，却被济州同僚指责素有异心、心存不轨？天理何在？公道何在？

这样想着想着，璎珞双眸不由蒙上了一层雾气，耳畔响起他平日调侃她的那句话——"我怎么觉着我有两个女儿呢，而且都爱哭鼻子"，想强撑着不落下泪来，却终究没有忍住。

泪眼迷蒙中，她怔怔地看着书房墙上那幅《越州翁媪图》，画上群山连绵起伏，若耶溪波光潋滟……

从没有哪一刻，她如此希望画画的人就在自己身边，希望他告诉自己，一切都是虚惊一场，他定会安然无恙！

第四十六章　辞官归隐　进宫求情

当王维终于风尘仆仆回到家中时，看着他憔悴疲倦的面孔，璎珞只觉得胸口酸胀，双唇却下意识地抿住了所有复杂的情绪。

王维快步上前，伸手抚上她的脸颊，柔声道："璎珞，我回来了。"

当王维温润的手指碰到璎珞脸颊的那个瞬间，璎珞原本在眼眶里打转的泪水，终于忍不住淌了下来。

"瞧我，可能是沙子迷了眼睛……"璎珞忙低头抹去眼泪，强颜欢笑道。

王维并不说话，只是用手指轻柔地抚过璎珞的眼角，拭去那里显然已积蓄多时的泪水，声音愈发温和体贴："璎珞，都是我不好，让你忧心了。"

王维早已从赵化口中得知，几天前，他将同僚的议论告诉了夫人，惹夫人忧心了。

"璎珞，你莫替我忧心。无论发生什么，我都会护你和莲儿周全。"王维掏出帕子，轻轻拭去她眼角的泪痕，眼中是满满的疼惜。他的声音有一种让人安心的神奇力量，让璎珞连日来的不安和忧心消失了大半。

第四十六章 辞官归隐 进宫求情

"摩诘，你都知道了吗？仙舟所言，是真的吗？"璎珞从王维怀中抬起头来，柔声问道。

"璎珞，如果我说是我想辞官归隐，而不是被他们罢官免职，你信吗？"王维低头看着璎珞，声音出奇地平静。

璎珞怔了怔，久久凝视着王维。他的目光除了他惯有的清明澄澈，还多了几分笃定到极处的淡定平和，仿佛不是在问她问题，而是在告诉她答案。

璎珞嘴角渐渐绽放久违了的笑颜，用力点了点头："我信。"

仿佛和她的笑容相呼应似的，王维眼里也慢慢浮出笑意，揉了揉她的头发，叹了口气："璎珞，为何无论我说什么，你都说信我？"

"因为我知道，你说什么，做什么，都自有你的道理。所以，我信你。"璎珞在王维怀中安心地闭上了眼睛。这一生，自爱上他的那天起，她便将自己全然交给了他。他在哪里，她便在哪里。有他的地方，便是她的家。

"摩诘，那次在若耶溪畔，你说等将来咱们老了，你当'持竿叟'，我当'浣纱媪'。那个画面，很美。"璎珞在王维怀中呢喃低语。

"是的，你说你喜欢男耕女织的日子。待我辞官之后，我便带你和莲儿回蒲州。为夫再是不济，总能替人画几笔画，写几笔字，让你和莲儿一世无忧，可好？"

随着王维的描述，璎珞的思绪似乎已飘出很远，那美好的生活仿佛就在眼前。她一脸欣喜地点了点头，用清亮的眸子回答了所有。

这夜，略带闷热的晚风从半开的窗棂间吹了进来，璎珞和莲儿都已进入梦乡。王维披衣起床，负手伫立窗前。墙上白瓷卧羊双角上顶着的烛火轻轻摇曳，在王维身后投下一个长长的光影。

其实，辞官归隐的决定，并非一时冲动，而是由来已久。今日赵仁那番话，只是临门一脚，加速他做出了这个决定而已。

究竟是何时有了这个念头？或许是裴耀卿大人离开济州之时？或许是赵仁到任济州之时？或许是得知岐王突然薨逝之时？又或许是听完玉真公主那番肺腑之言之时？

都可能是，也都可能不是，但有一点是肯定的，那就是，这桩桩件件无不让他辞官归隐的念头，一点一点发酵，一点一点加剧，最后终于让他不再眷恋，放下所有！

当裴耀卿大人离开济州之时，他觉得，士为知己者死，那个知他懂他的人走了，他留在济州，似乎已索然无味。

当赵仁到任济州之时，他觉得，道不同不相为谋，既然无论他说什么，做什么，赵仁都嗤之以鼻、不以为然，那么，他最好的选择，似乎是离开。

当得知岐王突然薨逝之时，他觉得，生命无常，世事难料，功名利禄，皆如浮云。最值得做的事，是和所爱之人相依相伴、粗茶淡饭、归隐山林、朝朝暮暮……

当听完玉真公主那番肺腑之言之时，他觉得，政治斗争动荡险恶，权力角逐冷酷无情，与其被卷入没有对错、只有输赢的政治漩涡，不如远离是非，洁身自好，独善其身……

又有一阵山风从窗外吹了进来，王维顿觉神清气爽，蓦然想起了《老子》中那句话——祸兮福之所倚，福兮祸之所伏。

他不知道等待他的是福是祸，但他知道，无论如何，他必须尽快离开济州这个是非之地。

当王维做出辞官归隐的决定时，玉真公主正匆匆赶往大明宫。

她万万不曾料到，已被贬出长安的王维，竟被小人一封密信告到了皇兄这里。她忧心的是，不知皇兄会如何处置王维？

马车在朱雀大街上一路疾驰，玉真公主心里有事，忍不住掀起车帘，催促车夫跑得再快些。

"驾……"车夫提缰挥鞭，心里很是不解，究竟发生了什么事，值得公主如此十万火急地赶往宫里？

是啊，究竟发生了什么事？他是一个骨子里何等洁身自好之人，在远离长安的济州，他究竟得罪了谁？才会被人如此欲加之罪、何患无辞？

当玉真公主这样想着时，长安城仿佛一头巨兽从沉睡中醒来，像棋盘般规整的一百零九个里坊几乎同时打开城门。一时间，城门前熙熙攘攘、挨挨挤挤，进城出城的车马行人如流水般涌进流出。高门大户的马车在大道正中呼啸而过，扬起一片尘土，平民家的驴车、牛车则在道路两侧的明渠边慢慢前行。

玉真公主的马车跑得飞快，车夫一抖马鞭，两匹骏马便对着正中的城门疾驰而过。穿过十几米长的门洞后，眼前便是百米宽的丹凤门大街。

玉真公主掀起车帘，一眼便看到了被晨光勾勒成黛青色天幕下一道道剪影的重檐飞角。

大明宫承载着李唐皇室近百年来的血雨腥风，玉真公主每次回来，都不由想起那不堪回首的童年，感到莫名的压抑和沉重。

不知不觉中，马车便到了大明宫的正南门——丹凤门，这被世人誉为"盛唐第一门"。

过了丹凤门，马车缓缓停下，玉真公主走下马车，换上早已准备好的垂着朱色轻纱、有四角飞檐的肩舆。四名内侍熟稔地抬舆起步，走上几百米御道，便将玉真公主送到了含元殿。

玉真公主一步一步迈上台阶，目光从龙尾道两旁镂刻螭头、莲花图案的青石扶栏上一一扫过。她想起了，721年春闱，皇兄就是在这里策试举人的。一众士子中，王维脱颖而出，高中状元，官授太乐丞，在这里参加朝会……

如今，五年过去了。含元殿还是那个含元殿，龙尾道也还是那个龙尾道，这些从来都不曾变过，变的只是那一拨又一拨臣子，被权力的洪流裹挟着沉下浮起……

对于处于权力顶峰的皇兄来说，要处置一个臣子，实在太容易了，容易得就像捏死一只蚂蚁。哦，不对，比捏死蚂蚁还简单。

捏死蚂蚁还需自己动手，而皇兄呢？无需动手，也无需动口，只需在心里存了这个念头，自会有人来替他动口和动手。比如那个谄媚的长安县令王腾。

想到这里，玉真公主心里就像吞下了一只苍蝇，感到一阵阵反胃。

那个长安县令竟说王维"素有异心、图谋不轨"？说王维欲借助岐王势力往上爬？说这种话的人，也太不了解王维了！王维如果有这样的异心，还需等到今日吗？还须如此大费周折吗？真是荒谬绝伦！荒唐透顶！

然而，皇兄却未必会像她这般想，如果皇兄愿意听信小人谗言，后果将不堪设想！

"老奴见过长公主殿下，不知殿下是否来寻圣上？今日并非上朝之日，圣上不在含元殿。"

正当玉真公主望着空荡荡的含元殿出神时，一个谦恭有礼的声音从背后传来。她转过身去，原来是皇兄身边的第一内侍高力士。

高力士虽只是一个内侍，却是李隆基身边一等一的红人。李隆基还是太子时，高力士便进入太子内坊局，每日侍奉左右。因他行事端慎，越来越被李隆基赏识倚重，全面执掌内侍省事务。

看着高力士一贯讨喜的笑容，玉真公主笑着点了点头："原来是高内侍，不知皇兄现在何处？持盈有事求见。"

"圣上正在含凉殿用膳，老奴这便陪殿下过去，可好？"

"如此甚好，有劳高内侍了。"

"殿下折煞老奴了，请殿下移步。"

"好。"玉真公主重新坐上肩舆，随高力士迤逦前行。

自王维离开长安后，玉真公主很少住在长安，更是很久没有入宫了。

她随意地往四周看了看，只见青石路边绿荫婆娑，花木扶疏，掩映着远处的亭台楼阁和粉墙黑瓦。不远处，是一条一眼望不到头的朱栏青瓦的长廊。

"殿下，这是宫里新修的千步廊，圣上常和惠妃娘娘来此散心。过了千步廊，便是含凉殿了。"高力士回头笑着解释道。

"哦。"玉真公主若有所思地点了点头。含凉殿建在大明宫太液池南岸，风景殊胜，凉爽宜人，是武惠妃的寝宫所在。

这后宫之中，武惠妃虽不是皇后，却胜似皇后，皇兄对武惠妃的情有独钟，几乎到了专宠的地步。

要不然，武惠妃怎么可能在短短十多年间便为皇兄生下四子二女，去年刚又添了小皇子李琦，把皇兄高兴得什么似的！

她正想得出神，忽然听到不远处隐隐传来一阵阵爽朗的笑声，不是别人，正是皇兄。她心头一动，看来皇兄今日心情不错，如此一来，王维一事倒是有了几分转圜余地。

绕过绿柳环绕、波光粼粼的太液池，便到了含凉殿前。

含凉殿四周有半丈多高的宫墙，中间是飞檐舒展的大门。玉真公主刚到门口，便快步迎出了十多个宫女，领头的宫女一看便是伶俐之人，忙上来行礼道："奴婢叩见长公主殿下。"

抬肩舆的四个小内侍稳稳放下肩舆，玉真公主点头笑道："免礼。"

步入含凉殿，只觉得脚底异样柔软，低头一看，原来地上铺着一层红底团花的地衣，甚是厚密。

玉真公主认得这是宣州进贡的特等红锦地衣，质地最是柔软无比。整个宫里，似乎只有皇兄的甘露殿和这含凉殿里才有。

穿过重重绣帘，皇兄的笑声便愈发响亮了起来。

转过西殿，一眼看见穿着一身家常绦纱袍的李隆基，正靠在一张设着六扇屏风的榻上，和一个五六岁的小男孩对弈。身穿海棠红绣花罗衫、挽着翠色披帛、头上用玉簪松松挽着一个反绾髻的武惠妃半倚在李隆基身边，时而看父子对弈，时而逗弄被乳母抱在怀中的小婴儿。一个梳着双环髻、约莫四五岁的小女孩，正伏在李隆基膝前，专心致志地看父皇和哥哥下棋，端的是一幅其乐融融的天伦之乐图。

玉真公主恍然想起，这个五六岁的小男孩，当是李隆基和武惠妃的第四个孩子、刚从大哥宁王府中接回宫里的寿王李瑁；李隆基膝上的小女孩，当是他和武惠妃的第五个孩子、比李瑁小一岁的咸宜公主；乳母怀中的婴儿，当是武惠妃去年秋天刚为李隆基生的第六个孩子——小皇子李琦。

"原来是长公主来了，衡娘有失远迎，还请长公主莫怪罪才好。"不等玉真公主开口，武惠妃便起身迎了过来。说话间，当真是眼波流转，顾盼神飞，自有一种摄人心魄、不可方物的明丽动人。

玉真公主不由在心中赞叹，难怪皇兄宠她十多年如一日，如此世间难得的美人，即便女子见了，也会怦然心动。

"衡娘说笑了，倒是持盈一早冒昧前来，若是扰了皇兄和衡娘，还请皇兄和衡娘不要恼我才好。"玉真公主忙欠身回了一礼。

"持盈，你倒是有些日子没有入宫了，近来可好？"李隆基放下手中的棋子，摸了摸李瑁和咸宜公主的小脑袋，笑着看向玉真公主。

武惠妃笑盈盈地携了玉真公主的手，拉她在李隆基身旁的榻上坐下，并让乳母带李瑁、李琦和小公主等一并退下，自己也避了出去，好让他们兄妹俩清清静静地说话。

看着武惠妃婀娜多姿的背影，李隆基嘴角微微上扬，眼角眉梢，无不是对这个让他爱了十多年的女子的眷恋和宠溺。

李隆基脸上的细微神情，玉真公主全然看在眼里，心中不由暗笑："自古英雄难过美人关，皇兄再是英雄，也过不了武惠妃这个美人关。"

"持盈，你向来无事不登三宝殿，今日来找三哥，可有何事相商？"李隆基朗声笑道。

"不瞒三哥，持盈今日冒昧前来，确有一事相求。"既然李隆基已主动问起，玉真公主便不再拐弯抹角，索性开门见山，直入主题。

"什么求不求的？但凡三哥能帮你的，自然会帮，你倒说来听听。"李隆基随意往后靠了靠，笑微微地看着她。

"三哥，持盈听说，近日有人告发济州司仓参军王维，说他素有异心，不知可有此事？"玉真公主眉头微蹙，字斟句酌道。

听玉真公主如此一说，李隆基不由坐直了身子，看着玉真公主正色道："持盈，这么多年了，莫非你心里还是放不下他？"

"三哥——"玉真公主顿时耳后一热，急急辩解道，"三哥想哪里去了？当年王维府试第一，持盈也算慧眼识珠，如今听说他被人告发，持盈脸上甚觉无光，三哥莫要想偏了。"

"唉，持盈，你的性子，三哥怎会不知？你看着谨慎周全，骨子里却到底有股痴气！"李隆基重重叹了口气，似乎有些恨铁不成钢，"你一心为他着想，他可曾为你想过半分？他若心中有你，当年就不该写什么《息夫人》，闹得满城皆知，他心里可曾顾及你一丝一毫？"

玉真公主先是一怔，随即心思急转道："三哥所言甚是。如若王维素有异心，他当年便不会放着大好前程不要，写什么《息夫人》借诗言志，三哥您说是也不是？"

见李隆基默然无语，玉真公主索性一口气说了下去："再退一步讲，他若素有异心，为何这么多年都无意重返长安？封禅接驾、黄河护堤，他哪一桩、哪一件不是勤勤恳恳、任劳任怨？持盈倒是觉得，告发他素有异心之人，倒是另有所图也未可知。"

她的神色温和平静，却自有一份不容置疑的坚定，李隆基抬头看了她半晌，摇头叹息道："持盈，西晋羊祜叹曰：'天下不如意，恒十居七八，故有当断不断。'你自小便有主见，于其他事上都能当机立断，唯独在这件事上，却是当断不断。"

玉真公主自然知道皇兄在指责她忘不了王维，但感情之事，岂是三言两语就能说得清、道得明吗？就像他十多年如一日地专宠武惠妃，还一度想册封她为皇后，最终被满朝文武大臣极力劝谏才悻悻作罢……

她微微挺直背脊，转头看着李隆基，嘴角掠过一丝自嘲的笑："三哥所言极是，人生不如意事，确是十之八九。于我而言，倾我所有，得我所求，也就罢了，何必事事尽如我意？"

看着眼前神色坚定的妹妹，李隆基沉默半晌，终于还是点了点头："好，三哥答应你，但愿他从此能识时务、知进退，莫再惹出是非，方不枉你替他求情一场。"

玉真公主没料到皇兄竟如此爽快地应了此事，不由如释重负地舒了口气，欠身行礼道："多谢三哥成全。"停顿片刻，又添了一句，"王维虽然一身才气，骨子里却和持盈一样，也有一股痴气。大约痴人瞧痴人，便会觉得格外亲切罢。"

李隆基摇了摇头，不以为然道："他的痴气到底太过了些。朕曾给过他机会，是他自己不知轻重、不知进退。持盈，三哥希望，这是你最后一次替他开口，不要再有下一次了。"

玉真公主心头一凛，只觉得一股凉意从脚底直冲上来。不要再有下一次？如若还有下一次，她便帮不了他了吗？心头五味杂陈，面上却只能故作镇定，点头道："三哥，我明白的。"

说话间，已是日近中天，武惠妃笑盈盈地走了进来，拉住玉真公主的手："妹妹，瞧你三哥，尽和你说话，倒忘了招呼你用膳。你好久不曾来宫里了，留下来尝尝尚食局厨子的手艺可有长进？"

"衡娘，你来得正好，朕也觉得有些饿了。持盈，咱们这便去用膳吧。"

看着李隆基和武惠妃情意绵绵、你侬我侬的模样，玉真公主心里竟有一些落寞，忽然很是羡慕衡娘，能被一个男人如此爱着、宠着、呵护着，真好！

玉真公主不好拂了皇兄和惠妃的盛情，食不知味地和他们一起用了午膳，不过每样都应了个景、沾了沾唇，说了一些虚礼客套、言不及义的话，便告辞而去。

走出含凉殿，经过千步廊，绕过含元殿……直到离那个权力巅峰越来越远后，她才长长地吐了口气，心中怔怔想道，虽然皇兄和王维并无深交，但那句"他的痴气到底太过了些"，倒是一语道破了王维的性子，也说到了她的心坎上！

她心底不由兜上一团疑云，这么多年过去了，她依然不知道他这一生到底在图什么？图权吗？图财吗？图名吗？显然都不是。

如果他能心有所图，或许反而简单了。偏偏他这与生俱来的痴气，让他心无所图！

玉真公主叹了口气，低头掩住了嘴角那抹苦涩。

皇兄说的对，她于其他事上都能当机立断，唯独在这件事上，却是当断不断。或许，她才是这宫里、这天下最大最大的傻瓜。

但是，只要他能平安，她当傻瓜又如何呢？

第四十七章　天道人心　无欲则刚

这日，当王维将辞呈递到赵仁面前时，赵仁不禁退后一步，仿佛这个辞呈是个滚烫的火球，一不小心便会烫伤了自己的手。

王维并不在意，淡然一笑："赵大人，下官不才，辜负了大人一片苦心。今日特来辞去司仓参军一职，还请大人成全。"

"辞去司仓参军一职？"赵仁只觉得脑袋嗡嗡作响，似有一群无头苍蝇在耳边乱舞，心中更是一团乱麻，这究竟是怎么回事？

长安县令王腾不是捎来口信了吗？不是说已向皇上揭发王维私自吊唁岐王一事了吗？怎么左等右等都等不来朝廷的处决，却等来了王维的辞呈？莫非皇上不相信王腾的话？莫非王维已暗中托人摆平了此事？莫非……

赵仁百思不得其解，不得不有所收敛，对王维多了几分忌惮，只好摆了摆手，打哈哈道："哎哟，王参军，少安毋躁嘛！当今圣上最是宽宏仁厚，只要圣上不怪罪于你，赵某岂有怪罪之理？这司仓参军么，你安心当着便是。"

"实不相瞒，下官性格疏懒，胸无大志，平生所愿，只是和家人寄情山水、终老乡野，还请大人成全。"王维的声音一如既往的温润平和，一双眸子更是明澈得仿佛可以照见世间一切微尘。

"这……"赵仁点头不是，摇头也不是，收下不是，驳回也不是，忽然想到了什么似的，半是谄媚半是含酸道，"哪里哪里，王参军过谦了。王参军的能耐，别人不知道，赵某还不知道吗？王参军果然吉人自有天相，即便是天大的事，到了王参军这里，不也大事化小、小事化了了嘛！赵某打心眼里佩服得紧！"

"大人说笑了。下官身无长物，无甚能耐。做人做事，只求尽力而为、问心无愧而已。大人如若没有其他吩咐，下官便先告辞了。"说着，不待赵仁再说什么，就放下辞呈，转身离去。

看着王维云淡风轻的背影，赵仁张开的嘴巴半天都没合上，迟迟缓不过神来。

这晚，当王维将日间赵仁目瞪口呆的表情告诉璎珞时，璎珞不由笑岔了气，半晌才忍笑道："《孙子兵法》有云：'攻其不备，出其不意。'你今日这封辞呈，倒是深谙用兵之道。"

"哦？原来咱家璎珞还深谙用兵之道？看来为夫今后当谨言慎行，千万莫得罪了娘子才好。"王维故意一脸惊讶，上下打量了璎珞几眼，哈哈笑道。

璎珞没好气地瞪了王维一眼，心中却是一种久违了的轻松。自从那天赵化告诉她王维遭小人陷害后，她心里便仿佛被生生塞进了一团火，疼痛焦灼，难以名状。连日来，她茶饭不思，夜不能寐，时时刻刻祈求上天，保佑王维能平安渡过此劫。

如今，王维主动递交了辞呈，从此便能远离官场，再也不用担这莫须有的罪名了，还有什么比这更让人舒坦的事呢？

从此，他们有大把大把的时间，可以做他们喜欢的事。上回他不是答应她了吗？待他辞官之后，便带她和莲儿回家看望阿爷、阿娘和阿家，然后，找一处喜欢的地方安顿下来。他替人写字画画，她为他洗衣做饭，一起寄情山水、终老乡野……

这美好如斯的生活，就像一幅山水画卷，在她面前徐徐展开，她心中不由几多期待、几多憧憬……

"在想什么呢？"璎珞今日穿了一件芝草边杏粉色对襟吴绫衫子，配了一条花罗织成的雪底团花六幅长裙，在窗边一站，便成了一道天然的风景。王维上前一步，伸手抚上了她的脸。

一缕清风吹过她的发梢，她伸手环住他的腰，和他相视一笑："摩诘，这样的日子，我很欢喜。"

"是吗？"他笑微微地凝视着她的眸子，手指缓缓抚过她的眉心，柔声问道："璎珞，你真的一点都不担心吗？"

璎珞摇了摇头："摩诘，和你在一起这么多年了，我信你，且信你到底。"她脸上的笑容没有半分犹豫，眼眸中更是被岁月酿成的温柔和坚定。

王维久久凝视着她那温柔而又坚定的眸子，深深吸了口气，一脸笃定道："璎珞，我定会护你和莲儿周全，给你和莲儿一个更好的家。"

这晚，蛙鸣声声中，璎珞和莲儿甜甜睡去，王维却久久无法入眠。

在济州一晃便是五年，五年来，有过惊心动魄，有过误会猜疑，但更多的还是岁月静好。如今即将离开，心中到底有些不舍。

于是，他披衣起床，踱到院中，在一地月光中，忽然想起了赵仁日间那番话。

"王参军果然吉人自有天相，即便是天大的事，到了王参军这里，也能大事化小，小事化了。"赵仁话里话外的意思，他怎能听不明白？言下之意，不就是在试探他，此次他能逢凶化吉、化险为夷，定是有贵人相助了吧？

他不由想起了五年前的"黄狮子舞事件"。那次也是因小人诬告，他被圣上定了莫须有的罪名，从太乐丞贬谪济州司仓参军。

这次呢？如果真有人存心诬告他素有异心，按圣上的性子，一定不会放过他，甚至比上次有过之而无不及。可是，如今过去这么久了，却迟迟不见朝廷有何动静。看今日赵仁的神色，好像也颇为意外、颇感失望……

那么，这件事只有一种可能，一定是有人替他向圣上求了情！而且，这个人一定是能在圣上面前说得上话的。

那个熟悉的名字顿时从脑海中一闪而过——玉真公主！如果真的有贵人相助，那么，最大的可能就是玉真公主了。只有她，才有机会、有资格和圣上说话。而且，最关键的是，或许，也只有她，才愿意为他说话……

夜凉如水，即便在这夏日的夜里，山风中依然透着丝丝凉意。一阵山风吹来，他不禁拢了拢外裳，低头看着一地清辉，心中是深深的歉意和深深的感激。他这一生，他注定只能欠她一次又一次了。

次日，王维和璎珞开始收拾行囊，准备择日离开济州。

这日一早，王维家门口远远传来一阵纷至沓来的脚步声，夹杂着此起彼伏的说话声和叩门声。

福嫂急忙进屋唤道："阿郎，夫人，外面来了很多人，说是要为阿郎送行。"

"哦？我这便去看看。"正在书房整理书稿、画稿的王维，连忙理了理衣衫，快步走了出去。一到屋外，便看到院子里果然已经满满站了一地，他正要上前问候时，赵化从人群中钻了出来。

"大人，我家阿爷听说您要离开济州，便一定要来送送您，怎么也拦不住。这不，他和乡民们一早便从阳谷县赶来了。"赵化挠了挠头，急急解释道。

顺着赵化手指的方向，王维一眼看到了他父亲赵老汉，在赵老汉身边的，不是崔录事、成文学、郑山人、霍山人吗？"

王维不由心头一热，快步走上前去，紧紧握住赵老汉的手道："赵老爹，阳谷县离这里少说也要走一个多时辰，你们定是一早就往这里赶了，辛苦你们了！"

"王大人，这些年来，犬子有幸跟随大人左右，大人教导犬子有方，老夫感激不尽呐。"赵老汉也紧紧握住王维的手，想对着王维拜下去。

王维忙一把扶住赵老汉："赵老爹言重了，快莫如此见外。认真论起来，我还要感谢仙舟才是。这些年来，是他告诉我济州的风土人情、风俗典故，还陪我走遍了济州的山山水水。如果没有他，我这个异乡人，倒真是寸步难行。"

"王大人说笑了。改日大人得空再回济州时，一定告诉老夫。老夫定备好美酒，请大人痛痛快快喝上几杯才好。"赵老汉越说越是兴奋，说到痛快处，便清了清嗓子，当众吟了几句诗，"'深巷斜晖静，闲门高柳疏。荷锄修药圃，散帙曝农书'。王大人，您送老夫的这首诗，老夫可是一直记在心里呐！"

"王大人写得好，赵老丈说得好！妙！妙！"崔录事、成文学、郑山人、霍山人等人也纷纷走上前来，拍掌叫好道，"王参军，多谢你当年慷慨赠诗，祝你此行一路平安，但愿他年还能重逢！"

王维上前一步，目光从他们脸上一一扫过，往事历历，激荡心头。四年前，他们把酒言欢，兴之所至，他当场为他们每人赋诗一首。四年来，虽不常见面，但彼此的情谊早已深藏心中。

"王大人，那年水灾，我们村庄灾情最厉害，眼看着全村都要颗粒无收了，多亏大人出手相救，我们全村老老小小几百号人都忘不了大人的恩情呐！"和阳谷县相邻的长清县乡民郑老汉也围了上来，从怀中掏出两双鞋子，"听说大人要走了，我们全村人都舍不得，这是村里手艺最巧的郑阿婆做的几双鞋袜，再三嘱咐我带来给大人，还望大人莫嫌粗陋。"

一时间，其他人也都围了过来，纷纷要送东西给王维。

王维眼角含泪，向在场诸位深深鞠了一躬："多谢乡亲们厚谊，王某只是做了一些该做之事，尽了一些该尽之力，担不起乡亲们如此厚爱。将来无论王某身在何方，都不会忘记济州岁月，不会忘记乡亲们厚望。请大家多多保重，后会有期。"

天边一轮红日冉冉升起，漫天霞光在每个人身上都涂上了一层金红的光芒。不远处，青色炊烟袅袅升入空中……

璎珞默默看着院中发生的一切，顿时有种热热的感觉涌上心头。都说天道无情，这世间有太多不公和不平。然而，天道又自在人心，凡事定有公论。她知道，她的摩诘，已经做到了。

几天后，王维和璎珞收拾妥当，带上莲儿、福嫂、小蝶出发了。

斑驳树叶间，天空碧蓝如洗，时有几只小鸟在枝头盘旋跳跃，振翅一飞，便消失在初秋明媚的阳光里。

王维提缰策马，经过济州城门时，再次抬头深深看了一眼。璎珞也掀起车帘，看了看被飞尘遮断的来路，默默叹了口气。

她知道，对王维而言，济州不是他仕途的起点，却可能是他仕途的终点。他此刻的心情，难免有些沉重吧。

不出几日，他们便到了洛阳附近的汜水岸边，弃马登舟，换水路继续前行。

船到中游，江面开阔，云淡风轻，看莲儿正在酣睡，王维便携了璎珞的手，走出船舱，并立船头，望天上云卷云舒，看江上舟来舟往……

"璎珞，还记得当年同游越州的綦毋兄吗？他今年春天进士及第，日前已授宜寿县尉（今陕西周至），来信邀请咱们去宜寿一游，你意下如何？"

"好啊，说到綦毋兄，我想到了那次泛舟若耶溪。"璎珞欣然点头道，"摩诘，每回坐船，我都会想到'水能载舟，亦能覆舟'这句话。你看，天下最温顺的是水，最狂妄的也是水。温顺时能载舟，狂妄时能覆舟，水是不是很有灵性？"

王维揽过璎珞，笑着点了点头："是的，不仅水有灵性，天地万物，皆有灵性。老子很喜欢水，用水形容他心中的'道'。"

说着，朗声吟了几句："上善若水。水善利万物而不争，处众人之所恶，故几于道……"

"夫唯不争，故天下莫能与之争。"璎珞自然地接了下去，转头笑道，"我幼时读《道德经》，最不明白的便是这一句，便跑去问阿爷：'为何一个人不和别人争，反而天下就没人能比得过他了呢？'阿爷笑而不答，说等我长大了，自然就明白了。"

"哦？那你如今明白了吗？"王维嘴角上扬，一脸宠溺地看着璎珞，仿佛眼前站着的依然还是那个年幼的璎珞。

"本来不明白，和你在一起后，倒是渐渐明白了。"璎珞眸子一亮，扬眉笑道。

"独乐乐不如众乐乐，娘子既有所得，不妨说来听听，让为夫也好乐上一乐。"王维剑眉一挑，眼角眉梢都是飞扬的笑意。

璎珞自然知道王维是在打趣玩，没好气地瞪了他一眼："妾身虽然不才，但班门弄斧的事，还是不做为妙！"

"哈哈，娘子手中无斧，为夫也不是鲁班。"王维哈哈一笑，搂着璎珞的手不觉紧了紧，"我幼时读到这句话时，也颇为不解。只是你尚有阿爷可以去问，我却只好自己胡思乱想了。"

他说话时不疾不徐、不紧不慢，语气也是一贯的平和温润，但说到"只好自己胡思乱想"时，却透着淡淡的惆怅。

璎珞顺势靠在他的肩头，挽住他的胳臂，故意恍然大悟道："原来你的一肚子学问，就是这样胡思乱想得来的呀！"

王维伸手抚上她被秋风吹得有些发凉的脸颊，笑道："如今有了娘子，自然可以不用独自胡思乱想了。娘子，是也不是？"

璎珞心知逃不过，便指着沿岸的千仞峭壁，侧头笑道："一个与世无争的人，心中定是无欲无求，就像这千仞峭壁，无欲则刚，也就达到了'天下莫能与之争'的境界，你说是吗？"

王维远眺千仞峭壁，嘴角慢慢浮上笑意，点头道："娘子所言不无道理，可也并不全是。我倒觉得，与世无争的人，并非真的无欲无求，只不过，他所欲所求的，和世人不一样罢了。"

王维收回目光，顿了一顿："我十岁那年，父亲去世不久，随母亲去寺庙斋戒，看到山门上的'莫向外求'时，如当头棒喝般，忽然明白了些什么。"

王维的声音自有一种穿透人心的魔力，让人听着听着便会入迷，璎珞眸子发亮，示意他继续说下去。

"佛法告诉世人，从生命的本源来看，一切都是具足的、圆满的，我们生来就具足一切法，无须向外索求。因此，与其说'无欲无求'，莫若说'莫向外求'。"

"是啊，世人大抵只知道'向外求'，却不知'向内求'才是我们真正的修行。"璎珞点了点头，若有所思道。

"是的，我们一生都需'内求'，只可惜人生苦短，终其一生，我们能真正了悟的东西，和浩渺无边的佛法相比，仿佛沧海一粟，微乎其微。若是偶有所得，心中那份欢喜，岂是荣华富贵等'身外之物'可以比拟？"

"庄子有云：'吾生也有涯，而知也无涯。以有涯随无涯，殆已！'人活一世，若能偶有所得，便无愧此生。妾身愚钝，还需夫君多多提点才好。"璎珞转头看着王维，半是玩笑半是认真道。

"哈哈，承蒙娘子厚爱，为夫定当知无不言、言无不尽……"王维握住了她的手，眼里是深深的懂得。璎珞只觉得一股暖意从指尖流到心头，和他相视一笑。

船头的艄公一脸不解，这对小夫妻在船头立了这么久，说了那么多话，难道他们不乏的吗？艄公不解地摇了摇头，一篙下去，加速向前驶去。

第四十八章 房琯赴任 张说失意

这晚，王维一行下船，在汜水岸边的一家客栈留宿。

一路舟车劳顿，福嫂、小蝶和莲儿都显然有些累了，璎珞让她们先到房中安歇。

"璎珞，明日到了洛阳，我想去敬爱寺上香祈福，可好？"

"好，只是为何去敬爱寺？不去白马寺？"

"母亲笃信佛法，拜在大照禅师门下。大照禅师曾在敬爱寺弘法，我曾去聆听法师讲经，故去敬爱寺还愿。"

"好，如此甚好。"

两人正说话间，背后忽然传来一个醇厚的声音："请问客官可是王摩诘王参军？"

王维和璎珞不约而同转过身去，只见眼前之人身材敦厚，风仪沉稳，甚觉面善，王维忙抱拳道："在下正是王维，不知客官如何称呼？"

"在下房琯，久仰王参军大名。今日在此相逢，幸会，幸会。"

王维早听说过房琯其人，知道他出身名门，曾撰写《封禅书》进献皇上，颇得圣心。今日一见，果然人如其名，颇有大家风度。

王维躬身行礼道："在下久仰房大人盛名，今日相见，幸甚，幸甚。"

"王参军，相逢不如偶遇，你若无事，咱们不妨喝上一杯？"

璎珞会意，先行回屋安歇，王维和房琯便在酒肆大堂坐了下来。

闲谈中，王维得知，房琯出生于697年，字次律，河南偃师人。祖上系初唐名相房玄龄，其父房融精通佛法，曾翻译《楞严经》。

房玄龄身为一代贤相，功高盖世，房氏宗族的福祉本该世代延绵。只可惜，房玄龄的次子房遗爱娶了唐太宗爱女高阳公主。高阳公主骄横跋扈、放荡不羁，将房家闹得鸡犬不宁不说，还被太尉长孙无忌抓住把柄，认定房家有谋反嫌疑，最终导致房遗爱被捕杀、高阳公主被赐死、房家诸子都被发配流放的结局。

因此，到房琯这一代时，房氏宗族早已衰落。所幸房琯从小好学，以家族的恩荫成为弘文馆学生。

724年，李隆基封禅泰山前，房琯写了《封禅书》进献，中书令张说看到后，很欣赏他的才华，举荐他为秘书省校书郎，后调任冯翊县尉。

726年，房琯辞去县尉一职，回长安参加"堪任县令科"考试并顺利通过，被任命为卢氏县令。眼下，房琯正是从长安前往卢氏县就职。

酒过三巡，两人年纪相仿，志趣相投，王维便将他辞去济州司仓参军一事删繁就简讲了一个大概："房大人，在下如今只是一介书生，叫我摩诘便可。"

"好，咱们今后兄弟相称就好，若是叫我大人，反倒生分了。"

"好，这杯酒，小弟敬房兄。"说着，王维端起酒杯，先干为敬。

"好，酒逢知己千杯少，为兄也干了。"

不知不觉，夜已三更。分别时，房琯言辞恳切道："摩诘，卢氏县在洛阳附近，将来你若得闲，欢迎你来卢氏县，助为兄一臂之力。"

王维明白房琯的好意，抱拳笑道："多谢房兄厚爱，小弟先陪妻女回老家侍奉双亲一段时日。将来若有叨扰之处，还请房兄多多包涵。"

"摩诘，你的为人和才学，都让为兄敬佩，哪有什么叨扰不叨扰的？愿咱们早日能在卢氏县重逢。"

"好！"王维躬身行了一礼，不管将来是否会去卢氏县谋职，但房琯这份情谊足以让他难忘。

当王维和璎珞一路辗转抵达定州时，玉真公主在长安收到了王维寄来的信。

信中，王维告诉她，他辜负了公主的一片期许，已辞去官职，回归故里。

放下信笺，玉真公主先是猝不及防的惊讶。惊讶过后，便涌上了一种说不清、道不明的滋味。

七年前，岐王带他来见她，请她大力推荐。其实，即便她不推荐，凭他举世无双的才华，一样能成为当年府试的解元；

五年前，他状元及第，吏选时"身、言、书、判"俱佳，引来朝廷上下一片赞叹，一举官授太乐丞，备受瞩目；

一年前，他在济州负责泰山接驾事宜，既让圣上认可，又不增加当地百姓负担；

今年春天，他在济州抗洪护堤，救百姓于水火，功莫大焉……

如今，裴耀卿已官升一品，他却辞官隐退。

他曾经对科举落第的好友綦毋潜殷殷相告："圣代无隐者，英灵尽来归。遂令东山客，不得顾采薇……"

可如今，他自己却选择了离开，归隐田园，寄情山水。

哀莫大于心死，他这些年来在官场经历了什么？或许只有他自己知道。

刹那间，玉真公主感到了深深的无力和愧疚。

无力的是，他已做出选择，她无法再替他挽回什么了。

愧疚的是，太宗皇帝曾向世人宣告"天下英雄尽入吾彀中矣"，这不正是告诉李唐王室，要广纳天下栋梁之才，让他们为大唐效劳吗？如今王维选择离开，皇兄是不是该有所反省呢？

正这样怔怔想着时，小道童引着一名宫中内侍走了进来。

"启禀殿下，传圣上口谕，八月初五是圣上生辰，宫里举行盛典，圣上请公主进宫同乐。"

"有劳内侍了，知道了。"

玉真公主牵了牵嘴角，淡淡一笑，在心底叹了口气。

年年岁岁，岁岁年年，皇兄生辰依旧，黄狮子舞犹在，而王维却已离开大唐职官队伍了。

这日，是726年八月初五，玉真公主和霍国公主一同进宫，为皇兄贺寿。

对四十二岁的壮年天子来说，一切都是那么圆满。

半年多以前，他登顶泰山封禅，成为继秦始皇、汉武帝、汉光武帝、唐高宗以来第五位封禅泰山的皇帝。对于帝王来说，封禅泰山，是上天对天子的最高荣耀。

这次生辰是他泰山封禅归来后的第一个生辰，自然要比往年更为隆重。

不过，明眼人不难发现，在泰山封禅中功劳最大的中书令张说，却渐渐失去了皇上的信任。别的不说，光看这次盛典的筹办就知道了。往年的盛典都由张说统筹操办，今年却改由门下省侍中源乾曜统筹操办了。

这看似微小的变化，却透露出一个信号，曾在朝廷上下一言九鼎的张说，并不是不可动摇的。

都说伴君如伴虎，越是身居高位，越能感受到这种如履薄冰的感觉。张说本人也感到了圣上对他的变化。

其实，这个变化源自泰山封禅。

李隆基封禅泰山前，任命张说为右丞相兼中书令，源乾曜为左丞相兼侍中，并指定张说撰写《封禅坛颂》，封禅时刻在泰山顶上。

同时，为庆祝《封禅仪注》一书告成，李隆基在集仙殿赐宴群臣，并取"集贤纳士以济当世之意"，下诏将创立于718年的丽正书院改为集贤殿书院，任命张说为集贤院学士知院事。

可以说，张说一生的荣光，在此时达到了巅峰。

月盈则亏，水满则溢，世间万事万物，盛到极点就会衰落，张说也不例外。

封禅时，李隆基要在泰山顶举行祭祀天地的大礼，让张说拟定参加祭祀大礼的官员名单。张说知道，凡是参加祭祀大礼的官员，封禅之后必有进阶行赏之事。因此，他私心发作，趁机推荐了一批和自己亲近的官阶较低的官员。

正式确定名单时，需要中书舍人张九龄草拟诏书。张九龄为人耿直，办事公允，并不因为和张说关系密切而随声附和。

他提醒张说，封禅泰山是千年一遇的大事，选择参加祭祀大礼的官员时，应该选清流高品、素有厚望之人，以免引起天下士人非议。然而，此时的张说哪里听得进去，一意孤行到底。

果然，封禅归来后，和张说关系亲近的一批官员纷纷加官晋爵，包括他的女婿郑镒。郑镒本是九品小官，一跃提升至五品，并赐绯色朝服。

对张说的结党营私行为，朝廷上下一片哗然，连李隆基也有所耳闻。有一次，李隆基大宴群臣时看到郑镒，便故意问他为何升迁得如此神速？郑镒无言以对，旁人便笑道："这都是泰山的功劳啊！"后来，有人就把岳父戏称为"泰山"。

如果说李隆基这时对张说开始有了看法，那么，726年春天的"二崔事件"则进一步加速了李隆基对张说的不满。

726年春天，御史大夫程行谌因病去世，李隆基让张说抓紧物色合适人选。

张说和太常卿崔日知素来友善，就上书推荐他担任御史大夫。如果在以前，对于张说推荐的人选，李隆基一般不会干涉，但这一次，李隆基却御笔一挥，任命河南尹崔隐甫为御史大夫，崔日知则改任左羽林大将军。

左羽林大将军看似名头很大，其实是一个虚职，而御史大夫却专掌文武百官的监察执法，对相权有一定的监督和制衡作用。

这一次，张说终于意识到，皇上已经对他的用人权有了不满，这是一个非常危险的信号。

不过，对玉真公主来说，这些都无关紧要。一朝天子一朝臣，在皇兄心里，哪个臣子不是一颗棋子呢？远在济州的王维如此，位极人臣的张说亦不过如此。

玉真公主静静地坐在花萼相辉楼上，看皇兄赐宴群臣，觥筹交错。

和往年一样，寿宴的重头戏是高潮迭起的舞马表演。音乐声中，数百匹舞马训练有素地腾挪跳跃，领头那匹骏马熟稔地口衔酒杯，屈膝为李隆基献酒，在场众人无不高声喝彩！

在雷鸣般的鼓掌声和喝彩声中，只见有"燕许大手笔"之誉的张说来到李隆基面前，向李隆基俯身行了一个大礼："今日是圣上的好日子，微臣不才，写了两首《杂曲歌辞》，特向圣上贺寿，祝圣上万岁万岁万万岁！"

李隆基点头笑道："爱卿免礼。"

高力士会意，忙双手接过张说的诗作，送呈李隆基。李隆基看了一眼，只见一首是《杂曲歌辞·舞马词》，另一首是《杂曲歌辞·苏摩遮》。

当他读到"屈膝衔杯赴节，倾心献寿无疆""惟愿圣君无限寿，长取新年续旧年"等诗句时，心中不禁暗笑。看来张说终于坐不住了，他这是要借诗来向自己献殷勤、表忠心了。

赐宴、赏乐、舞马表演结束后，心情大好的李隆基，大手一挥，声如洪钟道："赏。"高力士会意，马上传了下去。一时间，"圣上有赏"的口谕便一层一层回荡在了兴庆宫上空。

此时此刻，寿宴达到了巅峰，雷鸣般的掌声像潮水一般源源不断地涌向了李隆基。在经久不息的掌声中，原本还想劝皇兄几句的玉真公主，默然低下了头，自嘲地笑了笑。她心中渐渐明白，此时的皇兄，早已不是刚登基时的皇兄了。一手开创开元盛世的他，一手率领群臣登顶泰山封禅的他，已经有足够理由、足够底气坐拥天下！

不必说一个远在济州的小小王维，即便位高权重如中书令张说，不也被皇兄轻而易举地控制于股掌之间？

玉真公主抬头看向远方，心中默念："摩诘，无论离开还是留下，只要是你心里想做的，便也无所谓对错了。"

几天后，便是中秋节。

726年的中秋节，对崔父崔母来说，无疑是最团圆美满的日子。因为，王维、璎珞带着莲儿回来了。

自722年春天一别，王维和璎珞已有四年不曾回过定州。

723年春天，璎珞生莲儿伤了身子，一年多不便远行。

724年秋天，崔兴宗娶卢家九娘时，王维和璎珞本要回定州贺喜，但刚好裴耀卿到任不久，济州府衙事务繁多，王维一时走不开，便未曾回来。

725年初冬，卢九娘为崔家喜添小郎君，王维正忙于封禅接驾事务，脱不开身。崔兴宗让王维为他儿子取名，王维为小郎君取名崔云舒，字闲庭，并题诗一首："闲庭信步，笑看花开花落；宠辱不惊，淡观云卷云舒。"

如今，崔父崔母盼星星，盼月亮，终于把王维和璎珞盼回来了，而且还盼来了一个粉雕玉琢的外孙女。两老那个高兴劲儿，自是不必细说。

"九娘见过阿姊、姊夫。"卢九娘比璎珞小四岁，甜润秀美，眉眼弯弯，笑起来便成了两道好看的月牙，俏丽可人。

璎珞忙扶住弯腰行礼的九娘："自家人不必多礼，九娘好容貌，咱们兴宗真当有福了。"

兴宗乐呵呵地上前一步，揽过九娘的肩，向璎珞和王维抱拳道："多谢姊夫为小儿取名，托姊夫吉言，吾儿将来定比他阿爷强多了！待会我要好好敬姊夫酒，一醉方休！"

"兴宗敬的酒，我自然要'好好喝'，不过说到'醉'么，倒是有些难了。娘子，你说呢？"王维转身看了一眼璎珞，一脸笑意。

"姊夫，你在璎珞面前从不贪杯，她怎知你酒量如何？璎珞，你说是也不是？"兴宗一时说得溜了，便又原形毕露，张口就是"璎珞"，将"阿姊"二字全然抛诸脑后。

"兴宗，你都当阿爷的人了，还这样没大没小。幸亏九娘是个好孩子，总算能把你拘着点。"看孩子们说说笑笑，崔夫人也喜不自禁。

这晚，皎月当空，月华似水，庭院里光华流转，亮如白昼。一家人吃了团圆饭，喝了团圆酒，闲话了一夜家常，不知不觉便是三更时分。

崔父崔母毕竟上了年纪，有些撑不住了，回屋安歇。璎珞和九娘因要哄孩子入睡，便也先回房了。倒是王维和兴宗，意犹未尽，继续在庭中赏月。

"兴宗，方才听丈人的意思，还是希望你能科举及第，博个功名，也好封妻荫子，光耀门楣。"

"姊夫，说来惭愧，这么多年了，我都是乘兴而去，败兴而归。其实，耕读传家、琴酒自娱的日子，才是我想过的日子。不过我不敢和阿爷说，怕他说我吃不到葡萄便说葡萄酸。"

"兴宗，我信你。其实，你我原是一样的人。"

"姊夫，你怎会和我一样？你二十出头便状元及第，入朝为官，如今虽屈居济州，但锦绣前程指日可待。阿爷阿娘每每提起你，都是打心眼里以你为荣，让我好好向你学学。"兴宗举起酒壶，为王维满上美酒，一脸崇拜道。

"兴宗，如果我说，我已辞去官职，打算归隐乡间，你信吗？"王维抿了一口美酒，放下酒杯，转头看着兴宗。

"啊？"即便王维说得淡然，但在兴宗听来，无疑是平地一声惊雷，"姊夫，此话当真？璎珞她，竟也不劝你吗？"

"自然当真，璎珞么，也和我的想法一样。不过，听了方才阿爷阿娘那番话，我想此事还是不告诉他们为好。他们毕竟上了年纪，我们身为儿女的，不应惹他们忧心才是。"

"姊夫，不是我说你们。你和璎珞，也忒放得下了吧！"兴宗不由睁大了眼睛，举着酒杯的手迟迟悬在空中，似乎还未从这番震惊中回过神来。

"兴宗，我们和阿爷阿娘说，此番回来是告了一个月的假。其余事情，将来视情况而定吧。"王维碰了碰兴宗的酒杯，在一声清脆的酒杯碰击声中，仰头喝下了一杯酒。

"姊夫，我明白，我自会替你们守口如瓶。我只是觉得，你有盖世才华，却遭人诬陷，被迫辞官，实在是遇人不淑，怀才不遇！这口气，我替你咽不下。"兴宗说着说着，便不知不觉握紧了拳头，重重地敲在了院中的桂花树上，为王维愤愤不平。

"不，兴宗，事情不是你想的那样。"王维起身拍了拍兴宗的肩，拉兴宗坐下，神色平静道，"此番辞职和上次被贬不同。我方才不是说了吗，你我原是一样的人。对你我来说，耕读传家、琴酒自娱的日子，倒是比入朝为官更为合适，不是吗？"

"可是，这不一样。我是生性愚钝，无缘为官，你却是才学卓越，前途无量，却怎么说走就走了呢？有些事，你不方便说，我便也不问，但我知道其中必有苦衷。"兴宗依然有些情绪激动，眼角似乎有隐隐的泪光。

"不，兴宗，当今圣上是治世明主，政治清明，文化昌盛，可谓'贞观之风，一朝复振'。我们生逢盛世，何其幸也。至于当官与否，只是个性使然。知人者智，自知者明。生命短暂，若能及早认清自己，有更多时间做一些自己喜欢做、想要做的事，不是更值得庆幸吗？"

见王维自始至终神色淡定，兴宗也渐渐平静下来。或许，姊夫辞官归隐，确实是他想明白了，活明白了。

"好吧，姊夫，今后你想做些什么呢？"兴宗一脸专注地看着王维，想从他的眉宇间找到答案。

王维并不急着回答，在院中踱了几步后，负手而立，看着天上皎月，朗声道："《左传》有云：'太上有立德，其次有立功，其次有立言。'我辞官归隐后，想将平生所学，诉诸笔端，倒也不枉这白驹过隙的浮华一生了。"

顺着王维的目光，兴宗也抬头怔怔地看着天上的一轮明月。清风徐徐吹来，耳畔传来王维那温润悠然的吟诗声："江畔何人初见月？江月何年初照人？人生代代无穷已，江月年年只相似。不知江月待何人，但见长江送流水……"

兴宗知道，初唐诗人张若虚是姊夫喜欢的为数不多的诗人之一，他的传世之作《春江花月夜》，更是姊夫喜欢的名篇之一。

或许，当姊夫吟着"人生代代无穷已，江月年年只相似"时，他已读懂了生命的真谛，所以才会痛下决心，用"有涯"的人生去追求"无涯"的学问，用余生去做"立言"这件在他看来比"当官"更值得的事……

第四十九章　秋日书法　春日对弈

对王维和璎珞来说，重阳节是个特殊的日子。一眨眼，他们在一起整整五年了。

巧的是，726年的重阳节，他们刚好回到了蒲州。这是他们自721年离开蒲州后第一次重返蒲州。

9月的天空格外清朗。远处，枫叶漫山，秋菊遍地，一片层林尽染的旖旎秋色；近处，叫卖茱萸和菊花酒的声音此起彼伏，不绝于耳。时有打扮俏丽的妙龄女子在蒲州街头的红叶黄花间翩然来往，为这片秋色增添了数分明媚。

不过，在王夫人看来，再也没有其他女子能比自己的儿媳和孙女更好看的了。

当王维带着落落大方的璎珞和粉嘟嘟的莲儿，齐齐向母亲行叩拜礼时，王夫人高兴得久久合不拢嘴，连连赞叹，世人说的郎才女貌、娇妻爱女，就是这般美好的模样。

"阿娘，孩儿回来了。"

"阿家，儿媳回来了。"

"孩儿不孝，这么多年未曾在母亲膝前尽孝，母亲怎么怪罪都不为过，孩儿向您赔罪了。"王维双膝跪地，向母亲深深行了一礼。

"傻孩子，尽说傻话不是？好男儿志在四方，你们成家立业了，阿娘心里高兴还来不及，岂有怪罪之理？"王夫人一手扶起王维，一手扶起璎珞，看着福嫂手中牵着的莲儿，打心眼里高兴。

"阿娘，夏卿今年春天被授予侍御史了，他可来信向您报喜？"王缙自723年科举及第后，在官场一直谨小慎微，今年春天被顺利擢升为侍御史，在御史大夫手下行事。

"夏卿来信了，并把你三弟、四弟、五弟都接去长安了，说是把他们带在身边，可以多读些书，多长些见识。"王夫人手捻佛珠笑道。

"难为夏卿了，我这个当大哥的，自愧不如呐。"王维搀扶母亲落座，自己和璎珞也在母亲身侧落座。

"你们都是孝顺孩子，你托人带来的那些佛经，阿娘很是喜欢。对了，摩诘，璎珞，阿娘有桩喜事要告诉你们，小妹的亲事上个月也定下了，明年春天就行过门大礼，到时少不得有一番热闹。"

小妹比王维小八岁，父亲去世那年，王维九岁，小妹尚在襁褓之中。如今，小妹已经十八岁，早已到了该出阁的年纪。想到这些年来母亲独自一人将他们兄妹六人抚养成人，王维心中顿时一热，握住母亲的手道："阿娘，这些年来，您辛苦了。"

"阿家，小妹出阁时，我这个当大嫂的定好好帮小妹打理一番，将小妹风风光光地嫁过去，请阿家放宽心。"璎珞走到王夫人跟前，蹲下身子，替她轻轻捶起腿来。

"好，好，有你们在，阿娘自然可以宽心了。"王夫人身子往后靠了靠，心满意足地看着王维和璎珞。

和在崔府一样，看到辛劳一生的母亲，王维原本想提的辞官归隐一事，便又堵在了心头，决定暂时不提。

这晚，当他和璎珞独处一室时，不由问璎珞："璎珞，我这样做，是不是欺心？"

"不，这不是欺心，而是你的一份孝心。阿家操劳一生，希望儿女们平安顺遂。你不说，也是不想让阿家为咱们忧心。"

"是的，咱们在蒲州小住一段时日，再另谋他处作为栖身之地，可好？"

"好，在哪里栖身并不打紧，打紧的是做你喜欢的事、想做的事。我记得你曾说过，你要像南朝画家宗炳那样，漫游天下山川，将所见所喜之景，绘成丹青，写成论著。待咱们安顿下来后，你安心泼墨挥毫、著书立说，我为你铺纸研墨、红袖添香，可好？"

看着璎珞明眸善睐的笑颜，王维心里仿佛被一阵春风吹过，久久凝视着她的眸子，动情道："璎珞，让你跟着我漂泊，对不住。"

一阵夜风从半开的窗户里钻了进来，吹在璎珞身上，不禁打了一个寒战。王维快步走到窗前，取下撑子，合上窗棂，将她发凉的手指裹在自己掌心，移到唇边呵了口气，一脸疼惜道："天一日日凉了，你该多穿些才好。"

璎珞乖乖点了点头，从王维掌中轻轻抽出手来，抚上他的两鬓，柔声道："多少人终其一生，不知道自己喜欢什么，想做什么，只是浑浑噩噩活着罢了。若能在有生之年明白自己喜欢什么，想做什么，是何其幸运之事。所以，哪有什么'对不住'，我欢喜还来不及呢！"

璎珞脸上的欢喜有种难以言说的感染力，王维也不禁扬眉而笑，低头在璎珞唇上落下一个辗转的吻。良久之后，他抬起头来，在璎珞耳畔低声吟道："若然者，其心志，其容寂，凄然似秋，暖然似春，喜怒通四时，与物有宜而莫知其极……"

璎珞伏在王维胸口，静静听他吟诵这段出自庄子《大宗师》的话，心中是满满的安宁和喜乐。

庄子笔下的高人，不正是王维向往的吗？他的内心忘掉了周围的一切，他的容颜质朴端严，既冷肃得像秋天，又温暖得像春天，高兴也好，愤怒也罢，都像四时更替那样自然无饰，和天地万物合宜相称，没有人知道他内心的真谛……

这，不就是道法自然的无我之境了吗？

正当璎珞神思千里时，王维拿过榻上的披风，轻轻拢在璎珞身上："璎珞，你手脚素来怕冷，如今还未入冬，手脚便已这般冰凉了，看来倒要多吃些温补的膳食才好。"

璎珞垂眸一笑，还好还好，她的摩诘并非不食人间烟火，这样的境界，刚刚好。

在蒲州小住几日后，王维原本想带璎珞一起去宜寿看望綦毋潜，但一则天一日日冷了，璎珞路上只怕不耐风寒，二则璎珞也想多些时间陪陪阿家，王维便只身前往。

十多天后，当王维从宜寿看望綦毋潜归来后，欣喜地告诉了璎珞他的打算。

"綦毋兄如今在宜寿担任县尉，他说，但凡想干事的县令，身边都需要几个得力的幕僚。你还记得咱们在洛阳偶遇的房兄吗？他如今在卢氏县担任县令，那日分别时，一再邀我到卢氏县担任幕友，助他一臂之力。"

王维显然很是兴奋，喝了一口璎珞递来的热茶，继续说了下去："幕友和官吏不同，并非由朝廷任命，只需为县令出谋划策，无须操持具体公务，比官吏更自由洒脱。将来房兄离开卢氏县了，我也可以离开。而且，卢氏县离洛阳不远，风土人情也很相宜，你觉得如何？"

"房兄和你一见如故，想来自是同道中人。只要你喜欢，我自然也喜欢。"看着王维微微扬起的剑眉，璎珞仿佛听到了王维内心喜悦的声音。

第二天，王维便给房琯修书一封，表达了愿意到他手下担任幕僚的想法。没几天，房琯的回信便到了。信中，他热情洋溢地欢迎王维携家人速速前往，他会立即安排好一切。信末，他饱含真情地写道："贤弟不嫌地远职卑，愿意前来助愚兄一臂之力，此乃愚兄之幸，更是卢氏县千万百姓之福。愚兄感念在心，恭候贤弟携家人早日到来。"

"璎珞，到卢氏县安顿好后，我就把心中所学一一落笔成文，请娘子为我铺纸研墨可好？"

"好！妾身愿意效劳。"璎珞抿嘴一笑，和王维一起看着房琯的来信，不由对卢氏县的全新生活充满了向往。

726年深秋，王维、璎珞带着莲儿、福嫂、小蝶，辞别母亲，前往卢氏县城。

卢氏县建城于西汉武帝时期，至大唐开元年间，已有近千年历史。这里四季分明，风调雨顺，吏治清明，民风淳朴。

房琯早已为王维收拾出一处清净雅致的宅子，恭候王维一家到来。宅子坐落在卢氏县城东边的淇上，这里桑榆遍地，鸟语花香，让人见之忘俗，心旷神怡。宅子是一个两进的院落，三间两架正房，白墙黑瓦，不事雕琢。庭院中有两棵一抱多粗的大树，几乎遮住了小半个院子。树下有两块奇石，颇有风雅天成之意。墙角有一口古井，井水清澈照人。想来那个让武陵人念念不忘的桃花源，也不过如此吧。

"摩诘，弟妹，如若你们不嫌粗鄙，便在此将就住下吧。若是还需添置些什么，你们只管遣人告我，我立即着人采买齐全。"房琯声如洪钟，笑声朗朗道。

"多谢房兄费心安排，小弟安顿好后，便携拙荆去府上叨扰兄嫂。"王维对这个新家很是满意，抱拳笑道。

"贤弟不必见外。你们一路舟车劳顿，为兄今日便不多加打扰了，改日咱们把酒言欢，喝个痛快。"

目送房琯离去后，王维漫步庭院，院中的两棵大树，一棵是松树，一棵是银杏。在碧蓝的天空下，松树枝干遒劲，苍翠挺拔，像是英姿飒爽的将军，银杏则比松树柔美了许多，像是妩媚多情的佳人，透着黄澄澄的光芒。

当然，真正的佳人是璎珞。阳光透过银杏树叶，洒在璎珞丁香色满地绣银丝菊的缎面披风上，犹如洒上了点点碎金，王维不觉看得怔了。

"阿爷，这棵大树几岁了呀？是莲儿大？还是它大呢？"看王维对着两棵大树发呆，莲儿好奇地挣脱福嫂的怀抱，跑到松树下，张开双臂，试图抱住松树。

"当然是松树比你大咯。你瞧，你的小手已经用力张开了，却还是抱不住它，因为它已经在这里活了很多很多年了。还有那棵银杏树……"王维蹲下身子，揽过莲儿，耐心地教她认哪是松树，哪是银杏。

"为什么人会死？树不会死呢？"莲儿从小早慧，脑袋里似乎有问不完的问题。

"莲儿，阿爷累了，让阿爷先歇会儿，今后，阿爷有很多很多时间，可以慢慢告诉你哦。"璎珞笑着走了过来，牵起莲儿的小手，看着王维道，"摩诘，等过了年，莲儿就五岁了，你不妨教她认些字，读些书。"

王维一手揽过璎珞，一手抱起莲儿，指着松树笑道："好，阿爷愿将平生所学，好好教给莲儿。只是莲儿，你需记得，和学问相比，为人更是要紧。孔夫子说：'岁寒，然后知松柏之后凋也。'松树是岁寒三友，它身上有一种坚韧的力量，耐得住困苦，受得住煎熬。莲儿，咱们该向松树学习为人处世的道理，你说是不？"

璎珞看了一眼王维，目光里是由衷的赞赏，又低头看了一眼莲儿："莲儿，从今往后，你跟着阿爷读书认字，打熬筋骨，成为一个像松树一样正直、坚强的人，好不好？"

"阿娘，莲儿已经认得很多很多字了，莲儿还会背诵经文呢！"听璎珞提到认字读书，莲儿圆滚滚的眼睛顿时一亮，奶声奶气道，"舍利子，色不异空，空不异色，色即是空，空即是色，受想行识亦复如是……"

听莲儿奶声奶气地背诵《心经》，王维和璎珞不禁相视而笑，莲儿在蒲州跟着祖母读佛经，不知不觉竟记住了这样一长篇。

"莲儿果然好记性！如此说来，阿爷该多教你一些诗文才好，今日先教你一首关于松树的诗，可好？"

"好！"莲儿抬起下巴，响亮地应了一声。

王维朗声吟了起来："亭亭山上松，瑟瑟谷中风。风声一何盛，松枝一何劲。冰霜正惨怆，终岁常端正。岂不罹凝寒，松柏有本性。"

"亭亭山上松，瑟瑟谷中风……"莲儿兴致勃勃地跟着念了起来，小脸蛋上是无比的认真。

王维和璎珞牵着莲儿步入书房，书房内整洁雅致，案几书柜，笔墨纸砚，一应俱全，似乎只等着主人入住，便可各显身手了。

"莲儿，阿爷写得一手好字，你要好好学哦。"

"哈哈，莲儿，你是要好好学，争取把你阿娘比下去。"

看着眼前的娇妻爱女，王维眼里满是笑意。这样的日子，不正是他一心向往的吗？

清闲的时光容易过。727年春天，似乎来得比往年更早些。

一过三月，淇上长堤上的垂柳便吐出一粒粒嫩芽，不出几日，堤上便绿叶成荫。家家户户房前屋后栽种的桃花，在暖和的春风中渐次盛开，如霞绽放。

因王维小妹出嫁，王维带璎珞、莲儿赶回蒲州，将小妹风风光光嫁为人妇，心头最后一桩心事便也了了。小妹成亲后，王缙接母亲到长安小住，王维他们便返回了卢氏县。

这日，在繁花似锦、云蒸霞蔚的花树底下，王维和璎珞正在优哉游哉地对弈。

王维穿了一件家常的月白色澜衫，璎珞穿了一席丁香色素面交领短襦，下配月白色六幅绫裙，和王维的月白色澜衫很是登对。璎珞本就皮肤白皙，在这身清丽淡雅的衣衫衬托下，愈发显得肌肤胜雪、眉目如画。用王维的话说，就是"唇不点而红，眉不描而翠"。

棋盘这边，王维端起茶盏，悠然喝了一口，看着棋盘笑而不语。斑驳的阳光从花树缝隙漏下，在他脸上晃晃悠悠，愈发显得他脸上的笑容温润之极。

棋盘那边，璎珞托着香腮，眉头微皱，犹豫半晌后，才小心翼翼地落下手中的白子。

不料，白子刚一落下，王维却摇了摇头，嘴角含笑道："娘子可是落子无悔？"

璎珞闻言，又细细看了一眼棋局，点头道："自然无悔。"

第四十九章 秋日书法 春日对弈

王维哈哈一笑:"既然如此,就莫怪为夫手下不肯留情了。你看,为夫若在此处促上一子,娘子可还有半分胜算?"

璎珞一怔,再细细看了看,才恍然大悟,正想收回白子,但想到方才已信誓旦旦说了"自然无悔",不由又是懊恼又是不甘,眉心紧紧皱在了一起。

王维笑着伸手抚上璎珞眉心,一脸宠溺道:"无妨,娘子再换一手便是。"

璎珞没好气地看了他一眼,长长叹了口气:"即便我执白先行,即便我再换一手,还是过不了中盘。唉,这世上最无趣之事,就是'明知不可为之',妾身甘拜下风了。"

"哦,那娘子倒是说说看,这世上最有趣之事,又是什么?"王维话题一转,目光凝在璎珞脸上,嘴角带着一抹促狭的笑意,似乎能一直看进璎珞心里。

璎珞耳后顿时"腾"的一热,脸颊上飞起一片红晕,佯怒道:"你想到哪里去了?"

看着璎珞眼波流转、又羞又急的样子,王维嘴角笑意更深。他们成亲已经六年了,但璎珞却依然如新婚时那样,时不时就被他逗得脸红,也正因为如此,他愈发喜欢逗她。

他放下手中棋子,起身走到她身后,在她耳畔低声笑道:"娘子明鉴,为夫可啥都没说,啥都没做,正洗耳恭听娘子高见呢。"

璎珞抬头,只见他明显上扬的嘴角划出一个温暖的弧度,微微眯起的眼睛里闪动着戏谑的光芒,正思忖该说什么才好时,一阵温暖的呼吸扑面而来,一息之间,他温暖的唇便在她眉心处稳稳地落了下来。

她心中一片柔软,顺势靠在他宽阔的怀中,懒懒地闭上了双眸,一抹笑意久久停留在她唇边。

和他在一起这么多年了,却仿佛就像刚认识时那样,对他的目光没有丝毫抵抗力。他的目光似乎有种魔力,只需在她身上轻轻一凝,便能撩拨起她心底最柔软、最细腻的感情。看来,这辈子,她是被他吃定了。

"娘子,今日咱们还战吗?"王维轻抚璎珞后背,柔声问道。

"嗯?什么?"璎珞心中一怔,待明白他说的"战"是指对弈而不是她以为的那件事,不由自嘲地笑了。自己这是怎么了,脑子里总是想岔了……

不待璎珞回答,王维便揉了揉她的头发,笑着走到棋盘边,将棋子一颗颗捡回棋盒。黑白棋子碰撞在一起时发出一阵阵清脆的叮咚声,此起彼伏,恰如他谱写的曲子,悦耳动听。

璎珞不由自嘲地笑了笑,挽起袖袍,和王维一起收拾棋盘。

第五十章　房家妻妹　杜家神童

当王维和璎珞收拾好棋盘，正欲回屋时，院门"吱呀"一声推开了，房琯大踏步走了进来。

他一眼就看到了石桌上的棋盘，哈哈笑道："摩诘，弟妹，你们真当神仙眷侣，羡煞为兄也！"

"房兄说笑了，快请进屋坐。"王维飒然一笑，比了个请的手势。

房琯指着棋盘兴致勃勃道："摩诘，今日天气正好，不如咱们也在院中切磋切磋？"

"好，房兄若有雅兴，小弟愿意奉陪。"说着，王维撩起袍角，重新坐回了石凳，璎珞自回屋忙碌。

房琯出身名门，于琴棋书画上都颇有造诣，两人可谓棋逢对手。

待日落西山时，两人下了三个回合，第一回合房琯险胜，第二、第三回合则是王维连赢。"摩诘，你不仅精通音律，棋力也是如此深厚，为兄佩服得紧。"

"哪里哪里，若非房兄承让，小弟连输三局也未可知。如此侥幸险胜，自然作不得数。"

"贤弟此言差矣。棋局如战局，为兄拼命还来不及，哪里还肯承认半步？哈哈哈。"

"房兄说笑了。方才咱们只顾着下棋，连茶都不曾喝上一口，不如这会儿到书房喝喝小弟煮的茶？"

"如此甚好。"房琯欣然起身，随王维朝书房走去。

在书房落座后，王维娴熟地煮茶、分茶，房琯端起茶盏，一连喝了几口后，才字斟句酌道："摩诘，实不相瞒，今日为兄前来，是你嫂子有一事相托。"

"哦，阿嫂有何吩咐？房兄但讲无妨。"王维心中一紧，从房琯的神色来看，似乎有些难以启齿。

只见房琯放下茶盏，往门外看了看，确定没有外人后，才低声道："你嫂子有一庶出的妹子，家中排行第七，小名七娘，今年刚过及笄之年。虽是庶出，但从小也是精心培养，很是知书达理，和平常人家嫡女一般无二。你嫂子说，你和弟妹都是可托付之人，七娘若能被你和弟妹看中，留在你们身边使唤，便是她今生最大的造化了。"

不出王维所料，房琯果然是提亲来了，且是为妻妹提亲。

王维心思急转，面上却不表露什么，起身行了一礼，言辞恳切道："承蒙房兄和阿嫂抬爱，小弟不胜感激，只是……"

听王维说出"只是"二字，房琯便心知不妙，忙追问道："只是什么？"

"房兄有所不知，小弟曾对拙荆发誓，今生今世，小弟绝不纳妾使婢，此誓小弟不能相违。"

"啊？你平白无故的，说这誓言作甚？这年头，家中有几个小妾不是很寻常的事吗？更何况，你和弟妹结婚多年，如今膝下只有一女。你是家中长子，子嗣事关宗族，你即便不为自己着想，也该为宗族着想。七娘性子平和，身子康健，来到你身边后，决计不会给弟妹添一丝烦恼。过上一年半载，便能为你添个子嗣，弟妹在人前也说得过去，岂不是两全其美、一举多得的好事？"房琯心里着急，便一口气说了下去。

王维神色依然沉静，语气更是一贯的从容："房兄一片好意，小弟心领了。只是小弟愚钝，弱水三千，却只愿取一瓢饮。实不相瞒，拙荆生育小女时，确实有些伤了身子，但这几年来一直悉心调理，身子已大有好转。小弟和拙荆都是信佛之人，只愿一切随缘。若小弟注定命中无子，小弟也已想好，王氏子弟众多，到时过继一个便是。无论如何，小弟都不能违背誓言，不能辜负拙荆。"

"这……"房琯满肚子的话，顿时被王维一席长谈全都噎在了喉中，进也不是，退也不是，沉默半晌后，才摇头叹气道，"话虽如此，但若真的膝下无子，又不纳妾使婢，你要置孝道于何地？置弟妹于何地？旁人又会如何看你，如何看弟妹？"

王维淡然笑道："旁人如何看我，如何看她，都不打紧。我们若能泰然处之，外间那些说辞，又何足道哉？"

房琯不由哑然无语，苦笑着摇了摇头，看了王维半响，终究无奈地拍了拍王维的肩膀，叹了口气道："你既然心意已决，为兄也不再多说什么了。你的重情重义，为兄打心眼里敬佩。你这样的好人，定然会有福报。"说着，又聊了几句家常，起身告辞。

刚走到外屋，璎珞便迎了上来，热情留他用膳。房琯看了一眼王维，又看了一眼璎珞，点头笑道："多谢弟妹盛情相邀，只是今日临时起意，匆匆前来，未与你嫂子告假，改日再来叨扰。"说着，抱了抱拳，便跨出院外，大步而去。

这晚夜深人静时，王维已酣然入睡，璎珞却睁着眼睛迟迟无法入眠。河水轻轻拍打堤岸的声音，夜风吹动柳枝的声音，似乎都变得格外清晰……

她脑海里反复盘旋的，是她日间在书房门口听到的那番话。

她看王维和房兄下棋已久，只怕有些饿了，便做了一些点心送到书房。正走到书房门口，便听到房琯说"你和弟妹都是可托付之人，七娘若能被你和弟妹看中，留在你们身边使唤，便是她今生最大的造化了"。

那一瞬间，她不由心中一惊，身子一震，蓦然想起上次去房兄府上时，嫂子确实有意无意提起过她有一个待字闺中的庶妹……一时间，无数不该有的情绪便乱纷纷涌上心头。她明知偷听他人说话非君子所为，但身子却仿佛被魔住了般动弹不得。

正胡思乱想时，耳边忽然传来王维那一贯温润的声音——"小弟曾对拙荆发誓，今生今世，小弟绝不纳妾使婢，此誓小弟不能相违"。

这句誓言恰如定海神针般，将她心头那些不该有的情绪都通通平息了下去。她又喜又愧，一层水雾便不听使唤地弥漫上了眼眸。仿佛此刻王维不是在和房琯说话，而是站在她的面前，向她重复誓言，眼神中是不容置疑的笃定。

他曾对她说："璎珞，你信我吗？你若信我，就要信我到底。"

她不是不相信他，她只是不相信自己，尤其在这件事上，她对自己实在没有信心。

因此，当她听到方兄愿意将妻妹给他做妾时，她便乱了方寸；直到他向房兄说出这样一番话时，她才无地自容，为自己的不信任他而心中有愧，为他的情深义重喜极而泣。

这样一个重情重义、信守承诺、将妻子放在心尖上疼的男子，世间能有几人？

正当她拭去泪痕想转身离去时，屋内传来了房琯语重心长的一番话——"话虽如此，但若真的膝下无子，又不纳妾使婢，你让弟妹如何自处？旁人又会如何看你，如何看她？"

一语点醒梦中人，无论她是否愿意接受这个事实，她都不得不承认，房兄的话是对的。

他待她如此情深义重，她却让他陷入不仁不义。这一切，都是因为她不能为他增添子嗣，不能为王家延续血脉。她，实在对不住他！

这样反反复复想了很久，不知不觉东方已露鱼肚白，璎珞强迫自己闭上眼睛，什么都不想，一开始依然毫无睡意，后来眼皮渐渐发沉，才迷迷糊糊睡了过去。

次日，当璎珞星眸微睁时，已是日上三竿。璎珞揉了揉依然发沉的额角，穿戴整齐，正想到外屋寻王维时，小蝶捧着热水走了进来。

"夫人，方才房大人遣人来请阿郎，说是家中有贵客到来，指名想拜访阿郎，请阿郎前去说话。阿郎特地交代，让我们走路时不要发出声响，不要吵醒了夫人。"

小蝶说话向来伶俐，一口气说了下去。

"阿郎有没有交代，他何时回来？"想到王维交代小蝶不要吵醒她时的那份体贴，璎珞心头莫名有些酸胀，真想环住他的腰，伏在他的胸口，任由自己被他温暖有力的手臂紧紧环绕。

"阿郎也不知房大人府上贵客是谁，只说快去快回，还说若午时还不回来，让夫人不必等他用膳，饿坏了身子倒是不好。"小蝶一边为璎珞梳好发髻，簪上发饰，一边啧啧赞叹道，"福嫂说，咱们夫人是有福之人，像阿郎这样的夫君，真是全天下都再难找到第二个了。"

"是啊，全天下都再难找到第二个了。"璎珞喃喃低语，脸上的笑意却一点一点消散在了无边的惆怅中。

她耳畔再次不受控制地响起他和房兄的对话。房兄说得对，他是家中长子，子嗣事关宗族，即便不为他自己着想，也该为宗族着想。

去年端午节时，她听何稳婆说"可惜了"，哭着问他，她是否已经无法生育了，他安慰她说，她身子已经大好了，完全有可能再怀孕生子。然而，又是一年过去了，她的肚子依然毫无动静。

如果她真的无法再为他生儿育女，她不该自私地占有他。身为妻子，她应该劝他纳妾，甚至主动帮他纳妾，让他早日膝下有子，让王家早日延续血脉才是……这样想着，璎珞心里不由隐隐作痛。

"对了，夫人，阿郎出门前，还特地为你煎了中药。"小蝶忽然想起了什么，赶紧放下梳子向外冲去，"哎呀，糟了，应该快好了，我这就去拿。"

璎珞笑着摇了摇头。自打去年秋天在卢氏县安顿下来后，他便请房琯推荐当地相熟的医家，为她调理身子，房琯推荐了卢氏县有名的卢郎中。

卢郎中上门为她把了一脉，又询问了一些症候，开了一个补气益血的方子，让她三天煎服一剂，从冬至前一周吃到立春后一周。

这几个月来，为她煎药的事，都是他亲力亲为，一次都不曾落下。好多次，璎珞嫌苦，想躲懒不吃了，倒是他像哄莲儿一样哄她："良药自然都是苦的，但把身子调理好了，不是比什么都强？这点苦，忍一忍便过去了。"

不知是卢郎中的方子确实管用，还是因为他为她搭配的膳食也发挥了作用，吃了几个月后，她手脚确实不似先前那般怕冷了。

"夫人，药煎好了，快趁热喝吧，凉了就更苦了。阿郎交代说，夫人若是嫌苦，不妨吃几颗杏干。"小蝶捧着一碗热气腾腾的汤药，小心翼翼地走了进来，托盘里还有一叠黄灿灿的杏干。

从小蝶手中接过这碗汤药时，璎珞忽然想起了阿娘为她泡药酒时说的那番话——

女子身子虚寒，会对子嗣有碍，不由心头一亮，仿佛溺水之人看到了生的希望，立即端起瓷碗，一口气喝了下去。

"夫人今日竟是不怕苦吗？"璎珞素来怕苦，平时一碗汤药倒是要分几次才能喝完，今日一气喝完，小蝶不禁有些看得呆了。

"小蝶，你随我去一趟卢郎中的药铺，我有事找他。"不待小蝶回过神来，璎珞便起身拢了拢发髻，急急向屋外走去。小蝶丈二和尚摸不着头脑，只好忙忙地跟了出去。

当璎珞和小蝶匆匆前往卢郎中药铺时，王维正在房琯府中，和一个名叫杜甫的少年相谈甚欢。

"摩诘，这是河南郾城县尉杜少府，今日携长子杜甫光临卢氏县，不为别的，正是为你而来。"王维一进门，房琯就指着身边一位四十出头的中年男子朗声笑道。

原来，这位中年男子就是初唐赫赫有名的格律诗大家杜审言之子杜闲。

杜审言出生于645年，与崔融、李峤、苏味道等人并称为"文章四友"，世号"崔李苏杜"，是初唐格律诗奠基人之一。

杜闲是杜审言的幼子，682年出生于河南巩县，710年娶清河崔氏，712年有了长子杜甫。717年，杜闲调任河南郾城县尉，举家迁往郾城。可惜几年后崔氏早逝，杜闲娶继室卢氏。

听房琯如此介绍，王维忙快步走了过去，向杜闲躬身抱拳道："晚生王维，见过杜少府。晚生年少学诗时，以令尊大人的格律诗为范本，对令尊大人仰慕不已。今日有缘得遇杜少府，实乃晚生之幸。"

"摩诘客气了。家父仙逝已近二十年，他若在天有灵，知道还能被世人记得，当足以慰怀。"杜闲也拱手还了一礼，他早就读过王维的诗，今日一见，果然气度高华、文采殊胜，欣赏之情愈发添了一层，"实不相瞒，杜某今日来到宝地，是冒昧带犬子前来向你讨教。"说着，指着身边一清瘦少年道，"这便是犬子杜甫，字子美，今年虚度春秋十六载。"

杜闲话音刚落，清瘦少年便上前一步，恭恭敬敬向王维行了一礼："晚生杜甫见过前辈。前辈的诗作，晚生很是喜欢，尤其是《九月九日忆山东兄弟》《相思》《鸟鸣涧》等几首，意境高远，吟之忘俗，还请前辈不吝赐教。"

杜甫落落大方、侃侃而谈，言辞之间，透着几分同龄人少见的成熟。

王维素来欣赏有才之人，点头笑道："子美过誉了。王某学诗时，虽无缘得到你祖父的指点，却从你祖父的诗中受益匪浅。这样论起来，咱们原是同辈。如若子美不弃，今后叫我一声阿兄便是。'前辈'二字，倒是不可再提。"

"摩诘此言差矣。犬子乳臭未干,自然该称你前辈才是。"杜闲摇头笑道。

"子美年纪轻轻,就有如此才学、如此抱负,若称我'前辈',一则不敢当,二则倒是生分了。"

"既然如此,那就恭敬不如从命了。从今往后,犬子便敬你为阿兄。有你这位阿兄提携指点,是犬子之幸,亦是杜某之幸。"

杜闲话音刚落,杜甫就起身向王维行礼道:"小弟见过阿兄。"

王维笑着请杜甫落座:"不知子美近来可有新作?"

"不瞒阿兄,小弟近来无甚心仪之作,只有一首《画鹰》还差强人意。如果阿兄不弃,小弟吟与阿兄听听可好?"

"好,洗耳恭听。"

杜甫站起身来,朗声吟道:"素练风霜起,苍鹰画作殊。㧐身思狡兔,侧目似愁胡。绦镟光堪摘,轩楹势可呼。何当击凡鸟,毛血洒平芜。"

"何当击凡鸟,毛血洒平芜。"王维凝神细听,将最后一句重复了一遍,点头赞道,"果然是家学渊源,子美的格律诗,已得祖父真传,尤其是这最后一句,乃全诗点睛之笔,一言既出,全诗便活了。"

"摩诘说的是。子美这最后一问——何时能让卓然不凡的苍鹰展翅搏击,将那些凡庸之鸟的毛血洒落在荒原之野?其胸怀抱负,何等酣畅,何等痛快!"房琯也拍手叫好道。

"次律,摩诘,你们莫把他抬高了去,偶有佳作,不值什么。"杜甫是家中长子,杜闲对他寄予厚望,即便心中欢喜,嘴上却是不肯流露一分。

"子美,你平日写诗,除了写景状物,还可写人写事。你可有印象深刻之人?或是记忆犹新之事?"

"印象深刻之人?记忆犹新之事?"杜甫低头想了一想,点头笑道,"有!"

"好,不妨说来听听。"大家不约而同看向杜甫,饶有兴致道。

"六岁那年,我到郾城不久,父亲带我上街,看到一红衣女子在街头表演剑器舞和浑脱舞,舞技精湛,剑术高超,叹为观止。父亲告诉我,红衣女子姓公孙,家中排名老大,人称公孙大娘。如今十年过去了,但公孙大娘的一招一式,仿若还在眼前!"

"妙哉!你若能将公孙大娘舞剑的场景细细描述下来,便是一首不可多得的好诗!"王维点头笑道。

"多谢阿兄提点,小弟回头便去琢磨琢磨。"

王维和杜甫很是投缘,一路聊了下去,杜闲似乎想起了什么,问王维道:"摩诘,蜀中有位李太白，自峨眉山顺江东下，渡荆门，至江陵，游洞庭，登庐山，纵情山水，饱览风光，写了不少山水抒情诗，甚是豪迈。他与你同庚，不知你与他是否相熟？"

"太白之名，我素有耳闻，他的诗风浪漫豪迈，五绝和五律尤为出众，《初月》《雨后望月》《晓晴》《对雨》等几首，我都有品读，不过至今未曾谋面。"

"摩诘，你和太白年纪相仿，都是锦心绣口，妙笔生花。不过，你俩气度颇为不同，太白像一匹不耐拘束的脱缰之马，你更像一块浑然天成的山中之玉。"杜闲看着王维，若有所思道。

"哈哈，杜兄向来善于相人，这'脱缰之马'和'山中之玉'的说法，倒是有趣得紧。房某听说，太白这匹'脱缰之马'，如今倒是被拴住了。他今春娶了已故宰相许圉师的孙女，如今已定居安陆（今湖北境内），估计有段时日不能周游天下了。"

"杜兄谬赞了，王维一介书生，平生所愿，只是做一个'持竿叟'，寄情山水、归隐田园而已。"王维的声音依然是那种胸有成竹的谦和，让人听了如沐春风。

"哈哈，好一个'持竿叟'，但愿此地能让贤弟久留，我也好多沾些贤弟的才气。杜兄，摩诘，子美，今日寒舍群贤毕至，咱们不妨以阳春三月为题，现场各赋诗一首，如何？"

"如此甚好。"大家欣然同意，继续谈笑晏晏起来。

第五十一章　生子有望　护妻心切

此时此刻，王维并不知道，璎珞正心事重重地前往卢郎中的药铺。

当璎珞和小蝶走进药铺时，卢郎中显然一愣，颇感意外，忙搓了搓手，笑着迎上来道："不知夫人光临，卢某有失远迎，还请夫人见谅。"

"卢郎中客气了。不知卢郎中能否借一步说话？奴家有一事相询。"璎珞也忙欠身还了一礼。

卢郎中心思急转，之前都是王大人来配药，今日怎么王夫人亲自前来？

迟疑片刻后，卢郎中拱手笑道："卢某药铺甚是简陋，如若夫人不弃，请屈尊移步里间。"说着，比了一个请的手势。

璎珞随卢郎中步入里间，小蝶留在外间等候。

两人分主宾落座后，卢郎中奉上好茶，璎珞定了定神，鼓起勇气道："奴家自小便有体寒之症，四年前生了小女后，畏寒的症候更又添了一层。奴家想问一句，女子身子过于虚寒，是否对子嗣有碍？"

当说到最后一句时，璎珞声音明显小了下去，到底事涉闺中，有些难以启齿。

"这……"听璎珞如此发问，卢郎中顿时明白了几分，原来她今日前来，是为了子嗣一事。可是，本该对子嗣更上心的王大人，怎么从未提起？

他思忖片刻，字斟句酌道："卢某去年冬天到府上为夫人诊脉时，王大人确实和卢某说起，夫人身子畏寒，让卢某为夫人开个方子，好好调理。至于是否有碍子嗣，卢某不敢妄言。"

璎珞心中一愣，知道卢郎中为人严谨，恐怕问不出什么，但又心有不甘，又追问了一句："实不相瞒，奴家这几年子嗣艰难，不知是否和虚寒有关？"

"夫人四年前有过小女，如今年纪正轻，子嗣之事，不必忧心。夫人服用卢某的方子后，体寒之症已有好转，看来这方子和夫人还有些缘分。"卢郎中起身走到案几边，拿起给璎珞开的方子，又细细看了一遍，"夫人若是急于求子，我再给你添几味补肾益气的药材。如果不出意外，一年之内，应能如愿。"

医家说话向来会留三分余地，可听这卢郎中的口气，倒是分外笃定。好像子嗣之事最是稀松平常，大可不必如此忧心。

"卢郎中的意思是，只要按你的方子服用，一年之内，奴家便可如愿？"璎珞强按住心中的惊喜，将信将疑地追问了一句。

"卢某虽然才疏学浅，医术不精，但夫人的症候，卢某倒是有几分把握。只要夫人不怕药苦，按时按量服用，大抵可以如愿。过几日，卢某便将药材送到府上。"

"如此甚好，有劳卢郎中了。"困扰了自己这么多年的子嗣问题，今日却被卢郎中迎刃而解了。璎珞心中又惊又喜，真想此刻便回家告诉王维这一好消息。但惊喜之后，心头倒是涌起一阵疑惑。王维和卢郎中本就相熟，难道一直没有向卢郎中讨教过子嗣问题？

不过，此时此刻，璎珞也管不得那么多了。她只知道，她可以再为他生儿育女！但愿这一次，她能为他生一个大胖儿子，且像他那样风度翩翩、气度高华！

待璎珞回到家中时，已过了午膳时间，福嫂早已等候在屋外。看到璎珞和小蝶步入院中，福嫂忙迎了上来，指着书房笑道："阿郎已在房大人府上用过午膳，这会儿正陪莲儿在书房写字呢！"

璎珞正想把卢郎中的好消息告诉王维，心中一喜，不由加快脚步，急急向书房走去。掀开门帘，只见莲儿正端端正正地坐在高案前，王维则站在莲儿身后，手把手教她抄写《千字文》。

今年开春，王维开始为莲儿启蒙，并将《千字文》作为莲儿的启蒙读本。《千字文》朗朗上口，易诵易记，最适宜孩童启蒙。

看到璎珞兴冲冲进屋，王维抬头笑道："福嫂已备好午膳，你快去吃吧，莫饿坏了肚子。"看到璎珞，莲儿便想溜下高案，扑到阿娘怀中，却被王维轻轻按住，平素温润的声音中却多了一种威严："莲儿，读书认字时，须一心一意，方能有所进益。你临完这几行字，才可下地，切莫三心二意，半途而废。"

莲儿嘟起小嘴，似乎也感受到了阿爷话中不容置疑的肃然，只好继续一笔一画写了下去。

璎珞忙退出书房，掩上房门，平时"暖然似春"的他，教莲儿时倒是不折不扣的"凄然似秋"。

约莫过了一炷香工夫，莲儿才蹦蹦跳跳地拿着一张墨迹淋漓的白麻纸奔了过来。"阿娘，这是莲儿方才写的，阿爷说给阿娘看看，是不是比先前有长进了？"

"唔，阿娘好好瞧瞧。"璎珞将莲儿抱到膝上，只见上面工工整整写着"天地玄黄，宇宙洪荒。日月盈昃，辰宿列张……"，旁边是王维用朱笔圈圈点点的修正。

"莲儿果然有长进了！"璎珞摸了摸莲儿的小脑袋，"写了这半日，累了吧？想不想去院子里玩玩？"

莲儿被王维拘了这半日，听到可以去玩，很是开心，便一蹦三尺高地找小蝶去了。璎珞笑着起身，向书房走去。

走进书房，只见王维正站在案几旁笔走龙蛇，案上已铺满了一叠白麻纸。她上前随手拿起两张，原来是他在用楷书抄写《千字文》，方便莲儿临摹。

他会是世上最好的父亲，他不该只有一个女儿的。她多么想为他生一群孩子，这样的话，他就可以把他的一身本事都教给孩子们了……

"璎珞，我好久没写小楷了，到底有些手生了。"

"手生还能写得这般好，是想让我夸你几句吗？"

王维剑眉微挑道："今日什么事这般高兴？说与为夫听听。"

璎珞不觉怔了怔，她的确有喜事相告，可是到家后还一直没机会开口呢，难道他能未卜先知？

她低头抿嘴一笑，将案几上的白麻纸压在卧牛玉石镇纸下，抬头笑道："你怎知道？"

王维哈哈一笑，手上微一用力，便将她揽进了怀里，在她耳畔笑道："方才听福嫂说，你去卢郎中的铺子了。方才你进书房时，又是一脸喜色，自然是有好事了。"

他的怀抱温暖有力，他的声音温润醇厚，璎珞懒懒地靠在他宽厚的肩头，呢喃道："卢郎中说我年纪轻轻，子嗣问题不必忧心，还说我体寒之症已好了许多，近日便会给我重新开个方子，吃上一年半载，便能怀上孩子了……"

璎珞一气说完，抬头看着他，嘴角是掩藏不住的笑意，乌黑的眸子里更是仿佛有一团火焰在欢呼雀跃，将整张脸映照得格外明亮。

"傻璎珞……"让璎珞不解的是，王维并不像她预料的那样惊喜万分，而只是静静地看着她。那亮如星辰、黝黑深邃的眸子，仿佛能一直看到她心底去。

璎珞不由有些诧异，正想开口问"你不高兴吗"，他的头便低了下来，一息间，他的双唇便毫无征兆地落了下来……

"阿爷，阿娘，我编的花环好不好看？"书房外忽然传来莲儿鼓点般的脚步声，由远及近。

璎珞一个激灵，忙从王维怀里挣脱了出来。王维一愣，低头含笑看了她一眼，伸手将她鬓间散落下来的一缕头发拢到耳后，快步向门外走去："莲儿，给阿爷看看。"

话音刚落，莲儿便蹦了进来，高高举起手中的花环，一脸兴奋道："这是莲儿送给阿娘的，莲儿要给阿娘戴上。"说着便向璎珞扑来，璎珞忙笑着蹲下身子，让莲儿将花环稳稳戴在了她那乌黑的秀发上。

"莲儿的小手既能写字，又能编花环，真当越来越巧咯！"璎珞笑盈盈地亲了亲她粉嘟嘟的脸颊。

王维捏了捏莲儿脸颊，故意逗她道："莲儿编得这般好，若是福嫂和小蝶也喜欢，可如何是好？"

"呃……"莲儿看了看阿娘头上的花环，眨了眨黑葡萄似的眼睛，一脸豪气道："院子里还有好多漂亮的花，我再去编两个便是！"说着，便"哧溜"一下从璎珞膝上滑了下来，一溜烟地往院中跑去。

看着莲儿欢欢喜喜的背影，璎珞长长舒了口气。想起两人方才忘情的拥吻，璎珞脸上不禁有些发烧，低头笑而不语。

"傻璎珞……"王维走到璎珞身边，轻轻一带，便又将她拥入怀中，在她头顶柔声道，"璎珞，咱们已经有了莲儿，足矣。"

璎珞心中一怔，他难道从来就不为子嗣发愁吗？他难道不为她能再怀上孩子开心吗？他难道就不想要一个儿子吗？想到这里，就从他怀中抬起头来，怔怔地看着他："摩诘，你是家中长子，即便你不在意，可是旁人会怎么看你？又会怎么看我呢？"

王维心中一沉，脸色渐渐有些微凝。璎珞这番话，和那日房兄来提亲时说的那番话，何其相似！莫非那天她听到了什么？

王维并不急着回答，只是低头凝视着璎珞。他温暖有力的手指轻轻抚过她的脸颊，热流从他手心源源不断地传了过来。被他箍在怀中的璎珞，只觉得她的每一寸肌肤、每一个毛孔，都已被这股热流牢牢包裹。

"璎珞，你知道吗？和孩子相比，我更在意的，是你！我不想你再遭一次罪了。"他的声音明明并不响亮，但落在她耳里却如一声春雷，自有一种振聋发聩、摄人心魄的力量。

原来，他担心的是这个！璎珞心中顿时了然，心口瞬间被某种甜蜜到几乎疼痛的感觉占据得满满。

她垂下眼帘，掩住了心头的激荡，也掩住了目光中的复杂情绪，故作轻松道："摩诘，我明白的。生儿育女，本就是一个妻子该做的。我听阿娘说，女子生头胎通常都会比较艰难，到了第二胎、第三胎，自然就容易多了，你放心。"

璎珞故意将分娩说得平淡无奇，似乎是一件再平常不过的事，但王维依然想起了她生莲儿时的情景。

旁人或许会觉得那是有惊无险，但是，他却觉得，璎珞是在生死之间走了一个来回！他差一点就失去了她，永远地、彻底地失去了她！那种生不如死的痛苦、那种命悬一线的恐惧、那种无语问苍天的绝望，无论如何，他都不愿再让璎珞承受一次了！

因此，虽然璎珞一直为无法再次怀孕而自责难过，他却反而有种释然，释然于璎珞不必再受此折磨，释然于璎珞不必再过这种"鬼门关"了。而且，他早已打定主意，待将来王缙有了子嗣，他向王缙过继一个便是。

他这次请卢郎中帮璎珞调理身子，也并非是为了子嗣，只是忧心她常年手脚冰凉，对身子不利。所以，他并未向卢郎中提及子嗣之事。没想到，今日璎珞却为了子嗣，主动去找卢郎中了。

看来，子嗣一事，对璎珞来说，就像一块一直压在她心头的巨石，越来越沉，越来越重，压得她快喘不过气来了……

想到这里，王维心口不禁感到一阵揪心的疼。他缓缓捧起璎珞的脸，久久凝视着她的眸子，声音里带着一点异样的沙哑："璎珞，无论怎样，请你一定记得，你若安好，我便安好，其他的，都不重要。"

身为房琯的幕僚，王维只需每月月初、月中、月末各去一次县衙，为房琯商议参详一些繁难棘手之事便可。

王维本就心思缜密，加上在济州历练多年，每每为房琯出谋划策时，总能条分缕析，帮房琯定夺了不少烦心之事，越来越受房琯倚重。

不去县衙的日子，王维便在家中泼墨挥毫、著书立说。璎珞曾好奇地问他："在你心里，诗、书、画、音乐，孰先孰后？"

王维思忖良久，摇头笑道："实在难说得紧。若一定要分个先后，那么，一画二乐三诗歌四书吧。"

在王维生活的年代，山水画的主角是青绿山水画。青绿山水是一种工笔重彩，用呈色稳固、经久不变的石青、石绿作为颜料。青绿山水画的代表人物是李思训、李昭道父子，李思训更是被尊为青绿山水之祖，他的画被称为"金碧山水"。他作画时，在石青和石绿两种主色之外，还会加上泥金，由是形成了"青绿为质、金碧为纹"的青绿山水画。

不过，王维在青绿山水画派之外，另辟蹊径，自成一家。

他的自成一家，并非心血来潮，而是源于五年前那幅《袁安卧雪图》。

当时，大家对画中的"雪中芭蕉"各持己见，有认为不合常理的，也有认为意境深远的，褒贬不一。

自那以后，王维便对雪中诸景格外留心了起来。每到雪天，他便喜欢到苍茫天地间行走，细细观察雪中的一草一木、一山一石，一丘一壑，看得多了，心中便自有成百上千种雪景。每每提笔，便似有雪景扑面而来，只需呈现笔端即可。

雪景画得多了，王维渐渐发现，和鲜艳的青绿山水画相比，用水墨表现雪景，可以去掉青绿山水的浮华之气，更能呈现雪景的韵味。

在王维眼里，墨色并非只有黑色这一种颜色，而能呈现焦、浓、重、淡、清五种状态。焦墨是半干的墨汁，乌黑而有光泽；浓墨是深黑的墨汁，加了水分而不显光泽；重墨含水比浓墨多，色相稍浅；淡墨含水分较多，色相更浅；清墨只有极淡的墨迹，甚至全是水。

在水墨画的世界里，焦、浓、重、淡、清分别对应黑、青、赤、黄、白五种颜色，焦如黑，浓如青，重如赤，淡如黄，清如白。

不知不觉中，王维开创了一种不同于青绿山水画的全新画派——水墨山水画。

第五十二章　水中竹亭　琴瑟和鸣

自打过了端午节，天便一日日热了起来。清晨，当日头升到树梢上后，明晃晃的阳光便从院中的树叶间洒落了下来，在初夏的清风里闪烁跳跃。

这几日，王维正埋头创作《江山雪霁图》。每日天不亮就钻进书房，一画便是一天。有时夜深了，还在书房秉烛而画……

璎珞心疼他如此废寝忘食，劝过他几次，但他口上答应，手上却是照画不误。璎珞无法，只好变着法子做一些他爱吃的吃食，哄他多吃一些。

这日，璎珞做了初夏时节的美食——樱桃毕罗和樱桃蔗浆，给王维送去。

王维正在案前低头作画，对周围的一切恍若未觉。璎珞在他身侧站了半日，终于忍不住伸手在他眼前晃了晃："画了这半日，竟还不饿不渴吗？"

王维并未抬头，只是"嗯"了一声，继续用狼毫小笔勾勒完几笔后，才直起身子，抬头笑道："娘子，如果我说当真不饿不渴，你信吗？"

璎珞叹了口气，上前几步，替他轻轻捶背，心疼道："话虽如此，但即便是铁打的身子，也搁不住你这样没日没夜费心劳神。作画固然重要，身子更要爱惜，如此方能细水长流，你说是也不是？"

"娘子所言极是，为夫谨记在心。"王维把笔搁在青瓷笔洗上，长长舒了口气道，"被娘子粉拳轻垂后，倒是松快多了！"

"你尽是哄我，说了谨记在心，何曾真的记在心里了？我看只是耳边风罢了。"璎珞没好气地瞪了他一眼，低头打开食盒，夹起其中一个热乎乎的樱桃毕罗，嗔笑着送到王维唇边。

王维乖乖张口道："娘子所言是耳边风吗？明明应该是枕边风不是？而且是手有余香的枕边风。"细嚼慢咽了一会儿，忽然一脸疑惑道："这个时节，竟有樱桃了吗？"

璎珞哭笑不得地看了他一眼："孔夫子说'发愤忘食，乐以忘忧，不知老之将至'，你嘛，则是不知夏之将至。"

王维哈哈一笑，在璎珞额上轻敲一指道："娘子果然越发伶牙俐齿了。说来春末夏初，倒正是吃樱桃的好时节。"

"这樱桃蔗浆也很不错，你尝尝？"

王维端起青瓷盏，轻啜一口道，"樱桃性甘湿热，多食上火，甘蔗性寒味甘，可清热解毒。樱桃与蔗浆同食，堪称绝配，娘子端的慧心巧思。"

璎珞点头笑道："话说那本《崔氏私房食谱》，你何时得空帮我编撰成文？"

"唔，要想编好《崔氏私房食谱》，倒还需去一个地方。"王维一气喝完手中的樱桃蔗浆，故意卖起了关子。

"哦？哪里？"

"话说长安西市有一家颇具盛名的食肆，名叫'衣冠家'。光听店名，还以为是家裁缝铺子，其实却是长安城里一等一的美食铺子，他家的萧家馄饨、庚家粽子、蟹黄毕罗、羊肝毕罗、冷胡突鲙等，都是人间美味。璎珞，等莲儿再大些，我带你们去长安吃美食，你和莲儿定然欢喜。"

"说起来，那回随阿爷去长安看花灯，阿爷曾说起西市有家食肆的蟹黄毕罗是一绝，要带我和兴宗去吃。后来事情一多，便混忘了，说不定阿爷说的那家，便是你说的'衣冠家'也未可知？"璎珞眼睛一亮，眉眼弯弯地笑了起来。

"哈哈，这就叫冥冥之中自有天意。阿爷不曾带你去的地方，为夫带你去！"

是啊，冥冥之中自有天意，她想去的地方，她想看的风景，他都会带她一一去看……

"璎珞，这幅画今日便可得了，你觉得如何？"看璎珞靥生红晕，王维笑着指着书案上的画问道。

只见这幅画作宽约一尺、长约六尺，是他这些年来画过的尺寸最大的一幅画。

难怪他连日来不眠不休，可见他花了多少心思。旁人不知道，她却是知道的。

她不禁深吸了口气，近前一步，从右至左凝神细看了起来。只见此画纯用勾勒，不加点苔，也无皴染。画作右边，江流缭绕，水远天平，山上雪意茫茫。右下角的岩石上，有数株枯树。中间偏右处，有三五茅舍散落其间。画作左半部，是一抹小山，略见起伏，有小树隐匿其中，紧接浅屿，横拖中流……

璎珞久久没有作声，似乎沉浸在了这一片茫茫雪景中。

都说文如其人，其实，画亦何尝不是？雪后初霁的世界，最是一尘不染。王维将他内心的所思所想，以含而不露、引而不发的方式，通过他笔下的雪景一一呈现。

他画出了"画雪得其清"的最高境界，和他骨子里那种古雅清淡、不衣文采的气韵，相得益彰，当真是"内化于心、外化于行"。

默然良久，璎珞才抬头看着王维，眼里是满满的欣赏、疼惜和懂得。

"摩诘，绢寿八百，纸寿千年，不知千百年后，人们可还能看到你用性灵画就的雪景图？"

"傻璎珞，后人能否看到并不重要。我手画我心，我画了，你看了，足矣。"

不知不觉，便到了7月。不知是因为卢氏县的夏天比济州更热一些，还是因为卢郎中的方子果然好用，往年夏天不惧热的璎珞，竟也觉得酷暑难耐。在院子里走上一圈，额头上便冒出细密的汗珠，身上更是腻腻的有些黏人。

倒是王维，无论怎样的酷暑天都能安之若素，在书房看书写字、作画临帖，怡然自得。璎珞送了他一个雅号：耐温将军。

这日清晨，璎珞正在房中擦洗碧竹凉席，王维兴冲冲地走了进来，拉璎珞到窗边，指着窗外的后院道："璎珞，方才我在后院练剑，忽然想到，咱们不妨在后院修筑一个竹亭，春日对弈，夏日赏荷，秋日吹笛，冬日煮茶，岂不妙哉！"

顺着王维手指的方向，璎珞向窗外望了望，点头笑道："竹亭甚好，只是咱们后院本就不大，若再添一处亭子，岂不是更局促了？"

"无妨，咱们将亭子建在池塘中间，既可借水生凉，又不占地方，夏夜到亭中纳凉，更是再好不过了。"

是了，一到夏日，池中便有荷叶圆圆、莲花朵朵，若能在一池荷花中赏月看星，想想都觉得很美！

"夏夜纳凉时，若能听你吹上一曲横笛，便是千金不换的人间美事了。"

"这有何难，你若喜欢，我日日吹给你听也使得。"王维剑眉一挑，在璎珞耳畔笑道，"且只吹与娘子一个人听。"

璎珞心中一片柔软，旁人不知道他的性子，她却是知道的。他禀赋过人，丝竹管弦，任何乐器到了他手中，定能玩得炉火纯青。但他从不恃才傲物，更不爱在人前炫耀，因此，难得听他吹上一曲。

今日既然他主动示好，她自然要抓住这一机会，便伸手勾住了他的脖子，下巴微扬道："我要听那曲谱慢的，在月下借着水音，最是好听。"

看着璎珞近在咫尺的明眸皓齿，王维忍不住在她唇上轻啄了一口："果然是近朱者赤，娘子的品位越发了了。"

"那是，身边有如此吹笛高手，若是品位不刁些，岂不浪费？"说着，便伏在王维胸前笑了起来。

王维说干就干，用完早膳，便去寻房琯帮忙，房琯马上派张大匠随王维前来踏看。

"依大匠看来，亭子建在何处妥当？"

"亭子选址有'两看'，一是由内向外看，二是由外向内看。两者都好看，便是修亭的最佳位置，大人倒是可以看上一看。"

"大匠所言甚是。所谓'花间隐榭，水际安亭，斯园林而得致者'也。王某以为，将亭子安在水中如何？"

"大人的眼光，果然好得很！"张大匠哈哈笑道。

次日一早，张大匠便带着徒弟来到了王家，王维也一起在后院帮忙打下手。

日暮时分，王维满头大汗走进屋里，璎珞忙打了一盆凉凉的井水，将葛巾浸湿拧干，递给王维。王维笑着接过，捂住全脸，凉津津的，甚是舒畅。

"三伏天的太阳最是毒辣，若是中了暑气，倒是不好。"

"娘子放心，为夫夏练三伏，冬练三九，这点暑气，不在话下。"

王维放下葛巾，饶有兴致道："璎珞，将来咱们若是新建宅子，我定要为你建一个雅致古朴的园子。"

"阿弥陀佛，咱们还是不建为好。"璎珞双手合十道。

"哦？娘子可是觉得有何不妥？"

"倒是没什么不妥，我只是有些忧心，如今你爱书画，便以书房为家，若是你爱上了园子，要以园子为家，可如何是好？"

王维哈哈大笑："娘子岂不闻《淮南子》有云：'以天为盖，以地为舆'？咱们不也可以效仿古人，以天地为家吗？"

两人正说笑间，小蝶捧了一个锡壶进来："阿郎，夫人，荷叶饮已在井水里浸了一个时辰了，凉津津的，要不要尝尝？"

荷叶饮是璎珞今日一早吩咐小蝶做的，取清晨采摘的新鲜荷叶，将荷叶洗净后，切成细丝，放入锅内，加蔗糖适量，置火上烧沸，再用文火熬煮半个时辰，滤去荷叶渣，即成荷叶饮。

璎珞轻啜一口，点头笑道："新鲜荷叶果然有股清香，只是蔗糖放少了些，下回可再多放些。"说着，便将另一杯递给王维，"暑天喝这个，最是清热解毒、消暑解渴。"

王维笑着接过，一气喝了一盏，果觉生津止渴、神清气爽。

"上回吃了娘子做的莲糕和荷叶冷淘，今日又喝了娘子做的荷叶饮，味道都极新鲜别致。看来小小荷花，到了娘子这里，便通身都是宝了。"

"蒸煮莲花、煎煮荷叶这般焚琴煮鹤之事，实在算不得雅，大概也只有我这个俗人做做罢了。待天气凉了，我熬莲子浆给你喝。"

看屋内并无旁人，王维便将璎珞揽入怀中，扬眉笑道："若这些都是俗事，咱们岂不是天天都在做俗事？只不过娘子动的是手，为夫动的是口罢了。"

璎珞正想点头，但转念便听出了他的言外之意，不由一阵脸红心热，忍不住轻捶了他几下。

王维哈哈一笑，开口时已换了话题："璎珞，除了你的荷叶饮，还有一样东西可以消暑？"

"莫不是荷叶冷淘？"璎珞心知他在逗她玩，但一时之间却也想不到更好的答案。

"不是。"

璎珞又一气说了几样瓜果饮品，都被王维笑着否决了。

"那是什么？快说来听听。"璎珞不由急道。

"哈哈，是祖三那首《终南望余雪》。'终南阴岭秀，积雪浮云端。林表明霁色，城中增暮寒。'寥寥二十字，倒是让人汗迹顿消、寒意入骨了。"

"原来是这个。如此说来，我倒觉得你那幅《江山雪霁图》更胜一筹。看着此画，即便周遭再是酷热，心里也定是清凉安静的。"

"也不全然如此，终究要看赏画之人心境如何。心静自然凉，心安处处安。"王维淡然一笑，转头看着璎珞，剑眉微扬，"璎珞，你想去看终南山的雪景吗？那种'积雪浮云端'的美，若非亲见，终是遗憾。"

璎珞双眸一亮，一脸憧憬道："自然想去，早听说终南山是长安人最爱去的避暑胜地，我还不曾去过呢！"

"那好，今年冬天，咱们就去终南山看雪！"画完《江山雪霁图》后，王维一直想再画一幅《群峰雪霁图》，却迟迟没有动笔。他在等待终南山下雪，这才是他想要画的。

"好！"璎珞展颜笑道，目光亮如星辰。

几天后，一座六角飞檐的竹亭便出现在了王维家的后院。

这日清晨，当璎珞来到后院时，顿时被眼前的美景深深吸引住了。

青石砌岸的池塘边，多了一座古朴的假山，池水被巧妙地引到山上，再沿着山石流入池中，流水淙淙，落珠叮咚。

水面上，白荷在碧叶间随风摇摆，清香宜人。和白荷遥相呼应的，则是岸边疏密有致的月季、蔷薇、菖蒲、鸢尾、芦苇等各色花草，相映成趣。

王维携璎珞走入四面环水的竹亭，驻足亭内，时有缕缕清风裹着似有若无的花香，掠过水面，吹入亭中。一时间，暑热烟尘之气顿时消散大半。

"璎珞，喜欢吗？"

"花间隐榭，水际安亭，斯园林而得致者。如此雅致古朴的园子，我很喜欢。"

这番话是王维前几日告诉她的，此刻璎珞现学现卖，原封不动地还了回来。

"不过，美中不足的是，这个园子毕竟局促了些，将来我定送你一个更好的园子。"王维拉她在竹凳上坐下，悠然说道。

璎珞刚想点头说"好"，但似乎想到了什么，眸色一暗，微微叹了口气道："摩诘，大宅子需要人多才好。咱家这样大大小小通共只有五人的，这样的宅子和园子，倒也够了。"

王维知道璎珞显然又在为子嗣之事忧心了，便哈哈一笑，换了话题道："璎珞，我有些想吃你做的荷叶冷淘和五生盘了，那清清爽爽的模样，看着便让人食指大动。"

"你这嘴倒是愈发刁了。荷叶冷淘倒是容易，但那五生盘却不是日日都有，需凑齐上好的牛肉、羊肉、猪肉、熊肉、鹿肉，细细切成肉丝，拌上葵香、孜然等调料，方能生腌成脍。"

王维一脸专注地听她讲完，末了，故意露出恍然大悟的神色，点头叹道："原来要吃上一份五生盘，竟是如此可遇不可求之事。可见世上之事，大抵都需顺其自然、随遇而安，娘子你说是也不是？"

看着王维一脸宠溺的坏笑，璎珞蓦然明白过来，他这哪里是想吃什么五生盘，分明是循循善诱、因势利导好不好？

不过，这日的晚膳，璎珞还是给了王维不小的惊喜。

虽然没有吃到可遇不可求的五生盘，但却吃到了璎珞另外两个拿手好菜——生鱼脍和蛋黄牛酪拌生菜。

生鱼脍的刀工自不必说，薄如蝉翼，晶莹剔透，单说那蛋黄牛酪拌生菜，看似简简单单的几片生菜，加了熟蛋黄和牛酪后，便甚是酸爽可口，让人胃口大开。

王维每样菜都吃得津津有味，且一口气吃了两碗荷叶冷淘。福嫂收拾了杯盏退下，小蝶带莲儿去后院捉萤火虫玩。璎珞正想起身，却被王维伸手一拉，便跌坐在了他的膝上。只见他摸着肚子，满足地叹了口气："看来我这晨起练剑是不能停了，否则，长此以往，为夫定要肚大腰圆了。"

璎珞笑着伸手推他，目光落在他颀长的身材上："你这样每日闻鸡起舞、挑灯夜读，会肚大腰圆才怪？"

"哦？若是娘子嫌为夫还不够壮实，尽管再给为夫弄些美食，为夫定照单全收。"

"这个嘛，吃人嘴软，你答应我的事，可还记得？"璎珞看了一眼窗外的月色，忽然想起了什么，下巴微抬，嫣然笑道。

王维转念一想，哈哈笑道："自然记得，只是你也要应我一件事。"

"哦？说来听听。"

"为夫吹笛时，娘子可否和我一起弹奏琵琶？琴瑟在御，莫不静好。"

原来是这个。可是她已许久不曾弹奏琵琶，只怕有些手生了。

"那我也要你应我一件事。"

"哦？娘子但讲无妨。"

"若是弹得不好，你可不许笑话我。"

"哈哈，为夫岂敢？娘子只管弹奏，我来和你便是。"王维哈哈笑道，笑容里带着几分纵容、几分宠溺，携手往后院走去。

夜色已然朦胧，但在池塘边的草丛间，却闪烁着灵动的亮光。更妙的是，这些亮光投向水面，水中便也闪动着小小的亮点，牵动着两岸草丛的倒影，倒像是从天上洒下的点点繁星。

小蝶已从书房取来了王维要的竹笛和璎珞要的琵琶，王维拿起这管用江南上好紫竹精心打磨的六孔横笛，不由想起当年皇甫大人相赠时的情景。

"璎珞，明年夏天，咱们再去一趟越州，看看皇甫大人，可好？"

"好，我可把你的话记下了。今年冬日去终南山看雪，明年春日去长安'衣冠家'吃蟹黄毕罗，明年夏日去若耶溪赏荷……你若忘了，我可不依。"

"君子一言，驷马难追。答应娘子的事，为夫怎敢忘怀？"

"阿爷，阿娘，莲儿也要学笛子和琵琶。"莲儿一会看看王维手中的横笛，一会摸摸璎珞手中的琵琶，一脸好奇道。

"好，今后阿爷慢慢教你。"王维摸了摸莲儿脑袋，转身问璎珞道，"咱们合奏《阳春古曲》可好？"

"好，莲儿，阿爷教阿娘的第一首曲子，便是这首《阳春古曲》。"璎珞一边说着，一边想起了王维第一次来崔府时的情景。

那时的他们，正是情窦初开、欲说还休的时候……

"娘子，请。"王维朝璎珞点了点头，将横笛举到了唇边。

璎珞回过神来，会心一笑，调试好琴弦，便低头弹奏了起来。

当璎珞弹奏到《阳春古曲》第二节第一拍时，王维的笛声便恰到好处地悠然响起，清越柔和，婉转清亮。

不知为何，这近在咫尺的袅袅笛音，落在璎珞耳里，却仿佛是梦里的声音。穿过悠悠岁月，恍若有万点花瓣纷纷飘落……

璎珞不由抬头看向王维，王维也正低头看她，彼此不由相视而笑。

这样的琴瑟和鸣，对他俩来说，不是刹那，而是永恒。

第五十三章　远离庙堂　身内身外

暑日的午后，最易让人犯困。和往常一样，用完午膳，璎珞陪莲儿小睡片刻。醒来时，只觉背上黏黏的，有些发腻。

院中的知了在树上叫得欢畅，见王维不在书房，璎珞便向后院走去。

刚绕过墙角的几竿翠竹，便看见王维身穿一袭家常的淡青色襕衫，在亭中悠然自得地煮茶。

举手投足间，有一种与生俱来的从容。

似乎感受到了璎珞的目光，王维放下手中的茶碾，朝璎珞看了过来，笑道："今日怎么这般早便醒了？"

"屋内有些闷热，叫人睡不安稳。"璎珞走入竹亭，在他身边跪坐了下来，看他额角已有汗迹，不解道，"这般暑天，怎么想到了煮茶？"

"正是因为天热，所以才要煮茶。喝了茶，出了汗，不是比闷着强吗？"

说话间，茶汤已是三沸，王维将茶釜移下银风炉，分注在两个青瓷荷叶茶盏中，递给璎珞道："娘子，今日煮的是房兄所赠的洞庭碧螺春，以形美、色艳、香浓、味醇闻名，尝尝如何？"

青瓷茶盏将细密洁白的茶沫也染上了一层淡淡的碧色，浓郁的茶香随着热气升腾而起。璎珞笑着接过，略等了等，端起茶盏轻啜几口，额头上顿时冒出了细密的汗珠。

王维也喝了两口，眉宇间一片清朗舒展："我觉得不错，娘子觉得如何？"

"方才醒来时有些昏沉沉的，这会儿喝了热茶，果然松快了许多。"璎珞抬眸一笑，将茶盏放回案几。

因为额头上出了汗，璎珞愈发雪肤明眸，清澈得就像一湾碧水；粉面含笑，红润得就像一树桃花。

王维不觉脱口而出道："璎珞，你不知道，你有多美！"说着，便指尖轻轻一勾，从她松软的发髻中带出两绺碎发来。

璎珞想偏头躲开，哪里来得及，娇嗔道："莫动手动脚，咱们坐着好好说话不成吗？"

两人正说笑间，房琯大踏步地朝亭子走了过来，边走边朗声笑道："看来愚兄来得不是时候，可是扰了贤弟和弟妹的雅兴？"

王维和璎珞忙长身而起，王维几步迎出亭子，抱拳笑道："房兄说笑了，小弟刚煮了房兄赠送的好茶，房兄来得正是时候！"

"这倒真是应了那句'来得早不如来得巧'。前几日听说你已修好亭子，我便寻思着要过来。无奈公务繁杂，一时脱不开身，今日瞅了个空，便心急火燎地赶来了，哈哈。"

"房兄宵衣旰食，勤政为民，乃百姓之福。"王维举起茶釜，分了一盏茶，双手递给房琯。

璎珞垂眸一笑："请房兄慢用，我去准备一些瓜果点心。"说着，便行了一礼，转身离去。

"好，有劳弟妹了。"看着璎珞婀娜的背影，房琯不禁感叹，这样聪慧可人的女子，果然世间难得，难怪王维心里眼里只有她了。

这样想着，便转头对王维笑道："摩诘好福气。"

王维打心眼里敬重房琯，上回拒绝他的提亲后，他不仅不恼他，反而待他愈发亲厚。王维心中一阵感激，郑重抱拳道："多谢房兄成全。"

房琯心中了然，哈哈一笑，转了话题道："摩诘，你可知张说大人致仕回家了？"

"张大人致仕回家了？"王维心中一怔，张说对房琯有知遇之恩。三年前，房琯能当上秘书省校书郎，便是张说向皇上推荐的。这三年来，房琯仕途顺畅，也离不开张说的关照。

"小弟如今远离庙堂，孤陋寡闻，倒是不曾听说。"王维剑眉微蹙道。

"唉，说来话长。张相德高望重，名满天下，如今却……唉，可知这世上之事，原也难说。"房琯叹了口气，缓缓说了下去。

在房琯的讲述中，王维渐渐明白了张说致仕的来龙去脉。

张说的才华天下公认，有"燕许大手笔"之美誉，但人无完人，他有两个缺点，一是贪财，二是脾气大。

当他深受李隆基信任时，这些缺点无可厚非，但当他渐渐失信于李隆基时，这些缺点便成了压垮他的最后那根稻草。

这些年来，朝廷上下和他积怨的臣子越来越多，对他的非议越来越大。这其中，积怨最深、非议最大的，当属御史中丞宇文融。

宇文融是京兆万年人，出身于官僚世家，祖父在贞观时期任过尚书右丞。开元初年，他深受京兆尹乾源曜赏识，认为他"明辨有吏干"，推荐他入京任监察御史。

他担任监察御史后，解决了一件困扰李隆基多年的大事——检括全国逃户，增加租赋收入。

李隆基大为赞赏，将宇文融从监察御史先后擢升为兵部员外郎、御史中丞、户部侍郎等要职，宇文融在朝中声誉鹊起。

然而，张说却看不起宇文融的商人行径，恐其权重，有意压制他。张九龄劝张说不必处处针对宇文融，对宇文融要有所防备，但张说不以为然。

去年秋天，宇文融见张说已渐渐失信于李隆基，便联合御史中丞李林甫、御史大夫崔隐甫联合上书，弹劾张说徇私舞弊、收受贿赂等罪状。

李隆基刚好已对张说很是不满，一怒之下，便罢免张说知政事一职，命左丞相兼侍中源乾曜、刑部尚书韦抗、大理少卿明珪等人一起在御史台审讯张说。经审讯，罪状大多属实。张九龄也受到牵连，改任太常少卿，后调任冀州代理刺史。

张说的哥哥张光在朝堂上割掉耳朵，为弟弟鸣冤。李隆基不禁心生恻隐之心，命高力士前去探视张说。高力士回来后，向李隆基禀报说："张说头发散乱，满脸污垢，坐在稻草垫子上用瓦盆吃饭，惊慌恐惧地等候圣上处分。"

念在张说对朝廷曾经有功，李隆基最终仅罢免张说中书令之职，留他继续在集贤院专修国史。

本以为事情到此结束，不料，今年二月，张说和宇文融又开始互相攻击。李隆基向来反感朋党之争，便令张说致仕回家，命宇文融出任魏州（今河北大名县）刺史。张九龄再次受到牵连，刚到冀州不久的他，又被贬谪到洪州（今江西南昌）任都督。

听房琯讲完朝堂上这番变故，王维先是默然不语，半响后才若有所思道："房兄，圣上用人，原非臣子可以置喙。何况小弟已是闲人，更是不敢妄言。小弟只是觉得，权势名声，实乃世上最迷人心窍、却又最依靠不得之物。大丈夫行走于世，靠的原不是这些。至于是非对错，大抵是金无足赤，人无完人，若能用其所长，避其所短，便是万幸。"

"最迷人心窍，却又最依靠不得。"房琯如闻纶音，在心里默念了两遍，点头叹道，"摩诘，为兄虚长你四岁，但有些事情，却不如贤弟看得明白，可叹，可愧。"

"房兄过谦了，小弟也只是一管之见。若房兄不嫌小弟造次，小弟还想多说一句，不知当否？"

"贤弟请讲。"

王维不由想起了当年岐王送他的那番话，长身而起，看着远山悠然道："小弟以为，即便身处庙堂之高，亦可心在江湖之远，得意时淡然，失意时坦然。如此，则不易被权势名声等身外之物所累。再者，世间之事，岂能尽如人意，但求无愧我心。若能内省不疚，俯仰无愧，喜而不狂，忧而不伤，便已足矣。"

闲适的日子容易过。一晃便到了九月，清晨和夜晚渐渐有了凉意。院中的银杏树叶也渐渐由绿转黄，恰似翩翩黄蝶，在空中翩跹起舞。

这日清晨，晨光微曦，王维照例早早醒来，轻手轻脚走出屋外。

自打去年秋天来到卢氏县后，他便重拾剑术，每日卯时练剑，打熬筋骨，寒暑不辍。

走入庭院，一阵秋风吹来，背上顿时有些凉意。王维在庭中站定，深吸了口气。

当年在长安时，他曾在岐王府偶遇左金吾大将军裴旻，有幸见识他的飞剑入鞘，堪称天下一绝。裴将军走马如飞，左旋右抽，突然间，将剑抛起数十丈高。正当观者都为他捏一把汗时，他伸出剑鞘，将凌空而降的剑稳稳接入剑鞘，观者无不拍案叫绝。

裴将军曾说，剑术的最高境界是"手中无剑，心中有剑"。

剑光凛凛中，王维似乎回到了他写《少年行》时的年纪，那样英姿飒爽，那样意气风发。

打完一整套剑法，王维身上已是大汗淋漓。正想转身回屋时，台阶上传来了璎珞的赞叹声："我有些日子没看你舞剑了，今日果然愈发好了！"

"你在风地里站了多久了？若是入了寒气，倒是不好。"王维提剑上前，一脸关切道。

"我方才想来叫你用膳，看你练得那般投入，便一时看住了。你练了这半日剑，竟还不饿吗？"璎珞笑道。

"被娘子一说，倒确实有些饿了，咱们这便回屋用膳。"王维顺势握住璎珞的手，发觉她的手指不似以往发凉，脸上气色也很不错，"看来卢郎中的药，端的不错。"

原本兴致勃勃的璎珞，听王维提到卢郎中的药，不由想起那股混杂着苦、涩、腥的怪味，脸色顿时垮了下来，嘟囔道："卢郎中的药，味道着实怪了些。"

"忠言逆耳，良药苦口嘛。"

璎珞笑着点了点头，自卢郎中给她开了这个补肾益气的方子后，她便坚持五天喝一剂，虽说肚子还不见动静，但让她欣喜的是，她原本行经时间极为不准，有时甚至两个月才行经一次，如今却是每月准时，经血颜色也比之前好多了。当然，这是妇人的私密事，她不曾告诉王维。

"在想什么呢？"见璎珞低头不语，王维笑问道。

"对了，我有样东西要给你。"璎珞笑微微地冲王维眨了眨眼睛。

"哦？娘子有何相赠？"

"你看了便知。"

两人一起走进里屋,璎珞打开箱子,捧起一件簇新的送绿色的袍子:"你看这是什么?"

王维从璎珞手中接过,原来不是夹袍,而是夹层披风,仔细看去,披风的领口和下摆处都细细地绣了数圈云纹。

"你晨起练剑时,记得披上这个,待身子暖和了,再脱下不迟。"璎珞一边说着,一边踮起脚跟,将披风拢在了王维身上。

王维穿着披风,在房中来回踱了几步,点头叹道:"这披风果然好用,拿在手里轻便,穿在身上暖和,倒不像是一般的棉袍。"

"的确不是棉袍。"璎珞指着披风里层道,"这里头是鸭绒和鹅绒。"

"用鸭绒鹅绒做披风?"

"是呀,我想着狐毛、貂毛最是暖和,便想到了鸭绒、鹅绒自然也是暖和的,便将鸭绒、鹅绒用锦缎装好,再用细线缝成巴掌大的小块,果然比棉絮轻便暖和。"璎珞眼睛亮亮地笑着看他。

王维不由将璎珞的双手拢在自己手心,扬眉笑道:"你的小脑袋里,到底藏了多少好主意?"

"如若不花些心思,你怎肯将披风乖乖穿在身上?"璎珞"哼"了一声,下巴微扬,一脸小小的得意。

"我几时不肯乖乖穿你做的衣裳了?娘子既然如此说了,为夫倒要不乖个一回两回,否则岂不是白白担了虚名?"王维低头看着璎珞,眼里闪着促狭的笑意。

璎珞连忙讨饶道:"算我说错话了,还不成吗?"

"不成。"不待她反应过来,他便低头吻住了她有些发烫的耳垂,低笑道,"你说,我该如何罚你?"

"明明是我送他披风,怎么反倒要被他罚了?这究竟是怎么回事?"璎珞正一脑门黑线,屋外传来小蝶的声音:"阿郎,房大人请你去衙门说话。"

王维这才松开璎珞:"你慢慢想,今晚再罚你不迟。"

璎珞向外推他道:"快去用了早膳,忙正事才是正经。"

房琯请王维过去,是要告诉他一个好消息——今年春天致仕的张说,又被李隆基请出山了。不过,他这次不再料理政事,而只任集贤院学士,主持编撰《六典》。

"张大人执掌文坛三十载,堪称天下一代文宗,如今以六十高龄回到集贤院主持编撰《六典》,可谓众望所归。"王维虽与张说从未谋面,但对其博学多才也很是敬佩。

"是啊,张大人两度拜相,两度致仕,如今能重回集贤院,可谓吉人自有天相。"房琯长长舒了口气,看着王维道,"摩诘,以你之才,真该去集贤院参与编撰《六典》,才不辜负了你这一生所学。"

"房兄说笑了,小弟在太乐署任职时,曾和丽正书院诸多饱学之士有所往来。如果记得不错,《六典》编撰工作当始于722年。如今由张大人主持编撰,想来当会加快速度,早日告成于天下。"

"对了,摩诘,你知道中书舍人张九龄吗?张大人致仕后,他也受到牵连,外放为官,在洪州(今江西南昌)任都督。听说他为人耿直,颇有风骨。"

房琯这番话,让王维不由想起了719年的府试。当时,张九龄任左补阙,主持吏部选拔。他弟弟张九皋原本有可能成为府试解元,但因为他的出现,张九皋无缘那年的府试解元。

事后,虽然他对自己的才学是有自信的,但总觉得有些对不住张九皋,对张九龄的秉公无私则添了一份敬仰之情。

此后,他就格外留意张九龄,屡屡听到他的佳话,说他与右拾遗赵冬曦四次主持吏部选拔,都能公允服人;说他不仅饱读诗书,且务实能干,年年得到升迁——719年升礼部员外郎,720年升司勋员外郎,721年升中书舍人内供奉……

"摩诘,可有什么不妥?"看王维一副若有所思的样子,房琯问道。

"方兄所言甚是,小弟在长安时,也久仰张大人之高风亮节。"

"张大人在洪州写了一首五言古诗《在郡怀秋》,诗风清淡,一扫六朝以来的绮靡诗风。"房琯想了一想,朗声吟道,"秋风入前林,萧瑟鸣高枝。寂寞游子思,寤叹何人知……"

王维点头叹道:"张大人在知天命之年,道出'兰艾若不分,安用馨香为','鱼鸟好自逸,池笼安所钦',其中深意,引人深思。"

两人从张九龄的诗作聊了开去,只觉得屋里光线渐暗,才发现日头西斜,王维忙起身告辞。

回到家中时,璎珞刚洗了头发,尚未绾起,正在窗前用葛巾绞干。王维拿过璎珞手中的葛巾,替她细细绞干。

"今日房兄找你,可有什么要紧事?"

王维放下葛巾,将张说再度出仕、张九龄闲居洪州等事说了一个大概。

"摩诘,你当年好不容易进士及第,官至太乐丞,如今辞去官职,闲居淇上,你当真不在意?"

王维笑着摇了摇头:"自从来到淇上,我倒常想着,若是能早些过上这样的日子,岂不更好？"他虽是笑着说话，却没有半点开玩笑的意思，明亮的眸子里更是有一种笃定和沉稳的力量。

"我明白。我只是觉得，你有如此才华，会不会有些可惜了？"

王维携了璎珞的手，踱到窗前，望着远方的群山："璎珞，可惜与否，要看你在意什么？若在意身外之物，自然是可惜了，若在意身内之物，则一点都不可惜。何谓身外之物？何谓身内之物？功名利禄，富贵荣华，皆是身外之物，世人以为能拥有它们，其实何曾真正拥有过？"

"你是说，功名利禄，富贵荣华，从来不曾属于世人，世人只是代为保管而已，是吗？"璎珞转身看着王维，若有所思道。

"佛法有云，万法皆空，唯有因果不空。善缘、业力、智慧、习气，需要世人用一生去修行，并能被世人真正拥有，这才是身内之物。"

"凡是身内之物，是否都会内化于心，外化于行，任凭世事变迁，旁人拿不走，岁月磨不灭？"

"正是。"王维笑着揽过璎珞的肩，继续娓娓说了下去，"世人把立德、立功、立言并称'三不朽'。自周汉以后，立德者有伏羲、神农、尧、舜、禹、商汤、周公等，立言者有诸子百家及屈原、杨雄、司马迁、班固等，唯立功者最难评判，因为入世太深，便会众说纷纭。"

"摩诘，我明白了，你以'立言'为你的毕生追求。"

"古往今来，多少人想追求'立言'，但身在俗世，很多时候会事与愿违，或者说蒙蔽了心智。当生命到了尽头时，才发现一生汲汲所求的，最终却是空幻。"

"摩诘，我会在你废寝忘食'立言'时，偶尔叨扰叨扰你，你可不许嫌我烦哦。"

璎珞环住王维的腰，抬头娇笑道。

看着眼前善解人意的笑颜，王维心中一动，低头在她耳垂上轻轻咬了一口："欢迎娘子多多叨扰。"

第五十四章　意外有喜　半夜惊梦

当寒露来临，王维家后院池塘中的白荷成了一片残荷时，卢郎中的话果然应验了！

这日一早，王维忧心忡忡地来到卢郎中的药铺。

"王大人这么早来，可有急事？"

"王某冒昧打扰了。拙荆连日来不思饮食，浑身乏力，只怕受了风寒，想请郎中为拙荆把上一脉。"

"好，卢某这便随大人前往。"卢郎中二话不说，拎起药箱，便随王维前往府上。

璎珞靠在床头，随意绾了一个发髻，脸色有些发黄。福嫂早已为卢郎中准备好把脉的案几和方枕，一脸忧心道："请卢郎中好生为夫人看看，夫人已有好几日没像样地吃东西了。"

"有劳了。"璎珞也在床头欠了欠身。

卢郎中忙示意璎珞不必多礼，在案几对面坐下后，屏气敛神地把起脉来。少顷，便一脸喜色道："恭喜大人，恭喜夫人，夫人这是喜脉，恭喜大人又要添丁了！"

"夫人这是有喜了？太好了！太好了！菩萨保佑，阿弥陀佛！"福嫂第一个回过神来，高兴得手脚都不知该放何处，一迭声地念起佛来。

"我有喜了？"璎珞先是一愣，还以为自己听错了，看到卢郎中朝她点头微笑，依然有些难以置信，急急追问道，"卢郎中，奴家果然有喜了吗？"

"千真万确。卢某行医几十年，别的不敢说，但这喜脉还是看得准的。不知夫人是否还记得卢某今春所言？"

璎珞点了点头。她怎么会不记得呢？她当时觉得，卢郎中夸下如何海口，是否太不给自己留余地了些，如今看来，他端的是说一不二的铁口！

"王大人，夫人如今刚有身孕，难免饮食倦怠，只需过了这几日，便会一切如常，大人不必忧心。如若没有其他事，卢某这便告辞了。"卢郎中起身抱拳道。

璎珞这才想起王维，忙抬头去看站在身后的他，只见他也正定定地看着她，那脸上的神情，有种说不出的古怪。

"摩诘，你怎么了？"

王维俯身握住璎珞的手，声音里竟隐隐有些发颤："璎珞，咱们真的又有孩子了？"

"嗯，千真万确。"璎珞看了一眼卢郎中和福嫂，显然有些不好意思，从王维手中抽出手来，笑着点了点头。

王维这才回过神来，转身向卢郎中抱拳道谢。卢郎中向福嫂交代了几句孕妇日常饮食注意事宜，王维这才放心地送走卢郎中，返身回到屋内。

门帘刚一落下，他便快步走到床前，轻轻抚过璎珞的脸颊，一脸关切道："这会儿身子可舒服些了？可想吃点什么？"

"摩诘，咱们终于有第二个孩子了！"自打卢郎中宣布喜讯，璎珞的心情便再也无法平静，一颗心激动得仿佛要飞上天去，"摩诘，我真傻，当年怀莲儿时，我也是这般懒懒的，其实我早该想到的，只是不敢……"

"璎珞，你怀莲儿时那般辛苦，但愿这次……"想到璎珞生莲儿时经历的那场磨难，王维心头一紧，眼中掠过一丝忧色。

不待王维再说下去，璎珞便抿嘴笑道："你又说傻话了，怀胎十月，本就是女子应该经历的，哪有什么辛苦不辛苦的？"说着，身子向后靠了靠，右手下意识地抚上了自己的小腹，似乎有种做梦般的不真实感，"你说，这一次，咱们会有一个小郎君？还是一个小莲儿？"

看到璎珞明媚灿烂的笑容，王维心头的担忧不由消散了几分，便笑着揽过她的肩，让她舒舒服服靠在自己怀里。

屋子里一片宁静，偶尔能听到从庭院枝头上传来的鸟鸣声。在窗棂透进的明亮光柱里，有细小的浮尘在欢快地跳跃，仿佛在见证这一刻的岁月静好。

"璎珞，不管是儿是女，我都欢喜。不过，你若再能应我一件事，我便愈加欢喜了。"

"嗯，什么事？"璎珞往他怀里缩了缩，漫不经心道。

"从今日开始，你要好好吃饭，好好睡觉，不许劳心费神，你可依我？"

又来了！一想到在接下去的九个多月里，她又将被他当作一件精美瓷器般供奉起来，不由在心底叹了口气，故意娇嗔道："如果不依呢？你会如何罚我？"

王维一愣，无可奈何地看了她一眼，扶额长叹道："唉，还能如何罚你？如今你有了身子，自是'动'你不得了。"说着，便低下头来，笑吟吟地看着她，笑容里怎么看都有些不怀好意。

璎珞忍不住笑着捶了他一拳："你尽会胡说。"

"娘子明鉴，为夫何曾有半句胡言？君子动口不动手，你若不依，我自会不怕辛苦，一日唠叨你几遍才好。"

"看在你这份不辞辛劳上，妾身定当牢记教诲，好好吃，好好睡，保管沉得让你抱不动我，可好？"

"哦？你就这么小看你夫君？你再怎么沉，我都抱得动你！"王维哈哈一笑，说着便要俯下身子抱她。

两人正笑闹间，门外传来一阵脚步踢踏声。

"阿娘，阿娘，我要当阿姊了吗？"原来，是莲儿回来了。

她方才跟小蝶去早市买她最爱吃的枣泥糕，一回到家中，便被福嫂一把抱起，告诉她要当阿姊了，她便忙不迭地跑了进来。

莲儿遗传了王维的修长身材，明显比同龄人高出半个脑袋，出落得越发惹人喜爱。

"是呀，咱们莲儿要当阿姊咯。"王维一把抱起莲儿，让她坐在自己膝上，"莲儿一直嚷嚷着要个弟弟或妹妹，现在小宝宝就在阿娘肚子里，莲儿可有什么话要对他说呢？"

"呃……"莲儿眨巴着黑亮的大眼睛，歪着脑袋认真想了好一会儿，恍然大悟道，"我知道了，我要把阿娘给我做的漂亮衣服，都给小宝宝穿，阿娘再做新衣给莲儿穿。"

璎珞忍不住"扑哧"一下笑出声来，摸着莲儿肉嘟嘟的小手道："你和小宝宝都是阿爷阿娘的心头肉，将来呀，阿娘给你们每人都做新衣穿，好不好？"

"好！莲儿还可以把这个送给小弟弟。"莲儿似乎想起了什么似的，把小手伸进红色的夹袄里，认真摸了好一会儿，才掏出一块晶莹剔透的玉佩，献宝似的对璎珞说，"阿娘，这块玉佩最好看了，小宝宝一定会喜欢的。"

看见这块玉佩，璎珞心中一动，摸了摸她的小脑袋，柔声道："莲儿真是一个好姊姊！不过，这个玉佩是你义母送给你的，你要好好戴在身上，切莫转送他人，可记住了？"

莲儿似懂非懂地点了点头，转头看着王维道："阿爷，义母在那个很远很远的长安吗？"

王维哈哈一笑，将璎珞和莲儿都拥入怀中："是的，等阿娘生下了小宝宝，养好了身子，阿爷就带你们去长安，好不好？"

"好，阿爷要说话算数。"

"你阿爷说话自然是算数的，但有时人算不如天算，是也不是？"璎珞转头看了一眼王维，抿嘴笑道，"看来今年冬天是去不成终南山了……"

"哈哈，是啊，人算不如天算。"看着璎珞和莲儿，王维不由感慨，老天待他何其厚也，不仅让他和璎珞有情人终成眷属，而且还让他和璎珞有了两个爱的结晶。

但愿送莲儿玉佩的玉真公主，也能遇到属于她的有缘人。

不知不觉中，王维和璎珞来到卢氏县已有一年多。

不知是因为房琯走到哪里都不忘宣扬王维的一手好字画，还是因为王维性子谦和，凡是登门求字画者，都不曾空手而归，日子久了，王维在卢氏县便无人不知、无人不晓，慕名登门拜访者络绎不绝。

他们有求一字的，有求一画的，也有家中添丁求取名字的，或是乔迁新居求题门楣的，不一而足。王维性子宽和，大多应承了下来。因此，一日里头，除了晨起练剑、午后教莲儿认字读书、傍晚陪璎珞到村口散步，其余时间大多在书房忙碌。

璎珞这回怀孕，倒是比怀莲儿时舒坦了不少。除了前两个月有些厌食嗜睡，从第三个月开始，饮食便一日日恢复了正常，容色也渐渐鲜亮起来。

但王维依然不放心，不许她这个，不许她那个……

这日晚膳后，璎珞刚想拿起针线，将日间尚未完工的冬袍领口缝好，王维便按住她的手，扶她到榻上坐下道："夜间烛光到底昏暗，很是伤眼睛，明日日间再缝不成吗？"

"你不许我做这个、做那个，难不成用了晚膳便去床上歇着吗？"璎珞没好气地嘟囔道。

王维笑着揽过璎珞，想了一想，忽然剑眉一挑道："你看这样成吗？每日晚膳后，你找几卷喜欢的书出来，我讲给你听。"

"我喜欢哪卷，你便讲哪卷吗？"璎珞不由一喜，这样一来，他就有更多时间陪她了。

"那是自然，你喜欢哪卷便是哪卷。"

"幼时开蒙，阿爷给我和兴宗讲《史记》《汉书》《三国志》，我俩坐不住，到底没听懂多少。懂事后，也曾翻过《晋书》《隋书》《南史》《北史》等，但终究囫囵吞枣、似懂非懂。如若你愿意讲书给我听，便从《史记》讲起，可好？"

"哈哈，娘子这是要以史为鉴、学富五车吗？可惜你夫君也只是一知半解。若是误导了你腹中的孩子，还请娘子多多担待则个。"王维伸手摸了摸璎珞微微隆起的小腹，扬声笑道。

"你若是一知半解，我便是'目不识丁'了？"

"娘子如此伶牙俐齿，为夫放心了，将来咱们孩儿也定是锦心绣口的。"

两人正说笑间，莲儿"噔噔噔"跑了过来。原来，她方才用过晚膳，跟福嫂去院子里喂两只大白鹅去了。说起这两只大白鹅，那真是莲儿的心头好。每日起床后头一件事，便必定是去院子里看大白鹅。有一回，她还一脸认真地和璎珞说："阿娘，你肚子里的宝宝若是弟弟，便叫他鹅儿，好不好？"差点没把璎珞笑岔了气。

"阿爷，那娘，什么是锦心绣口呀？"莲儿坐在王维膝头，奶声奶气道。

"锦心绣口吗，是形容一个人才思敏捷、文辞优美。比如，就像你阿娘这样。"

璎珞一开始还听得认真，待听到最后一句时，不由"扑哧"一声笑道："莲儿，你阿爷是拿阿娘说笑呢，阿娘离锦心绣口还远呢，但愿莲儿饱读诗书，成为锦心绣口的女子。"

说着，便转头对王维笑道："打明儿开始，我和莲儿便听你讲书。"

"好，打明儿开始，无论日间有多少'字债'、'画债'、'文债'，为夫晚膳后都不去书房了，专心为妻女讲书。"

"此言当真？"想着终于能将一天到晚在书房忙碌的王维拉回房中早些安歇，璎珞不由一阵窃喜。

"自然当真，比珍珠还真。"

说话间，床头的蜡烛"啪"的响了一声，王维拿起竹剪，将烛台上的烛芯略剪了剪，哄莲儿道："莲儿，你的大白鹅早已睡了，你是不是也该去睡了？否则明早就起不来看大白鹅戏水咯。"

莲儿每日晨间必看大白鹅戏水，觉得阿爷言之有理，"哧溜"下床找福嫂去了。

王维转身笑道："娘子，夜深了，咱们也安寝吧。"

"好。"璎珞笑着点了点头。

这样美好的夜晚，注定是属于他们三个人的。哦，不，还有她腹中一天天长大的孩子。想着将来一家四口的幸福生活，璎珞不禁甜甜地笑了。

不知不觉间，便到了冬至。

唐人风俗，冬至大如年，家家户户都要吃油煎糖饼，但王维觉得糖饼过于油腻，怕璎珞克化不动，便说要给璎珞煮馄饨吃。

"我想吃长安的萧家馄饨。"璎珞在被窝里伸了个懒腰，向王维撒娇道。

"娘子果然嘴刁，萧家馄饨有十二种馅料，容为夫思量思量。"

"十二种馅料？是要凑齐一年的月份吗？"璎珞起身，意欲下床。

王维拿过放在床尾的软底棉鞋，替璎珞穿上："便是为夫做得出十二种馅料，娘子也未必分得清每种馅料各是什么。"

"我若分得清呢？"

"那自然再好不过了，至少你已经吃下了十二个馄饨不是？"王维伸手抚上她一日大似一日的腹部，打趣她道。

"原来你又在想法子哄我多吃一些，再这样下去，肉都长在我自个身上了。"

"你不是说了吗？要沉得叫我抱不动你，为夫可是一心一意帮你早日实现这个心愿！"看璎珞想伸手向他腰间拧来，他忙笑着退后一步："待会你去那日头好的地方坐一会儿，我这便去做馄饨给你吃。"

璎珞点了点头，心中一片柔软。他这双泼墨挥毫、醉心丹青的手，或许只有为了她，才会心甘情愿"洗手作羹汤"。

不到半个时辰，两大碗热气腾腾的馄饨便被端上了食案。璎珞低头一看，只见六寸大的白瓷碗里，浮着十多个雪白滚圆的馄饨和碧绿的葱花，就连平日爱枣糕胜过馄饨的莲儿也大呼"好香"！

"快尝尝我的手艺，看看什么馅料最好吃？"王维低头看着璎珞和莲儿，嘴角的笑容愈发飞扬。

"阿爷，每个馄饨的馅料都是不一样的吗？"莲儿一脸好奇道。

"是啊。"

听王维如此一说，莲儿忙拿起勺子，认真地吃了起来。

和莲儿一样认真品尝的，还有璎珞。她随意夹起一个，只咬了一口，便有鲜美的汤汁流了出来，原来是她最爱吃的五香羊肉，让人幸福得忍不住想叹气。

她细嚼慢咽，一个一个吃了下去，吃一个，便报一个馅料名称，不过，越到后面，倒越不大有把握了。

吃到最后一个时，璎珞放下竹箸，低头想了好一会儿，才抬头问道："这个馅不似熊肉肥美，但和熊肉一样有嚼劲，莫非是鹿肉不成？"

"哈哈，你方才猜对了八种，不过已经很不错了，锅里还有，要不要再来几个？"

"阿弥陀佛，幸亏你只做了十二种馅料，若是做了二十四种出来，我这肚子……"璎珞向后靠了靠，摸着明显隆起的腹部举手告饶道。

"阿爷，我也吃完了十二个！"一旁的莲儿也放下白瓷碗，一脸自豪道。

王维和璎珞一起看向莲儿的瓷碗，哎哟，瓷碗里竟还有一堆馄饨皮。原来，莲儿只挑馅料吃，将馄饨皮都剩下了。

王维顿时一脸苦笑道："莲儿，你这是要将馄饨皮都留给阿爷吃吗？"

或许是日间吃多了馄饨，晚膳时分，璎珞还不觉得饿，只喝了一点羹汤。因为冬至是一年之中白天最短、夜晚最长的日子，王维便哄璎珞早早上床安歇了。

这夜，向来睡得安稳的璎珞，竟然做了一个长长的噩梦。

"摩诘！"在万籁俱寂的深夜里，璎珞忽然从梦中惊醒，身上已然出了一层冷汗。

听到璎珞喊自己的名字，王维也猛地惊醒，搂住璎珞道："傻璎珞，我不是好好地在你身边吗？便是天塌下来，都有我替你撑着，一切有我呢！"

被他搂在温暖的怀中，璎珞方才那颗惊慌失措的心才渐渐安定了下来："摩诘，我方才做了一个很长很长的梦。梦里，我怎么都找不到你，心里着实害怕！"

"璎珞，你好生躺着，我给你倒杯热茶润润嗓子。"借着从窗棂透进的月光，他拿起熏笼里温着的暖壶，倒了半盏茶水，喂璎珞喝了几口，重新搂住璎珞道，"娘子还梦见了什么？你夫君虽不是周公，但替娘子解梦倒还使得。"他一下一下轻抚她的后背，在她耳畔柔声道。

"方才一惊一吓，我倒忘了大半。只记得一开始，咱们在山中走路，走着走着，咱们便走散了。我看不到你，想回头找你，却发现后面的路不知何时已消失了。我只好往前走，但刚想抬脚，却发现眼前的路也断了。我想叫你的名字，却发现嗓子干得厉害，发不出一丝声音来。我急得想哭，却发现连眼泪也没有了……"璎珞说着说着，便不由按住了胸口，仿佛心有余悸。

王维轻轻扳过她的身子，故意打趣她道："我道你方才为何一气喝了半盏茶，原来是梦中渴得厉害了？"

"我吓出一身冷汗，你还有心打趣我？"璎珞嘟囔道，"现在可否解梦了？"

"我何曾打趣娘子了？"王维伸手抚平了璎珞微蹙的眉心，低声笑道，"娘子在梦里如此唤我，可见娘子实在意我，我高兴得紧。"

王维调整了一下睡姿，好让璎珞在他怀里躺得更舒服些，缓缓道来："《周礼》将梦分为正梦、噩梦、思梦、寝梦、喜梦、惧梦等六类，古往今来，噩梦预示吉兆的例子数不胜数，远的不说，我讲一个太宗皇帝的梦与你听。"

璎珞不知不觉听住了，在他怀里点了点头。

"太宗皇帝登基后，曾梦中一个凶神恶煞之人，手持大刀追赶他。性命攸关之际，忽然出现一个英勇非常的白袍小将，救了太宗一命。为了答谢恩人，太宗询问小将姓名，小将并未直接回答，而是念了四句诗：'家住逍遥一点红，四下飘飘影无踪。三岁孩童千金价，保主跨海去征东。'说完就跳入龙口，不见了踪影。太宗皇帝百思不得其解，次日向大臣们提及此梦，大臣们也无人能解。直到他贞观十九年率大军东征高句丽时得遇白袍小将薛仁贵，大获全胜，才知道原来那个梦是一个吉兆！"

王维停了停，低头看着璎珞："你方才梦中进不得、退不得、喊不得、哭不得，便是一个吉兆，暗示咱们当下的日子便是最好的日子，咱们安安心心过好当下便是，你说呢？"

听王维洋洋洒洒说了这样一通，不管他所言是真是假，是正经解梦，还是哄她开心，璎珞心里到底舒坦了许多。如他所言，当下的日子便是最好的日子，安安心心过好当下便是。

王维替她掖好被子："都是我不好，哄你吃了太多馄饨，一时克化不动，睡不安稳也是有的。现在可以安心睡了？"

借着朦胧的月光，璎珞能依稀看清王维的侧脸，想着他半夜三更陪她说了半宿的话，不由一阵心疼："你也困了，赶紧睡吧。"

当早晨第一缕阳光照进窗棂时，王维便醒来了。

虽然他安慰她只是一个梦，但不为为何，他自己却有些莫名的不安，一直睡不踏实。此刻既已醒来，便索性披衣起床，步入书房。

他要来书房寻东晋葛洪写的《梦林玄解》。葛洪对《周礼》解梦颇有研究，将他对梦境的解释写成了《梦林玄解》。

当他翻开《梦林玄解》，看到"梦呼号叱咤。凡梦女人呼叱，皆主病恙。而疾病梦呼女人或被女人呼叱，大凶"时，不由心中一震，猛然合上此书，用力摇了摇头。

他不是劝璎珞安安心心活在当下吗？自己怎么反倒这般纠结于此了？

与其为一个虚无缥缈的梦心神不宁，不如陪璎珞睡一个回笼觉，这比解梦更让人安心。

第五十五章　挥别夕阳　阴阳两隔

冬至之后，离过年便也不远了。

璎珞身子一日重似一日，行动愈发不便，加上房琯夫妇盛情相邀，王维一家便留在卢氏县过年。

这日是728年正月初六，庭院中的几株蜡梅凌雪绽放，淡淡的梅香沁入屋中。璎珞正坐在窗前剪人胜，放下银剪，深深地吸了口气。

唐人风俗，正月初七是人日，人日这天，家家户户都要用五彩绢帛或金银纸箔剪人胜，并将人胜簪在女子发髻上，或是贴在家里屏风上，预示这一年风调雨顺、庄稼丰收。

"璎珞，你从早起坐到现在，仔细腰酸。"王维走到璎珞身后，替她轻轻捶了会儿腰，饶有兴致地从璎珞手里拿过剪了大半的人胜，细细瞧了起来。

虽然尚未完工，但从轮廓看，显然是个婀娜多姿的美人儿，王维故意打趣道："这个人胜好是好，却不大应景，若是将她剪成身怀六甲的模样，是不是更好些？"

璎珞瞪了他一眼，拿过人胜，继续低头剪了起来："小时候，我每回剪人胜，阿爷阿娘总夸我剪得好看……"

璎珞说着说着，不由想起了阿爷阿娘，放下银剪，叹了口气："可惜如今不在阿爷阿娘跟前，没法替他们剪人胜了。"

王维蹲下身子，轻抚她高高隆起的腹部，宽慰她道："若是他们知道你身怀六甲却还一个劲地剪人胜，不定会多心疼，剪完了这个便收工，可好？"

看着王维眼中满满的关切，璎珞只好乖乖点了点头："好。"

王维起身踱到屋角的炭盆旁，用火钳拨了拨炭火，火顿时烧得更旺了些。原本有些清冷的梅香，在炭火的烘托下，化为缕缕暖香。

"唉，好好的人胜，却被我剪坏了。"璎珞放下银剪，揉了揉发酸的眼睛，好不懊恼地叹了口气，王维拿到手里看了一眼，原来是人胜的裙裾不小心剪成了两截。

"我看倒是无妨，不过是衣角略短了些，用来贴在屏风上不正挺好？"王维笑道。

两人正说笑间，福嫂在帘外高喊了一声："房大人来咯！"

王维忙快步从里屋迎了出来，只见房琯大踏步走了进来，边走边笑道："摩诘，这大过年的，愚兄闲得慌，咱们对弈几局如何？"

王维自然说好，两人一边喝茶，一边对弈，大有"偷得浮生半日闲"的惬意。

身后一阵环佩声响，璎珞从里屋款款走了出来，向房琯笑道："房兄，明日便是人日，奴家剪了几个人胜，想送给阿嫂和小郎君、小娘子们把玩，也算是过节应个景吧。"说着，便将几个用金箔和紫色绢帛剪成的人胜放在了房琯面前的案几上。

房琯点头赞道："多谢弟妹了，弟妹端的心灵手巧，连人胜都剪得这般好！摩诘，你和弟妹当真是天造地设的一对！"

过了人日，便是上元节。从正月十四到正月十六，卢氏县城一直热闹了三天。直到过完上元节，这年才算过完了。

这日午后，春雨淅沥，璎珞小憩醒来，只听见从外屋传来一阵阵欢声笑语。

璎珞迷迷糊糊地听着，笑声是莲儿的，清脆动听，说话声是王维的，温润醇厚，让人一时分不清这是在梦里？还是梦醒了？她下意识地摸了摸越来越臃肿的腹部，满怀憧憬地笑了起来。

记得阿娘曾经说过，女人有了身孕，若是腰身越来越粗，怀的大抵是女孩，若是肚子一味向前方隆起，怀的大抵是男孩。

她这次怀孕，能吃能睡，腹部比怀莲儿时大了不止一圈，但腰身却变化不大。

福嫂和小蝶连连感叹，看夫人的背影，竟看不出她是有身孕之人。

"但愿这次能为摩诘生个小郎君，好让王家后继有人。"璎珞心里欢喜，嘴角不由上扬，绾好头发，缓步往外屋走去。

还没走到门口，就听王维对莲儿说："莲儿，你去看看，莫不是你阿娘起来了？"

莲儿忙欢喜地拍手道："好，我去看阿娘。"话音刚落，便听到王维急急嘱咐道："不许跑，仔细撞着阿娘。"

随即便是一阵踢踏的脚步声，璎珞门帘一挑，莲儿便兴奋地奔了过来，亲热地扑向璎珞道："阿娘，我和阿爷在比试小青蛙，这回我赢了阿爷了！"

说话间，王维也走了过来，上下打量了璎珞一番，点头笑道："娘子睡了一觉，果然气色好多了。福嫂炖了莲子羹，炖得极糯，你喝上一碗？"

璎珞不由摸了摸自己日渐丰润的脸颊，抿嘴笑道："我如今的任务，就是睡了吃，吃了睡吗？"

"养兵千日，用在一时，娘子可是身负重任哈！"

说笑间，看璎珞吃下了半碗莲子羹，王维看窗外雨已停了，天色尚早，便提议道："你在家里闷了一日了，我陪你去村边走走，可好？"

璎珞欣然同意，王维取了璎珞的杏色披风，轻轻披在她身上，携手往村边走去。

此时，一抹红日渐渐西沉，在天边晕染出一片彩霞，隐向桑林之外。溪水从村边淙淙而过，清澈见底的水面上，倒映着夕阳余晖，波光潋滟。远处有三五牧童赶着牛群羊群陆续归来。猎狗在猎人身边上蹿下跳，似乎正在向主人邀功撒欢。

王维出神地看着这一切，眼前一亮道："璎珞，这不正是天地间最美的山水田园画吗？"

"是啊，天地有大美，美在山水，美在田园，美在人心。"璎珞也看向远方，目光中透着笑意。

"璎珞，陶渊明辞官归隐后写了《归园田居》，此刻我想写一首《淇上田园即事》，我吟与你听。"王维揽过璎珞的肩，让璎珞舒适地靠在他的肩头，朗声吟道："屏居淇水上，东野旷无山。日隐桑柘外，河明闾井间。牧童望村去，猎犬随人还。静者亦何事，荆扉乘昼关。"

"唔，你的'日隐桑柘外，河明闾井间'，和《归园田居》的'晨兴理荒秽，戴月荷锄归'，有异曲同工之妙呢。"

"璎珞，方才你说天地有大美，诚哉斯言。古往今来，所有好诗都源自天地。天地用神来之笔写就了一首首好诗，只不过借诗人之口吟出罢了。"

"那倒不尽其然。天地有大美，这份美是无私的，呈现在所有人面前，但这份美又是自私的，只有内心澄澈的人才能读懂它。你读懂了，你诗中的'静者'，也读懂了。或者说，你就是'静者'，'静者'就是你，对吗？"璎珞抬头看着王维，嫣然一笑。

"哈哈，你只说对了一半，'静者'不是我，而是'我们'。我们关上柴门，过属于我们的日子，不去打扰别人，别人也打扰不了我们。这样的日子，我很欢喜，你呢？"王维握紧了璎珞的手，一股暖流从他手心流向璎珞。

璎珞靠在他的肩头，笑着看向远方："摩诘，这样的日子，这样的黄昏，我很欢喜。很多年后，当孩子们长大了，你成了'持竿叟'，我成了'浣纱媪'，不知那时的咱们会是怎样的模样？"

王维轻轻扳过璎珞的身子，低头凝视着她："即便你一头银丝，在我眼里，也是最美的'浣纱媪'。"

在这雨过天晴的黄昏，晚霞照亮了他俩的脸庞，给他俩的背影熨上了一道金边。他们携手伫立，仿佛用时光温了一壶酒，一起浅斟慢酌，一起浅吟低唱。千遍万遍后，心里眼里，唯彼此而已。

这晚，晚风从窗棂吹了进来，带来早春时节特有的清香。白瓷卧羊双角上顶着的烛火轻轻摇曳，屋里一片静谧。

王维照例为璎珞讲了一会儿史书，看璎珞有些困了，便哄她睡下。仿佛听见了王维的说话声，小家伙在璎珞腹中咕噜噜一阵乱动。璎珞忙将王维的手按在腹部起伏处，笑道："你瞧，孩子又在练拳脚了，这么淘气，该是一个小郎君了吧？"

王维忙将头贴在她如小山般高高隆起的腹部，惊喜地感受着里面的动静，笑道："是不是小郎君有什么打紧？我只愿你和孩子平平安安的就好。"

"摩诘，我知道你不在意。可是，这一回，我真的想为你生个小郎君。"璎珞身子往后靠了靠，一脸幸福地摸着王维的鬓发。

王维也往后靠了靠，伸手将璎珞揽入怀中，在她耳畔柔声道："璎珞，离临盆的日子一天天近了，我会天天守着你，等着咱们的孩子出来。"

夜深了，当璎珞在王维怀里甜甜睡去后，王维却久久难以入眠。自打她怀孕以来，他心里始终有一个角落隐隐发紧，顽固地不肯放松下来。

此时此刻，看着她被月光笼罩的美丽容颜，王维在心底默默祈祷："我佛慈悲，请保佑璎珞平平安安生下腹中孩子，阿弥陀佛。"

然而，王维心底那份挥之不去的不安，随着璎珞预产期的临近，一日一日愈发强烈起来。

这日已是6月中旬，明明已经过了预产期，但璎珞的肚子却丝毫不见动静，急得王维一日两回找卢郎中来把脉。

卢郎中凝神把脉后,不疾不徐道:"王大人且放宽心,夫人脉象倒是平稳,看样子也就是这几日的事了。夫人身子若是方便,不妨每日到院中走动走动,于生产时也有些助力。"

又过了几日,到了农历六月十六。这日深夜,璎珞躺在床上,那种熟悉的隐隐的痛感从腹部一阵阵袭来,璎珞先是一愣,继而便是一阵惊喜。这孩子和莲儿一样,也比预产期足足晚来了六日!

璎珞刚推了推王维,告诉他自己要生了,疼痛感就铺天盖地席卷而来,片刻工夫后便已痛得直冒冷汗。

王维早已触电般跳了起来,一个箭步冲出屋外,吩咐福嫂去叫稳婆后,随即转身抱起璎珞,朝早就准备好的产阁奔去……

待稳婆匆匆赶到时,守候在璎珞身边的王维早已等得心焦无比,急急问道:"拙荆方才说疼得厉害,看她的情形,似乎比生头胎时还痛,可如何是好?"

"大人且放心,老身这就看看,你到外面等着便是。"稳婆心中暗笑,哪有女子分娩时不疼的道理?王大人是关心则乱,瞎担心罢了。

不过,当稳婆摸了摸璎珞的肚子,再用手指探了探她的宫口后,便顿时笑不出来了!

璎珞的腹部,和她的身量相比,显然是太大了些!更糟的是,从腹部形状来看,胎儿头部在上、双脚朝下,但璎珞宫口却未打开,显然是难产之兆。

"夫人莫怕,有老身在,你听老身的话便是。"稳婆毕竟是身经百战之人,见惯了各种凶险场面,深吸了口气,安慰璎珞道。

璎珞刚想点头,便有一阵天崩地裂般的剧痛铺天盖地袭来,痛得她几乎喘不过气来。她唯一能做的,就是咬紧牙关,攥紧拳头,静静地等候阵痛过去。

虽然阵痛只有几秒,但璎珞却觉得这样天崩地裂的绞痛似乎无休无止!她想喊痛,却发现连喊痛的力气都没有了,只好死命咬牙忍住。不一会儿,豆大的汗珠便源源不断地冒了上来,湿透了身上的全部衣衫。

"阿嫂,痛!好痛!"在绞痛和绞痛的间隙,璎珞终于咬牙喊了一句,汗水淋漓的面孔早已一片惨白。

"璎珞,你痛了就喊出来,千万不要强忍着。"听到璎珞喊痛,一直守候在外的王维愈发心痛如绞,刚想推门而入,却被福嫂拦住了。"阿郎,女人生孩子到底不干净,阿郎不能进来,有我们在里面,阿郎放心。"

"福嫂,你去握着夫人的手,让她不要害怕,我一直在外面守着她。"

"夫人，你再忍忍，这孩子要从娘胎里出来，须得宫口都开全了。夫人骨盆较常人窄，胎儿又比寻常胎儿大，老身帮夫人推推。"

仿佛只是两三个呼吸之间，绞痛又袭了过来。稳婆一下一下地推着璎珞腹部，试图将胎儿挪个方向。璎珞原是颇能忍痛的，但这一回，阵痛加上稳婆的手力，终于让她忍不住尖叫起来，脑子里再也没有别的念头，只剩下天崩地裂般的痛！

"夫人，不要怕，放松些，老身正在帮你推，宫口已经快开了，来，咱们再加把劲吧！"稳婆嘴上安慰璎珞，心里到底也急了起来！

璎珞羊水已破，但宫口却迟迟不开，加上胎儿又是格外的大，若再这样拖下去，不仅胎儿可能闷死腹中，产妇也有性命之忧。这一尸两命的事，当真不是闹着玩的！

稳婆越想越怕，一边往璎珞口里喂了两片人参，一边忍不住朝门外叫了起来："大人，能否去唤卢郎中？"

听到稳婆这样叫唤，王维立刻心知不妙，便再也顾不得其他，"咣"的一声推门而入，一个箭步冲到璎珞床边，紧紧握住璎珞的手，急急问稳婆道："夫人如何了？"

"大人，夫人羊水已经破了，但宫口迟迟不见开，胎儿又大，老身怕，怕……"稳婆满头大汗，紧张得有些语无伦次了。

"福嫂，快去请卢郎中！"王维朝福嫂大喊后，赶紧俯下身子，紧紧握住璎珞的手，贴到她耳边说，"璎珞，有我在，不要怕。谁叫咱们的孩子沉得住气呢，还想在你肚子里再磨蹭一会儿。你听阿嫂的话，再加把劲，孩子就乖乖出来了！"

璎珞原本痛得紧闭双眸，听到这熟悉得不能再熟悉的声音，用力睁开眼睛，看了一眼王维，却痛得说不出话来。

"璎珞，痛了就抓住我的手，咱们一起加把劲！"

璎珞努力点了点头，在疼痛的间歇，终于用微弱的气息断断续续道："摩诘，我真的好痛，好累，我没力气了……"

"夫人，胎儿在动了，来，再加把劲！"

"璎珞，卢郎中也快到了，你忍忍，再加把劲！"

一阵更为巨大的疼痛撕心裂肺地袭来，在璎珞一声声痛苦的呻吟中，稳婆先是喊道："夫人快了，快了！"但随即便是一声惊叫，"不好了，夫人出血不止，这可如何是好？"

王维"腾"地直起身子，果然看到璎珞身下已是殷红一片，鲜红的血水汩汩直往外流。他心中大惊，莫非这就是产妇分娩时最危险的血崩？！

正在千钧一发之际，门外传来卢郎中的声音："大人，我来了！"

王维像落水之人抓住救命稻草一般，一个箭步冲出门外，抓住卢郎中手臂道："拙荆正出血不止，快请郎中出手相救！"

卢郎中连忙隔着门帘问了稳婆一些话，教稳婆按住穴位止血，但却于事无补。王维再也顾不得许多，向卢郎中抱拳道："郎中，事急从权，请挪步屋内，救拙荆于危难之中！"说着，便向卢郎中深深拜了下去。

这可如何是好？哪有男子看妇人分娩之理？卢郎中本想推辞，但看到王维一脸的焦急和无助，又听到屋内稳婆等人慌乱的说话声，再看到一盆盆热水进去，一盆盆血水出来，终于顿了顿脚，咬了咬牙道："卢某这就进去！"

王维忙随卢郎中一起步入屋内，一进屋，就被那片猩红刺得双目生疼。王维定了定神，咬了咬牙，俯身凑到璎珞耳边，一字一句道："璎珞，你莫怕，卢郎中来了，一切都会好起来的！"

卢郎中拿出早就准备好的银针，找准璎珞腹部的穴位，一针一针扎了下去。原本汩汩而出的血水倒是渐渐止住了，但胎儿却仍没有出来的迹象，急得稳婆如热锅上的蚂蚁，不知该如何是好。

"大人，夫人身子素来虚弱，此次分娩产程过长，以致元气受损，血失统摄，再加上胎儿过大，产道受损，遂致流血不止。"卢郎中眉头紧皱，眉心的"川"字纹像刀刻般愈加明显，"卢某方才用了银针，血倒是止住了，眼下最要紧的，是让胎儿快些出来。否则，否则……"卢郎中面露难色，说到一半便说不下去了。

"否则什么？郎中不妨直言！"王维心如刀绞，声音发颤道。

卢郎中凑到王维耳边，低声道："夫人方才流血不止，腹内羊水也已所剩无几，胎儿若还在夫人腹中，恐会窒息而亡。"

"啊？！"王维一个趔趄，险些站立不住，一把拉住卢郎中道，"郎中可有什么法子？"

"夫人盆骨较常人窄，这回胎儿又大，恐怕只能靠强力拉出，但若用力过猛，则对夫人不利，还请大人三思而后行。"

"对夫人如何不利？还请郎中分说明白。"王维只觉得一颗心已提到了嗓子眼。

"夫人方才出血不止，若是再用强力拉扯胎儿，一旦引起第二次出血，恐怕即使用银针也无济于事了，到那时，夫人恐有性命之忧……"卢郎中从医几十年，这样凶险的场面，倒还是第一次遇到。

"郎中，无论如何，请保证夫人平安！无论用什么法子，我都不允许夫人有事！"听说璎珞有性命之忧，王维心中大急，一时乱了分寸，声音不自觉地响了几分。

王维和卢郎中的对话，虽然声音压得极低，但依然被璎珞听了个大概。她无声地喘息着，只觉得眼前越来越黑，胸口越来越闷，似乎全身都在不自觉地颤抖起来，脑中不由冒出一个念头："这次大概真的熬不过去了。无论如何，一定要保住孩子。"这样想着，便拼尽最后一丝力气，一把抓住王维道："摩诘……"

"璎珞，我在！"王维一个激灵回过神来，忙蹲下身子，握住璎珞手道。

"摩诘，这次，我真的撑不住了……"璎珞气息微弱，奄奄一息道。

"璎珞，我不许你说傻话，我不许你有事！你看，阿嫂在，卢郎中在，我们都会陪着你，你再努力一把，咱们一起迎接孩子！"王维虽极力保持镇定，但声音里已夹杂着太多复杂的情绪，隐隐有些哽咽。

"摩诘，对不住，这次，我恐怕不能陪你了……"璎珞无力地闭上双眼，眼泪止不住地顺着眼角滑落……

"璎珞，你答应我的，你一定要陪着我！我也定会陪着你！咱们再加把劲，好不好？"王维心中痛楚难言，声音明显有些发颤，搂住璎珞的手臂也更紧了。

璎珞痛苦地摇了摇头："摩诘，我只怕熬不过去了，让我睡一会儿，就一会儿……"璎珞话音未落，屋内就响起了稳婆的惊呼声："不好了，不好了，夫人又出血了！"

卢郎中忙一个箭步冲到稳婆身边，一边让稳婆赶紧用棉花止血，一边继续在原先用针的地方施针。王维紧紧握住璎珞的手，在璎珞耳畔一遍又一遍呼唤："璎珞，挺住！挺住！我在你身边，你一定会顺利生下孩子的！"

忽然，屋里最粗的一根蜡烛发出"啪"的一声爆响，仿佛在应和王维那痛楚的呼唤，也在应和璎珞那无力的叹息。

就在这个瞬间，王维感觉璎珞的手在他手心里无力地垂了下去！

"璎珞，璎珞！"王维心头大惊，紧紧搂住璎珞，在她耳畔大喊，"璎珞，你听见我说话了吗？你要挺住！你要挺住！"

然而，璎珞已经完全闭上了眼睛，再也没有呼吸，再也听不见王维的呼唤……

死神已经残忍地从王维手里夺走了璎珞！

"璎珞，璎珞，璎珞！"王维大急，根本无法接受这样的现实，紧紧扑在璎珞身子大声呼唤。

"大人，孩子还没有出来，你冷静一下！"卢郎中知道璎珞已经去世了，但现在还不是悲伤的时候，他一把拉起王维，将他强行拖出屋外，并示意稳婆赶紧设法抢救胎儿。

稳婆、福嫂、小蝶无不强压住心头的悲痛，全力以赴帮璎珞接生。璎珞已经为孩子付出了生命的代价，无论如何，要帮她保住这个孩子！

"出来了，出来了，终于出来了！还是一个白白胖胖的小郎君呢！"当胎儿的小脑袋终于被拉出来时，稳婆终于松了口气，但还来不及欢呼，一颗心又迅速沉了下去!

因为,孩子压根儿就没有哭!

稳婆忙双手托住胎儿头部,可怜孩子哪还有什么呼吸,尚未出生便已失去了生命,随她苦命的阿娘一起去了!

"老天呐,真是作孽啊,苦命的夫人,苦命的孩子!"福嫂"哇"的一声失声痛哭了起来!

被卢郎中拖出屋外的王维,听到福嫂的哭声,顿时什么都明白了,只觉得眼前一黑,再也支撑不住,仰头倒了下去……

第五十六章　求生不得　求死不能

当王维再次醒来时,已是几个时辰之后。

屋内的烛光闪烁不定,打在王维脸上,将他的痛苦映照得一览无遗。

"璎珞!"王维一个鲤鱼打挺从床上坐了起来,正想快步冲出屋子,却眼冒金星,一个趔趄跌坐在床上,再也不受控制地失声痛哭起来……

听到王维的声音,房琯忙跑了进来,一把扶住王维道:"摩诘,我来晚了!卢郎中都告诉我了,弟妹和孩子……唉,人死不能复生,你节哀顺变。"

"不,不可能!璎珞昨晚还好好的,怎么可能就这样去了?不可能!不可能!"王维像一头受伤的困兽般歇斯底里地咆哮起来,"璎珞在哪里?孩子在哪里?我要去找她们!"说着,便不顾房琯的反对,挣扎着踉踉跄跄地向产阁跑去。

福嫂和小蝶已经将璎珞清洗干净,穿戴整齐,看到王维进来不禁吃了一惊。一夜之间,阿郎怎么憔悴了这许多!

"阿爷,我要阿娘,我要弟弟!福嫂说阿娘和弟弟已经走了,我要她们回来!"看到王维,莲儿红肿着双眼扑入王维怀中,满面泪痕道。

"璎珞,你怎么一个人睡在这里?我来陪你了,我这就抱你回屋。"王维似乎听不见莲儿的哭喊,整个人像入魔了一般,跌跌撞撞地挪到床边,看着并排躺在一起、脸上都已盖上白纱的璎珞和那个小小的婴儿,不由痛楚地跪了下去,身子不受控制地剧烈颤抖着，伏在璎珞身旁号啕大哭……

不知哭了多久，他缓缓抬起头来，颤抖着双手，轻轻揭去覆盖在璎珞脸上的白纱，抚上璎珞苍白的脸颊，哽咽道："璎珞，你怎么可以狠心地弃我而去？你怎么忍心一走了之？咱们说好要做一世夫妻的，为何你突然变了卦！璎珞，你告诉我，为什么？为什么？"

"阿郎，人死不能复生，你若弄垮了身子，夫人泉下有知，也会心疼的。"福嫂走到王维身边，一边抹泪，一边安慰王维。

"摩诘，卢郎中说你方才晕倒了，他这会去给你抓药，让我看着你好生躺着。弟妹和孩子的后事，我会帮你打理妥当。"看着眼前这幕人间悲剧，房琯也泪流满面，咬了咬牙，安慰他道。

"嘘！"王维抬起头来，示意他们都不要说话："璎珞和孩子都睡着了，你们都出去吧，我想一个人好好陪陪她们。"说着，便跪坐在璎珞身旁，眼睛一眨不眨地看着璎珞，脸上仿佛戴了一个蜡质面具，辨不出任何情绪。

这时，卢郎中也赶回来了，看着一动不动地跪坐在璎珞身旁的王维，他明白，死亡来得太突然，王维无法接受这一残酷的事实，只好用谎言麻痹自己。如果这样能让他心里好受些，那就顺着他的心意，让他安静地陪妻子和孩子最后一程吧。

于是，卢郎中对房琯轻声交代了几句，房琯点了点头，示意福嫂和小蝶带莲儿先回屋，大家掩上房门，轻轻退了出去，让王维独自留在了屋内。

空旷的产阁里，王维双膝跪地，垂首无言，整个人仿佛已变成了一座没有知觉的雕塑。

他痛苦地闭上双眼，任凭热泪肆意流淌，对着璎珞泪流满面道："璎珞，都是我的错，是我害了你，是我亲手将你推下了万丈深渊！"

王维俯下身子，冰凉的嘴唇吻上了璎珞冰凉的脸颊，失声痛哭道："璎珞，是我心存侥幸，是我考虑不周，是我贪得无厌，才会把你逼上绝路。我以为你生莲儿时可以化险为夷，便想着这次也会母子平安。可是，我全然想错了，当年何稳婆明明告诉过我，你恐怕禁不起这样的折腾，我怎么就忘了呢！我怎么就忘了呢！我是刽子手，我罪该万死，我万劫不复！"

王维狠狠敲打着自己的脑袋，仰天长啸道："老天爷，请你惩罚我吧！如果可以一命换一命，请让璎珞回来，我愿为她死千万次，只要她能好好活着！老天爷，你听到了吗？请你回答我！"

然而，老天爷并没有回答他，除了死一般的沉寂，还是死一般的沉寂……

就这样整整一天一夜，王维一步都不肯离去，也不让任何人碰璎珞，就这样死死守着璎珞和孩子的遗体，不眠不休，不吃不喝……

被烛光映得微微发黄的窗纸上，那个跪坐在璎珞床前的人影，已经很久很久没有动过了……

良久，良久，他抬起头来，睁开眼睛，素来稳定的手，颤抖着伸入怀中，掏出一个黄澄澄的赤金掐丝镯子。

这是他再熟悉不过的镯子了！这是他当年送给璎珞的新婚礼物，式样是他设计的，镯子接头处特地做成了飞鸟衔珠的模样。飞鸟口中衔的珠子，不是别的，正是璎珞送他的相思豆。

璎珞很喜欢这个镯子，这么多年来，一日都不曾离身。只是快临盆时，手腕有些浮肿，才不得不褪了下来。想不到，这一褪下便再没有机会戴上了。

"摩诘，从今往后，我会一直戴着它。看到它，便看到了你。"她银铃般的笑声仿佛还在耳畔，但却已物是人非、阴阳两隔，任凭他唤她千遍万遍，她再也不会睁眼看他一眼、再也不会开口说一句话了……

"还有一颗红豆，下回再给你做一个，刚好凑成一对。"他记得，他曾这样许诺过她。他以为他们会有长长的一生，可以让他慢慢设计、慢慢打磨，却没想到，他们从相识到分别，居然只有短短的十年。是的，十年！

他一直以为，他可以给璎珞一世安稳。然而，当老天爷突然从他手中夺走璎珞时，他才明白，他是多么多么无能！他什么都做不了，只能眼睁睁看着她离他远去！

想到这里，他痛楚地闭上了眼睛，心底仿佛有一把锯子在来回拉锯，将他的身子生生劈成两半，一半坠入地狱，一半留在人间。

在天罗地网般的痛苦里，每一丝疼痛，都是那样清晰、那样漫长。他用力咬紧嘴唇，屏住呼吸，仿佛只有这样才能扛住这锥心刺骨的痛。

不，他无法接受这样的事实！既然他不能阻止老天爷带走他的妻儿，那么，就让他和妻儿一起走吧！璎珞为他流血而亡，他也要为她流血而亡！

他只觉得一颗心已痛到了极处，恨不得整个身子就在这一刻化为灰烬，追随璎珞的一缕香魂，一同随风逝去……仿佛只有如此，才能摆脱这生不如死的痛苦和绝望。

刹那间，他"霍"地起身，拿起稳婆为璎珞接生时用过的那把剪子，对着自己的手腕无情地割了下去。

和心里的痛相比，身上的痛又算得了什么呢？如果身体上的痛可以减轻心里的痛，他愿意承受身体上的一切痛苦。

和心痛相比，世间任何痛苦，都已无足轻重。

殷红的鲜血立刻汨汨而出，王维并不惊慌，反而安定到了极处。他似乎想到了什么，伸出手指，蘸上鲜血，在璎珞身下的白床单上写了起来。

他仿佛在做一件极其平常的事情，平常到这只是一个寻常的午后，璎珞午睡醒来，来书房看他写字……

他在白床单上含泪写下的，是陶渊明丧妻后写的《闲情赋》：

愿在衣而为领，承华首之余芳；悲罗襟之宵离，怨秋夜之未央！

愿在裳而为带，束窈窕之纤身；嗟温凉之异气，或脱故而服新！

……

十愿十悲，字字血泪。那血痕虽然粗细不同、浓淡有异，但每一笔都似乎力透纸背。飞扬的笔锋，淋漓的墨意，无不都在祭奠璎珞！

写罢掷笔，他嘴角渐渐浮上一抹微笑："璎珞，我来了……"

不知过了多久，当王维再次醒来时，发现自己安静地躺在床上。一时间，不知自己身在何处？

王维想要坐起，刚一用力，手腕处便传来一阵钻心的疼，不禁轻嘶了一声。

"摩诘，动不得！"听到动静，房琯忙走了过来，一把托住王维的手腕，一脸关切道。

"璎珞呢？我不是和璎珞在一起吗？"王维摇了摇头，怔怔问道。

"摩诘，我知道你心里难过，但你怎么可以做这样的傻事！若不是莲儿哭着喊着要寻你，我们还不知道你已经……唉，你千万再莫犯傻了！"

说话间，卢郎中端着一碗热气腾腾的汤药走了进来。

"大人，你手上流了很多血，幸亏发现得早，才没有酿成大错。不过，流血到底伤了元气，需好生静养一段时日。"

"你们不该拦我的。"对于房琯和卢郎中的话，王维置若罔闻，喃喃自语道。

"摩诘，你好糊涂！你说弟妹狠心抛下了你，难道你就狠心抛下莲儿了吗？你不管莲儿了吗？"房琯看王维已被悲痛迷了心窍，只好用莲儿激他。

看王维还没回过神来，房琯继续大声说了下去："弟妹和腹中胎儿突然这样走了，我们都很痛心，也都明白你的痛苦。但是，人死不能复生，便是你想拿命去换弟妹，老天也由不得你。再者，你这样抛下莲儿去寻弟妹，难道弟妹就不会怪你狠心丢下莲儿？"

房琯越说越是激动，句句振聋发聩。

"莲儿呢？莲儿在哪里？"王维这才猛然想起了莲儿，是的，璎珞走了，刚出生的孩子走了，他只有莲儿了！

"莲儿看到你手上都是血，吓得直哭，一直守着你，不肯离开半步。方才终于熬不过，被福嫂带去睡觉了，你且放心。"房琯叹了口气，心里好不是滋味。

王维颓然闭上了眼睛。他一心求死，但老天爷用莲儿拦住了他！是的，莲儿已经失去了阿娘，失去了弟弟，不能再失去阿爷了。他不能如此自私地抛下莲儿，一走了之。

"你们都出去吧，我想一个人静静。"好半晌后，王维哽咽道。

房琯和卢郎中对视一眼，点了点头，掩门退了出去，嘱咐小蝶守在门口，若有什么动静，便去叫他们。

当一切都安静下来后，王维的意识才一点一点恢复了清醒。

"璎珞，璎珞……"看着这间没有了璎珞的屋子，他悲哀地知道，从此之后，即便屋里放上再多东西，也永远无法填满那缺失的一角，永远，永远！

同时，他也悲哀地知道，虽然生无可恋，但是，他竟没有资格死去。为了莲儿，他必须活着。

璎珞去世五天后，他亲手为璎珞净了身子、换好衣衫，亲手将璎珞抱入他亲自选定的棺木。然后，白幡招展，千里扶棺，一路护送璎珞和小婴儿到蒲州王氏祖坟下葬。

王氏祖坟在蒲州郊外十多里地，在一片荒原之中，便这样多了一座新坟。墓碑上，是王维亲自手书的"爱妻崔氏之墓"。

他缓缓蹲下身子，手指抚过墓碑上的每一个字，心痛如绞。他明白，这辈子，他所有美好的回忆，都已经随璎珞的离去而尘封在这里了……

转眼间，便是728年秋天。在王维家的庭院里，落叶纷飞，一地枯黄。

屋内供着菩萨像，菩萨前的香炉里，三炷香缓缓燃烧，一室氤氲。秋风从虚掩的窗户里漏将进来，偶尔发出嘶嘶的轻响，在这死一般的寂静里，显得格外清晰。

王维从蒲团上撑起身子，推开窗棂，怔怔地看着窗外的枯草。

今天，是璎珞去世的百日祭日，他一早便起来为她吟诵《心经》。他不知道这一百天是怎么过来的，他只知道，对他来说，每一天，都是度日如年。

又有一阵秋风吹了过来，仿佛带着无数把尖细的利刃，将这深秋的寒意一刀一刀刺进了王维心里。

"摩诘，你身子刚刚好些，怎么又在这风地里站着？"门"嘎吱"一声推开了，王夫人小心翼翼地走了进来，手里端着一碗冒着热气的汤药。

"阿娘，小心烫手。"见母亲进屋，王维忙转身迎了过去，从她手里端过汤药，放在案上。

"摩诘，今日身子可好些？"王老夫人看了一眼王维，又看了一眼蒲团，深深地叹了口气，"你这一病已经三个多月了。阿娘想着，等你身子好些了，该去一趟定州，把莲儿接来同住才好，阿娘很是想她。"

三个多月前，料理完璎珞后事后，王维便病倒了。先是浑身无力，米水不沾，再是高烧不退，甚至几天几夜昏睡不醒。王家四处延医问药，用了各种法子，但王维就是不见好转……

后来，王家请来了蒲州最好的沈郎中，沈郎中为王维把脉诊断后，叹了口气道："老夫人，令郎的脉象，不是外邪，而是内伤。大抵因为悲伤过度、郁结于心，从而邪气入内所致，需花些时日好好调理发散，否则，只怕会伤及根本。"

王夫人深知儿子对儿媳的用情之深，也明白身上的伤痛容易治，心里的伤痛最难除，儿子这场病，恐怕不是一两日就能好的了。于是，她派家中壮年男仆护送莲儿、福嫂、小蝶到定州外祖家中小住一段时日，一则可以让王维在蒲州安心养病，二则可让莲儿陪陪外祖父和外祖母，宽慰二老失去爱女之痛。

病来如山倒，病去如抽丝。王夫人亲自熬汤煎药，悉心照顾，但王维却汤药不进，茶饭不思，不见一丝好转。

那日，王维喝完汤药，照例又是一阵呕吐，直至将方才所喝汤药悉数吐完了才罢。沈郎中叹了口气道："令郎心里的郁结一日不化解，身子便一日好不起来。"

看着病榻上双目紧闭的王维，王夫人不由深深叹了口气，老泪纵横。她怎么不知道他心里的痛？但旁人又该如何帮他化解呢？思前想后，她决定用佛经试上一试。

于是，王夫人屏退左右，在王维床沿坐了下来，看着王维语重心长道："儿啊，你且放宽心，阿娘念一段《金刚经》与你听。"

王维安静地躺在床上，似乎听不见母亲的话。

王夫人并不需要王维回答，一边手捻佛珠，一边缓缓吟诵起了《金刚经》。当她念到第三品《大乘正宗分》时，原本一直闭目昏睡的王维，眉头似乎微微动了动。

王夫人见状，便有意放缓节奏，一字一句念了下去："所有一切众生之类：若卵生、若胎生、若湿生、若化生；若有色、若无色；若有想、若无想、若非有想非无想，我皆令入无余涅槃而灭度。若菩萨有我相、人相、众生相、寿者相，即非菩萨。"

念罢，王夫人故意停了下来，问道："儿啊，还想听阿娘念下去吗？"

良久之后，王维终于睁开眼睛，定定地看着母亲，目光中是一种复杂难言的情绪。

这种情绪，王夫人并不陌生。因为，王维父亲去世时，她也曾有过那样一段痛苦的经历。于是，王夫人并不说话，只是一脸慈爱地看着王维。王维眼角隐隐泛着泪光，对着母亲缓缓点了点头。

这是王维自生病后第一次主动点头，王夫人太明白这其中的深意了。哀莫大于心死，只要他点头了，说明这世间还有东西是能吸引他的，这不是比吃药强吗？

王夫人忙点了点头："儿啊，只要你想听，阿娘便继续念给你听！"

从此，每日早间和午间，王夫人就会为王维念经。从《金刚经》到《般若经》《华严经》《法华经》《涅槃经》，王夫人一一念了下去。

神奇的是，自打听王夫人讲经以来，王维终于肯听沈郎中的话，好好吃药，并不再呕吐了。这样过了小半个月，王维才有了好转，身上也渐渐有了力气。

王夫人终于松了口气。

今日是璎珞去世百日祭，看到王维在风地里站着，王夫人自然知道他心里难受，便想着该拿什么话来劝解他，于是提到了莲儿。

"阿娘，孩儿不孝，让阿娘为孩儿忧心劳神了。"看着两鬓迅速斑白的母亲，王维心中涌起深深的歉疚。

"傻孩子，阿娘知道你心里难过，阿娘心里又何尝不难过呢？然而，逝者已矣，生者如斯。事已至此，悲伤无益。"王夫人拉了王维在榻上坐下，叹了口气，"当年你阿爷去世时，阿娘何曾不是和你一样？但后来渐渐明白，死者泉下有知，定是希望生者能好好走完余生。生者若是自伤不已，死者岂不同样难过？璎珞最想看到的，定是你和莲儿都好好活着，你说是也不是？"

听母亲提到璎珞，王维心里愈发难受，默然良久，才缓缓开口道："阿娘，这段日子以来，您为孩儿做的一切，孩儿都明白，请阿娘勿为孩儿忧心，孩儿只是还需要一些时间……"

王夫人拍了拍王维手背，安慰他道："孩子，时间是最好的止痛剂，阿娘愿意陪着你一起熬。"

"阿娘……"

"孩子，把药喝了，好好歇会，午后咱们继续讲经。"

目送母亲离去后，王维缓缓踱到书案边，打开抽屉，找出了他五年前为璎珞画的画像。

"璎珞，今天是你离世百日祭，你在那边还好吗？你走后，我有太多太多话想对你说……"

王维久久凝视着画中的璎珞，璎珞仿佛也在凝视着他。

那时，璎珞刚生下莲儿不久，肌肤胜雪，笑靥如花。他画她时，她坐在他对面，那样甜甜地笑着，一直可以笑到他心里……

她的眼眸，永远那样柔情似水、清澈动人。自看到她的第一眼起，他便牢牢记住了她。

这么多年了，她早已融入他的血液、他的身体、他的灵魂，甚至他的生命！因此，即使是死亡，也无法将她从他的世界里抹去。

刹那间，那熟悉的绞痛又从心底深处腾地升了上来，带着沉重的悔恨和冰冷的绝望，在他的五脏六腑间咆哮翻滚，仿佛可以把一切都碾成粉、化成灰、连渣都不剩……

佛说，在漫长的一生里，无论怎样的痛苦，终究都会过去。真的会过去吗？

他心里悲痛难忍，方才喝下的药，便忍不住又吐了出来。他用尽全力才勉强压下了心头的翻腾，盘膝坐在蒲团上，在心中默念："色不异空，空不异色，色即是空，空即是色，受想行识亦复如是……"

这些日子以来，痛到极处时，他就会在心中默念佛经。或许，在这个不值得他留恋的世上，只有佛经可以帮他疗伤，帮他止痛，帮他度过一切苦厄吧？如果没有佛经，他一定早就放弃自己、放弃生命了。

他相信生命轮回。

他记得，那年一起泛舟若耶溪时，他曾对她说，忘川河上有座奈何桥，奈何桥上有个孟婆，会给每一个路过的人喝一碗汤。

那些爱过的人，那些做过的事，那些滚滚红尘中数不清的悲欢离合，都会随着一碗孟婆汤而尘封于今生今世。那一世匆匆的悔恨，那阴阳永隔的遗憾，那抽刀断水的诀别，在喝过这碗孟婆汤后，一切都已枉然。

他记得，她听完这番话后，果断地摇了摇头说，她不想喝孟婆汤，因为她下辈子还想继续找到他。

他笑她傻，反问她，咱们不记得上辈子的事，这辈子不也一样找到彼此了吗？

她依然摇了摇头，执拗地说，如果可以选择，她一定选择不喝孟婆汤，因为她舍不得忘记今生的回忆……

如今，她不辞而别，独自走向了忘川河，走上了奈何桥。如果她被迫喝下了孟婆汤，那些和他有关的记忆，是否会在她蓦然回首的一瞬间，便化作了缥缈云烟，淡然散去？

想到这里，王维再次痛楚地闭上眼睛，深深地吸了口气，良久，良久……

繁华落尽，心事成灰，当世间的一切都已化成空茫冷寂时，耳畔依然有个银铃般的声音在笑："摩诘，这样的日子，我很欢喜。"

原来，和她朝朝暮暮、白头偕老，只是一个美丽的梦。如今，那个最美最好的梦，竟残忍地提前结束了。

但是，他相信，无论璎珞的灵魂去了何方，在下一道生命轮回中，他一定会找到她，一定，一定！

转眼之间，便是 728 年年底。知道大哥在家中养病，王缙特地从长安赶了回来。

王缙自 722 年科举及第后，在长安官场顺风顺水，眼下已在御史台担任侍御史。

兄弟俩已有多年不曾见面，上回见面时，大哥大嫂一家三口其乐融融，如今见面，却只有大哥一人，让人看了便心生凄凉……

王缙深知，对于此时的大哥来说，旁人的安慰终究都是隔靴搔痒、苍白无力，要想真正解除心中的痛苦，唯有自己放下。

这日，用过晚膳，王缙来到王维屋中，陪大哥谈心。

"大哥，阿爷去世时，你九岁，我八岁。我记得，那时阿娘日日以泪洗面，直至捧起佛经，笃信佛教，才一日日平静了下来。后来，阿娘还拜大照禅师为师，打坐参禅，内心渐渐得到了安宁。"

"是的，佛度有缘人。在阿娘最艰难的时候，是佛法度化了她。"遥想往事，王维不由在心中默念了一声"阿弥陀佛"。

"大哥，你现在一定也很不好受。听说长安大荐福寺有一位得道高僧，法号道光禅师，我想前往拜访，不知大哥可愿一同前往？"

"道光禅师？记得璎珞生下莲儿不久，我曾陪她去济州崇梵寺，在寺里遇见鉴真法师，他似乎提到了道光禅师……"王维暗自出神，喃喃自语道。

听王维说起璎珞，王缙知道大哥定是又想大嫂了，故意岔开话题道："大哥，道光禅师姓李，出生于687年，从小失去双亲，隐居山林，苦苦修行。有一天，他在山中偶遇五台山的宝鉴禅师。宝鉴禅师一眼就看出他有慧根，便将佛法传授于他……"王缙将他知道的有关道光禅师的故事絮絮说了下去。

"夏卿，谢谢你。"王维握住王缙的手，一切尽在不言中。

团圆的时光容易过，元宵节后，王缙要回长安了。王维决定和王缙一同前往长安，拜见道光禅师。

因为，他想起了鉴真法师当年说的那句话——王檀越，贫僧第一次见你时，便觉得你面相清贵，日后与佛门只怕有些缘分。

或许，人生很多事情，早已冥冥之中，自有定论。

红豆生南国

下册

吕瑜洁 著

云南出版集团
云南人民出版社

第五十七章　重返长安　道观长谈

在阔别长安八年后，王维又回到了这座举世无双的雄城。

大明宫气宇轩昂的重檐飞角依旧，曲江池畔绰约多姿的亭台楼榭依旧，东市西市川流不息的人群依旧。只是，八年前离开长安时，他的马背上坐着两个人，如今回到长安，却只有他孤身一人了……

王维骑着枣红骏马，走在长安城最繁华的朱雀大街上，顿觉物是人非。

当他站在道政坊的宅子门口时，心里更是一阵刺痛。

"大哥，这座宅子终于可以物归原主了。"王缙牵过王维手中的马，站在王维身后道。

八年前，王维远赴济州，王缙曾在此住了两年。后来，王缙拜官娶妻，就在附近置办了宅子。这么多年过去了，这里一直空着，仿佛无论经历多少岁月变迁，都一直在等候主人归来。

王维迟疑片刻后，才伸手推门而入，一眼便看到了他当年亲手种下的石榴树。

八年前，榴花似火，一个美丽的女子在石榴树下巧笑嫣然，白皙的脸庞绽放着如花笑颜。

如今，八年过去了，石榴树的枝干愈发挺拔，枝叶愈发繁密，但那美丽的女子却再也不会出现在石榴树了……

王维怔怔地站在石榴树下，遥想当年璎珞假扮少年来长安看他时的情景，痛楚地闭上了眼睛。

长安依旧，道政坊依旧，宅子依旧，唯独这座宅子的女主人，却再也不会回来了！

"大哥，一路劳顿，快进屋歇歇吧。若有什么不周全的，我马上着人去办。"看着王维眼角闪烁的泪光，王缙心知大哥定是睹物思人了，只好拿其他话来分散他的注意力。

"夏卿，我想一个人静静。"王维颓然跌坐在窗前的高凳上，眼底是无尽的悲凉。

王缙叹了口气，嘱咐了看门的老丈几句后，就掩上院门，悄然离去。他知道，大哥此时需要的不是旁人的安慰，而是和他心中的爱人安静地独处。

不过，这样安静的独处，几天后就被一封来自玉真观的帖子打破了。帖子上写着"王摩诘亲启"字样。

其实，自从得知崔璎珞难产去世的消息后，玉真公主就一直留意着王维的行踪。

她听说他千里扶棺，护送妻子灵柩回蒲州下葬；她听说他一直久居蒲州，似乎还生了一场大病。多少个夜晚，她捧起《道德经》，却看不进一个字。《道德经》有云："孰能浊以澄？静之徐清。"可是，因为王维，她的内心何曾真正平静过？

莫非他就这样一直留在蒲州了？莫非他再也不回长安了？莫非……无数念头纷纷扰扰涌上心头，让她再也静不下心来。

因此，当她听说王维和他弟弟王缙一起回到长安时，惊喜之情无以复加。

八年前，因为崔璎珞，他拒她于千里之外。八年后，崔璎珞走了，只留给他一个幼女莲儿，而莲儿恰好是她的义女。这世上，再没有哪个女子能比她更适合成为他的妻子了吧？或许，这就是冥冥之中注定的缘分。

"摩诘，你我曾经擦肩而过，一番兜兜转转后，终于又重逢了，这难道不是天意吗？"玉真公主沉寂了多年的心，再次"怦怦"跳了起来。

王维收到玉真公主的帖子时，王缙也在一旁。王缙并不清楚大哥和玉真公主之间的那些往事，只知道大哥当年状元及第时，玉真公主对大哥有知遇之恩。

他心头一喜："大哥，玉真公主向来赏识你，她若愿意举荐你入朝为官，那就再好不过了。"

王维摇了摇头，脸上并没有王缙以为该有的喜色，淡然道："夏卿，大哥这辈子，恐怕不会再入朝为官了。"

"大哥，当今乃太平盛世，圣上求贤若渴，正是需要用人之时。你不必灰心，是金子定会发光的。"

王维叹了口气，知道王缙是会错了意，却也无意解释："夏卿，笼鸡有食汤刀近，野鹤无粮天地宽，大哥当一介书生，不也挺好吗？"

"大哥，话是如此说，只是对你来说，未免可惜了，你何不……"

不待王缙再说下去，王维便挥了挥手，打断了他："这些事往后再议吧，来日方长。"

"也好，大哥，我不扰你了。待会用膳时，我再来叫你。"从小到大，王缙都特别崇拜王维。在他看来，大哥的话，不管是对是错，都是该听的。

待王缙掩上房门离去后，王维才翻开帖子，只见上面只有简简单单两行字："摩诘，三年不见，安否？如若有暇，盼来玉真观一叙。"

和她当年赠予的《道德经》一样，她的字清雅柔美，却又透着端严韧劲。字如其人，这不正是公主的性格吗？

王维自嘲地叹了口气。其实，此次决定重回长安时，他就想到了，他回长安后必须面对的一个人，就是玉真公主。

直觉告诉他，这么多年过去了，公主仍对他有情。如果公主再次开口说想和他在一起，他该怎么办？

他明白，这一次，他将会比八年前更难拒绝她。八年前，他可以告诉公主，他已有婚约在身，不能娶她。但如今，他已孑然一身，还能用这个理由拒绝吗？如果他告诉她，他一生只爱璎珞一个，不会再娶任何女子，她会相信吗？

看着窗外暗沉的天空，他叹了口气，心情也像这天空般，沉甸甸的。

这日，连日来的阴霾终于放晴，王维身穿一件半旧的圆领夹袍，赴玉真公主之约。

上一回来玉真观，是726年初夏。那一回，霍国公主送莲儿一块美玉，他回济州后，将美玉交给璎珞。璎珞说，这是公主赏赐的厚礼，须让莲儿日日戴着才好，保佑莲儿一生平安……

这样一路走，一路想，不知不觉便到了玉真观。王维停下脚步，迟疑片刻后，才上前轻叩门环。不一会儿，出来一个十二三岁的小道童，客客气气将他引了进去。

此时，玉真公主正靠在便榻上，手中拿起一卷《登真隐诀》，读了几行又放下了。

"帖子已经送出三日了，怎么还不见他的身影？莫非……"玉真公主心头涌起一股莫名的不安，怔怔地望着窗外出神。

忽然，屋外传来清风清脆的通报声："启禀公主，王大人求见。"

"啊！他终于来了！"清风话音刚落，玉真公主就"霍"地站了起来，拿起案几上的拂尘，强压住心头的激荡，快步迎了出去。

王维的身影已出现在门口，春日和煦，春光明媚，将他的面孔映照得分外明亮。

"摩诘，你来了。"任谁都听得出，这一声"你来了"里，透着多少惊喜。

王维俯下身子，向公主深深行了一礼："在下拜见公主。"

"这是道观，不是朝堂，你我之间何必如此拘礼？快请坐吧。"玉真公主比了一个"请"的手势，嘴角掠过一抹笑意。

这抹笑意里，是她对王维一如既往的欣赏。

她认识他整整十年了。眼前这个身穿最朴素的圆领夹袍的男子，已近而立之年，依然身姿挺拔、温润如玉，一如十年前第一次见到他时的模样。哦，不，他通身上下的气度，甚至比十年前愈发高华。

"多谢公主抬爱。君臣有别，在下不敢越矩。"王维再次抱了抱拳，依言落座。

早有道童奉上好茶。一时间，谁都没有说话，屋内安静得落针可闻，彼此不由有些尴尬。

"摩诘，莲儿还好吧？可怜她如此年幼，却失去了娘亲，唉。"还是玉真公主率先打破了这份沉闷，用指尖轻轻捋了捋细滑的拂尘须子，柔声问道。

王维放下茶盏，缓缓开口道："多谢公主挂念。拙荆去岁离世后，在下自顾无暇，便将莲儿送至定州外祖家中。前些日子，在下随家弟来到长安，想着等安顿好后，再将莲儿接来长安。待莲儿来长安后，如若公主不弃，在下定带莲儿来拜见公主。"

王维这不疾不徐的声音里，似乎辨不出喜怒哀乐。玉真公主在心中叹了口气，低头抿了口茶后，意味深长地笑道："自然不弃。摩诘，你忘了吗？我可是莲儿的义母哦！"

说到"义母"二字时，玉真公主有意无意稍稍加重了语气。王维哪里会听不出来，但他依然恭谨道："公主收莲儿为义女，实乃莲儿的造化。还请公主多多提点，在下不胜感激。"

看来王维是铁定了心要一路恭谨下去了。玉真公主嘴角掠过一丝苦笑，索性换了一个话题："摩诘，此次回京，不知有何打算？"

"启禀公主，在下此次回京，是想拜访一位高僧。"

"哦？能让你前往拜访的，不知是哪位大德高僧？"

聊到佛学，王维原本紧绷的心稍稍放松了些，便絮絮说了下去。玉真公主一边凝神细听，一边暗自思忖，他难道没有入仕的打算？还是不好意思主动提及？在心中斟酌一二后，忍不住开口道："摩诘，前年致仕的张相，去年又被圣上请回来担任集贤院学士，今年更是接替源曜担任尚书左丞。听说因修撰《谒陵仪注》有功，还加封开府仪同三司。你想，张相尚老骥伏枥、志在千里，你正当壮年，怎么反而无意仕途了？"

"启禀公主，在下和张相，不可同日而语。"王维顿了顿，目光移向屋外，声音平静得不起一丝波澜："在下八年前因'黄狮子舞事件'贬离京城，三年前辞去济州司仓参军一职，闲居淇上。往后余生，在下心中所愿，只是修禅悟道、书画自娱罢了。"

"摩诘此言差矣。人生在世，孰能无过？从前的事情何必一直放在心上？你若有心入仕，我愿举荐你到集贤院。听说张相正在主持编撰《六典》，卷帙浩繁，正是需要用人的时候。"

王维虽无心入仕，但听到"集贤院"和"编撰《六典》"时，心里倒是一动。

集贤院集聚了一批有学之士，皆是饱读经史、学富五车之人。若是能在集贤院做事，倒也遂了平生所愿。不过，如果让玉真公主举荐，他将又欠她一个人情，而他，实在不愿再欠她什么了……

想到这里,他摇了摇头,淡然笑道:"在下乃有过之人,不愿拖累公主,至于前程么,顺其自然便是。"

玉真公主看了王维一眼,叹了口气道:"摩诘,你如此年轻,切莫如此灰心。前面的路还长得很,你即便不为自己考虑,也该为莲儿考虑不是?"

不待王维回答,她又娓娓说了下去:"都说千里马常有,而伯乐不常有,我倒觉得,伯乐常有,而千里马却是可遇不可求。不过,即便遇见了,也需千里马领情才是,否则,伯乐也无可奈何,你说呢?"

玉真公主话里话外的意思,王维何曾不明白?但说多错多,言多必失,他低头思忖片刻后,字斟句酌道:"人生际遇,瞬息万变。纵然在下生性愚钝,但在经历了丧父、丧妻、丧子之痛后,却也渐渐明白了一些道理。公主远离尘世多年,定比在下有更多领悟,往后还请公主多多赐教。"

王维这番话,明面上在谈人生感悟,实则暗暗透露,他已远离红尘、波澜不惊。一句"公主远离尘世多年",更是以退为进,让公主心中纵有再多想法,一时之间却也不好再说什么。

一番心思急转后,玉真公主悠然问道:"摩诘过谦了。恕我冒昧问一句,方才你说欲拜道光禅师为师,潜心研习佛法,可是因为……"她顿了顿,似乎有些难以启齿,但终究还是鼓起勇气说了下去,"可是因为崔氏去世后,你已看破红尘?"

见玉真公主如此相问,王维心中倒是不妨,决定坦然相告:"启禀公主,在下母亲信奉佛法,以禅诵为事,拜在大照禅师门下已近二十年。在下自年幼起,便随母亲诵读佛经,倒也耳濡目染。拙荆离世后,在下一度了无生趣,想随拙荆一起离去……在那段生不如死的日子里,是佛经伴我走了过来。因此,往后余生,在下决定潜心礼佛,若能领悟一二,便是在下的缘法。"

玉真公主万万没有想到,她这一问竟让王维在她面前如此直接表达了对崔氏生死不渝的爱,这让她原本准备好的一番话愈发难以启齿,只好讪讪地笑了笑,转了话题道:"唔,原来你是家学渊源。其实,认真论起来,佛道本就相通。话说大慈恩寺住持玄奘法师不仅精通《律藏》《经藏》《论藏》,人称'三藏法师',还将《道德经》翻译成了梵文,泽被四方。大照禅师是禅宗六祖神秀禅师的嫡传高足,道光禅师是五台山宝鉴禅师嫡传弟子,两位禅师都道行极深。你禀赋本就异于常人,若有大德高僧加以指点,假以时日,必定大有精进,今后欢迎常来玉真观切磋琢磨。"

"多谢公主抬爱,在下定潜心研习佛法,以求有所进益。"听了玉真公主方才对佛教如数家珍的一番话,王维心里暗暗佩服,不由抱了抱拳。

两人又闲话了一会儿，王维正想拜辞而去时，忽然听到玉真公主轻轻咳了一声："摩诘，多年不曾听你弹琵琶了，那曲《郁轮袍》，我还一直记得，今日重逢，不知能否再听你弹奏一曲？"

玉真公主话音刚落，道童清风便将一把上好琵琶恭恭敬敬送到王维面前。王维不由"咯噔"了一下，心头猛然想起十年前第一次为公主弹奏《郁轮袍》的情景。

"公主让我再弹一曲琵琶，是否另有深意？弹琵琶事小，但背后的深意却需掂量。如果公主是指再续前缘，那么，这琵琶无论如何是不能弹的了……"王维心思急转，他该如何拒绝，才能既不伤公主脸面，又不给公主希望？

"摩诘，你怎么了？"见王维迟迟不接琵琶，玉真公主心头一沉，柔声问道。

"启禀公主，实不相瞒，拙荆离世后，在下曾在心中承诺，三年之内，不食肉，不衣彩，不抚琴……如今拙荆离世尚不足一年，请恕在下不能从命，还请公主成全。"

王维这番话，落在公主耳里，无不像扎针般刺心。自古以来，哪有丈夫为妻子守丧三年的道理？摩诘啊摩诘，你明知我的心意，却故意告诉我你对妻子的深情，你这不是存心拒绝吗？

玉真公主脸上的笑容一点一点淡了下去，半响才似笑非笑道："摩诘，你果然是重情重义之人。如此说来，让你弹奏琵琶，倒是我唐突了。你既如此说了，我焉有不成全之理？"

"多谢公主成全。在下已叨扰公主多时，如果没有他事，在下这便拜辞了。"说着，便俯下身子，郑重行了一个大礼。

他这是要给这次重逢画上一个句号了吗？玉真公主抬起头来，想再说些什么，但看着他自始至终波澜不惊的脸，却终究叹了口气，淡然一笑："好，你多保重。"

"多谢公主。"王维点了点头，转过身子，大步离去。

看着他渐渐远去的背影，玉真公主的双肩无力地垂了下去，一脸自嘲地笑了笑："持盈啊持盈，在他面前，你怎么总是低到尘埃里？他只消三言两语，便让你满腹话语无处可说，到头来，只能无可奈何。"怔了半响后，玉真公主缓缓站了起来，看着王维远去的方向，喃喃自语道："摩诘，我希望你明白，我处处让步，不是因为我怕你，而只是因为，我依然爱你。"

第五十八章　公主求情　重返朝廷

从玉真观出来后，王维才长长地吐了口气。

方才和玉真公主的几个回合中，他面上淡定，心里却始终绷着一根弦。公主愈是热情似火，他愈要小心谨慎，以防说错一句话，表错一次意。

他知道，如今能抵挡公主和他再续前缘念头的，唯有为璎珞守丧三年的理由了。虽然这个理由经不起推敲，甚至不堪一击，但除了这个理由，似乎也找不到其他更好的理由……

回到家中后，王缙派小厮来请他用晚膳。他心里有事，茶饭不思，便打发小厮回去了。

是夜，一轮明月高悬空中，月光如水，将院中的石榴树勾勒得分外清晰。王维焚香独坐，久久凝视着墙上的璎珞画像。

他伸出手去，从案几上捧起青瓷茶盏。这是他和璎珞共游江南时，在书圣王羲之生活过的地方买的。店家说，这是模仿当年范蠡、西施用过的茶盏烧制的，美其名曰"夫妻杯"，一杯子，一辈子……

他站起身来，打开箱子，拿起一件竹叶暗纹青色夹袍。这是璎珞为他一针一线缝制的夹袍。袖口和袍角，都有一圈错落有致、淡雅舒展的竹叶暗纹。这世上，再没有第二个女子能绣出如此雅致的花纹了……

璎珞真的走了吗？可为何他却觉得，璎珞并未离开。

她在墙上的画像里、在案上的青瓷杯里、在身上的一针一线里……

他目光所及之处，有她的明媚笑颜，伸手可触之处，有她的芳泽余温。

"璎珞，璎珞，你听到我的呼唤了吗？如果你听到了，能否入我梦来，告诉我你在那边一切可好？"

这样怔怔地想着、想着，眼泪便不知不觉湿了衣衫。他白天对玉真公主说的那番话，其实说错了三个字。他不是为璎珞守丧三年，而是一辈子……

一夜无眠，次日一早，王维毫无睡意，起身到庭中舞剑。或许，身子乏到极处时，心里就不会那么痛了吧？

昨晚大哥不来用膳，王缙知道大哥心情不好，便早早来看望大哥。推门而入，看到大哥在庭中舞剑，就安静地站在一旁，默默看他练剑。他知道，对大哥来说，与其说是练剑，不如说是修心……

约莫过了小半个时辰，王维才放下长剑，吁了口气。转身回屋时，才一眼瞥见站在墙角的王缙。

"夏卿，你几时来的？怎么不叫我？"王维心中一阵怅然，曾经舞剑时，都是璎珞等候在侧……

王缙上前几步，将一盏热茶递到王维手中，由衷赞叹道："很久没有看大哥舞剑了，方才不知不觉便看住了。左琴右剑，君子之道。看大哥舞剑，可以忘忧。"

"夏卿，这段日子以来，你费心了。"

"大哥，小弟能做的，也只是嘘寒问暖罢了。对了，道光禅师今日在大荐福寺讲经，你若无事，咱们今日便去拜见法师如何？"

"如此甚好，咱们是该去拜访法师了。"王维到屋里换了衣衫，整冠束发，和王缙一同前往大荐福寺。

走进寺内，只见处处松青柏绿，几个小沙弥正在洒扫庭院。正殿的佛堂敞开着，里面早已挤满了前来听法师讲经的善男信女。

步入佛堂，只见道光禅师慈眉善目、满面红光，正用一口带有巴蜀口音的河洛话讲经。他俩寻了一个安静的角落，凝神听了下去。

只听道光禅师娓娓道来："佛和众人没有根本区别，只在于是否悟道。佛未悟道时，亦是众人；众人悟道后，亦能成佛。众人只需心诚，便可成佛……"

道光禅师讲的是禅宗。禅宗起源于印度，创始人为印度人菩提达摩。菩提达摩于南朝梁朝时来到中国，主张静坐敛心、正思审虑，以达定慧均等之状态。因禅宗见性成佛，直指人心，故禅宗亦称佛心宗。

菩提达摩下传慧可、僧璨、道信，至五祖弘忍后，分为北宗神秀、南宗惠能，时称"南能北秀"。

北宗神秀以"坐禅观定法"为依归，渐进禅法，渐修菩提，称之为"渐悟"。南宗慧能以"即心即佛"为依归，不拘泥于坐禅、观定等修行，称之为"顿悟"。

王维母亲师事的大照禅师，系北宗神秀的嫡传高足，即北宗七祖普寂，主张渐悟，要求修行者日日坐禅诵经。王维、王缙从小耳濡目染的都是北宗。道光禅师也是北宗。因此，听道光禅师讲经，两人都颇感亲切。

约莫一个时辰后，道光禅师讲经结束，正欲转身离去时，王维和王缙忙快步走上前去。

"法师请留步。"听到王缙的呼声，道光禅师收住脚步，转过身来，颔首微笑道："王檀越多时不见。"

王缙向道光禅师施了一礼道："家兄久仰法师盛名，今日也特来听法师讲经。"说着，便将一旁的王维引荐给了道光禅师。

王维忙上前一步，施了一礼道："弟子王维，名摩诘，慕法师盛名而来。方才听大师弘法，如旭日朗照，春风拂面，弟子受教了。"

道光禅师看了一眼王维，点头笑道："维—摩—诘，名维，字摩诘……王檀越的名字，和佛家倒是有缘。"

"多谢法师，弟子愚钝，心中有诸多困惑难以排解。方才听法师讲'见性成佛'、'即心即佛'，弟子很是向往，愿能拜在法师门下，亲聆法师教诲，不知可否？"王维双手合十，一脸虔诚道。

道光禅师看着王维，意味深长道："虽是初次见面，但老衲看你颇有佛缘，愿意收你为俗家弟子，助你渡过苦厄，阿弥陀佛。"

王维忙深深拜了下去："多谢法师不弃，弟子不胜感激，定潜心礼佛，不负法师厚望。"

王缙早在一旁看傻了眼，想不到大哥初次见面就提出要拜在法师门下，更想不到向来不轻易收弟子特别是俗家弟子的法师居然一口答应了下来。这一切，只能说大哥和道光禅师太有佛缘了！

几天后，王维在大荐福寺向道光禅师行拜师礼，成了一名在家修行的俗家弟子。

从此，王维便将家中西北边的厢房改成了禅室。禅室中，绳床、蒲团、茶几、经书、香炉、木鱼等物一应俱全。

从此，他不是在大荐福寺听法师讲经，就是在禅室焚香独坐，冥想诵经。偶尔也会写字作画，心便一日日静了下来。

不知不觉，这样的日子过了一个多月，天气一日日热了起来。这日，王维照例在禅室中诵读经文，王缙兴冲冲地推门而入，一脸兴奋道："大哥你看，这是什么？"说着，挥了挥手中的帖子。

王维抬起头来，不紧不慢道："哦？拿来我看。"

"大哥，今日退朝后，尚书左丞、集贤院学士张大人特地叫住我，让我将这个帖子转交给你……"

"张相的帖子？"王维心中"咯噔"一下，拆开帖子，一目十行看了下去。原来，张相邀请他到集贤院秘书监任校书郎一职。

王维并没有王缙预料的那样欢喜，而是放下帖子，默然不语。

对王维来说，这件事既是意料之外，又在意料之中。

说是意料之外，是因为他和张说并无私交。八年前，他在长安担任太乐丞时，张说还在并州担任大都督长史。王维贬谪济州后，张说才回到长安，拜为兵部尚书。因此，张说给他发帖，实在是意外之举。

说是意料之中，是因为那次在玉真观，玉真公主已有意无意提到了张说和集贤院。张说发帖给他，原因只有一个，那就是受人之托、忠人之事。而那个托付张说之人，除了玉真公主，还会是谁？

见大哥一直低头不语，王缙一头雾水，着急地问道："大哥，张相在帖子里可是说了什么？你怎么不大高兴？"

王维拍了拍王缙肩膀，淡然道："夏卿，张相举荐我任集贤院秘书监校书郎一职，吏部已经同意，近日便可上任。"

"那太好了！我就说嘛，锥处囊中，其末立见，是金子定会发光的！以大哥之才，岂能埋没民间？八年前你已是朝官，如今终于可以重返朝廷了！"王缙高兴得来回踱步，仿佛去集贤院任职的不是王维，而是他。

"夏卿，其实，我已无意仕途……"

不待王维说下去，王缙就急急打断了他："大哥，你可千万不要错过了这千载难逢的好机会。退一万步讲，哪怕你无意仕途，你也该为莲儿想想，为阿娘想想，你前面的路还长远着呢！"

"夏卿，我明白，人不能只为自己而活。我答应过阿娘和莲儿，待我安顿好了，便去接她们来长安同住。看来，是时候去接她们了。"王维点了点头。

"大哥，这就对了！咱们一家人住在一起，再好不过了！"虽然王缙隐隐觉得，王维不想去集贤院任职并非他说的那般简单，但这些并不重要，重要的是，他已经同意入仕了。这对大哥来说，对王家来说，都是一个好的开始。

那日，王维离开玉真观后，玉真公主的心情阴沉得几乎能滴下水来。

他那句"如今拙荆离世尚不足一年，请恕在下不能从命，还请公主成全"，就像一根鱼刺扎进她的心里，虽不见血，却让她憋屈难耐。

原本想着崔氏已不在人间，王维定然是要续弦了的，但他却明明白白告诉自己，三年之内，他要为崔氏不食肉、不衣彩、不抚琴！任谁都听得出来，言下之意，三年之内，他定不会续弦！

还有，她好心好意举荐他去集贤院任职，却被他轻描淡写地婉拒了。莫非，他不愿再欠她任何人情？

王维啊王维，你待他人温和委婉，为何独独对我铁石心肠？难道在你眼中，我堂堂大唐公主竟是如此不堪吗？

玉真公主心头仿佛有团烈火在熊熊燃烧，心痛得快要炸裂了。这份心痛里，既有对崔氏的嫉妒，又对王维的无奈，她到底该拿王维如何是好？

"三年之内，不食肉，不衣彩，不抚琴……"玉真公主喃喃自语，"三年之内，三年之内……"忽然，她心头一个激灵，他说的是三年之内，那么，三年之后呢？也就是说，三年之后，他再没有什么理由来拒绝她了吧！

"漫长的十年都已经过去了，我且再等你三年！三年之后，我倒要看看，你还有什么说辞不成？"想到这里，玉真公主心底似乎又燃起了希望，眼眸中闪动着憧憬的光芒。

那么，该如何为王维谋得集贤院这份差事呢？集贤院在皇兄眼皮子底下，因此，终究瞒不过皇兄。

然而，三年前，王维被小人诬陷，她为王维求情时，皇兄已经明明白白告诉过她："三哥希望，这是你最后一次替他开口，不要再有下一次了。"

玉真公主眉头紧皱，思前想后，忽然想到了武惠妃。对，武惠妃不是又为皇兄添了小皇女吗？算算日子，应该快满一百日了。她这个当姑姑的，是该进宫去道贺道贺，顺便提提王维的事。

几天后，玉真公主特地进宫去寻皇兄，但当她赶到大明宫时，却被内侍告知，圣上处理完政事后，陪武惠妃去兴庆宫龙池散心了。

去年年初，李隆基将他当藩王时位于隆庆坊的府邸进行了大规模扩建，为避讳"隆"字，就把隆庆坊改为兴庆坊，把新建的宫苑称为兴庆宫，和太极宫、大明宫一起并称长安城三大宫殿，号称"南内"。

李隆基十分喜欢兴庆宫里的龙池，据说龙池曾呈现祥瑞，李隆基常带武惠妃到龙池泛舟游玩。武惠妃喜添小公主后，李隆基很久没有带她去龙池了，今日倒是巧了！

想着皇兄今日必定心情欢畅，玉真公主决定前往兴庆宫试试运气。从大明宫到兴庆宫并不算远，且有一条夹道相通，约莫两刻多钟，玉真公主的肩舆便到了兴庆宫。

只见龙池碧波荡漾，波光粼粼，湖面上点缀着两三只笙歌画舫，其中有一艘龙头大船最为精致华丽，微风吹过，时有丝竹之声袅袅传来……

玉真公主不由点头暗叹，这大清早的泛舟听曲，皇兄和武惠妃果然好有兴致。

听闻玉真公主来了，李隆基立马派内侍过来，将她接到了龙头大船上。玉真公主刚步入画舫，便看到了身着杏红色云锦绲边高腰长裙的武惠妃，端的眉眼如弯月，红唇如菱角，美艳得不可方物。

"持盈，你好久不曾来宫里了，你皇兄常念叨你，衡娘也一直盼着你来宫里说说话呢！"见到玉真公主，武惠妃忙亲亲热热地迎了上来，莲步轻移间，便有说不尽的婀娜多姿、风情万种。

"是呀，上回来宫里，还是小公主刚出生时。这日子过得真快，一眨眼小公主就满百日了，所以今日特来宫里看看。"玉真公主挽住武惠妃的手，点头赞道，"衡娘果然是个大美人，怎么感觉你比生珵儿那会儿还年轻呢！"

"持盈，你倒是不轻易夸人的，被你如此一说，衡娘心里不定有多欢喜，哈哈！"李隆基靠在画舫尽头的便榻上，看了一眼武惠妃的华美长裙，脸上挂满了笑容。

"陛下，持盈只是让衡娘高兴高兴罢了，哪里当得了真？"武惠妃引玉真公主在李隆基对面的便榻上坐下，眉眼含笑道，"持盈，今日画舫上准备了五色饮和五香饮，你可要尝尝？"

"多谢衡娘，我来杯扶桑汁吧。"

"好，你们兄妹好生聊着，衡娘去看看就来。"

"持盈，想当年，汉武帝在上林苑开凿昆明池，在建章宫开凿太液池，如今你三哥在兴庆宫扩建龙池，是不是和他想到一块去了？"李隆基端起武惠妃为他准备的乌梅饮，轻啜一口，这酸酸甜甜的滋味，着实让人通体舒泰、心头熨帖。

"三哥，古往今来，历代帝王都将泰山封禅视为毕生最高荣耀，千百年来，真正拥有这一荣耀的，前朝只有秦始皇、汉武帝和汉光武帝，当朝只有祖父和三哥。父皇在天有灵，定然为三哥高兴！"玉真公主顺着李隆基的话，娓娓说了下去。

果然，李隆基听了后心情愈发舒畅，哈哈笑道："是啊，你三哥712年执政，一晃十七年过去了，如今国泰民安、四方来朝，也算对得起李唐列祖列宗了！"

玉真公主顺着李隆基的心意，继续絮絮聊了下去，从文治武功聊到国富民强，李隆基心情大好，不时哈哈大笑，玉真公主见时机已然成熟，便有意无意提到了王维。

"三哥，前几天我遇见王维了，他回长安了。"

"哦？他不是辞去公职，游山玩水去了吗？"原本谈笑风生的李隆基，忽然脸上一沉，一脸不屑道。

三年前，岐王去世不久，他就收到了有关王维的告密信，正想发落时，玉真公主进宫为王维辩解求情。不久后，王维便主动辞去济州司仓参军一职。这封告密信的原委，他已无心追究，但他对王维愈发没有好感了。

"三哥，持盈斗胆，想替他谋一个闲职，还请三哥成全。"玉真公主心知皇兄对王维并无好感，但还是硬着头皮开口了。

李隆基看着玉真公主，久久没有说话。玉真公主心里本就没底，被他看得愈发有些心虚，不由小心翼翼道："皇兄可是觉得不妥？"

"持盈，莫非你忘了三年前朕对你说的话了吗？想不到你依然还是一个痴儿！"

"三哥说的话，持盈不敢忘怀。只是持盈觉得，如今天下大定，四海太平，正是需要用人的时候。以王维之才，如果闲置不用，不是可惜了？"

看玉真公主执意为王维说话，李隆基叹了口气，懒懒道："你方才说要替他谋一个闲职，不知你看中了哪个闲职？"

玉真公主心里微松，脸上却不好过于欢喜，便神色如常道："多谢三哥。常言道：'易代修史，盛世修书。'三哥励精图治，文治武功皆是极盛，自然需要多多修书。听说集贤院正在编撰《六典》，卷帙浩繁，人手紧缺，若能让王维去集贤院任职，倒也算是人尽其才了。"

"集贤院？你想给他谋一个什么职务，也一并说了吧。"看玉真公主如此有备而来，李隆基不由又好气又好笑，这个皇妹，为了王维，倒真是费尽了心思。

玉真公主心头暗忖："他之前担任的太乐丞和济州司仓参军，皆是从八品下，按理该给他安排一个不低于从八品下的职务才好。不过……"

一番心思急转后，她抬头笑道："三哥，他虽有才，却也有些恃才傲物，须打熬筋骨、磨砺心性才好。持盈想着，不妨就从正九品上的校书郎做起，不知三哥意下如何？"

看玉真公主如此字斟句酌，李隆基自然明白她的心思，但也不想点破，正笑而不语时，高力士一溜小跑来到李隆基身边，在李隆基耳边低语了几句，李隆基立即哈哈一笑，看着玉真公主道："持盈，这些都不打紧，你看着办便是。前面便是沉香亭了，李龟年已在亭里候着，咱们这便去亭子里看看牡丹、听听好曲！"

玉真公主顿时如释重负，一脸欢喜道："多谢三哥成全，其中分寸，持盈自是明白，请三哥放心。"

或许是想到了武惠妃最喜欢在沉香亭听曲，李隆基脸上愈发容光焕发。他如今四十出头，正是体力最旺盛的年纪，和比他小十四岁的武惠妃在一起，自然是干柴烈火、如胶似漆，看着孑然一身的玉真公主，他意味深长道："持盈，人生苦短，当及时行乐，莫太委屈了自己。"

玉真公主心里一紧，这话里话外的意思，她怎能不明白？但是，她却拿自己没有办法，在心里暗暗叹了口气，低声道："三哥说的是，持盈记住了。"

李隆基点了点头，转身对高力士说："力士，快请惠妃来朕这里，外头风大，她出月子才两个月，若是贪玩着凉了，倒是不好。"高力士领命而去，李隆基不由看向窗外，被正在船头嬉笑的武惠妃牢牢吸引住了。

看着李隆基痴痴的眼神，玉真公主不由在心里暗笑："后宫佳丽三千人，但皇兄心里却只有惠妃一个，他不也是一个痴儿？"

王维收到帖子后的第二天，便前往集贤院上任。

集贤院坐落于大明宫光顺门外，青石为阶，苍松夹道。雕梁画栋，斗拱重檐，层层楼阁中，收藏着十多万卷经、史、子、集，蔚为壮观。

集贤院下设著作局和太史局，著作局主管整理、搜集、校刊图书，太史局主管修史。集贤院设秘书少监二人，各主管一局。

张说将王维安排在著作局，担任校书郎，正九品上，虽然品级不高，但却是清要之职，很多人心向往之。

王维先到集贤院拜访张说，张说今年入夏后身体一直不适，见面聊了几句后，便让人陪他到著作局，由秘书少监张九龄分配具体事务。

走进著作局议事厅，只见一位五十开外的中年男子端坐主位，面色红润，气度不凡。不消说，这自然就是秘书少监张九龄了。

王维忙快步上前，俯身行礼道："在下王维，特来见过张大人。"

"摩诘，今后咱们都是同僚了，不必拘礼。"张九龄显然很赏识王维，笑着招呼他落座。

其实，早在王维719年夺得府试解元时，张九龄就开始留心王维其人。能把他弟弟张九皋比下去的人，定非等闲之辈。

721年，王维担任太乐丞时，张九龄已从左补阙升迁为中书舍人内供奉，负责起草诏书、传宣圣旨、参决百官奏表等。因此，对于那次"黄狮子舞事件"的来龙去脉，张九龄略知一二，对王维被贬很是惋惜。

因此，当他得知王维将到集贤院著作局任职时，心里很是高兴，只是有些纳闷，凭借王维的才干和阅历，担任校书郎是否有些委屈他了？不过，他相信王维应该不会在校书郎一职上蹉跎太久。

王维落座后，张九龄向王维大致介绍了著作局的主要事物和《六典》编撰进展情况，并招呼著作局同僚来和王维相见。大家互相见过，闲谈了几句，算是相识了。

从此，除了休沐，王维日日都在集贤院整理书稿。偶有闲暇，就去大荐福寺听道光禅师讲经，日子渐渐安定了下来。

第五十九章　兄妹初见　知己重逢

王维欲接母亲来长安同住，但被母亲婉言谢绝了。她托人带来口信，大照禅师正在嵩州嵩阳寺弘法，她要去嵩阳寺住一段时日。

莲儿那边，听说阿爷要来接她去长安同住，心里又喜又愁。喜的是终于可以和阿爷在一起了，愁的是要和外祖父、外祖母分离了。崔老爷和崔夫人虽然舍不得莲儿，但为了让莲儿能父女团聚，也只好忍痛割爱，并派福嫂、小蝶护送莲儿一起前往长安。

当快一年不见的莲儿出现在王维面前时，王维的心莫名地揪了起来。

只见莲儿身穿一件鹅黄色短衫，下面系着一条牡丹夹缬的六幅纱裙，一蹦一跳间，轻纱飞起，煞是可爱。

"第一次在定州遇见璎珞时，她穿的也正是这样鹅黄色的长裙……"正当王维怔怔地想着璎珞时，莲儿飞奔过来，仰起粉嫩的小脸，看着王维说："阿爷，福嫂说，这条纱裙是阿娘亲手为莲儿缝制的，让莲儿珍惜着穿。你看好不好看？"

"好看，好看！莲儿，你阿娘绣的花样，真好看！"王维弯腰抱起莲儿，看着她身上的牡丹花，眸色微暗，深深叹了口气。

福嫂看到王维的神情，知道定是莲儿的话勾起了他对璎珞的思念，忙过来打岔道："阿郎，莲儿小小年纪，却像大人一般吃得起苦。这一路上，不曾听她叫一声苦，真是一个好孩子。"

"莲儿，一年不见，你长大了。"王维轻轻拍了拍莲儿的肩膀，语重心长道，"虽然阿娘不在咱们身边了，但阿娘会在天上看着咱们，保佑咱们。莲儿要乖乖的，不让阿娘操心，可好？"

莲儿懂事地点点头，说："莲儿知道，莲儿也会听阿爷的话，不让阿爷操心。"

听了王维和莲儿的对话，福嫂和小蝶不觉都湿了眼眶。临行前，崔老爷和崔夫人告诉莲儿，她的阿爷是世上最好的阿爷，回到阿爷身边后，要懂事，要孝顺，莫让阿爷操心，莲儿果然都记住了。

从此，除了去集贤院和大荐福寺外，王维还多了一件事，就是教莲儿读书认字。

莲儿的神情举止颇像璎珞，看着莲儿，便仿佛看到了璎珞。

日子过得飞快，转眼之间，便是初秋。一阵秋风吹过，枯黄的槐荚纷纷飘落，将秋意渲染得愈发浓烈。和这满城秋意一起到来的，还有玉真观的中秋宴。

这日，距离中秋还有数日，王维正想着中秋休沐时带莲儿去乐游原登高望远，李龟年来了。

自王维回到长安后，李龟年便成了道政坊的常客，常有事无事来看王维。李龟年一进屋子，便递给他一个帖子："摩诘，今年中秋节，玉真观要大宴宾客咯！"

"哦？"王维接过帖子，一脸不解。

"难不成你这位主宾还未收到玉真观的帖子？"王维的反问倒让李龟年一头雾水，指着帖子道，"喏，你看看帖子便知道了。"

王维打开帖子，只看了第一行便惊住了。"己巳中秋，持盈携义子高仙芝、义女王田田，邀诸君来玉真观小聚，共赏天上明月，共叙人间佳话……"

王维不由想起，莲儿回长安后不久，他带莲儿去玉真观拜见了玉真公主。

那回见面，莲儿难免有些怕生，但玉真公主似乎并不着恼，一直笑微微地看着莲儿，眼神里是平时从未有过的身为人母才特有的慈爱。

他怕公主尴尬，便聊起了他在集贤院的事务。公主含笑倾听，还说张相和张少监最是爱才，让他不必顾忌，放手做事便可。告辞时，公主携了莲儿的小手，送至门口，还说过段时间要为莲儿接风洗尘……

王维只道公主只是这么一说，没想到，前几日，公主派人上门知会他，这个接风洗尘的日子已定在阖家团圆的中秋。他以为只是他和莲儿去玉真观吃饭赏月，寻思着该如何婉拒才好。不料，从李龟年的帖子看，公主已将这场接风洗尘升级成了长安文人的盛宴，让他再也找不到任何拒绝的理由。

"摩诘，公主认莲儿为义女，这是天大的好事，怎么从来不曾听你说起？"李龟年以为王维看到帖子定会喜出望外，不料却是沉思不语，不由一脸不解道。

王维定了定神，再抬头时，已恢复了惯常的温和淡定："玉真公主慈悲为怀，怜惜莲儿幼年丧母，说她有一义子高仙芝，想再收一个义女，凑成一个'好'字。或许，莲儿恰好投了公主的眼缘吧？"

"公主义子高仙芝，我倒是见过一回。那时你还在济州，也是一个中秋节，公主邀请大家在玉真观赏月。当时仙芝大约十岁上下，浓眉大眼，一看便是将门之后，可造之才。"李龟年絮絮说了下去，"听说高仙芝父亲便是赫赫有名的高舍鸡将军，仙芝是高将军晚年得子，最受将军喜爱，从小带在身边打熬筋骨……"

李龟年侃侃而谈，全然没有发现王维正看着案几上的一把镶玉琵琶出神。如果他知道这把镶玉琵琶的来历，或许就知道为何公主要认莲儿为义女，也知道为何王维不想对他提起此事了。

初秋的早间已经有了一些凉意，长安城的晨鼓已从夏日的五更二点推迟到了秋日的五更三点。八月十五这天，晨鼓尚未敲响，玉真公主便已醒来。

庭院中不时传来清脆的鸟鸣声，玉真公主睡意全无，披衣下床，推开窗户，一缕清风涌了进来，顿时让人神清气爽。

庭中有两株百年桂树，枝头已隐隐绽出金黄的花蕊，想来不消几日，庭院内外便都是那绵长甜蜜的香味了。她笑着点了点头，喃喃自语："但愿今晚这场宴会，他会欢喜……"

正顾自出神间，门外传来霍国公主的声音："姊姊，是我。"

"妹妹，请进。"

话音刚落，霍国公主便翩然走了进来。"姊姊，上回莲儿来时，我不巧错过了，今日倒要看看被你夸赞粉雕玉琢的义女，到底是何等好模样？"

"莲儿是我见过的最标致的小美人儿，特别是那双大眼睛，就像黑葡萄浸在水里似的，眨眼之间，仿佛就会说话，让人由不得不疼她。"玉真公主走在妆台前，一边对镜梳妆，一边娓娓道来。

"哦，是吗？姊姊可曾听说《尚书大传》中的一句话？"

"哦？哪句话？"

"爱人者，兼其屋上之乌。"霍国公主走到玉真公主身后，对着镜中的姊姊慧黠一笑，"妹妹愚钝，能否请姊姊帮妹妹分解分解？"

玉真公主怎能不明白妹妹话里话外的意思，不由耳后一热，放下檀木梳子，对着镜子叹了口气："妹妹，你我原是一样的痴。"

霍国公主摇了摇头："不，姊姊，我和裴君已经阴阳两隔，此生再无相聚之日，只能期待来世再做夫妻。但是，你和我不同，你若真心喜欢他，招他为驸马便是，何必总是委屈自己？"

"不，妹妹，他和别人不一样。"玉真公主也摇了摇头，眉心微蹙道，"我自认阅人无数，却独独看不懂他。他这样的人，原是强求不得的。"

"姊姊，这么多年了，你一心一意为他谋划，情比金坚，义薄云天。人非草木，孰能无情？任他再是铁石心肠，也总能体会到姊姊对他的一往情深吧？"霍国公主握住玉真公主的手，眼里满是对姊姊的心疼和不平。

"妹妹，感情的事，哪有什么道理可言？爱了就是爱了，不爱就是不爱。谁爱对方多一点，谁就会低到尘埃里。但愿有朝一日，能从尘埃里开出一朵花，开进他的心里……"

"姊姊,莫要灰心,妹妹定会助你一臂之力。"

玉真公主收回思绪,看着霍国公主笑道:"好了,不说我的事了,你倒是该替自己谋划谋划。毕竟裴君已经不在人世多年,你也该……"

不待玉真公主说完,霍国公主便摇了摇头:"姊姊,当初皇兄将我许给裴家,说是天作之合,何等欢喜。可是,裴君因为莫须有的罪名,便被皇兄流放到那不是人住的去处。如果裴君不曾娶我,或许就不会招致这杀身之祸了!所以,我常常觉得,是我害了裴君,我于心难安,怎能再嫁他人?"

玉真公主明白,在感情这件事上,霍国公主和她一样执拗,便不再多言,转了一个话题道:"说到裴家,今日参加宴会的宾客中,倒有一位裴氏子弟。"

"哦?不知姊姊请了哪位裴氏子弟?"

"此人你也认识,而且……"玉真公主似乎想起了什么,嘴角微微上扬,"而且,这位裴君和他也有一番交情。他看到了,定会欢喜。"

"姊姊,你真是事事为他用心。"看着玉真公主眼角眉梢的喜悦,霍国公主忽然觉得,眼前的姊姊分明瞬间年轻了十岁!不,岂止十岁,明明就是一个天真娇羞的闺中少女嘛!

待红日渐渐西沉时,宾客陆陆续续来了,最先到的是高舍鸡和高仙芝父子。

玉真公主在王屋山认仙芝为义子时,仙芝年仅七岁。如今,七年过去了,当年乳臭未干的小男孩已然长成剑眉朗目的少年,已跟随父亲在安西都护府历练多年,西域风霜让仙芝有了不同于同龄人的成熟稳重。

"末将率犬子仙芝拜见两位公主,恭祝两位公主贵体康健。"高舍鸡虽已六十出头,但多年的行伍生涯让他身上非但没有暮气,反而老当益壮。

"仙芝拜见义母,拜见姨母,恭祝义母、姨母贵体安康。"高仙芝也向两位公主行了一个大礼。

"高将军请起。仙芝,你这几年在西域可是吃了不少苦吧?"想起初见仙芝时的情景,玉真公主不由感叹,时光已逝,岁月匆匆,不知不觉便将孩童变成了少年,当然,也将青春改换了容颜。

"禀告义母,禀告姨母,身为军人,当为大唐保家卫国,孩儿愿意继续在西域历练。"

看着儿子在两位公主面前落落大方,高舍鸡很是欢喜。他此生所愿,就是将仙芝培养成大唐的栋梁之材,出将入相,光耀门楣。他上前一步,向两位公主抱拳道:"承蒙两位公主厚爱,犬子倒也争气,已在军中立下战功,被授予游击将军。"

玉真公主和霍国公主对仙芝愈发刮目相看，连连夸赞仙芝，众人正谈笑间，道童来报："启禀公主，王大人到了。"

"他终于来了！"玉真公主心头大喜，但嘴上说的却是："仙芝，你小妹妹来了！"仙芝不由一阵好奇，不知被义母时常挂在嘴边的义妹究竟是何模样？

当王维牵着莲儿的手健步走进玉真观时，方才还和众人谈笑风生的玉真公主不由怔住了。

他今日穿了一件棋格暗纹的淡青色圆领襕袍，腰间系着他惯常用的蹀躞带，脚上是一双半新不旧的乌皮六合靴，全身上下不见丝毫奢华，却自有一种说不出的高贵。

他身边的莲儿则穿了一条鱼戏荷叶图案的六幅长裙。随着她脚步的移动，那几尾鲜红的鲤鱼仿佛穿梭在碧绿的荷叶间，让人忍不住赞叹世间竟有这般鲜活的好针线！然而，一想到这针线出自谁人之手，玉真公主心里便不由一阵怅然。

"微臣携小女拜见两位公主，恭祝两位公主贵体安康、事事顺遂。"在距离玉真公主数丈之遥处，王维停住脚步，恭恭敬敬行了一礼。

不待玉真公主回过神来，霍国公主便啧啧称叹道："好标致的娃娃！难怪姊姊时常念叨呢。来，莲儿，快来这边坐，让姨母也好好看看你。"霍国公主指着身边一处软榻，招呼莲儿上前来坐。

或许因为霍国公主和死去的阿娘年纪相仿，加上她语气温柔亲切，莲儿虽是第一次看见霍国公主，倒并不像上次看见玉真公主那般怯生。

她抬头看了一眼阿爷，看到阿爷点头后，便走到两位公主跟前，奶声奶气道："莲儿拜见义母和姨母。"

"好孩子，不必多礼。有些日子不见了，你又长高些了，义母一直惦记着你呢。"玉真公主上前拉起莲儿小手，眼里是藏不住的喜欢和怜惜。

"仙芝，这是你义妹，你是阿兄，将来可要好好照顾妹妹哦。"霍国公主看了一眼仙芝，示意仙芝主动和莲儿打个招呼。

"义母，姨母，这个妹妹好生面熟，我仿佛在哪里见过。"从莲儿走进玉真观那一刻起，仙芝就留意着莲儿的一举一动。她那娇俏温软的童音，更是仿佛人间天籁，可以将人瞬间融化。他有些不好意思地挠了挠头，憨笑道，"妹妹好。"

莲儿也转身看着这位浓眉大眼的兄长，绽放出一个天真烂漫的笑容，脆生生道："阿兄好。"

看到儿子认了这样一个神仙妹妹，高舍鸡心中欢喜，抚着长须朗声笑道："仙芝，你又混说了。莫说你从小在西域长大，哪里有机会见到这样神仙一般的妹妹，便是在这长安城里，也难寻出第二个这样标致的妹妹来！"

"常言道：'不是一家人，不进一家门。'仙芝觉得莲儿面熟，说明两个孩子前世有缘，高将军，你说是也不是？"玉真公主笑意盈盈道，她当年第一次见到仙芝时，不也觉得仙芝面熟吗？这世间的因缘际会，本就是世人难以参透的。

"公主所言甚是，看来是末将莽撞了。"高舍鸡哈哈笑道。

霍国公主眼尖，一眼看到了莲儿脖子上戴的玉佩，不由眼前一亮，这不正是她当年送给莲儿的礼物吗？玉真公主也看到了玉佩，拉过莲儿的小手问道："莲儿，这个玉佩是姨母所赠，喜欢吗？"

"喜欢。阿爷阿娘让莲儿日日戴着，保佑莲儿平平安安。"莲儿低头看了一眼胸前的玉佩，抿嘴一笑，露出两个好看的梨涡。

"姨母所赠玉佩，仙芝也日日戴着。"仙芝也郑重解下系在腰间的玉佩，用双手托了给玉真公主和霍国公主看。

莲儿好奇地踮起脚尖，往仙芝手里看了一眼，抬头问道："阿兄的玉佩，和莲儿的是一样的吗？"

玉真公主一手搂过莲儿，一手拉了仙芝，点头笑道："是的，你俩身上的玉佩，原本就是一对。你俩要好生戴着，莫辜负了姨母的一片心意。"

莲儿懂事地点了点头，不再像上回那般怯生，乖巧地坐在玉真公主身边。玉真公主便问她平时喜欢什么吃食，喜欢读什么书……莲儿都一一回答。

看着玉真公主和莲儿谈笑晏晏的模样，王维似乎有些怔住了。曾经，无论公主说什么，做什么，他都觉得公主身上有一种让人生畏的"强硬"，但此时此刻，她身上的"强硬"忽然消失了，取而代之的，是和天下所有母亲一样的"柔和"……

"末将久闻王大人诗名，今日有幸遇见，幸会，幸会。"王维正低头沉思，高舍鸡大步走了过来，向王维抱拳笑道。

王维忙向高舍鸡抱拳还礼："下官久仰高将军盛名，敬佩之至。仙芝不愧为将门之后，小小年纪便有大将之风，将来必定前途无量。"

"王大人过奖了。高某只是一介武夫，犬子嘛，也只是跟随高某在西域吃了几年风沙而已，哪里谈得上什么大将之风。倒是王大人举世无双的才气，让高某佩服不已，还请王大人多多提点犬子才好。"

"高将军过谦了，仙芝从小在西域磨炼，将来必成大器。将来若有机缘，下官也想去西域走走看看。"在仙芝身上，王维仿佛看到了写《少年行》时的自己。那时的他，一边痛饮美酒，一边高唱"孰知不向边庭苦，纵死犹闻侠骨香"。他也曾经年少过，他也曾经豪迈过。

"这敢情好，高某虽然不才，但对西域风土人情倒还略知一二。王大人若想到西域走走，高某随时恭候。"高舍鸡最喜结交朋友，更何况王维一表人才，一看便非等闲之辈。

看着王维和高舍鸡相谈甚欢，玉真公主心头暗喜。认识王维这么多年了，每次见面，他总是惜字如金、言简意赅，似乎永远和人隔着一道鸿沟。但今天的他却有一种为人父亲特有的慈爱和放松。看来，他并不总是那么高冷。

"启禀公主，裴大人到！"随着道童的一声通报，大家纷纷看向了门外。其他人倒还好，王维眼前一亮，脸上的惊喜任谁都看得出来。

"裴大人，果真是您！"王维心头激荡，快步上前，在距离裴耀卿一步之遥处，对着他深深行了一礼。

裴耀卿忙一把扶住王维，朗声笑道："摩诘快莫多礼，三年不见，一切可好？"

"三年不见，一切可好？"裴耀卿这句寻常的问候语，落在王维耳里，却仿若平地一声惊雷。三年前，裴耀卿离开济州时，璎珞还好好的，如今重逢，璎珞却早已撒手西去……

看到王维先是激动继而悲凉的眼神，裴耀卿心中一沉，忙拍了拍王维的肩膀，转了话题道："摩诘，三年前，我去了宣州，一年多以前，又去了冀州。如今重返长安，在户部任职。"

王维定了定神，再抬头时，眼神已恢复了平静。"裴大人，济州一别，下官一直盼着能早日再见到大人。今日有幸在此遇见，请再受下官一拜。"

"摩诘，离开济州后，我也时常挂念你。人生无常，喜乐参半，还望摩诘能看开些。"裴耀卿听说王维丧妻之事后，也很是替王维惋惜，可叹恩爱夫妻不到头。

"多谢裴大人。"王维心中五味杂陈，一时之间，不知说什么才好。

"裴大人，请上座。"玉真公主适时走了过来，请裴耀卿入座。

自裴耀卿走进道观以来，玉真公主就注视着王维的一举一动。她早就知道王维和裴耀卿交情非同一般。今日一见，果然如此。

当玉真公主悄悄关注王维时，霍国公主也在一旁留意姊姊。看到姊姊脸上不经意间流露出的欢喜，也默默为姊姊高兴："姊姊如此为他用心，任凭他再铁石心肠，也总该动心了吧？"

第六十章　长安联诗　洛阳探病

眼见天色一点一点暗了下来，宾客也悉数到来。

如果说裴耀卿的到来让王维以为只是巧合，那么，当张九龄带着著作与同僚郑倩之、独孤策、裴黜等人陆续到来时，王维渐渐明白，这场宴会的嘉宾，显然是玉真公主精心为他安排的。

张九龄年长裴耀卿八岁，裴耀卿担任长安令时，张九龄在朝中任职，两人早就相熟，且都是志趣高洁、刚正不阿之人，彼此惺惺相惜，为士林所称道。

"张大人，裴某远离长安数年，每念及旧时同好，便会想起大人厚谊。"看到张九龄，裴耀卿忙快步迎了上来，拱手抱拳道。

"多谢焕之挂念。这几年来，你为官一任，造福一方，当地百姓多有称颂，九龄甚是敬佩。"说着，看了一眼一旁的王维，"摩诘曾在你手下历练，果然是强将手下无弱兵。"

听张九龄提到自己，王维忙向张九龄和裴耀卿躬身行礼道："多谢两位大人知遇之恩，下官定当竭尽所能，不辱使命，不负厚望。"

"张大人，裴大人，请上座。"看张九龄和裴耀卿都对王维赏识有加，玉真公主心中甚喜，和颜悦色道。

张九龄忙向玉真公主躬身行礼道："启禀公主，今日集贤院来了一位诗友，微臣冒昧带他同来，不知能否拜见公主？"

"张大人客气了，还不快快有请？"

"多谢公主。"张九龄向公主行了一礼，转身对王维道，"摩诘，这位诗友正在门外候着，你去领他进来吧。"

"好，下官这便去。"王维知道张九龄素来爱才，他愿意带来玉真观的诗友，定有非凡之才。

王维几步走到屋外，只见一个修长的身影正负手而立，细细端详着道观壁上的名家书帖。微风吹动他淡青色的头巾和袍角，他却不为所动，眼里似乎只有这满壁的好字。

"不知这位兄台如何称呼?"王维在他身后抱拳笑道。

听到王维的招呼声,那人转过身来,笑着拱了拱手:"在下襄阳孟浩,字浩然,不知大人如何称呼?"

"原来您就是孟兄?孟兄的《春晓》,在下很是喜欢。"听到孟浩然的名字,王维不由眼前一亮,朗声吟道,"春眠不觉晓,处处闻啼鸟。夜来风雨声,花落知多少?"

"哈哈,孟某不才,这首《春晓》是孟某两年前隐居鹿门山时写的,让人见笑了。请问您是?"

"在下王维,字摩诘,河东蒲州人士。"

"山西王摩诘?《鸟鸣涧》!"孟浩然双手击掌,脱口而出道,"人闲桂花落,夜静春山空。月出惊山鸟,时鸣春涧中。孟某早就听说王君大名,只是无缘一见,不想今日竟遇上了,幸会,幸会!"

"孟兄谬赞了。小弟听张大人多次提起孟兄的山水诗,格调清新,别有天地,小弟很是仰慕。不知孟兄住在哪里?小弟改日专程登门拜访。"

"罢罢罢,说来惭愧,孟某虚度光阴四十载,至今仍一事无成。此次是为明年春闱而来,眼下暂住在长兴坊的鹿鸣客栈。"

"孟兄切莫灰心,说不定际遇就在眼前。明年春闱,孟兄定能蟾宫折桂。对了,公主有请,孟兄请随我来。"说着,王维比了一个"请"的手势,引孟浩然向里走去。

王维引孟浩然走进来时,一眼看见莲儿坐在玉真公主旁边的软榻上,仰着小脑袋,在听玉真公主说话,脸上是灿烂的笑容。一旁的仙芝则是坐姿端方,目不斜视,身上已有少年将军的模样。

王维会心一笑,从莲儿身上移开目光,不经意间却对上了玉真公主朝他看过来的目光。虽然隔着那么远的距离,隔着那么多的宾客,但他依然能感受到她目光中的关切。

四目相对,两人都有些突然。他忙低下头去,她则抿嘴一笑,不着痕迹地挪开视线,和莲儿继续谈笑晏晏。

王维定了定神,引着孟浩然快步走到张九龄面前:"张大人,孟兄来了。"

张九龄颔首微笑道:"摩诘,浩然,你俩都擅写山水田园诗,诗风相近,意境相通,老夫早就想介绍你俩认识了。"

"多谢张大人,我和孟兄一见如故,往后还要多向孟兄讨教才是。"

"贤弟过谦了,孟某早就听闻贤弟大名,今日终于见到真人,幸甚,幸甚。"

"张大人慧眼识英雄,桃李满天下,裴某钦佩之至。"看他们三人聊得正欢,裴耀卿也走了过来，捻须笑道，"说到写诗，裴某以为，张大人的五言古诗，堪称诗坛清流，可以独步天下。"

"哪里哪里，焕之过誉了，九龄已过知天命之年，怕是江河日下了。倒是摩诘、浩然之辈，后生可畏，必成大器。"

不知不觉间，月上树梢，中秋晚宴即将开始，众人按道童指引一一入席。

待众人都落座后，玉真公主的目光从众人脸上一一扫过，悠然神往道："古往今来，咏月的佳句不计其数，不过，我最喜欢的一句，却是张九龄大人的'思君如满月，夜夜减清辉'。今日有幸请张大人和诸位拨冗前来，一则赏月吟诗，二则也是给我的义子义女接风洗尘。来，仙芝，莲儿，你俩向在座诸位长辈行个礼吧。"

玉真公主话音刚落，仙芝便双手一撑，起身离席，并稳稳地拉了莲儿一把。玉真公主点了点头："仙芝果然是个好阿兄，很会看顾妹妹。"

仙芝牵了莲儿的手，一起向在座众人行了礼，大家无不点头赞叹。

随后，悠扬的乐声响起，早已等候在门外的小道童们鱼贯而入，将玩月羹等瓜果点心一一摆放在各人面前的食案上。

大唐风俗，中秋节必吃玩月羹。玩月羹用文火将莲子、桂圆、红枣等炖熟，出锅前调入藕粉，呈晶莹透明状。

玉真公主笑道："今日喝玩月羹，最是应景，也是讨个平安吉利，大家请慢用。"

大家纷纷谢过，低头喝起了玩月羹，只有王维却看着玩月羹发怔。

他蓦然想起，他和璎珞成亲后的第一个中秋节，璎珞做玩月羹给他吃。不料，出锅前调藕粉时，没有掌握火候，玩月羹倒是成了玩月汤，他打趣她说"咱家璎珞好能耐，竟然会做出新花样"，璎珞恼他打趣她……

如今，玩月羹就在眼前，但璎珞却已离开他一年多了。他摇了摇头，缓缓端起莲瓣纹银碗，食不知味地喝起了玩月羹。

王维的发怔旁人不会留意，却逃不过玉真公主的眼睛。待大家都喝了玩月羹，玉真公主笑着提议道："如此好月，怎可无诗？今日大家即兴联诗如何？"

八年前，王维在骊山别馆的即兴题诗，一直印在她的脑海里。特别是那句"洞中开日月，窗里发云霞"，多少次她倚在窗前时，都会痴痴地想，如果有朝一日，他在庭中养鹤，她在窗前梳妆，彼此相视一笑，该有多好……

在座诸人自然纷纷说好，玉真公主看了一眼张九龄，提议道："张大人，今日您最德高望重，少不得要请您先出句了。"

"多谢公主抬爱，老夫恭敬不如从命，权当抛砖引玉吧。"张九龄起身离席，望月吟道："清迥江城月，流光万里同。"

张九龄此联一出，满座纷纷交相称赞，直夸此联意境高远。接着，裴耀卿、郑倩之、独孤策、裴黜、李龟年等人也纷纷联了下去。

轮到王维时，他看着月光透过树叶洒落在庭院中的影子，心头一亮，朗声吟道："圆光含万象，碎影入闲流。"

此联一出，孟浩然第一个拍掌叫好道："好一个'碎影入闲流'！我也得了一句，正好可以配它。"说着，不待旁人反应过来，便即刻吟了下去："微云淡河汉，疏雨低梧桐。"

王维不由点头赞道："一个'淡'字，一个'低'字，恰是画龙点睛，让人回味无穷。"

"摩诘，浩然，你俩如此投缘，当举杯对酌，痛饮一杯才好。"张九龄哈哈笑道。

"正是，喝了美酒，大家愈发锦心绣口、出口成章了，咱们都来一杯如何？"玉真公主接过张九龄的话，举起酒杯，笑意盈盈道。

一时间，满座宾客纷纷举杯畅饮。在推杯换盏、觥筹交错间，玉真公主意味深长地看了王维一眼。无论在多么喧哗的人群中，她总能一眼看到他。因为，他身上有种与生俱来的光芒。

什么是"一眼万年"？或许，只有遇见那个值得守候万年的人时，才会有这样的感觉。

十年前，当她第一次看到他时，就有了这样的感觉。十年后，经过一番兜兜转转，她依然有这样的感觉。

今晚，是她第一次和他共赏中秋圆月。虽然他心里还放不下亡妻，但她并不灰心，因为他的亡妻已经不在人间，而她还有长长的一生。她会用足够的时间去等他，等他忘记过去，等他爱上自己，等他愿意携起她的手，和她共度余生……

玉真公主对王维的在意，其他人或许不会留意，但裴耀卿却看得明白。早在济州看到王维家中那把镶玉琵琶时，他就知道其中定有深意。看了今日的场面后，他愈发感慨，果然是"公主有情，奈何郎君无意"……

中秋节就这样不着痕迹地过去了。除了霍国公主和裴耀卿，谁也没看出玉真公主和王维之间那说不清、道不明的心事。

倒是莲儿，从玉真观回来后，提起过义母几回。有一次，王维教莲儿临摹欧阳询的《九成宫醴泉铭》，莲儿写着写着，忽然抬头对王维说："阿爷，义母也喜欢《九成宫醴泉铭》，也在日日临帖呢。"

"哦？莲儿怎么知道呢？"王维心头一怔，不动声色道。

"中秋节那天，义母问我有没有开始习字，我说阿爷在教我临《九成宫醴泉铭》。义母点头说好，说她也喜欢欧阳询，还说她有个哥哥也喜欢欧阳询……"

不得不承认，这世上的女子中，在他生命里留下记忆最多的，除了璎珞，恐怕就是玉真公主了。

"阿爷，你怎么了？"看到王维默然不语，莲儿眨了眨眼睛，不解道。

"哦，阿爷在想，欧阳询是初唐四大家之一，他的楷书于平正中见险绝，百看不厌，所以很多人喜欢临他的帖子吧。"王维低头摸了摸莲儿的脑袋，温和地笑道。

"阿爷，义母说她收藏了欧阳询的很多真迹，让我得空了就去玉真观临帖。阿爷，咱们几时再去玉真观呀？"莲儿一脸期待道。

"莲儿，义母虽然邀你常去，但她毕竟是大唐公主，咱们不可经常去打扰她。"

"哦，莲儿明白了。"莲儿似懂非懂地点了点头，继续一笔一画地临起帖来。

王维有意和玉真公主保持距离，玉真公主却想着，集贤院校书郎这个差事到底有些委屈了他，还需替他另谋差事才好，但紧接着发生的一件事，却让玉真公主感到了官场的险恶，便又觉得对王维来说，集贤院或许是更安全的所在。

事情要从信安王李祎说起。李祎的祖父是吴王李恪，李恪是李世民和隋炀帝女儿杨妃所生，英武果敢，很受李世民宠爱。但造化弄人，当时的太子李承乾和魏王李泰相争，得利的并非引人注目的李恪，而是寡言少语的李治。李世民去世后，李治即位，是为唐高宗。

在随后发生的房遗爱谋反案中，李恪被莫名其妙地牵连进来，和房遗爱、高阳公主等人全部被杀，李恪的四个儿子李仁、李玮、李琨、李璄全都被流放岭南，且在岭南一住就是三十多年。

后来，武则天对李唐宗室大开杀戒，因为李恪诸子都在岭南，有幸躲过一劫。

李祎是李琨之子，勤勉好学，被李隆基封为信安郡王，官拜左金吾卫大将军，屡立战功。

尤其是729年石堡城大捷，对屡犯大唐的吐蕃给予沉重一击后，李隆基更是大喜，将李祎擢升为朔方节度使。

李祎的擢升，引起了一个人的不安，那就是宇文融。

727年，宇文融因和中书令张说彼此攻讦，李隆基各打五十大板，令张说致仕，宇文融出任魏州刺史。728年，李隆基又将宇文融召回长安，担任鸿胪卿兼户部侍郎。729年6月，宇文融拜黄门侍郎、同中书门下平章事，相当于宰相。宇文融一直提防兵部尚书、河西节度使萧嵩，觉得他是自己成为宰相的最大对手。

宇文融担心以李祎的军功以及他和萧嵩之间的交情，显然对自己不利。萧嵩是圣上的亲家，他一时拿萧嵩没有办法，便想到了从李祎入手。圣上不是最忌讳兄弟权势过大吗？那就安排殿中侍御史弹劾李祎，一定一告一个准。

但是，天下没有不透风的墙，宇文融的这一算盘，还是被远在灵州（今宁夏灵武）的李祎知道了。李祎赶紧给玉真公主修书一封，将宇文融对他的敌意和可能会让人弹劾他的事说了一个大概，请玉真公主提前告诉圣上，还他一个清白。

玉真公主看了李祎的来信，虽然有些半信半疑，但她向来敬重李祎为人，且受人之托，忠人之事，便赶紧进宫告诉了李隆基，李隆基也是将信将疑，便冷眼旁观宇文融的一举一动。

转眼到了9月中旬，果然有个名叫李寅的殿中侍御史上书，弹劾信安郡王李祎拥兵自重，恐有尾大不掉之势。李隆基不由勃然大怒，当即将宇文融贬为汝州刺史。此时，距离宇文融升任黄门侍郎不足一百天。

宇文融这几年的上上下下，玉真公主全然看在眼里，不觉叹了口气。人心险恶，宦海浮沉，从巅峰到谷底，也不过一念之间。与其让王维去权力的刀刃上冒险，还不如让他在集贤院安安心心做学问来得安全。

这样想着，她原本为王维操的心，倒是放下了大半。

进入10月，天气一天天冷了起来。这日，李龟年来看望王维，闲聊中，李龟年无意中提到："听说玉真公主和霍国公主都去东都洛阳了，只怕一时半会不会回来，玉真观的聚会要停一段时日了。"

看到王维一脸茫然，李龟年笑道："怎么？玉真公主是莲儿的义母，你不会不曾听说吧？"

"说来惭愧，我深居简出，倒是不曾听说，不知两位公主去洛阳可有什么要紧事？"

"玉真公主有个同胞姊姊金仙公主，好像比她年长三岁，也比她早几年出家为道士，如今在洛阳开元观。听说金仙公主身体一向不好，最近更是一病不起。玉真公主挂念姊姊，便和霍国公主一同前往洛阳探望，估计要在洛阳住上一些时日了。"

王维不由叹了口气，看来，无论是出家为道的金仙公主、玉真公主，还是丧夫后不再改嫁的霍国公主，其中的滋味，恐怕也是"如鱼饮水、冷暖自知"吧？

第六十一章　惹恼圣上　落第返乡

李龟年走后，望着空荡荡的屋子，王维忽然很想找个人说说话。一抬脚，便不知不觉来到了鹿鸣客栈。自中秋那日和孟浩然相识后，王维常来找他，彼此一见如故，相谈甚欢。

王维的到来让孟浩然很是高兴，朗声笑道："摩诘，你来得正好，我刚收到一好友来信，明年春天也要来长安一游。我这位好友和你同岁，也是世间少有的奇才，我正想着要引荐你俩认识呢！"

"好啊，敢问孟兄这位朋友如何称呼？"

"他姓李名白，字太白，蜀中人士，为人豪迈，行侠仗义，酒量更是了得。"孟浩然请王维坐在靠窗的软榻上，随手拨了拨榻旁的火盆，炉火顿时更旺，屋子里愈发暖和。

"原来孟兄认识蜀中李太白？小弟多次听人说起太白其人，久仰大名。"听孟浩然提起李白，王维不由点头笑道，那次在房琯府上，鄢城县尉杜闲也曾提起李白。看来，李白虽偏居蜀中，诗名却已广传天下。

"说起来，我和太白的相识，倒是因为修道。"孟浩然就着火盆搓了搓手，饶有兴致地说了下去，"两年前，我在鹿门山一带修道，离江夏（今湖北武汉）不远。太白刚从广陵（今江苏扬州）游历回来，路过江夏，便辗转来看我，还特地将他写给陈州刺史李邕的《上李邕》拿给我看。我只看了第一句，便认定他是一个奇才。"

"哦，能否请孟兄吟来听听？"王维不由好奇道。

"好！"孟浩然在窗前负手而立，朗声吟道："大鹏一日同风起，扶摇直上九万里……宣父犹能畏后生，丈夫未可轻年少。"

"唔，太白豪迈之情可吞山河，非常人可以写出。不过，既然是写给李刺史的，'宣父犹能畏后生，丈夫未可轻年少'一句，似乎有些不妥。"王维凝神听完，若有所思道。

"哦？摩诘的意思是？"孟浩然转身看向王维道。

"李刺史能诗善文，博学多才，是当之无愧的行书碑文大家。在如此名儒前辈面前，太白如此用语，似乎有失礼数了。"

孟浩然连连点头："摩诘，听你如此说来，太白诗中所言确实狂妄了些。我和太白久居山野，于人情世故上到底有些不通，今后还请贤弟多加提点才好。"

"孟兄言重了，太白写诗，气贯长虹，自有其天然之妙。若是太拘了他，或许会失了本性，倒也不是他了。"

"你俩虽然年纪相仿，但性情脾气大为不同。你含蓄内敛，他豪迈奔放，不过，你俩都是重情重义之人。"孟浩然撩起袍角，在王维对面的软榻上坐了下来，"去年春天，我和太白一同游历江夏。分别时，我去广陵，他特地到黄鹤楼送我，并写诗赠我。这份厚谊让人难忘。"说着，他看向窗外，悠然吟道："故人西辞黄鹤楼，烟花三月下扬州。孤帆远影碧空尽，唯见长江天际流。"

听孟浩然吟罢，王维不由击掌叫好道："送别诗最易落入俗套，但太白这首送别诗，情深不滞，意永不悲，辞美不浮，韵远不虚，让人有耳目一新之感。为了这首好诗，咱们喝上一杯！"

"好诗，好友，好酒，孟某何其幸也！咱们这便下楼喝几杯。"火盆里的炭火烧得更旺，火光映红了窗纸，在孟浩然和王维脸上投下了一层温暖的光辉。

王维原本空荡荡的心，似乎有了一些慰藉。

阳春三月，当大慈恩寺的牡丹花渐次开放时，730年春闱便也来临了。四十二岁的孟浩然，踌躇满志地步入考场。

这年春闱的应制诗，诗题是《长安早春》。孟浩然最擅长写景，看到这个题目，最是得心应手，提笔洋洋洒洒写了下去："关戍惟东井，城池起北辰。咸歌太平日，共乐建寅春……"

写罢搁笔，孟浩然胜券在握，认为这次必定榜上有名了。好不容易盼到了放榜之日，孟浩然兴冲冲去看榜单，但从头看到尾，从尾看到头，却哪有他孟浩然的名字？

刹那间，满腔热血顿时化成一片冰凉，两条腿像灌了铅一样沉，一颗心更是瞬间跌到了万丈悬崖的谷底。

孟浩然不知道自己是怎么走回鹿鸣客栈的，只知道一回到屋子，就仰头倒在了床上，感觉天地之间一片空茫。

"笃，笃，笃"，门外响起几声清脆的叩门声，"孟兄，在吗？是我。"原来是王维来了。他知道孟浩然榜上无名，心里一定很不好受，便急急赶来看他。

听到王维的声音，孟浩然胸口愈发酸涩，赶紧清了清嗓子，应声道："门没锁，你进来吧。"

看到孟浩然失魂落魄地躺在床上出神，王维什么都没说，在床边默默坐了下来。

过了半晌，还是孟浩然先开口道："我已四十出头，却还一事无成。摩诘，我是不是很没用？"

王维拍了拍孟浩然的肩膀，温言安慰道："不，孟兄，英雄不问出路，科举只是其一，并非唯一，切莫妄自菲薄。"王维低头想了一想，提议道，"孟兄，张大人很赏识你，他若愿意帮你引荐，或许还有机会。"

听到这个提议，孟浩然原本空茫的眼神顿时有了亮光，忙直起身子问道："摩诘，你是说，如果张大人愿意引荐，我还有可能入仕？"

"张大人求贤若渴，任人唯贤。以兄之才华，到集贤院谋个差事，不是没有可能。"

"好，那我这便写首自荐诗，烦你帮我带给张大人，可好？"

"好。"

孟浩然快步走到书案边，略一思忖，便笔走龙蛇道："八月湖水平，含虚混太清。气蒸云梦泽，波撼岳阳城。欲济无舟楫，端居耻圣明。坐观垂钓者，徒有羡鱼情。"

"好一句'气蒸云梦泽，波撼岳阳城'！八百里洞庭的壮阔气象，跃然纸上，尽收眼底。孟兄，你的这首自荐诗，堪称山水诗中的上品。"

"摩诘，洞庭虽好，却到底'欲济无舟楫，端居耻圣明'。但愿张大人能读懂我的苦闷，给我一个入仕的机会。"

"孟兄，明日我在集贤院当值，明日午前，你带上此诗来集贤院，我陪你面见张大人，如此更能表明你的诚意。"

"如此甚好！明日我一定准时赴约。"

次日，孟浩然如约来到集贤院，王维马上陪他去找张九龄。张九龄已经知道孟浩然落榜一事，见他前来，便招呼他落座。

孟浩然赶紧拿出昨天写好的《望洞庭湖赠张丞相》，恭恭敬敬地送到张九龄手上。张九龄一气读完，颔首微笑道："几日不见，你的山水诗愈发进益了。"

"多谢张大人厚爱，可惜孟某的《长安早春》，终究入不了考官们的眼。"孟浩然鼓起勇气，向张九龄诉苦道。

张九龄叹了口气，正欲问他有何打算时，忽然下人来报："张大人，圣上驾到，请速速接驾。"

皇上突然来访，张九龄和王维都心头一惊，孟浩然更是紧张得不知如何是好。还是王维急中生智，让他赶紧躲到屏风后面，他和张九龄出去接驾。

说话间，李隆基已大踏步走了进来，张九龄和王维连忙跪地迎驾。李隆基有意无意看了一眼王维，不明白妹妹为何心心念念放不下他，随即看着张九龄道："张爱卿免礼平身。"

张九龄忙起身引李隆基落座，李隆基飒然落座："张爱卿，听说张相身体欠佳，在家休养有些时日了。这集贤院上下事务，都由你在打理，难为你了。朕闲来无事，随意走走，爱卿不必拘礼。"

"多谢陛下厚爱，微臣定当尽心尽力，不负圣恩。"

"如此朕就放心了。"李隆基向后靠了靠，低头喝了一口茶，一眼看见旁边的案几上有三盏冒着热气的茶，不由眉头一挑，"莫非还有人在此？"

张九龄不敢隐瞒，忙如实禀奏道："启禀陛下，微臣不敢欺君，确有一人在此。不过他只是一介白衣，不能面见陛下，故微臣让他回避了。"

"无妨，让他出来吧。"李隆基挥了挥手，不以为然道。

"多谢陛下恩准，微臣这就去领他出来。"张九龄小心翼翼道。

王维心中一喜，如果孟浩然能在圣上面前好好表现，这倒是一个千载难逢的机会。

不多时，张九龄就引着孟浩然从屏风后转了出来。孟浩然不敢抬头，"扑通"一声双膝跪地："山人襄阳孟浩然叩见圣上，吾皇万岁万岁万万岁！"

张九龄忙趁机向李隆基介绍道："孟山人虽无功名，但于山水田园诗上却已小有名气。"

李隆基上下打量了孟浩然几眼，漫不经心道："既然张爱卿夸你会写诗，你就吟一首给朕听听吧。"

猝不及防见到皇上，孟浩然已经够紧张了，如今听到皇上让他当场写诗，更是吓出一身冷汗，脑袋里顿时一片空白。来不及细想，只好硬着头皮支支吾吾道："山人遵旨。"好半天才吟出第一句："北阙休上书，南山归敝庐。"

李隆基听了这一句，就心中颇为不悦，暗自思忖道："九龄夸此人会写诗，没想到此人竟是一个书呆子，说什么不要在朝廷当官上奏章了，还是回南方老家隐居田园吧，一派胡言。"

孟浩然却并未察觉皇上的不满，顾自吟了下去："不才明主弃，多病故人疏。白发催年老，青阳逼岁除。永怀愁不寐，松月夜窗虚。"

李隆基耐着性子听罢，脸色完全阴沉了下来，尤其是听了"不才明主弃，多病故人疏"后，更是分外刺心，冷笑道："你既然不想当官，那还请别人引荐你作甚？你不才也就罢了，还说什么明主弃？真是荒谬之至！"

"孟山人没见过世面，情急之下，口不择言，还请陛下息怒。"张九龄暗叫不好，见事情已弄巧成拙，忙替孟浩然打圆场。

"张爱卿不必说了。集贤院要集天下贤士而用之，至于那些不知进退之人，还是回乡隐居去吧。张爱卿好自为之。"说完，李隆基将茶盏往案上一放，阴沉着脸，拂袖而去，张九龄和王维忙送了出去。

待李隆基走远后，张九龄折回屋里，看了一眼孟浩然，深深叹了口气："浩然，你刚才吟的是什么诗？成何体统？唉。"

"张大人，我，我……"孟浩然又羞又恼，一时说不出话来。

"张大人，我理解孟兄的心情，方才猝不及防之下，一时乱了方寸。"王维给张九龄端上一盏热茶，再转头看向孟浩然道，"孟兄，方才你若能将《望洞庭湖赠张丞相》吟给圣上听，想来就会两样了。"

"是啊，'气蒸云梦泽，波撼岳阳城'，何等波澜壮阔，何等志存高远，这才是盛唐诗人应有的气象。圣上若是听了这样的好诗，就不会是这样的局面了。"张九龄摇了摇头，连连叹气。

被张九龄和王维如此一说，孟浩然愈发懊恼，痛恨自己不中用。他知道，一切都已覆水难收，这辈子，他将与仕途无缘。

孟浩然心灰意冷地离开了集贤院，本想等好友李白来长安一聚，但经过这件事后，已无颜留在长安，决定返回襄阳老家。王维劝他不必灰心，从长计议，以后再寻出路。几天后，孟浩然启程返乡，王维送他到灞桥。

临别之际，王维安慰孟浩然道："孟兄不必妄自菲薄，假以时日，必定厚积薄发。"

"摩诘，谢谢你。老天已经给了我机会，是我自己没能把握好，怨不得别人。"通过几日的反思，孟浩然的心情已经平复了许多。

"孟兄，天助自助者，老天一定会再给你机会。临别之际，我写了一首诗，还请孟兄笑纳。"王维抱了抱拳，徐徐吟来，"杜门不复出，久与世情疏。以此为良策，劝君归旧庐。醉歌田舍酒，笑读古人书。好是一生事，无劳献子虚。"

"摩诘，愿有朝一日，你能来襄阳看我，咱们一起'醉歌田舍酒，笑读古人书'！"孟浩然紧紧握住王维的手，眼角似乎有闪烁的泪光，"愚兄我身无长物，也只能作诗相酬，略表心意了。"

说着，孟浩然看着灞桥的大好春色，缓缓吟道："寂寂竟何待，朝朝空自归。欲寻芳草去，惜与故人违。当路谁相假，知音世所稀。只应守索寞，还掩故园扉。"说完，向王维抱了抱拳，策马而去。

望着孟浩然渐行渐远的背影，王维细细品味着"当路谁相假，知音世所稀"，不由陷入了沉思。

和孟兄相比，他是多么幸运！这些年来，他得到过岐王、裴耀卿、房琯、张九龄等许许多多知音的提携和帮助，如果没有他们，他今日可能也和孟兄一样，只能在老家"笑读古人书"了。

当然，还有一位知音，比他们对他的帮助还更多，只是他不愿面对、不愿承认罢了。

想到这里，他不由拨转马头，向洛阳方向看去。已经过去几个月了，不知她姊姊的病是否好转？不知她何时回到长安？如果莲儿能让她开心，待她回到长安后，他愿意让莲儿多去陪陪她。

第六十二章　二度辞官　首次入京

孟浩然离开长安不久，远在湖北安陆的李白，如约来到了长安。只是他不知道，孟浩然已经先他一步离开了长安。

和孟浩然一样，李白也迫切想要入仕。但和孟浩然不同的是，李白希望入仕的方法，不是参加科举考试，而是干谒权贵名流。

初到长安的李白，根据孟浩然信中所写，顺利找到鹿鸣客栈，安顿了下来。次日，他准备带着丈人的推荐信，去拜访集贤院学士张说大人。

想着他的盖世才华即将得到一代文宗的赏识，李白越想越是激动，这夜竟是辗转难眠，不由想起了自己过去三十年的人生。

他从十五岁开始辞亲远游，足迹遍布大江南北。直至二十七岁，依然孑然一身。

三年前的秋天，他途经湖北安陆，结识了唐高宗时期宰相许圉师的孙女许萱，经人撮合下，他入赘许家，在安陆定居了下来。婚后，他和许萱很快有了一儿一女。儿子名叫伯禽，女儿名叫平阳。

但是，李白一直坚信自己并非池中之物，恰好此时又收到了好友孟浩然的来信，鼓励他也去长安谋求功名。当他将自己的想法告诉许萱时，许萱虽然不舍，但看着他热切的眼神，只好含泪答应，并让父亲为他写了一封推荐信，让他到长安拜访张说大人。

想到这里，李白不由抬头望月，在这月明星稀的夜里，许萱是否也在家中看着圆月思念自己？

"娘子，待我功成名就之时，一定将你和孩子接来长安，一睹长安风采。"在一清如水的月光中，李白一脸动情道："床前明月光，疑是地上霜。举头望明月，低头思故乡。"

次日清晨，天刚蒙蒙亮，李白就前往位于崇仁坊的张相府邸。

崇仁坊是长安城一等一的权贵云集之处，紧靠皇城的东墙，各大名城在京城的进奏院，都集中在此坊。

李白来到一扇乌头大门前，轻叩大门。片刻工夫，就有一老苍头来开门。李白递上名刺和推荐信，大大咧咧道："这位老丈，在下安陆李白，乃前朝宰相许圉师的孙女婿，特来拜见张大人。"

老苍头上下打量了李白一眼，皱了皱眉，直接下了逐客令："我家大人身子不适，已经闭门谢客多日了，你回吧。"说着，便要转身关门。

李白见状，心头一急，忙从袖袍中掏出一串铜钱，迅速塞到老苍头手里，讪讪笑道："这位老丈，我丈人认识张大人，特让我从安陆赶来拜见大人。路上走了多日，好不容易才到了这里，还请老丈行个方便。"

"这个……"老苍头的脸色这才好看了一些，但依然颇有难色道，"这样吧，你来一趟也不容易，某去帮你通报一声，你且等着。"说着，老苍头收好铜钱，拿着李白的名刺和推荐信走了进去。

过了半炷香功夫，老苍头才走了出来，摇头叹气道："老夫人说了，大人身子不适，一律不见外客。"看到李白一脸焦急，老苍头上前一步，凑到李白耳边小声说道，"你若真有急事，可以去找我家阿郎。我家阿郎是当今圣上的驸马爷，住在宁亲公主府上，你可以去那里碰碰运气。"

李白忙一迭声地向老苍头道谢，虽然见不到张大人，但若能见到张大人的儿子，也是天大的好事。

老苍头说的阿郎，名叫张垍，是张说次子，两年前娶了李隆基的第八个女儿——宁亲公主，拜驸马都尉、卫尉卿。宁亲公主深受李隆基宠爱，李隆基爱屋及乌，经常赏赐一些奇珍异宝给张垍。张垍忍不住会把皇上赏赐之物拿给在翰林院供职的大哥张均看，张均便调侃弟弟道："此妇翁与女婿，非天子赐学士也。"

堂堂宁亲公主的府邸，只怕比张相府邸更难接近。李白决定先回鹿鸣客栈，再寻思如何拜见这位皇上的驸马爷。看来，入仕之路并非他想的那般容易。

当李白为入仕而想破脑袋时，王维却想着要离开集贤院。

本来，王维已经适应了集贤院的差事，但730年开春以来接连发生的几件事，却让王维心生去意。

张说病重，不能再来集贤院主持工作，集贤院的大小事务自然都落在了张九龄身上。但屋漏偏逢连夜雨，张九龄远在韶州曲江（今广东韶关）的母亲也身患重病。

身为家中长子，张九龄必须赶回老家侍奉母亲。

张说和张九龄先后离开集贤院后，《六典》的编撰工作只好停了下来。王维当初入职集贤院，是因为仰慕张说和张九龄的为人和学识，如今他们都不在了，他心里顿时有些空落落的。再加上孟浩然也离开了长安，王维不由有些怅然。

多少个不眠之夜，他一遍一遍问自己，他到底想过怎样的生活？他蓦然想起，他曾答应璎珞，要陪她看遍天下山水。如今，虽然璎珞再也不能亲眼看到这一切，但他愿意当她的脚，当她的眼，替她去走、去看天地间的一切美好……

于是，他像当年辞去济州司仓参军一样，再次辞去集贤院校书郎的职务，恢复自由之身。他将莲儿托付给弟弟王缙，开始行走天下。

他要去的第一个地方，是终南山。

那年在卢氏县，他答应璎珞，冬天带她去终南山看雪。可是，那年冬天，她怀孕了，未能成行。当来年冬天来临之时，她已经永远离开了人间……

如今，在璎珞去世两年后，王维终于登上了终南山的太乙峰。在猎猎大风中，王维极目远眺，喃喃自语："璎珞，如此美景，你看到了吗？过些日子，我将它细细画下来，让你慢慢欣赏。"

王维记得，他和璎珞在淇上隐居时，曾画过一幅《江山雪霁图》，璎珞很是喜欢，曾对他感叹道："摩诘，绢寿八百，纸寿千年，不知千百年后，后人可还能看到这幅绝美的雪景图？"

"璎珞，你真傻，你担心绢寿八百、纸寿千年，却独独忘了你自己……"王维摇了摇头，嘴角浮现一丝苦笑，"老天，我从未奢求千百年后之事，只求能守护璎珞百年，可是这小小的心愿，竟也不成了。"

当王维在终南山思念璎珞时，玉真公主正在洛阳陪伴姊姊金仙公主。李隆基对金仙公主的病也很挂心，派了一拨又一拨御医来洛阳把脉诊断。半年过去了，在御医的精心调养下，再加上天气一天天暖和起来，金仙公主终于有所好转。

这日，玉真公主来向金仙公主辞行，打算回长安一趟。

"持盈，浮华一世，恰似白驹过隙，还没活明白，便到了生命尽头。"金仙公主靠在床头，声音微弱道。

"姊姊，不许胡思乱想。御医不是说了嘛，你只需好生养着，就会一天天好起来。"玉真公主握住金仙公主的手，挨在她身边坐下。

"持盈，咱们都是修道之人，早就参透了生死。生而为人，本就难逃一死，所以，面对死亡，何惧之有？"金仙公主摇了摇头，神色很是平静。

"是的，生死本就一体，咱们坦然面对。姊姊不要胡思乱想，安心养好身子，比什么都强。"

"持盈，你比我年轻，以后的日子还长得很。"金仙公主低头咳嗽了一声，意味深长道，"答应姊姊，莫委屈了自己。"

"姊姊，我懂。"玉真公主自然明白姊姊话里的意思，心里五味杂陈。

回到长安后，玉真公主做的第一件事，便是挑了一些莲儿喜欢的点心，让清风给莲儿送去，并让清风问问王维，若莲儿愿意，欢迎莲儿来玉真观小住一段时日。

不料，清风并未带回莲儿，却带回了王维已经离开集贤院、离开长安的消息。

刹那间，玉真公主被王维的不辞而别彻底搅乱了心情。她强压住心头的恼怒，好半晌后，才深深叹了口气："摩诘啊摩诘，你以为朝廷的官职是呼之即来、挥之即去的吗？你叫我如何向皇兄交代？你也太任性了些！"

玉真公主的苦闷无处倾诉，决定到骊山别馆小住一段时日。

看着骊山别馆的四角飞檐和庭中的一草一木，她不由叹了口气，都说岁月催人老，被岁月催老的，何止是人？当年那些熠熠生辉的雕梁画栋，如今不也被岁月的风霜磨去了光泽？

虽然已经入夏，但夜晚的山风依然带着些许凉意。玉真公主凭栏远眺，黯然神伤：721年中秋节前，也是在这里，元丹丘告诉我他被贬的消息。一眨眼，竟快十年了！十年可以发生很多事情，却很难改变一个人。不是吗？他还是和十年前一样，不合常理，不近人情！

进入七月后，日子一天天热了起来。长安人最不耐热，纷纷找清幽之地避暑。这日，玉真公主收到了侄女宁亲公主的帖子，说过几日想和驸马张垍一同来骊山别馆避暑，不知方便否？

玉真公主不由一怔，听说张说病得不轻，恐怕熬不过今年，张垍是张说的次子，理应在家侍奉父亲才是，怎么有心情陪公主来骊山别馆避暑？看来，公主骄蛮的性子丝毫不变，张垍也是拿她没有办法。

几日后，宁亲公主乘坐装饰华丽的马车，张垍骑着鞍笼考究的骏马，带着一队仆从来到了骊山别馆。

一下马车，宁亲公主便向玉真公主诉苦道："姑姑，到底还是你这里好。这一路过来，日头毒辣得紧，车厢犹如蒸笼一般，哪里坐得了人？"玉真公主知道侄女从小娇生惯养，难免有些恃宠而骄，便笑道："哪里有你说的这般夸张了，若真是如此，寻常百姓还怎么过活？"

听玉真公主如此说，张垍忙快步赶了上来，向玉真公主长揖一礼道："小侄见过姑姑，姑姑说得是，公主到底夸张了些。"不待张垍说完，宁亲公主就回头瞪了他一眼，娇嗔道："本来就是嘛，这一路上，你不是一直问我'是不是热得厉害？要不要把帘子打起来？'这会子怎么就不承认了？"被娇妻如此一嗔，张垍连耳根都红了起来，连忙扯了扯公主的衣袖，示意她少说几句。宁亲公主眼波流转，对着张垍掩嘴轻笑，张垍则挠了挠头，搓了搓手，一脸憨笑。

小夫妻如此打情骂俏，玉真公主看在眼里，不由又是好笑又是羡慕。宁亲公主饶是这般撒娇任性，张垍依然如此百般体贴，看来这世间的夫妻，真是一物降一物。

这边，张垍陪公主来骊山别馆避暑，那边，李白却还在宁亲公主府邸外徘徊，不得其门而入。

这天，李白再次来到宁亲公主府邸，看门人早已认识李白，不耐烦道："和你说过多少遍了，驸马都尉不在家，你何必自讨没趣？"李白咬了咬牙，虽然盘缠所剩不多，但也只好从袖袍中再取出一串铜钱，塞到看门人手里，讨好道："这位小哥，不知驸马都尉去了哪里？能否劳烦告知？"看门人双手抱在胸前，掂了掂手中的铜钱，这才嘿嘿笑道："不是小的不告诉你，只怕告诉你驸马都尉去了哪里，你也没办法找到他。"李白强压住心头的一股怒火，继续讨好道："小哥若肯如实相告，李某自会去想办法，必不再来叨扰小哥了。"

看李白一副不到黄河心不死的样子，看门人撇了撇嘴，招呼李白上前，凑到他耳边小声道："眼下是长安城最热的时候，谁还会待在家里被火烤？驸马都尉嘛，自然是陪公主到骊山避暑去咯，听说是在玉真公主的骊山别馆里呢！兄弟，我能说的就这些了，能不能见着，就看你的造化咯！"说完，两手一摊，"砰"的一声关上了大门。

"玉真公主？骊山别馆？"李白先是怔在原地，忽然心头一亮，拍腿叫好道，"门人口中的玉真公主，莫不是几年前元丹丘陪我去青城山拜访的那个公主？我怎么把元丹丘给忘了？我这就找他去。"

说着，李白翻身上马，朝长安大昭成观疾驰而去。他要找的人，正是大昭成观威仪使元丹丘。

看到李白突然到访，元丹丘又惊又喜，忙问他几时来的？同行几人？准备在长安逗留几日？李白抹了一把额头上的汗，气喘吁吁道："我真是昏了头了，在长安吃了一圈闭门羹，今日才想到你！我早该来找你了！"

说着，就把他去拜访张说父子却都被拒之门外的事说了一个大概。

"丹丘，听说驸马都尉去玉真公主的骊山别馆避暑了，这个玉真公主，是否就是当年你带我去青城山拜访的那位公主？"

元丹丘细细听完李白的讲述，哈哈笑道："天下还能有两个玉真公主吗？玉真公主是宁亲公主的姑姑,在骊山有上好的别馆。你若真想见驸马都尉,我倒是可以陪你走这一遭。"

李白顿时大喜道:"你的意思是,我不仅能见到驸马都尉,还能见到玉真公主?"

"那要看我们的造化了。玉真公主修道多年,在长安道教和士林中都颇有名望。她原先喜欢热闹,常在道观举办诗会,但这几年似乎不喜被人打扰,深居简出,我也有些时日不曾见到她了。"元丹丘抿了口茶,若有所思道。

"丹丘,我丈人特意为我手书一封推荐信,我从安陆千里迢迢而来,总要把这封信送到张丞相或张驸马手里才好。否则,实在无脸回去见丈人。"李白叹了口气,一仰脖子,把杯中茶一气喝完,握紧拳头道。

"好,为了你这封信,我就陪你走一遭。"

次日一早,元丹丘和李白就朝骊山出发了。一路上,元丹丘叮嘱李白道:"待会见了玉真公主,一切听我安排,咱们还须见机行事才好。"李白连连点头,不由想起了在青城山第一次见到玉真公主时的情景。

那一年,是721年冬天,青城山冰天雪地,白雪皑皑,如今回想起来,依然有些激动。他记得,他为公主当场吟诵了《玉真仙人词》,他自认为写得气动山河,但公主似乎无动于衷。

"太白,你若真心想入仕,与其找张丞相和张驸马,还不如找玉真公主。"李白正胡思乱想间,元丹丘冷不丁说了下去,"玉真公主是当今圣上的同胞妹妹,在圣上面前向来说得上话。这些年来,经她举荐入仕的大唐官员数不胜数,远的不说,单说集贤院校书郎王维好了,据说圣上本不待见他,但玉真公主鼎力推荐,最后不还是谋得了上好差事?"

"是那个写《九月九日忆山东兄弟》的王维吗?"

"正是。他二十出头就高中状元了。如此年纪轻轻便能考中状元,是何等风光!何等尊贵!你知道举荐他成为状元郎的人是谁吗?正是玉真公主。"元丹丘对长安的大小事情了如指掌,头头是道地说了下去,"这还罢了,更奇的是,他早些年冒犯了圣上,被贬到济州多年,按理很难再回朝廷。不料,他去年回到长安后,又在集贤院谋到了一份清贵差事,令多少人羡慕不已。"

李白一路听下来,心里有种说不出的异样,但面上还是不动声色道:"孟兄也曾在信中多次提到他,对他赞赏有加、佩服不已。玉真公主固然是伯乐,但他也须是千里马才行。"

"太白,他是不是千里马我不知道,我只知道,你就是一匹响当当的千里马!能否被玉真公主看中,就看你的造化了。"

日暮时分，李白和元丹丘终于抵达骊山别馆。道童将他俩引入堂屋落座，好半晌后，玉真公主才款款走了出来。两人忙起身向玉真公主行礼，玉真公主颔首微笑道："丹丘，好久不见了，不知这位是？"

见玉真公主并未认出李白，元丹丘忙向公主介绍道："这是蜀中李太白，九年前，贫道曾带他到青城山拜见公主，不知公主可还记得？"

"蜀中李太白？那个和王维同龄的李太白？"听元丹丘如此一说，玉真公主才恍然想起，是有一个名叫李白的年轻人曾向她献诗，诗名是《玉真仙人词》。

李白平时大大咧咧，此时却屏气敛神，不敢抬头看玉真公主，只觉得她从骨子里散发出来的高贵气度，是世间任何女子无法比拟的。奇怪的是，听元丹丘介绍完后，玉真公主却迟迟不说话，屋里顿时有些尴尬。

李白心头一急，忙上前一步长揖道："蜀中李白拜见公主，此番斗胆前来叨扰公主，实是有一事相求。"

看到李白如此贸然行事，元丹丘急得直跳脚，连忙向李白使眼色，但已经来不及了。

"哦，不知是何事相求？"玉真公主也颇感意外，很少有人敢如此和她说话。

"不瞒公主，李某因出生商贾之家，不能参加科考，至今尚无功名，但李某自信还有几分才气，若能给李某一个机会，李某定不会让公主失望。"李白似乎再也顾不了太多，将他屡次被拒的憋屈通通释放了出来，恰似利剑出鞘，势不可当。

元丹丘背上直冒冷汗，待听李白说完最后一句时，心里彻底凉了，哪有这样死乞白赖求人引荐的？哪怕和玉真公主沾亲带故，说话也要委婉些才好。你倒好，直接把话给说死了，叫人如何给你台阶下？

玉真公主上下打量了李白几眼，心中有些腻味，他和摩诘同龄，但这两人的性子，差别何止十万八千里？摩诘那样委婉，他却如此直接。

见玉真公主默然不语，元丹丘心知不妙，只好硬着头皮替李白打圆场道："贫道不敢欺瞒公主，太白是前朝宰相许圉师的孙女婿，此次前来长安，是有一封书信想当面交给张相。不巧张相身子欠安，太白无缘一见，便想交给张驸马。听说张驸马在公主别馆避暑，故贫道带他前来。如有唐突之处，还请公主多多包涵。"说完，低头向李白递了个眼色，示意他千万莫再贸然开口了。

听元丹丘说了这样一番原委，玉真公主才缓缓点头道："原来如此。难为你们费心兜了这样一个大圈子，就是为了见驸马一面。可惜驸马昨日陪公主去华清宫游玩了，不知何时才能回来。"

元丹丘原本是想替李白打圆场，但说完后才发现自己有点弄巧成拙了。眼下公主一定已经认为，他们此行的目的是见驸马，而不是她。但在刚才来骊山的路上，他还和李白说，玉真公主比驸马更能在圣上面前说得上话。唉，事情怎么会搞成这样？

元丹丘心里懊恼不已，只好厚着脸皮道："启禀公主，太白不远千里而来，总要叫他见上驸马一面才好，贫道想厚颜在公主别馆暂住几日，不知可好？"

玉真公主漫不经心地点了点头："你们既然来了，便暂且住下吧，自然会有见面之日。"说完，叫过清风吩咐道，"你去收拾两间干净的厢房出来，好生安排妥当。"元丹丘忙拉着李白向玉真公主行礼道谢，看公主有些倦怠，便赶紧识趣地退下了。

此后几日，玉真公主大多时间都在静室修道，不用说李白，便是元丹丘也难得见上公主一面。而驸马和宁亲公主一直迟迟未归，想想也是，小夫妻在华清宫鸳鸯戏水，自然比在骊山别馆好玩多了。

日子一天天过去，李白等得一天比一天心焦。原本以为此行能顺利将信交给张驸马，也有机会和玉真公主说上话，但到头来，不仅见不到张驸马，也没有机会和玉真公主说上话。唉，可是这一切，还怨不得旁人！元丹丘不是叮嘱过他吗，一切听他安排。但自己见到公主时太过激动，把元丹丘的叮嘱忘得一干二净，贸贸然说了不该说的话，生生把公主给得罪了！

这天午后，骊山突然下起倾盆大雨，天地之间一片哗然。李白在屋中来回踱步，心情烦闷到了极点。这样苦苦等待的日子，到底还要持续多久？刹那间，来到长安后遭遇的所有焦急、憋屈、懊恼、后悔齐齐涌上心头，再也按捺不住，提笔狂写了《玉真公主别馆苦雨赠卫尉张卿》。

他从"秋坐金张馆，繁阴昼不开"写起，到"功成拂衣去，摇曳沧洲傍"结束，写罢掷笔，在心中暗暗发誓，若明日还等不到张驸马，便是天意如此，他不必再等下去了。

第二日，张驸马依然没有回来，李白叹了口气，收拾好行囊，和元丹丘辞别玉真公主，离开了骊山别馆。

第六十三章　义子凯旋　兄妹重逢

日子一天天过去，却依然没有王维的任何消息。他仿佛从人间消失了一般，彻底淡出了玉真公主的生活。

"他不辞而别，一晃已有数月，至今音讯全无，不知身在何方？"夜色渐深，玉真公主站在骊山别馆的庭院中，看着满天星斗，无力地叹了口气。一股伤春悲秋的情绪，渐渐在心底弥漫开来……

当730年重阳节即将到来时，玉真公主收到了皇兄的邀请，要于重阳节在花萼相辉楼大宴群臣，为胜利归来的义子王忠嗣接风洗尘。

李隆基为何要为王忠嗣接风洗尘？这还要从王忠嗣的身世说起。

十六年前的夏天，王忠嗣的父亲王海宾战死于大唐对吐蕃的一场激战。从那时开始，身为将门之后的他，此生的使命便是穿上铠甲，奔赴战场，奋勇杀敌，为父报仇。

李隆基可怜王忠嗣孤身一人，将他收为义子，接入宫中抚养。王忠嗣和李隆基第三子李亨年龄相仿，两人一起长大，结下了深厚的友谊。

虽然宫中锦衣玉食，但王忠嗣从未忘记自己的使命。和父亲一样，他身上也流淌着骁勇善战、忠君报国的血液。他冬练三九，夏练三伏，饱读兵书，苦练兵法，十八岁上下便精通排兵布阵，文韬武略俱佳。

他多次向李隆基请命，愿去西域从军，以报答皇上十多年的养育之恩，但李隆基迟迟不肯答应。因为，王忠嗣是王海宾留在世上的唯一血脉，万一有个闪失，对不起王海宾在天之灵。

730年初夏时节，中书令兼河西节度使萧嵩入宫拜见李隆基，禀告吐蕃近来蠢蠢欲动，和吐蕃一战在所难免。

王忠嗣当即向李隆基请命，想跟随萧将军奔赴河西杀敌。李隆基思之再三，终于任命王忠嗣为兵马使，跟随萧嵩出征，并特地交代萧嵩，不允许王忠嗣独自带兵出战，以防他为父复仇心切，一时冲动，丢了性命。

二十五岁的王忠嗣终于迎来了人生中第一次作战机会。

他通过侦察得知，吐蕃赞普正在玉川检阅军队，便瞒着萧嵩，秘密率三百轻骑星夜出击，突袭吐蕃军队。毫无准备的吐蕃军，被王忠嗣打得落花流水、溃不成军。短短一晚上，王忠嗣斩敌数千人，吐蕃赞普仓皇而逃，缴获羊马数以万计，一举成为大唐和吐蕃作战中难得的突袭获胜战例。

捷报传来，萧嵩如释重负，立即派人快马加鞭向李隆基奏报王忠嗣的战功。李隆基顿时大喜，要为王忠嗣隆重地接风洗尘。

随着重阳节日益临近，玉真公主决定返回长安，并盼着王维也已回到长安。她决定以带莲儿赴宴为由，去道政坊一探究竟。

从骊山从长安的路上，玉真公主心中隐隐有些不安，一路上默然不语。清风试探着问："公主，咱们这是回玉真观？还是……"

玉真公主微微出神，半晌才道："去道政坊。"

清风心领神会，立即和车夫小声交代了几句，不再多言。

车轮滚滚，车马辚辚，到了王宅门口后，玉真公主挑起帘子，看了一眼紧闭的大门，交代清风道："你去看看，若是问起，就说公主想念莲儿，来接莲儿去玉真观小住几日，重阳节后送回。"

清风机灵地点了点头，掀起帘子，跳下车去，走到门前轻叩门环。片刻之后，看门的老丈走了出来，见是玉真观的清风，便忙恭恭敬敬地说王大人远行未归，若有什么事情，可以留下口信。

清风将玉真公主交代的话转述了一遍，老张客客气气地指着对面的宅子，说莲儿一直住在叔父王缙府上。若是公主有请，他这便陪清风去王缙府上接人。

"他将莲儿托付给弟弟，看来他此番远游，并非一时兴起，而是做好了准备。或许，没个一年半载，他是不会回来了。"玉真公主蓦然涌起一股难言的失落。

突然间，车外传来了莲儿银铃般的清脆童音："莲儿拜见义母，向义母问安。"

玉真公主忙回过神来，掀起帘子，看到莲儿就站在离马车一丈之遥处，身上穿着荷花夹缬的四幅纱裙，很是惹人怜爱。

见公主掀起帘子，王缙忙上前行礼："微臣拜见公主殿下。"

"我今日前来，是想接莲儿到玉真观小住一段时日，想来王御史没有异议吧？"玉真公主看了一眼王缙，从容道来。

"公主喜欢莲儿，是莲儿之幸，微臣和莲儿自是喜不自禁，一切听凭公主安排。"说着，又恭恭敬敬地俯身行了一个大礼。

"如此便好。"玉真公主点了点头，转身看着清风道，"都替莲儿收拾妥当了？"

"禀告公主，莲儿的换洗衣物，清风都已收拾齐全。"

"好,来,莲儿,让义母好生瞧瞧你,一年不见,果然又长高了。"玉真公主笑着向莲儿招手,莲儿闻言,乖巧地告别王缙,随清风登上马车。

不待莲儿行礼,玉真公主便一把搂住莲儿道:"莲儿,在义母面前不必拘礼,否则便和义母生分了,可记住了?"

"莲儿记住了。义母,阿爷说您去洛阳陪伴亲人了,莲儿一直想着您呢。"莲儿仰头看着玉真公主,眼睛清澈得像一泓清泉。

车厢微微一震,车轮开始滚动起来。玉真公主一脸慈爱道:"是的,义母确实去洛阳了。听说你阿爷出远门了?你想阿爷吗?"

莲儿突然眼眶一红,似乎有眼泪在里面打转,强忍着点了点头:"是的,阿爷出远门了,我很想阿爷。可是,阿爷说,他实在太想阿娘了,要去远方走走。我想,阿爷心里一定比我更难过吧。"

玉真公主身子一震,从未料到莲儿会说出这番话来,只觉得耳边风驰电掣,心头五雷轰顶,一时不知该说什么才好。良久,才搂住莲儿道:"莲儿,你阿爷是世上最好的阿爷。"

"义母,你也是世上最好的义母。"莲儿揉了揉眼睛,冲玉真公主笑了笑,露出了她那独一无二的好看的梨涡。

"莲儿,义母喜欢你,你就在义母那里长长久久住下来也使得,好吗?"

"好!"

马车似乎跑得快了起来,玉真公主搂住莲儿,望着窗外迅速后退的槐树默默出神道,我寻寻觅觅,却依然抓不住他。所幸上苍垂怜,还有莲儿可以慰怀……

730年重阳节,花萼相辉楼锣鼓喧天,热闹非凡。这一天,李隆基在这里大宴宾客,为王忠嗣接风洗尘。恰好高仙芝因母亲身子不好,特地从西域赶回长安侍疾,玉真公主便邀请仙芝一起赴宴。

宴席设在花萼相辉楼主楼,楼内大红地衣低设,紫锦帷帐高张。一队队身穿对襟半臂和高腰绫裙的宫女们,手举食案,穿梭于廊庑之间,就连从廊庑吹来的秋风,也散发着阵阵脂粉香。

玉真公主带仙芝、莲儿一起登上花萼相辉楼主楼,举目四眺,宁王、岐王、薛王的府邸尽收眼底。可惜,岐王早已不在人间。

良久,玉真公主收回思绪,转头看着仙芝。一年不见,十五岁的仙芝愈发俊眉朗目、英姿飒爽。

"仙芝,你知道此楼为何叫花萼相辉楼吗?"

"义母,孩儿若讲错了,还请义母和妹妹不要笑话才好。"

"好，仙芝但讲无妨。"

"《诗经》有云：'棠棣之花，萼不韡韡。凡今之人，莫如兄弟。'用棠棣花的花和萼形容兄弟之间的感情深厚。孩儿想着，'花萼相辉楼'的名字，大概就是形容圣上和兄弟之间的手足之情吧。"

仙芝引经据典，侃侃而谈，玉真公主不由听得怔了，皇家的手足之情，真的是手足之情吗？

"义母，阿兄说得对吗？"看玉真公主默然不语，莲儿轻轻扯了扯她的袖袍，脆生生地问。

玉真公主摸了摸莲儿的小手，看着仙芝点头赞道："仙芝，一年不见，你又大有长进了。"又低头问莲儿道，"莲儿，方才阿兄所言，你听懂了吗？"

莲儿毕竟只有八岁，对《诗经》似懂非懂，眨了眨眼睛道："莲儿没有见过棠棣花，但见过阿爷种的石榴花。每当石榴花开，阿爷就会摘下一朵，戴在我头上。石榴花下面有一圈绿色小片，阿兄说的花萼，可是这个？"

仙芝一直看着莲儿说话，自去年中秋节初见莲儿后，仙芝就对她印象深刻。返回西域后，当他看到大漠孤烟、长河落日、天山积雪时，都会情不自禁地想起莲儿，想着如果她也能看到这些美景，该有多好？想着远在长安的她，过得好不好？

此时此刻，看到明显长高了一头的莲儿正站在自己触手可及处，和自己说着话，他反而有种强烈的不真实感。当莲儿说"每当石榴花开，阿爷就会摘下一朵，戴在我头上"时，她的眼睛格外明亮。他知道，那定是她脑海中美好的记忆。

正这样想着时，看到莲儿抬头问他，他忙憨笑道："莲儿说的对，那就是石榴花的花萼。阿兄也喜欢石榴花，你若喜欢，来年春天，阿兄也帮你摘一捧，戴在你头上可好？"话一出口，仙芝就自觉失言，不觉涨红了脸，但已经收不回了。

莲儿并未发觉仙芝的窘态，倒是听到他说要摘一捧戴在她头上时，不由开心地笑了起来："阿兄，戴一朵石榴花才好看，若是满头石榴花，岂不成了戏台上的小丑了？"

仙芝不由讪讪地笑了笑，挠了挠头："莲儿，你笑起来真好看，你该多笑笑。"

兄妹俩你一言我一语说话的情景，玉真公主看在眼里，不觉有些好奇。仙芝在人前并不太爱说话，但和莲儿在一起时，倒像换了个人似的，话也多了，性子也活了，看来他和莲儿倒是投缘！

"姑母，宴席快开始了，请姑母入席。"三人正说话间，李亨快步走了过来，请玉真公主入席。玉真公主知道李亨和王忠嗣从小一起长大，感情甚笃，此次皇兄为王忠嗣接风洗尘，李亨最是忙前忙后。

"好,劳烦亨儿了,咱们这便入席。"玉真公主笑着点了点头,携仙芝和莲儿入席。待众人纷纷落座后,李隆基携了王忠嗣的手,阔步走了进来,在座宾客忙起身行君臣之礼。

李隆基从容落座,环顾四周,点头笑道:"诸爱卿免礼。今日朕在此设宴,是欢迎吾儿忠嗣胜利归来,为他接风洗尘!"说着,看了身侧的王忠嗣一眼,颇为感慨道:"忠嗣乃安西大都护王海宾遗孤。开元二年,吐蕃犯边,海宾以一己之力力战吐蕃大军,终因寡不敌众而血洒疆场。朕怜忠嗣孤苦无依,接入宫中,收为义子。忠嗣成年后,多次请求出征,朕都未答允。此番忠嗣再三请战,独自率三百轻骑突袭吐蕃军队,首战告捷,一举制胜,不仅斩敌数千,且令吐蕃赞普仓皇而逃,扬我大唐雄风,灭他吐蕃士气,甚慰朕怀!"

李隆基侃侃而谈,满座宾客无不啧啧赞叹,李隆基继续扬声道:"传令下去,今日盛宴,佳肴名膳,歌舞百戏,一样都不得怠慢,大家欢饮达旦才好!"

一时间,花萼相辉楼内掌声如雷,在座宾客无不向王忠嗣投去羡慕钦佩的目光。

紧接着,山车旱船、寻橦走索、丸剑角抵、戏马斗牛等各种表演轮番登场,满座宾客一边品尝御厨精心烹制的生鱼脍、浑羊忽殁等宫廷名膳,一边觥筹交错,谈笑晏晏,场面好不热闹。

在这样的喧闹中,高仙芝却静静观察着莲儿的一举一动。莲儿虽不大懂李隆基说的话,但看着一脸正气的王忠嗣,不由一脸崇拜。高仙芝暗下决心,将来也要成为像王忠嗣那样的大将军,让莲儿也像崇拜王忠嗣那样崇拜他。

既然今日主角是王忠嗣,大家少不得都要过去道贺一番。酒过三巡,玉真公主也离席走了过去。高仙芝却发现,端坐食案边的莲儿,眉间似有她这个年纪不该有的落寞。心里不由一怔,莫非她有心事?

于是,他快步走到莲儿身旁,蹲下身子道:"莲儿,你怎么不大高兴?可以告诉阿兄吗?"

莲儿抬起头来,看了一眼仙芝,有些不好意思道:"阿兄,我没有不高兴,我只是有点想阿娘和阿爷了。"她水灵灵的大眼睛里似乎弥漫着一层雾气,浓密的睫毛上也隐隐泛着泪光。

"莲儿,你莫难过,阿兄明白。"仙芝听义母说起过莲儿丧母的事,看着眼前形单影只的莲儿,不由叹了口气。不知内情的人,恐怕都会羡慕莲儿,羡慕她是大唐公主的义女,羡慕她有一位才华横溢的父亲,羡慕她出身名门、天生丽质,可是,他们怎会知道,她如此年幼,却已饱尝丧母之痛。父亲虽然爱她,却因种种原因和她聚少离多。多少个漫漫长夜,寄养在叔父家中的她,是否因思念父母而躲在被子里偷偷哭泣……

"来，莲儿，阿兄带你去一个地方。"仙芝忽然想到了一个地方，向莲儿伸出手去。

看到仙芝伸过来的手，莲儿心里一怔，犹豫片刻后，还是乖乖伸过手去，就像一年前在玉真观那样，由阿兄拉着站起了身子。仙芝点头一笑，握住莲儿的手，穿过人群，向花萼相辉楼外走去。

"阿兄，咱们这是要去哪里？"莲儿一脸好奇地问道。

仙芝笑而不语，脚下走得更快了些。几个盘旋后，便带莲儿登上了花萼相辉楼的顶楼。这里，是长安城的最高点，可以俯瞰整座长安城。

当严整如棋盘的长安城一览无遗地展现在眼前时，莲儿忍不住惊叹了一声："阿兄，我还从未见过这么大的长安城！"

看着莲儿惊喜得发亮的眼眸，仙芝心头一喜，指着东南和西南方向说："莲儿，你看，那便是长安城最繁华热闹的东市和西市。你若喜欢，阿兄改日便带你去逛逛！"

"阿兄，你不回西域了吗？"莲儿抬头一笑，眼里既有欢喜，又有疑惑。

仙芝一愣，看了莲儿半晌，缓缓摇了摇头："莲儿，阿兄自然还是要回西域的。阿兄的志向，也要像王将军那样，驰骋沙场，保家卫国，将来总要创下一番功业才好。"

当仙芝说到"驰骋沙场、保家卫国"时，双手不觉握成了拳头，看向莲儿的目光中，是满满的笃定和向往。

"听阿爷说，西域地处塞外，风光很是壮丽，莲儿也想去西域看看。"看仙芝脸上有一种和王忠嗣将军一样的浩然正气，莲儿很是敬佩。

"莲儿，虽说西域风光壮丽，但到底风沙太大了些。一入秋冬，那呼啸的西北风刮在脸上，便如尖刀子割肉般疼。阿兄是男儿，本就皮糙肉厚，不怕这些。你是女儿家，怎能去受这个苦？阿兄不许。"听莲儿说想去西域，仙芝一急之下，一气说了下去，说到最后"阿兄不许"时，才发觉自己有些失态，耳根顿时腾地红了起来。

莲儿倒是恍若未觉，只是想到和阿兄相聚的时光终究短暂，不由嘟起小嘴嘟囔道："阿兄，你走了，就没有人带我玩了。"

想着莲儿小小年纪就饱尝孤单的滋味，仙芝心里一阵不忍。他有心想安慰几句，却又觉得安慰的话似乎过于苍白，正不知说什么才好时，忽然想到了西域的雪莲花。

"莲儿，你知道吗？西域那样极度严寒的天气，其他花草根本无法存活，但有一种花，却能生长在雪山的岩缝中，傲霜斗雪，迎风绽放。它有一个好听的名字——雪莲花！莲儿，在阿兄看来，你就是一朵美丽的雪莲花。你要像雪莲花那样，越是经历风霜，越要美丽绽放！"

"雪莲花？在冰天雪地中也能开花的雪莲花？"这是莲儿第一次听说雪莲花，

不由睁大眼睛，一脸好奇。

"是的，雪莲花从发芽到开花，大约需要五年。在这漫长的五年里，它一直都在努力积蓄力量。每年七八月间，当我策马驰骋天山时，就能看到那绽放的雪莲花，当真美极了！"

受父母影响，莲儿从小就喜欢花花草草，听仙芝如此描绘西域的雪莲花，不由心生向往道："阿兄，你下次回长安时，能帮我带一朵雪莲花吗？"

"好，阿兄记住了。"仙芝低头看着莲儿，目光中是满满的疼惜。

"谢谢阿兄。"莲儿甜甜一笑，两靥露出那对好看的梨涡。

"莲儿，你笑起来的时候，真好看。阿兄希望你能一直这样开开心心的。"

一阵秋风吹过，飘来一股淡淡的桂花香。看着眼前这个总是哄自己开心的阿兄，莲儿心头的惆怅顿时消散了大半。

"莲儿，咱们出来有一阵子了，义母可能在找咱们，咱们回去吧。"看莲儿扑闪着大眼睛看着自己，仙芝忽然有些不好意思起来，挠了挠头，憨笑道。

"好。"莲儿点了点头，和仙芝相视一笑。仙芝心头一热，牵起莲儿的手，往楼下走去。他知道，有种别样的默契在他俩之间流淌，说不清，道不明，只觉得这样的默契，很暖心。

第六十四章　一叶障目　一云蔽日

当仙芝和莲儿想悄悄潜回宴席时，还是被玉真公主发现了。

对上玉真公主似乎带着探究的目光，莲儿心里不由一阵忐忑，被仙芝握住的手也微微颤动了一下。倒是仙芝定了定神，上前一步，神色坦然道："义母，方才孩儿自作主张，带莲儿去看长安城全貌了。这是孩儿的主意，和莲儿无关，义母责罚孩儿一人便是。"说完，愈发握紧莲儿的小手，低头等待玉真公主的责罚。

"仙芝，义母何曾说要责罚于你了？"听完仙芝的解释，玉真公主非但不生气，反而为仙芝的勇于担当感到欣慰。"来，莲儿，和义母说说，长安城好看吗？"

看义母并没有批评他俩的意思，莲儿又恢复了灿烂的笑容，几步走到玉真公主身边，脆生生道："义母，方才阿兄看莲儿一人闷闷的，便带莲儿去登高望远，莲儿还从未见过这么大的长安城呢！阿爷曾经教莲儿读《庄子》，其中有句话，莲儿当时不明白，如今明白了。"

"哦？哪句话？"听莲儿提及王维，玉真公主心里一动，含笑问道。

"井蛙不可以语于海者，拘于虚也。"莲儿抑扬顿挫地念了一遍，"阿爷教我这句话时，我不相信世上真有井蛙之蛙这样的人，如今才发现，莲儿也是井底之蛙。"

听莲儿说到"井底之蛙"时，玉真公主似乎怔了怔，出神地看着莲儿，直到莲儿怯生生地问"义母，莲儿可是说错了"时，才回过神来，淡然一笑"莲儿不曾说错"，便不再言语。

自回到宴席后，仙芝便隐隐觉得玉真公主似乎有心事。他双手捧起案几上的鸿雁纹纯银凤首壶，恭恭敬敬地为玉真公主斟了一盏菊花茶："义母，重阳节的菊花茶最是清香，请您喝口茶，润润喉吧。"

看着懂事的仙芝和乖巧的莲儿，玉真公主嘴角渐渐浮起一丝苦笑，语重心长道："仙芝、莲儿，其实这天底下的人，谁不曾笑话井底之蛙，谁又不是井底之蛙呢？只不过，有的人是自己明白过来，有的人却需别人点醒罢了。"

听玉真公主说出这番颇有禅意的话，莲儿眨了眨眼睛，似懂非懂，仙芝则低下头去，细细回味。

他们都不知道，就在刚才他们离席去俯瞰长安城时，玉真公主竟被圣上暗讽为井底之蛙，而起因就是莲儿的阿爷——那个总是让圣上不大高兴、却又让义母放心不下的男人。

刚才，玉真公主离席去敬皇兄酒，闲话家常时，李隆基冷不丁问道："持盈，今年春闱及第的士子中，可有入你慧眼的？不妨向皇兄推荐一二。"

"皇兄，去年冬天金仙姊姊身体欠安，我去洛阳陪伴了半年。今年初夏从洛阳回来后，又去骊山住了一段日子。今年春闱之事，倒是不曾留意。不知皇兄想要怎样的得力人？"

"张相自去年以来便抱病在身，朕多次遣御医上门诊视，依然不见好转。偏偏九龄也因母病而回乡侍疾，迟迟未归。更有甚者，还有人不识抬举，擅离职守，这集贤院上下，莫非要唱空城计了不成？"李隆基声音并不算太高，但任谁都听得出来，他言语之间已颇为不满。

玉真公主听他说到"还有人不识抬举，擅离职守"时，脑袋顿时"嗡"的一响，皇兄呵斥之人，不是王维，还会是谁？

她心思急转，忙定了定神，含笑道："皇兄礼贤下士，集贤院又是多少士子梦寐以求的清贵之地，皇兄若需妥当人，持盈回头便帮皇兄寻思寻思，想来总不繁难。"

看玉真公主在他面前顾左右而言他，李隆基心里不由又好气又好笑，看了一眼玉真公主，却不说话。

玉真公主心里一沉，看来皇兄还是看穿了她的心思。也罢，在皇兄面前，本就无法掩饰什么，但一时之间，又不知该说什么才好，只好讪讪地笑了笑。

好半晌后，李隆基才摇了摇头，叹了口气道："持盈啊持盈，你何苦委屈了自己？因一叶而障目，因一云而蔽日，画地为牢，作茧自缚！"

李隆基这番话不啻当头一记棒喝，让她顿时颜面扫地。从小到大，她还从未听皇兄和她说过这般重话，脸上不由红一阵白一阵，半晌才强压住心头的激荡，牵了牵嘴角道："皇兄谆谆教诲，持盈谨记于心。不过，持盈愚钝，倒是不曾觉得委屈，什么画地为牢、作茧自缚，更是不大明白。今日是忠嗣凯旋的好日子，请皇兄尽情喝酒，莫为持盈坏了心情。"说完，急急欠了欠身，不待李隆基再说什么，便匆匆离去。

她必须赶紧离开，因为，她怕再慢一步，就会让皇兄看穿她伪装的坚强。她可以在皇兄面前违心地说自己不曾觉得委屈，但只有她自己知道，此时此刻，对那个不知身在何处的王维，她怎会没有半点委屈？

她一心一意为他谋划，却换来他一声不吭不辞而别。任谁都明白，但凡他心里有一丁点儿她，怎会说辞官就辞官？说远行就远行？更何况，他辞去的那个官职，还是她放下颜面向皇兄求来的。他如此任性而为，只能说，他心里压根儿就没有她！

然而，她却拿自己没有法子。皇兄说的是，他一次又一次伤了她、负了他，她却依然因他而障目、因他而蔽日，困在井中，无法自拔！哪怕这口井是一口枯井，哪怕她明知喝不到一口甘甜的井水，却依然执迷不悟。

她曾和霍国公主说："谁爱对方多一点，谁就会低到尘埃里。但愿有朝一日，能从尘埃里开出一朵花，开进他的心里。"

如今看来，她从尘埃里努力开出一朵花，他却选择视而不见。

她如此委屈自己，到底所为何来？或许，上辈子、上上辈子，她曾伤过他、负过他，所以，这辈子，注定只能心甘情愿还给他……

当玉真公主在长安百转千回地怨念王维时，王维正孤身一人在蒲州祭扫亡妻。

深秋的寒风已带着刺骨的凉意，在地面上打着旋。飘零一地的落叶，转眼间便不知被吹到了何处。只有那座单薄的新坟，依然在秋风萧瑟中岿然不动，似乎在告诉眼前的断肠人，摩诘，我并未离你远去，我一直都在这里。

"璎珞，今日是九月初九，我来陪你了。"王维不知道在风中立了多久，只觉得这样静静地守候着璎珞，没有旁人来打扰他们，心里有一种久违了的笃定和安宁。

他俯下身子，从食盒中取出焦糖、粉果、面茧等璎珞素日爱吃的点心，一一摆放在坟前的长条青玉案上。然后，举起璎珞给他温酒时惯用的锡壶，给其中一个青瓷茶盏斟了小半杯菊花酒，给另一个青瓷茶盏斟了一满杯，对着新坟柔声道："璎珞，你不胜酒力，今日陪我喝一小杯，可好？这第一杯酒，为夫先干为敬。"

说着，举起酒杯，一仰头便喝了下去。不知是酒太烈，还是喝得太急，还是寒风吹到了眼睛里，当他放下酒杯时，眼角已呛出了隐隐的泪光。

王维将半杯酒缓缓洒在坟前，又顾自斟了杯酒，絮絮说了下去："璎珞，你还记得九年前的今日吗？那一天，咱们成亲了。你知道吗？自在长安街头第一次遇见你，我便觉得，冥冥之中，你我自有缘分。而老天，也确实成全了咱们。"

王维一边说着，一边端起酒杯，动作悠然间，转眼又喝下了两杯："璎珞，你还记得那天我为你吟的诗吗？我再吟一遍与你听，可好？"

他咽下了一口酒，再开口时，声音中已不可抑制地带上了几许哽咽："'传闻烛下调红粉，明镜台前别作春。不须满面浑妆却，留着双眉待画人'，这是刚到你家门口时吟的催妆诗。后来，你告诉我，自你我定亲后，你便开始憧憬，每日清晨由我为你画眉……傻璎珞，你知道吗？你的眉毛，不用画便已经那样美。"

王维喝完了第三杯酒，继续泪中带笑地说了下去："兴宗却总是淘气，嫌一首催妆诗太少，我便又吟了一首，兴宗这才放过我，让我进了你家。而我，在看到你的那个瞬间，便笃定这世上再没有第二个新妇子能如你这般美好了。"

新婚那天的点点滴滴，一股脑儿涌上心头，王维再也说不下去，抬起头来，强忍着看在秋风中打转的落叶，热泪终究不受控制地顺着眼角悄然滑落……

"璎珞，你还记得吗？那次你不远千里来长安看我，我送你回家的路上，在你耳畔对你说，今生今世，我的马鞍只为你一人而留。往后余生，我会独自浪迹天涯，替你去走你不曾走过的路，去看你不曾看过的风景。待将来咱们重逢之日，我一样一样说给你听，可好？"

泪眼模糊中，王维取出随身带来的琵琶，调拨一番后，打起精神道："璎珞，为夫已经有些日子没弹琵琶了，你喜欢听什么？为夫这便弹给你听。"沉寂半晌后，王维轻拨琴弦，开始弹奏璎珞生前最喜欢的那首《阳春古曲》……

不知弹了多久，只觉得天边的红日一点一点沉了下去，在被即将到来的无边黑暗吞没之前，王维依依不舍地放下琵琶，拿起树枝，在坟前一笔一画写下了他当年送给璎珞的那首诗——红豆生南国，春来发几枝？愿君多采撷，此物最相思。

"璎珞，你好好歇着，我会常来看你。"夕阳西沉，暮色四合，王维听着幽幽风声，心中渐渐释然。只要两个生命的心灵是相通的，死亡又有何惧？就像此刻，他并不觉得璎珞已离他远去，相反，他觉得璎珞依然能看见他写的每一个字、听到他说的每一句话……

祭扫完璎珞，在家侍奉了母亲一段时日后，王维决定去巴山蜀水看看。

虽然王维对蜀道之难早有耳闻，但真正走过这一遭后，才知道蜀道之险峻，非常人可以想象。

这一路上，多是凿山架木为路，人行其上，下临深渊，稍不留心便会坠落悬崖。但饶是如此险峻，依然吸引天下名士竞相来之，因为沿途的风光着实让人震撼！

抵达益州后，王维决定潜心作画，将他一路上看到的奇山异水一一入画，不负此行。

当731年春天悄然来临时，他才恍然惊觉，自己已在益州住了数月。他不知道，这半年多来，长安发生了多少事情。

先是730年12月，张说溘然长逝。再是731年春天，李隆基采纳张说的推荐，传召在家侍奉母疾的张九龄回到长安，擢拔其为秘书少监兼集贤院学士、副知院事。张九龄感念张说的知遇之恩，为张说撰写墓志铭。

对长安人来说，春天是最热闹的季节。但对玉真公主来说，731年春天却索然无味。任凭长安城的男女老少竞相到大慈恩寺观赏桃花，任凭霍国公主多次邀请她去大明宫观赏牡丹，玉真公主依然意兴阑珊。没有王维的春天，还有什么可赏可看的？

直到元丹丘带来一个消息，才如早春一声惊雷，顿时一扫她心头阴霾！

这天，元丹丘兴冲冲地跑来玉真观，一进门就迫不及待道："好叫公主得知，贫道终于有王大人的消息了！他如今正在益州，益州正因他而一画难求呢！"

"他在益州？"玉真公主"腾"地站了起来，紧紧盯着元丹丘，眼神中有一种久违了的亮光。

"千真万确。贫道听说王大人是去年冬天入蜀的，已在益州住了一段时日。如今，益州正争相收藏王大人的《栈阁图》《蜀道图》等多幅名作，那些出高价而不得的，便只好找人临摹，一时竟是益州纸贵。贫道先前还道王大人只会写诗，原来竟还画得一手好画！王大人真是奇才，贫道佩服得紧！"

元丹丘滔滔不绝地一路说了下去，并不时拿眼角余光去看公主脸上的欢喜神情，他终于知道李白为何入不了公主的眼了……

"丹丘，摩诘会的东西，何止写诗画画？你也未免太小看了他。"玉真公主不以为然地瞟了一眼元丹丘，看在他鞍前马后为她打探消息的份上，并不和他计较，只是挥了挥手道："你也辛苦了，回去歇着吧。"

元丹丘自知失言，正担心会被公主呵斥，看到公主只是一语带过，才舒了口气，识趣地离开了。

春天还是那个春天，但对玉真公主来说，在元丹丘带来这个好消息后，眼前的春色已经完全不同了！

"原来，他不辞而别，竟是去益州游山玩水了？莫非他已平息丧妻之痛了？他曾发誓要为亡妻守丧三年，如今三年已到，不知他将作何打算？"看着庭中开得如火如荼的石榴花，玉真公主思绪万千。忽然，一个大胆的念头浮上心头——皇兄不是让我举荐贤士吗？青城山就在益州，我何不以此为由，在青城山上清宫举办一场盛大的诗会，而且，必须请他赴会！

十多日后，玉真公主便来到了青城山。她暗暗下定决心，上次来上清宫时，她是来这里疗伤。而这一次，她要在这里成就一段佳话。

为了这段佳话，她已经等了整整十年！

他愿意为亡妻守丧三年，在别人眼里已经足够坚韧，但在她看来却不值什么。因为，她比他更坚韧。一生中能有几个十年，但她却愿意为他等上十年甚至更久。她觉得，她对他的感情，已经坚韧到地不可崩、山不可摧，她铁定了心要他。今生今世，他必须是她的，也只能是她的！

玉真公主要在青城山举行诗会的消息，很快在益州城内掀起了轩然大波！要知道，玉真公主是圣上跟前的大红人，若能有幸受邀参加诗会，于仕途而言，无疑就是一条千载难逢的通天捷径。因此，青城山诗会的请帖，和王维的《蜀道图》《栈阁图》一样一帖难求！

这日，益州刺史彭玄突然来到王维寓居的客栈，为他送来青城山诗会的请帖。他以为王维收到请帖定会惊喜不已，但万万没有想到的是，王维只是淡淡一笑，接过帖子，礼节性地抱了一拳道："有劳彭大人了。"便再无多余的话。

彭玄甚觉无趣，一路上百思不得其解，这让天下名士梦寐以求的请帖，怎么到了王维手里，便好像一文不值了？王维再有才华，也未免太轻狂了吧！

彭玄离开后，看着静静躺在案几上的请帖，王维深深叹了口气。这一切，其实都在他的意料之中，唯独没有想到的是，玉真公主比他想象得更直接、更大胆、更不顾一切。

他是了解玉真公主的，他那个为亡妻守丧三年的誓言，注定只能阻挡一时，阻挡不了一世。果然，三年后，该来的，都来了！即使他躲在离她千里之外的地方，依然逃不掉、躲不开！而且，这一次，她已经不介意让世人知道她在意他的事实了。

那么，就坦然赴会吧。无论她使出多少手段，他都会坚守对璎珞的承诺。

如果她非要步步紧逼，他就亮出他手中最后一张底牌——他已潜心向佛，今生今世，不再娶妻生子。

第六十五章　旁敲侧击　高手过招

当青城山的杜鹃花像一场势不可当的山火般一夜之间染红了整座山时，上清宫里终于迎来了益州从未有过的盛大诗会！应邀参加诗会之人，随便说出一个名字，都会让人咋舌不已。

率先来到上清宫的，是南诏部落首领皮逻阁。当他骑着白象，款款来到上清宫门前时，等候在门口的一众道童们，无不目瞪口呆。她们见过诸多骑射娴熟之人，独独没有见过能把大象驾驭得如此气定神闲之辈。

皮逻阁朝众人点了点头，只摸了摸大象的如扇大耳，大象便温顺地跪了下来。皮逻阁从容落地，向上清宫内走去。

他是南诏部落第四代王，三年前即位，在他的励精图治下，南诏部落日益强大，大有一统洱海六诏之势。不知为何，在即将见到大唐公主时，心里竟然有种莫名的激动。

当皮逻阁见到玉真公主的一刹那，不由心头激荡。他一边行君臣之礼，一边暗暗赞叹："早听说玉真公主天生丽质不说，更有无双才华。今日一见，果然气度不凡，那通身上下的气派，南诏女子竟是无人可比。"

接着来到上清宫的，是司马承祯的高徒薛季昌。玉真公主知道王维很敬重司马道长，本想请司马道长前来青城山一聚，但无奈司马道长已年逾九十，正在王屋山修道，实在不忍打扰，便改请道长的高徒薛季昌赴会。

当然，既然是诗会，自然少不了名扬天下的文人雅士。玉真公主将和王维交好的文人雅士从四面八方一一邀请了来。这其中，有綦毋潜、房琯、李颀、李龟年等人。玉真公主心中暗喜："待会他看到这些故交，不知会是怎样的惊喜？"

不过，诸多宾客中，有一人是不请自来的，他便是李白。听说玉真公主要在青城山举办诗会，元丹丘便来替李白求了一张诗会请帖。

玉真公主本不想给，但听元丹丘说"李白怀才不遇，蹉跎至今"时，忽然想煞煞李白的傲气，让他来见识一下真正怀才之人，便同意了元丹丘的请求，把元丹丘高兴得什么似的。

　　玉真公主幽幽地想着，当王维用琵琶弹奏起《郁轮袍》时，满座宾客都会知道，什么才是真正的才华……

　　此时此刻，看着满座宾客或聚首说笑，或同席闲谈，玉真公主却无心周旋。她真正要等的那个人，怎么还不来？

　　她心中烦闷，只身来到厅堂后面的庭院，看着那漫山遍野开得正艳的杜鹃花，不由想到了那个关于杜鹃花和杜鹃鸟的美好传说。

　　相传，杜鹃鸟的前生是古蜀国君望帝，不幸失国，怨愤而亡。他的精魂化为杜鹃鸟，在无边的寂寞里声嘶力竭地啼哭直至泣血。不料，杜鹃鸟啼落在泥土里的血泪，有一天竟开出花来，花色如血，映山而红。那如血的红颜，似乎是花儿对杜鹃鸟的灼灼深情。于是，此花便叫杜鹃花。

　　从此，每年春天，杜鹃花开，杜鹃鸟鸣，鸟穿花底，成了人间四月的一场衷情。

　　"在杜鹃鸟最悲凉的时候，杜鹃花懂它的苦楚，拼尽全力为它绽放，它们是生命的知己。所谓惺惺相惜，不过就是如杜鹃花和杜鹃鸟般，知你冷暖，懂你悲欢。"玉真公主痴痴地想着。

　　当王维掸去一路风尘、健步走入上清宫时，原本还在和宾客谈笑晏晏的玉真公主，一眼就看到了人群中那个熟悉的身影。她身子不由一震，笑容凝在脸上，目光情不自禁落在了王维身上……

　　有的人，即便藏身于千万人之中，你也能一眼看见，激起心中波澜；有的人，即便站在你面前，你也恍若未觉，仿佛与你无关。于玉真公主而言，王维无疑就是前者。

　　他终于来了！

　　一年多不见了，他虽然面容清减了些，但身形依然挺拔，身上那袭半新不旧的青色圆领长袍，更是将他本就黑亮的眸子衬得亮如星辰。

　　当这个朝思暮想之人，如此安然无恙地站在面前时，玉真公主先是松了口气，接着却是一阵失落。看来，没有她的庇护，他一样可以过得很好……

　　穿过满堂宾客，王维走到玉真公主面前，行君臣之礼道："在下拜见公主。"

　　玉真公主脸上慢慢绽放一个意味深长的微笑："一年多不见，你倒是比在集贤院时更洒脱了。想来你这一年游山玩水，定然惬意的很。"

　　公主这句话，看似温婉和气，但话里话外的嘲讽之意，王维怎会听不出来？

　　"多谢公主，在下本是散淡之人，此生所愿，不过是海阔天高、自由自在。若能在有生之年走遍天下山山水水，倒是不枉此生。"

　　"海阔天高、自由自在？"玉真公主不由怔了怔，多少达官贵人迷恋长安，而他呢？难不成他后半辈子就只想浪迹天涯了吗？

见公主默然不语，清风小声提醒公主道："公主，宾客已悉数到齐了，您看？"

玉真公主这才抬眸笑道："承蒙诸位赏光，今日上清宫群贤毕至，请诸位入席吧。"

上清宫的厅堂极为宽敞，玉真公主坐于北边当中独设的一席，其余席位则东西相对设立，薛季昌被安排在东首第一席，皮逻阁被安排在西首第一席，王维被安排在东首第二席，其余如房琯、李龟年、綦毋潜、李颀、李白等，分别依次入席。

眼见道童将自己领到东首第二席，王维不由一声暗叹，这座次，任谁都看得出来玉真公主是有多抬举他。如此一来，他方才在玉真公主面前的那番恭谨，倒像是故意演戏给别人看，让人觉得矫揉造作了。

但是，事到如今，也只能恭敬不如从命。王维向一旁的薛季昌揖了一礼，躬身入座。

玉真公主和王维之间的问答以及王维的座次安排，旁人或许不甚留意，即便留意了也未必往心里去，但有一个人却看得真切，他便是被安排在西首末席的李白。

对于一向骄傲的李白来说，此次赴会，真是百般滋味、一言难尽。

当元丹丘兴冲冲地将青城山诗会帖子送给他时，他心中了然，放下酒壶，哈哈笑道："丹丘生啊丹丘生，上次咱们去骊山别馆求见公主，公主从头到尾不曾拿正眼瞧我一眼，如今怎会邀我赴会？你不用哄我，我自然知道，这是你替我求来的。"

正当元丹丘一脸沮丧时，他又哈哈笑道："我总不能辜负了你一番好意，你放心，我定当赴会！"

元丹丘放心地离开后，他又拎起酒壶，仰头痛饮了一大口，自嘲地摇了摇头。"若是其他诗会，凭他是什么王公贵族，这样乞来的帖子，我李白是断然不会去的。但是，玉真公主么，不一样。"

此时此刻，坐在上清宫西首末席，李白到底意难平。他今日第一次见到王维，元丹丘说他的水墨山水画能让"益州纸贵"，但从衣着谈吐来看，也似乎寻常得很。唯一不寻常的，是玉真公主待他的态度。

他方才留神看去，其他宾客向公主行礼时，公主都只是点头微笑，唯独王维行礼时，公主却一反常态，饶有兴致地和他攀谈。倒是王维，反而摆出一副云淡风轻的模样，应答之语都是场面上那些冠冕堂皇的路数，让人辨不出其中的情绪。

正当李白对王维腹诽不已时，一道道用饰银牙盘装饰的生鱼脍、五牲盘、烤鹅、羊羹等美味佳肴如流水般端了上来。

玉真公主悠然道来："说来惭愧，我好些年不曾召集诗会，口也生了，笔也拙了，今日劳烦诸位前来，便是想借借诸位的才气，不让自己成为朽木才好。"

公主话音刚落，在座宾客无不纷纷赞叹，有说"公主殿下若是朽木，那世上便无人敢称自己有才了"，有说"天下士子无不以能参加公主诗会为荣，还请公主多多召集诗会为盼"，也有说"世人皆知公主写得一手好字，只是无缘一见，深以为憾"……

在一片称颂声中，玉真公主掩住嘴角那抹笑意，看了一眼近在咫尺的王维。和旁人不同，他只是安安静静地坐在那里，身影挺拔如松，侧颜沉静俊朗，不用说话，就已成了一道风景。

玉真公主悠然笑道："既然是饮酒写诗，岂可无丝竹管弦之乐？董大，你擅抚古琴，可否赏光为大家抚上一曲？"

玉真公主话音刚落，董大忙起身避席行礼道："多谢公主抬爱，承蒙诸位不弃，董某便厚颜抚上一曲，还请诸位凑合一听。"

董大名叫董庭兰，是名满长安的琴师，家中排行老大，故人称董大。他深知公主喜欢婉转哀怨的曲子，便特地挑了有"千古第一琴女"之誉的东汉才女蔡文姬创作的琴曲《胡笳十八拍》，低头抚了起来。在座诸人听着听着，无不眉头微蹙、面容哀戚起来。

玉真公主用眼角余光瞟向王维，只见他面容沉静，手指随着琴声轻轻敲打节拍。那修长白皙的手指仿佛有种魔力，让她只看了一眼，便不忍将目光挪开。

一曲既了，众人还未回过神来，便听玉真公主点头笑道："如此天籁，真叫人如痴如醉。曲子既赏，倒要请在座诸位赋诗了，不知哪位高才先来一首？"

王维心中雪亮，公主这是想和十年前在骊山别馆那样让他当众赋诗。那一次，他写了《奉和圣制幸玉真公主山庄因题石壁十韵之作应制》，但这一次，他铁定了心不再出头。因为，他早已有备而来。

见玉真公主当众考人诗才，元丹丘忙凑到李白身边小声道："今日机会难得，你少不得要好好露一手，总要叫公主对你刮目相看才好。"

李白点了点头，正欲起身吟诗，不料，却被坐在东首第三席的李颀抢了个正着。李白不认得他，倒是元丹丘见多识广、交友广泛，在李白耳边低声道："此人姓李名颀，也是蜀中人氏，也喜欢炼丹修道，年轻时曾在河南登封隐居过一段时日。听说他与王维、綦毋潜等人交好，擅长以乐入诗，且看他如何说。"

只见李颀避席而起，向公主躬身行礼道："在下李颀，仰慕董大已久，今日有幸聆听《胡笳十八拍》，颇为感慨。李某和房给事对面而坐，房给事亦有同感。李某想借董大琴音，吟一首《听董大弹胡笳弄兼寄语房给事》，不知可否？"说着，便回头看了房琯一眼，房琯忙抱拳一笑。

玉真公主原本想着让王维这个首席，不料竟半路杀出个李颀，自告奋勇要写诗，且还要写诗给房琯。而李颀正是王维推荐过来的。原来，这其中竟还有这样的原委！

她顿时明白过来，大有一种被王维算计的感觉，不由一阵郁气，但面上却也不好说什么，只得点头道："好。"

李颀思忖片刻，朗声吟道："蔡女昔造胡笳声，一弹一十有八拍。胡人落泪沾边草，汉使断肠对归客……"

李颀一口气吟了下去，待他吟完最后一句，厅堂内顿时响起雷鸣般的掌声，便连向来恃才傲物的李白，也暗暗佩服李颀对《胡笳十八拍》的精妙领悟。不过，独有一人并不惊讶，仿佛早就知道李颀今日定能写出如此好诗，此人便是王维。

王维和李颀是故交，说起来，他们相识已有十多个年头了。那时，王维在京城备考，李颀在登封隐居。李颀疏放超脱，对音乐具有高超的鉴赏水平，被同样精通音律的王维引为知音，常一起抚琴吹笛、饮酒作诗……

当王维收到彭玄送来的诗会请帖时，他明白，按玉真公主的性子，定会让他在诗会上大出风头，但他实在不愿被公主捧到风口浪尖。正左右为难时，他想到了李颀。

李颀本是蜀中人氏，又精通音律，写得一手品鉴音乐的好诗。因此，无论公主要人弹琴也好，写诗也罢，横竖都难不倒李颀！

于是，他忙给李颀修书一封，并托彭玄转告玉真公主，他定当赴会，并想邀一好友一同前往，还请公主玉准。玉真公主高兴还来不及，哪有不允之理？

李颀不知王维为何邀他一同赴会，也不知为何要他在诗会上主动拔得头筹，他只知道，王维这样做必定有他的道理。

当玉真公主当众提议作诗时，王维不慌不忙地看了李颀一眼，李颀立即会意。因此，便有了这样一番话、这样一首诗！

当王维和李颀相视一笑时，厅堂上再次响起了玉真公主温婉的声音："董大的琴音自然是好的，但若没有李君这样的知音，倒也可惜了。独乐乐不如众乐乐，李君吟诗与房给事，不知在座诸人能否也吟诗与李君？"

说着，玉真公主的目光缓缓扫过在座宾客，最后有意无意地落在了王维身上，见王维只是低头喝茶，便索性点名道："摩诘，李君是你好友，于情于理，你也应与他和诗一首，你说是也不是？"

这一回，王维心知躲不过，便放下茶盏，坦然迎上她的目光，起身抱拳道："多谢公主厚爱，李君确是在下多年挚友，在下很是佩服李君才华，今日愿借公主宝地，为李君吟诗一首。"说着，转身看着李颀，嘴角含笑道："闻君饵丹砂，甚有好颜色。不知从今去，几时生羽翼……"

李颀知道王维是在调侃他的炼丹修道，便哈哈笑道："李某不才，在公主面前更是不敢班门弄斧，不过，摩诘若是喜欢，李某愿将丹砂倾囊相赠。"

王维会心一笑，抱拳道："多谢李兄。"

接着，房琯、綦毋潜等也纷纷和起诗来，一首接着一首，文思泉涌，好不热闹。正当李白也想和诗一首时，玉真公主却似乎有些倦了，示意大家落座，笑容中似乎透着一丝慵懒："虽说是诗会，但若一味作诗，终究无趣。眼下百花盛开，正好可以玩玩射覆，大家意下如何？"

听说要玩射覆，大家顿时来了兴致，最兴奋的莫过于皮逻阁。方才听在座宾客摇头晃脑地吟诗，他只恨自己读书太少，竟是半句诗都说不出来，只想找个地缝往里钻，没得叫玉真公主笑话了去！

现在好了，这射覆、投壶、猜谜、酒令的玩意，他要在公主面前好好表现一番了！

于是，公主话音刚落，皮逻阁就"嚯"地跳了起来，向公主叉手行礼道："启禀公主，在下特从南诏带了上好美酒来，不敢夸口说是琼浆玉液，但也算能入得了口。待会玩射覆时，能否请公主赏光品上一品？"

见皮逻阁贸然跳将出来，玉真公主心里不妨，不由觉得好笑，故意打趣他道："你远道而来，却还带着这沉甸甸的酒水，莫非是怕上清宫的酒水入不了你的口？"

皮逻阁顿时涨红了脸，急急辩解道："不不不，皮逻阁一介武夫，笨嘴笨舌，方才所言，是想让公主得知……"

看皮逻阁急得面皮紫胀，玉真公主心里不由一阵暗笑。他这神情举止，哪里像个部落首领，倒像一个腼腆的毛头小伙，便笑着打断了他的话："今日这射覆嘛，自然由我先当令官，谜底是各色鲜花，请诸位猜上一猜。若是猜中了，令官喝酒，若是猜错了，猜者喝酒。这喝的酒嘛……"说着，玉真公主看了皮逻阁一眼，点头笑道，"就用你特特带来的上好葡萄酒罢，也不枉你的一番苦心了。"

"多谢公主，按咱们南诏部落的规矩，我要先敬公主三杯才是。"皮逻阁说着便去拿他装酒的犀角杯。

看他一副"说风便是雨"的模样，玉真公主不由掩嘴笑道："莫急，莫急，待会自有你喝的时候，且看你猜中猜不中。"

皮逻阁挠了挠头皮，一脸憨笑道："便是猜错也无妨，我愿意为公主多喝几杯。"

皮逻阁这番举止显然有些突兀，在座宾客不由心中暗笑，皮逻阁如此沉不住气，实在难登大雅之堂。

王维看着皮逻阁的一言一行，他的直觉告诉他，皮逻阁绝非只是献殷勤，而是情不自禁。

因为，他从皮逻阁看玉真公主的眼神中，看到了那种只有见到心仪爱慕的女子时才特有的光芒。那种光芒，他只有看璎珞时才有过……

第六十五章 旁敲侧击 高手过招

"诸位，射覆这便开始了。"

只见清风捧了一个四周雕莲花卷草纹的双层大方竹盒，沿着厅堂两边座席慢慢走了一圈，好让每人都看清竹盒里的杜鹃花、迎春花、美人蕉、桃花、梨花等各色花草。

大家都仔细看了几眼，唯独王维、皮逻阁、李白只匆匆瞥了一眼，不过，他们却各有各的心思。

王维对射覆向来没有兴趣，因为能否猜中，全凭运气。皮逻阁则是一心只求猜错，这样方有机会多喝几杯，好让公主领教他的好酒量。李白则是射覆高手，在长安酒肆和一众胡姬玩此游戏，不说百猜百中，也是十拿九稳。

射覆原就是碰运气，玉真公主存心想让王维多喝几杯，便提议道："这第一轮，就从东首开始吧，大家依次猜上一猜。"

坐在东首第一席的是薛季昶，他随口说了个"迎春花"，玉真公主掩嘴笑道："请师兄喝上一杯吧。"一旁的清风忙手持酒壶，替薛季昶满上了一杯。薛季昶端起酒杯，呵呵笑道："早听说南诏葡萄酒是酒中上品，今日借师妹宝地，有幸一饱口福了！"

玉真公主的心思并不在薛季昶身上，她款款走到王维身边，笑盈盈道："摩诘，轮到你了。"

王维起身淡淡一笑："杜鹃花。"

玉真公主一阵惊喜，竹盒中有几十种花草，他怎么独独猜中了杜鹃花？莫不是心有灵犀一点通？她示意清风打开盖子，果然是一束开得正艳的杜鹃花，举座顿时一片喝彩声。

王维也是一怔，他只是随口一说，怎么竟然中了？今日来上清宫的路上，看到漫山遍野的杜鹃花，不由睹物思人，想起了曾经和璎珞携手赏花的日子……

"摩诘，你还愣着做甚？快请令官喝酒呗。"一旁的李颀推了推王维，朗声笑道。

"若是公主不胜酒力，这酒不喝也使得，并不打紧。"王维不欲成为众人关注的焦点，想着还是快些轮到下一位才好。

不料，公主却点头笑道："身为令官，岂能带头坏了规矩？清风，斟酒来。"

清风遵命，在公主的深碧色宽口六棱玉石杯里倒了一盏西凉葡萄酒。那奇异的酡红波光，似乎能从薄薄的杯壁中直透出来。

公主轻轻摇了摇酒杯，仿佛想起了什么似的，抬头看着王维道："摩诘，说起来，好些年不曾听你弹奏琵琶了。十年前你在玉真观弹奏过的那把琵琶，今日恰好就在这里，不知还能弹否？"

一阵微风吹了进来，用亳州轻纱制成的帘帷随风飘动，发出细微的沙沙声。

当着这么多人的面，公主突然和王维叙起旧来，这其中的深意，恐怕再无人看不出来。大家纷纷看向王维，目光中有太多好奇、羡慕和惊讶……

王维的心情却远非"惊讶"那么简单。在他收到彭玄送来的诗会请帖那一刻，他就明白，在对他隐忍了那么多年后，她已经不想再委婉下去了。她要让世人知道，她在意他。他原以为让李颀替他出头就能蒙混过去，如今看来，他还是低估她了。

如果说她在下一盘棋，那么，这句"不知还能弹否"，便是一个棋眼。两人对弈时，谁占据棋眼，谁就赢得先机。棋眼活，全盘皆活；棋眼输，全盘皆输。

在众人的目光中，王维退后一步，躬身行了一礼，再抬头时，目光澄澈，从容道来："禀告公主，在下以为，琵琶大概尚能弹得，但弹琵琶和听琵琶之人的心情，或许早已不同了。"

公主显然怔了一怔，端起手中的六棱玉石杯轻啜一口。那微甜的酒水慢慢滑下嗓子，似乎抚平了心中的一些郁气，嘴角渐渐浮现一抹似有若无的笑意："想那刚从树上摘下的葡萄，生涩得紧，但假以时日，竟酿成了如此琼浆玉液。看来，时间当真神奇得紧。"公主故意停了一停，又顾自说了下去，"摩诘方才所言，自然不无道理。若说这世上最善变的，确实莫过于人心。但世上之事也难说得紧，你看那些身处桃花源之人，千百年来，'不知有汉，无论魏晋'，竟是丝毫没有变化。"

王维点了点头，笑容和煦道："公主博古通今，在下佩服之至。我等凡夫俗子，无缘似武陵人般得遇桃花源。不过，若是心有桃花源，便也处处都是桃花源了罢。"

他俩之间的对话，像高手过招一般，大道无形，风过无痕。在众人不解的目光中，玉真公主会心一笑，放过了王维。

第六十六章　真言刺心　美酒醉人

射覆还在继续，厅堂中不时爆发出一阵哄笑声。趁大家玩得正欢，王维悄然走出厅堂，到庭院中四处散散。

玉真公主始终留意着王维的一举一动，见他走了出去，她也悄悄离席，循了出去。

庭院中安静得能听见风吹过树叶时发出的沙沙声。在庭院西边的四角飞檐竹亭里，王维负手而立，不知在眺望远方的重峦叠翠？还是欣赏漫山遍野的杜鹃花？

玉真公主定了定神，强压住心头的激荡，朝他走了过去。"摩诘。"在距离王维一丈之遥处，玉真公主收住脚步，轻唤一声。

王维心头一怔，身子似乎有些僵硬，停顿片刻后，才缓缓转过身来，对着公主行了一礼道："在下不知公主在此，若是唐突了公主，还请公主恕罪。"

看着近在咫尺的他，玉真公主只觉得一颗心快要从胸腔里跳将出来，柔声道："此处并无旁人，你我之间，还需如此生分吗？"

"启禀公主，在下虽然不才，却也明白天道、地道、君道、父道。对臣子来说，无论身处何地，自当遵守天、地、君、父四道。"王维虽未抬头，却已感受到公主那灼热的目光。

玉真公主在心里低叹了一声，摇了摇头，转身看着远方的夕阳，像是告诉王维，又像是告诉自己："残阳如血，今日的残阳，怎会如此的美？"静默片刻后，转头看着王维，一字一句道，"如若你不是臣子呢？"

夕阳的余晖漫过王维的身影，也漫过了玉真公主的心弦。公主问得漫不经心，王维却不敢掉以轻心。他思忖片刻，淡然笑道："公主可以说笑，在下却不能当真。"

"是吗？原来在你眼里，我竟是说笑了？"玉真公主微扬下巴，目光却不依不饶地落在王维脸上，声音显然有些发涩，"摩诘，十年前，四哥问过你的问题，今日我若再问你一次，你会如何作答？"

王维心头一惊，十年前，岐王问他的，不正是是否愿意成为驸马？公主今日旧事重提，显然是有备而来。刹那间，他心头涌上了一种难言的情绪，其中，有抗拒，有逃离，也有不忍。毕竟，惹公主伤心难过，从来非他所愿。

这一刻，似乎连风都停了下来，不忍惊扰眼前的一切。一树梨花静静绽放枝头，静候王维的答案。

就在一息间，只听到王维深深地叹了口气，对着公主深深行了一礼："微臣只愿，公主永不会问我。"

公主眸中的亮光一点一点暗了下去，好半晌后，嘴角浮上一丝嘲讽的苦笑："摩诘，斯人已去，你为何念念不忘？"

王维摇了摇头，转过身子，声音中有一种不可名状的沉重："或许，有些人，有些事，虽然明知是劫是痛，却不忍忘记，不愿放下。因为，这一生便是为此劫此痛而来。"

王维的声音并不响亮，但落在玉真公主耳里，却是锥心般地疼。他的性子看着温和，但他不想说的话，不想做的事，怎样逼他都是枉然。不是吗？他明知她在意他，却在她面前如此表白对亡妻的深情，他眼里还有没有她？

想到这里，她再也忍不住，看着王维的背影涩声道："摩诘，着相修行百千劫，离相修行刹那间，这么多年过去了，你怎么还是看不开、放不下？"

王维缓缓转过身来，目光中似乎有一种哀莫大于心死的悲凉："或许这是在下命数使然。可是，公主亦何曾看得开、放得下？或许，公主和在下，原是一样的人，只是各有各的劫数，各有各的缘法罢了。"说完，退后一步，向公主深深行了一礼，"起风了，公主请回吧，请公主多多珍重。"

怎么，他又想这样轻巧地躲过去吗？且慢，这世上总有一些事情，必须掰开了问，揉碎了说。无论如何，他今天必须给出一个答案！

正当公主想上前一步，直接问他是否愿意当驸马时，有个人却朝他们走了过来。她忙退后一步，定睛一看，不是别人，正是那个心高气傲的李白。

原来，李白今日在诗会上一直闷闷的，不仅写诗时插不上话，便是后来玩射覆时，没有胡姬在侧，也懒懒的提不起劲。原想着能有机会和玉真公主说上几句，到头来才发现公主眼里只有王维，即便那个南诏首领大献殷勤，也丝毫入不了公主的眼，那他又何必自讨没趣？

他越想越觉无趣，便溜出厅堂，到处转转，不料竟在庭院里撞见了玉真公主和王维，心里顿时是满满的不屑——他方才在众人面前装得那般恭谨，一转身便在这里私会公主，这哪里是男子汉大丈夫的行径？

"好叫公主得知，李某方才多喝了几杯，有些头昏脑涨，便出来散散，不料竟冲撞了公主和人说话，李某这便告退。"李白急忙向公主解释了几句，并有意无意看了王维一眼。

当王维看到李白误闯庭院的那一刻，心中顿时如释重负，但看到李白看他的眼神后心中不由一沉。李白眼中有不屑，有鄙夷，更有藏不住的敌意。

王维心思急转，心头渐渐雪亮起来，便将错就错道："李君客气了，方才王某正和公主闲聊蜀中风土人情，王某孤陋寡闻，多有不知。听说李君是蜀中人氏，刚好可以答疑解惑。"

玉真公主心中哀叹，原本好好的机会，被李白一搅和，就像一记重拳打在了一团棉花上，顿觉无力。于是，她懒懒地摆了摆手："罢了罢了，起风了，回头再说吧。"说完，便头也不回地顾自往厅堂走去。王维点头一笑，向李白伸手示意道："李君请。"李白最不耐这种虚礼，"哼"了一声，阔步向厅堂走去。

最先留意到玉真公主脸上郁色的，是皮逻阁。

方才玩射覆时，她脸上还笑微微的，怎么转眼之间，就愁眉不展、心事重重？

"公主，方才的西凉葡萄酒虽然美味，到底不是南诏所产，我此番还带了南诏特有的美酒，想斗胆进献公主。"

这皮逻阁今日怎么带了这么多酒来？难不成在他眼里，大唐公主竟是嗜酒如命的酒徒吗？想到这里，她不由哑然失笑，抬头看着皮逻阁道："下回你若有机会面见圣上，可以进献美酒。我这里，就免了吧。"

"公主有所不知，在咱们南诏，这酒堪比仙丹，男女都爱喝上几口。男子喝了力大如牛，女子喝了分外娇羞……"看皮逻阁越说越是离谱，玉真公主忙摆手止住了他，"如若真有你说的这般好，你倒可以进献圣上。若是圣上喜欢了，你也有些好处。"说着，脑海中不由掠过皇兄和武惠妃在一起时的恩爱模样，心里不由愈发失落起来。

皮逻阁想玉真公主至今仍孑然一身，方才和王维说话时，又似乎话里有话，一番心思急转后，絮絮说了下去："不怕公主嫌我啰唆，我方才说的南诏美酒，是用青稞浸泡的玉龙雪莲虫草酒。这虫草倒也罢了，这玉龙雪莲却非同寻常，被南诏人奉为有灵性的神物，很多南诏人一辈子都没能看到一次。若是看到了，便能被神眷顾。公主，你说稀奇不稀奇？"

"玉龙雪莲？"玉真公主若有所思道，"莫非这玉龙雪莲比天山雪莲还要稀奇？"

看公主似乎有了兴趣，皮逻阁忙上前一步，精神抖擞道："说到玉龙雪莲，还有这样一个传说。几百年前，南诏形成之初，玉龙雪山脚下有两个部落。部落首领原是兄弟，因权力之争，手足相残，从此世代为敌，不得通婚。但偏偏有一对痴男怨女，中邪着魔般爱上彼此，非要成亲不可，但两个部落哪里容得下他们？他们发誓要同生共死，双双跑到玉龙雪山山顶，跳崖身亡……稀奇的是，第二年春天，在他们鲜血流过的地方，竟开出了一雌一雄的并蒂雪莲。更为稀奇的是，若是被人摘走其中一朵，另一朵必定枯萎而死。如此奇事，一传十、十传百，最后闹得两个部落人人都深信，这并蒂雪莲就是痴情男女的化身，是神灵派他们来警醒两个部落，不能再这样世代为敌了。于是，两个部落首领尽释前嫌、重修旧好。为了纪念痴情男女，还特地用上等吐蕃青稞虫草酒来浸泡这玉龙雪莲。我们南诏人成亲之时，新郎新娘需各喝上三口，寓意前世、今世、来世、生生世世都做夫妻、永不分离！"

玉真公主一开始有些漫不经心，当听到"痴情男女双双殉情"时，一颗心便提了起来，听到最后"生生世世都做夫妻、永不分离"时，心中早已感慨万千，想那在她看来蒙昧不化的南诏国，都有如此可歌可泣的爱情，为何她身为大唐公主，却一直为情所困、为情所苦、为情所伤？

见玉真公主默然不语，皮逻阁小心翼翼道："虽说只是传说，但却是南诏人代代相传的，我不敢欺瞒公主。玉龙雪莲自古难求，相传只能在当年痴情男女鲜血流过的地方才能找到，被南诏人奉为'百草之王'，还请公主笑纳。"

皮逻阁这几句话在玉真公主脑海中久久盘桓，挥之不去。忽然，一个大胆的念头从她心头掠过，连她自己都吓了一跳。

即便没有法子得到他的心，也要留住他的人，而法宝就是皮逻阁进献的玉龙雪莲虫草酒。

想到这里，她定了定神，看了皮逻阁一眼，缓缓开口道："难为你千里迢迢带了过来，方才又费尽口舌说了这样一通话，如若我再推辞，倒是不近人情、于心不安了。"

皮逻阁顿时喜不自禁，搓了搓手道："多谢公主厚爱，公主喝了若是喜欢，还请公主在圣上面前替我美言几句，我定感激不尽。"说着，双手叉在胸前，毕恭毕敬地弯腰行了一礼。

"原来，皮逻阁兜了这样一大圈子，是想让我替他在皇兄面前美言几句。"看着这位不通诗文却不远千里赶来参加诗会的皮逻阁，玉真公主心头暗笑，安慰他道："你放心吧。"

看着这抹比春风还要和煦的微笑，皮逻阁不由心中一热。这样美好的女子，真该拥有这世上最美好的爱情！只可惜，他似乎入不了她的眼……

"斯人已去，你为何念念不忘？"自回到座席，王维面上平静，但心里却一直想着玉真公主方才问他的这句话。公主那几多哀怨、几多期待的眼神，就像一根针刺进他的心里，让他隐隐作痛。

扪心自问，他对得起公主吗？答案是：对不起。

就在方才，公主幽幽地问他："摩诘，十年前，四哥问过你的问题，今日我若再问你一次，你会如何作答？"

他该如何回答？他能如何回答？如果她问他，他的答案依然还是那三个字——对不起。

是的，对不起。

他明知道自己对不起公主，但依然只能告诉她这三个字。因为，他的心里，自始至终只有一个人——崔璎珞。

世上已无崔璎珞，人间再无王摩诘。

他清楚地知道，他所有的爱都已随着璎珞的离去而一同陪葬。对于世间其他女子，他已无心去爱，亦无力去爱……

深情最是磨人，常把一生揉尽。

就像此刻，当小道童将一份用刻花卷草纹白瓷盘盛放的鲂鱼摆在他面前的案几上时，他不由怔住了。

这不是璎珞最爱吃的鲂鱼两吃吗？一边是用绿粽叶衬着的生鱼片，一边是用细松枝架着的烤鱼架，这熟悉得不能再熟悉的美食，让他一时竟不知身在何方？今夕何夕？

他闭上眼睛，耳畔似乎响起了璎珞那巧笑嫣然的声音："摩诘，洛鲤伊鲂，最是鲜美，这般一鱼两吃，你可欢喜？"

这声音由远及近，越来越清晰，越来越响亮，让他忍不住以为，只要睁开眼睛，便能看到璎珞就在眼前，但他不敢睁眼，因为他知道，璎珞只活在他的幻觉里……

"洛鲤伊鲂，原是塞上美食，这样的做法倒也新奇，不知你可吃得？"王维正顾自出神时，头顶竟传来了玉真公主那悠远无波的声音。

王维心中一惊，忙睁开眼睛，一时竟有些回不过神来。世上怎会有如此凑巧之事？从公主口中说出的话，怎么竟像是替璎珞来问他的？

似乎看出了王维目光中的愕然，玉真公主侧头问道："怎么？似乎不大合你的口味？"

王维忙定了定神，脸上迅速恢复了他一贯的从容不迫，起身笑道："公主有心了。这道鲂鱼两吃让我想起了一些往事，有些感慨罢了。"

想起了一些往事？自然是他和崔氏之间的往事了。玉真公主心头一沉，勉强牵了牵嘴角，试图掩住心底的怅然，声音却依然有些酸涩："是吗？美食须配美酒。摩诘，你我相遇一场，可否为我喝三杯酒？三杯之后，你我之间，便互不相欠。"

"三杯之后，你我之间，便互不相欠。"王维抬头看着公主，一时有些难以置信。

半个时辰前，她还试图让他成为驸马，怎么半个时辰后，便决定放了他。这半个时辰内，究竟发生了什么？

但不管什么原因，王维相信，这是公主的真心话。因为，她声音中的酸涩是真实的，她目光中的凄凉是真实的，她举手投足间的失落，是真实的……

他无意伤她，但到头来，到底还是伤了她！一种强烈的负罪感席卷而来。

就算末了形同陌路，相遇也是恩泽一场。此时此刻，只要公主心里能好受些，无论让他做什么，他都心甘情愿，何况只是喝三杯酒而已。

于是，他拿过公主手中的鸿雁纹纯银凤首壶，往酒杯里斟了满满一杯。琥珀色的美酒泛出温润饱满的光泽，看着竟比长安西市的三勒浆、五云浆还要醇厚些，果然是不可多得的好酒！

王维不假思索，仰头一饮而尽，只觉得胃里有种火烧火燎的灼热感，渐渐蔓延到全身，一股热辣醇厚的酒劲直冲头顶，不由脱口而出道："这酒好生了得！"

任它酒劲如何猛烈，既然答应公主连喝三杯，自然要说到做到。于是，他继续拿起酒壶，满上一杯，又喝了下去。

看着他动作悠然却是转眼喝完了两杯，玉真公主到底有些不安起来。看他第三次斟满了酒，便伸手按住了他的手背，柔声道："这是南诏国进献的雪莲虫草酒，到底有些不同，还是先用些吃食吧，莫急着喝完。"

王维愣了一下，抬头看了公主一眼，眼神已经有些迷离。这南诏国的酒，确实不同寻常。两杯下去，竟感觉额角隐隐发沉。但，君子一诺千金，岂有喝了两杯就中途作罢的道理？

于是，他强自撑住，摇头笑了笑，不动声色地抽出手来，慢慢端起酒杯，正想送到唇边一饮而尽时，只听公主叹了口气，幽幽道来："摩诘，将来无论发生什么事，请莫怪我、怨我。但愿你明白，我所做的一切，都只是因为——我在意你。"

王维心头一惊，想伸手止住公主不再往下说，但身子却是一个趔趄，再也站立不住，不听使唤地向后倒去……

在他倒下前的最后一刻，他听到的最后一句话是公主在他耳边急切的呼唤："摩诘，你怎么了？来人呐！"

第六十七章　　身有不堪　　心有嫌隙

是夜，月光如水，清风无边。

玉真公主屏退左右，独自走进用青石围砌的温泉池。透过氤氲的雾气，可以看到池水泛着粼粼波光。这是皇兄十多年前命人为她开凿的温泉，但她却总觉得池子太大，空荡荡的好生无趣。

然而，今夜，她却脱下穿了二十年的道袍，披上轻柔的薄纱，缓缓步入池中。在一处半凹的石台上，懒懒地躺了下来，长长地舒了口气。

此刻，他已沉醉在上清宫的西厢房，她已成功留下了他。那么，然后呢？

想到这里，她胸口似乎有团火苗在熊熊燃烧，一颗心更是跳得厉害，仿佛随时都会从胸腔里喷薄而出。她忙垂下双肩，将整个身子浸入温软的池水，似乎只有这样才可以让心渐渐平息下来。

仰望满天繁星，不知为何，一股伤春悲秋的莫名愁绪和着水汽渐渐升腾……

今晚，是属于她和他的良宵。为了这个良宵，她把这辈子该说的、不该说的话都说了，该做的、不该做的事都做了，到头来，还是不得不出此下策。

她知道，她这样做，或许是自绝于他，或许是铤而走险，或许是玩火自焚。今夜之后，他或许会轻视她、怪罪她、怨恨她，但是，她已经顾不得这许多了。

她再不愿像十年前那样，因为在意他的心，便放走了他的人。为了那次放手，她付出了等待十年的代价！

她已经错了一次，不能再错第二次！她已经错过他一次，不能再错过他第二次！

此时此刻，她的心里只有一个声音，那就是不惜一切代价，得到他。即便得不到他的心，也要得到他的人！

夜色渐深，繁星闪烁，红烛跳跃，她按捺住激荡的心情，从浴池中缓缓起身，用葛巾拧干湿发，松松挽在脑后，在妆台旁的月牙凳上坐了下来。

妆台上，是一面海棠花形海兽葡萄纹铜镜。或许是在温泉中躺得久了，镜中的她，靥生红晕，丰肌如雪，尤其是那乌黑透亮的眸子，仿佛有火焰跳跃，将整张脸映照得分外明丽，更有一种平时不曾有过的娇艳妩媚。

这样的她，任他再是铁石心肠，也是会动心的吧？她不由按住胸口，强压住心头的激动，穿上若隐若现的藕色纱裙，缓缓向西厢房走去。

王维下榻的西厢房，她早已派人精心布置过。屋子正中是一架落地的华榻，榻上三面设着插屏，烟雾般轻柔的粉色纱帐从四面垂了下来，仿若一座华丽的纱亭。

玉真公主推开虚掩的房门，一眼便看见王维和衣躺在榻上，双目微闭，面容有一种雕塑般的宁静。床头案几上有一对卧羊铜烛台，烛光跳跃，氤氲成一团团朦胧的光晕。

如果说，她在来西厢房的路上，还在反复问自己"这一次，我会不会又做错了"，那么，在见到王维无懈可击的俊朗容颜后，她心里已经有了答案。

即便错了，也注定是今生最美丽的错误。

这样想着，便一步一步向华榻走去，在王维身边跪了下来。他静静地躺在那里，额头饱满，鼻梁挺直，白皙的脸上略有红潮，浓密的睫毛在眼底投下淡淡的青痕。

她小心翼翼地伸出手去，轻轻抚上了他的脸颊。

这是她第一次如此真实地触摸他的皮肤，当她的手指碰触到他发烫的脸颊时，她顿时有种心悸的感觉，他身上仿佛有一种魔力，顷刻间就能将她彻底融化。

她情不自禁地轻抚他的脸颊、额头、鬓发，一路向下，为他解下腰间的玉带……她的心开始狂跳不已，原本稳定的手指渐渐不受控制地颤抖起来。

和他共度良宵的画面，她不知想过多少回！她以为美梦成真时，她会镇定自若。但，她显然高估了自己。

此时此刻，她只觉得身体深处似有一座火山在蠢蠢欲动、蓄势待发。她明白，在火山爆发前，她要将自己完全交付给他。

于是，她一根一根解开了纱衫的衣带，当只剩下最后那件贴身缠弦时，不觉怔了怔，犹豫片刻后，轻轻一扯，松开了颈部和腰部的两处系结……

他和她之间，再也没有千山万水，再也没有君臣尊卑，再也没有爱恨纠缠。他们只是一个男人和一个女人，今夜，他们的身体将属于彼此。

她钻进他的怀里，忘情地亲吻他身上的每一寸肌肤，如痴如醉，半梦半醒。她心里只有一个声音，她想一直和他在一起，直至天荒地老、天涯海角……

在她带着滚烫气息、不依不饶的亲吻中，原本沉醉的王维似乎被她点燃了！他仿佛看到眼前有一大片鲜花争相绽放，一群百花仙子簇拥着一位绝代佳人，向他袅袅婷婷走来。他定睛一看，向他走来的佳人，不正是他朝思暮想的璎珞吗？他的璎珞，终于又回来了！

"璎珞，璎珞……"忽然，一阵沙哑急促的喘息声从玉真公主头顶传了过来。她心中一惊，不待她反应过来，他已翻转身子，似乎想要抓住什么似的，将她牢牢箍在了怀里。

"璎珞，别走！"一股滚烫热烈的气息扑面而来。她正想说"摩诘，我是持盈"时，他的唇便急急地覆了上来，带着不可抑制的热烈、霸道和渴求，侵入她的唇齿，辗转缠绵……

"原来，他心里想着念着的，还是他的亡妻！"玉真公主的心不由抽搐了一下，生疼，生疼，但这份疼痛很快便被淹没在随之而来的愈发热烈缠绵的亲吻中。

她脑中渐渐一片空白，什么都不再想，什么都不愿想，唯一的念头，就是要用更热烈、更缠绵的亲吻回应他……

不知过了多久，在一声急过一声的喘息声中，他在她耳畔大喊了一声"璎珞"后，便又沉沉睡去了。

若不是耳边依然吹来他那炙热滚烫的呼吸，她简直会以为，他自始至终都是这样静静地躺着，方才那个和她抵死缠绵交融的人，不是他……

那一声声忘情的"璎珞"，每唤一次，便像一把锋利的刀子剜进她的心里，锥心般的痛。她终于明白，在这个她自以为属于她和他的夜晚，在这张她自以为属于她和他的榻上，并非只有他们两人。

她虽然如愿得到了他的人，但他的心却依然给了那个名叫"璎珞"的女人。从头到尾，他都只是将她当作了他的亡妻！

"鸾胶处处难寻觅，断尽相思寸寸肠"，再缠绵的夜晚，也终有天亮的一刻。

玉真公主不知自己是何时睡去的，仿佛只是刚刚入睡，便听到耳畔传来一个低哑震惊的声音："我怎会在此？"

她心中一个激灵，忙睁开双眸，一眼看到王维正胡乱穿上中衣，急欲离榻而去。

"摩诘！"她忙支起身子，一把扯住他的衣袖。身上的轻纱倏忽落地，露出她那雪白光洁的肌肤。

王维只觉得一阵刺目，忙转过身去，痛苦地闭上了眼睛……

昨晚那场宴会，到底发生了什么？怎么区区三五杯酒，便能让他烂醉如泥？怎么一觉醒来，他竟和她相拥而眠？他和她之间，到底发生了什么不堪之事？莫非，这一切从一开始便是她精心设置的一个局？

刹那间，他前所未有地厌恶自己。

王维啊王维，你这具身体，已经可恶地背叛了你的内心，背叛了你深爱的璎珞！你该为这具身体感到极度可耻、可恨和可悲！

剧烈的头痛阵阵袭来，他挣扎着起身，晃了晃身子，向门边一步一步走去。

"摩诘，不要走。"玉真公主不顾一切地从身后紧紧环住了他，"摩诘，都是我不好，让你连喝三杯酒。你醉得不省人事，我心里过意不去，半夜来为你送茶，结果……总之，摩诘，昨夜之事，我不怪你。"玉真公主声音渐渐低了下去，竟有一种平时不曾有过的柔媚。

好一个"半夜来为你送茶"，好一个"昨夜之事，我不怪你"……王维痛苦地摇了摇头，闭上眼睛，半响才冷冷地一字一句道："公主，请放手。"

玉真公主一怔，果然，清醒后的他又恢复了原来的模样！眼前的他，和昨晚那个和她抵死缠绵的他，是同一个人吗？不管怎样，他这样一句简简单单的"请放手"，便能将昨夜之事一笔勾销了吗？

想到这里，她不由又羞又恼，放开王维，压住心头的委屈，似笑非笑道："摩诘，你难道还不明白，发生昨夜之事后，你我之间，已经回不去吗？"

"昨夜之事"？又是"昨夜之事"！这四个字，就像一把锋利的匕首，每提一次，便狠狠扎进他心里一次。

他再次痛楚地闭上眼睛，紧紧握住拳头，悔恨、自责、愤怒等各种情绪纷纷涌上心头。事到如今，他能怪谁？无论怪谁，大错已经铸成，一切都无法挽回了！

良久之后，他缓缓转过身来，眼底已是一片冰凉："公主，昨夜之事究竟如何，想必公主比我更为清楚。若是我做了不堪之事，冒犯了公主，我自然罪该万死，愿听凭公主发落。我只恳求公主就此放手，请公主自重。"

"自重？呵呵，自重！"听到王维说出"自重"二字，玉真公主心中一沉，原本因期待而发亮的眸子瞬间暗了下去，一颗心似乎渐渐沉到了海底。

他说得对，昨夜之事，她自然比他更为清楚。但是，她这样苦心谋划，又是所为何来？她定定地看着王维，目光中有几许哀怨、几许心痛，更有一种不容置疑的坚定。

"我若记得不错，十年前，我已经放手过一次。十年后，我不会再放手了。王摩诘，你好自为之！"说完，拢好外裳，头也不回地转身离去。

看着公主迅速消失的身影，王维苍白的面孔如同戴上了一副僵硬的面具，只觉得对自己这具皮囊厌恶到了极致！

"十年后，我不会再放手了。"公主走之前丢下的这句话，冰冷、坚硬，其中的寒意几可凝冰。

他明白，爱有多深，痛有多深。他不是不明白公主的心意，但是，这辈子，他注定给不了公主想要的。哪怕她用手段让他做了不堪之事，她也无法让他爱上她。

因为，他的爱，在璎珞难产而亡的那一刻，便早已冰冻尘封。

璎珞因他而亡，这辈子，他都无法原谅自己！如果可以用他的生命换回她的，他愿意为她死一千次、一万次而在所不惜！但是，老天并不给他这样的机会！那么，就让他用漫长的一生来向璎珞赎罪吧。

"璎珞，对不起……"此时此刻，他只想跪在璎珞坟前，向她深深忏悔。

当王维在心底向璎珞深深忏悔时，玉真公主也在静室苦苦挣扎。

"我只恳求公主放手，请公主自重。"他这句冷若冰霜的话，让她不寒而栗、心如刀绞。

这一生，她翘首以盼的，无非是遇见一个懂她的知己。

虽然王维一次一次拒绝她，但她却总觉得，他是懂她的。他懂她的心思，懂她的感情，只是，他故意装作不懂罢了，不闻不问，顾左右而言他。

昨晚，她撕去了所有横亘在她和他之间的障碍，和他融为一体。她想，任他再是铁石心肠，当一切都已尘埃落定时，哪怕他怪她怨她，也无法再逃避、再拒绝了！

没想到，他清醒后，没有怪她，也没有怨她，只是左一句"请放手"，右一句"请自重"，这比怪她、怨她更伤她的心，让她如坠深渊、无地自容！

她宁可他怪她、怨她，哪怕和她大吵一场，也胜过这样拒人于千里之外的冷漠和无情！

世上没有不透风的墙。

几天后，玉真公主为王维召集诗会、王维在诗会上酩酊大醉、公主特意留宿王维等故事，便在长安城中传得沸沸扬扬，且一个比一个离谱……

当李隆基辗转听说此事时，不由勃然大怒："荒唐！荒唐！区区一个校书郎，值得她如此大动干戈吗？她将自己置于何地？将朕置于何地？将皇家脸面置于何地？"

李隆基很少如此动怒，今日显然是气得紧了！武惠妃忙走了过来，软语温存道："陛下，持盈是你看着长大的，她的性子，你还不清楚吗？依臣妾看来，持盈并非那不知轻重之人。想来或是传得偏了，也是有的。"

听了武惠妃的话，李隆基心头的怒气稍稍去了一些，叹了口气道："衡娘，你有所不知，持盈于其他事上都能处理周全，但唯独遇见这个王维，便会乱了方寸，给朕添堵！"

"三郎，持盈出家多年，迟迟不愿还俗，想来自是心气颇高。衡娘倒是好奇，能让持盈乱了方寸之人，不知是何等人物？"武惠妃今日穿了一件银色锦缎绲边的杏色衫子，裙裾飘动间，有一种说不出的玲珑和娇媚。

这份玲珑和娇媚，和李隆基714年第一次见到她时，竟没有多少变化。她那吹弹可破的肌肤，无须描红画翠，便让他看她千遍亦不倦。更难能可贵的是，这么多年来，她一直是他的解语花。

他携了她的手，走到榻边坐下道："衡娘，朕和持盈的母亲离世时，持盈不满一岁，尚在襁褓中嗷嗷待哺。身为兄长，朕真心心疼她。好不容易等父皇当了皇上，她却想出家了。父皇没有留她，朕却舍不得，问她为何要出家。她告诉我，与其在这没有暖意的宫中寂寞度日，不如去那清净之地为亡母祈福。后来，朕多次劝她还俗，她都不肯，直到遇见那个王维！唉，朕真是不明白，他那样负她，她却为何那样护他！"

李隆基说着说着，便又有股火气直往上冲，声音不知不觉响了起来。

"陛下此言差矣。衡娘倒是觉得，王维既然能让持盈愿意为他还俗，必定有其过人之处。再不济，总有什么打动了她吧？只是咱们不知道罢了。"

"唉，下回你若见到持盈，和她好好说道说道，怎样的男子才能托付终身，莫再如此执迷不悟了！"

"若说怎样的男子才能托付终身，自然是像陛下这般的男子。只可惜，世上只有一个陛下，衡娘何其有幸，才能得遇陛下。"说着，便起身向李隆基福了一福，举手投足间有种说不出的柔媚。

李隆基不由心中一动，忙一把拉住惠妃，轻抚香肩道："衡娘，是朕何其有幸，才能得你陪伴左右。"

看李隆基心情好转，武惠妃心思急转，觉得今日倒是一个说事的好机缘。原来，她心里一直存着一件事。

在世人看来，武惠妃是天下最圆满的女子，但对她来说，却有两个未圆的梦。

第一个梦，便是皇后梦。因为她是武家后人，所以虽然李隆基想立她为后，但朝臣们激烈反对，此生注定与皇后无缘。虽然她知道她不是皇后，胜似皇后，但却总觉得是个遗憾。

她的第二个梦，是太子梦——废掉太子李瑛，改立她的爱子李瑁为太子。

李瑛是李隆基次子，生于706年，715年正月册立为太子。李瑛生母是曾经受宠的赵丽妃，已于726年过世。武惠妃觉得，这个梦是可以做一做的。

因此，趁今日李隆基心情甚好，武惠妃便一边替他捶腿，一边柔声道："陛下觉得瑁儿这孩子如何？"

说实话，排行十八的李瑁因从小在宫外长大，各方面都是平平。但因他是武惠妃所生，李隆基爱屋及乌，对他一直格外眷顾。

"瑁儿生性纯厚，是可造之才。"

"多谢陛下厚爱。瑁儿从小不在臣妾身边，臣妾对他照顾不周，很是愧疚。"武惠妃故意叹了口气。

"让瑁儿在宫外长大，也是为他好不是？你放心，朕定会好好栽培他，如今让他遥领益州大都督、剑南节度大使，不是越发能干了吗？"李隆基托起她低垂的下巴，低声道，"怎么，爱妃似乎不大开心？"

"衡娘没有不开心，只是有些忧心。"武惠妃眉蹙春山，愈发我见犹怜。

"哦？何忧之有？"

"知子莫若母，瑁儿的性子到底柔弱了些，衡娘忧心他将来会被兄弟们欺压了去。"

"衡娘多虑了，朕看着孩子们都还和睦，常在走动，衡娘不必忧心。再说了，有朕在，瑁儿定不会受任何委屈。"

"兄弟间经常走动自是好事，但若走得过勤过密，恐怕……"说到一半，武惠妃忽然停了下来，一副欲言又止的样子。

李隆基揽过武惠妃，低头笑道："在朕面前，还有什么话不可说的？但说无妨。"

"衡娘不敢欺瞒陛下，这些时日以来，衡娘留心看去，太子李瑛、鄂王李瑶、光王李琚三兄弟似乎走得很勤。兄弟们感情融洽自是好的，但只怕他们……衡娘想着，或是他们的生母关系厚密，所以他们也比其他兄弟更为亲密？"

李隆基是明白人，不等武惠妃说完，便已明白了武惠妃话里话外的意思。

太子李瑛的生母是赵丽妃，鄂王李瑶的生母是皇甫德仪，光王李琚的生母是刘才人，当年都曾得宠，但自从衡娘来到他身边后，她们便纷纷失宠。三人同病相怜，常在一起抱怨武惠妃。武惠妃方才这番话，似乎暗示太子有意拉拢兄弟，培养自己的势力。

自古以来，皇上和太子之间的关系都极其微妙。一方面，皇上会为自己后继有人而高兴，另一方面，皇上也会为这个接班人迟早要取代自己而心存戒备。

武惠妃和她姑祖母武则天一样，都懂得攻心为上。她明白，要想让李隆基对太子不满，最好的办法就是在李隆基面前说太子有迫不及待想取而代之的野心。

她漫不经心地说太子和兄弟们走得过近，其他事，就留给李隆基自己去想吧。

第六十八章　心如死灰　权倾朝野

几天过去了，玉真公主没有等来王维的接纳，却等来了皇兄的手谕。皇兄在手谕中只有寥寥数字："持盈，请速回宫，有事面商。"

看罢手谕，玉真公主心里一突，莫非金仙姊姊身子不好了？她去年夏天离开洛阳时，便担心姊姊的身子，如今一年不见，莫非……

但转念一想，又觉得和姊姊无关。如若姊姊身子不好，皇兄在手谕中开门见山便是，何必"有事面商"？

她深深叹了口气，无力地跌坐窗前，看着窗外的杜鹃花出神。时有杜鹃鸟在山谷中盘旋，传来一声声凄切的啼叫声，让人听了愈发不是滋味。

几天前，当她看到漫山遍野的杜鹃花时，她仿佛看到爱情正向她走来，花团锦簇，繁花似锦，是一个让人甜蜜的春天。

可如今，当她再看这些花时，仿佛看到爱情已无情地离她远去，就像春天的潮水，潮起潮落，退潮时，走得干干净净，不留下丝毫痕迹。

他身上那种拒人于千里之外的冷漠，几乎让她怀疑，那个和她有过肌肤之亲的人，莫非只是她的幻觉？

她不由扪心自问："这一次，难道我又错了吗？"

都说爱之深、责之切，但即便他执意要她放手，执意要逃离她，她却对他恨不起来。

因为，毕竟这一切都是她自找的。

如若不是她让他喝下那三杯酒，如若不是她主动投怀送抱，他怎可能和她有肌肤之亲？所以，她不恨他，只是感到深深的无力……

或许，在世人眼里，有这样一位皇帝哥哥庇护着她，还有什么事做不得？还有什么东西要不到？

但是，造化弄人，她付出了全部努力，却依然得不到他，即使她贵为公主，也拿他没有办法。

不对，不是拿他没有"办法"，而是不舍得对他有所"办法"。因为，他是她的情有独钟，是如同生命一样宝贵的存在。不，甚至比生命更宝贵！

这些年来，她不是没想过，既然拿他没有办法，那就忘了他吧。她尝试过，努力过，但最终却拿自己没有办法。

她没有办法忘了他，即使被皇兄嘲笑为井底之蛙，也拿自己没有法子！

此时此刻，她忽然想在皇兄怀里痛哭一场！就像小时候，多少个黑夜，当她躲在被子里偷偷啜泣时，皇兄总会出其不意地出现在她身边，拿各种小玩意来哄她开心，直到她睡着……

如果说，她的童年是漫漫长夜，那么，皇兄就是她唯一的阳光。只有和皇兄在一起时，她心头才有一点暖意。

此时此刻，皇兄远在长安，心里却惦记着她，急急唤她回宫；王维近在咫尺，却一心想逃离她，和她形同陌路。这不正是一个极大的讽刺吗？

这样想着、想着，心中的无力感便愈发深了一层，她决定明日就回长安。

无论将来如何，在她离开青城山前，她要和他好好谈一次。她希望，当他将来想起她时，依然是那个对他有援手之恩的她，而不是设局让他做出抱憾之事的她。

当玉真公主款款推门而入时，王维正站在窗边的案几前笔走龙蛇，满案都是一张张墨迹淋漓的纸……

玉真公主按捺住心头的忐忑，一步一步走了过去，在离他数步之遥处，赫然看到他刚写好的两句诗——健儿留为国家死，岂因竖子坐杀之。

玉真公主不由一惊，他的草书，她之前看过不少，透着古朴的东晋风骨，但今日这草书却迥异，笔锋里透着他不曾有过的飞扬激荡！

更让她惊讶的是，这两句诗出自丹阳公主的驸马薛万彻。他怎会写这两句诗？他想通过这两句诗暗示什么？

薛万彻是初唐一代名将，在平定突厥、征讨高句丽等战役中屡立大功，但最后却被诬陷参与谋立荆王李元景为帝，被处死于长安西市独柳树下。临刑前，薛万彻悲愤难抑,仰天喊出"健儿留为国家死,岂因竖子坐杀之",感叹自己身为大将,不是死于沙场,而是死于帝王家的阴谋!

王维今日写薛万彻临刑遗言,是想表明他不愿当驸马的决心吗?

王维写完最后一笔,并未立即转身,而是闭上眼睛站了一会儿,才转身向公主揖了一礼,一脸平静道:"在下不知公主前来,有失礼数,不知公主有何见教?"

又是这般恭谨得近乎陌生的口吻!玉真公主心里一沉,涩声道:"明日我就要回长安了,此来是向你道别。临别之际,你能陪我好好说会儿话吗?"

王维心头一怔,公主明日便要回长安了?她决定让他离开了?但是,公主声音里的酸涩,又让他隐隐有些不忍。

"公主,您是莲儿的义母,对莲儿呵护备至,在下感激不尽。将来您若想莲儿了,在下定带莲儿去看望公主。"

是了,莲儿!

刹那间,希望的火花又从心底冉冉升起,玉真公主久久凝视着王维:"摩诘,过去的事都让它过去吧,咱们一起照顾莲儿长大,可好?"

看着公主眼中闪烁的期盼,王维不由呆了一呆,默然半晌后,依然狠了狠心,缓缓地摇了摇头。

这些日子以来,他不是没有认真想过他和公主之间的事,他们的感情,到底何去何从?说真的,凭他再是铁石心肠,面对公主如此炽热、执着的爱,怎能没有半点感觉?

然而,这些感觉,到底还是愧疚、感动和不忍,这些愧疚、感动和不忍,到底不是爱情!

他的爱情,早在璎珞被老天带走的那一刻,也被老天带走了!从那之后,他觉得自己已经没有爱的资格,也没有爱的能力,他已给不了世间任何女子想要的爱情。

在漫长的余生里,他只想做一件事——为他最爱的却为他而死的璎珞孤独终老!

正因如此,他只能狠下心来,冷语相向,拒公主于千里之外。他宁可公主怨她薄情,恨他寡义,也不愿让公主继续对他心存幻想、痴痴等候……

屋内寂然无声,王维沉默良久,目光从公主脸上缓缓划过,清冷的声音里听不出一丝波澜:"哀莫大于心死,请公主忘了一个已经心死的人罢。"

这句话犹如一把匕首,将她的心刺得生疼生疼。笑,僵在脸上,痛,跌落眼底,受伤的泪水慢慢浮上眼角……

她一直抱着希望,期待奇迹的发生。在她以为就要看到黎明的曙光时,却被他再次推入黑暗的深渊。从希望到绝望,不过是弹指刹那!纵然她一往情深,到头来,依然败在了他的执念里！

她上前一步，逼视着王维的眼睛："谢谢你亲口告诉我这一切。但是，你看错人了。我从不相信这世上真有心死之人，我只相信，精诚所至，金石为开。"她的脸色越来越苍白，但一双眸子却仿佛有火焰在灼烧，冷笑了一声，"除非你这辈子再也不娶，否则，我不相信，你的心已经真的死了。"

说完这些后，她便转过身子，一阵风般冲了出去。她要在眼泪决堤之前，逃离他的眼睛！既然他如此狠心，她又何必在他面前示弱？哪怕伤口再深再痛，也要一个人躲得远远的，独自痛哭一场！

王维深深地叹了口气，转身望着暮色四合的苍茫大地，在心里低叹："持盈，你为了爱可以不顾一切，我也可以为了爱牺牲一切。在爱情面前，谁又能逃得过谁呢？终有一天，你会相信我说的一切。这辈子，我已无意再娶。"

马车在长安城一路飞奔，道路两旁，是迅速后退的苍翠浓密的槐树，透过槐树的叶缝，依稀能看见碧蓝如洗的天空。

当玉真公主风尘仆仆赶到大明宫时，李隆基一眼就看出她消瘦了何止一圈！唉，果然是为情所困！

"皇兄急召持盈入宫，不知所为何事？"

"持盈，这些年来，你一直为朕分忧，难为你了。"李隆基看着持盈，点头笑道，"听说你前些日子在青城山召集诗会，可是又在替朕物色天下贤士了？"

原来，皇兄如此急急召她入宫，是听说了青城山诗会一事。莫非，她和王维之间的是是非非，也已传到了皇兄耳中？

今日，皇兄故意不提王维，顾左右而言他，是不想让她像上次那样难堪吗？既然皇兄不提，自己自然也是装傻充愣的好。

于是，她定了定神，抬头笑道："皇兄御宇多年，为大唐江山日夜辛劳。能为皇兄分忧，是持盈的福分，亦是分内之事，皇兄怎么突然这般见外了？"停顿片刻，换上更为愉悦的声音道，"皇兄，这次青城山诗会，天下名士当真来了不少。"

"你的本事，皇兄还是知道的。青城山虽远在蜀中，但因是你召集的，天下名士自然趋之若鹜。"

"皇兄尽拿持盈说笑了。众多宾客中，旁人倒也罢了，那个来自洱海南诏部落的皮逻阁，倒是有趣得紧，尤其是对您的仰慕之情，当真如绵绵江水，滔滔不绝。"想到皮逻阁向她百般献殷勤的模样，她不由低头一笑，觉得至少该在皇兄面前替他说上几句，才不枉他进献了南诏美酒。

"唔，洱海边这六个南蛮小国，虽说地方不大，倒也有些能耐。想那其他五诏，多次背弃大唐，归附吐蕃，叫朕失望。倒是南诏，始终归附大唐，算是有情有义。此次皮逻阁跑来参加诗会，也算是有心之人。"

"皇兄看人极准，如今在皮逻阁治理下，六诏之中，南诏最强。南诏心向大唐，其他五诏便也不敢胡来。再说了，它们都归咱们益州郡管辖，掀不起什么浪来。"

"既然你说皇兄看人极准，要不要皇兄帮你分解分解？"李隆基看了玉真公主一眼，意味深长道。

玉真公主心知皇兄又要提王维这一茬了，忙转了话题道："方才皇兄不是说要物色天下贤士吗？这次诗会上，我倒物色了几个妥当人，可以为大唐效力，为皇兄分忧。"

"哦？何方人士？说来听听。"

"张相离世后，张大人主持集贤院事务，很是繁忙。我冷眼看去，宜寿县尉綦毋潜倒是胜任集贤院事务，在张大人手下做事，想来也会投缘。"

"持盈，你若是男儿身，朕倒要请你主持吏部了。"说完，哈哈一笑，对守候在外的高力士扬声道，"力士，传朕旨意，让中书舍人起草诏令，发门下审核，由吏部即日调宜寿县尉綦毋潜进京，任集贤院著作郎。"

"老奴这便去办。"

看皇兄当即采纳她的举荐，玉真公主不由有些意外："仅是一家之言，皇兄就不怕我管窥蠡测吗？"

"你方才说朕看人极准，其实你亦何尝不是？这些年来，你举荐给朕的人，几时看岔过？"见屋内并无外人，李隆基故意漫不经心道，"不过，唯独遇上王维后，你便有些看不准了。你方才说的綦毋潜，听说和王维私交甚笃。不过，你放心，王维是王维，綦毋潜是綦毋潜，朕自有分寸。"

李隆基慢悠悠地说着，玉真公主脸上却早已红一阵白一阵。正当她手足所措、无言以对时，只见高力士躬身走了进来，期期艾艾、欲言又止道："启禀陛下，老奴有一事相求，斗胆恳请陛下成全。"

"力士何事？但讲无妨。"

"启禀陛下，老奴想娶刀笔吏吕玄晤之女吕国姝为妻，不知陛下能否为老奴做主？"

"啊？这样也行？"玉真公主早已听得目瞪口呆，无论如何也想不到，高力士一介宦官，竟要娶正经人家的女儿为妻？然而，让她更加惊讶的是，皇兄竟然答应了。

"这有何难？你若喜欢，娶进门便是。朕今日便赏你丈人一个官身。传朕旨意，封吕玄晤为少卿。他若有儿子，也都酌情封官，你看着办便是。"

高力士喜不自禁，千恩万谢地去了。玉真公主却怔在原地，替那个此刻不知在长安何处的吕国姝惋惜！

女子美好如斯，却被强行嫁给宦官，哪怕这个宦官权倾朝野、呼风唤雨，但究竟还是宦官！造化弄人，莫过于此。

第六十九章　皇家秘密　惠妃心事

几天后，当玉真公主回到玉真观时，心里还想着武惠妃和她说的那番话。

那天，高力士向李隆基禀告欲娶刀笔吏吕玄晤之女为妻后，李隆基也乏了，不再追问玉真公主有关王维之事，只是留玉真公主在宫里多住几日。玉真公主一则不好拂了皇兄的盛情，二则也不想独自面对玉真观的寂寥，便依言住了下来。

不料，次日午后，武惠妃便亲亲热热地寻了过来，和她闲话家常。

武惠妃是何等玲珑剔透之人，先是夸她的通身气派和无双才貌，又说皇上如何挂念她，一段时日不见，便会在她面前提及……

说到最后，惠妃语重心长叹了一句："持盈，皇上说了，只要你开口，再难的事，他也会替你做主，让你千万莫委屈了自己。"

再难的事，皇兄也会替我做主？此刻，玉真公主在玉真观凭栏而立，怔怔地想着武惠妃的这句话。她能说什么呢？她只能笑了笑，回答说："多谢皇兄厚爱，有皇兄这份心意，持盈已心满意足，别无他求。"

她真的心满意足、别无他求了吗？不。只不过，她此生所求的，任何人都帮不了她。即便尊贵如皇兄，也只能拥有天下，而无法拥有天下人的心。

在发生了这么多事后，她觉得自己原先并不真正了解王维，如今才渐渐懂了……

那天在青城山分手时，她并没有到门口送他，而是站在窗前默默看他离开。

他将要上马时，踌躇片刻，转身对着上清宫正门端端正正地行了一个君臣之礼。抬头时，目光中似乎有种破釜沉舟的坚毅，仿佛他这一去，便要断了和她的所有尘缘。

在她看来，他对她是有感情的，只是他不自知罢了，抑或是不肯承认罢了。

就像青城山那晚，当他和她发生肌肤之亲时，明明热情似火，但清醒后却冷若冰霜。那个热情似火的他，是他的本心，而那个冷若冰霜的他，是他的克制。他替自己亲手筑起了一个城墙，这个城墙固若金汤，坚不可摧，旁人走不进去，他也走不出来。

这世上，最强大的对手，不是活着的人，而是亡故之人。如果对手还活着，你总能找到他的软肋，攻其不备，一招制敌。但是，对于亡故之人，你却没有这样的机会了。唯一的办法，是当局者自己拆掉城墙，走出围城，重新开始……

想明白这些后，玉真公主渐渐释然了。与其逼他爱上他，不如给他足够时间，让他慢慢想明白。他不明白三年，她等他三年，他不明白十年，她等他十年，如若他一辈子都不明白，那便等他一辈子吧。总之，她愿意用漫长的余生，等他真正走出来。

当玉真公主在玉真观渐渐释然时，王维也已踏上了新的旅程。

那天离开青城山后，他一路快马加鞭，只为去看一个人。

在发生了这么多事后，他很想找一个人说说话、喝喝酒，而离益州不远的孟浩然，正是这样的妥当人。

一路紧赶慢赶，王维终于到达襄阳。只见这里青竹掩映，屋舍俨然，在村中小童的带领下，王维来到了一处院落，这里就是孟浩然家。

两年不见，再次重逢，两人自有说不完的话。几杯酒落肚后，孟浩然感觉王维似有心事，但又不好冒昧打听，便手持酒壶，哈哈笑道："摩诘，愚兄有个不情之请，不知说得说不得？"

"孟兄请讲，但凡小弟能做到的，定尽心为之。"

"摩诘，你擅长丹青，画人物更是一绝。愚兄年已不惑，尚无一幅可心的画像，不知能否请贤弟为兄执笔？"

画像？王维心里一震，脸上明显怔了怔。他确实擅长画人物像，但这份擅长，在璎珞离世后，他却不愿再拿出来示人。他要把他最满意的人物像，永远定格在为璎珞画的那幅画上。

璎珞，我自认不是薄情之人，却万万没想到，竟在青城山做了如此不堪之事。璎珞，对不起。相信我，这是第一次，也是最后一次。从今往后，我不许自己再有任何对你不起之事。不许，永远不许……

这样想着，他便一杯接一杯地喝起酒来，仿佛只有彻底沉醉，才能让自己有那么一个喘息的机会。孟浩然什么都不问，也只是一杯接一杯地陪他喝酒，仿佛酒是世间最好的良药！

几天后，当王维辞别孟浩然时，他将一幅画像塞到了孟浩然手中。

孟浩然一愣，徐徐打开，只见画中之人身材颀长，面容清瘦，身穿本色圆领袍，骑马缓行。落款处，有这样一段话："维尝见孟兄吟曰：'日暮马行疾，城荒人住稀。'余因美其风调，至所舍，图于素轴。"

见到这样的画、这样的字，孟浩然喜出望外、叹为观止，紧紧握住了王维的手……

731年夏天，似乎热得比往年更早些。当大唐第一内侍高力士娶妻的那档子热闹过去后，气温就嗖嗖直往上蹿，直到7月底，竟没有下过一场像样的雨。朱雀大街两旁的槐树，成日被明晃晃的太阳照着，渐渐也有些无精打采起来。

这日，洛阳开元观道童明月赶来长安玉真观，请玉真公主赶紧前往开元观。

玉真公主心中一沉，虽然心里早有准备，但当她真的看到金仙公主时，依然还是一阵揪心。

饶是酷暑时节，金仙公主却盖着丝绵薄被，脸色蜡黄，双颊深陷，无力地躺在床榻上。和上次相比，老了何止十岁！

"姊姊，都是持盈不好，惹姊姊牵挂了。"玉真公主快步走到金仙公主床边，抚摸着金仙公主骨瘦如柴的双手，一阵唏嘘。

"持盈，都是姊姊这身子不争气，三番两次把你叫来……"金仙公主没说几句，便剧烈地咳了起来，连肩膀都抖得厉害。

玉真公主忙扶住姊姊，替她轻轻捶背，好半晌后，才将气慢慢顺了下去。金仙公主叹了口气道："持盈，我这身子，恐怕熬不过这个秋天了。"

"胡说，姊姊才多大年纪，便这样伤春悲秋起来了？"玉真公主起身斟了一盏热茶，喂金仙公主喝了几口。

"持盈，姊姊不怕死，真的。"金仙公主淡然一笑，"此番姊姊特地叫了你来，是想和你说一件事。这件事，存在姊姊心里很久了。"

玉真公主心里一突，姊姊如此郑重其事，想来定是非同寻常的要紧之事，便起身到门外长廊看了看，确定四下无人后，才返身折回屋内，挨近姊姊道："姊姊放心，持盈不是不知轻重之人，但凡不能说的，持盈绝不会多提一字。"

金仙公主定定地看着玉真公主，深深叹了口气道："持盈，这件事，姊姊本打算一辈子都放在心里，但思前想后，还是决定告诉你。这世上，也只有你，可以说几句体己话了。"

玉真公主含泪点了点头，是啊，这世上，能说体己话的，能有几人？

"你还记得四哥爱子瑾儿吗？"

听姊姊提到岐王，玉真公主眼神顿时暗了下来。那个仪表堂堂、风度翩翩的四哥，竟然已经辞世五年了！而他生前最疼爱的儿子瑾儿，更是先他四年而去！白发人送黑发人，那种绝望和痛苦，即便是旁人，看着都揪心，更何况生身父母者！

"持盈记得。"

"如果瑾儿还活着，如今该有二十一岁了吧？也会像瑛儿、瑶儿那样，娶妻生子了。"金仙公主幽幽地说着，目光似乎落在窗棂的某一个地方，又像什么都没有看。

玉真公主不由想起她陪司马道长去华州探望四哥时的情景，那时，王维陪他在窗下对弈，他的两鬓突然多了许多白发……

"其实，瑾儿的病，并不是不治之症，瑾儿本可以活着的。"忽然，金仙公主幽幽地说出了这句话，声音虽然依然轻微，但却让玉真公主心头一震！这究竟是怎么回事？

金仙公主摇了摇头，半响才苦笑道："一年多以前，我病重那阵子，皇兄派宫中尚药局章奉御来给我医治。几天后，皇兄又派高内侍来看我。于是，我便无意中听到了那本不该听到的话。"

金仙公主倒吸一口凉气，眼中似有一丝决然，强撑着坐直身子，一口气说了下去："那几天，我烧得昏昏沉沉。迷迷糊糊中，听到高内侍问章奉御，我的症状和当年李瑾的症状是否相似？章奉御说完全不同。然后，我便听到了高内侍那句话：'李瑾当年的病，圣上让你斟酌着办，可如今公主的病，圣上定要你护她周全。若公主有个三长两短，圣上让你不必回去复命了。'"说完这段话，金仙公主仿佛虚脱了一般，无力地向后倒了下去。

"斟酌"二字，任谁都知道，背后是什么意思……身在帝王家，玉真公主对"斟酌"二字熟悉得不能再熟悉了，心里顿时涌起翻江倒海般的揪心。

"人不为己，天诛地灭。持盈，谁叫我们身在帝王家呢？"金仙公主紧紧握住玉真公主的手，费力地说了下去。

"姊姊，小时候，皇兄、四哥、你、我，还有五弟，常躲在一起玩、一起闹……可惜那样的日子，再也回不去了！"

"持盈，姊姊之所以告诉你这些，不是要你去怨皇兄，而是想让你明白……"金仙公主又是一阵剧烈的咳嗽，待缓过气来，才一脸疼惜地看着玉真公主，"虽然姊姊只比你年长三岁，但在我心里，却是长姊如母。姊姊不在后，你要好好保护自己，莫让皇兄对你有所忌惮才好。"

是啊，姊姊是为了她好，姊姊担心她风头太盛后，即便皇兄对她没有想法，保不齐朝中大臣也会有所议论。所谓人言可畏，三人成虎，时间久了，说不定皇兄也会不放心。等到了那时，便一切都晚了！

想到这里，玉真公主的眼泪不由夺眶而出，在姊姊肩头哽咽道："不许姊姊胡思乱想，我要你好起来，咱们永远在一起！"

"姊姊在一日，咱们就做一日姊妹。哪天姊姊走了，你也莫伤心，姊姊会在天上看着你，守着你。"金仙公主泪中带笑道。

从这天开始，玉真公主便日日守护在姊姊身边，能多陪她一日，也是好的。

眨眼间，731年秋天悄然而至。秋风尚未从渭水吹来，长安街头那些犹带绿意的槐叶便已承受不住连日来的冷雨，纷纷扬扬落了满城。

当王维回到长安时，恍然发现，他这一走，竟离开了一年多。

王缙下衙后看到王维，又惊又喜，哈哈笑道："大哥，你这次远行，当真有点远呐！"

"夏卿，有你在，大哥很是放心，故在外面多耽搁了些时日。你将莲儿照顾得这般好，难为你了！"王维看了一眼出落得愈发水灵的莲儿，眼中是满满的疼惜。

"莲儿乖巧得很，我们欢喜得紧！"王缙转头看了莲儿一样，"莲儿，你阿爷若再出远门，你就给叔父当女儿吧。"

听说王维回来了，福嫂、小蝶也都忙忙地迎了出来，王维和她们一一打了照面，互相问候了一番。她们自是喜不自禁，赶紧去厨下准备晚膳，为王维接风洗尘。

"夏卿，若无他事，咱们到书房坐坐？"

"好，正想听大哥说说这一路上的所见所闻。"

书房被收拾得一尘不染，王维从行囊中取出卷轴、诗稿，将它们一一码在书案上。

"大哥，张相去年辞世后，已由张少监代为主持集贤院事务。张少监素来赏识你，你不妨去拜访拜访他，说不定可以重回集贤院。"

王维手中顿了顿，抬头笑道："夏卿，开弓没有回头箭，我既然离开了集贤院，便没有再回去的道理了。"

"大哥，此一时彼一时也。当初你离开，是因为张相和张少监都不在，如今张少监回来了，你去向张少监恳个请，想来应该不难。"

王维笑着摇了摇头，继续整理手中的卷轴和诗稿，云淡风轻道："夏卿，你是怕我闲在家里无事可做吗？我此次回来，实在是有太多事想做、太多事要做。旁的不说，单是整理这一路上的画稿和诗稿，恐怕就要费上大半年工夫。而且，我心里还存了一个念头，要把这些年在水墨山水画上的心得，一一梳理成文。他日若能遇见同道，也可切磋琢磨一番。另外，说来惭愧，道光禅师那里，也要常去才好……"王维剑眉微扬，星目如墨，整张面孔散发着由内而外的光芒。

看着王维眼中的亮光和脸上的笑意，王缙忽然觉得自己有点杞人忧天了。大哥想做的事，远比自己想得更为洒脱、更为超然！

不知这一年里，大哥遇见了怎样的人？经历了怎样的事？才有了今日这样一番境界。不过，无论怎样，他都为大哥的改变感到欢喜。因为，大哥终于从丧妻之痛中走出来了！

其实，在王缙看不见的地方，王维依然是落寞的。

长夜漫漫，王维辗转难眠，就着昏暗的烛光，翻开枕边泛黄起卷的《晋书》。

当他的手触摸到《晋书》的书角时，有那么一个瞬间，他有一些恍惚，仿佛这些年经历的所有跌宕起伏都只是一个梦，梦醒时分，庆幸自己并未真的经历这些不堪回首之事，时光依然停留在他和璎珞在淇上的日子。

从726年深秋到728年夏末，他和璎珞在淇上度过了三年时光，那是他和璎珞一生中最幸福的时光。

多少个月明星稀的夜晚，抑或蝉鸣声声的午后，璎珞最爱玩的一个游戏，就是拿起《晋书》，随意翻到其中某页，让他说出此页第一句话。若是他说对了，璎珞认罚，若是他说错了，璎珞罚他。

他从小熟读《晋书》，当然知道书中每一页的每一句话，因此，他说对抑或说错，取决于他想罚璎珞还是被璎珞罚。

他喜欢看璎珞一脸惊喜地说"摩诘，这回可是你说错了"时那种娇憨中带着些许得意的神情，便故意说错几回。不过，大部分时候，都是他罚璎珞，罚她陪他浅斟慢酌，罚她为他红袖添香，当然，更多是罚她乖乖躺在他的怀中⋯⋯

在这沉寂的夜里，往事如此清晰，清晰得仿佛只需他轻唤一声"璎珞"，璎珞那银铃般的笑声便能瞬间在耳畔响起，仿佛只需他一回头，璎珞就会倚在床头说"摩诘，我的手脚好冷，你帮我捂捂"⋯⋯

然而，他不敢轻唤，也不敢回头，与其期待落空，不如永远留一个念想⋯⋯

当732年春天来临时，长安的朝堂和后宫，似乎都暗流涌动。

先说朝堂。731年3月，张九龄被召入京，擢升秘书少兼集贤院学士副知院事。他文思敏捷，常奉旨代撰敕文，深受李隆基倚重，731年冬天升任中书侍郎。732年2月，又转为工部侍郎兼集贤院学士。

张九龄一路擢升，别人倒也罢了，但吏部侍郎李林甫心里却很不是滋味。

李林甫比张九龄小十岁，是唐高祖李渊六弟李祎的第四代孙，认真论起来，是李隆基的堂叔。他伯父李思训是青绿山水画派集大成者。张说死后，李林甫一心想当宰相，但却眼睁睁看着皇上胳膊肘往外拐，一路提携曲江人张九龄，却从未想到提携提携他！

嫉妒的火种一旦落在了心里，便会越烧越旺。

李林甫心有不甘，成日想着如何扳回一局。一个偶然的机会，他从高力士口中得知了武惠妃一心想要让寿王李瑁成为太子的心事，顿时心头一亮，机会终于来了！

该如何告诉武惠妃，他愿助她一臂之力呢？李林甫左思右想，计上心头。

原来，武惠妃的堂姊、武三思的女儿武玉娘，虽然身为侍中裴光庭的妻子，却与李林甫有多年私情。于是，李林甫找到武玉娘，让她进宫告诉武惠妃，他愿全力扶持寿王李瑁。

武玉娘欣然应允，进宫看望武惠妃。

"什么风把姊姊吹来了？多日不见，姊姊还是如此风姿绰约。"武惠妃迎了上去，亲亲热热地挽起武玉娘的手，在华榻上坐了下来。

"衡娘也来打趣我了，跟衡娘一比，我不过是个半老婆子咯。"

两人正说笑间，宫女阿月捧着食盒走了进来，只见其中一个荷叶玉盘上，放了六朵盛开的芙蓉花，武玉娘拿近一看，才发现是用绿豆和面做的点心，端的逼真动人，让人不忍下口。

"姊姊，这是宫里尚食局的新鲜做法。圣上最是嘴刁，饶是这样，还不太肯吃，非得好言好语哄着才行。姊姊若是爱吃，我让尚食局多做一些，姊姊家去时也好带上。"

"衡娘，难怪圣上这些年来心里眼里只你一个！这宫里上上下下说起你时，谁人不羡慕？哪个不佩服？"武玉娘说着说着，便凑近武惠妃低声笑道，"约莫圣上见了你，便像是扭股糖似的离你不得咯！"

武惠妃知道武玉娘深谙房中之事，和吏部侍郎李林甫也有些不清不楚，不过，姊夫裴光庭似乎对此不闻不问，恐怕便是闻了问了也无济于事。

堂姊向来无事不登三宝殿，今日忽然来访，又说了这么些私房话，不知她打的是何主意？她夫君是当朝宰相，若能助瑁儿一臂之力，倒是极好！

于是，武惠妃心思急转，顺着武玉娘的话说了下去："姊姊莫打趣衡娘了，衡娘近来总是忧心，以色事君，终不能长久，唉。"说着，眉尖微蹙，微微叹了口气。

"哎哟，谁不知道圣上对衡娘是百依百顺，当真是捧在手心怕掉了，含在嘴里怕化了。衡娘若是忧心这个，这宫里其他女子还怎么活呢？"武玉娘掩嘴笑道。

"唉，姊姊，家家都有本难念的经，只是不为人知罢了。"武惠妃故意愁云笼面，唉声叹气道，"这些年来，圣上确实一片真心对衡娘，从未和衡娘红过脸、大过声，可是，将来会是怎样，谁都没个准信。这几年来，衡娘心里存了一桩心事，只是无处说去。"

"哦？衡娘有何解不开的心事？尽管告诉姊姊。姊姊即便没本事帮你化解，也可帮你琢磨琢磨，你说是也不是？"

"想来姊姊也知道，圣上曾想立衡娘为后，无奈因衡娘是武氏后人，前朝大臣纷纷反对，圣上无法，只好作罢。这么多年过去了，衡娘对于立后一事早已放下了。只是一想到瑁儿，心里便觉亏欠了他。若衡娘是皇后，瑁儿自然是太子，可如今……"武惠妃絮絮说了下去，武玉娘是何等聪明人，她今日来跑这一趟，原本就是为了此事。如今不待她开口，衡娘倒先主动提了，不是刚好可以接个顺水人情吗？

于是，武玉娘拍了拍武惠妃的手，满脸堆笑道："衡娘，我倒是有什么难解的事，原来是这个，这有什么可忧心的？谁说太子非得是皇后所生？你看当今太子的生母，当年只是一个歌姬，如今不照样是太子？"说着，武玉娘凑近一步，压低声音道，"上回立后之事功败垂成，坏就坏在前朝。如今咱们吃一堑长一智，太子一事，必得要有前朝得力之人帮瑁儿周旋打点才好。"

武玉娘这番话字字句句无不说到了武惠妃心里，武惠妃不由点头叹道："姊姊所言甚是，只是衡娘这些年来，心里眼里只有圣上，从未留心政事，前朝也无得力之人。"

"没事，有你姊姊呢！"武玉娘蛾眉一挑，愈发凑近了些，"衡娘，不瞒你说，姊姊和吏部侍郎李哥奴常在走动，哥奴的能耐，旁人不清楚，姊姊可是明白的。"说到这里，武玉娘似乎想起了什么似的，脸上顿时泛起一阵红晕，仿若二八佳人想起了自己的心上人。

武惠妃心里又是惊讶又是好笑，看来姊姊的胆子是愈来愈大了！自家正经男人是宰相，她只字不提，却把这见不得人的情人搬到台面上来了。

武惠妃也是聪明人，面上自然不流露丝毫，只是顺着武玉娘的话说了下去："好，论起来，李侍郎还是圣上的叔父辈，倒也是自家人。"

听到"自家人"三字，武玉娘心中甚喜，笑逐颜开道："是说，自家人总要帮衬自家人。哥奴心思缜密，为人谨慎，但凡交代他的事，他定能打点妥当。衡娘尽管放心，瑁儿的事，他定会不遗余力，护瑁儿周全。"

武惠妃若有所思地点了点头。当年，姑祖母武则天要立后，前朝李义府主动找上门来；如今她要废掉太子，让瑁儿取而代之，前朝李林甫主动站了出来。这不是天意，又是什么？

见武惠妃默然不语，武玉娘忙拍着胸脯表态："衡娘可以放一百个心，姊姊定替你安排妥当，你和瑁儿好了，姊姊我自然也好了。姊姊这下半辈子，还要托你和瑁儿的福呢！"

"好，李侍郎若有这份心，衡娘自然不会委屈他，还请姊姊将衡娘的意思带给李侍郎。"

两人你一言我一语地聊了半晌，武惠妃还特意留武玉娘在宫中用了午膳，直至李隆基身边的小内侍来请武惠妃前往李隆基寝殿，武玉娘才识趣地起身告辞，临出门前还不忘在武惠妃耳畔悄声道："衡娘，用西域天山雪莲浸泡的药酒，喝了最是滋阴补肾。姊姊试过，你不妨也让圣上试试？"

　　武惠妃脸上一红，见四下无人，凑到武玉娘耳畔娇声道："圣上身子骨极好，恐怕二十岁的少年郎都比不上他。"

　　"哎哟喂，难怪咱家衡娘生了七个孩儿，却还像二八小娘子般娇艳欲滴，原来都是圣上的功劳！"说着，哧哧笑了起来。

　　武惠妃耳红心热，想到圣上就在寝殿等她，待会定然又是一番温柔缱绻，心底早已波光潋滟。送走武玉娘后，便千娇百媚地款款向寝殿走去。

　　身为女子，她已经得到了天下所有女子可望而不可即的恩宠。这辈子，除了瑁儿这桩心事，她已心满意足、别无所求。

第七十章　为姊书丹　为妻醉酒

　　几天后，便是农历四月初八，是一年一度的佛诞日——佛祖释迦牟尼的诞辰。

　　这日，长安城的善男信女们都会从四面八方涌向大慈恩寺。

　　在川流不息的人群中，武玉娘神清气爽地从正殿烧香出来。只见她身着朱底烫金绲边襦袄，下配满地联珠花纹细绫八幅长裙，举手投足间，自有一番撩人的风姿。

　　走下台阶，她借故要去拜谒大慈恩寺法师，屏退左右，独自转向西边的林荫小道，走了一箭多地后，才在一处不起眼的院落前停了下来。确定四下无人后，上前轻叩门环。院门应声而开，不待她反应过来，便已被一个身影卷入院中。

　　有道是"妻不如妾，妾不如偷"，又道是"小别胜新婚"，在李林甫眼里，这世上再没有谁比他怀中的武玉娘更让他心潮澎湃、欲罢不能的了！

　　禅房中的秋香色绸帐不知何时落了下来，帐上那大朵大朵的牡丹剧烈晃动着。大慈恩寺里的牡丹花，饶是再姹紫嫣红，也比不过帐中那浓得化不开的春色……

　　武玉娘往李林甫的怀里蹭了蹭，将头靠在他的胸前："你上次交代的事，我已帮你办妥了，你要如何谢我才好？"

李林甫顿时心头大喜，一把搂紧玉娘道："我的好玉娘，不枉我疼了你这么多年。"

"玉娘，依你看来，若要废掉太子，这朝堂之上，谁的反对最大？"李林甫懒懒地靠在床榻上，抚摸着玉娘光洁的玉背。不过，他似乎并不需要玉娘的回答，便顾自说了下去，"依我看来，当是张九龄那个呆子。"言语间，是对张九龄毫不掩饰的鄙夷和不屑。

"哦？听我夫君说，张九龄秉公守则，直言敢谏，在朝中上下倒是颇有名望。"武玉娘虽然不爱裴光庭的性子，但对裴光庭的话还有几分认可。

"哼，不是我说，你家裴光庭和那张九龄一样，都是呆气太过！"李林甫不以为然地哼了一声，"裴光庭前年提出那劳什子的'循资格'，说什么不问才能，论资排辈，真是迂腐得紧。这还不够，他还和圣上提议说，要向吐蕃传播中原典籍。他也不想想，等吐蕃人也像大唐人一般有文化时，大唐还怎么制得住吐蕃？"不知是因为武玉娘提到裴光庭，把李林甫心里的醋罐子打翻了，还是他平素就看不惯裴光庭，越说越没好气。

"哎哟喂，我只说了一句，你却倒了这一箩筐话给我听？莫不是你吃醋了不成？"武玉娘没好气地瞪了他一眼，转过身子，不去理他。

李林甫笑嘻嘻地伸过手去，搂住武玉娘，凑到她耳畔道："我的玉人儿，我是吃醋了，成不？不过，裴光庭虽然官帽比我大，但有一件事却永远输给了我，嘿嘿。"

当武玉娘耽溺在和李林甫的私情中不可自拔时，玉真公主却日日青灯黄卷，一心一意在洛阳陪伴重病在身的金仙公主。

可是，玉真公主的满腔虔诚依然阻挡不了死神的脚步。732年五月初十，金仙公主病逝，临终前，身边只有玉真公主一人。

在金仙公主去世后的许多天里，玉真公主耳畔始终回荡着姐姐临终前交代她的话："持盈，记得保护好自己，咱们来世再当姊妹。"然后，安详地闭上了眼睛。

金仙公主的死，对玉真公主来说，是生命中第一次直面死亡。她生母去世时，她不满一岁，完全不谙世事；她父亲去世时，她已出家，没有见上最后一面；她四哥去世时，她未来得及赶去见面；只有这次姊姊生病，她自始至终陪在左右，看着姊姊油枯灯尽般一步一步走到生命的尽头……

她曾经以为，人有长长的一生，可以等她所爱之人慢慢醒悟，但姊姊的离去让她忽然明白，三千繁华，弹指刹那，百年之后，不过一捧黄沙。花草凋谢了还能再开，但人生只有一次，失去了便不会再来。

垂眸而观，谁在长叹，执着浮华为哪般？摩诘，这一生，留给我们的时间已经不多，为何还要浪费在无尽的等待上？此时此刻，你在哪里？你在念谁？

玉真公主伫立窗前，那无边无际、无始无终的孤独排山倒海般向她袭来，深深地淹没了她。

此时，王维正在长安大荐福寺潜心修佛。

自王维去周游天下，已有一年不见道光禅师。再次见面时，道光禅师微微一笑，指着面前的蒲团道："你且坐下，为师问你，人生有八苦，生苦，老苦，病苦，死苦，爱别离苦，怨憎会苦，求不得苦，五阴炽盛苦，你觉得哪个最苦？"

王维低头，双手合十道："弟子不敢欺瞒师父，弟子凡心太重，只觉人生八苦，无一不苦。"

"人生八苦中，五阴炽盛苦，乃八苦之源。五阴集聚成身，如火炽燃，另七苦皆由此而生。"

"五阴集聚成身，如火炽燃，另七苦皆由此而生……"这句话让王维心中一凛，那晚在青城山发生的不堪之事顿时掠过心头，心中愈发煎熬。

见王维脸色发白，道光禅师缓了缓口气道："生而为人，一生所修者，无非贪、嗔、痴三者罢了。贪者，对顺境起贪爱；嗔者，对逆境生嗔恨；痴者，是非不明，善恶不分。此贪、嗔、痴三者，即为三毒。此三毒残害身心，使人沉沦于生死轮回，为恶之根源，故又称三不善根。"

看王维听得认真，道光禅师继续说了下去："佛曰：勤修戒定慧，息灭贪嗔痴。此戒、定、慧三者，便是治贪、嗔、痴之法。戒者，须斩断执着贪心；定者，凡事须自省内求，勿苛求他人；慧者，须善解世间因缘，明白生死根本，脱离愚痴，心无挂碍。持戒除贪，戒能生定，定力深厚，断灭嗔心，智慧显露，愚痴障除，因次第修，解脱根本烦恼，能度一切苦厄。此法真实不虚，唯信之者自证。"

道光禅师今日所言，对王维来说，句句都如棒喝。从大荐福寺回家后，他手抚《心经》《金刚经》等经文，不由想起了《礼记》中的一段话——知止而后有定，定而后能静，静而后能安，安而后能虑，虑而后能得。

"璎珞，你已脱离苦海，我却还在苦海沉沦。往后余生，我会跟随师父潜心修佛，用戒、定、慧治贪、嗔、痴。你若在天有灵，请助我一臂之力……"

732年，金仙公主羽化后，玉真公主返回玉真观，在玉真观闭关静心，完成金仙公主弥留之际的托付——为金仙公主的墓碑书丹。

她拿起集贤殿书院直学士、中书舍人徐峤撰写的《大唐故金仙长公主墓志》，轻声读了下去："金仙公主年十八入道，二十三受法……"

她沐手焚香，开始全神贯注地提笔书写，无一笔懈怠，无一画苟且，仿佛要将她对姊姊的思念之情，全部融入这篇墓志铭里。

写罢搁笔,她眼角早已泪光点点,细细端详了很久。蓦然想起,上一次沐手焚香写字,是为王维抄写《道德经》。明明已经隔了十一个春夏秋冬,但为何一想到他,依然百般滋味在心头?

转眼间,便是732年秋天。

这日傍晚时分,王缙匆匆忙忙来找王维,脚步间分明多了几分急促。

"夏卿,你来了。"听到王缙推门而入的声音,正在书案前奋笔疾书的王维,并未放下毛笔,头也不抬地问道。

"大哥,你还在写《山水论》吗?"看到大哥正在写字,王缙放轻脚步,走到书案边,情不自禁地朗声念了起来,"凡画山水,意在笔先。丈山尺树,寸马分人。远人无目,远树无枝。远山无石,隐隐如眉;远水无波,高与云齐。此是诀也……大哥,看了你的《山水论》,方知小弟所画有多糊涂,惭愧,惭愧。"

"夏卿,诗画本一律,你于山水诗上多有佳句,自然也是懂画之人,何必妄自菲薄?"王维搁下毛笔,抬头看着王缙,脸上是温和的笑容。

"大哥,打从小起,无论学什么,你都比我技高一筹。一开始我还有些不甘心,但后来终于想明白,这天赋二字,不是谁都有的。有就有,没有就是没有,强求不来。"

"夏卿此言差矣。若认真论起天赋来,原本不相上下,只是为兄胸无大志,将心思放在琴棋书画之流罢了,咱们家有我这样一个就够了。如今你在朝中,还需好好做官、致君尧舜才是。这些末伎小道,消遣一二即可,不必放在心上。"

自大嫂去世后,王缙很久没有听大哥说这么多话了,看来大哥今日心情不错,不由心中欢喜道:"多谢大哥谆谆教诲,我定谨记在心,今日我还有一事要向大哥禀告。"

"哦?不知夏卿何事?"

王缙低头想了一想,似乎有些面露难色道:"大哥,过些日子,我要被朝廷外放,地方大致定了,只怕是河南登封,这一去没有三年五载恐怕回不来。我不在长安时,不知大哥……"

王维高兴地拍了拍王缙肩膀:"夏卿,我方才不是说了嘛,读书做官、致君尧舜才是正道,你短短几年便能外放为官,说明朝廷对你赏识有加。你当愈加勤勉,不负圣恩。你放心去吧,莫为大哥忧心。"

看大哥脸上并无半点忧色,王缙心头的顾虑顿时去了大半,便也高兴地笑了起来:"禅宗祖庭少林寺便在登封,待我在登封落脚后,请大哥陪阿娘来登封住上一些时日才好。"

兄弟俩围绕禅宗祖庭、达摩禅师等兴致勃勃地说了开去,不知不觉便到了晚膳时间。

"大哥，我刚得了八月合的三勒浆，今日咱们好好喝上几杯才好。"

三勒浆是一种来自西域的甜酒，由庵摩勒、毗梨勒、呵梨勒三种植物的果实酿制而成，尤以八月酿制的三勒浆口感最佳。

"好，下回若还想喝酒，便要去登封寻你了。"

这日晚膳，兄弟俩一边喝酒，一边闲话家常，王维不由想起了璎珞为他酿的菊花酒，想起了和璎珞饮酒猜谜的情景，心口便生生疼了起来，但面上却不流露丝毫，只是端起酒杯，一杯接一杯地一干而尽。

三勒浆入口微甜，其实酒性极烈。王维只觉得从喉咙到肚腹一路火辣，好几次忍不住咳了出来，呛得眼角隐隐泛起泪光。

王缙知道大哥是在借酒浇愁，便也不去劝他，默默陪他一杯接一杯地喝了下去。

直到月上中天，王缙送王维回家安歇时，才发现两人都有些喝多了。

王维躺下后，只觉喉中火烧火燎般干渴，便起身寻了凉水咕咚咕咚灌了几口下去，或许是喝得太急了些，不由剧烈地呛了起来。

看着手中的青瓷茶盏，王维不由想起了璎珞。

那时，他若嗓子干咳，璎珞就会为他炖一个上好脆梨，浇上蔗浆，最是润喉；他若喝醉了，璎珞就会为他熬一碗浓浓的醒酒汤，酸酸甜甜，最是解酒。

在明灭不定的烛光中，他抬头看到了墙上那幅《越州翁媪图》，耳畔响起了璎珞那娇俏悦耳的声音："摩诘，男耕女织，夫唱妇随，这样的日子，我很欢喜。"

言犹在耳，佳人何在？王维再次痛楚地闭上眼睛，那熟悉的刺痛再次袭来。他唯有紧紧握住手中的青瓷茶杯，方能抵御这无休无止的痛苦……

他知道，树木最坚硬的地方，是结痂的伤疤。一个人心里最痛的地方，也正是他最坚强的地方。在经历过失去璎珞之痛后，世间已没有什么事，是他不能面对的了。

譬如一灯，灼于暗室；譬如微风，点燃荒野。璎珞，请莫为我忧心，我会走出黑暗，活成光明。

第七十一章　见字如人　有口难言

732年秋天，王缙携家人赴登封任职，王维愈发深居简出。这日，秋风萧瑟中，他独自一人来到长安郊外的桥陵，祭扫岐王。

岐王的墓碑静静地矗立在桥陵东南方向，日夜守护着父亲李旦。

王维动情地跪拜在岐王墓前，举起酒壶，斟满美酒，恭恭敬敬举过头顶："王爷，一转眼，您辞世已有六年。六年来，发生了许多事情，一言难尽。这杯酒，我先干为敬。"说完，便仰头喝完了杯中酒，并将另一个酒杯里的酒洒在了墓前。

"王爷，这些年来，我诵读佛经，心渐渐安定了下来。前几日读谢灵运的五言古诗，看到'若乘四等观，永拔三界苦'，想着王爷或许也会喜欢，我便写了下来，送与王爷。"

王维说罢，便从袖袍中掏出一幅折叠得整整齐齐的益州麻纸，摊开抚平后，用蜡烛点燃一角，看它一点一点烧成灰烬……

王维就这样在岐王墓前絮絮说着话，直到日头西斜，天色渐晚，才依依不舍地在岐王墓前伏地拜了三拜："王爷，天色已晚，您好生歇着，改天我再来看您。"

起身离开岐王墓后，王维慢慢走着，忽然，一块题有"金仙长公主碑"的墓碑引起了他的注意。

金仙公主？王维不由脚下一顿，心里"咯噔"了一下，那不是玉真公主的同胞姊姊吗？竟然已经长眠于此了？王维叹了口气，停下脚步，在金仙公主墓碑前站了下来。

墓碑旁有一篇《大唐故金仙长公主墓志》，通篇用小楷书写，字迹清雅绝伦，王维不觉轻声读了下去："金仙公主年十八入道，二十三受法……"

落款处，有"徐峤奉敕撰，玉真长公主书丹，卫灵鹤奉教检校镌勒并题篆额"等字样。虽然徐峤祖孙三世均为朝廷中书舍人，被传为美谈，虽然卫灵鹤以善书刻而扬名天下，但这些都不及"玉真长公主书丹"这七个字对王维的冲击力大。

都说见字如晤，一时间，王维竟有种久别重逢之感。他不由上前一步，细细欣赏玉真公主的书法。只见字形清瘦秀丽，笔锋柔中带刚，诸法兼备于有意无意间，深得欧体书风遗韵，在安逸静谧中流露出不食人间烟火的仙风逸气，可见玉真公主的书法造诣非同一般。

"她能写出这样一手清雅绝伦的书法，似乎已经悟得道家真谛。但愿她能真正放下红尘纷扰，只有她真正放下了，我也才能真正安心吧。"想到这里，王维抬起头来，看向远方的落日，眼中流露出一抹欣慰的笑容。

每年秋冬时节，李隆基都会带武惠妃去骊山华清宫沐浴温泉，732年秋冬也不例外。

这日，在舒缓浑厚的太和雅乐声中，一队长长的马车从丹凤门缓缓驰出，穿过皇城，由春明门出了长安城，直奔骊山而去。

在白鹭车、鸾旗车、辟恶车等十二架副车的前呼后拥中，李隆基和武惠妃端坐正中主车中。

望着车窗外的壮丽风光，武惠妃不由出神道："陛下，您第一次带衡娘去华清宫，已是十八年前的事了，可在衡娘心里，却仿佛就在昨日，不知陛下可还记得？"

"朕当然记得。那一年，你十六岁，刚被朕封了婕妤。"李隆基凑到武惠妃耳畔笑道，"朕还记得，那次从华清宫回来不久，你便饮食倦怠，朕宣御医为你诊脉，不料却是怀上了龙裔。"

一路说说笑笑中，车马很快就抵达华清宫。长安城早已寒风凛冽，但华清宫里依然树木葱茏，空气中洋溢着一股温暖湿润的味道。

晚膳时分，李隆基来到飞霜殿用膳，却迟迟不见武惠妃。过了好一会儿，高力士才从殿外匆匆走了进来，满面含笑道："陛下，惠妃娘娘方才交代老奴说，她在星辰汤恭候陛下。"

"星辰汤？"李隆基心里一动，星辰汤是华清宫里最靠近汤泉古源的汤池，水质最是清澈软滑。十八年来，星辰汤一直是他和惠妃专属的汤池。其他嫔妃再是受宠，也从未有资格和他共浴星辰汤。

武惠妃的话将李隆基撩得心痒难耐，哪还有心思品尝美味佳肴？他拿起银箸，不过每样随意吃了几口，便起身前往星辰汤。

此时的星辰汤，早已笼罩在一片雾气朦胧中，香气袅袅，波光粼粼，恍如天上仙境一般。

"陛下……"李隆基刚踏进星辰汤，武惠妃便袅袅婷婷地迎了过来。

只见她身上只披了一件薄如蝉翼的粉色轻纱，仿佛随时要从她身上滑落似的，将她本就玲珑有致的身形衬托得愈发魅惑难言。

李隆基只觉得胸口都快要炸裂了，顾不得脱去中衣，便将武惠妃打横抱起，快步向汤池走去。

不知过了多久，一池碧水才渐渐平静了下来。李隆基长长舒了口气，和武惠妃一起浸入水里，抚摸着她凝脂般的肌肤，哑声道："我的玉人儿，你叫朕如何离得了你？"

武惠妃嫣然一笑，依偎在他胸前喁喁软语道："衡娘只愿，永永远远腻在陛下身边。"说着，似乎想起了什么似的，轻轻叹了口气。

"哦？怎么突然伤春悲秋起来了？"李隆基托起武惠妃的下巴，一脸爱怜地看着她。

"陛下，不知为何，每次来到华清宫，衡娘便会想起咱们那三个可怜的孩儿……"武惠妃蛾眉微蹙，我见犹怜，李隆基顿时心中一沉。是的，那三个夭折的孩子，一直是他和惠妃的心病。这么多年过去了，每每提起，便揪心般地疼。

"陛下，李一走时，衡娘以为是天意，敏儿走时，衡娘以为还是天意。但当咱们的小皇女也早逝时，陛下，您说这还是天意吗？"武惠妃似乎沉浸在往事中，幽幽地说了下去。

听武惠妃提及此事，当年那些让人寒心的流言蜚语顿时涌上心头，李隆基虽然周身都被温暖的池水浸润着，但心里却有一种莫名的寒意，不由揽紧武惠妃，打了一个寒战。

那些十多年前的往事，一一浮上了心头。

那是719年1月，在李一夭折两年后，武惠妃生下了第二个皇子李敏。李敏满月不久，武惠妃又怀孕了，720年1月生下上仙公主。不料，720年2月，武惠妃还在坐月子时，仅一周岁零一个月的敏儿便夭折。产妇原本最忌流泪，但那一个月里，武惠妃不知为敏儿流了多少泪！

好不容易安抚武惠妃从敏儿之死中走出来，不料，这年7月，不满六个月的上仙公主竟又离奇夭折！当时，武惠妃又已身怀六甲，这样的打击让她如何承受得住？720年11月，武惠妃的第四个孩子早产了一个月，便是皇子李瑁。

三年之中，接连失去三个孩子，这样的人间惨剧，天下哪个女子能够承受得住？

想到这里，李隆基不由深深叹了口气，紧紧搂住武惠妃道："衡娘，是朕没有护好你，没有护好咱们的孩子！是朕对不住你！你放心，从今往后，你和孩子们必定不会再受任何委屈！"

看李隆基如此动情，武惠妃心头暗喜，抬眸看着李隆基，轻轻抚上他的两鬓，梨花带雨道："多谢陛下垂怜，衡娘有一个小小心愿，不知陛下能否答应？"

武惠妃的声音自有一种沙软绵柔的味道，听她如此一说，李隆基的心早已融化了，低声笑道："我的玉人儿,你便是想要这天上的星辰,朕也会答应你。"

"陛下,衡娘不要满天繁星,衡娘只愿,瑁儿能得陛下垂青,有朝一日成为太子。"说到"太子"二字时,武惠妃故意放慢语速,柔情万种地看着李隆基。不待李隆基反应过来,便上前勾住他的脖子,在他唇上轻啄了一口。

从那时起,她再次清楚地坚定了一件事,那就是,这太子之位,必须给她的瑁儿;这李唐天下,必须给她的瑁儿!不说别的,单是为了她夭折的三个孩子,也必须讨回这个公道!

733年春天,当长安城朱雀大街两边的槐花渐次盛开时,李隆基和武惠妃一行浩浩荡荡返回了大明宫。

长安人一如既往地喜欢春天。放眼望去,曲江边上,雕鞍骏马和油壁香车络绎不绝,山坡上下,或立着古朴雅致的六曲屏风,或围着色彩艳丽的绣锦帷幕,或扎着五颜六色的各种毡帐,端的一派热闹。

但在大明宫紫宸殿里,李隆基却对着满园春色提不起丝毫兴致。因为,他已在华清宫的星辰汤里答应了武惠妃,废掉太子李瑛,改立李瑁为太子。

但李隆基明白,废除太子绝非易事,即便他是一言九鼎的天子,也不能拿废立太子之事当儿戏。但是,既然答应了武惠妃,便也只能知其不可而为之了。

而且,更重要的是,他比谁都更清楚,武惠妃生的三个孩子的早夭,绝非天意,而是人为。

那么,谁是背后的元凶呢?他虽不能肯定是谁所为,但王皇后和太子李瑛的生母赵丽妃嫌疑最大。自从他专宠衡娘后,没有子嗣的王皇后对衡娘早就嫉恨在心,作为太子李瑛的生母,赵丽妃生怕李一、李敏夺了李瑛的太子之位,因此,很可能是王皇后和赵丽妃联手对三个婴儿痛下杀手。只可惜,因为没有确凿证据,便迟迟无法定她们的罪……

这么多年过去了,每每想起此事,他便无法原谅自己。因此,让瑁儿当上太子,也算是弥补对武惠妃失去三子的歉疚吧!

决心下定后,李隆基开始着手处理此事。他想到了一个人——太子李瑛的师傅、日本遣唐使阿倍仲麻吕。

717年,二十岁的阿倍仲麻吕随日本遣唐使团抵达他日夜向往的长安。

当时,各国纷纷派遣使者和留学生来长安学习大唐杰出的政治、经济和文化,大唐也拿出了大国应有的气度和风范,以礼相待各国使者和留学生。

阿倍仲麻吕顺利进入国子监太学,系统学习天文、历法、音乐、法律、兵法、建筑等知识。

次年，日本遣唐使团返回日本，但阿倍仲麻吕仰慕大唐文化，选择留在了长安，并为自己取了一个汉名——晁衡。

从国子监毕业后，阿倍仲麻吕参加大唐的科举考试，一举成为当时各国遣唐留学生中唯一考中进士之人，顿时引起了李隆基的关注。

725年，李隆基任命阿倍仲麻吕为洛阳左春坊司经局校书，正九品下，负责校理、刊正经史子集四库图书，并辅佐太子研习学问。请一个日本留学生担任太子的老师，足见李隆基对阿倍仲麻吕的信任和赏识。

阿倍仲麻吕比太子李瑛年长八岁，和李瑛亦师亦友。李隆基也常问他对大唐文化的学习和看法。731年，李隆基擢任他为门下省左补阙，从七品上，除了继续担任太子老师外，还职掌供奉、讽谏、扈从、乘舆等事。

这日，李隆基宣阿倍仲麻吕到紫宸殿说话，照例问了他一些有关太子学问方面的近况，忽然话锋一转道："晁爱卿，朕听说你们天皇血统纯正，号称万世一系，果真如此吗？"

"启禀陛下，确实如此。日本崇拜太阳神，天皇是太阳神的后裔，从第一代神武天皇开始，血缘世系稳定。"

"如此说来，能和你们天皇联姻的，只能是贵族了？"

"是的，天皇非常讲究血统，为了保证血统的纯正，天皇实行内部通婚制度。比如，第三十代天皇敏达天皇就娶了自己同父异母的妹妹额田部为妃。五年后，广姬皇后去世，额田部还被册立为皇后。"

李隆基凝神细听，点了点头，若有所思道："朕近来时常寻思，太子李瑛的生母赵丽妃是歌舞伎出身，若用你们天皇的眼光去看，太子的出生是否不够高贵？"

李隆基话音刚落，阿倍仲麻吕顿时心中一惊。听话听音，皇上说太子出生不够高贵，言下之意是要废掉太子吗？

阿倍仲麻吕心思转了几转后，连忙向李隆基抱拳道："启禀陛下，虽说天皇重视血统，但也不是唯血统论。比如当今的光明皇后就不是贵族出身，但深受天皇器重，光明皇后所生的女儿阿倍内亲王已被立为皇太女。这些年来，微臣和太子朝夕相处，深感太子安分守己，敏而好学，是不可多得的贤良太子。"

阿倍仲麻吕娓娓道来，语气柔和，但说到太子李瑛时，却故意放慢了语速，话里话外自有一种笃定的力量。李隆基微微向后靠了靠，良久后才"哈"的一声笑了出来，看着阿倍仲麻吕道："晁爱卿，太子有师傅如你，是他的造化，还请晁爱卿多费心了。"

李隆基脸上的不以为然，阿倍仲麻吕怎能看不出来？太子确实贤良忠厚，他不能为了投皇上所好而说违心话，即便要得罪皇上，也只能在所不惜了。

听李隆基说"多费心"，阿倍仲麻吕忙俯身行了一礼："此乃微臣职责所在，担不起'费心'二字。太子勤勉好学，时有进益，微臣甚是欣慰。"

听了阿倍仲麻吕这番挑不出一丝错处的话，李隆基不由几分怅然、几分欢喜。怅然的是，阿倍仲麻吕显然很维护太子，不愿顺着他的话往下说；欢喜的是，他果然没有看错人，阿倍仲麻吕不仅汉学功底已和唐人一般无二甚至还有过之，而且为人耿直、处事公允，担得起门下省左补阙这份职务。

正顾自出神时，忽然听阿倍仲麻吕小心翼翼道："启禀陛下，微臣自717年来到大唐后，一直不曾回乡。家中双亲日益年迈，微臣思亲心切，能否请求回乡？"

阿倍仲麻吕已经在大唐生活了十六年，李隆基早已将他当作大唐子民，因此，当他提出要回乡时，李隆基深感惊讶："爱卿，思亲心切也是人之常情，只是贵国和大唐隔着汪洋大海，海上行船，风大浪急，甚是凶险。你若就此归去，将来若要再来大唐，不知何年何月？因此，朕想留你再在长安住上几年，你看可好？"

阿倍仲麻吕虽然思亲心切，但一则仰慕大唐文化，二则和李唐皇家也有了深厚感情，再加上李隆基如此盛情挽留，倒也不好执意离去，便深揖一礼道："多谢陛下厚爱，陛下但有驱使，微臣定当效劳。"

如果说阿倍仲麻吕让李隆基心头怅然，那么，几天后，侍中裴光庭、中书侍郎张九龄更是让李隆基无言以对。

自733年初春以来，裴光庭的身子便不大好，在家养病不起。这日，李隆基忽然来到裴宅，说是探望裴光庭的病情。裴光庭妻子武玉娘是武惠妃的堂姊，论起来，李隆基和裴光庭不仅是君臣，还是连襟，关系非同一般。

李隆基嘘寒问暖了几句后，叹了口气道："裴爱卿，今日朕来，还有一事相商。"

听说皇上要和自己商量事情，裴光庭心中"咯噔"一下，忙在床榻上强撑病体道："陛下折煞微臣也。但凡微臣知道的，定知无不言，言无不尽，不知陛下所言何事？"

"裴爱卿，实不相瞒，朕于册立太子这件事上，当年考虑不周，如今有些犯难。你也知道，朕有二十多个皇子，长子李琮乃刘华妃所生，二子李瑛乃赵丽妃所生，三子李亨乃杨贵嫔所生。朕715年册立太子时，未立长子李琮，也未立被王皇后收为养子的三子李亨，偏偏立了二子李瑛，如今想来，名不正，言不顺。"

李隆基和裴光庭说话时，闲杂人等都须回避，武玉娘自然也不得在场。但武玉娘觉着今日皇上忽然到访，定非探病那么简单，便特地留了一个心眼，悄悄躲在屋外偷听。当她听到李隆基说出"名不正言不顺"这番话时，不由心头大喜，看来，衡娘心心念念要珥儿为太子的事，已经八九不离十了。如果珥儿当了太子，衡娘将来便是皇太后，她必定会感谢外朝的李哥奴，到那时，她和李哥奴便是要权势有权势，要富贵有富贵，当真是天底下最快活的神仙眷侣了……

正当武玉娘在自己编织的美梦中想入非非时，屋里忽然传来了裴光庭一阵剧烈的咳嗽声，只听他喘着粗气道："启禀陛下，微臣虽然不才，却不敢苟同陛下方才之言。"接着又是一阵急喘，喘得李隆基心中一沉，更喘得屋外的武玉娘直跺脚，在心里恨得牙痒："裴光庭，你真是天底下最不开窍的榆木疙瘩，人家皇上都那样说了，要你着什么急？你顺着皇上的意思说不就得了！"

仿佛听到了武玉娘的腹诽似的，裴光庭偏偏不顺着李隆基的意思说，而是言辞恳切道："陛下当年册立李瑛为太子时，谨告天地、宗庙、社稷，授以册宝，正位东宫，以重万年之统，以繁四海之心，可谓名正言顺。这些年来，陛下和太子父慈子孝，太子和诸兄弟兄友弟恭，这是太平盛世才有的气象，可喜可贺！微臣还记得，三年前，微臣刚升任侍中时，曾撰写《瑶山往则》《维城前轨》各一卷，陛下下诏褒奖，让太子在光顺门接见微臣，赐微臣绢帛。微臣觉着，太子风采殊胜，颇有陛下神韵……"说着，又是一阵剧烈的哮喘。

不知是因为刚才话说得急了些，还是因为说话久了伤元气，这一波哮喘竟分外凶险，裴光庭本就佝偻的背脊愈发缩成一团，李隆基顿时也慌了神，忙大声叫道："快来人！"跟随李隆基一起前来的御医忙快步进屋帮忙。

一番手忙脚乱后，裴光庭总算止住了哮喘，但已面如死灰，躺在榻上气息微弱道："陛下，微臣这身子已是不中用了。多谢陛下来看微臣，微臣感激不尽。"说着便想支起身子行礼。李隆基忙一把按住裴光庭，心里到底有些不忍，宽慰了几句后，交代御医留下好生照看，自己扬长而去。

回到大明宫后，李隆基百思不得其解。若是其他人反对他废掉太子，倒还在情理之中，但裴光庭是武惠妃的姊夫，该一心力挺武惠妃的孩子才是，哪有胳膊肘往外拐的道理？难怪朝廷上下都说裴光庭是有名的死脑筋，果然如此。

不过，裴光庭那句"父慈子孝，兄友弟恭，这是太平盛世才有的气象"倒是说到他心坎里去了。

自从唐太宗发动了玄武门之变，李唐王室好像习惯了用暴力流血来完成权力更迭。他年轻时就曾目睹朝臣们发动神龙之变，迫使武则天让位于唐中宗。他自己曾与太平公主联手发动唐隆之变，剿灭韦氏一党，又在登基以后发动先天之变，除掉太平公主，从此才大权独揽，安坐皇位。在血雨腥风中登上帝位的他比谁都更清楚，对于皇家来说，"父慈子孝，兄友弟恭"是多么不易！

然而，既然答应了武惠妃，这事便也只能继续做下去了。这日，李隆基抬脚来到大明宫光顺门外的集贤殿书院，找中书侍郎张九龄说话。

张九龄比裴光庭年长四岁,但看上去仿佛比裴光庭还要年轻五岁。加上他举止优雅,风度不凡,在李隆基看来,这满朝文武百官中,若论风度,张九龄当排第一。

见皇上突然到访,张九龄忙放下纸笔迎了出去。李隆基点头笑道:"张爱卿,上回你给朕看的《六典》纲目,朕看着挺好,书名就定为《唐六典》即可。"

"多谢陛下赐名,此书从722年开始编撰,如果不出意外,再过五年当可编撰完成。"李隆基点了点头,又问了张九龄朝堂上的一些事物,便貌似漫不经心道:"张爱卿,你可曾听闻朝中有人议论太子?"

张九龄心中一紧,不知皇上此言何意,忙肃然行礼道:"启禀陛下,微臣埋头编撰《六典》,深居简出,孤陋寡闻,倒是不曾听闻。"

李隆基叹了口气道:"朕听力士说,近来朝中时有议论,有说为何不立王皇后养子李亨为太子的?有说为何不立同样是庶子但却是长子的李琮为太子的?也有说为何不立武惠妃四子李瑁为太子的?众说纷纭,莫衷一是。张爱卿,你怎么看?"

张九龄凝神细听,当听到"为何不立武惠妃四子李瑁为太子"时,先头的疑惑顿时释然。原来,皇上今日所言,重点是在这里。

他在心中斟酌一二后,俯身行礼道:"启禀陛下,微臣不曾听闻这些议论,若真有这些议论,当是小人为之,陛下应当严惩。微臣以为,太子乃是国本,未有过失,朝中怎能擅议废立?此乃取乱之道,请陛下深思。"

李隆基心中一怔,没有料到张九龄竟搬出这样一番大道理来,一时不知说啥才好,只好讪讪笑道:"爱卿所言甚是,或许力士一时耳背,听错了也是有的,朕有数了。"

"陛下,自古以来,兼听则明,偏信则暗,陛下广开言路、虚怀纳贤,实乃臣等之幸。"见李隆基不再提及太子一事,张九龄心里略松了口气,顺势赞誉了李隆基一番。

李隆基又问了张九龄有关他弟弟张九皋、张九章的近况,张九龄一一作答。为让张九龄在朝中安心为官,李隆基将张九皋、张九章在家乡封官,以便照顾他们年迈多病的母亲。张九龄对此很是感激,愈发坚定了"士为知己者死"的报国之心,君臣相谈甚欢。

当李隆基离开集贤殿书院,来到武惠妃所在的含凉殿后,心里便高兴不起来。

他该如何告诉武惠妃,废立太子之事眼下还急不得?不料,武惠妃却仿佛早已知道他心中所想似的,一边替李隆基敲肩捶腿,一边在他耳畔柔声道:"陛下莫为瑁儿忧心,瑁儿还小,咱们还有大把时间不是?"

武惠妃的善解人意顿时抚平了李隆基原本烦乱的心绪,心里熨帖得如同大热天喝了冰酪浆,将武惠妃拉到怀中,眯起眼睛低笑道:"衡娘所言极是,咱们确实还有大把时间！朕还想着，要让你再给朕添几个皇子皇女才好……"

说到后面时，李隆基的声音里显然带上了几分急促，武惠妃顺势踮起脚尖，牢牢勾住了他的脖子。只一息功夫，便双双淹没在了绣着满地金丝菊的锦绣帷帐中。

第七十二章　志在必得　胸怀天下

其实，武惠妃并非有先见之明，而是有人提前告诉了她。要知道，圣上身边的小内侍，很是听武惠妃使唤来着。无论是李瑛的日本师傅说了什么，还是深受圣上信任的张九龄说了什么，小内侍都原原本本告诉了武惠妃。

至于裴光庭的那番话，武玉娘次日就特意进宫告诉了武惠妃。

"衡娘，都怪我家那个榆木疙瘩，他若能顺水推舟，替瑁儿说上几句好话，这事不就成了？"武玉娘凤眼一挑，眼中的讨好之意任谁都看得出来。

"姊姊，这废立太子之事，哪有你说的那般轻巧？"武惠妃随意靠在屏风榻上，目光中有种复杂难言的情绪。

"衡娘，那依你看来，此事如何是好？"武玉娘挨着武惠妃坐了下来。

武惠妃嘴角慢慢浮起一抹意味深长的笑："姊姊，上回你不是说，吏部侍郎李林甫很有能耐吗？"

听武惠妃主动提到李林甫，武玉娘不由心中暗喜，这不是正中她下怀吗？自打年后裴光庭身子不好，她一直脱不开身，前几日好不容易偷偷去会了哥奴，那小别胜新婚的滋味，此刻想起来都让人心醉神迷："衡娘，哥奴他，哦不，李侍郎他，确实颇有能耐。"

武惠妃心中不由一阵好笑，李林甫明明已经五十出头了，怎么姊姊一提起他便是一脸春色，也太不自重了些！不过，话又说回来，圣上不也快五十岁了吗？但每回和她在一起，不也如饿狼扑食，永远都吃不饱似的？看来，这男女之事，和年纪没多大关系，就看有没有本事让对方欲罢不能了！这样想着，便索性挑破了窗户纸，看着武玉娘掩嘴笑道："姊姊，你说的能耐，莫非是他床上的能耐？"

"哎哟，衡娘也来取笑姊姊了不成？"武玉娘似乎并不觉得诧异，凑近武惠妃耳边道，"说真的，他那能耐当真让人离他不得……"

武惠妃看武玉娘越说越大胆，越说越离谱，不由有些惊讶。裴光庭在床上病歪歪地躺着，她却和情人在温柔乡中厮混，这对夫妻也忒离奇了些！不过，这世上貌合神离的夫妻多了去了，也不差他们这一对。

"姊姊，李侍郎心思缜密，颇懂为人处世之道，你让他在外朝帮瑁儿周旋周旋，事成之后，我定不会亏待他。"

"衡娘，李侍郎本就是李家人，这胳膊肘不往里拐，还往外拐不成？你放心，瑁儿是你儿子，便也如我儿子一般，他一定会拼了命地挺瑁儿到底。"

两人又说了一番体己话，日头西斜时，武玉娘才起身告辞而去。

看着武玉娘妩媚的背影，武惠妃不由一阵好笑，不知裴光庭过世后，她会不会嫁给李林甫？不过，武玉娘和李林甫之间的这档事，她丝毫都不关心，她只关心她的瑁儿能否顺利当上太子！

要知道，为了能让瑁儿当上太子，她已经忍了太久、太久。

她比谁都清楚，当年李一、李敏、上仙公主之死，定然和王皇后和赵丽妃有关。还是苍天有眼，王皇后和赵丽妃都是短命鬼，一个死于724年，一个死于726年，也算是替她三个冤死的孩子讨回了一个公道。

如今，废立太子之事已经到了节骨眼上，她必须咬紧牙关，步步为营，绝不能让此事再像当年立后之事般功亏一篑，她必须尽快挑出李瑛的错处来！

张九龄这边，自从李隆基来集贤院找他说了那样一番话后，他心里一直有些不安。但因事关皇家子嗣，他也不好和旁人说起。

这日，他正伏案看书时，集贤院著作郎綦毋潜走了进来。

"张大人，关于《唐六典》的体例，在下近日寻思，能否以唐代诸司及各级官佐为纲目？比如，首卷为三师、三公、尚书都省，然后分卷叙述六部、五省、九寺、五监、十二卫等，末卷为地方职官，可好？"

"唔，未尝不可，改日召集韦述、刘郑兰、卢善经等人，一起议议不迟。"张九龄点头道。

綦毋潜又汇报了《唐六典》编撰过程中的其他事务，张九龄一一指点，綦毋潜逐一记录，正要起身离去时，张九龄似乎想到了什么似的："孝通，老夫许久不曾见到摩诘了，不知他近来可好？你若有暇，不妨去他府上走一趟，请他明日来集贤院一叙。"

两年前的春天，綦毋潜从青城山诗会回来后便接到了一纸诏书，调入集贤院担任著作郎。他虽不知道这是玉真公主向皇上推荐了他，但隐隐觉得和青城山诗会有关，也和曾在集贤院供职的王维有关。尤其让他高兴的是，回到长安后，他又可以和王维时常见面，仿佛回到了当年一起在长安云来客栈备考的日子。

当綦毋潜来王维家中时，王维正在抄写《心经》。听说张大人有请，王维欣然答应。

三月是长安最美好的季节。几场春雨洗净了漫天飞舞的杨花柳絮，在碧空如洗的蓝天下，长安城明润得犹如一幅水墨山水画。画中，那数百年来碧波荡漾的曲江池缓缓流过，仿佛人间的一切悲欢离合都不曾发生……

当王维步入集贤院时，三年的时光仿佛不曾流逝，这里的一草一木、一砖一瓦，似乎和三年前一般无二。不过，当他看到三年不见的张九龄时，才意识到岁月终究不饶人。他额上的皱纹和鬓间的白发，无不透露了岁月的痕迹。

"张大人，在下来看您了。"当王维跨入张九龄书房时，仿佛把满园的春光都带入了屋中。三年时光并未在王维身上留下太多印迹，倒是让他眉宇间多了几分被风霜沉淀的高华气韵。

"摩诘，三年不见，你的气度一如往昔，不，应是犹胜当年！"张九龄从书案后绕了过来，颔首笑道。

"大人，在下当年不辞而别，于心难安。大人返京后，在下数次想来拜访，又恐大人公务繁忙，叨扰了大人，不想便拖到了今日，着实有愧。"王维向张九龄躬身行了一礼，言辞恳切道。

"摩诘，在我这里还需如此见外吗？你的性子别人不知道，难道我还不知道？你不是怕叨扰了老夫，而是不想被人说了去吧？"张九龄笑着看了王维一眼，一语道破了他的心思。

王维心头一暖，忙双手捧起茶盏，向张九龄行礼道："一日为师，终生为师。大人于在下恩重如山，请受在下一拜。"

张九龄笑着扶起王维道："摩诘，今日老夫找你来，是有一残局想和你切磋。"说着，指了指窗边案几上的一个棋盘。

顺着张九龄手指的方向，王维看见棋盘上至少一半都已布满棋子，白子处处占优，黑子垂死挣扎……

张九龄并不多言，拿起白子随意下了一子，看了一眼王维道："摩诘，该你了。"

王维低头思忖片刻后，才拈子应了一着，向张九龄抱拳道："大人请。"

张九龄捻须微笑，在另一处长了一步，便又轻轻松松断了黑子的棋路，但王维似乎并不着急，端详棋盘良久，便在张九龄方才落子处下了一子。

张九龄显然一怔，随后便朗声笑了起来："摩诘，你这一手着实妙哉，一举杀出重围，从此峰回路转，柳暗花明！"

"大人谬赞了,白子势如破竹,黑子大势已去,在下只是苟延残喘罢了。"王维抱拳一笑。

"摩诘此言差矣。方才你未出手时,白子确实稳操胜券,但经你几子后,眼下局势却已大为不同。最终鹿死谁手,倒是难说得紧。"张九龄转头端起茶盏,连喝两口,话锋一转,语重心长道,"摩诘,棋如人生,若有骄矜之心,即便身处白子之优,亦有转胜为败之危;反之,若运筹帷幄,谋划得当,即使身处黑子之劣,亦有反败为胜之机。'危机'二字,大抵便是'危中有机,机中有危'。"

听了张九龄这番话,王维顿时明白了他今日找他来下这盘残局的良苦用心,刚想斟酌着回答,却听张九龄继续说了下去,"焕之告诉我,据户部统计,大唐人口已达4500多万,乃大唐开国以来之最。殊不知,水满则溢,月盈则亏,越是这种时候,越需朝廷上下不骄不矜、谨慎行事。摩诘,你可有重返朝廷之意?"

王维一路听了下去,听到最后一句时,不由心中一怔。自打三年前离开集贤院后,他便周游天下,修禅悟道,日子过得很是充实,从未想过重返朝廷之事。此刻被张九龄问起,一番心思急转后,决定如实相告:"多谢大人厚爱,在下本是散淡之人,此生所愿,不过是做自己喜欢的事罢了。在下有愧,恐怕又要辜负大人了。"

张九龄看着王维,久久没有言语。他果然没有看错人,王维的确有一颗赤子之心,这样的赤子之心,在尔虞我诈、钩心斗角的官场,何其难能可贵。但是,他还是看错了他。原来,他对官场竟然已无半点眷恋之意。

张九龄笑而不语,伸手将棋盘上的棋子一颗颗捡回棋盒,王维会意,也一起帮忙捡拾棋子。在棋子和棋子清脆的碰击声中,两人抬头会心一笑,似乎一切都已在不言中。

这晚,屋角那支残烛被窗外漏进的夜风吹得明晦不定,在秋香色的绸帐上落下晃动的阴影。

看着周身的绸帐,想起白天和张九龄的那番对话,王维心里却是空落落的。一如这六尺宽的床榻,自璎珞走后,永远都空了一角,再也无人可替。

不知不觉间,璎珞已离开了五年。他不知道这五年是怎么过来的,只觉得每一个薄雾的清晨,抑或雨后的黄昏,都是那么难捱。

他多么渴望璎珞可以渡过忘川河,走过奈何桥,重新回到他的身边。多么渴望能像从前那样,将她温软芳香的身子揽在怀中,听她说话,逗她笑闹……

忽然,"啪"的一声轻响,屋角的烛光闪动了几下,骤然熄灭。屋里顿时漆黑一片,只有窗纱上还染着一抹淡淡的月光。

他闭上眼睛,在黑暗中深深地叹了口气,耳畔似乎响起了璎珞那银铃般的笑声。

那笑声是如此温暖愉悦，连窗纱上的月光都似乎明亮了许多。

如果说，他的往后余生就像眼前这片黑暗，无边无际，那么，璎珞留给他的所有回忆，就像道路尽头的那束光。虽然很朦胧、很微弱，却足以陪伴他度过无数不眠的夜晚，抵消所有难捱的风雨，照亮他脚下的漫漫长路，直至生命的终点⋯⋯

他渐渐明白，一生一世的爱情，不就是每一天的守护和思念吗？在一起时，彼此守护；不在一起时，彼此思念。

春天的早晨格外清爽，天空明净得宛如刚刚洗过的青瓷。辰时刚过，王维穿戴整齐，准备前往大荐福寺，为离世五年的璎珞祈福。

"阿爷，你今日要去大荐福寺吗？"身后传来莲儿银铃般的声音，王维脚下一顿，转身看着莲儿，一脸慈爱道："是的，阿爷今日去寺里为你阿娘祈福。"

十一岁的莲儿已出落得如出水芙蓉一般，通身上下有种明丽和灵动。她低头从随身佩戴的银镂香囊中取出一粒香料，递给王维："阿爷，您去寺里为阿娘祈福时，能否将这女儿香带上，莲儿很想阿娘⋯⋯"莲儿眼角隐隐涌起了一层水雾。

王维心中一紧，接过这粒小小的女儿香，安慰莲儿道："好，你阿娘也极喜欢女儿香，阿爷定把你的心意带到。"说着，便头也不回地向门外走去，直到走出很远，才长长叹了口气。

他知道，莲儿打小便极聪慧，对阿娘记忆极深，每每说起阿娘便会红了眼眶，他着实不忍莲儿小小年纪便如此重情。这样一路走，一路想，不知不觉便到了大荐福寺。

从大门到主殿，路上都是前来听法师讲经的善男信女，人数竟比平日多了数倍。王维正疑惑间，迎面看到十多位僧人拥簇着两位身披袈裟的法师向主殿走去，其中一位是道光禅师，另一位不曾见过，从容貌看，似乎是来自天竺的大德高僧。

王维忙快步迎了上去，向两位法师躬身行了一礼。道光禅师笑着向身边的大德高僧介绍道："这是贫僧的俗家弟子，姓王名维，字摩诘，素有慧根，已跟随贫僧四年有余。"

说完，便向王维招手道："摩诘，你来得正好，这位是来自天竺的金刚智法师，今日亲临本寺讲经，你好好听听。"

金刚智法师约莫六十开外，看了王维一眼，点头笑道："王摩诘的名字，倒是和佛门有缘。"

王维忙双手合十行礼道："弟子见过法师。家母笃信佛教，拜在洛阳敬爱寺大照禅师门下，故给弟子取了这样的字号。"

"原来是家学渊源，如此甚好。"金刚智并不多言，抬脚便往主殿走去，道光禅师和其他僧人也忙跟了上去。

王维也欲跟上时，忽然有一人走了过来，笑着向王维抱拳道："在下久仰王君大名，今日一见，果然名不虚传，幸会，幸会！"

王维转过身来，只见说话之人皮肤白皙，面色红润，虽然一口河洛官话说得极为流利，但显然并非中原人士，忙抱拳还礼道："在下王维，听阁下口音，似是来自东瀛？"

"王君果然好耳力，在下来自东瀛，名叫阿倍仲麻吕。因仰慕大唐文化，717年来到长安，给自己取了一个汉名晁衡，王君可以叫我汉名。"

"阿倍仲麻吕？"王维只觉得这个名字极为耳熟，凝神一想，才恍然想起，綦毋潜曾多次提到，当今太子有一位来自东瀛的师傅，名叫阿倍仲麻吕，汉学功底极其深厚……

想到这里，王维不由颔首笑道："王某久仰晁君盛名，今日偶遇，颇为有缘。"

"是啊，晁某久仰金刚智法师盛名，听闻他今日来大荐福寺讲经，就特地赶了过来。"阿倍仲麻吕边走边说，"金刚智法师十岁时在天竺那烂陀寺出家，研习大乘律学和密教，于719年抵达大唐，发愿在大唐弘扬密教。这十多年来，法师殚精竭虑，度化众生。"

"法师千里迢迢来到大唐，数十年如一日坚持弘法，其高风亮节让人敬佩。"王维连连点头，和阿倍仲麻吕一起步入主殿，凝神细听金刚智法师讲经。

金刚智法师今日主讲《佛说大乘造像功德经》，当王维听到他说"依诸相好而作佛像，功德广大无量无边不可称数"时，灵光一现，心中掠过一个念头——造佛像的功德广大无量无边，他要为璎珞造一尊阿弥陀佛像。

主意既定后，王维便着手去做此事。他听说河内县（今河南沁阳）的太行山尽头有一处摩崖，石壁上有许多善男信女为许愿还愿而造的佛像。

王维星夜兼程前往河内，请当地工匠造一尊阿弥陀像，并亲自撰写《河内摩崖造像记》："唐开元二十一年癸酉岁二月己巳朔日，弟子王维敬造阿弥陀佛像一躯，申宿诚也……"

"璎珞，我曾做了对不起你的事，那是我的罪过。今生今世，我都不能原谅自己。幸有佛菩萨保佑，我愿以戴罪之身，一生一世赎罪……"

当王维在太行山为璎珞造阿弥陀佛像时，玉真公主在长安玉真观提笔写信："三月春中，万物渐苏。东风吹来，山山印辉。入目是景，入目是春……"

她那清丽雅致的小楷，落在质地绵韧的宣城麻纸上，浓而不浑，淡而不灰，神采飞扬，飞目生辉。

写罢搁笔，她怔怔地看了许久，长长地叹了口气。她知道，这是一封虽有收信人却永远都不会寄出的信。她虽在纸上书写春日的华丽，却终究敌不过渗透在一朝一夕中的那份孤寂。

两年前发生的那些事，如今想来，虽然有些苦涩，有些不甘，但却已经没有了当初那种心如刀绞的痛。

看来，时光真是世间最好的良药。再痛的伤口，也会渐渐结痂。就像这落在宣纸上的淡淡墨痕，也会随着时间的流逝而渐渐褪色，一点一点发黄，一点一点变脆，千百年后，化为灰烬，了无痕迹。

在这三月的春天里，那些苦涩和不甘，似乎被这春意渲染得有了一番别样的情绪，让人情不自禁有了一些期待，一些渴望，一些憧憬。但是，她的期待、渴望和憧憬，很快便被王维造佛像的消息浇灭了。

她当然明白，王维造佛像意味着什么。

她虽不是佛家弟子，但因为王维信佛，便也陆陆续续看了一些佛经。

她看到，文殊菩萨曾问佛陀："您是众生唯一应供的对象，您入灭后，众生无缘见佛，怎样才可积集功德？请您为我们开示。"佛陀回答说："我的四众弟子，现在向我献供，未来向我的塑像献供，功德和果报，并无二致。"

她还看到，《金刚经》有云："一切有为法，如梦幻泡影，如露亦如电，应作如是观。"一切有为善法中，功德最大的是放生；一切无为善法中，功德最大的是信心造佛，有"末法修福，造像为先"的说法。凡能发心造佛像者，其修行定是到了一定境界，其功德也定是无量无边。

人心之空，空如潭水；鸟性之悦，悦以山光。他的心已经安静了吗？她的心何时才能真正安静？

她缓缓起身，推开窗户，不由想起了他十多年前写的那首《鸟鸣涧》。她明白，他写"夜静春山空"时，并不是真的没有声音，而是一种心境。心安时，处处皆是静境，心不安，则处处都是浮华……

第七十三章　前朝明争　后宫暗斗

733年春夏之交，朝廷里再次暗流汹涌。

733年5月，裴光庭终究走到了生命的尽头。奄奄一息之际，他看了看守候在病榻旁的儿子裴稹、儿媳郑氏、孙子裴倩，喉咙中"嗬嗬"响了几声，正想费力开口说话时，忽然门帘一挑，武玉娘一阵风似的卷了进来，冲到床边一脸哀戚道："连城，我方才特地去宫中问了尚药局郑奉御，他说你的病尚能治得，让你安心养着便是……"

武玉娘虽然一脸关切，但在儿子和儿媳看来，她的话却有说不出的别扭。裴光庭都已经这副样子了，她却还是三天两头往外跑！什么宫里宫外，只怕都是她的托词罢了！

原本想说话的裴光庭，看到武玉娘后，喘着粗气靠回了倚枕，眼睛直直地盯着武玉娘，目光中流露出掩饰不住的嫌恶。

对于这个女人，他已经忍了一辈子了。在生命的终点，他不想再忍下去了。尤其是看到武玉娘那一脸哀戚背后的虚情假意时，一股怒火便腾地蹿了上来，突然身子一挺，试图抓住武玉娘的袖袍质问她一句："你到底对不对得起裴家？"却终究只是在空中徒劳地痉挛了几下，便颓然倒了下去。

当看到裴光庭向自己扑过来时，武玉娘一阵惊慌，正不知所措时，看到裴光庭颓然倒下，这才如释重负，刚想松口气时，身后忽然响起儿子和儿媳的哀号声："阿爷，阿爷，您醒醒，您醒醒呐……"

武玉娘这才回过神来，原来裴光庭真的已经去了！

她不知多少次盼望他早日离开人世，但是，当他真的离开人世了，特别是他临死前用那样嫌恶的眼神看她，她心里不由涌起了一股莫名的寒意。

这一辈子，她那样欺他辱他，不知他变成鬼魂后，会不会不放过她？这样想着想着，只觉得一阵剧寒直透骨髓，顿时膝盖一软，就势跪倒在床边的地衣上恸哭流涕起来。这一回，她的哀号声里，倒是有了几分货真价实的恐惧和悲凉……

听说裴光庭去世后，李隆基按宰相丧礼规制，废朝三日，追赠他为太师，并命中书侍郎张九龄为他撰写神道碑文，也算是极尽哀荣。

不过，裴光庭尸骨未寒，便有人看上了"门下省侍中"这个位高权重的职位，不是别人，正是吏部侍郎李林甫。

一料理完裴光庭的后事，武玉娘便心急火燎地和李林甫在大慈恩寺精舍幽会。小别情热，两人许久不在一起，更是干柴烈火，一点就着，很是颠鸾倒凤、翻云覆雨了一番。

待平静下来后，李林甫依然将武玉娘牢牢压在身下，一双火辣辣的眼睛看得武玉娘神魂颠倒，只觉得便是为这个男人死了也心甘情愿。

"你家裴光庭总算走了，终于不再碍着咱们了。从今往后，咱们爱怎样便怎样，你可不许扭手扭脚的！"李林甫说着便在武玉娘波涛汹涌的胸脯上狠狠亲了一口，"嘿嘿"笑了起来，仿佛在向世人宣告，从此以后，武玉娘就是他李林甫的女人了！

听李林甫提到裴光庭，原本春意盎然的武玉娘不由打了一个寒战，紧紧搂住李林甫道："哥奴，裴光庭活着时奈何不了咱们，如今他死了，成了孤魂野鬼，我怕……"

看着被他折腾得浑身乏力、瘫软在他怀中的武玉娘，李林甫在她耳畔嘿嘿笑道："玉娘，你几时也这样疑神疑鬼了？我李林甫从来就不信这些！你若怕那劳什子的鬼魂，我倒是有一法子！"

"什么法子？"武玉娘娇喘微微道。

"裴光庭不过是门下省侍中，我李林甫若能当上比他更大的官，不就可以把他镇住了？到那时，莫说他是孤魂野鬼，便是来讨命的厉鬼，也动你不得！"李林甫眼睛微眯，透着让人捉摸不透的精光。

当上比他更大的官？武玉娘心中一动，勾着李林甫的脖子笑道："哥奴，我明日便进宫去找衡娘，让她帮你谋个更好的差事。"

"玉娘，杀鸡焉用牛刀？不必事事都找武惠妃。当今第一内侍高力士不是出自你家吗？他是何等玲珑剔透之人？你和他说上一句，他自然明白。"

"是的呢，说起来，高力士当年被武则天赶出宫时，还是我们武家世仆高延福收留了他，认作养子，他对武家感激涕零！"

"就是嘛！玉娘，你好好为我谋划，待我在皇上面前站稳了脚跟，自有让你享福的时候！"

"只怕到时候，你有了新欢便忘了旧爱呢！"武玉娘眼波流转，故意瞪了李林甫一眼。

"你是不信我了吗？今日不给你点真本事瞧瞧，你这小嘴倒是不服软了！"说时迟，那时快，不待武玉娘反应过来，李林甫便压了上去。只一息功夫后，武玉娘便再也分不清东西南北，只知道明日得进宫去找高力士叙叙旧了！

大明宫含凉殿外的梧桐树，似乎要比别处更茂盛些。七月早间的日头已然有些毒辣，武玉娘坐在肩舆里走了一路，早已香汗淋漓。但一进了含凉殿，便有凉气扑面而来，让人神清气爽。

穿过重重锦帘，只见武惠妃正微闭双目，慵懒地靠在象牙床榻上。她今日穿了藕荷色绿缎绲边交领衫，下配竹青色留仙裙，挽着牙色团花披帛，通身上下有一种令人心醉的魅惑。两个小宫女正侍立左右，为她轻轻摇扇……

"姊姊，这大热天的，你怎么来了？"听到武玉娘的脚步声，武惠妃慵懒地转过了身，嫣然笑道。

武玉娘快步往象牙榻走去，她簇新的高头履踩在含凉殿的花砖上，发出细碎而清脆的声音，但随即便被她略带夸张的赞美声淹没："衡娘，不是我说，这大热天的，全长安城里，就数你这含凉殿最是凉快，连大慈恩寺也赶不上，可见圣上最是疼你！"

"哦？姊姊倒是有心，竟去大慈恩寺为姊夫上香了？"武惠妃从象牙榻上缓缓直起身子，漫不经心道。

"哦？这个……"武玉娘这才意识到自己说漏了嘴，不由讪讪道，"人死为重，死者为大。再说了，一日夫妻百日恩，再怎么样，我也要好好送他一程不是？"

武惠妃抿嘴笑道："姊姊，你莫和我捣鬼，我还不知道你吗？这大热天的，你最不耐热，今日在大日头底下走一遭，莫不是为他而来？"

既然武惠妃一语道破，武玉娘便索性顺着杆子往上爬："衡娘，不是姊姊夸你，这天底下的女子，就数你最聪慧通透！但凡姊姊心里想的，不待姊姊说出口，你便通通知道了，难怪圣上一日都离不得你！"武玉娘说着便在象牙榻上坐了下来，哧哧笑道，"昨晚是不是又伺候圣上了？"

"姊姊，说来不怕你笑话，前些天我腰酸背疼，浑身乏力，还以为有了身孕，便传御医来诊脉。不料御医说是春夏之交，失眠少睡所致。因此，这几日，我哄圣上去其他地方转转，我也好落个清静。"

"哎呀，那怎么成？你怎能把圣上往其他狐媚子怀里推？若是因为侍寝睡不安稳，白天睡他个天昏地暗不就成了？听姊姊的话，天凉了不妨吃些盆覆胶，保管腰也不酸了，背也不疼了，而且，还能为圣上再添个小皇子呢！"说到最后一句时，武玉娘笑得愈发暧昧。

"小皇子嘛，也要看有没有这个缘分。眼下更让我烦心的，还是瑁儿的事。"武惠妃垂眸抚弄着修长的指甲，语气依然是淡淡的……

"哎哟，瑁儿的事，你放心。我听哥奴说，废立太子一事，只要陛下拿定了主意,便是迟早的事。他还说什么'此乃陛下家事,非臣等可以置喙',总之,你放宽心便是了。"武玉娘在武惠妃面前从不掩饰她和李林甫的私情,如今裴光庭走了,她越发明目张胆起来。

"此乃陛下家事,非臣等可以置喙……"武惠妃低头重复了一遍,不由眼眸一亮,点头笑道:"姊姊,你没看错人,李侍郎果然是个明白人!如今门下省侍中空缺,圣上自然会安排一个妥当人。你放心,我自会替李侍郎谋划。"

武惠妃一席话,说得武玉娘心花怒放,还没听完,便想着若是告诉李林甫这个好消息。

待心猿意马地和武惠妃一起用了午膳,武玉娘便从含凉殿告辞出来。想着李林甫交代的话,武玉娘便特地来到了紫宸殿。她知道,圣上常在紫宸殿处理政务,高力士自然是守在这里的。

此刻正是午时未时相交时分,紫宸殿周围一片安静。武玉娘下了肩舆,轻手轻脚地到内侍省找高力士。高力士看到武玉娘,忙躬身行礼道:"老奴见过裴夫人。"

武玉娘娇声笑道:"高内侍,你我之间,何必多礼?"

"老奴当年曾受武大人收留之恩,每念及此,便感激不尽。今日裴夫人大驾光临,不知有何吩咐?"

"高内侍,能否借一步说话?"

高力士抬头看了看窗外,见四下无人,便随手掩上房门,语气愈发恭谨道:"裴夫人,此处并无外人,您放心交代老奴便是。"

"高内侍,不瞒你说,我家连城过世后,门下省侍中一职便空了出来。吏部侍郎李林甫很有才干,圣上若是问起,还请你替李侍郎说上几句才好。"武玉娘并不想掩饰什么,一口气说了下去。

听了武玉娘这番话,高力士心头不由一紧,裴光庭尸骨未寒,她便替别人来求情,而这个别人正是满长安城都知道的她的情人,这胆子也忒大了些!

"怎么?高内侍可是觉得不妥?"看高力士并不言语,武玉娘杏眼一瞪,不以为然道。

"夫人但有驱使,老奴自当从命。只是,夫人交代之事,还需从长计议。夫人若信得过老奴,且容老奴仔细想想。"

"高内侍,想来你也知道皇上和武惠妃的心思。李侍郎若能得偿所愿,武惠妃自是乐见其成,你就大胆去办吧。"说着,不待高力士再说什么,便起身提裙,洋洋得意地往外走去。

她不知道有多少人盯着这个要职,她只知道,有了武惠妃和高力士的鼎力相助,她的哥奴已稳操胜券。

当武玉娘为李林甫苦心谋划时，李隆基却压根儿就没想到李林甫。

这日早朝结束后，李隆基留中书令萧嵩说话。萧嵩担任河西节度使时，用反间计挑拨吐蕃大将悉诺逻恭禄与吐蕃赞普的关系，致使悉诺逻恭禄被赞普诛杀，从而使吐蕃国力迅速衰弱。与此同时，他又任用张守珪、杜宾客等名将，一举大败吐蕃。李隆基对此大为赞赏，立即召萧嵩入朝为相，拜为中书令，封为徐国公。

"萧爱卿，裴侍中去世后，门下省侍中空缺，不知爱卿心中可有妥当人？"

"启禀陛下，臣以为，尚书右丞韩休熟知门下省事务，且为人正直，敢于直谏，可堪重任。"

李隆基对韩休并不陌生。他还是太子时，韩休就以精通词学被举荐进入东宫，在他身边效力。他登基后，一直器重韩休，韩休也不负圣恩，勤勉做事，在朝中上下素有贤良之名。

李隆基和萧嵩之间的对话悉数落在侍立一旁的高力士耳里。他低头暗忖，虽然武玉娘口口声声说武惠妃力挺李林甫，但到底只是武玉娘的一面之词，不宜贸然向皇上推荐此人。但他毕竟欠了武家恩情，总要为武家做点什么才好，怎么办？

高力士正陷入两难时，只听李隆基点头笑道："萧卿所言，甚合朕意。不过，韩休如今只是尚书右丞，若一步到位，只怕遭人非议，不妨先提为黄门侍郎、同中书门下平章事，日后再擢升为侍中不迟。"

"陛下圣明，臣这便让中书舍人起草诏令。"

看着萧嵩远去的背影，高力士心头一亮，虽说无法向皇上推荐李林甫，但不妨趁着诏令下达之前，将此消息透露给武玉娘，让武玉娘告诉李林甫，让李林甫告诉韩休。如此一来，韩休必定感激李林甫，也算是帮李林甫在朝中结了一个善缘。

"力士，惠妃身子不适，朕要过去看看，你也退下吧。"

"老奴遵旨，老奴恭送陛下。"高力士恭恭敬敬送李隆基离去后，才快步走出紫宸殿，去寻妥当人给武玉娘捎话。

果然不出高力士所料，当李林甫在皇上诏令下达之前将韩休拜相的喜讯告诉韩休时，韩休喜出望外，对李林甫很是感激。李林甫离开韩休宅邸后，抬脚来到了裴光庭府上。

料理好裴光庭的身后事后，裴稹便提出要带妻儿搬出去另立门户。武玉娘对儿子本就没有什么情分，既然儿子提出离府别居，她也乐得落个清静。从此，她想李林甫时，便再也不用去那个劳什子的大慈恩寺。裴府的下人们倒也见怪不怪，毕竟大唐宫闱之乱更有甚于此者，他们这点子事也不值得大惊小怪。

李林甫大踏步地跨进裴府，直奔武玉娘房间而去。武玉娘正对着瑞兽葡萄纹菱花镜细细卸妆，见李林甫一阵风似的卷了进来，不由嗔道："怎么迟不来，早不来，偏偏这个时辰来了？我刚卸了妆，怎么见人呢？"说着，便要推李林甫到门外候着。

武玉娘这欲擒故纵的法子顿时把李林甫撩得火烧火燎，一反手牢牢箍住了武玉娘绵软的腰肢，眯起眼睛往武玉娘呼之欲出的胸前一扫，嘿嘿笑道："我便是算准了这时辰来的！既然你已卸了妆，咱们这便安寝了吧！"说着，便打横将她抱起，往梨花木大床上用力一放，"呼哧呼哧"地忙了起来。

"看你千年不改的猴急样，你放心，是你的，就是你的……"

在一阵比一阵急促的喘气声中，李林甫半晌才从牙缝里挤出一句话："但凡我李林甫想要的，便没有什么得不到！你是我的，这大唐宰相的位子，也迟早是我的！"

李林甫似乎在向最后的胜利发出冲锋的号角，在一次比一次猛烈的冲击中，武玉娘只觉得通体酥麻，飘飘欲仙。

等到一切都平息下来后，李林甫搂着武玉娘心满意足道："你告诉我的消息，当真是及时雨！我前脚把消息送到，宫里的内侍后脚就到了。韩休比你家的榆木疙瘩还要年长四岁，你不知道，当他听到自己这把年纪竟被提为宰相时，差点就要老泪纵横了！方才我走时，他还亲自送我到门外，口口声声说朝中同僚理应互相提携，他定会将我放在心上！"

"哥奴，你是吏部侍郎，由你去告诉韩休此事，最是天衣无缝。这份人情，他注定是欠你的了！"方才那番折腾着实厉害，武玉娘只觉得自己全身乏力，伏在李林甫怀里一动都懒得动。

"呵呵，吏部侍郎有啥用？还不是靠了你的消息，才有了这个巧宗！玉娘，你放心，等我有朝一日当了宰相，我便风风光光地将你娶进李家，当我李林甫的诰命夫人！"

"哼，你当我很稀罕当诰命夫人吗？裴光庭早就是宰相了，我也早已当腻了！"

听武玉娘漫不经心地提到裴光庭，李林甫心中的醋意顿时涌了上来，一把扳过武玉娘的身子，直盯着她的眼睛道："今日我把话撂在这里，两年之内，我李林甫必定会当上大唐宰相！而且，我要把这宰相之位长长久久坐下去，让那些曾经看不起我的人，再也笑不出来！"

看李林甫醋意大发，武玉娘不由咯咯笑出了声，推搡了他一把道："你瞧你，我才说了一句，你便信誓旦旦说了这一箩筐没要紧的话。我才不稀罕什么诰命夫人，我稀罕的是你这个人！我只要你离不得我，长长久久疼我便成……"武玉娘话音未落，梨花木大床四周的牡丹花纹床帐便再次荡漾了起来，床帐内，传来李林甫一声比一声猛烈的喘息声。

几天后，不知是韩休向李隆基推荐了李林甫，还是武惠妃在李隆基面前说了李林甫的好话，李林甫的誓言果然灵验了！他被一举擢升为黄门侍郎，相当于门下省的副官。有了这黄门侍郎的身份，离宰相之位也就只有一步之遥了！

不知是出于权力制衡，还是张九龄的才干确实深受李隆基的赏识，和韩休、李林甫等人一起被提拔的，还有集贤院学士、检校中书侍郎张九龄。

当自己被加封同中书门下平章事主理朝政时，张九龄却高兴不起来。

他隐隐感到，自从裴光庭去世后，这朝堂上的一系列变动都有些事出突然。特别是吏部侍郎李林甫，为人阴柔，城府极深，却摇身一变成了黄门侍郎，不知所为何来？再想到圣上前段日子和他提及的太子之事，愈发觉得其中必有蹊跷。

圣心到底难测，张九龄百思不得其解，长长地叹了口气。

不过，对于大唐百姓来说，这朝堂上的风云变幻，到底和他们远了些。别的不说，单说四十多年前那场武则天自立为帝的大变局，这天下不也一样好好的吗？日子该怎么过，不还是一样过？至于这天下是李家的，还是武家的，对平常百姓来说又有什么打紧？

第七十四章　东巡洛阳　隐居终南

秋天本该是一个丰收的季节，但733年秋天，因关中久雨，长安发生了饥荒。

这日，望着紫宸殿外的倾盆大雨，李隆基剑眉紧皱，看向众人问道："关中久雨，朕日日坐在宫里看天下雨，着实忧心，不知众卿有何良策？"

李隆基话音刚落，萧嵩、韩休、张九龄、李林甫、裴耀卿等人，无不低头思忖了起来。

他们自然知道，长安漕运不便，江南、蜀中等富庶地方的粮食不易送到长安。长安所依凭的仅是关中平原。关中平原水利设施不好，天不下雨或长久下雨，极易发生旱灾或水灾，长安闹饥荒已不是一回两回了，奈何皇上偏偏不愿将都城迁至洛阳……

见众人默然不语，御史大夫王丘只好硬着头皮率先进言道："微臣以为，陛下宜先下罪己诏，以安民怨。然后仿效前朝旧事，从江淮之地转运粮食，救济关中。"

听到"罪己诏"三字，李隆基微不可见地皱了皱眉，眉心的"川"字愈发深了一些，沉声问道："王卿所言有理，不知众卿可还有言进谏？"

李林甫心知王丘是个愣头青，他说啥不好，偏偏说什么"罪己诏"，徒惹皇上生气，忙一脸赔笑道："陛下，长安自高祖以来便有缺粮之危，如今遇此天灾，长安民众难保有骚乱之事。微臣以为，陛下可即日起驾，东巡洛阳，于东都就食，以避有失。待长安仓廪充实后，再请陛下回宫。"

听了李林甫这番话，李隆基脸色才好看了些，到底还是他说的话中听，微微点头道："唔，朕也正有此意。"说着，目光落到了张九龄身上，问道："张卿，你意下如何？"

看到皇上在听了王丘和李林甫所言后的不同表情，张九龄心中会意，躬身说道："微臣以为，关中旱灾水灾频发，从江淮之地转运粮食，固然可以解燃眉之急，却难以永绝后患。微臣倒是有个建议，不知当讲不当讲？"

"哦，张卿有何良策？但讲无妨。"

"微臣以为，河南道地处中原，且有大河可用以灌溉，或可栽种江南水稻一试。若能于河南道引种水稻，待水稻成熟之际，便可供给长安、洛阳等地粮仓，从此彻底解决关中饥荒之忧。"

张九龄话音刚落，李隆基就含笑击掌道："张卿所言，甚合朕意！朕今日便任命你为河南稻田使，好好管一管这引种水稻之事。长安粮仓能否充盈，便看你这水稻种不种得成了！"

"臣领旨！"张九龄低头领命，躬身退下。

李隆基眉头的"川"字早已悄然不见，看着京兆尹裴耀卿道："裴卿，你向来足智多谋，听了方才同僚所言，有何良策？"

裴耀卿忙上前一步，躬身行礼道："启禀陛下，关中久雨，长安饥荒，身为京兆尹，微臣难辞其咎。方才王大夫、张大人所言极是，救急之举，是从江淮之地转运粮食，长远之计，是在河南引种水稻。陛下东巡洛阳时，微臣愿留在长安，全力疏通漕运，征调江淮粮赋，以解关中之危。"

"如此甚好，朕今日便任命你为江淮河南转运使，和张爱卿一起早日解决关中之危。"李隆基眼前一亮，裴耀卿的话句句说到了他心坎上。这么多年了，这大运河上的利益集团也该动一动了。如今刚好可以借运粮一事，让裴耀卿把大运河的漕运好好整顿一番。

李隆基心中舒了口气，点头笑道："众爱卿方才所言，皆无虚言，长安定能化险为夷。至于东巡一事嘛，"李隆基故意顿了顿，看了一眼李林甫，"便交由李爱卿妥善筹划。"

"臣领旨！"听到李隆基当众将此等美差交给自己，忙上前躬身行了一礼，心里早已乐开了花。

散朝后，朝廷上下便忙碌了起来，和股肱大臣们一样忙碌的，还有高力士。他正忙着到张九龄、裴耀卿、李林甫府上宣读诏书。

"着检校中书侍郎、同中书门下平章事张九龄，于朕东巡之际，总述长安政务，主理朝政。钦此！"

"着京兆尹裴耀卿，擢为黄门侍郎，入政事堂，行中书门下平章事，充任江淮河南转运使，调江南之米入关中，行施圣恩。钦此！"

"着黄门侍郎李林甫，妥善筹划东巡事宜。钦此！"

和这些诏书一样引人瞩目的，还有李隆基让寿王李瑁留在长安主持开仓放粮一事。李隆基身为天子，在长安饥荒之时逃离长安，东巡洛阳，总归面子上不好看。为了皇家脸面，李隆基总要让皇子出面开仓放粮。

正当大家都以为是太子李瑛出面开仓放粮，结果却是寿王李瑁。李隆基特地给李瑁安了一个太仓处置使的头衔，协同京仓令打开太仓，向长安百姓发放二百万石粮食赈灾。

消息一出，顿时一片哗然。这不是公然压制太子、抬举寿王吗？李隆基的偏心已是再明显不过了。

这一边，武玉娘府，李林甫一把搂过武玉娘，手便在她身上窸窸窣窣摸了起来。武玉娘推开了李林甫的手，打趣他道："还没开始喝酒呢，便这般不老实了！我前儿进宫看衡娘时，她便告诉我，她已替你在圣上面前说了好话，让圣上将筹划东巡之事交与你操办。我原本早就想告诉你来着，谁叫你好几天不来我这了？"

"嘿嘿，原来是吃醋了不成？你又不是不知道，这长安城闹饥荒，天晓得这几日有多忙！"李林甫一口气喝完了杯中的天山雪莲虫草酒，咂了咂嘴道。

"你明日便要随皇上去洛阳，我想你了可如何是好？"武玉娘趴在李林甫身上，用手拨弄着他浓密的胡须。

"如今又无人拘着你，你若想我了，来洛阳寻我便是。说起来，你总要来看看你妹妹不是？"李林甫眯起眼睛看了玉娘一眼，一脸坏笑道，"听说洛阳有种叫鹤觞的酒，女人若是喝了，便会愈发水润，你要不要尝尝？"

"呸，狗嘴里吐不出象牙，从来就没一句正经的！"

"你要的不就是我的没正经吗？对了，你来洛阳时，记得告诉你妹妹，此次让寿王留在长安主持开仓放粮之事，只是我小试牛刀而已。今后，我还会为寿王想出更多法子，助他早日当上太子！"

"哥奴，你的脑袋瓜子里怎会有这么多法子？"武玉娘一手撑住下巴，一手抚弄李林甫的胡须，眼中是对李林甫货真价实的崇拜。

几天后，当长安百姓为五斗米发愁时，李隆基带上武惠妃和爱卿们，浩浩荡荡向洛阳出发了。

733年秋天的那场饥荒，在寿王李瑁的开仓放粮中，在张九龄、裴耀卿等人的运筹帷幄下，总算有惊无险地过去了。

转眼之间，便到了733年冬天。

这日，綦毋潜来到王维家里，一见到王维，便一脸兴奋道："摩诘，你看我把谁带来了？"

"在下储光羲，久仰王兄大名！"只见一位身材颀长、面相温和的年轻人上前一步，向王维恭恭敬敬行了一礼。

"原来是光羲贤弟，我听綦毋兄多次提起你，今日总算见面了，快快请进！"王维726年去宜寿看望綦毋潜时，就听綦毋潜说起，有个名叫储光羲的年轻人，也爱写山水田园诗，且颇有几分笔力。

三人分主宾落座，王维亲自煮茶，三人品茗畅聊。

储光羲是润州延陵（今江苏金坛）人氏，出生于706年。726年，储光羲和綦毋潜同榜进士及第，綦毋潜官授宜寿（今陕西周至）县尉，储光羲官授冯翊（今陕西大荔）县尉。731年，储光羲从冯翊转到汜水、安宜等地担任县尉。一个月前，储光羲辞去官职，打算回润州延陵过耕读传家的田园生活。路过长安时，特地来看望多年不见的綦毋潜，綦毋潜便将他带到了王维府上。

三人性情相投，不知不觉聊到了日落西山。储光羲一脸兴奋地提议道："小弟很想去看看名闻遐迩的终南积雪。终南山离长安不远，不知两位兄长可愿一同前往？"

听储光羲提及终南积雪，王维心头一震。很多年前，他的璎珞也曾这样对他说过，他当时也答应了她，可天意弄人，他却没有机会兑现这一诺言了……

"光羲，你若想去终南山，为兄便陪你一道去。说起来，我也有些厌倦官场的日子了，想去外面透透气。摩诘，你如今最是自在，不妨一道同行？"看王维暗自出神，綦毋潜伸手在王维面前晃了晃。

"我也有好几年没去看终南积雪了，上回去时，打了几张底稿，这回再去临上几幅。"王维语气依旧温和，但眉宇间的那份怅然，却是怎么也抹不去。

綦毋潜知道王维定是想起了亡妻，不由也想到了十一年前和王维、璎珞同游越州时的情景，拍了拍王维的肩膀，安慰他道："摩诘，人生苦短，浮生若梦，咱们若能将大好时光寄情于大好河山，倒也不枉做人了。"

"对，往后余生，做自己想做的事，过自己喜欢的日子，便是不枉此生。"储光羲虽未见过璎珞，却也听说过王维夫妻伉俪情深的故事，一时也感慨万千。

王维的目光从綦毋潜、储光羲身上缓缓划过，默然片刻后，一脸笃定道："好，待我这几日听道光禅师讲完《楞伽经》，便随你们一同前往终南山。"

看着王维淡远无波的眼神，綦毋潜发现，如今的王维，和四年前刚回到长安时的王维，已经有些不同了。

又是一年早春时节。

经过一个漫长沉闷的寒冬后，长安人对于这个春天似乎格外期待。待大慈恩寺的桃花纷纷绽放时，整个长安城仿佛都迎来了一场狂欢，似乎要把涝灾和饥荒带来的阴霾一扫而尽。

不过，也有例外。

在玉真馆的高墙内，玉真公主心如止水、波澜不惊。三年前，他在青城山对她说的每一句话，如今想来，依然记忆犹新。

他说："哀莫大于心死，请公主忘了一个已经心死的人罢。"

她说："我持盈从不相信这世上真有心死之人，我只相信，精诚所至，金石为开。除非你这辈子再也不娶，否则，我不相信，你的心已经真的死了。"

如今，三年过去了，他用捐造佛像这一行为无言地宣告，他在皈依佛门的道路上已渐行渐远，他的心已经真的死了，他这辈子真的不会再娶了。

她摇了摇头，一声叹息。事到如今，她再也不必和他赌气了，因为，她注定赌不赢他。

但，她依然放不下他。去年秋天长安闹饥荒时，她首先想到的，便是他过得好不好？当皇兄让她一起去洛阳时，她婉言谢绝了。她并非喜欢孤独，而只是觉得，如果自己内心是孤独的，那么即使身处喧哗，内心依然荒凉。若是如此，倒不如一个人清清静静的还更自在些。还有一个原因，因为他在长安，她便也想留在长安。纵然互不见面，但只要知道他过得好，她也便安心了。

多少次，她想放下公主的身段，派人去请他和莲儿来玉真馆小聚。但一想到他在青城山上看她时那冷若冰霜、几可凝冰的眼神，她便实在鼓不起勇气。

直到腊月初八那天，她让清风将熬了一夜的腊八粥特地送到他府上时，才得知他早在一个月前便离开长安，去了终南山，而莲儿也在一个月前被送到了登封王缙家中。

"他到底是拘不住的……"看着青瓷碗中那香甜软糯的腊八粥，玉真公主幽幽地叹了口气，一抹自嘲的苦笑缓缓划过嘴角。她以为他在长安，她便也留在了长安，但他已去了终南山。看来，她还是不懂他。或许，这辈子，她都看不懂他。

让她越来越看不懂的，还有皇兄李隆基。

皇兄对武惠妃的宠爱，似乎越来越离谱了。别的不说，单说让李瑁留在长安主持开仓放粮事宜，不必说这满朝文武百官，便是普通百姓也看得出来，李隆基心中的天平有多倾斜！这让太子李瑛如何自处？

都说父慈子孝、兄友弟恭，但在权倾天下的帝王家，向来没有对错，只有输赢。皇兄专宠武惠妃，冷落赵丽妃，于是，武惠妃的儿子李瑁不需要做什么，就能赢得天下；赵丽妃的儿子李瑛无论做什么，都会输了天下。这就是帝王家的逻辑，输的那一方，无处申辩，也无须申辩。

这些道理玉真公主怎能不知？她只是不明白，皇兄自即位以来，一直以明君自居，一直以治国平天下为己任，为何在即位二十二年后却忘了"太子乃是国本，未有过失，怎能随意废立"的道理？

或许，皇兄不是忘了，而是明知不可为而为之吧？谁让他那么爱武惠妃呢？在这个他最爱的女子面前，他即便负了天下，也不愿负了她吧？

这样想着，玉真公主不由苦笑了起来。曾经，皇兄笑她"一叶障目、一云蔽日"，到头来，他自己何尝不是如此呢？

当玉真公主在玉真馆临风叹息时，王维、储光羲、綦毋潜等人正在终南山中流连忘返。受王维、储光羲辞官归隐的影响，綦毋潜也萌发了归隐之志，辞去集贤院的职务，回归诗书田园生活。对他们来说，长安也好，洛阳也罢，都不如终南山可以让人活出真实的自我。

第七十五章　无意续弦　急于拜相

转眼便到了734年4月，天气一日日暖和了起来。当大明宫太液池畔的柳树吐出新绿，含凉殿前的梨树繁花满枝，细碎的白色花瓣洋洋洒洒落了满园，仿佛一地将融未融的残雪时，李隆基带着武惠妃一行浩浩荡荡回到了长安。

他此番东巡洛阳，一住便是大半年，其他事倒也平常，只是一想到萧嵩和韩休之间的那些纷争，便不由摇头苦笑。

说起这件事，萧嵩更是一肚子窝火。

一年前，侍中裴光庭去世后，皇上让他推荐妥当人，他原本想推荐尚书左丞王丘，但王丘认为自己不堪重任，便婉言谢绝了，并向他推荐了尚书右丞韩休。

让他万万没有想到，韩休当了宰相后，经常和他唱反调。更让他惊讶的是，韩休拜相后，对他这个推荐人没有什么感激之情，反倒对不相干的李林甫很是感激，经常在皇上面前盛赞李林甫，认为他有宰相之才。

这也罢了，长安发生饥荒后，韩休当着皇上的面，说他做事犹豫不决、畏首畏尾。到了洛阳后，韩休更是处处针尖对麦芒，常常为一些没要紧的小事和他抬杠，弄得他很是火大。因此，一回到长安，萧嵩便上书一封，请求致仕。

萧嵩上书致仕的结果是，李隆基对萧嵩和韩休各打五十大板，将萧嵩降为尚书右丞相，将韩休降为工部尚书。

一时间，满朝文武大臣议论纷纷，谁会是下一任中书令？谁会是下一任侍中？

自去年随李隆基东巡以来，李林甫常跟随李隆基左右，再加上武惠妃、韩休等人常在李隆基面前夸他，他觉得这一次，无论如何，总该轮到他了。

不过，李隆基并没有提拔他，而是提拔了留在长安处理赈灾事宜的张九龄和裴光庭。

张九龄升任中书令，裴耀卿升任侍中，而他依然只是黄门侍郎。

诏令传来，他气得肺都要炸了，一抬脚便来到了裴府，脸色阴沉得仿佛会滴下水来。

武玉娘从未见他如此生气，忙小心翼翼地盛了一杯酪浆给他。他端起茶盏只喝了一口，便霍地起身，将手中的茶盏往雕着莲花纹的地砖上狠狠掼去。只听"啪"的一声脆响，酪浆四溅，青瓷碎片飞了一地。

"我李林甫好歹也姓李，他张九龄算是个什么东西？这鹬蚌相争、渔翁得利的好事，竟然落到了他头上？这口气我李林甫无论如何都咽不下！"李林甫紧紧握住拳头，往案几上狠狠捶了一拳。

"哎哟喂，今儿好大的气性！有本事你到张九龄府上说去，到我这里耍威风，算什么本事？"武玉娘知道他盛怒之下，定然听不进任何安慰的话，便故意拿话激他。

果然，被武玉娘这样一激，李林甫倒像一个泄了气的马球，一屁股跌坐在案几旁的便榻上，咬牙切齿道："岂有此理！"

看李林甫口气稍稍缓了些，武玉娘才着人进来清理地上的碎瓷片，重新上了冰酪浆，递到李林甫面前道："好了好了，喝口冰酪浆消消气，有什么大不了的事？好好说不成吗？"

"玉娘，不是我气性大，而是这事太让人气恼！你倒说说看，论出身，论资历，论才干，论年纪，我哪一点比不上张九龄？"

"是，是。论出身，莫说张九龄，便是这朝廷上下要寻出一个比你更厉害的，只怕也不容易。但是，哥奴，偏偏张九龄刚好入了皇上的法眼，你又有什么法子？"武玉娘软语温存道，"我昨儿进宫去看惠妃，她告诉我，张九龄去年赈灾得力，立下了汗马功劳，皇上这回是铁了心要提拔他，她也不好多说什么了，你说是也不是？"

"哼，赈灾是他一人的功劳吗？还不是裴耀卿鼎力助他，否则，凭他这一大把年纪，还能翻得出什么浪来？"

"你真是聪明一世，糊涂一时！正因为他一大把年纪，你更可以消消气了。他比你大十岁，今年六十二岁了，还能当几年宰相？这宰相之位，迟早都是你的。"

"玉娘，我是不是也老了？"看着眼前风情万种的武玉娘，李林甫心头一热，方才的怒气消散了大半。

"就你那永远吃不饱的猴急样，只怕再过十年，也不会老。"武玉娘故意推了李林甫一把，打趣他道。

"玉娘，你记得不？我曾说过，两年之内，我必定要当上大唐宰相。如今还有一年时光，我定会努力给你看。"

他要让她知道，一个真男人的誓言，定然会实现！

734年夏天似乎热得有些早。一过五月，气温就嗖地蹿了上来。明晃晃的日头照在长安城那宽阔得惊人的朱雀大街上，让刚刚回到长安的王维一时有些睁不开眼，只觉得道路两旁的槐树都齐齐耷拉着脑袋，一副无精打采的模样。

若不是收到崔兴宗的来信，王维此时还和储光羲、綦毋潜闲居在终南山上。信中，崔兴宗告诉他，他要来长安看他。

自料理完璎珞丧事后，王维便不曾见过兴宗。这六年来，兴宗时有写信给他，邀他得闲了到定州小住一些时日，并说崔父崔母也都记挂他。他每信必回，每年过年前都会雷打不动地给崔父崔母寄送年货。然而，这么多年过去了，他却一次都未成行。不是他不挂念崔父崔母和兴宗，而是有些人，有些事，就像永远无法愈合的伤痕，不敢触碰。一旦触碰，便会让人心里生疼。

这日黄昏，当夕阳终于藏到远山背后时，道政坊的王府终于迎来了外出半年多的男主人。

"姊夫！"王维刚一跨进庭院，就看到兴宗迎了上来。那一声"姊夫"里，浸透着太多复杂难言的情绪。

一时间，王维忽然想起了十三年前的那个夜晚。那晚，他在醉和春喝了很多闷酒，回到家中时，兴宗已等候他多时。不同的是，那时的兴宗是替璎珞来给他送相思豆的，如今的兴宗，却再也无法替璎珞送他什么了……

"兴宗，让你久等了。"王维迅速回过神来，快步走了上去，拍了拍兴宗的肩膀道，"这么多年了，你还是一点都没变！"

"姊夫，你莫打趣我了，我怎么会没变呢？闲庭已经这么高了，闲云能帮我温酒了，便是前年出生的闲鹤，也能端茶给我喝了，我呢，自然也老多了……"提到他的二子一女，兴宗一不留神便说了下去，待快说完时才想到姊夫至今尚无一子，顿时有些尴尬，不知说什么才好。

王维倒是并不在意，点头笑道："有闲庭、闲云、闲鹤承欢膝下，丈人和阿母自然高兴，我也就放心了。"

兴宗不好意思地挠了挠头，随即便转了话题："姊夫，听说莲儿去登封叔父家了？好多年不见，莲儿定然出落得更好看了！阿爷阿娘一直惦记着莲儿，说莲儿从小便像璎珞……"兴宗提到璎珞时，心中一突，连忙收口看向王维。

"是的，莲儿自小便像璎珞。如今长大了，眉眼之间愈发有了璎珞的神韵。"王维看了兴宗一眼，推开窗户，絮絮地说着一件似乎是再平常不过的事，平常得仿佛璎珞从未离去。末了，才转过头来，朝兴宗点了点头，脸上是他一贯的和煦笑容。

看着近在咫尺的王维，不知为何，兴宗却一时有些茫然。明明是再熟悉不过的笑容，却仿佛变得有点陌生，似乎有一层看不见的东西拦在了他和世人之间。

六年时光，静水深流，无论当年的伤痛多么蚀骨，他都已经深埋心底，呈现在世人面前的，只剩下伤痛之后的平静无波。

刹那间，他不由一阵心疼，为死去的璎珞，更为尘封自己的姊夫！

"姊夫，实不相瞒，我这次来长安，一则是挂念你，二则也是替阿爷阿娘捎一句话给你。"在短暂的寂静无声后，兴宗低头清了清嗓子，决定鼓起勇气坦言相告。

"兴宗，我明白。"王维静静地看着他，眼神里是洞彻世事后的清明澄澈，"兴宗，这些年后，我未曾到定州看望丈人、阿母，心中着实有愧。幸亏有你和九娘在二老身边，代我和璎珞尽孝，我替璎珞谢过了。只愿丈人阿母身子康健，我才能稍稍心安。"

"姊夫，阿爷阿娘说，璎珞虽然没有福气和你白首到老，但她这辈子能嫁给你，便是她几辈子修来的福分。阿爷阿娘说，已经六年了，你莫太苦了自己，盼着你能早日续弦，莲儿也有一个依靠。如若新妇不弃，阿爷阿娘愿意收为义女，视如己出……"

不待兴宗再说下去，王维便摆了摆手，声音里透着不容置疑的笃定："兴宗，丈人阿母的心意，我心领了。其实，此生不愿续弦，并非有意自苦，而是心甘情愿。你知道的，璎珞一直都在我心里，所以再也容不下其他女子了。至于莲儿，我确实有愧于她，但所幸她已日渐长大。兴宗，请你代我转告丈人、阿母，我过得很好，请勿为我忧心。"

兴宗怔怔地看着王维，听完这番话后，他才明白，王维方才的笑容之所以略显陌生，不是因为他将生离死别的悲痛深埋心底，而是因为他已看淡生死，或者说，在他参透生死之后，已经不觉得死亡是生命的结束，而是以另一种方式继续活着……

"好，姊夫，我定帮你转告阿爷阿娘！姊夫，好多年不曾和你喝酒了，今晚，咱们好好喝上几杯可好？"

"好，咱们这便去醉和春，不醉不归！"王维拍了拍兴宗的肩膀，今晚，他们要回到从前，和多年前那样痛饮美酒，笑谈人生。

不知不觉间，连兴宗自己也不曾料到，在长安一住就是半个多月。想着家中诸事繁忙，九娘一人忙不过来，兴宗决定返回定州。

这日，兴宗来向王维辞行，自嘲地叹了口气道："姊夫，如若我还未成家，我便长长久久赖在你家了，跟着你修佛谈禅做学问，多好！"

"兴宗，生活便是修行，做好你当下该做的事，尽好你当下该尽的责，便比什么都强。至于修佛谈禅，不必刻意为之，心到意到便可。"说着，似乎想到了什么似的，几步踱到窗前的案几上，提笔写了起来。

兴宗忙尾随过去，只见王维在益州麻纸上笔走龙蛇："已恨亲皆远，谁怜友复稀。君王未西顾，游宦尽东归。塞迥山河净，天长云树微。方同菊花节，相待洛阳扉。"

不待王维写罢，兴宗便拍掌叫好道："姊夫，你带璎珞去汴州看菊花，把我好生羡慕了一番。我曾和九娘说，等何时得闲了，我也要带她去汴州看上一看，可惜至今尚未成行。"

"兴宗，我也曾和你一样，以为有大把大把的时光可以慢慢去过。事后才明白，有些事，错过了便是错过了，再也补不回来。所以，但凡应了别人的事，便要设法去做，拖不得，慢不得。"

"好，兴宗谨遵姊夫教诲，姊夫多多保重。"兴宗从王维手中接过诗稿，小心翼翼地放入袖袍，依依不舍地辞别了王维。

看着兴宗远去的背影，王维眼角隐隐有些酸胀。在他心里，兴宗不仅是璎珞的弟弟，更是他和璎珞爱情的牵线人和见证人。当璎珞不在人间时，至少还有他懂他的全部心思。所谓知己，莫若如此。

自张九龄、裴耀卿734年5月双双拜相后，李林甫便铆足了劲似的，加紧了助寿王李瑁登上太子之位一事。他明白，要想当上宰相，除了攀附武惠妃这条路子，别无他路。

这日是立夏，五品以上官员照例到紫宸殿参加早朝。

先是侍中裴耀卿上前奏道："陛下，自去年疏通漕运以来，微臣已沿黄河建置河阴仓、集津仓、三门仓三大仓，征集天下租粮，如今已在长安积存粮米二百万石，约可省下运费十万缗。"

李隆基点了点头："裴卿辛苦了。"

接着是中书令张九龄上前奏道："陛下，微臣自迁河南稻田使以来，心中常有不安，恐负陛下所托。所幸今年关中风调雨顺，河南屯田，引水种稻，丰收在望，微臣心内稍安。陛下体恤民生，让百姓休养生息，乃天下黎民之福。"

"张卿多虑了，但凡交代你的事，朕还有什么不放心的？"李隆基一脸笑意道。

官员奏报完毕，高力士准备宣布退朝时，李林甫忽然上前一步，笑容可掬道："启禀陛下，去年关中饥荒，寿王主动请缨，留守长安主持开仓赈灾事宜，替陛下分忧，善莫大焉。如今海晏河清，仓廪充盈，寿王功不可没。微臣以为，陛下宜封寿王开府仪同三司，以嘉奖寿王纯孝勤勉之心。"

李林甫话音刚落，大家无不齐齐看了过去。天下谁人不知，皇上专宠武惠妃，对惠妃所生的李瑁高看了何止一眼？李林甫这一提议，不正是投皇上和惠妃之所好吗？

李隆基似乎也有些意外，看了一眼李林甫，微不可见地点了点头，朗声笑道："李卿所言甚是。凡人立身，忠孝为本。寿王至忠至孝，传朕口谕，封寿王开府仪同三司，从一品。"

张九龄和裴耀卿相视一眼，一颗心不由揪了起来。李林甫这一提议已经够突兀的了，不料皇上的口谕更是让人匪夷所思！封寿王开府仪同三司，这在诸皇子中首开先河，这置太子的颜面于何地？让太子在诸兄弟面前如何自处？

细细回想起来，自打去年秋天让寿王留在长安处置开仓赈灾事宜以来，这样明里暗里抬举寿王、贬抑太子的事，皇上做得还少吗？须知太子乃是国本，若皇上一味贬抑太子、抬举寿王，极易引起兄弟相争，此乃取乱之道，李唐皇室在这方面的教训还少吗？

当张九龄、裴耀卿还在为皇上的这道口谕忧心忡忡时，紫宸殿内响起了高力士拖着长长尾音的传令声："今日立夏，皇上体恤百官，特赐冰消夏，钦此……"早朝，便在这惯常的立夏赐冰中悄然结束了。

不知是张九龄、裴耀卿的奏事让他颇为安心，还是李林甫的提议让他甚是欢喜，

第七十五章 无意续弦 急于拜相

早朝结束后，李隆基心满意足地舒了口气。

高力士忙上前笑道："启禀陛下，惠妃娘娘让老奴禀告陛下，她已为陛下备好午膳，请陛下下朝后移驾含凉殿。"

李隆基揉了揉额角，起身哈哈笑道："好，朕这便过去。"

五月的日头已有些毒辣，虽然侍从小心翼翼地沿着树荫而行，虽然肩舆上笼着一层透气的轻纱，但空气中的暑气依然让李隆基额上冒出了细密的汗珠。不过，一步入含凉殿内，李隆基额上的汗珠便瞬间消了下去。

殿内四角各摆了一个精致的铜冰鉴，丝丝凉气正从铜冰鉴里冒出来，顿时让人神清气爽。

武惠妃今日穿了一件湖色轻纱高腰长裙，对着李隆基巧笑嫣然道："陛下倒是像躲在门外看着似的，妾身刚让人做好酥山，陛下便到了！"

"这才五月，便开始吃酥山了？朕不是和你说了吗，酥山虽然香甜，但到底过于冰寒，不宜多食，况且……"李隆基手上微一用力，便揽过武惠妃的柔软腰肢，低声笑道，"况且，你不是还想再为朕添个皇子吗？怎么不知道保养身子了？"

"陛下，容臣妾只吃一口嘛，好不好？"武惠妃素来喜吃甜食，尤其是酥山。酥山底层是冰，上面一层一层浇了奶酪和酥油，很像一座山峰，故名"酥山"。酥山除了最常见的白色，还有红色或绿色。因为武惠妃爱吃酥山，李隆基便将白色酥山取名为"凝脂白"，红色酥山取名为"贵妃红"，绿色酥山取名为"眉黛青"。

"好，好，你爱吃，朕还能拦着你不成？对了，今日朝堂上倒是有一桩好事，你猜是什么？"李隆基撩起袍角，在铺着玉簟的便榻上散腿而坐，心情甚是舒畅。

武惠妃虽早已从武玉娘口里得知李林甫要在朝堂上提议封瑁儿开府仪同三司一事，但在李隆基面前却要装得一无所知才好，便摇头轻笑道："臣妾久居深宫，哪里猜得出朝堂上的大事？陛下真是难为臣妾了。"

"说起来，今日之事，不仅你猜不到，便是朕也不曾料到。你知道吗？李林甫竟当着诸位相公的面，提议封瑁儿开府仪同三司。你不知道，当时诸位相公的脸色有多难看。朕呢，自然是当作不看见，顺水推舟，当场便允了李林甫。"

"去年李侍郎随陛下前往洛阳时，臣妾冷眼看着，他倒还是个明白人。言谈举止，无不合陛下心意。他今日愿为瑁儿说话，倒也不枉陛下如此待他。"说话间，小宫女已经用端盘捧上了白色、红色、绿色酥山，恭恭敬敬地放在便榻中间的案几上。

"臣妾替瑁儿谢过陛下，陛下想尝'凝脂白'？还是'贵妃红'？'眉黛青'？"武惠妃便用银匙舀了一勺白色酥山，递到李隆基面前，眼波流转、含情脉脉道。

李隆基凑上前去，囫囵一口吞了下去，目光从武惠妃点着紫草口脂的精致红唇和凝脂般光洁润泽的丰胸前一扫而过，哈哈笑道："朕倒想吃一口真正的凝脂白和贵妃红……"武惠妃一脸春色地嗔了他一眼，正想再喂他一口"贵妃红"时，双手已被他牢牢拢在了怀里，随即脚下一轻，已被他打横抱起，大步往内殿走去……

她伏在李隆基强有力的臂弯里，心中暗喜。看来，有了李隆基的专宠，再加上李林甫的助力，瑁儿夺储之事，已是板上钉钉、十拿九稳了！

第七十六章　忧心国事　谋划家事

虽然天气一日日热了起来，但对于玉真公主来说，只觉得一年四季，莫不心凉如水。

她早已厌倦了宫廷斗争，入道后更是不再关心那些纷纷扰扰的权力之争。但是，当她听说皇兄封寿王李瑁开府仪同三司之事时，心里不由紧了一紧。她知道，照这样下去，太子李瑛和寿王李瑁之间的废储夺储之争，必定在所难免。

若是旁的事情，皇兄定会公允处置，但这一次只怕公允不起来。因为，皇兄专宠武惠妃，在专宠面前，还有什么道理可言？

十年前，皇兄甘冒天下之大不韪，想立武惠妃为后，最终在群臣的激烈反对下悻悻作罢；十年后，皇兄又想扶持武惠妃生的李瑁为太子，虽不敢明说，却已是各种暗示。皇兄对武惠妃的这份专宠，足以让天下女子都羡慕得发狂！

"如果我也能被摩诘这样爱着，即便只有十年，不，只要一年，一个月，一天，我也心满意足了。"看着从屋角五足银熏炉中散发出来的袅袅香气，玉真公主怔怔地想，时光总是流于无形，香气终会烟消云散，但那曾经爱过的感觉，却足以证明时光的存在。不知道此时此刻，他是在大荐福寺修佛？还是在家中挥毫？抑或和三五好友闲谈？可以肯定的是，无论怎样，他都不会像她想他那样想她……

当玉真公主遥遥思念王维时，张九龄和裴耀卿也不约而同想到了王维。

这日早朝结束后，张九龄请裴耀卿到他府上说话。说起来，张九龄和裴耀卿是多年的老相识了。两人双双拜相后，无论是居庙堂之高，还是处江湖之远，都是惺惺相惜，互相视为知己。

第七十六章 忧心国事 谋划家事

"焕之，后宫之事，原非臣子可以置喙。可是若事关天下安定，你我便不可袖手旁观，你说是也不是？"

裴耀卿本就心如明镜，听张九龄如此一说，顿时心中了然，郑重地点了点头："子寿兄，若事关天下安定，小弟定不袖手旁观，请兄放心。"

"焕之，虽说如今是太平盛世，但人无远虑，必有近忧，因此，居安尚需思危，未雨还需绸缪。然而，放眼朝堂之上，能真正居安思危、未雨绸缪者，恐怕已不多矣。"

"子寿兄心忧天下，上不负圣恩，下不负百姓，可敬可佩！但凡需小弟出力的，小弟定和兄同荣辱、共进退。"

"焕之，起居舍人孙逖为人公允，堪任考功员外郎。明年春闱，我想让他知贡举，主持科举考试，你看如何？"

"好，孙逖不仅为人公允，且文思了得。他十八岁便中进士，文笔了得，三科第一，是朝野尽知的少年状元。听说当年燕国公张说大人看了他的进士策论后，拍案叫好，还让儿子张均、张垍去拜访求教，一时传为佳话。"

"焕之，还有一位少年状元，不知你可还记得？"

"子寿兄所指，莫非是摩诘？"

"正是。去年春天，我曾和摩诘有过一次长谈。我问他可有重返朝廷之意，他说他是散淡之人，只愿寄情山水，做一些喜欢的事罢了。不知为何，我这几日倒是常想起他。""是的，我也常想起摩诘。十年前，我和他在济州共事，深感他是不可多得的栋梁之材。如今他还只有三十四岁，正是最好的年纪，当为朝廷效力！"

"是的，邦有道则仕，邦无道则隐。他重返朝廷的日子，应该不远了。"张九龄放下茶盏，看向窗外的群山。眼下的朝廷，多么需要像孙逖、王维这般正直公允且有才华的人。

和长安相比，山间的秋意似乎来得更为浓郁。

在离长安八百多里的嵩山，秋风掠过漫山遍野的枫叶荻花，掠过重峦叠嶂间的名刹宝寺，将飞檐塔刹染上了一层秋意，迎面而来的微风里，仿佛也染上了幽幽的檀香。

王维此来嵩山，是经长安西崇福寺僧人智升引荐，和王缙一起来嵩山拜访高僧温古。

从登封通往嵩山的道路平整宽阔，秋风徐徐，车轻马疾，不消几个时辰，便到了嵩山五乳峰下的少林寺。

王维翻身下马，放眼望去，只见四面山峦如翠，寺庙佛塔错落有致地点缀在青山绿水之间。眼下正是黄昏时分，晚课的悠长钟声回荡不绝，平添了一分安详静谧。

王维情不自禁朗声吟道:"清川带长薄,车马去闲闲。流水如有意,暮禽相与还。荒城临古渡,落日满秋山。迢递嵩高下,归来且闭关。"

"大哥写景,景中有情,大哥写情,情中有景,端的妙哉!小弟佩服得紧!"

不巧的是,温古正在少林寺闭关静修,一个月后才能出关见人。王维、王缙并不着急,在少林寺厢房住了下来。

山间的夜色来得早,太阳刚一下山,树林里就浮起了薄薄的雾霭。王维和王缙用过晚膳,做过晚课,便上床安歇。

"大哥,你睡着了吗?"寂静的夜色里,传来王缙低低的声音。

"嗯,还没有。"王维将双臂枕在脑后,静静地看着满天星斗,低声应道。

"大哥,嵩山东为太室山,西为少室山,你可知太室山和少室山的来历?"

"哦?愿闻其详。"王维笑道。

"总算也有大哥不知道的事情了,且听我说上一说。"王缙翻了个身,饶有兴致地说了下去,"据传,禹王受命治水,来到嵩山,凿山不止。禹王的第一个妻子涂山氏,身怀六甲,执意跟随禹王治水,并在此生下儿子启,可惜不久因病亡故。为纪念涂山氏,禹王在山下建了启母庙,将启母庙所在的山称为太室山。之后,涂山氏的妹妹嫁给禹王,尽心尽力照顾禹王,抚养启长大成人。寒来暑往,冬去春来,一直陪伴禹王左右,直至治水成功。后人为了纪念涂山氏的妹妹,又在启母庙附近建了少姨庙,并将少姨庙所在的山取名为少室山。"

王缙一气讲完,满心以为王维会说些什么,不料等来的却是王维长时间的沉默。王缙不由有些尴尬,悻悻道:"大哥,我也是今日才听说这个传说,心里很是触动,便忍不住想告诉你……"

"夏卿,你的一片苦心,大哥自然明白。"屋内终于响起王维的声音,依然是他一贯的平静无波。

"大哥,恕我直言,禹王虽和涂山氏感情深厚,但在涂山氏去世后依然娶了其他女子。人非圣贤,孰能无过?你为何就不能效仿禹王,为何非得如此自苦?"王缙心中一急,掀开床帐,探出身子,声音里是难掩的关切。

"夏卿,你的好意,大哥心领了,但'子非鱼,安知鱼之乐'的道理,想来你比我更为清楚,无须大哥多言吧?"和王缙的急切截然相反,王维依然不疾不徐道,"明日咱们要跟随法师做早课,时辰不早了,早些歇着吧。"

王缙在心里叹了口气,无奈地摇了摇头,默默地躺了回去。他明白,以大哥的性子,他认准了的事,别人再怎么阻挠,他也会一往无前;他不想做的事,别人再怎么强求,他也都不为所动。既然该说的都已经说了,剩下的便只能交给时间了。

此时此刻，王维心中想的自然和王缙不一样。王缙和兴宗，都是他身边最亲近的人，他们都曾多次劝他续弦生子，但都被他不留情面地断然拒绝了。

因为，他们永远无法明白璎珞在他心中的分量，也永远无法明白他对璎珞的歉疚，当然更永远无法明白他在青城山上对玉真公主立下的誓言……

在少林寺一晃就是半个多月，这日，王维收到了一封来自洛阳的帖子。王维展开一看，原来是他再熟悉不过的张九龄的墨书。信中，张九龄言简意赅地邀请王维前往洛阳一见。

"大哥，张相如今圣眷正隆，可谓一人之下，万人之上。张相相邀，是天下头等好事，大哥何不速速前往？"王缙比王维更为激动，恨不得马上帮王维收拾行囊，赶往洛阳。

王维若有所思地点了点头："张相待我有知遇之恩，我明日便启程前往。"

其实，在洛阳等他的不只是张九龄，还有裴耀卿。两位宰相一起邀他见面，若是让天下其他士子遇到了，不知会何等受宠若惊！

当王维从嵩山匆匆赶到张九龄在洛阳的府邸时，张九龄和裴耀卿正在煮茶闲谈。

裴耀卿是王维在济州时的上峰，张九龄是王维在集贤院时的上峰，都待他如父如兄，情深义重。王维感恩在怀，从未相忘。

彼此问候了一番后，裴耀卿告诉王维，朝廷如今正是需要用人的时候，不知王维是否有意重回朝廷？

张九龄因为有了上次的经验，并不要求王维当场表态，只是语重心长道："摩诘，邦有道则仕，邦无道则隐。老夫和焕之，都对你赏识有加，希望你能重回朝廷，为大唐效力。"

看着张九龄和裴耀卿满怀期待的眼神，王维明白，张、裴二相待他的好，是君子之交，全然出于公心，并非官场中的拉帮结派、结党营私；他也明白，张、裴二相求贤若渴，不是为了壮大自己的势力，而是一心为公，想让更多有识之士为大唐效力。但是，直觉告诉他，张、裴二相似乎又有一些无法明说的难言之隐，而这难言之隐或许正是希望他重回朝廷的原因之一。

既然无法明说，他就不再多问，恭恭敬敬地向张、裴二相躬身行了一礼，言辞恳切道："多谢两位大人的知遇之恩，王维铭记在心，一日不曾或忘。王维虽然不才，却也明白'士为知己者死'的道理。若二位大人有用得着王维之处，王维即便身在江湖，也义无反顾、在所不辞。"

他这番话既不拂了两位大人的好意，又给自己留了一些余地，不至于让彼此尴尬。

辞别张、裴二相后，因想着温古法师出关在即，王维又返回了嵩山。

第七十六章　忧心国事　谋划家事

这晚，秋风从半开的直棂窗吹入了含凉殿的寝宫，沿窗口放置的一排龙檀木雕花烛台上，烛火被吹得微微摇晃，在渐渐深沉下来的夜色里，愈发显得氤氲迷离。

李隆基裹挟着深秋的寒意，大步走进寝宫，看到迎面走来的武惠妃，不由笑道："这么晚了还不歇息？不是说了不用等朕吗？"

武惠妃帮李隆基脱下外袍，放到屋角熏笼边，温柔如水道："今日是朔日大朝，陛下操劳了一日，晚膳也不曾吃什么，这会子该饿了吧？臣妾想着，这时节吃地黄乳粥最是补身，陛下可要尝尝？"

"地黄乳粥？被你这么一说，朕还真有些饿了。"脱去外袍后，李隆基顿觉身上松快了不少，顺势揽过武惠妃的纤腰，低头嗅了嗅她身上淡淡的龙涎香，身体便情不自禁有了变化。

武惠妃拉他在便榻上坐了下来，打开案几上的暖壶，端出一碗热气腾腾的地黄乳粥。地黄乳粥盛在五曲花瓣青瓷碗里，色泽微黄，散发着浓郁的乳香、米香和药香。李隆基正想伸手接碗时，武惠妃已舀了一勺，亲自喂到李隆基嘴里，浅笑盈盈道："陛下吃着可好？"

李隆基连吃了两口，忍不住点头赞道："这粥味道极好，比寻常的乳粥更软糯香滑，不知衡娘用了什么法子？"

"果然什么都瞒不过陛下。臣妾想着，地黄虽然滋补，但吃在嘴里其实没什么滋味，便让尚食局将地黄捣碎，取其汁液，和香米一起熬煮，所以比寻常的乳粥软糯香滑。"武惠妃一边说着，一边又喂了李隆基几口。

李隆基轻轻按住武惠妃的纤手，从她手中接过青瓷碗，三五口便吃完了大半碗粥，哈哈笑道："衡娘越发慧心巧思了，朕怎么觉得，这地黄乳粥竟和你一般滋润香甜。"

武惠妃脸上一红，娇嗔道："陛下又要打趣衡娘了。"

李隆基凑到武惠妃耳边笑道："打从去年冬天起，你便日日吃那覆盆胶，想替朕再添个小皇子来着，莫不是朕还不够勤勉？"说着，目光便往武惠妃腰身上一扫，嘴角掠过一抹再熟悉不过的坏笑。

武惠妃心中暗喜，顺势坐在李隆基腿上，双手抚上李隆基的两鬓："陛下日理万机，若这样还不够勤勉，天下便没人敢说自己勤勉了。"

"哈哈，日理万机不值什么，倒是这夜理万机……说起来，朕有好几日不曾过来了，你可曾想朕不成？"

武惠妃伏在李隆基怀中，柔声道："不瞒陛下，这些日子，臣妾心里头一直觉得闷闷的。"

"哦？衡娘心情烦闷，所为何事？"

"还不都是为了这几个孩子?"武惠妃叹了口气,絮絮说了下去,"陛下,想当年,您十七岁就当了父亲,瑁儿今年十五岁了,该替他物色妥当人了。咸宜公主呢,生得是好,但这性子到底骄横横些,只怕将来没有哪个驸马受得了她……"

"朕以为有什么大不了的事,原来你忧心的是这个?这有何难,从明日起,你放眼看去,但凡你喜欢的高门女子,便可说与瑁儿,朕为瑁儿做主。"

"太子李瑛的妃子薛氏,乃唐昌公主驸马薛锈的妹妹,算是亲上加亲。臣妾想着,瑁儿的妻子,也总要亲上加亲才好。"

"好,宗室女子里,你也细细看看,只要你看中的人,朕都依你。至于咸宜公主,你不必忧心,朕已有一个妥当人。"

"哦?不知哪家女儿如此福气,入了陛下的法眼?"

"长宁公主前几日带她儿子杨洄来宫里转了转。杨洄比咸宜年长两岁,长得俊眉朗目,倒是配得上咱们咸宜。"

李隆基一口气朗声说完,见武惠妃依然眉头微蹙,不由奇道:"爱妃还有什么难解的心事不成?"

"多谢陛下厚爱,臣妾只是觉得,陛下贵为天子,但有些时候,却还不如平常百姓来得自在。"

"哦?爱妃这是从何说起?"

"臣妾虽然愚钝,却也明白疏不间亲的道理。对于平常百姓来说,即便家中妻儿有再多不是,也不愿外人到他跟前说三道四。然而,陛下每每想为我和瑁儿做主时,便有臣子到陛下面前说长道短。臣妾原先还以为这是臣子职责所在,如今倒是觉得,此乃陛下家事,岂容他人置喙?"

听武惠妃说完这样一番话,李隆基心头顿时雪亮。是啊,无论是当年的欲立衡娘为皇后,还是如今的欲立瑁儿为太子,他都遭到了臣子们的极力反对。虽说臣子们自有一番道理,但此刻想来,身为一国之尊,却不能为自己最心爱的女子和她的孩子做主,又算得了什么真男人?真英雄?

想到这里,李隆基不由伸手揉了揉额角,只觉得额头隐隐有些发沉。

武惠妃用眼角余光看了李隆基一眼,知道自己方才那番话已经说到了他心里,便见好就收道:"都是臣妾不好,陛下已为国事操劳了一天,臣妾不仅未能替陛下分忧,还惹陛下忧心家事,都是臣妾的罪过,请陛下莫再为臣妾忧心了。"

李隆基叹了口气,轻轻揽过武惠妃肩头,沉默片刻后,似乎用上了千钧力道,一字一句道:"衡娘,有朕在,你放心。在朕心里,天下女子无人可以替得了你!朕之所以要让瑁儿当太子,倒不是因为朕独爱瑁儿,而是朕想着,朕百年后,这皇太后的位置，只能由你来坐！"

"陛下……"武惠妃想不到李隆基会忽然提到这个，忙勾住李隆基的脖子娇嗔道，"陛下春秋正盛，衡娘不许陛下说这些。衡娘只愿，今生今世，来生来世，衡娘都是陛下跟前的人！"

"哈哈，知朕者，衡娘也！"看着怀中娇艳欲滴的佳人，李隆基只觉得一颗心都要融化了，只要她高兴，他不惜将天下送到她面前，区区一个皇太后，又算得了什么！

第七十七章　太子忧心　宰相发力

当735年春天来临时，武惠妃开始操心李瑁的婚事。

这日，李林甫让武玉娘进宫捎话给武惠妃，为了彰显寿王的地位，寿王所娶的女子宜出自崔、卢、郑、李、王等世家大族，李林甫已在为寿王仔细物色。

武惠妃点头笑道："姊姊，你告诉李侍郎，他一心为瑁儿谋划，我不会亏待了他。李瑛娶的薛氏，小家小户的，不值什么。"

武玉娘笑眼弯弯道："什么亏待不亏待的，哥奴能为寿王效力，便是哥奴的荣幸。再说了，肥水不流外人田，寿王好了，便是妹妹好了，妹妹好了，咱们便都好了。"

"好一个'肥水不流外人田'！看姊姊鲜妍的容色，便知道李侍郎的肥水，都已流在姊姊的田里咯！"听武玉娘一口一个"哥奴"，唯恐天下人不知道他俩的亲密关系似的，不由打趣她道。

"哎哟喂，妹妹怎么也打趣起我来了？姊姊都半老徐娘了，还能鲜妍到哪里去？倒是妹妹，端的是二八小娘子一个！你看看，这吹弹可破的皮肤，这不盈一握的腰肢，这娇艳欲滴的红唇，便是姊姊看了，也心跳得紧呢！"武玉娘啧啧赞道。

"姊姊，李侍郎能说会道，你和李侍郎在一起久了，愈发会说话了！"

武惠妃说的也是实话，自裴光庭733年病逝，一晃已有两年。这两年来，李林甫公然出入裴府，和武玉娘出双入对，长安城的高门大户谁不知道他俩的私情？两人之间，也无非只差一纸婚书罢了。

第七十七章 太子忧心 宰相发力

武惠妃果然没有亏待李林甫，一个月后，李林甫从黄门侍郎擢升为礼部尚书、同中书门下三品，加银青光禄大夫，与中书令张九龄、侍中裴耀卿一同担任宰相。李林甫按捺不住激动的心情，恨不得向全天下人宣布："我李林甫终于当上宰相了！"当然，他最想分享这一喜讯的，是武玉娘。

为了报答武惠妃，李林甫当上宰相后要做的第一件事，便是废除太子李瑛。

李瑛出生于706年，自715年当上太子以来，一直如临深渊、如履薄冰。因为他知道，他既不是皇后所生，也不是父皇的长子，他能当上太子，皆因母亲赵丽妃曾经得宠。但自从父皇有了武惠妃后，母亲便一日一日被冷落了下来。

726年，赵丽妃临终前，将他唤到病榻前，苦苦叮嘱他："瑛儿，我已求过你父皇，无论如何，请他看在我当年尽心尽力伺候他一场的份上，让你长长久久……瑛儿，你千万要记住，不要有非分之想，不要做非分之事，不要惹父皇生气……"

这些年来，母亲的话一直铭刻在他心里，本就谨言慎行的他，愈发小心翼翼，在父皇面前从不敢多说一句话，多走一步路，以免引起父皇任何不快。

但饶是如此，他依然知道他的太子之位已经岌岌可危。特别是733年那场饥荒，父皇移驾洛阳，却让李瑁留在长安开仓放粮，任谁都知道这是父皇想让李瑁赢得天下苍生的爱戴！

734年，父皇又以李瑁开仓放粮、赈灾有功为由，在益州大都督、剑南节度使等品级之外，加拜李瑁开府仪同三司，开创诸皇子之先河。在父皇心中，孰轻孰重，还有谁看不明白吗？

唯一让他欣慰的是，中书令张九龄、侍中裴耀卿、他师傅阿倍仲麻吕等都一直明里暗里帮衬他，以"太子是国之根本，若无过失，不可废黜"为由，劝父皇不可轻举妄动。但是，若父皇一心想要扶持李瑁，张、裴二相又能撑多久呢？李瑛心中一片茫然。

当李瑛心中迷茫时，李林甫已经在紧锣密鼓地部署废除太子事宜。李林甫下定决心，要扳倒张九龄。因为，张九龄是废除太子路上最大的障碍。

对于张九龄，李林甫可谓积怨已深。如果说之前对张九龄是嫉妒，那么，在得知张九龄极力反对李隆基提拔李林甫后，李林甫对张九龄已恨之入骨。

李隆基想要擢升李林甫为宰相时，出于君臣之礼，李隆基还是要征求一下中书令张九龄的意见，毕竟中书令是百官之长，对于官员提拔、罢黜有一定的话语权。

不料，张九龄却对李隆基说："陛下，宰相位高任重，事关社稷，李林甫虽有吏才，但持身欠正。这宰相人选，只怕还需斟酌一番才好。"

李隆基下朝后将张九龄这番话告诉了武惠妃，武惠妃力挺李林甫。次日早朝时，高力士依然宣读了李林甫拜相的诏令。

当李林甫从武玉娘枕边知道了张九龄对李隆基说的那番话后，恨得牙痒痒道："张九龄，你等着！总有一天，我会让你明白我李林甫的能耐！"

自李林甫当上宰相后，张九龄的担忧一日胜过一日。

张九龄出生于673年，李林甫出生于683年，两人相差十岁。

718年，张九龄因修大庾岭路有功，从岭南被召入长安，拜为左补阙，主持吏部选试。李林甫则在太子中允闲职上蹉跎了好几年。

720年，李林甫的姨父源乾曜担任门下省侍中，源乾曜儿子源洁为李林甫求取司门郎中之职，源乾曜说："郎官应有才干声望，哥奴也能当郎官？"只是将李林甫从太子中允改为太子谕德。

张九龄对李林甫的关注，始于726年。

那一年，在御史大夫宇文融的引荐下，李林甫被提拔为御史中丞。因宇文融和中书令张说颇有积怨，他便指使李林甫一起向李隆基弹劾张说。结果，不仅张说被罢相，连被张说赏识的张九龄也受到牵连，从中书舍人降为太常少卿，不久被调出京师。

后经调查，宇文融和李林甫弹劾张说，并非真正履行监察职责，而是闹朋党之争。李隆基各打五十大板，令张说致仕，令宇文融出任魏州（今河北大名）刺史。但李林甫却毫发未伤，从御史中丞调任刑部侍郎，后来又担任吏部侍郎，一路青云直上。

通过这件事，张九龄渐渐看清了李林甫的为人。正是因为张九龄了解李林甫的为人，因此，当李隆基征求张九龄意见时，张九龄明知李隆基铁定了心要提拔李林甫，但依然犯颜直谏。

他只对李隆基说了前半句，他真正想说的还有后半句："陛下若重用李林甫，臣只怕会有庙社之忧。"但这句话毕竟太重，他还是忍住不说了。

结果，李隆基依然擢升李林甫，张九龄无力地摇了摇头，发出一声长叹。

他不知道李林甫将要做些什么，但他可以肯定的是，李林甫一定会力挺寿王李瑁为太子，而这必然掀起轩然大波。自古以来，因废储夺储而引发的流血斗争还少吗？他不能眼睁睁看着一代明君贤臣用二十多年时间开创的盛世毁在李林甫一个人手中！

忽然，他想到了远在嵩山的王维，是时候让他重返朝廷，助他和裴耀卿一臂之力了！

当王维再次收到张九龄的亲笔信时，他知道，这闲云野鹤的日子，或许该结束了。

那次去洛阳面见张、裴二相，从他们的欲言又止中，他隐隐感到，张、裴二相希望他重返朝廷，绝非"邦有道则仕，邦无道则隐"那么简单。

这些年来，虽然他对朝中之事不闻不问，但李隆基专宠武惠妃，黄门侍郎李林甫力挺寿王李瑁等事，他略有耳闻。李林甫一跃拜相后，他更是明白了几分。如今，当他细细看完张相用一手端严的小楷写的亲笔信后，更是什么都明白了。

信中，张相语重心长道："摩诘，东晋邓粲云：'夫隐之为道，朝亦可隐，市亦可隐。隐初在我，不在于物。'老夫以为，相比伯夷、叔齐，李聃更是大彻大悟之人，他不隐居山林，而是在朝为官。如今，朝中右拾遗一职尚无妥当人选，老夫和焕之一致以为，你堪当此任，不知你意下如何？"

读罢来信，王维放下信笺，陷入了沉思。

这晚，在嵩山少林寺的禅房中，王维看着满天星斗，回顾自己的前半生，兜兜转转，起起伏伏，不正是"小隐"和"中隐"吗？

726年，他辞去济州司仓参军一职，耕读田园，和璎珞在淇上过起了"小隐隐于野"的生活。那个雨后黄昏，他和璎珞携手漫步乡村，他吟《淇上田园即事》，璎珞很喜欢"静者亦何事，荆扉乘昼关"一句。这一生，他最幸福的时光，永远留在了淇上……

730年，他辞去集贤院校书郎一职，策马扬鞭，过起了"中隐隐于市"的生活。这些年来，他寄情山水，踏遍河山，向高僧大德学佛，和三五知己闲谈。独居一室时，泼墨挥毫，著书立说，竟是不知时光飞逝……

如今想来，这两次辞官归隐，无论是第一次的"小隐隐于野"，还是第二次的"中隐隐于市"，虽然原因各有不同，但有一点是相同的，那就是官场中没有他愿意为之效力的知己。

如今，当年待他恩重如山的两位上司都诚意相邀，他们的这份信任和期许，怎能不让他动容？他没有理由不欣然受命，没有理由不全力以赴，即便赴汤蹈火，亦在所不辞。

当远近各处寺院的钟声渐渐敲响，当原本严丝合缝的漆黑夜色渐渐松动，当早春清晨特有的清香渐渐沁入心脾，王维心里已经有了答案。

在漫天清辉中，他披衣起床，走到书案边，写下了"留别山中温古上人兄并示舍弟缙"几个字。思忖片刻后，气定神闲地写了下去："解薜登天朝，去师偶时哲。岂惟山中人，兼负松上月……"

当温古法师和王缙看到这首诗时，王维已经在前往洛阳的路上了。唯尽心尽力，方不负所托。

因长安时有旱灾，李隆基及其臣子不断往返于长安和洛阳之间，几乎一半时间住在洛阳。王维来到洛阳后的第一件事，便是去拜见张九龄。

张九龄看见王维，顿时眼中一亮，招呼他坐下喝茶。

"摩诘，从今往后，这右拾遗的差事就交给你了。说起来，此番和你一起擢升为左拾遗的，也是你的故交。"张九龄目光中满是期许。

左、右拾遗都是谏官，分别属于门下省和中书省。虽只是从八品上，但因供职于朝廷中枢部门，掌供奉讽谏、扈从乘舆、荐举人才等职，可以直接给皇上提意见，故为时人所重。相比王维之前担任的太乐丞、济州司仓参军、集贤院校书郎，右拾遗显然更靠近大唐的权力中心。

"多谢大人教诲，王维谨记在心，请大人放心。方才大人说的故交，不知是哪位兄台？"

"那个恃才傲物，却唯独对你佩服得紧的江东汶水人卢纬卿是也！"张九龄捻须笑道。

"原来是卢兄，那真是再好不过了！"王维很是高兴，他和卢纬卿十多年前便已相熟，两人都爱画画，常在一起切磋画技。

"摩诘，今年春闱，老夫让考功员外郎孙逖主持科举考试，所取多俊杰之士。天下英才为大唐所用，大唐千秋功业后继有人。"张九龄心情舒畅，就连他额上的皱纹和鬓间的白发都散发着喜悦的味道。

"古有周公'一沐三捉发，一饭三吐哺'，让周王朝天下归心。大人颇有当年周公气度，故天下士子竞相来归。"

"当今之务，乃招揽天下英才，使君子立于朝廷，小人无立足之地。如此，则圣上可功在千秋，百姓可安居乐业，天下可长治久安矣。"

听了张九龄这番肺腑之言，王维踌躇满志，下定决心，要将自己的全部才华献给张相，献给朝廷，献给这个伟大的时代。

这天，是王维担任右拾遗后第一次参加早朝。东方刚露出曙色，他已来到洛阳紫微城前等候。

紫微城始建于隋大业元年（公元605年），比长安大明宫更有岁月的沧桑感。即便在桃红柳绿的掩映下，依然不失其庄严肃穆。

此时此刻，紫微城外的百年槐树尚笼罩在雾气之中，城门上时有乌鸦的噪动声。九品以上官员渐渐到来，远远看去，官员手中的灯笼已汇成一片灯海。

王维触景生情，随口吟道："皎洁明星高，苍茫远天曙。槐雾暗不开，城鸦鸣稍去。始闻高阁声，莫辨更衣处。银烛已成行，金门俨驺驭。"

卯正时刻，随着"吱嘎"一声长响，应天门向两边缓缓打开，文武百官手持灯笼鱼贯而入，步入紫微城三大殿之首——乾阳殿，按照品级大小和所属部门，手持笏板，在各自的位置上站定。

王维抬眼看去，只见张九龄、裴耀卿、李林甫等三人并肩站在百官最前方，依次奏事。

王维上一次见到李隆基，是在集贤院担任校书郎时。五年不见，岁月似乎并没有在李隆基身上留下太多痕迹，五十出头的天子，依然气宇轩昂，精神矍铄，不愧是盛世天子应有的气象！

"中书令张九龄夙兴夜寐、知人善任，天下才俊尽入朝中，此乃盛世气象，加封张九龄为金紫光禄大夫，晋封始兴县伯，食邑四百户。钦此。"

在高力士特有的绵长尾音中，满朝文武大臣纷纷向张九龄投去羡慕钦佩的目光。张九龄想不到皇上竟会如此眷顾自己，忙躬身接旨。

李林甫却是心中一突，皇上这是要将张九龄捧到天上去了吗？但面上却是笑眯眯的，点头向张九龄道贺。

张九龄圣眷之隆，一时风头无两。一连几日，朝中大臣无不纷纷上门道贺。张九龄起先还出面接待，后来实在撑不住，只好抱病谢客。

不过，当他看到王维写给他的《献始兴公》时，却是眼前一亮，特地邀请裴耀卿和王维一起来家中用膳。

"焕之，摩诘这首诗，甚合我意，你也不妨看上一看。"张九龄将诗稿递到裴耀卿手中，点头笑道。

裴耀卿笑着接过，朗声吟了下去："宁栖野树林，宁饮涧水流……"

"摩诘，你的诗愈发精进了。'所不卖公器，动为苍生谋'、'感激有公议，曲私非所求'，寥寥数字，便将张相的风骨跃然纸上，好诗！"

"焕之、摩诘，你我为人臣子，须知臣子手中的权柄，绝非一己之私器，而是天下之公器。臣子决不能公器私用，更不能为了一己之私欲而坏了天下之公器，须知'欲壑难填，必以贿死'，是以共勉。"

在清风明月中，张九龄、裴耀卿、王维举杯畅饮。在这样一个太平盛世，值得他们去做的事很多，很多……

当张九龄、裴耀卿、王维在清风明月中谈古论今时，李林甫有些坐不住了。他知道，他必须做些什么，才能阻止张九龄再风光下去了。

那天退朝后，李林甫一脸郁色地来到武玉娘府上。

"你这是怎么了？莫不是又和张相政见相左了？"

"他何曾和我政见相同过？哪天若是相同了，也只有两种可能，不是我疯了，就是他疯了！"

"好了好了，至于如此生气吗？不是和你说了吗？他比你年长十岁，当不了几年宰相了，你就不能耐心等上几年吗？"

"说你什么才好，到底只是一介妇人！"李林甫恨恨道，"虽说他这宰相的位子坐不了几年，但你没看他正处心积虑培植自己的党羽吗？不说他如何笼络裴耀卿，也不说他今年春闱选出来的那些个什么才俊，只说他力荐的王维便什么都清楚了！我就不明白了，王维之前不是被贬，就是辞官，还辞了不止一次，不知张九龄对皇上使了什么妖术，竟又把他给捞回来了！"

"哦，是那个写'红豆生南国'的王维吗？"

"正是！说起来，王维还和我堂兄有些交情。"李林甫接过武玉娘递来的酪浆，低头喝了一口。

李林甫第一次遇见王维，是在他堂兄李昭道的府上。

李昭道出生于675年，人称"小李将军"，是青绿山水画集大成者李思训之子，与其父李思训"大李将军"齐名。

721年，王维担任太乐丞，在岐王引荐下认识了李昭道。

那时，李林甫担任国子司业，闲来无事，三天两头往李昭道府上跑。一天，李林甫在李昭道府上遇见前来向李昭道请教山水画的王维。李昭道介绍他俩认识，并对李林甫说："哥奴，你虽精通音律，但和摩诘相比，只怕要逊色几分。"

李林甫嘴上说"久仰太乐丞大名"，心里却是不服气的。不过，当他听了王维的琵琶曲后，不得不叹服，这天纵之才绝非常人可有，倒真是嫉妒不来。

更让他惊讶的是，王维不仅精通音律，于绘画上也颇有天赋，便是堂兄也对王维的水墨山水画青睐有加。

不过，时隔数月，王维因"黄狮子舞事件"一贬千里，从长安官场彻底消失了。直到六年前，王维回到长安，在集贤院担任校书郎，但不到一年便又辞了。当时李林甫在吏部任职，对王维这种行径嗤之以鼻，这世上竟还有这样自毁前程之人！

因此，当李林甫听说王维重返朝廷并担任比校书郎显要得多的右拾遗时，顿时明白，他此次重返朝廷，必定和张、裴二相有关。否则，凭王维一己之力，怎么可能咸鱼翻身？说白了，他不就是张、裴二人的一颗棋子吗？

"哼，凭你是什么棋子，休想在我手里翻出什么浪来！"李林甫将茶盏往案上一掼，眯起眼睛，嘴角掠过一丝冷笑。

"好了，好了，有惠妃在，凭他翻出什么浪来，又有什么打紧？"

"武惠妃？对了，你明日便进宫一趟，替我捎句话给她！"李林甫忽然眼睛一亮，嘿嘿笑道，"你只需依我说的去做，你信不信，张九龄的好日子就快到头了！"

"我信，我当然信，你让我办的事，我何曾有半点闪失了？你快说来听听，这样说半句藏半句的，倒叫人牵肠挂肚得难受！"武玉娘嗔了李林甫一眼，双手环到他的腰间，替他解下了沉甸甸的蹀躞带。

"莫急，莫急，咱们做完正事，我再慢慢说给你听……"李林甫将外袍随手甩到便榻上，一把搂过武玉娘，向床上走去。

他知道，武玉娘是他最得力的棋子，只要有了她，张九龄他们哪里斗得过他？群雄逐鹿，鹿死谁手？最后才见分晓！

第七十八章　寿王大婚　朝堂纷争

这日，是735年立夏，辞春迎夏，百官休宁。

张九龄在家中书房批阅《唐六典》书稿，庭中明净的水光天色透过新换的浅碧色窗纱，照在他面前的书稿上，自有一种让人安心的宁静。

忽然，一声"宫中牛内侍求见"的通报声打破了这份宁静，只见一个小内侍踩着碎步走了进来，正是在武惠妃身边伺候的牛贵儿。

张九龄心中略一沉吟，便看着牛贵儿捻须笑道："牛内侍请坐，今日休沐，不知牛内侍有何吩咐？"

牛贵儿长了一张讨喜的圆脸，满脸堆笑道："张大人好，今日立夏，惠妃娘娘特地交代小的，让小的为大人送一领紫竹席来，为大人消夏，还请大人笑纳。"

"紫竹席？"自唐以来，紫竹席便是皇上赏臣子的贵重之物。紫为贵色，三品以上官员方可使用；竹子直且有节，坚而中空，寓意为直言进谏，虚怀纳贤，是宰相之德。皇上或皇后赠送紫竹席，是对为人臣子的极高赞美。如今，武惠妃特地让心腹送自己一领紫竹席，其拉拢示好之意自然再明显不过了。

想到这里，张九龄忙起身抱拳道："牛内侍，惠妃娘娘的这份厚礼，请恕老夫不能收下。不是老夫不知好歹，而是这份厚礼实在过于金贵，老夫只怕消受不起，还请牛内侍帮老夫陈情。"

牛贵儿显然一怔，他还从未见过天下竟有如此不知好歹之人，而此人还是深得皇上眷顾的大唐第一宰相！他难道不知道皇上最宠幸武惠妃吗？他难道不知道拒绝紫竹席就是公然拂了武惠妃的好意吗？他难道不知道他若得罪了武惠妃，皇上还会给他好脸色看吗？

"这……"牛贵儿的圆脸上不由讪讪笑了笑，上前一步，放低声音道，"张大人，这满朝臣子中，若大人消受不起紫竹席，还有谁消受得起？大人您看，这日子一天热似一天了，过不了多久，大人就会明白这紫竹席的好处当真多了去了！"

牛贵儿话里话外的意思，张九龄怎会听不出来？但他明白，今日这紫竹席，他若是收下，便是默认支持武惠妃。因此，无论如何收不得。

主意既定后，张九龄故意握起拳头，抵到唇边一阵咳嗽，好一会儿后才气喘吁吁道："不怕牛内侍笑话，老夫上了年纪，越来越不中用了。不说别的，便是这畏寒之症，已是一年重似一年了。莫说如今这天气，便是到了三伏天，老夫也不敢睡竹席，唉。"

牛贵儿一愣，一时接不上话来。不待牛贵儿反应过来，张九龄又絮絮说了下去："牛内侍，紫竹席是何等金贵之物，老夫实在不忍据为己有，束之高阁。还请牛内侍替老夫向惠妃娘娘分说分说，有劳牛内侍了。"

张九龄话已至此，牛贵儿还有什么可说的？仿佛一记重拳打在一堆棉花上，让人使不上力，只好呵呵笑道："大人的身子最是要紧，请大人保重贵体，以免皇上和惠妃娘娘忧心，小的就不多打扰了，这便告辞。"

"多谢牛内侍体谅，请牛内侍慢走。"看着牛贵儿远去的背影，张九龄如释重负地叹了口气。

走出张相府邸后，牛贵儿的圆脸彻底垮了下来。这么多年来，惠妃娘娘交代他办的事，他还从来不曾失手过，怎么今日偏偏触了这样一个大霉头？若是连这点小事都办不好，他如何向惠妃娘娘交代？

牛贵儿为何对武惠妃如此死心塌地？因为，他和妹妹牛秀儿的命是武惠妃给的。

事情要从十二年前说起。那一年，他们兄妹因家境贫寒，被迫卖入宫中。他被分到武惠妃的含凉殿当差，他妹妹被分到王皇后的立政殿当差。入宫不久，父亲病故，无钱安葬。牛秀儿情急之下，偷了王皇后的夜明珠，连夜送到含凉殿，让牛贵儿出宫葬父。

这一幕恰好被武惠妃发现了，兄妹俩跪地求饶。当武惠妃得知牛秀儿在王皇后身边当差后，便不动声色地放过了他们兄妹。从此，牛贵儿和牛秀儿就死心塌地为武惠妃卖命。724 年，王皇后因"符厌事件"被废为庶人，其中就有牛秀儿的功劳。

往事历历，如在眼前。快到含凉殿时，牛贵儿已下定决心，待会见了惠妃娘娘，得把张相的怪脾气掰开了、揉碎了细细说上一说才行。

这天，当武玉娘告诉李林甫，张九龄拒收紫竹席，武惠妃很生气时，李林甫哈哈大笑道："这很意外吗？我早就知道会是如此！"

武玉娘一脸不解道："既然你早就知道会是如此，为何还让我巴巴地进宫找惠妃，给她出了这样一个馊主意，害她碰了一鼻子灰！她这会儿正在气头上呢，你怎么还笑得出来？"

"武惠妃生的是张九龄的气，与我有何干系？"

"但这主意到底是你出的，你若不出此下策，惠妃哪里会生这个闷气？"

"你想，这世上，什么风最厉害？当然是枕边风！这枕边风一天天吹着，便是好的也会变坏，坏的也会变好！我就不信了，若是武惠妃不待见张九龄，皇上还会待见张九龄到几时？"

"哦，原来如此！"武玉娘这才眉头舒展，忽然想起了什么似的，斜睨了李林甫一眼道，"你莫哄我，你有那么多枕边人，你最听谁的枕边风？"

"我不是说了吗，咱们老李家早就被你们武家吃定了。你看，高宗皇帝最宠的是武则天，当今皇上最宠的是武惠妃，我嘛，除了你，还能宠谁？"

"这句话我倒是爱听，也不枉我费心费力帮你张罗了一场。"

"玉娘，你放心，你只需乖乖按我说的去做，用不了几年，我定会让张九龄灰溜溜地走人。到那时，这朝堂之上，便是我李林甫的天下了！"

当李林甫对宰相大权虎视眈眈时，张九龄正和裴耀卿、王维说起武惠妃赠送紫竹席一事。

"张大人，您拒收武惠妃赠送的紫竹席，可敬可佩。不过，只怕武惠妃一不高兴，若在皇上面前说一些不利于您的话，该如何是好？"裴耀卿沉吟片刻，叹了口气。

"焕之，老夫明白，但若换作是你，你又会如何行事？"张九龄脸上并无忧色，不疾不徐道。

"紫竹席当真是一个烫手山芋，收也不是，不收也不是，叫人左右为难，进退不得。"裴耀卿想了一想，到底还是摇了摇头。

"张大人，裴大人，在下倒是觉得，武惠妃送张大人紫竹席一事，不像是武惠妃一时兴起，倒像是另有其因。"王维起身为两位大人斟满茶汤，若有所思道。

"哦？摩诘何出此言？"张九龄端起茶盏，轻啜一口道，"摩诘，你煮茶的功夫，越发精进了。"

"大人过奖了。在下只是想着，武惠妃心思再细，毕竟久居深宫，和前朝并无往来。此次突然赠张大人紫竹席，似乎有前朝之人在为武惠妃出谋划策。出此主意者，似乎算准了张大人会拒收紫竹席,也算准了武惠妃会因此而生气,而这恰恰是他想要看到的结果。"

"唔,依你看来,这朝堂之上,会是何人向武惠妃出此招数呢?"裴耀卿点头道。

"不瞒两位大人,在下虽然愚钝,但这些年来潜心修佛,在识人相面上倒是略有所得。在下细细看去,觉得礼部尚书李林甫奏事时,心思甚密,城府极深,还请两位大人有所防备才好。所谓'明枪易躲,暗箭难防',还是小心为上。"

听王维说到李林甫,张九龄不由会心一笑:"摩诘,你倒说说看,你是如何识人相面的?"

"在下不敢妄语,听法师讲过肉眼、天眼、法眼、慧眼、佛眼等五眼,便于肉眼上多了几分留意。心地光明、行为磊落者,其肉眼必定清明澄澈,眼神游离不定、说话闪烁其词者,大抵心思太过,所谓'君子坦荡荡,小人长戚戚'是也。"

其实,早在721年第一次见面时,王维对李林甫的眼神,就印象极深。

那次,他在李昭道府上偶遇李林甫,李昭道让他们用各自拿手的乐器弹奏一曲,切磋技艺。李林甫用羯鼓表演了一曲《舞山香》,他用琵琶弹奏了一曲《六幺》。一曲弹罢后,李林甫虽然击掌叫好,但眼神里却有一种掩藏不住的轻蔑。

那一刻,他便知道,虽然他俩都爱好音律,但绝非同路之人。

王维提醒张九龄提防李林甫,但在张九龄心里,却觉得李林甫尚不足以成为他提防的对象。因为李林甫学识浅陋,胸无点墨,和宰相应有的水平真的差了不是一点点。

但张九龄却忘记了一件事,那就是李林甫工于心计,精于权谋,最擅长揣摩人心,投其所好,而这恰恰是他和裴耀卿所欠缺的。

当张九龄得罪武惠妃时,李林甫正拼命讨好武惠妃,帮武惠妃张罗咸宜公主的婚礼。

咸宜公主是李隆基和武惠妃最宠爱的女儿,被许配给了唐中宗李显的外孙、卫尉少卿杨洄。杨洄父亲名叫杨慎交,擅长马球,曾和李林甫在马球场上玩了很多年。杨慎交去世后,李林甫对杨洄很是照顾。当李隆基答应将咸宜公主许配给杨洄时,李林甫心头大喜,这样一来,他在武惠妃身边又多了一个自己人!

735年7月,咸宜公主和杨洄在洛阳举办了声势浩大的婚礼,一时间,洛阳城万人空巷。

杨洄有个同族亲戚,名叫杨玉环,719年出生于蜀州。父亲杨玄琰曾任蜀州司户,叔父杨玄璬曾任河南府士曹参军。729年,父亲杨玄琰去世后,杨玉环从蜀州来到洛阳,寄养在杨玄璬家。

杨玉环天资聪颖、天生丽质，杨玄璬为她延请名师、精心栽培，不出几年就以能歌善舞闻名洛阳。

杨洄和咸宜公主大婚，杨洄让杨玉环来婚宴现场献舞一曲。当杨玉环袅袅婷婷地长袖轻舞时，在场宾客的目光都被这个貌美如花的杨家女儿吸引住了。这其中，还有一个十六岁的翩翩少年——寿王李瑁！他早就听咸宜公主说过杨玉环极其美貌，如今一见，才知道什么叫作"艳压群芳"！

这半年多来，父皇和母后不知为他物色了多少名门闺秀，他都无动于衷，直到见到杨玉环的这一刻，他一眼认定，他今生要娶的女子就是她了！

不等婚礼结束，李瑁就急急告诉母后，他喜欢杨玉环，想娶她为妃。武惠妃远远看了杨玉环一眼，倒也觉得她容貌出众，不过出身似乎低了些。但架不住李瑁的满腔激情，答应帮他向父皇说说。

既然李瑁对杨玉环一见钟情，且武惠妃也力挺杨玉环，李隆基便成全了李瑁，同意他娶蜀州司户杨玄琰之女杨玉环为妃，并定于735年12月在大明宫麟德殿举行盛大的婚礼。

十年前，太子李瑛在麟德殿迎娶河东薛氏为妃。十年后，寿王李瑁将在这里迎娶杨氏。李隆基如此安排，就是想给武惠妃吃一颗定心丸，让她明白李瑁迟早会当上太子！

消息传来，最震惊的莫过于杨玄璬了。他万万没有想到，他一介小官竟能成为眼下最为得宠的寿王李瑁的岳父！这只有在梦里才能遇见的天大好事，竟然让他生生遇上了！看来，玉环这个孩子当真是有福的！

皇上要在麟德殿为李瑁举行婚礼的事情，很快就传遍了朝堂上下。

如果说之前让李瑁留守长安赈灾放粮、拜为开府仪同三司等事，还有些暗示的味道，那么，此次让李瑁享受和太子一样的婚礼规制，显然已是明示了。任谁都看得出来，李瑁这是将要取太子而代之了！

这日退朝后，张九龄找裴耀卿商议此事，忧心忡忡道："寿王大婚本是好事，但这大婚的地点却不合祖制。焕之，你看如何是好？"

"张大人，你忧心的也正是我忧心的，但你刚拒绝了武惠妃的厚礼，如若再向皇上劝谏此事，只怕不仅不会被皇上采纳，反而会得罪了皇上也未可知。"

"焕之，《论语》有云'知其不可而为之'，《孟子》有云'虽千万人吾往矣'，古人尚能如此，咱们反而不能了吗？我直言相劝，若皇上不予采纳，我问心无愧；我若袖手旁观，则是我的过失，我于心何安？况且我已是一介老朽，大半截身子已经入土，还有什么好担心的？"

"张大人，你若决定劝谏，裴某自然和大人共进退，请大人放心。"

"焕之，谢谢你。和大唐的千秋万代相比，个人的得失际遇又算得了什么？咱们为人臣子者，俯仰天地间，总要问心无愧才好。"

次日早朝时，果然不出所料，当张九龄提出寿王大婚地点不妥时，李隆基脸上顿时一僵，不以为然道："哦？有何不妥？张卿不妨说来听听。"

李隆基脸上的愠色仿佛一片乌云，黑沉沉地压在朝堂之上，满朝文武大臣垂手而立，连大气都不敢出。

王维不由心里一紧，替张相捏了一把汗，正暗暗祈祷他不要再说下去时，朝堂上已经响起了张九龄那虽慢条斯理却掷地有声的话语："启禀陛下，《孟子》有云'不以规矩，不能成方圆'，《史记》有云'变古乱常，不死则亡'。微臣以为，古往今来，上至朝廷，下至庶民，言谈举止皆要顺乎天意、合乎祖制。麟德殿向来只有太子大婚时才能使用，微臣以为，寿王不宜破了这一规矩才好。皇上圣明，请皇上三思。"

张九龄退后一步，向李隆基深揖一礼，李隆基阴沉着脸，好半晌后才"哼"了一声，言语间的寒意任谁都听得出来："张卿此言差矣。想当年，高宗皇帝建麟德殿时，何曾定了这一规矩？张卿未免多虑了些。"

张九龄还想再说什么，一旁的裴耀卿忙拦住张九龄，向他连使了几个眼色，张九龄这才按下不表。李隆基往后靠了靠，意兴阑珊道："朕有些乏了，若无要事，众卿都退下吧。"

当满朝大臣依次退下时，王维无意中看到故意走在张九龄身后的李林甫。只见他脸上微不可见地掠过一丝笑容，那是属于胜利者的得意的笑容。

这晚，当李隆基和武惠妃说起今日朝堂上张九龄反对李瑁在麟德殿举行婚礼时，武惠妃捧心叹气道："唉，难为陛下那般厚待张相，他倒好，不仅不感念在心，还处处和陛下较劲，当真让人寒心。"

"衡娘，张卿对朕倒是一片忠心，只是有时不识时务，难免固执了些，你莫放在心上。"

"陛下，您道他是不识时务吗？我看他是识时务得很！上回我好心好意让牛贵儿给他送了一领紫竹席，他却铁了心地不肯收，不就是看出咱们想让他助瑁儿一臂之力吗？他这是摆明了不肯支持瑁儿。他若对您忠心耿耿，理应一心向着陛下才是，怎么反而处处和陛下作对呢？"

武惠妃越说越急，声音里满是委屈，听得李隆基一阵心疼，忙安慰她道："衡娘，朕不是和你说了吗？瑁儿之事，你莫劳心费神，有朕在呢！便是天塌下来，都有朕替你扛着，何况这些须小事？不说这个了，陪朕喝一杯如何？"

武惠妃心头暗喜，不由眼波流转，将手环在李隆基腰上道："衡娘不胜酒力，陛下若是喝得狠了，衡娘只怕招架不住……"

"朕就喜欢你招架不住！"李隆基手上微一用力，便将武惠妃揽进怀里，嘿嘿笑道，"你不知道，你那微醺的模样，才叫朕招架不住呢！"

当李隆基和武惠妃在含凉殿你侬我侬时，王维正在家中静坐沉思。

自他重返朝廷以来，他便隐隐觉得，这朝廷上下表面上风平浪静，实则暗流汹涌，大有山雨欲来风满楼之势。更微妙的是，皇上的态度似乎正在发生变化。

他刚返回朝廷时，皇上在朝堂上对张相盛赞有加，并加封张相为金紫光禄大夫，晋封始兴县伯。但立夏之后，皇上待张相似乎渐渐冷了下来。他思前想后，最大的原因便是张相拒绝了武惠妃的紫竹席。看来，皇上定是听进了武惠妃的抱怨。

如今，皇上要为寿王在麟德殿举行大婚一事，显然又是一个导火线。如果皇上执意要废除太子、扶持寿王，那么，所有反对废除太子的臣子，便都会成为皇上的眼中钉。忠诚耿直如张相，显然会反对废除太子到底，而见风使舵如李相，显然会投皇上和武惠妃之所好，力挺寿王到底。到那时，皇上亲近谁，疏远谁，不就显而易见了吗？

想到这里，王维不由心中一沉，不寒而栗。他该怎么做，才能为张相分忧于万一？

在这场即将到来的没有硝烟的战争中，若张相心意已决、一往无前，那么，他也将义无反顾、誓死追随。

事实上，朝廷局势的变化，比王维预计的还快。

继张九龄因反对寿王大婚地点而引起李隆基不满后，不多久，张九龄再次因反对幽州节度使张守珪擢升而得罪了李隆基。

张守珪出生于684年，陕州河北（今山西平陆）人，足智多谋，胆略过人。

735年秋天，因张守珪在平定契丹中立下战功，李隆基下诏让他来洛阳献捷，大宴群臣，为他庆功祝捷。宴会上，李隆基还亲自赋诗一首，盛赞张守珪。

宴会结束后，群臣散去，李隆基特地留下张九龄、裴耀卿、李林甫等三位宰相，和他们商议提拔张守珪入相之事。

李林甫知道契丹一直都是皇上的心头之患，此番能被张守珪一举平定，皇上龙颜大悦，不用说区区入相，便是将他一举提为中书令也不是没有可能，忙率先抱拳笑道："皇上知人善任，实乃臣子之幸，可喜可贺！"

李隆基点了点头，问张九龄和裴耀卿有何看法，裴耀卿正低头斟酌时，只听张九龄一脸肃然道："启禀陛下，微臣以为，如此不妥。"

第七十八章　寿王大婚　朝堂纷争

在李隆基看来，张九龄这句话无疑就像春日里的一股寒风，叫人有多不舒服就有多不舒服，他"哼"了一声，沉声道："是吗？有何不妥？"

张九龄似乎并未在意皇上脸上的怒色，不急不缓地说了下去："启禀陛下，微臣以为，宰相是替天子处理国事的，不是拿来酬劳功臣的。张守珪平定契丹有功，陛下不妨厚赏金银彩绸等物，却不宜因此入相。"

被张九龄如此一说，李隆基不由一怔，一时无言以对，再开口时，声音里似乎多了一丝妥协："依张卿看来，若是只给他宰相的名分，不给他宰相的权力，如何？"

李隆基以为张九龄会顺着他给的台阶下，但结果再次出人意料。只听张九龄一脸肃然道："启禀陛下，微臣以为，如此依然不妥。臣子的名分和官位，是天子替天行道的重器，不可随便给人。张守珪虽然战功显著，但毕竟只是击败契丹部落而已。若陛下如此就要给他宰相之权，他年若彻底歼灭契丹、突厥，陛下又拿什么官位奖励他呢？陛下英明，请陛下三思。"

张九龄话音刚落，李林甫心头一阵窃喜，他见过固执迂腐之人，但还没见过像张九龄这般固执迂腐到底之人！

"好家伙，不是我李林甫要扳倒你，而是你自己不给自己留活路！"李林甫故意咳了一声，轻描淡写道："张大人此言差矣，李某倒是觉得，这功臣擢升奖赏之事，不就是皇上一句话的事吗？何必三思？"说完，转头对李隆基作揖道："陛下今日累了一天，这会儿必定乏了，咱们就不烦扰皇上了，请皇上保重龙体。"

李隆基阴云密布的脸上总算撕开一角，沉声道："你们三人再合计合计，总要给张守珪一个交代才好。"

几天后，张守珪被封为辅国大将军、右羽林大将军兼御史大夫，并赐予金银彩绸等厚礼。和诏书一起到达张府的，还有李林甫派去的亲信。李林甫要让张守珪知晓，如果没有张九龄的搅局，张守珪原本可以入相。

可叹张九龄浑然不知，无意中又和一员朝廷大将结下了梁子！

几天后，张九龄反对张守珪入相之事，不知怎的便在朝廷上下传了开来。李隆基以为是张九龄故意宣扬出去，以示他是敢于犯颜直谏的忠臣，对张九龄的态度愈发疏远了。

这日下朝后，王维再也顾不得许多，抬脚便往张九龄府上赶去，言辞恳切道："张大人，这世上最难防的，从来都不是阳谋，大人不可不防呐。"

张九龄请王维落座，缓缓开口道："摩诘，你莫为我忧心。所谓暗箭难防，是因为准备得不够周全。在老夫看来，那些见不得光的手段，把它们拿到日头底下晒晒就好了，又有什么好怕的？"

"张大人，在下只是觉得，按如今这局势，只怕很多时候，咱们即便知道别人用了手段，却也无处可说，到头来，委屈的是大人您呐。"

"摩诘，无论何时何地，都须记住两句话，一是'公道自在人心'，二是'性不可移，礼不可废'。如此，则午夜梦回，问心无愧。"

此时，日头西斜，暮色四合，秋风吹过庭中的几竿修竹，发出一片萧萧之声。张九龄缓缓踱到窗前，看着窗外的漫天余晖，正是晚霞如火，残阳似血……

王维怔怔地看着张九龄高大伟岸的背影，忽然想起了721年第一次见到他时的情景。那时的他，正当壮年，精神抖擞，如今的他，背影已隐隐透出几分疲惫、几分无力。或许，让他迅速衰老的，不只是时间，而是越来越扑朔迷离的局势……

他细细回味着"性不可移，礼不可废"这句话，是啊，无论局势如何变幻，如何无常，身为臣子，能坚守的也无非就是这八个字了！

他撩起袍角，在张九龄身后端端正正行了一个大礼："多谢张大人点醒，原是在下着相了。大人谆谆教诲，在下定铭记在心。"

张九龄缓缓转过身来，上前扶起王维道："摩诘，明白着相之时，便已脱离着相。你比老夫年轻得多，有小友如你，亦是老夫之幸。"

第七十九章　久别重逢　以心换心

转眼间，便到了735年12月，离李瑁迎娶杨玉环的日子一天天近了。

这晚，在浓得化不开的夜色里，玉真公主在玉真观思绪万千。此次皇兄为李瑁举行盛大婚礼，李唐宗室和京司文武职事九品以上官员，皆在受邀参加婚礼之列。那么，身为右拾遗的王维，自然也在受邀之列了。

这些年来，他居无定所，行无定处，岁月不改其性，红尘不染其心，注定是一个不属于任何人的人。因此，她早已刻意不去想他了。

然而，当他今年春天重返朝廷时，她好不容易平静下来的心，再次起了涟漪。他愿意重返朝廷，于他而言，无论是人生，还是仕途，都是他的转折点。她自然为他感到高兴，但同时也隐隐有些落寞。因为，他的这个转折点，竟然和她毫无关系，也就是说，他压根儿不需要她的任何帮助。而且，更为讽刺的是，他前两次入仕，无论是太乐丞还是校书郎，都好景不长，不是被贬，就是辞职，似乎都不是他喜欢的职务。看来，她一直都是一厢情愿，永远没有真正懂他……

近来朝廷局势瞬息万变，让她不由为他捏了一把冷汗。

她知道，武惠妃一心想让李瑁当太子，而李林甫就是武惠妃在前朝的棋子，武惠妃自然力挺李林甫。时间久了，皇兄心中的那杆秤，自然也会倒向李林甫，到那时，张九龄还能继续当中书令吗？

想到这里，她不由一个激灵，她并不担心张九龄能否继续当中书令，而是一想到王维是张九龄一手提拔的，便不寒而栗。

她明白，政治斗争向来残酷，非得争出一个你死我活才罢，如果张九龄倒台了，王维还能继续留在朝堂吗？若想继续留在朝堂，唯一的办法，只能是让王维和张九龄保持距离，至少不要让李林甫认为王维是张九龄的人才好。

那么，她该如何告诉王维？是遣人让他来玉真观？还是她屈尊去道政坊找他？正当她犹豫不决时，得知寿王大婚邀请文武百官参加的消息，顿时心头一亮，何不在寿王婚礼上劝他独善其身，莫再重蹈覆辙……

想明白了这些，玉真公主心头稍定，这才想起已有多年不曾见到莲儿了。

这些年来，虽然她喜欢莲儿，但也不好常去遣人接莲儿来玉真观小住。这次寿王大婚，何不遣人告诉王维，她将带莲儿一同前往。巧的是，高仙芝前不久也从西域回到了长安，她也会带仙芝一同前往。义母带义子义女参加婚礼，名正言顺，王维便是有心拒绝，也不好说什么了吧？

几天后，王维果然接到了玉真观道童送来的消息，说是寿王大婚当日，玉真公主会来王维府上接莲儿同车前往。

送走道童后，王维心中五味杂陈。自731年蜀中青城山一别后，他处处有意回避，已有四年多不曾和玉真公主见面，但这一次，即便有心避而不见，也只怕躲不过了。

这日，申时刚过，便有门房来报，玉真公主的翟车已到王府门口，王维忙带莲儿快步迎了出去。

此时此刻，玉真公主一颗心跳得迅猛，仿佛随时都会从胸腔中跳将出来。她不由垂下眼眸，自嘲地笑了笑。自己明明已经过了害羞的年纪，但为何每次遇见他，还是如此忐忑不安？这世间若真有一物降一物之说，那么，她这辈子是被他牢牢吃定了。

当王维走到大门外时，一眼就看到了这架大唐公主专属的翟车。只见朱色车壁上雕镂了五色翟羽，在夕阳的余晖下流光溢彩，勾勒出一道漂亮的弧线，加上那四匹由黑白皮革装饰的朱红骏马,端的一派华贵。

王维从容上前,在距离翟车三步之遥处停了下来,向车内的玉真公主长揖一礼,朗声说道:"微臣见过公主,承蒙公主厚爱,已将小女莲儿带至公主跟前。"

听着这再熟悉不过的温润声音,玉真公主按住心底的激荡,掀起帘子,抬眼向车外看去。几步开外的他,眉宇间到底有了一些岁月的痕迹,原来温润的气度也被时光覆上了几分俊朗疏阔,只是目光依然清远,神色依然从容,仿佛魏晋间的行草名帖,笔笔都似漫不经心,却又神韵天成,风骨无双……

而他身后的莲儿,更是出落得亭亭玉立、清丽动人,眉眼间自有一种他当年的神韵。

玉真公主不由深吸了一口气,挺直背脊,淡淡一笑。原本在心中酝酿过无数遍的话,不知怎的,开口时却化成了最简单的一句:"摩诘,多年不见,你还好吧?"

此时此刻,于王维而言,若心中没有半点波澜,自然也是假的。

自青城山一别后,四载春去秋来、寒来暑往,有意无意间,他和玉真公主一次一次"错过"。

当玉真公主去洛阳陪伴金仙公主时,他闲居长安;当玉真公主回到长安时,他去了太行山;当长安发生饥荒时,玉真公主因牵挂他而留在长安,他却和储光羲、綦毋潜去了终南山……

如果说,他一开始躲避玉真公主,是因为心里有那么一点怪她,怪她用手段使他在青城山做下那样不堪之事;但随着时光流逝,特别是去祭扫岐王墓时,看到金仙公主墓碑上那心如止水的小楷,便似乎再也无力去怪她了。字如其人,言为心声,从她平静的笔迹中,他读懂了她的隐忍、她的落寞、她的悲凉……

他明白,身为当今皇上最看重的大唐公主,她本可以继续用强权和手段来对付他,但她不仅没有这么做,还默默退出了他的生活,给了他足够的安静和足够的自由。他更明白,她之所以如此委屈自己,只是因为她真的爱他……

昨晚,他和衣躺在床上,想着今天遇到她时,该如何问候她?他没有想到,她会当着众人的面,特别是当着莲儿的面,那么自然地叫他"摩诘",仿佛她理所应当该叫他"摩诘",仿佛他是她熟悉得不能再熟悉的故友。

果然,当听到玉真公主这声"摩诘"时,站在王维身旁的莲儿便惊讶地抬头看了王维一眼,见阿爷站在原地发怔,便伸手扯了扯他的青色袖袍,王维愣了一愣,躬身抱拳道:"多谢公主挂怀,身逢盛世,岁月静好,微臣一切都好,不知公主可好?"

他的声音依旧醇厚,他的神色依旧从容,他的目光依旧明澈得一清如水。此情此景,让玉真公主不由想到了《诗经》中的六个字——行无羁、思无邪,说的不就是他这样的谦谦君子吗？

玉真公主淡淡一笑，她该如何回答他的问题？她能说，连她自己都不知道她这样算是好？还是不好？她只知道，时光如流水，从她指尖一点一点溜走，她却并不觉得可惜。因为，没有他的日子，多一天和少一天，似乎并无多大区别……

"莲儿给义母请安了！"正当玉真公主思绪万千时，莲儿上前几步，展颜一笑，两颊是她那独一无二的梨涡。

玉真公主忙按下满腹惆怅，向莲儿伸出手来，一脸慈爱道："几年不见，咱们莲儿出落得愈发好看了。外面风大，快上车来，让义母好生瞧瞧。"

莲儿乖巧地应了一声，回头看了王维一眼，看到王维点头微笑后，便提起裙裾，弯腰登上翟车。当流光溢彩的翟车扬尘而去时，王维淡淡地笑了笑。原来，有莲儿在，很多事情不会像预想中那样尴尬。如此，甚好。

这晚的大明宫麟德殿，灯火辉煌，熠熠生辉，便是玉真公主这样打小在皇宫里锦衣玉食之人，也被这扑面而来的奢华气息震了一下。

玉真公主牵了莲儿的手，刚下翟车，便听到车旁传来一个洪亮的声音："义母好，妹妹好，仙芝等候义母和妹妹多时了！"

玉真公主和莲儿不约而同转过身去，原来，是已有五年不曾见面的高仙芝。

"方才我说莲儿变化真大，如今看到你，发觉变化更大的是你。五年不见，义母都快认不出你来了！"

高仙芝忙上前向玉真公主问了好，然后就将目光移到了莲儿身上。

五年不见，当年那个不谙世事、偷偷流泪的小女孩，如今已如夏日荷花般，日开日上，日上日妍。微微上扬的红唇似乎还透着几分稚气，那一泓清泉般的眼眸更是仿佛会说话，眼波流转间，便有说不出的清雅秀丽，让人不敢直视。

"阿兄，你还记得上回答应我的事吗？"和高仙芝怔怔地看着莲儿出神相反，莲儿仿佛昨天还在一起嬉戏玩耍似的，侧头调皮地笑道，"你上回说，下次回长安时，要送我一朵天山雪莲花呢。"

对，天山雪莲花！他怎么会忘呢？这五年来，他一直记着这个诺言。这次回长安，他精挑细选，为莲儿带回了一朵含苞待放的天山雪莲，今天，他终于可以亲手送给她了！

"莲儿，你看看，可还喜欢？"高仙芝低头冲莲儿一笑，从袖袍中取出一朵雪莲，送到莲儿面前。

"哇，这便是传说中生长于天山岩缝中的雪莲花吗？"莲儿双手接过雪莲花，惊喜得连呼吸都屏住了，生怕自己一呼气，就会让手中的雪莲花融化了。

第七十九章 久别重逢 以心换心

"仙芝果然疼妹妹,光记得给妹妹带礼物,就不曾给义母带什么吗?"看着高仙芝和莲儿亲密无间的模样,玉真公主很是欢喜,打趣仙芝道。

"这个,这个,孩儿大意了,下回一定给义母补上。"高仙芝心头一急,不由有些发窘,挠了挠脑袋道。

"傻孩子,义母和你说着玩呢!你疼妹妹,义母高兴还来不及呢。时辰快到了,咱们这便入席吧。"

当玉真公主带着高仙芝和莲儿向内殿走去时,心里却默默想着,朝廷百官都在外殿入席,不知他在哪里?可有机会和他说上几句?

机会终于来了。

当李瑁和杨玉环的婚礼进行到高潮时,麟德殿殿内殿外俨然成为狂欢的海洋。在喧哗的人群中,没有人在意谁和谁喝酒,谁和谁说话,大家都只在意一件事——今晚,注定是一个狂欢之夜!

玉真公主和裴耀卿相熟,便让裴耀卿捎话给王维,让王维到麟德殿旁的自雨亭,说有人找他有事相商。裴耀卿心里明白,当即依公主之言做了。

当王维赶到自雨亭,看到在亭中等他的正是公主时,想转身离开显然不妥,便上前向公主抱拳行礼道:"微臣拜见公主,不知公主寻微臣前来,可有何事?"

听着这醇厚如初的声音,玉真公主并不急着回答,似乎在灯火的明灭间思忖了很久,才缓缓道来:"岁月可以薄如蝉翼,几十年仿佛一瞬;也可以厚如磐石,一瞬仿佛千年万年。摩诘,你我之间,是否横亘着一道坚不可摧的高墙?"

"公主言重了,公主若有差遣,还望公主直言相告,微臣定勉力而为。"王维自然明白公主话里话外的意思,但无论她说什么,他始终以臣子应有的礼数相待。

"摩诘,如果你视为我故友,我今日说的这番话,还望你能三思。"玉真公主叹了口气,踱到亭边,看着太液池上被无数莲花灯映得波光粼粼的水面,语重心长道,"废立太子一事,是天子家事。为人臣子者,可以劝谏,却也不必犯颜直谏。若是因此拂了圣意,倒是因小失大了,你说是也不是?"

王维顿时心中了然,原来,公主是要劝他这个。公主自然是为他好,但他身为臣子,很多时候,却是职责所在。

"多谢公主提醒,只是微臣不知,在公主看来,何为家事?何为国事?何为小事?何为大事?还请公主明示。"

玉真公主心中一愣,摇了摇头,放低声音道:"摩诘,这么多年过去了,你的性子始终没变。世人大多喜欢终南捷径,为何你却要选那坎坷不平之路?世人大多趋利避害,为何你却不仅不躲不避,反而还要迎难而上?摩诘,我不明白,在你心里,到底是旁人的事要紧？还是自己的事要紧？"

"公主所言甚是。世人大多趋利避害，这是本性使然。不过，世事难料，对错祸福只在一念之间，如何才能趋利避害，有时却也难说。"

夜色似乎是最好的盾牌，王维渐渐放松了心情，在玉真公主面前絮絮说了下去："微臣这些年跟随禅师修佛，禅师常说，凡事到了难以抉择之际，无法看清得失利弊之时，便只能求一个问心无愧。旁人或许觉得不解，或许觉得不值，但扪心自问，若是俯仰无愧，便可放手去做。因此，这些年里，我虽也看错过人，做错过事，但回想起来，却也不至于羞耻难堪。我，不后悔。"

当王维说到"看错过人，做错过事"时，玉真公主心里不由"咯噔"了一下，立刻想到了四年前在青城山发生的一切。他是想告诉她，四年前的那个夜晚，他看错了人？做错了事？他和她之间发生的一切，都是一个错误？

然而，他最后却说"我不后悔"。他是不后悔和她发生了那个错误？还是不后悔他在发生那个错误后做出的选择？她一时不由懵了……

不知不觉，夜已二更，夜风里多了几分寒意。一阵晚风吹来，太液池畔那排浅褐色的柳枝在风中随意荡了几荡，旋即又恢复了平静……

看玉真公主出神不语，王维抬头看了看远处的锣鼓喧天，犹豫片刻，向玉真公主抱拳道："公主，夜凉似水，在这风地里站久了到底不好，请公主这便入席吧。"

王维说这番话时，声音显然比方才柔和了许多，言语间的关切之意，让玉真公主不由心头一暖，抬头看着王维，却不知说什么才好。

"公主若无他事，微臣先退下了。"

"摩诘，留步。"当王维正准备转身离去时，玉真公主忽然回过神来，急急低唤一声，目光中是掩饰不住的关切，"摩诘，你原是重情谊胜过计较得失之人，张相、裴相待你有恩，你为他们说话，原也在情理之中。只是，如今皇兄铁了心要废掉太子，你又何必知其不可而为之？"

看着玉真公主眼中的关切，王维心中一紧，摇了摇头，放低声音道："难道公主以为，微臣反对圣上废黜太子，只是因为张相、裴相待我有恩吗？微臣虽然愚钝，却也知道，君子行事，要合乎天道、地道和人道。公主若是那样以为，微臣倒也无话可说。"说完，便又想转身而去。

"等等。"玉真公主再也顾不得许多，一把拉住王维的袖袍，声音里的委屈和急切任谁都听得出来，"摩诘，你为何总是这样冷若冰霜，拒我于千里之外？我不想你刚入朝堂便又卷入党争，不想你一片真心待人，却置自己于险境！我怎会不明白，你反对皇上废黜太子，是因为在你心中，天道、地道、人道大于一切。但是，你究竟有没有想过，如果世间一切都遵循天道、地道和人道，世间怎么还会有那么多不公、不平和不满呢？摩诘，请你三思而后行，即便不是为了你自己，也该为莲儿、为家人三思呐。"

玉真公主这番话，情真意切，句句戳心，王维缓缓转过身子，看着公主那已然蒙上了一层水雾的眼眸，心里隐隐生疼。他怎能不明白，玉真公主是懂他的，她只是不愿看他步入险境，才劝他就此止步。但是，他能就此止步吗？不能。

有那么一瞬间，他想告诉她，他并不是冷若冰霜之人，但，他若在她面前不冷若冰霜，他又能如何呢？既然他给不了她想要的，那就不如冷若冰霜到底吧。

想到这里，他牵了牵嘴角，淡然一笑："多谢公主处处为微臣着想，微臣胸无大志，只愿此生行走于世，不负圣恩，不负知己，不负我心。若微臣日后做了让亲者痛、仇者快之事，实乃微臣不得已而为之，还请公主宽宥。"说完，深深看了公主一眼，不再多说什么，转身向那灯火通明处走去。

玉真公主怔怔地看着王维远去的背影，夜色中，那一身宽袍缓带从容得仿佛御风而行，背脊却自有一种如山的挺拔。她恍惚觉得，他们之间，仿佛只隔着一层薄薄的云雾，伸手一拨便会烟消云散，又仿佛横亘着一道永远无法逾越的鸿沟，她过不去，他也过不来。不过，无论是云雾还是鸿沟，他们至少都听懂了彼此的心声……

"微臣只愿此生行走于世，不负圣恩，不负知己，不负我心……"玉真公主耳畔久久回荡着他方才那番肺腑之言，喃喃低语："摩诘，你说不负知己，我何尝不是？我不知道你是否视我为知己，我只知道我早已视你为知己。你若岁月安好，我便了无牵挂……"

这样想着，想着，胸口不由一阵酸胀，只觉得一股热流不受控制地涌将上来。她忙抬起头来，试图不让眼泪滑落。

就在抬头的一瞬间，她看到了高悬空中的一轮明月。这朦胧中透着皎洁的月光，这普照大地、无远弗届的月光，仿佛就像他的为人，虽然淡淡的，却自有一种说不出的暖意。愿这久违了的美好月色，能停留得久一些、再久一些……

第八十章　仙芝告白　莲儿受惊

在李瑁的婚礼上，当大家纷纷惊叹于寿王妃杨玉环的天姿国色时，在二十岁的高仙芝眼里，却只有十三岁的莲儿。

五年不见，当年那个不谙世事的小女孩，已出落成了亭亭玉立的窈窕少女。原本单薄的身形，如今已有了几分温婉的味道。尤其是那双水汪汪的眼眸，不需说话，只需看他一眼，他便已觉得醉了。

当玉真公主从自雨亭回到大殿时，莲儿正聚精会神地欣赏宫廷舞蹈，全然不曾察觉义母正在远远看她。莲儿的举手投足间，既有王维身上的温文尔雅，又有小女子特有的俏皮柔美。那份俏皮柔美，定然像极了她的母亲吧？那个让王维爱了一辈子、念了一辈子的崔璎珞……

想到这里，玉真公主心头不由掠过一丝惆怅——世间最大的敌人，莫过于那个活在你所爱之人心尖上的人吧？

"义母，我方才看到寿王妃了，当真宛若仙子，美极了！"当玉真公主回到宴席时，莲儿一脸兴奋地看着玉真公主道。

"是的，寿王妃很美，咱们莲儿也很美呀。莲儿，待你年满十五，义母为你操办一场热热闹闹的及笄之礼，过了及笄之年，就该出嫁咯。"玉真公主轻抚莲儿手背，一脸爱怜道。

"义母，我不想出嫁，我想一直陪着阿爷。"听义母说到婚嫁之事，莲儿低下头去，羞红了脸。

"傻孩子，男大当婚，女大当嫁，哪有女儿家一直跟着阿爷不嫁人的道理？再说了，这些年来，你阿爷云游四方，和你聚少离多，委屈你了。"玉真公主叹了口气，言语间隐隐有种探寻的味道。

"阿爷虽然常出远门，但常写信给我，告诉我各种好玩的事情……"莲儿似乎想起了那些满是父爱的书信，眨了眨眼睛，笑容明媚道，"有一次，阿爷从嵩山写信给我，说嵩山清晨的露珠比长安的更加晶亮，是不是因为吸收了天地日月之精华？

阿爷其实很孩子气，他对生活中的一切美好都有兴趣。"

"哦？这倒是看不出来……"玉真公主抿了口酪浆，饶有兴致道。

两人正说笑间，高仙芝大步走了过来，在玉真公主和莲儿对面坐下："义母，莲儿，何事笑得这么开心？"

"仙芝，我刚和你妹妹说，待你妹妹年满十五，义母便为她举行及笄之礼。过了及笄之年，你妹妹就该出嫁咯，你这个当阿兄的，可要准备好厚礼哦！"玉真公主呵呵笑道。

言者无意，听者有心，自见到莲儿那刻起就坐立不安的高仙芝，听了义母这番话，一颗心跳得愈发激烈，迅速看了莲儿一眼，向玉真公主抱拳道："义母，孩儿也有一事相求。"

"哦？仙芝但讲无妨。"

"义母，仙芝明年便是及冠之年，想请义母也为仙芝主持及冠之礼。"

"傻孩子，我道是什么事，原来是这个。你放心，你和莲儿的大事，义母都会放在心上。"玉真公主从上到下打量了几眼高仙芝，他从小俊美，在军中磨砺多年后，愈发英姿飒爽。"仙芝，你今年二十岁了，比瑁儿还大四岁，早该娶妻生子了。你若有心仪的女子，不妨告诉义母，义母自然替你做主。"

玉真公主话音刚落，高仙芝顿时又惊又喜道："义母此话当真？"

玉真公主不由一愣："自然当真。义母几时有过戏言了？"

"义母自然没有戏言，只是……"

"只是什么？你向来行事爽利，怎么今日反倒吞吞吐吐了？"

看到高仙芝欲言又止、难以启齿的样子，莲儿低头暗忖道："男婚女嫁之事，怎可对着这么多人说？阿兄定是想单独告诉义母吧？"忙起身笑道："义母，阿兄，你们慢慢说话，我去那边看看就来。"

"好，那边歌舞喧天，倒是难得一见，你去看看也好。"

"莲儿，你且留步。"看莲儿起身欲走，高仙芝竟"嚯"地站了起来，急急喊了一声。

莲儿回转身子，看着高仙芝嫣然一笑："阿兄唤我何事？"她的嘴角微微上扬，带着明媚的笑意，满屋的烛光仿佛都落入了她亮晶晶的眸子，和她嘴角的笑意一起绽放为这世上最璀璨的烟花。

看着莲儿天真烂漫的笑容，高仙芝原本已经涌到嘴边的话，便又通通收了回去。莲儿毕竟只有十三岁，离谈婚论嫁到底还早了些。于是，只好言不由衷道："哦，无事，麟德殿极大，人也多，你要当心些。"

"嗯，好。"莲儿只是感觉阿兄今晚有点怪，但也没有多想，点头一笑，翩然离去。

莲儿离去后，这满屋的欢声笑语，似乎再也抵达不了高仙芝的心底。

"仙芝，现在你妹妹不在，你可以告诉义母了吧？"

"义母，实不相瞒，仙芝五年前便已有了意中人。"高仙芝深吸了口气，或许有些紧张，不由握紧了拳头。

"五年前？"玉真公主心思急转，这五年来，他一直在军中历练，似乎不大可能结识妙龄女子。莫非……

她不由想到了方才仙芝和莲儿说话时的异样神情，想到他俩五年前曾一起跟随她参加花萼相辉楼的盛宴……

玉真公主不由一个激灵，指了指方才莲儿所坐的席位，将信将疑道："仙芝，你的意中人，莫非就是莲儿？"

看到自己的心事终于被义母猜中，高仙芝有种如释重负的轻松，忙单膝跪地道："仙芝不敢欺瞒义母，自五年前和莲儿一起登上花萼相辉楼后，仙芝便盼望她快快长大。今日再次见面，仙芝心里更是认定她了！"

"仙芝，此事实在过于突然，莲儿到底还小，且容义母好好想想。"仙芝自知冒昧，不好意思继续打扰义母，便抱拳退下了。

看着仙芝渐行渐远的背影，玉真公主低头扶额，一声长叹。自己的义子爱上了自己的义女，此事如果宣扬出去，不知是一段佳话？还是一个笑话？

李瑁迎娶杨玉环的婚礼，实在繁复得紧。莲儿随宾客看了一会儿热闹后，不知是人多的缘故，还是在屋里待久了，只觉得有些闷热，趁人不注意，悄悄溜出麟德殿，沿着太液池畔随意散散。

太液池上泛着星星点点的烛光，和天上的月光交相辉映，一时竟分不清哪是烛光，哪是月光。行不多远，见前方有一处亭子，莲儿有些乏了，便提裙走了进去。谁知刚一走进亭子，便传来仙芝那熟悉的声音："莲儿，你怎么来了？"

莲儿一个不妨，不由心头一跳，抬头一看，可不是阿兄吗？

只见他正负手伫立亭边，笑微微地看着她。在月光的清辉中，本就身姿挺拔的他，愈发俊眉朗目、卓尔不群。

"阿兄，你怎么也在这里？"

"嗯，屋里人多，我出来散散，不知不觉便走到了这里，你呢？"仙芝刚才鼓起勇气向义母吐露心事后，久久难以平静，便独自躲了出来，不料竟然在这里遇见莲儿！他心里何等惊喜，好不容易才定了定神，故作轻松道。

"我也是，以前以为当新妇子最是好玩，今日才发觉新妇子最是辛苦。阿兄，你看到寿王妃头上那些亮晃晃的金钿、银钗和珠花了吗？看着就够沉的，难为寿王妃戴了这半日了。"莲儿俏皮地转了转脖子,仿佛庆幸自己头上没有这沉甸甸的负担似的,嘴角的笑容如涟漪般层层荡漾开来,绽放在她粉嫩无瑕的脸上。

仙芝胸口不由一阵激荡,上前一步,低头看着莲儿道:"莲儿,等你长大了,定是这世上最好看的新妇子。"

见仙芝用这样的眼神看着自己,莲儿顿时有些不好意思起来,方才还生动之极的笑脸转瞬间收起了所有情绪,忙顾左右而言他道:"对了,阿兄,方才义母问你可有心仪的女子,你告诉义母了吗?"

仙芝一时不知说何才好,好半响后,才点了点头:"告诉了。"

莲儿顿时心生好奇,一扫方才的害羞,追问道:"阿兄喜欢的女子必定好看得紧,不知是谁家女儿?义母是否相熟?"

"莲儿啊莲儿,你难道真的看不出我喜欢你吗?"看着眼前笑起来就有一对梨涡的莲儿,仙芝只觉得心中似有千军万马呼啸而来。方才义母说莲儿还小,且容她好好想想,但此时此刻,莲儿如此真切地站在自己眼前,若是错过了这千载难逢的机会,不知何时才能再见?他到底是说?还是不说?

看阿兄涨红了脸默然不语,莲儿以为阿兄不好意思告诉她,便也不再追问,踮起脚尖看了看远处的灯火辉煌,转身对仙芝说:"阿兄,我出来有些时候了,只怕义母在找我了,我先回去了。"说着,便欲提裙离去。

"莲儿且慢。"说时迟,那时快,就在莲儿转身的刹那,仙芝情不自禁伸出手去,拉住了莲儿的衣袖。莲儿脸上一怔,看了看仙芝拉住她衣袖的手,抬头笑道:"阿兄,你还有事吗?"

此时此刻,仙芝再也顾不了许多,放开莲儿的衣袖,一把握住莲儿的双手,定定地看着她的眼睛,一字一句道:"莲儿,五年前,我就有了一个心仪的女子。五年来,我日日盼望她快点长大。此时此刻,她就站在我的面前,叫我如何放得开她?"

"啊?"一瞬间,莲儿只觉得一股震惊仿佛从脚底直冲上来,全身的血液都冲上头顶,眼前一片空白,耳边嗡嗡作响。片刻之后,才一个激灵回过神来,不知从哪里迸出一股力气,用力一挣,才从仙芝手中抽出手来,提起长裙,头也不回地冲出亭子,跑下台阶,绕过回廊,向那锣鼓喧天、人声鼎沸处落荒而逃……

仙芝赶紧追了出去,想喊她留步,却又不敢高声大喊。正跺足懊恼间,忽然发现亭子外面的台阶上有一样东西在闪闪发光。他忙俯下身去,定睛一看,原来是那个和他身上戴的一模一样的玉佩!这不正是莲儿的玉佩吗?这世上,只有她才有这样的玉佩!

仙芝立在原地,看着那人声鼎沸的去处,怔怔想着:"莲儿,世间男女千千万,怎么独独我俩会有这样一模一样的玉佩？这不是缘分，又是什么？"

谁说少年没有爱情？他十五岁那年带莲儿登上花萼相辉楼时的那份心动，于他而言，便是爱情。

"莲儿，总有一天，我会为你亲手戴上这个玉佩。"他手中握着的仿佛不是莲儿的玉佩，而是莲儿那柔弱无骨的纤手。他细细摩挲着玉佩，看着莲儿远去的方向，那轮廓分明的嘴角渐渐情不自禁地上扬了起来。

莲儿则一口气跑到了灯火辉煌的麟德殿内，才停下脚步喘了口气。不知为何，她明明已经跑出很远很远，却依然感觉仙芝那热烈滚烫的目光一直追随着她！她无力地倚在门边，迅速扫视了一圈周围的宾客，幸好大家都在觥筹交错、谈笑晏晏，似乎没有人注意到她这副惊魂不定的狼狈模样。

她这才长长地舒了口气，只觉得方才被他握过的指尖就像被火烧过一般，整个手心竟然都在冒汗。方才让她猝不及防的一幕再次涌上心头，仿佛仙芝不是在和她说话，而是告诉她一个他和别人的故事。

"莲儿，等你长大了，定是这世上最好看的新妇子。"仙芝低头看着她时那深不见底的眼神，不断浮现在她面前。她只觉得心里一阵慌乱，想躲开这双眼睛，却偏偏被魔住了一般，再也挥之不去。

他的眸子，亮如星辰，他的手臂，沉稳有力，他的手心，带着让她熟悉的温暖，一如五年前带她去花萼相辉楼顶俯瞰长安城时的感觉。她赶紧闭上眼睛，耳畔却响起了他那热烈急切的声音："莲儿，五年前，我就有了一个心仪的女子。五年来，我日日盼望她快点长大。此时此刻，她就站在我的面前，叫我如何放得开她？"

这声音天然带有一种魔力，一声接着一声，似乎能侵入她的肌肤、融入她的血液。她捂住胸口，只觉得连这冬夜的寒风也变得燥热起来。她忙跑到殿外，只觉得在池水轻轻拍打岸边石头的依稀声中，还有一个"砰砰"的声音变得越来越响。她愣了一下，才恍然发觉原来是自己心跳的声音。她忽然有些害怕这个声音，便急急跑回大殿，让自己淹没在人声鼎沸中，才觉得稍稍安心了些。

"莲儿，你去哪了？"莲儿一回到席位，玉真公主便一脸关切道。

"哦，义母，我……我去外面随意走了走，不知不觉，竟有些迷路了。"莲儿向来不会伪装，如今心里一乱，难免就语无伦次起来。

玉真公主看了莲儿几眼，见她双颊嫣红，双眸明亮，整张面孔都有一种梦幻般的神情，心里似乎明白了几分，揽过莲儿道："莲儿，可是阿兄去找你了？"

啊？义母怎么知道我和阿兄在一起？莲儿心里一阵慌乱，不敢抬头看义母，低头绞着手中的丝帕，半晌后乖乖点了点头。

"唉，仙芝这个孩子，到底急了些。"玉真公主心里叹了口气，放低声音道，"莲儿，方才仙芝告诉我，他从五年前就开始喜欢你。他方才可是向你表明心迹了？你是怎么回答他的？"

"义母，我不知道。"莲儿只觉得耳根一阵一阵发烫，方才被仙芝握过的指尖，愈发有种火烧火燎的异样感觉。

"仙芝告诉我，他会耐心等你长大。所以，你不必急着回答，你有足够的时间问自己。"

"义母，我……"

"我第一次看到仙芝时，他才六岁。他从小就是一个稳重懂事的孩子，小小年纪，便有大将风范。今晚，我第一次看到他为一个心仪的女子手忙脚乱、失魂落魄。"

"义母，我不明白，不明白他怎会、怎会喜欢我呢？"莲儿鼓起勇气，抬头看着玉真公主，一脸茫然道。

"傻孩子，喜欢一个人，还需要什么理由吗？喜欢了，便是喜欢了……"玉真公主转头看着殿外，仿佛说给莲儿，又仿佛说给自己，"有的人，一辈子也遇不到自己喜欢的人，仙芝是有福之人，他有幸遇见了，莲儿，你呢？"

寿王李瑁的大婚，很是轰轰烈烈地热闹了好一阵子。

对大多数长安人来说，这足以充当他们一生的谈资，即便到了两鬓斑白之时，说起这场开元二十三年冬天的皇室大婚，也会击掌感叹道："你们是没见过那阵仗啊……"虽然他本人也未必见过，但至少他生活在当时的长安城，即便隔着大明宫巍峨的宫墙，也能感受到那锣鼓喧天的辉煌。

在这样的热闹中，736年春天悄然而至。

这日，日头渐渐过了中天，慢慢坠向西边的高墙。斜晖从半开的窗棂透了进来，在屋内的莲花碧砖上洒下一地斑斑驳驳的光影。和往常一样，王维下朝回家，照例先去莲儿屋里看看。

"阿爷，你回来了？"看到王维健步走来，原本站在窗前的莲儿，忙转身迎了上来。

"莲儿，这天一日日暖和了，在家闷着不好，不妨和二叔家的弟弟妹妹们出去散散？"王维看了莲儿一眼，自去年冬天参加寿王的婚礼后，莲儿似乎变了个人似的，总喜欢一个人在家待着。和她说话时，也总是心不在焉，仿佛存了心事似的。

"阿爷，我去给您端茶。"莲儿点了点头，转身向书房走去。她知道，阿爷只喜欢用他的青瓷茶盏喝茶。说起那个青瓷茶盏，听说是阿爷阿娘去越州游玩时买的。算起来，距今已是第十五个年头了，比她还要年长一岁。

"阿爷，茶盏烫手，您慢用。"不一会儿，莲儿双手奉上青瓷茶盏，在王维对面的便榻上坐了下来。

"莲儿，你有什么心事吗？能否和阿爷说说。"王维端起茶盏，轻啜一口，抬眼看着莲儿道。

莲儿抬头一怔，随即摇了摇头，轻声道："莲儿何曾有心事了？只是，只是……如今地气还不够暖和，所以才在家待着，过些日子，我便和弟弟妹妹们去曲江踏春。"

"莲儿，你如今一天天大了，难免会有一些女儿家的心事。可惜你阿娘不在了，你也没一个可说的去处。"王维轻轻摩挲着手中的青瓷茶盏，仿佛茶盏上依然留有当年璎珞触手后的余温，任凭岁月流逝，从来不曾消失。

"阿爷，您想到哪里去了？您是天底下最好的阿爷，在您面前，女儿还有什么事不可说的？阿爷请勿自责，也莫苦了自己。"

王维嘴角浮起一抹微笑，语重心长道："莲儿，你知道庄子与惠子同游濠梁之上的故事吗？一个人过得好不好，快不快乐，旁人只是猜测，终究只有自己知道。你阿娘虽然走了，但在阿爷心里，却一直觉得你阿娘就在我们身边。阿爷只希望，你能过得好。"

"阿爷，莲儿明白。莲儿的心愿，便是希望阿爷过得好。"

"好，阿爷还要去书房写点东西。晚膳时分，你来叫阿爷。"说完，拍了拍莲儿的肩膀，起身走了出去。

第八十一章　信笺传情　抚琴论道

目送王维离开后，莲儿缓缓走到床边，挨着床沿坐了下来，不知怎的，手便下意识地伸到了圆枕底下，拿出了那两封不知看了多少遍的信。

第一封信，是高仙芝在寿王婚礼次日派人送上门来的。那天，阿爷刚好不在家，当她收到这封信时，竟有些不敢打开。她这样背着阿爷收下男子的信，算不算私相授受？那晚在太液池畔听他说了那番话已是不该，如今他会不会在信里说出比那晚更出格的话来？这样想着，莲儿的一颗心不由提到了嗓子眼，手中的信笺更像一个滚烫的火球，热辣辣的灼人手心。但，不知怎的，心里却有一种好奇和惊喜在慢慢滋长，似乎在不停地诱惑她，打开信笺，一看究竟。

最后，莲儿还是挡不住诱惑，打开了信笺。只见泛黄的益州麻纸上是高仙芝一手潇洒的字迹："莲儿：昨晚别后，心中甚是不安。说来惭愧，我出身行伍，不善言辞，若无意中唐突了你，抑或言不及义，让你莫名所以，还请你看在义母的份上，原谅我……"

刚看完开头，莲儿两颊便"腾"的红了起来，他在信中一改往日的兄妹相称，是有意表明不想再以兄妹相处了吗？那晚在太液池畔的情景，刹那间齐齐涌上心头。

她忙定了定神，强压住心头的激荡，继续读了下去："莲儿，我明白，昨晚我太心急了些，不该急着和你说那番话。但若上天再给我那样一个机会，我想，我依然还是会那样做。因为，我等这一天、这一刻，实在等了太久、太久……"

屋内只有莲儿一人，莲儿只觉得一颗心在胸腔里剧烈跳着，心跳声竟大得惊人。

"莲儿，今日斗胆写信给你，是想告诉你，我昨晚说的每一个字，每一句话，绝非一时冲动，而是深理心底。你或许不知道，这五年来，我一直盼着你长大。你不知道那是一种怎样的感觉，只有我自己知道，我是有多么渴望看到你，多么喜欢看到你对着我笑！你眉眼弯弯、浅笑盈盈的样子，是这世上独一无二的美。你知道吗？我带你到花萼相辉楼顶时，你的眼中是整座长安城，而我的眼中，却只有你！如今，你终于渐渐长大了，我会继续等你，直到你愿意嫁给我的那一天。莲儿，你可愿意？"

"莲儿，你可愿意？"他那一声声热切的呼唤，仿佛可以从信笺上跳将出来，直击莲儿心房。莲儿不由一阵晕眩，将信笺紧紧按在胸口，一时不知该如何是好。

"阿兄怎会喜欢我呢？我该怎么回答他？不知阿娘当年收到阿爷的信笺时，又是怎样的心情？"莲儿从未碰到如此棘手之事，棘手到她不知该如何面对他的热切，也不知她对他到底该是一种怎样的情感？

第二封信，是高仙芝几天后再度派人送来的，并再次挑了王维不在家的时辰。仙芝告诉莲儿，他即将返回西域，请她照顾好自己。信末，他这样写道："莲儿，待我重回长安时，我定为你再挑一朵最美的雪莲花。下次见面时，不知能否亲手将雪莲花簪在你发间？这世上，也只有天山雪莲，才配得上你的美……"

莲儿知道，仙芝随父戍守边疆、征战沙场，岂是想回便能回来的？不过，她相信，即便他的身子回不来，他的心里定是有她的。想到这里，她不由一阵羞涩。她知道，她的理智可以拒绝仙芝，但她的感情却挡不住仙芝，也骗不了自己……

寿王的这场婚礼，于高仙芝而言，是向莲儿表明了心迹，在两人心里埋下了爱的种子，于武惠妃而言，却是让"恨"的种子恣意生长，加快了废除太子李瑛的步伐。

去年春天，在她周旋下，李林甫被拜为礼部尚书、同中书门下三品，加银青光禄大夫，与中书令张九龄、侍中裴耀卿一同担任宰相。

她一心以为，不出半年，太子李瑛必被废黜，爱子李瑁必登太子之位。可谁知，李瑛竟是一个锯了嘴的闷葫芦，无论遭遇怎样的不平，依然一言不发。这样一来，倒让她和李林甫找不到一丝把柄，迟迟无从下手。

如今，李瑛已年过三十，若再不废黜，日后恐怕愈发难了。武惠妃心急如焚，让武玉娘捎话给李林甫，她既然有办法让他当上宰相，自然也有办法罢免了他的相位，她可没有耐心继续看李瑛在太子之位上坐下去了！

当武玉娘把这句话捎给李林甫时，李林甫一张脸彻底垮了下来。李林甫天不怕、地不怕，就怕武惠妃生气。武惠妃一生气，后果很严重。

"哥奴，眼看寿王成婚也有好几个月了，估计过不了多久，寿王妃便会给寿王添上一儿半女。如果寿王能当上太子，孩子一出生便是皇孙，否则……"任武玉娘再没心没肺，也感受到了武惠妃说话时的那股子狠劲，如果李林甫再不帮她扳倒太子，武惠妃定然不会再给李林甫好脸色了。

"玉娘，我也想让寿王早日当上太子，但天下不可有二君，天下同样不能有二太子。当务之急，是要尽快寻出太子的不是！"

"太子不言不语，谨小慎微，这个不是去哪里寻呢？"

"哼，天无绝人之路，难道只能去寻吗？"李林甫干笑了两声，凑到武玉娘耳畔低声道，"欲加之罪，何患无辞？既然武惠妃铁定了心要废掉太子，我自然要想办法让她满意不是？武惠妃那脾气，可是天下一等一难伺候的主！"

莲儿的心事重重，到底让王维放心不下。他细细思量，确定莲儿的变化始于寿王的婚宴。而那场婚宴，自始至终和莲儿在一起的，是玉真公主。他想去问问玉真公主，只是不知她还愿意见他吗？

婚宴那晚，她掏心掏肺待他，但他却如千年不化的冰山，无论他心里怎么想，表面上永远都是一副拒她于千里之外的冷漠和疏离。

然而，他还是低估了玉真公主。当他叩开玉真观的乌头大门，道童进去禀告后，玉真公主便款款迎了出来。

她身上穿了一袭月白色高腰襦裙，头上只簪了一根寻常珠钗，钗头上有一颗拇指大小的浑圆珍珠，形容比几个月前略有清减，但一双眸子似乎愈发清亮，一脸温和地看着他，仿佛他从未说过让她不悦的话……

"摩诘，你今日亲自登门，想必有事找我吧？"引王维在堂屋落座后，玉真公主意味深长地看了王维一眼，他今日穿了一件五成新的春袍，缎面是干净的露草色，袖口上隐隐有一圈卷草纹，愈发衬得他气度高华。

第八十章 仙芝告白 莲儿受惊

"启禀公主，实不相瞒，微臣冒昧叨扰，确实有一事相问。"见玉真公主开门见山，王维便也不再客套，将莲儿这几个月来的变化说了一个大概，末了，向公主抱拳道，"女儿家的心思，为人父者到底不好多问，微臣思之再三，只好求教于公主，还请公主指点迷津。"

玉真公司似乎并不惊讶，抬头笑道："我原想着，等莲儿过了今年生辰再替她谋划。今日你既然来了，且问了我这番话，倒也是时候和你商量商量了。"

"多谢公主实言相告，莲儿果然是有心仪之人了？"

"莲儿是否心仪于他，我倒还不好说，但对方心仪莲儿，倒是千真万确。他说，他已经心仪莲儿六年了。"

王维心中微沉，皱眉不语，忽然，一个身影划过眼前，脱口而出道："莫非是高将军的郎君高仙芝？"

"果然是知女莫若父，正是仙芝。摩诘，我的义子爱上了我的义女，我曾有些忧心，会不会被人看作一桩笑话？如今倒是觉得，只要仙芝和莲儿彼此真心相爱，这不是一个笑话，而是一段佳话！"

王维默然不语，细细回忆莲儿这几个月的形容举止，似乎已对仙芝暗生情愫，王维有些措手不及。

"摩诘，如果两个孩子真心相爱，咱们该替他们高兴才是，你说呢？"

"不瞒公主，此事有些突然，且容微臣回去想想。微臣已叨扰多时，这便告辞了。"王维起身抱拳，意欲离去。

"且慢。"听王维说要告辞，玉真公主心头一急，脱口而出道，"摩诘，今日你既然来了，能否陪我用了晚膳再走？"她的眼神中有几分期许，几分忐忑，唯恐听他说出"不愿"二字……

王维怔了一怔，是啊，这些年来，他一直都在拒绝，一直都在逃避，此时此刻，他还能继续拒绝、继续逃避吗？看着公主眼中的期待，他心中渐渐涌起几分不忍……

"好，承蒙公主不弃，微臣便厚颜叨扰了。"王维重新落座，神色坦然道。

"只是寻常家宴，何曾叨扰了？"听到王维肯定的答复后，玉真公主顿时双眸一亮，声音轻快道。那欢呼雀跃的心情，任谁都听得出来。

"摩诘，我有些时日没有抚琴了，今日刚好你在，可否指点一二？"离晚膳时间尚早，玉真公主转了话题道。

"司马道长才是真正懂琴之人，可惜道长已驾鹤仙去，世人再无缘聆听道长仙曲。"说到抚琴，王维不由想到了一年前在王屋山羽化的司马承祯。

"是啊，我每每抚琴，总觉得道长依然还在人间。"玉真公主垂下眼眸，深深叹了口气。

说话间，清风为玉真公主捧上她用了二十多年的古琴。

王维自然认得这把古琴，它出自蜀中制琴世家雷氏之手，琴身上刻有篆书"九霄环佩"四字，用峨眉上好杉木制成，隐隐泛着紫栗壳色的光泽。只看一眼，便觉得宽阔厚重，古朴典雅。

玉真公主抬头向王维笑了笑，眼中闪烁着别样的光芒。这是她第一次当着王维的面抚琴。当这个在心里憧憬了千百遍的画面终成现实时，她心中竟有几许忐忑，不知她的琴弦能否拨动他的心弦？

正当她胡思乱想之际，王维那从容不迫的温润声音在屋里响起："琵琶五弦，古琴七弦，微臣一直想拜道长为师，潜心学琴，特别是道长为《坐忘论》谱写的琴曲《坐忘引》，微臣早有耳闻，可惜一直无缘聆听……"

不待王维说完，玉真公主就心头一喜，嫣然笑道："这有何难？《坐忘引》正是我素日爱弹的琴曲之一，今日便抚与你听。"

"好，微臣洗耳恭听。"王维温润的声音里带着几分笑意。这份带着笑意的鼓励，顿时给了玉真公主莫大的安慰，仿佛吃了一颗定心丸般，缓缓按上了琴弦。

此时此刻，玉真公主满心满眼里，只有眼前这张散发着岁月光芒的古琴，当然，还有古琴后面那张温润如初的面庞……

一曲终了，玉真公主轻轻舒了口气，抬头看向王维，目光中有如释重负，更有如释重负后的期待。

"摩诘，在你面前抚琴，着实班门弄斧了。"

"公主过谦了。司马道长若泉下有知，听到公主方才此曲，当可慰怀。"王维似乎还沉浸在《坐忘引》那悠然的琴曲中，说话时口气舒缓，仿佛整个世界都慢了下来，"如若公主不弃，微臣还有一点浅见，愿和公主斟酌一二。"

"摩诘，还请你知无不言、言无不尽才好。"

"方才听公主琴曲时，微臣倒是想到了多年前看到过的一种花。它开在人迹罕至的山涧，花苞形如毛笔，色如荷花，自开自落，无人欣赏，也不求有人欣赏。这种花，叫辛夷花。"

"辛夷花？"玉真公主不由听了进去，好奇地等着他的下文。

"世人熟知梅、桃、梨、杏诸花，却未必见过辛夷花，辛夷花自有一种生命的富足。天地之间，自有一种大美。"王维剑眉微扬，目光清远道。

"生命的富足？道长生前曾教导我，天地间最可宝贵的是生命，生命最可宝贵的是道。若要得道，需信敬、断缘、收心、简事、真观、泰定，得道之后，才是生命最好的模样。"玉真公主若有所思道。

"公主方才抚琴时，若能忘记周遭的一切，像辛夷花般自开自落、不求人懂，或许会对琴曲有更深的领悟。"

"莫非他听出了我琴声中的孜孜以求？莫非我所求太多了？"玉真公主垂眸一笑，"摩诘，你我这般闲谈，心无芥蒂，心无外物，甚好。"

说话间，夕阳的余晖从窗棂透了进来，洒落在镂刻着卷草纹的碧色地砖上。王维抬头看向玉真公主，只见她含笑的面庞上仿佛笼罩着一层淡淡的光辉，那份温柔从容仿佛是从骨子里透出来的。

他恍然间发现，青城山那夜带给他的生命中不堪承受之重，不知何时已经渐渐消失，消失在他和她日复一日的平静生活中。看来，这些年来，他和她都在用不同的方式修行，不为别的，只为自我生命的富足……

想到这里，他忽然有了一种真正的如释重负，这是他认识玉真公主以来不曾有过的，不由朗声笑道："微臣只是一点愚见，倒是要谢谢辛夷花，让我们多了一分生命的领悟。"

这一笑之间，他的眼角眉梢平添了几分平日难得一见的飒爽和豪气。玉真公主忽然觉得，自青城山那夜后彼此之间的郁结似乎烟消云散，忍不住也跟着笑了起来。

安静的屋子里一时只听得见滴漏的轻响，一声声带着一种一去不复返的清脆，似乎在提醒屋中的两人，岁月无时无刻不在流淌。

随后的晚膳打破了这份安静，最后一道主食是馄饨。不知为何，看着白瓷碗里漂浮着细碎葱花的圆滚滚的馄饨，玉真公主觉得今日的香味格外诱人，夹起一个，轻轻咬了一口，便一直暖到了心里。

她用眼角余光看了王维一眼，只见他也正低头细嚼慢咽，似乎眼下最重要的事情，就是认真地吃完这碗馄饨。

"摩诘，谢谢你今日过来陪我一起用膳。"

王维淡淡一笑："偏劳公主府上的佳肴，且已叨扰多时，微臣这便告辞了。"

玉真公主有些不舍，转了话题道："摩诘，莲儿如果愿意，不妨来我这里小住一段时日。难得她和仙芝投缘，我愿成全他们，不知你意下如何？"

王维笑了笑，不置可否道："莲儿和仙芝或许彼此有情，但莲儿毕竟还小，眼下谈婚论嫁，为时尚早，我想再看上两年不迟。"

目送王维离去后，玉真公主轻轻叹了口气，细细回味他方才说的每一句话。是的，时间是最好的检验，可以检验世间一切感情，可以是仙芝对莲儿，也可以是她对他……

第八十二章　废立相争　天子家事

736年6月的一个清晨，天地晴朗，凉风习习，正是一天中最好的时光。

在微弱的曙光中，长安城仿佛一头巨兽，在雄浑悠长的晨鼓声中渐渐醒来，被分割得如棋格般规整的一百多处里坊，几乎在同一时间打开大门，四方来客如流水般涌入这座举世无双的雄城。

随千万人流涌入长安城的，还有一个名叫安禄山的胡人。

安禄山是张守珪手下的一员猛将，说起来，他遇见张守珪，是因祸得福。732年，张守珪任幽州节度使时，安禄山偷羊被抓，张守珪下令乱棍打死，不料安禄山大喊"大人难道不想消灭蕃族吗"，张守珪见他长得壮实且口气不小，就让他跟同乡史思明一起抓俘虏。安禄山每次外出，都不空手而归，在军中渐渐以骁勇出名。于是，张守珪不仅把安禄山提拔为部将，还收他为义子。

736年初夏，安禄山轻敌冒进，讨伐契丹失利，导致唐军损失惨重。张守珪自知保不了安禄山，便只好主动将他押送到长安，听凭朝廷处置。

其实，几年前，安禄山曾随张守珪进京。张九龄深谙识人之道，和安禄山聊过几句后，曾不无忧心地对当时担任侍中的裴光庭说："乱幽州者，必此胡也。"

张九龄的忧心，不是没有道理。一则，安禄山心思缜密、有勇有谋，必将不断建立军功；二则，安禄山深谙人情世故，擅长讨好上司，这将使他的升官速度远超常人；三则，大唐实行募兵制，安禄山极易在军中结成牢不可破的小团体，而他将是自然而然的领袖。因此，张九龄断定他日后必会犯上作乱。

此次适逢安禄山干犯军法，押送进京，于是，张九龄向李隆基上奏道，为严肃军纪，应将安禄山斩首。

然而，李隆基却不以为然，张九龄继续上奏道："安禄山违抗军令，按照军法，不可不死。而且此人狼子野心，面有谋反之相，请求皇上按照典章判决，以绝后患。"

但是，李隆基还是赦免了安禄山，放他回到张守珪麾下，说是给他一个戴罪立功、将功补过的机会。

这一切，李林甫看得明白，和武玉娘说："安禄山这浑小子，倒是有些运气！若不是皇上对张九龄憋了一口气，摆明了要和张九龄对着干，安禄山的脑袋说不定早就搬家咯！"

"你是说，皇上赦免安禄山，是因为皇上不待见张九龄，所以不准奏？"

"你想想，张九龄先是拒绝武惠妃送去的厚礼，接着反对寿王李瑁的大婚地点，后来又反对皇上提拔幽州节度使张守珪为宰相……这桩桩件件，哪一件是让皇上痛快的？皇上贵为天子，哪有动辄受制于人的道理？如果我猜得没错，皇上忍张九龄已经很久了，张九龄的好日子，快要到头了！"

"我倒是听惠妃说起，别看安禄山是个胖子，但他却有个绝活，很是讨皇上喜欢呢！皇上饶安禄山不死，说不定也和这个绝活有关。"

"哦？什么绝活？男人的绝活，无非就是……"李林甫斜睨了武玉娘一眼，随手在她胸上用力捏了一把。

"哎呀，都年过半百的人了，还成日价这么心急忙慌的！"武玉娘拍开了李林甫的手，嗔了他一眼，顾自说了下去，"听说安禄山很会跳胡旋舞，连续转上百来个圈，双脚竟然不离开小圆毯一步，你说够不够绝？"说着，用手在空中比画了一个圆形，啧啧称奇道。

"哼，管他绝不绝呢！安禄山的脑袋是搬是留，关我甚事？我关心的只是张九龄何时可以卷铺盖走人！还有，就是我的玉娘……"说着，便将玉娘紧紧压在身下，一展他的绝活。

张九龄上奏斩杀安禄山、皇上却赦免安禄山之事，没几天就在朝中传得沸沸扬扬。一时间无不议论纷纷，认为张九龄已失宠于皇上，第一宰相的地位将要不保……

然而，张九龄并未将这些流言蜚语放在心上，依然秉公职守，仿佛从未有什么委屈和不快。不过，裴耀卿发现，张九龄头上的白发似乎越来越多了。

这天正值休沐，裴耀卿约王维一同前往张九龄府上，并和他约定，只谈琴棋书画，不谈朝廷政事，以宽解张相心情。

当他们步入张九龄书房时，张九龄正站在案几前笔走龙蛇，满案都是一张张墨迹淋漓的宣纸。听到两人脚步声，张九龄并未立时抬头，而是全神贯注写完最后一笔，才抬头看着他们笑道："焕之、摩诘，你们来得正好，方才宫中高内侍送来皇上赏赐的白羽扇一柄，老夫有感而发，写了一篇《白羽扇赋》，你们帮忙看上一看？"

"高内侍送来白羽扇？"裴耀卿先是一愣，心思急转后，点头笑道，"眼下正是酷暑时节，皇上赏赐白羽扇，可见皇上心里体恤张相，可喜可贺！"说着，就双手接过张九龄的《白羽扇赋》，朗声念了起来："开元二十四年夏，盛暑。奉敕使大将军高力士赐宰臣白羽扇……"

当裴耀卿念到最后一句"肃肃白羽，穆如清风，纵秋气之移夺，终感恩于箧中"时，王维不由心中一沉，皇上给张相送来白羽扇，难道真的只是给张相送清凉吗？恐怕更大的深意是提醒张相，当秋天来临时，白羽扇会被弃置箱底，人亦如扇，过时就没用了。从张相最后一句"即使是这样，白羽扇也会在箱箧中感念圣恩，没有怨言"来看，他显然也读懂了皇上的深意。

想到这里，他忙定了定神，向张九龄和裴耀卿抱拳道："张相写得好，裴相读得好，在下好生受教了！"

"是啊，这篇赋字字珠玑，字短情长，乃上乘佳作，当可流芳百世。"裴耀卿将《白羽扇赋》放回书案，笑声中是满满的钦佩。

"罢罢罢，老夫不求流芳百世，但求无愧我心。人生无非百年，做人也好，为文也罢，总要对得起本心。"张九龄请两人在书房便榻落座，大家轻啜一口清茶后，张九龄又絮絮说了下去，语气里多了几分凝重，"焕之，其实你我都是一样的人。两年前，你沿黄河建置河阴仓、集津仓、三门仓，征集天下租粮，两年时间便积存粮米五百万石，省下运费二十万缗。有人劝你将省下的钱财交给皇上，讨好皇上，你却奏请皇上，将这笔钱款充作官府的和市费用，取之于民，用之于民。有人说你迂腐，老夫却明白，你是遵从了本心。"

"张相言重了，和张相相比，耀卿所作所为，都是些许小事，不值一提。"裴耀卿放下手中茶盏，转了话题道，"张相公务繁忙，许久不曾对弈了吧？今日咱们三人对弈几局，如何？"

"如此甚好。想那晋人观棋烂柯的故事，一局未尽，竟已世异时移。看来，世间熙来攘往，其实不如山中一个棋局。今日咱们暂且抛开诸事，专心手谈便是。"

不待张九龄说完，王维已经在便榻的案几上放好棋盘，请张九龄和裴耀卿先行。三人会心一笑，将朝中宫中那些纷纷扰扰都隔绝在了这方寸天地之外。

然而，朝中宫中那些纷扰，终究无法隔绝在天地之外，该来的终究会来。736年盛夏，张九龄再次站到了矛盾的风口浪尖。

先说宫中之事。

寿王李瑁735年冬天娶杨玉环为妻，新婚燕尔，很是恩爱。可是，让武惠妃着急的是，半年过去了，杨玉环的肚子却迟迟没有动静。而太子李瑛膝下已有六个儿子、一个女儿。太子妃薛氏眼下又有孕在身，年底便将临盆。李瑛为李唐皇室开枝散叶的节奏，可谓不遗余力。

武惠妃明里暗里提点了杨玉环无数回，但凡对生育子嗣有利的滋补佳品，无不让尚药局好生伺候，但是，杨玉环偏偏没有任何怀孕迹象。时间久了，杨玉环心头也愈发煎熬起来，夜半无人时，默默伏在李瑁怀中垂泪。

李瑁心疼妻子，便让母亲不要再逼迫杨玉环，说太子二十岁才当父亲，他今年才十六岁，年纪尚轻，何愁没有子嗣？不料，武惠妃指着李瑁额头低声怒喝："你以为你还有时间吗？你想一直等下去吗？你还想不想当太子了？"

听武惠妃说到"太子"二字，李瑁顿时不敢再说什么。其实，与其说是他想当太子，不如说是母后认为他应该当太子。

相比李瑁的置身事外，咸宜公主驸马杨洄似乎更懂武惠妃的心思。

杨洄母亲是唐中宗李显的女儿长宁公主，杨洄从小深谙宫廷斗争之险恶。娶了咸宜公主后，他一心一意讨好武惠妃。因为他知道，岳母宠冠后宫。要想在宫中立足，就必须抱紧岳母这棵大树。

那么，怎样才能讨岳母欢心呢？自然是投其所好。他早就看出了岳母的心思——尽快让寿王当上太子。

于是，杨洄就主动当起了武惠妃的耳朵，专门替武惠妃收集各种有利于寿王、不利于太子的传言。为了能听到更多声音，他凭借自己打得一手好马球的本事，迅速和寿王的兄弟们玩到了一起，皇子们渐渐放松了对他的提防，把他当成了自己人。

有一次，太子李瑛、鄂王李瑶、光王李琚在一起打马球，顺便叫上了杨洄。打完马球，大家一起开怀畅饮，不知不觉喝多了。因为李隆基专宠武惠妃，其他皇子的母亲纷纷失宠，大家借着酒意，难免发了几句牢骚，吐了几句苦水。杨洄极其清醒，一一记在心里，一个转身，就细细说给武惠妃听，甚至还添油加醋了一番。

这还了得！武惠妃一面恨得牙痒痒，交代杨洄继续盯着太子他们，必须寻出他们的错处来，一面向李隆基委屈地哭诉。武惠妃哭得梨花带雨，李隆基看得我见犹怜。

好生安慰了武惠妃一番后，李隆基传张九龄、裴耀卿、李林甫入宫商议，开门见山就说想废黜太子李瑛、鄂王李瑶、光王李琚三子，让三省长官立即执行。

张九龄和裴耀卿心中大惊，请皇上三思而后行。张九龄态度十分坚决，反复陈述利害，认为太子是国之根本，如无显过，不可轻动，并表示不敢奉诏执行。

废立太子乃头等大事，绝非皇上写个手谕便可了事，必须由中书省起草诏书，盖上中书省大印才行，而张九龄身为中书省最高长官，义正词严地拒绝了，这让李隆基虽然气得脸都白了，却也无可奈何。

李林甫当面一言不发，退朝时故意走在最后，貌似随意地对高力士说了一句："此乃天子家事，何必与外人商议？"

高力士心领神会，私底下将这句话告诉了李隆基。从此，李隆基愈发觉得李林甫通情达理，张九龄不可理喻。

再说朝中之事。

因为一个人的提拔与否，张九龄再次站到了李隆基的对立面。这个人就是朔方行军大总管牛仙客。

牛仙客出生于675年，曾担任河西节度判官，是河西节度使萧嵩的心腹。729年，萧嵩入朝拜相后，牛仙客被提拔为河西节度使。736年，牛仙客调任朔方行军大总管，河西节度使之职由崔希逸接任。

不久，崔希逸上报朝廷，牛仙客在任时厉行节约，政绩可观。李隆基命刑部员外郎张利贞前往核实。张利贞回奏朝廷，称河西的确仓库盈满，器械精劲。李隆基大悦，想让牛仙客到尚书省任职，担任六部尚书。

张九龄知道后，上奏反对道："自开国以来，尚书之职只有德高望重者才可担任。牛仙客边疆小吏出身，骤然提拔到清要之位，恐怕会遗羞朝廷。"

李隆基虽然心中不悦，但张九龄说的不无道理，便只好退了一步，说给牛仙客加封爵位。不料，张九龄再次反对说："封爵是为了奖励功劳，牛仙客身为边将，充实仓库，修理器械，乃是本职，不足以论功。陛下赏赐金帛即可，不可封爵。"

张九龄字字句句，在李隆基听来如此刺耳，却又一时挑不出刺来，便默然不语，不欢而散。退朝后，李林甫故技重施，暗中向李隆基进言道："牛仙客确有宰相之才，张九龄墨守成规，不知变通，倒是有些不识大体了。"

次日上朝时，李隆基再次提出要给牛仙客封爵，张九龄仍旧反对。这下，李隆基终于怒不可遏道："你嫌牛仙客家世寒微，难道你出身名门？"

张九龄摇了摇头，一脸肃然道："臣出身岭南寒门，不如牛仙客中原人士，但臣却在中枢执掌文诰多年。牛仙客此前只是边疆小吏，目不知书，如加以重用，恐难孚众望。请陛下三思。"

退朝后，李林甫再次暗中进言："只要有才识，何必满腹经纶？天子用人，有何不可？"

于是，这一回，李隆基再也不顾张九龄反对，铁定了心赐封牛仙客为陇西郡公，采邑实封三百户人家。

消息传来，牛仙客对李林甫感激涕零，朝中大臣们看张九龄的眼光越来越不一样了。

转眼间，便到了八月初五，李隆基生日。自729年开始，李隆基把八月初五定为"千秋节"。

寿宴进行到高潮时，文武百官纷纷向李隆基献上奇珍异宝，而张九龄送上的贺仪却是他亲自撰写的《千秋金鉴录》。

他手捧书稿，向李隆基语重心长道："陛下，以镜自照见形容，以人自照见吉凶。臣述前世兴废之源，为书五卷，谓之《千秋金鉴录》，还请陛下笑纳。"

李隆基面上淡淡地笑了笑，心里却恨恨想道："今日是朕的好日子，你却拿这个来提醒朕，要朕从善如流，励精图治，言下之意，不就是怪朕不够从善如流，不够励精图治吗？"

如果说这些矛盾虽然让李隆基对张九龄越来越不满，但还不足以让李隆基对张九龄出手，压垮张九龄的最后一根稻草，是李林甫告发中书侍郎严挺之徇私枉法一事。

736年11月，李林甫告发中书侍郎严挺之徇私枉法，张九龄作为严挺之的上司，深知严挺之是清白的，就为严挺之据理力争。

不料，李林甫早已向李隆基参了一本，说张九龄和中书侍郎严挺之、尚书左丞袁仁敬、右庶子梁升卿、御史中丞卢怡等人交往过密，有结交朋党之嫌。

李隆基对结交朋党最深恶痛绝，一怒之下，罢免张九龄的中书令之职，降为尚书右丞。

因为裴耀卿与张九龄交好，也受到牵连，被免去门下侍中一职，降为尚书左丞。

至此，李林甫终于赶走张九龄，当上了梦寐以求的中书令，总理朝廷政务。在李林甫大力推荐下，刚被封为陇西郡公的牛仙客，也如愿以偿进入尚书省，担任工部尚书同中书门下平章事，正式入相。

"玉娘，我苦心经营了二十多年，从被人踩在脚底的千牛直长做起，一路摸爬滚打，终于当上了大唐第一宰相！你服不服我？我这算不算大器晚成？"

"服，服，即便你不当这第一宰相，我也服你！大器是大器，这晚成嘛，倒还不算，你何曾老了？"武玉娘忽然想起了武惠妃，不由眉头微皱道，"哥奴，虽说你当上了第一宰相，但惠妃交代的事你还没有办成呐！废除太子谈何容易？你到底有几成把握？"

"这朝中上下，谁反对废除太子最凶？当然是张九龄和裴耀卿。如今，他俩都被我赶下了台，这朝中上下，谁还敢再吱一声？你放心，不出半年，我便会帮武惠妃办妥此事，你信也不信？"

"我何时不曾信你了？"武玉娘言语间带上了几分媚意。随着李林甫当上中书令，他身边的美娇娘一定会越来越多。她不知道她还能抓住他的心多久，她只知道，这一刻，他还在她身边……

736年冬天，似乎比往年冬天更为寒冷，长安城仿佛一个巨大的冰窖，哈气成霜，滴水成冰，将天地间的一切都冻得僵硬。

然而，对王维来说，比天气更冷的，是人心。

734年秋天，张九龄和裴耀卿邀请他重返朝廷，如今言犹在耳，他们却已双双罢相，朝堂上下已被李林甫一手操控。

这日是上朝的日子，王维想下朝后去看望张九龄和裴耀卿。不料，皇上宣布退朝后，李林甫却命令朝中所有谏官留下说话。

唐代的谏官人数不少，既有中书、门下两省的拾遗、补阙，还有御史台下设的台院、殿院和察院主事人。

身为中书省的右拾遗，王维只好留了下来。

李林甫精光闪闪的目光从谏官们身上缓缓扫过，并有意无意在王维身上停了一停，王维顿觉背上一阵发凉，似乎有股寒意从骨头缝里渗了进来。

一阵死一般的沉寂后，只听李林甫冷冷的声音在朝堂上响起："诸位上朝时，看到朝门外的立仗马了吗？如果它们老老实实站在那里，下朝后就可以享用上等草料，如果它们不懂规矩，敢乱叫一声，立马就会被内侍牵走，不仅再没机会吃上等草料，就连身家性命也是难说！"

谏官们默然不语，李林甫看了一眼牛仙客，牛仙客会意，忙附和道："诸位都是明白人，李相的话，想必都听清楚了吧？当今皇上是圣明天子，咱们当臣子的，只要顺从圣心即可，切莫多嘴多舌。但凡遇到什么大事，只需看李相行事即可，大家好自为之。"

空气似乎凝固了一般，除了一阵窸窣作响的脚步声，偌大朝堂内再无其他声响。王维随着人流步出朝堂，在凛冽的寒风中深深吐了口气。

李林甫方才那番话，再糊涂的人也听得出来，就是让他们像立仗马那样，每天上朝时充当摆设，老老实实站一会儿，这样可以领取俸禄、衣食无忧，一旦敢提出异议，不仅会被马上撵出朝廷，恐怕还有性命之忧！

李林甫为何要封住谏官们的嘴？朝廷规定，官员无论想上什么奏书，都要经过中书、门下两省中转，方可到达皇上案前，而谏官则可以直接向皇上上书，对政事提出批评意见。因此，只有封住谏官的嘴，不让谏官直接给皇上上书，李林甫才能真正做到大权独揽。

如果谏官都成了摆设，那朝堂之上不就成了李林甫的"一言堂"？王维只觉得天地间的寒意更深了，不由伸手拢了拢披风，眉心处早已结成了一个深深的"川"字。

让王维想不到的是，没过几天，门下省的左补阙杜琎居然向皇上上书了。结果，李隆基将奏书转到了李林甫手上。

虽然奏书中没有什么实质内容，但杜琎此举显然没把李林甫前几天的教训放在心里，李林甫勃然大怒，决心杀鸡儆猴，让其他谏官看看不听话的下场。次日早朝，杜琎就被莫名其妙贬为下邽（今陕西渭南）县令，赶出朝廷，谏官们真正领教到了李林甫的雷霆手段。

这晚，在清冷的月光下，王维辗转反侧，无法入眠。

难道从此以后真的只能像"立仗马"一样成为摆设了吗？既然张相、裴相双双罢相，朝廷已经"无道"，与其忍气吞声，不如主动离开，去过自由自在、无拘无束的生活……这样想着、想着，王维烦闷的心绪渐渐安定了下来。他决定，次日一早就去找张九龄吐露心声。

第八十三章　情窦初开　义无反顾

当王维因为朝中局势辗转难眠时，莲儿也辗转难眠。不过，她不是因为朝中局势，而是因为高仙芝的喜讯。

回到西域的高仙芝，一直不忘给莲儿写信。这日，莲儿又收到了高仙芝的来信。

看着信笺上那飞扬洒脱的笔迹，莲儿不由心跳加速，难道她这是爱上他了吗？不然，怎会如此渴望他的来信？

莲儿展信细读。这一回，高仙芝是向莲儿报喜来了！

他在信中告诉她，因骁勇善战，他在军中被授予将军，与父亲班秩相同。当他被授予将军的那一刻，他最想分享心中喜悦的，就是她。

"莲儿，如今已是寒冬，玉门关外，千里冰封，万里雪飘。然而，对于来自长安的商队来说，却是一年里最好的季节。因为，严寒同样冻住了桀骜不驯的狂风，积雪更是荒漠里最好的水源。因此，每到冬天，长安商队便会络绎不绝地来到玉门关外，沿着大海道一路向西。每当商队经过，我便会傻傻地想，我的莲儿，如果也能从长安来到关外，该有多好……"

看到这里，莲儿只觉得耳后烫得厉害，一颗心更是快得似乎要从胸腔里跳将出来。仙芝仿佛就站在她的面前，向她热烈地倾诉对她的爱慕和思念！

她把信笺紧紧捂在胸口，抬头看向屋外。她觉得自己仿佛就像那屋檐下的冰凌，一点一点融化在了仙芝滚烫的爱里，化为水珠，顺着冰凌滴落，在阳光下闪烁着耀眼的光芒。

次日一早，王维正要出门去张九龄府上时，玉真观道童清风在门人陪同下走了进来，向王维行礼道："王大人好，公主有要事和大人相商，想请大人移步玉真观，不知大人方便否？"

王维点头道："好，有劳了，我这便过去。"

一路上，王维把玉真公主可能找他相商的"要事"都想了一遍，是提醒他谨言慎行，不要得罪李林甫？还是提醒他要和张相、裴相划清界限、保持距离？还是提醒他废立太子一事暗流汹涌，让他不要卷入其中？

直到他坐在玉真公主面前时，他才知道，公主和他相商的要事，通通不是这些。

"摩诘，一早便让清风去请你，没有打扰你吧？实在是我心里高兴，一宿未眠，想着要早些告诉你才好。"玉真公主一口气说了下去，脸上的喜悦一丝都藏不住。

王维似乎也被玉真公主的喜悦感染了，方才的疑虑顿时烟消云散，抬头笑道："微臣恭贺公主，今日微臣有福了，可以沾沾公主的喜气。"

"摩诘此言差矣，该我恭喜你才对，哦，不对，应该是恭喜莲儿才对。"

"哦？恭贺莲儿？莲儿何喜之有？"

"摩诘，我前几日收到了仙芝的来信，你猜他在信中说了什么？"见王维摇头不语，玉真公主兴致勃勃地说了下去，"他说，他上个月被授予将军，与他父亲高舍鸡将军班秩相同，在军中被传为佳话呢。"

玉真公主从案几上拿起信封，在王维眼前晃了晃，不待王维发问，又顾自说了下去，"更难得的是，昨天仙芝母亲特地来我这里，说自打仙芝被授予将军后，来高家提亲说媒者数不胜数，高家门槛都快被踏平了，但仙芝就是不为所动，被父母逼急了，就对父母说了一句话：'若为儿择妇，非莲儿不娶。'仙芝母亲知道莲儿是我义女，所以昨儿特地来找我，问我该拿仙芝怎么办？"

玉真公主看了一眼王维，絮絮说了下去："仙芝仪表堂堂，年纪轻轻就位列将军，可谓文武双全，你说谁家姑娘不喜欢？仙芝父母劝他说：'莲儿才十四岁，尚未到及笄之年，你若铁定了心要娶她，阿爷阿娘自然也无话可说。只是你已年过二十，可否先行纳妾，也好让阿爷阿娘早日抱上小郎君？'不料，仙芝跪在父亲面前说了这样一句话：'不，孩儿已经等了莲儿六年，请允许孩儿再等她两年，请阿爷阿娘成全。'"

说到这里，玉真公主意味深长地看着王维："摩诘，仙芝拒绝父母之命、媒妁之言，甘冒天下之大不韪，只为一心一意等待莲儿长大。你说，我是不是该替莲儿高兴？"

随着玉真公主的讲述，王维的思绪仿佛回到了十八年前。

那是 718 年元宵节，十八岁的他在长安街头邂逅十四岁的璎珞，从此，心里眼里都只有璎珞一人。看不见她时，疯狂地想她；和她在一起时，又害怕分离的时刻来得太快。或许，坠入爱河的人，总是这般患得患失。要不然，怎会有"一日不见，如隔三秋"？要不然，怎会有"此时相望不相闻，愿逐月华流照君"？

"摩诘？"见王维出神地看着窗外，玉真公主忍不住又唤了他一声，王维这才回过神来，转头看向公主道，"多谢公主，这些年来，公主着实为莲儿费心了，微臣真心诚意代莲儿向公主道一声：多谢。"

玉真公主心里一怔，原本如花绽放的笑容，忽然僵在了脸上。看来，崔氏虽然去世八年了，但王维依然忘不了她，总是用君臣之礼和她刻意保持安全的距离。左一个"微臣"，右一个"微臣"，唯恐她不知道自己是公主，唯恐她不知道他是她的臣子！

想到这里，玉真公主没好气地看了一眼王维，闷闷道："摩诘，玉真观并非朝堂，这里也并无外人。你是莲儿的阿爷，我是莲儿的义母，你我之间，能否不以君臣之礼相待？"

王维自然明白玉真公主的心思，点了点头，依然神情自若道："公主，请恕微臣直言，无论微臣如何称呼自己，您始终是大唐公主，微臣也始终是大唐臣子，并不会因为称呼的改变而改变。再者，古人常言：'性不可移，礼不可废。'公主可以厚待微臣，而微臣却不可失了臣子的本分。"

玉真公主明白，无论她说什么，他总有一番道理等着她，只好意兴阑珊地挥了挥手："不说这个了，还是说说莲儿和仙芝的事吧。想不到仙芝对莲儿用情如此之深，你这个当阿爷的，总该接纳仙芝这个贤婿了吧？"

如果说上回玉真公主告诉他仙芝喜欢莲儿时，他还有些半信半疑，或者说他对仙芝还有这样那样的顾虑，那么，如今面对仙芝的一片痴心和决心，他没有理由再怀疑什么了。他想起了十年前，也是在玉真观里，霍国公主送给莲儿和仙芝一对玉佩。或许，从那一刻起，莲儿和仙芝就结下了这一世的情缘，今生今世，注定会排除万难、结为夫妻。

就像他和璎珞，即使隔着千山万水，也会跨越时空阻隔，在长安街头意外相逢。没有早一步，也没有晚一步，就在那个火树银花不夜天，结下了这一生一世的缘分。从此，岁月静好也好，颠沛流离也罢，两人不离不弃、相伴天涯。唯独遇到死亡，才被残忍地分开。但其实也并没有真正分开，不是吗？璎珞始终活在他的心里。

王维神思千里，猛一抬头，看到玉真公主正定定地看着他，这才想起要给她一个答案。

"不瞒公主，微臣起先不愿莲儿和仙芝在一起，不是因为仙芝不好，而是因为仙芝太好。他是一名军人，常年征战沙场。他越出色，朝廷就越会重用他。因此，莲儿若是嫁给他，定然聚少离多，甚至恐怕……我着实不愿莲儿承受生离死别之痛！我希望莲儿嫁入寻常人家，过寻常日子，拥有寻常快乐。如此，足矣。"

王维起身踱到窗前，继续不紧不慢地说了下去："不过，在听了仙芝为莲儿所做的一切后，微臣若再瞻前顾后、患得患失，恐怕就不近人情了。所以，我愿意接纳仙芝，并答应仙芝，待莲儿年满十六岁后，就将莲儿郑重地托付给他。"说完，王维长长舒了口气，转过身来看着公主，"待莲儿和仙芝成亲的那一天，还要有劳公主请来霍国公主。如今想来，是霍国公主的一对玉佩，造就了莲儿和仙芝的一世情缘。"

"是的呢，你若不提，我早忘了还有这一茬了！"玉真公主恍然大悟，扶额笑道，"看来妹妹的玉佩还真有些灵气，可谓千里姻缘一线牵呐！如若我有这样一对玉佩……"玉真公主说到一半，忽然脸上一红，打住不说了。她其实想说，如若她有这样一对玉佩，她会将其中一个送给王维，这样，无论王维身在何方，都会来到她的身边。

对于玉真公主的小小失态，王维故意装作没有看见，拱手抱拳道："启禀公主，今日休沐，微臣想去大荐福寺听法师讲经。眼下时辰不早了，微臣这便告辞了。"

"哦？咱们竟已说了一个时辰的话了？"玉真公主愣了一愣，依依不舍道，"摩诘，每回和你说话，都觉得时间过得飞快。本想再和你商量下莲儿的及笄之礼，既然你要去听法师讲经，我便不多留你了，代向法师问好。"说着，意欲起身送王维到屋外。

"好，微臣记住了。外面天寒地冻，请公主留步，切莫受了风寒。"王维摆手示意公主止步，披上斗篷，推开屋门，走进了漫天风雪里。

玉真公主站在原地，怔怔地看着王维的背影，心想，上回和他抚琴谈心时，似乎觉得彼此走近了一些，但今日说话时，他几次走神，特别是他说"我着实不愿莲儿承受生离死别之痛"时眼中那种痛楚和疼惜，她再是想视作不见，也不可能不知道，他的走神、痛楚和疼惜，都是因为他的亡妻……

"他原本不愿接纳仙芝，现在不也接纳了吗？时间才是天下无往不利、无坚不摧的利器，我相信，总有一天，他会忘记过去吧？"

玉真公主缓缓坐直了身子，拨了拨香炉中的火炭。不知是因为香炉的热力，还是因为他临走时那句"切莫受了风寒"，这一刻，她觉得内心充满了温暖的力量。

离开玉真观，王维原本想去拜访张九龄，但心中挂念莲儿，便匆匆回到了家中。

如今，他已明白高仙芝对莲儿的心意，为了求证莲儿对高仙芝的心意，他决定和莲儿好好聊一次。

推开莲儿的房门，莲儿正坐在熏笼边绣丝帕，粉颈低垂，眉目如画，有那么一瞬间，王维竟有一种错觉，仿佛坐在那里的不是莲儿，而是璎珞！

"阿爷，你不是去张大人府上了吗？怎么这么早就回来了？"莲儿放下手中针线，看到站在门边发怔的王维，笑盈盈地迎了上来。

"莲儿，其实，阿爷方才并没去张相府上，而是去了你义母那里。"王维摸了摸莲儿的头发，一脸怜爱道。

"哦，可是义母有事找你？"莲儿心头一突，莫非仙芝也写信给义母了？莫非义母和阿爷说了什么？

"是的，你义母已经把你和仙芝的事，和我说了一个大概，阿爷都知道了。"王维几步踱到便榻边，和璎珞相对而坐。

"阿爷，对不起，我，我不是有意要瞒你，而是……"

"莲儿，你没有做错什么，不用对阿爷说对不起。反倒是阿爷，有些对不住你。你阿娘去世得早，女儿家的心思有时不便和阿爷说，阿爷明白。"王维不紧不慢地说着，看了一眼莲儿随手放在熏笼边的丝帕，笑问道，"如果阿爷猜得没错，这是送给仙芝的吧？"

听了王维这番话，莲儿原本悬着的心顿时落了地，整个人也轻松了不少，忙拿起丝帕，双手递给王维道："是的，阿爷，仙芝说，西域有一种雪莲花，生长在冰天雪地间，傲霜斗雪，不畏严寒。我虽不曾亲眼见过，却仿佛在梦里见过它无数回。我想把它绣下来，等他回长安时，让他看看我绣得好不好？"当莲儿提到"仙芝"二字时，不知是因为害羞，还是因为喜悦，声音不自觉地低了下去，但那声音里的甜蜜和温柔，却是怎么也藏不住。

王维拿过丝帕，这是一朵含苞待放的雪莲花，虽然尚未绣完，但雪莲花那傲霜斗雪的高华气韵已跃然眼前。

"莲儿，我认识你阿娘时，你阿娘也只有十四岁，和你年纪相仿。你知道吗？我和你阿娘的认识，也是因为一块丝帕。她在丝帕上绣了一行我的诗……"王维抬起头来，目光仿佛落在莲儿身后的窗棂上，又仿佛什么都没看，淡远无波地朗声吟道，"独在异乡为异客，每逢佳节倍思亲。遥知兄弟登高处，遍插茱萸少一人。"

"阿爷，我知道，你和阿娘认识的故事，阿娘早就告诉过我。虽然那时我还小，什么都不懂，但我知道，在阿娘心里，阿爷是这世上最好的夫君！"看王维有些伤怀，莲儿忙走到王维身边，在王维膝旁蹲了下来，像小时候那样，将头轻轻靠在王维膝上，喃喃低语。

"不，莲儿，阿爷没有照顾好你阿娘，阿爷对不住你阿娘。阿爷希望，你能遇到比阿爷更好的男子，好好照顾你，一辈子。"王维轻轻拍着莲儿的背，声音里是一个父亲对女儿的疼惜，"仙芝对你自然是好的，阿爷只是担心，他长年征战边疆，不能好好陪你……"

不待王维说完，莲儿就抬起头来，声音轻快地说了下去："阿爷，我想过了，仙芝从小就想成为军人。我愿追随仙芝，他在哪里，我就去哪里，无论东西，不分南北。这样，我就可以和仙芝在一起了。"

看着莲儿满怀期待的眼神，王维着实不忍拂了她的憧憬，心道：莲儿，你哪里知道，比距离更可怕的，是死亡。如果仙芝不幸战死沙场，你的后半生，是否会像阿爷这样，在痛楚和思念中度过？可是，莲儿，这样残酷的现实，阿爷该如何对你说呢？

空气仿佛凝固了一般，好半响后，王维才艰涩地问了一句："莲儿，当你深深地爱着一个人，却又无法和他白头到老时，这样的痛苦，你可知道？"

"我知道。就像阿爷深爱阿娘，阿娘走了这么多年，阿爷一直孤身一人，任凭旁人如何劝说，阿爷就是不肯续弦，不肯纳妾，为阿娘孤独终老。"

"莲儿，请恕阿爷直言，你既然知道，请不要再承受生离死别之痛。阿爷愿你像世间其他女子一样，嫁一个寻常的夫婿，过一个寻常的人生。或许，真正的幸福，皆在'寻常'二字。"

莲儿显然怔了一怔，阿爷不是已经同意她和仙芝在一起了吗？为何又会如此劝她？她心头一急，来不及多想，便脱口而出道："阿爷，如果时光可以倒流，如果你可以重新选择，你还会选择和阿娘在一起吗？"

"是的，无论选多少次，我都会选择你阿娘。"

"阿爷，你看，当你爱上了一个人，即使你知道可能无法和她终老，即使你知道可能会承受生离死别之痛，但你依然无怨无悔。只要能和所爱之人共度生命中的一段时光，其他的都不再重要。阿爷，你说是吗？"莲儿一口气说了下去，话音刚落，连她自己也吓了一跳。不知从何时开始，她对爱情竟有这般深刻的认识了？

王维也久久看着莲儿，仿佛有些陌生，良久之后，拍了拍莲儿的肩膀："莲儿，看来，你真的已经长大了，你真的爱上仙芝了吗？"

"是的，我爱他。"这一回，莲儿再也顾不上女儿家的害羞，目光坚定地回应了父亲，声音清晰得再次让她自己吓了一跳。

"好，阿爷明白了。莲儿，阿爷为你高兴。阿爷相信，你阿娘在天有灵，也会为你高兴。因为，你遇到了值得你爱的人，找到了属于自己的人生。"王维拉她起身，笑容和煦道,"来,阿爷有些饿了,咱们去厨房弄些好吃的。你陪阿爷吃饭的日子,一天少似一天了,阿爷要好好珍惜才是!"

"不,阿爷,将来我们三人可以在一起,我和仙芝一起陪你!"

"傻丫头,尽说傻话,哈哈哈……"

窗外,风雪不知何时已经停了,阳光虽然无力,却也在屋檐的冰凌上笼上了一层金色的光芒。王维和莲儿的笑声,久久回荡在屋中。

这一刻,王维明白,各人有各人的缘法,缘来则聚,缘尽则散。夫妻也好,父女也罢,一切都需顺势而为,不可强求,也强求不得。

他能做的,无非是珍惜当下。如此,而已。

第八十四章　九龄贬官　林甫得势

午膳后,风雪已停,王维决定前往张九龄府上。

张九龄显然也知道了杜琎被贬一事,一见到王维,便提醒他道:"摩诘,李林甫拿谏官煞性子,显然是要把控朝政。你须谨慎行事,切莫落人口实。"

"张大人,王维身如草芥,不值一提,倒是大人您,为朝廷鞠躬尽瘁,心忧天下,到头来却遭此不公,实在是让天下百姓齿冷,让天下士子心寒!"王维一边说着,一边向张九龄深深行了一礼。

张九龄从中书令到尚书右丞相,表面上看,只是官位降了一级,但事实上,却被彻底驱逐出了权力的核心。

张九龄摇头笑道:"摩诘,你是低看了自己,高看了老夫。"

张九龄的笑容虽然一如既往地温和,但那笑容背后的无力却逃不过王维的眼睛。

王维不由想起了721年第一次见到他时的情景。这十五年来,张九龄一直如此赏识他、推荐他、器重他,可以说,没有张九龄,就没有他的今天。对他而言,张九龄不仅是上峰,更是伯乐和知己。

想到这里,王维再也顾不得许多,鼓起勇气道:"张大人,在下本是散淡之人,承蒙大人不弃,一路提携,才得以报效朝廷。如今大人遭此不公,在下也心灰意冷,想辞官归隐，从此不再过问政事……"

"万万不可。"不等王维说完，张九龄就打断了王维，长叹一声，"摩诘，方才老夫让你谨慎行事，切莫落人口实，就是想提醒你，既然李林甫会说老夫和严挺之等人交往过密，有结交朋党之嫌，会继续在朝中寻找更多老夫同党，好给老夫扣上更大的罪名。你若此刻提交辞呈，不就是让李林甫抓住口实，一口咬定你也是老夫同党，对朝廷和皇上不满才一走了之吗？"

王维刚想说话，张九龄就挥了挥手，继续说了下去："摩诘，无论时局如何变化，你都须明白，朝中多一个好人，就可以少一个坏人。你身为谏官，虽然眼下不能谏言，但起码可以占住一个位置。你若走了，不就正中李林甫下怀，又可以让他多安排一个爪牙，多了一个坏人吗？"

"朝中多一个好人，就可以少一个坏人！"张九龄这句话，仿佛漫漫长夜里的一点星光，让王维有种豁然开朗之感。

"张大人，时至今日，在下才明白，有时候，坚守比离开更需要勇气。您说得对，朝中多一个好人，就可以少一个坏人。我不能一走了之，我应该坚守到底。"

"摩诘，你不贪功，不轻诺，进退有度，慧珠在握，着实难为你了。"张九龄拍了拍王维肩膀，目光缓缓看向远方，"如果老夫猜得没错，李林甫把控朝政后做的第一件事，就是辅佐皇上废黜太子，立寿王为太子。老夫曾劝谏皇上，太子没有过错，陛下如果听信宠妃之言废了太子，就会引起朝堂动乱。晋献公、汉武帝、晋惠帝、隋文帝废太子的教训，不都是前车之鉴吗？摩诘，若有可能，你和谏官们总要千方百计阻止皇上废黜太子才好。但若真到了那一天，恐怕我们都是心有余而力不足了。"

张九龄仿佛老了很多，重重地叹了口气。王维心中一阵揪心的难过，从被罢相到如今，让张九龄哀叹的，不是他个人遭遇的不公，而是李唐皇室的长治久安。或许，从张九龄当上宰相那天起，就早已将他个人的得失荣辱置身事外，心中所思所想、所忧所乐者，唯李唐天下而已。

当737年春天来临时，虽然曲江水一日日暖和起来，但朝堂上下却没有春回大地的迹象，仿佛依然被沉重的乌云笼罩，黑压压得让人喘不过气来。

李林甫口蜜腹剑，哄得李隆基和武惠妃对他言听计从，太子李瑛对他敢怒不敢言。牛仙客则是李林甫的应声虫，李林甫说一，他不敢说二，李林甫往东，他不敢往西。李林甫俨然牢牢把持了朝政，文武百官噤若寒蝉，顶多也是暗中议论几句而已。所谓"翻手为云、覆手为雨"，大概莫过于此。

但是也有例外，这个例外之人，就是监察御史周子谅。

周子谅为人正直，嫉恶如仇。张九龄担任中书令时，推荐他担任监察御史。

736年11月，张九龄罢相、牛仙客入相后，周子谅为张九龄愤愤不平。更让周子谅忍无可忍的是，牛仙客唯唯诺诺，对李林甫言听计从，就像李林甫的跟屁虫和应声虫，丝毫没有宰相应有的风骨，完全不配当大唐宰相。

于是，737年4月，周子谅行使监察御史的职责，上书一封，弹劾牛仙客在其位不谋其政。不料，这份奏书给周子谅带来了杀身之祸。

这日早朝，大明宫宣政殿内似乎格外肃静，李隆基沉声问道："监察御史周子谅何在？"

"臣在！"周子谅连忙出列。

"周子谅，何谓'首尾三麟六十年，两角犊子自狂颠，龙蛇相斗血成川'？"说完，就将一个奏折狠狠摔到了周子谅面前。

原来，周子谅上书指责牛仙客时，引用了武则天时期的三句谶语，两角犊子指的是，牛。牛性干政，就会导致龙蛇相斗，血流成河。周子谅引用这三句谶语，本是为了加强奏书的说服力，但他无意之中却犯了李隆基的大忌。要知道，经历过武周夺唐、神龙政变等一系列政变的李隆基，最忌讳的就是劳什子的谶纬预言！

面对李隆基的勃然大怒，周子谅心中大惊，他本就有些口吃，慌乱之下，愈发结结巴巴道："陛下息怒，微臣只是想说，牛仙客没有宰相之才，不宜入相……"

"大胆，你竟敢顾左右而言他！朕只问你，你引用这三句谶语，到底有何居心？"

"陛下息怒，微臣不该引用这三句话，但微臣绝无其他意思，微臣只是想说，牛仙客不是相才，请陛下三思。"

面对李隆基的盛怒，一旁的王维也不由握紧了拳头，替周子谅捏了一把冷汗。

朝堂上一片肃杀之气，大有山雨欲来风满楼之感。大臣们无不低头顿首，连大气都不敢出。忽然，李林甫向前跨了一步，向李隆基毕恭毕敬道："陛下，臣有一事不解，周子谅只是监察御史，为何敢当众指责宰相，冒犯陛下？臣以为，周子谅定是受人指使，才会口出狂言。陛下圣明，请陛下明察。"

李林甫这番话无疑给李隆基心中的怒火又浇了一把油。李隆基的目光冷冷地从群臣面前扫过，有意无意地在张九龄身上停了一停，转头看着高力士，沉声道："传令下去，周子谅乱用谶语，居心叵测，杖责四十！"

"杖责四十？"周子谅眼前一黑，差点一个趔趄，再也顾不了许多，急急辩解道："陛下说微臣乱用谶语，微臣知错，但微臣绝无二心，请陛下明鉴。奏书所言，皆出自忠心，也是监察御史应尽之责……"

不容周子谅再说下去，李林甫就冷冷地打断了他："周子谅，你竟还敢顶撞陛下？

来人！将周子谅拖下去，杖责四十！"

看到李林甫为自己出头，牛仙客耷拉着大脑袋，暗自得意。

这一切，王维看在眼里，急在心里，却没有办法为周子谅分担丝毫。同样身为谏官，周子谅显然比他更有勇气，而他呢，却连为他求情的勇气都没有。因为他明白，面对李隆基的盛怒和李林甫的挑拨，任何想为周子谅求情的人，都只有一个下场，那就是被扣上周子谅同党的帽子，和周子谅一起被杖责！他为他的懦弱而羞愧，拳头不由握得更紧了！

李林甫话音刚落，行刑的侍卫就将周子谅拖了出去，宣政殿外立即传来"噼噼啪啪"的杖责声。这板子既打在周子谅身上，也打在有良知的群臣心上。而周子谅则咬紧嘴唇，自始至终都忍住不吭一声。

不知过了多久，周子谅被拖了回来，摁倒在地上，身上早已血肉模糊，惨不忍睹。

看着趴在地上的周子谅，李隆基语气稍微缓和了一些："周子谅，你可知罪？"

周子谅虽然已经奄奄一息，但听到李隆基如此发问，依然坚持着抬起头来，声音微弱道："陛下，微臣从未居心叵测，只想禀告陛下，牛仙客不宜入相。"

李隆基没有听清，问李林甫道："李相，周子谅口中何言？"

李林甫忙上前大声道："陛下，周子谅非但不知罪，还继续当廷指责宰相。臣以为，周子谅定是受人指使，仗着有人撑腰，才敢口出妄言。"

李隆基最恨臣子嘴硬，再加上李林甫这样添油加醋一说，原本缓和下去的怒气又"腾"的蹿了上来，不假思索道："来人，再杖责四十，朕倒要看看，周子谅知不知罪！"

"陛下，万万不可！"李隆基话音刚落，张九龄上前一步道，"陛下，周子谅素来耿直，罪不至此。若再杖责四十，恐有性命之忧，请陛下手下留情。"

李隆基皱了皱眉，看来李林甫说得没错，周子谅果然是受人指使，而指使他的人正是张九龄。他定是被罢相后心生怨气，视牛仙客为眼中钉，所以……

正当李隆基不置可否时，李林甫一脸讨好道："陛下请息怒，保重圣躬要紧。既然张右丞为周子谅求情了，且让周子谅闭门思过，改日发落不迟。"

李林甫明白，周子谅本就体弱，挨了四十板子后，估计也活不久了。再说了，他的目标并非周子谅，而是张九龄，他要借周子谅引出张九龄。既然张九龄已经出列，一切不就水到渠成了吗？他乐得顺水推舟，还可以博得一个体恤下官的好名声。

"既然李相也求情了，朕就饶他死罪。传令下去，将周子谅流放瀼州，速速启程。"

对李林甫来说，再没有比周子谅上书指责牛仙客一事的发展，更让他称心如意的了。

第八十四章 九龄贬官 林甫得势

先说周子谅。果然不出李林甫所料，周子谅当晚就发起高烧，却被迫次日就启程前往瀼州。一路车马颠簸，可怜他高烧不退，昏迷不醒，行至蓝田县时，咽下了最后一口气。可叹朝廷少了一位敢于直言的谏官，可叹天下少了一位忠心耿耿的义士！

再说张九龄。那天退朝后，李林甫并未回到中书省，而是直接去找李隆基，劝李隆基息怒。

听了李林甫一番宽慰的话，李隆基的怒气顿时消了大半。自从李林甫当中书令以来，每逢奏对，都甚合他的心意。很多时候，他心里想什么，无须开口，李林甫就能为他处理周全，不像张九龄那样时常和他对着干。

李林甫安抚好李隆基后，故意欲言又止道："陛下，张九龄对周子谅有提拔之恩，周子谅今日如此胆大妄为，恐怕是受张九龄指使。微臣以为，他表面上是针对牛仙客，其实是冲着微臣而来。因为微臣夺了他的相位，他心里不舒坦。微臣愿意将相位还他，以免陛下为难……"

不待李林甫说完，李隆基就怒喝道："岂有此理！难道相位只能由他坐吗？难道朕让谁入相，还要看他脸色吗？荒唐！荒唐！朕本来还念在他年事已高，想让他在朝廷安享晚年。如今看来，既然他如此容不得人，朕也只能容不下他了！你这便让中书舍人拟诏，传朕旨意，将张九龄贬为荆州大都督府长史，三日之内，离开京城。"

李林甫心头大喜，皇天不负有心人，凭借他的三寸不烂之舌，终于成功将张九龄驱逐出了长安！从此，这朝廷上下都是他李林甫的了。

当张九龄收到朝廷的一纸贬书时，似乎并不意外。当李林甫在朝堂上说出那样一番话时，他就明白，李林甫醉翁之意不在酒，表面上在说牛仙客，其实句句针对他。

当周子谅不承认自己有罪、皇上让人再杖责周子谅时，他知道，如果他为周子谅求情，一定正中李林甫下怀，但若不为周子谅求情，他于心何忍？欲加之罪，何患无辞？既然李林甫铁定了心要针对他，即使他这次不为周子谅求情，李林甫也总有办法给他安上罪名。于是，他不再思前想后，在朝堂上大声喊出了"万万不可"四字。即使被扣上"周子谅幕后指使"的罪名，也在所不惜。

他坚信，他和周子谅都是清白的，即使皇上一时被人蒙蔽了双眼，但时间可以证明一切。自古以来，都是邪不压正，正定胜邪！

只不过，他没有想到，这纸贬书会来得这么快。他平静地摊开贬书，默默念了下去："监察御史周子谅乱用谶语，口出妄言，污蔑大臣，冒犯皇上，已责令流放瀼州，永不入朝。周子谅系张九龄举荐，张九龄举荐不称职，责令降为荆州大都督府长史，三日内离京赴任……"

张九龄怔怔地坐在书案前，让他寒心的，不是他从万人之上的中书令跌落为籍籍无名的荆州长史，而是原本明辨是非、从善如流的皇上，不知何时已听不进一句谏言，或者说不想听任何谏言了！

民能载舟，亦能覆舟，当天子听不进臣子的谏言时，让大唐子民津津乐道的开元盛世还能继续吗？能吗？能吗？

想到这里，张九龄只觉得一颗心直往下坠，堵得自己喘不过气来。他起身走到窗边，伸手用力一推，顿时有一阵风灌了进来。虽然已是四月的春风，但此刻吹在身上，却有一种刺心的寒意……

不知在窗前站了多久，当天色渐渐暗淡下来，家人来唤他用膳时，他看着庭中的兰花和桂花，心中一个激灵，走到书案边，提笔在纸上肆意写了下去："兰叶春葳蕤，桂华秋皎洁。欣欣此生意，自尔为佳节。谁知林栖者，闻风坐相悦。草木有本心，何求美人折！"

"无论是上对朝廷，还是下对百姓，老夫俯仰天地，问心无愧。"张九龄望着窗外，深深地叹了口气。他要吐出心中所有郁结，心底无私、光明坦荡地启程。

当王维得知张九龄被贬为荆州长史的消息时，已是第三日的早朝。

王维如雷轰顶，散朝后便一路快马加鞭，奔赴张九龄家中，却见大门洞开，庭中空空。

看护宅院的老苍头急急走了出来："王大人，张大人的车马刚走，你赶紧去灞桥，或许还能赶得上……"不待老苍头说完，王维就跃然上马，朝灞桥疾驰而去。

可惜，王维到底晚了一步。当他一口气赶到灞桥时，哪里还有张九龄的影子？不过，一个熟悉的背影映入了他的眼帘，那人正怔怔地站在灞桥亭中，向远处极目眺望。此人正是尚书左丞裴耀卿。

"裴大人，我来迟了！"王维翻身下马，几步冲到裴耀卿身后。

裴耀卿转身回头，见是王维，一把握住他的手，声音哽咽道："摩诘，你也知道了？张大人已经走远了……"

"裴大人，为何不告诉我一声？我也想送大人一程。"

"唉，昨日一早，张大人请我去他府上，嘱咐了我一些事，并再三交代，不能告诉任何人。因为眼下这种局势，无论谁来送他，都会惹来不必要的麻烦。"裴耀卿拍了拍王维的肩膀，忽然想起了什么，"对了，张大人特地留了一首诗给你，喏，就是这个。"说着，从宽大的袖袍中掏出一张诗笺。

王维忙双手接过，一字一句念了下去："兰叶春葳蕤，桂华秋皎洁。欣欣此生意，自尔为佳节。谁知林栖者，闻风坐相悦。草木有本心，何求美人折！"

"摩诘，张大人说你看到这首诗，自然就明白该如何自处。你莫负生平所学，莫负张大人的一片苦心呐。"

王维点了点头,强忍泪水,向裴耀卿俯身行礼道:"裴大人,您和张大人都对我恩重如山,请受我一拜。"

"摩诘,你我之间何必多礼?起风了,咱们回去吧。"裴耀卿扶起王维,再次回头看了看张九龄远去的方向,叹了口气道,"草木有本心,何求美人折!张大人这一走,朝中恐怕无人再敢直言。国事堪忧,天下堪忧呐。"

在裴耀卿的叹息声中,王维不由想起了张九龄曾经对他说过的那些话,字字句句,仿佛犹在耳畔:

"眼下朝廷表面上风平浪静,实际如何,你我都很清楚。如果老夫年轻十岁,韬光养晦,静候时机,或许未为不可,可如今,老夫还等得起吗?"

"君为臣纲,父为子纲,夫为妻纲,是为三纲。君王要心怀社稷,心忧天下,为人臣子者,则要不计荣辱,为君分忧,此乃臣子本分。"

"所谓炙手可热,权倾朝野,从来都非老夫所愿。老夫年事已高,去日无多,凡事不问祸福,只求问心无愧,此乃臣子本色。"

"权势名声,原是世上最迷人心窍之物,也是最靠不住的身外之物。大丈夫立于世间,靠的不是这些身外之物。我们不能为权势名声所迷,失了本心。"

"人生在世,不能投机取巧,见风使舵,而要磨砺慧心,坚定本性。只有如此,到了人生尽头,才能心底安然,不留遗憾。"

"无论时局如何变化,你都必须明白,朝中多一个好人,就可以少一个坏人。"

……

这样想着,想着,王维眼中的热泪终于忍不住滚了下来。刹那间,他终于明白,张大人之所以不怕触怒龙颜,不惜黯然离场,是因为他心中早就没有自己。和臣子的本分、本色、本心相比,个人的荣辱得失又算得了什么呢?或许只是天上的过眼云烟罢了。

他闭上眼睛,再睁眼时,一双眸子明澈得仿佛可以照见世间一切微尘。他不知道接下去的长安城会发生什么,他只知道,虽然长安城失去了张九龄,但张九龄说过的那些话,早已深深烙印在了他的心里。仿佛一盏明灯,在即将到来的黑夜里,依然可以照亮他前进的路。

第八十五章　太子废杀　惠妃病逝

让王维万万想不到的是，张九龄离开长安没几天，他竟然莫名其妙官升一级，从中书省的右拾遗擢升为御史台的监察御史。

这日散朝后，牛仙客百思不得其解，来中书省求见李林甫。

"李大人，这王维明明和张九龄、裴耀卿走得近，您怎么反倒提拔他当监察御史了呢？仙客着实看不明白。"

"你看不明白的事，何止这一件？"李林甫漫不经心地看了他一眼，"正因为他是张九龄的人，所以我更要提拔他。"

看牛仙客依然一脸茫然，李林甫一脸不屑道："说起王维，我十多年前就在堂兄府上见过他。能成为我堂兄座上宾的人，多少有些能耐。不过，他后来犯了事，远离长安，但前年春天突然回到朝廷任职，听说是因为他给张九龄写了一首诗，向张九龄求官做。"

"对对对，这个我也听说过，这摆明了他就是张九龄的人嘛！"牛仙客一路听了下去，终于接上了话。

"王维是张九龄一手提拔的，我原以为，张九龄罢相后，他会替张九龄出头，没想到他比周子谅聪明多了，成了个缩头乌龟，枉费了张九龄当年那样一番心思！既然他学聪明了，眼下监察御史空缺，不如让他来当监察御史。一则可以让他早点离开中书省，省得在我面前晃悠；二则他的一切都在我的掌控中，他如果敢耍什么花招，我立马让他成为第二个周子谅；三则如果他愿意乖乖当立仗马，我乐得送个顺水人情，也好在皇上面前博个不计前嫌、任人唯贤的美名，你说是也不是？"

"是是是，妙妙妙，高高高！"牛仙客这才恍然大悟，狠狠拍了拍脑袋，一脸谄媚道，"李大人，您这一招可谓一箭三雕，即将王维赶出了中书省，又让王维做不了事，还让皇上对您心服口服！这辈子，仙客只服大人您，再没有人比大人更英明的了……"

"好了好了，你有时间奉承我，还不如跟着我学点识人断事的眼力见。"

牛仙客呵呵傻笑道:"仙客不才,恐怕学不来,要请大人多多指点。"

几天后,王维到御史台上任。对于自己无端被提拔之事,王维思前想后了一番,大致明白了十之八九。置身御史台,举目四望,人人谨言慎行,只求自保,几乎没有可以交心之人。

退朝回家,他久久看着张九龄送他的《感遇》,不由百感交集。张相到荆州了吗?在荆州过得好不好?有人照顾他吗?

他不禁提起笔来,满含深情地写了一首《寄荆州张丞相》:"所思竟何在,怅望深荆门。举世无相识,终身思旧恩……"

写罢搁笔,他忽然想到了闲居襄阳的孟浩然。襄阳在荆州附近,孟兄是张相赏识之人,何不让孟兄去荆州府担任幕僚,一则可以遂孟兄平生所愿,二则可以让他照顾张相,岂不两全其美?王维当即提笔给孟浩然写了一封长信。

赶走张九龄后,李林甫开始放开手脚,加快了废除太子的进程。

李林甫示意杨洄在宫中散播流言,渐渐地,关于太子李瑛、鄂王李瑶、光王李琚连同太子妃哥哥薛锈合谋叛乱的流言渐渐在宫中传得纷纷扬扬,最终传到了李隆基耳里。

李隆基勃然大怒,找李林甫、牛仙客说话。李林甫故意皱眉沉思良久:"此乃陛下家事,臣等不宜置喙,陛下定夺即可。"言下之意,就是废除太子不必听取朝臣的意见,这和张九龄、裴耀卿当年犯颜直谏形成了鲜明对比。

李林甫的态度直接影响了朝中大臣的态度。朝中上下无人不知,李瑛的太子之位已经岌岌可危。

这日,裴耀卿派人请王维到他府上说话。当王维赶到裴耀卿府上时,裴耀卿正站在窗前,久久端详着庭中的一株桂花树。

"裴大人,我来了。"

"摩诘,你知道张大人临走前,和我说了些什么?"

"裴大人,张大人心忧朝廷,心系天下,他托付裴大人的,大抵是和苍生社稷有关的事吧?"

"往大了说,是苍生社稷,往小了说,是太子之争。"说到"太子之争"四字时,裴耀卿不由压低了声音。

王维心中了然,如今朝廷上下传得沸沸扬扬的,不正是太子李瑛等人合谋叛乱的流言吗?其实,对于流言因何而起,朝臣们心知肚明,却无人敢为太子等人分辩。因为谁都清楚,李隆基和李林甫都乐于听到这个流言。

"裴大人,张大人曾说,李相把控朝政后做的第一件事,就是辅佐皇上废黜太子,立寿王为太子。张大人还说，朝中谏官要千方百计阻止皇上废黜太子才好。眼下这样的局面，我该如何做才好？还请裴大人明示。"

"张大人目光如炬，料事如神，他早就清楚，李林甫千方百计要他离开长安的目的，就是扫除废黜太子路上的绊脚石。种种迹象表明，是皇上铁定了心要废黜太子，李林甫只不过是投其所好、搭桥铺路，为皇上找到废黜太子的理由而已。即使谏官上书弹劾李林甫，说到底，也是于事无补。所谓心有余而力不足，不就是眼下这样的局面吗？"

裴耀卿深深叹了口气，王维心中的无力感愈发深了一层。是的，裴耀卿分析得对，皇上是下棋之人，臣子们无非都是他的棋子。身为棋子，可以对抗另一颗棋子，却无法抗衡下棋之人。这是棋子的命运，也是棋子的悲哀……

回到家中后，王维在书房枯坐，忽然有人求见。王维心中疑惑，会有谁登门求见？正疑惑间，来人快步走了进来，自报家门道："王大人好，在下姓苑名咸，在李相府上任书记。今日奉李相之命，请大人到相府一叙。"

王维心中一紧，李林甫让他到府上说话，十之八九和废黜太子一事有关。他该怎么做，才能不负张相、不辱使命？一路上，王维陷入了沉思。

李林甫的宅邸位于平康坊东南隅。王维跟随苑咸走进李府，穿廊过院，不知走了多久，才来到一个半月形的拱门前。走进拱门，是一个极其幽静的花园，园中翠竹掩映，即使在这艳阳天里也透着一股莫名的寒意。

"大人里面请，李相已等你多时。"苑咸比了一个请的手势，示意王维走进花园深处的一处居室。

王维推门而入，一眼就看到李林甫正端坐居室正中的高榻，忙低头抱拳道："李相召下官前来，不知有何吩咐？"

"难道没有吩咐，就不能召你前来了？"李林甫不咸不淡地说了一句，空气中顿时有些凝重，忽然，李林甫"哈"的一声笑了出来，"王御史不必着急，坐下说话。"

王维依言落座，心里却一直绷着一根弦，不知李林甫下一刻会冒出什么话。

"王御史，听我堂兄说，你的水墨山水画倒是越发好了。如此看来，让你当监察御史，倒是屈才了。"李林甫漫不经心地说着，嘴角掠过一丝说不清道不明的深意。

"李相说笑了。下官不才，时有如履薄冰之感，唯恐有负朝廷，有负圣恩。"王维并未抬头，只是抱了抱拳，貌似谦恭地回了李林甫。

李林甫见他态度不卑不亢、说话滴水不漏，不由嘿嘿笑了两声，转了话题道："老夫今日召你前来，是想让你替老夫宅邸东南角的嘉猷观题画，不知王御史肯否赏脸？"

王维顿时明白，原来，李林甫醉翁之意不在酒，是想借题画来试探他的态度。

如果他不愿题画，则说明他是张九龄的人，不愿追随李林甫，李林甫必定不会容忍他继续留在朝廷。

有那么一瞬间，王维想一走了之。既然在朝中不能说想说的话，不能做想做的事，还不如一走了之！但是，下一个瞬间，他又想到了张九龄的谆谆教诲——朝中多一个好人，就可以少一个坏人。他若一走了之，岂不是辜负了张相的嘱托？

似乎只是在一息间，王维经历了内心的拷问后，坦然抬头，向李林甫拱手道："承蒙李相抬爱，下官愿意一试。"

李林甫似乎有些意外，随即干笑了两声："王御史果然是个爽快人，那就有劳王御史了，明日便可来嘉猷观题画。"

王维应了下来，李林甫又不痛不痒地问了几句画派上的事，便放王维回去了。

王维走后，李林甫若有所思地问苑咸道："这个王维，你看他如何？"

苑咸虽然年纪轻轻，却已进士登第，擅长诗歌，能书梵字，兼通梵音。李林甫的政令文稿皆出自苑咸之手。因此，除特殊机密大事外，李林甫和他无话不谈。

"李大人，实不相瞒，小的久闻王御史大名，听说他精通音律，擅长书画，在长安诗坛享有盛名。今日一见，果然气度不凡！"

见苑咸对王维一片仰慕之情，李林甫不以为然地冷笑了一声："王维的确是一个才子，十多年前就名满京城。不过，他跟错了人，站错了队。前些年和岐王交往过密，这些年和张九龄、裴耀卿走得太近，因而一直不受皇上待见。不过，今日老夫让他来题画，他倒答应得爽快，莫非他已明白张九龄大势已去？还是另有他因？你倒是分解分解。"

"李大人，小的虽然年轻不懂事，却觉得王御史言谈举止不像骑墙之人。要不他明日来题画时，小的再看上一看？"

"唔，王维的才气确实不容小觑，要不然堂兄也不会视他为忘年交了。你喜好诗文，倒是可以向他讨教讨教。总而言之，言而总之，只要他愿意听老夫差遣，老夫可以既往不咎，且不会亏待他。"

次日一早，当王维依言来到嘉猷观题画时，不由怔住了。

只见画壁分为左中右三块，左边是郑虔画的青绿山水，金碧辉煌；右边是吴道子画的八仙过海，神采飞扬。郑虔和吴道子都是当今画坛高手，但李林甫却把最重要的位置留给了他。这显然是向他抛出了橄榄枝，就看他接不接、怎么接了。

"王御史，李相特地交代，中间这块空壁是留给您的。听说您当年在蜀中画剑阁图，益州纸贵，一画难求，还求王御史不吝赐画。"

王维心思转了几转，面上却不露出丝毫，对苑咸抱拳笑道："多谢李相抬爱，下官恭敬不如从命，在此献丑了。"说着，退后一步，负手而立，在心里细细构思起来。

一个时辰后，当李林甫亲自来看时，只见王维正挽起袖袍，在空壁上勾勒山石树木，墨色浓淡不一，笔法变化多端，有的像荷叶散开，有的像刀斧劈过，形态各异，浑然天成。李林甫从未见过这种画法，不由在王维身后拍掌叫好。

王维并未马上放下画笔，而是勾勒完一个局部后，才转过身来，向李林甫抱拳道："下官不知好歹，在李相面前班门弄斧，让李相见笑了。"

"王御史何必过谦？果然是百闻不如一见，老夫还不曾见过这种画法，能否给老夫说道说道？"

"李相过奖了，下官偏爱水墨山水，因其采用枯笔，用干枯褶皱呈现山石之阴阳向背，故可称之为皴法。"

"唔，难怪老夫堂兄对你赞不绝口，果然后生可畏、画技了得！"

接着，李林甫又问了几句水墨山水画派的技巧，意味深长道："想当年，青绿山水画派独领风骚，如今恐怕不是了。识时务者为俊杰，假以时日，水墨山水画派后来居上也未可知。"

王维不置可否地抱了抱拳："李相过誉了。下官以为，青绿山水和水墨山水，各美其美，各臻其妙，应可共存。"

李林甫干笑了两声："哦？王御史总是这般谦逊。"说完，看了苑咸一眼，"你好生伺候王御史笔墨，切莫怠慢。"

王维一直画到日落西山，看着新鲜出炉的剑阁图长长舒了口气。虽然李林甫派人来留王维用膳，但王维借口家中有事，婉言谢绝了。

回到家中时，门人递来一封信，王维一看信封上的笔迹，便知是张相来信了。

他心头一热，忙展信细读："摩诘，《寄荆州张丞相》收悉，见字如面，甚慰我怀。说来也巧，收到你信不久，便收到浩然来信，说目前闲居在家，想来荆州幕府任职，甚合我意……老夫在荆州诸事安好，请勿挂怀。倒是你在长安，时局不明，变幻莫测，还须小心行事。"

看罢来信，王维安心了不少。张相年事已高，身边若无知心人帮衬照顾，叫人如何放心？所幸孟浩然愿意前往荆州，这是再好不过的事了。

不过，想到张相在信中嘱咐自己小心，又想到李林甫白天说的那些话，王维心中的那点暖意又渐渐变成了怅然。李林甫话里话外的意思，他怎能听不明白？他不过是想借画派更迭告诉自己，他李林甫已经大权在握，权倾天下，那个张九龄一言九鼎的时代，早已一去不复返了。

张九龄在信中说时局不明、变幻莫测，不过，几天后，一切都明朗了。

第八十五章 太子废杀 惠妃病逝

这日深夜，李瑛正在熟睡，杨洄突然求见，说是皇上有令，内宫有盗匪，请太子和鄂王、光王速速披甲领兵，进宫护驾！

李瑛来不及多想，便叫上鄂王、光王，跟随杨洄火速进宫。然而，当他们兄弟三人带着士兵冲入父皇的寝宫时，四周一片寂静，哪有什么盗匪？

刹那间，李瑛明白中计了，但一切都来不及了！

只听武惠妃的惊叫声划破夜空："陛下，不好了！太子带兵闯进内宫了，太子谋逆了！"

李隆基不知经历过多少政变，顿时从床榻上一跃而起，一边护住惠妃，一边大喊道："来人，火速拿下太子！"

火光冲天中，禁卫军以排山倒海之势，从四面八方冲了进来。不等太子和二王反应过来，就不由分说将他们拿下！

李瑛、李瑶、李琚失声大喊："父皇，我们中计了！我们是冤枉的！"

此时此刻，李隆基哪里听得进他们的话，眼中的怒色仿佛要冒出火来："来人，将逆子们通通拿下，听候发落！"

当禁卫军将太子和二王带走后，李隆基立马派人叫李林甫火速入宫。李林甫早已知道此事，当李隆基问他该如何处置太子和二王时，李林甫不紧不慢道："陛下，太子和二王谋逆，兹事体大，涉及禁中，臣不便置喙，请陛下定夺。"

李林甫深知高处不胜寒的道理。自古以来，对于帝王来说，最忌讳的就是权力斗争，宁可错杀一百，不能放过一个。因此，李林甫什么都不用说，让李隆基自己去想，想得越多，就越害怕。最终，对于失去权力的恐惧足以让他下决心处死太子。而当他下定决心时，太子是不是真的想谋反，其实并不重要了。

果然，李隆基连当面解释的机会都不给太子和二王，就让李林甫连夜下诏："太子李瑛、鄂王李瑶、光王李琚，蓄意谋反，大逆不道，废为庶人。驸马都尉薛锈素有异心，流放瀼州。"

然而，武惠妃深知，太子和二王不会就此罢休，他们定会寻找机会讨要清白。只有赶尽杀绝，才能永绝后患。

于是，她继续向李隆基吹枕边风："太子被废后，他的余党们还在暗中行动，试图再次策变，拥立废太子……"

李隆基想到了那些残酷无情的宫廷政变，越想越是后怕，干脆下令赐死李瑛、李瑶和李琚。

于是，737年4月，三位皇子被赐死在长安城东驿。可怜三位皇子，从庶人到死人，竟然不到半个月。正在流放路上的薛锈，也被赐死在蓝田。与此同时，李瑛的舅舅赵氏一家、太子妃薛氏一家、李瑶舅舅皇甫氏一家，无不深受牵连，被流放的家眷多达几十人。

当长安百姓为三位皇子鸣不平时，满朝文武大臣却不敢非议一个字。因为他们清楚地知道，皇上之所以要对三位皇子痛下狠手，最根本的目的，是要为武惠妃的儿子当上太子扫清一切障碍。一时间，朝廷上下仿佛被无边无际的乌云笼罩，黑沉沉的透不过气来。

这样的春天，这样的长安，让王维想要逃离。他该逃往何处？他可以逃往何处？

不出几日，太子和二王冤屈而死的消息就辗转传到了荆州。

当孟浩然告诉张九龄这一消息时，他正在书房伏案写字，惊闻噩耗，手中的笔不由一抖，在宣纸上留下了沉重的一笔。

"消息属实？"张九龄似乎有些难以置信，用力撑住书案，身子有些摇晃地站了起来。

"大人，朝廷邸抄已经到了，消息属实。"孟浩然心知张九龄被贬荆州，和他极力反对皇上废黜太子有关，如今太子不仅被废，且连性命都留不住，无疑给了张九龄重重的一击。

张九龄不再说话，怔怔地站在那里，整个人像雕塑般纹丝不动，脸上的面色更是一点一点灰了下去。

"大人，您心忧朝廷，时刻惦记着皇上，可是眼下远在荆州，还请您保重身体为要。"孟浩然不知该如何安慰张九龄，字斟句酌道。

"太宗皇帝有云：'夫以铜为镜，可以正衣冠；以史为镜，可以知兴替；以人为镜，可以明得失。'自古以来，因皇储废立不当而引起骨肉相残、朝野动荡，甚至江山易主的教训，弄臣们可以视若无睹，难道皇上也忘了吗？"

张九龄痛楚地闭上眼睛，一声长叹。声音并不响亮，却自有一种痛彻心扉、振聋发聩之感。

王维每次来信，都让孟浩然留意张大人的情绪，要多宽解张大人，但这个噩耗显然伤到张大人心里了。一时间，孟浩然也不知说什么才好。小小的书房里，两人都默然无语。

这晚，夜深人静时，张九龄久久看着窗外清冷的月光，含泪写下了《望月怀远》："海上生明月，天涯共此时。情人怨遥夜，竟夕起相思。灭烛怜光满，披衣觉露滋。不堪盈手赠，还寝梦佳期。"

"焕之、摩诘，此时此刻，你们也看到这轮明月了吗？太子之争已成定局，你们身在长安，要愈加小心呐。"

此时此刻，裴耀卿和王维除了沉默，也别无选择。他们明白，过不了多久，皇上就会宣布立寿王为太子。武惠妃虽然当不了皇后，却毫无悬念地将成为未来的皇太后。

不过，出人意料的是，心想事成的武惠妃却毫无征兆地病倒了。即使宫廷御医轮番诊治，武惠妃依然一病不起，不见好转。

时间久了，宫中渐渐传出议论，说武惠妃得的病不是身上的病，而是心里的病。还说自从三位皇子死后，武惠妃的寝宫就开始闹鬼，武惠妃夜里再也睡不安稳，常常被他们的鬼魂惊醒，吓出一身冷汗。

李隆基见御医开的药方不见起色，便请巫师来为武惠妃作法，巫师说是三位皇子化为厉鬼来寻武惠妃了。有一晚，武惠妃再次从梦魇中惊醒，拼命摇晃着李隆基道："陛下，三位皇子托梦给臣妾，让臣妾杀掉对他们行刑的刽子手，祭祀他们的亡魂。他们还说……"

"还说什么？"李隆基越听越是心惊，握住武惠妃发抖的双肩问道。

"他们还说，要按照太子和诸王的礼仪重新厚葬他们，他们才会入土为安！否则，他们就夜夜来寻臣妾。陛下，臣妾不想死，求陛下为臣妾做主！"武惠妃吓得面如纸色。她不知道，她这么说就等于告诉李隆基，皇子们是冤死的，她心里是有愧的！

刹那间，李隆基什么都明白了！当初，他听信了武惠妃的话，怒从心起，一时没有多想。如今，武惠妃得了这怪病后，他渐渐明白，三位皇子是含冤而死的。

他越想越后悔，越想越痛心。三子到底是他的亲生骨肉，身上流着皇家血脉，打断骨头连着筋。虎毒尚不食子，他这样仅凭武惠妃一人之言就赐死三子，是不是太狠心了？

但，人死不能复生，事已至此，他还能怎么办？他所能做的，无非就是像武惠妃说的那样，厚葬三皇子，用刽子手陪葬，安抚他们的亡魂。

然而，尽管李隆基依言办了，但皇子们依然冤魂不散，且越闹越凶。终于，距离皇子们死后三个月，武惠妃经不起这日日夜夜的折磨，走到了生命的尽头，年仅三十九岁。

虽然李隆基明白三位皇子的死和武惠妃脱不了干系，但武惠妃就这么去世了，他心里依然无法接受。这世上，恐怕再没有哪个女子，能像她这般千娇百媚、风情万种了！

自714年看到她的第一眼以来，他们一起度过了多少个极尽缠绵的温柔之夜！她是上苍赐给他的天生尤物，独此一人，再无其他！

想到这里，李隆基心痛如绞，掩面长叹。在她生前，他给不了她皇后的名分，在她死后，他无论如何要给她！于是，他颁诏赠她为"贞顺皇后"，以皇后的名分和尊荣葬于长安敬陵，并立庙祭祀。

随着武惠妃的去世，她和三位皇子的恩恩怨怨终于画上了一个句号。这其中，最自责的人，莫过于寿王李瑁。

李瑁明白，武惠妃所做的一切，都是为了让他当上太子。如果他知道当太子要付出如此沉重的代价，他绝对不要这个太子之位！然而，一切都太晚了！

不过，此时的他还不知道，另一场生命中不堪承受之痛，正在不远的将来等着他。

第八十六章　远赴凉州　辞别公主

武惠妃、三皇子相继去世后，李隆基心头的哀痛自不必说，仿佛一夜之间老了很多，于政事上也渐渐有些懒怠。

李林甫最善于察言观色，他知道，变着法子哄皇上高兴，远比处理政事更为重要。

这日是737年七月初一，每月初一的朔朝，照例都在大明宫宣政殿举行。

李隆基端坐龙椅，面无表情地听大臣上奏。只见大理寺少卿徐峤上前奏称道："启禀陛下，大理寺向来杀气过盛，多少年来从无鸟雀栖息。但如今政通人和，大理寺一片祥和，竟有成群乌鹊来大理寺筑巢栖息。臣特向陛下禀告。"

徐峤话音刚落，李林甫就率领群臣向李隆基拜贺："陛下圣明，如今大唐死刑几无、众鸟来朝，这是国泰民安、长治久安的吉兆呐！是千古难逢、可遇不可求的祥瑞呐！臣等恭贺陛下！"一旁的牛仙客也心领神会，忙跟在李林甫身后，依样画葫芦地称颂了皇上一番。

在李林甫和牛仙客不遗余力的称颂声中，李隆基终于一扫脸上的阴霾，朗声道："众爱卿平身。如今天下太平，众爱卿功不可没。传朕旨意，嘉奖大理寺少卿徐峤，封中书令李林甫为晋国公，封工部尚书牛仙客为豳国公……"

李隆基嘉奖封赏的声音久久回荡在宣政殿，站在群臣之中的王维，心里很不是滋味。

不说乌鹊来大理寺筑巢栖息是不是吉兆，即便是吉兆，那么，这一清明大治的局面也是姚崇、宋璟、张说、张九龄等几代贤相倾尽数十年心血造就的，岂是李林甫等人一蹴而就之功？

可如今，有功之臣如张九龄者，被贬于千里之外，默默终老；无功之臣如李林甫者，却受封晋爵，坐享其成。天理何在？圣明何在？

然而，这一切，王维只敢放在心里，到底没有勇气像周子谅那样，弹劾宰相，质问皇上。

他闭上眼睛，摇了摇头，心里一声叹息。他不知道自己还能在朝中坚持多久，他只知道，这样在朝中为官，和李林甫口中的立仗马还有什么区别？这样的他，何其可悲，何其可耻，何其可恨！

他知道，对于一匹真正的骏马来说，从它出生那天起，奔跑就是它的天性和使命。被人圈养在马厩中，从来都非骏马所愿。它一心向往的，当是驰骋在天地间。

同样的，对于一个有追求的人来说，自由或许比生命更可贵。但要想获得真正的自由，谈何容易？毕竟，身在江湖有太多迫不得已。就像此刻，他要谨记张九龄的教诲，坚守朝廷，让朝中多一个好人，少一个坏人。

如果无法辞官，那么，去长安以外的地方走走看看，或许也不失为一种选择。王维忽然有些羡慕王缙，像王缙那样离开长安，不是挺好吗？

仿佛是冥冥之中自有天意，当长安街头的树叶开始发黄，忽然从凉州传来消息，唐军大胜吐蕃。李隆基龙颜大悦，当即让李林甫安排朝廷官员远赴凉州慰问将士。

出乎所有人意料，李林甫竟然将这一差事交给了王维，让王维以监察御史的身份出使凉州，代表朝廷慰问将士。

得知这一消息时，王维也是心头一愣，百思不得其解，但随即就释然了。无论李林甫如何谋算，对他而言，能借此机会到凉州走走看看，不正是如他所愿吗？

不过，有件事让他放心不下。再过一年，莲儿就年满十五周岁了，不仅要举行及笄之礼，还要成为高家新妇，这前前后后不知有多少事情需要操心！他这一走，少则三五个月，多则半年一载，留莲儿一人在家显然不妥，怎么办？

王维当即想到了玉真公主，不仅因为玉真公主是莲儿的义母，更因为玉真公主知道莲儿所有心事，定能为莲儿细心谋划。因此，将莲儿托付给玉真公主，是再合适不过的了。

离开长安之前，王维做了三件事。

第一件事，给张九龄修书一封，将朝中局势和他出使凉州一事拣要紧的说了一些，并嘱咐张相天气转凉，保重身子为要。

第二件事，到大荐福寺向道光禅师告别。听说王维要远行，道光禅师微闭双目，语重心长道:"佛曰:勤修戒定慧,息灭贪嗔痴。此戒、定、慧三者,便是治贪、嗔、痴之法。切记,切记。"

王维双手合十,向法师行了一个大礼:"弟子定谨记在心。"

第三件事,带莲儿去西市吃馄饨。长安风俗,冬至那日,家家户户都要煮馄饨。和璎珞一样,莲儿从小就爱吃馄饨。可惜今年冬至不能在家陪莲儿,王维便提前带莲儿到西市吃馄饨。

转过几个路口后,王维便带莲儿到了西市的萧家馄饨。

说起这家馄饨店,长安人无人不知,无人不晓,冬至前后,萧家馄饨更是一座难求,来吃馄饨的人可以从店门口一直排队到西市南门口,堪称冬至一景。

王维和莲儿寻了一处靠窗的位置,对面而坐。

"阿爷,听仙芝说,他去西州时,必定会经过凉州,到了凉州,便能看到塞外风光了。"莲儿嘴角带着笑意,脸上似乎有种容光透将出来。

"是的,当代诗人多有描写边塞风光之作,同乡王之涣的《凉州词》深得我心。"莲儿的愉悦似乎感染了王维,他看了一眼莲儿,朗声吟道,"黄河远上白云间,一片孤城万仞山。羌笛何须怨杨柳,春风不度玉门关。"

莲儿低头想了一想,若有所思道:"阿爷,我喜欢'何须怨'三字。不是没有怨,也不是不要怨,而是怨了也没用,诗人的豁达尽显其中。"

王维笑着点了点头:"莲儿,你果然长大了。"

莲儿垂眸一笑,却在心底叹了口气。她和仙芝隔着千山万水,此时此刻,不知她对他的思念能否跨越玉门关,抵达他的心里?

正胡思乱想间,店小二端上了热气腾腾的馄饨,雪白滚圆的馄饨在碧青的汤水里沉下浮起,一阵鲜香扑鼻而来。

"莲儿,还记得十年前的冬至吗?那时,你阿娘怀着身孕,吃不下油腻的东西,我给你们煮馄饨吃,一晃竟已十年了。"不知是馄饨的热气有些强烈,还是从窗棂透进的秋风有些冷冽,王维只觉得眼角有些酸涩,低声问莲儿道。

"自然记得,阿爷做了不同的馅料,让我和阿娘吃一个,猜一个,我和阿娘都吃撑了呢!"

"那时,我还和你阿娘说,长安有家萧家馄饨,口味极好,待她身子方便了,就带你们娘俩来长安亲自尝尝。可是,我却对你阿娘食言了……"王维看着漂在六寸银碗里的馄饨,声音一点一点低了下去。

"阿爷,虽然阿娘过早离开了我们,但我相信,阿娘一定是笑着离开的,因为她遇见了这辈子最值得她遇见的那个人,阿娘是幸福的。"莲儿知道阿爷定是想起了阿娘，摸了摸阿爷的手，将竹箸递到阿爷手中。

"莲儿，阿爷希望，你也遇见了最值得你遇见的那个人。"王维接过竹箸，夹起其中一个馄饨，送到莲儿碗中，"馄饨要趁热吃，你快吃吧。"

莲儿应了一声，低头吃了起来，吃着吃着，忽然想到了什么，抬头道："阿爷，这里的馄饨果然好吃，义母也爱吃馄饨，你能不能陪义母也来这里尝尝？"

王维心中一愣，抬头看着莲儿，莲儿刚好也抬头看着他，目光里似乎有种鼓励，有种期待。

王维怔了怔，随即揉了揉莲儿的头发，笑道："快趁热吃吧，凉了就不好吃了。"

莲儿眨了眨眼睛，低头继续吃了起来。萧家馄饨果然名不虚传，每个馄饨的馅料都不重样，一口下去，汤汁四溢，唇齿留香。

王维吃完馄饨，看着莲儿慢慢吃。其实，他想告诉莲儿，他给过她阿娘的，就再也给不了别人，但终究没有说出口。或许，等莲儿和仙芝在一起后，自然就会明白吧。

"阿爷，我吃完了，咱们回家吧。"莲儿刚想起身，却见王维向门口的萧掌柜招了招手，萧掌柜快步走了过来。

"贵店馄饨甚为鲜美，劳烦掌柜将每种馅料的馄饨各来一份，我这便带走。"

正当莲儿在心里嘀咕阿爷这是有多爱吃馄饨时，却听阿爷转头嘱咐她道："莲儿，明日阿爷走后，你便搬去玉真观住，记得把这份馄饨带给义母。"

莲儿点了点头，心中窃喜。她的阿爷就是这样一个人，他对别人的好，从来不在嘴上，而是藏在心里，总要别人细细体会才能觉察得到。

次日一早，秋风萧瑟中，玉真公主来接莲儿了。

王维似乎并不感到意外，听到门人来报，便和莲儿一起迎了出去。只见玉真公主正从车厢里掀帘而出，看着他笑而不语。

她身上罩了一件米色缎面披风，穿了一条满地仙草纹深碧色六幅长裙，不见多么华贵，却自有一种气度。

莲儿心知玉真公主是来送阿爷的，便一脸欢喜地迎了上去："义母，莲儿这便去收拾行囊，请义母稍等片刻。"说着便转身溜进了屋子，只留王维和玉真公主站在门外。

一阵秋风吹来，在地上打了几个旋，将树根下的几片落叶不知吹到了何处。玉真公主定定地看着王维，眼里仿佛有千言万语。

"公主，微臣此去凉州，或许要到明年春天才能回来。微臣不在时，莲儿就托付公主了，请公主费心了。"

"摩诘，什么托付不托付的，不说我是莲儿义母，即便不是义母，我也正想找个人说说话才好。倒是你，从长安到凉州，少说也有几千里。这一路上，记得照顾好自己，莫叫人担心。"说到"莫叫人担心"时，玉真公主的声音不由低了下去。

王维自然明白玉真公主话里话外的关切之意，抬头看着玉真公主，眼里一片暖意："多谢公主厚谊。微臣此去凉州，定会多加小心。再过一年，莲儿便年满十五，即将为人新妇，还请公主多多提点，让她学些为人处世的道理。"

"你放心，但凡我能教的，定会悉心教她。只是这为人新妇、主持中馈之事，我也到底不通……"说到这里，玉真公主脸上红了一红，低头垂眸一笑。

王维心知自己说错了话，忙转了话题道："公主，莲儿说你爱吃馄饨，我让莲儿带了一些给你，只是不知是否合你口味？"

玉真公主一阵惊喜，眼中的笑意仿佛可以融化这秋日的凉意，脱口而出道："自然合我口味。"

王维正不知该如何接过公主的话茬时，莲儿挽着行囊走了过来："阿爷，义母，我来了！"

王维心头一松，从玉真公主脸上收回目光，转头嘱咐莲儿道："莲儿，阿爷不在时，你要听义母教导，莫要孩子气。"

"好，阿爷放心，莲儿一定听义母的话，等阿爷回来。"莲儿依依不舍地摸了摸王维的手，柔声道，"阿爷，您的手有些凉，出门在外，记得多穿一些哦。"

"好，阿爷知道。"王维拍了拍莲儿的肩膀，朝莲儿身后的玉真公主点了点头，"公主请多保重，微臣在此别过。"

听莲儿说王维手凉，她特意看了看王维身上的穿戴之物。只见他身上罩了一件松绿色披风，披风的领口和下摆处都绣了一圈精致的云纹。看着这个熟悉的云纹，一阵强烈的无力感顿时涌上心头，化为心底一声叹息。

或许，这世上，最大的无力感就是和一个早已不在世上的人去比、去争、去分高下。她看不见，摸不着，但又明明白白、确确实实存在那里。即使你使出全身力气，也会被无情地化解于无形……

她明白，他可以送馄饨给她，但他身上穿戴的却永远是另一个女子缝制的衣衫。他不是不明白她的心意，却故意和她划出了一条鸿沟。他不过来，她便也过不去，只能在鸿沟前遥遥相望。

就像此刻，她多么渴望能像莲儿那样，上前摸一摸他的手，哪怕只是指尖轻碰也是好的。但是，她不能。她只能远远地站在那里，什么都做不了……

王维再次深深地看了莲儿和玉真公主一眼，不再多说什么，转身上马，似乎顿了一顿，便策马扬鞭而去。

秋风吹过，枯黄的槐荚纷纷坠落，在道路两旁堆积起了一层厚厚的荚壳。虽然王维的骏马已奔出很远，但玉真公主似乎依然能听到马蹄踏过荚壳时发出的吱嘎声。一声一声，落在她的心里……

第八十七章　塞外风光　将军苦衷

王维轻车简从，晓行夜宿，不几日便到了原州（今宁夏固原）地界。

秋天的晴空格外高远，不知从哪里飘过来的大片白云把太阳遮住了大半，又悄无声息地缓缓掠过。王维骑在马上极目远眺，深深地舒了口气，仿佛把他这些年压抑已久的浊气都尽情吐了出来。

这里人烟稀少，随处可见一望无际的沙漠和戈壁。时有狂风裹着细沙袭来，王维不由拢了拢身上这件似乎依然留有璎珞手温的松绿色披风。

这件披风是璎珞727年秋天为他缝制的。那天，他晨起练剑，她将披风披在他身上，叮咛他道："打明日起，你晨起练剑时，记得披上这个，待身子暖和了，再脱下不迟，可好？"

言犹在耳，斯人何在？弹指之间，已是十年！

王维手抚披风里的夹层，和其他夹层不同，这个夹层里缝的不是棉絮，而是比棉絮更暖和更轻柔的上好鹅绒。这世上，恐怕也只有璎珞才有这般慧心巧思了！

出原州后，往凉州径直而去。这日黄昏时分，王维行至一片浩瀚无边的沙漠。此时，风停沙静，除了一排归雁从空中飞过，天地之间一片寂然。

王维勒住马缰，抬头远望，只见前方不远处有一股浓烟冉冉升起。王维知道，这定是边关将士在烽火台点燃的狼烟，狼烟本来就易升高，此刻没有风沙，愈发剑指苍穹、青烟直上，堪称塞外奇观。

"王御史，您看这落日端的好看！"随行人员中，有人惊呼了一声。王维闻言，从冉冉上升的狼烟中收回目光，看向黄河尽头的夕阳。

一望无际的沙漠上，没有层峦叠嶂，那横贯其间的黄河显得愈发深邃悠长，仿佛可以一直流到天边。那轮又圆又红的夕阳，正在黄河尽头缓缓下坠，仿佛倦鸟归林，叶落归根，这轮红日终究也要和苍茫大地合二为一……

王维不由看得怔了，此情此景，仿佛曾在他多年前的梦境里出现过，梦醒时分，他还津津有味地说与枕畔的璎珞听。璎珞笑他定是日间画塞外风光入迷了，他笑着揽过璎珞，说"有朝一日，定要带你到塞外走走看看"！

忽然，一阵马蹄声响，在马蹄掀起的滚滚沙尘中，一队身穿铠甲的士兵来到王维面前，抱拳行礼道："请问马上可是王御史？"

王维收回思绪，和言以对："正是。不知你们是？"

"回禀王御史，在下驻守萧关，奉崔将军之命前来迎接大人一行。"

"你们久戍边防，为大唐效力，辛苦了。不知崔将军可在凉州？"

"回禀王御史，崔将军前几日率军前往燕然（今蒙古国境内）巡防，等王御史一行抵达凉州时，崔将军也回来了。崔将军交代说，王御史一路鞍马劳顿，请到前方的萧关驿站稍事休息，可好？"

"如此甚好。"

在萧关住下后，黄昏时看到的壮阔美景再度浮上心头。王维阔步走到书案边，提笔在白麻纸上一挥而就："单车欲问边，属国过居延。征蓬出汉塞，归雁入胡天。大漠孤烟直，长河落日圆。萧关逢候骑，都护在燕然。"

白麻纸上墨迹淋漓，字字句句无不力透纸背。王维踱到窗前，望着天上的一轮明月道："璎珞，今生今世，我的马鞍只为你一人而留。我愿意当你的双脚，当你的双眼，替你去走你不曾走过的路，替你去看你不曾看过的风景，将来咱们重逢时，我会一样一样说给你听……"

几天后，当王维抵达凉州（今甘肃武威）时，河西节度使、凉州都督崔希逸已在凉州等候。王维代表朝廷慰问崔希逸，崔希逸接旨谢恩。

崔希逸比王维年长两岁，且和王维妻子同宗，自比旁人亲近了一些，颇有一见如故之感。

当晚，崔希逸在军中隆重宴请王维，酒过三巡，宾客渐渐散去后，崔希逸忽然叹了口气，面上似有哀戚之色。

"崔将军骁勇善战，深入敌境两千多里，令敌军主帅闻风丧胆，可喜可贺，可敬可佩，不知将军为何叹息？"

崔希逸看了一眼王维，缓缓摇了摇头，声音中有种难掩的艰涩："王御史有所不知，众人都道末将骁勇善战，却不知末将胜之不武，心中有愧！"

"崔将军何出此言？"王维了解崔希逸为人，知道他心里定有难言的苦衷，"如若将军信得过王某，王某愿闻其详。"

"王御史为人，末将怎会信不过？此事说来话长，容末将从头道来。"军帐中只有王维和崔希逸两人，除了帐外时而呼啸而过的风声，再无其他声音。王维点了点头，崔希逸喝了口酒，絮絮说了下去。

说起来，吐蕃一直是大唐的心病。

虽然唐太宗、唐中宗先后把文成公主、金城公主远嫁吐蕃，但吐蕃一直在陇右地区骚扰大唐边境，意图切断大唐与西域各国的交往，并联合突厥威胁大唐的统治。因此，处于河西走廊心脏部位的凉州就极其重要。身为河西节度使，首要任务就是严防吐蕃，镇守西北边陲。

736年秋天，崔希逸刚到任时，大唐和吐蕃边境时有摩擦，双方设防甚严。和历任河西节度使不同，崔希逸觉得，与其和吐蕃边防剑拔弩张，不如和对方推心置腹谈一谈，最好能和平相处。于是，崔希逸主动约对方边帅乞力徐面谈。

乞力徐听说崔希逸为人诚恳，答应面谈。双方畅饮美酒，相谈甚欢，崔希逸举杯提议道："如今两国通好，如同一家，不如撤去守备，让百姓自由来往、友好相处，岂不更好？"

乞力徐也是性情中人，颇有同感，但依然不无顾虑道："某相信崔将军言必不欺，但大唐朝廷却未必如此。万一有小人挑拨离间，趁我军无备而偷袭，岂不悔之晚矣？"

崔希逸拍胸脯承诺说，只要有他在凉州，就绝不允许发生偷袭之事。为了让乞力徐相信，崔希逸还提议两人歃血为盟，指天为誓，永结盟好。若违背此盟，天地共戮，不得好死。从此，双方撤去守备，边境百姓友好相处。

不料，不久后，吐蕃其他部队攻打邻国勃律。勃律是大唐的附属国，请求大唐出兵相助或令吐蕃撤兵。李隆基下诏命吐蕃撤兵，但吐蕃不仅不撤兵，还一鼓作气灭了勃律。李隆基勃然大怒，打狗尚需看主人，勃律是大唐附属国，吐蕃也太不把大唐放在眼里了吧！

737年春天，崔希逸的侍官孙诲入朝奏事。为了取悦皇上，他上奏说，吐蕃在凉州边境毫无防备，如果皇上下旨发兵掩击，必获全胜。

孙诲的建议立即引起了李隆基的兴趣，他派宦官赵惠琮随孙诲前往凉州，并允许赵惠琮可以见机行事。

赵惠琮到凉州后，立即巡视边防，见对面乞力徐管辖区域果然毫无防备，当即假传圣旨，命令崔希逸发兵偷袭吐蕃。

崔希逸请赵惠琮奏明皇上，他和乞力徐有约在先，不能偷袭对方。赵惠琮不容崔希逸解释，强调这是皇上圣旨，不得延误片刻。

崔希逸不敢抗旨，只好违心发兵。乞力徐毫无准备，落荒而逃。唐军长驱直入，大破吐蕃军队，杀敌两千余人，大获全胜。赵惠琮和孙诲得偿所愿，均受厚赏。

从此，吐蕃不再向大唐朝贡，边境形势骤然紧张起来。

说到这里，崔希逸痛心疾首道："王御史，末将主动请求与人结盟，到头来却失信于天，失信于人，这算什么勇武？这叫什么英雄？末将违背当日誓言，他日若有报应，末将罪有应得，甘愿受罚。"崔希逸一仰头，一口气喝下了杯中酒，将酒盏往案几上一放，捶胸顿足道，"王御史，你知道吗？这些日子以来，让末将心里过不去的，不仅是末将的失信，更是大唐的失信。从此以后，吐蕃怎么可能再信大唐？边境之上，双方怎么可能再和平共处？凉州城池，不知会添多少战争？断送多少性命？我有负乞力徐，有负凉州百姓，还有何脸面活在世上？"

崔希逸仰头闭上眼睛，长长地叹了口气，握住酒杯的手竟在微微发抖。

王维站起身来，为崔希逸满上一杯酒，言辞恳切道："谢谢崔将军信得过王某，咱们为人臣子的，有太多身不由己！您没有对不起大唐，没有对不起凉州，您可以问心无愧！至于乞力徐将军，王某相信，假以时日，他会理解您的。这杯酒，王某先干为敬。"

"不，乞力徐将军永远不会原谅我的。在他眼里，我已经是一个背信弃义的小人了，我没有资格奢求他的原谅。祸莫大于杀已降，汉代李广将军因诈杀降卒而抱憾终身，我背信弃义出兵偷袭，致使几千人死于非命，不是更罪莫大焉？朝廷以为大唐军队神威英勇，所向披靡，其实是我欺骗友邦，欺骗乞力徐。每念及此，我便无地自容。"说到这里，崔希逸一度哽咽，再也说不出话来。

王维深深地叹了口气，拍了拍崔希逸的肩膀，低头默然不语。自去年春天皇上贬谪张九龄、重用李林甫以来，这宫廷内外、朝廷上下发生了多少荒唐事？无论是将太子和二王废为庶人并赐死，还是对吐蕃强行用兵，哪里像一个圣明天子之所为？

如果张九龄担任中书令，他一定会犯颜直谏，竭尽全力阻止皇上如此行事，可偏偏张九龄已经被李林甫赶走了，且赶得那么偏远，那么彻底！在李林甫的巧言令色下，曾经那个开明睿智的皇上似乎变了，变得好大喜功，变得忠奸不分，变得刚愎自用……

塞外的夜晚似乎格外寒冷，丝丝凉意侵入后背，王维不由打了一个寒战，心也一点一点沉了下去。

当崔希逸向王维吐露这件不敢和外人道的心事后，心里好受了许多。王维也感动于崔希逸对他的信任，两人惺惺相惜、无话不谈。

河西节度使管辖范围很大，下设赤水军、建康军、玉门军、张掖守捉、交城守捉、白亭守捉等。接下去的日子里，但凡崔希逸有空，便陪着王维到处走走看看。

当王维马不停蹄地跟随崔希逸慰问边关将士、领略塞外风光时，孟浩然忙着陪张九龄到荆州各属县走访视察。

荆州长史是一个清闲之职，但张九龄是闲不住的人，他不愿坐在荆州府衙里虚度光阴，不顾年迈体衰，执意要到荆州各地走走看看，以便了解百姓疾苦。

孟浩然劝不住，便写信告诉王维，王维理解张九龄的心情，鼓励孟浩然陪张九龄到各地看看。

这日，孟浩然陪张九龄来到了纪南城（今湖北江陵），纪南城是战国时楚国的都城，颇多古迹。孟浩然有感而发，写了一首题为《从张丞相游纪南城猎戏赠裴迪张参军》的诗："从禽非吾乐，不好云梦田。岁暮登城望，偏令相思悬……"

听到"高标回落日，平楚散芳烟"一句时，张九龄不由想到了王维。他收到过王维的来信，知道王维正出使凉州。字里行间，他能感受到王维对在朝中为官的苦闷和对塞外风光的向往。

摩诘，读万卷书，行万里路，你还年轻，将来的路还很长，你可以的。张九龄眺望远方，在心里默默勉励王维。

与此同时，远在长安的玉真公主则收到了一封来自南诏的加密信。写信者正是六年前和玉真公主有过一面之缘的南诏部落首领皮逻阁。

如果不是收到这封信，玉真公主几乎快要忘了这个在大唐西南一隅的皮逻阁了。

信中，皮逻阁先是对玉真公主倾诉了滔滔不绝的仰慕之情，说自731年春天在青城山见到她后，就对她的高华气韵念念不忘，只差写一句"拜倒在公主石榴裙下了"。玉真公主看得哭笑不得，敢情南诏男子赞美起女子来，都是如此直白夸张的吗？

接着，皮逻阁告诉玉真公主，他728年成为蒙舍诏首领后，立志要统一六诏。这些年来，经过他的治理，蒙舍诏统一洱海地区，吞并滇池地区，把蒙舍诏改为南诏。今年，皮逻阁再次战胜河蛮，攻下了太和城（今云南大理），并将南诏都城从巍山迁至大理。

信末，皮逻阁这样写道："皮逻阁斗胆，能否请公主在大唐天子面前为皮逻阁美言几句，待明年春暖花开之时，皮逻阁想进京朝拜大唐天子，请大唐天子助南诏一臂之力，完成统一六诏之大业……"

玉真公主耐着性子看完这封洋洋洒洒的长信，心道："这皮逻阁倒也直接，将他心里想的事都倒豆子般说了出来，难不成他认定了我会替他向皇兄美言？唉，当真有些傻气，不过，倒也有些可爱。"

玉真公主正低头暗笑，莲儿端着一碗馄饨走了进来，笑盈盈地送到玉真公主面前："义母，今日是冬至，女儿为义母煮了一碗馄饨，请您趁热尝尝。"

玉真公主心头一暖，从莲儿手中接过馄饨，拉莲儿在身边坐下："往年冬至，都是义母一个人吃馄饨，如今有你陪着义母，义母很是欢喜。"说着，用银箸夹起一个圆滚滚的馄饨，送到嘴里轻咬一口，点头笑道，"这熊肉和鹿肉馅拌的馄饨，肥而不腻，且有嚼头，估计也只有萧家馄饨能做得这般好了。"

"是的，女儿一早遣人去萧家馄饨买的。阿爷每回去萧家馄饨，也必点这个馅料。"莲儿身高已经快赶上玉真公主，坐在玉真公主身边，从背后看去，倒像两姐妹似的。

"哦，算起来，你阿爷离开长安已经快三个月了。"玉真公主放下银箸，神情悠然道。

"今天是冬至，不知阿爷在凉州吃了什么？他会不会正在想念长安的馄饨呢？"

"还有人在比你阿爷更西边的地方呢，你昨儿刚收到他的信，问问他不就成了？"玉真公主笑着碰了碰莲儿胳臂，打趣她道。

"义母……"莲儿羞得脸上飞起一片红晕。

"莲儿，义母正想问你，仙芝可在信里提起婚期？"

莲儿羞涩一笑，点了点头："义母，女儿也正想告诉您此事。他在信里说，明年四月二十七是我生日，生日过后，最近的好日子是五月十六，他想把婚期定在明年五月十六，问我可好？我想着，总要问了义母和阿爷才好。"

"唔，难为仙芝了。这些年来，他一心一意等你长大，虽然早已过了弱冠之年，却不肯娶妻纳妾，定要等你长大！"玉真公主摸了摸莲儿的秀发，眼中满是爱意，"莲儿，结发为夫妻，恩爱两不移。义母觉得这个日子甚好，你不妨给你阿爷修书一封，也听听你阿爷的意思？"

"嗯，好。"莲儿靠在玉真公主肩头，甜甜地笑了。

当王维在凉州收到莲儿的信时，已在凉州待了三个多月。他展信细读，读出了莲儿字里行间的幸福，提笔回信说："莲儿，仙芝待你一片真心，阿爷心中甚慰，婚期甚妥。来年四月之前，阿爷定赶回长安。阿爷一切都好，勿念。"在信的最后，他犹豫片刻，还是写上了一行字："请代阿爷向你义母问好，恭祝身体康健、万事顺遂。"

第八十八章　受人之托　忠人之事

当738年春天来临，凉州的冰雪开始消融，王维准备启程返回长安时，吐蕃大军突然席卷而来，凉州城首当其冲。

自737年春天唐军偷袭吐蕃后，崔希逸就知道吐蕃大军绝不会咽下这口气，这一仗在所难免。因此，当吐蕃大军汹涌而来时，崔希逸并不慌乱，运筹帷幄，领兵迎战，一番激战后，最终成功退敌。

这晚，崔希逸在军中举行庆功酒，犒劳奋力退敌的将士们。庆功宴上，崔希逸和将士们痛饮美酒，激情满怀，但当人潮渐渐散去后，王维发现，崔希逸脸上的神采消失殆尽，取而代之的，是一种辨不出悲喜的情绪⋯⋯

王维端着酒盏，走到崔希逸身边，用力拍了拍他的肩膀，目光中是深深的懂得："崔将军，不要想太多了，喝完这一杯，好好睡一觉！这些日子，你辛苦了！"

崔希逸定定地看着王维，半晌后重重叹了一口气："王御史，你知道那种失信于人的愧疚有多难挨吗？尤其是失信于一个曾经那么信赖你的敌方将领！我只怕，从今往后，吐蕃和大唐的关系只会越来越糟，不知我能为两国重修旧好做些什么？"

"崔将军，我明白你的心情，你已经尽力了，请勿过于自责，保重身子要紧。"王维发现，从去年秋天到现在，崔希逸似乎老了许多。很多时候，心里的痛比身体上的痛更磨人心志。

当崔希逸一心想着要为大唐和吐蕃重修旧好做点什么时，朝廷的一纸诏书毫无征兆地来到了凉州。诏书说，即日起，由中书令李林甫兼领陇右、河西节度使，调崔希逸任河南尹。

崔希逸在凉州任职两年，爱民如子，战功显著，但到头来，却从二品的河西节度使降职为从三品的河南尹，这其中的缘由，明眼人一看便知。崔希逸怔在原地，迟迟说不出话来。他难过的，倒不是自己无端降职，而是再也没有机会为大唐和吐蕃重修旧好做点什么了！

这晚，送走纷纷前来告别的将士后，崔希逸请王维单独留下说话。当屋里只剩他俩时，崔希逸"扑通"一声单膝跪地，双手抱拳道："王御史，末将有事相求，恳请王御史帮忙。"

王维大吃一惊，忙上前双手扶起道："崔将军言重了，快快请起！"

崔希逸眼角噙着热泪，缓缓开口道："王御史，我本想在这里镇守几年，尽最大努力修复边境关系，保一方百姓平安，以赎我所犯罪孽之万一。然而，如今我却连这赎罪的机会也没有了。我对不起乞力徐，对不起凉州百姓！"

"崔将军切莫如此伤悲，留得青山在，不怕没柴烧，将军不会永远在河南，他年或许又会披上铠甲，驰骋沙场！"王维扶崔希逸坐下，宽慰他道。

"他年驰骋沙场？"崔希逸喃喃重复了一句，缓缓摇了摇头，"如果是十年前，我还会有这个念想，但如今不会了。此番离开凉州，恐怕再也没有机会回来。"

"崔将军……"

不待王维再说下去，崔希逸就握住王维的双手，一脸恳切道："王御史，我知道你精通佛法，你回到长安后，能否帮我做两件事？"

"好，但凡我能做到的，定当义不容辞。"

"崔某先谢过了。第一件事，我岳丈已故多年，生前信佛，请为我岳丈超度作西方净土变，以追冥福；第二件事，我将奏明皇上，让我小女落发为尼，献身佛门，以示我失信于乞力徐之忏悔之意。皇上恩准后，请你帮我小女办理此事。"

"崔将军，这第一件事，我回到长安便可去办，这第二件事，还请崔将军三思呐。"

"王御史，实不相瞒，我已经想过千万遍了，且已征得小女同意，还请王御史成全。"

"既然将军心意已决，王某定不负所托！"

几天后，在西北狂风卷起的漫天黄沙中，王维和崔希逸一起踏上了返回长安之路。他们不知道长安是否欢迎他们，他们只知道，送他们到凉州城外的百姓们，是真的舍不得他们。

回到长安后，王维顾不上接莲儿回家，便着手为崔希逸夫人李氏的父亲超度作西方净土变，亲自撰写《西方变画赞并序》，开篇一句"法身无对，非东西也；净土无所，离空有也"，深得道光禅师赏识。

与此同时，崔希逸也向皇上上表，请求准许他女儿落发为尼，皈依佛门，李隆基并未多问，当即恩准。于是，王维忙着帮崔希逸女儿物色合适的出家之地，并撰写《赞佛文》："左散骑常侍摄御史中丞崔公第十五娘子，于多劫来，植众德本；以般若力，生菩提家……"详述此事原委，表达崔家人对释迦佛的虔诚。

完成崔希逸托付的这两件事后，王维刚想松口气，不料，噩耗传来，崔希逸在河南尹任上病逝了。

刹那间，王维如五雷轰顶般，久久怔在原地，所有该有的不该有的念头纷纷涌上心来。

崔将军是否早已知道自己将不久于人世，所以才会如此郑重地托付他这两件事？崔将军走得如此突然，是真的病逝？还是另有他因？如果是真的病逝，那元凶是日日夜夜折磨他的心病吗？这心病到底因何而起？从何而来？始作俑者是谁？罪魁祸首又是谁？

王维想着想着，不由泪流满面。他即使明白崔将军的真正死因，也已无法挽回崔将军的生命！崔将军死了，从此，大唐又少了一位顶天立地、忠心耿耿的好将军！

忽然，他想到了同样身为边将的高仙芝。仙芝是否该向崔将军学习，成为和崔将军一样的人？如果他以崔将军为楷模，他的家人是否也将承受和崔将军家人一样的痛苦？他不由陷入了痛苦的沉思。

待王维送完崔希逸最后一程后，决定前往玉真观接莲儿回家。此时，距离莲儿十五周岁生辰只有十多天了。

当道童说王御史求见时，正在和莲儿说笑的玉真公主，一颗心顿时跳到了嗓子眼，和莲儿一前一后迎了出去。

王维正绕过照壁，步入庭院，一眼看到了莲儿。半年不见，莲儿显然又长高了许多。只见她梳着双环花形髻，穿着藕色短襦和石榴红绫裙，有那么一瞬间，王维仿佛看到了当年的璎珞，无论是发型、穿着，还是神情、举止，何其相似！

"摩诘，听说你回长安后一直在大荐福寺，我还以为你只知道大荐福寺，忘了长安还有玉真观呢！"忽然，莲儿身后传来了玉真公主的打趣声，将神思千里的王维拉回了现实。

王维忙快步走上前去，对玉真公主行了一礼："公主说笑了。说来惭愧，微臣回长安后，受人之托，忠人之事，对莲儿照顾不周，让公主费心了。"王维看了一眼玉真公主，又看了一眼莲儿，眼底尽是愧意，"莲儿，再过几天就是你的生辰，阿爷今日来接你回家，为你好好筹划。"

此时，缕缕春风吹来，拂过王维的头巾和袍角。眉宇之间，除了他与生俱来的高华气度外，似乎多了几分被西北风霜磨砺出来的厚重。

"阿爷，您千里奔波，回到长安后又顾不上休息，义母和女儿都很担心您呢。"莲儿上前亲热地挽住王维的胳臂，一脸关切道。

听莲儿说"义母很是担心您"时，玉真公主垂眸一笑，摸了摸莲儿的头发，柔声叮嘱道："莲儿，你去厨下看看，午膳可是备下了？让厨下多挑些拿手的，今日咱们为你阿爷接风洗尘。"

莲儿点了点头，会心一笑，领命去了。玉真公主引王维步入堂屋，落座上茶后，忽然叹了口气，压低了声音道："摩诘，崔希逸将军英年早逝，你可知朝中是怎么议论他的？"

王维心中一怔，摇了摇头："微臣回到长安，到朝廷交差后，告了二十天假，近来深居简出，倒是不曾听闻，还请公主明示。"

"摩诘，你知道的，吐蕃向来是大唐的隐患，皇兄对吐蕃一直耿耿于怀。尤其是前年吐蕃侵犯勃律，皇兄命吐蕃退兵，吐蕃却将他的话当耳边风后，皇兄更是对吐蕃痛恨之至，下定决心必除之而后快。崔将军去世后，我本以为皇兄会厚葬崔将军，毕竟他多次打败吐蕃，战功显著。但却从朝中传来议论说，崔将军身在唐营心在吐蕃，明着替大唐打败了吐蕃，暗地里却一心向着吐蕃，和一个叫什么徐的吐蕃将军私交甚厚。这次去世突然，死因甚为蹊跷，据说是因为离开凉州后，和吐蕃那个徐将军断了联系，他心里割舍不下，才郁郁寡欢而死。"

听玉真公主一口气说完这些，王维腾地站起身来，握起拳头，在案几上重重捶了一拳，大叹一声道："崔将军在天有灵，死不瞑目呐！"

认识王维这么多年，玉真公主还从未看王维如此动怒过，即便是十二年前岐王去世，他来玉真观找她一问究竟时，也未这般激动过。

她低头思忖片刻，上前几步，轻轻拍了拍王维的后背，柔声道："摩诘，你且莫急。你的为人我最清楚不过，若崔将军人品有瑕，你定不屑来往，更不会帮崔将军张罗后事，撰写经文。因此，今日我且问你一问，你在凉州待了半年，可曾听说什么？崔将军为人，到底又是如何？"

王维只觉得心中有千言万语想要倾诉，耳畔仿佛响起了崔希逸在凉州军帐中对他说过的那些话——

"王御史，你知道吗？这些日子以来，让末将心里过不去的，不仅是末将的失信，更是大唐的失信。从此以后，吐蕃怎么可能再信大唐？"

"边境之上，怎么可能再和平共处？凉州城池，不知会添多少战争？断送多少性命？我有负乞力徐，有负凉州百姓，还有何脸面活在世上？"

"祸莫大于杀已降，汉代李广将军因诈杀降卒而抱憾终身，我背信弃义出兵偷袭，致使几千人死于非命，不是更罪莫大焉？"

"朝廷以为大唐军队神威英勇，所向披靡，其实是我欺骗友邦，欺骗乞力徐！每念及此，我便无地自容！"

……

"崔将军言犹在耳，尸骨未寒，朝廷上下却如此颠倒是非，用如此不堪之语诋毁崔将军、辱没崔将军！无论如何，我要还崔将军一个清白，替崔将军讨回一个公道！"这样想着，王维心头的愤懑便渐渐转为一腔热血。无论大唐天子信不信他，他都要把真相说出来。至少，玉真公主会信他！

于是，他平复了一下激荡的心情，将崔希逸和乞力徐的来龙去脉原原本本说了一遍。末了，他长长吐了口气，定定地看着玉真公主："公主，微臣方才所言，句句属实，绝无半点为崔将军歌功颂德之意。旁的不说，有一件事想必公主也是知道的？"

"摩诘，你的话我还不信吗？不知你说的那件事，是指？"玉真公主一边凝神细听，一边暗想，王维若不把她当作知己，怎么肯将这些话告诉她？心头不由涌起一阵甜蜜的暖意。

"公主，前年崔将军刚到凉州上任时，曾向朝廷上书，褒奖前任凉州节度使牛仙客节财省费，军储所积万计。崔将军这种褒前任之美而不据为己功的高风亮节，实在难能可贵。"

"此事我自然知晓。后来，皇兄还派刑部尚书张利贞前往凉州核实，确如崔希逸所言，牛仙客得以入相。论起来，崔希逸倒是牛仙客命中的贵人。不过，此次朝廷上下如此非议崔希逸，却不见牛仙客为崔希逸说一个字，可见知人知面不知心呐。"玉真公主眉头微蹙，叹了口气。

王维踱到窗边，看着远方，脸上的神色越来越肃然，半晌才摇了摇头道："公主，微臣明白，无论是皇上，还是朝廷上下，无不认为吐蕃是大唐的公敌，身为大唐臣子，就必须和吐蕃势不两立。若是对吐蕃心存恻隐之心，便是对大唐不忠不义。崔将军的痛苦，就在于他和乞力徐有约在先，再率先违约。因此，他虽然凯旋，却胜之不武，对乞力徐深感自责……"

不待王维再说下去，玉真公主就走到王维身边，双手递给他一盏热茶："摩诘，我理解你，也理解崔希逸。不过，古往今来，兵不厌诈，在皇兄看来，对付吐蕃、突厥等蛮夷戎狄，自然可以不择手段。我记得崔希逸去年率兵偷袭吐蕃成功后，皇兄提起此事，颇为炫耀。崔希逸对乞力徐的自责，若被皇兄知道了，不仅不会理解他，恐怕还会迁怒他和他的家人！如今朝廷上下如此议论崔希逸，恐怕皇兄已经有所耳闻了。摩诘，你也要小心行事才好，切莫落人口实。"

王维双手接过茶盏，目光刚好对上了玉真公主，她眼里的关切和心疼任谁都看得出来，心里顿时被某种柔软的东西触动了一下，忙低头喝了口茶："多谢公主提醒。微臣只是觉得，崔将军胸中有丘壑，眼里存山河，如此忠心耿耿的良将，身后却惹来如此非议，微臣着实替他不平！"

"摩诘，或许是我多虑，只是，人心莫测，世事难料，你一定要当心些。须知这世上明枪易躲，暗箭难防，你在凉州待了半年多，回长安后又和崔希逸走得近，指不定会被某些有心之人议论是非。莲儿好事将近，你便是为了莲儿，也要小心些，你说呢？"

玉真公主一字一句无不说到了王维心里。他抬起头来，久久看着玉真公主，忽然觉得，虽然认识她这么多年了，但今日却对她有了一种新的认识，横亘在他俩之间的那个鸿沟，仿佛正在一点一点消失……

"阿爷，义母，午膳已经得了，请阿爷和义母移步厅堂。"莲儿的声音打破了这份微妙的宁静，王维和玉真公主不约而同退后一步，一起看向莲儿，莲儿忙掩嘴轻笑，"莲儿打扰阿爷和义母说话了，莲儿先过去，阿爷和义母慢慢来。"说着，便转身一溜烟走了。王维和玉真公主相视一笑，也双双向厅堂走去。

对于遥领河西节度使的李林甫来说，崔希逸仿佛只是一粒微尘。当他得知崔希逸的死讯时，只是不咸不淡地说了一句："那样凶险的战场都没要了他的命，怎么一回到中原就没命了？看来他是没有享福的命。"

李林甫此刻最关心的，是寿王李瑁何时能当上太子。

自733年通过武玉娘向武惠妃表忠心以来，一晃五年过去了。这五年来，他最紧要的任务就是为李瑁当上太子排除一切障碍。

原以为太子和极具竞争力的二王去世后，李瑁当上太子无疑就是铁板钉钉的事，但世事难料，武惠妃去世后，李林甫数次提醒李隆基立寿王为太子，而李隆基却一反常态，一开始不置可否，后来竟绝口不提了。

李林甫最善察言观色，他马上意识到，武惠妃去世后，皇上对太子人选定是改了主意！这晚，李林甫下朝后来寻武玉娘，两人许久不见，自是干柴烈火了一番。

待平静下来后，李林甫和武玉娘聊起了太子一事。武玉娘一脸不解，问："为何皇上会改了主意？"李林甫斜靠在床榻上，眯起眼睛道："平心而论，在众多皇子中，排行十八的寿王，无论哪一方面都算不上出众。别的不说，就是子嗣方面也很是离谱，成亲一年多了，竟还没有一儿半女！"说到这里，李林甫嘿嘿笑道，"别看我已年过半百，这插秧播种的功夫，可比寿王强了去了！"

武玉娘忍不住在心里翻了个白眼，却不得不承认他这身功夫真是没得说，这不，最近又让家里的小妾给他添了一个儿子，算起来，已经是他的第23个儿子了！

看武玉娘脸上有些醋意，李林甫愈发得意道："原先皇上要立寿王为太子，是因为皇上专宠武惠妃，所以爱屋及乌。如今武惠妃去世了，自然就另当别论了。而且——"李林甫凑到武玉娘耳边，压低声音道，"你也知道，废太子和二王之死，全是拜武惠妃所赐，皇上估计已经猜到了，虽然以皇后的名分厚葬武惠妃，但对武惠妃的狠心多少有些寒心。我琢磨着，皇上会不会担心，若真的立李瑁为太子，废太子和二王的冤魂去纠缠皇上？"

李林甫的声音越来越轻，武玉娘越听越是心惊，只觉得背后渗进一股寒意，全身鸡皮疙瘩都起来了，双手紧紧环住李林甫的腰，哆哆嗦嗦道："哥奴，咱们，咱们帮了武惠妃，你说，你说废太子和二王的冤魂，会不会也来纠缠咱们？"

"哈哈，我李林甫天不怕，地不怕，区区鬼魂，又有什么好怕的？虽说皇上改了主意，但我李林甫向来就是一不做二不休，这太子之位，我还是要替寿王力争到底！只有寿王当上太子，才有我李林甫天长地久的荣华富贵、权倾天下！"

听着从李林甫胸腔里传来的强有力的心跳声，武玉娘原本发颤的心渐渐安定了下来。这世上，只要是李林甫想做的事，好像没有做不成的。有他在，她还有什么好怕的呢？

和李林甫一样了解李隆基的，还有高力士。不过，和李林甫力荐寿王李瑁不同的是，高力士力荐忠王李亨。

说起来，李亨命途多舛，差点被李隆基杀死在娘胎里。

李亨生母姓杨，出身于弘农杨氏，是关陇地区的名门望族。杨氏曾祖父名叫杨士达，在隋朝任门下省纳言，武则天的生母就是杨士达的女儿。因此，论起辈分来，杨氏比李隆基大一辈。

710年8月，杨氏嫁给还是太子的李隆基，不久就有了身孕。李隆基本该高兴，但是，当时李隆基的姑姑太平公主大权在握，对李隆基很是猜忌，而东宫中又有许多太平公主的眼线，东宫上下无不人心惶惶。

李隆基担心太平公主抓住杨氏怀孕之事借题发挥，指责他耽于女色、难当大任。当时，杨氏已怀孕数月，李隆基密谋张说将杨氏腹中胎儿堕去，张说只好送来堕胎药，李隆基亲自煎药，但当晚却梦见神人覆鼎。李隆基醒后马上告诉张说，张说说此梦是大吉之兆，其实是想护住杨氏腹中的胎儿。李隆基思前想后，最后决定留下胎儿，李亨这才保住了一命，于次年顺利出生，成为李隆基的第三子。

由于当时太子妃王氏无法生育，杨氏不敢独享为人母的喜悦，只好将李亨交由太子妃抚养，李亨从此成为王氏养子。李隆基登基后，杨氏生下宁亲公主。因当年张说解梦有功，李隆基特地将宁亲公主嫁给张说之子张垍为妻，成为一段佳话。

李亨自小就行事稳重，他最好的朋友是李隆基的养子、比他年长五岁的王忠嗣。或许，同样身为养子，李亨和王忠嗣懂得彼此内心的孤独。724年，养母病逝，729年，生母杨氏病逝，李亨愈加明白，没有母族势力的庇护，他更应该谨言慎行，远离是非，这才躲过了武惠妃的魔爪，避免了像三皇子被废杀的悲惨命运。

在太子人选这件事上，高力士只对李隆基说了一句话："皇上，太子为国本，废长立幼，国之大忌，推长而立，谁还敢争？"

正是这个"推长而立"，让一直举棋不定的李隆基心头一亮，将目光锁定在了三皇子李亨身上。

废太子李瑛排名第二，李亨排名第三，李隆基为何不关注大儿子李琮呢？

李琮出生于704年，当时，李隆基还是临淄王，李琮生母是李隆基爱妾刘氏。因为太子妃王氏一直没有子嗣，李琮自幼被李隆基当作继承人来培养。但世事难料，李琮九岁时随李隆基在禁苑狩猎时，不幸被猿猴袭击，面部永远留下了一条刺目的疤痕，不再适合当储君。因此，715年正月，李隆基册立皇太子时，没有选择长子李琮，而是选了次子李瑛。

李琮曾因无缘太子而消沉了很多年，自李瑛被武惠妃害死后，李琮才暗自庆幸，幸好自己不是太子，才躲过了这场生死劫难。看来，帝王之位不是谁都有福消受的，他还是当一个太平王爷为好。因李琮膝下无子，李瑛死后，李隆基将李瑛的长子李俨、四子李俅过继给李琮，李瑛的其他几个儿子也由李琮代为抚养。

高力士对李隆基说，这些年来，忠王李亨仁孝恭谨，勤奋好学，他的师傅贺知章、皇甫彬等名士都对他颇为认可。更难能可贵的是，忠王洁身自好，远离是非，不掺和任何权力斗争，这不正是太子的最佳人选吗？

和李林甫推荐李瑁是为自己着想不同，高力士推荐李亨，是为李隆基着想。在高力士看来，新太子要有利于李隆基安抚人心、安抚天下才好。

第八十九章　终成眷属　空有余恨

当李隆基宣布立忠王李亨为太子后，李林甫的失望之情，远胜过李瑁。

李瑁的太子之路，其实是被武惠妃一手推动的。当武惠妃害死三个皇子且赔上自己的性命后，最痛苦、最自责的人，莫过于李瑁。在他眼里，这条通向太子的权力之路上，有数不尽的杀戮，有淌不完的鲜血，可耻之至，可怖之至。

因此，当他听说父皇已决定立李亨为太子时，他竟有一种如释重负的感觉。倒是杨玉环很是替李瑁可惜，叹了口气道："殿下，母后最受父皇宠爱，趁父皇圣旨未下，殿下赶紧去求求父皇，请父皇念在母后的情分上，立殿下为太子吧！"

但是，李瑁果断拒绝了，他揽过杨玉环的香肩，一脸释然道："大哥都不在意能否当太子，我这个排行十八的弟弟，又有什么好可惜的？咱们好好过日子，不是比什么都强？"

李瑁和杨玉环的这番对话，恰好被急急赶来的李林甫听到了，顿时气得脸色发白，拂袖而去！想他和武惠妃这些年如此绞尽脑汁、用尽手段为李瑁谋划，到头来，李瑁自个儿却丝毫不在乎！如果武惠妃泉下有知，不知会不会被气得再死一回？

不过，李家的这场太子之争，对王维来说，却不如莲儿的及笄之礼来得重要。说到底，无论谁当太子，还不都是李家天下？身为大唐子民，还是过好自己的日子来得更实在。

当道政坊的石榴花开得如火如荼时，王宅迎来了莲儿的及笄之礼。

这座道政坊的宅院，王维一住便是十七年。虽然王缙多次劝他换一个更大更好的宅院，但都被他婉拒了。此次为了参加莲儿的笄礼，崔兴宗和卢九娘也从定州赶了过来。崔兴宗也开玩笑说"姊夫，都这么多年了，你怎么还住在这座宅子里？该换换了不是"，但是，王维依然不为所动。因为，这里有璎珞来长安时留下的足迹和身影。只凭这一点，这座宅子就千金不换。

按唐代风俗，笄礼由女子母亲主持，亲族中的贤惠女子一起前来见证。因为莲儿生母早逝，玉真公主主动提出，愿意以义母的身份为莲儿主持及笄之礼，王维很是感激。

这日一早，玉真公主和霍国公主一起来到了王家。当她们步入厅堂时，只见屋里已经嘻嘻哈哈挤了一屋子人，显然都是王家和崔家的女眷。看到两位公主进屋，大家顿时安静下来，纷纷向两位公主躬身行礼。

"诸位不必多礼，今日，这里没有公主，只有莲儿的义母和姨母，还请大家不要拘谨才好。"玉真公主笑着环视了一圈在场诸人，声音和煦得恰如一缕春风。

及笄之礼进行得很顺利，当玉真公主将莲儿的秀发盘至头顶，并用一根银簪牢牢插住时，在一旁观礼的王维不由心生感慨，那个一直跟在他身边的小女孩，终于长大成人了。过不了多久，就要成为别人的新娘了！

这晚，当宾客散尽，莲儿也已睡下后，王维来到书房，久久看着挂在墙上的璎珞画像，情不自禁地伸手抚上璎珞的脸颊，眼角渐渐有些湿润："璎珞，咱们的莲儿终于成人了，并找到了她喜欢的归宿，你可以放心了。"

莲儿生日后第三天，高家就派函使送来了通婚书和聘礼。通婚书装在上好的楠木盒子里，王维双手接过，点头笑纳。函使忙指挥身后的壮汉将二十四抬聘礼一一抬了进来，一律都用大红的绸缎装点着，看着便是喜气洋洋。

当王维忙着为莲儿准备嫁妆时，突然收到孟浩然的来信。信中，孟浩然告诉他，他背上长疮，数月不愈，近日已离开荆州，回到襄阳。

"摩诘，只怪愚兄身子不争气，无法继续照顾张相。所幸关中人氏姓裴名迪者，才思敏捷，为人勤勉，一切要事已悉数托付裴迪。待愚兄身子好转，定再返回荆州，勿念。"看罢来信，王维很想去襄阳探视孟浩然，但莲儿大婚在即，实在脱不开身，只好在信中嘱咐孟浩然多多保重。

忙碌的日子总是匆匆，转眼之间，便到了五月十六，正是高仙芝和莲儿的大婚之日。

这日，玉真公主照例以义母身份张罗莲儿的婚礼。只见她挽着绯色披帛，身着碧罗高腰襦裙，这一身红绿色调，不仅没有丝毫艳俗，反而自有一种从骨子里透出来的高贵。

王维高坐堂屋，受了高仙芝和莲儿恭恭敬敬的参拜。当高仙芝扶莲儿出门上车，载着莲儿的马车且行且远时，玉真公主一直在留意王维的神色。

虽然他自始至终高兴地笑着，但心中的不舍或许只有他自己知道。当然，还有她。

就在刚才，她无意中看到了他压在书房案几上的一首诗，诗中那句"薄暮空巢上，羁雌独自归。凤凰九雏亦如此，慎莫愁思憔悴损容辉"，到底透露了他深埋心底的依依不舍之情！

当王维依依不舍于莲儿的出嫁时，对仙芝来说，则是八年如一日的苦苦等待，终于开花结果。

当前来道贺的宾客渐渐散去，青庐中只剩下一对新人时，低垂粉颈的莲儿，听到耳畔低低响起一声："莲儿。"

分明是那最熟悉不过的声音，却似乎多了许多异样的情愫，压抑已久的感情仿佛一不小心就会喷薄而出。

"莲儿，我终于等到了你！"莲儿一抬头，刚好对上了仙芝滚烫热切的目光，目光中似乎有千军万马扬尘而来……

"仙芝……"莲儿粉嫩的脸上浮起片片红晕，不由想起他俩屈指可数的几次见面，不由眼波流转，嫣然一笑。这一笑，当真明媚难言，连眉心那朵花钿仿佛都已灿然盛开。

"莲儿，你看这是什么？"仿佛只是刹那，仙芝变戏法般从身后拿出了一朵白得耀眼的花朵，"莲儿，很多年前，我曾告诉你，你是这世上最美的雪莲花！"

仙芝俯下身子，用略带薄茧的手指托起莲儿俏丽的下巴。当他在莲儿脸上见到他曾无数次梦见的那独一无二的梨涡时，再也无法控制自己这些年来对莲儿的渴望，以迅雷不及掩耳之势牢牢吻住了她的红唇，也吻住了她那让人心醉的笑容！

不知过了多久，仙芝才紧紧搂住莲儿，将下巴抵在莲儿的额上哑声道："莲儿，你知道这些年来，我有多么想你吗？"

莲儿伏在他的怀里，闭着眼睛微笑："我知道。"

"不，你不知道。阿爷阿娘早就盼着我娶妻生子，而我对他们说的永远是同一句话——我的孩子的阿娘，只能是莲儿！"

莲儿心底早已化为一潭波光粼粼的春水，抬头看着仙芝近在咫尺的双眸，柔情似水道："仙芝，你真傻。我要你答应我一件事。"

"无论几件，我都应你！"

"我要你为了我，保护好自己，好吗？"

仙芝明白，义母曾告诉他，丈人起先并不赞成莲儿嫁给他，就是因为他是一名将军，怕他给不了莲儿岁月静好、白头偕老。

想到这里，仙芝搂住莲儿的手愈发紧了一些，仿佛想把她深深揉进他的身子里去，在她头顶一字一句道："莲儿，你放心，有你在，我定会好好的。"

莲儿仰起头来，定定地看着仙芝，眼角似乎有泪光闪烁。不待她回过神来，仙芝那有力的臂膀就牢牢揽住了她的腰肢，将她整个人带入了一个她无法抗拒的世界。那里，有他越来越急促响亮的心跳，有他越来越滚烫有力的抚摸，有他越来越辗转渴求的亲吻……这一次，他们终于你中有我，我中有你。从此以后，没有兄妹，只有夫妻！

莲儿成亲后，玉真公主忽然意识到，王维从此是真的孤身一人了，这和十七年前何其相似！

那时，王维刚中状元，尚未成亲，她欲招他为驸马。如今，兜兜转转了一圈后，一切似乎又回到了起点。在经过了这么多年、发生了这么多事后，他俩之间到底还有没有可能？当玉真公主为王维百转千回时，远在西南的皮逻阁来到了长安，闯进了她的生活。

737年，皮逻阁战胜河蛮，夺取太和城（云南大理）后，一心想统一六诏。

李隆基本就赏识皮逻阁，再加上玉真公主也曾说起皮逻阁的好，738年，李隆基为皮逻阁赐名"蒙归义"，支持皮逻阁讨伐五诏，并派遣内侍王承训、御史严正诲参与出征。

皮逻阁当即出兵，以破竹之势先灭越析，次灭三浪，又灭蒙巂，很快就统一六诏，正式成立南诏国。

738年6月，李隆基册立李亨为皇太子，邀请皮逻阁以南诏国王身份来长安参加李亨的册立仪式。

因皮逻阁统一六诏有功，李隆基将他晋爵为云南王，赐他锦袍、金钿带等贵重物品。更让皮逻阁受宠若惊的是，李隆基还留他在长安小住一段时日，让他好好领略长安举世无双的繁华气象！

尽管皮逻阁对长安的繁华气象早有耳闻，但当他真正置身这座超过他想象极限的雄伟都城时，还是忍不住咋舌惊叹！从长安第一郊游胜地曲江池到以唐玄奘和牡丹花闻名的大慈恩寺，从香料珠宝、皮毛绸缎应有尽有的商铺到胡姬当户、美酒飘香的酒肆，纵然皮逻阁日日马不停蹄地逛，也依然只看了长安的一角而已。

这日，他决定去拜访一个人，一个让他念念不忘了很多年的人，她就是玉真公主。

自从731年春天在青城山见到玉真公主，她的高贵仪容和优雅谈吐无不深深打动着他。不过，那时的他，只是一个西南边陲的部落首领，他压根儿就不敢妄想。这些年来，他那么渴望统一六诏，除了他与生俱来的使命外，其中一个原因恐怕只有他自己知道。如今，他终于统一六诏，成为南诏国王，且被李隆基封为云南王，有些事情或许可以大胆地想一下了！

虽然玉真公主从皇兄那里听说了皮逻阁统一六诏的英雄事迹，但当她看到鼓起勇气站在她面前的皮逻阁时，脑海里想到的却是他七年前在青城山诗会上那些层出不穷的状况，不由"扑哧"一声笑了出来。

皮逻阁忙低头看了看自己的衣衫，一脸不解道："公主看到我就笑，莫非是我这身装扮不妥？"

"皮逻阁，哦，不，如今该称你云南王了，恭喜恭喜，妥得很！"玉真公主笑着招呼皮逻阁落座，"七年不见，你倒是没怎么变。"

"公主不要打趣我了，还是叫我皮逻阁吧，这样倒是更自在些。"皮逻阁呵呵笑道，"七年不见，公主倒是变了。"

"哦，此话怎讲？"玉真公主一脸笑意地看着皮逻阁。

"公主，我笨嘴笨舌，不知该如何形容您的美。七年前，我第一次看到您，便觉得天上的仙女也没有您好看，如今七年不见，公主变得愈发好看了！"

听了皮逻阁这番毫不遮掩的赤裸裸的夸赞，玉真公主不由有些哭笑不得。他们西南蛮族说话都是这样直接的吗？直接得让人不知如何接话才好。

"多谢美言，不知你今日前来，有何贵干？"玉真公主微微坐直身子，索性也开门见山道。

"不瞒公主，我今日前来，是有一事相求。"皮逻阁搓了搓手，似乎有些紧张。

"哦？我已出家多年，不知能帮得上你什么？"玉真公主几分疑惑道。

"公主，我寻思着，突厥可汗、吐蕃赞普、吐谷浑王都可以娶大唐公主为妻，我也想，我也想……"说到这里，皮逻阁忽然涨红了脸，嗓子显然有些发紧。

"哦，原来如此，我明白了，你这是看上了皇兄膝下的哪位公主？我帮你和皇兄说说，就看皇兄舍不舍得让公主跟随你远赴南诏了。"玉真公主心中暗笑，这皮逻阁倒是胆大得紧，刚被封为云南王，就想当大唐的驸马了。

"不瞒公主，我喜欢的这位公主，不是皇上的女儿，而是……"忽然，皮逻阁腾地站了起来，黝黑的脸色愈发通红，豁出去了般脱口而出道，"我喜欢的是您！"

"啊？"玉真公主不由大惊，这辈子还是第一次听到有人如此大胆直接地向她求爱，仿佛下一秒就会扑过来拥抱她了。

玉真公主顿时收了笑容，一脸肃然道："皮逻阁，方才所言，我权当不曾听到，请你自尊自重，莫再胡言乱语。"

"公主，我说的每一句话都发自真心，怎是胡言乱语呢？"皮逻阁急得口不择言，"如果您嫌南诏国离长安太远，我愿意为公主留在长安，不回南诏国也无妨！"

玉真公主摇了摇头，又是好气又是好笑道："不说南诏国离不开你，你不能留在长安，便是你能留在长安，也须问问我愿不愿意？皮逻阁，我今日明明白白告诉你，我不愿意。"

"公主您孤身一人，我看着心疼呐！我虽然不会写诗，但我一定会事事顺着您，一定会好好哄您开心……"

见皮逻阁越说越离谱，玉真公主忙挥了挥手，向屋外扬声道："来人，送客。"然后，郑重其事地告诉皮逻阁："谢谢你费心了，我这样很好。"说完，起身扬长而去，徒留皮逻阁一人怔怔地站在原地，直到清风前来送客，才重重地跺了跺脚，只怨一切都被自己搞砸了。

送走皮逻阁后，玉真公主思绪万千，久久不能平静。

"七年前，我第一次看到您，便觉得天上的仙女也没有您好看，如今七年不见，您变得愈发好看了！"皮逻阁虽然说话粗陋，但这句赞美却深深留在了玉真公主脑海里。

如果今天对我说这番话的人是摩诘，该有多好！

玉真公主怔怔地看着窗外，回忆731年青城山一夜以来她和王维之间的点点滴滴。

女人特有的直觉告诉她，王维从凉州回到长安后，他们之间的距离似乎比原来近了很多。比如，他愿意告诉她有关崔希逸的难言之隐，愿意向她倾诉那些不足为外人道的心情，愿意让她以义母身份为莲儿主持成人礼……种种迹象表明，他已经将她当成可以交心的知己了。

她心说：摩诘，你我之间仿佛只隔着一层纸，但偏偏谁都不愿捅破。皮逻阁明知会被拒绝，依然不管不顾地说了出来。在爱情这件事上，你我都不如皮逻阁勇敢。我们都已不再年轻，难道还要任由岁月蹉跎下去吗？

其实，除了皮逻阁外，还有一个人一直牵挂着玉真公主，他就是远在湖北安陆的李白。

李白727年娶了前宰相许圉师的孙女许萱，育有一儿一女。730年夏天，李白来到长安，想借许家的名望在长安谋得一席之地，但许家离开长安多年，早已人走茶凉，李白在长安处处碰壁，732年冬天回到安陆，和许萱过起了耕读田园的生活。不料，738年初春，许萱因病去世。

许萱去世后，有人劝李白续弦或纳妾，李白不为所动。别人以为李白是怀念亡妻，只有李白自己知道，他心里其实有一个妄念，那就是远在长安的玉真公主。

他最后一次见到玉真公主，是在731年春天举行的青城山诗会上。也正是在那次诗会上，他无意中撞见玉真公主和王维在庭院中说话。从他俩的神情看，显然有些暧昧不清。他心里很有醋意，但却没有资格吃醋，毕竟他是有家室的人，而王维和玉真公主都孑然一身。

他回到安陆后，一直有意无意留心着玉真公主的消息。让他琢磨不透的是，这么多年过去了，玉真公主始终不嫁，王维始终不娶，难道他们彼此无意？

许萱去世后，李白心头顿时有了妄想。他和王维同年，若论在诗坛的地位，各有千秋，不分伯仲。既然王维可以追求玉真公主，他不也可以大胆追求吗？只要玉真公主未嫁，他就有机会。

李白吸取了上次的经验，决定不贸然前往长安，而是先去找好友孟浩然。他知道，孟浩然和王维多有来往，他可以向孟浩然打探一些有关王维的消息。他对王维了解越多，对玉真公主的把握就越大。

一个凉风习习的秋日，李白从安陆前往襄阳。孟浩然正在襄阳家中休养，看到李白到来，自是喜出望外。两人一边痛饮，一边畅聊，李白有意无意提到了王维。

"孟兄，你擅写山水田园诗，和王摩诘有'王孟'之称。我曾见过王摩诘，平心而论，他虽有诗才，却不如孟兄为人洒脱，我看该称'孟王'才是！"

"太白此言差矣，摩诘诗作远在愚兄之上，若称'孟王'，愚兄实不敢当。"

"哦？我怎么看不大出他的好来？"李白将杯中酒一饮而尽，不以为然道。

看着李白脸上尽是对王维的不屑，孟浩然哈哈笑道："说起来，你和摩诘同年，都比我小一轮，都是我的好友。前段时间，他来信告我，正忙于女儿出嫁一事。待他得空了，咱们三人聚上一聚，喝酒喝茶都使得。"

"好，只要孟兄相邀，小弟必定前来。对了，我怎么听说，他丧妻多年却一直独身，不知这是何故？孟兄可知一二？"

"摩诘是一个重情重义之人。我认识他时，他刚丧妻不久，带着幼女来到长安。听说他妻子因难产而亡，他自认是他害死了妻子，无法原谅自己，发誓不再娶妻。太白，你若和他熟了，自然看得出他的好来。"

"原来如此。"李白若有所悟地点了点头，顾自喝酒，不再说话。

孟浩然这才想起，李白也刚丧妻不久，他方才那番话怕是触到了李白的伤心处，忙转了话题道，"太白，你还年轻，终非池中之物，不该久居安陆呐。"

"孟兄，我今日前来，正是想向孟兄讨教，听说玉真公主礼贤下士，王摩诘当年正是得到了玉真公主的赏识和奥援。我若前往长安拜见她，请她替我引荐，不知可否？"

"我没见过玉真公主，不过确实听说公主常向皇上举荐人才，但凡她举荐的人才，皇上都会高看一眼。不过，这些年来，听说公主深居简出，轻易不大见人。你若想见上公主一面，还须从旁计议才好。"

他俩你一句我一句地聊了下去，从孟浩然透露的信息中，李白心里渐渐勾勒出这样一些细节：王维忘不了前妻，无意再娶；玉真公主潜心修道，无意嫁人；他若想找玉真公主引荐，绝非易事……

738年深秋，当大雁在长安的碧空写下一个略显凌乱的"人"字时，大荐福寺的道光禅师病倒了，且病得不轻。

对于幼年丧父、青年丧妻的王维来说，道光禅师亦师亦友、亦父亦兄，师徒感情非同一般。

道光禅师病重后，王维就几乎住在了大荐福寺，日日陪伴在道光禅师身边。然而，任是王维一心一意为道光禅师祈福，道光禅师始终没有好起来。739年5月23日，道光禅师安然圆寂，享年五十三岁。

王维料理完禅师后事后，强忍悲痛，亲自为禅师写了《大荐福寺大德道光禅师塔铭（并序）》。结尾处，他这样写道："维十年座下，俯伏受教。欲以毫末，度量虚空，无有是处，志其舍利所在而已……"

玉真公主原本想鼓起勇气再次向王维倾诉衷肠，但当她看到王维为道光禅师写的塔铭后，她顿时明白，道光禅师圆寂后，他会执弟子礼，为禅师守丧三年。

这意味着，接下去的三年中，他将不饮酒吃肉，不高枕软卧，当然，更不能行男女之事。这样一来，她想对他说的那些话，又要延迟三年了……

第九十章　力士力荐　玉真玉成

不知不觉间，武惠妃和三位皇子去世已经两年多了。这两年来，李隆基似乎再也没有开怀大笑过。

一方面，他深深思念武惠妃。武惠妃是天生的尤物，她只需静静地站在那里，便能将人的魂魄都勾了去，更何况她还那样善解人意、风情万种。失去武惠妃后的李隆基，终日失魂落魄，郁郁寡欢，即使后宫佳丽成百上千，也无人入得了他的眼，更走不进他的心。

另一方面，他对三皇子的死充满了深深的自责。他不仅对不起死去的三位皇子，也对不起三皇子的生母——赵丽妃、皇甫德仪和刘才人。毕竟，她们都曾经得到过他的宠幸，为他生儿育女，到头来却连骨肉都保不住……

在这样的又爱又恨中，李隆基想到了一个人，一个有着铮铮铁骨、总是苦口婆心劝谏他的人，就是贬到千里之外的张九龄。

如果武惠妃冤枉李瑛时，张九龄还在朝中担任宰相，一定会犯颜直谏，劝他三思。他可能依然会废了太子，但不会犯下如此不可饶恕的大错！

可是，已经没有什么如果，张九龄早已被他贬到荆州，和他隔着千山万水，再也没有机会当面劝他了。

739年夏天，远在荆州的张九龄突然收到了皇上的诏书。诏书中说，张九龄入相多年，功不可没，特从始兴县伯（食邑四百户）加封为始兴开国伯（食邑五百户）。

听内侍宣读完诏书，张九龄脸上似乎辨不出悲喜，只是朝着长安方向恭恭敬敬行了一个大礼，在心里默默发愿："恭祝大唐国泰民安、长治久安。"

和张九龄恰恰相反，李林甫总有本事把话说到李隆基心坎上，且从不说李隆基不爱听的话。

有李林甫在身边辅佐，李隆基觉得轻松多了，又让李林甫兼了六部中最重要的吏部尚书，和兵部尚书牛仙客一同主持文武铨选，网罗天下英才，为朝廷所用。

第九十章 力士力荐 玉真玉成

在这样的风平浪静中，时光缓缓流淌，不知不觉到了740年夏末秋初，距离武惠妃去世刚好三年。

这三年来，李瑁带着为母亲赎罪的心情，不宴饮取乐，不锦衣华服，即使失去了太子之位，也毫无怨言。他觉得，与其说是为母亲守孝三年，不如说是为自己赎罪三年。

让他心有愧意的是，他和杨玉环至今膝下无子，对不起母亲生前的殷殷期盼。

这日下朝后，李隆基来到大明宫观景台，云色苍苍，山色茫茫，偌大天地间，似乎只有他一人，他成了真正的孤家寡人……

高力士默默看了好一会儿李隆基的背影，在心底深深叹了口气，上前几步，向李隆基提议道："皇上，如今秋高气爽，老奴想着，皇上已经有些日子没去华清宫了，不如去散散心，松泛松泛？"

"是啊，上一次去华清宫，还是和惠妃一起去的。如今惠妃不在了，朕好像没这份心了。力士，你说朕是不是老了？"

"皇上春秋正盛，哪里老了？老奴心里头一直存了一句话，但又不敢造次……"高力士声音渐渐低了下去，一副欲言又止的样子。

"力士，你跟了朕一辈子了，你心里头想什么，还需要瞒着朕吗？但说无妨。"

"皇上，老奴前几日去寿王府，无意中撞见了寿王妃，当真天姿国色！"

"朕听瑁儿提起过她，夸她聪明伶俐，善解人意。怎么，力士，你看过的美人也不少了，怎么对寿王妃如此上心？"

"皇上，您就当老奴一派胡言好了，老奴怎么觉得，寿王妃的身段容貌，竟有几分惠妃娘娘当年的神韵呢！那日老奴一见之后，便想寻个机会禀告皇上。"

"竟有惠妃当年的神韵？"李隆基原本心不在焉，听了高力士这句话后，顿时来了兴致，"此话当真？"

"皇上，或许老奴老眼昏花也未可知，但寿王妃确实是难得一见的美人。"说着，高力士凑到李隆基身边，如此这般地说了起来。李隆基听着听着，原本微皱的眉头渐渐舒展开来，手捻胡须，不动声色地露出了久违的笑容。

高力士向李隆基进献的锦囊妙计，就是让以能歌善舞闻名的寿王妃在740年千秋节这天献舞一曲，配乐就用李隆基最喜欢的《霓裳羽衣曲》。

740年八月初五，是李隆基五十六岁生辰。

华灯初上，当百余匹舞马在《倾杯乐》乐曲中纵身跳跃，当其中那匹领头的舞马微蹲后腿、衔着酒杯为李隆基敬酒祝寿时，整个宴会达到了高潮，文武百官齐齐爆发出经久不息的如雷掌声。

忽然，从花萼相辉楼空中传来一阵悠扬舒缓的琵琶声，众人纷纷看向了广场正中的一个优美身影。

李隆基不由倒吸了一口凉气，这身影、这舞姿、这风韵，不正像极了当年那个让他一见倾心的武落衡吗？

"衡娘，你是按自己的容貌挑选儿媳的吗？世间怎会有如此像你之人？"

正当他看得如痴如醉时，乐声戛然而止，杨玉环收回向空中甩出的泛着银光的水袖，在舞池中央一气转了数十圈后，回眸一笑，翩然而去。

这一笑将李隆基彻底震慑住了！尽管杨玉环早已离去，但李隆基的眼神却依然落在舞池中央，久久回不过神来！

这一切，高力士看得明明白白，看来，他的妙计果然奏效了。要知道，自从武惠妃去世后，皇上已经很久没有这样看过一个女子了！

在一片金碧辉煌的灯海中，千秋节的歌舞表演高潮迭起，但李隆基似乎已经无心于此。

"皇上，寿王妃的舞姿，果然名不虚传吧？"高力士凑近李隆基身边问道。

李隆基向身后的龙椅懒懒地靠了过去，过了许久，才意味深长地看了高力士一眼："力士，名不虚传的，岂止是舞姿！"

高力士顿时明白，杨玉环不仅吸引了皇上的眼睛，更是走进了皇上的心里。看来，这不是一支舞曲的结束，而是一部大戏的开始。

宴会结束后，杨玉环随李瑁一起回府，心情甚是欢畅。

"殿下，我已经很多年没有这样尽兴跳舞了，我怎么觉得，跳舞时的我，才是最自在的我呢？"

"玉环，今日是父皇生辰，你为父皇跳舞助兴，我替父皇谢谢你。"虽然李瑁比杨玉环年轻一岁，但在李瑁心里，杨玉环永远是一个长不大的无忧无虑的小女子。

"殿下，说真的，我真想天天跳舞给人看，这比拘在宫里发闷好玩多了！"杨玉环侧头回想着方才的曲子，一脸意犹未尽道。

"玉环，我知道你喜欢跳舞，不过，你是王妃，若总跳舞给别人看，到底不妥。你若觉得闷了，往后我多陪陪你如何？"李瑁搂过杨玉环，凑到她耳畔笑道，"或者，咱们尽快生个孩子吧，这样你就不会觉得闷了。"

听李瑁提到孩子，杨玉环的心情瞬间从高峰跌倒了谷底，叹了口气道："殿下若是想孩子想得紧了，妾身这便去寻个妥当人来为殿下侍寝……"

不待杨玉环说完，李瑁就吻住了杨玉环娇艳欲滴的红唇，过了好久才松开手，低笑道："不是你说觉得闷吗？我可从来都不觉得闷，我只要有你就好。"

杨玉环"扑哧"一声笑了出来,心头涌起一股暖流,娇嗔着轻捶了几下李瑁,伏在他怀中甜甜笑了。

虽然李隆基的千秋节过得轰轰烈烈,虽然玉真公主也受邀参加了生日宴,但对玉真公主来说,这些热闹都是别人的,她心里挂念着的,始终是王维。

过去的两年,对王维来说,似乎噩耗不断。

先是738年4月,好友崔希逸病逝;再是739年5月,道光禅师圆寂;道光禅师圆寂三个月后,北宗禅创始人神秀的嫡传高足普寂禅师也圆寂了。

王维虽然没有直接拜普寂禅师为师,但他母亲师事普寂禅师三十多年。普寂禅师圆寂后,王维陪母亲一起为禅师诵经祈福。

739年,算是风平浪静的一年。不料,740年5月,却传来了张九龄去世的噩耗。据说他于740年春天从荆州回韶州曲江扫墓祭祖,因长途奔波,积劳成疾,回乡后就一病不起。张九龄去世后,被追赠为荆州大都督,谥号文献。

当玉真公主看到杨玉环随着《霓裳羽衣曲》翩翩起舞时,并没有被杨玉环的绝美舞姿吸引,而是想到了王维。

曾经醉心于音乐的他,如今却青灯古卷,皓首穷经,不知他心里还有对红尘往事的回忆和眷恋吗?

千秋节后不久,宫中内侍忽然奉命来到玉真观,说皇上正在花萼相辉楼,请玉真公主入宫说话。玉真公主一路上寻思了很久,不知皇兄何事找她。

尚未到达花萼相辉楼,玉真公主便远远听到了从楼上传来的阵阵羯鼓声,刚劲有力,响遏行云,一听便知是皇兄的功力!

当羯鼓声戛然而止时,玉真公主击掌笑道:"皇兄的羯鼓已然达到炉火纯青之境,咱们几个孩子里头,也就大哥家的琎儿能勉强跟得上皇兄的功力。"

"羯鼓乃八音之首,其他诸乐,皆不可比。"李隆基放下鼓杖,哈哈笑道。

"皇兄今日好兴致,不知有何喜事?让妹妹也高兴高兴。"

李隆基并不马上接话,而是走到观景台边,好半晌后,才回头看着玉真公主,"持盈,你觉得眼前的长安城可好?"

"当然好!如今天下太平,长安是天下最好的去处。便是天上的神仙,恐怕也想来长安了。"

"持盈,朕自712年登基以来,竟已过去了二十八年。这二十八年来,朕即便不是宵衣旰食,也是励精图治,不敢辜负天下苍生。"李隆基手抚白玉栏杆,凭栏远眺,忽然叹了口气,"持盈,不知为何,朕忽然觉得有点累了,想歇一歇了。"

"皇兄,亨儿册封太子也有两年了,我留心看去,亨儿倒是勤勉好学的,皇兄可以放心。"玉真公主走到观景台边，站在李隆基身侧道。

"持盈，你生长在帝王家，应该比谁都清楚，朕可以放心吗？"

玉真公主自然明白皇兄话里话外的意思，不再多说什么，默默俯瞰脚下的这座雄城。

她明白，经历过一系列宫廷政变的皇兄，对权力更迭最为敏感。三年前，皇兄废杀太子李瑛，表面上看，似乎和武惠妃的一连串心机有关，但说到底，还是因为皇兄害怕太子夺权，所以才会不顾青红皂白，甚至不愿多加核实，便做出了废杀太子的决定。或许，在那样的疑心下，无论太子是谁，都难逃被废杀的命运吧？

"持盈，怎么不说话了？"见玉真公主默然不语，李隆基沉声问道。

"皇兄，持盈虽然诵读《道德经》多年，却依然有好些地方不大明白，能否向皇兄请教一二？"

"哦，竟还有你不明白之处吗？不妨说来听听。"

"皇兄，《道德经》言简意赅，惜字如金，却多次提到'无为'和'不争'。'以其不争，故天下莫能与之争'，不知皇兄如何解之？"

李隆基"哈"的一声笑了出来："持盈，你想说什么直说便是，何必拿《道德经》来为难朕？朕不是说了吗，朕有些累了，正想'不争'了。今日请你入宫，正是要请你助朕一臂之力。"

前一刻还在感叹"不能放心"，这会子又说"不想争了"，玉真公主不由有些哭笑不得："但凡皇兄用得上持盈之处，持盈定当效劳。"

"持盈，你也知道，自惠妃走后，朕身边一直没有可意之人，直到千秋节那天，朕看到了一个人……"李隆基絮絮说了下去，脸上颇有神往之色，"朕以为，失去惠妃后，朕不会再对哪个女子动心了，但看到她后，一切似乎都变了。"

玉真公主心里不由一阵好笑："皇兄，这有何难？这天下的女子，只要是您看上的，收入宫中便是，还需持盈帮忙吗？"

"持盈，问题就在于，此女子恰好就是皇室中人。"

"啊？皇兄指的女子，莫非是？"玉真公主心思急转，迅速回忆千秋节那晚的情形，忙伸出手指，比了一个"十八"的手势（李瑁排行十八），"莫非是她？"

李隆基点了点头，看向寿王府邸，似乎恨不得寿王妃此刻就能从寿王府飞到他面前来。"持盈，下个月，朕想去骊山住上几日，你随朕一同前往。到时候，记得邀请寿王妃去你的骊山别馆消遣几日。"

李隆基的言下之意已经再明显不过了，玉真公主一时不知该说好还是不好，怔了半晌才点头道："持盈明白了。"

"持盈，从今往后，朕会谨记老子的'不争'和'无为'，与世无争，无为而治，让天下四海升平。朕已经是半截身子入土的人了，当及时行乐才好。"

李隆基说完，哈哈一笑，拿起鼓杖，"咚咚咚"地在羯鼓上敲打起来。在一声响过一声的鼓声中，玉真公主不由有些恍惚。

她隐隐觉得，她今日似乎说了不该说的话，做了不该做的事。但是，如果皇兄再问她一遍，她除了这样说，这样做，又能说什么？做什么呢？

740年秋天，当李隆基的重舆华盖浩浩荡荡前往骊山华清宫时，身为殿中侍御史的王维，奉命前往桂州"知南选"。

大唐考核升降官员之事，在长安、洛阳、桂州三地同时举行。一般情况下，每四年开展一次，在桂州的这一场就叫做"南选"。

王维从长安出发后，因想着孟浩然在襄阳养病，便特地先到襄阳探望孟浩然。

襄阳在汉江岸边，陆路、水路都很发达。王维乘船南下，不几日就到了襄阳。襄州刺史早就恭候在此，不仅盛宴款待，还陪王维到汉江泛舟，游览襄阳名胜。

汉江江面宽阔，岸边重峦叠嶂，在江面雾气升腾时若有若无，时隐时现。王维乘坐的船只随着水波轻轻晃动，岸边的亭台楼阁仿佛也在水面上荡漾，让人分不清哪是水面，哪是倒影，令人陶醉其中。

"王大人，今日风和日丽，能和大人一起泛舟汉江，实乃下官三生有幸！下官冒昧，斗胆恳请大人吟诗一首，好叫下官开开眼界，增长学问。"襄州刺史仰慕王维已久，一番话说得分外诚恳，让王维盛情难却。

"大人过谦了。不过，如此美景，确实不可无诗，王某献丑了。"只见王维负手伫立船头，朗声吟道，"楚塞三湘接，荆门九派通。江流天地外，山色有无中。郡邑浮前浦，波澜动远空。襄阳好风日，留醉与山翁。"

"好一个'江流天地外，山色有无中'！古往今来，写汉江的诗句多矣，但唯独大人的这两句诗，才真正把汉江写绝了！神来之笔！佩服！佩服！"

王维笑着抱了抱拳："大人过誉了。王某在襄阳有位好友，写得一手好山水诗。王某明日想去看看他，大人请自便。"

王维以为即将和孟浩然重逢，但等待他的却是一个惊人的噩耗——孟浩然已于一个多月前病逝了！

原来，738年秋天，王昌龄因事获罪，贬谪岭南。途经襄阳时，来看望孟浩然。老友见面，分外高兴，孟浩然写了《送王昌龄之岭南》一诗相送。

今年夏天，王昌龄遇赦北还，途经襄阳时，再次来看望孟浩然。此时，孟浩然背上的毒疮已快痊愈，一时忘了医家叮嘱，和王昌龄大吃大喝起来。殊不知，孟浩然背上的毒疮最忌酒水河鲜，这样一通胡吃海喝后，第二天就旧疾复发，不久不治而亡。

王维心如刀绞，安慰了孟浩然家人一番。回到驿馆后，含泪写下了《哭孟浩然》："故人不可见，汉水日东流。借问襄阳老，江山空蔡州。"

翌日，王维向襄阳刺史告辞，刺史挽留不住，只好在汉江边的一座凉亭设宴为他饯行。酒席间，刺史问王维昨日可曾见到好友，王维叹了口气，将孟浩然的遭遇择其紧要告诉了刺史，刺史也是一阵唏嘘，沉默片刻后，起身提议道："王大人，为了纪念襄阳诗人孟君，下官提议将此亭命名为'浩然亭'，大人意下如何？"

王维点了点头，起身走到亭边，看着波澜壮阔的汉江，在心中默念："孟兄，您一生喜欢写山水田园诗，一生将朋友看得比自己还重。从今往后，这座亭子代您看天下风光霁月，看友人聚合离别，可好？"

第九十一章　巧夺儿媳　痛失爱妻

当王维沉浸在失去好友的悲痛中时，玉真公主已随皇兄到骊山度假。当然，她最重要的使命是为皇兄带上杨玉环。

当杨玉环接到玉真公主邀请时，一时有些摸不着头脑，心想姑姑怎么如此好兴致？倒是李瑁呵呵笑道："姑姑也不容易，这么多年了，都是孤身一人，你陪姑姑说说话也好。"

杨玉环本就喜欢热闹，过去三年和李瑁一起为武惠妃守丧，没有好好出门游玩。这次跟随玉真公主前往骊山，心情自是欢畅，一路上和玉真公主有说有笑。玉真公主虽然面上微笑，心里却是一声接着一声叹气，只觉得对不起李瑁。

抵达骊山后，李隆基住进了华清宫，玉真公主和杨玉环则住进了和华清宫一墙之隔的骊山别馆。

不过，不到半个时辰，便有内侍来骊山别馆禀报说，请玉真公主和寿王妃用过晚膳后，前往华清宫沐浴温泉。

听说可以去名扬天下的华清宫沐浴温泉，杨玉环喜出望外，欢欣雀跃地用了几口晚膳，便催着玉真公主早些过去。玉真公主却觉得脚下似有千斤重，但看到一直等在屋外的小内侍，心知此事已经无可挽回。

当玉真公主和杨玉环在小内侍的引领下，坐着肩舆来到华清宫时，华清宫里早已华灯遍地，香烛氤氲，亭阁楼台灯火通明，湖光山色波光潋滟，恰如人间仙境一般。

早有宫女等候在此，引着她们向南走了几步，只见眼前出现了一个长廊，廊下点满了宫灯，和天上的星光交相辉映，让人有种梦幻般的不真实感。

宫女毕恭毕敬道："启禀长公主，启禀寿王妃，这是专供贵人们沐浴之用的长汤，请贵人们慢用。"

玉真公主点了点头，带杨玉环走了进去。一进屋里，便有一股热气扑面而来。宫女服侍她们脱下衣衫，披上沐浴时专用的轻纱，两人相视一笑，缓缓步入用青石砌就的浴池。

浴池水温宜人，两人惬意地半躺了下来，只觉得通体舒泰，懒洋洋地不想动弹。

玉真公主抬头仰望星空，那漫天闪烁的繁星亮得让她有些睁不开眼。"摩诘，此时此刻，你身在何方？是在前往桂州的某个驿站歇息？还是已经到了桂州？长路漫漫，你一切可好？"

正当玉真公主沉浸在这伤春悲秋的情绪中时，忽然有小宫女一溜小跑来到浴池岸边，蹲下身子，凑近玉真公主耳边小声耳语了几句，玉真公主先是一愣，继而点了点头，挥手示意她退下。

躺在一旁的杨玉环看了看宫女远去的背影，一脸不解道："姑姑，侍女找您何事？"

玉真公主拢了拢脑后湿漉漉的长发，一脸不耐道："还能有什么事？清风担心我在浴池中躺久了头晕，特地派小宫女来提醒我一声。也罢，你年纪轻，再多躺一会儿，我到底不敢贪恋了。"

"姑姑保养得宜，肤如凝脂，容色鲜艳，就是二十几岁的小娘子也不如姑姑呢！"杨玉环伶牙俐齿，一番话说得玉真公主心里像吃了蜜糖一般甜，"怪不得瑁儿那般疼你，原来长了这样一张巧嘴。"玉真公主话一出口，便觉得自己似乎说错话了，杨玉环倒是并未在意，"姑姑莫取笑我了，玉环笨嘴笨舌，不被寿王殿下嫌弃就是万幸了！"

玉真公主笑着摇了摇头，拢好披风，缓缓离去。杨玉环目送玉真公主远去后，重新在石凹处半躺了下来，继续享受这漫天的星光和温暖的泉水。困意渐渐袭来，杨玉环不由闭上了双眸……

"你是何人？怎会在此？"忽然，身后传来李隆基那浑厚响亮的声音，杨玉环顿时吓了一跳，瞬间困意全无，正欲转身拜见皇上，却发现自己身上只有一层薄得近乎透明的轻纱，着实见不得人，一时间急得不知如何是好，只好在浴池中伏下身子，战战兢兢道："启禀皇上，妾身是寿王妃杨氏，方才随姑姑来此沐浴，姑姑有事先走，玉环贪恋浴池，竟在此睡着了。若有冒犯皇上之处，还请皇上开恩……"

不待杨玉环再说下去，李隆基忽然"哈"的一声笑了起来，那笑声中竟有一种杨玉环从未听过的爽朗："原来如此！到底是小孩子家，贪恋浴池也是有的。不过，能在浴池中入眠，朕还是头一回遇见！"

李隆基的笑声给了杨玉环莫大的安慰，原本惊慌失措的心情渐渐安定了下来，但低头看见自己身上这层紧紧包裹在身上的轻纱，不禁又犯起愁来，该如何起身离开这里才好？

不料，杨玉环还没想出对策，却见李隆基如入无人之境般，大踏步走入了浴池，在杨玉环身旁躺了下来，漫不经心道："白天颠簸了这一路，朕身上有些乏了，你帮朕松快松快！"

李隆基说话时的神色，仿佛在说一件世上再寻常不过的事情，但落在杨玉环耳里，却让她差点不敢相信自己的耳朵，久久愣在原地，不知所措。

"怎么？儿媳为公爹搓背，不正是天伦之乐吗？难道朕不配享受这天伦之乐？"李隆基无须回头，就能想象杨玉环此刻脸上的愕然和震惊，故意激她道。

"不，不是，玉环这便遵命。"杨玉环心中忐忑，紧咬下唇，伸出纤纤玉指，小心翼翼地抚上李隆基的后背，替他轻轻按压起来。李隆基心头一笑，手上微一用力，便将身后的杨玉环向自己拉近了几分，杨玉环只觉得自己已经完全贴在李隆基背上了。更要命的是，她身上的轻纱几乎可以忽略不计，她和他的身体之间已然没有什么遮挡。她瞬间感受到了从他身上传来的热力，这热力是如此强烈，强烈到让她觉得快要让池水沸腾了！

但李隆基似乎并不满足于只让她在他身后捶背，下一秒，杨玉环只觉得腰上一紧，就被李隆基反手拉到胸前，被他的手臂紧紧箍在怀中。

杨玉环心跳得愈发厉害，脑子里更是一片空白。莫非皇上喝醉了，把她当作侍寝的宫女了？还是皇上明知她是他儿媳妇，却依然要轻薄她？这到底是怎么回事？谁能告诉她？

"玉环，自从千秋节上看了你美轮美奂的舞姿，朕便喜欢上了你。这天下的女子，但凡朕喜欢的，朕便要得到！"李隆基一手箍住杨玉环的纤腰，一手抬起她的下巴，直视她的目光，似乎一直能看到她的内心深处去。

"可是，皇上，玉环是皇上的儿媳妇，玉环不配……"不待杨玉环说完，李隆基就狠狠地吻了下去，吻住了她娇艳欲滴的红唇，也吻住了她所有想说的话。不知过了多久，李隆基才稍稍松开了手，喘着粗气沉声道："朕说过了，这天下的女子，但凡朕喜欢的，朕便要得到，你是朕儿媳又如何？明晚这个时候，朕在星辰汤等你。"

说完，李隆基松手放开了她，大笑了几声，扬长而去，徒留杨玉环在原地，惊魂未定，久久回不过神来。

这一晚，杨玉环彻底失眠了！

事情怎会变成这样？当今皇上、自己的公爹竟然吻了她，而且还要占有她，这让她该如何是好？如果拒绝，是否算是抗旨？如果服从，又怎么对得起李瑁？这简直是一道无解的难题！

忽然，她想到了玉真公主！刹那间，一个个疑窦迅速在心头掠过：玉真公主为何邀请她来骊山小住？她和玉真公主泡温泉时，玉真公主为何先行离开？为何皇上早不来，晚不来，恰好就在玉真公主离开后突然驾临？

太多的为何，都和玉真公主有关，莫非，这所有的故事都是玉真公主一手安排？或者说，是她帮皇上安排的？想到这里，杨玉环只觉得背脊发凉，脑袋发胀，睁眼看着窗外的月光，只等天一亮就去找玉真公主一问究竟。

这一夜似乎格外漫长，好不容易等到东方露出鱼肚白，杨玉环再也按捺不住激动的心情，叩响了玉真公主的房门。

屋内传来一阵脚步声，门"吱呀"一声开了。看到眼前云鬓半偏的杨玉环，玉真公主似乎怔了一下，随即笑道："玉环，昨晚我睡得早，你几时回来的？我竟不知道。"

杨玉环快步走进屋内，"扑通"一声跪在了玉真公主面前，声音中有种掩饰不住的慌乱："姑姑，玉环不知该怎么办？只有姑姑可以救玉环了。"

玉真公主忙一把扶起杨玉环，拍了拍她的手背，柔声问道："可是皇上和你说了什么？"

杨玉环紧紧拉住玉真公主袖袍，像拉住救命稻草般连连点头道："是的，姑姑可是全都知道？"

玉真公主点了点头，拉杨玉环在便榻上坐下，叹了口气道："玉环，说起来，这事是姑姑瞒了你，骗了你，你怨我怪我，都是应当。"

"姑姑，玉环知道，姑姑定然不是有意瞒我，玉环决不会怨姑姑分毫。只是，事到如今，玉环不知该如何面对？还请姑姑替玉环拿个主意。"杨玉环说着又想起身下拜，立即被玉真公主拉住了，安慰她道："玉环，莫急，莫急，咱们坐下说话。"

"自古英雄难过美人关，这世上的男人，但凡看到绝色美女，都想占为己有。只不过，大多数男人只能想想，但有一个男人却可以做到，那就是皇上。即使你是皇上的儿媳，也一样可以被皇上收入囊中，你明白吗？"

杨玉环一动不动地侧耳倾听,听到玉真公主发问,先是不由自主地点了点头,随即又摇了摇头,一脸恍惚道:"姑姑,玉环若是从了皇上,将置寿王殿下于何地?寿王殿下怎会接受这样的事实?"

"瑁儿接受也好,不接受也罢,都无法改变皇上要你的决心。如果喜欢你的不是皇上,瑁儿定会为了你抗争到底,就像很多年前那个烧饼大郎……"

"烧饼大郎?"

"是的,烧饼大郎虽是一介平民,却为了爱妻不惜和宁王抗争,并最终夺回了爱妻。有人还为此写了一首诗。"玉真公主抬头看向远方,嘴角掠过一丝若有若无的笑意,喃喃低语道,"莫以今时宠,难忘旧日恩。看花满眼泪,不共楚王言。"

杨玉环并不知道玉真公主和王维之间的那些往事,一时间竟忘了自己的烦恼,怔怔问道:"姑姑,玉环想问问写诗之人,楚王真的可以容忍息夫人心有他属吗?"

"玉环,你只需记住,男人只在乎能否拥有女人的身子,至于女人心里想谁爱谁,男人并不一定在乎。所以,息夫人虽然可以'不共楚王言',却不得不为楚王生下了两个儿子。但女人却不同,她如果爱上了一个男人,一定会在乎这个男人爱不爱她。如果她只得到了男人的身子,却得不到男人的心,她或许会选择放手……"

对于玉真公主这番深奥的见解,杨玉环无意深究,想到她眼下面临的难题,不禁掩面而泣道:"姑姑,若玉环弃寿王殿下而去,寿王殿下定会伤心难过,玉环着实不忍……"

"可是,如果你拒绝皇上,你以为皇上会就此放手吗?到那时,瑁儿或许会为此付出更大的代价。姑姑劝你一句,为了瑁儿的平安,你应该选择顺从圣意。"

看着玉真公主和煦温婉却不容置疑的目光,杨玉环渐渐明白了一个事实,她根本没有选择的权力,她能做的,除了顺从,还是顺从!

对李隆基来说,从没有哪一天像今天这样如此急切地盼望天快点黑下来。

昨晚,他第一次近距离看到了杨玉环,而且是洗去铅华、毫无遮挡的杨玉环。平心而论,她比武惠妃有过之而无不及,眉不描而黛,发不漆而青,颊不脂而红,唇不涂而朱,当真是一等一的倾国倾城!

老天弄人,拥有这样倾国倾城貌的女子,竟然是他的儿媳。虽然他对她撂下了一句狠话,但她毕竟是他的儿媳,她真的会来吗?

想到这里,他不由有些心烦意乱起来,在华清宫紫泉殿御书房烦躁地踱起步来。

见李隆基坐立难安,高力士躬身走了过来,笑容可掬道:"皇上,依老奴看来,寿王妃是明白人,今晚定会准时前来。"

"哦?力士何出此言?"这么多年了,李隆基早已将高力士当成了比亲人还亲的自己人，任何心事都不瞒他。

"皇上，当局者迷，旁观者清，皇上身处其中，关心则乱，老奴置身事外，倒是看得更明白一些。"高力士亦步亦趋地跟在李隆基身后踱步，"皇上，世间哪个女子不向往荣华富贵？而天下最大的荣华富贵，莫过于能被皇上宠幸。而且，寿王妃一定明白，她若不从，将来还会有好日子过吗？所以，老奴愚见，寿王妃今晚一定会在星辰汤恭候皇上，为皇上沐浴更衣。"

高力士说到"沐浴更衣"四字时，故意放低了声音，把李隆基本就迫切的心情撩得愈发心痒难耐，转身问高力士道："力士，你说的固然有几分道理，可是，自古嫦娥爱少年，瑁儿年轻气盛，朕毕竟上了年纪，玉环她当真舍得离了瑁儿？"

"皇上春秋正盛，哪里不如寿王了？再说了，李相比您年长两岁，不是最近又得了一个大胖儿子？"高力士凑到李隆基身边小声说，"皇上，眼见寿王妃嫁给寿王五年多了，但肚子一直不见动静，会不会寿王那方面不行？"

"休得胡言！"李隆基表面上呵斥高力士，但心里却是一阵暗喜，杨玉环婚后一直不曾怀孕，不是李瑁有问题，就是杨玉环有问题，无论谁有问题，都是好事。他对子嗣早已没有兴趣，若杨玉环天生不会怀孕，不是可以日日侍寝了吗？这不是天大的好事吗？

想到这里，李隆基浑身都不自在起来，身体的变化更是半点都藏不住，向高力士挥了挥手："朕有些乏了，你退下吧！"

高力士心领神会，躬身退了出去。他知道，不消多少日子，杨玉环注定会取代武惠妃，宠冠后宫。

这晚，天尚未完全黑下来，李隆基便来到了华清宫星辰汤。

这里离汤泉古源最近，地形最好，水质最佳，是李隆基专属汤池。这么多年了，只有武惠妃被赐浴星辰汤，和李隆基共浴温泉。但今晚，星辰汤将迎来一位新的女主人。

虽然李隆基已领教过杨玉环的美，但当她今晚款款步入星辰汤时，他依然被深深震住了。

杨玉环本就肌肤丰白，今日披了一件银红轻纱，领口露出的一小截肌肤更是晶莹剔透，便是世上最上乘的羊脂白玉也不及她分毫！

李隆基原本已躺在汤池中，看到杨玉环一步一步向他走来，他只觉得身体深处压抑了多日的火山即将喷薄而出，忙"霍"地起身，大步走到杨玉环身边，不待杨玉环说出"皇上"二字，便将她打横抱起，向汤池走去……

这晚，五十六岁的李隆基终于彻底拥有了二十二岁的杨玉环，杨玉环成为继武惠妃之后第二个被李隆基赐浴星辰汤的女人。

当李隆基和杨玉环在星辰汤中颠鸾倒凤时,玉真公主在骊山别馆焚香独坐。

今日她选了龙涎香,放在两尺高的鎏金忍冬纹结五足香炉里静静燃烧,只一息功夫,便有一股奇异的幽香从龙首盖钮下的镂空莲瓣里透散出来,渐渐飘满了整间屋子。

她知道,此时此刻,皇兄是最大的胜利者,他得到了最大的满足。杨玉环虽然并不情愿,但皇权是最好的春药,会让杨玉环半推半就,渐入佳境。最可怜的莫过于李瑁,他深爱的妻子竟然成了别人的枕边人,而这个别人,竟是他的父皇!

玉真公主叹了口气,用力摇了摇头,决定不想这些了。从小到大,她在宫中看到的不堪之事还少吗?这只是一个小插曲罢了。

龙涎香的香味,不仅沁人心脾,且透入骨髓,玉真公主不由深深吸了口气,没来由的,便又想到了正在桂州南选的王维。

"摩诘,《道德经》有云:'五色令人目盲,五音令人耳聋,五味令人口爽。'我虽然修道多年,旁人都认为我道行颇深,但只有我自己知道,我依然迷恋五色五音五味,你呢?信佛多年,你真的可以放下红尘俗世了吗?"

二十多天后,李隆基起驾回宫。和前往华清宫时不同,这一回,杨玉环并未和玉真公主同车而行,而是直接上了李隆基那绘百兽、雕金凤的座驾。

玉真公主心中了然,自那夜赴了星辰汤之约后,杨玉环就直接搬进了华清宫,再也没有回骊山道观。这20多天里,李隆基已完全为杨玉环倾倒,日日和她腻在一起,如胶似漆,形影不离。随行人员虽然愕然,却绝不敢多说半句。

对李隆基来说,杨玉环是最好的回春丹,让他一夜之间重现盛年光彩。曾经那个生龙活虎、夜夜尽兴的李隆基,瞬间又回来了!

不过,杨玉环明面上毕竟还是寿王妃,当李隆基的座驾回到长安后,杨玉环并未随李隆基驶进兴庆宫,而是换乘另外一辆翟车,回到了寿王府。如果说过去的二十多天里,她可以催眠自己,让自己活在皇上的宠溺中不可自拔,那么,此时此刻,当她回到寿王府,即将面对寿王时,她还能继续逃避下去吗?她该如何向寿王解释这一切?寿王能否接受这一切?

然而,杨玉环尚来不及向寿王解释,或者说,还不敢解释这一切时,李隆基的一纸敕书却到了寿王府。

敕书大意是:寿王妃贤惠孝顺,志向不在享福,而在精修道教。如今,她发愿为窦太后祈福,意志坚决,无法阻拦。朕同意她为女道士,并赐道号"太真"。

"出家为女道士?为窦太后祈福?玉环,这到底是怎么回事?"送走宫中内侍后,李瑁如雷轰顶，根本无法接受这个事实。

自杨玉环从骊山回来后，他隐隐感到了杨玉环身上说不清、道不明的变化，但却不敢往那方面想。今日收到父皇这份要度杨玉环为女道士的敕书，却无疑坐实了他心中的猜测。他一个激灵回过神来，不由怒从心起，定要找杨玉环问个明白。

"殿下，玉环是无福之人，请殿下忘了玉环吧。"杨玉环也不曾料到李隆基会出这样一招，"扑通"一声跪倒在李瑁面前，掩面而泣。

"玉环，你我成亲五年，我待你如何，我相信你最清楚！你为何突然要出家为女道士？你和父皇之间，到底发生了什么？"李瑁生性温和，对杨玉环从未大声说话，但此时此刻却像一头受伤的困兽般，紧紧抓住杨玉环的身子，发出了雷霆般的咆哮声。

"殿下，今生今世，玉环对不起你。如果有来生，玉环愿做牛做马，向殿下赎罪于万一。"杨玉环泪如雨下，泣不成声道。

"不！我从不相信什么来生，也不要你做牛做马！我只要你这辈子做我妻子，不要去当那劳什子的女道士，成不成？"李瑁显然急红了眼睛，将杨玉环紧紧箍进怀里，生怕一放手就会失去她似的。

杨玉环却不敢抬头看他，任凭李瑁怎么追问，只是摇头啜泣道："殿下，事到如今，你我都已做不了主了。自古以来，君命难违。君要臣死，臣不得不死，皇上要玉环出家，玉环不得不出家呐。"

"玉环，我要你给我一句实话，你这次去骊山，是不是已经、已经和父皇发生了不齿之事？"李瑁只觉喉咙冒火，嗓子发紧，眼睛定定地逼视杨玉环，仿佛可以一直看到她心里去。

杨玉环痛楚地闭上眼睛，仿佛用尽全身力气般点了点头，声音里是深深的歉疚："殿下，玉环无缘为殿下养育一儿半女，您就当玉环已经死了吧。从今往后，请殿下另娶佳人，玉环恭祝殿下儿孙满堂……"

不待杨玉环再说下去，李瑁就狠狠推开了杨玉环，眼中仿佛有一团怒火在熊熊燃烧："父皇怎能做出如此有悖人伦的事来？父皇欺人太甚！我这就找父皇评理去！我要当面问问父皇，他凭什么霸占儿媳？凭什么？"说完，便要转身离去。

杨玉环心头大急，忙起身追上前去，一把扯住李瑁衣襟痛哭流涕道："殿下息怒！殿下万万去不得！"

李瑁哪里听得进去，抬脚就往外走，杨玉环"扑通"一声跪倒在李瑁面前，拼死相劝道："殿下难道忘了废太子和二位皇子的下场了吗？玉环知道殿下心里不痛快，殿下要打要骂，玉环都甘愿受罚，却万万不能去寻皇上评理呐。皇上就是天底下最大的理，咱们哪有什么道理可言？请殿下三思呐。"

杨玉环这番话仿佛一瓢冰水，将李瑁从头到脚彻底浇了个透心凉！是啊，废太子和二位皇子的下场近在眼前，他如果去找父皇评理，无疑就是和他们一样的下场！但如果不去找父皇评理，难道就眼睁睁看着爱妻被父皇生生夺走？他到底该怎么办，才能让父皇收回敕书、留住玉环？

李瑁颓然跌坐地上，彻骨的寒意和他心中的怒火激烈纠缠，最终击败了方才那喷薄而出的怒吼！理智告诉他，除了服从或死亡外，没有第三条路可走。而且，即使死亡，也改变不了爱妻被父皇夺走的下场！他唯一能做的，就是当作什么都不知道，乖乖献出爱妻，以尽孝道。

741年正月初二，杨玉环出家奉道，道号"太真"。仅仅过了几天，正月十一，李隆基就把一身道服的杨玉环接到华清宫，开始了属于他俩的缠绵时光，独留李瑁在长安品尝那夺妻之恨酿成的无尽苦酒……

第九十二章　倾诉衷肠　冷若冰霜

当741年春天来临时，王维结束了桂州的知南选，返回长安。

过去一年，他接连失去了恩师张九龄和好友孟浩然，在桂州的半年多时光里，除了做好分内之事，常常独自漫步山林，排解心中的无限忧思。

当王维辗转回到长安后，还来不及整理行囊，就听到了仙芝和莲儿的喜讯！

这天，高舍鸡兴冲冲来到王维府上，未见其人，先闻其声，只听他洪亮的声音远远传来："托亲家福，犬子被授予安西副都护、四镇都知兵马使，近日便要和儿媳一道回长安探亲咯！"

王维忙快步迎了出去："亲家好，仙芝年纪轻轻便位列四品官员，可喜可贺！可喜可贺！"

"说起来，仙芝能有今日，是托了亲家的福，托了莲儿的福呐！五年前，犬子虽被授予将军，却并未受到重用。直到三年前，犬子和莲儿成亲后，才有如神助，被提拔重用，老夫高兴得梦里都要笑出声来！莲儿当真是咱们高家的贵人！"

"小女只是一寻常女子，哪里当得起'贵人'二字？仙芝能有今日这番成就，全凭他自己多年如一日的奋力拼搏。仙芝能有如此出息，我真心为他高兴！"

两人正说笑间，门人忽然来报，玉真公主的翟车快到了。高舍鸡不由拍手笑道："今日真是好日子，老夫许久不曾拜见公主了，今日正该好好谢谢公主才是。"

"是啊，这些年来，王某常出门在外，小女多靠公主费心看顾，咱们这便出门迎接公主。"

当王维和高舍鸡走出大门时，玉真公主的翟车刚缓缓停了下来。清风掀起车帘，扶玉真公主款款走下车来。

王维和高舍鸡忙一起迎了上去，对着公主深深行了一礼："微臣王维，末将高舍鸡，拜见公主。"

玉真公主看见他俩都是笑容满面，不由点了点头："我刚听说了仙芝的好事，正想告诉你们呢，看来竟是多此一举了。"

王维和高舍鸡自是感激了一番，三人步入堂屋落座，玉真公主忽然想起了什么似的，絮絮说了下去："我怎么听说，龟兹夏日极热，冬日极寒，而且边境不宁，常有蛮夷来犯，便是我朝贬黜官员也不愿去那严酷之地。但莲儿硬是不顾身子柔弱，婚后就随仙芝去了龟兹，且一去便是三年。你们一个阿爷，一个阿翁，竟都不心疼莲儿吗？我却是日日都惦记着莲儿呢！"

玉真公主一席话将高舍鸡说得面有惭色，忙起身抱拳道："启禀公主，老夫何曾不心疼儿媳？我们多次去信，劝说儿媳早日回长安和我们同住，但儿媳却说，只要和仙芝在一起，便不觉得苦了。"

听了高舍鸡这番话，王维不由出神道：莲儿呐莲儿，你太像你阿娘了！想当年，我从长安贬谪到人烟稀少的济州，你阿娘随我一同前往，说的不也是这番话吗？

"高将军，你有如此佳儿佳妇，定是有福之人。"见王维默然不语，玉真公主看了王维一眼，意味深长道，"摩诘，莲儿如此至情至性，倒是有几分像你。"

"莲儿的性子，其实更像她阿娘。"王维回过神来，淡然一笑。

高舍鸡并不知道王维和玉真公主对话中的深意，顾自感慨道："老夫和犬子能有今日，全靠皇恩浩荡，老夫感激涕零。若有来世，老夫还想当一名军人，守护大唐……"

听高舍鸡提到"若有来世"时，玉真公主不由感慨，她和王维都已年过四十，人生已经过了大半，如果再不走到一起，恐怕只有等来世了。

不，她不要等来世，来世太遥远，她只要今生，只要今世！

如今，是741年春天，距离她第一次向王维表露心迹已经过去了整整二十年。

二十年来，不管他如何拒她于千里之外，她都一直不曾停止过对他的爱。虽然他说他已是一个心死之人，但她相信，爱可以化为和煦的春风。当春天来临时，即便硬如坚冰，也能被春风吹融，她不相信他的心会比坚冰还硬……

当他和她聊辛夷花时，当他让莲儿带馄饨给她时，当他向她倾诉崔希逸的不平时，女人特有的直觉告诉他，他对她是有感觉的。这种感觉或许连他自己都不一定知道，或者说即使知道也不一定承认，但这些都不重要。

重要的是，他并没有像他说的那样，已是一个心死之人。他明明没有心死，他明明还可以爱人……

738年莲儿出嫁后，她原本想和王维好好聊聊他们之间的感情，但偏偏天意弄人，自738年秋天以来，道光禅师、普寂禅师、张九龄、孟浩然相继去世……如此频繁的生离死别，任谁都扛不住，不知他在桂州知南选的日子里，怎样孤独地扛过这一切？

想到这里，她不由一阵心疼，原来，爱一个人，不仅是爱着他的爱，更是痛着他的痛……得知王维回到长安后，玉真公主一刻都不想再耽搁下去了。她想马上告诉他，这二十年来，她一直深爱着他。她只想问他一句，往后余生，她能否走进他的心里，和他同悲共喜？

然而，当她兴冲冲赶到王维家中，看着王维和高舍鸡闲话小儿女的家常时，心中的千言万语突然失去了倾诉的对象。当高舍鸡起身告辞时，她也不好再待下去，看了王维一眼，落寞离去。

这晚，玉真公主端坐窗前，顾自出神。万籁俱寂中，仿佛从花萼相辉楼传来幽幽的丝竹管弦之音，还隐隐夹杂着鼓声。

玉真公主摇了摇头，一阵苦笑。明面上，皇兄让杨玉环出家为道，其实，皇兄早已将杨玉环接入宫中，笙歌燕舞，琴瑟和鸣，宫中上下都已称杨玉环为杨娘子……

"虽说皇兄强夺儿媳有违天理，但他敢如此大胆追求心中所爱，却也让人心生佩服。我为何就不能再大胆一回呢？"玉真公主这样想着，决定给王维写一封长信，将她这二十年来对他的所有感情细细说与他听。

写罢搁笔，写信时所有的柔肠百结似乎都已烟消云散，她仿佛成了一个局外人。她只是好奇，不知他这次会不会接受她？如果不接受，又会拿一个怎样的理由拒绝她？

当王维收到玉真公主的桃花笺时，心中不由"咯噔"一下，隐约猜到了几分。

当他细细读完这封洋洋洒洒的长信后，胸口似乎被某种酸楚到几乎疼痛的情绪涨得满满的，耳畔似乎响起了玉真公主那一声声炽热的告白——

"摩诘，每到冬天，看着曲江一望无际的冰面，我常常想，再是坚固的冰，遇到柔软的春风，不也融化了吗？摩诘，即使你对我冷若冰霜，我依然相信，只要我一直爱你，你也终会融化，对吗？"

第九十二章 倾诉衷肠 冷若冰霜

"摩诘，十年前的春天，你曾告诉我，你的心已经死了。但我从不相信这世上真有心死之人。我只相信，精诚所至，金石为开。这么多年过去了，难道你心里依然还是那句话吗？"

"摩诘，当你一次一次拒绝我时，我心里很痛，却不愿让泪珠涌出眼眶。我不想在你面前示弱，也不想让你同情我。摩诘，我一心一意想要的，无非是和一个相爱的人相依相伴、共度余生。这么多年了，我爱的人一直只有一个……"

桃花笺上有多处洇湿的痕迹，他明白，这是玉真公主的泪痕。她是一个坚强的女子，但是，任她再是坚强，在她爱的人面前，她都是脆弱的。正如她信中所言，这二十年来，她一直没有停止过爱他，她多么想要一个温暖的怀抱，多么想要一个有力的臂膀。

他能给她温暖的怀抱吗？他能给她有力的臂膀吗？

放下信笺，枯坐窗前。扪心自问，他不是一个铁石心肠、冷酷无情之人，但是，在他和玉真公主的这段关系中，无论他问自己多少次，答案依然还是——不能。

可以说，她有多么执着，他就有多么决绝，决绝得不给她心存一丝幻想，也不给自己留下一丝余地……

他的决绝，来自对璎珞的深爱。

他的爱情，早已在璎珞被老天带走的那一刻，也被老天带走了！从那之后，他觉得自己已经失去爱的资格，也不再有爱的能力。在漫长的余生里，他只想做一件事——为因他而死的璎珞孤独终老！

他的决绝，来自对佛法的了悟。

这些年来，跟随道光禅师研读佛经，渐渐觉得，在佛法的世界里，个人可以自觉自足。男欢女爱本就是一场空，既然是空，便不必贪恋。

他的决绝，来自对皇权的疏离。

自从张九龄、裴耀卿罢相后，他便渐渐厌倦了政治，厌倦了朝廷。这些年来，他一次次离开长安。在别人看来，他是一颗可有可无的棋子，任人摆布，没有前途，但在他看来，却远比被束缚在长安来得自在。虽然玉真公主不过问政治，但她毕竟是皇上的妹妹，他不想因她而重新卷入政治的漩涡。

夜深了，王维依然坐在书案前，看着案头上的桃花笺，久久不知该如何回复玉真公主。

他可以决绝，但到底有些不忍，他该如何表达，才可以将他对公主的伤害降到最小？

无意间，他看到了躺在屋角的镶玉琵琶，想起了玉真公主为他弹奏古琴，想起了他曾经对公主说过的有关辛夷花的话："公主若能忘记周遭的一切，像辛夷花般自开自落、活出自我，或许会对琴曲有更深的领悟。"

想到这里，王维心中了然，提笔在宣纸上写下了四句诗：木末芙蓉花，山中发红萼。涧户寂无人，纷纷开且落。

他想通过这四句诗告诉玉真公主，他和她注定都是孤独的，就像山中的辛夷花，独自开，独自落，独自完成生命的修行，独自追求生命的富足。他们可以互相欣赏，却不能合二为一。因为，对辛夷花来说，最好的生命形式，就是自开自落，自我圆满。

在这首诗下方，王维斟酌良久，这样写道："公主，那年在青城山上，微臣曾告诉公主，哀莫大于心死，请公主忘了一个已经心死的人罢。今日公主相问，微臣不敢欺瞒。微臣心里，依然还是这句话。公主，你曾说，除非我这辈子再也不娶，否则，你不相信我的心已经真的死了。如今，你可以相信了。这辈子，我不会再娶，请公主成全……"

最先发现玉真公主变化的，是霍国公主。

这日，她收到玉真公主的请帖，说是玉真观设宴，请她前往一聚。

当霍国公主到达玉真观时，玉真观里早已高朋满座，一眼看去，李龟年、李彭年、李鹤年等长安顶级乐师倒是来了大半，正和玉真公主谈笑晏晏。

再看玉真公主的妆容，也是眼前一亮。她脸上至少扑了三层雪白的应蝶粉，额头涂着鹅黄的松花粉，眉心贴了一个桃形的镂金翠钿，从眼角到两鬓则是两抹淡淡的斜红，立时让整张脸都亮了起来，怎么看都不像年过四十之人。

看见霍国公主，玉真公主打趣她道："就属你架子大，咱们可是等了你半日了。你倒说说看，该如何罚你？"

霍国公主几步走到玉真公主身边，掩嘴笑道："姊姊今日好兴致，妹妹定不能拂了姊姊的意，听凭姊姊发落便是。"

"这话我爱听，龟年，你挑首时新的曲子，让我妹妹和着曲子跳上一曲，咱们也好饱饱眼福。"

"哎呀，姊姊，我可没有杨娘子的本事，你就饶了我这一回吧。"说着，凑到玉真公主身边耳语道，"我前些日子进宫看望皇兄，杨娘子跳舞，皇兄亲自为她伴奏，当真是天下一等一的神仙眷侣呢！"

玉真公主点了点头，凭脚趾头都能想象得到，皇兄如今是要有多快活就有多快活！从武惠妃到杨娘子，他身边似乎永远都不缺心爱的女子。为何同是一母所生，皇兄情路顺遂，她却情路坎坷？

霍国公主察觉到了玉真公主脸上的细微变化，忙转了话题道："李乐师，不知眼下时兴什么曲子？你唱来听听，咱们也好一饱耳福。"

李龟年笑着抱了抱拳，略一思忖，便一边弹奏琵琶，一边唱了起来："清风明月苦相思，荡子从戎十载余。征人去日殷勤嘱，归雁来时数附书……"一曲歌罢，掌声雷动。

"启禀两位公主，方才龟年唱的曲子，名叫《伊州歌》，是王摩诘大人前几年从凉州回来后写的，用词清浅，情隐不露，龟年谱成曲子后，在梨园广为传唱……"

不待李龟年再说下去，玉真公主不耐烦地挥手打断道："今日春光明媚，正该听些喜乐的曲子才好，这《伊州歌》太悲了些。"

李龟年以为玉真公主向来喜欢王维的歌词，特意挑了这曲，不料竟拂了公主的意，不由讪讪地笑了笑。正在这时，清风捧着一个四周雕莲花卷草纹的双层大方竹盒，走到玉真公主跟前问道："启禀公主，您要的花草已准备妥当，这会子就玩吗？"

玉真公主看了一眼清风手中的大方竹盒，忽然想起了十年前在青城山玩射覆时的情景。那一次，她存心想让他多喝几杯，故意让他先猜，结果，他一猜就中，反倒是她喝了一盏西凉葡萄酒……

见玉真公主低头不语，霍国公主笑道："这个好玩！我有些日子没玩射覆了，今日可要好好玩上一玩！"

玉真公主摇了摇头，命令自己不许再去想他，换上最得体的笑容，抬头扬声道："元丹丘，你给我看的《将进酒》写得极好，尤其是那句'人生得意须尽欢，莫使金樽空对月'，今日咱们也须尽欢才好。"说着，举起案几上的酒杯，略一仰头，便一干而尽。众人拍掌叫好，纷纷一干而尽。

就这样，在一片觥筹交错声中，射覆、联诗、饮酒、猜谜轮番上演，直闹到月上中天才渐渐散去。

霍国公主明显感到，虽然玉真公主和大家玩成一片，但她眼底的惆怅却一览无余。因此，当宾客散去后，霍国公主留了下来。

"姊姊，你心里的不痛快，是否和他有关？"

在霍国公主面前，玉真公主无意隐瞒，缓缓点了点头："春天本是姹紫嫣红，但当我看到他回信的那一刻，所有的姹紫嫣红，通通化为乌有，只觉得所有的希望都已落空，所有的美好都已远去。从此以后，我的眼里再也没有满园春色。看来，二十年来，我一直高估了自己，低估了他！"

"姊姊，爱情本就没有道理可言，你并没有高估自己，也没有低估他。只能说，你俩本就无缘吧。"

"你我都是痴人，你忘不了死去的夫君，我忘不了他。我原本以为，我比你多一线生机，但如今看来，却和你一般无二。从今往后，我就当他已经死了。"说到"死"字时，玉真公主嗓子一紧，心里仿佛被针刺了一般生疼生疼。

"是啊，姊姊，你我都是痴人。这些年来，我倒是渐渐明白了，有人爱你时，尽情享受爱情；没有爱情时，就把自己活成一座花园。是否有人送花，又何必在意呢？"

"呵呵，你说得对。从此刻起，把自己活成一座花园。即使无人送花，也有属于自己的春天，要欣赏属于自己的姹紫嫣红。"

在月光的清辉中，玉真公主和霍国公主的手紧紧握在了一起。她们明白，接下去的人生还很漫长，与其将喜怒哀乐系于他人，不如绽放属于自己的生命之花。

第九十三章　如获至宝　改元天宝

当元丹丘写信告诉李白，玉真公主当着众人的面夸赞他的《将进酒》时，李白刚结束第二段糟心的婚姻。

738年，许萱去世后，李白带着一儿一女离开安陆，迁至安徽南陵。739年，李白娶刘氏为妻。可惜李白嗜酒如命，常常烂醉如泥，夜不归宿。刘氏忍无可忍，不到一年就弃李白而去。李白心中有愧，写诗自嘲："三百六十日，日日醉如泥。虽为李白妇，何异太常妻。"

当李白得知玉真公主夸赞他的诗时，他忽然觉得自己灰败的人生终于有了亮光。他当即决定，将儿女送到安陆安顿好后，就来长安寻找机会。

当李白想来长安时，王维却想到长安以外的地方散散心、透透气。

自741年春天回到长安后，王维感觉朝廷上下愈发朝纲松懈、人心涣散。

先说李隆基，自从有了杨玉环后，似乎把全部心思都放在了后宫，对前朝政治日益倦怠。

再说李林甫，自从李亨被立为太子后，李林甫担心李亨羽翼丰满后会伺机报复，因此一心想要先下手为强，处处针对太子。李隆基也不希望太子势力过大，默许李林甫和太子较劲。朝廷上下，愿说真话、敢说真话的耿直之士越来越少，拍马逢迎、见风使舵的谄媚之人越来越多。

更夸张的是，李林甫为了防止汉人边帅入朝为相，威胁他的宰相地位，就向李隆基提议在边防重用胡人将领。

李隆基认为这些都是些许小事，让李林甫定夺即可。这其中，平卢兵马使安禄山入了李林甫的眼，被提拔为营州都督、平卢军节使，开始拥有军政实权。

王维拒绝玉真公主后，听说公主常在玉真观举办各种聚会，长安城有名望的文人雅士都受邀参加，唯独从来不邀请他。

他当然明白，公主这次是真的恨他了，已经将他彻底隔绝在她的生活之外。如果怨恨能让公主心里好受一些，他愿意被公主恨一辈子……

正当王维想到长安以外的地方去散心透气时，恰好收到了一个人的来信。此人就是孟浩然曾向他说起的关中人氏裴迪。

裴迪出生于716年，曾和孟浩然一起在荆州府担任张九龄的幕僚，常听孟浩然提及王维，对王维推崇备至。张九龄去世后，裴迪离开荆州府，来到终南山清修。他想着山中景色很适合王维，抱着试试看的心情给王维写信，邀请王维到终南山小住，不料王维真的来了。

王维上一回来终南山是733年冬天，和綦毋潜、储光羲等好友一起。想不到，一晃就过去了八年。

上回来终南山时，王维尚未被张九龄推荐为官，尚未经历皇上和太子、皇权和相权之间的那些斗争，如今，看了太多尔虞我诈、钩心斗角后，再来终南山，心情自然又不同了。

终南山松竹茂密，气候宜人，是修身养性的最佳去处。

王维来到终南山后，和裴迪一见如故，相谈甚欢。两人饮酒品茶、谈诗论画，仿佛回到了涉世未深的青年时代。

正如《道德经》所言："天地不仁，以万物为刍狗。"天地对待世间万物都一视同仁，不对谁特别好，也不对谁特别坏，一切顺其自然。

在这样的与世无争、润物无声中，不知不觉间，便到了742年。

新年刚过，李隆基就将年号从"开元"改为"天宝"。这意味着，从713年至741年长达二十九年的开元年号，被李隆基画上了一个句号。

李隆基为何要改年号？在旁人看来，可能是想用改年号去去晦气。李隆基的堂兄李守礼、大哥宁王李宪相继病逝，改元可以否极泰来。

不过，在李隆基心里，却有一个最重要的原因，那就是他得到了杨玉环这个"至宝"。杨玉环让李隆基重新燃起了生命的活力，李隆基时常感叹："朕得太真妃，如得至宝也。""天宝"二字，不正暗含了"天子如获至宝"之意？

对于李隆基改年号为"天宝",最痛苦的人莫过于寿王李瑁。自从杨玉环被李隆基抢走后,李瑁日日买醉,自暴自弃。

正当李瑁把自己折磨得不成人样时,宁王病了。李瑁由宁王和宁王妃元氏抚养长大,感情深厚。宁王病重后,李瑁住进宁王府,在宁王身边尽孝。742年1月,宁王病逝后,李瑁决定要为宁王守丧三年,以报答宁王养育之恩。

对于李瑁的种种举动,李隆基一笑了之。他早就想好了,等李瑁守丧三年期满,再为他赐一门婚事就是了。天下女子何其多,除了杨玉环,李瑁想要任何女子,他都可以满足他。

随着年号的改变,朝廷上下也有一番变动。

自张九龄737年贬离长安后,李林甫一直冷眼观察王维的表现。在李林甫看来,这四年来,王维倒也算听话,无论是被派往凉州慰问边境将士,还是被派往桂州考核官员,他都二话不说,毫无怨言。在长安期间,除了例行上朝,他大半时间都在寺庙潜心修佛。无论怎么看,都没有半点要和当权者作对的迹象。

按惯例,每逢改年号,朝廷就会擢升一批官员。王维自735年担任右拾遗以来,历任监察御史、殿中侍御史,一直在从七品下的官职上徘徊。这次,李林甫破天荒让王维循例升职,由从七品下的殿中侍御史升任从七品上的左补阙。

左补阙隶属于门下省,属于谏官序列。王维明白,虽然又回到了谏官队伍,但依然只能充当"立仗马",在朝中例行公事而已。

与王维不同的是,这年春天,李白满怀憧憬地来到了长安。他相信,这一次,长安不会再让他失望。

这一次,李白吸取上次的教训,不敢贸然行事,先找元丹丘商量。元丹丘告诉他,不要马上拜访玉真公主,而是先去拜访太子宾客、秘书监贺知章。

元丹丘知道贺知章信奉道教,常去长安紫极宫,便特地带李白去紫极宫候着。一路上,元丹丘向李白说起了贺知章其人其事。

贺知章出生于659年,越州(今浙江杭州)人氏,早在武后证圣元年(695年)就高中状元。贺知章的人生际遇,很大程度上离不开李亨。

李亨还只是忠王时,贺知章就担任李亨的侍读。738年,李亨被立为太子后,八十高龄的贺知章被提拔为太子宾客、银青光禄大夫兼正授秘书监,连他自己也始料不及。

不过,贺知章并不因为自己是太子师傅而狂妄起来,而是一如既往地旷达不羁,和张旭、吴道子、王维、李龟年等都多有往来。

不出元丹丘所料,贺知章果然在紫极宫,元丹丘忙向贺知章推荐道:"贺大人好,

"这是蜀中李太白,是贫道的道友,今日特来拜见贺大人,还请贺大人多多指点。"

贺知章捋了捋银须,点头笑道:"可是写《将进酒》的李太白?"

李白心头大喜,忙上前抱拳道:"正是李某。李某今日还带了几首拙作,请大人指正。"说着就从袖袍中掏出诗本,双手呈上。

贺知章接过诗本,笑微微地看了起来,看着看着,目光越来越亮,特别是看了《蜀道难》《行路难》等几首长诗后,不由被李白的冲天豪气深深折服,点头赞许道:"太白小弟,你莫不是太白金星下凡到了人间?"

有了贺知章的赏识,李白心头松了口气。几天后,李白和元丹丘来玉真观拜见玉真公主。

不知是因为贺知章提前向玉真公主推荐了李白,还是因为玉真公主今日心情格外舒畅,总之,这次玉真公主并没有拒李白于千里之外,并向皇上李隆基举荐了他。

说起来,李白能当上翰林供奉,一是因为玉真公主和贺知章的联袂推荐,二是因为李隆基刚好需要有个才子跟随左右,用生花妙笔为他歌功颂德。

转眼便到了十月,按照惯例,李隆基要带杨玉环等人去骊山度假,玉真公主、霍国公主等都受邀前往。中书省、门下省、尚书省有关官员也要扈从,身为左补阙的王维和身为翰林供奉的李白,也在其列。

到达骊山后,李隆基白日行围打猎,晚上鼓乐喧天,日日笙歌,夜夜燕舞,玩得不亦乐乎!这日,李隆基在华清宫紫泉殿书房召见随驾群臣,红光满面,神采飞扬道:"众爱卿,今年大唐风调雨顺,四海升平。看来,改元'天宝',适逢其时,深得民心。"

李隆基话音刚落,李林甫忙带头行礼道:"陛下圣明,洪福齐天。上天赐瑞,万众钦仰。吾皇万岁万岁万万岁!"

在场群臣也忙齐声行礼道:"吾皇万岁万岁万万岁!"

李隆基随意靠在龙椅上,哈哈笑道:"这里不是朝堂,众爱卿不必拘礼。"他目光扫视一圈,看见李白也在场,兴致盎然道,"太白,你才思敏捷,文采斐然,不妨赋诗一首,以增雅兴。"

"臣遵旨。"在皇上身边当了三个月差,李白已应对自如,思忖片刻,朗声念道:"羽林十二将,罗列应星文。霜仗悬秋月,霓旌卷夜云。严更千户肃,清乐九天闻。日出瞻佳气,葱葱绕圣君。"

在场诸人无不点头称好,王维也暗暗佩服,尤其是"霜仗悬秋月,霓旌卷夜云"一句,大气磅礴,是上乘佳句。

"李爱卿,你日夜操劳,功不可没,不妨也来一首?"李隆基明知李林甫并不长于写诗，却也故意调侃他道。

李林甫早就有备而来，他让苑咸准备了多首诗作，挑了其中一首应景的献了上来，自然是一番歌功颂德之词。

李隆基看了一眼，点了点头，扫视群臣道："哪位爱卿能为李相和诗一首？倒也是一桩佳话。"

大家深知和诗不易，尤其是和李林甫的诗更加不易，因此都不作声。正在此时，玉真公主和霍国公主款款走来，原来是来催他带她们去山上行围打猎。

李隆基向她们招了招手："正在请众爱卿和诗，和完了这首，朕便带你们消遣去。"

紫泉殿书房并不大，玉真公主在人群中一眼就看到了王维，这是她自去年春天收到他的拒绝信后第一次重逢，心里不由"咯噔"一下，说不清是什么滋味。

李白一看到玉真公主，顿时心跳加快，正想着该如何当着玉真公主的面再写一首诗时，却听到玉真公主温婉的声音在屋中响起："皇兄，如此人才济济，还愁没有好诗吗？如果我记得没错，王补阙二十多年前曾在骊山别馆和过一首诗，今日和李相的诗，舍君其谁？"

早在玉真公主向李隆基推荐李白时，李隆基就有些看不明白，如今听玉真公主提到王维时话里话外的酸味，心中似乎明白了几分，哈哈笑道："还是持盈好记性，摩诘，就看你的了。"

听玉真公主说了这样一番话，王维便知今日躲不过了，只好上前一步，毕恭毕敬道："臣遵旨"。说着，接过内侍递来的笔墨，思忖片刻，提笔写下了诗名《和仆射晋公扈从温汤》。字迹古朴浑厚，是他擅长的隶书。

李林甫颇为好奇，不知王维会如何奉承他，便走到王维身后看了起来，其余人也不由围了过来，只见王维气定神闲地写了下去："天子幸新丰，旌旗渭水东。寒山天仗外，温谷幔城中……长吟吉甫颂，朝夕仰清风。"

这首诗虽然是和李林甫的诗，但通篇都在歌颂皇上，只在结尾处点出李林甫，不过也只是点到为止，并没有过多阿谀奉承，拿捏得恰到好处，任谁也挑不出毛病来。

李隆基看了一眼王维，又看了一眼李白，对着玉真公主朗声笑道："持盈，你慧眼识珠，将两位才俊引荐给朕，果然不相上下，难分伯仲。"

两日后，玉真公主从杨玉环口中得知王维提前离开了骊山。

不过，王维提前离开，并不是因为嫉妒皇上抬举李白，而是他收到了裴迪的来信。信中，裴迪兴奋地告诉他，在距离长安不远的蓝田辋川，有一处宅子正在售卖，让他赶紧前往一看。

王维自从741年秋冬和裴迪在终南山闲居数月后，便想着能在一个幽静的地方购置一处宅子，淡泊明志，宁静致远。因此，当他听说辋川有合适的宅子时，便向李林甫告了个假，提前离开了骊山。

辋川在蓝田县西南方向，是秦岭北部一个风光秀丽的川谷。两岸山谷间，几条小河流向一个湖泊，从高处俯视，水流辐辏，如同车辆形状，故取名为辋川。

王维从骊山出发，到蓝田县和裴迪会合，一起往辋川而去。两边都是几十丈高的悬崖峭壁，怪石嶙峋，鸦雀声声，越往前走，山路越窄，渐渐只能容单人匹马勉强通过。

不知走了多少路，转过一个山口，眼前豁然开朗，一条河流向山谷外缓缓流去，两侧山峦起伏，风光秀美，颇有江南韵味。

此情此景，让王维有种武陵人误入桃花源之感。二十年前，他和璎珞泛舟若耶溪时，他曾对璎珞说："很多年后，我当持竿叟，你当浣纱媪，可好？"

虽然过去了二十年，但璎珞那如昙花初绽的温柔微笑，依然在他的脑海中清晰可辨，他甚至能看清覆盖在她黑亮眼眸上的睫毛的跳动……

谁说时间会让人忘记过去，有些过去不仅不会忘记，反而会在记忆深处沉淀发酵，变得愈来愈清晰。

"摩诘兄，那个宅子在孟城坳，咱们往那边再走一段便到。"裴迪伸手一指，一脸兴奋道。

王维点了点头，两人骑马缓辔而行，放眼望去，这里依山傍水，既有田野平旷，又有水波粼粼，身处其中，心无杂念，这不正是佛家说的净土世界吗？

"摩诘兄，你知道这个宅子原来的主人是谁吗？"

"愚兄不曾听说。"

"是初唐诗人宋之问。宋之问712年去世后，这里便交给他弟弟宋之悌打理。几个月前，宋之悌也去世了，所以售卖这座宅子。"

"哦，原来如此。宋之问曾任越州长史，想来也是喜欢江南风光的。"

"正是，我猜你定会喜欢这里。"

说话间，两人拾级而上，轻叩院门，有个上了年纪的老苍头迎了出来，陪他俩里里外外看了一番。虽然宅子老旧了一些，但整个宅院的格局很是敞亮，整饬后定会焕然一新，王维很是满意。

当743年春天李隆基带着杨玉环及随驾近臣回到长安时，王维已经顺利买下了辋川别墅，并开始雇工匠着手改造宅院及周围的景致。

在王维看来，他的家并不只是这座别墅，而是整个辋川。王维将欹湖作为辋川的中心，围绕欹湖，命名了竹里馆、文杏馆、鹿柴、斤竹岭、白石滩、临湖亭、金屑泉、茱萸泮、辛夷坞、北垞、南垞等景点。辋川的一山一水、一草一木，在王维眼里都是风景。

因为母亲年事渐高，王维决定把母亲接来同住，在孟城坳附近建了一个草堂精舍，方便母亲诵经念佛。

除了上朝的日子，王维几乎都留在了辋川。一时间，朝廷上下纷纷议论，有说他眼光独到，购得了一处不可多得的好宅子；也有说他不思进取，年纪轻轻就想隐居山林；也有说他矫揉造作，试图引起当权者关注等等，褒贬不一，莫衷一是。

当玉真公主辗转听说此事时，心中是彻底的失望。她首先想到的，是王维故意自绝于她，自绝于长安文化圈。从此之后，长安文化圈的热闹喧哗，再也和他无关。他只和清风明月相伴，在一个没有她去干扰他的世界里，安静度日，了此余生……

"你走吧，走得越远越好，就当我从未遇见你，或者说，就当我从来都不知道这世上有个名叫王维的人！"玉真公主用力甩了甩头，似乎想把王维从她心中彻底甩出去。

"清风，准备美酒佳肴，请贺秘监、李太白、元丹丘等人来玉真观品酒吟诗。"玉真公主再也无法忍受这折磨人的孤独，她要把时间填满，满得没有时间再去想他……

自从和玉真公主修得正果后，除了皇上有召唤，其余时候，李白都腻在了玉真观，和玉真公主如胶似漆，极尽缠绵之能事。

阳春三月，兴庆宫的数百株牡丹竞相开放。这日，李隆基心血来潮，要带杨玉环去兴庆宫赏花，并邀请玉真公主、霍国公主等一同前往。当然，李白也在其中。

兴庆宫沉香亭畔，是一望无际的牡丹花，那份富贵艳丽的风流气象，让在场众人都陶醉其中，感叹此景只应天上有。杨玉环更是兴致高涨，身姿轻盈地穿梭在姹紫嫣红的花丛中，不时低头去嗅花香。李隆基不由看得醉了，击掌叫好道："都道牡丹花倾国倾城，但到了朕的爱妃面前，却也被比下去了！太白，今日就以爱妃和名花为题，尽兴赋诗几首！"

正当李白顾自出神时，听到皇上叫他，忙收回思绪，快步上前道："臣遵旨。"

写什么好呢？李白心思急转，脑海里忽然浮现他和玉真公主的云雨缠绵，顿时文思汹涌，一下子就得了《清平调》三首，气定神闲地朗声吟道：

其一：云想衣裳花想容，春风拂槛露华浓。若非群玉山头见，会向瑶台月下逢。

其二：一枝红艳露凝香，云雨巫山枉断肠。借问汉宫谁得似，可怜飞燕倚新妆。

其三：名花倾国两相欢，长得君王带笑看。解释春风无限恨，沉香亭北倚阑干。

李白话音刚落，李隆基就拍手叫好道："太白，好一句'一枝红艳露凝香，云雨巫山柱断肠'，也只有你能写得出来。玉环，你觉得可好？"

被李隆基搂在怀中的杨玉环早已羞红了脸颊，娇嗔道："陛下喜欢，臣妾自然也喜欢。"

李隆基哈哈大笑道："龟年，你这便将太白的《清平调》谱上曲子，领梨园弟子一起弹唱。玉环，朕多日不曾看你跳舞了，今日你也跳上一段，朕亲自为你吹笛伴奏如何？"

"皇上若能和玉环共舞，岂不更好？"杨玉环知道，无论她提什么要求，李隆基都会答应。

果然，李隆基笑眯眯地看着杨玉环道："只要爱妃高兴，朕跳什么都成！"

一时间，沉香亭畔，鼓乐齐奏，笙箫齐鸣，直闹到日落西山，杨玉环说身上有些乏了，李隆基才兴尽而归。

当743夏天来临时，辋川别墅、草堂精舍以及周围的二十多处小品已修葺一新。王维将母亲接到辋川同住。裴迪也搬来辋川，住在北垞附近。从此，王维只在上朝的日子回长安道政坊小住，其余日子都留在辋川，和母亲研习佛理，和裴迪谈诗论画，日子过得平静安逸。

这日，细雨霏霏，将辋川的山山水水笼上了一层朦胧的面纱。午后，雨渐渐停了，天朗气清，裴迪提议一起到孟城坳的古城墙上走走，王维欣然同意。

走到古城墙顶，王维手抚断壁残垣，不由心生感慨。沧海桑田，时移世易，一切今人都会成为古人，而一切古人也都曾经是今人。见证岁月流淌的，从来不是渺小的个人，而是天地、山川和日月，是脚下颓败的古城墙，也是在风中飘零的衰柳！可叹如今只见衰柳而不见昔日种柳之人，可叹百年之后，谁又会成为这里的新主人？

想到这里，王维迎着徐徐吹过的清风，朗声吟道："新家孟城口，古木余衰柳。来者复为谁，空悲昔人有。"

听王维吟完此诗，裴迪忽然心头一亮，提议道："摩诘兄，辋川有二十多处景致，咱们不妨就从孟城坳开始，每到一处，你先作诗一首，我再和诗一首，岂不有趣？"

"唔，若能写出真性情，倒也不负这日月光华之地、钟灵毓秀之景了。"

"摩诘兄，别人是抛砖引玉，你是抛砖引玉，小弟我就斗胆和上一首，还请摩诘兄不要笑话才好。"

说着，略一思忖，便徐徐吟道："结庐古城下，时登古城上。古城非畴昔，今人自来往。"

王维点了点头，拍拍裴迪肩膀笑道："如此下去，待我们走完辋川二十景，倒是可以出一本集子了，题目不妨就叫《辋川集》！"

"这敢情好！这里离华子岗不远，咱们这便去看看？"

"好，明日如果得闲，咱们可以去竹里馆和辛夷坞，另外，漆园、椒园等也不错。"

"好！"

王维和裴迪相视而笑，爽朗的笑声久久回荡在山谷中。此时此刻，对王维来说，他离开长安仿佛已经很久很久了，长安也离他很远很远了……

当秋风乍起，长安朱雀大街边的槐荚纷纷坠落时，李龟年向玉真公主送上了一份独一无二的礼物。

当玉真公主从李龟年手中接过这本名为《辋川集》的诗集时，眼睛仿佛被什么刺痛了一下，原本平静无波的心瞬间狂跳了起来！

蓝田辋川，不正是他这大半年来的隐居之地吗？这本《辋川集》，莫非出自他手？

玉真公主还没来得及细想，就听李龟年兴致勃勃道："公主前阵子问龟年有无新曲，龟年正愁找不到好诗。这下好了，有了王摩诘大人这本诗集，龟年定能谱出好曲来，届时还请公主赏光一听……"

果然是他写的诗集！果然！李龟年后来说了什么，玉真公主已无心再听，满心满眼里，只有眼前这本散发着淡淡墨香的诗集。一时间，心头竟有些酸胀，颇有恍如隔世之感！

她缓缓捧起诗集，仿佛捧起一件世上最名贵的瓷器，手指从诗集上轻轻划过，最后停留在"辋川集"这三个她熟悉不过的行草上。一撇一捺、一笔一画间，是说不出的温润有力、飘洒俊逸。都说字如其人，他的字当真像极了他的人！

"公主，您选诗的眼光极好，但凡您喜欢的，龟年立马便去谱曲。"

玉真公主点了点头，缓缓翻开诗集，首先映入眼帘的是王维写的自序："余别业在辋川山谷，其游止有孟城坳、华子冈、文杏馆、斤竹岭、鹿柴、木兰柴、茱萸泮、宫槐陌、临湖亭、南垞、欹湖、柳浪、栾家濑、金屑泉、白石滩、北垞、竹里馆、辛夷坞、漆园、椒园等，与裴迪闲暇各赋绝句云尔。"

"摩诘，当你和裴迪流连忘返在辋川时，可有某个瞬间，会想起远在长安的我？"玉真公主刚生出这个念头，就自嘲地笑了笑，"怎么会呢？你躲我都来不及，又怎会想起我？"

玉真公主摇了摇头，继续看了下去，第一首是《孟城坳》，她轻声念了起来："新家孟城口，古木余衰柳。来者复为谁，空悲昔人有。"

这短短二十个字，落在玉真公主眼里，却字字戳心。

"摩诘，长安虽然繁花似锦，但我的心情却和你在辋川看衰柳时的心情一般无二。只是，你或许已经不相信我了。"

玉真公主在心底叹了口气，继续细细看了下去，通篇都是五言绝句，每一首都言有尽而意无穷。比如：

《鹿柴》：空山不见人，但闻人语响。返景入深林，复照青苔上。

《竹里馆》：独坐幽篁里，弹琴复长啸。深林人不知，明月来相照。

……

忽然，一首题为《辛夷坞》的诗狠狠刺痛了她——木末芙蓉花，山中发红萼。涧户寂无人，纷纷开且落。

这二十个字仿佛一把锋利的匕首，直直向她刺来，让她心头剧痛，眼泪再也不受控制地夺眶而出！

自从两年前收到他的拒绝信后，很长一段时间里，她只要一想到这二十个字，心就会隐隐作痛。这么长时间过去了，她和他各自经历了很多事，她身边也已经有了李白，她以为他带给她的伤痛已经结痂，已经愈合，不料当她猝不及防看到这二十个字时，依然会不受控制地心头剧痛，仿佛那道伤疤正一点一点撕开裂缝，流出新的鲜血……

她终于明白一个事实，那就是，这辈子，她根本忘不了他！

读罢《辋川集》，玉真公主久久没有言语，好半响后才淡然道："龟年，与其急着谱曲，不如好好细品这二十首诗。或许，只有读懂了这些诗，才能谱出配得上它们的曲子来。"

"公主所言甚是，龟年不才，却有幸为摩诘大人的诗谱过不少曲子，但说来惭愧，龟年似乎并未真正读懂他的诗。"

"龟年，莫说你不曾真正读懂他的诗，这世上又有几人真正读懂了？或许，真正读懂他的人，只有他自己。"

目送李龟年离开后，玉真公主继续捧起手中的《辋川集》，目光再也舍不得移开。诗集中的每一首五言绝句，用字简约到了极致，用意却又丰盈到了极致！这二十首诗，与其说是王维眼中的辋川风光，不如说是他的内心世界。

透过他的诗，玉真公主似乎读懂了他的心，他那颗经历世间坎坷、感知人间冷暖后从激荡走向平静的心。

心如止水，或许是因为曾经波澜壮阔过。若非经历大风大浪，怎知风平浪静的可贵？心如死灰，或许是因为曾经熊熊燃烧过。若非轰轰烈烈，怎会有真正的灰烬？

他少年得志，功成名就，他的起点似乎就是很多人一辈子的终点。如今，他啸傲山水，隐避消俗，独与天地精神相往来……

从入世到出世，并非隔着千重山、万道水，而只是硬币的两面、咫尺的天涯。

至少于他而言，经过这二十多年的高低起伏后，他似乎已经完成了从入世到出世的转变，或者说，他能在出世和入世之间游刃有余、收放自如……

看遍人情冷暖，却依旧通透洒脱，从入世到出世，对他来说，并非跨越天涯，而只是一念之间。一念放下，万般自在。因为他的内心是通透的，所以于他而言，生活便不再起波澜。

那么，她呢？她的内心是否通透？她的生活是否波澜不断？她该拿自己怎么办？

不知不觉间，日落西山，淡淡的暮色将窗纱染上了一层柔和的光泽。她的人生不也是这样将暮未暮吗？一切都已发生，而结局尚未来临。这尚未来临的结局，是否需要她重新审问自己的内心，重新选择前进的方向？

第九十四章　隔墙有耳　告老还乡

743年入冬以来，长安城还没下过一场像样的雪，但却随时像要下雪似的，阴云密布，寒霾笼罩。

李白身披银灰色大氅，骑着白色骏马从长安街头疾驰而过。呼啸的北风直直从大氅里灌了进来，他不由打了一个寒战。不知为何，长安的冷让人有种钝刀子割肉般的难受，真还不如来一场暴风雪叫人痛快！

经过前面的路口，再一个拐弯，便进了西市的南门。虽然店家因为怕冷都紧闭门户，但各种香料的气味混合着酒香、肉香、脂粉香依然从门户的缝隙里透了出来，弥漫在西市的每一条街巷，让寒风中的李白精神为之一振。

一想到玉真公主自看过《辋川集》后就对他的态度发生了急转直下的变化，他心里便莫名的烦躁。此时此刻，他太想好好灌上几壶热酒了，不仅暖暖发冷的身子，更暖暖发冷的心！

当李白熟门熟路踏进一家店面不大的酒肆时，马上就有一位伙计笑容满面地迎了上来，不待伙计开口，李白就不耐烦地挥了挥手，指着楼上临窗的雅间道："还是老规矩，先热三壶五云浆，再烤一盘上好的鹿腿来，越快越好！"

"好嘞！"伙计忙领命而去，心头暗乐，看李白这架势，今日定又不醉不归了！

第九十四章 隔墙有耳 告老还乡

仿佛算准了时间似的，当浓香扑鼻的鹿腿刚摆上李白面前的案几时，贺知章便施施然来了，深吸了口气道："小老弟，便是冲着这鹿腿，老夫也要来上一来！"

"贺大人，今日小弟带足了酒资，不用劳烦大人解下金龟了，咱们一醉方休才好。"李白拎起酒壶，为贺知章满上一大杯五云浆，一口气灌了下去，"冬日里喝着热乎乎的五云浆，真是再爽不过了！"

两人你一言我一语地聊了下去，忽然，贺知章叉手看着李白，若有所思道："小老弟，老夫怎么觉得，你近来好像不大高兴？今日这喝酒的架势，也像是喝闷酒。"

李白一怔，随即摇了摇头："哪有什么不高兴？来来来，咱们继续喝酒！"

"也是，在皇上眼皮子底下写讨皇上欢心的诗，确实不易。今日咱们老哥俩喝酒，你尽管写你喜欢的诗句来，且让老夫听上一听！"

胸中块垒，歌罢还须酒浇。听贺知章如此一说，李白张口即来道："姑苏台上乌栖时，吴王宫里醉西施。吴歌楚舞欢未毕，青山欲衔半边日。银箭金壶漏水多，起看秋月坠江波。东方渐高奈乐何！"

"好一个'东方渐高奈乐何'，咱们今日有酒今朝醉，管他东方渐高否！"贺知章举起酒杯，和李白痛饮了一杯后，长叹了口气道，"古往今来，醉的何尝只有吴王和西施？"

李白当然明白贺知章的言外之意，身外太子之师，贺知章知道太多有关皇上、太子和李林甫之间的微妙关系。他这一声叹息里，隐隐透露了他对大唐、对皇上、对太子的担忧……

李白和贺知章万万没有料到，隔墙有耳，他们喝酒时无意中说的话，竟被中书令李林甫派来的眼线窃听了去！

自李亨738年当上太子的那一天起，李林甫便开始担心李亨会伺机报复他。

为了离间李隆基和李亨的关系，最终让李隆基废掉李亨，李林甫派出众多眼线，随时关注李亨的动向，企图发现扳倒李亨的一切蛛丝马迹。因贺知章是李亨的师傅，深得李亨信任，便也难逃李林甫眼线的跟踪。

当李林甫得知贺知章和李白喝酒时竟议论禁中，还说什么"古往今来，醉的何尝只有吴王和西施"时，不由两眼放光道："好极了！"

这日，李隆基照例和杨玉环腻在一起缓歌曼舞，李林甫施施然来了。

他瞅准李隆基心情大好时，凑上前去，小声说道："皇上，如果臣记得没错，当年推荐李学士入朝为官的，好像是贺秘监吧？"

李隆基正在欣赏杨玉环跳舞，听到李林甫此问，头也不转道："嗯，爱卿何出此问？"

李林甫故意顿了顿，欲言又止道："皇上，李学士在皇上身边效力，贺秘监在太子身边效力，有些话原本不该由微臣来说，但微臣多年沐浴皇恩，须对皇上知无不言、言无不尽才好，否则寝食难安。"

"唔，爱卿但讲无妨。"

"微臣听说，贺秘监和李学士常在一起喝酒吟诗，李学士吟了一首《乌栖曲》，说什么'姑苏台上乌栖时，吴王宫里醉西施'，贺秘监便说什么'古往今来，醉的何尝只有吴王和西施'？臣虽然才疏学浅，却也明白他们如此吟诗、如此说话好没道理。"

李隆基这才转过头来，沉声道："太白果然写了'姑苏台上乌栖时，吴王宫里醉西施'？"

"启禀皇上，臣方才所言，千真万确。"

李隆基心里顿时腾地烧起一股怒火，自从和杨玉环在一起后，他最忌讳的便是被人议论说贪恋女色，强夺儿媳，如今李白竟胆敢借古讽今，不是公然撕去他的遮羞布吗？真是岂有此理！

见李隆基脸上已经阴云密布，李林甫知道方才所言已经奏效，便趁热打铁道："皇上，李学士虽然才高八斗，但为人处世到底有些不妥。往好处说，是不拘一节，但在微臣看来，却是目中无人，胆大妄为。别的不说，他让皇上为他调羹，让高内侍为他脱靴，微臣便着实看不下去，他身上还有为人臣子的本分吗？"

李林甫貌似漫不经心地说着李白，忽然话锋一转，便提到了贺知章："微臣原本以为，贺秘监长期留在太子身边，教导太子，辅佐太子，是极有分寸之人，却不料他却鼎力推荐了李学士这样的狂妄人。都说物以类聚、人以群分，微臣百思不得其解，莫非贺秘监和李学士是一路人？"

李林甫正絮絮说着，一曲终了，杨玉环袅袅婷婷地走了过来。李隆基原本乌云密布的脸上，顿时笑逐颜开，搂过杨玉环道："玉环，便是天上的仙女，也不如你的万分之一。朕方才看你跳舞，真怕你就此飞上了天去！"

"皇上又打趣玉环了，天上有什么趣儿？玉环哪儿都不想去，就想留在皇上身边才好呢！"

不待李隆基开口，李林甫忙主动谢罪道："都怪微臣添乱，让皇上分了心，微臣给杨娘子赔个不是！"

"李大人言重了，玉环哪里消受得起。"杨玉环本就是撒娇而已，看着李林甫笑意盈盈道，"李大人，玉环方才过来时，好像听到大人在说什么'百思不得其解'，不知何事让大人犯难？"

言者无意，听者有心，杨玉环如此一问，忽然让李林甫心生一计，低头略一思忖，便缓缓开口道："好叫杨娘子知晓，微臣近来读了李学士的几首诗，却有几分不大明白。"

杨玉环倒是喜欢李白的诗，顿时来了兴致，忙追问道："李大人不妨说来听听？"

李林甫转头看了一眼李隆基，只见李隆基点了点头，便放心地说了下去："启禀杨娘子，李学士《清平调》中有一句'借问汉宫谁得似，可怜飞燕倚新妆'，微臣看了甚觉不妥。且不说赵飞燕哪里比得上杨娘子的花容月貌，只说她这人生际遇，更是如何能和杨娘子相比？"

这回轮到杨玉环听话听音了，且不说赵飞燕自杀身亡的人生际遇确实不好，单说她和男宠私通寻欢的品行，便是惹人非议。李白将她比作赵飞燕，她原本还挺得意，如今被李林甫一分说，才明白这哪里是夸她，分明是借机嘲讽她和皇帝公公私通寻欢、不守妇道！

杨玉环面上不说，心里却有些烦腻，向李隆基娇嗔道："皇上，玉环有些乏了，想回去歇着了。"

李隆基哪里不明白李林甫的话中之意，更清楚杨玉环心里在想什么，便胡乱挥了挥袖袍，示意李林甫退下，揽着杨玉环大步离去。

这日，春风送暖，吹皱一池曲江水，前往曲江踏春赏景者络绎不绝。贺知章兴致高涨，约了李适之、李白、崔宗之、张旭等酒友在曲江的画舫上把酒言欢，好不惬意！

说来也巧，李隆基也正陪着杨玉环在兴庆宫赏春，李林甫、高力士、李龟年等人随行。众人宴饮弹唱，几乎把杨玉环喜欢的曲子都弹唱了一遍。当弹到李白的《清平调》时，原本依偎在李隆基怀中的杨玉环，心中不由"咯噔"了一下。

她原本很喜欢这三首诗，尤其是那句"借问汉宫谁得似，可怜飞燕倚新妆"，但自从被李林甫解说了一遍后，心里便有了疙瘩，总觉得李白故意拿赵飞燕打趣她。于是，她坐直身子，意兴阑珊道："皇上，翻来覆去听这些旧曲，玉环觉得有些腻了。不是说李学士斗酒诗百篇吗？不妨让他趁着这大好春色，再写几首新词才好。"

"好，娘子所言甚是！朕这便宣太白前来。"李隆基袖袍一挥，命高力士立刻去叫李白。高力士忙遣小内侍去翰林院请李白，不料，等了好半晌后，小内侍才一溜小跑回来，上气不接下气地说，李学士喝醉了，正在曲江画舫上呼呼大睡，怎么都叫不醒呢！

这可让高力士彻底傻了眼，上回李白喝多了，又是让皇上调羹，又是让他脱靴，幸亏那回皇上心情好，也没当一回事。可这回呢？李白竟然连圣旨都敢违抗，他这颗脑袋还想不想要了？正焦急间，只听李隆基不耐烦道："太白怎么还不来？"

高力士无法，只好硬着头皮上前禀奏道："皇上，李学士正和贺知章大人、李适之大人喝酒，听说已经喝醉了，全然不省人事……"

不待高力士说完，李隆基的脸就沉了下来，一脸怒气道："胡闹！"

和李隆基不同，李林甫并不关心李白喝醉与否，倒是留意起了"李适之"三个字。742年，牛仙客病逝后，李适之代替牛仙客担任左相兼兵部尚书。

和牛仙客对李林甫唯命是从不同，李适之本就是唐太宗李世民曾孙，是李隆基的堂弟，在唐朝宗室中的地位不在李林甫之下。他担任左相后，并不对李林甫言听计从，而是自有主张。

李林甫很是不爽，一直想除之而后快，正巧听高力士说他和贺知章在一起喝酒，顿时计上心头，嘿嘿笑道："皇上息怒，李学士嗜酒如命，待他酒醒了，微臣定会好好教导他。不过，微臣有一事不解，既然贺大人、李相和李学士在一起，李学士喝醉了不省人事，两位大人却都是清醒的，为何不替李学士走这一遭，当面向皇上分解分解？"

李林甫话里话外的意思，李隆基如何听不明白？贺知章交友广泛，如今连李适之也和贺知章走在一起，长此以往，太子一党的势力会不会越来越大？等太子羽翼渐丰了，岂不对皇位造成威胁？

这样想着，李隆基什么赏春听曲的心情都消失殆尽，挥了挥手，示意他们退下，揽着杨玉环起驾回宫。

李林甫在心中暗自得意，那些在皇上心中不经意间种下的毒刺，定会随着时间的推移越扎越深。用不了多久，贺知章也好，李适之也好，李白也好，都会从李隆基身边消失，只有他李林甫，可以安安稳稳、长长久久地在李隆基身边待下去……

在旁人看来，身为"饮中八仙"之首的贺知章，常常一不小心就喝得酩酊大醉，其实，只有他自己知道，他一直都很清醒。

他清醒地明白，李亨的处境有多危险！他知道，皇上虽然册封李亨为太子，但内心深处却不信任任何一个儿子，因为任何一个儿子都有可能对皇权造成威胁。他同样知道，李林甫一直视李亨为眼中钉，千方百计要除掉李亨，扶李瑁上位，从而长长久久坐稳宰相之位。

因此，自李亨被册封为太子那天起，他就给了李亨一条忠告，那就是千万不要把自己当成太子。而他自己呢，也从不以太子师傅自居，一如既往的闲散安逸。他以为这样做，虽然打消不了李林甫对李亨的敌意，但至少可以减少皇上对李亨的戒心。

然而，他还是低估了李林甫。他忘了，这世上，若以君子之心度小人之腹，吃亏的永远是君子。即便李亨韬光养晦、循规蹈矩，李林甫依然可以寻出李亨的不是来。

而他和李白、李适之等酒友的来往，恰好给了李林甫向皇上搬弄是非、挑拨离间的绝佳理由。

贺知章虽然上了年纪，但皇上对他的疏离，对太子的不满，他怎会看不出来？他长长叹了口气，既然是非因他而起，那么，最好的办法，就是他主动告老还乡。他虽然放心不下太子，但为了保全太子，不让太子受他牵连，他必须远离京城，远离是非。

为了防止李林甫及其党羽对他的不放心，贺知章不仅告老还乡，还主动将他越州老家的宅子捐为道观，请求皇上将他宅子周边的数顷湖面赐为"放生池"，并求皇上准许他遁入道教，李隆基欣然同意，为道观赐名"千秋观"，并提拔他儿子为越州司马，方便就近照顾他。

贺知章告老回乡的消息一经传出，朝廷上下都议论纷纷。贺知章在长安生活了五十多年，如今以八十六岁高龄告老回乡，今生再也不会回到长安。

744年春天，贺知章离开长安这天，李隆基在长乐坡率领百官为他饯行，并亲自御笔题写《送贺知章归四明》："遗荣期入道，辞老竟抽簪。岂不惜贤达，其如高尚心。寰中得秘要，方外散幽襟。独有青门饯，群英怅别深。"

李适之、李白、储光羲等同僚好友也纷纷赋诗送别。李白写了一首《送贺监归四明应制》，在诗中称赞贺知章的一生，表达了依依不舍之情，盼望贺知章将来再回长安。

但其实，李白前几天已经悄悄送给贺知章一首送别诗《送贺宾客归越》，其中一句"山阴道士如相见，应写黄庭换白鹅"，非但不劝贺知章再回长安，相反，他认为贺知章回到越州是如鸟归林，如鱼得水，连王羲之都会羡慕！

在这场轰轰烈烈的送别中，却不见王维的身影。并非王维不愿前来送别，而是他压根儿没有收到邀请。

王维明白，当他742年冬天提前离开华清宫后，他就向官场无声传递了一个信号——相比喧嚣的官场，他更爱与世无争的世外桃源。

当李白心生去意时，李隆基也对李白渐渐疏远了起来。

虽说他写得一手好诗，但他的缺点和写诗一样明显，特别是他酒后狂妄自负，不知天高地厚，说什么"天生我材必有用，千金散尽还复来"，说什么"仰天大笑出门去，我辈岂是蓬蒿人"，让李隆基很是反感。

加上李林甫、高力士、杨玉环对李白也没有好话，久而久之，李隆基认为李白不是可造之才，不宜留在朝中。

因此，当李白主动上书辞职时，李隆基马上恩准，并让李林甫象征性地赏赐了他一些金银财宝，客客气气把他送走了。李白就这样悄无声息地离开了长安城。

贺知章和李白先后离开长安后，李林甫心中大爽，想到有些时日没和武玉娘幽会了，便驱车前往裴府。没想到，裴府管家却小心翼翼上前告知，裴夫人病了多日，特别交代，一律闭门谢客。

李林甫在车内并不言语，他身边的苑咸忙跳下车来："裴管家，你老当了一辈子管家，怎么越来越没眼色了？不说裴夫人病了早该告诉大人一声，就说如今大人前来探病，岂有拦着不见之理？还不赶紧陪大人进去？"

"这，这，这……"裴管家心头一急，紧张得说不出话来，好容易才挤出一句，"实在是裴夫人特意交代，病体不适，一律谢客，尤其是李大人……更是不见。"说到最后四个字时，裴管家的声音愈发低了下去，唯恐被车上的李林甫听见。

苑咸是何等机灵之人，心思急转之下，便大抵明白了几分，凑到车旁向李林甫小声说了几句，李林甫皱了皱眉，交代了苑咸几句。

只听苑咸转身对裴管家说："大人说了，既然裴夫人执意不见，大人也不强人所难。烦请告诉裴夫人，让她好生养着，何时想见大人了，打发人来大人府上说一声便可。"

裴管家连连点头应道："多谢大人，老奴记下了。"

当躺在病榻上的武玉娘听到李林甫这番话时，不知是该高兴？还是该难过？

她这个病是咎由自取。为了让自己容颜不老，她长期服用茅山道士精心炼制的玉女养颜丹。玉女养颜丹不仅可以让女子皮肤水灵，更能让女子和男子同房时滋润，这不正是李林甫最贪恋的吗？

她服用了多年玉女养颜丹后，终于尝到了苦头。起初只是头晕乏力，渐渐开始心烦气躁、胸闷难耐，再后来是眼眶、口唇、指甲发黑，最近更是大把大把头发掉落，甚至连身体也会不自觉地抽搐，连呼吸也渐渐困难起来……

她病倒后的第一个念头，就是绝对不能让李林甫看到她不堪入目的病容。但不知怎的，当听说李林甫并不坚持进来看她时，她又有些失落。一日夫妻百日恩，她陪他睡了多少个日日夜夜，难道于他而言，竟没有半点恩情吗？难道在他心里，他和她之间只有性，没有爱吗？

为了李林甫而背叛裴光庭，她到底是做对了？还是做错了？她此生遇见李林甫，是她的幸？还是不幸？

744年8月的一天，李林甫没有等来武玉娘想见他的消息，却等来了武玉娘去世的噩耗。李林甫以为武玉娘只是偶有小恙而已，没想到竟会夺走她的性命。饶他身边的再多莺莺燕燕，也终究涌起了对武玉娘的一丝愧疚和遗憾。

不过，这份愧疚和遗憾，马上就被一个胡人将领冲淡了，他就是安禄山。

他李林甫纵横朝堂几十年，还从未见过如此能说会道之人，就连他自己都有几分自叹不如！

说起安禄山，还真是应了一句古话——大难不死，必有后福。

736年，安禄山讨伐契丹失利，张九龄力主斩首示众，却被李隆基放了过去，挣回一条小命。这次死里逃生后，安禄山便一路飞黄腾达起来。

740年春天，安禄山被提拔为平卢兵马使；741年8月，安禄山被提拔为营州都督、平卢军节使，可以到朝廷上奏议事；744年3月，安禄山接替裴宽任范阳节度使，并继续兼任河北采访使、平卢军节使等职。

短短四年间，安禄山连续升迁，不仅因为他善于讨好皇上身边的近臣，更在于李林甫的小心思。为了防止汉人边帅入朝为相，威胁他的宰相地位，李林甫一直向李隆基提议在边防重用胡人将领。就这样，安禄山就被李林甫一路提拔了起来，一步一步接近了权力中心。

744年8月，烈日炎炎，安禄山不远千里，来长安朝见李隆基。例行公事后，他特地来到李林甫府上，说了一箩筐恭维讨好李林甫的话。末了，他凑近一步，在李林甫身边小声道："大人，安某是个粗人，别的本事没有，不过……"说完，低头咳了一声，李林甫会意，便让在场的奴婢退下，安禄山接着说道："安某此次来长安，特地为大人精心物色了两个胡女，一个红发，小名阿红，一个绿眸，小名阿绿。说到阿红和阿绿的妙处，容貌倒在其次，大人一试便知……"

安禄山这番话顿时说得李林甫心痒难耐，他早就知道胡女身上有种汉族女子没有的风骚劲，却一直不曾有得力之人替他打点物色，不料远在范阳的安禄山却像他肚子里的蛔虫似的，不远千里为他送绝色胡女上门。这份殷勤和贴心，让他对安禄山的好感顿时又多了几分。

不过，李林甫心里再是翻腾，面上却不露丝毫，不紧不慢道："老夫一把年纪了，哪还有这份心力？不过，既然你大老远特地送了来，总不能让你白忙乎一场，否则倒是老夫不近人情了。"

安禄山忙点头哈腰附和道："大人说的是，安某就知道大人是真心疼安某，不会让安某巴巴地带了回去。阿红和阿绿若能留在大人府上，真是她们几辈子的造化，安某感激不尽。"

几天后，当安禄山在朝堂上看到李林甫那容光焕发、精神抖擞的模样，便知道这次的礼物是送对了！阿红和阿绿的妙处，李林甫显然已经尝到了！

不过，安禄山并不知道，李林甫的容光焕发，不仅只有阿红阿绿的功劳，还和一个消息有关。那就是，贺知章回到越州不久，就因病去世了。李林甫在心里暗笑，凭你李亨再有本事，也翻不出什么浪来了。

那个风起云涌的官场，对于闲居辋川的王维来说，似乎已是天上的浮云。不对，天上的浮云尚能引起他的驻足和欣赏，而那些长安的人和事，已经离他越来越远了。

这晚，王维在辋川挑灯夜读，无意中看到了西汉才女班婕妤写的一首《团扇诗》。

班婕妤出身功勋之家，父亲班况在汉武帝时抗击匈奴，立下汗马功劳。她自幼聪明伶俐，集美貌和才华于一身，工于诗赋，擅长音律。公元前32年，汉成帝刘骜即位后，她被选入皇宫，备受汉成帝青睐，赐封婕妤，有"古有樊姬，今有婕妤"之称。

樊姬是春秋时代楚庄公的夫人，温柔贤惠，辅佐楚庄王成为"春秋五霸"之一。然而，汉成帝不是楚庄王，自赵飞燕姐妹入宫后，他便纵情声色，将班婕妤抛到脑后。可叹一代才女班婕妤，最后郁郁而终。

王维掩卷沉思，班婕妤的悲哀，或许就是因为她太有才。在汉成帝眼里，身为妃子，本来就是讨他欢心，是否有才并不重要。因此，会作诗的班婕妤，最终敌不过会跳舞的赵飞燕。

同样道理，放眼朝廷，为人臣子的作用，似乎也是讨皇上欢心，是否有才也并不重要。在这样的朝廷里，像张九龄和裴耀卿这样敢于说真话的贤相，会被皇上弃之如敝屣，而巧舌如簧、善于揣摩圣心的李林甫之流，则会青云直上。

想到这里，王维感慨万千，提笔写下了《班婕妤三首》：

其一

玉窗萤影度，金殿人声绝。
秋夜守罗帷，孤灯耿不灭。

其二

宫殿生秋草，君王恩幸疏。
那堪闻凤吹，门外度金舆。

其三

怪来妆阁闭，朝下不相迎。
总向春园里，花间笑语声。

在这个辋川的秋夜，他理解了班婕妤当年的孤独，也借由班婕妤怀念璎珞，怀念张九龄，怀念那个曾经愿意为之奉献全部才华的开元盛世……

第九十五章　西出阳关　南遇神会

当745年春天悄然而至时，王维担任左补阙已满三年，按照惯例，从七品上的左补阙升迁为从六品下的侍御史。

刚担任侍御史不久，王维就接到了一项任务——奉命前往新秦、榆林两地（均在塞外）巡察边事。

距离737年秋天以监察御史身份出使凉州，一晃已过去了八年。

王维回辋川安顿好母亲后，便轻车简从地出发了。到达咸阳城的驿馆时，天色已晚，王维在此安歇。

次日清晨，咸阳下了一场小雨，将天地间的扬尘冲洗得一干二净，让人倍感神清气爽。王维在驿馆庭院散步时，忽然，听到背后有人叫他："这不是摩诘吗？"

王维驻足转身，原来是在兵部任职的元常，因在家中排行老二，人称元二。

"元二，你怎么也在这里？"

"我奉命前往安西都护府，唉，不提也罢。摩诘，莫非你也去安西？"

"你们兵部的事，我也有所耳闻。我奉命前往新秦、榆林，比安西倒是近一些。"

"刚才看到你时，还以为咱们可以结伴同行，可惜了。"

"元二，相逢便是有缘，咱们不妨借驿馆薄酒喝上几杯？"

"好，咱们这便喝个痛快！"

两人本就性情相投，在暗流汹涌的朝堂洁身自好、惺惺相惜，今日在这通往塞外的驿馆意外相逢，更是多了几分亲切。酒过三巡，王维拿起酒壶，为元二斟了一杯，情不自禁地唱了起来："渭城朝雨浥轻尘，客舍青青柳色新。劝君更尽一杯酒，西出阳关无故人。"

王维的声音并不响亮，却吸引驿馆中的其他客人纷纷看了过来，并跟着王维一起唱了起来："劝君更尽一杯酒，西出阳关无故人……"这悠扬真挚的歌声，久久回荡在驿馆上空。

在这样的送别声中，王维和元二的眼眶里都涌起了一层水雾。两人互相拍了拍对方的肩膀，仰头喝下了杯中的美酒。对他们来说，此刻喝下的不仅是酒，更是对彼此的理解和懂得。

告别元二后，王维继续赶路，经富州、延州等地，到达新秦、榆林。此次巡边，王维没有遇到像崔希逸那样德才兼备的将军，而是一些言语粗陋的武夫，让王维愈发怀念英年早逝的崔希逸。

一日，他独自在新秦郊外骑马驰骋。忽然，在骏马扬起的飞尘中，他看到前方有一片郁郁葱葱的松树林，这在塞外大漠上实属罕见。

刹那间，王维仿佛遇到了生命中的知己，向松林疾驰而去，并向松林唱出了心中的赞歌："青青山上松，数里不见今更逢。不见君，心相忆，此心向君君应识。为君颜色高且闲，亭亭迥出浮云间。"

当王维在塞外和青松为友时，长安城接连发生了两件大事。一是李隆基为李瑁操办婚事，二是李隆基正式册封杨玉环为贵妃。

先说李瑁。宁王742年1月病逝后，李瑁为宁王守丧三年。这三年来，李瑁不着华服，不赴盛宴，过着深居简出、清心寡欲的日子。

宫中上下都赞叹李瑁对宁王尽孝尽忠，其实他自己清楚，他是想借此机会躲起来疗伤。他无法接受爱妻被父皇夺走的事实，他能做的，就是麻痹自己，眼不见为净……

李隆基哪里不明白李瑁的心思，当李瑁为宁王三年守丧期一满，李隆基就着手操办李瑁的婚事。745年7月，李隆基将左卫中郎将韦昭训的女儿许给李瑁，并册立韦氏为寿王妃。李隆基希望李瑁有了"新欢"后，能彻底忘了杨玉环这个"旧爱"，以便他名正言顺迎娶杨玉环。

李瑁成婚不到一个月，李隆基就让杨玉环脱去道姑服，正式册封她为贵妃。和武惠妃一样，杨玉环虽不是皇后，却胜似皇后，宠冠后宫，母仪天下。

面对李隆基精心设计的这个局，李瑁不仅不敢生气，还要在众人面前感谢父皇为他安排的一切。不过，韦氏肚子倒是争气，和李瑁婚后不到一年，就为李瑁诞下一子。李瑁的心才渐渐定了下来，决定守着妻儿过与世无争的日子。

李隆基册封杨玉环为贵妃后，对杨玉环的恩宠令人叹为观止。

为了让杨玉环每天穿新衣，李隆基让尚衣局精选天下擅长女红之人，仅为杨玉环熨烫、保管华服的宫女就多达七百多人；为了让杨玉环吃上新鲜荔枝，李隆基下令开辟从岭南到长安的几千里贡道，以便荔枝能用最快的速度、最短的时间运到长安。就连高力士也不得不感叹，杨玉环风头之盛，已经远胜当年的武惠妃了！

王维在塞北逗留数月后，于745年秋天返回长安。不料，刚到朝廷交差，就又被派往南阳郡考核地方官员。

744年，玉真公主向皇兄郑重上书："我愿削去公主名号，归还公主府第，不再收受天下百姓租赋，请皇兄玉成。"李隆基认为她是一时任性，坚决不许。

她铁定了心要洗心革面，重新开始，继续上书说："我是唐高宗孙女、唐睿宗女儿、陛下的妹妹，有了这样的身份，何必使用公主名号？就算看在能以此延长十年寿命的份上，还请皇兄成全。"李隆基见她心意已决，且将话说到了这个份上，只好答应了她。

不知为何，去掉公主名号后，她觉得自己离王维似乎近了一些。虽然这些年来和王维并未见面，但有关王维的任何消息，她都会放在心里。

对她来说，他的一举一动、一诗一画，都有一种让人平静的力量。

这样的力量，在他写的《送元二使安西》里。她看了"劝君更尽一杯酒，西出阳关无故人"后，会心一笑，对着远在塞外的王维说："摩诘，关内也好，关外也罢，潇洒如你，处处皆有故人。"

这样的力量，更在他写的《六祖能禅师碑铭》中。她虽然不曾修行禅宗，但佛道本就相通，加上她悟性颇高，通过王维的笔触，她看到了六祖慧能从求法、得法、弘法、受诏到寂灭的整个人生，更看到了王维在佛法造诣上的非同寻常。

他只字不提南禅宗人津津乐道的"幡动、风动、心动""菩提本无树，明镜亦非台"等公案，而是明心见性，开门见山，以般若力，生菩提文。通篇碑文，不见半点文人狷狂习气，而是句句直通佛法大意，真正做到了不负"居士"二字，不负"摩诘"之意。妙哉，斯文！

无论朝野上下如何评价《六祖能禅师碑铭》，王维都淡然一笑，不予回应，继续在辋川过着半官半隐的生活。

这日，裴迪来访，王维留他一起用晚膳。席间，裴迪问王维道："摩诘兄，我听说，侍御史一般只需担任数月，便可转调尚书省担任实职。你任侍御史已有两年，怎么还不见转调？"

"哦？你今日如何关心这个了？"

"摩诘兄，你自己或许不在意，但朝中多有人议论说，你因为写了《六祖能禅师碑铭》而得罪了手握大权之人？"

"原来你担心的是这个。你且放宽心，当我答应神会法师写这篇碑铭时，我便将这些置之度外了。"

"摩诘兄，苑咸是李林甫身边的红人，如今担任中书舍人，他一直很尊重你。我倒是觉得，你可以问问苑咸，为何你任侍御史两年了还不见转调？"

对于苑咸，王维心情有些复杂。从才学上来说，王维对苑咸有几分欣赏，因为苑咸能书梵字，兼通梵音，是难得的人才，但苑咸自入朝以来，便对李林甫言听计从，是李林甫的贴心人，王维又打心眼里有些腻味。

于是，他挥了挥手，淡淡笑道："我知道了。今晚咱们不聊这些，安心喝酒便是。"

酒过三巡，王维举杯和裴迪对酌，似乎想到了什么，随口吟道："酌酒与君君自宽，人情翻覆似波澜。白首相知犹按剑，朱门先达笑弹冠。草色全经细雨湿，花枝欲动春风寒。世事浮云何足问，不如高卧且加餐。"

裴迪细细品味，默然不语，良久之后，才抬头笑道："摩诘兄所言甚是，倒是小弟我着相了。"说着，起身为王维斟了一杯酒，若有所思道，"'草色全经细雨湿，花枝欲动春风寒'一句，让我想到，世间之蝇营狗苟，何必义愤填膺？犹如碧潭止水，清心静观、恍然顿悟便是。"

这晚，王维和裴迪切磋南、北禅宗"顿悟""渐悟"之妙，不知不觉，促膝谈心至深夜。

不料，不久后，王维突然接到吏部任命，让他出任库部员外郎。库部隶属于尚书省兵部，库部员外郎从六品上，比从六品下的侍御史升了一阶。

王维以为是苑咸在李林甫面前替他说了好话，其实，王维只猜对了一半。苑咸固然在李林甫面前提到了王维，但李林甫给王维官升一级，并非因为苑咸，而是因为玉真公主。

王维在侍御史一职上盘桓了两年，虽然王维本人不在意，但朝中却有人议论说，王维这个侍御史当得够窝囊，和朝堂外的立仗马又有何异？

当玉真公主辗转听到这些议论时，有种莫名的心疼。她是理解王维的，在李林甫的高压统治下，任谁当侍御史，都只能当立仗马。

虽然王维本人并不在意旁人如何说他，但她却不允许旁人如此看他。而让朝中上下闭嘴的最好办法，就是让王维在三年一次的官员考核时循例提升一级！

因此，已经多年不关心政事的她，再次向皇兄推荐了王维。她只有简简单单一句话：王维是不可多得的人才，请朝廷莫委屈了他。

746年，王维离开御史台，到尚书省的库部任职。

这一年，是李隆基册封杨玉环为贵妃的第二个年头，李隆基正尽情享受杨玉环带给他的生命活力，朝政之事越来越倚重李林甫。

王维虽然无心关注政治，却也感受到了李林甫和李亨之间的暗流汹涌、剑拔弩张。更可怕的是，随着事态发展，越来越多文臣武将卷入了这场险恶的斗争！

对李亨来说，746年是他人生多事之秋的开始。从这一年开始，接二连三的灭顶之灾劈头盖脸向他砸了过来，而这背后的主使，无一例外都是李林甫。

说灾难之前，要先说说李亨的大舅子韦坚。

韦坚的岳父名叫姜皎，是李林甫的舅舅，也就是说，韦坚是李林甫的表妹夫，和李林甫原本关系不错。

自从李亨738年成为太子，韦坚妹妹韦氏成为太子妃后，李林甫和韦坚的关系开始变得微妙。特别是744年，韦坚兼任御史中丞，和左相兼兵部尚书李适之过从甚密，大有入朝为相之势后，进一步引起了李林甫的反感。

于是，李林甫对韦坚明升暗降，将他从正四品下的御史中丞提拔为正三品的刑部尚书。韦坚失去实权后，对李林甫心生怨意，却也敢怒不敢言。

746年正月，李亨做忠王时的属官、后来担任陇右节度使兼河西节度使的皇甫惟明，因打败吐蕃有功，特地来长安向李隆基进献战利品，并向李隆基称赞韦坚有才，指责李林甫专权。

李林甫在李隆基身边安排了线人，马上知道了皇甫惟明的密奏，顿时怒不可遏，派御史中丞杨慎矜务必抓到皇甫惟明的把柄。

746年元宵节，李亨携太子妃韦氏逛街赏灯，在路上偶遇韦坚，闲话了几句家常。分手后，韦坚前往崇仁坊景龙道观和皇甫惟明见面。

韦坚是太子妃兄，皇甫惟明是边镇节帅，两人私相往来，立即被杨慎矜报告给了李林甫，李林甫立即上奏李隆基，说韦坚身为外戚，却与边将狎昵，有结党谋立太子之嫌。

李林甫的上书触碰到了李隆基的神经，他当然不愿意看到朝臣和边将勾结逼宫，立即下诏命李林甫审讯。

李林甫不仅让韦坚、皇甫惟明下狱，还指使手下罗织罪状，想把李亨也牵扯进来。不过，李隆基虽然怀疑韦坚与皇甫惟明有构谋之心，却不想让事态扩大，交代李林甫只限于惩治韦坚、皇甫惟明的过失，不追究太子和韦坚相会之事。

最后，李林甫将韦坚贬为缙云太守，将皇甫惟明贬为淄川太守，将皇甫惟明的兵权移交朔方、河东节度使王忠嗣，就此结案。

随着韦坚、皇甫惟明离开长安，李亨以为这场风波就这样结束了。然而，并不。

韦坚有两个弟弟，一个是将作少匠韦兰，一个是兵部员外郎韦芝，他们替哥哥韦坚抱不平，不仅上疏鸣冤叫屈，还拉李亨出面作证。

韦兰、韦芝如此不识抬举，激怒了原本不想让事态扩大的李隆基。李隆基一怒之下，把韦坚从缙云太守再贬为江夏别驾，把韦兰、韦芝贬往岭南，并授意李林甫扩大事态。

这正是李林甫求之不得的。他早就想要除掉左相兼兵部尚书李适之，正好借此机会大做文章。

他先以李适之和韦坚交好为由，罢李适之为太子少保，再以李适之与韦坚结党营私为由，将李适之贬为宜春太守。

紧接着，李林甫对韦坚一案大加株连，韦坚的亲属、好友多有牵连，纷纷被贬。除了韦坚妻子姜氏是李林甫的表妹，得以放还本宗后，其余大多流放岭南。

李林甫还派人去韦坚曾经任职的地方搜集证据，地方官员为了迎合李林甫，不惜刑讯逼供，伪造证据，给韦坚搜罗罪名，被逼死者越来越多。

面对李林甫如此步步相逼，李亨又惊又惧，为了摆脱自己与韦坚兄弟之间的干系，只好上书李隆基，以"情义不睦"为由，请求和太子妃韦氏和离。已为李亨生育二男二女的韦妃，不得不削发为尼。

就当李亨想喘口气时，又一大案接踵而至。

这个大案和李亨身边的杜良娣有关。杜良娣父亲是赞善大夫杜有邻，正五品上的东宫属臣。杜有邻有一个女婿，名叫柳勣，是正八品下的左骁卫兵曹。

柳勣生性疏狂，不拘小节，和淄川太守裴敦复、北海太守李邕、著作郎王曾都是好友。

杜有邻看不惯女婿的轻狂，翁婿之间积怨颇深。746年11月，柳勣诬告岳父杜有邻"妄称图谶，交构东宫，指斥乘舆"。

这个罪名涉及太子，李林甫立即派京兆府吉温会同御史台审理，很快就调查清楚，这只是一出诬告。

但李林甫当然不会放过如此天赐良机，他要利用这个诬告案把太子牵扯进来，从而彻底废了太子。

在李林甫的授意下，吉温教唆柳勣联合王曾、李邕作证，说杜有邻和李亨阴谋结党，御史中丞王鉷和杨国忠也参与了本案的审讯，都把矛头指向李亨，大有废太子于朝夕之势。

不止于此。李林甫一边处理杜有邻案，一边派人去流放地处死皇甫惟明和韦坚父子及其诸弟。朝野上下，一时血流成河。

李亨自知危在旦夕，为求自保，只好故伎重演，向父皇上书请求将杜良娣贬为庶人，从而摆脱和杜有邻的翁婿关系。

李隆基对李亨的表现很是满意，很显然，李隆基只想敲打太子，并不想废掉太子。

李林甫的计划再次落空，却也拿李亨没有办法。最后，杜有邻、柳勣均在重杖之下丧命，家小流徙远方。

短短一年时间，李亨遭遇了两场大案，两次婚变，精神几乎到了崩溃的边缘。在李隆基的安排下，李亨续娶了张良娣。张良娣的祖母窦氏，是李隆基生母的妹妹。

因此，张良娣还是李亨的表妹。

李亨并未因为娶了张良娣而放松。他知道，李林甫不会善罢甘休，他能做的，除了谨慎，还是谨慎。

746年充斥在朝廷上下的腥风血雨，虽然没有波及王维，却让王维心痛如绞。

从韦坚、皇甫惟明到裴敦复、李邕、王曾，王维亲眼看到，曾经的名士重臣在李林甫及其爪牙无所不用其极的操纵下，不是被贬，就是被杀，最终妻离子散、家破人亡……

不用说朝中大臣噤若寒蝉，便是堂堂如太子李亨，也不得不通过两次休妻息事宁人。李林甫在朝堂上下的掌控力有多大，已经不证自明！

王维清楚地知道，他最大的缺点就是懦弱。在这方面，他不仅不如同龄的李白，甚至不如比自己小十一岁的杜甫。

747年，当朝廷诏天下"通一艺者"到长安应试时，杜甫也参加了考试。但是，李林甫编导了一场"野无遗贤"的闹剧，参加考试的士子全部落选，杜甫也不例外。

然而，杜甫并未气馁，他相信自己终有一日会实现自己的理想。因此，他决定留在长安寻找机会。

当杜甫听说李邕、裴敦复双双冤死后，立即怀着悲愤交加的心情，痛心疾首地写下了长达430个字的《八哀诗·赠秘书监江夏李公邕》。

无论是开头的"长啸宇宙间，高才日陵替"，还是结尾的"哀赠竟萧条，恩波延揭厉"，无不透露了杜甫对李邕冤死的深切哀悼和愤懑不平。

当杜甫写诗悼念李邕时，李白也给友人王十二写了一首《答王十二寒夜独酌有怀》，诗中沉痛哀号："君不见李北海，英风豪气今何在？君不见裴尚书，土坟三尺蒿棘居！"

这日下朝后，王维回到了蓝田辋川。辋川的夜晚，有种格外的宁静。

当一轮明月升到空中时，他坐在竹林深处，看着眼前那朴实无华的古琴，缓缓弹了起来。

和琵琶相比，古琴的声音略显低沉。古琴不是弹给旁人听的，而是弹给自己听的。与其说是弹琴，不如说是养心。

月光洒落一地，王维一边手抚古琴，一边低声吟唱："独坐幽篁里，弹琴复长啸。深林人不知，明月来相照……"

在这寂静无人的夜里，王维的歌声透着一种悲凉。他唱了一遍又一遍，能真正理解他此刻心情的，恐怕只有天上那轮明月吧？不，或许还有此时正在长安抬头望月的玉真公主……

第九十六章　赶尽杀绝　物是人非

除掉韦坚、皇甫惟明、李适之、李邕、裴敦复等人后，李林甫并未放松警惕，紧接着将下一个打击目标瞄准了李隆基的义子王忠嗣。

746年正月，皇甫惟明案发后，其河西、陇右两镇节度使的兵权移交给了朔方、河东节度使王忠嗣，这样一来，王忠嗣一人身兼河西、陇右、朔方、河东四镇节度使。

这四镇都是北方边境的重镇，王忠嗣一人佩戴四种将印，统辖二十七万精兵，这是唐朝自建国以来都不曾发生过的事，足见李隆基对王忠嗣是何等信任！

746年4月，王忠嗣担心位高权重，惹人猜忌，坚持让出朔方、河东节度使职务，只担任河西、陇右节度使，李隆基同意了。

然而，李林甫依然将打击目标瞄准了王忠嗣。看到王忠嗣如此深受皇上器重，照这个势头发展下去，王忠嗣迟早会入朝拜相。王忠嗣一旦拜相，凭王忠嗣和李亨非同一般的关系，李亨一定会对他李林甫秋后算账，到那时，后果将不堪设想。

然而，王忠嗣是皇上最信任的义子，是屡立奇功、威震四方的边将，有皇上为他撑腰，有军功为他护身，一般的手段怎能奈何得了他？

李林甫不由倒吸了一口冷气，自当上中书令以来，这是他第一次遇到了棘手的难题。

当李林甫想要扳倒王忠嗣却苦于无处下手时，机会来了！

因为王忠嗣的父亲死于大唐和吐蕃之战，因此王忠嗣从小就立志为父亲报仇。他年轻时奋战沙场，豁出性命去打吐蕃时，确实带有几分复仇情绪。

不过，随着身份地位的变化，王忠嗣早已摆脱家仇恩怨和个人荣辱，更多的是将国计民生和士卒安危放在首位。

他曾多次上奏朝廷，主张安抚边疆，不可轻易发起战端，以免生灵涂炭。为减少伤亡，每有战事，他不再像过去那样杀个痛快，而是周密部署，提高作战的胜算，减少唐军的伤亡。他把自己那副拉力为一百五十斤的弓箭放进弓袋，表示不再轻易使用。他还要求士卒爱惜自己的武器，将姓名刻在弓箭上，战前统一发放，战后统一收回……

在他的领导下，边境士气高昂，器械粮草充足，不轻易作战，一旦作战，则战无不胜、攻无不克！

但是，对于王忠嗣的良苦用心，并非人人都能理解，尤其是渐渐好大喜功的李隆基。在是否攻打战略重地石堡城这个问题上，李隆基第一次对王忠嗣心生不满！

石堡城位于青海湟源，是湟水河流域与青海湖地区之间的要地，历来备受吐蕃关注。

741年，盖嘉运担任河西、陇右两镇节度使，沉溺酒色，不思防务，导致石堡城落入吐蕃军之手。

李隆基大为震怒，派唐军多次向石堡城发起进攻，终因山道险远，易守难攻，没能从吐蕃手中夺回石堡城，李隆基对此耿耿于怀！

746年以来，王忠嗣身为河西、陇右节度使，多次指挥唐军与吐蕃军交战，都大获全胜。

李隆基心中大喜，决定让王忠嗣率军攻打石堡城，一举解决他多年以来的心病！

王忠嗣非常了解石堡城的情况，向李隆基上书劝谏说，吐蕃动用了几乎全部力量防守石堡城，如果硬攻，将牺牲数万唐军的性命，实在得不偿失。不如静待时机，等敌军露出破绽时，再一举攻取。

王忠嗣分析得合情合理，但对于只想早日夺回石堡城的李隆基来说，哪里听得进去？恰好此时另一位唐将董延光极力主张攻取石堡城，李隆基就强令王忠嗣接应董延光出兵。

果然，石堡城易守难攻，董延光无功而返，但董延光却将责任推到王忠嗣身上，怪他出兵不够及时。

当李林甫收到董延光的奏书时，顿时眼前一亮，索性一不做二不休，当即指使济阳别驾魏林上书，诬告王忠嗣愿意尊奉太子。

当李隆基看到董延光的上书时，已经对王忠嗣心生怒气，而魏林的上书无疑就是火上浇油。李隆基将王忠嗣对他的阳奉阴违和对太子的忠心耿耿联系到一起，越想越觉得魏林上书可信，当即夺去王忠嗣兵权，让他火速赶回朝廷。

李林甫建议李隆基将王忠嗣交给三司处理，可怜王忠嗣回到长安后，没有机会面见皇上，就被三司隔离审讯。

就在三司要求对王忠嗣论罪处死时，代替王忠嗣担任河西、陇右节度使的哥舒翰紧急上书，说王忠嗣实乃冤枉，他愿意用自己的官职来替王忠嗣赎罪。

李隆基这才怒气渐消，网开一面，将王忠嗣贬为汉阳太守，限期离京。

李林甫心头暗喜，王忠嗣的仕途已经彻底毁灭，对他没有任何威胁了。

当王维听说王忠嗣被剥夺兵权、贬为汉阳太守时，心中很是震惊。

王维原本以为李林甫要对付的无非就是朝中文臣，没想到他连武将也不放过，而且还拿威震四方的王忠嗣开刀。要知道，王忠嗣不仅是皇上义子，还为大唐立下了赫赫军功，如果连他也难逃李林甫编织的天网，还有谁能逃得过？

他心中一寒，想到了他的女婿高仙芝。738年，高仙芝迎娶莲儿时，曾对他这位丈人承诺："丈人在上，从今日起，小婿会照顾莲儿一生一世，和莲儿相敬如宾、白头偕老。"

王维明白，自古以来，无论是文臣还是武将，但凡想做成一些事情，就离不开真性情，而在复杂的政治环境中，真性情往往容易受伤，文臣如此，武将亦然。

747年8月，在高仙芝的周密部署和高超指挥下，唐军成功平定小勃律国，俘虏了小勃律王和吐蕃公主。唐军声威大震，拂菻、大食等国纷纷归附大唐。李隆基龙颜大悦，将高仙芝一举提拔为安西节度使。

面对络绎不绝上门道贺的宾客，王维既为仙芝感到高兴，又有一种隐隐的担忧。王忠嗣是仙芝从小就仰慕的大将，如今，连王忠嗣这样功高盖世的大将都会因莫须有的罪名被贬，更何况其他人呢？王维不由叹了口气。

次日上朝，在那回荡在大明宫的悠远钟声中，王维极目远眺，无数前尘往事纷纷涌上心头。

从721年状元及第到如今，漫长的二十六年，似乎只是一瞬，又仿佛已经隔世。不是吗？那些他深爱过、敬仰过的人，纷纷离开了人世。璎珞不在了，张九龄不在了，裴耀卿不在了，孟浩然不在了，道光禅师不在了，普寂禅师不在了，李邕不在了，李适之不在了……

如今，他想说说话的人，也无非只有崔兴宗、綦毋潜、裴迪等三五好友而已了。其实，还有一个人，只是彼此都觉得永远不会再见面了……

这样想着、想着，只觉得心里仿佛有什么东西"砰"的一声炸开了，耳畔忽然响起了神会禅师在临湍驿对他说的那番话："人之烦恼，根由求生。如果无所求，烦恼便如无根之木，或者水上浮萍，自然无立足之地了。心中自有佛，何求他人知。王檀越若能细细体会，烦恼自可烟消云散了。"

是的，"心中自有佛，何求他人知"，王维细细回味这句话，陷入了沉思。

此时，对于李林甫来说，他已经可以高枕无忧了。因为对他相权最有威胁的韦坚、李适之已经命归西天，王忠嗣已经贬谪汉阳，绝不可能东山再起。

为了防止汉人将领入朝为相，李林甫一直重用胡人将领，因为他们大多空有武力，没有头脑，不会与他争夺相位，大唐边将大有"以寒族胡人专大将之任"之势，安禄山、史思明、高仙芝、哥舒翰等胡人将领纷纷被予以重用，其中尤以安禄山备受恩宠。

安禄山不仅骁勇善战，还很会察言观色，深受李隆基喜欢，被杨玉环认作义子。他每次进宫，都先拜见杨玉环，再拜见李隆基。李隆基不解，问他原因，他振振有词道："臣是胡人，胡人把母亲放在前头，把父亲放在后头。"李隆基听了很是高兴。

不知是因为高仙芝平定小勃律有功，还是因为玉真公主一直默默关照王维，748年春天，王维从库部员外郎提升为库部郎中，相当于从副职转为正职，官职从五品上。

让王维不解的是，他官升一级后，常被皇上或李林甫邀请参加各类庆典活动。

先是748年3月，长安兴庆宫大同殿的柱子长出了玉白色的有晶莹光泽的芝草，犹如神光照殿。李隆基大喜，认为这是吉兆，召唤群臣吟诗庆贺。王维也受邀参加，当场赋诗《大同殿柱产玉芝龙池上有庆云神光照殿百官共睹圣恩便赐宴乐敢书即事》。

再是748年八月初五，李隆基生日，改"千秋节"为"天长节"，其中，"天长"二字取老子《道德经》中"天长地久"之意。李隆基携杨玉环在花萼相辉楼宴请文武百官，王维当场赋诗《奉和圣制天长节赐宰臣歌应制》。

再是748年秋天，李隆基携群臣登临降圣观，王维也受邀参加，当场赋诗《奉和圣制登降圣观与宰臣等同望应制》。

还有一次，李隆基带领近臣到兴庆宫春明楼游园。站在春明楼上，可以看到李林甫宅邸的后花园。李隆基诗兴大发，赋诗一首，并让在场众人赋诗，王维赋诗《奉和圣制御春明楼临右相园亭赋乐贤诗应制》。

不过，王维清楚地明白，这些熙来攘往的热闹，无非都是镜中月、水中花。虽然身处喧哗，却无端感到落寞。真正能让他存放心灵、回归自我的，依然还是辋川别墅。

当749年来临时，王维惊闻噩耗——一代名将王忠嗣在贬谪地汉东郡离奇暴死，年仅四十四岁。

一时间，坊间关于王忠嗣的死因，众说纷纭，莫衷一是。有说是李隆基赐死王忠嗣，有说是李林甫谋害王忠嗣，也有说是安禄山暗杀王忠嗣。

正当王维为王忠嗣的离奇死亡扼腕叹息时，母亲病倒了。王维火速赶回辋川，悉心照顾母亲。

750年2月，一生笃信佛教的王老夫人，在辋川安然离世。王维及其弟妹按母亲生前交代的佛家礼法，为母亲举办了丧礼。

唐制规定，双亲去世，子女要守丧三年。王维在辋川为母亲守丧。每日晨起，王维总要到母亲生前诵经的佛堂坐上好一会儿，手抚母亲生前用过的佛珠，回忆和母亲在一起的点点滴滴，并未觉得母亲已经远去，似乎依然和母亲在一起。

在为母守丧的日子里，外面的世界仿佛离他越来越远，似乎和他无关了。不过，有些事，还是和他有关的。

比如，751年4月，高仙芝率领三万士兵攻打大食（今阿拉伯），双方激战数日，最终唐军全军覆没，高仙芝在部下李嗣业掩护下死里逃生。这次大战后，高仙芝被罢免安西四镇节度使之职，回到长安，担任右金吾大将军。

虽说胜败乃兵家常事，但对高仙芝来说，这次失败无疑成了一个心结。不过莲儿倒是庆幸仙芝终于可以回长安和家人团聚了。

752年3月，王维守丧期满，被朝廷任命为吏部郎中，官职正五品上，比原先的库部郎中连升两级。

王维怎能不明白，吏部是六部中最为紧要的部门，能进吏部的人，都是皇上和宰相认可的人。而他这些年来，和李林甫一直保持距离，也不受皇上待见，他之所以能进吏部，只有一个可能，那就是玉真公主希望他进。

他很想告诉玉真公主，当官早已非他所愿，官职高低于他已无任何意义，但他又着实不忍拂了她的意，驳了她的情。

在爱情的世界里，他一次一次拒她于千里之外，他已经欠了她太多太多，那么，在爱情以外的世界里，他就顺了她的心吧。而接受并当好这份差事，或许就是对她最好的回馈。

王维到吏部任职后，想到了一直赋闲在家的崔兴宗，试着向苑咸推荐了崔兴宗。刚好朝中右补阙一职空缺，不久后，崔兴宗被任命为右补阙。

崔兴宗上一回来长安，还是738年莲儿成亲时，如今一晃又是十四年了。

"姊夫，你看这是什么？"虽然崔兴宗已是年近五十之人，但在王维面前，说话做事依然透着一股调皮劲儿。

"原来是这个，难为你还存着。"看到兴宗手中徐徐打开的卷轴，王维一眼就认出这是他当年为兴宗画的画像。那时，璎珞生下莲儿不久，王维为璎珞画像，刚好兴宗来看璎珞，王维便顺手也给兴宗画了一幅。算起来，那是快三十年前的事了。

"那是当然！姊夫为我画的画儿，我怎能不好好保存呢！我常说，人在画在，人亡画还在……"

不待兴宗再说下去，王维就笑着打断了他："都多大年纪了，还这样口没遮拦！若是让孩子们听到了，岂不笑话？"

"嘿嘿，姊夫，我今日带了这幅画来，是想请姊夫在画上题诗一首，可好？"

"好。"王维退后一步，看了一眼画像，又看了一眼兴宗，微微一笑，提笔在画像上写道："画君年少时，如今君已老。今时新识人，知君旧时好。"

是啊，王维为他画像时，他俩都是"年少时"；如今，他俩都已不再年轻。不过，有一点是不变的，那就是他俩之间的情谊。无论岁月如何流逝，他们对彼此的信任和牵挂都不曾改变。

"兴宗，世风日下，人情纸薄，唯故人旧友，情深意长。"王维放下笔墨，将卷轴递回兴宗手里，有感而发道。

"姊夫，你是我这辈子见过的人中，最最念旧的人。"兴宗握住卷轴，貌似玩笑的声音中隐隐有些哽咽。

王维拍了拍兴宗肩膀，调侃他道："你见过的人能有多少？不说这些了。倒是你入朝担任右补阙后，凡事都要用心些……"

兴宗知道王维听懂了"念旧"二字的含义。除了王维，谁会丧妻之后不再续弦、不再纳妾？这世上，恐怕真的找不到第二个如此"念旧"之人了。

第九十七章　禄山起兵　仙芝出征

753年1月3日，自735年成为大唐宰相的李林甫走到了生命的尽头。毫无疑问，他是李隆基执政时期在位时间最长的宰相。

李林甫去世后，杨国忠毫无悬念地成为继任者。

杨国忠原名杨钊，永乐（今山西永济）人氏，是武则天的男宠张易之的外甥，杨玉环的远房堂兄（和杨玉环同曾祖父）。

杨钊曾担任新都县尉、扶风县尉，和剑南节度使章仇兼琼私交甚好。745年，章仇兼琼与李林甫不睦，得知杨钊是杨玉环的从堂兄后，让他到长安结交杨家，以便日后可以对抗李林甫。

杨钊到长安后，把价值百万的蜀地珍宝一一送给杨氏姐妹，并说这是章仇兼琼所赠。于是，杨氏姐妹就在李隆基面前替杨钊美言，并将杨钊引见给李隆基。李隆基任命他为右金吾卫兵曹参军，可出入禁中。

杨钊在长安站稳脚跟后，一路高升，不到一年时间，就身兼十多个职务，成为朝廷重臣。

748年，李隆基赐杨钊紫金鱼袋。750年10月，杨钊认为"金刀"二字不妥，请皇上为他改名，李隆基赐名"国忠"。

说到杨国忠和李林甫的关系，很是微妙。起初，杨国忠为了向上爬，竭力讨好李林甫，李林甫也因为杨国忠是皇亲国戚，也尽力拉拢他。在李林甫陷害李亨时，杨国忠积极参与其中，因此，杨国忠和李亨的矛盾也越来越深。

后来，杨玉环经常在李隆基面前说杨国忠的好，李隆基也想借杨国忠牵制李林甫，因此，李隆基渐渐偏袒杨国忠，疏远李林甫。

李林甫死后，李隆基立即任命杨国忠为右相兼文部尚书。

对李亨来说，李林甫的去世让他如释重负。不过，杨国忠仍旧是他的死对头。李亨做好了和杨国忠明争暗斗的准备，他必须要在这险象环生的斗争中坚持下去，直到父皇去世那一天。

王维本以为李林甫去世后，朝廷上下的风气会有所改善。身为吏部郎中的他，原本想在新宰相的带领下选贤任能，励精图治。没想到在杨国忠的胡闹下，朝堂上下愈发乌烟瘴气。

"这世上，各人有各人的缘法，各人有各人的修行。"王维远远看了一眼大明宫，不由想起了神会法师说的一句话，"着相修行百千劫，无相修行刹那间，若能万法尽舍却，顿悟入道须臾间。"

从753年至755年，表面上看，大唐还是那么繁华，还是那么强大，但在这繁华强大的背后，似乎已经有些东西不一样了。

这些不一样，王维能感受到，朝中有识之士能感受到，却唯独天下至尊李隆基感受不到，或者说，他可能也感受到了，但却不想过问了……

当历史的车轮辗转驶入755年时，任是再迟钝的人，也嗅出了隐藏在大唐繁华盛世背后的异样。

这其中，有一个人用他沉痛的笔触记录下了这些变化，他就是杜甫。

755年，在杜甫客居长安八年后，终于得到一个低阶官职——右卫率府兵曹参军。

755年11月，杜甫回奉先（今陕西蒲城）看望久未见面的妻儿。不料刚进家门，就听到妻子惨烈的哀号声，原来是小儿子活活饿死了。

这不啻为一道晴天霹雳，杜甫再也控制不住心头的悲愤，将自己在长安的感受和回奉先路上的所见所闻，写成了《自京赴奉先县咏怀五百字》，字字啼血，句句痛心。

杜甫在诗中痛斥长安权贵的荒淫腐败和底层百姓的艰难度日，长安权贵在豪宅里醉生梦死——"劝客驼蹄羹，霜橙压香橘"，长安百姓在饥寒交迫中苦苦挣扎——"朱门酒肉臭，路有冻死骨"！

第九十七章 禄山起兵 仙芝出征

杜甫痛失幼子的遭遇，并非他的个例；杜甫一路上的所见所闻，也绝没有半点夸张。这发生在盛世大唐的惨剧，并非横空出世，而是由来已久。

唐代自建国以来，经历贞观之治、永徽之治、开元之治后，大唐的繁华强大，超越了以往任何一个时代。

然而，大唐表面的繁华，却掩盖不了内部的种种矛盾。随着时间的推移，这些矛盾犹如美玉上的裂痕，向大唐内部慢慢渗透。这种渗透的力量，远比人们想象的更为迅速、更为可怕。

冰冻三尺，非一日之寒。如果说大唐内部的矛盾由来已久，那么，矛盾的加深和扩大，是在李林甫去世以后。

这要从李隆基的用人之道和驭人之术说起。

李隆基深谙用人之道和驭人之术，他对权力的操纵和掌控，非常人所能及。

李隆基善于对各方势力进行制约和平衡，太子和宰相，文臣和边将，权贵世家和科举寒门，李隆基让他们互相牵制，从而达到一种微妙的制约和平衡。

从开元年间的各大贤相，到天宝年间的各大节度使，他一手安排好了各方势力的互相制衡，让各方势力效忠于大唐，为大唐效力。

心机深沉如李林甫，终其一生也是被李隆基掌控在手中，君臣之间形成了一种心照不宣的默契，可以十多年相安无事。

李林甫也善于压制各方势力。比如野心勃勃的安禄山，始终被李林甫牢牢控制。安禄山明白，不仅他身边的亲信被李林甫渗透，就连他的心思也能被李林甫猜个十之八九，这让他如履薄冰，不敢轻举妄动。

这样的平衡，在李林甫去世以后渐渐被打破了。

李隆基想让杨国忠和安禄山互相牵制，但杨国忠根本无法控制安禄山，只能简单粗暴地打压和排挤，而安禄山根本不怕杨国忠这一套，这让李隆基玩了一辈子的驭人之术失灵了。

李隆基重用过安禄山，既有政治考量，也有军事需要。对内，他想利用安禄山牵制其他武将，对外，他想利用安禄山稳定北方战线，开疆拓土。

不过，为了防止安禄山心存异志，李隆基设计了三张牌：

第一张牌，是兵力牌。李隆基让安禄山兼任范阳、平卢、河东三镇节度使，使他坐拥十八万兵力。天宝年间，大唐总兵力约六十万人。十八万兵力恰好是一个临界点，既能最大限度发挥安禄山的战斗力，又无法让安禄山发动一场能推翻大唐的叛变；

第二张牌，是感情牌。李隆基宠信安禄山，甚至让他成为杨玉环的义子，让他享受比封疆大吏还要夸张的待遇。李隆基不仅厚待安禄山，还封安禄山的大儿子安庆宗为太仆卿，将太子李亨的女儿下嫁给安庆宗为妻，封安禄山的小儿子安庆绪为鸿胪卿。

第三张牌，是人事牌。在边境上，紧挨着安禄山势力范围的，是陇右、河西节度使哥舒翰。哥舒翰是大唐名将，为人耿直忠厚。如果安禄山图谋不轨，哥舒翰必然会第一时间镇压叛军。在朝廷内，以杨国忠为首的文臣经常提醒李隆基说安禄山有狼子野心。这让安禄山犹如芒刺在背，只能拼命讨好李隆基以表忠心，抗衡文臣。

当然，这三张牌中，最重要的是第一张牌。不足以和整个大唐帝国抗衡的兵力，让李隆基愿意信任并放权给安禄山。

在李隆基看来，这样的权力制衡，可以让他高枕无忧，纵情享乐。每年十月，他必定带杨玉环到华清宫沐浴温泉。

安禄山为了讨好李隆基，特地以白玉石制成鱼龙凫雁和莲花，置于华清宫的温泉池中。

当石莲花在水底盛开，银镂船在池中游弋，宝石和丁香堆积如山，霓裳和羽衣交织如云，李隆基和杨玉环在美轮美奂的人间仙境中流连忘返，不知今夕是何夕……

表面的歌舞升平，掩盖不了潜在的危机。但李隆基似乎并未察觉内部危机，反而向外发动了一系列战争。一是和吐蕃的关系进一步恶化，常年开战，互有伤亡，原先的和睦友好关系不复存在；二是和南诏的冲突日益激烈，唐军向南诏开战，先后战死、病死的唐军多达二十万人，唐军元气大伤。

承平日久的长安城，上至朝廷，下至百姓，无论如何都想不到，大唐帝国那道玉石上的裂痕正在迅速扩大，帝国的繁华即将一去不返。

755年秋天，长安的天空一片肃杀，灞桥的柳树早已凋零，只剩下三五枯枝在秋风萧瑟中摇摆，王维和綦毋潜在此话别。

这是綦毋潜第二次辞官归隐。早在734年春天，受好友储光羲辞官归隐影响，綦毋潜辞去集贤院著作郎一职，到江淮一带游历。

742年，綦毋潜来长安看望王维，王维希望綦毋潜能重回朝廷，推荐他到秘书省供职，从事书籍编纂工作。

如今，是755年，王维从中书省的吏部郎中调任门下省的给事中。给事中一职形同虚设，王维倒也落得清闲。

"綦毋兄，你去意已决了吗？"

"是的，你看如今朝政如何？"

"'亲贤臣，远小人，此先汉所以兴隆也；亲小人，远贤臣，此后汉所以倾颓也。'

近来读卧龙先生的《出师表》，引人深思。"

"唉，皇上不理朝政已经不是一日两日了。放眼看去，朝廷上下，官况日恶，朝政日非。摩诘，你多保重。"

"其实，我也厌倦官场日久。与其在朝廷身不由己，不如回归田园，与山水为伴。"

"不，你我有所不同。我已年过六十，此等小官薄禄，弃之何惜？你身居清要之位，不能说走就走。当年李林甫执政时你都已经熬过来了，如今杨国忠的能耐到底不如李林甫，你不妨再耐心观望一些时日再说。"

王维自嘲地摇了摇头，叹了口气道："綦毋兄，这些年来，我一直留在朝廷，旁人以为我是洁身自好，只有我自己知道，我有多么懦弱。我一次一次退缩，一次一次沉默，归根到底，是因为我不敢站到李林甫的对立面。李林甫离世后，我以为我可以做些什么了，但两年过去了，我依然还是那个尸位素餐的立仗马而已，可笑之至，可怜之至，可耻之至。"

"摩诘，你千万不要如此自责。你还记得吗？当年我科举落第，你送我一句诗'圣代无隐者，英灵尽来归'，你我都是读书人，都希望'学成文武艺，货与帝王家'，只可惜，我们生不逢时罢了。"

"是啊，一晃竟是三十五年了！綦毋兄，今日一别，不知何日再见？"王维折下一枝柳枝，递到綦毋潜手中，徐徐吟道，"明时久不达，弃置与君同……余亦从此去，归耕为老农。"

綦毋潜用力点了点头，紧紧握住王维的双手："摩诘，多多保重，后会有期！"

秋风吹过，扬起尘土无数。目送綦毋潜远去后，王维心想，不久的将来，他也会向朝廷递交辞呈，彻底隐居辋川……

然而，王维还来不及向朝廷递交辞呈，一场席卷大唐的灾难就来临了！

755年11月初九，身兼范阳、平卢、河东三镇节度使的安禄山，联合平卢军兵马使史思明，率领同罗、奚、契丹、突厥等骑兵、步兵共十五万大军，以"奉密诏讨伐逆臣杨国忠"为由，在范阳起兵。

当安禄山起兵叛乱的消息传到李隆基耳中时，李隆基正在华清宫度假。

虽是寒冬，但华清宫内，铜盆火炭，温暖如春。

和杨玉环戏水后的李隆基兴致高涨，亲自吹响玉笛。在抑扬顿挫的笛声中，舞女们簇拥着刚出浴的杨玉环在大殿上翩翩起舞。随着笛声越来越急，杨玉环的旋转越来越快，最终化成一朵旋转的红云，让李隆基为之目眩神迷、心神荡漾……

当高力士惊恐的声音传到李隆基面前时，李隆基手中的玉笛"砰"地滑落在地，笛声戛然而止，大殿内是死一般的沉寂！

李隆基紧紧握住拳头,似乎在拼命压抑什么,不知过了多久,那来自胸腔深处的愤怒如火山爆发般喷薄而出——安禄山!

李隆基回到长安后做的第一件事,就是下令将安禄山留在长安的大儿子安庆宗斩首示众,嫁给安庆宗不久的荣义郡主(太子李亨之女)被赐死,安禄山原配夫人康氏被处死。

既然你安禄山敢向大唐捅刀,大唐就先拿你家人开刀!

安禄山率领叛军从范阳呼啸南下,像狂风一样席卷所经之地。在队伍最前面的是铁骑兵,这是大唐最精锐的部队,他们的铠甲在冬日阳光下闪耀着冰冷的铁色。

看着这支风卷残云般呼啸而过的大军,大唐百姓目瞪口呆:"范阳军队从来都是北上,从没见过他们南下过,这是怎么了?"

大唐承平日久,很多郡县毫无御敌能力。听说安史叛军将至,地方官吏或弃城逃跑,或开门投降,叛军如入无人之境,长驱直入,很快就占领了黄河以北大部分地区。从范阳到长安的路程,已走了一半!

如果说李隆基刚听说安禄山兵变时只是愤怒,那么,事到如今,除了愤怒,还多了一丝恐惧!

他以为安禄山手中的十八万兵力不足以抗衡大唐帝国的六十万兵力,他以为安禄山的铁骑沿途会遇到阻挡,但这一切都只是他以为。

执掌天下四十三年的李隆基,被残酷的事实狠狠地扇了一记耳光,他实在无法接受!

大明宫紫宸殿里久久回荡着他的咆哮:全力以赴,拿下叛贼!

然而,兵变来得太过突然,朝廷毫无准备。眼见叛军已经抵达黄河,当前的重中之重就是保卫大唐两座都城——长安与洛阳。而长安和洛阳附近的兵力严重不足,怎么办?

李隆基想到了两个人——高仙芝和封常清。

说起来,高仙芝和封常清是生死之交,高仙芝对封常清有知遇之恩。多年来,他俩南征北战,在战场上配合默契,创造了一次又一次辉煌,被誉为"帝国双璧"。

在此危急时刻,高仙芝和封常清成为迎击安禄山的最佳人选。

封常清被任命为范阳、平卢节度使,火速前往洛阳招募军队,组织洛阳保卫战;高仙芝被任命为征讨副元帅,征募关中五万士兵,驻守陕郡(今河南三门峡附近),构成洛阳之后的第二道防线。

洛阳绝对不能沦入叛贼之手,这是李隆基对高仙芝和封常清的命令,刻不容缓,绝无退路!

第九十七章　禄山起兵　仙芝出征

当王维和玉真公主听说高仙芝要率领关中五万军队前往陕郡时，心里不由一紧。

在敌我力量如此悬殊的情况下，任高仙芝和封常清再有能耐，到底势单力薄，如何力挽狂澜？即使能够力挽狂澜，到底也是凶多吉少、性命堪忧！

仙芝出征在即，这日，王维来到了仙芝家中。

王维一跨进高家，仙芝和莲儿就迎了出来，说义母也刚到了。他心中一突，走过长廊，转过照壁，果然看到了正端坐屋中的玉真公主。

他俩已经整整十三年不曾见面了！

今日重逢，两人显然都很意外，一时都说不出话来。这么多年过去了，玉真公主早已不再恨他，只是一直想当面问他，他明明对她心存好感，可为何一而再、再而三地拒绝她、逃离她？

此时此刻，穿过十三个春夏秋冬，放下过往的爱恨纠缠，她忽然明白了，不是他无情，而是她爱他太多。她对他的爱，仿佛奔腾不息的滔滔江水。她太爱他，恨不得把全部江水都倾倒给他，而他手中只是一个杯盏，放不下那么多爱。当爱溢出来时，杯盏就会选择逃离……

"一别经年，微臣在此拜见公主！"玉真公主正思绪万千时，只听王维在距离她几步之遥处郑重行了一礼。

"是啊，一别经年，想来辋川定是让人流连忘返之地。"玉真公主抬起头来，静静地看着王维，一时不知自己是喜是悲。

见王维和玉真公主已彼此问候，仙芝和莲儿忙在他俩面前齐齐拜了下去。想到仙芝明日就要奔赴前线，大家心情不由沉重了起来。

"丈人和义母不必为我忧心，我此去并非孤军奋战，而是已有几分把握。"见大家脸上还有几分疑惑，仙芝压低声音道，"皇上已调遣郭子仪、王承业、张介然、程千里等文臣武将，我和常青此去洛阳、陕郡，是为他们围剿叛军争取更多时间。所以，丈人和义母不必为我担心。"说着，看了一眼身旁的莲儿，语气中添了几分柔和，"莲儿，天冷了，记得及时添衣，我定会平安。"

莲儿心里一涩，想到这些年来和他的一次次分离，不由百感交集，努力控制着眼底的酸涩："好，我会照顾好阿爷和义母，也会照顾好自己，等你平安归来。"

王维知道，眼下大敌当前，一切应以大局为重。他拍了拍仙芝的肩膀，一脸笃定道："仙芝，你放心去吧，我们在长安等你凯旋。"

虽然大战胜负未卜，但看着眼前这两个男人，玉真公主和莲儿心里便有一种说不出的安心。安静的屋子里，一时只听得见滴漏的轻响，一声声带着一种一去不回的清脆和果断，仿佛岁月静静流淌……

第九十八章　洛阳失守　退守潼关

这日，长安城乌云密布，寒风凛冽。

李隆基亲自到勤政务本楼为高仙芝和封常清送别，长安百姓自发涌到长安街头，目送高仙芝和封常清出征。

安史叛军正在火速向洛阳挺进，大唐朝廷也正火速从各地抽调力量。

本来，大唐有一个天然屏障——黄河。叛军虽然已经抵达黄河沿岸，但要渡过黄河，需要大量船只。然而，这个天然屏障很快就失灵了。

755年十二月初二晚上，气温骤降，寒冰为安禄山打通了南下的道路。

天一亮，叛军如汹涌的潮水般浩浩荡荡渡过黄河，中原腹地就像一头待宰的羔羊，完全暴露在了叛军面前。

首当其冲的是陈留（今河南开封）。当叛军闪电般攻陷陈留时，安禄山得知了安庆宗已被斩首示众的消息，顿时怒火攻心，下令血洗陈留。河南节度使张介然被斩于军门，一万守军死于叛军屠刀之下，陈留城内血流成河！

紧接着是荥阳。它是洛阳的门户，是安禄山必取之地。叛军鼓角一响，荥阳守兵自坠如雨，荥阳瞬间沦陷。

接下去就轮到洛阳了。封常清临时招募了六万军队驻扎于此，他要在这里和安禄山决一死战。

叛军如沙尘暴般席卷而至，闪着寒光的铁骑兵从沙尘暴里冲杀出来，铺天盖地扑向唐军。唐军全线溃败，满地都是流淌的鲜血，迅速染红了脚下的土地……

封常清手下的这六万士兵，都是临时招募的洛阳民众，根本无力对抗安禄山的铁骑。但是，封常清不肯放弃，他收拾残兵，在葵园再战，又败；在上东门再战，再败……他连战五次，连败五次，六万大军几乎被斩杀殆尽。

封常清已经拼尽全力，但洛阳还是沦陷了。这一天，是755年12月12日，距离安禄山范阳起兵仅仅34天。

最终，封常清不得不带着残存兵力逃出洛阳，向陕郡一路踏雪狂奔。逃亡的雪地上，到处都是殷红的鲜血，仿佛大地在流血！

当封常清一身血迹狂奔到高仙芝面前时，高仙芝彻底震惊了！他无论如何不敢相信，和他出生入死、南征北战的封常清的军队也会如此不堪一击。看来，叛军比他想象的要强悍得多，他显然低估叛军了，他意识到了事态的严重性。

他明白，他手中招募的这五万军队，和封常清招募的六万军队一样，都是临时拼凑而成的民众。如果说叛军像杀红了眼的狼群，他的五万士兵就像一群毫无招架能力的羊群，顷刻间就会被狼群消灭殆尽，尸骨无存。

他该如何守住陕郡？他久久望着洛阳方向，一颗心紧紧揪了起来。这些年来，他率领军队南征北战，从没有像这一刻这般迷茫过……

这时，死里逃生的封常清向高仙芝提了一个破天荒的建议——撤退潼关。

但是，高仙芝毫不犹豫地拒绝了。对于军人来说，坚守是天职，撤退是耻辱，他宁可战死，也不能撤退！

封常清据理力争，既然洛阳已经失守，陕郡已经不值得保卫。眼下最重要的就是保卫长安，而潼关是守住八百里秦川的最后一道坚固防线，潼关是保卫长安的关键所在。

高仙芝认识封常清这么多年，知道他绝非贪生怕死之辈，如今劝他撤兵，不是因为怕死，而是因为有更重要的地方需要他们去保卫！

此时此刻，叛军正向陕郡飞驰而来，千钧一发之际，高仙芝终于下定决心，全军火速撤退潼关。

唐军一鼓作气逃往潼关，将潼关大门重重关上，还没来得及喘气，叛军就攻到了潼关城下。不过，这一次，横扫中原的叛军终于在潼关面前败下阵来。这是安禄山自范阳起兵以来第一次遭遇失败。

潼关是长安的盾牌，是上天赐给关中的卫士，当得起"天下第一关"的盛誉。

潼关守住了，长安暂时安全了。然而，高仙芝却隐隐感到不安。不经一战就放弃陕郡，皇上会怎么看他？他该如何向皇上交代？

果然，在李隆基看来，身为"帝国双璧"，高仙芝和封常清既然能够打败吐蕃，打败大食，就完全可以击退安禄山。但是，他们竟然不战而屈、落荒而逃了！

这意味着大唐放弃了陕郡，放弃了洛阳，放弃了中原的千里江山。这简直是大唐的奇耻大辱。

李隆基根本不相信高仙芝的解释——退守潼关，是为了利用潼关这一天堑，守住长安！李隆基一心认定，他们这是贪生怕死，姑息纵容安禄山！

高仙芝退守潼关的消息，第一时间传到了玉真公主耳里。玉真公主心头一沉，皇上会不会拿军法惩处仙芝？洛阳已经落入虎口，长安还能独善其身吗？

她在屋中来回踱步，心头如同一团乱麻，久久理不出思绪来。她思忖再三，决定先不告诉莲儿，请王维来玉真观商量对策。

当王维风尘仆仆赶到玉真观时，已是日落时分。一看到王维，玉真公主来不及和他寒暄，便将她知道的一切一口气说了出来。

"摩诘，仙芝不战而退，无论旁人如何说他，我都坚信，他绝非贪生怕死之辈，他的撤退定有他的道理。"

王维剑眉紧锁，嘴唇微抿，这场叛乱，远比他想得更为严峻，更为险恶。

他和玉真公主一样，完全相信仙芝退守潼关，必定是他经过深思熟虑后做出的最有利于大唐的决定，但是，皇上会相信吗？安禄山的叛变似乎让皇上彻底丧失了对边将的所有信任。

他从窗外收回沉思的目光，对上玉真公主急切的眸子，心中忽然一紧。她的眸子里，有太多焦急、太多迷茫、太多心疼。他突然意识到，坚强如公主，其实也需要他的安慰。

他不由抬起了手，想拍拍公主的肩膀，给她一些安慰和力量，但一想到她毕竟贵为公主，便又只是抱了抱拳，但语气中明显多了几分关切："这些年来，仙芝南征北战，出生入死，早已将生死置之度外。虽然人言可畏，但到底清者自清，浊者自浊，眼下咱们能做的，就是为仙芝祈福，为大唐祈福，保佑仙芝化险为夷，平安归来。"

王维这番话仿佛让玉真公主吃了一颗定心丸，心稍稍安定了下来。"摩诘，万一有那么一天，我是说万一……"玉真公主顿了顿，显然有些艰涩道，"万一叛军攻破长安，你离开长安时，会带上莲儿，还有我吗？"

说到最后一个"我"字时，玉真公主只觉得心跳得异常厉害，屏住呼吸，静候王维的回答。

屋子里安静得落针可闻，彼此站得很近，似乎连对方的呼吸声都清晰可辨。时间一分一秒过去，正当玉真公主以为王维不会回答时，王维温润醇厚的声音在她头顶响起："公主，万一真有那么一天，微臣定会竭尽全力，护你和莲儿周全。"

刹那间，玉真公主只觉得这辈子所有等待都已值得。她抬起头来，眼眸中早已蒙上了一层雾气，嘴角渐渐绽放一个安心的微笑，用力点了点头。

当王维和玉真公主在为仙芝忧心、为大唐忧心时，莲儿正在家中为仙芝缝制鞋袜。

自从仙芝出征后，莲儿便觉得一颗心跳得厉害，只有为仙芝缝制鞋袜时，才能勉强按下心头所有不该有的情绪，反复告诉自己，他一定会平安归来。

第九十八章 洛阳失守 退守潼关

仙芝出征前的那个晚上，月明星稀，离绪满怀。她依偎在仙芝怀里，仙芝轻轻抚摸她那丝绸般光滑的秀发。两人都不说话，仿佛一开口说话，就会惊走了眼前这属于他俩的静好时光。

"莲儿？"

"嗯？"

"再过几年，我想带云舟去军中历练，这孩子是个好苗子。"

"云舟从小就想成为像他阿爷那样的人，只是——"

"只是什么？"

"只是，我有些心疼。我心疼你，也心疼云舟。仙芝，军中每一个将士背后，都有母亲和妻子。身为他们的母亲和妻子，定在日夜守望，盼望他们早日归来……"

不待她再说下去，仙芝就低下了头，带着一种疼惜在她耳边低语："莲儿，我对不住你！"

她自然听懂了他的"对不住"里包含的所有歉意。

自738年成亲以来，他俩真正朝夕相处的日子，是从751年他回到长安后才开始的。

她身子本弱，加上聚少离多，迟迟没有怀上孩子。直到747年，他平定小勃律国后，皇上召他回长安封赏，他才在长安住了一段时日。

如今想来，那时的每一天，都像蜜一样甜。他们的儿子云舟，就是那时到来的。

然而，当云舟即将呱呱坠地时，他又要奔赴西域了。临行前，他告诉她，如果是儿子，取名云舟，如果是女儿，取名云娘。

她问他，为何独独钟情这个"云"字？他笑答："我第一次看到你，就觉着你是驾着空中的五彩云来到我身边的！"

她笑嗔他胡说，他又一本正经道："丈人说：'行到水穷处，坐看云起时。'即使山穷水尽，只要天上有云，就会绝处逢生！愿咱们的孩子行其所当行，止其所当止，不负爷娘，不负此生。"

从此，多少个春夏秋冬，每当她想他时，就会牵着云舟的小手，在庭中指着天上的云，告诉云舟："孩子，把你想对阿爷说的话告诉天上的云，它会飘啊飘，一直飘到阿爷身边，替你转告阿爷哦！"

751年，当他因攻打大食失利而被召回长安担任右金吾大将军时，军中都替他觉得可惜，她和云舟却由衷感到高兴。他们一家三口终于可以像平常人家一样，一日三餐，一年四季，守在一起过日子了！

这四年来，她每日醒来，看到在庭中舞剑的他，都会由衷地感激上天的垂怜。

旁人永远无法体会，身为军人的妻子，能和军人相依相守，是多么可望而不可即的幸福！她要珍惜这样的幸福，因为他还如此年轻，他的生命属于战场，他终有一天还会出征……

果然，在他们相依相守四年后，这样的离别又到来了！

"莲儿，在想什么呢？"看着怀中泪眼蒙眬的莲儿，仙芝心中一阵不忍。

"仙芝，你没有对不住我。这辈子，我遇到了三个最好的男人——阿爷、你、还有咱们的儿子！你还记得咱们成亲那晚，你答应我的事吗？"

"自然记得。莲儿，你放心，有你在，有云舟在，我定会好好的。"

夜深了，两人紧紧相拥，仿佛就想一直这样拥抱着，直到天荒地老，直到岁月尽头……

次日送他出征时，他虽然一直对她笑，但她从他和封常清在战马上交互的眼神里，读懂了他们身上承受的千斤重担。

让王维、玉真公主、莲儿万万想不到的是，战争没有夺去仙芝的性命，但小人之言却足以取人性命。

高仙芝最担心的事，还是发生了！

他能想到的是，皇上会因为他和封常清退守潼关而发怒，但他没有想到的是，皇上会因此要他们以死赎罪！

他根本没有想到，有个人一直在皇上身边煽风点火，那就是宦官边令诚。

自从安禄山起兵造反后，李隆基不再信任任何边将，因此，他派高仙芝东征讨贼时，特派宦官边令诚监军。

洛阳沦陷后，封常清带领残部退往陕郡，建议高仙芝赶紧退守潼关时，边令诚竭力反对，叫嚣要"寸土必夺"，主张东进迎敌。

高仙芝不顾边令诚的反对，毅然率军退守潼关。边令诚恨高仙芝和封常清对他不敬，怀恨在心，悄悄潜回长安，在李隆基面前诬陷高仙芝"盗减军士粮饷"，诬陷封常清"煽动军心，动摇士气"。

本就对洛阳沦陷、陕郡失守痛恨不已的李隆基，听了边令诚的诬告后，来不及细想，就命令边令诚携圣旨到潼关立斩高仙芝和封常清。

大敌当前，却斩杀自己的大将，向来是兵家大忌！但盛怒之下的李隆基，显然已经失去了应有的理智。

这天，是755年12月18日，唐军退守潼关的第三天，高仙芝听说监军边令诚带着圣旨来了，忙到厅堂接旨。

结果，他看见和他出生入死的封常清已经倒在血泊中，气绝身亡。这个在洛阳五次血战都不服输的战友，此刻却静静地躺在芦席之上，再也不会对他说话了！

边令诚面无表情地看了一眼高仙芝，冷笑道："这是给你的圣旨。"

高仙芝脸色刷白地接旨，是一道死刑令，上面列举着他的两大罪名——撤军弃地，克扣粮饷！

高仙芝来不及辩解，就被一群陌刀手直接押到了刑场。看着眼前黑压压的士兵，高仙芝大声喊道："说我撤军弃地，我承认！说我克扣粮饷，我不承认！上有天，下有地，绝没有这回事！"

边令诚冷冷地看着他，一语不发。

高仙芝仰天长啸："我冤不冤？"成百上千的喉咙同时发出一片呐喊："冤！"呐喊声惊天动地，在清冷的潼关上空回旋震荡。

高仙芝收回目光，向封常清躺着的方向深深看了一眼，满含热泪道："常清，今日我们一起冤死，五百年后，我们又是好汉！"

在生命的最后一刻，他看向了长安！那里，有他最放心不下的莲儿和云舟！

"莲儿，这辈子，我自问没有失信于任何人，但这一次，我却失信于你了……莲儿，原谅我无法平安归去！来生，我定会去寻你！"

将士们地动山摇的呐喊声，让边令诚背脊发凉。他没有耐心再拖延下去，对着高仙芝身边的陌刀手大手一挥。

刹那间，刀光过处，一腔鲜血喷向天空，瞬间染红了潼关大地！将士在哭泣！潼关在哭泣！

斩杀高仙芝和封常清后，边令诚心满意足，正要回长安复命时，陌刀手说在封常清屋中发现了一篇《封常清谢死表闻》。

边令诚拍案大笑道："算封常清有自知之明，知道自己罪当该死！"

他当即决定将这封表文带回长安，送呈皇上，以奉承皇上斩杀高、封二人的决定是多么英明！

然而，当李隆基看完这篇《封常清谢死表闻》后，脸上不仅没有半点边令诚料想的喜悦，反而一脸沉重地挥了挥手："退下吧。"

边令诚一阵狐疑，只好心虚地退了出去。

李隆基读懂了封常清字里行间的意思，这里面，有他对大唐的忠诚，有他对兵败的不甘，有他对杀敌的谋略，推心置腹，绝无虚言。

他说："臣之此来，非求苟活，实欲陈社稷之计，破虎狼之谋。"

他说："臣所将之兵，皆是乌合之徒，素未训练。率周南市人之众，当渔阳突骑之师，尚犹杀敌塞路，血流满野。"

他说:"臣死之后,望陛下不轻此贼,勿忘臣言,则冀社稷复安,逆胡败覆,臣之所愿毕矣。"

李隆基久久握着这份表书,突然意识到,他是不是做了一个错误的决定?他是不是误杀了两位忠心报国的大将?

这样想着,他猛地打了一个寒战。然而,事到如今,是否误杀已经不重要了,重要的是,谁能接替高仙芝和封常清驻守潼关、剿灭叛军?

当高仙芝和封常清被皇上斩杀的消息传遍朝野时,朝中顿时人心惶惶、人人自危。

在他们看来,比从范阳南下的叛军更可怕的,是皇上的喜怒无常、翻脸无情!

当玉真公主听说这一噩耗时,在巨大的震惊、悲痛、愤怒之后,不顾屋外漫天大雪,立即赶赴宫中。她要当面问问皇兄,他为何下令斩杀仙芝?仙芝何罪之有?即使有罪,也罪不至死!

然而,在紫宸殿等了足足两个多时辰,李隆基迟迟没有出现。直到日暮时分,高力士才躬身走进紫宸殿,闪烁其词道:"皇上说,他身子不适,今日就不见了,公主请回吧。"

那一刻,她明白了,她不可能从皇兄那里得到答案。他是天下独尊的皇上,是一言九鼎的天子,他即使错了,也不会承认自己错了!

走出紫宸殿,天上的雪更大了。玉真公主拖着沉重的脚步,坐上翟车,返回玉真观。

翟车行驶在长安街头,明明再过几天就是除夕了,但长安城街头巷尾显然没有一丝年味。雪花铺天盖地而来,清冷的月光照在雪地上,将玉真公主的眼睛刺得生疼。

她该如何告诉王维?她该如何告诉莲儿?仙芝不是战死在敌人的沙场,而是冤死在刽子手的刀下,而刽子手正是她哥哥派去的!

当玉真公主心神俱疲步入玉真观时,一眼看到王维正在庭中来回踱步。他身上披了一件大氅,上面落满了雪花,显然已在雪地里等候多时。

"摩诘,你知道了?"见到王维的那一刻,玉真公主只觉得胸口一阵酸胀,有种热热的东西直往上涌,怎么都控制不住。

"是的。听说公主入宫了,我放心不下,便在这里等着。"看到玉真公主眼中有泪光闪烁,王维心头一紧,忙从道童手中拿过竹伞,护着玉真公主走入屋内。

走入屋内,屏退外人后,玉真公主定了定神,哽咽道:"莲儿知道了吗?"

王维脱下大氅,面色凝重地摇了摇头,沉声道:"莲儿还不知道。莲儿心实,我怕她承受不住。"王维眉间拧成了一个深深的"川"字,额角上的青筋更是有些暴起,显然是在极力压抑自己。

"摩诘,我不明白,我真的不明白!明明是安禄山造反,明明仙芝已经尽了全力,却为何安禄山安然无恙,仙芝却已枉死刀下?老天,为什么?这一切究竟是为什么!"刹那间,玉真公主压在心中的所有悲愤似乎找到了一个出口,眼泪再也不受控制地夺眶而出:"我是看着仙芝长大的,他从小就有志向,戎马倥偬,无怨无悔,如今怎么说没就没了呢?仙芝,你死得好冤呐!仙芝,义母没有守护好你,义母对不住你!"玉真公主只觉得心里撕心裂肺般地痛,人渐渐站立不稳,倒了下去……

情急之下,王维来不及多想,一把抓住玉真公主的身子,将她稳稳拥进了怀中。当玉真公主的身体触碰到王维的身体时,刹那间,她有种极度的不真实感。她不敢相信,躲了一辈子、逃了一辈子的王维,竟然主动将她拥进了怀中!

这怎么可能?怎么可能?天地之间一片安静,耳畔隐隐传来"咚咚咚"的声音,那不正是他强有力的心跳吗?那若有若无的淡淡茶香,不正是他衣服上的味道吗?

此时此刻,她千真万确地被他拥在怀里,他正轻轻拍着她的后背,他手心的热度仿佛可以透过厚厚的夹袄传递过来……

他的拥抱似乎有一种神奇的力量,那最痛的时刻仿佛过去了,她渐渐缓了过来,停止了哭泣。

王维这才松开双手,扶住她的双肩,看着她的眼睛,一字一句道:"持盈,你听我说。眼下的情形,比你我想象得复杂得多,咱们千万不能乱了阵脚。第一,仙芝的死,万万不能让莲儿知道;第二,我相信仙芝和常青是冤死的,假以时日,真相定能大白于天下;第三,就战局而言,潼关是重中之重。潼关若能守住,大唐还有转机,否则,大唐危矣。"

玉真公主怔怔地看着王维,是的,在这千钧一发之际,她不能自乱阵脚。她要和王维一起为含冤而死的仙芝正名,且在真相大白之前,万万不能让莲儿知道!

第九十九章　惊闻噩耗　痛不欲生

当李隆基斩杀高仙芝和封常清后,才突然发现,要找一个能接替他们驻守潼关、剿灭叛军的大将,并非易事。

思来想去,李隆基决定让突厥老将哥舒翰出马!哥舒翰出生于699年,此时的哥舒翰，已经五十七岁！

755年2月，哥舒翰从安西回京面圣的路上，突然中风，昏迷很久后才苏醒过来，却落下了半身不遂的后遗症。回到长安后，只好在家中养病。

哥舒翰以为他的军人生涯就此结束了，他成了一个衰朽的老人。

然而，在生死存亡关头，李隆基任命他为兵马大元帅，让他即日披上战袍，冲向潼关！

哥舒翰当然明白朝廷交给他的八万大军绝非安史叛军的对手，但他同样明白，他没有拒绝的权力，他必须出征！即使拖着病体，也必须出征！

这一天，当他吃力地爬上战马，带着浩荡大军离开长安时，和上次高仙芝、封常清出征一样，长安百姓再次涌向了街头。

突然，在攒动的人群中，有一个女子睁大了眼睛，紧紧捂住了嘴巴，脸上写满了震惊和绝望，她就是莲儿！

任王维和玉真公主再是隐瞒，纸终究包不住火，莲儿还是知道了！

这日，她听说老将哥舒翰要带兵出征，去的就是潼关，心里不禁一阵疑惑。她前些日子还听义母和阿爷说起，仙芝正驻守在潼关，既然仙芝在潼关，朝廷为何还要增派年迈的老将哥舒翰前往？莫非朝廷要把仙芝调往他处？

带着一团团疑云，莲儿跟随汹涌的人流来到了长安街头。忽然，她听到人群中传来一阵议论声：

"老天可要保佑哥舒大人守住潼关呐！万一潼关丢了，长安城可就保不住了！"

"哥舒大人这么一大把年纪了，还要带兵出征，难道我们大唐就没有大将了吗？"

"听说原来驻守潼关的将军年纪轻轻，很会打仗，但不知怎的却被砍头了，真是作孽！"

当莲儿听到"砍头"二字时，只觉得五脏六腑都被狠狠剜了一刀，使出全身力气，一把抓住方才说话的老丈，声音发颤道："这位老丈，你说原来驻守潼关的将军被砍头了，不知那位将军叫啥名字？"

看着这个神色惊恐的女子，老丈倒是吓了一跳："这位小娘子，老朽听说将军好像姓高，名字倒是无从知晓。老朽年纪大了，耳朵不大好使，听错了也是有的……"

当莲儿听老丈说出"好像姓高"时，不由瞪大了眼睛，紧紧捂住了嘴巴，胸口万箭穿心般地痛成一团。

她突然转过身子，朝人流相反的方向飞奔而去。她要当面问问阿爷，仙芝到底在哪里？仙芝是否还活着？

凛冽的寒风从耳边呼啸而过，莲儿不知从哪里来的力气，不管不顾地只管一路飞奔,头发已经散了大半,被汗水浸透的鬓发湿漉漉地搭在两鬓,两条腿仿佛已经不是她自己的了。她脑子里只有一个念头——刚才那个老丈一定是听错了!仙芝一定平安无事!

当她看到王维的那一刻,一把抓住王维的手臂,似乎全身都在颤抖,嘶哑着声音问:"阿爷,仙芝现在潼关对不对?他人好好的,对不对?对不对?"

"莲儿,不是阿爷有意瞒你,而是实在不忍……莲儿,你要挺住!"王维一把搂住莲儿,不由想起了璎珞难产身亡的那一刻,那种失去爱人的痛苦,是世间最大的残忍!

"不,阿爷,我不信,我不信!仙芝到底在哪里?我要去找他!我这就去找他!"莲儿两眼通红,奋力挣脱王维的手臂,想要冲出门外,这就去潼关找仙芝!

"莲儿,仙芝已经死了!"王维奋力直追,从后面抓住莲儿,朝她大声喊道。

一瞬间,王维明显感到莲儿的身子僵了一僵,仿佛被魔住了般,怔怔地站在原地,一动不动。王维正想扶她坐下,慢慢说给她听时,忽然,她似乎用尽了全身力气,从心底爆出一声痛到极处的嘶喊:"仙芝!"话音刚落,就身子一软,往后沉沉地倒了下去。

说时迟,那时快,王维一把托住莲儿,在她耳畔大喊道:"莲儿!"

风追着风,云堆着云,四野凄怆,草木含悲。莲儿做了一个梦,一个似乎没有尽头的梦。

梦连着梦,梦套着梦,梦醒了还是梦。有些梦倏忽即逝,有些梦萦绕不去,如一条时而舒缓、时而湍急的河流,她像是河中的一片落花,不知漂向何方……

仿佛,是730年重阳节,在花萼相辉楼的望台上,秋风猎猎,吹拂在她发间。十五岁的仙芝指着严整如棋盘的长安城,问她:"莲儿,你喜欢长安吗?"她眨了眨晶亮的眸子,一脸惊叹:"阿兄,我还从未见过这么大的长安城呢!"

仿佛,是735年冬天,在寿王迎娶寿王妃的婚礼上,二十岁的他在人前谈笑风生,但看到她时却怔住了,倒是她俏皮地问他:"阿兄,你还记得上回答应我的事吗?"他这才回过神来,从袖袍中变戏法式地取出一朵天山雪莲花:"莲儿,你就是世上最美的雪莲花!"在太液池畔的亭子里,当她笑问他可有心仪的女子当她嫂子时,他看着她的眼睛一字一句道:"莲儿,五年前,我就有了一个心仪的女子。此时此刻,她就站在我的面前!"

仿佛,是738年春夏之交,当长安的石榴花开得如火如荼时,二十三岁的他高冠博带,骑着枣红骏马,向她疾驰而来。新婚之夜,他问她:"莲儿,你知道这些年来,我有多么想你吗?"她闭着眼睛微笑:"我知道。"他摇了摇头,在她耳畔低语:"不,你不知道。"

仿佛，是740年冬天，在西域一望无际的沙漠上，她走下马车，正在拢身上的斗篷，只觉得腰上一紧，就被他探臂揽到了马背上。"莲儿，坐稳了！"他策马扬鞭，眉宇间全是飞扬。她稳稳坐在他的马鞍上，看到前方旭日东升，照耀在山巅的皑皑积雪上，反射出一片奇幻瑰丽的光芒！

"莲儿，当地人说，很多很多年前，这里本无沙漠，有位男子思念远方的佳人，眼泪化成沙子，于是变成了沙漠。"

"你又胡诌了，尽会哄人！"她往他怀里缩了一缩，安心享受他的胡诌。

"莲儿，你看，那是什么？"顺着他手指的方向，她看到前方的天山岩缝中，正绽放出一朵晶莹的雪莲花，在冬日阳光下熠熠生辉。他在她耳畔低语："莲儿，这世上，只有雪莲花才配得上你的美！"

仿佛，是747年秋天，秋高气爽，秋阳宜人，他从安西回长安小住，陪她去西市吃她最爱吃的萧家馄饨。她轻轻咬了一口，汤汁溢满唇齿。他含笑看着她，她喂了他一个，问："好吃吗？"他一脸满足道："和你在一起，吃什么都是好的。"

仿佛，就在昨天，在通往潼关的官道上，尘土飞扬，寒风凛冽，她哭着去找仙芝。但汹涌而出的泪水使她看不清脚下的路。突然，她脚底一滑，眼前一黑，掉进了一个黑暗的深井。井水寒彻入骨，渗入她的四肢百骸，她拼命挣扎，却抓不住任何东西，只能任自己的发丝散为水草，眉睫凝成青苔，蚀骨的冰冷一点一点侵入她的身体和灵魂……

不知过了多久，从井沿上射来一束光，传来了那最熟悉不过的声音："莲儿，我在这里！快把手给我！"

她试图把手给他，但全身却虚软得无法动弹，她想呼他的名字，但费尽了全身力气，却只能气若游丝道："仙……芝……"

"莲儿，你醒醒，义母在这里！"

"莲儿，不要怕，阿爷在这里！"

听到莲儿在床榻上的呓语，一直守候在她身边的玉真公主和王维不约而同握住了她虚弱的胳臂。

莲儿昨天在王维面前仰头倒下后，王维忙请来相熟的郑郎中诊视。郑郎中替莲儿细细看了一番后，安慰王维道："王大人，眼下寒邪最盛，令爱身子本就虚寒，哪里禁得起在这风地里跑了一路？加上急火攻心，一口气郁积在心里上不来，才撑不住倒下了。不过，好在令爱到底年轻，郑某给她开个方子，将这药用水三升煎至一升，每日早晚各服一次，卧床静养一些时日。若如此不能好转，只怕……"

"只怕什么？"王维心中一紧，急急追问道。

"请恕郑某直言，只怕令爱的病不在身上，而在心里。身病好治，心病难除。令爱此病固然和寒邪有关，根上其实是郁气凝结所致。大人好好劝导劝导她，将她心中郁气慢慢疏散开来才好。"

"仙芝……"莲儿似醒非醒，一直叫着仙芝的名字。

两天了，莲儿一直这样昏昏沉沉。不是郑郎中的方子不好，而是莲儿压根儿就不肯喝。每次喂不了几口，便悉数吐了出来。

"摩诘，我倒是觉得，莲儿喝不进汤药，不是寒邪所致，而是哀莫大于心死。两天来，她口中呓语都是仙芝，只怕她一心想随仙芝而去。"

同为女子，玉真公主太了解莲儿此时的心境。她明白，对莲儿来说，仙芝是她的全部，仙芝死了，意味着她的天塌了，她只想一心求死。

王维点了点头，眼神中掠过深深的痛楚。璎珞难产身亡时，他不也像莲儿这样，一心只求速死？

"依我所见，既然让莲儿喝药已是徒劳，不如用艾灸温阳通经，待莲儿体内寒邪之症有所减缓后，再辅以汤药，你说如何？"

"好，我这便去请郑郎中。"

当郑郎中听了这个法子后，面露难色道："艾灸需要去衣灸肌，且穴位在背后和腹部。若是男子，自然可以一试，只是令爱……"

"这个无妨，请郎中告知穴位，我来为莲儿一试。"

"好，郑某这便出去准备。"

看着忙前忙后的玉真公主，王维心里一阵感动："持盈，你一夜不曾合眼，便是铁打的身子，也搁不住这样熬着。听我的话，待会给莲儿做好艾灸，你也好好歇歇。这里有我在，请放心。"

王维眼中的关切，玉真公主岂能看不出来？她忽然觉得，不知从何时起，他看她的眼神似乎有些不一样了。

正恍惚间，郑郎中走了进来，将艾灸和切成铜钱大小且刺了小孔的姜片端到玉真公主面前。玉真公主定了定神，开始为莲儿艾灸。

郑郎中在屋外说出穴位，玉真公主将姜片放在莲儿脖颈和肩胛之下的几处穴位上，在姜片上点燃艾条。青烟袅袅中，艾灸换了一炷又一炷。足足六炷之后，再换另一个穴位……

当做完腹部的神阙穴、气海穴，正想做关元穴时，莲儿额头上隐隐开始冒汗，脸上也比先前有了血色。

待做完全部穴位后，玉真公主悬着的心终于舒了口气，抚摸着莲儿的额头柔声道："莲儿，不要怕，你要勇敢地活下去。"

莲儿嘴唇微微动了几下，玉真公主靠得更近了些，终于听出"我渴"二字，忙对屋外扬声道："摩诘，快把汤药温了送来。"

这一回，一碗药竟是顺顺利利喂了下去，喂到最后两口时，原本似醒非醒的莲儿却突然"哇"的一声哭了出来，头埋在玉真公主胸前："仙芝死了……"

玉真公主紧紧抱住莲儿，喜极而泣道："莲儿，哭吧，把你所有的悲痛都哭出来吧！"

"义母……"

云舟也哭着扑到莲儿床前，紧紧搂住莲儿道："阿娘！我想你！"

看着眼前哭作一团的玉真公主、莲儿和云舟，王维悲喜交加，走到玉真公主身后，轻轻握住莲儿瘦弱的肩膀，缓慢却不容置疑地说："莲儿，咱们都要好好活下去，一定要亲眼看到为仙芝洗去冤屈的那一天！"

在755年除夕到来之前，哥舒翰带着浩荡大军，抵达潼关。

他心中充满了荣耀，因为潼关事关整个大唐的命运；但他心中也充满了荣耀背后的悲凉，因为他心里清楚，面对残暴强悍的叛军，潼关或许是他人生的最后一站……

756年正月初一，安禄山定都洛阳，自称雄武皇帝，国号大燕，年号圣武。

和有形的战场相比，人心也是战场，一个无形的战场。

从756年正月到五月，哥舒翰的军队始终不出潼关一步，安禄山的军队也始终未能踏进潼关一步，就连安禄山的次子安庆绪亲自率领精锐进攻潼关，结果也是铩羽而归。

哥舒翰成功守住了潼关，安禄山的大军根本没有靠近长安的机会，而他的范阳老巢又在千里之外。战线过长，向来是兵家大忌。

与此同时，李隆基派朔方节度使郭子仪、河东节度副使李光弼率领大军翻越太行山，接连斩杀数万敌军，切断了叛军前线与范阳之间的交通线，形势越来越不利于安禄山。

安禄山从一个虎视眈眈的征服者，渐渐变成了一头在洛阳腹背受敌的困兽。

他必须尽快做出抉择：是坚守洛阳？还是撤回范阳？

大唐已经熬过了最可怕的寒冬，胜利的希望就像春草一样，大有燎原之势。

然而，历史总有惊人的相似之处。高仙芝、封常清的人生悲剧，也落到了哥舒翰身上。

在哥舒翰的运筹帷幄下，潼关固若金汤，哥舒翰对战场形势看得十分清楚，上疏李隆基说，唐军坚守潼关，叛军久攻不下，一定会军心涣散，众叛亲离。到时唐军趁势出击，则胜局可定，天下可定！

然而，杨国忠却对李隆基说，眼下各地捷报频传，哥舒翰理应带兵冲出潼关，收复洛阳。说到底，哥舒翰其实就是胆小怕死。

"对，朕要收复洛阳！哥舒翰必须出关东征！"安禄山在洛阳称帝，对李隆基来说就是莫大的耻辱。如今被杨国忠一激，他愈发血往上涌，将压抑了半年的耻辱化为一声惊天动地的怒吼！

他不知道，这声怒吼将毁灭潼关的十几万大军，也将彻底改变大唐的命运！

几天后，当哥舒翰收到要求他出关东征的圣旨时，心头大惊，赶紧给李隆基上书，乞求收回成命。

然而，复仇心切的李隆基，哪里听得进哥舒翰的劝谏？他将哥舒翰的奏章掷于地上，怒容满面道："再拖延不发，国法俱在，朕决不徇私！"

这句话浇灭了哥舒翰最后一线希望，也毁灭了大唐最后一线希望。大唐的命运似乎在这个瞬间注定了。

残阳如血，看着一点一点隐没于群山背后的夕阳，哥舒翰的心也一点一点沉了下去。

就在他的脚下，就在这片土地上，高仙芝和封常清被一道圣旨就地处决，言犹在耳，尸骨未寒！

时间一分一秒过去，残阳彻底坠向西方大地，天地之间，只剩下黑黢黢的群山！

他当然知道，违抗圣旨的后果是什么！他也同样知道，出关东征的后果是什么！

前方是千丈刀山、万尺龙潭，他随时可能粉身碎骨。然而，他和大唐帝国一样，已经别无选择！

第一百章　潼关失守　仓皇西逃

当朔方节度使郭子仪得知李隆基命令哥舒翰出关东征时，当即向李隆基上疏说，眼下是最为关键的时刻，哥舒翰一旦出关东征，八百里秦川将再无屏障。如此一来，长安势必倾覆，大唐将面临不测之险！

末了，郭子仪说了一句斩钉截铁的话："潼关出兵，有战必败！"

但是，被局部胜利和杨国忠谗言冲昏了头脑的李隆基根本听不进去，他当年不理解高仙芝为什么撤退，此刻同样不理解哥舒翰为什么不出关。

他在兴庆宫里咆哮："朕已经等了半年了，还要让朕等多久！"

他的咆哮一直传到了潼关。

他派出了一个又一个使者去潼关，传达同一个旨意：马上出关，光复洛阳！

756年六月初四，关闭了将近六个月的潼关，缓缓打开了城门。哥舒翰手抚胸膛，放声恸哭！他已经看到了黑暗的未来。没有胜利，没有光明，有的只是彻底的毁灭。

金属铠甲在烈日下熠熠生辉，大军旌旗在狂风中猎猎作响，将近二十万大军鱼贯而出，大踏步走向死亡。在他们身后，是大唐的心脏，是世界上最繁华的雄城。失去潼关的保护后，长安如同一朵裸露在敌人魔爪下的鲜花，随时面临被蹂躏的命运！

六月初八，决战打响了。战争的结果是，峡谷里到处是面目模糊的死尸，二十万唐军出征，最后只剩八千人。潼关彻底失守了！哥舒翰被部将火拔归仁劫持，连同其他不肯投降的几十名唐军将领，一起押往洛阳。

按理，每天日暮时分，潼关的烽火台就会点燃火炬。火光一直照映到三十里外，那里的烽火台见到潼关的火光，也会点燃火炬。

每三十里为一站，点点烽火从潼关一直延伸到长安。在夜色中，就像一条壮丽的火龙。

这就是平安火。

只要长安能看见平安火，就说明潼关安然无恙。但在六月初九这一天，平安火再也没有亮起来。从潼关到长安的天空，一片漆黑！

李隆基站在兴庆宫的望台上，久久望着东方。这是哥舒翰出关东征的第六天，太阳早已沉入大地，月亮孤悬空中，星光黯淡，四野萧索，潼关就像被大地吞噬了一般，根本没有火光！

虽是夏夜，李隆基却感到冰一样的寒意深入四肢百骸，深入五脏六腑，深入血液骨髓，渐渐转变为石头般沉重的恐惧。

他不得不承认这样一个残酷的事实——潼关失守了，阻挡叛军六个月的潼关铁门不复存在！

他同样知道，叛军即将冲向长安，长安即将成为叛军铁蹄下的鱼肉！

在这生死存亡关头，他还能依靠谁？他还能信赖谁？危急关头，他浑浊的目光看向了禁军龙武大将军陈玄礼。

早在他710年发动唐隆政变时，陈玄礼就跟随左右。他登基后，陈玄礼一直是他的禁军龙武大将军，忠心耿耿地守护在他身边。他坚信，即使天下人都有可能负他，陈玄礼也绝不会负他！

"力士，召陈玄礼火速进宫！"

天边尚无一丝曙色，陈玄礼已经身姿挺拔地站在了李隆基的面前。他守护李隆基几十年，出入兴庆宫原是再寻常不过，但在这个时辰被召进宫里却还是头一遭。

李隆基一见到陈玄礼，就像一个无助的老人抓住了最后的救命稻草，声音发颤道："玄礼，潼关失守，长安安否？"

"皇上，请恕末将直言，潼关一旦失守，叛贼必定兵临城下，长安危矣！"

"依你所见，朕该如何守住长安？"

"皇上，大唐承平日久，民不知战，兵不能战，而安史叛军是身经百战的渔阳铁骑。叛军一旦攻入长安，唐军定难抗衡，长安恐怕难保。"

陈玄礼知道李隆基定不爱听这些，但是，他深知战争本就残酷，来不得半点粉饰，与其等叛军攻入长安后国破家亡，不如早一点揭开唐军的伤疤。

无论如何，他身为禁军龙武大将军，必须首先考虑皇上的安危！

如果说李隆基心里原本还残存那么一点希望，但当他听完陈玄礼这番毫不隐讳的真心话后，最后一点希望也彻底熄灭了！

一夜之间，他仿佛老了十年，不，二十年！他只觉得整个身子都被掏空了，双手不听使唤地颤抖起来。不用说让他指挥千军万马镇压叛军，此时此刻，他就连自己的双手都控制不了！

屋角滴漏轻响，窗外的曙色一点一点透了进来。好半响后，只听李隆基艰涩地开口道："玄礼，依你所言，朕是否要放弃长安？"

陈玄礼"扑通"一声跪倒在地："皇上，江山社稷，末将不敢置喙。末将发誓，无论发生什么事，末将必赴汤蹈火，跟随皇上左右，护皇上周全！"

李隆基的目光越过陈玄礼，怔怔地看着窗外的曙色，脸上辨不出任何情绪。他知道，天终究会亮，叛军终究要来了！上天给过他很多张牌，但他都没有珍惜，被他挥霍殆尽！

此时此刻，叛军就像一头嗜血的野兽，正争分夺秒赶来长安的路上！

他前几天梦见了大雪，难道就是暗示他，长安将成为一片血海吗？

想到这里，他不由打了一个寒噤，只觉得一生的豪情壮志都在这一刻消失殆尽！

得知潼关失守后，整个长安城都被极其恐慌的情绪笼罩着。

6月12日早朝，上朝官员不到平时的十分之一。为了稳定人心，李隆基亲自登上兴庆宫勤政务本楼，宣布要御驾亲征，剿灭安史叛军。

在场官员你看看我，我看看你，似乎都难以置信。

紧接着，李隆基任命京兆尹魏方进为御史大夫兼置顿使，京兆少尹崔光远为京兆尹兼西京留守，让内侍边令诚掌管宫殿钥匙。

李隆基声称剑南节度大使将要奔赴前线，命令剑南道准备所用物资。

随后，李隆基从兴庆宫移居大明宫，守护李隆基的禁军仪仗也从兴庆宫迁到了大明宫。

天黑以后，陈玄礼紧急集合禁军六军，重赏他们金钱布帛，又从马厩里挑出九百多匹上等骏马。对于这些秘密部署，外界一无所知。

6月13日凌晨，李隆基带着杨玉环、部分皇子皇孙、内侍近臣从大明宫延秋门秘密出宫，直奔蜀中。

路过左藏大盈库时，杨国忠主张放火焚烧，不能让这些钱财留给叛贼。李隆基摆手阻止道："叛军来了没有钱财，一定会向百姓征收，还不如留给他们，以减轻百姓们的苦难。"

经过便桥后，杨国忠已经在派人放火烧桥，李隆基呵斥道："长安沦陷后，官吏百姓都要避难求生，为何要断绝他们的生路？"李隆基让高力士留下，组织人手把大火扑灭后再和他们会合。

因为李隆基六月十二日早朝时宣布要御驾亲征，所以，六月十三日一早，上朝官员明显多了不少。

身为给事中的王维，也已早早等候在大明宫外。高仙芝出征前，就曾对他说起，潼关关乎长安的生死存亡。潼关安全，则长安无恙；潼关失守，则长安危矣！

皇上要御驾亲征，身为臣子，该如何为皇上分忧？如何替大唐效力？他神色凝重地等候宫门开启。

从宫中传出的滴漏声清晰可闻，时间一分一秒过去，明明已经过了上朝时间，却依然不见宫门开启。

原本鸦雀无声的人群，渐渐开始躁动起来。大家越来越焦灼不安，窃窃私语，皇上这是怎么了？都到这个节骨眼上了，难不成还在和杨贵妃卿卿我我？

正当大家议论纷纷时，宫门开了，但并不见负责早朝的内侍官出来引领百官入朝，而是呼啦啦跑出上百个内侍宫女，一个个神色慌乱，就当没看见宫门外的百官似的，纷纷夺路而逃！

群臣顿时乱了手脚，忙拦住跑得慢的内侍宫女打听情况，他们一边跑一边说："别问了，皇上和贵妃昨晚就已出宫了，各位大人也快跑吧！"

啊？昨天一早还说要御驾亲征的皇上，怎么一转眼就变了主意？莫非这是皇上的金蝉脱壳之计？

群臣顿时乱作一团，有的说要去追圣驾，有的说没有皇上的诏令，不能去追，大家群龙无首，莫衷一是，只好各自回府，伺机行事。

其实，王维原本相信皇上会御驾亲征！在他看来，皇上一生杀伐决断，从血路中杀出了一条通往帝王之路。执掌天下以来，从不畏惧吐蕃、突厥等边境势力，不惜一切代价守护大唐领土。如今只是一场内乱，大唐兵力再不济，也不会拿安史叛军没有办法吧？

得民心者得天下，只要皇上有御驾亲征之心，有力挽狂澜之愿，民心一定是向着大唐，向着皇上的！

但是，皇上竟然放弃抵抗，直接选择了逃离！他丢下百姓不管，丢下朝廷不管，甚至丢下大唐江山不管！对臣子来说，临阵脱逃是死罪，那么，对皇上来说，临阵脱逃又是什么？

在回道政坊的路上，王维胸口仿佛梗着一团冰凉的铁块，沉重得透不过气来。他知道，叛军的铁蹄正狂奔而来，指望朝廷军队守护长安已是不可能了！

人为刀俎，我为鱼肉，一旦叛军攻破长安，一定是一场惨无人道的大屠杀。这样的大屠杀，已经发生在洛阳，发生在陕郡，发生在潼关，发生在每一个被叛军攻破的城市！

这样的大屠杀，长安定会有过之而无不及。因为，安禄山范阳起兵后，李隆基一怒之下杀了安禄山留在长安的长子安庆宗和原配夫人康氏。安禄山发誓一旦攻破长安，定要血洗长安，用几十万长安人的性命为他的长子和夫人陪葬！

长安，即将成为血流成河、尸横遍野的人间地狱！

想到这里，王维不由打了一个寒战。他突然意识到，安禄山必定会先拿李唐皇室开刀，比起长安百姓，留在长安的李唐皇室要危险千百倍。

几乎是无意识的，刹那间，他想到了玉真公主。皇上只带走了杨贵妃、李亨等住在宫里的亲人，对于那些住在宫外的公主、皇子和皇孙，他根本顾不过来，只能让他们自求多福、听天由命了！

王维倒吸一口冷气，立即勒住马缰，掉头奔赴玉真观。他要立刻告诉玉真公主，她的处境是多么危险！

当王维一口气冲进玉真观时，仿佛心电感应般，玉真公主早已等候在庭中，提起裙裾，三步并作两步迎了上来，一脸急切道："摩诘，我方才听说，皇兄带着贵妃离开长安了，可是当真？"玉真公主的目光紧紧凝在王维脸上，试图从王维的眼神中得到答案。

"是的，宫里已经乱成一团。听内侍说，皇上昨晚便出宫了。至于去了哪里，却还无从知晓。"王维心中不忍，上前一步，扶住玉真公主无力的双肩，安慰她道，"听说右相杨国忠和兵部尚书韦见素都追随圣驾，也许过几天就会带回圣旨，何况三省长官和六部尚书大多都在长安，定能想出周全的御敌之策，你莫过于忧心。"

虽然已是初夏，但当玉真公主确认皇兄已秘密逃走后，只觉得背脊一阵一阵发凉。叛军未至，李唐皇室这棵百年大树就先轰然倒下了！她曾经以为皇兄待她是真的好，但如今看来，在皇兄心里，他们这些兄弟姊妹、皇子皇孙通通都不重要，他心里只有贵妃一人而已！

她只觉得脑袋发麻，头痛欲裂，人间再是繁华，若没有人真正爱你护你，繁华便成了虚妄，甚至反而成了一种莫名的讽刺。她心底悲凉，抬头看着王维，摇头苦笑道："摩诘，我忧心作甚？我生在长安，长在长安，便是死在长安，也是心甘情愿……"

不待玉真公主说完，王维就拍了拍她的肩膀，阻止她再说下去："持盈，情况并没有你想的那么不堪，敌军到达长安尚需一些时日。如果你信得过我，请听我一句直言，赶紧动身离开长安！"

认识王维这么多年，玉真公主很少看到王维用如此不容置疑的口气和她说话，不由怔了怔，反问道："摩诘，你和莲儿也一起离开吗？"

王维摇了摇头，神色凝重道："持盈，我身为人臣，于情于理，眼下都不能离开长安。我让莲儿和你同行，一路上可以互相照应。至于避难之地，我也帮你想过了，骊山太近，恐不安全，不如直奔青城山。想来叛军拿下长安后，暂时无暇顾及他处。青城山地处蜀中，叛军更是鞭长莫及。"

王维停了停，似乎有些艰涩道："如果有一天，我可以安全离开长安，我定会去青城山找你和莲儿。"

"不，如果你不走，我也不走！"听了王维这番话，尤其是他最后那句"如果有一天"，其中的含义还不够清楚吗？玉真公主心头的茫然一扫而光，一脸笃定道，"摩诘，你忘了吗？那天我问过你，万一叛军攻破长安城，你离开长安时，会记得带上莲儿和我吗？你当时答应我说，万一真有那么一天，你定会竭尽全力，护我和莲儿周全。所以，无论发生什么事，我都要和你在一起。你走，我也走，你留，我也留！"

"持盈，我自然没忘。只是，我可以暂时不走，你却万万不能留在长安。请相信我，安禄山已经杀红了眼，他是铁定了心要为安庆宗报仇的。叛军一旦攻破长安，百姓或许还有一线生机，但李唐皇室却是难以逃出生天了！"

王维已经将话说到这个份上，玉真公主还有什么不明白的？她当然相信王维说的每一句话都是真的。只是，长安虽危，如果和他在一起，即便赴死，亦不可畏；天下之大，如果不和他在一起，即便活着，又有何趣？

在一片死一般的沉寂中，她原本空落落的心反而落了地，缓缓地点了点头，对着王维淡然一笑："摩诘，我知道你是为我好，只是，也请你相信我，我心中无惧。"

看王维似乎还想劝她，她忙伸手止住了他："人生不过百年，对我来说，和自己看重的人在一起，远比能活多久更重要。既然你不能离开长安，我也一定不会离开。我心意已决，你不必再劝我了。"

王维定定地看着近在咫尺的玉真公主，这一生，她不知多少次向他表白，他却从未正面回应。就如此刻，她明明白白告诉他，他是她看重的人，对她来说，和他在一起，远比能活多久更重要！

他知道，她将他看得很重、很重，但他除了能告诉她愿意护她周全之外，却不能再承诺更多的东西了！

因为，他生命中的不能承受之重，早在三十多年前就已经给了另一个女子。这一辈子，他不允许自己再给别人第二次。眼下，他唯一能为她做的事，就是竭尽全力护她周全！

天色渐暗，暮色四合，他清朗如月的眼睛渐渐蒙上了一层雾气，眸底是复杂难言的情绪。他握紧拳头，暗暗下定决心，无论如何，一定要说服她尽快离开！

第一百零一章　马嵬兵变　香消玉殒

日暮时分，王维辞别玉真公主，匆匆赶回家中。

因高舍鸡夫妇几年前都已过世，因此，自仙芝去世后，王维就将莲儿和云舟接回家中，以便互相照应。

当王维将想让莲儿母子尽快离开长安的想法告诉莲儿后，没想到，和玉真公主一样，莲儿也坚决地摇了摇头："阿爷，阿娘不在了，仙芝不在了，如今只剩下我们三人了，无论发生什么事，我们都要在一起。"

"傻孩子，不要为阿爷担心。阿爷又不是不走！你们先走，等你们安顿好了，阿爷就过去找你们，可好？"

　　王维心知情况不容乐观，但为了稳定莲儿的情绪，仿佛在说一件极其平常的事情，仿佛这只是一次普通的短暂分离。

　　莲儿用力咬住嘴唇，但眼泪依然不争气地夺眶而出，不待王维再说下去，就迅速转身挑帘而去。她不想在阿爷面前情绪失控，不想再让阿爷为她操碎了心，只是，阿爷方才那句话，不知怎的，让她突然想到了仙芝！她实在没有办法控制自己的情绪。

　　就在仙芝出征前的那个晚上，他不也是安慰她说："莲儿，不要为我担心，这一仗很快就会结束，说不定除夕夜，我就能回来陪你和云舟吃团圆饭了！"

　　言犹在耳，却已阴阳两隔。一心想回家和妻儿团聚的仙芝，却冤死潼关！那一天，距离除夕仅十二天！

　　一想到仙芝的冤死，莲儿胸口就钻心地痛，仿佛有一把锋利的锯子在她心里来回拉扯，让她痛得无法呼吸，身子不由自主蹲了下去，蜷成一团……

　　在这乱世之中，"生离"和"死别"又有何异？身逢乱世，生命脆弱得如同蝼蚁，与其天各一涯，不如同生共死。

　　她已经失去了仙芝，不能再失去阿爷！即使是死，也要死在一起！

　　想清楚这些后，她心里拿定了主意。如果不能说服阿爷和她一起离开长安，那就和阿爷一起留在长安，无论如何，都不和阿爷分开。

　　和玉真公主、莲儿不肯离开长安不同，长安百姓听说皇上逃离长安后，开始四处逃命。大家只有一个念头，在叛军到达长安之前，千方百计逃离长安，逃得越远越好！

　　李隆基一行自6月13日凌晨逃离长安后，一路快马加鞭，晚上就到达金城县，县令和县民都已逃走。驿站中没有灯火，士兵枕藉而眠。

　　虽然太子李亨也随李隆基西逃，却并非李亨所愿。一路上，他一直存着心事。

　　他知道，父皇选择逃亡蜀中，是听了杨国忠的主意。这背后，是杨国忠的天大阴谋。

　　李亨对杨国忠的不满，由来已久。杨国忠凭借自己是杨贵妃的远房族兄，独揽大权，飞扬跋扈，丝毫不将李亨放在眼里。

　　李亨心中不满，却敢怒不敢言。因为他心里清楚，父皇为了宠爱的女人，曾不惜狠心杀害儿子，这样的事既然会发生第一次，就会发生第二次！

　　何况父皇对杨贵妃的宠爱，早已超过了当年的武惠妃！杨玉环宠冠后宫，把持内廷，杨国忠官至宰相，把持外廷，内廷、外廷俨然已被杨家兄妹牢牢把持。

　　如果说李亨对杨家兄妹原先只是不满，那么，在安史之乱爆发后，则转化成了怨恨。

安禄山起兵叛乱后，李隆基感到自己年事已高，想把皇位让给李亨，杨国忠却极力反对，杨贵妃也并不赞同，李隆基就断了这个念头。在镇压叛军过程中，李隆基一味听信杨国忠的谗言，作出一连串致命的错误决定，给大唐造成了灭顶之灾。

更让李亨看透了杨国忠不可告人的政治野心的是，当李隆基决定逃离长安时，杨国忠极力主张逃亡蜀中！

因为，杨国忠曾在蜀中担任新都县尉，和蜀地大豪鲜于仲通、剑南节度使章仇兼琼等私交甚好，在蜀中有盘根错节的关系。如果李亨跟随杨国忠进了蜀中，李亨不仅再无出头之日，甚至还有性命之忧！到时候，这李唐王室的皇位，落入杨家都未可知！

对李亨来说，他必须尽快掌握政权，而杨国忠就是最大的阻力和对手！逃亡路上，李亨一直在寻找机会，一个除掉杨国忠的机会！

李亨苦苦寻找的机会，终于出现了！

6月14日下午，李隆基一行抵达马嵬驿（今陕西兴平西北）。

从6月13日凌晨至6月14日下午，整整两天，将士们一直忍饥挨饿，心中渐有怨言。

一直在寻找机会的李亨，敏锐地捕捉到了这个千载难逢的机会。

他很清楚，此次出逃，父皇掌握的天策军大约三千多人，他自己掌握的殿后人马约有两千多人，其中包括禁军中的精锐部队——飞龙禁军。他的儿子李俶（即后来的唐代宗李豫）和李倓也掌握了数量可观的亲兵扈从。

一面是六军将士的怨言，一面是李亨及其儿子掌握的军队资源，这不是天赐良机吗？

不过，他必须争取一个人的支持，那就是禁军龙武大将军陈玄礼！

如果陈玄礼愿意和他结成同盟，那么，他就可以一举解决以杨国忠为首的所有阻碍他登上皇位的人，顺利登上权力顶峰！

事不宜迟，他立刻派心腹宦官李辅国去请陈玄礼，秘密策划以非常手段对付杨国忠。陈玄礼早就对杨国忠心生不满，既然太子有意诛杀杨国忠，陈玄礼当然二话不说，迅速和太子结成了同盟！

陈玄礼迅速派人在军中大肆宣扬，我们之所以逃亡至此，就是因为奸相杨国忠祸害朝纲，导致天下大乱，因此，必须诛杀杨国忠，才能平军心、泄民愤！

当陈玄礼向李隆基禀报六军将士一致要求诛杀杨国忠才肯继续行军时，李隆基颓然地明白，这不是禀报，而是告知，他已经根本无力阻止六军将士的决定。

杨国忠闻讯而逃，但已插翅难飞，被禁军追到马嵬驿的西门，乱刀砍死，割下首级，悬挂驿门示众。

杨国忠的长子、户部侍郎杨暄、杨国忠的妹妹韩国夫人、秦国夫人、杨国忠的亲信、御史大夫魏方进等人也一并被杀。

不过,这只是兵变的第一步。兵变的第二步,是要逼杀杨贵妃。唯有如此,才能永绝后患。

当李亨和陈玄礼率领六军将士黑压压地跪在李隆基面前,请李隆基诛杀杨玉环时,任李隆基再是年老昏聩,也顿时什么都明白了!

这样"逼宫"的情形,对他来说,是再熟悉不过了!

曾经,他是发动政变的那一方,他代表的是革故鼎新的力量,是天意所在!然而,如今,他竟成了"被政变"的那一方。

如果说诛杀杨国忠还有可能是陈玄礼率领的六军将士的强烈要求,那么,此刻要逼死杨贵妃,绝非陈玄礼和六军将士之意。

说到底,陈玄礼不过是一介武夫,并非世家门阀之后,贵妃是生是死,和他有何干系?真正想要杨国忠和杨玉环性命的人,只可能是太子!

看着虽然跪在他面前却眼中不再有畏惧之色的李亨,李隆基忽然觉得自己是真的老了。

李亨被立为太子已有十八个年头,今年已经四十六岁了!而李隆基当年登基时,年仅二十八岁!李亨苦苦等了这么多年,他此刻心里在想什么,难道还不清楚吗?他不就是想效仿李隆基当年壮举,来一场翻版的唐隆之变!

对李亨来说,除掉杨国忠,只是消灭通往皇权路上的绊脚石,而逼死杨玉环,则能彻底击溃李隆基的心理防线,让李隆基永远活在死灰一般的黑暗里!

"亨儿,玄礼,你们起来吧。杨国忠祸害朝纲,理应诛杀,但贵妃只是一介女子,深居后宫,从未干政,何罪之有?"不知多了多久,李隆基才打破了死一般的沉寂,从喉咙深处艰涩开口道。

李亨和陈玄礼并未起身,依然一动不动跪在李隆基面前。李亨并不说话,只是看了陈玄礼一眼,陈玄礼会意,向李隆基肃然道:"启禀皇上,六军将士群情激奋,认为贵妃虽深居后宫,却是红颜祸水。如今天下大乱,虽说主因是奸相杨国忠,但贵妃也一定脱不了干系!如若不诛杀贵妃,六军将士心里不安,指不定会做出怎样的事来!到那时,便是末将也无能为力了!"

陈玄礼话音刚落,身后黑压压的人群突然振臂高呼道:"诛奸相,慰军心!诛贵妃,振士气!诛奸相,慰军心!诛贵妃,振士气!"

这来自几千名将士的高呼声排山倒海般向李隆基席卷而来,仿佛是数千支锋芒毕露的流矢，支支正中李隆基的心口！更可怕的是，随着一浪高过一浪的高呼声，六军将士开始挪动脚步，一步一步向李隆基逼近！

面对六军将士这样的架势，跟随在李隆基身边几十年、见惯了腥风血雨的高力士，顿时明白太子和陈玄礼这次是动真格的了！

他面色惨白，哆嗦着双手，凑到李隆基身边耳语道："皇上，非常时刻，请皇上自保为要。"

"自保为要？"李隆基深知高力士不是说话不知轻重之人，但他话里话外的意思已经再清楚不过了！他劝他顺了太子和陈玄礼的意，同意诛杀杨贵妃。

苍天在上，六军将士要诛杀的，不是别人，而是和他同床共枕了十六年的杨玉环呐！这让他如何同意？怎能同意！

这十六年来，多少温柔缠绵，多少热烈缱绻，在他迟暮之年，是玉环给他的身躯重新注入了活力，让他尝到久违的人间极乐！

虽然十六年过去了，但他至今都忘不了他在骊山温泉宫第一次拥有杨玉环的那个晚上！那晚的杨玉环，云髻半偏，肤白如雪，一对眸子如点漆一般，眼波流转间，便是风情无限，魅惑难言。

他清清楚楚地记得，她披了一件银红轻纱，领口露出的一小截肌肤简直晶莹剔透，便是这世上最上乘的羊脂白玉都不及她分毫！

"父皇，请以江山社稷为重！"

"皇上，请以天下百姓为重！"

正当李隆基沉浸在和杨玉环的一幕幕回忆中不可自拔时，李亨和陈玄礼肃然的声音再次响起。这声音，是那样尖锐刺耳，那样芒刺在背，却又那样不容拒绝！

这辈子，他以为自己什么都经历过了，什么都难不倒他，便是长安失守，他也能坦然面对！却万万没有料到，有一天，他连自己最心爱的女人都保护不了！不仅保护不了，还要眼睁睁看着她冤死自己儿子和爱将的刀下！

"不！"李隆基再也无法忍受，自安史之乱爆发以来所有郁积心中的悲愤如火山爆发、岩浆爆裂般喷涌而出！

伴随着他这声凄厉喊声的，是眼前黑压压的六军将士更为壮烈的振臂高呼声："诛奸相，慰军心！诛贵妃，振士气！"

一旁的高力士"扑通"一声跪倒在地，"咚咚咚"地一连磕了三个响头，涕泪满面道："皇上，老奴求求您了，请皇上自保吧！"

这日黄昏，当杨玉环在侍女一左一右搀扶下一步一步挨到佛堂时，陈玄礼早已带着禁卫军将士等候在此。

高力士颤颤巍巍地将三尺白绫交到陈玄礼手上，陈玄礼并不多言，示意身旁将士将白绫牢牢系在佛堂的横梁之上。

此时正是夕阳西下之时，余晖透过佛堂的窗棂，不偏不倚地落在从横梁上垂落下来的白绫上，将本就白得耀眼的白绫映照得愈发刺目！

陈玄礼看了一眼神情恍惚的杨玉环，声音中辨不出任何情绪："贵妃，时辰不早了，请贵妃好自为之。"

"好自为之？呵呵，好一个'好自为之'！"在刚才来佛堂的路上，杨玉环心中尚有一丝幻想。说不定她的三郎会在佛堂等她，会在最后一刻力挽狂澜，从六军将士手中救下她。然而，此刻，所有幻想都被陈玄礼这句不容置疑的催促无情地摧毁了！

陈玄礼说得对，除了好自为之，她已别无选择！只有她从容赴死，才能让李三郎继续坐拥大唐天下！

想不到有朝一日，那个曾经对她说要将天下都送到她面前的李三郎，竟然要靠她来换取天下！

杨玉环闭上眼睛，任凭压抑已久的热泪顺着脸颊悄然滑落。再睁眼时，她已被将士架到白绫前的踏凳上，一抬头，便是那在风中飘零的三尺白绫！

在生命的最后一刻，她突然想到了李瑁！

"寿王殿下，这辈子，玉环负了你，伤了你！如果有来世，玉环愿意做牛做马，愿意为奴为婢，只求殿下能够原谅玉环！"

当她用力握住白绫，决绝地踢翻踏凳的那一刻，她脑子里最后一个画面，留给了李瑁。这是她今生最后一次也是最真一次对李瑁的深深忏悔！

仿佛心电感应一般，此刻正受父皇之托在朝堂抚慰六军将士的李瑁，心口仿佛被锋利的锥子狠狠剜了一刀，感到莫名的钻心的痛！

就在半个时辰前，当李隆基点头同意赐死杨玉环，李亨、陈玄礼和六军将士无不群情激奋，高呼"吾皇万岁万岁万万岁"时，只有李瑁难以置信地瞪大了眼睛！

父皇真的要狠心赐死玉环？虽然他也曾经恨过玉环，但岁月早就让他原谅了她。因为他清楚地明白，身在皇家，不用说一个弱女子，便是贵为皇子如他，又能拿皇上怎么办？除了服从，还是服从！

他多么希望，既然父皇当年不惜一切代价从他怀中夺走玉环，如今就该同样不惜一切代价护好玉环！

然而，父皇却颓然无力地垂下双肩，在高力士的搀扶下缓缓起身，对李瑁交代道：守在朝堂，抚慰军心。

此时此刻，当李瑁还未从锥心的疼痛中缓过来时，只见陈玄礼大踏步走入朝堂，向六军将士庄严宣布："诸位，贵妃已自缢身亡，君侧已清，后廷已宁。明日一早，继续整装西行！"

李瑁忽然意识到，他刚才锥心疼痛的一刹那，就是玉环香消玉殒的那一刻！

是夜，当佛堂中空无一人时，李隆基拖着沉重的脚步，独自一人来到了佛堂。

月光清冷，佛堂中是死一般的沉默。不知是有意还是无意，那三尺白绫并未随着杨玉环的尸体一起入殓，依然孤零零地悬在横梁之上，在风中飘荡，仿佛在无声地诉说今日在这里发生的一切。

"玉环！玉环！"李隆基再也控制不住心中的悲痛，跌跌撞撞冲到白绫跟前，握住白绫，跪倒在佛堂冰凉的青砖上，失声恸哭！

他自认自己并非薄情之人，但就在今天，他亲手杀死了他最爱的女子。

他自认自己并非滥情之人，虽然后宫佳丽三千，但能被他放在心尖上疼的，这辈子只有两个女子，一是武落衡，二是杨玉环。

可以说，他的前半辈子，给了武落衡，后半辈子，给了杨玉环。

然而，昨晚还在他枕边千娇百媚的玉环，此刻却已香消玉殒！一缕芳魂，飘向天际，他再也抓不住她了！

武落衡三十九岁病逝，杨玉环三十八岁身亡，这是巧合？还是宿命？为何他深爱的女人都无法陪他白头、和他共老，无法和他携手走完此生！

往后余生，没有玉环相伴，无异于苟活人世，生有何趣？生有何趣！

李隆基仰天大喊，一拳一拳狠狠捶在坚硬的青砖上，鲜血渐渐从指缝间流了出来，一滴一滴，落在冰凉的青砖上，斑斑驳驳，像极了一朵一朵盛开的牡丹花！

对，就是玉环生前最爱的沉香亭畔的牡丹花！

第一百零二章　分道扬镳　携手同行

虽然杨玉环已经自缢身亡，但对李亨来说，兵变尚未结束。

如果说，诛杀杨国忠是兵变的第一步，逼死杨贵妃是兵变的第二步，那么，李亨谋划的兵变的第三步，是逼父皇让位，他顺利接班！

但是，让他始料不及的是，陈玄礼破坏了他的这个计划。

这晚，李亨去找陈玄礼商议夺权事宜，不料，陈玄礼却先他一步去了李隆基的寝宫。李亨心中一沉，陈玄礼为何单独去找李隆基？他会对李隆基说什么？做什么？

陈玄礼自有他的考虑。

当太子来找他结盟诛杀杨国忠和杨玉环时，他二话不说，因为杨家兄妹直接或间接导致了安史之乱，他和太子一样痛恨杨家兄妹，欲除之而后快！

但是，他有他的底线和原则。身为禁军首领，几十年来，他对皇上绝对忠心不二！效忠皇上，是他的天职和使命。

因此，当他看出太子还有逼皇上退位的野心后，他决定第一时间告诉皇上。

当晚，安排好贵妃入殓事宜后，他马上秘密前往李隆基的寝宫，和高力士说有急事面见皇上。高力士叹了口气，指了指佛堂的方向，说皇上独自一人前往佛堂了，任谁都不让跟，任谁都不想见。

陈玄礼并未离去，他必须等到李隆基。夜半时分，李隆基神色木然地回来了。陈玄礼急忙迎了上去，"扑通"一声跪在李隆基面前，一连磕了三个响头："玄礼向皇上请罪，请皇上为了江山社稷，节哀顺变，保重龙体为要。"

李隆基目光一滞，看着跪在面前的陈玄礼，不知是该恨他？还是谅解他？他头痛欲裂，只觉得浑身都像散了架般，无力地挥了挥手："朕累了，你退下吧！"

看着李隆基神情恍惚地从他面前走过，陈玄礼心头一急，对着李隆基的背影肃然拜了下去，语气中有一种不容置疑的坚定："请皇上放心，无论发生什么事，玄礼都会护皇上周全！"

任李隆基再是恍惚，也听得出陈玄礼这话里话外的意思！他心中一凛，停住脚步，转过身来，定定地看着陈玄礼，浑浊的目光中掠过一丝惊惧，好半晌后，才讷讷道："你是说，太子他……"

陈玄礼抬头正视着李隆基，目光中是坚不可摧的忠诚："皇上，玄礼虽是粗人，却永远牢记'忠君'二字。玄礼的命是皇上给的，请皇上放心。"

话已至此，李隆基顿时什么都明白了。原来，这么多年来，他一直高估了自己，低估了太子！原来，太子策划兵变的真正目的，并不是诛杀杨国忠和杨玉环而已。

对太子而言，杨国忠和杨玉环只是他通往皇权路上的两块绊脚石而已，他真正的目的，是要逼他退位，坐拥天下！

刚才在佛堂，他还在想，如果玉环不是杨国忠的妹妹，是否就不会被六军将士逼死了？现在他终于明白，玉环被逼死，表面上看，是因为她是杨国忠的妹妹，但其实是因为她是他的宠妃!

太子想通过逼死杨玉环,摧毁他的意志,然后逼他交出皇位,交出天下!

"玄礼,朕知道了,你回去吧!"李隆基叹了口气,声音中有掩不住的苍凉。今日发生的一切,似乎都已不在他的掌控之中。所幸还有这样一个可靠人,愿意在他几乎将要失去一切之时,坚定地选择了站在他的一边!

"好,玄礼这便告辞,请皇上安歇。"陈玄礼利落起身,再次向李隆基深深行了一礼,躬身退了下去。

看着陈玄礼迅速消失在夜幕中的背影,李隆基只觉得背脊一阵发凉!如果禁军首领不是陈玄礼,如果陈玄礼也倒向了太子,那么,不用说皇位,便是他的身家性命都不一定保得住!

在他们李家,父子之间,兄弟之间,这样的残杀还少吗?

然而,即使陈玄礼站在了他这边,太子真的会就此收手吗?既然太子觊觎皇位已久,他何不主动让位?但是,他和太子之间积怨已深,他一旦没有了皇权的庇佑,会不会有性命之忧?

夜更深了,李隆基依然怔怔地站在台阶上,在无人能够窥视的内心深处,每个人最难面对的就是自己。李隆基颓然地叹了口气,头痛得更厉害了。

再过几个时辰,天就要亮了。事已至此,明天的事,就交给明天去处理吧!

这一晚,不仅李隆基夜不能寐,李亨也同样一夜未眠。

一个时辰前,李辅国将打探来的消息悉数告诉了李亨,陈玄礼单独面见皇上,果然是向皇上表忠心。

"哼,好一个君臣情深!"在无边的月色下,李亨自嘲地笑了笑。

他原本计划等天一亮,就和陈玄礼联袂逼父皇让位,由他顺利登基。

但陈玄礼铁定了心要支持皇上,陈玄礼手上掌握着三千天策军,没有陈玄礼的支持,仅凭他和儿子李俶、李倓手上的兵力,自然无法撼动父皇。

如果无法逼父皇退位,天一亮,父皇定要继续西行入蜀,但是,对李亨来说,蜀中是无论如何不能再去的了!

一则父皇已经知道了他的野心,二则蜀中是杨家的势力,他一旦入蜀,不是自己往火坑里跳吗?到那时,不仅皇位遥不可及,甚至还有性命之忧!

既然父皇入蜀不可逆转,那么,父子分道扬镳就势在必行!只有分兵,才能另谋发展。

时间一分一秒过去,黎明的曙光近在眼前。无论如何,在天亮之前,他必须想好出路。

此时此刻，他不由深深怀念和他一起在宫中长大的王忠嗣。如果王忠嗣在，该有多好！

早在748年，王忠嗣就预言安禄山必反，却因言获罪，被皇上剥夺兵权不说，还被贬离长安，并于749年离奇暴卒。王忠嗣一门忠烈，尽心报国，到头来却死得何其冤屈！何其惨烈！

对了，王忠嗣曾经的手下大将、朔方节度副大使郭子仪，不正率领朔方军征讨安史叛军吗？何不前往朔方军的治所灵武，有了朔方军的支持，他就可以自行称帝了！

到那时，不管父皇愿不愿意，都只能接受成为太上皇的事实！

想到这里，李亨心头大定，目光如炬地看向东方，等待黎明的第一抹曙光出现！在不久的将来，他会成为大唐天子，替天行道，平定天下！

6月15日清晨，李隆基和李亨正式分兵。陈玄礼率领三千天策军护送李隆基西行入蜀，李亨和儿子李俶、李倓带领其余两千人马北上灵武。

杨国忠被诛杀、杨贵妃自缢身亡、李隆基西行入蜀、李亨北上灵武等消息，像天上的浮云一般，辗转飘到了长安。

这日，是6月16日，距离潼关失守过去了六天，距离李隆基逃离长安过去了三天。

日暮时分，天上乌云密布，阴暗不明，压得人有些透不过气来。

一匹骏马正从大明宫向玉真观疾驰而去，俯身骑在马背上的人，正是王维。

此刻，玉真公主正焦急地在庭院中来回踱步，不时抬头看看笼罩在上空的破絮似的乌云，它们不仅黑沉沉地压在她的头顶，更沉甸甸地压在她的心里。

王维一早就遣人来告诉她，今日朝中有事商议，据说有皇上和太子的消息了，待他打听清楚后便来告诉她。

从那一刻起，她就坐也不是，站也不是，从清晨一直盼到中午，从中午一直盼到现在，眼看快要天黑了，却还不见他的身影！莫非朝中出了大事，让他脱不开身？

这样想着想着，玉真公主愈发心乱如麻，只觉得一颗心无处安放。但是，无论发生什么事，她早已下定决心，要和王维同生死、共进退。要走，一起走，要留，一起留！

"驾、驾、驾！"只听远远传来一阵马蹄声响，玉真公主心头一跳，赶紧提起裙裾，冲向门外。

只见王维"吁"的一声，不待马蹄停稳，就翻身下马，一个箭步冲了进来，声音中有难掩的关切："持盈，朝中已经传开了，皇上西行入蜀，太子北上灵武。如今，朝中群龙无首，有说要去蜀中追圣驾的，有说要去灵武见太子的，有说继续留在长安的，也有说要回老家避一避的。事不宜迟，你明日一早便动身入蜀。"

"皇兄果然去了蜀中！"玉真公主觉得原本乱糟糟的心突然安定了许多。自李隆基秘密出逃后，她心中有千百个问号，从小在宫廷政变中摸爬滚打的皇兄，怎会做出如此不堪之举？难道他的西逃是为了积蓄力量，据险而守，为收复失地争取更多时间？

那么，皇兄会逃往哪里？蜀中？南诏？西域？思忖再三，她觉得非蜀中莫属。

蜀中地势险恶，特别是剑阁的剑门关，是潼关之外的又一天险，向来是入蜀咽喉、军事重镇，有"一夫当关，万夫莫开"之势。当年诸葛亮五出祁山、姜维十一次北伐中原，都必经过剑门关。如今，既然潼关已经失守，长安已经暴露在叛军面前，皇兄能倚仗的也只有剑门关了！

玉真公主心头大定，抬头看着王维，眼中的柔情任谁都看得出来："摩诘，既然如此，明日一早，你、我、莲儿便一起动身入蜀中，好吗？"玉真公主声音柔和，却自有一种不容拒绝的笃定，不待王维开口，又一气说了下去，"摩诘，当初你说身为人臣，于情于理，都不能离开长安。如今好了，既然皇兄已经入蜀，你身为臣子，自当跟随皇上而去。如果你执意不肯离开，那么，我还是那句话，要走，一起走，要留，一起留！"

玉真公主的目光久久凝在王维脸上，她的眸中仿佛有一束光，那是心中有梦有爱之人才会有的光芒！

王维也不躲不避，抬头看着公主，待她讲完最后一句"要走，一起走，要留，一起留"时，伸手轻轻拍了拍她的肩膀，半是玩笑半是认真道："持盈，你和莲儿一样傻气！"

玉真公主很少看到王维在她面前如此放松，不由心头一动，展颜笑道："这么说来，你答应了？"

王维并没有马上回答，而是抬头看了看玉真观上方的天空。此刻，乌云越来越密，越来越低，似乎即将会有一场倾盆大雨。不过，在暴雨来临之前，天空却出奇地安静，就像此刻的长安似乎还感觉不到叛军到来的任何迹象，平静得出奇。

"持盈，有一句话，我一直想问你。"王维收回目光，看着近在咫尺的玉真公主，眸中含笑道。

"哦？只怕不是问我，而是考我吧？"玉真公主从王维的言语里听出了一种让人心安的味道，那是拿定主意后才会有的笃定。

"《道德经》有言：'天地不仁，以万物为刍狗。'对于这句话，你怎么解？"王维负手而立，笑微微地看着她。

"唔，那年，我陪司马道长在王屋山修行时，也曾向道长请教过这句话。"玉真公主心中莞尔，不紧不慢地说了开去，"道长说，《道德经》中的每句话，都不能孤立地看,而是要放在文中细品。在他看来,老子说这句话,是想表达天地公平的意思。天地看待万物是一样的,不对谁特别好,也不对谁特别坏,一切顺其自然。也就是说,不管万物变成什么样子,那都是万物自己的选择,与天地无关。"

当她说到最后一句"与天地无关"时,突然想到方才王维故意看了看天空,才恍然明白过来,不由又是好气又是好笑道:"原来,我又被你算计了。"

"哈哈,微臣哪敢算计公主,实在是微臣心中不解,才大着胆子向公主讨教。听了公主方才所言,微臣这才茅塞顿开,受益匪浅。"

看着玉真公主又笑又恼的模样,王维忍不住"哈"的一声笑了出来,故意退后一步,向玉真公主躬身行了一礼,一副请教问题的谦恭模样。

"那你倒说说看,你如何茅塞顿开?如何受益匪浅了?"看王维这般故意夸张的神情,玉真公主心中暗笑,下巴微扬道。

"想来公主也知道,佛家有'着相'和'离相'之说。微臣虽然修佛多年,却天性中自有一段执念。听了公主方才对'天地不仁'的解读,微臣方才明白过来,原来自己又'着相'了。你说,这算不算茅塞顿开、受益匪浅呢?"王维从容不迫地侃侃而谈,声音中自有一股抑扬顿挫的韵律,玉真公主不由听得怔了……

"持盈,时候不早了,我这便回去收拾妥当。明日五时一刻,我到这里接你,可好?"

当玉真公主终于从王维口中听到这句明明白白的答复时,只觉得这辈子所有的思念和等待都是值得的了。她明明想对他笑,但眼泪却不受控制地涌了上来,怎么都止不住……

忽然,她感觉身子一轻,来不及细想就已跌入了他温暖有力的怀抱。那个她在梦中无数次渴望过的拥抱,此刻竟然真的发生了。她千真万确被他拥在怀里,他手心的热度透过薄薄的衣衫迅速传了过来…

她再也顾不得许多,将脸深深埋入他的怀里,任凭泪水尽情流淌,渐渐濡湿了他胸前的衣衫。

"摩诘,谢谢你!"

王维眼角似乎也隐隐有了泪光,他一手环住公主,一手轻轻拍着公主的后背,在她头顶笑道:"我俩之间,还用说谢字吗?果然和莲儿一般傻气。明日赶路辛苦,你今晚好好歇着,等我来接你。"

"嗯。"玉真公主闭上眼睛,乖乖点了点头。她原本想说"和你在一起,即便吃苦,也是甜的",但话到嘴边,还是咽了回去。幸福来得太突然,她似乎还有些难以置信。这些甜蜜的话,就留到将来去说吧。

她相信，从今往后，她和他之间，一定会有大把大把的好时光！

第一百零三章　兵临城下　城头抚琴

6月16日晚，长安城暴雨如注！天仿佛裂开了似的，要将银河之水倾盆而下，将天地之间的所有尘埃都荡涤得干干净净。

豆大的雨珠"噼里啪啦"地砸在屋顶上、瓦片上、窗棂上。原来，雨声也可以如此震耳欲聋！

若是在以前，这样电闪雷鸣的夜晚，玉真公主注定会心烦意乱，但今天白天发生的一切，却让她瞬间成了天下最幸福的女子！

不是吗？

她原本以为，在战争面前，她一个弱女子只能坐以待毙，却不承想竟能逃出生天，奔赴新的生活！

她原本以为，和王维在一起同生死、共进退已是奢望，却不料有了比奢望更好的完美，他们不必同死，而是可以共活！

她原本以为，能和王维像亲人一般相处已是最好的结果，却不料在她不再奢望之时得到了他的真心，有了比最好更好的结果！

此时此刻，原本嘈杂的雨声，落在她的耳里，竟是前所未有的舒心。

她安心地翻了个身，摸了摸枕边的青色交领衫和白绫裙。这是王维前几天劝她逃离长安时特地给她准备的，让她不要暴露公主身份，混杂在逃难的百姓中离开长安。

"摩诘，我想你。"玉真公主捧起衣衫，贴在脸颊上，仿佛那上面还有王维手上的余温。

当玉真公主满心甜蜜地憧憬着她和王维的未来时，她恰恰忘了一件事，那就是安史叛军即将兵临城下！

让她一时忘了这个危险的，不仅在于震耳欲聋的暴雨声淹没了叛军千军万马的铁蹄声，更在于从潼关到长安不足三百华里，按照一日行军一百六十华里的速度，叛军在潼关失守两天后就可以抵达长安。如今潼关已经失守八天，叛军却迟迟不来，是不是叛军不敢来长安？或者说不屑来长安？安禄山不是已经在洛阳称帝了吗？

其实，安禄山之所以迟迟按兵不发，是因为有他的顾虑。

李隆基竟然弃城而逃，这让安禄山疑窦丛生。

任大唐帝国的军队再不经打，但守护长安的兵力一定是足够的。李隆基虽然老了，却绝不至于熊包成这样子！兵不厌诈，最大的可能是，长安有诈，一定设计好了圈套让他安禄山去钻！

因此，安禄山并没有乘胜追击，直捣长安，而是反其道而行之，命令前线停止追击，按兵不动，等事态明朗了再说。

但安庆绪坚持攻打长安。他一再劝说安禄山，连潼关这样的天险都拿下了，还怕一马平川的长安吗？不必观望，先打了再说。

观望数日后，安禄山才下令向长安进军。6月15日一早，叛军从潼关急速出发。6月17日凌晨，当长安几十万百姓还在睡梦中时，他们并不知道，再过几个时辰，他们就将成为叛军的囊中之物、刀下鱼肉！

6月17日五时一刻，王维的马车准时出现在玉真观门口，玉真公主早已收拾妥当，等在门外。王维掀起车帘，莲儿扶义母上车，三人会心一笑，向长安城南的明德门疾驰而去。

若是平时，清晨五时二刻，长安城各城门都会准时打开，但今天的明德门却牢牢紧闭，丝毫没有开启的意思。城门内已挤满了等候出城的百姓，空气中弥漫着一种恐慌的情绪。

只听从城墙上传来守城将士的声音："前方来报，叛军正在逼近长安，长安城门一律关闭。城在人在，城亡人亡。"

这一惊非同小可，城门关闭，不就意味着所有长安百姓都将困在长安了吗？万一长安沦陷，后果不堪设想！

王维让玉真公主和莲儿在车内等候，他则赶紧去找京兆尹崔光远打探究竟。

崔光远证实了王维从守城将士那里听来的消息，并告诉王维，叛军的人马比他们想象的多得多，他们根本不是叛军的对手！

时间一分一秒过去，王维心急如焚，难道他们只能在长安城中坐以待毙了吗？

"崔大人，依你看来，如果叛军兵临城下，长安能撑多久？"

"王大人，长安城内通共不到六万人马，而叛军人马至少在二十万以上。长安城若想撑下去，只有一个办法，那就是等李嗣业将军前来营救！"

李嗣业是京兆高陵（今陕西咸阳）人，身高七尺，力大超群，尤其擅用陌刀作战，是大唐有名的陌刀手，人称"神通大将"。

安史之乱爆发后，李嗣业和郭子仪一起征讨叛军，屡立战功。此时，李嗣业正在河东一带御敌。李嗣业从河东赶到长安，远比叛军从潼关赶到长安远得多。当叛军抵达长安时，万一李嗣业还赶不到，怎么办？

危急时刻，王维脑中只有一个念头，那就是无论如何，他都要将玉真公主和莲儿送出长安！

"崔大人，叛军距离长安还有多少里地？大约何时抵达？"情况危急，王维在心中迅速忖思对策。

"王大人，据前方消息，叛军距离长安已不到二十里地，大约一个时辰之内就会到达长安！"崔光远眉头紧皱，身为京兆尹的他，简直就是在火上烤！

"不到一个时辰？"王维握紧拳头，紧抿嘴唇，突然对着崔光远行了一礼，"崔大人，王某有一事相求！"

崔光远心中一跳，忙扶起王维，一脸讶异道："王大人，只要崔某帮得上忙的，定无二话。"

"崔大人，叛军兵马精良、凶猛异常，唐军承平已久，绝非叛军对手。因此，王某斗胆提议，既然叛军是从长安的东南方向而来，何不趁叛军抵达之前，赶紧打开长安城西边、北边的延平门、金光门、开远门、光化门，让长安百姓赶紧向西北出逃。若能逃出长安，则有一线生机，若是困在长安，则百姓危矣！"

王维神情肃穆，言辞恳切，让崔光远不由为之动容，来回踱步许久，仰天长叹："虽说大敌当前，打开城门是兵家大忌，但王大人言之有理，崔某这便和守城将领商议，打开城门，助百姓逃出生天！"

"王某替长安百姓谢过崔大人！"王维心中大定，只要崔光远答应打开城门，他就有办法护送玉真公主和莲儿离开长安！

一炷香工夫后，王维再次站在玉真公主和莲儿面前，一脸笃定道："公主，莲儿，再过大半个时辰，叛军就会抵达长安，你们务必听我行事。"

玉真公主和莲儿都一脸震惊，这是老天爷在和她们开玩笑吗？叛军迟不来，早不来，偏偏就在她们决定离开长安时就来了！

不待玉真公主和莲儿开口，王维就用不容置疑的口气说道："事不宜迟，我这便送你们到城西的金光门。出了金光门，一直往西南方向，便是入蜀的官道。一路上，你们不要停歇，只管赶路，越早入蜀越好。"

"你的意思是，我和莲儿去蜀中，那么，你呢？"当玉真公主听到王维说出"务必听我行事"时，就已心知不妙，果然，她最担心的事还是发生了！

"叛军半个时辰就会抵达长安，叛军一到，你们就走不成了！当今之计，唯有拖延时间。我已想好对策，你们只管放心地去，我处理妥当后，自会追上你们！"

"阿爷，你有何对策？我们留下等你！"莲儿深知阿爷的脾气，他总是时时处处将他人的安危放在心上，却独独忘了自己！

"莲儿，不得任性！"王维看了一眼莲儿，眼中有深深的不舍，更有一种平时少见的威严。停顿片刻，他将目光移到玉真公主身上，意味深长道，"公主，时间紧迫，不必再讨论我的去留。无论发生什么事，请你一定相信我，这是眼下最好的办法了！"

"摩诘……"从王维果断和不忍的目光中，玉真公主读懂了他的决绝和深情。

她深信，他是一个重诺守信、已诺必诚之人，他昨日已经答应和她一起离开长安，因此，如果不是被逼到绝路，如果不是万不得已，他一定会信守诺言！

想到这里，玉真公主不由心中酸楚，眼角隐隐泛着泪光："摩诘，我信你就是了。不过，你也定要答应我和莲儿，保护好自己，早日来找我们！"

"好，一定！"王维看着玉真公主，郑重地点了点头，转向莲儿道，"莲儿，一路上，记得照顾好义母，照顾好自己！保重！"

说完，不待玉真公主和莲儿再说什么，就放下车帘，翻身上马，护送公主和莲儿朝金光门疾驰而去！

看着玉真公主和莲儿的马车从金光门绝尘而去后，王维才长长呼了口气，他终于在叛军抵达长安之前送走了他身边最重要的两个人。

来不及喘息片刻，他迅速调转马头，向长安城南明德门疾驰而去。他要马上找到崔光远，将他的对策付诸实施。

虽然他对玉真公主和莲儿说，他已想好对策，但他并无把握。只是，此时此刻，已经没有其他更好的对策了。

当王维迅速登上明德门的城楼时，在那地平线的尽头，似乎已经可以看到叛军千万铁蹄掀起的滚滚尘土。那千万铁骑踏马而来的呼啸声和震动声，正由远及近，越来越清晰起来！

"该来的终究会来，那么，就让我们最后奋力一搏吧！"王维收回目光，转头看着崔光远，坦然笑道，"崔大人，可有雅兴听我弹上一曲？"

当王维方才将他的对策告诉崔光远时，崔光远心中的震惊实在无法用语言形容！大敌当前，连皇上都已经弃城而逃了，如果不是被任命为这个劳什子的京兆尹，连他也想赶紧逃走，大难当前，谁不想逃命呢？

然而，王维却明明白白告诉他，他要在城墙上用琵琶弹奏《郁轮袍》，用《郁轮袍》挡住来势汹汹的叛军的铁蹄！

王维的音乐才华，长安城无人不知，无人不晓，但王维不愿炫耀，多少人想听王维弹奏一曲而不得。但此时此刻,王维却不惜冒着落入叛军之手的危险,主动要求在城墙上弹奏琵琶!

"王大人,趁西边城门还没关闭,你赶紧走吧!不要管我们了,赶紧走吧!"

"不,崔大人,长安城中兵力不足六万,哪里是叛军的对手?眼下之计,唯有拖延时间,能拖多久是多久。王某不才,却也想效仿孔明先生,来一出空城计。"

崔光远当然明白,空城计是虚而示虚的疑兵之计、险中求险的退敌之术、疑中生疑的心理博弈,成败只在一念之间。如果没有视死如归的勇气,决计不敢出此计谋。

看着王维笃定清明的眼神,崔光远再也说不出话来,只是紧紧握住了王维的手,用力点了点头。然后,退后一步,对着王维恭恭敬敬行了一个大礼,目光中是深深的敬意:"崔某替长安百姓谢过王大人!"

所以此刻,当崔光远听王维问他"可有雅兴听我弹上一曲"时,不由噙着热泪道:"崔某三生有幸,求之不得!"

当玉真公主的马车驶出长安十多里地,莲儿靠在她肩头渐渐入睡后,玉真公主才小心翼翼地从袖袍中掏出一封信笺。

这是刚才在金光门分别时,王维悄悄递给她的。他并无多言,只说了一句话:"持盈,离开长安后,你再慢慢细读。"

打开信笺时,马车在驿道上颠簸,玉真公主的心也随之翻腾起来。

"持盈,当你看到这封信时,长安城门已经关闭,我正在城墙上弹奏《郁轮袍》。你我第一次见面时,我也曾弹奏此曲,不料一晃竟已三十七载。"

只看到开头这一段,她握着信笺的手不由颤动了起来。他说他已有对策,她选择了信他,谁承想他的对策竟然是在城墙上弹奏琵琶!这意味着他将自己完全暴露在了几十万叛军面前!

"摩诘,你怎么可以如此以身试险?"她紧紧咬住嘴唇,按捺住心头的百般滋味,继续看了下去。

"当司马懿率大军兵临城下,蜀国大势已去时,孔明先生选择以一己之力退敌。他独坐在荒凉的城墙上,手抚古琴,回顾一生……持盈,我并不奢望能用琵琶退敌,只求能引起叛军的猜疑,让他们不敢轻举妄动,为李嗣业将军的到来多争取一些时间。有一事要告诉你,我今日用的琵琶,是你当年送我的镶玉紫檀螺钿五弦琵琶。临别在即,纸短情长,若是有缘,定能再见。珍重,珍重,珍重。"落款处,是"王维倚马匆匆草字"。

"若是有缘,定能再见。珍重,珍重,珍重。"当玉真公主看到最后这一句时,她心里所有复杂难言的情感,顿时化为决堤而出的热泪,捧着信笺无声哭泣起来。

"义母,可是阿爷说了什么?"看到玉真公主手中紧握的信笺,莲儿心中了然,搂住义母哽咽道,"义母,为了让我们逃出长安,阿爷费尽了心思,想尽了办法,我们一定要好好活着,等到和阿爷重逢的那一天,等到仙芝平反昭雪的那一天!"

　　"是的,莲儿,老天保佑心诚之人,从现在开始,每一时,每一刻,我们都为你阿爷祈福。"

　　前路漫漫,尘沙漫天,马车会把她们带到蜀中,但不知等待着王维的又是什么?玉真公主搂过莲儿,头依偎在一起,手紧握在一起,从来没有哪个时刻,她那么迫切地希望老天能听见她的心声——她要王维活着、活着、活着!

　　当玉真公主在颠簸的车中展信细读时,王维已经在明德门的城墙上奏响了《郁轮袍》。他用的琵琶,就是那把镶有羊脂玉的螺钿紫檀五弦琵琶!

　　他虽非武将,却也从小熟读兵书。在三十六计中,他最欣赏的便是孔明先生的空城计。

　　他一直觉得,空城计不是计谋,而是孔明先生当时的心境。与其说这是空城计,不如说是空心计。

　　要知道,司马懿并非等闲之辈,深谙琴为心声。当孔明先生在城墙上静心抚琴时,司马懿在城门外凝神细听,如果琴音中有一丝心虚、一丝慌乱,他就会下令攻城!

　　然而,没有。自始至终,琴音中都是一清如水的从容和淡定。能在生死关头弹出如此纤尘不染之曲之人,必定成竹在胸。

　　司马懿迟疑了很久,认定城中必有埋伏,最终下令退兵。

　　孔明先生面对的,只是一座空城吗?不,更是一颗空心。自认谋略过人的司马懿,到底还是输给了孔明先生!不是输在谋略,而是输在心境。

　　三十六计中,其他计谋可以效仿,唯独空城计最是学不来。因为,只有参透了生死之人,才能以真性情面对生命这座空城。

　　那么,他参透生死了吗?他能以真性情面对生命这座空城了吗?

　　当叛军铁蹄兵临城下时,他恍若未觉,看了一眼手中的五弦琵琶,"铮"的一声,拨动了其中一根琴弦。

　　当悠扬清越的琵琶声从他指尖缓缓流出时,天地之间,仿佛只剩下天上的一片云、眼前的一把琵琶而已。其他的,都已经不复存在。

　　这一生,他曾无数次弹奏琵琶,却从来没有哪一次像今日这般空旷辽阔!

　　不是吗?凉风习习中,仿佛整个长安城都在安静地聆听他的琴曲,以这样的方式走向生命的终点,不也是一场美好的生命谢幕?

　　幼时开蒙,读到韩非子写的"视死如归"时,并不理解韩非子为何把死亡看得像回家一样平常，如今，懂了。

当一个人经历了所有该经历的，承受了所有该承受的，最后了却了身上的责任后，确实可以坦然赴死。

或许，就在刚才送走玉真公主和莲儿的那个瞬间，他就将自己交付了出去。至于结果如何，已经不在他的掌控之中。既然如此，他还担心什么？顾虑什么呢？

如果长安真的沦陷了，他死于叛军之手，也可以走得无牵无挂。在悠扬清越的琵琶声中，他嘴角渐渐浮起了微笑。原来，死亡，也是一种归宿。

他脑海中飘过了第一次和璎珞见面时的一幕。

那是718年的元宵节。上元时节的长安城，华灯初上，人声鼎沸。烛影下，佳人眼波流转，顾盼生辉；灯火间，才子系马高楼，一骑绝尘。

世间女子何其多，但自从在长安街头邂逅璎珞，他的心里，便再也装不下世间其他女子。他把爱给了璎珞，便再也给不了别人。

从718年到728年，那是怎样一段美好的年华！虽然只有十年，但对他来说，却已是一生。

忽然，手下"铮"的一声，琵琶似乎断了一根弦，他闭上眼睛，摇了摇头，却怎么也抹不去那让人心碎的一幕——

"摩诘，这次大概真的熬不过去了。无论如何，一定要保住孩子。"

"璎珞，我不许你说傻话，我不允许你有事！"

"摩诘，对不住，这次，我恐怕不能陪你了……"

"璎珞，你答应我的，你一定要陪着我！我也定会陪着你！"

然而，璎珞还是放开了他拼尽全力试图从死神手里拉回她的手，无力地闭上双眼，一行清泪顺着她的眼角悄然滑落……

从此，丧妻之痛，成了他一生都无法愈合的伤疤。每每揭起，便是撕心裂肺的痛。

多少个夜阑人静的不眠之夜，他焚香独坐，想起他和璎珞在一起时的点点滴滴。想着，想着，眼泪便不知不觉湿了青衫。这人生，竟是这样空虚落寞、悲凉寂寞。心，就这样一点一点疼得失了知觉。最后，便只剩下悲伤和无力，再也说不出一句话来。

他的手指在琵琶上轻挑慢捻，琵琶声渐渐从清越悠扬转为高亢激昂。

璎珞的离去，意味着他的人生进入了下半场。在人生的下半场里，虽然他已经尘封了感情，但却有一个女子，一次一次闯入他的世界，愿意为他重回红尘，且不惜付出一切代价。

这个女子，便是被他一次一次拒之于千里之外的玉真公主。

玉真公主曾一字一句地告诉他，除非他今生不再娶妻，否则，便只能娶她。他听了，摇头苦笑，他本就无意再娶，从此不娶，又有何难？

然而，他万万没有料到，在爱情这件事上，公主远比他想象的坚韧、执着。

无论他怎样逃离她、疏远她、躲避她、伤害她，她都不曾放手。

一番兜兜转转后，他终于有些不忍。她为他弹奏了一曲名为《坐忘引》的琴曲，他告诉她，这世上，有一种花，自开自落，自满自足，无人欣赏，也不求欣赏。这种花，叫辛夷花。

在他心中，玉真公主便是一朵即使无人欣赏也不放弃绽放的辛夷花。对于这样一朵为爱执着的辛夷花，任他再是铁石心肠，也实在无法无动于衷。

然而，天意弄人，当他终于决定敞开心扉，接受这份生命中不可抗拒之爱时，叛军铁蹄呼啸而至。

千钧一发之际，他只有一个念头，他可以从容赴死，但公主和莲儿，却必须活下去……

第一百零四章　空城空心　长安沦陷

当年孔明先生城头抚琴，让司马懿真假难辨、进退两难；如今，王维城头弹奏琵琶，也让叛军将领崔乾佑、田乾真一时不敢轻举妄动。

此次攻打长安，安禄山派出了他最信任的两员大将，并特地交代，虽说长安已经无险可守，但长安到底是大唐国都，切不可傲慢轻敌，贸然行事。

因此，当他们浩浩荡荡抵达长安城，看到长安城城门大开，城内城外空无一人，只有从城墙上传来时而悠扬清越、时而低沉雄浑的琵琶声时，不由面面相觑、目瞪口呆！

自范阳起兵起来，他们一路攻城略地，还是第一次遇到这样的情形。这长安城究竟唱的是哪一出？

"崔将军，您看这是？"田乾真眉头紧皱，转身问崔乾佑道。

"既然雄武皇帝让我们不要轻举妄动，我们切不可鲁莽行事，火速派人到洛阳向雄武皇帝禀告为宜。"崔乾佑心中掂量，既然安禄山交代不可轻举妄动，还是派人回去请示为宜。

当安禄山得知从前线传来的这一消息时,一脸不解道:"此话当真?"

"千真万确。听崔将军说,城头抚琴之人,琴音极清越,功力极深厚。"

此时已是酷暑,安禄山斜靠在铺了翠丝细竹席的便榻上,榻旁的案几上放了装满冰块的荷叶玉盆,但安禄山依然嫌热,胡乱散开衣衫,一旁的内侍李猪儿为他小心翼翼地拭汗。

安禄山不耐烦地挥了挥手,从鼻孔里重重出了口气,眼中似乎有一团凛冽的杀气,对着身旁的案几重重捶了一拳:"传朕口谕,速速拿下长安。我儿惨死长安,朕要让整座长安城为我儿陪葬!凡是留在长安的李唐中人,见一个,杀一个,格杀勿论!"

说着,安禄山拿起案几上的酒盏,"咕咚咕咚"喝了个底朝天,将酒盏往青砖上狠狠一掼,看着长安的方向,嘿嘿冷笑道:"给朕拿下弹琴之人,朕倒要看看,他是不是吃了熊心豹子胆,竟敢对朕耍花枪,搞这劳什子的空城计!"

当崔乾佑接到安禄山的旨令时,已是日暮时分。

淡淡的暮色将长安城染上了一层血色,那些高高低低的城墙仿佛是血色画卷上的一笔笔墨痕,一轮月华不知何时已悄然升起,平添了几分肃杀之气。

崔乾佑当即让田乾真带领精锐士卒团团包围明德门,自己则亲自带领精锐士卒登上城楼。

整整一天了,他们都只闻其声,不见其人。

崔乾佑不由好奇,在几十万大军面前,到底是怎样的定力,方能临危不乱、镇定自如?到底是怎样的功力,方能弹出如此不染人间烟火之曲?

他们一步一步拾级而上,从明德门两头同时登上城楼。只见城楼上有两人相向而坐,一人手抚琵琶,一人焚香煮茶。琴声悠远,茶香氤氲。铜风炉里的炭火烧得正旺,"咕咕咕"的水沸声清晰可闻。

当方寸大小的城楼被叛军团团围住时,崔光远心中一沉,看来,该来的还是来了。

当王维决定用空城计拖延时间时,他就已经想好了对策。万一叛军识破空城计,当场拿下王维,那么,身为京兆尹的他,只能向叛军求情,就说他们不关城门,其实就是主动迎接他们,但愿叛军可以放过王维。

于是,他心思急转,故作镇定地将茶釜中已经三沸的茶汤分到青瓷茶盏里,站起身来,笑着迎了上去。

"哎哟,崔将军远道而来,大驾光临,崔某有失远迎,罪过,罪过。"

崔光远和崔乾佑都出自博陵崔氏,本就相熟,有同乡之好。

"崔大人何必客气?如此暑天,崔大人竟然有雅兴在此煮茶?"崔乾佑冷冷地

"哼"了一声。

"崔将军有所不知。酷暑时节，热热的茶汤喝了下去，出了一身汗，才解暑呢！"说着，双手捧起青瓷茶盏，端到崔乾佑面前，呵呵笑道，"崔将军一路辛苦，请喝上一盏解解渴。"

"不必了！"崔乾佑无意再和崔光远周旋下去，不耐烦地挥了挥手，眼睛直直盯住崔光远身后的王维，"不知乐师姓甚名谁？"

"哦，他是崔某好友，弹得一手好琵琶。"崔光远早已打定主意，不到最后关头，决不透露王维身份。

"还不报上名来？"崔乾佑推开崔光远，冲着王维大声呵斥道。

崔光远正想再说什么时，只见王维从容不迫地放下怀中的琵琶，拿起案几上的青瓷茶盏，轻啜一口，点头笑道："这剑南蒙山石花，论品当为天下第一。夏日喝了，果然解暑。"

然后，抬头看着崔乾佑，眼中并无胆怯之色："本人王维，敢问崔将军有何指教？"

当崔乾佑得知眼前之人正是闻名天下、诗书画乐样样精通的王维时，原本嚣张的气焰稍稍收了一收，放缓口气道："原来是王大人！雄武皇帝有令，请王大人这便到洛阳走一趟！"

崔乾佑话音刚落，崔光远顿时大惊失色，连忙上前一步护住王维道："崔将军，今日之事，都是崔某的意思，和王大人无关，还请崔将军在雄武皇帝面前分说一二……"

"崔大人，你我都是奉命办事之人，怎么今日却不懂规矩了？"崔乾佑迅速看了左右一眼，左右顿时抽刀而立，崔乾佑一脸怒容道，"王大人也是明白人，想来不会敬酒不吃吃罚酒吧！"

正当崔乾佑准备下令拿下王维时，田乾真带着人马匆匆登上城楼，凑到崔乾佑耳边低语了起来。

"你是说，雄武皇帝很赏识王维？"

"千真万确。田某曾听内侍李猪儿说，雄武皇帝在洛阳称帝时，最不称心的就是登基大典的礼乐，大骂洛阳的乐师都死绝了，还不止一次提到，如果能把王维收到麾下，为他创作礼乐就好了！"

崔乾佑心思急转，脸色顿时缓和了不少，"哈"的一声笑了出来："崔大人煮的茶，端的解渴，王大人弹的曲，端的忘忧。如此好茶好曲，崔某不敢私自消受，特奉雄武皇帝之命，请两位随田将军速前往洛阳拜见雄武皇帝。"

说着，转头看了一眼田乾真："田将军，明日一早，护送崔大人和王大人启程，一路务必好生照顾。"

崔乾佑清楚，要论察言观色，田乾真显然胜他一筹。更重要的是，在雄武皇帝面前，田乾真比他更说得上话。既然如此，这个棘手的王维，就交给田乾真去处理吧。他则要亲自血洗长安城。

这一晚，长安城到处火光冲天，满城都是撕心裂肺的哭喊声、厮杀声、惨叫声！

一夜之间，长安城从一座世人仰望的天下雄城沦为活生生的人间地狱，仿佛一头任人宰割的雄狮，无法动弹，无法反抗，一点一点流尽身上的鲜血，直至死亡！

王维和崔光远被关在了杨国忠废弃的宅子里。这一晚，王维彻底失眠了！

其实，当他怀抱琵琶登上明德门的那一刻，他就预料到了这样的结局。

当他看到叛军气势汹汹冲上明德门时，他抬头看了看天上的月色，心里如释重负，他们已经足足拖延了叛军五个时辰！

此时此刻，公主和莲儿应该离开长安很远了吧？只要她们能逃离长安，只要有更多百姓能逃离长安，他和崔光远冒着生命危险换来的时间就是值得的。哪怕能多拖延一分、一秒，都是值得的。

只要她们安全了，他就再无牵挂，可以坦然面对叛军的屠刀，从容赴死。

然而，叛军的屠刀并未向他落下，叛军并不想要他的性命，而是要他前往洛阳，向安禄山俯首称臣。

士可杀，不可辱。与其到洛阳成为俘虏，不如在长安结束生命。但从被抓的那一刻开始，他一直被人一左一右挟持着，两臂反剪，动弹不得。被押解到这里后，更是被搜走了身上所有尖利之物，且被人严密监守。

夜深了，长安城的惨叫声响彻夜空，他眉头紧皱，在屋内来回踱步，心紧紧地揪了起来！再过几个时辰，天就要亮了，他该怎么做，才能逃过安禄山的魔爪？

他试图在记忆深处找出安禄山的影子。

他想起了748年春天，安禄山来长安拜见皇上。皇上亲自拍打羯鼓，让他弹奏琵琶，让安禄山捧着大肚子跳胡旋舞。他记得自己弹奏了一曲高亢激昂的曲子，安禄山好像说了一句"如果王大人愿意一直弹下去，安某便愿意一直跳下去"，他回说"不敢当"，皇上指着安禄山的肚子大笑说"朕倒是替你担心，你若再这样跳下去，这肚子会不会就此甩出去"，现场一片哄堂大笑。

当岁月从尘封的回忆中一点一滴清晰起来，王维渐渐理清了思绪，他大概可以判断，安禄山应该是看中了他的音乐才能，才让手下将他押送洛阳，让他为大燕效力。

电光石火间，他突然想到，天亮之前必须毁掉自己的嗓子，让自己变成一个哑巴，再也发不出声来。任他再有音乐才华，安禄山也不会对一个哑巴感兴趣吧！

次日一早，当田乾真来押送王维和崔光远前往洛阳时，不由愣住了。

才短短几个时辰不见，王维却成了一个地地道道的哑巴。无论他怎样使劲活动喉结，都只能发出"咿咿呀呀"的含糊声音。

"来人！这是怎么回事？"

看管王维的两个士卒"扑通"一声跪倒在地，额头上直冒冷汗。其中一个口齿伶俐些的士卒，一脸惶恐道："启禀田将军，王大人半夜说口渴，让小的替他送些凉茶进去。小的想着凉茶并无不妥，便照办了。不料今早去见王大人，他就已经说不出话来了。小的也喝了凉茶，喉咙还是好好的呐。小的也不知是哪里出了错，小的该死，小的该死……"

"的确该死，来人，拉下去军法处置！"这是什么猪脑袋！凉茶当然没事，有事的是王维自己不知在凉茶里掺了什么东西！

田乾真怒气冲天，大喝一声："来人，把崔光远给我带过来！"

当崔光远被反剪双手带到面前时，田乾真指了指一旁的王维，冷冷道："王大人今早无端失声，你可知道？"

"啊？摩诘失声了？"崔光远迅速看了王维一眼，心中一沉，心思急转之下，故作沉思道："启禀田将军，常言道：'肺主一身之气，宗气积于胸中，出于喉咙，以贯心脉，而行呼吸焉。'摩诘昨日抚琴过久，只怕宗气郁积于胸，阻塞于喉，致使失声也是有的。"

"看来，崔大人不仅精于煮茶，还深谙医术嘛！"田乾真冷笑一声，吩咐手下说，"时辰不早，这就送两位大人上路。"

忽然，崔光远凑近田乾真，一脸堆笑道："崔某虽是老糊涂了，但对长安城里里外外好歹还熟悉一二。崔某想留在长安，但凡有用得着崔某之处，崔某必定二话不说，为大燕效力。崔某犬子虽然不成器，在人前应答也还算有几分机灵。崔某想让犬子跟随田将军前往洛阳拜见雄武皇帝，崔某则留在长安帮忙打点善后事宜，不知田将军意下如何？"

田乾真怎会不知道王维和崔光远的心思，他们先用空城计拖延时间，再用苦肉计作贱自己，无非就是不想去洛阳俯首称臣，但这哪里由得了他们，管他们是聋是哑，都先押往洛阳交差再说。

见田乾真一脸不屑，崔光远又凑到田乾真耳边低语道："崔某虽然愚钝，却也喜欢收藏一些陈年旧物，只是不知是真是假？听说田将军独具慧眼，崔某想劳烦田将军帮忙分辨分辨，有劳田将军了。"

崔光远话里话外的意思，田乾真如何听不出来？他心思急转，既然安禄山只点名要见王维,这个崔光远还有几分识趣,倒也乐得送个顺水人情,便挥了挥手道,"时辰不早了,让你家大郎行动利落些,这便要启程了。"

不多久,田乾真带着王维和崔光远儿子崔清上路了,从头到尾,崔光远都没有机会和王维说上一句话。

崔光远让儿子替他去洛阳,自己留在长安,是因为他虽然无法阻止叛军的暴行,但至少可以尽自己所能去保护一些需要保护的人。

此时此刻,他更担心的是王维。以他对王维的了解,王维让自己失声,定是为了不想在安禄山面前说违心的话。然而,安禄山如此残暴,王维仅靠不说话就能躲过一劫吗?但愿王维有足够的智慧去应对。

他相信,空城计也好,苦肉计也罢,王维定有深意。

当李隆基辗转得知长安沦陷的消息时,已是长安沦陷三天之后。

李隆基脸上似乎呆了一呆,缓缓转过头去,浑浊的目光久久看向长安方向。

"守城将士全军覆没了吗?"长久的沉默后,李隆基讷讷地问陈玄礼道。

"皇上,末将听说,叛军兵马有二十多万人,而长安守城将士不足六万人。危难时刻,京兆尹崔光远和给事中王维急中生智,在城墙上弹琴煮茶,上演了一出空城计,硬生生拖延了叛军五个时辰,为长安百姓逃出生天争取到了更多时间!"

陈玄礼一五一十地说了下去,面上不由流露出对崔光远和王维的敬佩之色。同为军人,他太清楚不过,当千军万马兵临城下时,需要多大的勇气,才敢在没有一兵一卒的保护之下气定神闲弹琴煮茶!

"空城计?"李隆基一脸惊愕地看着陈玄礼,似乎有些难以置信。

他万万想不到,崔光远和王维这两个在他看来手无缚鸡之力的文臣,竟会为了长安百姓,在危难时刻挺身而出。相比他们,他是不是……

他不敢再想下去,重重地叹了口气:"走吧!"

对李隆基来说,洛阳、长安沦陷也好,李亨分兵独立也罢,都已成不可挽回之定局,忧心已经无益。

他只有一个念头,那就是尽快入蜀,凭借蜀中的天堑险壑,再图大唐伟业!

第一百零五章　身陷囹圄　惨遭杀戮

当王维和崔清被押送到洛阳后,并没有直接去见安禄山,而是被关押在了洛阳菩提寺的偏殿内。这是安禄山专门用来关押从长安俘虏过来的大唐官员的地方。

牢房内仅容一个人坐卧,没有床榻,没有被褥,只在墙角胡乱堆了几捆稻草。

从长安到洛阳路上,为防止王维自寻短见,田乾真命两名士卒一刻不离地看住王维,还命人用绳子将王维两臂反剪身后。

此刻到了牢房,才有人来解开王维身上的绑绳。王维只觉得两臂早已酸麻得失去知觉,似乎不是自己的了,手腕上更是烙下了几道深深的伤痕。

不过,和身上的伤痛相比,从胸口到喉咙那火烧火燎的痛更让人难以忍受。当他用凉茶喝下这让喉咙临时变哑的药物之时,他就知道会如此痛苦。但他宁愿承受这灼心之痛,也不愿在安禄山面前说出违心之语!

天色渐渐暗了下来,王维靠在稻草垛上昏昏欲睡。忽然,牢房外传来一阵踢踢踏踏的脚步声。

"雄武皇帝有令,让王维速速前往紫微城乾阳殿。"

"田将军好,李公公好,小的遵命。"

只听一阵铁链和铁索撞击的"咣啷啷"声,牢门"吱嘎"一声打开了。因牢房内一团漆黑,狱卒看不清王维,就朝牢房内大声喊道:"田将军和李公公有命,快快起身。"

王维从睡梦中迷迷糊糊惊醒,正想挣扎着站起身来,却眼冒金星,一个趔趄跌坐在冰冷的青砖上。

狱卒等得很不耐烦,上前一把抓住王维,将他拉出了门外。王维手上本就有伤,被狱卒如此大力一抓,顿时伤口撕裂,血流不止,滴在青衫袍角上。

见到如此憔悴不堪的王维,安禄山的贴身内侍李猪儿不由吓了一跳。

李猪儿是契丹人,从十二岁时就跟在安禄山身边,备受安禄山信任。

安禄山肚子太大,每次穿衣都需要李猪儿帮忙。时间久了,安禄山到哪都离不开李猪儿。李隆基宴请安禄山，安禄山喜欢在宴会上大跳胡旋舞。每次跳完胡旋舞，都要李猪儿帮他重新整理腰带。因此，李猪儿曾在宴会上听过王维弹奏的琵琶曲，惊为天籁，念念不忘。

几年不见，当年那个气度高华、身姿挺拔的王维，怎么成了眼前这个蓬头垢面、形容枯槁的老头？

"皇上有令，不可伤了王大人。"李猪儿看了一眼王维的手，皱了皱眉。田乾真立即狠狠瞪了狱卒一眼，怒喝道："你们这些没眼色的，也太不知轻重了！"狱卒顿时吓了一跳，低头退了下去。

李猪儿主动招呼王维道："王大人一路辛苦了。皇上一直惦记着大人，得知大人到了洛阳，特地让小的来请大人去宫里叙旧。"

王维抬头看了一眼李猪儿，淡淡地点了点头，跟着田乾真和李猪儿离开菩提寺，坐上马车，向紫微城疾驰而去。

马车在洛阳街头疾驰而过，看着一处处被叛军烧杀劫掠过的痕迹，王维的心紧紧揪了起来，只觉得刺心地痛。他不由想到了开元盛世，想到了他和张九龄、裴耀卿同朝为官的时代，那真是一个好时代！

这么多年过去了，他依然清晰地记得他第一次踏进洛阳紫微城时的情景。

那是735年夏天，当时的他，踌躇满志，决定不负张九龄和裴耀卿的厚望，将自己的全部才华献给朝廷，献给大唐，献给那个伟大的时代。

然而，政治斗争云谲波诡，朝堂政局瞬息万变，短短几年后，张九龄和裴耀卿双双罢相。朝堂上下被李林甫一手遮天。身为谏官的他，在离开和坚守之间进退两难……

如今，又是一个夏天。只不过，和735年夏天隔了整整二十一个年头。

谁都不会料到，大唐正在经历一场多么可怕的灾难！更可怕的是，这只是灾难的开始，没有谁会知道，灾难将于何时结束！

当马车载着王维抵达紫微城应天门下时，李猪儿并未直接领王维进乾阳殿，而是让人找了一件干净的圆领袍，让王维净面更衣。

王维其实有意以蓬头垢面形象示人，希望让安禄山见了他后，对他心生厌恶，避而远之。不料李猪儿果然伶俐，竟让他净面更衣。

王维只好接过李猪儿递来的葛巾，覆在脸上简单擦拭了一下。

待王维换上青色圆领袍后，李猪儿发现，虽然王维比当年清瘦憔悴了不少，但他身上那特有的高华气度又回来了。特别是他从容不迫的目光，自有一种说不出的超凡出尘的姿态，仿佛世间凡夫俗子，都入不了他的眼。

穿过应天门，走上一段路，便见到三个鎏金篆字——乾元门。过了乾元门，就到了乾阳殿。

当王维跨进乾阳殿，一眼看到安禄山正懒懒地斜靠在龙椅上，手中抱着一把镶玉螺钿紫檀琵琶把玩时，不由愣在了原地。这不是他前几天在长安城头弹奏的琵琶吗？难不成被田乾真缴获后就直接送到了安禄山手上？安禄山怎会对这把琵琶感兴趣？

"启禀皇上，末将将王维带来了。"

安禄山缓缓抬起头来，盯着王维看了很久，忽然"哈"的一声大笑了起来："这把琵琶，总算物归原主了！"

安禄山这句没头没脑的话，让王维心头愈发疑惑。

这把琵琶分明是玉真公主送给他的礼物。别的或许可能看错，但这把琵琶万万不会看错。因为，世上很少有一把琵琶会镶嵌如此名贵的羊脂玉。也正是因为有了这块羊脂玉，玉真公主才会如此珍重地送他。羊脂玉不正暗合了她的名字吗？她想让他看到琵琶时就会想到琵琶的旧主。

然而，安禄山却说这把琵琶"总算物归原主了"，难道安禄山才是这把琵琶的主人吗？不知他话里话外有何深意？他究竟想要暗示什么？

王维无意讨好安禄山，只是站在原地抱了抱拳，垂手而立，默然无语。

看到王维虽已沦为阶下囚却依然和当年一样高冷，安禄山心头一股怒火"腾"地蹿了上来。田乾真忙上前一步，将王维按在地上，大声呵斥道："还不快拜见皇上，休得无礼！"

王维被田乾真按着向安禄山行了跪拜礼，安禄山这才稍稍平息了怒火，缓缓坐直身子，摸着比当年愈发大了许多的肚子，皮笑肉不笑道："想不到你不仅精通音律，还深谙兵法嘛！先是空城计，再是苦肉计，不知下一次是不是要用金蝉脱壳之计？哈哈哈……"

安禄山本就容易气喘，大笑之下，一口气上不来，不由大声咳了起来。李猪儿忙替他又是捶背又是递水，安禄山瞪着面无表情的王维，气势汹汹道："王维，你给我听着，看在这把琵琶的份上，从今往后，只要你一心向朕，乖乖听朕的话，朕保你平安老死。否则，朕的刀子可是从来都不认人的！"

王维依旧一脸平静，辨不出丝毫情绪，仿佛安禄山大笑也好，怒喝也罢，都是安禄山自己的事，和他无关。田乾真大急，从背后狠狠踢了王维一脚："还不快谢过皇上饶命之恩！"

王维本就胸口疼痛，如今被田乾真从背后一踢，只觉得从前胸到后背都钻心地痛，喉咙里似乎有一股热流直往上涌，"哇"的一声吐了出来，原来竟是一大口发黑的鲜血！

第一百零五章 身陷囹圄 惨遭杀戮

李猪儿担心王维当场毙命，心中有些不忍，忙哄安禄山开心道："皇上，您招王乐师来，不是想听他弹奏琵琶吗？若是将他这样打死了，岂不可惜？"

田乾真怕安禄山觉得李猪儿言之有理，从而怪罪自己踢得太猛，忙急急辩解道："还是李公公想得周到，末将眼里最容不得对皇上不敬之人，方才一不小心，下手或许猛了些。"

安禄山看了看地上的一摊鲜血，身子往后一靠，看着田乾真和李猪儿懒懒道："说起来，这把琵琶可是朕当年的心头好，偏偏被玉真公主看上了！不过，老天有眼，这不又回到朕的手里了！看来，这把琵琶注定是朕的，谁都别想拿走！"

王维原本痛得直不起身子，但听了安禄山这番话，却一时忘了身上的痛！

原来，这把琵琶竟是安禄山送给玉真公主的。从安禄山到玉真公主，从玉真公主到他，这人和人之间到底是一种怎样的缘分？

他和玉真公主之间，当然是一段善缘；他和安禄山之间，无疑是一段孽缘！

此时此刻，不知玉真公主和莲儿身在何方？王维捂住胸口，身子一点一点矮了下去，在失去最后的知觉之前，他只听到李猪儿在不远处大声惊呼："王乐师不行了！"

和王维在安禄山面前桀骜不驯不同，崔清代表父亲崔光远拜见安禄山时，假装投降，说了一堆奉承安禄山的话，安禄山很是满意。

此前，安禄山已任命张休为京兆尹，既然崔光远主动投降，便罢免了张休，让崔光远继续担任京兆尹，并放崔清回长安向崔光远复命。当然，为了监视崔光远，安禄山还派张通儒任西京留守，派安守忠在唐廷禁苑里驻兵守卫。

王维则被继续关押在洛阳菩提寺。那天，安禄山撂下一句狠话，王维一日不答应为他弹奏琵琶，就一日不放他出狱。

当王维在洛阳备受煎熬时，长安的王公贵族、达官贵人也处在炼狱般的水深火热之中！

长安沦陷后，安禄山从洛阳发来指令，让崔乾佑在长安城布下天罗地网，大肆搜捕皇亲国戚和大唐官员。凡是李唐王室成员，格杀勿论；凡是跟随李隆基父子逃走的官员，满门抄斩。

安禄山嫌崔乾佑不够心狠手辣，特地派孙孝哲前来长安屠城。

孙孝哲是契丹人，他母亲和安禄山私通，他从小就被安禄山视为半子。在安禄山的偏袒下，孙孝哲飞扬跋扈，生性残忍，手段尤其毒辣。他进入长安后做的第一件事，就是包围李唐王室聚集地崇仁坊，大肆杀戮。不仅杀戮，还要将他们剖心挖肝，以此祭祀安庆宗。

第一个惨死孙孝哲刀下的李家人，是霍国公主。

拿霍国公主开刀，是安禄山特地交代的。这不仅是为安庆宗报仇，更是为安禄山自己出一口恶气。这口恶气憋在安禄山心里，已经整整十年了！

说起来，在723年那次大慈恩寺庙会上，安禄山对身穿道服、寡言少语的玉真公主不敢仰视，倒是对和裴耀卿亲切交谈的霍国公主留下了深刻印象，可惜之后一直无缘再见。

直到746年秋天，安禄山受邀前往骊山华清宫沐浴温泉，遇到了同样受邀前往的霍国公主。

虽然二十三年不曾见面，但当年对霍国公主的怦然心动却似乎并未随着时间流逝而消失。当他得知霍国公主一直没有改嫁时，更是激动不已，突然冒出一个大胆的念头——娶霍国公主为妻！

于是，趁李隆基心情大好时，他借酒壮胆，向李隆基提出了娶霍国公主的念头。李隆基哈哈大笑，打趣他道："你刚认了贵妃为义母，如今又想当朕的妹夫了，当真贪心得紧！"

当李隆基为他和霍国公主提起此事时，霍国公主却结结实实给他兜头泼了一盆冷水。她告诉李隆基："安将军一介武夫，论学识，论人品，都远远不及裴郎君，此事绝无可能。"

后来，李隆基安慰他说，两个妹妹都是死心眼，一个为亡夫不肯改嫁，一个为爱情坚守道观，看来他这辈子没机会当皇上妹夫了，还是安安心心当贵妃的义子吧。

霍国公主对他的蔑视，让他对霍国公主的爱慕转化为一股怨恨。这股怨恨就像一颗毒瘤，在他心中越扎越深！

因此，当他得知长子安庆宗已被李隆基斩杀时，他的第一个念头就是——既然李隆基杀我儿子，我就杀李隆基全家，特别是那个从来不把我放在眼里的霍国公主！

当孙孝哲从洛阳出发长安之前，安禄山特别交代，必须第一时间找到霍国公主，不仅斩杀，且剖心示众。

不过，对于长安宫中年轻貌美的王妃，安禄山却下令火速送到洛阳供他享乐。这其中，最貌美的莫过于李隆基的孙媳妇、李亨的儿媳妇、李豫的爱妻沈珍珠。

沈珍珠出生于729年，吴兴人氏（今浙江湖州），出身官宦世家，才貌俱佳，远近闻名。

741年，沈珍珠被选进东宫，嫁给李亨的长子李豫。742年，沈珍珠为李豫生下儿子李适（即日后的唐德宗），李豫大喜。

如果没有安史之乱，李豫和沈珍珠可以一直这样幸福地生活下去。随着时间推移，李豫迟早会当上大唐天子，而沈珍珠也迟早会当上大唐皇后，成为天下最尊重的女子。

然而，随着安史之乱的爆发，一切都变了！

李隆基仓皇出逃时，带走了李亨、李豫等皇子皇孙，却把沈珍珠等王妃通通留在了长安城。

当长安被叛军铁蹄践踏后，曾经的繁华一夜之间化为乌有，取而代之的，是血流成河，白骨森森，就连长安的空气中，也弥漫着浓得化不开的血腥味！

孙孝哲指挥叛军在长安大肆屠杀，仅在崇仁坊就将包括霍国公主在内的八十多个皇室宗亲剖腹挖心。一时间，长安城人人自危，很多官员一听说"孙孝哲"三个字就直接瘫倒在地，长安城上上下下笼罩在极度恐惧中。

对于沈珍珠等王妃们来说，除了自尽和被俘，找不到第三条出路。

沈珍珠想过自尽，却实在割舍不下逃亡在外的李豫和尚未成年的李适。就在犹豫之间，孙孝哲率领的叛军就排山倒海般冲进了皇宫，不由分说抓走了所有王妃和宫女。

沈珍珠的绝色姿容顿时引起了孙孝哲的注意，当即将她送往洛阳，孝敬安禄山。

与此同时，孙孝哲对大唐官员疯狂叫嚣：凡是不肯投降的大唐官员，一律斩首示众。

在这样的威逼利诱下，门下侍郎、兵部尚书陈希烈、原宰相张说的长子张均、次子张垍等一大批大唐官员纷纷向安禄山俯首称臣。

这日，李隆基一行抵达大散关（今陕西宝鸡南郊）。大散关山势险峻，自古以来就是兵家必争之地。从这里翻越秦岭，进入嘉陵江上游，再沿江而下，就可直通蜀地。

"力士，那日朕走得匆忙，来不及带上众爱卿，如今众爱卿知道了朕的行踪，不知哪些人愿意随朕入蜀？"

高力士是个明白人，自然听出了李隆基话里话外的失落，低头思忖一番后，小心翼翼道："其他人倒是不好说，不过，张均、张垍兄弟世受皇恩，张垍又是驸马，应该很快就会追随圣驾。"李隆基微不可见地皱了皱眉。

想不到，第一个追上圣驾的，不是张均、张垍兄弟，而是刑部侍郎房琯。李隆基龙颜大悦，当即任命他为吏部尚书、同中书门下平章事（相当于宰相）。

一番寒暄后，李隆基问房琯有没有看到张均、张垍兄弟，房琯面有难色道："启禀皇上，微臣离开长安时，约张家兄弟和我同行，但张家兄弟说要去城南取马。微臣等不及，便独自来了。"

李隆基怎不明白房琯说的"去城南取马"之意，房琯说得委婉，只是不想让他难堪罢了。

不久后，李隆基听说了张家兄弟和陈希烈一起投降安禄山并在安禄山手下担任伪官的消息，整张脸彻底垮了下来。

什么是众叛亲离的滋味？这就是众叛亲离的滋味！最疼爱的宠妃自缢身亡了，太子和他分道扬镳了，曾经最信得过的官员投奔安禄山了……

第一百零六章　愤然摔琴　痛心吟诗

和李隆基在逃难路上品尝"众叛亲离"的滋味形成鲜明对比的是，安禄山在洛阳享受穷奢极欲、醉生梦死的生活。

自从在洛阳称帝以来，安禄山枕边的妙龄女子走马灯般换了一个又一个。日子久了，连安庆绪都看不下去，男人好色无可厚非，但像他阿爷这般对女色贪得无厌、不知满足的，也着实太过了些！

这日，当孙孝哲将天姿国色的沈珍珠送到安禄山面前时，原本正左拥右抱、寻欢作乐的安禄山，不由看得呆了，眼中是一团喷薄而出的熊熊燃烧的欲火！

孙孝哲忙上前几步，凑到安禄山耳边嘿嘿笑道："启禀皇上，她是李隆基的孙媳妇、李亨的儿媳妇、李豫的王妃沈珍珠！"

安禄山看向沈珍珠的目光中，除了熊熊燃烧的欲火之外，更多了一种复仇般的快感！

当年，他想娶李隆基的妹妹而不得，如今，李隆基的孙媳妇就怯生生地跪在他面前，即将任他玩乐，任他蹂躏，天下还有比这更爽的事吗！

曾经在东宫里养尊处优的广平王妃，如今却沦为安禄山的泄欲工具，这让沈珍珠只求速死，无奈求生不得，求死不能。

安禄山不仅将沈珍珠当作泄欲的工具，更当成复仇的利器。当他用各种方法折磨沈珍珠时，他就有一种莫名的狂喜。沈珍珠越是被他折磨得死去活来，他就越有至高无上的快感！

既然洛阳、长安已经成为大燕的囊中之物，李隆基和李亨都逃亡在外难成气候，再加上身边有沈珍珠这样天姿国色的贵女，渐渐地，安禄山懒得过问朝政，大小事务都交给严庄打理。他则一味纵情声色，有时甚至一天数次传召沈珍珠侍寝。

这一切，都被安庆绪看在眼里，渐渐心生怨言。

安庆绪以不满的先是太子之位。安禄山有十个儿子，其中，安庆宗和安庆绪是嫡子。安庆宗已经被李隆基斩杀，安庆绪跟随安禄山起兵，身经百战，论理是太子的不二人选。然而，安禄山迟迟没有册封太子，只是册封安庆绪为晋王。安庆绪知道，安禄山其实是想立他宠爱的段氏生的三子安庆恩为太子。

再是女人之争。当孙孝哲将沈珍珠送给安禄山时，安庆绪也在场。沈珍珠那种从骨子里透出来的江南女子特有的温婉清丽，是安庆绪从未见过的。那一刻，安庆绪怦然心动。

然而，看到安禄山眼中那团欲火，安庆绪哪里敢向安禄山讨要沈珍珠？即便他有勇气开口，安禄山岂肯将沈珍珠拱手相让？更让他百爪挠心的是，这样一个金枝玉叶的弱女子，怎么禁得起安禄山这样虎狼般的施虐纵欲？

他无数次梦想，这辈子如果能得到沈珍珠，该有多好！

转眼到了756年8月，正是金桂飘香、秋高气爽的时节。

这日，安禄山要效仿李隆基当年宴请群臣的盛宴，在洛阳神都苑宴请群臣。

李隆基当年宴请群臣时，歌舞乐器表演应有尽有，让人叹为观止。叛军攻陷长安后，安禄山下令搜捕梨园子弟和宫廷乐工，送到洛阳供他享乐。

只见安禄山威风凛凛地来到神都苑，搂着沈珍珠坐在凝碧池中的凝碧亭，命令从长安来的乐工按照当年为李隆基表演的规格弹奏乐器，命令宫女歌舞助兴。

安禄山一盏接着一盏喝酒，还时不时让沈珍珠也喝。沈珍珠看着从长安押解过来的梨园弟子，想到生死未卜的丈夫和儿子，不由心如刀割，泪如雨下，哪里还肯喝酒？

安禄山一把扳过沈珍珠的身子，握住沈珍珠的脸颊，硬是将自己口中的酒强行灌进沈珍珠嘴里。沈珍珠一口气上不来，顿时呛得浑身发颤，满脸通红。

安禄山愈发来了兴致，不顾身边诸多群臣，只管将肥大的手掌在沈珍珠身上胡乱摸了起来。沈珍珠拼命躲让，无奈亭子太小，躲无可躲。安禄山愈发肆无忌惮，牢牢箍住沈珍珠的腰肢，一口接一口地喂沈珍珠喝酒，发出一阵阵含糊不清的淫笑声……

此情此景，让一旁的安庆绪看得血脉偾张，恨不得这就冲入亭中，从安禄山手里抢过沈珍珠！但理智告诉他，还不是时候！他必须当上太子，手握实权，才能向安禄山摊牌！

正当安禄山对沈珍珠百般调戏时，奏乐声戛然而止，乐工们一个个放下乐器，掩面而泣。

先是小声地啜泣声，渐渐地，哭声越来越响，在这安静的夜里显得分外刺耳。

安禄山这才放开沈珍珠，大喝一声："怎么回事！"沈珍珠趁机躲到一边，慌忙整理被安禄山撕扯开来的襦裙和纱衫。

严庄忙一路小跑冲进凝碧亭，向安禄山解释道："乐工们刚从长安来到洛阳，想家了也是有的，微臣这便去说。"

"想家？是想他们的大唐皇帝了吧！传令下去，把哭的都拉下去杀了！"安禄山本就脾气暴躁，如今灌了很多酒下去，再加上哭声坏了他的兴致，愈发暴跳如雷。

严庄是个明白人，知道杀人太多定会失去民心，忙一面劝安禄山息怒，一面向一旁的禁军首领使眼色，首领会意，向乐工们怒喝道："凡再有哭声的，当场斩首！"

乐工们这才渐渐停止了哭泣，现场是死一般的沉默，有种山雨欲来风满楼的诡异。

突然，有个乐工"嚯"地站了起来。只见他抹了一把眼泪，将手中的琵琶用力向脚下的青砖摔去，琵琶应声而裂，乐工面向西方失声恸哭！

这一下，凝碧池畔的群臣无不吓得大气都不敢出。无论这个乐工是谁，安禄山绝对不会放过他！

这个当着安禄山的面愤然摔琴恸哭之人，名叫雷海清，出生于716年，清源郡人氏（今福建莆田），善弹琵琶，善吹觱篥。

李隆基对《霓裳羽衣曲》伴奏要求极高，梨园弟子中多有擅长磬、筝、箫、笛、箜篌、笙等金石丝竹的，却少有能让李隆基满意的吹奏觱篥之人。

732年，李龟年向李隆基推荐说，雷海青精通音律，无论任何乐器，他都能奏出美妙的旋律，不管什么曲谱，他一看就会演奏。李隆基宣召雷海青入宫，当场让他吹奏觱篥。

一曲吹罢，李隆基点了点头，对雷海清说了八个字："跳珠撼玉，引人沉醉。"从此，雷海清就留在了梨园。

雷海清从李龟年口中得知王维其人其事，很是仰慕。735年春天，王维重返朝廷担任右拾遗，雷海清慕名拜访王维，和王维切磋音律和乐理，很是投缘。

长安沦陷那天，王维在明德门城头弹奏琵琶，为长安百姓出逃争取到了更多时间，而王维本人却不幸被叛军抓获。得知此事后，雷海清眼含热泪，喃喃自语："摩诘兄，如果你能带我一起到城头弹奏琵琶，该有多好！"

雷海清被叛军俘虏后，一度也想自尽，但听说王维已被叛军抓至洛阳，生死未卜，便一心想着到洛阳寻找王维。不料，到了洛阳后，他们三百多名乐工都被关进了一个暗无天日的地牢，简直是插翅难飞。

今晚是他们到洛阳后第一次被放出来，因为安禄山大宴群臣，要他们奏乐助兴。

琵琶还是一样的琵琶，音乐还是一样的音乐，只是听音乐的人，已经彻彻底底不一样了！

精通音律的大唐天子不知去了何处，一身傲骨的王维下落不明，国破家亡，山河失色，人间不再值得！

想到这里，雷海青再也抑制不住悲愤的心情，当场摔琴恸哭。既然横竖都是一死，何不死得傲然，死得痛快！

只听安禄山的怒吼声从凝碧亭中传了出来，炸裂在凝碧池上空："来人，将此贼拿下，用刀剜去他的嘴，看他还敢在朕面前哭！"

沈珍珠忙跪倒在地，匍匐在安禄山脚下求情道："皇上息怒，乐工睹物思人，也是人之常情，还请皇上大人大量，放过一介小民。"

沈珍珠的话非但没有平息安禄山的怒火，反而让本就多疑的他又多想了一层。只见他低头看了沈珍珠一眼，咬牙切齿道："好一个小娼妇，原来你在朕面前抹眼泪，也是在睹物思人，是不是在想你那个窝囊的男人！"说着，安禄山就抬起脚来，不由分说朝沈珍珠心窝狠狠踹了一脚。只听到沈珍珠"哎哟"一声，捂住胸口，疼得额头上冒出豆大的汗珠。

禁军首领不敢迟疑片刻，命刀斧手将雷海清按倒在地。只见刀光一闪，雷海清顿时满嘴鲜血！

"安禄山，你恩将仇报，你忘恩负义，你狼心狗肺，你……"雷海清不顾满嘴鲜血，怒目瞪向安禄山，继续破口大骂。他为李隆基鸣不平，为大唐百姓鸣不平，为王维这样的忠烈之士鸣不平！

禁军首领见状，忙一把夺过刀子，朝雷海清喉咙狠狠捅去。

"来人，把此贼绑到戏马殿前，凌迟处死！"安禄山没有料到雷海清竟会当众骂他仿佛被人当众狠狠扇了几个耳光，愈发气急败坏，要用最残酷的五马分尸折磨雷海清。

就在雷海清被处以极刑的瞬间，凝碧池上空突然乌云密布，豆大的雨点倾盆而下，狠狠砸在每一个人身上。老天似乎也被触怒了，它在咆哮，它在喊冤，它在替雷海清鸣不平！

过了中秋，日子就一日日转凉了。不知不觉间，王维已在洛阳菩提寺关押了两个多月。

嗓子渐渐恢复，不过没有原来那般醇厚洪亮了。

这期间，安禄山派严庄来看过他两次。

第一次，严庄告诉他，雄武皇帝之所以留他一命，是看在他能弹得一手好琵琶的份上，让他好自为之；第二次，严庄告诉他，雄武皇帝的耐心是有限的，最迟重阳节前，如果再不投降，那就死路一条。

再过几天就是重阳节了，王维早已铁定了心。既然玉真公主和莲儿都已安全，那么他就可以安心去陪伴璎珞了。

算起来，璎珞去世已经二十八年，在另一个世界孤独地等了他二十八年！

或许这就是天意吧，重阳节是他和璎珞成亲的日子，重阳节也即将成为他和璎珞在另一个世界重逢的日子！

打定主意后，王维反而释然了。然而，让王维想不到的是，裴迪竟然来菩提寺看他了。

安史之乱爆发后，裴迪曾劝王维到辋川避乱，但王维执意留在长安。长安沦陷后，裴迪到处打听王维下落，终于得知王维被叛军监禁在洛阳菩提寺内。

裴迪早年曾在嵩山隐居，对洛阳还算熟悉。经过一番周折，终于买通了菩提寺的狱卒，以给王维送秋冬夹袍为由，悄悄混了进来。

当裴迪和王维的手紧紧握在一起时，彼此都热泪盈眶，激动得说不出话来。对王维来说，这样的重逢仿佛只能在梦中发生！

因为时间紧迫，裴迪将他知道的情况删繁就简说了一个大概。从裴迪口里，王维知道了皇上已经入蜀，太子已经在灵武称帝，并正在组织郭子仪、李光弼等大将和叛军作战……随着裴迪的讲述，王维不由心头大振。虽然他无法亲眼看到唐军平定叛乱的那一天，但他相信，他的灵魂一定可以看到这一切！

"摩诘兄，雷海清死了，且死得很惨，你知道吗？"忽然，裴迪声音中有一种难掩的悲切。

"啊？海清死了？什么时候？"王维和雷海清最后一次见面，是去年秋天李隆基带杨玉环去骊山华清宫前在宫中设的宴席上。想不到，那次见面，竟成永诀！

裴迪哽咽着将雷海清惨死戏马殿的经过一五一十告诉了王维，说到伤心处，几度泣不成声。王维泪流满面，尤其听到雷海清即使被刀子刺伤喉咙却依然痛骂安禄山时，不由心痛如绞！

雷海清，果然是一个有铮铮铁骨的硬汉子！和他相比，他的吃药装哑未免太窝囊了！与其卑躬屈膝地活着，不如顶天立地地死去！

想到这里，王维抹了一把眼泪，哽咽道："海清走了，我没有什么东西可以送他，只有心里的一首诗，你替我记着。"

裴迪用力点了点头，王维低声吟道："万户伤心生野烟，百官何日再朝天？秋槐叶落空宫里，凝碧池头奏管弦。"

裴迪正想开口说话，牢房外就传来一阵脚步声，王维忙握住裴迪手说："今日一见，不知他年何日重逢？临别泣涕，千言万语，皆在诗中。"说着，又急急吟了一首诗："安得舍罗网，拂衣辞世喧。悠然策藜杖，归向桃花源。"

王维话音刚落，牢门就"吱嘎"一声推开了，那个被裴迪买通的狱卒一脸不耐烦道："快走快走，说好了半个时辰，还在磨蹭什么！"

裴迪深深看了王维一眼，一脸不舍道："小弟都记住了。留得青山在，不怕没柴烧，多多保重。"

没等王维回过神来，牢门已经轰然关上。黑黢黢的牢门，虽然关住了王维的人，却关不住王维的心。

如果说"凝碧池头奏管弦"是对雷海青的深切哀悼，那么，"百官何日再朝天"就是对大唐的热切期盼。无论大唐遭遇多少艰难困苦，他的心，始终和大唐同在！

王维托付给裴迪的两首诗，裴迪谨记在心。一走出菩提寺，他就凭记忆誊写在了细麻纸上，为第一首诗取名为《菩提寺禁裴迪来相看说逆贼等凝碧池上作音乐供奉人等举声便一时泪下私成口号诵示裴迪》，为第二首诗取名为《菩提寺禁口号又示裴迪》。他想在题目中告诉世人，王维是在什么情况下写这些诗的。

裴迪赶回长安后，将这两首诗秘密传抄。渐渐地，街头巷尾纷纷传唱起了"万户伤心生野烟，百官何日再朝天"。

特别是唱到"再朝天"三个字时，受尽叛军暴行的长安百姓无不默默流泪。他们热切期盼大唐天子早日将叛军驱逐出城，带领百姓重回那个繁花似锦的大唐盛世。

这日，李隆基一行抵达河池郡，过了河池郡就入蜀了。正当李隆基长长舒了口气时，太子李亨派人求见。

原来，李亨已于7月12日在灵武（今宁夏灵武）自立为帝，改年号为至德，将756年定为至德元年，并推尊李隆基为太上皇。

李隆基面无表情地看着李亨派来的使者，沉默不语，好半响后，才淡淡地说了三个字："知道了。"

当使者退下后，李隆基屏退左右，放眼望去，只见眼前群峰绵亘，古木森森，滚滚河水奔腾着流向远方，有一种道不尽的苍茫与悲凉。

算起来，从712年登基为帝，到如今已经整整四十四个年头了。四十四年来，他一直处在权力的巅峰。权力是一把一旦开弓就无法回头的箭，一个拥有过至高无上权力的人，注定再也回不到从前。

见李隆基久久沉默不语，陈玄礼心思急转，将禁军人马兵分六路，派其中一路担任前锋，速速通知剑南的地方官员前来接驾。

两天后，剑南节度副使崔圆带着丰盛的粮食和人马前来迎驾。

崔圆出生于705年，字有裕，出身清河崔氏，是北魏时期的左仆射崔亮的八世孙。

李隆基这才一扫脸上的阴霾，当即将崔圆擢升为剑南节度使、中书侍郎、同平章事，连升数级，官至宰相。

闲谈中，崔圆向李隆基提到了雷海青的惨案以及王维为哀悼雷海青而写的那首诗。

崔圆告诉李隆基这些，是想宽慰李隆基，虽然陈希烈等臣子投降安禄山了，但像王维这样的臣子、雷海青这样的乐工，却是一心向着大唐的！放眼望去，毕竟是忠于大唐的多，投降大燕的少，大唐完全有信心收复失地，重振雄风。

李隆基自然明白崔圆的一番苦心，不过，让他唏嘘不已的是，在长安沦陷的关键时刻、在雷海青被安禄山处以极刑之后，那个挺身而出、无畏发声的人，竟是一直不受他待见的王维！

或许，在王维刚入朝廷担任太乐丞时，他对王维是有过欣赏的。毕竟，他是一个不可多得的音乐天才，就像一颗夜空中璀璨的星，想不引人注意都难！

但是，后来为何就不待见他了呢？是因为他和岐王走得太近，发生了"黄狮子舞"一案？是因为他一次一次拒绝玉真公主，践踏了皇家脸面？还是因为他动辄辞官，身上始终有一种不远不近的疏离和寡淡，让人觉得他内心并不真正认同朝廷以及他这个大唐天子……

好像都是，好像又都不是，就像星光渐渐黯淡了下去，终于模糊一片，再也看不清楚。

李隆基在心底叹了口气，久久注视着洛阳方向，感慨万千道："从贼之臣，毁谤朝廷，如陈琳之檄曹操者多矣。王维、雷海青等忠烈之士，虽身陷敌营，却一心向唐，可歌可叹。"

在崔圆的护送引导下，李隆基一行进入蜀中。虽然蜀道险峻艰难，但因为没了追兵的威胁和断粮的困扰，禁军官兵无不松了口气。在官兵眼里，原本险峻艰难的蜀道也变得风光无限。

然而，对于李隆基来说，沿途风光都是虚设。每每想起沦陷的两京、亡故的爱妃以及自立为帝的李亨，他心里就一片空茫。除了一声接一声的叹息，别无他法。

第一百零七章　被迫投降　慷慨从军

转眼之间，重阳节就到了。

这一回，安禄山并未像之前两次那样派严庄来菩提寺看王维，而是命人将王维带到了紫微城乾阳殿。

对安禄山来说，这是他最后一次给王维生的机会。对王维来说，他却压根儿就不想要有生的机会。

当王维被人推搡着走进乾阳殿时，来不及站稳，就被人从后面推了一把，脚下一个不稳，就"扑通"一声跪在了安禄山面前。

乾阳殿里一片死寂，一旁的李猪儿暗暗为王维捏了把冷汗，但愿王维能学聪明一些，千万不要再惹安禄山生气才好。

"听说那个姓雷的死了，你很是不平，还为他写了首诗来着？可有此事？"安禄山的声音本就粗犷，此刻故意压低了声音，愈发声如闷雷。

王维抬起头来，目光并不躲避，点了点头："确有此事。"

安禄山懒懒地倚靠在大迎枕上，堆满横肉的脸上透出一股杀气："朕倒是好奇，那些从长安来的乐工，谁会成为下一个姓雷的？到那时候，你又会为他写一首怎样的诗？"

刹那间，王维仿佛听到了雷海青的恸哭声和惨叫声，一股寒意从脚底直冲头顶，让人不寒而栗。

"海青何罪之有？乐工何罪之有？滥杀无辜，天理难容！"王维只觉得全身血液都往上涌，虽然明知他这样义愤填膺的抗议不仅救不了乐工，还会让自己不得好死，但既然注定难逃一死，何不将心中的愤懑一吐为快！

这一生，他似乎一直在隐忍，在犹豫，在退让，到了这生命的最后关头，他终于可以不管不顾了！

"大胆王维，竟敢在皇上面前口出狂言！来人，将王维拖下去！"王维话音刚落，严庄心头一惊，见势不妙，忙趁安禄山发怒前率先发令道。

"且慢！"不料，安禄山却一反常态，脸上似乎并无怒色，盯着王维慢慢道来，"如果你真心疼这些乐工，你就答应了朕。否则，你一日不答应，朕就一日找一个，让他们到戏马殿尝尝滋味，直到你答应为止。"说完这些后，安禄山转头看了一眼严庄，"拖下去吧。"

安禄山这番话，落在王维耳里，是从未有过的触目惊心。他万万没有料到，安禄山会用这样狠毒的招数来逼他投降！

他不怕自己赴死，却无法忍受别人因他而死，且还要被处以五马分尸的极刑！他太清楚安禄山的心狠手辣，他既然这样说了，就一定会这样做。大唐已经惨死了一个雷海青，再也不能惨死第二个、第三个、第四个雷海青了！

怎么办？怎么办？此时此刻，他只觉得身子似乎已经不是自己的了，脑袋更是痛得仿佛快要炸裂！就在他将要被人拖出乾阳殿的那一刻，他痛楚地闭上眼睛，在安禄山面前跪了下来："我答应！"

当这三个字如千斤重担般脱口而出后，只听到安禄山在朝堂上哈哈笑道："这不就好了吗？回去好好准备准备，朕过几日听你弹琴。"

当王维被迫投降安禄山，并在大燕担任给事中时，玉真公主和莲儿正快马加鞭赶往青城山。

对于玉真公主来说，一路上的担惊受怕固然艰辛，但和王维的生死未卜相比，这些都不算什么了。

自从和王维分别后，玉真公主一刻都没有停止过对他的思念。他对她说的那些话，一字一句都萦绕在她耳畔。

她以为王维会很快就追上她们，但是，当她听说长安沦陷，霍国公主等李唐皇室惨遭杀戮后，她彻底绝望了。

她觉得自己似乎被劈成了两半，一半被压在千年冰封的雪山底下，被一寸一寸冻裂；一半被困在熊熊燃烧的火焰山中，被一寸一寸烧毁。如果不是王维舍身相救，如果她不曾逃出长安，霍国公主的悲惨下场，一定也是她的下场！

这晚，玉真公主彻夜难眠，好不容易睡着了，却被一个又一个噩梦惊醒。

她梦见皇兄在花萼相辉楼大宴群臣，她和王维也受邀参加。正当数百名身姿婀娜的宫女齐甩水袖，跳起曼妙的霓裳羽衣舞时，黑压压的叛军如洪水猛兽般铺天盖地席卷而来，安禄山那把泛着刺眼白光的大刀更是架在了皇兄的脖子上。

危急关头，只听空中响起一声口哨，刹那间，几百匹训练有素的舞马、犀牛、大象从四面八方齐齐冲向手握屠刀的叛军。一时间，大唐君臣和安史叛军都愣在原地，现场乱成一片。

突然，王维从混乱的人群中向她奔了过来，一把抓住她的胳膊，大声喊道："跟我来！"她惊魂未定，这才明白原来口哨是他吹响的，正想跟他一起冲出人群时，忽然，叛军的大刀朝他们砍了过来。千钧一发之际，王维用力将她推了出去，寒光一闪，他应声倒下……

"摩诘，不要！摩诘，快逃！"玉真公主大叫着从噩梦中惊醒，只觉得手脚发颤，背脊发凉。虽然这只是一个梦，但她怎不明白，现实比噩梦更可怕！她不由捂住一阵一阵绞痛的胸口，闭上眼睛，泪如雨下！

她到底还是太幼稚了，她和王维分别时，以为一定可以重逢。然而，在这乱世之中，一转身，或许就是一辈子。她和王维，或许永远不会再见了！

756年9月，李隆基一行终于抵达益州（今四川成都）。陈玄礼清点人马，随行的官兵约1300多人，宫女24人。

抵达益州后，李隆基顾不得一路疲劳，立即着手做两件事。

第一件事，在蜀郡府衙颁布罪己诏。当他读到最后一句"皆朕不明之过也"时，忍不住声音哽咽，掩面而泣。

他心里十分清楚，导致安史之乱的原因固然很多，但他一定难辞其咎。更让他悔不当初的是，叛乱爆发后，他本可以有很多机会平定叛乱，但因为他一次一次听信小人谗言，一次一次错杀良将，最终导致潼关失守，将长安拱手于人。可以说，长安的沦陷，是他一手造成的！

第二件事，承认李亨自立为帝的既成事实。虽然李亨已经在灵武自立为帝，但如果没有李隆基的传位册文，到底名不正言不顺。李隆基宣读罪己诏后，决定让贾至撰写传位册文。

贾至出生于718年，字幼邻，长乐郡信都县（今河北衡水）人。他出生于官宦世家，父亲贾曾官至中书舍人、谏议大夫、礼部侍郎。

历史总有很多巧合之处。712年，李隆基登基时的受命册文，出自贾至父亲贾曾之手。四十四年后，李隆基的传位册文，则出自贾至之手。李隆基不由感慨道："两朝盛典，出卿家父子手，可谓继美矣。"

不久，李隆基派韦见素、房琯、崔涣、贾至等人将传位册文送到灵武，正式换班交权，李隆基彻底成了太上皇。

自从王维答应投降后，安禄山就派人将王维从菩提寺接了出来，任命他为给事中，和陈希烈、张均、张垍等人同朝为官，并赐给他一座位于洛阳城最繁华的天津桥附近的宅子。

王维被迫担任伪官，自认无脸见人，每次上朝，都尽量不说话，下朝后就匆匆回家。

如果说例行上朝还可以敷衍了事，那么，为安禄山弹奏琵琶则逃无可逃。安禄山动不动就要大宴宾客，每次大宴宾客，必定要王维弹奏琵琶，且不允许他有半点推脱。每回弹奏，王维都低头示人，默然不语。

唯一让王维欣慰的是，那把镶玉琵琶又回到了他的手中。那是在一次宴会上，酒过三巡，安禄山心情大好，当场命李猪儿将这把琵琶赐给王维，哈哈大笑道："琵琶虽好，也只有到了你的手上，才能弹出天籁之曲！"

这日不用上朝，王维松了口气，在家中抄写佛经。忽然，有门童来报说，黄门侍郎韦斌请他到府上叙旧。

王维心中一沉，早在洛阳沦陷时，他便听说韦斌被叛军抓获，并在安禄山手下担任黄门侍郎（相当于副宰相）。以他对韦斌多年的了解，他深知韦斌不是贪生怕死、见利忘义之人，韦斌一定有他的苦衷。

韦斌父亲名叫韦安石，为人正直。唐睿宗复位后，韦安石不肯依附太平公主，力保当时还是太子的李隆基，深受李隆基信任。

729年，韦斌娶李隆基弟弟薛王李业的爱女平恩公主，成为李隆基的侄女婿。746年，李林甫为了扳倒太子李亨，故意诬陷太子妃韦氏的哥哥、刑部尚书韦坚。因为韦斌和韦坚是亲戚，韦斌受到牵连，被贬为巴陵太守，后为临汝太守。

当王维在朝中遇到同样担任伪官的韦斌时，不知该说什么才好。而且朝堂之上，众目睽睽，人多口杂，也不便说些什么。

今日韦斌相邀叙旧，定是有什么心里话要和他聊吧？王维当即起身前往。

当王维在门人引领下快步走进堂屋时，韦斌正想起身相迎，旁边却有一个身穿胡服的官员故意咳了一声，韦斌脸上一滞，只好苦笑着站在原地，招呼王维道："王大人，多日不见了！"声音中难掩复杂难言的愁苦情绪。

因为有胡人官员在场，王维也不能多说什么，只好客套地回了一句："不知韦大人相召所为何事？"

"今日请王大人前来，只是叙旧，并无他事。这是朝中的苟大人，王大人请坐。"说着，趁胡人官员不注意时，迅速向王维递了一个眼色。

王维会意，向苟大人点了点头，撩起袍角，散腿坐在韦斌下首。韦斌拿起酒壶，给三人都斟上了酒，起身举起酒杯道："王大人来到洛阳多日，今日还是第一次请王大人喝酒，实在是韦某的罪过。韦某自罚一杯，先干为敬。"说着，一仰脖就喝下了一杯。

韦斌并未落座，又给自己满上第二杯："人生有四喜，其中一喜便是'他乡遇故知'。韦某和王大人相知一场，这一杯，庆祝今日重逢，韦某先干为敬。"王维心头一热，也仰头喝下了一杯。

韦斌忙给王维满上一杯,又自斟了一杯,清了清嗓子,意味深长道:"王大人,大唐气数已尽,大燕取而代之,上则顺应天意,下则顺应民心。愿大人振奋精神,和韦某一起为大燕效力。"说着,又仰头喝下了第三杯酒。

韦斌一口气敬了王维三杯酒,又说了这样一番动之以情、晓之以理的话,一旁的苟大人这才露出了满意的笑容:"苟某久闻王大人盛名,今日一见,果然气度不凡,难怪皇上如此高看王大人。"

王维自从看到韦斌给他递眼色,就知道韦斌有话想对他说,因此,对于韦斌和苟大人的敬酒,他都笑着接纳了。

正当王维低头寻思时,忽然听到韦斌一迭声地道歉:"苟大人,真是对不住,都怪韦某方才贪杯,一时有些上头,连酒壶都拿不稳了。来人,快好生服侍苟大人更衣。"

原来,韦斌方才为苟大人敬酒时,故意拿不稳酒壶,将酒倒在了苟大人身上。韦斌连连道歉,苟大人虽然懊恼,但想到韦斌确实喝多了,便也不予深究,起身更衣去了。

苟大人一走,韦斌看四下无人,马上凑近王维,压低声音道:"摩诘兄,今日终于见到了你,我的心愿可以了结了。"

王维心中一紧,看着韦斌道:"不知贤弟有何心愿?"

韦斌叹了口气,删繁就简就说了他的苦衷和隐忧。

原来,安史之乱爆发时,韦斌正担任临汝(今河南汝州)太守。安禄山当时打的旗号是"诛杨相,清君侧",一些州郡官员本来就痛恨杨国忠,并不了解安禄山的真正目的,再加上府兵制已经形同虚设,所以河南河北一带迅速沦陷,临汝也不例外。

韦斌本是忠义节烈之士,被俘后拒不投降,但安禄山用他的妻儿作人质逼他投降。为保住妻儿性命,并伺机从内部瓦解叛军,韦斌决定采取权宜之计,韬光养晦,假意投降。

因韦斌是李隆基的侄女婿,又是大唐高官,安禄山就让他担任黄门侍郎,以此吸引更多大唐官员投降大燕。

不过,安禄山只信任原来的班底,根本不信任韦斌等投降的大唐官员,只把他们当作摆设,并不给予任何实权。不仅如此,安禄山还派他的心腹苟冲到韦斌身边任职,名义上是韦斌的幕僚,实际上是监视韦斌的一言一行。

韦斌一直在寻找从内部瓦解叛军的机会,却一直无从下手。当听说李隆基逃离长安，长安沦陷后，韦斌彻底陷入了绝望。他本有忠义之心，如今却背上了叛臣逆子的千古骂名。他已百口莫辩，他该怎么办？

当他看了王维写的《凝碧池》，尤其读到"百官何日更朝天"时，不由掩面恸哭。透过王维的诗，他读懂了王维的心。同样在安禄山手下担任伪官，王维和陈希烈、张均兄弟不一样。

因此，韦斌迫切想向王维倾诉他的苦衷和隐忧，以期将来大唐平定天下之日，可以让王维代他向大唐天子表明心迹。

想到这里，韦斌"扑通"一声跪在了王维面前，一脸动容道："摩诘兄，我兄长韦陟正在江南奋勇抗敌，我却身陷敌营，沦落至此，愧对列祖列宗。我身子一日不如一日，恐怕等不到逆贼枭首之日了。待天下重归大唐之时，请你叩请圣上，为我做个见证，拜托了！"说着，就向王维拜了下去。

王维忙双手扶住韦斌，含着热泪道："贤弟，切莫说这些丧气话。我相信，我们一定可以等到天下重归大唐的那一天。"

韦斌强撑着站了起来，颤颤巍巍地从怀中掏出一块玉佩，塞到王维手中道："这是平恩公主给我的信物，有朝一日，请你帮忙转交圣上。圣上看到这个，自然就明白了。"

王维含泪点了点头，紧紧握住韦斌的手："好，请放心。"

眼看苟冲快要进来了，韦斌赶紧抹去眼泪，长长叹了口气，像是喃喃自语，又像是说给王维听："身逢乱世，世事难料。千秋功过，谁人评说？"王维也在心中一声长叹，说不出一句话来。

韦斌说的兄长韦陟正在江南奋勇抗敌，和永王李璘有关。

早在756年7月，李隆基还在前往蜀中的路上时，就诏令诸皇子分领天下节度使，其中，任命李璘为山南东路、岭南、黔中、江南西路四道节度使，外加江陵郡大都督，为朝廷修筑江淮防线，防止安史之乱的战火向江南蔓延。

9月，李璘抵达江陵。江南无尽的繁华让李璘心生一念，既然他手握四道重兵，坐拥千里疆土，何不趁天下大乱，仿效东晋王朝，割据一方，划地而治！

李璘忽然想到了李白。他知道李白曾被李隆基赐金放还，知道李白素有政治抱负却苦于没有报国之门，知道李白此时隐居在庐山。于是，李璘派人去庐山请李白出山。

当李白看到李璘派来的使者时，不由又惊又喜。惊的是，他早已远离朝堂，怎么还会被永王惦记？喜的是，他一辈子都想出人头地，这回终于有机会了！

不过，李白妻子宗氏反对李白出山。打仗并非儿戏，李白此时已经五十六岁了，怎么经得起如此折腾？

李白虽然很想投奔永王，却又觉得宗氏言之有理，婉拒了使者。但永王并不死心，一次被拒，再请；两次被拒，再请。当使者第三次站在李白面前时，李白内心的防线轰然坍塌。当年刘皇叔三顾茅庐请诸葛亮出山，想不到他这辈子也有如此殊荣和待遇！什么都不说了，去！

于是，李白提笔给宗氏写下《别内赴征三首》，跟随使者投奔永王而去。

当然，无论是李隆基在益州颁布罪己诏，还是李璘在江陵修筑江淮防线，都无法从根本上扭转战局。平定叛乱的重任，最终压在了李亨身上。

当李亨历经艰难险阻抵达朔方军大本营灵武时，他就下定决心，必须调动一切可以调动的力量，早日收复两京，平定叛乱，让天下重归大唐。

李亨自立为帝后，郭子仪、李光弼等朔方军将领纷纷率兵赶到灵武。李亨任命郭子仪为兵部尚书、同中书门下平章事，兼任朔方节度使，灵武军兵力猛增。因李隆基出逃蜀中而散失了的军心、民心也有所恢复。

就在李亨思索下一步该怎么办时，和王维一起上演空城计、假装投降安禄山的京兆尹崔光远冒着生命危险逃到了灵武。

当崔光远逃出长安时，一直苦于无法离开长安的边令诚也求崔光远带走他。

原来，潼关沦陷后，李隆基终于明白自己错杀了高仙芝和封常清，后悔听信了边令诚的谗言。因此，李隆基离开长安时，并未带上边令诚，让他在长安自生自灭。

边令诚听说李亨已经自立为帝，知道李亨和李隆基长期父子不和，想着如果投奔李亨，说不定还有转机，就求崔光远带他一起投奔李亨。崔光远来不及多想，索性把他交给李亨，由李亨处置。

李亨很赞赏崔光远的有勇有谋，任命他为御史大夫兼京兆尹，派他到渭水北边招募从沦陷区逃出的人，组成军队。

听说边令诚也随崔光远逃到了灵武，李亨不由大怒："潼关失守，边令诚罪不容诛，立即斩首示众。"

边令诚一定没有想到，他还来不及在灵武好好睡上一觉，就被绑到刑场，脑袋落地！

崔光远来到灵武后，李亨和他分析长安的形势，开始紧锣密鼓地部署收复长安事宜。他要用收复长安来向父皇证明，向世人证明，他堪此重任。

对于崔光远投奔李亨、边令诚被李亨斩杀等事，远在洛阳的王维都一无所知。

不是洛阳消息不通，而是王维有意封闭了自己。

对读书人来说，"名节"二字，如同烙印一般深深刻在心里。可以辞官不做，却绝对不能背叛皇上。

这一生，他曾两度辞官，却从未料到竟然有一天会背叛皇上。虽然他和韦斌一样有难言的苦衷，但在世人看来，无论他如何自辩，他背叛大唐、投降叛贼是既成事实，无法改变。

更让王维震惊的是，和韦斌见面不到一个月，韦斌就病逝了。

他以为韦斌那天说"我恐怕等不到逆贼枭首之日了"，只是一句丧气话，没想到一语成谶。看来，韦斌知道自己将不久于人世，所以才急着要把苦衷如实相告，并将后事托付于他。

如果不是被迫投降安禄山，如果不是身心备受煎熬，如果不是忧愤郁结于心，韦斌何至于英年早逝？想到这里，王维含泪看着韦斌托付给他的玉佩，暗暗发誓："你放心，我定会信守诺言。"

第一百零八章　父子反目　兄妹重逢

转眼之间，就到了757年正月初一，安禄山定都洛阳、自立为帝满一周年了。

看着洛阳、长安两座都城都已入囊中，李隆基已逃到蜀中让出皇位，李亨组织唐军反攻长安却大败而归，安禄山越想越是痛快，传令下去，正月初一，他要在紫微城举行盛大的典礼，接受群臣朝拜，共贺大燕国祚绵长。安禄山还特地交代，让王维指挥乐工演奏气势恢宏的宫廷雅乐。

正当群臣在庄严肃穆的宫廷雅乐中依次向安禄山叩首时，安禄山却突然"哎哟"了一声，痛得从龙椅上滚了下来。原来，安禄山的疮痛又发作了，朝拜典礼只好中途而废。

安禄山的疮痛由来已久。

先是由于身体肥胖，一到夏天就全身冒汗，身上就会长出疮疖。后来由于贪恋女色，纵欲过度，全身开始长出块状毒疮，御医用了各种法子都不见好，时间久了，长疮的地方渐渐溃烂化脓。特别是臀部，疮痛发作时，痛得连坐都坐不住。

更让安禄山暴跳如雷的是，他原本就有眼疾，眼睛不大好使，自去年入秋以来，视力渐渐衰退，如今愈发看不清了，白天还能隐隐约约看到一点，一到晚上便完全看不见了！

御医说，这也和安禄山过于肥胖有关，特地叮嘱安禄山饮食清淡，戒酒戒腥，戒近女色。但安禄山哪里听得进去？美酒照喝，腥膻照吃，美女照玩，病情愈演愈烈。

安禄山本就性情暴躁，如今被病痛折磨，更是喜怒无常，动辄使用刑罚，连他身边最亲近的中书侍郎严庄和内侍李猪儿也被他的鞭棍抽打过。

严庄向安禄山奏事时，如果遇到安禄山心情不好，说话时稍有不慎，就会遭到安禄山的鞭挞。李猪儿每日都要为安禄山穿衣解带，最容易被安禄山当出气筒，非打即骂，可怜他吓得大气都不敢出。

今日在盛典上疮痛发作，安禄山火冒三丈——这帮御医是干什么的？连疮痛都治不好！正当安禄山想找一个出气筒时，安庆绪偏偏撞了上来。

安庆绪对安禄山的不满，就像安禄山身上的毒疮，越积越多，越来越深。

此刻，安庆绪来找安禄山，是知道安禄山已经几乎失明，想趁安禄山疮痛发作之际，挑明自己想当太子之意。

不过，当他刚说出"父皇定都洛阳已经一年，近来龙体欠安，儿子想替父皇分忧"时，安禄山就"啪"的一声将手中的青瓷茶盏狠狠摔了出去，"咣当"一声，茶盏应声而碎，茶水溅了一地。

"谁说老子龙体欠安了？老子身子好着呢！你这个逆子，是不是巴不得老子早点挂了，好让你来坐这把椅子？你想得美！老子今日就明明白白告诉你，只要老子在一日，你就想都别想！"

安禄山就像一个被火星瞬间点燃的爆竹，将所有怒火通通发泄在安庆绪身上。安庆绪哪里受过这样的辱骂，脸上顿时一阵红一阵白，正想扭头一走了之时，安禄山突然大喝一声："给我站住！"

然后，朝着一旁的孙孝哲怒吼："替我拿下逆子，给他吃二十鞭子，好好长点记性！"看到安禄山竟然要鞭打自己的亲生儿子，严庄心头大惊，"扑通"一声跪在安禄山面前为安庆绪求情："皇上息怒，今儿个是正月初一，是大燕国的好日子，也是皇上的好日子。打坏了晋王事小，气坏了皇上事大。如果皇上真的要晋王长记性，改日岂不更好？"

安禄山觉得严庄的话不无道理，毕竟正月初一教训儿子不是什么好兆头，这才悻悻作罢。

严庄赶紧向安庆绪递了一个眼色，安庆绪忙一溜烟逃了出去。

虽然安庆绪躲过了安禄山的鞭子，却被安禄山的话彻底寒透了心。安庆绪终于确信，安禄山压根儿就不想立他为太子。

"既然你对我如此无情，那么，就不要怪我对你不义了！"在透着寒意的月光下，安庆绪的拳头紧紧握在了一起。

和安庆绪一样对安禄山寒心的，还有严庄。都说伴君如伴虎，猛虎吃饱喝足后尚且还有温顺的时候，但安禄山却喜怒无常、暴戾恣睢，简直比猛虎还可怕！

因此，当安庆绪次日找严庄商量如何对付安禄山时，正中严庄下怀。严庄心道，如果帮助安庆绪除掉安禄山，等安庆绪登基后，他不是更容易独揽军政大权吗？于是，两人当即商定联手除掉安禄山。

不过，要想确保计划成功，还必须得到一个人的支持，那就是李猪儿。李猪儿日夜守候在安禄山身边，几乎寸步不离。安庆绪担心李猪儿对安禄山过于忠心，不会支持他们的行动，但严庄却嘿嘿笑道："你以为李猪儿就不恨他吗？对男人来说，什么最重要？当然是命根子！李猪儿的命根子毁在谁手里？你说他心头恨不恨？"果然，严庄稍加试探，李猪儿就一拍即合。

事不宜迟，三人将行动时间定在了正月初五晚上。这晚，李猪儿服侍安禄山睡下后，安庆绪和严庄悄悄来到寝宫。侍卫见是安庆绪和严庄，谁也不敢阻拦。

此时，安禄山已酣然入睡，鼾声如雷，安庆绪、严庄持刀站在帐外，李猪儿手持刺刀直接进入帐内。

面对这个自己伺候了十多年的主子，李猪儿有过那么一刻犹豫，但想到自己被安禄山残酷阉割的那一刻，顿时血往上涌，再也顾不了那么多，举起刺刀，对准安禄山的腹部狠狠捅了进去！

安禄山双目失明后，床头一直挂着一把佩刀用来防身，今日这把佩刀早已被李猪儿偷偷拿走。此时此刻，他在睡梦中突然挨了一刀后，出于本能反应，一手捂住腹部，一手急忙去床头摸刀，却哪里还摸得着？

他心头大急，摇着帐幔大声喊道："来人！杀我的是家贼！"然而，外面的侍卫早已避得远远地，谁都不会来救他了。在凄厉的喊叫声中，鲜血和肠子混在一起从腹部流出，安禄山没喊几声就断气了。

安庆绪和严庄在安禄山的床下挖了一个深坑，用毡子裹住安禄山的尸体，埋进坑中，并诫令宫中严加保密。

次日早朝时，严庄向外宣告，雄武皇帝昨晚病危，诏立晋王安庆绪为太子，从即日起，将皇位传给太子，军国大事皆由太子处理。

虽然朝廷上下对严庄这番话都将信将疑，但谁都不愿深究。说白了，安禄山也好，安庆绪也罢，不都是安家人吗？对臣子们来说，谁当皇上不都一样？而且，安禄山双目失明、疮痛发作是事实，不管安禄山是主动让出皇位还是被迫让出皇位，他确实不再适合当皇上了。

安庆绪顺利登基，改年号为载初，尊称安禄山为太上皇。几天后，宣布安禄山病逝，按太上皇的礼仪规制发丧。

安禄山去世后，投降安禄山的大唐官员心情各异。

在安禄山手下担任九品及以上官职的大唐官员约三百多人。其中，有战败投降的武将，如哥舒翰、达奚珣等；有被迫投降的文臣，如王维、郑虔等；当然，也有主动投降的，如陈希烈、张均、张垍等。

对于战败投降和俘虏投降的人来说，安禄山去世后，他们最盼望的事，就是唐军早日收复长安、洛阳；对于主动投降的人来说，他们自知无颜面对大唐，希望安庆绪能比安禄山顺应民心、体恤民情。

然而，当上了大燕皇帝的安庆绪，却让人大失所望。

安庆绪第一件事就是将沈珍珠占为己有。得到沈珍珠后，安庆绪仿佛要将他长期压抑的欲望通通释放出来，他要从沈珍珠身上索取他想要的一切快乐！

然而，欲望是一个永远无法满足的深壑。你得到的越多，你就越觉得不够。

日子一天天过去，安庆绪的心思越来越不在朝堂之上，和安禄山一样，醉心于纵酒淫乐。

安庆绪的不理朝政，正中严庄下怀。安庆绪称严庄为兄长，将他从中书侍郎擢升为御史大夫，封冯翊郡王，大小政事都委托严庄处理决定。从此，严庄独揽军政大权，大燕朝堂被严庄一手遮天。

在无穷无尽的淫乐纵欲中，安庆绪渐渐迷失了自己。他根本没有料到，他正像他父亲那样，一步一步滑向万劫不复的深渊。

当李隆基得知安禄山的消息时，距离安禄山去世已经过去了一个多月。他原本以为自己会喜极而泣、拍手称庆，甚至幸灾乐祸。但是，并没有。

在逃亡蜀中的路上，他渐渐明白，从表面上看，安禄山起兵造反是安禄山的错，但背后的症结却是他。

如果他能听信张九龄的建议，早在安禄山犯错时就军法处置；如果他不盲目听从李林甫关于多多提拔胡人将领的建议，多一些自己的思考；如果他能相信高仙芝、封常清、哥舒翰坚守潼关的建议……

太多太多的如果，只要其中任何一个如果成立，大唐就不会沦落到这一步。因此，他真正要怪的人，是自己！

而且，即使确认安禄山死于安庆绪之手，他也没有资格幸灾乐祸。因为，他并没有比安禄山好到哪里去。

如果不是陈玄礼用三千禁军拼死护卫他的安全，李亨在马嵬坡想要的可能就不只是杨国忠、杨玉环的性命了！李亨在灵武称帝时，也根本没有事先向他禀告，而只是事后知会他一声而已。这其中的意思，已经再明显不过了。

正当李隆基唉声叹气时，高力士一路小跑了过来，声音中有种久违了的惊喜："皇上，玉真公主来咯！"

虽然玉真公主早就有心理准备，但当她亲眼看到皇兄时，依然还是吃了一惊——几个月不见，皇兄的肩膀已经彻底垮了下去，目光中满是浑浊的苍凉，曾经那种英气逼人的皇家贵气，荡然无存！

她上一次进宫去看皇兄时，是得知高仙芝冤死潼关后。

那一次，任凭她在紫宸殿等了很久，皇兄却避而不见。她只想向他讨要一个说法，他却不肯见她。是没有颜面见她？还是不屑一见？无论哪一种，都让她寒了心。那个在她心里一向是非分明的皇兄，曾几何时，竟然变得如此是非不分、忠奸不辨！

后来，当皇兄带着宠妃、近臣逃离长安时，她对皇兄除了失望，还有隐隐的恨意。恨他在决定大唐生死存亡的关键时刻，弃天下于不顾，弃家人于不顾，心里除了杨家，还是杨家！

当她听说杨家兄妹死于马嵬坡时，她心里长长地舒了口气，有一种大快人心的如释重负。

不过，让她不解的是，既然皇兄口口声声说杨玉环是他最爱的女人，那么，皇兄为何不拼死护住杨玉环？贵为帝王的他，难道连一个女人都护不住吗？

撇开皇兄身为帝王背负的使命不说，单就在关键时刻对身边人的守护而言，王维无疑比皇兄更有情有义，更有气有节。

同样是长安沦陷前的千钧一发之际，王维把生的希望给了她和莲儿，把死的危险留给了自己！

皇兄爱了杨玉环几十年，王维躲了她几十年，但在关键时刻，那个爱了几十年的人，却放弃了身边人，而那个躲了几十年的人，却守护了身边人！

孰更有情？孰更有义？不是显而易见了吗？

这一生，无论他如何拒绝她，她都一直骗自己说，总有一天，他会接纳她的。然而，就在他终于接纳她时，亡国之祸仿佛一把利剑，在他俩之间生生劈出一道深不见底的鸿沟，将他俩彻底隔绝在了两岸。她在这头，他在那头，她过不去，他过不来，她已经脱离了险境，而他却生死未卜！

如果说玉真公主原本对李隆基有一些失望和恨意，那么，当她终于见到苍老憔悴的李隆基时，更多地化为了心酸。

"皇兄……"

"持盈……"

江山风雨飘摇，铁蹄过处，尘埃漫天。穿过烽火连天的岁月，跨过千山万水的距离，李隆基和玉真公主看着近在咫尺的彼此，恍如隔世。心头纵有千言万语，却哽咽着不知从何说起，抱头嘤嘤痛哭。一旁的高力士看了，也止不住抹眼泪。

不知过了多久，大家才渐渐平静了下来。死者已逝，生者戚戚，失去杨玉环的李隆基，和失去王维的玉真公主，内心的痛苦一般无二。只不过，玉真公主知道皇兄的痛，李隆基却未必知道玉真公主的痛。

自从杨玉环去世后，李隆基连一个能说贴心话的人都没有，如今在玉真公主面前，终于可以一吐为快。他从抵达益州后发布罪己诏、派人去灵武支援李亨说起，絮絮说了下去。

李瑁听说玉真公主来了，便过来拜见姑母。

看到李瑁的一刹那，玉真公主有些意外。国破家亡之际，李亨抛下父皇，自立为帝，反倒是当年被父皇夺走爱妻的李瑁，一路陪着父皇到了益州。

或许，随着杨玉环的去世，那根曾经梗在他们心里的芒刺终于可以拔掉了。从此，忘记那些刺心的往事，或者说假装忘记，坦然相对。看来，时间果然是最好的良药。那些曾经觉得无法忍受的痛苦，假以时日，都可以慢慢愈合。

自玉真公主来益州陪伴李隆基后，李隆基精神渐渐好了起来。加上益州的天气也一日日暖和了，李隆基决定出去走走散散。

益州城东有一座寺庙，名为大慈寺，始建于魏晋时期，初唐高僧玄奘法师就是在这里剃度出家的。

这日，李隆基想去大慈寺看看，玉真公主和高力士陪他一同前往。

一路上，看着漫山遍野的杜鹃花，玉真公主不由想起了731年春天青城山的杜鹃花。

她在梦里一遍一遍盼他归来，又一遍一遍从梦中惊醒，醒来时，早已泪流满面。

红尘浮世中的爱，大多是池上浮萍，经不起一丝风吹草动。只有经过风雨考验的爱，才能直抵人心。这样的爱，可遇不可求，一旦遇见，便是万幸。

如果命运可以让她再选一次，她一定会义无反顾地留在长安。生也好，死也罢，都不再重要，重要的是和他在一起。

然而，命运似乎给他俩打上了一个死结，这一生，无论她如何努力，都似乎解不开和他注定的离别。

她日日祈祷，希望他还活着。如果他活在世上，即便是满目疮痍，入目所见，也是处处春光；否则，即便是锦衣玉食，也是花柳失色，人间不再值得。

她早已下定决心，如果他真的死了，她也决不独活于世，她将用生命去祭奠他。虽然此生不能和他生同衾、死同穴，但至少可以用生命感谢他为她所做的一切。

正当玉真公主这样胡思乱想时，翟车忽然停了下来。她愣了一愣，忙掀起车帘向外望去，只见远远有一群衣衫褴褛的人围在一起，将大慈寺门口的大半条街挤得水泄不通，皇兄的御驾也停了下来。

高力士过去看了看究竟，气喘吁吁地向李隆基禀告说："皇上，老奴过去看了一看，原来是一个布衣僧人，名叫英干，正在布施粥饭，口中还念念有词。老奴问他念的是什么？他说他是大慈寺的住持，正在为大唐祈福，为百姓祈福，唯愿国运再清，克复疆土，收复失地，平定天下。"

听完高力士的这番话，李隆基红了眼眶。在高力士的扶持下，他颤颤巍巍地从车上走了下来。

得知皇上驾到，英干法师忙从人群中挤了过来，向李隆基恭恭敬敬行了一礼。

李隆基双手将他扶起，命高力士准备笔墨，当场御笔手书"大圣慈寺"匾额，并下令赐大慈寺良田一千亩。从此，大慈寺改名为大圣慈寺。

这日晚膳时，李隆基屏退左右，对玉真公主叹气道："今日朕为大慈寺赐名'大圣慈寺'，一则感动于英干和尚对大唐的拳拳之心，二则也是想为贵妃超度祈福，愿贵妃离苦得乐，早日往生。"说到最后一句时，李隆基的声音渐渐轻了下去，眼底的自责和痛楚，玉真公主怎会看不出来？

"皇兄，贵妃素来善解人意，一定会体谅您的。"玉真公主低头想了一想，决定说出她在心中想了许多次的话，"皇兄，我这次能活着逃出长安，要深深感谢一个人。如果没有他，我早已惨死叛军刀下了。想来您也听说了，长安沦陷之际，是王维冒险在城头弹奏琵琶，为长安百姓出逃争取到了更多时间。因此，于我而言，我这条命是他给的。我想恳求皇兄一事，不知可否？"

玉真公主一气说了下去，她早已打定主意，无论李隆基是否答应，她都必须把心中所想和盘托出。

"持盈，你想说什么就说吧。"经历过太多大风大浪后，李隆基内心似乎有了另一种平静。

"如果他还活着，无论发生什么事，看在他为长安、为我做的这些事的份上，赐他免死铁券，皇兄可能答应？"

看着玉真公主迫切焦急的目光，李隆基有些恍惚，这不知是她第几次为王维开口了？她对王维的这片痴心，足以当得起王维救她的一命之恩，她并不欠他。

只不过，在她心里，无论她为他做什么，都觉得理所当然、心甘情愿罢了。

这样想着，李隆基垮下的嘴角渐渐浮起一抹苦笑，看着持盈道："持盈，朕可以答应你，只是太子，哦，不，皇上会答应你吗？"

玉真公主点了点头，似乎早已想到了这一切，目光笃定道："日久见人心，我相信，皇上定会相信他的。"

当李隆基答应玉真公主后，玉真公主的心稍稍安定了下来。

她当然知道，王维不是贪生怕死之人，决不肯投降叛军。但叛军手段极其毒辣，王维落入叛军之手后，只有两种可能，一种是宁死不屈，一种是被迫投降。

不知王维选择前者？还是后者？

无论王维做出哪种选择，玉真公主都完全相信，这是他在当时的环境下最好的选择。

如果他宁死不屈，她会以死相随；如果她被迫投降，她就为他向李隆基和李亨求得免死铁券。如今，李隆基已经答应了，事情已经成功了一半。

第一百零九章　益州感怀　长安收复

3月，是益州最美的季节。

淅淅沥沥的几场小雨，洗净了漫天飞舞的杨花柳絮。在澄澈的碧空下，益州城明润得犹如一幅画卷。

这日，雨后天晴，春光明媚，玉真公主看李隆基一直坐在窗前发怔，便提议去锦江边走走。

当李隆基在中书侍郎崔圆陪同下缓缓登上锦江边的一座山丘，俯瞰锦江春色时，不由怔在了原地，思绪飘到了千里之外的长安城！

那是一段怎样的好时光呐！

这么多年来，每逢阳春三月，他都会带杨玉环和她的姊姊们到曲江赏春。朱雀大街上，前往曲江踏春的雕鞍骏马和油壁香车络绎不绝。波光粼粼的江面上，各色精美的画舫川流不息，画舫内琵琶声声，羯鼓阵阵，时有婀娜女子随着欢快的乐曲翩翩起舞……好一幅气象恢宏、仪态万千的盛世春游图。

曾经不明白何谓物是人非？何谓沧海桑田？何谓恍如隔世？如今，都明白了。

忽然，从锦江岸边的一处六角雕花亭子里隐隐传来如泣如诉的琵琶声。伴随着琵琶声的，是一个女子时而清丽、时而婉转、时而高亢的歌声。

当听到"三月三日天气新，长安水边多丽人"这一句时，李隆基心里不由"咯噔"一下，凝神细听了下去，只听女子继续唱道："态浓意远淑且真，肌理细腻骨肉匀。绣罗衣裳照暮春，蹙金孔雀银麒麟……"

"有裕，这首歌出自谁人之手？"李隆基眉头紧皱，转头问崔圆道。

崔圆知道这首歌出自杜甫之手，但由于歌词中暗含对杨国忠、杨玉环兄妹骄奢淫逸的讽刺之意，有些为难，思忖良久后，还是如实相告道："上皇，这首歌出自杜子美之手。"

李隆基并不知道杜甫，倒是玉真公主曾听王维提起杜甫写的"朱门酒肉臭，路有冻死骨"，评价其为"惊心动魄，振聋发聩"，因此，玉真公主转头问崔圆道："可是那个写'朱门酒肉臭，路有冻死骨'的杜子美？"

"正是。大长公主博闻强识，过目不忘，此诗正是杜子美753年春天写的《丽人行》。"崔圆忙躬身点头道。

"753年春天？"李隆基低声重复了一遍，恍然想起，那时刚好是李林甫去世、杨国忠接任宰相不久。他不再追问崔圆什么，而是一脸疲惫地坐了下来，怔怔地看着远方。玉真公主和崔圆也不再言语，在不远处坐了下来。

李隆基虽然身体大不如前，但耳朵却依然好使。方才听歌女唱歌时，更是字字句句听得分明。他越听越是心惊，每一句都说到了他的心坎上，每听一句，心里就被深深刺痛一下。

"三月三日天气新，长安水边多丽人"，说的不正是杨玉环姊妹浩浩荡荡去曲江边赏春的情景吗？

"态浓意远淑且真，肌理细腻骨肉匀"，说的不正是杨玉环姊妹的浓妆艳抹、极尽奢华吗？

"就中云幕椒房亲，赐名大国虢与秦"，说的不正是杨玉环的大姐韩国夫人、三姐虢国夫人、八姐秦国夫人吗？

"紫驼之峰出翠釜，水精之盘行素鳞"，说的不正是杨玉环姊妹在赏春宴饮时的豪阔奢侈吗？

她们在曲江边的云帐里摆设酒宴，用色泽艳丽的铜釜和水晶圆盘盛放美味佳肴，然而，面对如此名贵的山珍海味，她们却手捏犀牛角做的筷子，迟迟不夹菜，因为这些东西她们早就吃腻了……

对李隆基来说，当时他身处其中，并不觉得什么，但如今回过头去看，却感到了深深的忏悔和羞愧！

他一直以为，是他一手开创了开元盛世，是他让长安成了天下最富庶的雄城，是他让大唐百姓过上了安居乐业的生活，却压根儿没有想到，长安竟然也有"朱门酒肉臭、路有冻死骨"的悲剧！

在他看不见的地方，或者说他不屑去看的地方，一个叫杜子美的诗人替他看到了，并怀着悲天悯人的心情，用如椽大笔真实地记录了下来！

一首《丽人行》，不就是一面照妖镜吗？透过这面镜子，他照见了自己的自大、丑陋和不堪！

如果他早几年听到《丽人行》，不知会是怎样的心情？恐怕身处其中的他，并不会被一语惊醒，而是继续无动于衷吧？

人就是这样，总要等失去了很多曾经习以为常的东西后，才会珍惜并怀念曾经的拥有。对人如此，对权力如此，对万事万物莫不如此……

正当他们准备起身离开时，从亭子那边又传来了歌声。这一回，女子唱的是初唐诗人李峤写的《汾阴行》。

她从"君不见昔日西京全盛时，汾阴后土亲祭祠"唱起，及至"自从天子向秦关，玉辇金车不复还"时，李隆基不由自主想到了自己。

汉武帝当年巡幸河东（今山西西南一带），是汉朝国力走向极盛之时；而他的巡幸蜀中，却是大唐面临亡国之时。同样是封禅泰山的天子，他本以为自己和汉武帝不相上下，但如今看来，孰高孰低？孰成孰败？答案早已浮现。

待情绪平缓下来后，李隆基转头看着崔圆，目光中有种久违了的亮光："有裕，你明日便动身前往灵武，助皇上早日收复两京！"

此时的王维，并不知道李隆基和李亨如何收复两京，他只知道，安禄山死了，大唐有希望了！

在安禄山的暴力统治下，王维以为自己此生再也没有机会离开洛阳了，但安禄山死后，王维仿佛在漫漫黑夜中看到了一丝光亮。特别是看到安庆绪登基后只顾荒淫享乐后，更是对唐军收复洛阳充满了信心！

不过，一个问题很快掠过他的心头，如果唐军收复了洛阳，像他这样背叛了大唐的臣子，还有颜面对大唐吗？大唐还容得下他吗？即使容得下，他又该如何自处？

这样想着，心情便渐渐沉重了起来。夜风吹来，透着丝丝凉意。四周一片寂寥，除了庭中枝头上的燕雀偶尔被惊起时发出的鸣叫声，再无其他声响。

王维披衣起床，手抚案几上已经发黄卷边的《史记》，思绪仿佛穿越到了司马迁生活的那个年代。

对于司马迁，王维有一种发自内心的敬意。

公元前 145 年，司马迁出生于龙门（今陕西韩城）。其父司马谈，担任太史令，立志撰写一部通史。公元前 110 年，司马谈弥留之际，嘱咐司马迁道："我毕生的心愿是写出一部通史，你一定要替我完成这个愿望！"

公元前 108 年，司马迁子承父业，担任太史令，开始着手撰写《太史公书》（后来被称为《史记》）。然而，就在他埋头写作时，上天出其不意给了他致命的一击。他因替西汉名将李陵败降之事仗义执言而触怒汉武帝，遭受惨无人道的宫刑。

士可杀，不可辱。对司马迁来说，与其这样受辱，不如痛快死去。然而，在生命的至暗时刻，他想到了父亲的重托，想到了未竟的使命。最后，他决定忍辱偷生，用余生写完《史记》。

让王维唏嘘落泪的是司马迁写给好友任安的一封信。信中，司马迁诉说了他的光明磊落之志、愤激不平之气和曲肠九回之情："人固有一死，或重于泰山，或轻于鸿毛，用之所趋异也。"

看惯了彩霞的人，往往看不到彩霞背后的电闪雷鸣。或许，为了让司马迁写出不一般的史书，命运注定要让他历此一劫。这场劫难，对司马迁来说，是生不如死，但对《史记》来说，却是凤凰涅槃。

从此，司马迁眼里看到的不再是彩霞一般的四海升平，而是背后更深刻的东西。比如，帝制的残暴，皇权的专制，人性的丑恶……

最终，他坚持了十四年时间，写出了这部"究天人之际，通古今之变，成一家之言"的史书，照亮了人心，照亮了人性，照亮了历史的星空，注定会成为千古绝唱。

从司马迁身上，王维不由想到，古往今来，有多少文臣忍辱负重？有多少武将蒙冤不悔？和司马迁遭遇的忍辱负重、李陵遭遇的蒙冤不悔相比，他如今这点遭遇，又算得了什么呢？

想到这里，王维放下《史记》，起身踱到窗前，抬头仰望天上一轮明月。如果可以回到过去，他最想去的就是那个有司马迁和李陵的时代。不为别的，只为他们和他是同一类人，他们可以懂得彼此，互为知己！

得知安禄山死掉后，最为振奋之人，无疑是李亨。

自从房琯 756 年 10 月率领唐军在陈涛斜（今陕西咸阳东）铩羽而归后，李亨愁眉不展，唐军损失大半，没有足够的力量收复长安，他该怎么办？在他迷茫之际，他遇到了曾经的谋士李泌。

李泌出生于722年，字长源，出身于辽东襄平（今辽宁辽阳北），自幼聪颖，有神童之誉。李泌精通《易经》，曾游历嵩山、华山、终南山等名山，寻访神仙不死之术。

751年，李隆基召李泌入朝讲授《道德经》，并任命他为待诏翰林，供奉东宫，陪太子李亨读书。

但是，因为李泌看不惯杨国忠的飞扬跋扈，忍不住写诗讽刺他的行径。杨国忠怀恨在心，向李隆基诬告李泌写诗讽刺朝政。753年春天，李泌辞官归隐。

如今，听说李亨在灵武即位后，李泌决定出山，助李亨一臂之力。

李亨问计于李泌，李泌分析天下大势和成败关键。他认为，安史叛军是胸无大志的乌合之众，只会烧杀劫掠、贪图享乐，无意问鼎天下。李亨深以为然，封李泌为金紫光禄大夫，任命他为儿子广平王李豫的行军司马。

757年2月，听说安禄山意外死亡后，李亨大喜过望，立即和李泌商议剿灭叛军，李泌提出了"挫其锐、解其纷"的战略。

简而言之，就是让唐军大将郭子仪、李光弼等对长安、太原、范阳等地发起反攻，使叛军不得不拉长战线，北守范阳，西救长安，奔命数千里，劳损其精兵。唐军再将各路兵马齐聚扶风，以逸待劳，与朔方军共同平定叛军。

受够了叛军暴行的大唐百姓们，翘首以待唐军早日到来。这一天，应该不远了！

除了安禄山死去的消息外，让李亨如释重负的，还有永王李璘的去世。

李璘想仿效东晋王朝割据一方、划江而治的野心，很快就被李亨知道了。李璘知道李亨不会放过他，决定先下手为强，正式扯起反叛的大旗，出兵大举东进。

身为李璘的幕僚，李白被李璘的激情深深感染，在军中提笔挥毫，写下了十一首赞美李璘的《永王东巡歌》，为李璘东征吹响嘹亮的号角。

或许，自始至终，李白都相信李璘所作所为是为了平定叛乱；或许，李白虽然看出了李璘的野心，却并不觉得李璘有什么错。在他看来，李璘也是李隆基的儿子，也是皇家血脉，李亨也好，李璘也罢，无论谁当皇帝，不都是李家天下吗？

因此，对李白而言，李璘的真实目的并不重要，重要的是，因为遇到了李璘，他才可以扬眉吐气、一展身手。他要倾其所有，将他对李璘知遇之恩的感激倾注笔端。他要以笔为戈，为李璘效力，为大唐效力。

得知李璘反叛后，李隆基大怒，立即下诏将李璘废为庶人。李亨忙任命高适为淮南节度使，来瑱为淮南西道节度使，派他俩与江东节度使韦陟（韦斌的哥哥）共同对付李璘。

756年12月，高适、来瑱与韦陟会合于安陆（今湖北安陆），结盟誓师讨伐李璘，给李璘来了个措手不及。

757年12月，淮南采访使李成式带领三千广陵兵到达李璘所在的瓜洲，在城墙上插满旗帜，举行大阅兵。

李璘隔江看到对岸人头攒动，旗帜遮天，一时有些慌了手脚。当天晚上，唐军又点起无数火把，李璘以为朝廷大军已经渡江而来，吓得连夜逃跑。

江西采访使皇甫侁率军追上李璘，和李璘残部激战于大庾岭，李璘中箭而亡。

或许，李璘到死都没有明白，江南虽好，终非囊中之物。和他的野心相比，他的实力到底单薄了些，最后断送了卿卿性命。

李璘死后，他的手下都落入唐军之手，包括李白。

无论李白如何辩解，一切都是徒劳。别的不说，他亲笔写下的十一首《永王东巡歌》，就是最好的罪证。

李白在浔阳入狱后，回首这一年来的际遇，仿佛飞蛾扑火。在最初的最初，他以为生命会因之而绚烂，但到最后的最后，却发现原来只是一场生命的闹剧，且因此惹来杀身之祸。

得知李璘中箭而亡后，李隆基只觉得自己仿佛也被箭捅了一下，虽然知道这一切是李璘咎由自取，但毕竟是自己的儿子。不过，他更明白，面对这纷纷扰扰的一切，他早已无权过问、无力干涉。他能做的，就是等待李亨早日收复两京，等待李亨早日迎接他回到长安。当然，前提是如果李亨愿意的话。

平定了李璘的谋反后，李亨加快了收复长安、洛阳的步伐。

757年2月，李亨派遣仆固怀恩出使回纥，向回纥借兵。仆固怀恩是铁勒族人，出生于金微都督府（今蒙古国肯特省），骁勇善战。安史之乱爆发后，跟随郭子仪入关作战，任朔方军左武锋使，屡立战功。

回纥答应了，条件是让李亨将宁国公主嫁给回纥昆伽阙可汗，将仆固怀恩的女儿嫁给昆伽阙可汗的儿子，李亨答应了。

盛夏过后，李亨加紧了对安史叛军总攻的准备与部署。

8月，昆伽阙可汗信守诺言，派出三千骑兵支援唐军。

9月，李亨任命广平王李豫为天下兵马大元帅，郭子仪为天下兵马副元帅兼朔方、陇右、河西三镇节度使，负责军事指挥。

为让回纥死心塌地为大唐效力，李亨与回纥可汗约定，攻克两京以后，两京的土地、士庶归大唐，金帛、美女归回纥。李亨还让李豫和回纥太子叶护结为兄弟。

9月，李亨命李豫与郭子仪为中军、李嗣业为前军、王思礼为后军，集合朔方、安西、回纥、南蛮、大食等部兵力，号称二十万大军，从凤翔出发，讨伐叛军，收复两京。

唐军二十万兵力到达长安城西，驻兵于香积寺附近。叛军十万兵力驻扎在唐军北面。

叛军将领李归仁带兵来战，唐军大将李嗣业横握长刀，大喝一声"冲啊"，唐军将士无不手执长刀，奋不顾身向前冲去。

叛军在战场东面埋伏了骑兵，想从后面袭击唐军。仆固怀恩识破叛军计谋，率领回纥军，一举消灭伏兵。紧接着，李嗣业又与回纥军杀到叛军阵后，与正面的唐军一起夹击叛军。叛军猝不及防，全线溃败。

这场战争从午时一直打到酉时，唐军斩杀叛军六万人，俘虏叛军两万人，很多叛军逃跑时掉入沟堑，尸体堆积如山。叛军大败，唐军一战收复长安！

叛军将领李归仁、安守忠等人率残部连夜弃城而逃，退守陕郡（今河南陕州区）。

回纥太子叶护大喜，打算次日按约定进城抢掠，李豫忙劝阻叶护说："现在刚收复了长安，如果大肆抢掠，那么洛阳百姓就会为叛军死守，不妨到洛阳后再履行约定。"叶护觉得李豫言之有理，点头答应。

叶护与仆固怀恩率领回纥、西域的军队从长安城南经过，扎营于城外。李豫带领朔方军进入长安，长安百姓无不夹道欢呼悲泣："没想到今日又能见到官军！广平王不愧是华夷之主！"

李亨听说李豫一举收复长安后，也由衷感叹："朕不如广平王！"

李豫在长安镇守安抚三天后，率领大军向东进发。他的下一个目标是，收复洛阳。

第一百一十章　劫后重生　全力以赴

对李豫来说，收复洛阳有着不同寻常的意义。因为，当他带着儿子李适随祖父李隆基逃离长安时，他的妻子沈珍珠却被留在了长安。

长安沦陷后，李唐皇室大多惨死叛军刀下，而年轻貌美的王妃、宫女则被大批大批抓到了洛阳。

逃亡路上，每当想到沈珍珠，思念和自责就如洪水猛兽一般狠狠撕咬着李豫的心。

他下定决心，无论付出多大代价，一定要找到她！

唐军收复长安后，沉浸在温柔乡中的安庆绪这才急了，派严庄率领十万兵马，前往陕郡支援李归仁、安守忠，共同抵抗唐军。

然而，自从安禄山死后，叛军内部早已人心涣散。严庄虽然带了十万兵马前去救急，真实的战斗力却不容乐观。

唐军抵达陕郡后，采用梯次配置，两面夹击的战术。郭子仪率朔方军攻击叛军正面，李嗣业率回纥军攻击叛军后方。尘土飞扬中，铺天盖地的弓箭齐齐射向叛军，叛军顿时乱了阵脚，一边喊着"回纥来了"，一边四处乱窜。

毫无悬念的，叛军大败，尸体漫山遍野，严庄仓皇逃回洛阳。

当严庄向安庆绪报告长安、陕郡已相继被唐军攻克的消息时，安庆绪这才傻了眼。他一直天真地以为，严庄无所不能，大燕国只要有严庄在，他就可以高枕无忧，当他的安乐王。

安庆绪还没想好该如何应战，唐军就集结了几十万兵力，一举攻破洛阳。

安庆绪知道败局已定，只好退守相州（今河南安阳）。临行前，严庄建议安庆绪将哥舒翰、程千里等三十余名被俘唐将全部杀害。可怜哥舒翰一代名将，自潼关失守后忍辱偷生了一年多，不料到头来死得如此窝囊。不过，大唐朝廷没有忘记哥舒翰开疆拓土的功劳，追赠太尉，谥号"武愍"。

严庄以善后为由，让安庆绪带领三千步兵、三百骑兵先行离开洛阳。

严庄表面上是把生的机会让给安庆绪，其实，他有他的小算盘。

他清楚地明白，安禄山死后，安史叛军气数已尽，大燕王朝大势已去，跟着安庆绪逃亡相州是死路一条。不如调转枪头，投降大唐，说不定还能留下一条活路。

于是，严庄带着妻子薛氏主动去见李豫和郭子仪，表达了他想要投降大唐的意愿，并请求李豫赐他免死铁券。

李豫和郭子仪知道严庄在大燕的地位和分量，如果严庄投降，叛军的抵抗意志就会大大减弱，于是答应了严庄的条件。

回纥太子叶护迫不及待要求李豫实现诺言。李豫无法，只好默许回纥军在洛阳劫掠三天。洛阳百姓敢怒不敢言，只盼着回纥军早日离开洛阳。

最后，李豫再拿出一万匹罗锦送给回纥，让回纥提前停止劫掠。

回纥撤军后，李豫立即带人前往紫微宫。因为，严庄告诉他，自去年7月以来，沈珍珠就被软禁在紫微宫里。

"珍珠，你受苦了！我来救你了！"经受了四百多个日日夜夜的煎熬，李豫终于要见到他心心念念的爱妻了。

经过一番周折，李豫终于在紫微宫的掖庭找到了失散一年多的沈珍珠。

虽然李豫想象过无数次夫妻重逢时的情景，但当他亲眼看到原本明眸善睐、神采飞扬的爱妻，如今却形容枯槁、目光呆滞、蜷缩在黑暗潮湿的屋角时，只觉得心里刀割般钻心地痛，一把搂住沈珍珠痛哭道："珍珠，是我啊！是你的李豫啊！你受苦了，我这就带你离开这里！"

自从安禄山死后，沈珍珠就被安庆绪强行占有。不过，安庆绪也是喜新厌旧之人，得不到沈珍珠时一味想占有她，得到之后也就不过如此，尤其看到沈珍珠终日以泪洗面，从无笑脸相迎，渐渐地便也烦了，索性将她关押在掖庭，终日见不到阳光。

安庆绪以为沈珍珠会向他讨饶，真心委身于他，但沈珍珠宁愿饿死，也不肯被安庆绪蹂躏。时间久了，安庆绪便也想不起她了，任她在这里自生自灭。

沈珍珠曾千百次想要结束生命，但一想到丈夫和儿子，心头便存着一丝念想。她坚信，李家一定会收复天下，她要努力活着，等到这一天！

此时此刻，当她猝不及防被李豫拥入怀中时，她以为这又是一个她做了千百次的梦。她无数次梦见李豫来救她了，每一次，她都以为是真的，但每一次醒来，李豫就消失了！

"殿下，真的是你吗？"听着从李豫胸口传来的有力的心跳声，她渐渐有了几分真实感，缓缓抬起头来，不敢置信地看着李豫，怯生生地问道。

"是的，是我！珍珠，这辈子，我千不该，万不该，不该把你留在长安，珍珠……"李豫情难自已，哽咽着说不出话来。

看着眼前满脸灰尘、变黑变瘦了的李豫，她这才确认，这一回终于不再是做梦。刹那间，

她忍不住"哇"的一声哭了出来，喜极而泣道："殿下，我以为我再也见不到殿下了！"

当李豫和沈珍珠沉浸在久别重逢的喜悦中时，以陈希烈为首的曾在大燕朝廷担任伪官的三百多名大唐官员正在前往长安的路上，王维也在其中。

秋风萧瑟，寒意瘆人，王维低头看了看手上沉重的枷锁，抬头看向远方，心中一片空茫。

自从安禄山去世后，他就一心盼望唐军早日收复两京，早日结束这场浩劫。但他不得不面对一个问题，那就是——如果唐军收复了两京，像他这样投降了叛军的臣子，还能再被大唐接受吗？

虽然他是被迫投降，但古往今来，在任何一个统治者眼里，宁死不屈才是忠臣，被迫投降就是变节。一个变节臣子的下场，似乎已经注定了。

果然，当唐军收复洛阳后，李豫冷冷地看了一眼以陈希烈为首的跪在他面前悲泣请罪的臣子，脸上辨不出任何情绪，只是不动声色地下令，将他们押往长安，等候发落。

此刻，他想起了韦斌的托付以及拜托他送呈皇上的信物，他深知玉佩对韦斌的意义，深知名誉对韦斌的意义。

既然答应了韦斌，那么，无论希望多么渺茫，他都要想尽一切办法，将玉佩交到皇上面前。

"身逢乱世，世事难料。千秋功过，谁人评说？"囚车颠簸，尘土飞扬，王维闭上眼睛，在心中一声长叹。

当王维从长安押往洛阳时，李隆基和玉真公主也正在从益州赶回长安的路上。

经过蜀中剑门关时，李隆基想到了去年初秋从长安逃难经过这里时的情景，感慨万千，当场写了一首题为《幸蜀西至剑门》的诗。

在李隆基笔下，剑门山高耸入云，险峻无比，山峰如翠色屏风，石壁如红色屏障，一派大好风光。不过，他的点睛之笔是最后一句"乘时方在德，嗟尔勒铭才"。经历了这么多事后，他不得不承认，治理国家应该顺应时势，施行仁德之政。

剑州刺史贾深看到李隆基这首题诗后，如获至宝，立即派人将此诗勒在剑门关的巨石上，作为大唐中兴盛事，让世人知晓。

王维比玉真公主早一步回到了长安，还没来得及回道政坊家中看上一眼，便被投入了大理寺的监狱。

李亨将如何处置陈希烈等伪官一事，交到了中书侍郎李岘、兵部侍郎吕諲手中，并任命御史中丞崔器、刑部侍郎韩择木、大理寺卿严向为三司使，协助李岘、吕諲处理此事。

崔器对下苛刻，对上却善于揣摩圣意。他猜想李亨想要严惩伪官，再加上吕諲也赞成严惩伪官，就上奏称："凡是投降贼寇的官员，一律处死。"

李亨确实想要严惩伪官，警戒天下，崔器的上奏正合他意。不过，中书侍郎李岘却站了出来，坚决反对崔器的主张。

李岘是唐太宗李世民的玄孙、吴王李恪的曾孙、信安郡王李祎的第三子，以门荫入仕，知人善任。

李岘也向李亨上了一份奏书："人有首恶和从犯之分，事有轻重和恶劣之别。如果一律处死，恐怕有违陛下宽宏大量之深义，此其一；三百多人中，有的是陛下亲戚，有的是勋旧子孙，有的是有功之人，如果一律处死，恐怕有违陛下爱民如子之本意；古代贤明的君主用刑，只是杀掉首恶，胁从不问，何况河北残余的敌人尚未平定，官吏多被贼人拘限，若能宽大处理，正好稳定人心；若是一律处死，谁还敢改过自新、归顺大唐呢？"

听了李岘这番语重心长的话，李亨觉得不无道理，问李岘道："依爱卿看来，如何处置更为妥当？"

李岘松了口气，定了定神，向李亨娓娓道来："微臣以为，可按情节之轻重，分六等定罪：第一等，罪大恶极的，刑之于市；第二等，赐其自尽，可保全尸；第三等，重杖一百，可保性命；第四等，流放；第五等和第六等，贬谪，请陛下裁夺。"

李岘话音刚落，吕諲便上前一步道："陛下，微臣倒是觉得，崔器所言不无道理。为人臣子者，必将'敬'、'忠'二字牢记心头。若是对投降叛贼之人宽大处理，那么，忠于大唐之人会作何想？还请陛下三思。"

李亨叹了口气，伸手扶额，想到还要谋划剿灭安庆绪的残余势力，不由有些心烦意乱，挥了挥手道："兹事体大，你们再琢磨琢磨，改日再议。"

经过一番激烈争论，考虑到宽大处理有利于稳定人心，李亨最终采纳了李岘的建议。其中，兵败被俘的河南尹达奚珣等十八人被判一等罪，在西市独柳树下行刑；陈希烈等七人被判二等罪，在大理寺赐饮毒酒。处理完一等、二等罪人后，剩下的两百多人，则面临着或被杖责或被流放或被贬谪的命运。

对于被关押在狱中的王维来说，他的性命虽然保住了，但他答应韦斌之事，似乎希望渺茫，他该怎么办？

在他最迷茫的时候，王缙和玉真公主正在想方设法救他。

安史之乱爆发后，王缙从兵部员外郎调任太原府少尹，辅佐太原府尹李光弼共同防守太原这一大唐龙兴之地。

756年秋天，裴迪将王维的两首诗誊抄好后，第一时间寄给了远在太原的王缙，并告诉王缙，这两首诗是王维在洛阳狱中所写。

王缙看到大哥的两首诗后，恨不得马上赶到洛阳去救大哥。但是，身为太原府少尹，他要保卫太原，暂时无法脱身。

他感动于大哥在诗中的拳拳报国之心，将"万户伤心生野烟，百官何日再朝天"在军中广泛流传，让将士们从诗中提振士气、奋勇杀敌。

当李亨也辗转听说这首诗，并得知这首诗出自太原府少尹王缙的大哥、如今正身陷敌营的王维之手时，不由对王维和王缙都有了几分好感。

紧接着爆发的757年正月的那场大战，让李亨对王缙的好感迅速升级。

757年正月，史思明发兵十万进攻太原，企图在占领太原后，通过北道攻打李亨所在的灵武。因此，如果太原失守，灵武必定告急。

危急关头，李光弼和王缙拿出了破釜沉舟的决心，用手中仅有的一万多人，硬是以少胜多、以弱胜强，取得了太原保卫战的完胜，李光弼和王缙功不可没。

李亨大喜过望，擢升李光弼为司空兼兵部尚书，封爵魏国公，任命王缙为太原府少尹兼刑部侍郎。不久，李亨看王缙长于文墨、谈吐不凡，再次提拔他为国子祭酒。

虽然王缙一路平步青云，但他心里一直担心大哥。不知大哥身陷敌营，是安是危？直到李豫收复两京，王缙跟随李亨回到长安后，才在投降大燕的伪官名单中赫然看到了大哥的名字！

从这一刻起，他下定决心，无论付出多大代价，都要保全大哥的性命。

757年12月，在李亨派去的内侍啖廷瑶的陪同下，李隆基回到了阔别一年半的长安。

当李隆基缓缓走下车驾时，李亨上前一步，向李隆基恭恭敬敬地行了一个大礼。李隆基颤颤巍巍向前一步，扶李亨起身。父子重逢，心头各有百般滋味，无不红了眼眶，嘤嘤啜泣。

对于李隆基来说，这过去的一年半，是一场深不见底的噩梦。

在这场噩梦中，他失去了至高无上的权力，失去了至死不渝的爱情，失去了他赖以安身立命的一切一切……

不对，这岂止是一场噩梦？噩梦再是可怕，到底只是一场梦而已。梦醒时分，什么都没有变。而他醒来后，却是彻彻底底失去了。皇位也好，爱妃也罢，通通一去不复返了。

回到长安后，李亨将李隆基安置在兴庆宫内，让陈玄礼、高力士等人继续伺候，另有一些旧时宫女、梨园弟子陪他解闷。

李隆基不再过问任何政事，在兴庆宫了此余生。

在一个又一个百无聊赖日子里，他徘徊在兴庆宫的太液池畔、沉香亭边，思念长眠在马嵬坡下的佳人。

最危急的时刻过去了，他已经安全了，而她却已经香消玉殒了。

当李隆基情不自禁地思念杨玉环时，玉真公主则忙着打听王维下落。

这日，当清风一路小跑冲进玉真观，告诉她王维被关押在大理寺时，正在堂屋来回踱步的她，只觉得一年多来始终绷着的身子和悬着的心，终于可以复归原位。

她不知道自己是该哭还是该笑，只觉得笑中有泪，泪中有笑，偌大的堂屋里，久久回荡着她一个人的笑声、一个人的哭声……

谢天谢地，王维还活着，王维还活着！在这烽火连天的乱世，人命贱如蝼蚁，每个人都有千百种可能死去。活着，是多么多么不易！

在一个人的笑声和哭声中,她将脸深深埋在自己的手心,任喜悦的泪水透过指缝,一滴一滴落在青砖上。心里,是恍如隔世的喜悦。她要马上进宫,向李亨求情,救王维出狱。她要告诉李亨,即使王维投降叛贼有一万个错,但凭王维在长安沦陷之际用空城计救了她一命,就足以抵销他身上所有的错!

长安城的夜色犹如砚台里的陈墨,厚重得化不开。玉真公主在黑夜中辗转难眠,她明白,所有人的坚强,都是柔软生的茧。越是在孤立无援的时刻,她越要坚强。

次日清晨,天刚蒙蒙亮,玉真公主正准备让人备车进宫时,薛王李业的女儿、韦斌的妻子平恩公主忽然来访。

"平恩拜见姑姑。"平恩公主裹着寒风冲了进来,快步走到玉真公主面前,叫了一声"姑姑"后,就哽咽着说不出话来。

"好孩子,不哭了,没事了,快起来说话。"玉真公主双手扶起平恩公主,拉她到烧了火盆的便榻边坐下。

平恩公主好不容易才平复心情,哽咽道:"姑姑,韦君一生正直,但却为了保全我和孩子,不得不投降逆贼,忍辱偷生。他一直想找机会投奔太上皇和皇上,无奈插翅难飞,最后忧愤成疾,不治而亡。韦君说,他死不足惜,却痛心因晚节不保而连累家人,且背上千古骂名。他担心亲人之词不足为信,特地将我送他的玉佩托付给了王大人,请王大人为他作个见证。可惜王大人如今被关押在长安的大牢里,无法觐见皇上。皇上一直敬重姑姑,我想恳请姑姑出面,在皇上面前为韦君说一句公道话,拜托姑姑了……"平恩公主说着又抽抽搭搭哭了起来。

当玉真公主听到"王大人"时,心里不由"咯噔"一下,好不容易听平恩公主说完,忙急急追问道:"你说的王大人,可是王摩诘?"

"正是呢,不知姑姑如何得知?"平恩公主心头一跳,忙拭去眼泪,怔怔地看着玉真公主。

玉真公主来不及回答平恩公主,就起身朝门外扬声道:"备车进宫。"然后,拍了拍平恩公主的手,眼中闪烁着惊喜的泪花:"好孩子,谢谢你告诉姑姑这些,姑姑这就进宫去见皇上。"

"多谢姑姑鼎力相救。"平恩公主简直不敢相信自己的耳朵,忙向玉真公主行了一个大礼,感激之情溢于言表。

玉真公主点了点头,披上清风递过来的银红斗篷,脚底不知不觉加快了步子,仿佛再也不愿浪费一分一秒。

第一百一十一章　动之以情　晓之以理

当玉真公主赶到大明宫紫宸殿求见李亨时，李亨正在看刑部侍郎王缙的奏书。奏书中，王缙请求免去自己的官职，为大哥王维赎罪。

李亨坐在龙椅上闭目沉思，从严庄非议王维想到王缙为哥赎罪，再想到王维在洛阳狱中写的那首诗，虽然事实的真相会被种种假象迷惑，但真相到底是真相，终究会冲破重重阻力，渐渐浮出水面。

听说玉真公主求见，李亨忙打起精神，起身迎了出去。

他出生那年，玉真公主出家为道。因此，自他有记忆以来，玉真公主就和其他公主不同。她很少进宫，即便进宫，也仿佛和什么都保持着若即若离的距离，仿佛看什么都是淡淡的。众人都觉得玉真公主特别高冷，但他却觉得玉真公主并不是真的高冷，那只是她伪装的坚强，她其实有一颗柔软的心。

后来，当他深受李林甫压迫时，朝堂上下大多站在李林甫那边，倒是玉真公主时不时在父皇面前为他说话。从此，他对玉真公主除了敬佩，还多了感激。

今日她匆匆前来，不知所为何事？李亨还来不及细想，就看见一个银红色的身影朝自己走来，便笑着迎了上去。

"姑姑，这天寒地冻的，有什么事你遣人来说一声便可。"

"姑姑几时这么娇贵了？今日闲着无事，姑姑便想着来看看皇上。"

"姑姑，这里并无外人，姑姑不必见外，不妨像从前那样唤我'亨儿'就好。"李亨的目光从玉真公主脸上轻轻扫过，虽然经历了那样艰辛的逃亡岁月，但岁月对她似乎格外眷顾，并没有在她脸上留下太多痕迹。

"既然如此，姑姑就恭敬不如从命了。"紫宸殿内笼着熏香，暖暖的很是惬意。玉真公主解下银红披风，决定将她在心里斟酌了千百遍的话和盘托出。

她从长安沦陷之际，王维冒死登上城楼弹奏琵琶，为她和全城百姓逃离长安争取更多时间说起，说到平恩公主的夫君韦斌去世前特地托王维代为向皇上表明心迹。最后，她看着李亨，言辞恳切道："亨儿，即使王维投降叛贼有一万个错，但看在他在长安沦陷之际救了我和这么多百姓的份上,能否将功抵罪,免了他的牢狱之灾?"

李亨一直凝神细听,若有所思地点了点头,意味深长道:"想不到王维如此有福。"

"哦?此话从何说起?"玉真公主一脸不解道。

"姑姑,这世上,有两样东西最是珍贵,很多人终其一生都无法拥有,可遇不可求。"李亨停了片刻,缓缓说了下去,"一是手足之情,二是知己之义。不瞒姑姑,朕今日刚收到王维二弟王缙的奏书,愿意将他的军功为王维赎罪,此乃手足之情。如今,姑姑特地为王维求情,此乃知己之义。王维岂不有福?"

"王维有如此重情重义的弟弟,确实难能可贵。"不知怎的,她竟有一种想替王维感谢王缙的念头。想想也是可笑,他们是兄弟,她到底只是外人,认真论起来,也该王缙感谢她才是,她这是拿自己当王缙的嫂子了吗?

玉真公主耳后不由微微发烫,想到李亨还未最终答应,便定了定神,抬头看向李亨道:"亨儿,王维毕竟上了年纪,若是重杖一百,其实和死罪无异,若是流放和贬谪,路上定是凶多吉少,所以……"

不待玉真公主再说下去,李亨向她点了点头,一脸温和道:"姑姑不必多虑,朕自有分寸。另外,还请姑姑转告平恩公主,她夫君的事,朕也会一并妥善处置。"

玉真公主了解李亨的性子,他处事向来谨慎,不肯轻易承诺什么,但若是答应了,必定会放在心上,展颜笑道:"好,姑姑定会转告,让她也放宽心才好。"

当王缙和玉真公主想方设法营救王维出狱时,王维正在宣阳里的狱中备受煎熬。这份煎熬不是身体上的吃苦,而是内心的折磨。

这些日子以来,他内心一直有两个声音在争论:一个声音是,我不自杀殉国,是因为我肩负韦斌所托;另一个声音是,你不自杀殉国,其实是因为你贪生怕死,你还不舍得丢下这具皮囊……

他不知道该听从哪种声音,只能任凭两种声音在那里无休无止地争论,仿佛要把他撕裂了才能得到和解。

他深深明白,这是他性格深处最大的不堪。

这样的不堪,在张九龄被李林甫排挤出长安时也曾发生过。张九龄是他的恩师和伯乐,论理,张九龄离开了朝廷,他也应该果断离开。然而,并没有。那时,他内心也有两个声音:一个声音是,我不离开朝廷,是因为张相说,如果我走了,朝廷中又会多一个李林甫的人;另一个声音是,你不离开朝廷,是因为你还留恋朝廷,你还不舍得放弃衣食无忧的生活……

这样的不堪,在对待玉真公主对他的感情上也曾发生过。他知道玉真公主深爱着他,但他却一次一次拒绝了她。然而,他又拒绝得不够彻底,尤其是和公主见面时,别人或许看不出来，但他自己明白，言谈举止间，他其实对公主是有一种不一样的感觉的。这时，他内心也有两个声音：一个声音是，我已经伤公主太多了，我不能对她太决绝，这是对她最起码的尊重；另一个声音是，你对公主拒绝得不够彻底，是因为你对公主有情，你不舍得放弃公主对你的爱……

这样想着，想着，王维不由握紧拳头，心头涌起了对自己前所未有的厌憎。

他厌憎自己明明知道不堪，却拿自己没有办法；他厌憎自己晚节不保，有了永远抹不去的污点。对于常人而言最简单的"清白做人"，于他而言却成了奢望……

冬季本就是一个肃杀的季节，尤其是日暮时分，四周更是死一般的沉寂，只听见北风吹过窗棂时发出的那种隐忍的呼啸而过的声音。

风可以吹走世间看得见的东西，却吹不走心头看不见的怨念。王维抬头看向昏暗的天空，忍不住沉声吟道："宿昔朱颜成暮齿，须臾白发变垂髫。一生几许伤心事，不向空门何处销？"

在最厌憎自己的时刻，王维想到了佛法。

如果没有这场灾难，或许，他和玉真公主之间还有那么一段未了的缘分。然而，这场灾难发生后，一切都彻底改变了，他罪孽深重，再也没有资格去爱任何人，或者被任何人爱……

在所剩无多的日子里，唯一能减轻他身上罪孽的，只有佛法。佛法可以度一切苦厄，可以让他放过自己，让他内心不再如此煎熬……

漫漫长夜，王维辗转难眠，就着昏暗的烛光，翻开枕边泛黄的《晋书》，刚好是他喜欢的《阮籍传》。

他早年读《晋书·阮籍传》，看到的是一个意气风发的灵魂。如今再读《晋书·阮籍传》，却看到了阮籍晚年巨大的痛苦。

一生都在躲避政治的阮籍，在生命的最后阶段却没能躲过去，留下了他一生中最大的污点。

263年，司马昭被封为晋王，不是皇帝，胜似皇帝。不过，司马昭不能主动篡权，而是要由公卿大臣"劝进"，他则假装谦让一番。那么，让谁来写这个劝进书呢？司马昭盯上了阮籍。万般无奈之下，阮籍含着悲愤的心情，被迫写下了劝进书。

263年冬天，在写下劝进书后的两个多月，阮籍忧愤而亡。

当王维读到这一段时，心中仿佛被狠狠捅了一刀，他太理解阮籍的痛苦了。

那种痛苦，是独自一人驾着马车出门，直至穷途末路才恸哭而返；那种痛苦，是在黑暗中寻找生命的意义却始终找不到该去的方向；那种痛苦，是既爱惜自己的羽毛又不敢将头颅放在敌人的屠刀之下的矛盾和挣扎。

当王维在狱中度日如年时，这日，狱卒突然打开铁门，冲王维大喊："崔大人有命，即刻速速前往。"

不带王维反应过来，狱卒就不由分说将王维推上了早已准备好的马车。

当王维看到崔圆时，才恍然大悟，这不是剑南节度副使崔圆吗？王维不知道，崔圆因辅佐李亨收复两京有功，如今已身兼中书令、太子少师、东都留守于一身，可谓大权在握。

"崔某听闻王大人画得一手好山水，今日请大人前来，可否为崔某书斋画上一幅？"

崔圆今日传唤王维来府上作画，其实是受玉真公主所托。

虽然李亨让她不必多虑，他自有分寸，但她心里依然有些不安。她在益州避难时，和崔圆相熟，如果崔圆肯在李亨面前为王维说上几句，不是更有把握了吗？

于是，玉真公主请崔圆以画画之名，和王维聊上一聊。待时机成熟时，就向李亨说上一嘴。

王维并不知道这背后的来龙去脉，听崔圆说了作画一事后，起身抱拳道："王某身为罪臣，已无颜提笔作画。若是崔大人不弃，王某自当从命。"

崔圆点头问道："以王大人看来，若在崔某书斋壁上作画，宜青绿山水？还是水墨山水？宜单幅壁画？还是多幅壁画？"

王维想了一想，徐徐道来："虽说画道之中水墨为上，但若题于壁上，则以青绿为宜。至于单幅或是多幅，则视斋壁尺寸大小而定，两者皆宜。"

崔圆很是高兴，和王维絮絮聊了起来。闲谈中，崔圆问王维可有什么心愿，王维忙抱拳道："罪臣王某，别无他求，倒是受平恩公主驸马韦斌所托，有一信物想要送呈皇上，不知能否请崔大人转交？"

"哦？韦大人有何信物相托？"

王维一直将韦斌所托玉佩带在身上，忙从袖袍中取了出来，递给崔圆。

崔圆点头笑道："既然是韦大人托付王大人之物，崔某倒是不好私自收下，请王大人好生保管便是，想来这玉佩总有机会送呈皇上。"又闲话了一会儿，就派人带王维去书斋题画了。

王维为崔圆题画后不久，狱卒破天荒打开王维的牢门，说有人来看他了。

自洛阳押送到长安以来，他们这些尚未定罪之人，都不允许有人前来探监，今天怎么破例了？

不待王维回过神来，前来探监之人便向他奔了过来。王维定睛一看，原来正是王缙！

王维和王缙上一回离别，是755年12月王缙奉命前往太原之时。没想到，那次分别后，他俩的命运发生了截然不同的变化。王维身陷叛贼之手，被迫担任伪官，成为大唐的罪臣；王缙则在保卫太原、收复两京中立下汗马功劳，成为大唐的功臣。

　　"大哥，你受苦了！"王缙一把扶住王维的手臂，只叫了一声"大哥"，便已红了眼眶。

　　"夏卿，大哥愧对朝廷，愧对亡父亡母，也愧对你和弟妹们！"王维心头酸涩，百感交集道。

　　"大哥切莫如此说。"王缙迅速看了一眼牢房，眼下正是寒冬腊月，但屋内不仅没有火盆，就连草垛上的被褥也只是薄薄的一层，如何抵御得了寒冬？

　　王缙看在眼里，疼在心里，眼泪便忍不住流了下来。

　　"夏卿，你今日如何来了？"

　　王缙深吸了口气，好不容易才平复心情，这才从皇上收复两京、迎接太上皇从益州返跸说起，说到朝野上下百废待兴时，王缙难掩喜悦之情道："大哥，我已向皇上上表，请求自降官职，离开京城，只求能让大哥早日出狱，皇上已经答应了！"

　　"啊？"王缙话音刚落，王维不由惊住了！他当然知道王缙和他手足情深，却没想到王缙竟为了能让他早日出狱而不惜自毁前程，他已经无颜面对列祖列宗了，怎么可以再次连累王缙？

　　"万万不可！"王维一把握住王缙的手，脱口而出道，"夏卿，无论朝廷对我做出何种惩罚，都是我咎由自取，我愿受责罚。你出生入死，好不容易才有了大好前程，断断不能为我做出如此牺牲……"

　　不待王维再说下去，王缙就急急打断了他："大哥，和你的安危相比，再好的前程都不值什么！你不应该被拘在这里，你属于天地，属于日月，你应该早日回到辋川，将你的满腹才华诉诸笔端，写你喜欢的诗文，画你喜欢的山水。这辈子能当你的弟弟，我已心满意足，别无他求！"

　　听了王缙这番肺腑之言，王维早已热泪盈眶，握着王缙的手，哽咽道："夏卿，委屈你了。"

　　王缙摇了摇头，忽然想到了什么，一脸欣喜道："对了，大哥，今日下朝时，崔相特地叫住我，大赞你是难得的人才，说能画出这般澄净淡远的山水壁画之人，定是内心澄澈之人。他还说，他已向皇上求情，请皇上从轻发落。不过，眼下除夕将近，皇上日理万机，恐怕还要委屈大哥一些时日。"

　　"夏卿，有你这番话，大哥还有什么委屈的？对了，方才你说太上皇已经从益州返跸，不知玉真公主有否随太上皇一起回来？我手上有个平恩公主送给她夫君的信物，若是能请玉真公主转交皇上，倒也妥当。"

其实，刚才听王缙提到太上皇返跸时，王维就想打听玉真公主的消息，但被王缙为他上表请罪的事打岔了。眼看王缙将要离开，王维便以韦斌所托之事为由，忍不住问出了口。

"大哥，被你如此一说，我倒是想起，我向皇上上表后没几日，皇上叫了我去，颇为感叹说，我那天向他上表后，前脚刚走，玉真公主后脚就进了宫，为你说了一箩筐好话，好像还说你对她有救命之恩！"

王缙娓娓道来，末了，看着王维笑道："大哥，等过了上元节，来接你出狱的，估计不只是我，还有玉真公主呢！"

王维不由思绪万千，想不到玉真公主又在为他操心奔波了。无论如何，知道她已平安归来，他可以放心了。

在阵阵爆竹声中，757 年终于过去了，758 年的第一缕曙光缓缓洒向长安城。

大乱初平，人心思安。李亨大赦天下，改年号为乾元。朝廷一切礼仪制度恢复如旧。

紧接着，正月十五，李隆基册封李亨为"光天文武大圣孝感皇帝"，李亨尊李隆基为"太上至道圣皇天帝"。

李隆基和李亨无疑是在昭告天下，他们父慈子孝，李唐皇室欣欣向荣。

这日，在透着寒意的暗淡晨光里，王缙兴冲冲来到狱中，取出一件干净的青色夹袍，请王维洗漱更衣。

"大哥，皇上昨日提到了你写的《凝碧池》，让我今日陪你入宫觐见皇上。大哥，最艰难的时候已经过去了，你放心吧。"王缙一边帮大哥整理衣襟，一边宽慰他道。

"夏卿，我已别无所求，唯有韦斌托付一事，今日想面禀皇上。"王维用热葛巾捂了捂脸，顿觉神清气爽了许多。

"大哥，有一件事，虽然崔相让我不必告诉你，但我觉得还是应该告诉你。"

"哦？"

"你知道吗？崔相请你去他府上作画，其实是受玉真公主所托。后面的事，想必我不说，你也知道了。"

听到"玉真公主"四个字，王维心头仿佛被针刺了一下，一种因爱生疼的感觉渐渐弥漫开来，充斥在整个胸腔。

他自嘲地摇了摇头，他原本以为，崔圆为他向皇上求情，是他的画打动了崔圆。其实，他的画算得上什么呢？是玉真公主为他耗尽心力、费尽心思……

看王维并不言语，王缙便也没有再说下去。他俩收拾妥当，坐上马车向大明宫疾驰而去。不一会儿，大明宫那层层叠叠的重檐飞角就出现在了眼前。

第一百一十一章　动之以情　晓之以理

王维清晰地记得，他上一次来大明宫，是756年六月十六日。那天，是潼关失守第六天，是李隆基、李亨逃离长安的第三天。

也正是那天傍晚，在山雨欲来风满楼之际，他听到玉真公主对他说"要走，一起走，要留，一起留"，他的回答则半是玩笑半是认真——"持盈，你和莲儿一样傻气"……

不知不觉间，王维和王缙已步入大明宫紫宸殿，向李亨恭恭敬敬地拜了下去。

"罪臣王维拜见皇上。"

"罪臣王缙拜见皇上。"

李亨挥手示意他们起身："756年秋天，当朕听到《凝碧池》时，便想着待朕平定叛贼、收复两京后，定要见一见写诗之人。今日果然见到了，可见天佑大唐，天佑苍生。"

王维再次行了一礼，声音中有一种复杂难言的情绪："罪臣王维，上愧对皇上，中愧对朝廷，下愧对百姓。之所以苟活至今，实乃受人之托，忠人之事，今日特来向皇上禀告。"

说着，从袖袍中取出韦斌托付之物，双手呈给内侍李辅国，并将韦斌含泪指心为誓择其大要讲了一遍。

末了，他撩起袍角，单膝下跪道："皇上，罪臣斗胆，恳请皇上看在韦君一片赤子之心的份上，为韦君正名。"

从头到尾，王维没有为自己说过一句话，却不惜冒着可能引起皇上不快的风险，再三为韦斌求情。神情肃然，言辞恳切，令人动容。

李亨接过李辅国双手呈上的玉佩，手抚玉佩上那皇家特有的纹饰，不由想到了长安沦陷后死于叛军屠刀下的八十多位皇室中人，不由悲从中来。默然半晌后，李亨又问了王维有关乐工雷海青被安禄山处以极刑的始末，愈发唏嘘不已。

一直为王维捏了把汗的王缙，这才将他悬着的心放回了肚子。他知道，他大哥终于过关了。

王维觐见李亨后不久，消息传来，韦斌不但不定罪，还被追封为秘书监，并敕准立碑纪念，碑文由王维执笔。

曾在洛阳伪朝廷担任黄门侍郎的韦斌，竟能得到如此殊荣，顿时引起朝廷上下一片哗然。相比之下，王维不杖责、不流放、不贬谪，只是官降一阶，由原先的正五品上的给事中改任正五品下的太子中允，倒也不觉得什么了。

当然，在王维得到如此厚待的背后，是王缙付出的代价——他由从三品的国子祭酒降为四品的蜀州刺史，限期离京。

这日，是757年正月最后一天，也是王维出狱的日子。

第一百一十一章 动之以情 晓之以理

当载着玉真公主和莲儿的翟车随王缙的马车一起缓缓停在宣阳里的监狱门前时，看管监狱的老苍头不由吓了一跳。他再是没有眼力见，也认得这是皇家才能享用的翟车。

好家伙，他日日守在这里，看一波波的人来这里接人，却从未见过如此隆重的架势。

老苍头赶紧一路小跑，让狱卒赶紧打开王维的牢房。

随着"吱嘎"一声，牢门开了，一缕阳光透过牢门洒了进去，不偏不倚照在了王维身上。他已收拾妥当，负手立于榻旁。

榻上的枯草已经卷成两个草垛，整齐地码在墙角。他身上穿了一件半新不旧的青色夹袍，虽是极其平常的粗布面料，看着却有一种说不出的赏心悦目。

老苍头不由暗暗赞叹，他这辈子看管过的犯人少说也有几百个了，但把牢房和自己收拾得如此干净整齐的，还是新媳妇坐花轿——头一回！

阳光有些刺眼，王维眯了眯眼，朝狱卒和老苍头点了点头，拿起一个包袱和一捆书卷，缓缓向他们走来。

老苍头不由一愣，别人出狱时，都是恨不得飞将出去，他怎么看上去一点都不急？看到老苍头上下打量他的目光，王维并不言语，只是背脊似乎挺得更直了些，不疾不徐地向前走去。

王维当然不是不渴望出狱，而是他知道，他即将见到一个曾无数次想见却又怕见的人。

他内心早已被狠狠地撕成了两半，彼此激烈地斗争。他拿自己没有办法，只觉得身心俱疲，直到在那个寒冷孤寂的冬夜，对着冰冷无声的牢房吟出"一生几许伤心事，不向空门何处销"。

那一刻，他下定决心，在生命的最后一段路程，他必须将自己完全交付给佛门，只有佛法可以度众生一切苦厄……

虽然他下定决心要尘封自己的所有感情，但却依然不能心如止水。

就像此刻，当他知道即将见到玉真公主时，他脑海里不由浮现他俩最后一次在玉真观中说的那番话。

那天，他终于冲破自己的束缚，愿意陪她一起逃离长安，她在他怀里泪流满面。

那一刻，他俩都明白，他们已经接纳了彼此，已经将对方视为往后余生的伴侣，他们将一起经历风雨，一起笑看风雨过后的彩虹……

如今，她还是原来的她，他却不是原来的他了。这样想着想着，大门已经近在眼前。下一秒，他就听到了莲儿喜极而泣的喊声："阿爷！"

王维应声看去，只见莲儿提起裙裾，朝他飞奔了过来。在她身后，停着那辆熟悉得不能再熟悉的翟车。

任王维再是冷静，当他面对生命中最重要的人时，脚底便不自觉地加快了步伐，向莲儿张开了双臂……

"阿爷，您受苦了！"莲儿再也顾不了许多，一头扑进王维怀里，喜极而泣道，"阿爷，莲儿和叔父、义母来接您回家了！"

"傻孩子，都是当阿娘的人了，还这般动不动就哭鼻子！"王维拍了拍莲儿肩膀，却不知道他自己的眼角也隐隐有了泪花。

莲儿吸了吸鼻子，抬头破涕为笑道："这不是看到阿爷太激动了吗！"

说话间，王缙也走了过来，拿过王维手中的包袱和书卷，凑到王维身边小声说道："大哥，公主亲自来接你了，就在车里，你过去问候一声？"

王维点了点头，携了莲儿的手，向翟车款款走去。

虽然翟车一直安安静静地停在那里，但王维却似乎能听到从翟车里传来的声声呼唤。他知道，那是玉真公主在心底呼唤他的声音，那是只有他能听见的爱的呼唤。

在距离翟车一步之遥处，王维对着翟车行了一礼："罪臣王维，拜见公主。"

车厢内却是一阵沉默，良久之后，才听到车厢内传来玉真公主的声音："于我而言，你是恩人，何罪之有？"任谁都听得出来，玉真公主说这句话时，定已泪流满面。

王缙向莲儿递了一个眼色，莲儿会意，忙隔着车帘对玉真公主说："义母，叔父已经备好酒席，咱们这便回去，为阿爷接风洗尘。"说着，提起裙裾，弯腰进了公主的翟车，王维则上了王缙的马车。

莲儿紧挨着玉真公主坐下道："义母，最难的时候已经过去了，你和阿爷一定会苦尽甘来。"

玉真公主深吸了口气，似乎费了很大力气才平复心情，看向莲儿道："莲儿，这么多年了，义母心里有句话，一直想问你。"

莲儿善解人意地点了点头："义母请问便是，莲儿定知无不言、言无不尽。"

"莲儿，如果有一天，义母和你阿爷在一起，你能接受吗？"玉真公主明白，这么多年了，她爱王维这件事，莲儿其实已经知道。只不过，如果真的决定要在一起，这层窗户纸还是需要捅破为好。与其让王维去问莲儿，不如由她开口吧。

在莲儿心目中，义母一向是坚强而又骄傲的，即使在最难的时候，她都不在她面前轻易流露出无助和不安。

但此时此刻，当义母问她这个问题时，目光中分明流露出了几分无助、几分不安。同为女子，她当然明白，无助的背后，是义母对阿爷几十年的深情；不安的背后，是义母担心她无法接受她取代她阿娘的位置……

"义母,其实,在莲儿心里,早就已经将您当成阿娘了。"莲儿将头靠在玉真公主肩上,一脸动容道,"义母,我的阿爷,是全天下最好的男人,却也是对自己最狠心的男人。在我小时候,阿爷是一个快乐的人,他深爱我阿娘,我阿娘是天下最幸福的女子。可是,阿娘去世后,阿爷就彻底变了一个人,脸上似乎再也没有那种发自肺腑的快乐了。我被阿爷送到外祖家中,好不容易被他接到长安后,他却又独自出了远门,将我留在叔父家中。那时,我心里很是无助,觉得阿爷只爱阿娘,不爱我。过了很久之后,我才知道,其实阿爷心里很苦、很苦。他无法和人诉说,只好一次一次放逐自己。"

莲儿絮絮说了下去,不知不觉已泪光点点,"义母,在我最孤独无依的时候,是您给了我久违的母爱。您将我接到玉真观,您带我去花萼相辉楼,您遣人到西市买馄饨给我吃……从那时起,我就已经将您当成我的阿娘了。"仿佛所有前尘往事都被瞬间唤醒了,一幕一幕,犹在眼前。

随着莲儿的讲述,玉真公主不由想起了她第一次见到莲儿时的情景。那时,莲儿刚从定州来到长安,还是六七岁的小娃娃,粉雕玉琢,好看极了。

看到玉真公主心情渐渐舒畅,莲儿又柔声说了下去:"当我渐渐长大后,我理解了阿爷的苦。阿爷一直觉得阿娘因他而死,所以他要用漫长的一生向阿娘赎罪。其实,阿娘若在天有灵,也定不愿看到阿爷如此自苦。叔父和舅父都曾劝阿爷续弦、纳妾,但阿爷就是不为所动,且不允许叔父和舅父再提。很多年里,我以为,阿爷这辈子不可能再对阿娘以外的女子动心了。但是,当我们逃离长安那一刻,从阿爷看您的目光中,我看到阿爷动了心。如果不是这场战乱,您和阿爷早就该在一起了,我盼望这一天已经很久了!"

莲儿言语间是满满的喜悦,眸子里更是泪光闪动。这是喜悦的泪光,是祝福义母和阿爷终于苦尽甘来的泪光。

"莲儿,谢谢你。"玉真公主搂过莲儿,此时此刻,说什么都是多余。

这世上,她和莲儿何其有缘,又何其有幸,因为他们深爱着同一个男人。但愿她们的爱,能抚平他心中的伤痛,散开他心头的阴霾。从此以后,只有平安喜乐,没有痛苦悲伤……

第一百一十二章　　含泪拥吻　　忍辱偷生

为了迎接王维出狱，王缙和玉真公主显然做了精心的准备。别的不说，单说宴席上那道特地请宫中尚食局御厨做的浑羊殁忽，就是平时难得一吃的名菜。

玉真公主特地嘱咐御厨天不亮就到了王缙府上。御厨将用花椒肉桂茴香腌制好的五味肉碎和糯米填入肥鹅腹中，再将肥鹅填入肥羊腹中，再将羊腹缝好，将整只羊架在用果木制成的炭火上烤。烤上足三个时辰后，剖开羊腹，取出烤鹅，一道浓香扑鼻的浑羊殁忽就做成了。

御厨今日选的这头羊，是天下肉质最为鲜美的冯翊羊。在将羊挂上烤架前，御厨特地从羊脊边挑出两条最嫩的脊肉，细细切碎，加入调味酱腌制，做了一道生羊脍和一道细供殁忽羊羹，和浑羊殁忽最是绝配。

四人分主宾坐下，王维和王缙在左，玉真公主和莲儿在右，王维和玉真公主刚好对面而坐。

王维低头拿起刀叉，细细切了一片透着羊肉鲜味的鹅肉，送入口中，细嚼慢咽。仿佛对他来说，眼下最重要的事，就是好好品尝这道美食。

玉真公主却是食不知味，只觉得对面的王维就像一个火球，眼下虽然春寒料峭，但从他身上传递过来的热量，却让她的心"砰砰"跳得厉害。她强压住内心的激荡，捧起案几上的茶盏，轻啜了一口。

"多谢公主盛情，这道浑羊殁忽很好吃。"王维放下刀叉，抬头看向玉真公主，微微上扬的嘴角划出一个温润的弧度。

虽然他的案几离她只有一步之遥，但整个人却仿佛远在天边；虽然他脸上带着和煦的笑容，但那笑容里却有一种说不出的疏离。

玉真公主不由一怔，自从认识他以来，他在她面前一直带着一种淡淡的疏离感，直到755年11月在仙芝家中重逢。

她以为时间可以冲淡一切，但在看到他的那个瞬间，她终于明白，时间是把利器，可以宰割很多东西，却唯独对深入骨髓的真爱没有办法。

第一百一十二章 含泪拥吻 忍辱偷生

那次重逢，她第一次发现，他看她的目光中，似乎有一种不一样的东西在悄然滋长。她想看得更清楚一些，但它却像划过夜空的流星一闪而过。不过，她可以肯定的是，他心里有她，只是他不肯真实地面对自己的内心罢了。

她永远不会忘记他第一次主动拥她入怀的那一刻。

那一刻，她喜极而泣，在他怀里尽情宣泄她的眼泪。他以为她还在为仙芝的冤死而痛哭，但只有她自己知道，她的眼泪是为他而流，为他终于走出了尘封已久的感情世界而流，为他终于向她敞开了心扉而流，为他心里终于有了她的一席之地而流。

正如方才莲儿说的那样，如果没有这场战争，他们早就应该在一起了。两年来，他们隔着烽火连天，隔着千山万水，隔着无穷无尽的思念！不过，这一切终于过去了，如今，他们终于重逢了。

然而，距离她一步之遥的他，似乎并不渴望见到她。他静静地坐在那里，笑容依旧和煦，言语依旧温和，但她却感觉他身上那久违了的疏离感又回来了。

她心里"咯噔"了一下，笑容凝在脸上，一时不知该说什么才好。

见王维和玉真公主似乎都有些拘谨，王缙以为是他和莲儿在场之故，就笑着长身而起道："大哥，我后日便要启程前往蜀州，这一去不知何时才回，少不得要多带一些四时衣物才好，请大哥陪公主慢用，我去去就来。"说着，便给莲儿递了个眼色道，"莲儿，你帮叔父一起收拾可好？"

莲儿会意，忙起身跟了出去。快到门口时，回头冲玉真公主眨了眨眼，亮闪闪的眸子里满是俏皮的期待。

玉真公主心头一暖，不由低头笑了笑。再抬头时，屋内只有她和王维两人。

一阵短暂的沉默后，在滴漏的轻响声中，只听王维缓缓开口道："持盈，谢谢你。"明明是很醇厚的声音，却似乎隐隐透着一丝苍凉。

"哦？何谢之有？"玉真公主不知在心里想了多少次重逢时的情景，她最想听他说的是"持盈，我想你"，不料从他口中说出的，却只是一句"谢谢你"，他不是说"我俩之间，还用说谢字吗"，可如今，为何偏偏又要对她说"谢谢"？

玉真公主强压住心头种种疑惑和失落，牵了牵嘴角，抬眸看着他。

"持盈，这杯酒，我敬你。"王维从案几上拿起鸿雁纹纯银凤首壶，往玉真公主面前的白玉盏里斟了一杯五云浆，也给自己满上一盏，仰头一饮而尽。玉真公主也端起白玉盏，一口气喝了下去。不知是酒太烈，还是喝得太急，她不由呛了起来，眼角似乎泛出点点泪光。

王维正想伸手去替她拍拍背，却不知想到了什么，悬在空中的手又收了回来，终究只是递给她一杯温热的茶水："五云浆到底有点烈，你先喝口茶，顺顺气。"

玉真公主接过茶盏,轻啜一口,咳嗽倒是止住了,但心头的疑惑和失落却像压城的乌云,沉甸甸地压得她快要喘不过气来。

"持盈,谢谢你一直把莲儿带在身边,谢谢你为我向皇上陈情,谢谢你让崔相为我美言,还有,谢谢你今日亲自来接我……"王维当然看出了玉真公主的失落,他知道,此时此刻,她需要的不是他说这些,但是,他只能用这些苍白无力的语言来掩饰他心头的空茫。

"摩诘,不要再说了!你知道的,我并不想听这些。"玉真公主再也忍不住心头的委屈,抬头含泪问道,"那天,长安沦陷之际,你我在金光门外依依惜别。你说,无论发生什么事,都一定要信你。我信了你,只求你答应我一件事,那就是保护好自己,早日来找我们。为了这个约定,为了能和你早日重逢,再多的艰难困苦,我都熬过来了。如今,我们终于团圆了,难道你只想和我说这些?"

"持盈,对不住……"看着泪流满面的玉真公主,王维再也忍不住,起身绕过案几,绕过隔在他和她之间的所有屏障,紧紧握住了她柔弱无力的双肩。

"持盈,都是我不好,我没能守约,让你失望了。"他颤抖着伸出手去,覆上了她的脸,覆上了她的眼,为她一点一点拭去不断涌出的泪水。

就在他的手指碰到她脸颊的一刹那,她心底所有的委屈化为乌有,只剩下守望了一生的百转千回,仿佛生怕这只是一个虚幻的梦境,生怕他在下一秒就会从她面前消失似的,她不由将自己的手覆在了他的手上,泪眼迷离道:"摩诘,国破家亡之时,生无可恋,死不足惜。我之所以活着,只为和你重逢。"

玉真公主的声音中有一种近乎悲哀的温柔,这份悲哀的温柔终于让王维内心的禁锢轰然坍塌。他含泪捧住了她的脸,闭上眼睛,俯身向她一点一点靠了过去,终于在她微微仰起的红唇上落下了含泪的一吻。

从他的唇到她的唇,虽然只有咫尺之遥,但对玉真公主来说,却仿佛用尽了她的一生。

"鸾胶处处难寻觅,断尽相思寸寸肠",这一辈子,她似乎都在等他的一个吻。

虽然在那个731年春天的晚上,在青城山上清宫里,她得到过他的吻,但那是她用了手段求来的。

那一晚,她虽然如愿得到了他的人,却得不到他的心,他的心里都是那个名叫"璎珞"的女子。自始至终,他都只是把她当成他的亡妻。他在她耳畔一声声忘情地低唤:"璎珞,璎珞……"每唤一次,便像一把锋利的刀子,让她锥心地痛。

在爱情的世界里,她有她的骄傲,她有她的坚持。

经过那个夜晚后,她终于明白,虽然她可以用强权得到他的人,但如果得不到他的心，她宁可不要。

爱情就像掌中沙，你握得越紧，它流失得越快；当你放手，反而拥有了它。就在她已经不再奢求能得到他的心时，他却对她动了心。

在逃离长安的前夜，他们向彼此敞开了心扉。在那次相拥中，她多么渴望能得到他的吻。不过，她明白，这需要给他一点时间。她并不着急，因为，从今往后，他们一定会有大把大把的时光。

想不到，这一别，又是两年时光。两年的山河破碎、风雨飘摇后，才等到了今天的重逢时刻。这一吻，来得太迟了，但到底还是来了……

在岁月的宇宙洪荒中，在天地的沧海桑田中，他们彼此辗转索求，不知过了多久，就在她想去环住他的腰时，他的身子突然僵了一下。然后，她察觉到了他的后退，他轻轻地放开了她。

她心中一惊，还没从回忆中回过神来，只听他在她头顶艰涩地说了一句："持盈，我不能。"

她睁开眸子，泪眼迷离地看着他，眼中的痛楚让王维不忍直视。沉默良久后，她听见自己微涩的声音从心底传来："为什么？"

王维一动不动地站在那里，目光凝在玉真公主脸上，声音中有一种难掩的苍凉。

"持盈，太史公说：'人固有一死，或重于泰山，或轻于鸿毛，用之所趋异也。'我投降叛贼，是为不忠，苟且偷生，是为不义。虽说皇上慈悲为怀，宽恕了我们这些罪臣，但我自知罪孽深重，无法宽恕自己。"

"摩诘，这怎能怪你？当时形势所迫，换作任何人，都只能如你这般，你压根儿就没有做错什么！"玉真公主心头一紧，急急宽慰他道。

"不。"王维闭上眼睛，摇了摇头，心中的痛楚更深了一层，"在洛阳凝碧池畔，梨园弟子雷海清当着安禄山的面，愤然摔琴，西向恸哭。琵琶应声而裂，海清悲惨而亡。而我呢？当海清为大唐捐躯时，我却躲在菩提寺里忍辱偷生。我不如海清。"

王维仿佛想起了雷海清被肢解于戏马殿时的惨烈情景，一时有些哽咽，说不出话来。他走到窗边，伸手用力一推，下半扇窗被推开了两尺多宽，顿时有寒风灌了进来，王维一个激灵，回头看着玉真公主："洛阳沦陷时，韦斌正担任临汝太守。为保住妻儿性命，韦斌只好假意投降。投降后，韦斌无一日不心忧大唐，想方设法伺机从内部瓦解叛军，无奈无从下手。及至托我转交信物后，忧愤而亡。若非日日夜夜身心备受煎熬，韦斌怎会英年早逝？我不如韦斌。"

"摩诘，你不要再如此苛责自己了。皇上说，他看了你写的《凝碧池》，说你身在敌营却心在大唐，很是鼓舞人心！"

王维嘴角浮现一丝苦笑，摇了摇头："持盈，在洛阳的日子里，我已经看透了自己。我只会躲在菩提寺里写诗，却不敢像海清那样和安禄山公然决裂；我只会替韦斌转交遗物，却不曾像韦斌那样深刻谴责自己。"

王维越说越是激动，不由握紧了拳头，目光中是深深的痛惜："一将功成万骨枯，虽然唐军收复了两京，但背后付出的是多少将士的性命？持盈，你知道的，是高仙芝、封常清、哥舒翰，其实，你不知道的，还有更多、更多。"

他停了停，思绪仿佛飘到了那硝烟弥漫的战场。"你知道吗？当十三万叛军攻打睢阳（今河南商丘）时，守卫睢阳的兵力不足七千人。但河南节度副使张巡、睢阳太守许远拒不投降，负隅顽抗，苦苦支撑了十个月，和叛军前后打了四百多仗，最终寡不敌众，惨遭杀害。大唐胜利了，但他们却再也看不到大唐胜利的那一天！"

说到这里，王维早已热泪盈眶，声音渐渐低了下去："那么多于大唐有功之人已经血洒疆场，而我辈却苟活于世。其实，这一辈子，我都活得如此不堪。张相于我有知遇之恩，但当张相受李林甫排挤而贬离长安时，我却没有勇气为张相据理力争；当李林甫让我为他作画时，我也没有勇气严词拒绝。持盈，这就是我，一直徘徊在对和错、是和非之间，却始终没有勇气发出自己的声音。我的罪孽还不够深重吗？"

王维的声音并不响亮，但落在玉真公主耳里，却字字刺心、句句惊心。她想安慰他，却不知该说什么才好，只觉得此时此刻，语言变得如此苍白。

王维似乎并不需要玉真公主的回答。他转头看向窗外，目光似乎落在窗棂的某一个地方，又似乎什么都没有看，缓缓吟道："宿昔朱颜成暮齿，须臾白发变垂髫。一生几许伤心事，不向空门何处销？"

当玉真公主听到"不向空门何处销"时，耳边仿佛"咚"地响了一下，脚下一个踉跄，险些有些站立不住，忙上前抓住王维的手臂道："不，摩诘！我不许你有这样的念头，我不许你遁入空门，我不许你离开我和莲儿。无论发生什么事，我们都一起去面对，好不好？"

王维缓缓转过身子，看着玉真公主热切忧伤的目光，知道刚才这番话必定狠狠伤了她。但是，长痛不如短痛，他狠了狠心，拿开了玉真公主的手，艰涩地说了下去："持盈，我已罪孽深重。于我而言，唯佛法可依，唯佛力可凭。持盈，对不住，你怎么怪我都是应当的。"

看着他痛楚而又苍凉的目光，玉真公主只觉得胸口又酸又胀，苦辣俱全，心里是说不出的难过，仿佛明明刚从花枝底下走过，一回头，却已是山长水远，千树寂寞！

她确实很想怪他，两年前分别时说好的共度余生，怎么转瞬间却变了心意？他口口声声说让他信她，她选择了信他，他却出尔反尔，这让她如何接受得了？

然而，她又怎么舍得怪他？不知为何，和他在一起时，心就变得特别柔软，爱他都来不及，又怎么舍得怪他？或许，她真的很失败吧，失败到在他面前毫无原则、一败涂地……

　　无数该有、不该有的情绪纷纷扰扰涌上心头，她只觉得头痛欲裂，半晌才抑制住心底的翻腾，未语泪先流："摩诘，我怎么会怪你？我只是心疼你，心疼你这两年来遭遇的种种磨难。或许，你经历了很多我不曾经历的，但是，请相信我，我懂你。我愿意给你时间，让你向我敞开心扉，让我陪你度过所有的难，好吗？"

　　"持盈，对不住。"王维嗓子发紧，但依然狠心拒绝了玉真公主。

　　玉真公主只觉得心在流泪，一步一步向后退去，在即将控制不住自己的情绪前，一口气说了下去："不要这么快就回答我，不要。你累了，所以才会如此胡思乱想。你好好歇着，我改日再来看你！"

　　说完，不待王维再说什么，就提起裙裾，快步冲出屋外。下一秒，就听到王缙在不远处喊她："公主怎么不再坐一会儿？……微臣送公主回府。"

　　王维颓然无力地靠在窗前，看着公主的翟车扬尘远去，在心底深深叹了口气。

　　这世上，最残忍的爱，莫过于给了对方希望又亲手扼杀了这份希望。于公主而言，他不就是这样的残忍吗？当然，他对自己，又何尝不是这样的残忍？

　　然而，他却拿自己没有办法……

第一百一十三章　　上表谢恩　　睹物思人

　　王缙不知道大哥和玉真公主聊了什么，只知道玉真公主离开他家时那掩饰不住的悲伤，只知道大哥和他说话时虽然神色如常，但眼中却没有重获新生的欢欣，而只有深深的自责。

　　这几天，大哥对他说得最多的一句话就是："夏卿，是大哥连累了你，大哥定会想方设法让你早日回到长安。"

　　这日，王缙启程前往蜀州，王维送王缙到长安郊外的灞上。此时虽是初春，却依然春寒料峭。

兄弟依依惜别之际，王缙叹了口气："大哥，我不知道你和玉真公主之间发生了什么，但公主对你情深义重，我都看在眼里。这次你能平安归来，虽说我和崔相也都向皇上求了情，但归根到底，还是因为公主。我有句话，不知当讲不当讲？"

王维自然知道玉真公主为他所做的一切，点了点头："但讲无妨。"

"大哥，虽然太子中允比你原先的给事中降了一级，但相比其他官员，却已是最好的安排，这背后定是公主的功劳。我想，你不妨向朝廷呈上一份《谢除太子中允表》，既是感谢皇上，也能让公主明白你的心意。"

王维胸口酸胀，上前拍了拍王缙的肩膀："夏卿，谢谢你，你安心去吧，大哥心里明白。"

让王维想不到的是，他向朝廷呈上《谢除太子中允表》没几天，李亨突然又对他加封集贤学士衔，要知道，这是正五品上阶以上的官员才有资格享有的荣誉，而他明明只是正五品下的官员。

难道是《谢除太子中允表》感动了皇上？还是玉真公主帮他向皇上要了这份恩典？

这日下朝后，崔圆笑着招呼他说话，言语间，无不流露出对他的赏识和羡慕。当崔圆有意无意提到"前几日玉真公主又进宫了，看来皇上对公主确实敬重有加"时，他心里什么都明白了。

老天似乎一直在和他较劲。当他想要全身而退时，老天却不允许他这么做。无论是皇上，还是玉真公主，都给了他那么多，渐渐成了他生命中不能承受之重。

几天后，当王维再次向朝廷呈上一份《谢集贤学士表》后，玉真公主在玉真观长长地舒了口气。

那天听王维痛数他身上的罪孽后，她突然涌上了一种前所未有的无力感。为了不在他面前失控，她几乎是落荒而逃。

如果说在过去漫长的三十多年中，她一直在和另一个女子在争夺王维的心，那么，如今，她的竞争对手已经不是一个女子，而是王维心中的佛法。

如果说在过去人和人的较量中，她还有那样一种坚强和骄傲，那么，在如今人和佛法的较量中，她只剩下深深的无力感。

她不知道在人和佛法之间，王维会做出怎样的选择？她只知道，人到了一定时候，会拿自己没有办法。因此，选择权既不在她的手中，也不在王维的手中，一切取决于天意。

然而，她又不甘心丢盔弃甲、拱手相让，在尘埃落定之前，她总要做些什么，哪怕只是让天意的天平能稍微倾向她这边，也是好的。

既然佛法要不断吸引王维出世,那么,她能做的,就是不断吸引他入世。而让他入世的唯一办法,就是让他在朝廷中担任更重要的位置。

或许是老天也在冥冥之中帮她吧。曾经,皇兄并不待见王维,因此,王维一直在五品、六品的官职上徘徊,迟迟不得升迁。而李亨执政后,似乎对王维颇为赏识,眷顾有加。更难得的是,王缙也护驾有功,深受李亨器重。

如今百废待兴,李亨刚好需要大量人才,王维和王缙兄弟不正是最佳人选吗?于是,玉真公主进宫求见李亨,和李亨聊了她对王维、王缙兄弟的赏识,建议李亨广纳天下贤才、重振大唐雄风。

李亨欣然采纳,于是,便有了对王维的加封集贤学士衔。玉真公主知道,这只是开始,只要王维真心愿意辅佐皇上,他后面的路必定越走越宽。

但这一切都只是玉真公主的一厢情愿,对王维来说,皇上给他的恩典越多,他身上的罪孽感就越深。特别是当他收到左拾遗杜甫写给他的《奉赠王中允维》,看到杜甫在诗中对他的赞美后,他心中的愧疚又更添了一层。

早在757年5月,杜甫奔赴灵武投奔李亨,被授为左拾遗。不料因为房琯辩解而触怒李亨,被贬到华州(今陕西华县)。

757年11月,杜甫回到长安,仍任左拾遗。当他听说王维已被释放出狱,且被皇上封为太子中允加集贤学士衔,不由大喜过望,立即挥笔写了一首《奉赠王中允维》。

他这样写道:"中允声名久,如今契阔深。共传收庾信,不得比陈琳。一病缘明主,三年独此心。穷愁应有作,试诵白头吟。"

杜甫将王维比作身陷敌营而不忘故国的庾信,而不是被曹操俘虏后为曹操写檄文的陈琳。然而,当王维读到这首诗时,却是深深的愧疚。如果说他写"百官何日再朝天"时,还担得起这句评价,那么,当他在安禄山手下担任伪官后,他曾经写过的诗、说过的话就都成了一个笑话,他已经担不起这份赞美了。

自王缙前往蜀州后,王维就搬回了道政坊的家中。在王维出狱前,王缙特地精心布置了一番,在堂屋设了一架墨书屏风,上面是王维写的《辋川集》中的二十首诗。屏风边是一个黑陶花瓮,里头插了一株足有七八尺高的蜡梅,清香盈室。

王维负手伫立墨书屏风前,目光落在那曾经恣意酣畅的笔墨上,一一读了下去:

"新家孟城口,古木余衰柳。来者复为谁,空悲昔人有。"

"空山不见人,但闻人语响。返景入深林,复照青苔上。"

及至读到第十首《南垞》时,王维仿佛想到了什么,声音不觉低了下去:"轻舟南垞去,北垞淼难即。隔浦望人家,遥遥不相识。"

他忽然很怀念辋川的南垞和北垞。南垞在欹湖南岸,北垞在欹湖北岸,南垞和北垞边各有一个渡口。那天,他驾舟从南垞出发,在欹湖上随风漂行,眼看快到北岸时,他却决定不再前往,驾舟返回了南垞。

当时,裴迪笑问他是不是仿效东晋名士王徽之雪夜访戴兴尽而返的佳话,他笑而不语。其实,他并没有想仿效谁,而只是当轻舟行至湖中时,他忽然觉得,有些地方未必一定要抵达,有些欲望未必一定要满足。有时候,远远地看着,反而更能生出一种淡淡的欢喜。

如今,他站在自己写的二十首诗面前,想起那些曾经有过的空灵澄澈的心境,愈发觉得自己这两年的经历何其污秽……

他走进书房,看到王缙为他添置的各色摆件,苦笑着摇了摇头,将它们一一放进了书橱。他不是不明白王缙的好意,而只是觉得,从此以后,他的世界里不配再拥有这些华美之物。

莲儿也和王维一起搬回家中。方才王维在堂屋看诗时,她在房中收拾,及至收拾好后,却不见了王维的身影。找了一圈,才看到王维正一动不动地坐在书案前。

莲儿走进书房,只见王维已将一应华美之物都收了起来,只剩下素色的帘幕和纸墨的屏风,还有那一卷一卷清冷的经书。

"阿爷,你何必如此自苦?"自那天看到义母含泪离开,莲儿就猜到了,一定是阿爷让义母伤心了。阿爷明明不是不知变通之人,可在男女之情这件事上,却当真比石头还顽固!再过几个月,就是阿娘去世三十周年的祭日了。整整三十年过去了,阿爷却还是忘不了阿娘,并不惜拒绝他明明动心的女子,这是一种怎样的坚守和执着?

"莲儿,不是阿爷自苦,而是阿爷不配。"王维平静的声音里似乎分辨不出什么情绪,似乎想起了什么,起身铺开益州麻纸,抬头看向莲儿道,"莲儿,为阿爷研墨可好?"

莲儿叹了口气,知道再劝什么也是无益,点了点头,挽起袖袍,低头研墨。

早在五天前,李亨就下旨让王维为韦斌撰写神道碑的碑文,但王维却迟迟不曾动手。不是故意拖延,而是他还没有做好重温那段梦魇般经历的准备。

今天,他的心似乎渐渐安定了下来,他决定和韦斌一起重温那段无法回避的经历。

他拿起狼毫小笔,轻蘸墨汁,提笔写了下去:"君子为投槛之猿,小臣若丧家之狗。伪疾将遁,以猜见囚……刀环筑口,戟枝叉颈,缚送贼庭……"

他从韦斌被叛军俘虏写起,写了韦斌在监狱中遭受的非人折磨以及韦斌将玉佩托付给他的情景。

写到"皇帝中兴,悲怜其意,下诏褒美,赠秘书监,天下之人谓之赏不失德矣"

时，王维才直起身子，长长地舒了口气。

第二天，当王维将这篇一气呵成的《大唐故临汝郡太守赠秘书监京兆韦公神道碑铭》交给崔圆时，崔圆细细品读，沉默良久，点头赞叹道："原来王大人不仅书画一绝，还写得如此好文！惊心动魄，感人至深。"

正当王维想向崔圆告假回辋川看看时，崔圆忽然想到了什么似的，郑重其事道："大乱初平，人心思安。明日是二月初五，皇上决定在含元殿举行早朝盛典，让文武百官和各国使臣看看盛唐的恢宏气象！"

这日，是758年二月初五，天气晴朗，春草泛绿，晓风已无寒意。

这日清晨，文武百官来到大明宫外，银烛成行，仪卫俨然。各国使臣也都肃然列队，期待朝拜大唐天子，再睹大唐国威。

卯初二刻（早晨五点半），大明宫的丹凤门缓缓开启，内侍提着灯笼，引导文武百官进入含元殿，依班站立，恭候圣驾。

卯正时分（六点），李亨在仪卫簇拥下登上含元殿。群臣山呼万岁，内侍宣召各国使臣觐见。不同服饰、不同肤色的各国使臣鱼贯而入，按大唐礼仪拜见大唐天子，礼数甚恭。

这无疑是一个声势浩大的早朝盛典，让人看到了大唐中兴的希望。

李亨心头振奋，颁布了一系列德政，宣布大赦天下，群臣一片欢呼。

此时，旭日东升，阳光普照，含元殿内檀香袅袅，大明宫中百鸟齐鸣。

或许是被安史之乱压抑得太久了，朝廷上下很久没有像今日这般振奋人心、扬眉吐气了！早朝结束后，中书舍人贾至诗兴大发，将早朝盛况写成了一首七律，题目是《早朝大明宫呈两省僚友》。

唐朝实行三省六部制，贾至说的"两省僚友"，是指门下省、中书省的同僚。

此时，王维已从太子中允改任中书舍人，在中书省任职。杜甫、岑参分别在门下省、中书省担任左拾遗、右补阙，都属于贾至口中的两省僚友。

杜甫擅长七律，看了贾至的诗后，文思汹涌，一挥而就，写了《奉和贾至舍人早朝大明宫》。

岑参出生于718年，和贾至同龄，曾两次从军边塞，先后在高仙芝、封常清手下任职，对边塞诗情有独钟，凭"马上相逢无纸笔，凭君传语报平安""忽如一夜春风来，千树万树梨花开"等佳句闻名诗坛。

片刻工夫后，岑参也提笔写了一首《和贾至舍人早朝大明宫之作》。

人逢喜事精神爽，看了贾至、杜甫、岑参的诗，崔圆连连点头，想到王维为韦斌写的那篇碑文，崔圆不由转身看着王维笑道："王大人写得一手好诗，何不也来一首？"

"崔大人谬赞了，王某平素以五言为多，于七律上却是平平。贾大人、杜大人、岑大人都是后生可畏，王某就不献丑了。"

"王大人过谦了，崔某虽然不才，却也听说过王大人写的'漠漠水田飞白鹭，阴阴夏木啭黄鹂'，精妙绝伦，实属七律中的上品！"

见崔圆如此盛赞，王维不好再推脱，便笑着抱拳道："恭敬不如从命，王某也试上一试。"

只见王维从岑参手中接过毛笔，略一思索，便在宣纸上写了下去：

绛帻鸡人报晓筹，尚衣方进翠云裘。
九天阊阖开宫殿，万国衣冠拜冕旒。
日色才临仙掌动，香烟欲傍衮龙浮。
朝罢须裁五色诏，佩声归到凤池头。

"好一个'九天阊阖开宫殿，万国衣冠拜冕旒'，今日早朝盛况，已然尽在其中。读来便觉大气磅礴、气象万千！"崔圆击掌叫好，贾至、岑参、杜甫也不由交相称赞。

其实，当王维写下"九天阊阖开宫殿，万国衣冠拜冕旒"时，他脑海中浮现的，不仅是今日早朝盛况，更是他和张九龄、裴耀卿同朝为官的那个时代。

那是735年春天至736年秋天，张九龄、裴耀卿分别担任中书省、门下省的最高长官，在他俩的联袂推荐下，王维入朝担任右拾遗。

那真是一个政治清明、政通人和的好时代。可惜，740年，张九龄去世了；743年，裴耀卿去世了。他们生前都对他那样殷殷期望，而他呢？他对得起他们的期望吗？

一时间，周围的赞美声似乎都消失了，耳畔只剩下张九龄那句君子坦荡荡的"草木有本心，何求美人折"。是啊，草木有本心，何求美人折……

和大明宫早朝盛典轰轰烈烈截然不同的是，兴庆宫内冷冷清清，冷清得连长安百姓都快忘记这里住着一个曾经的大唐天子。

李隆基明白，虽然他和李亨表面上父慈子孝，但他们心里都很清楚，生在帝王家，从来都没有真正的亲情。

他在兴庆宫内孤独老去，身边能够说上话的，也就只有陈玄礼和高力士了。对了，还有玉真公主。玉真公主看他孤独，时不时来兴庆宫看他，陪他说说话。

这日，玉真公主来看李隆基时，李隆基从袖袍里颤颤巍巍地掏出一个精巧的葡萄花鸟纹银香囊，小心翼翼地递给玉真公主道："持盈，你还认得这个香囊吗？"

第一百一十三章　上表谢恩　睹物思人

玉真公主接过这个银香囊，觉得有几分眼熟，拿在手里细细看了几眼后，恍然想起，这不是 740 年秋天去华清宫泡温泉时玉环带在身上的吗？

她清晰地记得，那天，当她和玉环走进华清宫专供贵人沐浴的长汤时，有宫女上来服侍她和玉环脱去高腰襦裙，披上沐浴温泉专用的玉色轻纱。

她记得宫女解下玉环身上的银香囊时，她还瞥了一眼，随口问了句："你的香囊倒是小巧，香囊里藏了什么香？好闻得紧。"玉环脸上顿时飞起一片红晕，柔声道："这是寿王殿下送的，说小巧携带着方便，里面放的是龙涎香，我喜欢它淡到极处却清幽入骨的味道，时间久了，倒是离不得它了。"

她还记得，第二天清晨，玉环红着眼睛来找她，说她昨晚遇到了棘手的事，不知该怎么办？她当然知道，这棘手的事，不就是皇兄要玉环去赴他的温泉之约吗？而赴约意味着什么，任谁都心中明了。她能对玉环说什么呢？她只能劝玉环，为了李瑁的平安，选择顺从圣意吧。

如今想来，那时的皇兄，是多么渴望得到玉环呐！渴望到不惜和自己的儿子翻脸，不惜付出一切代价，不惜冒天下之大不韪！但最后皇兄为了自保，不还是放弃了玉环？

不知玉环在三尺白绫上香消玉殒的那一刻，有没有后悔听了她的劝告？有没有怨恨李隆基的薄情寡义？有没有怀念和李瑁在一起的短暂时光？

玉真公主怔怔地看着手中的银香囊，思绪飞出很远、很远……

"持盈，你怎么不问我银香囊从何而来？"看玉真公主看着银香囊发怔，李隆基从玉真公主手里拿过银香囊，小心翼翼地捧在手心，像是说给玉真公主，又像是自言自语道，"去年冬天，我回到长安后，派力士去马嵬坡祭奠了玉环。今年开春，我想将玉环的墓地迁到长安，但亨儿不许。最后还是力士悄悄带人去将玉环的墓地修葺了一番，也算是告慰玉环的在天之灵。力士回来后，流着眼泪给了我这个银香囊，说是从贵妃手心里掏出来的……"

说到这里，李隆基早已老泪纵横，再也说不下去。玉真公主心里只觉得有种热热的东西直往上涌。

"持盈，我还让力士找了有功力的画工，凭记忆画了一幅玉环的画像，挂在我的寝宫。看到那幅画，我就觉得玉环就在我的眼前……"

李隆基自顾自地说着，沉浸在对杨玉环的深切思念中，不可自拔。

忽然，玉真公主心里闪过一个念头，如果她没有看错的话，李隆基手中的银香囊就是当年李瑁送给玉环的那个，玉环自缢前随身带着这个银香囊，是不是另有深意？皇兄如果知道玉环心中最忘不了的人不是他，而是李瑁，不知又会是怎样的心情？

她越想越是晕眩，不由捂住额头，深深叹了口气。

天下的男人是不是都是这样？他们最怀念的，永远都是那些失去了的人或事？如果不曾失去，是不是永远不会珍惜？皇兄如此，王维是不是也是如此？

就当王维、贾至、杜甫、岑参还在回味二月初五的早朝盛典时，朝廷上下又开始暗流汹涌。

虽然李隆基和李亨相互册封上尊号，但其实只是做给天下人看的。所谓"一朝天子一朝臣"，李亨其实很介意那些李隆基的旧臣，开始陆续贬黜这些旧臣。

首先贬黜的是房琯和贾至。贾至是为李隆基撰写传位册文之人，他和房琯一起奉李隆基之命，从蜀中前往灵武送传位册文，并留在李亨身边担任要职。在李亨看来，他俩明显就是父皇安插在他身边的班底。

其次被贬黜的是杜甫。因为杜甫和房琯私交甚厚，且在房琯被罢相时为房琯仗义执言，让李亨很是不快。

王维和房琯、贾至、杜甫都来往颇多，且王维也在李隆基手下任职多年，但王维却未受一丝牵连。看着身边好友一一贬离长安，而自己却安然无恙，王维心里愈发不是滋味。通透如他，当然知道皇上一定不是看重他，而是看重推荐他的那位贵人……

当旧臣陆续被贬时，让李亨始料不及的是，安庆绪和史思明并不消停，特别是假意投降的史思明，竟然再度造反了！

朝纲不振，战火复起，中原地区重遭兵燹，百姓再度陷入水深火热之中。

当王维想要辞官归隐辋川时，李亨却又将他从正五品上的中书舍人擢升到了从四品上的尚书右丞，辅佐右仆射分管尚书省的三个部，是名副其实的有职有权的高官。

但是，王维非但不感到惊喜，反而愈发觉得身上被压了千斤重担。于他而言，这耀眼的官位仿佛是一个讽刺，讽刺他靠玉真公主苟且偷生，讽刺他靠玉真公主享受荣华富贵，笑话他以牺牲弟弟的前程为代价攫取不该有的一切……

眼下已是夏天，午后毒辣的太阳不依不饶地照着长安城朱雀大街两边碧绿的槐树和屋上灰黑的瓦片。

这座吸引天下人纷至沓来的雄城，在王维眼里，却像一个碾压一切的巨大牢笼，或者是一个张开血盆大口的猛虎恶兽，仿佛下一秒，他就会被长安城无情地吞噬。

他一刻也不想在长安待下去了，他想回到辋川，回到能让他的心灵得到安宁的地方。

第一百一十四章　行至末路　坐看云起

王维回到辋川后的第一件事，就是去清源寺祭扫亡母。

上一次来祭扫亡母，是安史之乱爆发前。他以为很快就会回来，不料，这一走就快三年了。

王维点燃香烛，举香过额，在母亲坟前深深拜了下去。然后，把香插在墓前的香炉上，撩起袍角，在母亲坟前跪了下来。

这是母亲去世第八个年头了。在袅袅上升的青烟中，王维仿佛回到了母亲还健在时。那时，他从长安回到辋川小住时，常和母亲一起在佛堂诵经。

母亲从不问他朝廷里发生了什么，只是时常和他提起《心经》中的一段话："色不异空，空不异色，色即是空，空即是色，受想行识亦复如是。"末了，母亲还会说一句："世间之事，不可过于执着，随缘而动，无可无不可。"

想起母亲说的这些话，王维郁积在心中的痛苦仿佛找到了一个出口，伏在墓前泪流满面。虽然母亲再也不会像从前那样安慰他，但不知为何，他却感到一种前所未有的慰藉。仿佛只要跪在母亲坟前，母亲就和他同在，就能给他一种在其他地方不曾有过的安心。

"阿娘，孩儿罪孽深重，愧对列祖列宗。往后余生，孩儿再也不会做任何一件令自己午夜梦回羞愧欲死之事了……"

在母亲墓前不知跪了多久，眼见天色已晚，王维才起身返回。接下去的日子里，他几乎日日都来到母亲墓前，先祭扫一番，再诵读佛经。

这日，他无意中看到清源寺有一面墙壁很适合作画，一个念头浮上心头，何不把这水绕山环、风景如画的辋川美景画于壁上呢？

如果说他之前为李林甫、崔圆等达官贵人题画只是盛情难却，那么，在清源寺题画，则是他送给辋川、送给岁月的一个念想。当王维和清源寺住持说了题画的想法后，住持欣然应允。王维认真构思了一番，开始在清源寺创作《辋川图》。

《辋川图》以王维的辋川别墅为中心，只见别墅掩映于群山绿水之中，亭台楼榭，错落有致。旁边有河水蜿蜒而过，有小舟载客而至，船夫伫立船头，船中有二三人，或侃侃而谈，或弈棋饮酒，或投壶流觞，一个个儒冠羽衣，意态萧然……

王维不知疲倦地在清源寺画了足足两个多月，从夏天一直画到了秋天。

在这两个多月中，他似乎忘记了周遭的一切，也忘记了曾经发生的一切，只活在辋川的天地之间，活在清源寺的壁画之中。

与其说是他画出了《辋川图》，不如说是天、地、山、河借他之手画出了《辋川图》。最好的丹青高手，其实是天地山河。只有以天地为师，以山河为范，才能窥见天地真意，画出山河神韵。咫尺千里，方寸山河，行云流水，悠然出尘。

当他画完最后一笔时，长长地舒了口气，仿佛获得了一次重生。

这日黄昏，秋风乍起，层林尽染，王维漫步在红枫遍野的山间，只见一条小溪从山谷中倾泻而出，叮咚作响。王维沿着小溪前行，水声渐渐大了起来。转过一个山坡，赫然看见前方有一个几丈高的悬崖，泉水从悬崖砸向山下的深潭。

王维席地而坐，抬头远眺，只见空中时有雁阵飞过，山峰之间升起缕缕白云，向苍穹冉冉飘去。云飘得很慢，王维的目光随着白云缓缓移动，不由想到，谁说水尽之处就是穷途末路？水会变成云，云会变成雨，雨落入河中，不就又成了水？

王维会心一笑，起身返回，遇到一位上山砍柴的老丈，絮絮聊了一路。

回到家中，王维有感而发，提笔写道："中岁颇好道，晚家南山陲。兴来每独往，胜事空自知。行到水穷处，坐看云起时。偶然值林叟，谈笑无还期。"

写罢搁笔，王维踱到庭中，抬头看向苍穹。

表面上，他在写自己信步漫游，走到水的尽头，坐下来看行云变幻，同山间老人谈谈笑笑。其实，他在表达一种生命的状态。

如果说，他写"谁怜越女颜如玉，贫贱江头自浣纱"时，还在替"颜如玉的越女"得不到世人的赏识而可惜，那么，当他写下"行到水穷处，坐看云起时"，已经觉得，"自浣纱"才是一种生命的自我完成，才是一个自足丰盈的人生。至于世人是否认可，又有什么关系呢？

当玉真公主从莲儿口中得知王维返回辋川的那一刻，玉真公主明白，她还是错估了他。

对王维来说，太子中允、中书舍人、尚书右丞等在别人眼里高不可攀的官职，都不及他心中的辋川。

她为他所做的一切，再次落空。

但这一次，她却出奇地没有流泪，她的眼泪似乎已经在王维拥吻她时流尽了。

她只是平静地看着莲儿，嘴角浮起一抹淡淡的微笑："莲儿，或许对你阿爷来说，辋川才是他真正的家,才是能让他安心的地方。你能不能答应义母一件事?"

自从义母问了她那番话后,莲儿就一直盼望义母能和阿爷走到一起。她曾多次劝阿爷不要如此自苦,阿爷一开始还回答说是他不配,后来便不许她再提及此事。她原本以为阿爷可能还没走出那段阴影,过段时间会慢慢改善,但阿爷却出其不意地走了,只留了一封信笺给她,让她安心留在长安。她担心义母知道后会伤心落泪,没想到义母竟如此平静。

"义母,不用说一件事,便是一百件事、一千件事,但凡莲儿能做的,必定义不容辞。"

"莲儿,义母想去一趟辋川,想去亲眼看看,那个让你阿爷魂牵梦绕的辋川,究竟是怎样的风景?"

玉真公主转头看向窗外,初秋的天空碧蓝如洗,而她却只能看见玉真观上空的一小块天空。不知辋川的天空,是不是更为辽阔?这样想着想着,她的目光中渐渐有了一种疏朗的明亮。她想马上出发,此刻,现在。

几天后,当玉真公主的翟车驶进了辋川时,王维再是波澜不惊,也到底有些震住了。

他以为,他出狱那天对公主说了那样一番决绝的话,一定已经彻底伤了公主的心。公主恨他怨他,都是应当。

然而,当玉真公主扶着莲儿的手缓缓走下翟车,抬头看向他时,眼里没有怨怪,没有恨意,只有一种疏朗的明亮。

那个瞬间,王维心中有些惭愧。看来,他还是低估了她。

这一生,他不仅低估了璎珞,也低估了玉真公主。他以为璎珞是需要他去呵护的弱女子,但璎珞为了他,不惜付出生命的代价;他以为玉真公主为他做的一切都只为和他在一起,但当他最后拒绝和她在一起时,她却并没有恨他……

这样想着想着,他心中的歉意化为一股暖流,快步走到玉真公主面前,向公主行了一礼道:"请公主到寒舍喝口热茶。"

"不,摩诘,我想看看你笔下的孟城坳、华子冈,想看看文杏馆、斤竹岭,还想看看鹿柴、南垞、竹里馆、辛夷坞……"尽管玉真公主说话时竭力保持平静,但微微发红的眼眶到底还是出卖了她的心情。

王维自然听出了玉真公主云淡风轻背后的不舍,他们彼此都心知肚明,这次可能就是他们最后一次见面了。

拉翟车的健马忽然打了一个响鼻,王维回过神来,伸手请玉真公主上车,莲儿忙以要准备晚膳为由悄然回避了。王维翻身上马,策马前行。

此时正是初秋，秋光明媚，山道上铺满了凋零的槐花，和枝头上新染的枫叶相映成趣，让人慨叹生命的短暂和无常……

当马车缓缓来到辛夷坞时，玉真公主心头一紧，蓦然想起了736年夏天，他听她抚琴后对她说的那番话——公主方才抚琴时，若能像辛夷花般自开自落、活出自我，或许会对琴曲有更深的领悟。

那一次，是她第一次听说辛夷花，知道这世上还有这样一种花，只开在人迹罕至的深山里。它开时，热烈地开，漫山遍野，一片火红；它落时，干脆地落，缤纷红雨，洒落深涧。它自开自落，自满自足，无人欣赏，也不求有人欣赏。

如果说她听王维说辛夷花时的心情是轻松愉悦的，那么，当她741年收到王维写给她那首有关辛夷花的诗时，则仿佛被生生扎进了无数荆棘上的刺。

"木末芙蓉花，山中发红萼。涧户寂无人，纷纷开且落。"

聪慧如她，从诗中读懂了王维想要表达的话。他想告诉她，他和她注定都是孤独的，就像山中的辛夷花，独自开，独自落，独自完成生命的修行，独自追求生命的富足。他们可以互相欣赏，却不能合二为一。因为，对辛夷花来说，最好的生命形式，就是自开自落，自我圆满。

如今，是758年秋天，距离她第一次听说辛夷花已经过去了整整二十二个年头。此时此刻，她对面站着的，是让她魂牵梦绕的男人；她脚下踩着的，是让这个男人魂牵梦绕的土地……

夕阳正一点一点向山后隐没，山涧的秋风已然带着瘆人的寒意。王维向她缓缓走来，在距离她一步之遥处，解下身上的披风，轻轻披在了她的身上："持盈，山里风大，小心着凉。"

她低头摸了摸这件显然还带着他体温的披风，垂眸一笑，再抬头时，刚好对上了他看她的眼神。

千山万水相聚的一瞬，千言万语就在一个眼神。

她静静地凝视着他，恍惚之间，仿佛他俩昨天刚刚认识，又仿佛已经认识了一生。

她想起了他俩719年春天第一次相遇的情景。那一次，他称她为公主，言语不多，只是向她弹奏了一曲《郁轮袍》。然而，就是这一首《郁轮袍》，让她从此再也放不下他。

转眼之间，近四十年过去了。四十年足以改变很多人，很多事，大唐天子已经从李隆基换为李亨，大唐年号已经从开元、天宝改为至德、乾元，身边的一切都和四十年前全然不同了。然而，只有眼前这个人，似乎一点都没有变！

苦难并未击垮他，相反，经过岁月的洗礼，纵然眼角添了皱纹，鬓间多了白发，

第一百一十四章 行至末路 坐看云起

可那份温润如玉的光泽，却并未随着时光流逝而消失，反而被岁月磨砺得愈发清远明澈、清朗从容。

在他身后，那片被秋光染成金色的原野正在群山环抱间舒展开来，山顶时有白云飘过，宛如一幅流动的画卷。

他静静地站在那里，落日的余晖照在他的脸上，将他唇角的微笑和眼底的温暖都照得清清楚楚。他不用开口说话，便已光华无限。

这样的光华，她只在皇兄李隆基身上看见过。他们都是音乐天才，都有异乎常人的禀赋，都是天生的王者。

或许，正因如此，皇兄一生都不待见他，让他碌碌无为、蹉跎一生。当然，这其中，也有她的缘故。他一次一次拒绝她、伤害她，皇兄怎还会待见他？

刹那间，无数前尘往事纷纷涌上心头。这一生，她深深地爱着他，却也怨过他，恨过他，但此时此刻，那些曾经的怨与恨，早已随风而逝，消融在广袤无垠的天地间。

秋风萧瑟，落叶纷飞，千言万语涌上心头，最后轻轻吐出的，却只是："摩诘，珍重。"

看着玉真公主眼底的柔情和眼角的泪光，王维心里像是被什么击中了，哽咽道："持盈，对不住。"

"不，你没对不住我。我爱你，和你无关。爱过你，我已无憾。"玉真公主明白，这很可能是他们最后一次见面，有些话再不说就永远没有机会了。

王维同样明白，今日一别，或许再难重逢。他抿紧嘴角，眼里渐渐雾气氤氲，久久凝视着玉真公主："持盈，无论怎样，我始终是欠了你。如若不弃，我愿为你做一件事。或许，这是我能为你做的唯一一件事，也是最后一件事了。"

王维如此郑重的口吻，让玉真公主不由心头一跳，含泪问道："摩诘，何事？"

王维退后一步，对着公主深深行了一礼，声音中似乎有一种可以穿越时空的肃然："持盈，无论我和你谁先离世，你百年之后的碑铭，我愿亲手执笔。"

玉真公主怎能不明白，他愿意为她写碑铭意味着什么？这无异于告诉她，这辈子，他虽然无法娶她，给不了她妻子的名分，但愿意给她百年之后身为妻子的待遇。想到这里，她内心的坚强轰然坍塌，眼泪止不住地涌了上来，怎么也忍不住。

王维上前一步，似乎犹豫了一下，终于伸出双臂，拥她入怀。在碰到他肩膀的刹那，她忘情地伏在他的肩头，尽情流泪，似乎只有眼泪可以宣泄此刻所有复杂难言的心情。

"人间或许不值得，但，因为有你，便是满目疮痍，也是处处春光。"不知过了多久，当心情终于平复下来后，她在他怀中喃喃低语。

他轻轻拍着她的背，秋风阵阵吹来，在他眼中盘旋已久的眼泪，也忍不住落了下来。

"无论悲喜，人间值得。"他在她耳畔低语，像是说给她听，也像是说给自己。

"无论悲喜，人间值得。"她在心里默念了一遍。是的，对她来说，他是千帆过尽的欢喜，是踏遍山河的值得，更是此生所有的钟情。因为有他，所以人间值得。

虽然王维想要归隐辋川，但朝廷邸报却一封一封从长安送至辋川。

从这些邸报中，王维明显感到战争形势又骤然严峻起来。身为尚书右丞，他该如何为朝廷分忧？

和李唐皇室信奉道教不同，李亨崇信佛教。他不仅请大德高僧念佛祈祷，还颁布圣旨，在全国81个郡县设立放生池，命颜真卿为这些放生池书写碑文，专门用来蓄养鱼虾，行善积德。

这晚，月明星稀，秋风寂寥，王维伏案抄写《法华经》，写到"精进持净戒，犹如护明珠"时，不由想起三十六年前，他和璎珞共游越州戒珠寺，说到戒珠寺的名字时，他说可能出自《法华经》，而璎珞却笑说"戒律洁白，恰如明珠"。

言犹在耳，斯人何在？如今，是758年秋天，璎珞去世已整整三十年了。

"璎珞，三十年了，你在那边还好吗？白驹过隙，弹指刹那，咱们重逢的日子，应该不远了。"

当他百年之后，谁还会知道辋川别墅的主人是谁呢？就像很少有人知道在他之前，辋川别墅的主人是谁。

忽然，他脑中灵光一现般，迅速掠过一个念头，那就是将整个辋川捐为寺产，供奉菩萨，弘扬佛法……

他心中大定，当即提笔蘸墨，在宣纸上洋洋洒洒写《请施庄为寺表》。当王维写到最后一句"上报圣恩，下酬慈爱"时，只觉得原本充斥在五脏六腑间的浑浊之气仿佛都释放了出来，身心有种说不出的欢喜和愉悦。

几天后，当王维将《请施庄为寺表》送达李亨面前时，李亨先是一怔，继而龙颜大悦，当即大笔一挥，奏准了王维的请求。

王维当即着手将辋川别墅按寺庙的要求好好修葺一番，彻底捐了出去。处理妥当后，758年初冬，王维心无挂碍，返回长安。临走时，他再次深深看了一眼辋川，仿佛想把辋川的一山一水、一草一木都烙印在他心里。从此以后，当他想念辋川时，他只需闭上眼睛，就可以在脑海里一一浮现。

当车马行至辋川口时，他掀起车帘，缓缓低吟："依迟动车马，惆怅出松萝。忍别青山去，其如绿水何。"

他知道，虽然他施庄为寺之举并不能为唐军战胜叛军发挥什么作用，但至少可以让他稍感心安。愿佛祖保佑大唐，早日脱离无尽的泥潭，重振雄风，国泰民安。

从辋川回长安的路上，寒风在地面上打着旋，树旁的落叶转眼间便不知被吹去了哪里。只有一辆辆马车在潮湿的泥地上碾过的痕迹，长久留在那里，仿佛告诉世人，有多少难民从这里走过。

一路上，老人的呻吟声、妇人的叹息声、孩童的啼哭声，此起彼伏，不绝于耳。王维看在眼里，急在心里。

他让随从将车上携带的米面干粮一路分发给逃难的百姓，当将车上最后一个胡饼也发完后，看着难民求生若渴的眼神和瘦骨嶙峋的双手，王维只觉得心痛如绞，脑海中猛然想起了杜甫写的那句"朱门酒肉臭，路有冻死骨"！

自755年末爆发安史之乱以来，至此已经整整三个年头了。三年来，中原大地上烽火连天，哀鸿遍野，惜乎叹乎，悲哉哀哉！

转眼之间，便是759年春天。春天正是青黄不接之时，饥荒愈发严重。王维主动向朝廷上奏《请回前任司职田粟施贫人粥状》，将他职分田上产出的粮食全部捐出，救济穷苦百姓。

当百姓听说他们喝的粥产自王维的职分田时，纷纷感激涕零："善人啊！善人啊！"当朝中同僚纷纷赞叹王维施庄为寺、献粮煮粥之举时，王维却连连声称"不值一提"。

与此同时，郭子仪等九大节度使正在相州围剿安庆绪的残余势力。由于李亨故意不设元帅，诸军缺乏统一指挥，导致战争相持不下，给安庆绪争取援军提供了有利时机。

759年春天，史思明出兵助安庆绪解除相州之围，大败唐军。李亨听信宦官鱼朝恩的谗言，认为唐军战败是因为郭子仪指挥不力，一怒之下，将郭子仪召回长安，解除兵权，让他赋闲在家。

不过，安庆绪还没来得及庆祝死里逃生，就死于史思明刀下。史思明接收了安庆绪的部队，返回范阳，自称大燕皇帝，年号顺天。

面对史思明的再次叛乱，李亨一味倚仗内侍李辅国、鱼朝恩等人，文武百官很是心寒，朝政日益混乱。

对王维来说，除了尽自己的本分例行上朝外，其余时间，就在道政坊家中研读佛经。家中陈设越发素净，除了茶铛、药臼、经案、绳床等物，别无他物。

第一百一十五章 施庄为寺 献粮煮粥

日暮黄昏，拂晓清晨，王维在家中焚香独坐，修禅悟道。如果不是759年秋天收到裴迪的来信，他几乎快要忘记周围的一切了。

信中，裴迪告诉他，他随王缙抵达蜀州任上后，诸事都还算顺利。巧的是，759年秋天，杜甫主动辞去华州司功参军一职，几经辗转，来到蜀州，住在城西浣花溪畔的草堂。三人很是投缘，常一起出游，多有唱和之作。

信末，裴迪特地附上了杜甫写的《和裴迪登新津寺寄王侍郎》，题中的王侍郎就是王缙。

王维不由低声吟道："何限倚山木，吟诗秋叶黄。蝉声集古寺，鸟影度寒塘。风物悲游子，登临忆侍郎。老夫贪佛日，随意宿僧房。"

相比之前杜甫写的《和贾至舍人早朝大明宫之作》，这首诗显然更见功力。不知怎的，他忽然想起了726年春天在卢氏县初识杜甫时的情景。那时，杜甫才十五岁，正是青春洋溢的年纪，如今却也年近五十了。

看着落款处的"小弟裴迪敬上"，王维心中一暖。当年，张九龄被贬荆州时，裴迪在荆州担任张相的幕僚，陪伴张相；如今，王缙被贬蜀州，他请裴迪到蜀州陪伴王缙。裴迪于他，可谓侠肝义胆，情深义重。

此时此刻，他无比想念王缙，想念裴迪。他似乎有种预感，他和王缙、裴迪的重逢之日不远了。同时也有一种预感，他和王缙、裴迪的离别之日也不远了。

759年春天，关中遭遇大旱，当王维忙着献粮煮粥时，李亨大赦天下，原本判死罪的，改为流放；原本流放及以下罪行的，完全赦免。

这对正在流放夜郎路上的李白来说，不啻为一个惊天动地的好消息！

时间倒回到757年2月，李璘兵败而亡后，李白在浔阳入狱。757年11月，李亨收复两京后，开始清算曾经为安禄山、李璘效劳的人，李白被判流放夜郎。

758年春天，李白自浔阳出发，前往夜郎。758年夏初，李白抵达江夏（今湖北武汉）。

对李白来说，江夏是一个有太多回忆的地方。

727年，他从扬州游历归来，拜访了陈州（今河南淮州）刺史李邕，写了《上李邕》一诗。然后来到江夏，拜访了在江夏附近隐居修道的孟浩然，并将《上李邕》一诗给孟浩然看。

孟浩然只看了一眼，就大赞这是一首好诗，尤其是第一句"大鹏一日同风起，扶摇直上九万里"，气贯长虹，是不可多得的佳句。因为这首诗，他和孟浩然一见如故，互为知己。

728年春天，他和孟浩然一同游历江夏。分别之际，孟浩然要去广陵（江苏扬州），他特地写《送孟浩然之广陵》相赠。

其实，黄鹤楼不仅有他和孟浩然的回忆，还有他对另一位诗人的仰慕，那就是比他小三岁的崔颢。

崔颢出生于704年，虽然才华出众，但仕途并不顺心，宦海浮沉，郁郁不得志。一个秋高气爽的日子，崔颢登临黄鹤楼，面对奔流不息的长江，想起自己的一生，不由感慨万千，迎着江风朗声吟道："昔人已乘黄鹤去，此地空余黄鹤楼。黄鹤一去不复返，白云千载空悠悠。晴川历历汉阳树，芳草萋萋鹦鹉洲。日暮乡关何处是？烟波江上使人愁。"

如今，当李白以戴罪之身再次登临黄鹤楼时，前尘往事纷纷涌上心头。黄鹤楼依旧，长江依旧，青山依旧，夕阳依旧，但比自己年长的孟浩然、李邕和比自己年轻的崔颢，都已驾鹤先去，天人永隔。

那一瞬间，他想起了许多往事，既一言难尽，又无处诉说，只剩下一声深深的叹息……

他原本想写点什么，但又觉得和黄鹤楼有关的佳句已经被崔颢写尽了，在心中默默感叹："眼前有景道不得，崔颢题诗在上头。"

他一生恃才傲物，很少如此赞美其他诗人的作品，唯独对崔颢这首《黄鹤楼》却是发自内心地喜欢。他将目光缓缓转向了鹦鹉洲，仿佛和崔颢遥相呼应般，怅然若失地缓缓吟道："鹦鹉来过吴江水，江上洲传鹦鹉名。鹦鹉西飞陇山去，芳洲之树何青青。烟开兰叶香风暖，岸夹桃花锦浪生。迁客此时徒极目，长洲孤月向谁明？"

最后一句"迁客此时徒极目，长洲孤月向谁明"，道尽了他此刻所有不足为外人道的复杂难言的心情。

不过，让李白万万想不到的是，759年春天，当他行至白帝城（今重庆奉节）时，忽然得知了皇上大赦天下的消息。那一刻，他如获新生！

欣喜若狂的他，当即乘舟顺江而下。一路上，抑制不住激动的心情，对着两岸迅速后退的群山高歌："朝辞白帝彩云间，千里江陵一日还。两岸猿声啼不住，轻舟已过万重山。"

在经历了一次次生死考验后，从他口中吟出的诗，早已洗尽铅华，不假雕琢，随心所欲，浑然天成。

当李白怀着激动的心情庆祝自己重获新生时，杜甫则怀着悲悯的心情记录下了百姓的疾苦。

连年战争迫使无数男丁前赴后继奔赴战场，让百姓妻离子散，骨肉分离。久旱不雨让农田颗粒无收，让本就忍饥挨饿的百姓愈发雪上加霜。天灾和人祸交织在一起，苍生百姓，怎一个惨字了得！

759年3月，杜甫从洛阳返回华州的途中，看到战乱带给百姓的灾难和百姓被迫参军的惨状，痛心疾首，一口气写下了"三吏"（《新安吏》《石壕吏》《潼关吏》）和"三别"（《新婚别》《垂老别》《无家别》）。

760年秋天，李白带妻子宗氏登上庐山高峰，看着眼前的壮丽河山，不由诗情迸发，脱口而出道："我本楚狂人，凤歌笑孔丘。手持绿玉杖，朝别黄鹤楼！"

此时的李白，虽然历尽磨难，却始终不愿向现实低头。他要前往金陵寻找友人，实现他未竟的事功。功一日未成，身便一日不退。

虽然宗氏不愿李白外出漂泊，但她明白，以"楚狂人"自居的他，注定要以四海为家。蜀州拘不住他，长安拘不住他，如今的庐山更拘不住他！

无论人间是否太平，761年春天还是来了。

自760年入冬以来，王维便觉得体力渐渐不支，连上朝奏事也日渐吃力，再加上长年研读佛经，眼睛也渐渐昏花起来。入春后，或许是夹袍脱得早了些，不小心染了风寒，时常剧烈咳嗽，常常整夜整夜睡不好觉。

莲儿请了相熟的范郎中，为王维诊了脉息，开了方子，日日好生养着，却不见什么明显好转。

范郎中眉间皱了一个"川"字，深深叹了口气，趁王维不留意时，悄悄告诉莲儿道："从令尊的脉息看，风寒只是表象，其实是心气郁结，心力耗尽，就像油尽灯枯一般，身子骨一日日亏了……"

不待范郎中说完，莲儿便觉得胸口仿佛被针狠狠扎了一下，险些一个踉跄，眼泪瞬间涌了上来。

范郎中连忙安慰她道："大娘若是信得过在下，在下给令尊开一些疏通气血、补气健脾的方子，请令尊耐心吃上几个疗程。大娘切记，忧思伤脾，久坐伤肝，如果令尊能保持心情舒畅，并多卧床休养，想来身子会慢慢好转，大娘切莫过于担忧。"

莲儿含泪点了点头，她心中只有一个念头，就是尽一切办法照顾好阿爷。

第一百一十五章 施庄为寺 献粮煮粥

这日午后,王维迷迷糊糊睡了一觉,醒来后喝了莲儿熬的中药,又被莲儿哄着吃了两粒杏脯,觉得身子似乎松快了些。

看阿爷精神好了些,莲儿便从袖袍中取出一封信笺,双手递给阿爷道:"阿爷,叔父来信了,一眨眼,已经快三年不见叔父了,如果叔父能早日回到长安,该有多好!"

"夏卿来信了?快与我看看。"听说王缙来信了,王维顿时眼前一亮,忙从床榻上支起身子,拿过信笺,迫不及待地看了起来。

莲儿忙在王维身后垫了一个厚实的青缎隐囊,又给王维披上了一件轻便暖和的披风,挨在王维身后坐了下来,替王维轻轻捶背。

自去蜀州以来,王缙大抵两三个月就会给王维来一封信,说他在蜀州一切都好,请大哥不要为他担心。在这封信里,王缙照例报了平安,聊了蜀州的春光和蜀地的风俗,信末特地嘱咐王维,请他务必听郎中和莲儿的话,好生养着,不要忧思劳神……

王维看着看着,拿着信笺的手不由微微颤抖起来,胸口一阵酸涩。

虽说他是大哥,但回首这一生,他似乎没有为王缙做过什么,反而一直是王缙在无微不至地关心他、照顾他、体谅他……

"莲儿,你说的对,如果你叔父能早日回到长安,该有多好!"王维缓缓放下手中的信笺,转头看着莲儿,眼中是深深的歉意和自责。

莲儿立马想到了范郎中说的忧思伤脾,阿爷就是太自责了,所以才心气郁结,导致身子骨一日日亏了下去,忙劝慰王维道:"阿爷您看,叔父特地交代了,让您务必听郎中的话。郎中说,久坐伤身,您这一坐又是不少工夫了,该躺下好好歇着了。"莲儿一边说着,一边起身取下王维身上的披风,扶王维躺下休息。

但王维却摆了摆手,挣扎着要起身下床,并打趣莲儿道:"范郎中是怎样的谨慎人?你叔父是怎样的谨慎人?他们的话,怎能全部听得?来,你这就扶我到书房去,我这就给你叔父写信,免得他担心我。"

莲儿知道阿爷平时看着好说话,但一旦决定了的事,却是拗不过他,只好故意叹了口气,没好气道:"右丞大人,小女子遵命便是!"

在莲儿搀扶下,王维缓缓走向书房,在书桌前站定后,向莲儿挥了挥手道:"莲儿,阿爷没事,你去忙你的吧。"

莲儿知道阿爷写信时不愿被人打扰,只好点了点头,转身向门外走去,走到门口时,回头叮嘱道:"阿爷,我只给您半个时辰,半个时辰后,您可得跟我回房休息了,否则我可不依。"

王维铺开宣纸,抬头看着莲儿道:"好,阿爷依你,保证半个时辰内给你叔父写好回信。"

看着莲儿离去后,王维怔怔地站了好一会儿。不知为何,他近来时常有种错觉,仿佛刚才和他说话的不是莲儿,而是璎珞。莲儿打小就长得像璎珞,随着年岁渐长,言谈举止更是像极了璎珞,让他觉得璎珞并未离开,而是和莲儿同体。

王维摇了摇头,将信笺轻轻压在书案的卧牛玉石镇纸下,提起笔来。不过,他并不是给王缙回信,而是给皇上上表。

他要像当年王缙向皇上恳求用自己的官职为大哥赎罪一样,也向皇上恳求,削去自己所有官职,只求能让王缙重返长安,在朝为官。

几乎不需要任何思索,王维就提笔写了下去:"臣维稽首言:臣年老力衰,心昏眼暗,自料涯分,其能几何……"

接着,他批评自己有"五短",赞扬王缙有"五长",即忠不如弟、政不如弟、义不如弟、才不如弟、德不如弟。

最后,他向皇上恳求道:"伏乞尽削臣官,放归田里,赐弟散职,令在朝廷。臣当苦行斋心,弟自竭诚尽节,并愿肝脑涂地,陨越为期。"

几天后,当王维这篇《责躬荐弟表》送呈李亨案前时,李亨再一次被王维和王缙的手足之情深深触动了。

三年前,王缙向他恳求为王维赎罪;三年后,王维向他恳求让王缙重返长安。在他们兄弟心中,都把对方看得比自己更重。放眼天下,这样的手足之情能有几人?

至少,他就从来没有过这样的手足之情。不仅他从来没有过,他父亲、他祖父、一代又一代李家人,谁又何曾有过呢?

当李亨感动于王维的《责躬荐弟表》时,从范阳传来了一个天大的好消息。

761年3月,正如安禄山死于儿子安庆绪刀下一样,史思明也出其不意地死于儿子史朝义刀下。

史思明一死,叛军顿时军心大乱,原本相持不下的战局顿时倾向了唐军。

李亨当即下令,让唐军趁机大举进攻。唐军士气大振,在战场上屡败叛军。当前方捷报频频传到长安时,长安街头,百姓无不奔走相告,整座长安城沸腾了!

更让长安人高兴的是,辟邪纳福的端午节快到了。

唐人向来重视端午节,家家户户都要打扫庭院,插上佩兰、菖蒲、葫芦叶等物,身上戴续命索等,讲究一些的人家,还要在家中张贴《五时图》和《五花图》,前者辟邪,后者纳福。

一入五月,莲儿便一样一样忙碌了起来。这日是五月初四,端午节前一天。莲儿早早起来,到庭院里走了一圈,院子里散发着皂角和佩兰的淡淡清香,让人神清气爽。

快近晌午时，莲儿忽然想起，家中还缺两张应景的《五时图》和《五花图》。往年都是阿爷亲手画的，今年阿爷也说要画，但她却不许阿爷动笔，因为写字作画，最是费神。

正当莲儿穿过厅堂，准备遣人去西市买两幅现成的画时，却一眼看见阿爷的书房门虚掩着，忙快步走了过去。果然，阿爷正在书案前专心作画，连她进门了都不曾发现。

莲儿叹了口气，阿爷什么都好，就是拿郎中和她的话当耳边风，不知他是几时走进书房的？在书案前站了多久了？

"阿爷——"莲儿走到书案对面，声音里是嗔怪和心疼。

"好，好，你看，阿爷这不快画好了吗？"在王维笔下，《五时图》中的蛇、蝎、蜥蜴、蜈蚣、蟾蜍等五种毒物栩栩如生，猛不丁一看，当真吓人一跳。还是《五花图》好看，就像在宣纸上盛开了一丛石榴花，如火如荼，明媚动人。

又过了一盏茶工夫，只见王维放下画笔，仔细端详了几眼后，抬头看向莲儿道："阿爷许久不曾动笔，到底手生了，就这样凑合着用吧。"

莲儿忙挽起袖子，一边收拾笔墨，一边点头笑道："我若有阿爷万分之一的画技，便是做梦也会笑出声来了！"

"你阿娘最喜欢看我画石榴花，说石榴花虽不如牡丹扬名天下，却自有一种轰轰烈烈、热热闹闹的美。"王维看着案上的石榴花，恍惚间又想起了璎珞站在庭中石榴花下的倩影。

莲儿忙轻轻摇了摇阿爷的胳臂，拿其他话岔了开去："阿爷，我今日做了您爱吃的槐叶冷淘、鱼脍和牛酪拌生菜，咱们这便过去用膳如何？"

自入春以来，王维于饮食上一直懒懒的，每次用膳，都是略动了动竹箸而已。听莲儿说到冷淘，倒是心头一亮，脱口而出道："你阿娘做的荷叶冷淘，最是清香可口。"

莲儿却是心里一沉，不知为何，阿爷近来无论说什么，都会提到阿娘，让她有种不祥的预感。

她忙定了定神，压下心头的胡思乱想，一脸娇嗔道："那今日尝尝女儿的厨艺，看看比不比得上阿娘？若是比得上，阿爷可要赏脸多吃些才好呢！"

王维正想点头说"好"时，不知是站得久了，还是从拿起画笔到现在还不曾喝过一口温水，只觉得嗓子眼里一阵发紧，接着便是一阵剧咳，咳得仿佛要把整个胸腔都炸裂了似的。

莲儿忙端起茶盏，让阿爷就在她手里喝了几口，并替他不停地捶背顺气，试图能够缓解一些。

王维伏在书案上咳了许久，才松开了捂在嘴上的本色帕子，缓缓直起身子，拍了拍莲儿的手背，示意她不必担忧。

莲儿心中难过，脸上却不能露出什么，故意打趣他道："阿爷，女儿一说要和阿娘比试比试，就把您急成这样了？看来阿爷还是偏心阿娘。来，您老人家手上的帕子给我吧，我待会便去洗了。"

王维摇了摇头，呵呵笑道："是呢，瞧阿爷就是这般沉不住气。即便偏心阿娘，也不能让女儿知道不是？帕子还算干净，明日再洗吧。"

趁莲儿不注意时，王维迅速把帕子塞到了书案后面的抽屉里，在心底叹了口气。莲儿并未多想，高高兴兴扶着王维的胳膊向厅堂走去。

他这咳血的症状已经不是一日两日了。他于医术上略懂一二，明白咳血是病入膏肓之症，便是华佗再世也是无力回天。既然如此，不如一直瞒着莲儿。只要他在一日，便让莲儿高兴一日，直到不得不分离的那一天。

不知是槐叶冷淘端的美味，还是方才画《五时图》和《五花图》颇费力气，王维今日竟将满满一碗冷淘慢慢吃了下去，喜得莲儿连连拍手道："阿爷，您若能日日这样乖乖吃饭，身子一定一日好过一日了！"

王维放下竹箸，满意地点了点头："莲儿果然长进了，这碗槐叶冷淘，已经和你阿娘做得一般无二了。"

第一百一十六章　琴曲思君　花开送卿

两人正说笑间，忽听门房来报说，宫里来人了！

莲儿忙退到内室，王维提起袍角，快步迎了出去。只见来人正是宫里负责传达皇上口谕的内侍，王维忙依礼跪了下来。

内侍先宣读皇上褒奖王维以国事为重，主动让贤，善待兄弟的嘉言懿行，接着宣布授予王缙左散骑常侍一职，不日即可返回长安。

左散骑常侍是门下省的三品官职，随侍皇上左右，是清要之职。

自王维向李亨上呈《责躬荐弟表》以来，一晃已经过去了一个多月，王维以为希望渺茫。不料今日听到圣谕，王缙不仅可以重返长安，而且可以官复原阶，这不是天大的喜事嘛！

王维心情激荡，连连向内侍叩首谢恩。内侍忙扶起王维，王维请内侍稍坐片刻，他要当场写一篇《谢弟缙新授左散骑常侍状》，请内侍送呈皇上，以表达他的感激之情。

只见王维用颤抖的手提起毛笔，一口气写了下去："臣之兄弟，皆迫桑榆，每至一别，恐难再见……"落款处，是"上元二年五月四日，通议大夫守尚书右丞臣王维伏进"。送走内侍后，王维心头激动，又提笔给王缙写了一封长信。信中，他告诉王缙这个喜讯，嘱咐王缙重返朝廷后要勤恳做事，不辜负皇上对他的一番厚爱。

下笔千言，意犹未尽，当他终于搁笔时，才觉得整个身子仿佛虚空了一般，撑不住倒下了。

数日后，李亨又下了御笔亲书的答诏，对王维的《谢弟缙新授左散骑常侍状》一番褒奖。王维日夜盼望王缙能早日回到长安。因为，他知道，他的身子已经撑不了多久了。

这日是六月初六，是二十四节气之一——芒种。从这一天开始，天气变热，雨量增加，正是农忙时节。

躺在病榻上的王维，似乎迷迷糊糊看到阳光透过窗户上的苇帘洒在床前的斑斑驳驳的光影，耳边似乎听到璎珞在轻轻唤他："摩诘，摩诘……"他费力地睁开眼睛，搂过璎珞道："璎珞，今日我要和赵化出城，去济州各地田庄看看今年收成，你帮我找几件粗些的衣裳和芒鞋可好？"璎珞笑着答应，翩然而去。不一会儿，一叠整整齐齐的麻裳就放在了他的床头，他触手一摸，甚是松软，正想拉住璎珞继续说话时，璎珞却一转身就走了，消失得无影无踪……

"璎珞，璎珞……"王维想大声呼唤璎珞，无奈嗓子眼仿佛被千斤重担压住了似的，即便使出全身力气，也只能发出一丝微弱的声音。

"阿爷，我在呢，阿爷，您醒醒。"莲儿一直守在阿爷床榻前，看到阿爷的嘴唇微微动了两下，忙凑得更近了些，试图听清阿爷说了什么。

一旁的范郎中正好给王维煎好了药，忙扶起他的身子，让莲儿喂王维喝了几口。当药汁缓缓流下喉咙时，不知是药汁太苦，还是喝得太快，王维不小心呛住了，又是一阵咳嗽。

"阿爷，您方才一直在念叨啥呀？"待王维缓过来后，莲儿挨着王维坐下，有一搭没一搭地陪阿爷说话解闷。

"莲儿，我方才看到你阿娘了！"王维无力地靠在身后的隐囊上，眼前仿佛还是梦中的情景。

"日有所思，夜有所梦。阿爷时常思念阿娘，自然容易梦见阿娘咯。"莲儿心里难过，但面上却依然强颜欢笑，尽力宽慰阿爷。

"莲儿，有一件事，阿爷要告诉你。"王维自知大限将至，他对玉真公主的那个诺言，到了不得不说的时候了。

看着阿爷脸上的肃然，莲儿不由坐直了身子，用力点了点头："阿爷请吩咐，女儿一定谨记于心。"

"莲儿，这辈子，我欠了你义母太多、太多。那次你陪义母来辋川看我，我答应了你义母，她百年后的碑铭，由我来执笔。"王维停了一停，重重地喘了口气，继续吃力地说了下去，"莲儿，我一日不如一日了，想来一定会走在你义母前头。我离世后，你替我把碑铭转交给你义母，并记得告诉你义母，碑铭上的落款可以署上你叔父的名字……"

王维话音刚落，又忍不住剧烈地咳嗽了起来，似乎有股狂风正在他胸腔里猛烈打转，要以摧枯拉朽之势击垮这具身体的主人。情急之中，王维忙掏出枕下的帕子，"哇"的一声，一口鲜血猝不及防地吐在了帕子上！

这一回，莲儿清清楚楚地看到了帕子上的鲜红血渍，不由失声惊叫了出来。下一秒，又紧紧捂住了嘴巴，仿佛只有这样才不至于失声痛哭。

"阿爷，求求你不要说了，不要说了。"莲儿伏在王维膝上，泪流满面。王维闭上眼睛，向后仰了仰，待胸口那阵飓风稍稍平息了一些后，低头摸了摸莲儿的秀发，苍白的脸上浮起一抹苍凉的笑容，声音平静得仿佛刚才咳血之人并不是他："傻孩子，不要为阿爷伤心难过。阿爷陪了你一程，是时候去陪你阿娘了。"

莲儿强忍住眼泪，抬头看着王维，哽咽道："不许阿爷说这些丧气话，范郎中一定有法子。"

王维又是一阵喘气后，摇了摇头："人生有八苦，生老病死，皆命中注定，任谁都没有法子。阿爷不想你哭，阿爷想看到你笑，等阿爷见到你阿娘，定会告诉她，咱们的女儿一切都好。"

"阿爷……"莲儿再也忍不住，哭倒在了王维床前。六岁那年，她失去了阿娘；三十三岁那年，她失去了仙芝；如今，在她即将步入不惑之年时，可能又将失去阿爷。人生，难道就是这样一次一次失去、一次一次告别吗？

在止不住的眼泪中，她听见自己在对阿爷说："阿爷，我明日便去玉真观，请义母来看看您，好吗？"

王维摇了摇头，声音平静得不起一丝波澜："不，莲儿，我和你义母已经告过别了。其实，人和人之间，只有两种结局，一是生离，二是死别。人生短短数十载，

第一百一十六章 琴曲思君 花开送卿

大限总要到来，只是迟早而已，你义母早已明白。"

莲儿怔怔地看着面色苍白但眸子依然清亮的阿爷，不知道她义母到底能不能明白，至少对她来说，实在无法接受这个即将分离的事实……

日子一天天过去，王维的身子一日日弱了下去，仿佛油尽灯枯一般，王维的生命之火越来越弱，仿佛随时都将枯萎、熄灭。

根据王维的心愿，莲儿请了他相熟的僧人，来家中为阿爷诵读佛经。莲儿一刻不离地守在阿爷床边，当阿爷被病痛折磨得生不如死时，当喝药已经无济于事时，只有清越的诵读佛经声，可以使阿爷渐渐平静下来……

761年7月的一天，一个阳光普照的日子，在僧人们有韵律的诵经声中，在莲儿的陪伴中，王维平静地走到了生命的尽头。他的嘴角微微上扬，划出了一个温暖的弧度，这是他特有的温润笑容。唯一让王维感到遗憾的，是见不到王缙最后一面……

当王缙终于风尘仆仆地赶到时，已是王维去世第三天。他无论如何也想不到，两个月前还给他写了那样一封长信的大哥，竟然与世长辞了，这让他如何接受？怎能接受？他不知道自己是如何跌跌撞撞走入灵堂的，只知道看到大哥棺木那一刻，身心轰然坍塌，哭倒在大哥身前。

按照王维生前的遗愿，王缙将大哥送到了辋川清源寺，将母亲葬在了一起。

在另一个世界，他又和母亲、妻子重逢了。或许，这不是生命的结束，而是另一个开始。

这日，莲儿将阿爷为义母写碑铭、并在碑铭上落款"王缙"一事告诉了王缙，王缙听着听着，不由红了眼眶。这世上，大哥最对不起的人，其实是他自己……

当玉真公主从莲儿手中接过包裹得严严实实的卷轴时，顿时心里一沉。当看到莲儿未语泪先流时，她便什么都明白了。

"义母，阿爷走了。"莲儿强忍住心头的悲伤，肩膀不可控制地颤抖了起来。

玉真公主紧紧搂过莲儿，一下一下地拍着莲儿的后背，仿佛是安慰莲儿，仿佛是喃喃自语："好孩子，不哭了，你阿爷一定舍不得你哭。"

直到送走莲儿，偌大的玉真观只剩下她孤身一人时，她在莲儿面前所有硬撑起来的坚强瞬间消失了。她手中紧紧握着王维为她撰写的碑铭，心底仿佛有一把锯子在缓缓搅动，将每一丝疼痛都拉得无比清晰、无比漫长……

自从758年秋天和王维在辋川分别后，他俩仿佛心照不宣般，都明白他们今生的缘分已经尽了、散了。在他们心里，那是此生最后一次见面。

她不是没有听说过王维病重的消息，不是没有料到王维可能会先她而去，然而，当这一天真的来临时，她才明白，一切设想都是徒劳，她心里依然是不可抑制的痛苦和难过，是那种心被生生劈开般的痛苦，是那种"卷帘人去也，天地化为零"的难过！

此时此刻，她心里只有一个念头，那就是带上古琴，立刻、马上、现在就去辋川。天下之大，只有那里，才是距离他最近的地方！

车马迟迟，心中凄凄，当玉真公主轻车简从赶到辋川时，天色已暗了下来。夕阳失去了白天的热力，空旷无人的荒野里，风呼啸着迎面刮了过来，让她有些睁不开眼睛。远远的天际，厚厚的乌云正在迅速堆积，一场暴雨似乎就要来临了。

"摩诘，三年了，我们又见面了。"玉真公主的手指缓缓抚过王维的墓碑，仿佛上面有他的体温。狂风吹乱了她的鬓发，她将额头无力地抵在墓碑上，身子一点一点低了下去。眼泪大颗大颗落在墓碑旁的泥土里，升腾起一团雾气，瞬间消失殆尽……

"摩诘，我一直以为，我会先你而去。当我弥留之际，我想听你读碑铭给我听。如今，你不辞而别，先我而去，我再也没有机会听你读你亲手写的碑铭了。"说到这里，玉真公主早已泪流满面、泣不成声，"摩诘，无论你为我写了什么，我都满心欢喜。我期待着有一天，我们在另一个世界重逢时，你能亲口读给我听。"

那天，莲儿走后，玉真公主久久凝视着手中的卷轴，最终却没有打开。因为，对她来说，王维写了什么并不重要，重要的是，他已经用行动证明了他对她的心意。这就够了，不是吗？

天色愈发暗了下来，眼看一场暴雨就要来了，玉真公主不慌不忙地低头拨动手中的古琴。刹那间，行云流水一般的古琴曲《坐忘引》便从玉真公主指尖倾泻而出。天地之间，仿佛只剩下这一种声音……

一曲终了，玉真公主抬头看着墓碑，嘴角浮起一抹微笑："摩诘，当年我弹此曲给你听时，你说，抚琴时若能忘记周遭的一切，像辛夷花般自开自落、活出自我，或许会对琴曲有更深的领悟。不知今日抚琴，可有些许长进？"

玉真公主顾自说了下去，虽然嘴角依然淡淡笑着，但眼底的热泪早已出卖了她内心的哀痛。只见她从琴盒里缓缓拿出一把竹剪，对着古琴看了很久，然后，毅然决然地朝着琴弦剪了下去。"咚"的一声，七弦同时迸裂！

"世上已无王摩诘，何必抚琴自哀伤！"在铺天盖地的滂沱大雨中，玉真公主仰面朝天，只觉得她心里那根最坚韧的生命之弦也应声而断！

她知道，在她得知王维去世的那一刻，一切都已经结束了。在这个尘世间，她已经一无所有。

762年4月，当辛夷花在山涧默默绽放时，玉真公主也走完了她的一生，了无牵挂地离开了这个让她不再有任何眷恋的尘世，安葬于长安万年县宁安里凤栖原。

她的墓碑上，是一篇文采斐然的墓志铭。落款处，是门下侍郎王缙。世人再也无从知道,这其中的文字,其实出自王维之手……

随着他们的去世,所有的爱恨情仇,都尘归尘,土归土。

后人已不知道曾经发生的一切,只有王维留下的那些诗、那些画、那些书法、那些音乐,明明白白告诉后人:有那样一个绝世天才,曾在公元 8 世纪的大唐,轰轰烈烈地爱过、痛过、挣扎过、徘徊过,最后,放下苦乐,安然往生,留给后人一个永远的传奇……

尾声

762 年 5 月 3 日，李隆基去世；

762 年 5 月 16 日，李亨去世；

762 年 12 月，李白去世；

763 年春天，史朝义无路可走，自缢而亡。至此，历时七年又两个月的安史之乱终于结束了。

763 年初夏，王维去世将近两年。此时，王缙已被封为银青光禄大夫、尚书兵部侍郎兼御史大夫，颇受唐代宗李豫赏识。

一日下朝后，李豫忽然问王缙："朕小时候曾听过你大哥弹奏的琵琶曲，印象颇深。天宝年间，你大哥的诗在长安广为流传。不知你大哥去世后，留下多少文集？你不妨好好整理一番。"

王缙忙遵旨去办。经过细心的搜集和整理，共得诗歌四百余首、文表碑状数十篇，共编为十卷，命名为《王右丞集》。为郑重起见，王缙还亲自写了一篇《进王右丞集表》。

李豫看到此表和《王右丞集》后，赞叹有加，亲笔题写批语。王缙眼含热泪，看着辋川方向，哽咽道："大哥，大唐终于没有负您……"

770 年春天，杜甫和李龟年意外相逢于潭州（今湖南长沙）。

想起李龟年开元年间频繁出入岐王和崔九的府邸，杜甫有感而发，写下了《江南逢李龟年》："岐王宅里寻常见，崔九堂前几度闻。正是江南好风景，落花时节又逢君。"

李龟年感慨万千，手抚琵琶，低头唱起了王维的《相思》："红豆生南国，春来发几枝？愿君多采撷，此物多相思。"

在李龟年苍凉的歌声中，杜甫泪湿青衫……

一个时代结束了，但那些梦断魂牵的故事，依然留在人间。

全文终

2021 年 8 月 19 日于浙江绍兴

答读者问（代后记）

2017年10月1日，我开始创作长篇历史爱情小说《红豆生南国》，执迷不悟地写那些人和那个时代。

2021年6月26日，全书完稿，共计九十六万余字。

王维出生于701年，去世于761年。因此，2021年，是王维诞辰一千三百二十周年，也是王维逝世一千二百六十周年。

我特地赶在2021年完成这部作品，以此纪念王维。

为了方便读者阅读，我将小说从头到尾修改了一遍，狠心删减了二十多万字，浓缩为这个七十万字的精华版。

《红豆生南国》以王维为第一男主人公，以王维和崔璎珞、玉真公主之间的爱恨情仇、悲欢离合为主线，重现大唐从开元盛世到安史之乱那个波澜壮阔的时代。

当繁华不再，大唐只剩下一个凄凉的背影时，唯那些刻骨铭心的爱恋，依然在历史深处荡气回肠……

他生逢其时，因为赶上了开元盛世；他又生不逢时，因为遭遇了安史之乱。

他亲眼见证了大唐由盛而衰、由繁华到幻灭的时代变迁，在这个时代变迁中，他的个人命运也随之跌宕起伏。

正如一千个读者就有一千个哈姆雷特一样，对于《红豆生南国》中的众多人物，读者也会有自己的解读。我整理了读者们最为关心的六个问题，和大家分享交流。

问题1：《红豆生南国》是历史小说，历史小说有几分真实？几分虚构？

作者答：

历史小说，不同于历史论文，也不同于戏说。历史论文是"有一分证据，说一分话"，戏说可以天马行空，随意想象。

历史小说是以历史人物为原型进行的演绎，而非历史事件的罗列。我查阅了《旧唐书》《新唐书》《资治通鉴》《唐才子传》《集异记》《太平广记》《金石录》等史料，对于史料中没有记载、无从查证的情节，进行了合理的想象。

比如，史料记载，王维妻子姓崔，在王维三十岁左右时去世，但是，王维妻子叫什么名字？和王维认识于何年？去世于何时？为何去世？她去世后，王维为何不续弦、不纳妾？

对于这些问题，史料都没有记载，只能根据时代背景、人物性格以及一些间接资料展开合理推断。

下面，我以王维妻子去世时间为例，具体说明。

739年，长安大荐福寺的道光禅师去世，王维为道光禅师写《大荐福寺大德道光禅师塔铭并序》，文中有这样一段话："维十年座下，俯伏受教。"

由此可知，王维于729年拜道光禅师为师，当时二十九岁。

二十九岁正是大好年华，王维为何要拜道光禅师为师？很大一个原因，就是他遭遇了重大的人生变故。由此可以推断，王维妻子应该去世于729年之前。

于是，我在《红豆生南国》中设计情节如下：

728年夏天，崔璎珞难产而亡，王维扶柩还乡，在河东蒲州度过了人生中最黑暗、最痛苦的时光。729年春天，王维重返长安，慕名拜在大荐福寺道光禅师门下。从此，潜心修佛，用佛法度过余生。

问题2：唐代诗人多多少，为何不写李白，不写杜甫，不写白居易，却独独要写王维？

作者答：

对于小说创作者而言，要先感动自己，才能感动读者。王维感动了我，所以，我愿意以王维为主人公，展开这个小说。

在我看来，王维是一个传奇。

传奇之一：擅长一个技能并不传奇，传奇的是同时擅长很多技能。

即使在高手如云的大唐盛世，王维的才华也可以傲视群雄。他精通诗、书、画、音乐，且在各个领域或开先河、或自成一家、或达到巅峰。

他继承了陶渊明的田园诗和谢灵运的山水诗，开创山水田园诗派，被苏轼誉为"诗中有画，画中有诗"；他开创了水墨山水画派，有"江流天地外，山色有无中"的意境，并自称"当代谬词客，前身应画师"；他出生音乐世家，精通音律，擅弹琵琶，一曲《郁轮袍》名动长安城。

传奇之二：爱一个女子并不传奇，传奇的是被玉真公主深爱，却为亡妻独居三十多年。

据《旧唐书·王维传》记载："妻亡不再娶，三十年孤居一室，屏绝尘累。"据《新唐书·王维传》记载："丧妻不娶，孤居三十年。"

一往情深深几许？深山夕照深秋雨。王维用他的一生，诠释了什么是真正的深情。

传奇之三：当大官并不传奇，传奇的是不为官所累，终成诗佛。

王维21岁状元及第，官授太乐丞。他的人生起点，就是很多人奋斗一生的终点。纵观王维一生的仕途，虽有波折起伏，但最终当上了尚书右丞。

翻译成现在的官职，相当于国务院副秘书长（尚书令是国务院总理，尚书左仆射、右仆射是国务院副总理，尚书左丞、右丞是国务院副秘书长），这在当时是很显赫的官职了。

但是，王维并不迷恋权力，他一生都向往隐居，过一种半官半隐、亦官亦隐的生活。

据《旧唐书·王维传》记载，王维"在京师日饭十数名僧，以玄谈为乐。斋中无所有，唯茶铛、药臼、经案、绳床而已。退朝之后，焚香独坐，以禅诵为事"。

我曾问过很多不同年龄段的读者，唐代最有名的诗人是谁？排名前三的是李白、杜甫、白居易。至于王维，似乎是一个熟悉的陌生人。

因此，我想通过《红豆生南国》，让更多人知道王维那些不为人知的传奇经历。

问题3：《红豆生南国》有两个女主人公——崔璎珞和玉真公主，她们在王维心目中的地位分别如何？

作者答：

王维的感情生活，可以分为上半场和下半场。

他的上半场，是和崔璎珞的一见钟情。世间女子何其多，但自从有了长安街头元宵灯会上的那次邂逅，他的心里，便再也装不下其他女子。即使有女子贵为公主，也依然无可奈何。因为，他已经把爱给了璎珞，便再也给不了其他人。

他教她弹奏《阳春古曲》，她为他绣竹纹春袍；她赠他红豆，他回以《相思》；他无故被贬，她千里探视；他备好百子香车，她铺就十里红妆……无论遭遇多少风雨，彼此都不离不弃。

他在她耳畔深情告白："今生今世，我的马鞍只为你一人而留。"她嫣然一笑，沉醉在长安的春风里……

然而，情深不寿，慧极必伤，他们在一起的日子，只有短短的十年。

从此，丧妻之痛，成了王维一生不会愈合的伤疤。多少个夜阑人静的不眠之夜，王维焚香独坐，回忆他和璎珞在一起时的点点滴滴：从丝帕到琵琶，从红豆到《相思》，从菊花酒到百岁羹，从白罗袜到圆领袍，从"持竿叟"到"浣纱媪"，从同游江南到济州共苦……

我这样想着、想着，眼泪便不知不觉湿了青衫。这人生，竟是这样空虚落寞，荒芜虚弱。心，就这样一点一点疼得失了知觉，最后，便只剩下悲伤和无力，再也

答读者问（代后记）

写不出一个字来。

查遍王维现存所有诗稿，没有悼念亡妻的只言片语。

璎珞的离去，意味着他的人生进入了下半场。在人生的下半场里，虽然他已经尘封了感情，但玉真公主却愿意为他重回红尘，且不惜付出一切代价。

当玉真公主告诉他，除非他今生不再娶妻，否则，便只能娶她时，他摇头苦笑，他本就无意再娶，从此不娶，又有何难？

玉真公主一度万念俱灰，游戏人间。然而，当安史之乱爆发后，她才蓦然发现，原来这一辈子，她骗得了别人，却骗不了自己，她心里从未放下过王维。

精诚所至，金石为开。当王维冰封已久的心渐渐被玉真公主的爱融化时，长安沦陷了。千钧一发之际，王维用自己的留下为公主的逃离争取到了更多时间。然而，王维却落入了叛军之手……

经历被迫投降、担任伪官等一系列磨难后，王维自觉罪孽深重，没有资格再去爱人和被爱。

758年秋天，王维和玉真公主在辋川最后一次见面。他告诉她，这辈子，他可以为她做的唯一一件事，也是最后一件事，是在她百年之后，为她写墓志铭，以此偿还他欠她的一切。

761年7月，王维去世。临终前，他为玉真公主写好墓志铭，托弟弟王缙转交公主。

762年4月，当辛夷花在山涧默默绽放时，玉真公主也走完了她的一生，了无牵挂地离开了这个让她不再有任何眷恋的尘世。

她的墓碑上，是一篇文采斐然的墓志铭。落款处，是王缙。世人再也无从知道，这其中的文字，其实出自王维。

问题4：王维为何被称为"诗佛"？他的佛学造诣到底有多高？
作者答：

王维是中国文学史上唯一享有"诗佛"之誉的诗人。

他的佛学造诣非常精深，深受六祖慧能嫡传弟子神会法师赏识，曾为多位大德高僧撰写墓志铭。

比如，他为南禅宗六祖慧能禅师撰写《六祖能禅师碑铭》，为北禅宗道光禅师撰写《大荐福寺大德道光禅师塔铭》，为北禅宗净觉禅师撰写《大唐大安国寺故大德净觉师塔铭》。在精深的佛学造诣影响下，他的诗，深得禅家三昧，达到了"字字入禅"的境地。最有名的两首是《酬张少府》和《终南别业》。

《酬张少府》：晚年惟好静，万事不关心。自顾无长策，空知返旧林。松风吹解带，山月照弹琴。君问穷通理，渔歌入浦深。

《终南别业》：中岁颇好道，晚家南山陲。兴来每独往，胜事空自知。行至水穷处，坐看云起时。偶然值林叟，谈笑无还期。

安史之乱后，王维写《请施庄为寺表》，将他隐居多年的辋川别墅捐为寺产，供奉菩萨，弘扬佛法。

按照禅宗"顿悟成佛""彻悟即佛"的说法，王维是名副其实的"诗中之佛"。

问题5：王维的一生，到底是成功的？还是失败的？

作者答：

不同的评价标准，会有不同的答案。

从评价标准A看：王维少年丧父，壮年丧妻，独居三十年，膝下无子；青年被贬，两度辞官，仕途平平，安史之乱，落入叛军之手，受尽折磨，被迫做了违心之事。好不容易死里逃生，却是气数已尽，走到了生命的尽头……这样的人生，无疑是压抑、悲苦、凄凉、落寞的一生。

从评价标准B看：王维十八岁时遇见今生所爱崔璎珞，二十一岁科举及第，高中状元，同年迎娶崔璎珞，虽然被贬离长安，却和璎珞相依相伴，度过了岁月静好的七年时光。璎珞离世后，王维修行佛法，成为在家居士，虽然独居不娶，却并不觉得孤独。735年重返官场后，虽然不受唐玄宗待见，仕途平平，却也能在暗流汹涌的党争中独善其身。虽然在安史之乱中历经磨难，却也大难不死，还被唐肃宗提拔为尚书右丞。他一生参禅悟理，学庄信道，精通诗、书、画、音乐等，有"诗佛"之称。书画特臻其妙，被后世追认为南宗山水画之祖……这样的人生，无疑是不忘初心、追求我爱、实现了自我价值的一生。

我们该用A标准评价王维？还是用B标准评价王维？

或许，这取决于我们的人生观、世界观、价值观。不同的三观，给出的答案，不尽相同。

问题6：创作《红豆生南国》过程中，哪些时刻最为惊喜？

作者答：

创作《红豆生南国》时，有很多惊喜的时刻。那些时刻，仿佛福至心灵般，有一种神奇的力量，帮我拨开了千年时光凝固成的鸿沟，让我仿佛重返大唐，走进了人物的内心世界。

这样的时刻，我称之为"高光时刻"。

比如，当我发现玉真公主墓志铭出自王缙之手时；比如，当我发现王维729年拜在大荐福寺道光禅师门下时；比如，当我发现王维购置辋川别墅的时间，是在玉真公主推荐李白为翰林供奉的次年时。

下面，我以第一个高光时刻为例，展开说明。

关于王维和玉真公主之间的感情，坊间多有传闻，野史中也多有记载，但史料中却没有明确记载。

王维和玉真公主之间，到底有没有男女之情？我该如何下笔？这是我创作《红豆生南国》时的最大疑惑。

某个深夜，我埋首古籍查找史料，无意中发现北宋赵明诚编写的《金石录》收录了《唐玉真公主墓志》，落款处是王缙。

那一刻，我在心里惊呼：这个王缙，不就是王维的弟弟吗？王缙和玉真公主没有什么来往，怎么会为玉真公主写墓志铭呢？

那个瞬间，我脑洞大开，想到了一个这样一种可能：虽然墓志铭署名王缙，但其实出自王维之手？

王维去世于761年7月，而玉真公主去世于762年4月，王维比玉真公主早走了九个月。

王维为何要为玉真公主写墓志铭？王维对玉真公主是怎样一种感情？

顺着这个思路细细琢磨，我渐渐理清了王维和玉真公主之间的感情脉络，下笔时更有底气了。

结束语

我想创作长篇历史爱情小说三部曲《红豆生南国》（唐代）、《愿为梁上燕》（东晋）、《青简待月明》（西汉）。

《红豆生南国》已经完稿，接下去准备创作《愿为梁上燕》《青简待月明》，争取早日和大家见面。

我一直相信，真实的历史，远比小说更精彩。

往后余生，我愿继续用拙笔记录那一个个或波澜壮阔、或荡气回肠、或梦断魂牵的年代和在那些年代里哭过、笑过、爱过、恨过的有趣灵魂。

如果有一天，《红豆生南国》能像《琅琊榜》《知否知否》《锦心似玉》等作品一样，被改编成剧本，拍摄成影视剧，不知屏幕前的观众，会是怎样的心情？

一直喜欢国学大师南怀瑾先生说过的一句话——佛为心，道为骨，儒为表，大度看世界；技在手，能在身，思在脑，平常过人生。

我想要的人生，就是这样的人生。

做更好的自己，遇见更美好的未来。